KEN FOLLETT

WINTER DER WELT

Die Jahrhundert-Saga

Roman

Aus dem Englischen von
Dietmar Schmidt und Rainer Schumacher

Mit Illustrationen von Tina Dreher

Weltbild

Die englische Originalausgabe erschien 2012 unter dem Titel
Winter of the World
bei Macmillan, London / Dutton, New York.

Besuchen Sie uns im Internet:
www.weltbild.de

Genehmigte Lizenzausgabe für Verlagsgruppe Weltbild GmbH,
Steinerne Furt, 86167 Augsburg
Copyright der Originalausgabe © 2012 by Ken Follett
Copyright der deutschsprachigen Ausgabe © 2012 by
Bastei Lübbe GmbH & Co. KG, Köln
Übersetzung: Dietmar Schmidt und Rainer Schumacher
Umschlaggestaltung: bürosüd°, München
Umschlagmotiv: Getty Images, München
(© Yulia Pipkova) / © www.buerosued.de
Gesamtherstellung: GGP Media GmbH, Pößneck
Printed in the EU
ISBN 978-3-86365-523-5

2016   2015   2014   2013
Die letzte Jahreszahl gibt die aktuelle Lizenzausgabe an.

Dem Andenken meiner Großeltern
Tom und Minnie Follett,
Arthur und Bessie Evans

Personenverzeichnis

Amerikaner

Familie Dewar
Senator Gus Dewar
Rosa Dewar, seine Frau
Woody Dewar, ihr älterer Sohn
Chuck Dewar, ihr jüngerer Sohn
Ursula Dewar, Gus' Mutter

Familie Peshkov
Lev Peshkov
Olga Peshkov, seine Frau
Daisy Peshkov, ihre Tochter
Marga, Levs Geliebte
Greg Peshkov, Sohn von Lev und Marga
Gladys Angelus, Filmstar und ebenfalls
    Levs Geliebte

Familie Rouzrokh
Dave Rouzrokh
Joanne Rouzrokh, seine Tochter

Die feine Gesellschaft von Buffalo
Dot Renshaw
Charlie Farquharson

Andere
Joe Brekhunov, ein Schläger
Brian Hall, Gewerkschafter
Jacky Jakes, Starlet
Eddie Parry, Matrose, Freund von Chuck

Captain Vandermeier, Chucks Vorgesetzter
Margaret Cowdry, schöne Erbin

Historische Persönlichkeiten
Präsident F. D. Roosevelt
Marguerite »Missy« LeHand, seine Assistentin
Vizepräsident Harry S. Truman
Cordell Hull, Außenminister
Sumner Welles, stellvertretender Außenminister
Colonel Leslie Groves, US Army Corps of Engineers

DEUTSCHE UND ÖSTERREICHER

Familie von Ulrich
Walter von Ulrich
Maud, seine Frau (geb. Lady Maud Fitzherbert)
Erik, ihr Sohn
Carla, ihre Tochter
Ada Hempel, ihre Zofe
Kurt, Adas unehelicher Sohn
Robert von Ulrich, Walters Cousin zweiten Grades
Jörg Schleicher, Roberts Partner
Rebecca Rosen, eine Waise

Familie Franck
Ludwig Franck
Monika, seine Frau (geb. Monika von der Helbard)
Werner, ihr älterer Sohn
Frieda, ihre Tochter
Axel, ihr jüngerer Sohn
Ritter, Chauffeur
Graf Konrad von der Helbard, Monikas Vater

Familie Rothmann
Dr. Isaak Rothmann
Hannelore Rothmann, seine Frau

Eva, ihre Tochter
Rudi, ihr Sohn

Familie von Kessel
Gottfried von Kessel
Heinrich von Kessel, sein Sohn

Gestapo
Kommissar Thomas Macke
Kriminaldirektor Kringelein, Mackes Chef
Reinhold Wagner
Klaus Richter
Günther Schneider

Andere
Hermann Braun, Eriks bester Freund
Feldwebel Schwab, Gärtner
Wilhelm Frunze, Wissenschaftler

Engländer

Familie Fitzherbert
Earl Fitzherbert, genannt Fitz
Fürstin Bea, seine Frau
»Boy« Fitzherbert, Viscount Aberowen, ihr älterer Sohn
Andy, ihr jüngerer Sohn

Familie Leckwith-Williams
Ethel Leckwith (geb. Williams),
    Parlamentsabgeordnete für Aldgate
Bernie Leckwith, Ethels Mann
Lloyd Williams, Ethels Sohn und Bernies Stiefsohn
Millie Leckwith, Ethels und Bernies Tochter

Andere
Ruby Carter, eine Freundin von Lloyd
Bing Westhampton, ein Freund von Fitz
Lindy und Lizzie Westhampton, Bings Zwillingstöchter
Jimmy Murray, Sohn von General Murray
May Murray, seine Schwester
Marquess of Lowther, genannt Lowthie
Naomi Avery, Millies beste Freundin
Abe Avery, Naomis Bruder

Historische Persönlichkeiten
Ernest Bevin, Außenminister

RUSSEN

Familie Peschkow
Grigori Peschkow
Katherina, seine Frau
Wladimir, genannt Wolodja, ihr Sohn
Anja, ihre Tochter

Andere
Zoja Worotsyntsow, Physikerin
Ilja Dworkin, Offizier des NKWD
Oberst Lemitow, Wolodjas Chef
Oberst Bobrow, Offizier der Roten Armee in Spanien

Historische Persönlichkeiten
Lawrenti Berija, Chef der Geheimpolizei
Wjatscheslaw Molotow, Außenminister

SPANIER
Teresa, Lehrerin

WALISER

Familie Williams
Dai Williams, »Grandah«
Cara Williams, »Grandmam«
Billy Williams, Parlamentsabgeordneter für Aberowen
Dave, Billys älterer Sohn
Keir, Billys jüngerer Sohn

Familie Griffiths
Tommy Griffiths, Billy Williams' bester Freund
Lenny Griffiths, Tommys Sohn

Erster Teil

Die andere Wange

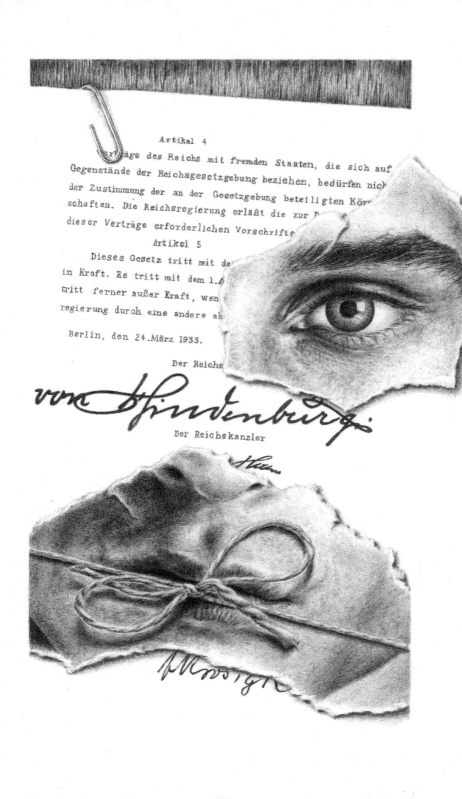

KAPITEL 1

1933

Carla spürte, dass ein Streit zwischen ihren Eltern in der Luft lag. Kaum hatte sie die Küche betreten, fühlte sie die Feindseligkeit wie den bitterkalten Windhauch, der vor Ausbruch eines Februarsturms durch die Straßen von Berlin wehte. Beinahe hätte sie kehrtgemacht und die Flucht ergriffen.

Carlas Eltern stritten sich nur selten. Meist waren sie ein Herz und eine Seele. Manchmal zeigten sie ihre Zuneigung sogar ein wenig zu offen, zum Beispiel, wenn sie sich vor anderen Leuten küssten, was Carla jedes Mal verlegen machte. Besonders peinlich war es ihr, wenn ihre Freundinnen dabei waren, die diesen Austausch von Zärtlichkeiten befremdlich fanden; ihren Eltern, behaupteten sie, würde so etwas niemals in den Sinn kommen. Einmal hatte Carla sich ihrer Mutter anvertraut, aber die hatte nur gelacht und ihr zum x-ten Mal die alte Geschichte erzählt: »Am Tag nach unserer Hochzeit hat der Große Krieg deinen Vater und mich getrennt, das weißt du doch, nicht wahr? Ich bin in London geblieben, während er in die Heimat gefahren ist, nach Deutschland, und Soldat wurde.« Maud, Carlas Mutter, war geborene Engländerin, auch wenn man ihr das inzwischen kaum noch anhörte. »Wir glaubten damals, der Krieg würde nur ein paar Monate dauern, aber dann habe ich deinen Vater fünf Jahre nicht gesehen, und die ganze Zeit habe ich mich nach seinen Berührungen gesehnt. Seitdem kann ich gar nicht genug davon bekommen.«

Vater war genauso schlimm. »Deine Mutter ist die klügste Frau, der ich je begegnet bin«, hatte er Carla erst vor ein paar Tagen just in dieser Küche anvertraut. »Deshalb habe ich sie geheiratet. Natürlich fühlte ich mich auch körperlich von ihr angezogen ...« Verlegen war er verstummt, und Mutter hatte verschämt gekichert, als hätte Carla mit ihren elf Jahren noch nie etwas von Sex gehört. Es war einfach nur peinlich.

Doch bei aller Liebe krachte es hin und wieder zwischen den beiden. Carla kannte die Vorzeichen. Deshalb wusste sie, dass nun ein neuer Sturm am Ehehimmel aufzog. Sie betrachtete ihren Vater. Er war adrett gekleidet: gestärktes weißes Hemd, schwarze Seidenkrawatte. Wie immer sah er schick aus, obwohl sein Haar schütter wurde und seine Weste unter der goldenen Uhrenkette ein wenig spannte. Sein Gesicht zeigte einen Ausdruck erzwungener Ruhe. Carla kannte diese Miene. Vater setzte sie jedes Mal auf, wenn er sich über jemanden ärgerte.

Er hielt ein Exemplar der Wochenzeitung in der Hand, für die Mutter arbeitete: *Der Demokrat*. Unter dem Namen »Lady Maud« schrieb sie dort eine Kolumne, in der sie sich über die neuesten Gerüchte aus der Welt der Politik und der Diplomatie ausließ. Nun las Vater laut vor: »Adolf Hitler, unser neuer Reichskanzler, gab auf einem Empfang des Reichspräsidenten Hindenburg sein Debüt in der diplomatischen Gesellschaft ...«

Der Reichspräsident war das Staatsoberhaupt, wie Carla wusste. Er wurde vom Volk gewählt, stand aber über der Tagespolitik. Der Mann, der in der Politik das Sagen hatte, war der Reichskanzler. Obwohl Hitler zum Kanzler ernannt worden war, hatte seine NSDAP nicht die Mehrheit im Reichstag; deshalb konnten die anderen Parteien deren schlimmste Exzesse verhindern. Bis jetzt.

Walter war seine Abscheu deutlich anzuhören, als er den Namen Hitler aussprach, als hätte man ihn gezwungen, etwas Widerliches in den Mund zu nehmen. »Er schien sich in einem Frack sehr unwohl zu fühlen«, las er weiter vor.

Maud nippte an ihrem Kaffee und schaute aus dem Fenster, als interessiere sie sich mehr für die Leute, die in Schal und Handschuhen zur Arbeit eilten. Auch sie gab sich kühl, aber Carla wusste, dass sie nur auf den richtigen Augenblick wartete.

Die Zofe, Ada, stand in ihrer Schürze an der Anrichte und schnitt Käse. Sie stellte Walter einen Teller hin, aber der achtete gar nicht darauf, sondern fuhr fort: »Herr Hitler schien sehr angetan von Elisabeth Cerutti, der kultivierten Gattin des italienischen Botschafters, die in einem rosafarbenen, mit Zobel besetzten Samtkleid erschienen war ...«

Maud schrieb immer, was die Leute trugen, weil es den Lesern half, sie sich vorzustellen. Auch sie selbst besaß elegante Kleider, aber die Zeiten waren hart, und sie alle hatten sich seit Jahren keine schicken Sachen mehr gekauft. An diesem Morgen jedoch wirkte Maud schlank und elegant in ihrem marineblauen Kaschmirkleid, auch wenn es vermutlich so alt war wie Carla.

»Signora Cerutti, wenngleich Jüdin, ist leidenschaftliche Faschistin. Sie und Herr Hitler haben lange miteinander gesprochen. Ob sie Herrn Hitler wohl gebeten hat, keinen Hass mehr gegen Juden zu schüren?« Vater knallte die Zeitung auf den Tisch.

Jetzt geht's los, dachte Carla.

»Dir ist doch klar, dass du die Nazis damit in Rage bringst?«, sagte er.

»Ich hoffe es«, erwiderte Maud kühl. »An dem Tag, an dem den Nazis gefällt, was ich schreibe, kündige ich.«

»Die Nazis sind gefährlich«, mahnte Walter.

Mauds Augen funkelten vor Wut. »Das weiß ich. Deshalb stelle ich mich ja gegen sie.«

»Ich sehe nur keinen Sinn darin, sie wütend zu machen.«

»Du greifst sie doch auch im Reichstag an«, sagte Maud. Walter war Abgeordneter der SPD.

»Ja, aber im Rahmen politischer Debatten.«

Typisch Vater, dachte Carla. Er war nüchtern und bodenständig, Mutter hingegen humorvoll und weltgewandt. Vater erreichte seine Ziele mit Ruhe und Hartnäckigkeit, Mutter mit Charme und spitzer Zunge. Die beiden kamen nie auf einen Nenner.

»Mit den Nazis kann man nicht debattieren«, sagte Maud.

»Ich mache sie jedenfalls nicht wütend auf mich.«

»Wie denn auch? Du tust ja kaum etwas, um sie aufzuhalten.«

Walter ärgerte sich über diese spitze Bemerkung. Seine Stimme wurde lauter. »Glaubst du vielleicht, du könntest ihnen mit deinen Scherzen etwas anhaben?«

»Mit Spott und Ironie, jawohl.«

»Was wir brauchen, Maud, ist eine sachliche Auseinandersetzung.«

»Was wir brauchen, sind mutige Männer«, rutschte ihr heraus.

Walters Zorn wuchs. »Siehst du denn nicht, dass du dich und deine Familie in Gefahr bringst?«

»Die wahre Gefahr ist, die Nazis zu unterschätzen. Sollen unsere Kinder in einem faschistischen Staat aufwachsen?«

Solche Diskussionen machten Carla jedes Mal Angst. Die Vorstellung, ihre Familie könne in Gefahr sein, war ihr unerträglich. Konnte das Leben nicht einfach so weitergehen wie bisher? Konnte sie nicht ewig morgens hier am Küchentisch sitzen, mit ihren Eltern, während Ada an der Anrichte stand und Erik, ihr Bruder, oben herumpolterte, weil er wieder mal spät dran war?

Carla war mit politischen Diskussionen beim Frühstück aufgewachsen. Sie glaubte zu verstehen, was ihre Eltern taten und wie sie Deutschland zu einem besseren Land machen wollten. Doch in letzter Zeit waren die Diskussionen ernster und düsterer geworden. Offenbar glaubten ihre Eltern, dass irgendeine schreckliche Gefahr drohte, und Carla wusste nicht, wie diese Gefahr aussah.

»Gott weiß, dass ich alles Menschenmögliche tue, um Hitler und seinen Pöbel aufzuhalten«, sagte Walter.

»Das tue ich auch«, erwiderte Maud. »Nur hältst du deinen Weg für den einzig vernünftigen. Bei mir heißt es immer gleich, ich bringe die Familie in Gefahr.«

»Das stimmt doch auch!«

In diesem Augenblick kam Erik nach unten. Lautstark polterte er die Stufen hinunter und schlurfte in die Küche, den Ranzen über der Schulter. Er war dreizehn, zwei Jahre älter als Carla; über seiner Oberlippe zeigte sich bereits der erste dunkle Flaum. Früher hatten die Geschwister oft miteinander gespielt, aber das war vorbei. In letzter Zeit tat Erik so, als hielte er seine Schwester für dumm und kindisch. Dabei war sie in Wirklichkeit klüger als er. Carla wusste über Dinge Bescheid, von denen Erik keine Ahnung hatte, zum Beispiel über den Zyklus einer Frau.

»Was hast du da vorhin zuletzt gespielt?«, wollte Erik von seiner Mutter wissen.

Morgens wurde die Familie oft vom Klavier geweckt, einem Steinway-Flügel, ein Erbstück von Walters Eltern. Maud spielte frühmorgens, weil sie nach eigenem Bekunden tagsüber zu beschäftigt und abends zu müde war. An diesem Morgen hatte sie eine Sonate von Mozart gespielt, dann ein paar Takte Jazz.

»Es heißt Tiger Rag«, beantwortete sie Eriks Frage. »Ein Jazzstück.«

»Jazz ist dekadent«, verkündete Erik.

»Was redest du für einen Quatsch?«

Ada stellte Erik einen Teller mit Wurstbroten hin, die er heißhungrig herunterschlang. Carla fand seine Tischmanieren grauenhaft.

Walter musterte seinen Sohn mit strengem Blick. »Wer hat dir denn diesen Unsinn erzählt?«

»Wieso Unsinn? Hermann Braun sagt, Jazz ist keine Musik, sondern Negerlärm.« Hermann, dessen Vater NSDAP-Mitglied war, war Eriks bester Freund.

»Dann sollte Hermann mal versuchen, das Stück zu spielen.« Walter schaute zu Maud, und seine Züge wurden weicher. Sie lächelte ihn an. »Vor vielen Jahren«, fuhr er dann fort, »hat deine Mutter versucht, mir Ragtime beizubringen, aber ich kam mit dem Rhythmus nicht zurecht.«

Maud lachte. »Es war so, als wollte man einer Giraffe das Rollschuhfahren beibringen.«

Die düsteren Wolken des Streits verzogen sich, wie Carla erleichtert erkannte. Sie fühlte sich gleich besser, nahm sich eine Schrippe und tunkte sie in Milch.

Doch Erik war auf Streit aus. »Neger sind eine minderwertige Rasse«, sagte er aufsässig.

»Das wage ich stark zu bezweifeln«, erwiderte Walter geduldig. »Würde ein Negerjunge in einem schönen Haus voller Bücher und Gemälde aufwachsen und würde man ihn auf eine teure Schule mit guten Lehrern schicken, wäre er vielleicht sogar klüger als du.«

»Lachhaft!«, rief Erik.

»Was dein Vater sagt, ist niemals lachhaft, du dummer Junge«, sagte Maud, doch ihre Stimme war sanft. Sie hatte ihre Wut an ihren Mann verbraucht. Jetzt klang sie nur ein wenig enttäuscht. »Du weißt doch gar nicht, wovon du redest, genauso wenig wie Hermann Braun.«

»Aber die arische Rasse muss überlegen sein«, beharrte Erik. »Schließlich beherrschen wir die Welt!«

»Deine Nazi-Freunde haben keine Ahnung von Geschichte«, erwiderte Walter. »Die alten Ägypter haben die Pyramiden gebaut, als die Deutschen noch in Höhlen hausten, und die Araber waren im Mittelalter die Herrscher der Welt. Sie kannten die Algebra, als die deutschen Fürsten noch nicht mal ihre Namen schreiben konnten. Das hat nichts mit Rasse zu tun.«

Carla runzelte die Stirn und fragte: »Womit dann?«

Walter blickte sie liebevoll an. »Das ist eine sehr gute Frage, und du bist ein kluges Mädchen, dass du sie stellst.« Carla strahlte vor Stolz. »Weltreiche entstehen und vergehen. Bei den Römern war es so, bei den Azteken und bei den Chinesen. Warum das so ist, weiß niemand.«

»Esst, und dann zieht eure Mäntel an«, sagte Maud. »Es ist schon spät.«

Walter zog die Uhr aus der Westentasche, warf einen Blick darauf und hob die Augenbrauen. »So spät ist es doch gar nicht.«

»Ich muss Carla zu den Francks bringen«, sagte Maud. »Die Mädchenschule ist heute wegen irgendwelcher Reparaturen geschlossen. Carla wird heute bei Frieda bleiben.«

Frieda Franck und Carla waren die besten Freundinnen. Gleiches galt für ihre Mütter. Monika, Friedas Mutter, und Maud waren als junge Mädchen in Walter verliebt gewesen. Friedas Großmutter hatte diese »saukomische« Tatsache einmal nach zu reichlichem Sektgenuss enthüllt.

»Warum kann Ada sich nicht um Carla kümmern?«, fragte Walter.

»Sie hat einen Arzttermin.«

»Aha.«

Carla erwartete, dass Vater sich erkundigte, was Ada fehle, aber er nickte nur, als wüsste er es bereits. Dann steckte er seine Uhr weg und verließ in seinem langen schwarzen Mantel als Erster das Haus. Rasch setzte Erik seine Kappe auf, schob sie weit in den Nacken – so war es bei ihm und seinen Freunden derzeit Mode – und folgte seinem Vater zur Tür hinaus.

Carla und Maud halfen Ada, den Tisch abzuräumen. Carla liebte die Zofe von Herzen. Bis zu ihrer Einschulung hatte Ada sich fast den ganzen Tag um sie gekümmert, denn Maud war damals schon berufstätig gewesen. Obwohl neunundzwanzig, war Ada noch ledig. Sie war ziemlich unscheinbar, hatte aber ein hübsches, freundliches Lächeln. Letzten Sommer hatte sie eine Romanze mit einem Polizeibeamten gehabt, Paul Huber, aber es war nichts von Dauer gewesen.

Carla und Maud standen vor dem Spiegel im Flur und setzten ihre Hüte auf. Maud wählte einen Hut mit dunkelblauem Pelz, rundem Kopfteil und schmalem Rand, wie ihn heutzutage alle Frauen trugen, aber sie zog ihn so kess zur Seite, dass er richtig schick aussah, wie Carla fand. Als sie ihre Strickkappe aufsetzte, fragte sie sich, ob sie je so viel Klasse wie ihre Mutter haben würde. Mauds langer, schlanker Hals, das Kinn und die Wangenknochen waren wie aus weißem Marmor gemeißelt. In Carlas Augen sah sie wie die Statue einer Göttin aus. Carla besaß zwar das dunkle Haar und die grünen Augen Mauds, war aber keine schlanke, statuenhafte Schönheit, sondern eher pummelig. Seufzend dachte Carla an eine Bemerkung ihrer Großmutter, die einmal zu Maud gesagt hatte: »Dein hässliches Entlein wird sich in einen Schwan verwandeln, du wirst schon sehen.« Leider wartete Carla immer noch auf die Verwandlung.

Als Maud fertig war, gingen Mutter und Tochter hinaus. Ihr Haus stand in einer Reihe mit anderen großen, eleganten Stadthäusern im Bezirk Mitte, dem alten Stadtzentrum Berlins. Ursprünglich waren die Häuser für hochrangige Staatsbeamte und Offiziere wie Carlas Großvater gebaut worden, die in den Amtsgebäuden in der Nähe gearbeitet hatten.

Maud und Carla fuhren mit der Straßenbahn die Straße Unter den Linden entlang und nahmen dann die S-Bahn von der Station Friedrichstraße bis zum Bahnhof Zoo. Die Francks wohnten in Schöneberg, einer der Vorstädte im Südwesten Berlins. Carla hoffte, Friedas Bruder Werner zu sehen; denn sie mochte ihn sehr. Manchmal malten sie und Frieda sich aus, wie es wäre, den Bruder der jeweils anderen zu heiraten, nebeneinander zu wohnen und ihren Kindern beim Spielen zuzuschauen. Für Frieda war es nur ein Spaß, doch Carla meinte es insgeheim ernst. Werner sah umwerfend aus und war mit seinen vierzehn Jahren fast schon erwachsen. Vor allem war er kein Trottel wie Erik. Von einem solchen Mann träumte Carla. Nicht von ungefähr hießen die Eltern in ihrem Puppenhaus, die nebeneinander im Miniaturbett schliefen, Carla und Werner. Aber das wusste niemand, nicht einmal Frieda.

Frieda hatte noch einen zweiten Bruder, den siebenjährigen Axel. Er war mit *Spina bifida* zur Welt gekommen, mit offenem Rücken, und musste ständig medizinisch versorgt werden. Deshalb lebte Axel in einem speziellen Krankenhaus am Stadtrand von Berlin.

Mutter war während der Fahrt schweigsam und in sich gekehrt. »Hoffentlich geht das gut«, murmelte sie vor sich hin, als sie schließlich ausstiegen.

»Natürlich!«, sagte Carla. »Frieda und ich machen uns einen schönen Tag.«

»Das habe ich nicht gemeint.«

»Was dann?«

»Meinen Artikel über Hitler.«

»Sind wir denn wirklich in Gefahr? Hat Vater recht?«

»Dein Vater hat meistens recht.«

»Was kann uns denn passieren, wenn die Nazis böse auf uns sind?«

Mutter blickte sie seltsam an. Nach längerem Schweigen sagte sie: »Mein Gott, in was für eine Welt habe ich dich hineingeboren!«

Nach zehn Minuten Fußmarsch erreichten Mutter und Tochter eine prächtige Villa mit großem Garten. Die Francks waren reich. Ludwig, Friedas Vater, besaß eine Fabrik, in der Radiogeräte hergestellt wurden. Zwei Autos standen in der Einfahrt. Die große, schwarz glänzende Limousine gehörte Herrn Franck. Der Motor lief, und eine blaue Abgaswolke quoll aus dem Auspuff. Ritter, der Chauffeur, hatte sich die Uniformhose in seine hohen Stiefel gesteckt, hielt die Mütze in der Hand und wartete darauf, seinem Herrn die Autotür zu öffnen. Als Maud und Carla an ihm vorbeigingen, verneigte er sich und sagte: »Guten Morgen, Frau von Ulrich.«

Der zweite Wagen war ein kleiner grüner Zweisitzer. Ein schmächtiger Mann mit grauem Bart kam aus dem Haus. Er trug eine Lederaktentasche in der Hand, blickte Maud an und legte den Finger an die Hutkrempe, ehe er in den Zweisitzer stieg.

»Was macht Dr. Rothmann so früh am Morgen hier?«, murmelte Maud besorgt.

Sie fanden es bald heraus. Monika, Friedas Mutter, kam an die Tür. Sie war eine große Frau mit dichtem rotem Haar. Ihr Gesicht war kreidebleich vor Sorge. Anstatt die Besucher ins Haus zu bitten, blieb sie in der Tür stehen, als wollte sie ihnen den Weg versperren. »Frieda hat die Masern«, sagte sie.

»Oh, das tut mir leid!«, erwiderte Maud. »Wie geht es ihr?«

»Sie hustet und hat Fieber. Aber Dr. Rothmann sagt, sie wird bald wieder gesund. Nur darf keiner zu ihr, wegen der Ansteckungsgefahr.«

»Hast du die Masern denn schon gehabt?«, fragte Maud.

»Ja, als kleines Mädchen. Und Werner hatte sie auch schon. Ich kann mich noch gut an den furchtbaren Ausschlag erinnern.«

»Was ist mit deinem Mann?«

»Ludi hatte sie als Kind.«

Die beiden Frauen schauten Carla an. Enttäuscht erwiderte sie deren Blicke. Carla hatte die Masern noch nicht gehabt, was bedeutete, dass sie den Tag nicht mit Frieda würde verbringen können.

Maud war entsetzt. »Ausgerechnet jetzt! Diese Woche bringen wir die Sonderausgabe zur Wahl heraus. Ich *muss* in die Redaktion.« Die Wahlen am nächsten Sonntag waren entscheidend für die Zukunft Deutschlands. Maud und Walter befürchteten, die Nazis könnten genug Stimmen erhalten, um die Regierung zu übernehmen. »Außerdem besucht mich meine älteste Freundin aus London. Ob ich Walter wohl überreden kann, sich einen Tag freizunehmen und sich um Carla zu kümmern?«

»Ruf ihn an«, schlug Monika vor. »Wozu haben wir ein eigenes Telefon?«

Maud und Carla betraten den Eingangsbereich der Villa. Das Telefon stand auf einem kleinen, dünnbeinigen Tisch neben der Tür. Maud wählte die Nummer von Walters Büro im Reichstag, wurde zu ihm durchgestellt und schilderte ihm die Situation. Dann lauschte sie in den Hörer, wobei ihre Miene immer wütender wurde. »Meine Zeitung wird an ihre hunderttausend Leser appellieren, die Sozialdemokraten zu wählen«, sagte sie schließlich gereizt. »Kannst du dich da nicht ein Mal um Carla kümmern?«

Carla konnte sich denken, wie die Diskussion endete. Ihr Vater liebte sie, aber in den elf Jahren ihres Lebens hatte er sich noch nie einen ganzen Tag lang um sie gekümmert. Aber das kannte Carla auch von den Vätern ihrer Freundinnen. Offenbar war es für Männer unter ihrer Würde, einen Tag für die eigene Tochter zu opfern.

»Dann nehme ich Carla eben mit ins Büro«, sagte Maud. »Aber ich will gar nicht erst daran denken, was Jochmann sagen wird.«

Herr Jochmann war ihr Chef. »Man kann ihn nicht gerade als Frauenrechtler bezeichnen.« Ohne ein Abschiedswort legte sie auf.

Carla seufzte. Das war jetzt schon das zweite Mal an diesem Tag, dass ihre Eltern sich stritten.

»Komm«, sagte Maud zu ihr und ging zur Tür.

Jetzt werde ich Werner doch nicht zu Gesicht bekommen, dachte Carla unglücklich.

In diesem Augenblick erschien Herr Franck im Flur, ein Mann mit frischem Gesicht und einem kleinen schwarzen Schnurrbart. Er war fröhlich und voller Energie. Freundlich begrüßte er Maud. Sie blieb kurz stehen, um mit ihm zu plaudern, während Monika ihm in seinen schwarzen Mantel mit dem Pelzkragen half. Dann setzte er sich eine graue Fellkappe auf und stieg die Eingangstreppe hinunter. »Werner!«, rief er über die Schulter. »Wenn du nicht sofort kommst, fahre ich ohne dich!«

»Bin schon da!« Werner kam die Treppe hinuntergerannt. Er war so groß wie sein Vater, sah mit seinem viel zu langen rotblonden Haar aber besser aus. Er hatte sich einen Lederranzen unter den Arm geklemmt, der voller Bücher zu sein schien. In der anderen Hand hielt er Schlittschuhe und einen Hockeyschläger. Kurz blieb er stehen und sagte höflich: »Guten Morgen, Frau von Ulrich.« Dann fügte er weniger förmlich hinzu: »Hallo, Carla. Meine Schwester hat die Masern.«

Carla spürte, wie sie ohne jeden Grund errötete. Sie wollte etwas Geistreiches oder Lustiges erwidern, doch ihr fiel nichts ein. Deshalb sagte sie bloß: »Ich weiß. Deshalb darf ich nicht zu ihr.«

»Tja, dann …«, sagte Werner. »Tut mir leid, ich muss mich beeilen. Wiedersehn.«

Doch Carla wollte ihren Schwarm nicht so schnell aus den Augen verlieren und folgte ihm aus dem Haus. Ritter öffnete Walter die Tür zum Fond des Wagens.

»Was für ein Auto ist das?«, fragte Carla. Jungs wussten immer alles über Autos.

»Ein Mercedes-Benz W10.«

»Er sieht unbequem aus.« Carla bemerkte, dass ihre Mutter sie amüsiert beobachtete.

Werner fragte: »Sollen wir euch mitnehmen?«

»Das wäre ganz toll!«

»Ich frage meinen Vater.« Werner steckte den Kopf ins Wageninnere und sagte irgendetwas.

Carla hörte Herrn Franck antworten: »Also gut, aber beeilt euch.« Sie drehte sich zu Maud um. »Wir können mitfahren!«

Maud zögerte einen Augenblick. Sie mochte Herrn Francks politische Einstellung nicht – er unterstützte die Nazis –, aber an so einem kalten Morgen wollte sie die Fahrt in einem warmen Auto nicht ablehnen. Sie kam zum Wagen und sagte zu Franck: »Sehr freundlich von dir, Ludwig.«

Mutter und Tochter setzten sich in den Fond, wo Platz für vier Personen war. Ritter fuhr los.

»Ich nehme an, ihr wollt in die Kochstraße, oder?«, fragte Franck. Die Kochstraße lag in Kreuzberg, wo viele Zeitungen und Verlage ihre Büros hatten.

»Du musst für uns keinen Umweg machen«, sagte Maud. »Bis zur Leipziger Straße reicht.«

»Ich würde euch ja gerne bis vors Büro fahren, aber du willst bestimmt nicht, dass deine linken Kollegen sehen, wie du aus dem Auto eines fetten Plutokraten steigst«, sagte Franck in einer Mischung aus Belustigung und Feindseligkeit.

Maud schenkte ihm ein charmantes Lächeln. »Du bist nicht fett, Ludi, nur ein bisschen füllig.« Sie tätschelte seinen Bauch.

Er lachte. »Das habe ich mir jetzt wohl selbst zu verdanken.« Die Spannung löste sich. Franck griff nach dem Sprachrohr und erteilte Ritter Anweisungen.

Carla genoss es, mit Werner im Auto zu sitzen. Am liebsten hätte sie ihn gefragt, ob er sich vorstellen könne, ein kluges Mädchen mit dunklem Haar und grünen Augen zu heiraten. Schließlich aber deutete sie auf seine Schlittschuhe und beschränkte sich auf die Frage: »Hast du heute ein Spiel?«

»Nein, nur Training nach der Schule.«

»Auf welcher Position spielst du?« Carla verstand nichts von Eishockey, aber bei Mannschaftssportarten gab es immer Positionen.

»Auf dem rechten Flügel.«

»Ist Eishockey gefährlich?«

»Nicht, wenn man schnell ist.«

»Du musst ein toller Schlittschuhläufer sein.«

»Geht so«, sagte Walter bescheiden.

Wieder bemerkte Carla, wie Maud sie mit diesem rätselhaften kleinen Lächeln beobachtete. Hatte Mutter erraten, was sie für Werner empfand? Carla spürte, wie sie errötete.

Der Wagen hielt vor einer Schule, und Werner stieg aus. »Wiedersehen, ihr alle!«, rief er und lief durch das Tor auf den Hof.

Ritter fuhr weiter am Südufer des Landwehrkanals entlang. Carla schaute auf die Barken, die mit schneebedeckter Kohle über den Kanal tuckerten. Irgendwie war sie enttäuscht und ärgerte sich über sich selbst. Die knappe Zeit, die ihr mit Werner vergönnt gewesen war, hatte sie mit Gesprächen über Eishockey verschwendet. Aber worüber hätte sie sonst mit ihm reden sollen? Carla wusste es selbst nicht.

Franck sagte zu Maud: »Ich habe deine Kolumne im *Demokrat* gelesen.«

»Ich hoffe, sie hat dir gefallen.«

»Ich finde es schade, dass du so despektierlich über unseren Kanzler schreibst.«

»Findest du, Journalisten sollten sich nur respektvoll über Politiker äußern?«, entgegnete Maud. »Dann solltest du dir mal ansehen, was die Nazi-Presse über meinen Mann und seine Partei schreibt.«

Sie überquerten die belebte Kreuzung am Potsdamer Platz, wo Autos und Straßenbahnen, Pferdekarren und Fußgänger für ein Verkehrschaos sorgten.

»Ihr Sozialisten lebt in einer Traumwelt«, sagte Franck. »Ich bin Realist. Deshalb weiß ich, dass Deutschland nicht von Ideen allein leben kann. Die Menschen brauchen Brot, Schuhe und Kohle.«

»Das sehe ich genauso«, sagte Maud. »Ich könnte selbst mehr Kohle brauchen. Aber ich will auch, dass Carla und Erik in einem freien Land aufwachsen.«

»Du räumst der Freiheit einen viel zu hohen Stellenwert ein. Freiheit macht die Menschen weder satt noch glücklich. Sie brauchen Führung. Ich will, dass meine Kinder in einem Land aufwachsen, das stolz, diszipliniert und vereint ist.«

»Ach ja? Und um vereint zu sein, brauchen wir Schläger in braunen Hemden, die jüdische Ladenbesitzer verprügeln?«

Franck zuckte mit den Schultern. »Politik ist ein hartes Geschäft. Daran können wir nichts ändern.«

»Oh doch, das können wir. Du und ich stehen auf unterschiedliche Art in der Verantwortung. Es ist unsere Pflicht, dafür zu sorgen, dass Politik nicht mit den Fäusten ausgetragen wird. Wir müssen dazu beitragen, dass die Gewalt aus der Politik verschwindet. Sie muss ehrlicher und sachlicher werden. Dafür müssen wir kämpfen, sonst versäumen wir unsere patriotische Pflicht.«

Franck versteifte sich unwillkürlich.

Carla staunte über ihre Mutter. Sie wusste, dass Männer es nicht mochten, wenn Frauen sie über ihre Pflichten belehrten. Offenbar hatte Mutter vergessen, heute Morgen ihren Charme einzuschalten. Aber das lag wohl daran, dass alle angespannt waren. Die bevorstehende Wahl machte die Leute nervös.

Sie erreichten den Leipziger Platz. »Wo darf ich euch absetzen?«, fragte Franck kühl.

»Gleich hier«, antwortete Maud.

Franck klopfte an die Trennscheibe. Ritter hielt, stieg aus und öffnete die Tür.

»Ich hoffe, Frieda geht es bald wieder besser«, sagte Maud.

Ein knappes »Danke« war Francks ganze Antwort.

Maud und Carla stiegen aus. Ritter schlug die Tür zu, setzte sich ans Steuer und fuhr davon.

Die Zeitungsredaktion war noch ein paar Minuten Fußmarsch entfernt, doch Maud hatte offensichtlich nicht mehr im Wagen weiterfahren wollen. Carla hoffte nur, dass sie sich nicht endgültig mit Herrn Franck verkracht hatte. Dann würde es schwierig für sie, Frieda und Werner zu sehen, und das wäre schmerzlich.

Schnellen Schrittes machten sie sich auf den Weg. »Sieh zu, dass du in der Redaktion niemandem im Weg stehst«, sagte Maud. Das Flehen in ihrer Stimme rührte Carla, und sie schämte sich, ihrer Mutter so viele Sorgen zu bereiten. Sie nahm sich fest vor, sich vorbildlich zu benehmen.

Carla staunte, wie viele Leute ihre Mutter unterwegs grüßten. Aber sie schrieb ihre Kolumne nun schon so lange, wie Carla denken konnte; entsprechend bekannt war »Lady Maud« der Presselandschaft.

In der Nähe der Redaktion des *Demokrat* sahen sie einen Mann, den sie kannten: Feldwebel Schwab. Er hatte mit Walter im Großen Krieg gekämpft und trug sein Haar noch immer so kurz wie beim Militär. Nach dem Krieg hatte er als Gärtner gearbeitet, zuerst für Carlas Großvater und später für ihren Vater; aber er hatte Geld aus Mauds Börse gestohlen, und Walter hatte ihn gefeuert. Nun trug er die hässliche Uniform der Sturmabteilungen, der Braunhemden, die keine Soldaten waren, sondern Nazis, die als Hilfspolizisten arbeiteten.

»Guten Morgen, Frau von Ulrich!«, sagte Schwab so munter, als schäme er sich gar nicht, ein Dieb zu sein. Er legte nicht einmal den Finger an die Mütze.

Maud nickte kühl und ging an ihm vorbei. »Was der hier wohl macht?«, murmelte sie nervös und betrat mit Carla das Gebäude.

Die Zeitungsredaktion nahm den gesamten ersten Stock ein. Ein Kind war hier nicht gern gesehen; deshalb hoffte Carla, dass sie Mutters Büro erreichten, bevor jemand sie entdeckte. Dann aber lief ihnen ausgerechnet Herr Jochmann über den Weg, Mutters Chef, ein kräftiger Mann mit dicker Brille. Er starrte auf Carla. »Was soll das?«, fragte er schroff, ohne die Zigarette aus dem Mund zu nehmen. »Sind wir jetzt ein Kindergarten?«

Maud reagierte nicht auf seine Grobheit. »Ich habe über Ihren gestrigen Kommentar nachgedacht«, sagte sie stattdessen.

»Welchen?«

»Sie sagten, der Journalismus habe große Anziehungskraft auf junge Leute, nur dass sie nicht wissen, wie viel Arbeit dieser Beruf mit sich bringt.«

Jochmann runzelte die Stirn. »Habe ich das gesagt? Wenn ja, stimmt es.«

»Deshalb habe ich heute meine Tochter mitgebracht. Ich möchte ihr unseren Berufsalltag zeigen. Das wird gut für ihre Entwicklung sein, besonders wenn sie mal Journalistin werden will. Sie wird einen Aufsatz über ihren Besuch hier schreiben. Ich war mir sicher, dass Sie nichts dagegen haben.«

Natürlich hatte Maud das alles nur erfunden, aber in Carlas Ohren klang es so überzeugend, dass sie es beinahe selbst geglaubt hätte. Offenbar hatte Mutter den Schalter für ihren Charme doch noch gefunden.

»Ich dachte, Sie erwarten heute wichtigen Besuch aus London«, sagte Jochmann.

28

»Ja. Ethel Leckwith. Aber sie ist nur eine alte Freundin … Sie kennt Carla schon von klein auf.«

Jochmann zeigte sich besänftigt. »Hm. Gut, in fünf Minuten ist Redaktionskonferenz. Ich muss nur noch schnell ein paar Zigaretten holen.«

»Carla holt sie Ihnen.« Maud wandte sich ihr zu. »Drei Häuser weiter ist ein Tabakladen. Herr Jochmann raucht Roth-Händle.«

»Oh. Fein. Das spart mir den Weg.« Jochmann gab Carla eine Mark.

»Wenn du zurückkommst«, sagte Maud, »steig die Treppe rauf. Du findest mich gleich neben dem Feuermelder.« Sie drehte sich um und hakte sich selbstbewusst bei Jochmann unter. »Ich glaube, die Ausgabe letzte Woche war die beste, die wir je hatten«, sagte sie und ging mit ihrem Chef nach oben.

Carla lächelte. Dank ihrer bewährten Mischung aus Dreistigkeit und Koketterie war Mutter wieder mal durchgekommen. »Wir Frauen«, sagte sie öfters, »müssen alle Waffen einsetzen, die uns zur Verfügung stehen.« Als Carla jetzt darüber nachdachte, wurde ihr klar, dass auch sie selbst diese Taktik benutzt hatte, um von Herrn Franck mitgenommen zu werden. Vielleicht war sie ja doch wie ihre Mutter. Und vielleicht hatte Mutter ihr dieses seltsame kleine Lächeln geschenkt, weil sie sich in ihr, Carla, wiedererkannte – als das Mädchen von vor dreißig Jahren.

Vor dem Tabakladen gab es eine kleine Schlange. Die Hälfte aller Berliner Journalisten schien sich hier den Tagesvorrat zu kaufen. Endlich bekam Carla die Packung Roth-Händle und kehrte ins Gebäude des *Demokrat* zurück. Den Feuermelder hatte sie schnell gefunden – einen großen Hebel an der Wand –, aber Mutter war nicht in ihrem Büro. Bestimmt war sie bei der Redaktionskonferenz.

Carla ging den Flur hinunter. Sämtliche Türen standen offen, und die meisten Räume waren leer; nur ein paar Frauen, wahrscheinlich Sekretärinnen, hielten die Stellung. Im hinteren Teil des Gebäudes entdeckte Carla eine geschlossene Tür; auf einem Schild stand: Konferenzraum. Carla hörte die Stimmen von Männern, die lautstark diskutierten. Sie klopfte an. Keine Reaktion. Sie zögerte; dann drückte sie die Klinke hinunter und öffnete die Tür.

Die Luft war voller Tabakrauch. Acht oder zehn Leute saßen

an einem langen Tisch. Mutter war die einzige Frau. Alle verstummten beim Anblick Carlas. Verwundert beobachteten sie, wie das Mädchen zum Kopf des Tisches ging und Herrn Jochmann die Zigaretten und das Wechselgeld gab.

»Danke«, sagte er.

»Gern geschehen, Herr Jochmann«, erwiderte Carla höflich und machte einen Knicks.

Die Männer lachten. Einer sagte: »Ist das Ihre neue Assistentin, Jochmann?«

Carla fiel ein Stein vom Herzen. Alles war in Ordnung. Frohen Mutes verließ sie den Konferenzraum und kehrte in Mutters Büro zurück. Sie zog ihren Mantel nicht aus, denn es war kalt hier drinnen. Neugierig ließ sie den Blick schweifen. Auf dem Tisch standen ein Telefon und eine Schreibmaschine. Daneben lagen Papierstapel und Durchschlagpapier.

Neben dem Telefon entdeckte Carla ein gerahmtes Foto, auf dem sie mit Erik und ihrem Vater zu sehen war. Es war vor ein paar Jahren am Wannsee aufgenommen worden, gut zwanzig Kilometer vom Stadtzentrum Berlins entfernt. Vater trug eine kurze Hose. Alle lachten in die Kamera. Damals hatte Erik noch nicht so getan, als wäre er schon ein Mann.

Das einzige andere Bild im Zimmer hing an der Wand. Es zeigte Mutter mit Friedrich Ebert, dem Helden der Sozialdemokratie und ersten Präsidenten der deutschen Republik. Das Bild war vor zehn Jahren aufgenommen worden. Carla lächelte beim Anblick von Mutters formlosem Kleid und dem jungenhaft kurzen Haar, wie es damals in Mode gewesen war.

Auf dem Regal fanden sich Adressbücher, Telefonbücher und Wörterbücher für verschiedene Sprachen sowie Atlanten, aber nichts, was man hätte lesen können. In der Schreibtischschublade lagen Bleistifte und ein neues Paar eleganter Handschuhe, noch in Papier eingewickelt, sowie ein Paket Kosmetiktücher und ein Notizbuch voller Namen und Telefonnummern.

Carla stellte den Tischkalender auf das heutige Datum ein: Montag, 27. Februar 1933. Dann spannte sie ein Blatt Papier in die Schreibmaschine und tippte ihren vollen Namen: Heike Carla von Ulrich. Im Alter von fünf Jahren hatte sie verkündet, ihr gefiele der Name Heike nicht; in Zukunft wolle sie bei ihrem zweiten

Namen gerufen werden. Seltsamerweise hatte die Familie sich daran gehalten.

Jeder Tastendruck auf der Schreibmaschine ließ einen Metallhebel nach oben schnellen, der durch ein mit Tinte getränktes Band auf das Papier schlug, wobei ein Buchstabe gedruckt wurde. Als Carla aus Versehen zwei Tasten drückte, verklemmten sich die Hebel. Sie versuchte, sie auseinanderzubekommen, schaffte es aber nicht. Ein weiterer Anschlag führte nur dazu, dass jetzt drei Hebel ineinander verkeilt waren. Carla stöhnte. Kaum war sie hier, steckte sie in Schwierigkeiten.

Lärm, der von draußen hereindrang, lenkte sie ab. Sie trat ans Fenster. Ein Dutzend Braunhemden marschierten mitten über die Straße und grölten ihre Parolen: »Tod den Juden! Juda verrecke!« Carla verstand nicht, warum diese Leute so wütend auf die Juden waren. Schließlich unterschieden sich die Juden nur in ihrer Religion von den anderen. Erstaunt sah sie Feldwebel Schwab an der Spitze des Trupps marschieren. Er hatte Carla leidgetan, als Vater ihn gefeuert hatte; sie hatte gewusst, dass es für Schwab schwer sein würde, eine neue Arbeit zu bekommen. In Deutschland gab es Millionen Arbeitslose. Doch Mutter hatte gesagt: »Ein Dieb hat in unserem Haus nichts zu suchen.«

Unten riefen die Männer im Chor: »Zerschlagt die Judenpresse!« Einer von ihnen warf ein fauliges Stück Gemüse, das an der Tür einer Zeitungsredaktion zerplatzte. Dann wandten sich die Braunhemden zu Carlas Entsetzen dem Gebäude des *Demokrat* zu.

Hastig zog sie sich zurück und spähte vorsichtig um den Fensterrahmen herum in der Hoffnung, die Männer würden sie nicht sehen. Noch immer grölend blieb die Meute draußen stehen. Einer warf einen Stein und traf das Fenster von Mauds Büro, ohne es zu zerbrechen; dennoch stieß Carla einen Angstschrei aus. Sofort kam eine der Sekretärinnen zu ihr herein, eine junge Frau mit rotem Barett. »Was ist?«, fragte sie; dann schaute sie hinaus. »Oh, Mist!«

Die Braunhemden kamen ins Gebäude. Carla hörte Stiefelgepolter auf der Treppe. Angst überfiel sie. Was würden diese Männer tun?

Lärmend kam Feldwebel Schwab in Mauds Büro. Als er die

Frau und das Mädchen sah, zögerte er kurz, schnappte sich dann aber die Schreibmaschine und schleuderte sie durchs Fenster. Das Glas zerbarst. Carla und die Sekretärin kreischten.

Weitere Braunhemden stapften an der Tür vorbei und brüllten ihre Parolen.

Schwab packte die Sekretärin am Arm. »Sag mal, Süße, wo ist der Bürosafe?«

»Im Aktenraum!«, antwortete die Sekretärin voller Angst.

»Zeig's mir.«

»Ja, ja … alles, was Sie wollen.«

Schwab zerrte die junge Frau aus dem Raum.

Carla brach in Tränen aus, riss sich dann aber zusammen. Sie dachte darüber nach, sich unter dem Schreibtisch zu verstecken, ließ es dann aber. Sie wollte diesen Männern nicht zeigen, wie groß ihre Angst war. Stattdessen war ihr Trotz geweckt. Aber was sollte sie tun?

Carla beschloss, ihre Mutter zu warnen.

Sie schlich zur Tür und spähte in den Flur hinaus. Die Braunhemden drangen in die Büros ein, hatten aber noch nicht das Ende des Gangs erreicht. Carla wusste nicht, ob die Redakteure im Konferenzraum den Aufruhr hören konnten. So schnell sie konnte, lief sie den Flur hinunter, bis ein Schrei sie innehalten ließ. Erschrocken schaute sie in ein Büro und sah, wie Schwab die Sekretärin mit dem roten Barett durchschüttelte. »Wo ist der Schlüssel?«, fuhr er sie an.

»Ich weiß es nicht! Ehrlich nicht! Ich schwöre!«, jammerte die arme Frau.

Carla konnte vor Wut nicht mehr an sich halten und schrie: »Lassen Sie die Frau in Ruhe, Sie Dieb!«

Schwab starrte sie an, Hass in den Augen. Carla bekam solche Angst, dass sie am ganzen Körper zitterte. Dann richtete Schwabs Blick sich auf etwas oder jemandem hinter ihr, und er sagte: »Schaff das Kind hier weg.«

Jemand hob Carla von hinten hoch. »Bist du ein Judengör?«, fragte eine Männerstimme. »Mit deinem dunklen Haar siehst du jedenfalls so aus.«

»Ich bin keine Jüdin!«, kreischte Carla voller Furcht.

Der Nazi trug sie durch den Flur und setzte sie unsanft in

Mauds Büro ab. Carla stolperte, fiel zu Boden. »Bleib ja hier drin«, befahl der Mann und stapfte davon.

Carla rappelte sich auf. Wie es aussah, war sie unverletzt, doch im Flur wimmelte es mittlerweile von Braunhemden, sodass sie nicht zu ihrer Mutter konnte. Aber sie musste Hilfe herbeirufen!

Carla blickte aus dem zerbrochenen Fenster. Auf der Straße hatte sich eine kleine Menge Neugieriger versammelt. Zwei Polizisten standen unter den Zuschauern und plauderten munter miteinander. »Hilfe!«, rief Carla ihnen zu. »Hilfe! Polizei!«

Die beiden Männer schauten zu ihr hoch und lachten.

Carla wurde so wütend, dass sie ihre Angst für den Augenblick vergaß. Wieder schaute sie zur Bürotür hinaus. Ihr Blick blieb am Feuermelder hängen. Sie packte den Hebel, zögerte dann aber. Man durfte keinen Alarm auslösen, solange es nicht wirklich brannte. Ein Schild an der Wand warnte vor den Strafen für einen Fehlalarm.

Carla zog den Hebel trotzdem.

Einen Moment lang geschah nichts. Vielleicht funktionierte das Ding ja gar nicht.

Dann, unvermittelt, erfüllte ein lautes Heulen das Gebäude.

Augenblicke später erschienen am anderen Ende des Flurs die Leute aus dem Konferenzraum, Jochmann vorneweg. »Was ist hier los?«, brüllte er, um sich über das Heulen hinweg verständlich zu machen.

Einer von den Braunhemden rief ihm zu: »Euer jüdisches Kommunistenblatt hat unseren Führer beleidigt! Jetzt machen wir den Laden dicht!«

Jochmann fuhr ihn an: »Raus aus meiner Redaktion!«

Doch der Nazi beachtete ihn gar nicht und verschwand in einem Nebenraum. Sekunden später war der Schrei einer Frau zu hören, gefolgt von einem Krachen, als wäre ein Schreibtisch umgeworfen worden.

Jochmann wandte sich an einen seiner Angestellten. »Rufen Sie sofort die Polizei, Schneider!«

Carla wusste, dass das nichts nützen würde. Die Polizei war bereits da, aber sie tat nichts.

Maud drängte sich zwischen den Leuten hindurch und rannte den Flur hinunter auf Carla zu. »Ist dir was passiert?«, rief sie und drückte ihre Tochter an sich, doch Carla wollte nicht getröstet werden wie ein kleines Kind und schob Maud von sich. »Mir geht's gut. Mach dir keine Sorgen.«

Maud schaute sich um. »Meine Schreibmaschine!«

»Die haben die Männer aus dem Fenster geworfen.« Mit einem Anflug von Erleichterung wurde Carla bewusst, dass sie wegen der Schreibmaschine nun keinen Ärger mehr kriegen konnte.

»Wir müssen hier raus.« Maud schnappte sich das eingerahmte Foto und ergriff Carlas Hand. Gemeinsam rannten sie aus dem Büro.

Niemand versuchte, die beiden aufzuhalten, als sie die Treppe hinuntereilten. Vor ihnen hatte ein kräftig gebauter Mann, möglicherweise einer der Reporter, einen SA-Mann im Schwitzkasten und zerrte ihn aus dem Gebäude. Carla und ihre Mutter folgten den beiden hinaus. Ein weiterer Nazi lief ihnen hinterher.

Der Reporter ging zu den beiden Polizisten, das Braunhemd noch immer fest im Griff. »Verhaften Sie diesen Kerl«, sagte er. »Ich habe ihn dabei erwischt, wie er versucht hat, unsere Redaktion auszurauben. In seiner Tasche finden Sie eine gestohlene Dose Kaffee.«

»Lassen Sie ihn los«, forderte einer der Polizisten ihn auf.

Widerwillig ließ der Reporter den SA-Mann gehen.

Der zweite Nazi stand hinter seinem Kameraden.

»Wie heißen Sie?«, fragte der Polizist den Reporter.

»Rudolf Schmidt. Ich bin Parlamentskorrespondent des *Demokrat*.«

»Rudolf Schmidt, hiermit verhafte ich Sie wegen Widerstands gegen die Staatsgewalt.«

»Machen Sie sich nicht lächerlich. Ich habe den Mann beim Stehlen erwischt!«

Der Polizist nickte den beiden Braunhemden zu. »Bringt ihn aufs Revier.«

Die SA-Männer packten Schmidt an den Armen. Er schien sich wehren zu wollen, besann sich dann aber eines Besseren. »Über diesen Vorfall wird in der nächsten Ausgabe des *Demokrat* berichtet, verlassen Sie sich drauf!«, drohte er.

»Es wird keine nächste Ausgabe geben«, erwiderte der Polizist. »Schafft ihn weg.«

Ein Leiterwagen fuhr vor, und ein halbes Dutzend Feuerwehrleute sprangen herunter. Der Einsatzleiter lief zu den Polizisten und sagte in schroffem Tonfall: »Wir müssen das Gebäude räumen!«

»Fahren Sie zur Feuerwache zurück. Hier gibt es keinen Brand«, erklärte der ältere Polizist. »Das sind nur ein paar SA-Männer, die eine kommunistische Zeitung schließen.«

»Das ist mir egal«, erwiderte der Feuerwehrmann. »Es wurde Alarm ausgelöst, und wir haben die Aufgabe, alle da rauszuholen, egal ob SA-Mann oder Kommunist. Aber das schaffen wir auch ohne Ihre Hilfe.« Er führte seine Männer ins Gebäude.

Carla hörte, wie ihre Mutter hervorstieß: »Oh, nein!« Sie drehte sich um und sah, dass Maud auf ihre Schreibmaschine starrte, die auf dem Bürgersteig lag. Die Metallhülle war abgesprungen, der Mechanismus lag offen. Die Tastatur war verdreht, die Walze auf einer Seite herausgebrochen, und die Glocke, die das Ende einer Zeile anzeigte, lag einsam ein Stück entfernt. Eine Schreibmaschine war keine Kostbarkeit, aber Maud sah aus, als würde sie jeden Moment in Tränen ausbrechen.

Die Braunhemden und die Redaktionsmitarbeiter wurden von den Feuerwehrleuten aus dem Gebäude gescheucht. »Hier gibt's kein Feuer!«, protestierte Feldwebel Schwab, aber die Feuerwehrmänner schoben ihn einfach weiter.

Jochmann kam zu Maud. »Die Kerle hatten nicht genug Zeit, um größeren Schaden anzurichten«, sagte er. »Die Feuerwehrmänner haben sie davon abgehalten. Wer immer den Alarm ausgelöst hat, er hat uns einen großen Dienst erwiesen.«

Carla atmete auf. Sie hatte sich schon Sorgen gemacht, für den Fehlalarm bestraft zu werden. Dabei hatte sie genau das Richtige getan.

Sie nahm die Hand ihrer Mutter. Die Berührung schien Maud aus ihrer Lethargie zu reißen, und sie wischte sich die Tränen mit dem Ärmel ab. »Was sollen wir jetzt tun?«, sagte sie leise. Carla vernahm es mit Erstaunen. So etwas sagte ihre Mutter sonst nie. Sie hatte bisher immer gewusst, wie es weitergehen sollte.

Auf einmal bemerkte Carla zwei Leute neben ihnen. Sie hob den Blick und sah eine Frau, ungefähr so alt wie Mutter. Sie war sehr hübsch und wirkte stark und selbstbewusst. Irgendwie kam sie Carla bekannt vor, aber sie konnte die Frau nicht einordnen. Neben

35

ihr stand ein junger Mann, der vom Alter her ihr Sohn sein konnte. Er war schlank und nicht sehr groß, sah aber wie ein Filmstar aus. Sein attraktives Gesicht war fast zu schön, wäre da nicht die platte Nase gewesen. Beide wirkten schockiert, und das Gesicht des jungen Mannes war weiß vor Wut.

Die Frau kam näher. »Hallo, Maud«, sagte sie auf Englisch. Auch die Stimme kam Carla bekannt vor. »Erkennst du mich nicht? Ich bin's, Eth Leckwith. Und das ist Lloyd.«

Lloyd Williams fand einen Boxclub in Berlin, wo er für ein paar Pennys eine Stunde lang trainieren konnte. Der Club lag im Arbeiterbezirk Wedding im Norden des Stadtzentrums. Lloyd trainierte mit dem Medizinball, am Sandsack und sprang Seil. Dann stülpte er sich einen Boxhelm über, stieg in den Ring und boxte fünf Runden. Der Clubtrainer hatte ihm einen passenden Sparringspartner ausgesucht, einen gleichaltrigen Deutschen, genauso groß und schwer wie Lloyd, der im Weltergewicht kämpfte. Der Deutsche hatte eine gute Führhand, die aus dem Nichts zu kommen schien und Lloyd mehrmals traf. Dann aber landete Lloyd einen linken Haken und schickte den Gegner zu Boden.

Lloyd war in einem rauen Viertel im Londoner Eastend aufgewachsen. Mit zwölf Jahren war er von einer Bande Schulhofschläger terrorisiert worden. »Das ist mir damals auch so ergangen«, hatte Bernie Leckwith gesagt, Lloyds Stiefvater. »Wenn du der klügste Junge in der Schule bist, suchen die dümmsten Schläger dich als Zielscheibe aus.« Er hatte Lloyd in den Boxclub von Aldgate gebracht. Ethel war dagegen gewesen, doch Bernie hatte sich durchgesetzt – was bemerkenswert war, denn für gewöhnlich traf Ethel sämtliche Entscheidungen.

Im Boxclub hatte Lloyd gelernt, sich schnell zu bewegen und hart zuzuschlagen. Allerdings hatte er sich beim Training die Nase gebrochen, sodass er nicht mehr ganz wie Mamas Liebling aussah. Aber das Boxtraining half ihm, die Probleme mit den Schulhofschlägern zu lösen. Außerdem entdeckte er verborgene Talente bei sich: Er besaß gute Reflexe und war hart im Nehmen. Bald hatte er mehrere Pokale errungen. Er war ein so guter Boxer, dass sein

Trainer sichtlich enttäuscht war, als Lloyd ihm verkündet hatte, lieber nach Cambridge zu gehen, als Profi zu werden.

Lloyd duschte, zog sich an und ging in eine Arbeiterkneipe. Dort bestellte er sich ein Glas Pils und setzte sich an einen Tisch, um seiner Halbschwester Millie über den Vorfall mit den Braunhemden zu schreiben. Millie war neidisch auf ihn, weil er seine Mutter auf dieser Reise begleiten durfte, und Lloyd hatte versprochen, ihr zu schreiben, sooft es ging.

Der Aufruhr an diesem Morgen hatte ihm einen ziemlichen Schock versetzt. Politik war ein Teil seines Lebens. Seine Mutter war Parlamentsabgeordnete, sein Vater Stadtrat in London, und er selbst war Vorsitzender der Labour-Jugend in der Hauptstadt. Doch in der Politik, wie Lloyd sie kannte, wurden Kämpfe stets als Debatten oder an der Wahlurne ausgefochten ... bis heute. Lloyd hatte noch nie gesehen, wie eine Zeitungsredaktion von uniformierten Schlägern demoliert wurde, während die Polizei dabeistand und zuschaute. Das war keine Politik, das war der nackte Terror.

Ob so etwas auch in London geschehen könnte, Millie?, schrieb er. Wahrscheinlich nicht. Aber auch unter den britischen Industriellen und Zeitungsverlegern hatte Hitler Bewunderer. Erst vor ein paar Monaten hatte der Parlamentsabgeordnete Sir Oswald Mosley, ein Außenseiter, eine faschistische Partei ins Leben gerufen, die British Union of Fascists, kurz BFU. Wie die Nazis marschierte die BFU mit Vorliebe in Uniform durch die Straßen. Was würde als Nächstes kommen?

Lloyd beendete den Brief, steckte ihn ein und nahm eine S-Bahn zurück ins Stadtzentrum. Er und seine Mutter wollten sich mit Walter und Maud zum Abendessen treffen. Sein Leben lang hatte Lloyd nun schon Geschichten über Maud gehört. Sie und seine Mutter waren die besten Freundinnen. Ethel hatte ihr Berufsleben als Dienstmädchen in einem Herrenhaus begonnen, das Mauds Familie gehörte. Später waren sie gemeinsam bei den Suffragetten gewesen und hatten für das Frauenwahlrecht gekämpft. Während des Krieges hatten sie eine feministische Zeitung herausgegeben, *The Soldier's Wife*. Dann aber hatten sie sich über politische Fragen zerstritten und waren getrennte Wege gegangen.

Lloyd erinnerte sich noch lebhaft an den Besuch der von Ulrichs in London. Er war damals zehn gewesen, alt genug, dass es ihm

37

peinlich gewesen war, kein Deutsch zu sprechen, während Erik und Carla, fünf und drei Jahre alt, sowohl Deutsch als auch Englisch beherrschten. Bei diesem Besuch hatten Ethel und Maud ihren alten Streit beigelegt.

Lloyd ging zu dem Restaurant, in dem sie verabredet waren, dem Bistro Robert, das im Stil des Art déco mit rechteckigen Tischen und Stühlen sowie mit kunstvollen, schmiedeeisernen Tiffanylampen eingerichtet war. Vor allem gefielen Lloyd die gestärkten weißen Servietten, die neben den Tellern standen.

Die anderen waren bereits da. Die Frauen waren elegant gekleidet, attraktiv und strahlten Selbstbewusstsein aus, sodass sie die bewundernden Blicke anderer Gäste auf sich zogen. Lloyd fragte sich, ob seine Mutter ihr Stilgefühl von ihrer adligen Freundin gelernt hatte.

Nachdem sie bestellt hatten, kam Ethel auf den Grund ihrer Reise zu sprechen. »Ich habe meinen Parlamentssitz 1931 verloren«, sagte sie. »Aber ich hoffe, ihn bei der nächsten Wahl zurückzugewinnen. Bis dahin muss ich allerdings Geld verdienen. Zum Glück hat Maud mir das Journalistenhandwerk beigebracht.«

»So viel musste ich dir gar nicht zeigen«, sagte Maud. »Du bist ein Naturtalent.«

»Ich schreibe gerade eine Artikelserie über die Nazis für den *News Chronicle*, und der Verleger Victor Gollancz hat mir einen Buchvertrag gegeben. Ich habe Lloyd als Dolmetscher mitgebracht. Er ist gut in Deutsch und Französisch.«

Lloyd sah ihr stolzes Lächeln und hatte das Gefühl, es nicht verdient zu haben. »Mein Können als Dolmetscher und Übersetzer ist bis jetzt allerdings nicht ernsthaft auf die Probe gestellt worden«, relativierte er die Aussage seiner Mutter. »Bisher habe ich nur Leute wie Sie kennengelernt, die perfekt Englisch sprechen.«

Lloyd hatte Fasan in Brotkruste bestellt, ein Gericht, das er in England noch nie gesehen hatte. Es war köstlich. Während sie aßen, fragte Walter: »Müsstest du nicht in der Schule sein?«

»Mom meinte, ich würde auf dieser Reise mehr Deutsch lernen als aus Büchern, und die Schule sah das genauso.«

»Was hältst du davon, eine Zeit lang für mich im Reichstag zu arbeiten? Unbezahlt, fürchte ich, aber du würdest den ganzen Tag Deutsch sprechen.«

Lloyd war begeistert. »Das wäre großartig!«

»Natürlich nur, falls Ethel dich entbehren kann«, fügte Walter hinzu.

Sie lächelte. »Solange ich ihn dann und wann wiederbekomme, wenn ich ihn brauche.«

»Natürlich.«

Ethel streckte den Arm aus und berührte Walters Hand. Es war eine intime Geste, und Lloyd erkannte, dass die drei eng verbunden waren. »Das ist sehr freundlich von dir, Walter«, sagte sie.

»Ach was. Einen klugen, jungen Assistenten, der was von Politik versteht, kann ich immer gebrauchen.«

Ethel seufzte. »Ich bin mir nicht mehr sicher, ob ich die Politik überhaupt noch verstehe. Was ist hier in Deutschland eigentlich los?«

»Mitte der Zwanzigerjahre war die Welt noch in Ordnung«, antwortete Maud. »Wir hatten eine demokratische Regierung, und unsere Wirtschaft florierte. Dann aber kam der Börsencrash von 1929, und jetzt stecken wir mitten in einer Wirtschaftskrise.« Trauer schlich sich in ihre Stimme. »Wird irgendwo eine Arbeitsstelle angeboten, stehen hundert Leute Schlange, und wenn ich mir die Gesichter anschaue, sehe ich nur Schmerz und Verzweiflung. Diese Menschen wissen nicht, wie sie ihre Kinder ernähren sollen. Dann kommen die Nazis und bieten ihnen Hoffnung, und die Leute sagen sich: Was habe ich zu verlieren?«

Walter schien Mauds Worte für übertrieben zu halten, denn er sagte voller Zuversicht: »Aber Hitler ist es nicht gelungen, die Mehrheit der Deutschen für sich zu gewinnen. Bei der letzten Wahl haben die Nazis nur ein Drittel der Stimmen errungen. Sie waren zwar die stärkste Partei, aber Gott sei Dank führt Hitler nur eine Minderheitsregierung.«

»Deshalb hat er ja Neuwahlen angesetzt«, warf Maud ein. »Er braucht eine breite Mehrheit, um Deutschland in die braune Diktatur zu verwandeln, die er anstrebt.«

»Und wird er diese Mehrheit bekommen?«, wollte Ethel wissen.

»Nein«, antwortete Walter.

»Ja«, sagte Maud.

Walter schüttelte den Kopf. »Ich glaube nicht, dass das deutsche Volk für die Einführung einer Diktatur stimmen wird.«

»Aber es werden keine fairen Wahlen sein!«, wandte Maud ein. »Sieh dir doch an, was heute mit meiner Zeitung passiert ist. Jeder, der die Nazis kritisiert, schwebt in Gefahr. Gleichzeitig ist ihre Propaganda überall.«

»Und niemand scheint sich ihnen zu widersetzen«, sagte Lloyd. Er wünschte, er wäre an diesem Morgen früher an der Redaktion eingetroffen, dann hätte er sich ein paar Braunhemden vorgeknöpft. Unwillkürlich ballte er unter dem Tisch die Faust und zwang sich, die Hand wieder zu öffnen. Aber sein Zorn verflog nicht. »Warum nehmen die Linken nicht ein paar Nazi-Zeitungen auseinander? Gebt ihnen ihre eigene Medizin zu schmecken!«

»Nein. Wir dürfen Gewalt nicht mit Gewalt beantworten«, erklärte Maud entschlossen. »Hitler wartet nur auf einen Anlass, um den Notstand auszurufen. Dann kann er die Bürgerrechte außer Kraft setzen und seine Gegner nach Belieben ins Gefängnis werfen.« Ihre Stimme bekam einen flehenden Beiklang. »Wir dürfen ihm auf keinen Fall einen Vorwand geben, und wenn es uns noch so schwerfällt.«

Sie beendeten ihre Mahlzeit. Das Restaurant leerte sich. Als der Kaffee serviert wurde, gesellten sich die Besitzer des Bistro Robert zu ihnen: Walters entfernter Cousin Robert von Ulrich sowie Jörg, der Koch. Vor dem Großen Krieg waren Robert und Walter Militärattachés in London gewesen – Robert an der österreichischen, Walter an der deutschen Botschaft. Während dieser Zeit hatte Walter sich in Maud verliebt.

Robert ähnelte Walter, war aber deutlich auffälliger gekleidet. In seiner Krawatte steckte eine goldene Nadel, seine Uhrenkette zierte ein schweres Siegel, und sein Haar schimmerte von Pomade. Jörg war jünger, ein blonder Mann mit feinen Gesichtszügen und einem fröhlichen Lächeln. Die beiden waren gemeinsam in Russland in Kriegsgefangenschaft gewesen. Jetzt lebten sie in einer Wohnung über dem Restaurant.

Gemeinsam erinnerten sie sich nun an die Hochzeit von Walter und Maud, die am Vorabend des Krieges streng geheim gehalten worden war. Es hatte keine Gäste gegeben, doch Robert und Ethel waren als Trauzeuge und Brautjungfer dabei gewesen. Ethel erzählte: »Wir haben im Hotel Champagner getrunken. Dann haben Robert und ich uns taktvoll verabschiedet, und Walter …«

Sie unterdrückte ein Kichern. »Und Walter hat gesagt: ›Oh, und ich dachte, wir würden alle noch zu Abend essen.‹«

Maud lachte. »Du kannst dir sicher vorstellen, wie sehr mich das gefreut hat.«

Lloyd starrte in seinen Kaffee. Das Gespräch war ihm peinlich. Er war achtzehn und noch unschuldig, und sexuelle Anspielungen machten ihn verlegen.

Dann fragte Ethel ihre Freundin mit ernster Stimme: »Hast du noch mal was von Fitz gehört?«

Lloyd wusste, dass die heimliche Hochzeit zum Zerwürfnis zwischen Maud und ihrem Bruder, Earl Fitzherbert, geführt hatte. Fitz hatte Maud enterbt, weil sie ihn als Familienoberhaupt nicht um Erlaubnis gefragt hatte.

Maud schüttelte traurig den Kopf. »Ich habe ihm geschrieben, als wir das letzte Mal in London waren, aber er wollte mich nicht sehen. Ich habe seinen Stolz verletzt, als ich Walter geheiratet habe, ohne ihm etwas davon zu sagen. Ich fürchte, mein Bruder verzeiht nicht so leicht.«

Ethel bezahlte die Rechnung. In Deutschland war alles billig, wenn man nur fremde Währung hatte. Sie wollten gerade aufstehen und gehen, als ein Fremder an den Tisch kam und sich unaufgefordert einen Stuhl heranzog. Der Mann war kräftig gebaut, und ein schmaler Schnurrbart zierte sein rundes Gesicht.

Er trug eine Nazi-Uniform.

Robert fragte unterkühlt: »Was kann ich für Sie tun, mein Herr?«

»Ich bin Kriminalinspektor Thomas Macke.« Er packte einen vorbeikommenden Kellner am Arm und sagte: »Bringen Sie mir einen Kaffee.«

Der Kellner schaute Robert fragend an. Der nickte.

»Ich arbeite in der Politischen Abteilung der Preußischen Polizei«, fuhr Macke fort, »und bin Abteilungsleiter hier in Berlin.«

Lloyd übersetzte leise für seine Mutter.

»Allerdings bin ich nicht in meiner offiziellen Funktion hier«, sagte Macke. »Ich würde gerne mit dem Besitzer dieses Restaurants eine persönliche Angelegenheit besprechen.«

»Wo haben Sie letzten Monat gearbeitet?«, wollte Robert wissen.

Die unerwartete Frage überraschte Macke. »Auf dem Revier in Kreuzberg. Wieso?«

41

»Was haben Sie da gemacht?«

»Ich habe die Akten verwaltet. Warum fragen Sie?«

Robert nickte, als hätte er nichts anderes erwartet. »Sie sind also vom Verwaltungsmenschen zum Abteilungsleiter der Politischen Abteilung in Berlin geworden. Da gratuliere ich recht schön zu Ihrer raschen Beförderung.« Er drehte sich zu Ethel um. »Als Hitler Ende Januar Kanzler geworden ist, hat er seinem Henkersknecht Hermann Göring als Reichskommissar das Preußische Innenministerium unterstellt und ihn damit zum Chef der größten Polizeistreitmacht der Welt gemacht. Göring hat einen Großteil der Beamten versetzt oder entlassen und durch linientreue Nazis ersetzt.« Er wandte sich wieder Macke zu. Spöttisch sagte er: »Aber ich gehe natürlich davon aus, dass die Beförderung unseres Gastes allein auf seinen Verdiensten beruht.«

Macke errötete, hielt sich aber zurück. »Nun, wie gesagt, würde ich mit dem Eigentümer dieses Restaurants gern eine persönliche Sache besprechen. Wissen Sie, mein Bruder …«

»Kommen Sie bitte morgen früh zu mir«, fiel Robert ihm ins Wort. »Wäre Ihnen zehn Uhr genehm?«

Macke fuhr ungerührt fort: »Mein Bruder ist im Gastronomiegewerbe, und …«

»Interessant. Vielleicht kenne ich ihn. Heißt er auch Macke? Was für ein Etablissement führt er denn?«

»Ein kleines Lokal für Arbeiter in Friedrichshain.«

»Oh. Dann kenne ich ihn wohl doch nicht.«

Lloyd war nicht sicher, ob es klug von Robert war, sich so herablassend zu geben. Sicher, Macke war grob und verdiente keine Freundlichkeit, aber er konnte wahrscheinlich großen Ärger machen.

Macke fuhr fort: »Mein Bruder würde dieses Restaurant gerne kaufen.«

»Ihr Bruder will es Ihnen also gleichtun und ebenfalls die Karriereleiter emporsteigen, ja?«

»Wir bieten Ihnen zwanzigtausend Mark, zahlbar in Raten über zwei Jahre hinweg.«

Jörg lachte auf.

»Bitte erlauben Sie mir, Ihnen etwas zu erklären, Herr Inspektor«, sagte Robert. »Ich bin österreichischer Graf. Vor zwanzig

Jahren hatte ich ein Schloss und ein großes Gut in Ungarn, wo meine Mutter und meine Schwester lebten. Im Krieg habe ich meine Familie verloren, mein Schloss, meine Ländereien, sogar mein Land, das … das miniaturisiert worden ist.« Der Sarkasmus war von ihm abgefallen; nun schwankte seine Stimme. »Ich bin mit nichts außer der Adresse Walter von Ulrichs, meines entfernten Cousins, nach Berlin gekommen. Trotzdem habe ich es geschafft, dieses Restaurant zu eröffnen.« Er schluckte. »Es ist alles, was ich habe.« Er hielt kurz inne und trank einen Schluck Kaffee. Die anderen am Tisch schwiegen. Robert riss sich zusammen, und seine Stimme nahm wieder den überheblichen Tonfall an. »Selbst wenn Sie mir einen großzügigen Preis bieten würden – was nicht der Fall ist –, würde ich Ihr Angebot ausschlagen. Würde ich dieses Restaurant verkaufen, wäre es so, als würde ich mein Leben verkaufen. Ich will nicht grob zu Ihnen sein, obwohl Sie alles andere als höflich zu mir waren, aber mein Restaurant steht nicht zum Verkauf, egal zu welchem Preis.« Er stand auf und streckte die Hand aus. »Gute Nacht, Inspektor Macke.«

Macke schüttelte ihm instinktiv die Hand, schien es aber sofort zu bereuen. Sichtlich wütend stand er auf. Sein rundes Gesicht war knallrot. »Wir sehen uns wieder«, sagte er und stürmte hinaus.

»Was für ein Ochse«, bemerkte Jörg.

Walter sagte zu Ethel: »Siehst du jetzt, womit wir es hier zu tun haben? Nur weil er eine Uniform trägt, glaubt er, tun und lassen zu können, was er will.«

Lloyd war schockiert. Besonders Mackes Selbstbewusstsein ängstigte ihn. Der Mann schien sich vollkommen sicher gewesen zu sein, das Restaurant zu dem genannten Preis bekommen zu können. Und er hatte auf Roberts Weigerung reagiert, als wäre es nur ein vorübergehender Rückschlag. Waren die Nazis wirklich schon so mächtig?

Lloyd dachte an Oswald Mosley und die britischen Faschisten. Auch sie wollten ein Land, in dem die Gesetze durch Gewalt verdrängt wurden. Wie konnten die Menschen nur so dumm sein?

Sie zogen ihre Mäntel und Hüte an und verabschiedeten sich von Robert und Jörg. Kaum waren sie auf der Straße, stieg ihnen Brandgeruch in die Nase, doch sie schenkten dem weiter keine Beachtung. Zu viert stiegen sie in Walters Wagen, einen BMW

Dixi 3/15, von dem Lloyd wusste, dass dieses Modell nichts anderes war als ein in Deutschland produzierter Austin Seven.

Als sie durch den Tiergarten fuhren, wurden sie von zwei Leiterwagen überholt. Augenblicke später sahen sie den Feuerschein zwischen den Bäumen.

»Das scheint in der Nähe des Reichstags zu sein«, sagte Maud.

»Wir sollten lieber nachsehen«, sagte Walter besorgt und wendete.

Der Brandgeruch wurde immer stärker. Über die Baumwipfel hinweg konnte Lloyd die Flammen sehen. »Das ist ein verdammt großes Feuer«, bemerkte er.

Sie fuhren auf den Königsplatz zwischen Reichstagsgebäude und Krolloper. Und dann sahen sie es: Der Reichstag stand in hellen Flammen. Rotes und gelbes Licht tanzte hinter den neoklassizistischen Fenstern; Flammen und Rauch quollen aus der Kuppel.

»Oh nein!«, rief Walter. Lloyd erschrak, als er den Schmerz in der Stimme des Mannes hörte. »O Gott, nein!«

Walter hielt an, und sie stiegen aus.

»Eine Katastrophe …«, sagte Walter, der hörbar mit seinen Emotionen kämpfte.

»So ein wundervolles altes Gebäude!«, rief Ethel bestürzt.

»Das Gebäude ist mir egal«, sagte Walter zu Ethels und Lloyds Verwunderung. »Da brennt unsere Demokratie.«

Eine kleine Menschenmenge schaute aus einer Entfernung von gut fünfzig Metern zu. Vor dem Reichstag reihte sich Feuerwehrwagen an Feuerwehrwagen. Die Männer hatten die Schläuche bereits ausgerollt, und Wasser schoss durch die Fenster und in die Flammen. Eine Handvoll Polizisten stand untätig dabei. Walter sprach einen von ihnen an. »Ich bin Reichstagsabgeordneter«, sagte er. »Wann ist das Feuer ausgebrochen?«

»Vor ungefähr einer Stunde«, antwortete der Polizist. »Wir haben einen der Brandstifter gefasst. Der Mann hatte nichts außer seiner Hose an. Mit der restlichen Kleidung hat er den Brand entfacht.«

»Sperren Sie das Gebiet ab«, befahl Walter mit der Autorität seines Amtes, »damit die Leute auf Sicherheitsabstand bleiben.«

»Jawohl«, sagte der Polizist und marschierte los.

Lloyd, dessen Neugier geweckt war, schlich sich von den anderen weg und näherte sich dem Reichstag. Die Feuerwehrmänner bekamen den Brand allmählich unter Kontrolle; die Flammen loderten nicht mehr so hell, und der Rauch lichtete sich. Lloyd ging an den Löschfahrzeugen vorbei zu einem der Fenster und spähte ins Innere. Er sah auf den ersten Blick, dass es schwere Verwüstungen gegeben hatte. Wände und Decken waren eingebrochen. Männer in Zivil – vermutlich Reichstagsangestellte – stapften zwischen den Trümmern umher und nahmen die Schäden in Augenschein.

Lloyd ging zum Eingang und stieg die Stufen hinauf. In diesem Moment jagten zwei schwarze Mercedes-Limousinen heran und wurden von der Polizei sofort durch die Absperrung gelassen. Lloyd beobachtete interessiert, was weiter geschah. Aus dem zweiten Wagen sprang ein schnurrbärtiger Mann in hellem Trenchcoat und mit breitem schwarzem Hut. Lloyd erkannte ihn auf Anhieb: Es war Reichskanzler Adolf Hitler.

Hinter Hitler folgte ein größerer Mann in der schwarzen Hose und mit der schwarzen Kappe der SS, sein Leibwächter. Dem SS-Mann wiederum folgte der Gauleiter von Berlin und Propagandachef der NSDAP, der hinkende Judenhasser Joseph Goebbels. Lloyd erkannte ihn aufgrund von Fotos, die er in der Zeitung gesehen hatte. Er war so fasziniert, diese Männer aus der Nähe zu sehen, dass sein Entsetzen in den Hintergrund gedrängt wurde.

Hitler nahm zwei Stufen auf einmal und hielt direkt auf Lloyd zu. Instinktiv öffnete Lloyd dem Reichskanzler die Tür. Hitler nickte ihm knapp zu und verschwand im Gebäude, gefolgt von seiner Entourage.

Ohne zu überlegen, schloss Lloyd sich ihnen an. Niemand sprach ihn an. Offenbar hielten Hitlers Leute ihn für einen Reichstagsangestellten.

Es stank nach nasser Asche. Hitler und sein Gefolge stiegen über verkohlte Balken und Rohre hinweg und wateten durch schwarze Pfützen. In der Eingangshalle stand Hermann Göring, einen Kamelhaarmantel über dem dicken Bauch und den Hut nach neuester Mode schief auf dem Kopf. Das also ist der Mann, der die alten Polizeikräfte durch Nazis ersetzt, dachte Lloyd und erinnerte sich an das Gespräch im Restaurant.

Kaum sah Göring Hitler, rief er: »Das ist der Beginn des Kommunistenaufstands! Jetzt werden sie zuschlagen! Wir dürfen keine Zeit verschwenden!«

Es war eine gespenstische Szenerie. Lloyd kam sich vor wie im Theater. Diese Männer schienen nur Schauspieler zu sein, die ihre Rollen spielten.

Hitler gab sich noch theatralischer als Göring. »Jetzt gibt es keine Gnade mehr!«, tobte er so laut, als würde er vor einem voll besetzten Stadion sprechen. »Wer sich uns in den Weg stellt, wird niedergemacht.« Er zitterte, während er sich immer mehr in Rage redete. »Jeder kommunistische Funktionär wird an Ort und Stelle erschossen. Und die kommunistischen Reichstagsabgeordneten müssen noch heute Nacht aufgeknüpft werden!«

Das Ganze hatte etwas Künstliches, Gestelltes. Hitlers Hass schien echt zu sein, der Wutausbruch aber war nur Show, um die Umstehenden zu beeindrucken – die Feuerwehrmänner, die Reichstagsangestellten und seine eigenen Leute. Hitler war in der Tat ein Schauspieler. Zwar waren seine Emotionen echt, doch er bauschte sie für sein Publikum auf. Und es funktionierte, wie Lloyd beobachten konnte: Alle in Hörweite starrten Hitler fasziniert an.

Göring sagte: »Mein Führer, das hier ist der Chef der Politischen Polizei, Rudolf Diels.« Er deutete auf einen schlanken, dunkelhaarigen Mann an seiner Seite. »Er hat einen der Brandstifter bereits verhaftet.«

Diels war nicht so hysterisch wie die Nazi-Führer. Mit ruhiger Stimme sagte er: »Der Mann heißt Marinus van der Lubbe, ein niederländischer Bauarbeiter.«

»Und Kommunist!«, fügte Göring triumphierend hinzu.

Diels nickte. »Allerdings wurde er als Anarchist aus der Kommunistischen Partei der Niederlande ausgeschlossen.«

»Ich wusste es!«, rief Hitler.

Lloyd erkannte, dass der Reichskanzler ungeachtet der Tatsachen fest entschlossen war, den Kommunisten die Schuld am Reichstagsbrand zu geben.

Diels erklärte respektvoll: »Nach einem ersten Verhör dieses Mannes haben wir den Eindruck gewonnen, dass wir es mit einem verrückten Einzeltäter zu tun haben.«

»Unsinn!«, wütete Hitler. »Das war von langer Hand geplant.

Aber sie haben sich verrechnet! Sie verstehen einfach nicht, dass das Volk auf unserer Seite steht.«

Göring wandte sich Diels zu. »Die Polizei ist in Alarmbereitschaft versetzt«, sagte er. »Wir haben Listen von Kommunisten: Reichstagsabgeordnete, Stadträte, Parteifunktionäre und Aktivisten. Verhaften Sie diese Leute. Alle! Noch heute Nacht! Waffen sind rücksichtslos einzusetzen. Und die Verhöre werden ohne Gnade geführt!«

»Jawohl, Herr Minister«, sagte Diels.

Lloyd erkannte, dass Walter mit seiner Sorge recht gehabt hatte. Das hier war der Vorwand, auf den die Nazis gewartet hatten. Sie würden sich vehement gegen die Behauptung wehren, das Feuer sei von einem verrückten Einzeltäter gelegt worden. Stattdessen wollten sie eine »kommunistische Verschwörung« unterstellen, um den Notstand ausrufen zu können.

Angewidert blickte Göring auf den Schmutz an seinen Schuhen. »Wie Sie wissen, mein Führer, liegt mein Amtssitz nur eine Minute von hier«, sagte er. »Zum Glück ist er vom Feuer nicht betroffen. Vielleicht sollten wir unser Gespräch dorthin verlegen.«

»Einverstanden«, erwiderte Hitler. »Es gibt viel zu bereden.«

Erneut hielt Lloyd den Männern die Tür auf, und sie gingen hinaus. Als sie davonfuhren, stieg Lloyd über die Polizeiabsperrung und gesellte sich wieder zu seiner Mutter und den von Ulrichs.

»Lloyd!«, rief Ethel. »Wo warst du? Ich habe mir schon Sorgen gemacht!«

»Ich war drinnen«, antwortete er.

»Im Reichstag? Wie hast du das denn angestellt?«

»Niemand hat mich aufgehalten. Da drin herrscht das reinste Chaos.«

Seine Mutter warf die Arme in die Luft. »Dieser Junge hat einfach kein Gefühl für Gefahr«, sagte sie.

»Ich habe Adolf Hitler gesehen.«

»Hat er etwas gesagt?«, wollte Walter sofort wissen.

»Er gibt den Kommunisten die Schuld an dem Brand. Er will sie alle verhaften lassen.«

Walter stöhnte auf. »Gott stehe uns bei.«

Kriminalinspektor Macke bebte vor Wut, so sehr hatte Robert von Ulrichs Sarkasmus ihn getroffen. »Ihr Bruder will es Ihnen also gleichtun und ebenfalls die Karriereleiter emporsteigen, ja?«, hatte der Dreckskerl gesagt.

Macke wünschte sich, ihm wäre eine passende Erwiderung eingefallen, zum Beispiel: »Was spricht dagegen? Wir sind genauso gut wie du, du arroganter Pinsel.« Jetzt sann Macke auf Rache. Aber die nächsten Tage war er zu beschäftigt, um in der Sache etwas unternehmen zu können.

Das Hauptquartier der Preußischen Politischen Polizei befand sich in einem schmucken neoklassizistischen Gebäude in der Prinz-Albrecht-Straße im Regierungsviertel. Jedes Mal, wenn Macke durch die Tür kam, erfüllte es ihn mit Stolz.

Es waren hektische Tage. Innerhalb von vierundzwanzig Stunden nach dem Reichstagsbrand waren viertausend Kommunisten verhaftet worden, und jede Stunde kamen weitere hinzu. Endlich wurde das Deutsche Reich von dieser Pest befreit. Für Macke roch Berlin jetzt schon viel sauberer.

Doch die Polizeiakten waren nicht auf dem neuesten Stand. Leute waren umgezogen; Wahlen waren gewonnen und verloren worden; alte Männer waren gestorben, und junge Männer hatten deren Plätze eingenommen. Macke hatte den Auftrag, diesen Missstand in der Kartei zu beseitigen und neue Namen und Adressen aufzustöbern.

Und darauf verstand er sich gut. Er liebte Register, Kataloge, Straßenkarten, Zeitungsausschnitte, einfach jede Art von Listen. Auf dem Revier in Kreuzberg hatte man seine Begabungen nicht zu schätzen gewusst. Dort hatte die Polizeiarbeit lediglich darin bestanden, so lange auf einen Verdächtigen einzuschlagen, bis er Namen nannte. Macke hoffte, dass seine Talente hier mehr gewürdigt wurden.

Nicht dass es ein Problem für ihn gewesen wäre, einen Verdächtigen zusammenzuschlagen. In seinem Büro, im hinteren Teil des Gebäudes, konnte er das Schreien der Männer und Frauen hören, die im Keller gefoltert wurden, aber das störte ihn nicht. Diese Leute waren Verräter, Subversive und Umstürzler. Sie hatten Deutschland mit ihren Streiks ruiniert, und sie würden dem Land noch Schlimmeres antun, wenn sie die Möglichkeit dazu bekamen.

48

Macke hegte keinerlei Mitgefühl für diese Brut. Er wünschte nur, Robert von Ulrich wäre unter ihnen und würde um Gnade winseln.

Erst um acht Uhr abends am Donnerstag, dem 2. März, hatte Macke die Gelegenheit, sich um Robert zu kümmern.

Er schickte seine Mitarbeiter nach Hause und brachte eine neue Liste zu seinem Chef hinauf, Kriminaldirektor Kringelein. Dann wandte er sich wieder seinen Akten zu.

Macke hatte es nicht eilig, nach Hause zu kommen. Er lebte allein. Seine Frau, dieses sittenlose Weib, war mit einem Kellner aus dem Lokal seines Bruders durchgebrannt. Sie wolle frei sein, hatte sie gesagt. Kinder hatten die Mackes nicht.

Macke zog sich die Akten heran und ging sie durch.

Er hatte bereits herausgefunden, dass Robert von Ulrich im Jahre 1923 der NSDAP beigetreten und zwei Jahre später wieder ausgetreten war. Aber das an sich hatte noch nicht viel zu bedeuten. Macke brauchte mehr.

Das Ablagesystem war nicht so logisch, wie Macke es sich gewünscht hätte. Alles in allem war er von der Preußischen Polizei enttäuscht. Gerüchten zufolge dachte Göring ähnlich; deshalb plante er, die Politischen Abteilungen aus dem Polizeiverbund herauszulösen und eine neue, effizientere Geheimpolizei daraus zu formen. Macke hielt das für eine gute Idee.

In den normalen Akten fand er nichts über Robert von Ulrich. Aber vielleicht war das ja nicht nur auf das miserable Archiv zurückzuführen. Vielleicht hatte der Mann tatsächlich eine weiße Weste. Als österreichischer Graf war er mit hoher Wahrscheinlichkeit weder Kommunist noch Jude. Offenbar war das Schlimmste, was man über ihn sagen konnte, dass sein Cousin Walter Sozialdemokrat war. Und das war kein Verbrechen … noch nicht.

Macke musste einsehen, dass er seine Nachforschungen schon hätte anstellen sollen, ehe er zu dem arroganten Mistkerl gegangen war. Stattdessen war er losgezogen, ohne gänzlich im Bilde zu sein. Er hätte wissen müssen, dass das ein Fehler war – ein Fehler, der ihm den Spott des Mannes eingebracht hatte. Macke hatte sich gedemütigt gefühlt. Aber er würde es dem Kerl schon heimzahlen.

Im hinteren Teil des Raumes ging Macke Papiere durch, die in einem verstaubten Schrank aufbewahrt wurden.

49

Der Name von Ulrich tauchte auch hier nicht auf, aber eine Akte fehlte: Einer Liste in der Schranktür zufolge hätte es hier einen Ordner mit einhundertsiebzehn Seiten zum Thema »Sittenlose Lokalitäten« geben müssen. Das klang nach einem Bericht über die Berliner Nachtclubs. Macke konnte sich denken, warum die Akte fehlte. Sie musste vor Kurzem benutzt worden sein. Nach Hitlers Machtübernahme waren die dekadentesten Läden sofort geschlossen worden.

Macke ging wieder nach oben zu Kringelein. Der erklärte mehreren Schutzpolizisten soeben die neue Liste der Kommunisten und ihrer Verbündeten, die Macke vorhin erstellt hatte.

Macke zögerte nicht, seinen Chef zu unterbrechen. Kringelein war kein Nazi; deshalb würde er einen SA-Mann nicht tadeln. »Ich suche nach der Akte mit den sittenlosen Lokalitäten«, sagte Macke.

Kringelein schaute verärgert drein, protestierte aber nicht. »Auf dem Tisch da«, sagte er. »Bedienen Sie sich.«

Macke nahm die Unterlagen und kehrte in sein Büro zurück.

Die Akte war gut fünf Jahre alt. Sie enthielt Einzelheiten zu allen Clubs und den Vergnügungen, die dort angeboten wurden: Glücksspiel, sittenlose Darbietungen, Prostitution, Drogenhandel, Homosexualität und andere Abartigkeiten. Die Akte nannte auch die Besitzer und Investoren, Clubmitglieder und Angestellten. Geduldig las Macke jeden Eintrag durch. Vielleicht war Robert von Ulrich ja drogensüchtig oder ging regelmäßig zu Huren.

Aber da gab es noch etwas. Berlin war für seine Schwulenclubs berühmt. Macke las jeden Eintrag zu diesen Etablissements, wo Männer mit Männern tanzten und auf der Bühne Transvestiten sangen. Manchmal, dachte er, ist meine Arbeit einfach widerlich.

Macke fuhr mit dem Finger über die Mitgliederliste und entdeckte Robert von Ulrich.

Er grinste voller Genugtuung.

Er schaute weiter unten nach und sah den Namen Jörg Schleicher.

»Sieh mal einer an«, sagte er. »Dann wollen wir doch mal sehen, ob dir dein Spott nicht im Halse stecken bleibt.«

Es war Samstag, der 4. März, der Tag vor den Wahlen. Lloyd und Ethel wollten zu einer Wahlkampfveranstaltung der Sozialdemokraten, die Walter organisiert hatte; deshalb waren sie bereits zum Mittagessen zu den von Ulrichs gegangen.

Das Haus stammte aus dem neunzehnten Jahrhundert. Es hatte große Zimmer und hohe Fenster; allerdings waren viele Möbel schon alt. Das Essen war einfach – Schweinebraten mit Kartoffeln und Kohl –, der Wein aber war erlesen.

Die Gespräche drehten sich um Politik. Nach dem Reichstagsbrand Ende Februar hatte Hitler den greisen Reichspräsidenten Paul von Hindenburg davon überzeugt, die sogenannte »Verordnung zum Schutz von Volk und Staat« zu unterzeichnen, die den Nazis offiziell das Recht einräumte, ihr Terrorregime zu entfalten und politische Gegner zu verfolgen.

»Zwanzigtausend Menschen wurden seit Montagnacht verhaftet«, sagte Walter mit zittriger Stimme. »Und nicht nur Kommunisten. Auch ›kommunistische Sympathisanten‹, wie die Nazis sie nennen.«

»So nennen sie jeden, der ihnen nicht gefällt«, warf Maud ein.

»Wie soll es denn jetzt noch demokratische Wahlen geben?«, fragte Ethel.

»Wir dürfen nicht aufgeben«, erklärte Walter. »Wenn wir keinen Wahlkampf machen, helfen wir nur den Nazis.«

»Sie sollten sich wehren!«, sagte Lloyd hitzig. »Wann schlagen Sie endlich zurück? Glauben Sie immer noch, dass man Gewalt nicht mit Gewalt beantworten darf?«

»Absolut«, erklärte Maud. »Friedlicher Widerstand ist unsere einzige Hoffnung.«

Walter sagte: »Die SPD hat einen eigenen Kampfverband, das Reichsbanner, aber er ist schwach. Außerdem hat eine kleine Gruppe von Sozialdemokraten für gewaltsamen Widerstand gegen die Nazis plädiert, wurde jedoch überstimmt.«

»Vergiss nicht, Lloyd«, sagte Maud, »dass die Nazis Polizei und Reichswehr auf ihrer Seite haben.«

Walter schaute auf die Uhr. »Wir müssen los.«

Unvermittelt fragte Maud: »Warum sagst du nicht einfach ab, Walter?«

Er blickte sie verwundert an. »Absagen? Aber es wurden schon siebenhundert Karten verkauft, Maud. Da kann ich doch nicht einfach …«

»Zum Teufel mit den Karten«, fiel Maud ihm ins Wort. »Ich mache mir Sorgen um *dich*.«

»Das brauchst du nicht. Die Karten wurden mit Bedacht vergeben. Es werden keine Unruhestifter im Saal sein.«

Lloyd hatte den Eindruck, als wäre Walter keineswegs so überzeugt, wie er sich gab.

Walter fuhr fort: »Außerdem kann ich die Leute, die bereit sind, eine demokratische Veranstaltung zu besuchen, unmöglich im Stich lassen. Sie sind unsere ganze Hoffnung.«

»Du hast recht.« Maud seufzte und schaute zu Ethel. »Aber du und Lloyd, ihr solltet lieber zu Hause bleiben. Egal, was Walter sagt, es ist gefährlich. Und es geht ja nicht um euer Land.«

»Der Sozialismus ist international«, widersprach Ethel. »Ich weiß deine Sorge zu schätzen, Maud, aber ich bin hier, um die deutsche Politik aus erster Hand zu erleben, und das werde ich mir nicht nehmen lassen.«

»Also gut«, lenkte Maud ein. »Aber die Kinder bleiben hier.«

Erik, der Sohn, verkündete: »Ich will sowieso nicht mit.«

Carla sah enttäuscht aus, schwieg aber.

Walter, Maud, Ethel und Lloyd stiegen in Walters kleines Auto. Lloyd war nervös und aufgeregt zugleich. Nun würde er Politik aus einem Blickwinkel zu sehen bekommen, von dem seine Freunde daheim nur träumen konnten. Und sollte es zu einem Kampf kommen, so hatte er keine Angst davor.

Sie fuhren nach Osten über den Alexanderplatz und in ein Viertel mit Arbeiterhäusern und kleinen Geschäften, darunter einige mit jüdischen Eigentümern, wie die Ladenschilder mit hebräischer Aufschrift erkennen ließen. Die SPD war eine Arbeiterpartei, aber wie die britische Labour Party hatte auch sie wohlhabende Unterstützer. Walter von Ulrich zählte als Mitglied aus der gehobenen Mittelschicht zur Minderheit.

Schließlich hielt der Wagen vor einer Markise, auf der »Volksbühne« stand. Draußen hatte sich bereits eine Schlange gebildet. Walter ging zur Tür und winkte der wartenden Menge zu, die ihn bejubelte. Lloyd und die anderen folgten ihm.

Walter schüttelte einem ernst dreinblickenden jungen Mann

52

von vielleicht achtzehn Jahren die Hand. »Das ist Wilhelm Frunze«, sagte er, »der hiesige Parteisekretär.« Frunze war einer jener Jungen, die aussahen, als wären sie schon als Erwachsene geboren worden. Er trug einen Blazer mit Knopftaschen, wie er vor zehn Jahren in Mode gewesen war.

Frunze zeigte Walter, wie man die Theatertüren von innen schließen konnte. »Sobald das Publikum Platz genommen hat«, sagte er, »schließen wir ab, und kein Unruhestifter kommt mehr rein.«

»Ausgezeichnet«, sagte Walter.

Frunze führte sie in den Saal. Walter stieg auf die Bühne und begrüßte einige der anderen Reichstagskandidaten, die bereits erschienen waren. Dann kamen die Zuschauer und setzten sich. Frunze zeigte Maud, Ethel und Lloyd die Plätze in der ersten Reihe, die für sie reserviert waren.

Zwei Jungen traten auf sie zu. Der Jüngere war etwa vierzehn Jahre alt, aber schon größer als Lloyd. Er begrüßte Maud ausgesprochen höflich, verbeugte sich sogar. Maud drehte sich zu Ethel um und sagte: »Das ist Werner Franck, der Sohn meiner Freundin Monika.« Sie wandte sich an Werner. »Weiß dein Vater, dass du hier bist?«

»Ja. Er hat gesagt, ich soll selbst herausfinden, was es mit den Sozialdemokraten auf sich hat.«

»Für einen Nazi ist er sehr offen«, sagte Maud.

Lloyd hielt das für einen ziemlich plumpen Kommentar, zumal gegenüber einem Vierzehnjährigen, aber Werner konnte es durchaus mit Maud aufnehmen. »Mein Vater glaubt nicht wirklich an den Nationalsozialismus«, sagte er, »aber er meint, dass Hitler gut für die deutsche Wirtschaft ist.«

Entrüstet warf Wilhelm Frunze ein: »Wie kann es gut für die Wirtschaft sein, wenn man Tausende von Menschen ins Gefängnis steckt? Von der Ungerechtigkeit mal ganz abgesehen – im Knast kann man nichts erwirtschaften.«

»Das stimmt allerdings«, erwiderte Werner. »Trotzdem kommen Hitlers Maßnahmen bei der Bevölkerung gut an.«

»Weil die Leute glauben, dass Hitler sie vor einer bolschewistischen Revolution gerettet hat«, sagte Frunze. »Die Nazi-Presse hat ihnen weisgemacht, die Kommunisten wären drauf und dran, mordend und brennend durch das Land zu ziehen.«

53

Der Junge, der Werner begleitete, war kleiner, aber älter. Nun sagte er: »Dabei sind es die Braunhemden und nicht die Kommunisten, die Leute in Keller verschleppen und ihnen mit Knüppeln die Knochen brechen.« Er sprach fließend Deutsch, aber mit einem leichten Akzent, den Lloyd nicht einordnen konnte.

»Oh, entschuldigen Sie bitte«, sagte Werner. »Ich habe ganz vergessen, Ihnen Wladimir Peschkow vorzustellen. Er geht auf meine Schule. Wir nennen ihn Wolodja.«

Lloyd stand auf, um dem Jungen die Hand zu schütteln. Wolodja war ungefähr so alt wie Lloyd, ein gut aussehender junger Mann mit offenen blauen Augen.

»Ich kenne Wolodja«, sagte Wilhelm Frunze. »Ich gehe auch aufs Ranke-Gymnasium.«

»Wilhelm ist unser Schulgenie«, sagte Wolodja. »Er hat die besten Noten in Physik, Chemie und Mathematik.«

»Das stimmt«, bestätigte Werner.

Maud musterte Wolodja von Kopf bis Fuß. »Peschkow?«, fragte sie dann. »Dein Vater heißt nicht zufällig Grigori?«

»Doch, Frau von Ulrich. Er ist Militärattaché an der sowjetischen Botschaft in Berlin.«

Wolodja war also Russe. Und er sprach perfekt Deutsch, wie Lloyd ein wenig neidvoll feststellen musste. Der Grund dafür war zweifellos der, dass er hier lebte.

»Ich kenne deine Eltern gut«, sagte Maud zu Wolodja. Sie kannte alle Diplomaten in Berlin, wie Lloyd bereits festgestellt hatte. Das brachte ihr Beruf mit sich.

Frunze schaute auf die Uhr. »Es wird Zeit.« Er stieg auf die Bühne und bat die Versammelten um Ruhe.

Stille senkte sich über den Saal.

Frunze verkündete, dass die Kandidaten kurz reden und dann Fragen aus dem Publikum entgegennehmen würden. Nur Parteimitglieder hätten Eintrittskarten erhalten, fügte er hinzu, und die Türen seien geschlossen. Man sei unter Freunden; deshalb könne jeder frei sprechen.

Lloyd hatte das Gefühl, bei der Versammlung eines Geheimbundes dabei zu sein. Auf jeden Fall entsprach das hier nicht seiner Vorstellung von einer freiheitlichen Demokratie.

Walter sprach als Erster. Er war kein Demagoge, wie Lloyd

bemerkte, und verzichtete völlig auf rhetorische Floskeln. Aber er schmeichelte den Zuhörern und sagte ihnen, wie klug und gut informiert sie seien, da sie die Komplexität politischer Fragen verstünden.

Walter hatte gerade erst ein paar Minuten geredet, als plötzlich ein Braunhemd auf die Bühne trat.

Lloyd fluchte. Wie war der Kerl hereingekommen? Er kam aus den Seitenflügeln. Jemand musste eine Nebentür geöffnet haben.

Der Mann war ein großer, brutal aussehender Schlägertyp mit Armeehaarschnitt. Er trat an den Bühnenrand und brüllte: »Das hier ist eine aufrührerische Versammlung! Kommunisten und anderes subversives Gesindel sind in Deutschland nicht mehr willkommen! Die Versammlung ist geschlossen!«

Die selbstbewusste Arroganz des Mannes brachte Lloyds Blut zum Kochen. Er wünschte, er könnte sich diesen Ochsen mal in den Boxring holen.

Wilhelm Frunze sprang auf, stellte sich vor den Eindringling und fuhr ihn an: »Mach, dass du hier rauskommst!«

Der Mann stieß ihm kräftig vor die Brust. Frunze taumelte zurück, stolperte und stürzte zu Boden.

Nun stand auch das Publikum. Einige brüllten wütend ihren Zorn und Protest hinaus; andere schrien vor Angst.

Weitere Braunhemden kamen aus den Seitenflügeln in den Saal geströmt.

Der Mann, der Frunze zu Boden gestoßen hatte, brüllte der Versammlung zu: »Raus mit euch!« Die anderen Braunhemden nahmen den Ruf auf: »Raus! Raus! Raus!« Inzwischen waren gut zwanzig Braunhemden erschienen, und es kamen immer mehr. Einige hielten Polizeischlagstöcke oder Knüppel in der Hand. Lloyd sah auch einen Hockeyschläger, einen hölzernen Vorschlaghammer, sogar ein Stuhlbein. Die Männer marschierten auf der Bühne hin und her, grinsten böse und fuchtelten mit ihren Waffen, während sie weitergrölten. Lloyd bezweifelte keinen Augenblick, dass sie nur darauf warteten, losschlagen zu können. Instinktiv hatten er, Werner und Wolodja sich schützend vor Ethel und Maud gestellt.

Die Hälfte der Anwesenden versuchte, aus dem Saal herauszukommen; die anderen schrien und schüttelten die Fäuste in

Richtung der Braunhemden. Die Leute, die hinauswollen, rempelten einander an, und hier und da gab es Rangeleien. Viele Frauen weinten.

Auf der Bühne klammerte sich Walter ans Rednerpult und rief: »Bleibt ruhig, Genossen! Es gibt keinen Grund zur Unruhe!« Doch in dem Aufruhr konnten die meisten ihn nicht hören, oder sie beachteten ihn nicht.

Die ersten Braunhemden sprangen von der Bühne und wühlten sich in die Zuschauermenge hinein. Lloyd packte seine Mutter am Arm, während Werner schützend Maud an sich zog. Gemeinsam kämpften sie sich zum nächsten Ausgang durch. Doch sämtliche Türen waren von Leuten verstopft, die panisch versuchten, aus dem Saal hinauszukommen. Es war das nackte Chaos.

Auf der Bühne skandierten die Braunhemden immer noch: »Raus! Raus! Raus!« Sie waren größtenteils kräftige junge Burschen, während zu den Versammlungsteilnehmern auch Frauen und alte Männer zählten. Lloyd sah ein, dass es keine gute Idee wäre, einen Kampf vom Zaun zu brechen.

Ein Mann, der einen Stahlhelm trug, stieß Lloyd mit der Schulter an, sodass er gegen seine Mutter prallte. Lloyd widerstand dem Impuls, sich umzudrehen und den Mann zur Rede zu stellen. Jetzt musste er erst einmal seine Mutter in Sicherheit bringen.

Ein sommersprossiger Junge, der einen Knüppel hielt, legte Werner die Hand auf den Rücken, schubste ihn vorwärts und schrie dabei: »Raus! Raus! Raus!« Werner fuhr herum und trat einen Schritt auf den Kerl zu. »Fass mich nicht an, du Faschistenschwein«, zischte er und hob die Faust zum Schlag. Der milchgesichtige Nazi-Schläger erstarrte. Er hatte nicht mit Widerstand gerechnet und war sichtlich eingeschüchtert.

Werner wandte sich von dem Jungen ab und kämpfte sich zu Lloyd durch, damit sie die beiden Frauen gemeinsam in Sicherheit bringen konnten. Aber der hünenhafte Anführer der Nazis hatte den Zwischenfall bemerkt. »He, du da!«, rief er und kam auf Werner zu. »Wen nennst du hier Schwein?« Er schwang die Faust, streifte Werner aber nur am Hinterkopf. Dennoch schrie Werner vor Wut und Schmerz auf und taumelte nach vorn.

Wolodja drängte sich zwischen die beiden und drosch dem Nazi-Schläger die Fäuste ins Gesicht. Der riesige Mann wankte zurück. Lloyd bewunderte die schnelle Schlagfolge. Offenbar war Wolodja ein geübter Boxer. Aber jetzt musste Lloyd sich erst einmal um Maud und Ethel kümmern, denn endlich erreichten er und die anderen die Tür. Trotz des Gedränges gelang es Lloyd und Werner, den Frauen ins Foyer zu helfen. Hier ließ der Druck der Menge nach; der Lärm und die Gewalttätigkeiten blieben hinter ihnen zurück. Braunhemden waren hier keine zu sehen.

Nachdem sie dafür gesorgt hatten, dass die Frauen in Sicherheit waren, blickten Lloyd und Werner in den Saal zurück, aus dem noch immer Lärm und Schreie drangen. Wolodja setzte sich tapfer gegen den Riesen zur Wehr, geriet aber mehr und mehr ins Hintertreffen. Zwar traf er immer wieder Kopf und Körper seines Gegners, doch seine Schläge zeigten kaum Wirkung; der Mann schüttelte nur seinen massigen Schädel, als wollte er ein lästiges Insekt verscheuchen. Der Nazi war schwerfällig, doch seine Schläge trafen Wolodja mit solcher Wucht an Brust und Kopf, dass er ins Wanken geriet. Plötzlich hob der Hüne die Faust zu einem vernichtenden Schlag. Lloyd schrie auf vor Angst, dass der Kerl Wolodja erschlagen würde.

In diesem Augenblick sprang Walter von der Bühne und landete auf dem Rücken des Hünen. Lloyd hätte ihm am liebsten zugejubelt. Die beiden Männer gingen zu Boden, und Wolodja war für den Augenblick gerettet.

Der sommersprossige Junge, der Werner angerempelt hatte, hatte sich inzwischen andere Opfer gesucht. Brutal schlug er mit seinem Knüppel auf sie ein.

»Du elender Feigling!«, rief Lloyd und wollte sich auf ihn stürzen, doch bevor er den Schläger erreichen konnte, drängte Werner sich an ihm vorbei, packte den Knüppel und versuchte, ihn dem Nazi aus der Hand zu reißen.

Der ältere Mann mit dem Stahlhelm hatte die Szene beobachtet. Nun kam er mit wutverzerrtem Gesicht herbeigerannt und schlug Werner mit dem Griff einer Spitzhacke. Lloyd versetzte dem Mann eine rechte Gerade. Der Schlag traf perfekt, unmittelbar neben dem linken Auge.

Aber der Mann war Kriegsveteran und ließ sich nicht so leicht entmutigen. Er wirbelte herum und schlug mit seinem behelfsmäßigen Knüppel nach Lloyd. Der duckte sich weg und schlug

57

seinerseits zweimal zu. Mit beiden Schlägen traf er dieselbe Stelle wie zuvor, sodass die Haut am Auge des Mannes aufplatzte. Aber der Stahlhelm schützte seinen Kopf, und Lloyd konnte keinen linken Haken landen, seinen Knockout-Schlag. Wieder duckte er sich unter einem Schlag mit dem Holzgriff, schnellte hoch und drosch dem Mann die Faust ins Gesicht. Der Kopf des Stahlhelmträgers wurde in den Nacken geschleudert, und er taumelte zurück. Blut strömte aus den Wunden an seinen Augen.

Lloyd ließ den Blick durch den Saal schweifen, und ein Triumphgefühl überkam ihn. Der Großteil des Publikums war inzwischen zur Tür hinaus, sodass sich nur noch junge Männer im Saal befanden. Diese kletterten über die Sitzreihen und rückten gegen die Braunhemden vor. Es waren Dutzende.

In diesem Moment traf irgendetwas Hartes Lloyd von hinten am Kopf. Es tat so weh, dass er aufschrie. Er drehte sich um und sah einen jugendlichen Nazi ungefähr in seinem Alter. Der Bursche hielt eine Holzlatte in der Hand und riss sie hoch, um noch einmal zuzuschlagen. Lloyd warf sich auf ihn, ging in den Clinch und traf ihn zweimal in die Magengegend, zuerst mit der rechten, dann mit der linken Faust. Der Junge schnappte nach Luft und ließ die Latte fallen. Ein Aufwärtshaken Lloyds schickte den Gegner ins Reich der Träume.

Lloyd rieb sich den Hinterkopf. Die Stelle, wo der Junge ihn getroffen hatte, tat höllisch weh, blutete aber nicht. Ansonsten schien er unverletzt zu sein. Nur die Haut auf seinen Knöcheln war aufgerissen und blutig.

Er beugte sich vor und ergriff die Holzlatte, die der Junge hatte fallen lassen.

Als er sich wieder umschaute, sah er zu seiner Erleichterung, dass einige Braunhemden sich bereits zurückzogen. Sie kletterten auf die Bühne und verschwanden in den Seitenflügeln, wahrscheinlich um durch dieselbe Tür zu verschwinden, durch die sie eingedrungen waren.

Der hünenhafte Mann, der die Saalschlägerei vom Zaun gebrochen hatte, lag stöhnend auf dem Boden und hielt sich das Knie, als wäre es ausgekugelt. Wilhelm Frunze stand über ihm und schlug immer wieder mit einer Holzschaufel auf ihn ein. Dabei rief er mit überkippender Stimme jene Worte, die der Nazi vor Ausbruch der

Saalschlacht gerufen hatte: »In! Deutschland! Nicht! Willkommen!« Hilflos versuchte der Mann, sich von Frunze wegzurollen, doch der setzte nach und wich erst zurück, als zwei Braunhemden ihren Kumpan an den Armen packten und davonzerrten.

Haben wir sie besiegt, fragte Lloyd sich voller Erregung. Sieht so aus, als hätten wir's tatsächlich geschafft!

Mehrere junge Männer jagten ihre Gegner die Bühne hinauf, blieben dort stehen und ließen es dabei bewenden, den fliehenden Braunhemden Schmährufe hinterherzuschicken.

Lloyd ließ den Blick über die anderen schweifen. Wolodja hatte Prellungen im Gesicht; ein Auge war zugeschwollen. Werners Jackett war zerrissen. Walter saß vorne auf einem Sitz, atmete schwer und rieb sich den Ellbogen, lächelte aber. Frunze warf seine Holzschaufel zur Seite.

Werner strahlte übers ganze Gesicht. »Die haben wir zum Teufel gejagt, was?«

Lloyd grinste. »Oh ja.«

Wolodja legte Frunze den Arm um die Schultern. »Nicht schlecht für ein paar Schuljungen, was meint ihr?«

»Aber unsere Versammlung haben diese Mistkerle gesprengt«, sagte Walter.

Die jungen Männer schauten ihn vorwurfsvoll an. Die bittere Wahrheit, die Walter ausgesprochen hatte, trübte ihr Hochgefühl.

Zornig erwiderte Walter die Blicke der anderen. »Was guckt ihr denn so? Seht den Tatsachen doch ins Auge! Unsere Zuhörer sind vor Angst abgehauen. Was meint ihr, wie lange es dauert, bis sie wieder den Mut aufbringen, eine politische Versammlung zu besuchen? Die Nazis haben ihnen gezeigt, wie gefährlich es ist, einer anderen Partei anzugehören als der NSDAP. Der große Verlierer heute ist Deutschland.«

Werner sagte zu Wolodja: »Ich hasse die verdammten Braunen. Vielleicht schließe ich mich euch Kommunisten an.«

Wolodja musterte ihn mit seinen durchdringenden blauen Augen. Dann sagte er nachdenklich: »Wenn du es ernst meinst und gegen die Nazis kämpfen willst, gibt es vielleicht etwas Effektiveres.«

Lloyd fragte sich, was Wolodja damit meinte.

59

In diesem Augenblick kamen Maud und Ethel in den Saal. Beide redeten gleichzeitig, weinten und lachten vor Erleichterung. Lloyd vergaß Wolodjas Worte.

Vier Tage später kam Erik von Ulrich in einer Uniform der Hitler-Jugend nach Hause.

Er fühlte sich wie ein König.

Erik trug ein braunes Hemd, genau wie die SA-Männer, eine Hakenkreuzarmbinde, ein schwarzes Halstuch und eine kurze schwarze Hose, genau wie vorgeschrieben. Er war nun ein patriotischer Soldat, der sein Leben dem Dienst am Vaterland verschrieben hatte. Endlich gehörte auch er dazu. Das würde ihn zu einem harten Mann und gefährlichen Kämpfer machen, falls er irgendwann in den Krieg ziehen musste, so wie Vater und Großvater – ein Gedanke, der Erik insgeheim ängstigte. Deshalb wollte er vorbereitet sein.

Bei der HJ zu sein war sogar noch besser, als die Spiele der Hertha zu besuchen, Berlins beliebtester Fußballmannschaft. Manchmal, wenn sein Vater kein politisches Treffen hatte, nahm er Erik samstags mit ins Stadion. Das gab ihm jedes Mal das Gefühl, zu einer Gemeinschaft von Menschen zu gehören, die genauso fühlten und dachten wie er.

Doch wenn die Hertha verlor, war Erik untröstlich.

Die Nazis hingegen waren immer die Gewinner.

Allerdings hatte Erik Angst davor, wie sein Vater reagieren würde. Warum mussten auch gerade seine Eltern aus der Reihe tanzen? Fast alle Jungen traten der Hitler-Jugend bei. Warum nicht auch er? Und was war so schlecht daran? Die Jungen trieben Sport, sangen, saßen am Lagerfeuer und erlebten spannende Abenteuer in den Wäldern draußen vor der Stadt. Sie waren eine verschworene Gemeinschaft – klug, stark und entschlossen.

Sicher, die Nazis hassten die Kommunisten, aber das taten seine Eltern auch. Und dass die Nazis auch die Juden hassten ... wo lag das Problem? Die von Ulrichs waren keine Juden. Warum also sollte sie das kümmern? Doch Vater und Mutter weigerten sich stur, sich der Bewegung anzuschließen. Na, egal, sagte sich Erik. Er war es jedenfalls leid, außen vor zu stehen; deshalb hatte er beschlossen, die Sache selbst in die Hand zu nehmen, auch wenn ihm jetzt ein wenig mulmig war.

Wie fast jeden Tag waren Vater und Mutter nicht im Haus, als Erik und Carla aus der Schule kamen. Ada schürzte missbilligend die Lippen, als sie ihnen den Tee servierte, aber sie sagte: »Tut mir leid, ihr müsst den Tisch heute selbst abräumen. Ich habe schreckliche Rückenschmerzen und muss mich ein bisschen hinlegen.«

Carla musterte sie besorgt. »Bist du deshalb zum Arzt gegangen?«

Ada zögerte, bevor sie antwortete: »Ja ... sicher.«

Offenbar verbarg sie etwas. Die Vorstellung, dass Ada krank war – und dass sie log, was ihre Krankheit betraf –, weckte Besorgnis in Erik. Er würde zwar nie so weit gehen wie Carla und sagen, dass er Ada liebte, aber sie war sein Leben lang für ihn da gewesen, und Eriks Gefühle für sie gingen tiefer, als er sich eingestehen wollte.

»Ich hoffe, du fühlst dich bald wieder besser«, sagte Carla.

In letzter Zeit war Carla viel erwachsener geworden, was Erik ziemlich verwunderte. Obwohl er zwei Jahre älter war, fühlte er sich noch immer als halbes Kind. Carla hingegen benahm sich die meiste Zeit wie eine Erwachsene.

»Wenn ich ein wenig geschlafen habe, wird's mir bessergehen«, sagte Ada beruhigend.

Erik aß ein paar Bissen Brot. Nachdem Ada das Zimmer verlassen hatte, fragte er: »Wie findest du meine Uniform? Ich bin zwar nur beim Jungvolk, aber mit vierzehn kann ich ein richtiger Hitler-Junge werden!«

»Vater wird an die Decke gehen«, sagte Carla. »Bist du verrückt geworden? Ich wette, Vater holt dich aus dem Verein wieder raus.«

»Das kann er nicht«, widersprach Erik. »Herr Lippmann hat gesagt, dass er dann Ärger bekommt.«

»Na wunderbar«, spöttelte Carla. Seit Kurzem hatte sie einen Hang zur Ironie entwickelt, der Erik manchmal auf die Palme brachte. »Was Besseres kann unserer Familie gar nicht passieren, als Ärger mit den Nazis zu bekommen.«

Erik erschrak. So hatte er das noch gar nicht betrachtet. »Aber alle Jungs in meiner Klasse sind beim Jungvolk«, sagte er eingeschnappt. »Abgesehen von Fontaine, dem Froschfresser, und dem Judenjungen Rothmann.«

Carla strich Fischpaste auf ihr Brot. »Und warum musst du den anderen alles nachmachen? Die meisten von denen sind Dummköpfe. Und du hast mir selbst gesagt, dass Rudi Rothmann der Klügste in der Klasse ist.«

»Ich will aber nichts mit Fontaine und Rothmann zu tun haben!«, rief Erik. Zu seinem Entsetzen spürte er, wie ihm Tränen über die Wangen liefen. »Warum soll ich mit Jungs spielen, die keiner mag?« Genau das hatte Erik den Mut verliehen, sich seinem Vater zu widersetzen: Er wollte sich nicht mehr mit den Juden und Ausländern an der Schule abgeben, während die deutschen Jungen in Uniformen auf den Fußballplatz marschierten.

Plötzlich gellte ein Schrei durchs Haus.

Erik riss die Augen auf. »Was war das?«

Carla runzelte die Stirn. »Ich glaube, das war Ada.«

Ein weiterer Schrei erklang. Diesmal hörten die Geschwister deutlich, dass Ada um Hilfe rief.

Erik sprang auf, während Carla bereits losrannte. Adas Zimmer lag im Keller. Die Geschwister sprangen die Stufen hinunter und eilten in die kleine Kammer.

An der Wand stand ein schmales Bett, auf dem Ada lag, das Gesicht schmerzverzerrt. Ihr Rock war nass, und auf dem Boden schimmerte eine Pfütze. Erik konnte kaum glauben, was er da sah. Hatte Ada sich vollgepinkelt? Es war erschreckend. Außer Ada waren keine Erwachsenen im Haus. Erik wusste nicht, was er tun sollte. Seine Hände zitterten.

Auch Carla hatte Angst, geriet aber nicht in Panik wie ihr Bruder. »Was ist los, Ada?«, fragte sie. Ihre Stimme klang seltsam ruhig.

»Meine Fruchtblase ist geplatzt«, stöhnte Ada.

Erik hatte keinen blassen Schimmer, was das bedeutete.

Carla auch nicht. »Und … äh, was heißt das?«, fragte sie.

»Dass das Baby kommt.«

»Du kriegst ein Kind?«, fragte Carla fassungslos.

»Aber du bist doch nicht verheiratet!«, rief Erik verwirrt. »Wie kannst du da …«

»Halt die Klappe, Erik!«, fiel Carla ihm ins Wort. »Hast du denn von nichts eine Ahnung?«

Natürlich wusste Erik, dass Frauen Babys bekommen konnten, auch ohne verheiratet zu sein – aber doch sicher nicht Ada.

»Deshalb bist du letzte Woche zum Arzt gegangen, nicht wahr?«, sagte Carla.

Ada nickte.

Erik hatte noch immer Schwierigkeiten, die Neuigkeit zu verdauen. »Ob unsere Eltern davon wissen?«, fragte er seine Schwester.

»Natürlich. Sie haben uns nur nichts gesagt. Lauf und hol ein Handtuch.«

»Woher denn?«

»Aus dem Schrank auf dem Treppenabsatz.«

»Ein sauberes?«

»Was denn sonst, du Blödhammel!«

Erik flitzte die Treppe hinauf, schnappte sich ein kleines weißes Handtuch aus dem Schrank und rannte wieder zurück.

»Das ist zu klein!«, schimpfte Carla, nahm es aber trotzdem und trocknete damit Adas Beine ab.

»Das Baby kommt bald«, sagte Ada. »Ich kann es spüren. Aber ich weiß nicht, was ich tun soll.« Sie begann zu weinen.

Der verängstigte Erik sah Carla Hilfe suchend an. Sie hatte jetzt das Kommando. Dabei spielte es keine Rolle, dass Erik der Ältere war. Ergeben wartete er auf die Befehle seiner Schwester. Carla blieb ruhig, doch Erik sah, dass auch sie Angst hatte und sich mit Mühe zusammenriss. Hoffentlich macht sie nicht schlapp, flehte er stumm, und ich muss mich um das hier kümmern.

»Hol Dr. Rothmann, Erik«, sagte Carla. »Du weißt doch, wo seine Praxis ist?«

Erik war erleichtert, endlich eine Aufgabe bekommen zu haben, die er meistern konnte. Dann aber fiel ihm etwas ein: »Und wenn er nicht da ist?«

»Dann frag Frau Rothmann, was du tun sollst, du Dämlack!«, schimpfte Carla. »Und jetzt lauf!«

Erik war froh, aus dem Zimmer verschwinden zu können. Was da geschah, war geheimnisvoll und furchterregend. Er nahm drei Stufen auf einmal und flitzte zur Haustür hinaus. Wenn er auch sonst nicht viel konnte, im Laufen war er ein Ass.

Die Arztpraxis war knapp einen Kilometer entfernt. Erik fiel in einen langsamen Trott, um die Strecke durchzuhalten. Während des Laufens dachte er an Ada. Wer war der Vater des Babys? Er erinnerte sich daran, dass Ada letzten Sommer ein paarmal mit Paul Huber ins Kino gegangen war. Hatten sie Geschlechtsverkehr gehabt? So musste es sein! Erik und seine Freunde hatten oft über Sex gesprochen, wussten aber nicht wirklich viel darüber. Wo hatten Ada und Paul es getan? Doch nicht im Kino, oder? Mussten Mann und Frau sich nicht aufeinanderlegen? Erik war völlig durcheinander.

Dr. Rothmanns Praxis lag in einer der ärmeren Straßen des Viertels. Er war ein guter Arzt, hatte Erik seine Mutter sagen hören, und er behandelte viele Arbeiter, die sich keine hohen Arztkosten leisten konnten. Die Praxis befand sich im Erdgeschoss des Hauses; die Familie wohnte darüber.

Vor der Tür parkte ein grüner Opel 4, ein hässlicher kleiner Zweisitzer, der im Volksmund seiner grünen Lackierung wegen »Laubfrosch« genannt wurde.

Die Eingangstür war nicht verschlossen. Erik ging hinein, holte ein paarmal tief Luft und betrat dann das Wartezimmer. Dort saß ein alter Mann hustend in einer Ecke; ein Stück weiter hatte eine junge Frau mit einem Baby Platz genommen.

»Hallo?«, rief Erik. »Dr. Rothmann?«

Die Frau des Arztes kam aus dem Behandlungszimmer. Hannelore Rothmann war eine große Blondine mit markantem Gesicht. Finster schaute sie Erik an. »Was fällt dir ein, in dieser Uniform in unser Haus zu kommen?«

Erik erstarrte. Frau Rothmann war keine Jüdin, ihr Mann aber schon; das hatte er vor Aufregung ganz vergessen. »Unsere Zofe bekommt ein Kind!«, stieß er hervor.

»Und jetzt willst du, dass ein jüdischer Arzt dir hilft?«

Für einen Moment war Erik aus dem Konzept gebracht. Der Gedanke, die Gewalttaten der Nazis könnten zu einer Gegenreaktion der Juden führen, war ihm bisher nie gekommen. Nun erkannte er mit einem Mal, dass Frau Rothmann recht hatte: Die Braunhemden zogen durch die Straßen und grölten: »Juda verrecke!« Warum sollte ein jüdischer Arzt solchen Leuten helfen?

Erik wusste nicht mehr, was er tun sollte. Natürlich gab es auch andere Ärzte, nur wo? Und würden sie zu einer wildfremden Frau kommen?

»Äh … meine Schwester hat mich geschickt«, begann er.

»Carla? Ja, die hat mehr Verstand als du.«

»Ada hat gesagt, dass ihre Fruchtblase geplatzt ist.« Erik war nicht sicher, was das hieß, aber es klang irgendwie wichtig.

Mit verkniffener Miene ging Frau Rothmann ins Behandlungszimmer zurück.

Der alte Mann in der Ecke lachte krächzend. »Wir sind dreckige Juden, bis ihr unsere Hilfe braucht«, sagte er. »Und dann heißt es: ›Bitte, Dr. Rothmann, kommen Sie doch!‹, oder: ›Was können Sie mir raten, Herr Anwalt Koch?‹, oder: ›Leihen Sie mir hundert Mark, Herr Goldmann?‹, oder …« Ein Hustenanfall machte seiner Tirade ein Ende.

Ein Mädchen von ungefähr sechzehn Jahren kam aus dem Flur ins Wartezimmer. War das Eva, die Tochter der Rothmanns? Erik hatte sie seit Jahren nicht gesehen. Sie hatte jetzt Brüste, war aber immer noch unscheinbar und pummelig.

»Was sagt dein Vater zu deiner neuen Uniform?«, fragte sie.

»Er weiß nichts davon«, antwortete Erik.

»Oh, Mann«, sagte Eva. »Da sitzt du aber ganz schön in der Tinte.«

Erik schaute zur Tür des Behandlungszimmers. »Glaubst du, dein Vater kommt?«, fragte er besorgt. »Deine Mutter ist ganz schön wütend auf mich.«

»Natürlich kommt er«, erwiderte Eva. »Wenn jemand krank ist, hilft er ihm.« Ihre Stimme bekam einen verächtlichen Beiklang. »Rasse oder Politik sind ihm egal. Wir sind keine Nazis.« Sie ging hinaus.

Erik war verwirrt. Er hatte nicht damit gerechnet, dass seine Uniform ihm so viel Ärger einbringen würde. In der Schule fanden sie alle ganz toll.

Augenblicke später erschien Dr. Rothmann und redete kurz mit den beiden Patienten im Wartezimmer. »Ich bin so schnell wie möglich zurück«, sagte er. »Tut mir leid, aber ein Baby wartet nun mal nicht darauf, geboren zu werden.« Er schaute zu Erik. »Komm, junger Mann. Fahr lieber mit mir – trotz dieser Uniform.«

Erik folgte ihm hinaus und stieg auf den Beifahrersitz des alten Opels. Er war ein großer Autofanatiker und sehnte sich danach, endlich alt genug für einen eigenen Wagen zu sein. Normalerweise genoss er es, Auto zu fahren und die vielen Anzeigen zu beobachten, aber jetzt fühlte er sich wie auf einem Präsentierteller in seiner braunen Uniform und neben einem Juden. Was, wenn Herr Lippmann ihn sah? Die Fahrt war die reinste Qual für ihn.

Zum Glück war sie kurz. Nach wenigen Minuten hielten sie vor dem Haus der von Ulrichs.

»Wie heißt die junge Dame?«, fragte Dr. Rothmann.

»Ada Hempel.«

»Ah, ja. Sie war letzte Woche bei mir. Das Baby ist früh dran. Also gut, bring mich zu ihr.«

Erik ging voran ins Haus, als er plötzlich ein Baby schreien hörte. War es schon da? Er rannte in den Keller hinunter, Dr. Rothmann auf den Fersen.

Ada lag auf dem Rücken. Das Bett war voller Blut und Flüssigkeiten. Carla stand daneben und hielt ein winziges Baby in den Armen. Erik sah mit Schaudern, dass es voller Schleim war. Irgendetwas, das wie ein Strick aussah, hing von dem Baby bis unter Adas Rock. Carla stand da, die Augen vor Entsetzen aufgerissen. »Was … soll ich denn jetzt … tun?«, stammelte sie.

»Du tust genau das Richtige«, versicherte Dr. Rothmann. »Halt das Baby noch ein paar Minuten.« Er setzte sich neben Ada, hörte sie ab und fühlte ihren Puls. Dann fragte er: »Wie fühlen Sie sich, mein Kind?«

»Ich bin so müde …«, sagte Ada.

Dr. Rothmann nickte zufrieden, erhob sich und schaute sich das Baby in Carlas Armen an. »Ein kleiner Junge«, verkündete er.

Erik beobachtete mit einer Mischung aus Ekel und Faszination, wie der Arzt seine Tasche öffnete, einen Faden herausholte und zwei Schlingen daraus knüpfte. Dabei sprach er mit sanfter Stimme zu Carla. »Warum weinst du denn? Du hast das großartig gemacht und ganz allein ein Kind entbunden. Du hättest mich ja kaum gebraucht. Ich hoffe, du wirst Ärztin, wenn du groß bist.«

Carla beruhigte sich ein wenig. Dann flüsterte sie: »Schauen Sie sich seinen Kopf an.« Der Arzt beugte sich zu ihr. »Ich glaube, mit ihm stimmt was nicht.«

»Ich weiß.« Der Arzt nahm eine scharfe Schere aus der Tasche und schnitt den Faden zwischen den beiden Schlingen durch. Dann nahm er Carla das Baby ab, hielt es auf Armeslänge von sich und schaute es sich an. Erik konnte nichts Schlimmes sehen, aber das Kind war so rot und faltig und voller Schleim, dass man nicht viel erkennen konnte. Nach kurzem Nachdenken sagte der Arzt jedoch: »O Gott.«

Erik schaute genauer hin. Da stimmte tatsächlich etwas nicht. Das Gesicht des Babys war schief. Eine Seite war normal, die andere aber war eingedrückt, und auch das Auge war irgendwie seltsam.

Dr. Rothmann legte das Baby wieder Carla in die Arme.

Ada stöhnte und schien zu krampfen. Als sie sich wieder entspannt hatte, griff Dr. Rothmann ihr unter den Rock und zog einen ekligen Klumpen heraus, der wie rohes Fleisch aussah. »Erik«, sagte er, »hol mir eine Zeitung.«

»Äh ... welche?«, fragte Erik. Seine Eltern bekamen jeden Tag mehrere davon.

»Egal«, antwortete Dr. Rothmann. »Ich will sie ja nicht lesen.«

Erik lief nach oben und fand die *Vossische Zeitung* vom Vortag. Nachdem er sie Dr. Rothmann gebracht hatte, wickelte der Arzt den fleischigen Klumpen in das Papier und legte es auf den Boden. »Das nennen wir die Nachgeburt«, erklärte er Carla. »Wir sollten sie später verbrennen.«

Er setzte sich auf die Bettkante. »Sie müssen jetzt sehr tapfer sein, Ada«, sagte er. »Ihr Baby lebt, aber es könnte sein, dass mit ihm etwas nicht stimmt. Wir werden es jetzt abwaschen und warm einwickeln. Dann bringen wir es ins Krankenhaus.«

Ada blickte ihn verängstigt an. »Was ist denn los?«

»Ich weiß es nicht. Wir müssen es erst untersuchen.«

»Wird es wieder gesund?«

»Die Krankenhausärzte werden tun, was sie können. Dann müssen wir auf Gott vertrauen.«

Erik erinnerte sich daran, dass die Juden denselben Gott verehrten wie die Christen. Das konnte man leicht vergessen.

»Können Sie aufstehen und mich ins Krankenhaus begleiten, Ada?«, fragte Dr. Rothmann. »Sie müssen den Jungen stillen.«

»Ich bin so schrecklich müde«, sagte Ada.

»Dann ruhen Sie sich aus. Aber nur ein paar Minuten. Das Baby muss möglichst schnell untersucht werden. Carla wird Ihnen beim Anziehen helfen. Ich warte oben.« Mit sanfter Ironie sagte er zu Erik: »Na, dann komm, kleiner Nazi.«

Erik wäre am liebsten im Boden versunken. Dr. Rothmanns sanfter Spott war schlimmer als die unverhohlene Verachtung seiner Frau.

Als sie gingen, sagte Ada: »Herr Doktor?«

»Ja, mein Kind.«

»Er heißt Kurt.«

»Das ist ein guter Name«, sagte Dr. Rothmann und ging hinaus. Erik folgte ihm.

Es war Lloyd Williams' erster Tag als Assistent Walter von Ulrichs und zugleich der erste Arbeitstag für das neu gewählte Parlament.

Walter und Maud kämpften nach besten Kräften um die zerbrechliche deutsche Demokratie, auch wenn dieser Kampf immer hoffnungsloser erschien. Lloyd teilte ihre Verzweiflung, denn sie waren gute Menschen, die er fast sein Leben lang kannte; außerdem befürchtete er, Großbritannien könnte Deutschland auf dem Weg in die Hölle folgen.

Die Wahlen hatten keine Klarheit über die politischen Machtverhältnisse erbracht. Die Nazis hatten vierundvierzig Prozent der Stimmen errungen – eine Verbesserung gegenüber der letzten Wahl, aber noch weit entfernt von den einundfünfzig Prozent, die sie sich erhofft hatten.

Walter sah darin einen Silberstreif am Horizont. Auf der Fahrt zur Reichstagssitzung sagte er zu Lloyd: »Obwohl die Nazis alles mobilisiert haben, konnten sie nicht die Stimmenmehrheit erringen.« Er schlug mit der Faust auf das Lenkrad. »So beliebt sind sie gar nicht, da können sie noch so reden. Und je länger sie an der Regierung bleiben, desto schneller wird die Bevölkerung erkennen, wie abgrundtief schlecht dieser Verein ist.«

Lloyd war sich da nicht so sicher. »Die Nazis haben oppositionelle Zeitungen verboten, Reichstagsabgeordnete ins Gefängnis geworfen und die Polizei unterwandert«, sagte er. »Trotzdem stimmen vierundvierzig Prozent der Deutschen für sie? Das finde ich nicht gerade beruhigend.«

Das Reichstagsgebäude war durch das Feuer schwer beschädigt worden; deshalb tagte das Parlament in der Krolloper am Königsplatz, bis vor Kurzem noch Platz der Republik. Die Krolloper war ein ausgedehnter Gebäudekomplex mit drei Konzertsälen, vierzehn kleineren Auditorien sowie Restaurants und Cafés.

Als Walter und Lloyd dort eintrafen, erlebten sie eine böse Überraschung: Das gesamte Gelände war von Braunhemden umstellt. Abgeordnete und deren Mitarbeiter drängten sich an den Eingängen und versuchten, ins Innere zu gelangen.

»Will Hitler auf diese Weise seinen Willen durchsetzen?« Walter machte keinen Hehl aus seiner Verärgerung. »Indem er uns den Zugang zum Plenarsaal verwehrt?«

Lloyd sah, dass die Türen von Braunhemden versperrt waren. Nur Abgeordnete in Nazi-Uniform ließen sie ohne Kontrolle durch, alle anderen mussten sich ausweisen. Ein junger SA-Mann musterte den gleichaltrigen Lloyd verächtlich von Kopf bis Fuß, bevor er ihn widerwillig durchließ. Es war ein unverhüllter Einschüchterungsversuch.

In Lloyd loderte Zorn auf. Wie kamen diese Leute dazu, ihn so von oben herab zu behandeln? Er hätte den SA-Mann mit Leichtigkeit zu Boden schicken können – ein kurzer linker Haken hätte genügt –, doch er zwang sich, Ruhe zu bewahren.

Nach der Schlägerei in der Volksbühne hatte seine Mutter darauf bestanden, dass er umgehend nach England zurückkehrte. Doch Lloyd hatte sie – mit viel Mühe – überreden können, in Berlin bleiben zu dürfen.

Ironischerweise besaß seine Mutter das gleiche draufgängerische Naturell wie er selbst. Deshalb war auch sie in Berlin geblieben. Auf der einen Seite fürchtete sie sich; zugleich fand sie es aufregend, diesen Wendepunkt der deutschen Geschichte hautnah mitzuerleben. Außerdem hoffte sie, ein Buch über die Gewalt und die Repressalien schreiben zu können und die Demokraten in anderen Ländern vor den faschistischen Eroberungstaktiken zu warnen, was Lloyd zu der Bemerkung veranlasst hatte: »Du bist noch schlimmer als ich.«

In der Krolloper bildeten die SA und SS lange Spaliere. Viele waren bewaffnet. Sie bewachten sämtliche Zugänge und zeigten mit Blicken und Gesten unverhohlen ihren Hass auf jeden, der nicht auf ihrer Seite stand.

Walter und Lloyd machten sich auf die Suche nach dem Sitzungsraum der SPD-Fraktion. Sie waren spät dran und gingen mit eiligen Schritten durch die langen Flure. Als Lloyd einen Blick in den Plenarsaal warf, sah er hinter der Rednertribüne eine riesige Hakenkreuzfahne, die den Saal beherrschte.

Wenn der Reichstag an diesem Nachmittag zu seiner ersten Sitzung zusammenkam, stand als erster Punkt das sogenannte Ermächtigungsgesetz auf der Tagesordnung, das es Hitlers Kabinett ermöglichen würde, Gesetze ohne Zustimmung des Parlaments zu erlassen. Kam das Ermächtigungsgesetz durch, würde es Hitler de facto zum Diktator machen. Gewalt, Folter und Mord – all der schreckliche Terror, unter dem Deutschland in den Wochen zuvor gelitten hatte – würden zu legitimen Instrumenten der Unterdrückung und Einschüchterung werden. Es war ein beängstigender Gedanke. Doch Lloyd konnte sich nicht vorstellen, dass irgendein Parlament dieser Welt ein solches Gesetz verabschieden würde. Die Abgeordneten würden sich damit ihrer eigenen Macht berauben. Es wäre politischer Selbstmord.

Im Versammlungssaal der Sozialdemokraten hatte die Sitzung bereits begonnen. Während Walter sich sofort an den Diskussionen beteiligte, musste Lloyd das Schicksal vieler Assistenten erdulden: Er wurde losgeschickt, Kaffee zu holen.

In der Schlange fand er sich hinter einem blassen, angespannt wirkenden jungen Mann in tiefschwarzem Anzug wieder. Lloyds Deutsch war inzwischen gut genug, dass er es sich zutraute, mit dem Fremden ein Gespräch zu beginnen. Der Mann in Schwarz erwies sich als Heinrich von Kessel. Er arbeitete als unbezahlte Hilfskraft für seinen Vater, Gottfried von Kessel, einen Abgeordneten der katholischen Zentrumspartei. Heinrich zeigte sich erstaunt, als Lloyd Walters Namen erwähnte.

»Wie klein die Welt ist!«, sagte er. »Mein Vater kennt Herrn von Ulrich sehr gut. 1914 waren beide Attachés an der deutschen Botschaft in London.«

Doch bald schon wandte das Gespräch sich dem politischen Tagesgeschehen zu. Auf die Frage Lloyds, worin Heinrich die Lösung für Deutschlands Probleme sehe, antwortete dieser: »In einer Rückkehr zum christlichen Glauben.«

»Ich bin nicht besonders fromm«, erwiderte Lloyd. »Ich hoffe, es macht Ihnen nichts aus, wenn ich das so offen sage. Meine

70

Großeltern in Wales sind strenggläubig und stecken ihre Nasen ständig in die Bibel, aber meiner Mutter ist der Glaube egal, und mein Stiefvater ist Jude.«

»Gehen Sie denn nie in die Kirche?«, fragte Heinrich von Kessel.

»Doch.« Lloyd lächelte. »Manchmal gehen wir in die Calvary Gospel Hall in Aldgate, aber weniger des Glaubens wegen, sondern weil der Pastor Labourmitglied ist.«

Heinrich lachte auf. »Ich werde für Sie beten.«

Als Lloyd in den Sitzungssaal der SPD-Fraktion zurückkehrte, richtete Walter gerade das Wort an die Versammelten. »So weit kann es unmöglich kommen!«, erklärte er. »Das Ermächtigungsgesetz stellt eine Verfassungsänderung dar. Dafür müssen zwei Drittel der Abgeordneten anwesend sein, also 432 von 647. Und von denen müssen wiederum zwei Drittel der Gesetzesvorlage zustimmen.«

Lloyd rechnete die Zahlen im Kopf zusammen, während er das Tablett auf den Tisch stellte. Die Nazis verfügten über 288 Sitze; die »Hugenberg-Bande«, ihre Verbündeten von der DNVP, über 52. Das machte zusammen 340 Sitze, also bei weitem zu wenig für eine Zweidrittelmehrheit aller Abgeordneten. Walter hatte recht: Das Gesetz konnte nicht verabschiedet werden, wie man es auch drehte und wendete. Lloyd fiel ein Stein vom Herzen.

Doch seine Erleichterung war nur von kurzer Dauer. »Sei dir da nicht so sicher, Genosse«, sagte ein Mann mit Berliner Akzent zu Walter. »Die Nazis umwerben die Zentrumsleute. Und die würden ihnen noch mal 74 Stimmen bringen.«

Lloyd horchte auf: Die Zentrumspartei war Heinrich von Kessels politische Heimat. Aber weshalb sollte das Zentrum eine Maßnahme unterstützen, die sie ihrer eigenen Macht beraubte?

Als hätte er Lloyds Gedanken gelesen, fragte Walter: »Warum sollten die Katholiken so dumm sein?«

Der Mann mit dem Berliner Akzent erwiderte: »So dumm wäre das gar nicht, Genosse. In Italien haben die Katholiken ein Konkordat mit Mussolini geschlossen, um ihre Kirche zu schützen. Warum sollten sie hier nicht das Gleiche tun?«

Lloyd rechnete nach, was die Unterstützung des Zentrums den Nazis bringen würde. Sie lägen dann bei 414 Stimmen. »Das sind immer noch keine zwei Drittel«, flüsterte er Walter erleichtert zu.

Ein anderer junger Assistent hörte ihn und warf ein: »Du vergisst die letzte Änderung der Geschäftsordnung, die durch den Reichstagspräsidenten verkündet worden ist.« Der Reichstagspräsident war Hermann Göring, Hitlers engster Vertrauter. Lloyd hatte von dieser Änderung noch nichts gehört, und offenbar auch sonst niemand. Die Abgeordneten verstummten, als der junge Mann fortfuhr: »Göring hat die kommunistischen Abgeordneten, die von den Nazi verhaftet wurden oder geflohen sind, für ›unentschuldigt abwesend‹ erklärt – mit der Wirkung, dass ihre Stimmen gar nicht erst zählen.«

Die Versammelten machten ihrer Empörung lautstark Luft. Lloyd sah, wie Walter rot anlief. »Das kann Göring nicht tun!«, stieß er hervor.

»Es entbehrt jeder rechtlichen Grundlage«, sagte der Assistent, »aber das hat ihn nicht daran gehindert.«

Lloyd war verzweifelt. Durch so einen billigen Trick konnte man doch kein Gesetz durchbringen … oder? Wieder rechnete er nach. Die Kommunisten hatten 81 Sitze gehabt. Rechnete man diese Stimmen nicht mit ein, benötigten die Nazis nur noch zwei Drittel von 566 Stimmen, also 378 Stimmen. Damit hätten sie zwar zusammen mit der DNVP immer noch nicht genug, aber wenn es ihnen gelang, das Zentrum auf ihre Seite zu ziehen …

»Das ist ungesetzlich«, rief jemand. »Wir sollten unseren Protest bekunden und die Sitzung verlassen.«

»Nein!«, sagte Walter mit Nachdruck. »Dann würden sie das Gesetz kurz und schmerzlos ohne uns verabschieden. Wir müssen die Katholiken dazu bringen, dass sie nicht mit den Nazis stimmen. Genosse Wels muss sofort mit Prälat Kaas sprechen.« Otto Wels war Partei- und Fraktionsvorsitzender der SPD; Prälat Ludwig Kaas war der Fraktionsvorsitzende des Zentrums.

Zustimmendes Raunen erhob sich im Versammlungssaal.

Lloyd atmete tief durch und wandte sich an Walter. »Vielleicht sollten Sie sich mit einem maßgeblichen Mann der Zentrumspartei treffen, Herr von Ulrich. Mit Gottfried von Kessel, zum Beispiel.«

Walter fragte erstaunt: »Wie kommst du jetzt darauf? Woher kennst du von Kessel?«

Lloyd erzählte von seiner Begegnung mit Heinrich und fügte

hinzu: »Sie und von Kessel haben vor dem Krieg in London miteinander gearbeitet, nicht wahr?«

Walter lachte freudlos. »Allerdings. Von Kessel ist ein ausgemachter Speichellecker.«

Womöglich war das Treffen doch keine so gute Idee. »Ich wusste nicht, dass Sie den Mann nicht mögen«, sagte Lloyd.

Auf Walters Gesicht erschien ein nachdenklicher Ausdruck. »Ich hasse ihn sogar ... aber die Nazis hasse ich noch mehr. Und wir müssen alle Möglichkeiten ausschöpfen, um das Ermächtigungsgesetz zu verhindern.«

»Soll ich Herrn von Kessel ausrichten, dass Sie mit ihm reden möchten?«, fragte Lloyd.

»Ja. Ein Versuch kann nicht schaden. Wenn er einverstanden ist, soll er sich um ein Uhr im Deutschen Herrenklub zum Essen mit mir treffen.«

»In Ordnung.«

Lloyd machte sich auf den Weg zum Tagungsraum der Zentrumspartei, entdeckte den schwarz gekleideten Heinrich unter den Versammelten und winkte ihm. Die beiden jungen Männer gingen hinaus auf den Flur.

»Es heißt, Ihre Partei werde das Ermächtigungsgesetz unterstützen«, sagte Lloyd.

»Das steht noch nicht fest«, erwiderte Heinrich. »Die Meinung ist gespalten.«

»Wer steht denn gegen die Nazis?«

»Brüning und ein paar andere.« Heinrich Brüning war ehemaliger Reichskanzler und eine der führenden Persönlichkeiten der Partei.

In Lloyd keimte wieder Hoffnung auf. »Welche anderen?«

»Sind Sie zu mir gekommen, um mir Informationen zu entlocken?«

»Natürlich nicht, tut mir leid. Herr von Ulrich möchte mit Ihrem Vater zu Mittag essen.«

Heinrich musterte Lloyd misstrauisch. »Die beiden mögen sich nicht besonders. Das wissen Sie doch, oder?«

»Ja. Aber heute sollten sie ihre Differenzen beiseitelegen.«

Heinrich schien sich da nicht so sicher zu sein. »Ich werde ihn fragen«, sagte er. »Bitte warten Sie hier.« Er verschwand im Saal.

Während Lloyd wartete, hing er der beängstigenden Vorstellung nach, dass das, was zurzeit in Deutschland vor sich ging, auch in Großbritannien geschehen könnte. Der bloße Gedanke, in einer Diktatur leben zu müssen, ließ ihn schaudern. Er war jung und voller Idealismus; er wollte politisch arbeiten wie seine Eltern, wollte die Zukunft mitgestalten und die sozialen Verhältnisse in seinem Heimatland verbessern, und zwar für alle Schichten der Bevölkerung, besonders für Menschen wie die Bergleute von Aberowen. Aber wie sollte man etwas bewegen, wenn politische Versammlungen verboten wurden? Man brauchte das Recht auf Meinungsfreiheit. Man brauchte Zeitungen, die die Regierung angreifen durften, und Pubs, wo die Männer diskutieren konnten, ohne ständig über die Schulter schauen zu müssen.

Der Faschismus bedrohte dies alles. Deshalb musste er aufgehalten werden. Deshalb durfte das Ermächtigungsgesetz nicht zustande kommen. Hoffentlich gelang es Walter, Gottfried von Kessel umzustimmen und zu verhindern, dass das Zentrum mit den Nazis stimmte.

Heinrich kam zurück auf den Flur. »Mein Vater ist einverstanden.«

Lloyd fiel ein Stein vom Herzen. »Großartig! Herr von Ulrich hat den Deutschen Herrenklub als Treffpunkt vorgeschlagen, um ein Uhr.«

Heinrich zog die Brauen hoch. »Ist er dort Mitglied?«

»Ich nehme es an. Wieso?«

»Es ist eine eher konservative Einrichtung. Aber als *von* Ulrich ist er vermutlich adliger Herkunft, auch wenn er ein Sozialist ist.«

»Ich sollte wohl einen Tisch reservieren lassen. Wissen Sie, wo dieser Klub ist?«

Heinrich erklärte Lloyd den Weg.

»Soll ich für vier Personen reservieren?«, fragte Lloyd.

Heinrich lächelte. »Warum nicht? Wenn die beiden uns nicht dabeihaben wollen, können sie uns ja wegschicken.«

Lloyd verließ die Krolloper und ging über den Königsplatz, vorbei am ausgebrannten Reichstag und zum Herrenklub. Das Innere wirkte auf ihn wie eine Mischung aus Restaurant und Bestattungsinstitut. Kellner in Abendgarderobe huschten umher und legten funkelndes Besteck auf weiß gedeckte Tische. Ein Oberkellner nahm Lloyds Reservierung entgegen und notierte den Namen »von Ulrich« so feierlich, als würde er ihn in ein Totenbuch eintragen.

Lloyd kehrte zur Krolloper zurück. Inzwischen ging es hier noch geschäftiger und lauter zu. Die Spannung war förmlich mit Händen zu greifen. Lloyd hörte jemanden aufgeregt sagen, Hitler werde den Gesetzesentwurf am Nachmittag persönlich einbringen.

Um kurz vor eins machten Lloyd und Walter sich auf den Weg zum Klub. »Heinrich von Kessel war überrascht, dass Sie Mitglied im Herrenklub sind«, sagte Lloyd.

Walter nickte. »Ich war sozusagen einer der Gründer. Damals hieß er noch Juniklub. Wir hatten uns aus Protest gegen den Abschluss des Versailler Vertrages zusammengeschlossen. Später sind die meisten, darunter auch ich, in den Deutschen Herrenklub übergewechselt. Mittlerweile ist dieser Klub zu einer Bastion der Rechten geworden. Vermutlich bin ich der einzige Sozialdemokrat, der übrig ist. Aber ich bleibe Mitglied.«

»Warum?«

Walter lächelte. »Gibt es eine bessere Möglichkeit, den Feind auf neutralem Boden zu treffen?«

Im Klub angekommen, deutete Walter auf einen schneidig aussehenden Mann an der Bar. »Das ist Ludwig Franck, der Vater des jungen Werner, der in der Volksbühne auf unserer Seite gekämpft hat. Ich bin sicher, dass er hier kein Mitglied ist. Er ist nicht einmal gebürtiger Deutscher. Wahrscheinlich isst er mit seinem Schwiegervater zu Mittag, Freiherr von der Helbard, dem älteren Mann neben ihm. Komm mit.«

Sie gingen zur Bar. Nachdem sie einander vorgestellt hatten, sagte Franck zu Lloyd: »Sie und mein Sohn Werner sind da vor ein paar Wochen in eine ziemliche Rauferei geraten.«

Lloyd strich sich instinktiv über den Hinterkopf. Die Schwellung war inzwischen abgeklungen, doch die Stelle schmerzte bei Berührung immer noch. »Wir mussten Frauen beschützen«, rechtfertigte er sich.

»Gegen eine kleine Saalschlacht ist nichts einzuwenden«, erklärte Franck. »Das tut euch jungen Burschen ganz gut.«

Ungeduldig warf Walter ein: »Jetzt komm aber, Ludi! Wahlkampfveranstaltungen zu stürmen ist schlimm genug, aber euer Führer will die Demokratie vernichten.«

75

»Vielleicht ist die Demokratie nicht die richtige Regierungs-
form für uns«, erwiderte Franck. »Schließlich sind wir nicht wie
die Franzosen oder Amerikaner – Gott sei Dank.«

»Jetzt mal im Ernst, Ludi. Ist es dir wirklich egal, wenn du
deine Freiheit verlierst?«

Schlagartig verflog Francks scherzhafte Art. »Also gut«, sagte
er kalt. »Dann will ich mal ernst sein, wenn du darauf bestehst.
Meine Mutter und ich sind vor über zehn Jahren aus Russland
hierhergekommen. Mein Vater durfte nicht mit. Man hatte subversive Literatur bei ihm entdeckt.«

»Was darf ich darunter verstehen?«, fragte Walter.

»Defoes *Robinson Crusoe*.«

»Du machst Witze.«

»Keineswegs. Für die Kommunisten ist Robinson offenbar ein
Roman, der den bourgeoisen Individualismus propagiert, was
immer das sein mag. Mein Vater wurde in ein Arbeitslager nach
Sibirien geschickt, und vielleicht …« Franck brach die Stimme.
Er hielt inne, schluckte und beendete den Satz beinahe flüsternd:
»Vielleicht ist er noch immer dort.«

Nach einem Moment betretenen Schweigens sagte Walter:
»Wir alle hassen die Bolschewiken, Ludi, aber die Nazis könnten
sich als noch schlimmer erweisen.«

»Das Risiko gehe ich ein«, erwiderte Franck.

»Nun denn«, meldete Freiherr von der Helbard sich zu Wort,
»wir sollten jetzt zum Essen gehen, ich habe heute Nachmittag
noch einen Termin. Wenn Sie uns bitte entschuldigen würden.«
Die beiden Männer gingen.

»Das höre ich jedes Mal!«, schimpfte Walter. »Die Bolschewiken! Als wären sie die einzige Alternative zu den Nazis. Es ist zum
Heulen.«

Kurz darauf erschien Heinrich von Kessel mit einem älteren
Herrn, bei dem es sich offensichtlich um seinen Vater handelte.
Beide Männer besaßen das gleiche dichte, dunkle Haar, das sie
sauber gescheitelt trugen. Auch ihre Gesichter ähnelten einander.
Gottfried allerdings war kleiner, und in seinem Haar zeigten sich
erste graue Strähnen. Er wirkte wie ein Bürokrat, während sein
Sohn eher den Eindruck eines Poeten als den eines politischen
Assistenten erweckte.

76

Die vier Männer begaben sich in den Speisesaal. Walter verschwendete keine Zeit. Kaum hatten sie bestellt, sagte er: »Ich verstehe beim besten Willen nicht, was deine Partei sich davon erhofft, wenn sie das Ermächtigungsgesetz unterstützt, Gottfried.«

Von Kessel war ebenso direkt. »Wir sind eine katholische Partei. Es ist unsere höchste Pflicht, die Kirche in Deutschland zu schützen. Darauf setzen die Menschen, wenn sie uns ihre Stimme geben.«

Lloyd runzelte missbilligend die Stirn. Seine Mutter war ebenfalls Parlamentsabgeordnete gewesen, aber sie hatte stets die Meinung vertreten, allen Menschen dienen zu müssen, ob sie nun für sie gestimmt hatten oder nicht.

Walter versuchte es mit einem anderen Argument. »Der beste Schutz für die Kirche ist ein demokratisch gewähltes Parlament, und das werft ihr einfach weg.«

»Wach auf, Walter!«, erwiderte von Kessel gereizt. »Hitler hat die Wahl gewonnen. Er ist an der Macht. Egal, was wir tun, er wird Deutschland auf absehbare Zeit beherrschen. Wir müssen uns schützen.«

»Hitlers Versprechen sind nichts wert!«

»Wir haben darum ersucht, dass uns bestimmte Dinge schriftlich zugesichert werden.«

»Und welche?«, wollte Walter wissen.

»Dass die Kirche vom Staat unabhängig bleibt«, antwortete von Kessel. »Dass katholische Schulen weiterhin unbehelligt bleiben und dass katholischen Staatsbediensteten wegen ihres Glaubens keinerlei Nachteile entstehen dürfen. Die Nationalsozialisten haben versprochen, uns das Schreiben noch heute Nachmittag zukommen zu lassen.«

»Denk doch mal darüber nach«, entgegnete Walter. »Ein Fetzen Papier, von einem Tyrannen unterzeichnet, gegen ein demokratisches Parlament! Was ist mehr wert?«

»Gott wacht über allem.«

Walter verdrehte die Augen. »Dann möge Gott Deutschland beistehen!«, sagte er.

Während die Diskussion zwischen Walter und Gottfried hin und her ging, fragte sich Lloyd, ob die Deutschen genug Zeit gehabt hatten, Vertrauen in die Demokratie zu entwickeln. Der

Reichstag hielt erst seit vierzehn Jahren die Macht in Händen. In dieser Zeit hatten die Deutschen einen Krieg verloren, hatten erleben müssen, wie ihre Währung zu einem Nichts verkommen war, und unter Massenarbeitslosigkeit gelitten. Kein Wunder, wenn ihnen das Wahlrecht als unzureichender Schutz erschien.

Gottfried von Kessel erwies sich als unnachgiebig. Am Ende des Essens hatte er sich keinen Schritt auf Walter zubewegt. Seine Pflicht sei der Schutz der Kirche, wiederholte er immer wieder.

Bedrückt kehrte Lloyd mit den anderen in die Krolloper zurück. Die Abgeordneten nahmen ihre Plätze im Plenarsaal ein. Lloyd und Heinrich saßen in einer Loge und schauten hinunter ins Plenum. Als die Stunde der Abstimmung näher rückte, postierten sich SA und SS an den Ausgängen und an den Wänden und bildeten einen drohenden Halbkreis hinter den sozialdemokratischen Abgeordneten. Es war beinahe so, als wollten sie die Abgeordneten daran hindern, den Saal zu verlassen, bevor das Gesetz verabschiedet worden war. Lloyd fragte sich bange, ob auch er hier eingesperrt sei.

Plötzlich gab es lauten Jubel und tosenden Applaus. Hitler kam in den Plenarsaal. Er trug eine Parteiuniform. Die Nazi-Abgeordneten, von denen die meisten genauso gekleidet waren wie ihr Führer, sprangen ekstatisch auf, während Hitler zum Rednerpult schritt. Nur die Sozialdemokraten blieben sitzen, doch Lloyd bemerkte, dass ein paar von ihnen nervös über die Schulter zu den bewaffneten Wachen schauten. Wie sollten diese Männer frei sprechen, wenn sie schon Angst bekamen, nur weil sie ihren politischen Gegner nicht mit stehendem Applaus empfangen hatten?

Als wieder Ruhe eingekehrt war, begann Hitler zu sprechen. Er stand aufrecht da, hatte den linken Arm angelegt und gestikulierte nur mit dem rechten. Seine Stimme war hart, rau und machtvoll, und sie bebte, als er von den »Novemberverbrechern« des Jahres 1918 sprach, die just in dem Moment kapituliert hätten, als Deutschland auf der Siegerstraße gewesen sei. Lloyd hatte den Eindruck, dass dieser Mann jedes seiner dummen, hetzerischen Worte glaubte.

Nachdem Hitler das Thema »Novemberverbrecher« weidlich ausgeschlachtet hatte, schlug er eine neue Richtung ein. Er sprach von den Kirchen und der wichtigen Stellung der christlichen Religion im deutschen Staat. Es war ein ungewöhnliches Thema für ihn, und seine Worte waren eindeutig an die Zentrumspartei gerichtet, deren Stimmen die heutige Abstimmung entscheiden würden. Hitler erklärte, für ihn seien die beiden christlichen Konfessionen die wichtigsten Elemente bei der Bewahrung des deutschen Volkstums; deshalb werde die Nazi-Regierung ihre Rechte nicht antasten.

Heinrich warf einen triumphierenden Blick zu Lloyd.

»An deiner Stelle würde ich mir das trotzdem schriftlich geben lassen«, murmelte Lloyd.

Es dauerte zweieinhalb Stunden, bis Hitler zum Ende kam.

Sein Schlusswort war eine unverhohlene Androhung von Gewalt, falls die Gesetzesvorlage nicht durchkäme. »Die Regierung ist aber ebenso entschlossen und bereit, die Bekundung der Ablehnung und damit die Ansage des Widerstandes entgegenzunehmen!«, rief er und legte eine dramatische Pause ein, um alle erkennen zu lassen, dass er jede Gegenstimme als Widerstand betrachtete. Dann wurde er noch deutlicher: »Mögen Sie, meine Herren, nunmehr selbst entscheiden über Frieden oder Krieg!«

Hitler setzte sich, begleitet vom tosenden Applaus der nationalsozialistischen Abgeordneten. Göring verkündete eine Sitzungspause.

Heinrich strahlte vor Freude, doch Lloyd war deprimiert. Beide Männer gingen in verschiedene Richtungen davon. Ihre Parteien würden sich nun ein letztes Mal besprechen.

Bei den Sozialdemokraten herrschte Untergangsstimmung. Otto Wels, der Parteivorsitzende, würde im Plenum reden müssen, aber was konnte er noch großartig sagen? Mehrere Abgeordnete äußerten sogar die Befürchtung, dass Wels ihr aller Leben aufs Spiel setzte, sollte er Hitler kritisieren. Auch Lloyd bekam es mit der Angst zu tun. Wenn Gefahr für Leib und Leben der Abgeordneten bestand, galt das erst recht für ihre Assistenten. Wels verriet sogar, dass er eine Zyankalikapsel in der Westentasche habe. Sollte man ihn verhaften, würde er sich das Leben nehmen, um der Folter zu entgehen. Lloyd war entsetzt. Wels war gewählter Volksvertreter und Vorsitzender einer der größten deutschen Volksparteien, und nun musste dieser Mann sich auf eine Stufe mit Saboteuren und Hochverrätern stellen.

79

Lloyd erkannte, dass er den Tag mit falschen Erwartungen begonnen hatte. Er hatte das Ermächtigungsgesetz für eine absurde Idee gehalten, die nie Realität werden würde. Nun musste er einsehen, dass die meisten politisch Verantwortlichen genau damit rechneten, und zwar noch heute. Lloyd hatte die Situation völlig falsch eingeschätzt.

Irrte er sich vielleicht genauso, wenn er glaubte, dass so etwas in seinem Heimatland niemals geschehen könnte? Machte er sich nur etwas vor?

Als jemand die Frage stellte, ob die Katholiken bereits eine endgültige Entscheidung getroffen hätten, erklärte Lloyd, er werde sich sofort erkundigen, und eilte noch einmal zum Sitzungssaal der Zentrumspartei. Wie zuvor winkte er Heinrich zur Tür, der auf Lloyds Frage nach dem Stand der Dinge antwortete: »Brüning und Ersing haben sich noch nicht entschieden.«

Lloyd verließ der Mut. Joseph Ersing war eine der Führungspersönlichkeiten in der christlichen Arbeiterbewegung. »Wie kann ein Gewerkschafter auch nur daran denken, dieses Gesetz durchzuwinken?«, fragte er.

»Prälat Kaas sagt, das Vaterland sei in Gefahr. Alle befürchten, dass Deutschland in Anarchie versinkt, wenn wir das Gesetz ablehnen.«

»Und wenn sie dem Gesetzesentwurf zustimmen, versinkt Deutschland in einer braunen Diktatur«, sagte Lloyd.

»Was ist mit Ihren Leuten?«, erkundigte sich Heinrich.

»Sie befürchten, man wird sie erschießen, wenn sie gegen das Gesetz stimmen. Aber sie werden es trotzdem tun.«

Heinrich verschwand wieder im Tagungsraum, und Lloyd kehrte zum Sitzungssaal der Sozialdemokraten zurück. »Der Widerstand bröckelt«, berichtete er Walter und dessen Parteifreunden. »Sie haben Angst vor einem Bürgerkrieg, sollte der Gesetzesentwurf abgelehnt werden.«

Nach Lloyds Worten verdüsterte sich die Stimmung noch mehr.

Um achtzehn Uhr kehrten die Abgeordneten in den Plenarsaal zurück.

Otto Wels sprach als Erster. Er war ruhig und gefasst, als er dem Plenum erklärte, den Deutschen sei es in einer demokratischen Republik alles in allem gut ergangen. Die Republik habe ihnen die Freiheit und soziale Errungenschaften geschenkt, und sie habe Deutschland wieder zu einem anerkannten Mitglied der Staatengemeinschaft gemacht.

Lloyd sah, dass Hitler sich Notizen machte.

Am Ende seiner Rede bekundete Wels tapfer seine Treue zu den Prinzipien der Humanität und der Gerechtigkeit, der Freiheit und des Sozialismus. »Kein Ermächtigungsgesetz gibt Ihnen die Macht, Ideen, die ewig und unzerstörbar sind, zu vernichten«, rief Wels über das Gelächter und Gegröle der Nazis hinweg.

Die Sozialdemokraten applaudierten, wurden aber niedergebrüllt.

»Wir grüßen die Verfolgten und Bedrängten!«, rief Wels. »Wir grüßen unsere Freunde im Reich. Ihre Standhaftigkeit und Treue verdienen Bewunderung!« Lloyd konnte ihn über das Johlen der Nazis hinweg kaum verstehen. »Ihr Bekennermut, ihre ungebrochene Zuversicht verbürgen eine hellere Zukunft!«

Unter Schmährufen setzte Wels sich wieder.

Konnte seine mutige Rede vielleicht noch etwas bewirken? Lloyd wusste es nicht.

Nach Wels sprach Hitler noch einmal. Diesmal war sein Tonfall deutlich anders. Lloyd erkannte, dass der Reichskanzler sich mit seiner ersten Rede nur aufgewärmt hatte. Seine Stimme war nun lauter und härter, seine Phrasen extremer, sein Tonfall voller Verachtung. Ständig gestikulierte er aggressiv mit dem rechten Arm, schlug aufs Pult, ballte die Faust, legte die Hand aufs Herz und wischte alle Opposition beiseite. Jeder seiner leidenschaftlichen Phrasen folgte der ohrenbetäubende Jubel seiner Anhängerschaft. Und jeder Satz, erkannte Lloyd, drückte eine wilde, alles verschlingende Wut aus.

Verächtlich behauptete Hitler, es gar nicht nötig gehabt zu haben, das Ermächtigungsgesetz einzubringen. »Wir appellieren in dieser Stunde an den Deutschen Reichstag, uns zu genehmigen, was wir auch ohnedem hätten nehmen können!«, höhnte er.

Heinrich schaute besorgt drein und verließ die Loge. Minuten später sah Lloyd ihn unten im Plenum, wo er seinem Vater etwas ins Ohr flüsterte. Als er zurückkam, sah er bestürzt aus.

»Haben Sie Ihre schriftlichen Zusicherungen bekommen?«, fragte Lloyd.

Heinrich konnte Lloyd nicht in die Augen schauen. »Das Dokument wird gerade getippt«, erwiderte er.

Hitler beendete währenddessen seine Rede mit einer Verhöhnung der Sozialdemokraten. Er wollte ihre Stimmen gar nicht. »Deutschland soll frei werden«, rief er mit heiserer, bellender Stimme, »aber nicht durch Sie!«

Anschließend sprachen kurz die Vorsitzenden der anderen Parteien. Die meisten wirkten betroffen, erklärten jedoch ihre Zustimmung zum Ermächtigungsgesetz. Auch Prälat Kaas verkündete, das Zentrum werde die Gesetzesvorlage billigen. Bis auf die Sozialdemokraten stimmten alle Parteien dem Antrag zu.

Als das Abstimmungsergebnis verkündet wurde, brach bei den Nazis Jubel aus. Sie stürmten zur Regierungsbank und sangen das Horst-Wessel-Lied, die Arme zum Gruß erhoben.

Lloyd hatte es die Sprache verschlagen. Er hatte gesehen, wie schiere Macht brutal angewendet worden war, und es war ein hässlicher Anblick gewesen.

Ohne ein weiteres Wort zu Heinrich verließ er die Loge.

In der Lobby traf er Walter von Ulrich an, der weinte. Immer wieder wischte er sich mit einem weißen Taschentuch über das Gesicht, doch die Tränen wollten nicht versiegen. Außer bei Beerdigungen hatte Lloyd einen Mann noch nie so weinen sehen. Er wusste nicht, was er sagen oder tun sollte.

»Mein Leben war ein einziges großes Scheitern«, sagte Walter. »Das ist das Ende aller Hoffnung. Die deutsche Demokratie ist tot.«

Am Samstag, dem 1. April, wurden alle jüdischen Geschäfte boykottiert. Lloyd und Ethel gingen durch Berlin und beobachteten ungläubig, was sich auf den Straßen abspielte. Ethel machte sich Notizen für ihr Buch. Davidsterne wurden mit weißer Farbe auf die Schaufenster jüdischer Geschäfte gemalt, und Braunhemden standen vor den Eingängen und schüchterten jeden ein, der hineinwollte. Die Kanzleien jüdischer Anwälte und die Praxen jüdischer Ärzte waren abgesperrt. Lloyd sah ein paar Braunhemden, die Patienten davon abhielten, Dr. Rothmann, den Hausarzt der von

Ulrichs, aufzusuchen, doch dann forderte ein kantiger Kohlen-schlepper die Braunhemden auf, sich zu verpissen, und sie zogen von dannen, um sich leichtere Beute zu suchen. »Wie können Menschen nur so viel Hass empfinden?«, flüsterte Ethel erschüttert.

Lloyd dachte an Bernie, seinen Stiefvater, den er liebte. Bernie Leckwith war Jude. Sollte der Faschismus auf Großbritannien übergreifen, würde auch Bernie das Ziel solchen Hasses sein. Al-lein die Vorstellung ließ Lloyd schaudern.

Am Abend wurde im Bistro Robert eine Art Totenwache gehal-ten. Obwohl niemand sie organisiert zu haben schien, wimmelte es um acht Uhr nur so von SPD-Leuten, Mauds Journalistenkollegen und Roberts Freunden aus der Theaterszene. Die Optimisten unter ihnen erklärten, die Freiheit sei für die Dauer der Wirtschaftskrise nur in Winterschlaf gefallen, aus dem sie irgendwann aufwachen würde. Die anderen trauerten einfach nur.

Lloyd trank nur wenig, denn zu viel Alkohol vernebelte sei-ne Gedanken. Er fragte sich, was die deutsche Linke hätte tun können, um die Katastrophe zu verhindern, doch er wusste keine Antwort darauf.

Maud erzählte ihnen von Kurt, Adas Baby. »Sie haben ihn aus dem Krankenhaus wieder nach Hause gebracht, und im Augen-blick scheint es ihm ganz gut zu gehen. Aber sein Gehirn ist geschädigt. Er wird nie ein normales Kind sein. Wenn er älter ist, muss er in eine Anstalt, der arme kleine Kerl.«

Lloyd hatte gehört, wie das Baby von der elfjährigen Carla auf die Welt geholt worden war. Das Mädel hatte Mumm.

Kriminalinspektor Thomas Macke kam um halb zehn. Er trug seine braune Uniform.

Als er das letzte Mal hier gewesen war, hatte Robert ihn zum Ziel seines Spottes gemacht, doch Lloyd spürte instinktiv, wie gefährlich dieser Mann war. Zwar wirkte er mit seinem kleinen Schnurrbart im feisten Gesicht ein wenig einfältig, aber in seinen Augen lag ein grausames Funkeln, das Lloyd nervös machte.

Robert hatte sich geweigert, das Restaurant zu verkaufen. Was wollte Macke denn jetzt noch?

Macke stellte sich mitten in den Speisesaal und brüllte: »In diesem Lokal wird abartiges Verhalten gefördert!«

Die Gäste verstummten und fragten sich, was das sollte.

Macke hob den Finger, um anzuzeigen, dass man ihm lieber zuhören sollte. Lloyd kam die Geste auf schreckliche Art vertraut vor: Macke ahmte Hitler nach.

Der Inspektor rief: »Homosexualität widerspricht dem männlichen Wesen der deutschen Nation!«

Lloyd runzelte die Stirn. Wollte er damit etwa sagen, dass Robert eine Schwuchtel war?

Jörg, der seine hohe Kochmütze trug, kam aus der Küche ins Restaurant. Er stellte sich neben die Tür und funkelte Macke an.

Lloyd war schockiert. Vielleicht war Robert tatsächlich schwul. Immerhin lebten er und Jörg seit dem Krieg zusammen.

Lloyd ließ den Blick über die Theaterleute schweifen und stellte fest, dass es sich ausschließlich um Männerpaare handelte, sah man von zwei Frauen mit kurzen Haaren ab …

Lloyd war verwirrt. Natürlich wusste er, dass es Homosexuelle gab, und als toleranter Mensch war er der Überzeugung, dass man ihnen helfen müsse und sie nicht verfolgen dürfe. Trotzdem hielt auch er sie für pervers, und sie waren ihm unheimlich. Doch Robert und Jörg schienen zwei ganz normale Männer zu sein, die gemeinsam ein Geschäft führten und in einer Wohnung lebten, beinahe wie ein Ehepaar.

Lloyd drehte sich zu seiner Mutter um und fragte leise: »Sind Robert und Jörg wirklich …?«

»Ja«, antwortete sie.

Maud, die neben ihr saß, sagte: »Robert war in seiner Jugend die reinste Plage für die Dienerschaft.«

Die beiden Frauen kicherten.

Lloyd war doppelt schockiert. Nicht nur, dass Robert schwul war – Ethel und Maud hielten das auch noch für lustig.

Macke verkündete lautstark: »Dieses Lokal ist mit sofortiger Wirkung geschlossen!«

»Dazu haben Sie kein Recht!«, rief Robert.

Macke kann diese Entscheidung unmöglich allein getroffen haben, überlegte Lloyd. Dann erinnerte er sich, wie die Nazis die Volksbühne gestürmt hatten. Er schaute zum Eingang und sah zu seinem Entsetzen, wie weitere Braunhemden sich durch die Tür drängten.

Sie gingen zwischen den Tischen hindurch und warfen Flaschen und Gläser um. Einige Gäste saßen regungslos da und schauten schockiert zu; andere sprangen auf. Mehrere Männer brüllten ihre Wut hinaus, und eine Frau schrie.

Walter stand auf und sagte mit lauter, aber ruhiger Stimme: »Wir sollten jetzt alle gehen. Es gibt keinen Grund, grob zu werden. Nehmt eure Mäntel und Hüte und geht nach Hause.«

Die Gäste verließen das Restaurant. Einige versuchten noch, ihre Mäntel zu holen; andere flohen, so schnell sie konnten. Walter und Lloyd scheuchten Maud und Ethel zur Tür. Am Ausgang war die Kasse, und Lloyd sah einen Nazi, der sie öffnete und sich das Geld in die Tasche stopfte.

Bis jetzt hatte Robert sich nicht gerührt, nur verzweifelt zugeschaut, wie seine Gäste verjagt wurden; aber nun wurde es zu viel. Er brüllte auf und stieß den SA-Mann von der Kasse weg.

Der Kerl schlug ihn zu Boden und trat auf ihn ein. Ein weiteres Braunhemd kam hinzu.

Lloyd eilte Robert zu Hilfe. Er hörte, wie seine Mutter »Nein!« schrie, als er den Nazi beiseitestieß. Jörg eilte zu ihm, und gemeinsam halfen sie Robert auf.

Sofort wurden sie von weiteren Braunhemden attackiert. Lloyd wurde geschlagen und getreten, und irgendetwas Schweres traf ihn am Kopf. *Nicht schon wieder!*, dachte er wutentbrannt, wandte sich den Angreifern zu, schlug Linke und Rechte und traf mit jedem Hieb, wobei er versuchte, sich durch die Gegner durchzuboxen, wie seine Trainer es ihm beigebracht hatten. Zwei Braunhemden schlug er nieder; dann wurde er von hinten gepackt und zu Boden gerissen, wo zwei Männer ihn festhielten, während ein dritter auf ihn eintrat.

Brutal wurde er herumgerissen. Jemand bog ihm die Arme auf den Rücken, und er spürte Metall an den Handgelenken. Zum ersten Mal im Leben hatte man ihm Handschellen angelegt. Das hier war nicht bloß eine weitere Keilerei. Man hatte ihn geschlagen und getreten, doch ihm stand noch Schlimmeres bevor.

»Steh auf«, befahl ihm jemand auf Deutsch.

Lloyd kämpfte sich hoch. Sein Kopf pochte vor Schmerz. Er sah, dass Robert und Jörg ebenfalls Handschellen trugen. Robert blutete aus dem Mund, und Jörgs linkes Auge war zugeschwollen. Ein halbes Dutzend Braunhemden bewachte sie. Die anderen tranken die Gläser und Flaschen leer, die übrig geblieben waren, oder standen am Buffet und schlugen sich den Bauch voll.

Sämtliche Gäste waren verschwunden. Lloyd fiel ein Stein vom Herzen, dass auch seine Mutter entkommen war.

Die Tür des Restaurants öffnete sich, und Walter kam wieder herein. »Kriminalinspektor Macke!«, sagte er streng und bewies damit die für Politiker typische Eigenheit, sich jeden Namen merken zu können. Mit aller Autorität, die er aufbringen konnte, fragte er: »Was hat das zu bedeuten? Das ist ein Skandal!«

Macke wies auf Robert und Jörg. »Diese beiden Männer sind homosexuell«, stieß er hervor, »und dieser Junge hier hat einen Hilfspolizisten angegriffen, als der ihn verhaften wollte.«

Walter deutete auf die Tür und den Mann, der die Kasse geplündert hatte. »Sind Polizisten heutzutage etwa auch gemeine Diebe?«

»Ein Polizist? Da hat wohl eher ein Gast die Verwirrung ausgenutzt, die durch die Verhaftungen entstanden ist.«

Mehrere Braunhemden lachten hämisch.

»Sie waren doch Polizeibeamter, nicht wahr, Herr Macke?«, sagte Walter. »Bestimmt waren Sie früher einmal stolz auf sich. Was sind Sie jetzt?«

Die Bemerkung traf Macke wie ein Schlag ins Gesicht. »Wir stellen die Ordnung wieder her. Zum Wohle von Volk und Vaterland!«

»Hatten Sie von Anfang an die Absicht, jemanden zu verhaften?«, hakte Walter nach. »Und kommen die Gefangenen in ein ordentliches Gefängnis, oder landen sie in irgendeinem Keller?«

»Wir bringen sie in die Polizeikaserne an der Friedrichstraße«, erwiderte Macke indigniert.

Lloyd sah, wie ein zufriedener Ausdruck über Walters Gesicht huschte. Erst jetzt wurde ihm klar, wie geschickt Walter den Inspektor beeinflusst hatte: Indem er an den letzten Rest seiner Berufsehre appellierte, hatte er Macke dazu gebracht, ihm seine wahren Absichten zu enthüllen. Jetzt wusste Walter wenigstens, wohin Lloyd und die anderen gebracht werden sollten.

Aber was würde in der Kaserne geschehen?

Lloyd war noch nie verhaftet worden. Doch wer im Londoner Eastend aufgewachsen war wie er, kannte eine Menge Leute, die

Ärger mit der Polizei gehabt hatten. Den größten Teil seines Lebens hatte Lloyd Straßenfußball mit Jungen gespielt, deren Väter immer wieder mal im Knast gesessen hatten. Deshalb kannte er auch den Ruf des Polizeireviers an der Leman Street in Aldgate. Nur wenige kamen dort unverletzt wieder heraus. Die Leute flüsterten, die Wände dort seien voller Blut. Wie groß war da die Wahrscheinlichkeit, dass es in der Friedrichstraße besser aussah?

»Sie haben aus dieser Sache einen diplomatischen Zwischenfall gemacht, Herr Kriminalinspektor«, sagte Walter. Lloyd nahm an, dass er immer wieder Mackes Rang hervorhob, damit der Kerl sich endlich mehr wie ein Beamter und weniger wie ein Straßenschläger aufführte. »Sie haben drei Ausländer verhaftet, zwei Österreicher und einen Engländer.« Er hob die Hand, um jedem Protest zuvorzukommen. »Jetzt ist es zu spät für einen Rückzieher. Die Botschaften beider Länder werden bereits informiert. Ich bin sicher, dass deren Vertreter innerhalb der nächsten Stunde beim Außenministerium in der Wilhelmstraße vorstellig werden.«

Ob das stimmt, fragte sich Lloyd.

Macke grinste böse. »Das Außenministerium hat Besseres zu tun, als zwei Schwuchteln und einem halbwüchsigen Schläger zu helfen.«

»Unser Außenminister Herr von Neurath ist kein Mitglied Ihrer Partei«, erwiderte Walter frostig. »Er könnte durchaus die Interessen des Vaterlandes in den Vordergrund stellen.«

»Herr von Neurath tut, was man ihm sagt. Aber das werden Sie schon noch herausfinden. Und jetzt verschwinden Sie. Sie behindern mich in der Ausübung meiner Pflicht.«

»Ich warne Sie!«, drohte Walter. »Sie sollten sich buchstabengetreu an die Vorschriften halten, sonst gibt es Ärger.«

»Machen Sie, dass Sie wegkommen«, spie Macke hervor.

Walter warf ihm einen eisigen Blick zu und ging.

Lloyd, Robert und Jörg wurden aus dem Restaurant gezerrt und auf die Ladefläche eines Lastwagens geworfen. Man zwang sie, sich auf den Boden zu legen, während Braunhemden sich auf die Bänke setzten und sie bewachten. Der Lastwagen fuhr los. Beim Ruckeln und Schaukeln des Fahrzeugs musste Lloyd erkennen, dass Handschellen sehr schmerzhaft waren. Er hatte ständig das Gefühl, als würde ihm die Schulter ausgekugelt.

87

Zum Glück war die Fahrt nur kurz. Die drei Gefangenen wurden vom Lkw gezerrt und in das Gebäude gescheucht. Es war dunkel, sodass Lloyd nur wenig sehen konnte. An einem Schreibtisch notierte man seinen Namen in ein Buch und nahm ihm den Pass ab. Robert verlor seine goldene Krawattennadel und die Uhrkette. Schließlich löste man ihre Handschellen, und sie wurden in einen schummrig beleuchteten Raum mit vergitterten Fenstern gestoßen, in dem sich bereits gut vierzig weitere Gefangene aufhielten.

Lloyd hatte Schmerzen am ganzen Körper. Sein Gesicht war grün und blau, er hatte rasende Kopfschmerzen, und seine Brust tat weh – vermutlich war eine Rippe gebrochen. Er sehnte sich nach einem Aspirin, einer Tasse Tee und einem Kopfkissen. Aber er hatte das Gefühl, dass es Stunden dauern würde, bis er überhaupt etwas bekam.

Die drei Männer setzten sich neben der Tür auf den Boden. Lloyd hielt den Kopf in den Händen, während Robert und Jörg darüber sprachen, wie lange es wohl dauern würde, bis Hilfe kam. Bestimmt würde Walter einen Anwalt anrufen. Doch die üblichen Regeln waren durch die Reichstagsbrandverordnung außer Kraft gesetzt; von daher genossen sie nicht den üblichen Schutz durch das Gesetz. Aber Walter würde sich auch mit den Botschaften in Verbindung setzen: Politischer Einfluss war jetzt ihre größte Hoffnung. Überdies, vermutete Lloyd, würde seine Mutter versuchen, das britische Außenministerium ans Telefon zu bekommen. Sollte sie durchkommen, würde die Regierung in London bestimmt nicht dazu schweigen, dass man in Berlin einen britischen Schuljungen verhaftet hatte. Aber das alles würde Zeit kosten … mindestens eine Stunde, vielleicht sogar zwei oder drei.

Aber es vergingen vier Stunden, dann fünf, und die Tür öffnete sich nicht.

In zivilisierten Ländern war per Gesetz geregelt, wie lange die Polizei jemanden ohne Haftbefehl in Gewahrsam nehmen konnte und wann er einen Anwalt zu sehen bekam. Nun wurde Lloyd bewusst, dass solche Regeln nicht einfach nur Formalitäten waren. Er könnte ewig hier drin sitzen.

Die anderen Gefangenen waren ausnahmslos politische Häftlinge: Kommunisten, Sozialdemokraten und Gewerkschafter. Auch ein Priester war darunter.

Die Nacht verging quälend langsam. Keiner der drei machte ein Auge zu. Für Lloyd war an Schlaf nicht zu denken. Das graue Licht der Dämmerung fiel bereits durch die Gitter, als die Tür sich endlich öffnete. Doch es erschienen weder Anwälte noch Diplomaten, sondern zwei Männer in Schürzen, die eine Bahre hereinschoben, auf der ein großer Topf stand. Daraus schaufelten sie einen dünnen Haferbrei in Näpfe. Lloyd aß nichts, trank nur den dünnen Kaffee, der nach Gerste schmeckte.

Er vermutete, dass die britische Botschaft nachts nur von niederrangigen Beamten besetzt war, die kaum Befugnisse hatten. Heute Morgen jedoch, sobald der Botschafter erschienen war, würde man bestimmt etwas unternehmen.

Eine Stunde nach dem Frühstück öffnete sich die Tür erneut, doch diesmal standen dort nur Braunhemden. Sie trieben die Gefangenen hinaus und luden sie auf einen Lastwagen, vierzig bis fünfzig Männer auf einer kleinen Ladefläche, so dicht gedrängt, dass sie stehen mussten. Irgendwie schaffte es Lloyd, nahe bei Robert und Jörg zu bleiben.

Vielleicht wurden sie jetzt zum Gericht gefahren, obwohl Sonntag war. Lloyd hoffte es zumindest. Dort gab es Anwälte, und man würde wenigstens den Anschein eines rechtmäßigen Prozesses wahren. Und er sprach gut genug Deutsch, um die Sachlage erklären zu können. Für alle Fälle übte er seine Aussage schon einmal im Kopf: Er hatte in einem Restaurant mit seiner Mutter zu Abend gegessen und beobachtet, wie jemand die Gäste an der Tür ausgeraubt hatte, und war dann in die darauf folgenden Schlägereien hineingezogen worden. Lloyd stellte sich ein Kreuzverhör vor. Man würde ihn fragen, ob der Mann, den er angegriffen hatte, ein Braunhemd gewesen war, und er würde antworten: »Auf seine Kleidung habe ich nicht geachtet. Ich habe nur einen Dieb gesehen.« Das würde im Gerichtssaal für Erheiterung sorgen, und der Staatsanwalt stünde dumm da.

Man brachte die Gefangenen aus der Stadt.

Durch die Ritzen in der Plane, die über die Ladefläche gespannt war, konnten sie nach draußen schauen, aber viel war nicht zu sehen. Lloyd hatte das Gefühl, mindestens dreißig Kilometer weit gefahren zu sein, als Robert verkündete: »Wir sind in Oranienburg.« Das war eine Kleinstadt nördlich von Berlin.

Der Lkw hielt vor einem Holztor zwischen zwei Ziegelpfeilern. Zwei bewaffnete Braunhemden standen dort Wache.

Lloyds Zuversicht wich quälender Angst. Wo war das Gericht? Das hier sah mehr wie ein Gefangenenlager aus. Wie konnten diese Leute Menschen einfach so einsperren? Ohne Haftbefehl?

Nach einer kurzen Wartezeit fuhr der Lastwagen auf das Lagergelände und hielt vor einer Reihe heruntergekommener Gebäude.

Lloyd wurde immer nervöser. Letzte Nacht war sein einziger Trost gewesen, dass Walter wusste, wo er sich befand. Heute aber konnte er das unmöglich wissen. Was, wenn die Polizei behauptete, sie hätte ihn gar nicht mehr in Gewahrsam und es gebe auch keine Akte über ihn? Wie sollte man ihn da noch retten?

Die Gefangenen stiegen von der Ladefläche und schlurften in ein Gebäude, das eine ehemalige Fabrik zu sein schien. Es roch nach Kneipe. Vielleicht war hier früher eine Brauerei gewesen.

Wieder wurden ihre Namen aufgenommen. Lloyd war froh, dass es zumindest eine Art Aufzeichnung über seinen Verbleib gab. Sie wurden weder gefesselt noch in Handschellen gelegt, aber ständig von Braunhemden mit Gewehren bewacht. Lloyd überkam das ungute Gefühl, dass diese Männer nur auf einen Grund warteten, ihre Waffen einzusetzen.

Man gab jedem von ihnen einen Strohsack und eine dünne Decke. Dann wurden sie in ein halb verfallenes Gebäude gescheucht, das offenbar eine Lagerhalle gewesen war.

Und dann begann das Warten.

Den ganzen Tag kam niemand, um sich nach Lloyd zu erkundigen.

Am Abend wurde wieder ein großer Topf hereingerollt. Diesmal gab es Eintopf mit Möhren und Rüben. Jeder Mann bekam eine Schüssel voll, dazu ein Stück Brot. Lloyd war inzwischen halb verhungert. Er hatte seit vierundzwanzig Stunden nichts gegessen, und so schlang er die dürftige Mahlzeit herunter und gierte nach mehr.

In der Nacht heulten irgendwo im Lager Hunde.

Lloyd fühlte sich schmutzig. Er verbrachte nun schon die zweite Nacht in derselben Kleidung. Er brauchte ein Bad, eine Rasur und ein sauberes Hemd. Als Toilette dienten hier zwei Fässer, die in einer Ecke standen. Es war widerlich.

Aber morgen war Montag. Dann würde sich bestimmt etwas tun.

Gegen vier Uhr in der Frühe schlief Lloyd ein. Um sechs wurden er und die anderen von einem SA-Mann geweckt. »Schleicher!«, brüllte er. »Jörg Schleicher! Wer von euch ist Schleicher?«

Hoffnung machte sich bei Lloyd und den anderen breit. Wurden sie entlassen?

Jörg stand auf. »Hier«, sagte er. »Ich bin Schleicher.«

»Mitkommen«, befahl der Nazi.

Robert fragte voller Angst: »Was wollen Sie von ihm? Wo geht er hin?«

»Wer bist du denn? Seine Mutter?«, höhnte der SA-Mann. »Leg dich hin und halt die Fresse!« Er stieß Jörg mit dem Gewehr an. »Bewegung!«

Lloyd schaute Jörg und seinem Peiniger hilflos hinterher. Er fragte sich, warum er den Kerl nicht einfach niedergeschlagen und sich dessen Gewehr geschnappt hatte. Er hätte fliehen können. Doch im entscheidenden Augenblick war ihm nicht einmal der Gedanke an Flucht gekommen. Dachte er jetzt schon wie ein Gefangener? Du lieber Himmel, er freute sich sogar auf den nächsten Haferbrei.

Noch vor dem Frühstück wurden sie alle nach draußen geführt.

Sie standen um einen kleinen, umzäunten Käfig herum, der ungefähr fünf mal drei Meter maß. Es sah aus, als wäre hier früher irgendetwas gelagert worden, Holz oder Baumaterial vielleicht. Lloyd zitterte in der kalten Morgenluft. Sein Mantel war noch immer im Bistro Robert.

Er sah, wie Thomas Macke näher kam.

Der Kriminalinspektor trug einen schwarzen Mantel über seiner braunen Uniform. Lloyd fiel auf, dass der Mann sich mit schweren Schritten bewegte.

Macke folgten zwei Braunhemden, die einen nackten Mann festhielten, dem man einen Eimer über den Kopf gestülpt hatte.

Lloyd riss entsetzt die Augen auf. Die Hände des Gefangenen waren hinter dem Rücken gefesselt, und der Eimer war mit einem straff sitzenden Kinnriemen festgezurrt, damit er nicht herunterfiel.

Der Mann war schlank, erkennbar jung und hatte blonde Schamhaare.

Robert stöhnte auf. »O Gott. Das ist Jörg! Jörg!«

Sämtliche Braunhemden des Lagers hatten sich versammelt. Lloyd runzelte die Stirn. Was für ein grausames Spiel wurde hier getrieben?

Jörg wurde in das kleine Gehege geschleppt und dort zitternd stehen gelassen. Seine beiden Wächter gingen hinaus. Sie verschwanden ein paar Minuten und kehrten dann zurück, jeder mit einem Schäferhund an der Leine.

Jetzt wusste Lloyd, woher das Heulen und Bellen gekommen war, das die ganze Nacht angehalten hatte.

Die Hunde waren mager und hatten ungesunde, kahle Stellen im Fell. Sie sahen halb verhungert aus.

Die Braunhemden führten sie zum Käfig.

Lloyd hatte eine schreckliche Ahnung, was jetzt folgen würde.

»Nein!«, schrie Robert und sprang vor. »Nein! Nein! Nein!« Er versuchte, die Tür des Käfigs aufzureißen. Vier Braunhemden zerrten ihn grob zurück. Robert wehrte sich, aber die Nazis waren jung und kräftig, während Robert auf die fünfzig zuging. Er hatte ihnen nichts entgegenzusetzen. Verächtlich stießen sie ihn zu Boden.

»Nein, hoch mit ihm«, befahl Macke. »Lasst ihn zuschauen.«

Die Männer zerrten Robert hoch und drehten ihn mit dem Gesicht zu Jörg.

Die Hunde wurden in den Käfig geführt. Sie waren aufgeregt, bellten und sabberten. Die beiden Nazi-Hundeführer hatten keine Angst vor den Tieren und kamen bestens mit ihnen zurecht; offenbar waren sie erfahren. Lloyd fragte sich verzweifelt, wie oft sie das hier schon gemacht hatten.

Die Hundeführer ließen die Tiere von den Leinen und liefen hinaus.

Sofort stürzten die Hunde sich auf Jörg. Einer biss ihm ins Bein, der andere in den Arm. Unter dem Metalleimer ertönte ein gequälter Schrei. Die Braunhemden johlten und applaudierten. Die Gefangenen schauten in stummem Entsetzen zu.

Nachdem er den ersten Schock überwunden hatte, versuchte

92

Jörg verzweifelt, sich zu befreien. Seine Hände waren gefesselt, und er konnte nichts sehen, aber er konnte um sich treten. Doch seine nackten Füße zeigten kaum Wirkung auf die hungrigen Hunde. Die Tiere wichen den Tritten aus, griffen unablässig an und schlugen ihre Zähne in Jörgs Fleisch.

Jörg versuchte wegzulaufen. Er rannte blind geradeaus, von den hechelnden Hunden verfolgt, bis er gegen den Drahtzaun prallte. Die Braunhemden grölten ausgelassen. Jörg floh in die andere Richtung, mit dem gleichen Ergebnis. Ein Hund riss Jörg ein Stück Fleisch aus dem Gesäß. Seine Schreie gingen im Johlen und Lachen unter.

Ein SA-Mann, der neben Lloyd stand, grölte: »Sein Schwanz! Beißt dem Schwulen den Schwanz ab!« Der Kerl war geradezu hysterisch.

Jörgs bleicher Körper war mittlerweile blutüberströmt. Er drückte sich an den Zaun, versuchte, seine Genitalien zu schützen, und trat weiter nach den Hunden. Aber er wurde schwächer. Seine Tritte hatten kaum noch Kraft, und er hatte Mühe, auf den Beinen zu bleiben. Die Hunde wurden immer kühner, zerrten an ihm und schlangen blutige Klumpen Fleisch herunter.

Schließlich sank Jörg zu Boden.

Und die Hunde ließen sich zum Fressen nieder.

Irgendwann gingen die Hundeführer in den Käfig. Mit geübten Bewegungen legten sie den Tieren die Leinen an, zerrten sie von Jörg weg und führten sie hinaus.

Die Schau war vorbei. Die Braunhemden schlenderten davon und unterhielten sich aufgeregt.

Robert rannte in den Käfig, und diesmal hielt ihn niemand auf. Mit einem Stöhnen beugte er sich über Jörg.

Lloyd half ihm, Jörg die Fesseln abzunehmen und den Eimer vom Kopf zu ziehen. Er war bewusstlos, atmete aber. »Bringen wir ihn rein«, sagte Lloyd. »Nehmen Sie seine Beine.« Lloyd packte Jörg unter den Armen, und gemeinsam mit Robert trug er ihn in das Gebäude, in dem sie die Nacht verbracht hatten. Sie legten Jörg auf einen Strohsack.

Verängstigt versammelten sich die anderen Gefangenen um sie. Lloyd hoffte, einer von ihnen würde sich als Arzt zu erkennen geben, aber niemand tat ihm den Gefallen.

93

Robert zog sein Jackett, die Weste und das Hemd aus und wischte seinem Freund damit das Blut ab. »Wir brauchen sauberes Wasser«, sagte er.

Im Hof stand eine Handpumpe. Lloyd ging hinaus, hatte aber keinen Behälter. Schaudernd betrat er den Käfig. Der Eimer lag noch immer auf dem Boden. Lloyd wusch ihn aus und füllte ihn mit Wasser.

Als er zurückkam, war der Strohsack blutdurchtränkt.

Robert tauchte sein Hemd in den Eimer und wusch Jörg die Wunden aus. Es dauerte nicht lange, und auch das Hemd war rot.

Jörg bewegte sich schwach.

Robert flüsterte ihm sanft zu: »Ganz ruhig, Geliebter. Es ist vorbei. Ich bin hier … ich bin bei dir.« Doch Jörg schien ihn nicht zu hören.

Dann kam Macke herein, gefolgt von fünf Braunhemden. Er packte Robert am Arm und riss ihn hoch. »So!«, sagte er. »Jetzt weißt du, was wir von perversen Homos halten.«

Lloyd deutete auf Jörg. »Der das hier getan hat, ist pervers.« Er legte seine ganze Wut und Abscheu in seine Stimme, als er den Namen nannte: »Kriminalinspektor Macke.«

Macke nickte einem der SA-Männer zu. Mit einer täuschend beiläufigen Bewegung drehte der Mann sein Gewehr um und schmetterte Lloyd den Kolben gegen die Stirn.

Lloyd fiel zu Boden und hielt sich den Kopf. Sein Gesicht war schmerzverzerrt.

Er hörte Robert sagen: »Bitte, erlauben Sie mir, mich um Jörg zu kümmern.«

»Vielleicht«, sagte Macke. »Aber zuerst komm mal her.«

Trotz der Schmerzen öffnete Lloyd die Augen, um zu beobachten, was geschah.

Macke zerrte Robert zu einem grob gezimmerten Holztisch. Dann holte er ein Dokument und einen Füller aus der Tasche. »Dein Restaurant ist jetzt nur noch halb so viel wert wie bei meinem ersten Gebot. Ich gebe dir zehntausend Mark.«

»Ich unterschreibe alles, was Sie wollen«, schluchzte Robert. »Wenn Sie mich nur bei Jörg bleiben lassen …«

»Hier«, sagte Macke. »Dann könnt ihr drei wieder nach Hause gehen.«

Robert unterschrieb.

»Dieser Herr kann den Vertrag bezeugen«, sagte Macke und gab den Füller an einen der Wärter weiter. Dann schweifte sein Blick durch den Raum und blieb auf Lloyd ruhen. »Vielleicht will unser dummdreister englischer Gast ja der zweite Zeuge sein.«

»Tu, was er sagt, Lloyd«, bat Robert.

Lloyd rappelte sich auf, rieb sich den wunden Kopf, nahm den Füller und unterschrieb.

Triumphierend steckte Macke den Vertrag ein und ging hinaus.

Robert und Lloyd kehrten zu Jörg zurück.

Doch Jörg war tot.

Walter und Maud kamen zum Lehrter Bahnhof unmittelbar nördlich des ausgebrannten Reichstagsgebäudes, um sich von Ethel und Lloyd zu verabschieden. Der Bahnhof war im Stil der französischen Neorenaissance gebaut und sah wie ein Palast aus. Sie waren früh dran, und so setzten sie sich noch kurz ins Bahnhofscafé, während sie auf den Zug warteten.

Lloyd war froh, nach sechs Wochen endlich nach Hause zu fahren. Die schrecklichen Erlebnisse steckten ihm noch in den Knochen. Jetzt wollte er nur noch heim, um den Leuten zu erzählen, was er erlebt hatte, und sie zu warnen, damit ihnen nicht das Gleiche widerfuhr wie den Menschen in Deutschland.

Dennoch hatte er ein schlechtes Gewissen. Er fuhr zurück in ein Land, in dem die Gesetze noch Gültigkeit hatten, in dem die Presse frei war und in dem es nicht als Verbrechen galt, Sozialdemokrat zu sein. Die von Ulrichs ließ er in einer grausamen Diktatur zurück, wo ein Unschuldiger von Hunden in Stücke gerissen werden konnte, ohne dass jemand sich dafür verantworten musste.

Die von Ulrichs waren völlig verzweifelt, Walter mehr noch als Maud. Es erging ihnen wie Trauernden, die mit einem Todesfall in der Familie fertigwerden mussten. Sie schienen an nichts anderes denken zu können als an die Katastrophe, die über sie hereingebrochen war.

Lloyd war mit der ausdrücklichen Entschuldigung des deutschen Außenministeriums aus der Haft entlassen worden. Doch in derselben Erklärung hatte man ihm auch unmissverständlich zu verstehen gegeben, dass er seiner eigenen Dummheit wegen in die Schlägerei verwickelt worden sei, die wiederum der Grund dafür war, dass man ihn aufgrund eines Verwaltungsfehlers so lange in Haft gehalten habe, was dem Außenministerium natürlich außerordentlich leidtue.

Walter sagte: »Ich habe ein Telegramm von Robert erhalten. Er ist wohlbehalten in London angekommen.«

Als österreichischer Staatsbürger hatte Robert von Ulrich Deutschland ohne größere Probleme verlassen können. Sein Geld mitzunehmen hatte sich allerdings als deutlich schwieriger erwiesen. Walter hatte verlangt, dass Macke das Geld auf ein Konto in der Schweiz einzahlte. Zuerst hatte Macke erklärt, das sei unmöglich, doch Walter hatte ihm gedroht, ihn notfalls vor Gericht zu bringen. Dort würde Lloyd aussagen, dass der Vertrag nur unter Druck zustande gekommen sei. Daraufhin hatte Macke eingelenkt und ein paar Hebel in Bewegung gesetzt.

»Ich bin heilfroh, dass Robert rausgekommen ist«, sagte Lloyd. Auch er selbst würde erst wieder froh sein, wenn er zurück in London war. Sein Kopf reagierte noch immer empfindlich auf jede Berührung, und seine Rippen schmerzten, wenn er sich im Bett umdrehte.

Ethel fragte Maud: »Warum kommt ihr nicht auch nach London? Die ganze Familie.«

Walter schaute seine Frau an. »Ja, vielleicht sollten wir das«, sagte er, aber Lloyd sah, dass er es nicht ernst meinte.

»Ihr habt getan, was ihr konntet«, sagte Ethel. »Ihr habt tapfer gekämpft, aber leider hat die andere Seite gesiegt.«

»Es ist noch nicht vorbei«, sagte Maud.

»Aber ihr seid in Gefahr!«

»So wie ganz Deutschland.«

»Wenn ihr nach London zieht, wird Fitz sich vielleicht erweichen lassen und euch helfen.«

Earl Fitzherbert, der Besitzer von Kohlebergwerken in Südwales, war einer der reichsten Männer Großbritanniens, wie Lloyd wusste.

»Er würde mir nicht helfen«, sagte Maud. »Fitz gibt niemals nach, das weißt du so gut wie ich.«

»Du hast recht«, sagte Ethel. Lloyd fragte sich, wie sie so sicher sein konnte, bekam aber keine Gelegenheit, sie zu fragen, denn sie fuhr fort: »Aber mit deiner Erfahrung würdest du in London sofort eine Anstellung bei einer Zeitung bekommen.«

»Und was soll ich in London tun?«, fragte Walter.

»Was wirst du denn hier tun?«, entgegnete Ethel in ihrer typischen Offenheit. »Hat es Sinn, gewählter Abgeordneter in einem machtlosen Parlament zu sein?«

Lloyd verstand seine Mutter, war aber der Meinung, die von Ulrichs sollten bleiben. »Ich weiß, es wird hart«, sagte er, »aber wenn auch die letzten anständigen Leute vor dem Faschismus fliehen, wird er sich nur noch schneller ausbreiten.«

»Das tut er ohnehin«, sagte Ethel.

Maud erschreckte alle, als sie vehement hervorstieß: »Nein! Ich werde nicht gehen. Niemals! Ich weigere mich, Deutschland zu verlassen!«

Alle starrten sie an.

»Ich bin seit vierzehn Jahren Deutsche«, sagte sie. »Deutschland ist jetzt meine Heimat.«

»Aber du bist in England geboren …«, warf Ethel ein.

»Ein Staat besteht vor allem aus den Menschen, die darin leben«, sagte Maud. »Ich liebe England nicht. Meine Eltern sind vor langer Zeit gestorben, und mein Bruder hat mich verstoßen. Ich liebe Deutschland. Für mich ist Deutschland mein wunderbarer Mann Walter, mein irregeleiteter Sohn Erik, meine gescheite Tochter Carla, meine Zofe Ada und ihr behinderter Sohn, meine Freundin Monika und ihre Familie, meine Journalistenkollegen … Ich bleibe und werde gegen die Nazis kämpfen.«

»Du hast schon mehr als deinen Teil getan«, sagte Ethel sanft.

Mit bewegter Stimme entgegnete Maud: »Mein Mann hat sein Leben der Aufgabe gewidmet, Deutschland zu einem freien, blühenden Land zu machen. Ich will nicht der Grund dafür sein, dass er sein Lebenswerk aufgibt. Wenn er das verliert, verliert er seine Seele.«

Ethel blieb bei dem schmerzlichen Thema und ging so weit, wie nur eine alte Freundin es konnte: »Aber die Versuchung muss doch groß sein, deine Kinder in Sicherheit zu bringen …«

»Versuchung? Es ist ein Herzenswunsch, ein inniges Verlangen, eine tiefe Sehnsucht!« Maud brach in Tränen aus. »Carla hat Albträume von den Braunhemden, und Erik zieht diese kackbraune Uniform an, wann immer er die Gelegenheit hat.«

Lloyd erschrak. Er hatte eine gebildete Dame noch nie »Kack« sagen hören.

Maud fuhr fort: »Natürlich will ich nichts lieber, als die Kinder von hier fortbringen.« Lloyd sah, dass Maud hin- und hergerissen war. Sie knetete nervös ihre Hände, drehte den Kopf hin und her und sprach mit einer Stimme, die vor Unsicherheit zitterte. »Aber es wäre falsch, für sie und auch für uns. Ich werde nicht nachgeben. Es ist besser, Böses zu ertragen, als einfach nur danebenzustehen und gar nichts zu tun.«

Ethel legte Maud die Hand auf den Arm. »Tut mir leid, dass ich gefragt habe. Wahrscheinlich war es dumm von mir. Ich hätte wissen müssen, dass du niemals davonläufst.«

»Nein, Ethel, ich bin froh, dass du gefragt hast«, sagte Walter, streckte den Arm aus und ergriff Mauds schmale Hände. »Die Frage stand die ganze Zeit unausgesprochen zwischen mir und Maud. Es war an der Zeit, dass wir uns ihr stellen.«

Lloyd schaute auf die ineinander verschränkten Hände auf dem Cafétisch. Er machte sich selten Gedanken über das Gefühlsleben der Generation seiner Mutter und der von Ulrichs – sie waren verheiratete Menschen mittleren Alters, das sagte eigentlich alles –, aber nun sah er, dass zwischen Walter und Maud eine starke Verbindung bestand, die weit über die gewohnte Vertrautheit einer langen Ehe hinausging. Und sie gaben sich keinen Illusionen hin: Sie wussten, dass sie ihr eigenes Leben und das ihrer Kinder riskierten, wenn sie in Deutschland blieben. Aber sie waren entschlossen, gemeinsam dem Tod zu trotzen.

Lloyd fragte sich, ob er je eine so tiefe Liebe empfinden würde.

Ethel schaute auf die Uhr. »Du liebe Güte, wir verpassen den Zug!«

Lloyd nahm ihre Reisetaschen, und sie eilten über den Bahnsteig. Eine Pfeife gellte. Gerade noch rechtzeitig stiegen Lloyd und Ethel in den Waggon. Als der Zug aus dem Bahnhof rollte, lehnten sie sich aus dem Fenster.

Walter und Maud standen winkend auf dem Bahnsteig und wurden kleiner und kleiner, bis sie in der grauen Ferne verschwanden.

KAPITEL 2

1935

»Über die jungen Mädchen in Buffalo musst du zwei Dinge wissen«, sagte Daisy Peshkov. »Sie saufen wie die Löcher und sind ausnahmslos Snobs.«

Eva Rothmann kicherte. »Das glaube ich dir nicht.« Ihr deutscher Akzent war fast völlig verschwunden.

»Es stimmt aber«, erwiderte Daisy. In ihrem in Weiß und Rosarot gehaltenen Zimmer probierten sie vor dem deckenhohen dreiteiligen Spiegel Kleider an. »Mit Marineblau und Weiß könntest du gut aussehen. Was meinst du?« Sie hielt Eva eine Bluse unters Kinn und betrachtete kritisch die Wirkung. Ja, der Farbkontrast stand ihr.

Daisy durchforstete ihren Kleiderschrank auf der Suche nach einer Garnitur, die Eva zum Strandpicknick tragen konnte. Eva war nicht gerade eine Schönheit, und die Rüschen und Schleifchen, die viele von Daisys Kleidungsstücken zierten, wirkten an ihr altbacken. Zu ihren herben Gesichtszügen passten Streifen besser. Außerdem hatte sie dunkles Haar und tiefbraune Augen. »Du kannst helle Farben tragen«, erklärte Daisy ihr.

Eva besaß nur wenig eigene Kleidung. Ihr Vater, ein jüdischer Arzt in Berlin, hatte seine gesamten Ersparnisse aufgewendet, um sie nach Amerika zu schicken. Vor einem Jahr war sie mittellos in der Neuen Welt eingetroffen. Eine Stiftung zahlte ihr das Internat, wo sie die gleichaltrige Daisy – beide waren neunzehn – kennengelernt hatte. Da Eva in den Sommerferien nirgendwo hinkonnte, hatte Daisy sie kurzerhand zu sich nach Hause eingeladen.

Zuerst hatte Olga Peshkov, Daisys Mutter, Einwände erhoben. »Aber du bist das ganze Jahr in der Schule! Ich habe mich so darauf gefreut, dich wenigstens den Sommer über für mich allein zu haben.«

»Eva wird dir gefallen«, erwiderte Daisy. »Sie ist freundlich, unbeschwert und eine treue Freundin.«

Olga verzog das Gesicht. »Wahrscheinlich tut sie dir nur leid, weil sie vor den Nazis fliehen musste.«

»Die Nazis sind mir egal. Ich mag Eva.«

»Das ist ja schön und gut, aber muss sie deshalb gleich bei uns wohnen?«

»Mutter, sie kann sonst nirgendwo hin!«

Wie jedes Mal hatte Olga ihrer Tochter schließlich nachgegeben.

»Die Mädchen hier sind Snobs?«, fragte Eva nun.

»Das kann man wohl sagen. Sie sind eingebildete Ziegen, sogar mir gegenüber.«

»Aber du bist hübsch und lebenslustig!«

Daisy verzichtete darauf, das Kompliment bescheiden abzuweisen. »Das hassen sie ja gerade an mir.«

»Und du bist reich.«

Da hatte Eva allerdings recht. Daisys Vater war sehr wohlhabend, und ihre Mutter hatte ein Vermögen geerbt. Mit einundzwanzig würde Daisy zu viel Geld kommen. »Das hat nichts zu bedeuten. In dieser Stadt kommt es allein darauf an, wie lange du schon reich bist. Wer arbeitet, ist ein Niemand. Ganz oben stehen die Leute, die von den Millionen leben, die ihnen ihre Urgroßeltern hinterlassen haben.« Hinter ihrem fröhlich-spöttischen Tonfall verbarg Daisy den Zorn, den dieser Gedanke in ihr erregte.

»Und dein Vater ist berühmt!«, sagte Eva.

»Viele halten ihn für einen Gangster.«

Daisys Großvater, Josef Vyalov, war Besitzer von Bars und Hotels gewesen. Ihr Vater, Lev Peshkov, hatte mit dem Gewinn marode Revuetheater aufgekauft und in Lichtspielhäuser umgebaut. Heute gehörte ihm sogar ein Hollywoodstudio.

»Wie können die Leute so etwas behaupten!« Eva war empört.

»Sie glauben, Vater war Alkoholschmuggler. Wahrscheinlich haben sie sogar recht. Wie hätte man während der Prohibition sonst mit Bars Geld verdienen sollen?« Daisy seufzte. »Jedenfalls ist das der Grund dafür, dass man Mutter niemals einladen wird, dem Buffaloer Damenclub beizutreten.«

Beide blickten Daisys Mutter an, die auf dem Bett ihrer Tochter saß und den *Buffalo Sentinel* las. Alte Fotos von Olga Peshkov zeigten eine gertenschlanke Schönheit. Heute war sie eine triste, unförmige Erscheinung. Sie hatte das Interesse an ihrem Aussehen verloren. Mit Daisy ging sie allerdings auf ausgedehnte Einkaufstouren, wobei es ihr ziemlich gleichgültig war, wie viel sie ausgeben musste, damit ihre Tochter möglichst gut aussah.

Olga blickte von der Zeitung auf. »Ich weiß gar nicht, ob es die Damen so sehr stört, dass dein Vater Alkohol geschmuggelt hat, Liebes«, sagte sie. »Aber er ist ein russischer Einwanderer, und wenn er sich mal bequemt, einen Gottesdienst zu besuchen, geht er in die russisch-orthodoxe Kirche auf der Ideal Street. Das ist fast so schlimm, als wäre er Katholik.«

»Es ist so ungerecht«, sagte Eva.

»Ich sollte dich wohl warnen, dass sie Juden auch nicht besonders mögen«, warf Daisy ein. Eva war Halbjüdin. »Tut mir leid, wenn ich das so offen sage.«

»Du kannst die Dinge so offen aussprechen, wie du möchtest«, entgegnete Eva, »im Vergleich zu Deutschland kommt mir Amerika wie das Gelobte Land vor.«

»Diesem Eindruck dürfen Sie sich aber nicht zu sehr hingeben«, warnte Olga. »In dieser Zeitung hier steht, dass viele amerikanische Industrielle und Geschäftsleute Präsident Roosevelt hassen und Adolf Hitler bewundern. Und das stimmt. Daisys Vater ist einer von Hitlers Bewunderern.«

»Politik ist langweilig«, sagte Daisy. »Steht im *Sentinel* denn nichts Interessantes?«

»Doch. Muffie Dixon soll am britischen Hof vorgestellt werden.«

»Wie schön für sie«, sagte Daisy schnippisch. Sie konnte ihren Neid nicht verbergen.

Olga las vor: »Miss Muriel Dixon, Tochter des verstorbenen Charles ›Chuck‹ Dixon, der im Krieg in Frankreich gefallen ist, wird am nächsten Dienstag von der Frau des US-Botschafters, Mrs. Robert W. Bingham, im Buckingham Palace vorgestellt.«

Daisy hatte genug über Muffie Dixon gehört und wechselte das Thema. »In Paris war ich schon, aber nie in London. Und du, Eva?«

»Weder noch. Ich habe Deutschland zum ersten Mal verlassen, als ich nach Amerika gekommen bin.«

Olga sagte plötzlich: »Ach herrje!«

»Was ist?«, fragte Daisy.

Ihre Mutter knüllte die Zeitung zusammen. »Dein Vater hat Gladys Angelus mit ins Weiße Haus genommen.«

»Was!« Es war für Daisy wie ein Schlag ins Gesicht. »Aber er hat doch gesagt, ich soll mitkommen!«

Präsident Roosevelt hatte hundert Geschäftsleute zu einem Empfang geladen, um sie vom New Deal, seinem nationalen Wirtschaftsprogramm, zu überzeugen. Für Lev Peshkov kam Franklin D. Roosevelt auf der Skala der verachtenswertesten Kreaturen gleich nach den Kommunisten; nichtsdestotrotz hatte es ihm geschmeichelt, ins Weiße Haus gebeten zu werden. Doch Olga hatte sich geweigert, ihn zu begleiten, und ihm wütend an den Kopf geworfen: »Ich werde dem Präsidenten der Vereinigten Staaten doch nicht vorgaukeln, dass wir eine normale Ehe führen!«

Offiziell wohnte Lev mit Frau und Tochter in dem stilvollen Prärie-Haus, das Großvater Vyalov errichtet hatte, doch er verbrachte sehr viel mehr Nächte in einem protzigen Apartment in der Innenstadt, in dem er seine langjährige Geliebte Marga untergebracht hatte. Außerdem ging das Gerücht, er habe eine Affäre mit Gladys Angelus, dem größten Star seines Filmstudios. Deshalb konnte Daisy nur zu gut verstehen, dass ihre Mutter sich verschmäht fühlte. Auch Daisy empfand es jedes Mal als Zurücksetzung, wenn Lev wegfuhr, um den Abend mit seiner zweiten Familie zu verbringen.

Doch als Lev sie gefragt hatte, ob sie ihn anstelle ihrer Mutter ins Weiße Haus begleiten wolle, hatte sie begeistert zugesagt und überall verkündet, sie werde bald Präsident Roosevelt besuchen. Keiner ihrer Freunde war dem Präsidenten persönlich begegnet, außer den Dewar-Jungs; aber deren Vater war schließlich Senator.

Lev hatte Daisy allerdings keinen genauen Termin genannt, und sie war davon ausgegangen, er würde es ihr in letzter Sekunde mitteilen; das wäre typisch für ihn. Nun aber hatte er es sich anders überlegt oder es schlichtweg vergessen. Daisy war den Tränen nahe.

»Tut mir leid, Liebes«, sagte Olga, »aber Versprechen haben deinem Vater noch nie viel bedeutet.«

Eva blickte Daisy mitfühlend an. Ihr eigener Vater war Tausende Kilometer von hier entfernt, und vielleicht sah sie ihn nie wieder.

Trotzdem empfand sie Mitleid für Daisy, als wäre diese viel härter vom Schicksal getroffen worden.

In Daisy stieg Trotz auf. Sie würde sich nicht den Tag verderben lassen. »Na schön, dann bin ich eben das einzige Mädchen in Buffalo, das wegen Gladys Angelus versetzt wurde! Also, was ziehe ich heute an?«

In Paris trug man die Röcke dieses Jahr bedenklich kurz, und die konservative Buffaloer Gesellschaft verfolgte die Mode nur aus der Ferne. Doch Daisy besaß ein gewagtes knielanges Tenniskleid im Babyblau ihrer Augen. Vielleicht war heute die passende Gelegenheit, es zu tragen. Sie stieg aus ihrem Kleid und zog sich den Tennisdress an. »Na, was meint ihr?«

»Oh, Daisy, es ist wunderschön«, sagte Eva, »aber …«

Olga sagte: »Denen fallen die Augen aus dem Kopf.« Sie mochte es, wenn ihre Tochter sich herausputzte. Vielleicht erinnerte es sie an ihre eigene Jugend. »Besonders Charlie Farquharson.«

»Wer ist das?«, fragte Eva.

Daisy antwortete: »Der Mann, den ich vielleicht heiraten werde.«

Eva riss die Augen auf. »Ist das dein Ernst?«

»Er wäre ein guter Fang«, warf Olga ein.

»Wie ist er denn so?«, fragte Eva.

»Sehr niedlich«, antwortete Daisy. »Nicht der hübscheste Junge in Buffalo, aber süß und ziemlich schüchtern.«

»Da scheint er aber ganz anders zu sein als du.«

»Gegensätze ziehen sich an.«

Olga ergriff erneut das Wort. »Die Farquharsons gehören zu den ältesten Familien der Stadt.«

Eva zog die dunklen Brauen hoch. »Snobistisch?«

»Sehr«, sagte Daisy. »Aber Charlies Vater hat sein ganzes Geld am Schwarzen Freitag verloren. Das hat ihn umgebracht. Es wird aber auch gemunkelt, er hätte Selbstmord begangen. Jedenfalls müssen die Farquharsons zusehen, wie sie das Familienvermögen wiederherstellen.«

Eva blickte sie entsetzt an. »Du hoffst, dass er dich deines Geldes wegen heiratet?«

»Falsch. Charlie wird mich heiraten, weil ich ihm den Kopf verdrehen werde. Und heute Nachmittag fange ich damit an. Ja, das ist eindeutig das richtige Kleid.«

Daisy nahm das babyblaue, Eva das marineblau-weiß gestreifte Kleid. Als sie sich angezogen hatten, waren sie zu spät dran. Doch einen Fahrer gab es nicht. Olga wollte keinen. Sie selbst hatte den Chauffeur ihres Vaters geheiratet und sich damit ihr Leben ruiniert. Nun fürchtete sie, Daisy könnte es ähnlich ergehen. Wenn die Peshkov-Frauen in ihrem knarrenden 1925er Stutz gefahren werden wollten, musste Henry, der Gärtner, aus den Gummistiefeln steigen und einen schwarzen Anzug anziehen.

Aber Daisy hatte auch ein eigenes Auto, ein rotes Chevrolet Sportcoupé. Außerdem fuhr sie gern. Sie mochte es, die Kraft des Motors zu spüren, und sie liebte die Geschwindigkeit. Nun verließen sie und Eva die Stadt in südlicher Richtung. Daisy fand es beinahe schade, dass es nur fünf oder sechs Meilen bis zum Strand waren.

Auf der Fahrt malte sie sich das Leben als Charlies Frau aus. Mit ihrem Geld und seinem Ansehen wären sie *das* Paar in der Buffaloer Gesellschaft. Bei ihren Dinnerpartys würde es so elegante Tischdekorationen geben, dass es den Gästen den Atem verschlug. Natürlich würden sie die größte Jacht im Hafen haben und an Bord rauschende Feste feiern. Die Leute würden sich nach einer Einladung von Mrs. Charles Farquharson die Finger lecken. Daisy malte sich aus, wie sie in einem hinreißenden Kleid aus Paris durch eine Menge bewundernder Männer und neidischer Frauen schritt und mit huldvollem Lächeln die Komplimente entgegennahm.

Sie war noch in ihren Tagtraum versunken, als sie ihr Ziel erreichten.

Buffalo liegt im Staat New York unweit der Grenze zu Kanada. Woodlawn Beach war ein meilenlanger Sandstreifen am Ufer des Eriesees. Daisy stellte das Auto ab und durchquerte mit Eva zu Fuß die Dünen.

Fünfzig oder sechzig Personen waren bereits eingetroffen, die heranwachsenden Nachkommen der Buffaloer High Society, die ihre Sommerferien vorzugsweise mit Segeln und Wasserski verbrachten und abends Partys und Bälle besuchten. Daisy grüßte jeden, den sie kannte und stellte Eva vor. Beide bekamen Punsch. Daisy kostete vorsichtig: Man musste immer damit rechnen, dass irgendein Spaßvogel das Getränk mit zwei Flaschen Gin angereichert hatte und das zum Schießen komisch fand.

Die Party wurde für Dot Renshaw gegeben, ein spitzzüngiges Mädchen, das keinen Mann fand. Wie die Farquharsons waren auch die Renshaws eine alte Buffaloer Familie; ihr Vermögen allerdings hatte den Börsencrash überstanden. Daisy ging als Erstes zum Gastgeber, Dots Vater, und dankte ihm. »Bitte entschuldigen Sie unsere Verspätung«, sagte sie. »Ich hatte die Zeit ganz vergessen.«

Philip Renshaw musterte Daisy von oben bis unten. »Das ist ein sehr kurzes Kleid«, sagte er dann, wobei in seinem Gesicht Missbilligung mit Lüsternheit kämpfte.

Daisy tat so, als hätte er ihr ein Kompliment gemacht. »Schön, dass es Ihnen gefällt!«

»Wie auch immer, es ist gut, dass du endlich hier bist«, fuhr Renshaw fort. »Ein Fotograf vom *Sentinel* kommt her, und wir brauchen ein paar hübsche Mädchen auf dem Bild.«

Daisy murmelte Eva zu: »Also deshalb hat er mich eingeladen. Sehr nett von ihm, mir das unter die Nase zu reiben.«

Dot kam zu ihnen. Sie hatte ein schmales Gesicht mit spitzer Nase. Daisy fand, sie sah aus wie ein Vogel.

»Ich dachte, du fährst mit deinem Vater zum Präsidenten«, sagte Dot.

Daisy erstarrte. Hätte sie doch bloß nicht überall damit herumgeprahlt!

»Wie ich höre, hat er an deiner Stelle seine ... ähem ... Hauptdarstellerin mitgenommen«, fuhr Dot fort. »So was dürfte im Weißen Haus ziemlich ungewöhnlich sein.«

»Ich glaube«, erwiderte Daisy, »hin und wieder lernt der Präsident gern mal einen Filmstar kennen. Er verdient ein bisschen Glanz, meinst du nicht auch?«

»Ich kann mir nicht vorstellen, dass Eleanor Roosevelt begeistert war. In den Zeitungen steht, alle anderen Männer hätten ihre Frauen mitgenommen.«

»Tja, dann ... bis nachher.« Daisy ergriff die Flucht, bevor sie der Versuchung erlag, Dot ihren Drink ins Gesicht zu schütten.

Sie entdeckte Charlie Farquharson, der versuchte, ein Netz für Strandtennis aufzuspannen. Er war zu gutmütig, um sie wegen Gladys Angelus zu verspotten.

»Hallo, wie geht's, Charlie?«, fragte Daisy fröhlich.

»Ganz gut.« Charlie richtete sich auf. Er war um die fünfundzwanzig, sehr groß und ein bisschen übergewichtig. Er hielt sich leicht gebeugt, als befürchtete er, seine Größe könnte auf andere einschüchternd wirken.

Daisy stellte ihm Eva vor. Charlie war in Gesellschaft auf sympathische Art unbeholfen, besonders gegenüber Mädchen, aber er gab sich Mühe und fragte Eva, wie Amerika ihr denn so gefalle und ob sie etwas von ihrer Familie in Berlin gehört habe.

Eva fragte ihn, ob ihm das Picknick gefiele.

»Nicht besonders«, erwiderte Charlie. »Ich wäre lieber zu Hause bei meinen Hunden.«

Mit Tieren kann er besser umgehen als mit Frauen, dachte Daisy säuerlich. Doch dass er Hunde erwähnte, war interessant. »Was für Hunde hast du denn?«, fragte sie.

»Jack-Russell-Terrier.«

Daisy merkte sich den Namen.

Eine kantig gebaute Frau um die fünfzig kam zu ihnen. »Meine Güte, Charlie, hast du das Netz noch immer nicht aufgespannt?«

»Bin fast fertig, Mom.«

Nora Farquharson trug ein goldenes Tennisarmband, Brillantohrstecker und eine Tiffany-Halskette – mehr Schmuck, als für das Picknick angemessen war. So arm scheinen die Farquharsons nun auch wieder nicht zu sein, ging es Daisy durch den Kopf. Sie jammerten, sie hätten alles verloren, aber Daisy wusste, dass Mrs. Farquharson weiterhin ein Hausmädchen und einen Chauffeur beschäftigte; außerdem besaß sie zwei Pferde für Ausritte im Park.

»Guten Tag, Mrs. Farquharson«, sagte Daisy. »Das ist meine Freundin Eva Rothmann aus Berlin.«

»Angenehm«, sagte Nora kühl, ohne Daisy oder Eva die Hand zu reichen. Sie hielt es nicht für nötig, neureiche Russinnen freundlich zu behandeln, und deren jüdische Gäste erst recht nicht. Plötzlich schien ihr ein Gedanke zu kommen. »Ach, Daisy, du könntest mal herumgehen und dich erkundigen, wer Tennis spielen möchte.«

Daisy wusste, dass sie ein wenig wie eine Dienstbotin behandelt wurde, machte aber gute Miene zum bösen Spiel. »Aber gern«, sagte sie. »Ich würde gemischte Doppel vorschlagen.«

»Gute Idee.« Mrs. Farquharson reichte ihr einen Bleistiftstummel und ein Stück Papier. »Schreib die Namen auf.«

Mit einem zuckersüßen Lächeln zog Daisy einen goldenen Füllhalter und ein kleines, in beigefarbenes Leder gebundenes Notizbuch aus der Handtasche. »Ich bin gerüstet.«

Sie wusste, wer Tennis spielte, wer gut war und wer nicht. Schließlich gehörte sie dem Racquet Club an, der allerdings nicht so exklusiv war wie der Yacht Club. Daisy machte sich daran, Spielpaare zu bilden. Eva tat sie mit Chuck Dewar zusammen, dem vierzehnjährigen Sohn von Senator Dewar. Joanne Rouzrokh ließ sie mit dem älteren Dewar-Jungen spielen, Woody, der erst fünfzehn war, aber schon genauso groß wie seine Bohnenstange von Vater. Sie selbst spielte natürlich mit Charlie.

Daisy erschrak, als sie ein halbwegs vertrautes Gesicht sah und ihren Halbbruder Greg erkannte, den Sohn von Marga. Sie begegneten einander nicht besonders häufig; Daisy hatte Greg nun seit einem Jahr nicht mehr gesehen. In dieser Zeit schien er zum Mann gereift zu sein. Er war einen halben Kopf größer geworden, und obwohl er erst fünfzehn war, lag auf Kinn und Wangen ein dunkler Bartschatten. Als Kind war Greg immer ungepflegt gewesen, und daran hatte sich nichts geändert: Die Ärmel seines teuren Blazers waren hochgekrempelt, die gestreifte Krawatte hing ihm lose um den Hals, und die Leinenhose war an den Aufschlägen nass und sandig.

Daisy war es jedes Mal ein bisschen peinlich, wenn sie ihrem Halbbruder begegnete. Greg war die lebende Erinnerung daran, dass er und Marga ihrem gemeinsamen Vater mehr bedeuteten als Daisy und ihre Mutter. Viele verheiratete Männer hatten Affären, das wusste Daisy, aber sie behielten es für sich. Die Geliebte ihres Vaters jedoch kreuzte auf Partys auf, wo jeder sie sehen konnte. Daisy wäre es viel lieber gewesen, Greg und Marga würden in New York leben, wo niemand den anderen kannte, oder in Kalifornien, wo niemand etwas Falsches am Ehebruch fand. Hier aber stellten sie einen ständigen Skandal dar, und Greg war mit ein Grund dafür, weshalb die Leute auf Daisy herabschauten.

Greg fragte sie höflich, wie es ihr gehe.

»Ich bin stinksauer«, sagte sie. »Vater hat mich versetzt – schon wieder.«

»Was hat er denn getan?«

»Erst fragt er mich, ob ich mit ihm ins Weiße Haus gehe, und dann nimmt er dieses Flittchen Gladys Angelus mit. Jetzt lacht mich jeder hier aus.«

»Wahrscheinlich rührt Vater die Werbetrommel für *Leidenschaft*, Gladys' neuen Film.«

»Du stehst wohl immer auf seiner Seite, was? Liegt es daran, weil du als Junge ihm lieber bist?«

Greg blickte sie verärgert an. »Vielleicht liegt es daran, dass ich ihn bewundere, anstatt mich dauernd über ihn zu beklagen.«

»Ich? Mich beklagen?« Zuerst wollte Daisy es vehement abstreiten, sah dann aber ein, dass Greg recht hatte. »Na schön, vielleicht beklage ich mich hin und wieder, aber er sollte wenigstens seine Versprechen halten.«

»Er hat viel um die Ohren.«

»Vielleicht sollte er sich nicht zwei Geliebte und eine Frau halten.«

Greg zuckte mit den Schultern. »Er hat alle Hände voll zu tun.«

Beide bemerkten die unbeabsichtigte Doppeldeutigkeit und kicherten.

»Na ja, dir sollte ich wohl nicht die Schuld geben«, sagte Daisy. »Du hast ja nicht darum gebeten, auf die Welt zu kommen.«

»Und ich sollte dir vergeben, dass du mir an drei Abenden die Woche meinen Vater wegnimmst, egal wie sehr ich ihn beknie, dass er bleibt.«

So hatte Daisy es noch nie betrachtet. In ihren Augen war Greg der Eindringling, das illegitime Kind, das ihr den Vater wegnahm. Nun erkannte sie, dass Greg sich genauso verletzt fühlte wie sie.

Sie musterte Greg abschätzend. Es gab sicher Mädchen, die ihn attraktiv fanden, aber für Eva war er zu jung. Und wahrscheinlich würde er sich über kurz oder lang als genauso selbstsüchtig erweisen wie ihr gemeinsamer Vater.

»Spielst du Tennis?«, fragte sie.

Greg schüttelte den Kopf. »Einen wie mich lassen sie nicht in den Racquet Club.« Er zwang sich zu einem unbekümmerten Grinsen, und Daisy wurde klar, dass Greg sich von der Buffaloer Gesellschaft zurückgewiesen fühlte, genau wie sie selbst. »Ich spiele Eishockey«, sagte er.

»Wie schade. Tja, dann, bis später.« Daisy ging weiter.

Als sie genügend Namen auf der Liste hatte, kehrte sie zu Charlie zurück, der endlich das Netz aufgespannt hatte. Sie schickte Eva die ersten vier Spieler holen und fragte Charlie: »Hilfst du mir, einen Spielplan aufzustellen?«

Sie knieten nebeneinander und zeichneten eine Tabelle mit Vorrundenspielen, Halbfinals und dem Finale in den Sand. Während sie die Namen eintrugen, fragte Charlie: »Gehst du eigentlich gern ins Kino?«

Daisy fragte sich, ob er sie um ein Rendezvous bitten wollte. »Sicher«, sagte sie.

»Hast du *Leidenschaft* gesehen?«

»Nein, Charlie, den nicht«, antwortete sie gereizt. »In diesem Film spielt die Geliebte meines Vaters die Hauptrolle.«

Charlie war entsetzt. »In der Zeitung steht, sie sind nur gute Freunde.«

»Was meinst du wohl, weshalb Miss Angelus, die kaum zwanzig ist, so freundschaftlich mit meinem vierzig Jahre alten Vater verkehrt? Glaubst du, sie liebt seine beginnende Glatze? Oder seinen Bauch? Oder seine fünfzig Millionen Dollar?«

»Verstehe.« Charlie wirkte verlegen. »Tut mir leid.«

»Nein, mir tut es leid. Ich bin ein bisschen zickig. Du bist anders als die anderen – du denkst nicht immer gleich das Schlimmste über die Leute.«

»Wahrscheinlich bin ich zu blöd dafür.«

»Nein. Du bist zu nett.«

Charlie blickte zufrieden drein.

»Machen wir weiter«, sagte Daisy. »Wir müssen es so hinkriegen, dass die besten Spieler ins Finale kommen.«

Nora Farquharson kam zu ihnen zurück. Sie betrachtete Charlie und Daisy, die nebeneinander im Sand knieten, und schaute dann auf die Tabelle.

»Ziemlich gut, Mom, findest du nicht?« Charlie sehnte sich nach ihrer Anerkennung, das war offensichtlich.

»Sehr gut.« Sie blickte Daisy so argwöhnisch an wie eine Hündin, wenn ein Fremder sich ihren Welpen nähert.

»Charlie hat das meiste gemacht«, sagte Daisy.

»Nein, hat er nicht«, widersprach Mrs. Farquharson schroff. Ihr Blick glitt zu Charlie, dann wieder zu Daisy. »Du bist ein kluges

Mädchen ...« Sie schien etwas hinzufügen zu wollen, zögerte jedoch.

»Was?«, fragte Daisy.

»Nichts.« Nora wandte sich ab.

Daisy erhob sich. »Ich weiß, was sie gedacht hat«, raunte sie Eva zu.

»Was denn?«

»Du bist ein kluges Mädchen und beinahe gut genug für meinen Sohn, wenn du nur aus einer besseren Familie kämst.«

Eva schaute sie skeptisch an. »Das kannst du nicht wissen.«

»Klar kann ich das. Und ich werde ihn heiraten, und sei es nur, um seiner Mutter ihren Irrtum zu beweisen.«

»Ach, Daisy, warum ist es dir so wichtig, was diese Leute denken?«

»Schauen wir dem Tennisspiel zu.«

Daisy setzte sich neben Charlie in den Sand. Er sah vielleicht nicht gut aus, aber er würde seine Frau anbeten und ihr jeden Wunsch von den Augen ablesen. Die Schwiegermutter wäre ein Problem, aber Daisy glaubte, mit ihr fertigzuwerden.

Die hochgewachsene Joanne Rouzrokh hatte den Aufschlag. Ihr weißer Rock flatterte um ihre langen Beine. Ihr Partner, Woody Dewar, der noch größer war, reichte ihr einen Tennisball. Er blickte Joanne mit einem Ausdruck an, der in Daisy den Verdacht aufkeimen ließ, dass er sich zu ihr hingezogen fühlte, vielleicht sogar in sie verliebt war. Doch er war erst fünfzehn, Joanne achtzehn, und das Ganze hatte keine Zukunft.

Sie wandte sich Charlie zu. »Vielleicht sollte ich mir *Leidenschaft* doch ansehen.«

Ihm entging der Wink mit dem Zaunpfahl. »Vielleicht«, erwiderte er gleichgültig, und der Augenblick war vorüber.

Daisy sah Eva an. »Ich frage mich, wo ich einen Jack-Russell-Terrier kaufen kann.«

Lev Peshkov war der beste Vater, den man sich wünschen konnte – oder wäre es gewesen, wenn man mehr von ihm gehabt hätte. Er war reich und großzügig, er war klüger als alle, und er kleidete sich elegant. Als jüngerer Mann hatte er vermutlich gut ausgesehen, und selbst heute noch warfen sich ihm die Frauen an den Hals. Greg Peshkov verehrte seinen Vater. Umso mehr schmerzte es ihn, dass er ihn nicht oft genug zu sehen bekam.

»Ich hätte diese dämliche Gießerei verkaufen sollen, als ich die Gelegenheit hatte«, sagte Lev, als sie durch das stille, verlassene Werk schlenderten. »Schon vor dem gottverdammten Streik hat sie Verluste geschrieben. Ich sollte mich an Kinos und Bars halten.« Er wedelte belehrend mit dem Finger. »Die Leute kaufen immer Schnaps, ob die Zeiten gut oder schlecht sind. Und sie gehen ins Kino, auch wenn sie es sich nicht leisten können. Vergiss das nie.«

Greg war überzeugt, dass sein Vater nur sehr selten geschäftliche Fehler beging. »Warum hast du sie denn behalten?«

»Sentimentalität. Als ich in deinem Alter war, habe ich in so einer Gießerei gearbeitet, in der Putilow-Maschinenfabrik in St. Petersburg.« Er ließ den Blick über die Gießöfen und Formenteile, das Hebezeug, die Drehbänke und Arbeitstische schweifen. »Aber da ging es viel schlimmer zu.«

Die Buffalo Metal Works stellte Ventilatoren in allen Größen her, außerdem Propeller für Schiffe. Greg faszinierte die Mathematik der gekrümmten Blätter. In Mathe war er Klassenbester. »Warst du dort Ingenieur?«, fragte er.

Lev grinste. »Das sage ich den Leuten, die ich beeindrucken möchte. In Wirklichkeit habe ich mich um die Pferde gekümmert. Ich war Stallbursche. Mit Maschinen konnte ich nie gut umgehen. Mein Bruder Grigori hatte ein Händchen dafür. Du schlägst ihm nach. Aber trotzdem, kauf dir nie eine Gießerei.«

»Ich werd's mir merken.«

Greg sollte die Sommerferien an der Seite seines Vaters verbringen und das Geschäft erlernen. Lev war gerade aus Los Angeles zurückgekehrt, und noch am gleichen Tag hatten Gregs Lektionen begonnen. Doch über die Gießerei wollte er gar nichts wissen. Er war gut in Mathe, aber was ihn interessierte, war Macht. Er wünschte sich, dass sein Vater ihn auf eine seiner regelmäßigen Reisen nach Washington mitnahm, wenn er Lobbyarbeit für die Filmindustrie verrichtete. In Washington wurden die großen Entscheidungen getroffen.

Greg freute sich auf das Mittagessen. Sein Vater und er sollten sich mit Gus Dewar treffen. Bei dieser Gelegenheit wollte Greg den Senator um einen Gefallen bitten. Allerdings wusste sein Vater noch nichts davon, und dieser Gedanke machte Greg verständlicherweise nervös.

»Hast du noch einmal von deinem Bruder in Russland gehört?«, fragte er.

Lev schüttelte den Kopf. »Seit dem Krieg nicht mehr. Ich wäre nicht überrascht, wenn er tot wäre. Viele alte Bolschewiken sind beseitigt worden.«

»Wo wir gerade von der Familie sprechen … am Samstag habe ich meine Halbschwester getroffen. Sie war bei dem Strandpicknick.«

»Habt ihr euch vertragen?«

»Sie ist wütend auf dich, wusstest du das?«

»Was habe ich denn jetzt wieder verbrochen?«

»Du hast gesagt, du würdest sie ins Weiße Haus mitnehmen, aber dann bist du mit Gladys Angelus hingefahren.«

»Stimmt. Ich hab's ganz vergessen. Aber ich wollte ein bisschen die Werbetrommel für *Leidenschaft* rühren.«

Ein großer Mann, dessen gestreifter Anzug selbst nach den Maßstäben der aktuellen Mode schrill aussah, kam auf sie zu. Er berührte die Krempe seines Fedoras. »Morgen, Boss.«

Lev sagte zu Greg: »Das ist Joe Brekhunov. Er ist hier für die Sicherheit verantwortlich. Joe, das ist mein Sohn Greg.«

»Freut mich, dich kennenzulernen«, sagte Brekhunov.

Greg schüttelte ihm die Hand. Wie die meisten Betriebe hatte die Gießerei ihren eigenen Werkschutz. Brekhunov sah allerdings mehr nach Gangster aus als nach Wachmann.

»Alles ruhig?«, fragte Lev.

»Ein kleiner Zwischenfall in der Nacht«, antwortete Brekhunov. »Zwei Maschinisten haben versucht, ein Stück Fünfzehn-Zoll-Stabstahl zu klauen. Wir haben sie erwischt, als sie es über den Zaun wuchten wollten.«

»Haben Sie die Polizei gerufen?«, fragte Greg.

»Das war nicht nötig.« Brekhunov grinste. »Wir haben sie über das Konzept des Privateigentums belehrt und sie dann zum Krankenhaus geschickt, damit sie darüber nachdenken können.«

Greg war nicht überrascht, dass der Werkschutz seines Vaters

Diebe krankenhausreif prügelte. Lev hatte zwar weder gegen ihn noch gegen seine Mutter jemals die Hand erhoben, doch Greg spürte, dass nicht allzu tief unter der charmanten Fassade seines Vaters die Gewalttätigkeit lauerte. Das kam von Levs Jugend in den Elendsvierteln von St. Petersburg, vermutete er.

Ein untersetzter Mann in einem blauen Anzug mit Arbeitermütze trat hinter einem Schmelzofen hervor. »Das ist der Gewerkschaftsvertreter, Brian Hall«, sagte Lev. »Morgen, Hall.«

»Morgen, Peshkov.«

Greg zog die Augenbrauen hoch. Normalerweise redeten die Leute seinen Vater mit Mister Peshkov an.

Lev baute sich breitbeinig auf, die Hände an den Hüften. »Und, welche Antwort haben Sie für mich?«

Halls Gesicht nahm einen störrischen Ausdruck an. »Die Männer kehren für gekürzten Lohn nicht an die Arbeit zurück, wenn Sie das meinen.«

»Aber ich habe mein Angebot erhöht!«

»Eine Lohnkürzung ist es trotzdem.«

Greg wurde nervös. Sein Vater mochte keinen Widerspruch, und es bestand die Gefahr, dass er explodierte.

»Der Direktor sagt mir, wir bekommen keine Aufträge, weil er bei so hohen Löhnen keine konkurrenzfähigen Angebote machen kann.«

»Das liegt an den veralteten Maschinen, Peshkov. Ein paar von diesen Drehbänken standen schon vor dem Krieg hier. Sie müssen modernisieren.«

»Mitten in einer Wirtschaftskrise? Haben Sie den Verstand verloren? Ich werde nicht noch mehr Geld zum Fenster rauswerfen!«

»Ihre Leute sehen das genauso«, erwiderte Hall mit dem Gebaren eines Mannes, der einen Trumpf ausspielt. »Sie werden Ihnen kein Geld schenken, wenn sie nicht mal genug für sich selbst haben.«

Greg fand es ziemlich dumm von den Arbeitern, während einer Wirtschaftskrise zu streiken, und Halls Frechheit ärgerte ihn. Der Kerl redete, als wäre er mit Lev auf Augenhöhe und nicht bloß Angestellter.

»Nun, wie es aussieht, verlieren wir alle Geld«, sagte Lev. »Welchen Sinn soll das haben?«

113

»Das liegt jetzt nicht mehr bei mir«, erwiderte Hall. Greg fand, dass es schadenfroh klang. »Die Gewerkschaftszentrale schickt Leute, die hier übernehmen.« Er zog eine große Edelstahluhr aus seiner Westentasche. »Ihr Zug müsste in einer Stunde eintreffen.«

Levs Gesicht wurde finster. »Wir brauchen keine Fremden, die hier Ärger machen.«

»Wenn Sie keinen Ärger wollen, sollten Sie ihn nicht provozieren.«

Lev ballte die Faust, doch Hall ließ ihn stehen und ging davon.

Lev wandte sich Brekhunov zu. »Wusstest du von diesen Leuten aus der Zentrale?«, fragte er zornig.

Brekhunov sah nervös aus. »Ich kümmere mich sofort darum, Boss.«

»Finde heraus, wer sie sind und wo sie absteigen.«

»Kein Problem.«

»Und dann schick sie in einem Krankenwagen nach New York zurück.«

»Überlassen Sie das nur mir, Boss.«

Lev wandte sich ab und ging weiter. Greg folgte ihm. Er war beeindruckt. Das ist wahre Macht, dachte er mit einem Anflug von Ehrfurcht. Ein Wort von seinem Vater, und Gewerkschaftsführer wurden krankenhausreif geschlagen.

Sie verließen die Werkshalle und stiegen in Levs Wagen, eine fünfsitzige Cadillac-Limousine im modernen stromlinienförmigen Design. Die langen gebogenen Stoßstangen erinnerten Greg an die Hüften eines Mädchens.

Lev fuhr die Porter Avenue entlang zum See und parkte am Buffalo Yacht Club. Auf den Booten, die vor Anker lagen, spielte das Sonnenlicht. Greg war sich ziemlich sicher, dass sein Vater diesem elitären Club nicht angehörte. Bestimmt war Senator Gus Dewar hier Mitglied.

Sie gingen zur Pier. Das Clubhaus stand auf Pfählen über dem Wasser. Lev und Greg gingen hinein und gaben an der Garderobe ihre Hüte ab. Greg fühlte sich nicht wohl in seiner Haut, denn er wusste, dass er in einem Club zu Gast war, der ihn niemals aufnehmen würde. Die Mitglieder dachten vermutlich, er müsse sich schon deswegen geehrt fühlen, weil man ihn hineinließ. Trotzig steckte er die Hände in die Taschen und ließ die Schultern hängen, damit alle sehen konnten, dass er kein bisschen beeindruckt war.

»Warst du mal Mitglied hier?«, fragte Greg.

»Ja«, antwortete Lev. »Aber 1921 sagte mir der Vorsitzende, ich müsse meine Mitgliedschaft aufgeben, weil ich Alkohol schmuggelte. Dann bat er mich, ihm eine Kiste Scotch zu verkaufen.«

»Wieso möchte Senator Dewar mit dir zu Mittag essen?«

»Das werden wir gleich erfahren.«

Greg beschloss, mit der Wahrheit herauszurücken. »Sag mal, hättest du was dagegen, wenn ich den Senator um einen Gefallen bitte?«

Lev runzelte die Stirn. »Worum geht's denn?«

Ehe Greg antworten konnte, begrüßte Lev einen Mann um die sechzig. »Das ist Dave Rouzrokh«, sagte er zu Greg. »Er ist mein größter Rivale.«

»Sie schmeicheln mir«, sagte der Mann.

Roseroque Theatres war eine Kette heruntergekommener Lichtspielhäuser im Staat New York. Der Inhaber allerdings wirkte alles andere als verlottert. Er war groß und weißhaarig und trug einen blauen Kaschmirblazer mit dem Emblem des Clubs auf der Brusttasche.

»Ich habe Ihrer Tochter Joanne am Samstag beim Tennis zugeschaut«, sagte Greg.

Rouzrokh freute sich. »Sie ist ziemlich gut, was?«

»Sehr gut.«

»Ich bin froh, Ihnen zu begegnen, Dave«, sagte Lev. »Ich wollte Sie anrufen.«

»Wieso?«

»Ihre Kinos müssen modernisiert werden. Sie sind veraltet.«

Rouzrokh blickte ihn amüsiert an. »Wollten Sie mich anrufen, um mir das zu sagen?«

»Warum unternehmen Sie nichts?«

Rouzrokh zuckte geschmeidig mit den Schultern. »Warum? Ich verdiene genug Geld. In meinem Alter brauche ich die Aufregung nicht mehr.«

»Sie könnten Ihren Gewinn verdoppeln.«

»Indem ich die Eintrittspreise erhöhe. Nein, danke.«

»Sie sind verrückt.«

»Nicht jeder ist vom Geld besessen«, erwiderte Rouzrokh ein wenig abschätzig.

»Dann verkaufen Sie an mich«, sagte Lev.

Greg war überrascht. Damit hätte er nicht gerechnet.

»Ich zahle Ihnen einen guten Preis«, fügte Lev hinzu.

Rouzrokh schüttelte den Kopf. »Ich hänge an meinen Kinos. Sie bereiten den Menschen Vergnügen.«

»Acht Millionen Dollar.«

Greg konnte es nicht fassen. Acht Millionen Dollar!

»Das wäre ein fairer Preis«, gab Rouzrokh zu, »aber ich verkaufe trotzdem nicht.«

»Niemand sonst würde Ihnen so viel bieten.«

»Ich weiß. Aber es bleibt dabei. War nett, mit Ihnen zu plaudern.« Rouzrokh verließ die Bar in Richtung Speisesaal.

Lev sah ihm voll Abscheu hinterher. »Nicht jeder ist vom Geld besessen«, wiederholte er abfällig Rouzrokhs Worte. »Sein Urgroßvater ist vor hundert Jahren aus Persien hierhergekommen, mit nichts als den Kleidern, die er am Leib trug, und sechs Teppichen. Der hätte acht Millionen Dollar nicht ausgeschlagen!«

»Ich wusste gar nicht, dass du so viel Geld hast«, sagte Greg.

»Habe ich auch nicht. Jedenfalls nicht als freies Kapital. Dafür gibt es schließlich Banken.«

»Du würdest einen Kredit aufnehmen, um Mr. Rouzrokh zu bezahlen?«

Lev hob mahnend den Finger. »Bezahle nie mit deinem eigenen Geld, wenn du fremdes ausgeben kannst.«

Gus Dewar kam herein, ein großer Mann mit großem Kopf. Er war Mitte vierzig, und in seinem hellbraunen Haar zeigten sich erste silberne Strähnen. Er begrüßte Lev und Greg mit kühler Höflichkeit, schüttelte ihnen die Hand und bot ihnen zu trinken an.

Greg erkannte auf den ersten Blick, dass Dewar und sein Vater einander nicht mochten. Er sah seine Felle wegschwimmen. Wie konnte er erwarten, dass Dewar ihm den ersehnten Gefallen tat, wenn er Lev nicht leiden konnte?

Gus Dewar war ein hohes Tier und als Senator der Nachfolger seines Vaters. Er hatte Franklin Delano Roosevelt geholfen, Gouverneur von New York und schließlich US-Präsident zu werden.

Jetzt saß er im mächtigen außenpolitischen Ausschuss des Senats. Seine Söhne Woody und Chuck gingen auf die gleiche Schule wie Greg. Woody war ein Kopfmensch, Chuck ein Sportler.

»Hat der Präsident Ihnen befohlen, meinen Streik beizulegen, Senator?«, fragte Lev.

Gus lächelte. »Nein – noch nicht jedenfalls.«

Lev wandte sich Greg zu. »Als die Gießerei vor zwanzig Jahren zum letzten Mal streikte, hat Präsident Wilson Gus hierhergeschickt. Er sollte mich zwingen, den Leuten höhere Löhne zu zahlen.«

»Ich habe Ihnen viel Geld erspart«, erklärte der Senator. »Die Leute wollten einen Dollar mehr, aber ich habe sie dazu gebracht, sich mit der Hälfte zufriedenzugeben.«

»Was immer noch fünfzig Cent mehr war, als ich ihnen zahlen wollte«, sagte Lev.

Gus zuckte mit den Schultern und lächelte. »Wollen wir essen?«

Sie gingen in den Speisesaal. Als sie bestellt hatten, sagte Gus: »Übrigens, der Präsident hat sich gefreut, dass Sie zum Empfang im Weißen Haus kommen konnten.«

»Wahrscheinlich hätte ich Gladys nicht mitbringen sollen. Mrs. Roosevelt hat sie ziemlich frostig behandelt. Offenbar hält sie nicht viel von Filmstars.«

Wahrscheinlich hält sie nicht viel von Filmstars, die mit verheirateten Männern ins Bett gehen, dachte Greg, hielt aber den Mund.

Während des Essens machte Gus Small Talk. Greg lauerte auf die Gelegenheit, den Senator um den ersehnten Gefallen zu bitten. Er wollte einen Sommer lang in Washington arbeiten, um zu lernen, wie der Hase läuft, und Kontakte zu knüpfen. Sein Vater hätte ihm vielleicht ein Praktikum verschaffen können, allerdings nur bei einem Republikaner, und die Republikaner waren nicht an der Macht. Greg wollte im Stab des einflussreichen und geachteten Senators Dewar arbeiten, eines persönlichen Freundes und Verbündeten des Präsidenten.

Nach dem Dessert kam Gus zur Sache. »Der Präsident hat mich gebeten, mit Ihnen über die Freiheitsliga zu sprechen«, sagte er.

Greg hatte von dieser Organisation gehört, einer rechtsgerichteten Gruppe, die den New Deal ablehnte.

117

Lev zündete sich eine Zigarette an und stieß eine Rauchwolke aus. »Wir müssen uns vor dem heraufziehenden Sozialismus schützen, deshalb brauchen wir diese Leute.«

»Und was ist mit dem Albtraum, den man in Deutschland erlebt?«, erwiderte Gus. »Der New Deal ist das Einzige, was uns davor schützt.«

»Die Freiheitsliga besteht nicht aus Nazis.«

»Nein? Aber sie plant einen bewaffneten Aufstand, um den Präsidenten zu stürzen. Die Pläne sind natürlich nicht realistisch – jedenfalls noch nicht.«

»Ich glaube, ich habe ein Recht auf eine eigene Meinung.«

»Dann unterstützen Sie die falschen Leute«, sagte Gus. »Die Liga hat nichts mit Freiheit zu tun.«

»Belehren Sie mich nicht über Freiheit.« In Levs Stimme lag ein Hauch Verärgerung. »Als ich zwölf war, hat die Polizei in St. Petersburg mich ausgepeitscht, weil meine Eltern gestreikt haben.«

Greg wusste nicht, weshalb sein Vater das jetzt sagte. Die Brutalität des zaristischen Regimes erschien ihm eher als Argument für den Sozialismus, nicht dagegen.

»Roosevelt weiß, dass Sie der Liga Geld zukommen lassen«, sagte Gus. »Er möchte, dass Sie damit aufhören.«

»Woher weiß Roosevelt, wem ich Geld gebe?«

»Vom FBI. Es überwacht solche Dinge.«

»Leben wir in einem Polizeistaat?«

Gus blieb gelassen. »Ich versuche alles, damit es kein Fall für die Polizei wird.«

Lev grinste. »Weiß der Präsident, dass ich Ihnen die Verlobte ausgespannt habe?«

Das war Greg neu, aber es musste wohl stimmen, denn sein Vater hatte den Senator sichtlich aus dem Gleichgewicht gebracht. Gus Dewar wirkte erschrocken, wandte den Blick ab und lief rot an. Eins zu null für uns, dachte Greg.

Sein Vater erklärte ihm: »Der Senator war 1915 mit Olga verlobt. Dann hat sie es sich anders überlegt und mich geheiratet.«

Gus erlangte seine Fassung zurück. »Damals waren wir blutjunge Leute.«

»Jedenfalls sind Sie schnell über Olga hinweggekommen.«

Der Senator musterte Lev kühl. »Sie aber auch.«

Greg merkte seinem Vater an, dass es ihm peinlich war. Gus Dewar hatte ins Schwarze getroffen.

Einen Moment herrschte betretenes Schweigen; dann sagte Gus: »Sie und ich haben im Krieg gekämpft, Lev. Ich war mit meinem Schulfreund Chuck Dixon in einem Maschinengewehrbataillon. In einer kleinen französischen Stadt namens Château-Thierry wurde er vor meinen Augen in Stücke gerissen.« Gus sprach in beiläufigem Ton, doch Greg ertappte sich dabei, wie er gebannt den Atem anhielt. »Es ist mein oberstes Ziel, dafür zu sorgen, dass meine Söhne niemals durchmachen müssen, was wir durchgemacht haben. Deshalb müssen Organisationen wie die Freiheitsliga im Keim erstickt werden.«

Greg erkannte seine Chance. »Ich interessiere mich ebenfalls für Politik«, sagte er, »und würde gern mehr darüber lernen. Könnten Sie mich einen Sommer lang als Praktikanten beschäftigen?« Er hielt den Atem an.

Gus musterte ihn überrascht. »Einen intelligenten jungen Mann, der in einem Team zu arbeiten bereit ist, kann ich immer brauchen.«

Das war weder ein Ja noch ein Nein. »Ich bin Klassenbester in Mathematik und Kapitän der Eishockeymannschaft«, machte Greg kräftig Eigenwerbung. »Fragen Sie Woody nach mir.«

»Das mache ich.« Gus wandte sich an Lev. »Werden Sie die Bitte des Präsidenten überdenken? Es ist wirklich sehr wichtig.«

Greg stutzte. Es kam ihm beinahe so vor, als würde der Senator seinem Vater einen Austausch von Gefälligkeiten vorschlagen.

Lev zögerte; dann drückte er seine Zigarette aus. »Ich glaube, wir sind uns einig.«

Gus erhob sich. »Gut«, sagte er. »Der Präsident wird zufrieden sein.« Er blickte auf Greg. »Und Ihr Sohn sicher auch.«

Ich hab's geschafft, jubelte Greg innerlich.

Sie verließen das Clubhaus und gingen zum Wagen.

Als sie vom Parkplatz fuhren, sagte Greg: »Danke, Vater. Ich weiß das wirklich zu schätzen.«

»Du hast dir den richtigen Moment ausgesucht«, erwiderte Lev. »Du bist ein kluger Bursche.«

Das Kompliment freute Greg. In mancher Hinsicht war er sogar klüger als sein Vater – ganz bestimmt wusste er mehr über

Naturwissenschaft und Mathematik –, aber er fürchtete, dass er seinem alten Herrn in puncto Verschlagenheit nicht das Wasser reichen konnte.

»Ich möchte, dass du einer von den Cleveren wirst«, fuhr Lev fort. »Keiner von den Trotteln.« Greg wusste nicht, wen sein Vater mit »Trotteln« meinte. »Du musst immer die Nase vorn haben. Nur so kommst du voran.«

Lev fuhr zu seinem Büro, das in einem modernen Gebäude in der Innenstadt lag. Als sie durch das Marmorfoyer gingen, sagte Lev: »Jetzt werde ich diesem Narren Dave Rouzrokh eine Lektion erteilen.«

Als sie im Aufzug nach oben fuhren, fragte sich Greg, wie diese Lektion aussehen sollte.

Levs Filmstudio, die Peshkov Pictures – er hatte die Schreibweise seines Namens längst an die amerikanischen Gepflogenheiten angepasst – nahm das oberste Stockwerk ein. Greg folgte seinem Vater durch einen breiten Flur und ein Vorzimmer mit zwei attraktiven jungen Sekretärinnen. »Holen Sie mir Sol Starr ans Telefon«, sagte Lev, ehe er und Greg in seinem Büro verschwanden.

Lev setzte sich an den Schreibtisch. »Solly gehört eines der größten Studios in Hollywood«, erklärte er.

Das Telefon klingelte, und Lev hob ab. »Sol!«, rief er. »Wie hängt's denn so?« Greg hörte ein, zwei Minuten lang dem Machogerede zu; dann kam Lev zum Geschäftlichen. »Ein kleiner Tipp«, sagte er. »Hier im Staat New York haben wir eine mistige Kette von Flohkinos namens Roseroque Theatres … Ja, genau die. Hör gut zu, schick ihnen diesen Sommer nicht deine Top-Erstaufführungen, du kriegst vielleicht dein Geld nicht.« Greg war klar, dass es Dave Rouzrokh schwer treffen würde: Ohne die Publikumsmagneten würde sein Umsatz einbrechen. »Nur ein guter Rat, ja? Nein, nein, bedank dich nicht, Solly. Ich weiß, du würdest das Gleiche für mich tun … Bye!«

Wieder einmal staunte Greg über die Macht seines Vaters. Er konnte Leute zusammenschlagen lassen. Er bot acht Millionen Dollar vom Geld anderer. Er konnte einem Präsidenten Angst machen. Er konnte die Verlobte eines anderen Mannes verführen. Und er konnte einen Geschäftsmann mit einem einzigen Anruf in den Ruin treiben.

»Warte nur ab«, sagte Lev. »In einem Monat wird Rouzrokh mich anflehen, ihm seine Kinokette abzukaufen – für die Hälfte von dem, was ich ihm heute angeboten habe.«

»Ich weiß nicht, was mit dem Welpen los ist«, sagte Daisy. »Er macht nie, was ich ihm sage. Er treibt mich noch in den Wahnsinn.« Ihre Stimme bebte, in ihren Augen standen Tränen, und sie übertrieb nur ein klein wenig.

Charlie Farquharson betrachtete den jungen Hund. »Es ist alles in Ordnung mit ihm. Er ist feiner kleiner Kerl. Wie heißt er?«

»Jack.«

»Hm.«

Sie saßen auf Gartenstühlen im zwei Hektar großen, gepflegten Park des Vyalov'schen Anwesens. Eva hatte Charlie begrüßt und sich dann taktvoll auf ihr Zimmer zurückgezogen, um einen Brief nach Hause zu schreiben. Ein Stück entfernt hackte Henry, der Gärtner, in einem Beet mit purpurroten und gelben Stiefmütterchen Unkraut. Seine Frau Ella, das Hausmädchen, brachte eine Karaffe mit Limonade und Gläser und stellte alles auf den Klapptisch.

Der Welpe war ein weißer Jack-Russell-Terrier mit lederbraunen Flecken, ein kleines, kräftiges Tier. Er blickte klug in diese Welt, als würde er jedes Wort verstehen, aber mit dem Gehorchen hatte er es nicht so. Daisy hielt ihn auf dem Schoß und strich mit den Fingerspitzen langsam seine Nase auf und ab – eine laszive Bewegung, die Charlie etwas suggerierte und unruhig machte, wie Daisy hoffte. »Gefällt dir der Name nicht?«

»Na ja, er ist vielleicht ein bisschen naheliegend, meinst du nicht auch?« Charlie starrte auf Daisys weiße Hand an der Nase des Hundes und ruckte nervös auf dem Stuhl hin und her.

Daisy wollte es nicht übertreiben. Wenn sie Charlie zu sehr anmachte, ging er vielleicht nach Hause. Nur deshalb war er mit fünfundzwanzig noch ledig: Etliche Mädchen aus Buffalo – einschließlich Dot Renshaw und Muffie Dixon – hatten es nicht geschafft, seinen Fuß an den Boden zu nageln. Doch Daisy war zuversichtlich, dass es ihr gelingen würde.

»Dann gib du ihm einen Namen«, sagte sie.

»Es wäre gut, wenn der Name zwei Silben hätte, wie in Bonzo, weil es ihm dann leichter fällt, ihn wiederzuerkennen.«

Daisy hatte keine Ahnung, wie man einem Hund einen Namen gab. »Wie wäre es mit Rover?«

»Zu verbreitet. Rusty wäre besser.«

»Das ist es! Wunderbar!«, rief sie. »Er soll Rusty heißen.«

Das Hündchen entwand sich mühelos ihrem Griff und sprang von ihrem Schoß.

Charlie hob ihn auf. Daisy bemerkte, dass er große Hände hatte. »Du musst Rusty zeigen, dass du der Boss bist«, sagte er. »Halte ihn fest und lass ihn nicht runterspringen, ehe du es sagst.« Er setzte ihr das Hündchen wieder auf den Schoß.

»Aber er ist so stark! Und ich habe Angst, ich könnte ihn verletzen.«

Charlie lächelte gönnerhaft. »Du könntest ihn wahrscheinlich nicht mal dann verletzen, wenn du es darauf anlegst. Halte ihn am Halsband fest – wenn es sein muss, verdreh es leicht –, und dann leg ihm die andere Hand fest auf den Rücken.«

Daisy befolgte Charlies Anweisungen. Der Hund bemerkte den verstärkten Druck ihrer Finger und wurde ruhig, als wollte er abwarten, was als Nächstes geschah.

»Sag ihm, er soll sich setzen, und drück sein Hinterteil runter.«

»Sitz«, sagte Daisy.

»Sag es lauter, und sprich das Wort ganz deutlich aus. Dann drück fest auf sein Hinterteil.«

»Sitz, Rusty!« Daisy drückte. Rusty setzte sich.

»Siehst du?«

»Du bist so klug!«, stieß Daisy hervor.

Charlie freute sich. »Man muss nur wissen, was zu tun ist«, sagte er bescheiden. »Hunden muss man immer zeigen, wer der Herr ist. Man könnte fast sagen, man muss sie anbellen.« Zufrieden lehnte er sich zurück. Sein massiger Körper füllte den ganzen Stuhl aus. Mit Hunden kannte er sich aus; auf diesem Gebiet war er Experte. Das hatte die Anspannung von ihm genommen – genau wie Daisy es sich erhofft hatte.

Sie hatte Charlie am Morgen angerufen. »Ich bin völlig verzweifelt!«, hatte sie gesagt. »Ich habe einen neuen Hund und komme nicht mit ihm zurecht. Kannst du mir einen Rat geben?«

»Was für eine Rasse?«

»Jack Russell.«

»Oh! Die mag ich am liebsten. Ich habe drei davon.«

»Was für ein Zufall!«

Wie Daisy es sich erhofft hatte, erklärte Charlie sich bereit, herüberzukommen und ihr beim Abrichten des Hundes zu helfen.

»Glaubst du wirklich, Charlie ist der Richtige für dich?«, hatte Eva voller Zweifel gefragt, und Daisy hatte erwidert: »Soll das ein Witz sein? Er ist einer der begehrtesten Junggesellen in Buffalo!«

Jetzt sagte sie zu Charlie: »Ich wette, mit Kindern kannst du auch sehr gut umgehen.«

»Hm, das weiß ich nicht.«

»Du magst Hunde, bist aber streng zu ihnen. Bei Kindern bist du genauso, nicht wahr?«

»Kann ich nicht sagen.« Charlie wechselte das Thema. »Hast du vor, ab September das College zu besuchen?«

»Vielleicht gehe ich nach Oakdale. Da gibt es ein Zweijahresprogramm für Frauen. Es sei denn …«

»Es sei denn was?«

Es sei denn, ich heirate vorher, lag es Daisy auf der Zunge. Stattdessen sagte sie: »Ich weiß nicht … Es sei denn, es passiert etwa anderes.«

»Zum Beispiel?«

»Ich würde gern England sehen. Mein Vater war in London und wurde dem Prince of Wales vorgestellt. Was ist mit dir? Hast du Pläne?«

»Eigentlich sollte ich in Vaters Bank eintreten, aber die gibt es ja nicht mehr. Mutter hat ein bisschen Geld von ihrer Familie, das ich verwalte, aber davon abgesehen bin ich so etwas wie das fünfte Rad am Wagen.«

»Du solltest Pferde züchten«, sagte Daisy. »Ich weiß genau, dass du ein großartiger Pferdezüchter wärst.« Sie war eine gute Reiterin und hatte mehrere Pokale gewonnen. Nun malte sie sich aus, wie sie und Charlie auf zueinander passenden Grauschimmeln durch den Park ritten, gefolgt von zwei Kindern auf Ponys. Bei der Vorstellung wurde ihr ganz warm ums Herz.

»Ich mag Pferde«, sagte Charlie.

»Ich auch. Ach, ich möchte so gern Rennpferde züchten!« Diesmal brauchte Daisy ihre Begeisterung nicht vorzutäuschen. Ihr großer Traum war, eine Zuchtlinie von Champions zu begründen. Rennstallbesitzer waren in Daisys Augen die absolute internationale Elite.

»Vollblüter kosten einen Haufen Geld«, wandte Charlie ein.

Geld? Davon besaß sie jede Menge. Wenn Charlie sie heiratete, brauchte er sich über Geld nie mehr Gedanken zu machen. Natürlich sprach sie es nicht aus, aber sie vermutete, dass Charlie in diesem Moment genau daran dachte. Deshalb ließ sie den Gedanken so lange wie möglich unausgesprochen zwischen ihnen stehen.

Schließlich fragte Charlie: »Hat dein Vater wirklich diese beiden Gewerkschafter zusammenschlagen lassen?«

»Was für ein absurder Gedanke!« Daisy wusste es nicht, aber wenn sie ehrlich war, hätte es sie nicht überrascht.

»Die Männer waren aus New York gekommen, um den Streik zu leiten«, fuhr Charlie fort. »Sie wurden krankenhausreif geprügelt. Im *Sentinel* steht, sie hätten Streit mit hiesigen Gewerkschaftsführern gehabt, aber jeder hält deinen Vater für den Drahtzieher.«

»Ich rede nie über Politik«, sagte Daisy kühl. »Wann hast du eigentlich deinen ersten Hund bekommen?«

Charlie erzählte eine lange Geschichte. Daisy überlegte sich währenddessen ihren nächsten Schritt. Ich habe ihn hier, in Reichweite, sagte sie sich, jetzt muss ich ihn nur noch scharf auf mich machen. Charlie war vorhin schon zappelig geworden, als sie den Hund mit lasziven Bewegungen gestreichelt hatte. Was sie jetzt brauchten, war ein bisschen zufälliger Körperkontakt.

»Was soll ich mit Rusty als Nächstes tun?«, fragte sie, als Charlie mit seiner Geschichte fertig war.

»Du musst ihm beibringen, bei Fuß zu gehen«, sagte Charlie.

»Wie geht das?«

»Hast du Hundekuchen da?«

»Klar.« Die Küchenfenster standen offen, und Daisy hob die Stimme, damit das Hausmädchen sie hören konnte. »Ella? Wären Sie so freundlich, mir den Karton Milk-Bones zu bringen?«

Nachdem Ella den Hundekuchen gebracht hatte, zerbrach Charlie einen davon. Dann nahm er den Hund auf den Schoß, hielt ein Stückchen Milk-Bone in der geschlossenen Hand, ließ Rusty daran schnüffeln, öffnete die Faust und erlaubte dem Hündchen, den Happen zu verschlingen. Dann nahm er wieder ein Stückchen, wobei er darauf achtete, dass der Hund es sah. Schließlich stand er auf und stellte den Hund neben seinen Fuß. Rusty starrte mit wachsamem Blick auf Charlies Faust. »Geh bei Fuß!«, sagte Charlie und machte ein paar Schritte.

Der Hund folgte ihm.

»Guter Junge!« Charlie gab Rusty das Stückchen Hundekuchen.

»Das ist ja fabelhaft!«, rief Daisy.

»Nach einer Weile brauchst du keinen Hundekuchen mehr, dann tut er es für ein Tätscheln, und irgendwann macht er es ganz von selbst.«

»Charlie, du bist ein Genie!«

Charlie wirkte erfreut. Er hatte hübsche braune Augen, genau wie der Hund, stellte Daisy fest. »Jetzt versuch du es«, forderte er Daisy auf.

Sie machte nach, was Charlie getan hatte, mit dem gleichen Ergebnis.

»Siehst du?«, sagte Charlie. »So schwer ist das nicht.«

Daisy lachte entzückt. »Wir sollten ein Geschäft aufmachen«, sagte sie. »Farquharson und Peshkov, Hundeabrichter.«

»Nette Idee«, sagte Charlie und schien es ernst zu meinen.

Das läuft ja wunderbar!, dachte Daisy.

Sie ging an den Tisch und schenkte zwei Gläser Limonade ein.

Charlie stellte sich neben sie. »Normalerweise bin ich ein bisschen schüchtern gegenüber Mädchen.«

Was du nicht sagst, dachte Daisy, hielt den Mund aber geschlossen.

»Aber mit dir kann man sich nett unterhalten«, fuhr Charlie fort.

Als sie ihm das Glas Limonade reichte, unterlief ihr ein Missgeschick, und sie verschüttete das Getränk auf seinen Anzug. »O Gott, wie ungeschickt!«, rief sie.

»Ist nicht schlimm«, sagte Charlie, obwohl die Limonade seinen Leinenblazer und die weiße Baumwollhose tränkte. Er zückte ein Taschentuch und rieb damit über den Stoff.

»Lass mich das machen«, sagte Daisy und nahm ihm das Tuch aus der großen Hand.

Sie trat ganz nahe an ihn heran und tupfte sein Revers ab. Er

125

rührte sich nicht, und sie wusste, dass er ihr Parfüm von Jean Naté riechen konnte – Lavendel und Moschus. Liebkosend fuhr sie mit dem Taschentuch über sein Jackett, obwohl dort gar keine Limonade hingespritzt war. »Fast fertig«, sagte sie in einem Tonfall, als bedaure sie, schon wieder aufhören zu müssen.

Dann sank sie auf ein Knie und tupfte mit schmetterlingshafter Leichtigkeit die feuchten Flecken auf seiner Hose ab. Als sie ihm über den Oberschenkel strich, setzte sie einen Ausdruck bezaubernder Unschuld auf und blickte zu ihm hoch. Charlie starrte sie an und atmete heftig durch den offenen Mund, ganz in ihrem Bann.

Ungeduldig inspizierte Woody Dewar die Jacht *Sprinter* und überzeugte sich, dass die Jungen alles tipptopp hinterlassen hatten. Sie war eine achtundvierzig Fuß lange Rennketsch, lang und schlank wie ein Messer. Dave Rouzrokh hatte sie den Shipmates geliehen, einem Club, dem Woody angehörte. Der Club nahm die Söhne arbeitsloser Buffaloer mit hinaus auf den Eriesee und brachte ihnen die Grundlagen des Segelns bei. Woody freute sich, dass die Jungen die Festmacher bereitgelegt und die Fender angebracht hatten. Die Segel waren eingeholt, die Fallen aufgeschossen und alle anderen Taue säuberlich aufgerollt.

Woodys Bruder Chuck, mit vierzehn ein Jahr jünger, war bereits auf dem Kai und unterhielt sich mit zwei farbigen Jungen. Chuck hatte eine angenehme Art, die es ihm ermöglichte, mit jedem zu plaudern. Woody, der wie ihr Vater in die Politik wollte, beneidete seinen Bruder um dessen natürlichen Charme.

Die drei Jungen auf dem Kai trugen nur kurze Hosen und Sandalen und wirkten wie ein Sinnbild jugendlicher Kraft und Lebendigkeit. Woody hätte sie gern fotografiert, hatte aber seine Kamera nicht dabei. Er war begeisterter Fotograf und hatte sich zu Hause eine Dunkelkammer eingerichtet, in der er seine Aufnahmen selbst entwickelte und abzog.

Nachdem er sich vergewissert hatte, dass sie die *Sprinter* so zurückließen, wie sie sie am Morgen vorgefunden hatten, sprang Woody auf den Kai. Ein Dutzend Jungen, sonnengebräunt und

windzerzaust, verließen gemeinsam die Bootswerft. Von der Anstrengung schmerzten ihnen angenehm die Glieder, und lachend
ließen sie die Patzer und Pannen des Tages noch einmal Revue
passieren.

Auf dem Wasser verschwand die Kluft zwischen den zwei
reichen Brüdern und der Meute armer Jungen, doch auf dem
Parkplatz des Buffalo Yacht Clubs kam sie wieder zum Vorschein.
Nebeneinander standen dort zwei Fahrzeuge. Senator Dewars
Chrysler Airflow mit einem uniformierten Chauffeur hinter dem
Lenkrad wartete auf Woody und Chuck. Für die anderen gab es
einen Chevrolet-Roadster-Kleinlaster mit zwei Holzbänken auf
der Ladefläche. Woody war es peinlich, sich zu verabschieden,
während der Chauffeur ihm die Tür aufhielt, doch die Jungen
schien es nicht zu stören; sie dankten ihm lautstark und riefen: »Bis
nächsten Samstag!«

Als sie die Delaware Avenue hinauffuhren, sagte Woody: »Das
hat Spaß gemacht, auch wenn ich mir nicht sicher bin, ob es viel
nützt.«

Chuck sah ihn überrascht an. »Wieso?«

»Na ja, wir helfen ihren Vätern nicht, Arbeit zu finden. Das
wäre das Einzige, was wirklich zählt.«

»Vielleicht hilft es in ein paar Jahren den Söhnen, Arbeit zu
finden.« Buffalo war eine Hafenstadt. In normalen Zeiten gab es
auf den Handelsschiffen, die den Erie-Kanal und die Großen Seen
befuhren, Tausende von Arbeitsplätzen. Hinzu kamen die Ver-
gnügungsdampfer.

»Vorausgesetzt, der Präsident bringt die Wirtschaft wieder in
Schwung.«

Chuck zuckte mit den Schultern. »Dann geh doch für Roosevelt
arbeiten.«

»Warum nicht? Papa hat für Woodrow Wilson gearbeitet.«

»Ich bleibe beim Segeln.«

Woody blickte auf seine Armbanduhr. »Wir haben gerade noch
Zeit, uns für den Ball umzuziehen.« Sie wollten einen Tanzabend
im Racquet Club besuchen, und die Erwartung ließ Woodys Herz
schneller schlagen. »Ich sehne mich nach der Gesellschaft von
Menschen mit hoher Stimme, weicher Haut und rosaroten Kleidern.«

127

»Joanne Rouzrokh hat in ihrem ganzen Leben noch nie Rosarot getragen«, spöttelte Chuck.

Woody blickte ihn erschrocken an. Seit zwei Wochen träumte er von Joanne, aber woher wusste sein Bruder davon? »Wie kommst du auf die Idee …«

»Als sie in ihrem Tenniskleid zur Strandparty kam, bist du beinahe in Ohnmacht gefallen. Jeder konnte sehen, dass du hinter ihr her bist. Zum Glück scheint wenigstens sie nichts gemerkt zu haben.«

»Wieso zum Glück?«

»Meine Güte, du bist fünfzehn, sie ist achtzehn. Das ist doch peinlich! Sie sucht nach einem Mann zum Heiraten, nicht nach einem Schuljungen.«

»Herzlichen Dank. Ich hatte ganz vergessen, was für ein Frauenkenner du bist.«

Chuck errötete. Er hatte noch nie eine Freundin gehabt. »Man braucht kein Fachmann zu sein, um zu sehen, was sich direkt vor der eigenen Nase abspielt.«

So redeten sie ständig miteinander, aber nicht aus Boshaftigkeit: Sie waren einfach nur offen zueinander.

Zu Hause, in der pseudogotischen Villa, die Senator Cam Dewar, ihr verstorbener Großvater, hatte bauen lassen, duschten sie und zogen sich um.

Woody war mittlerweile so groß wie sein Vater und zog einen von dessen alten Abendanzügen an, der ein wenig abgewetzt, ansonsten aber noch okay war. Die Jüngeren würden Schuluniformen oder Blazer tragen, die Collegeboys hingegen Smokings, und Woody legte es darauf an, älter zu wirken. Heute Abend werde ich mit Joanne tanzen, schwärmte er, als er sich das Haar mit Brillantine einrieb und nach hinten kämmte. Er würde sie in den Armen halten dürfen, würde die Wärme ihrer Haut spüren, und ihre Brüste würden beim Tanz über sein Jackett streifen.

Als er herunterkam, warteten seine Eltern im Salon. Papa trank einen Cocktail, Mama rauchte eine Zigarette. Papa war groß und schmal und sah in seinem zweireihigen Smoking wie ein Kleiderbügel aus. Mama war eine Schönheit, obwohl sie nur ein Auge hatte; das andere war ständig geschlossen – sie war so zur Welt gekommen. Heute Abend sah sie atemberaubend aus in ihrem bodenlangen Kleid aus schwarzer Spitze über roter Seide und einem kurzen Abendjäckchen aus schwarzem Samt.

Woodys achtundsechzigjährige Großmutter kam als Letzte. Sie war so dünn wie ihr Sohn, aber klein und zierlich. Neugierig musterte sie Mamas Kleid. »Rosa, Liebes, du siehst wunderbar aus.« Ihre Schwiegertochter behandelte sie stets freundlich. Zu allen anderen war sie bissig.

Gus machte ihr ungefragt einen Cocktail. Woody verbarg seine Ungeduld, während Großmama sich Zeit nahm, den Cocktail zu trinken. Sie ließ sich nicht hetzen. Ohne sie konnte kein gesellschaftliches Ereignis richtig beginnen. Schließlich war sie die große alte Dame der Buffaloer Gesellschaft – Witwe eines Senators, Mutter eines Senators und Matriarchin einer der ältesten und angesehensten Familien der Stadt.

Woody fragte sich, was ihn an Joanne so anzog. Er kannte sie fast sein Leben lang, doch er hatte Mädchen immer als uninteressante Zuschauerinnen bei den aufregenden Abenteuern der Jungen betrachtet. Doch seit zwei, drei Jahren erschienen Mädchen ihm sogar noch faszinierender als Autos und Rennboote. Zuerst hatte er sich für gleichaltrige oder etwas jüngere Mädchen interessiert, und Joanne hatte ihn immer als Kind behandelt – als kluges Kind zwar, mit dem man ab und zu ein Wort wechselte, aber ganz gewiss nicht als möglichen festen Freund. Doch seit diesem Sommer betrachtete er sie plötzlich als das verlockendste Mädchen der Welt, ohne dass er einen Grund dafür hätte nennen können. Leider hatten Joannes Gefühle für ihn keine ähnliche Transformation durchlaufen.

Noch nicht.

Großmama richtete eine Frage an Woodys Bruder. »Wie geht es in der Schule, Chuck?«

»Schrecklich, aber das weißt du ja. Ich bin der Familientrottel, ein atavistischer Rückfall in die Zeit unserer Vorfahren, der Schimpansen.«

»Trottel benutzen meiner Erfahrung nach keine Wörter wie ›atavistisch‹ oder wissen von der Evolution. Bist du sicher, dass Faulheit keine Rolle spielt?«

Rosa ergriff das Wort. »Chucks Lehrer sagen, dass er sich in der Schule größte Mühe gibt, Mama.«

»Und mich schlägt er beim Schach«, fügte Gus hinzu.

»Dann möchte ich wirklich wissen, woran es liegt«, beharrte Großmama. »Wenn er so weitermacht, kommt er nicht nach Harvard.«

»Ich lese bloß langsam, das ist alles«, sagte Chuck.

»Es ist wirklich seltsam«, murmelte Großmama. »Mein Schwiegervater, dein Urgroßvater väterlicherseits, war der erfolgreichste Bankier seiner Generation, dabei konnte er kaum lesen und schreiben.«

»Das wusste ich noch gar nicht«, sagte Chuck.

»So war es. Aber benutze mir das bloß nicht als Ausrede. Du musst noch härter arbeiten.«

Gus blickte auf die Uhr. »Wenn du so weit bist, Mama, sollten wir aufbrechen.«

Endlich stiegen sie in den Wagen und fuhren zum Club. Papa hatte einen Tisch reserviert und die Renshaws eingeladen. Woody blickte sich um, konnte Joanne zu seiner Enttäuschung aber nirgendwo erblicken. Auf einer Staffelei im Foyer stand ein Tischplan. Als Woody ihn sich ansah, entdeckte er zu seiner Bestürzung, dass es keinen Rouzrokh-Tisch gab. Kamen sie gar nicht? Das würde ihm den ganzen Abend verderben.

Bei Hummer und Steak drehte sich das Tischgespräch um die Ereignisse in Deutschland. Philip Renshaw äußerte die Ansicht, Hitler leiste gute Arbeit. Woodys Vater entgegnete: »Heute stand im *Sentinel*, dass die Nazis einen katholischen Priester eingesperrt haben, weil er sie kritisiert hat.«

»Sind Sie Katholik?«, fragte Mr. Renshaw überrascht.

»Nein, ich gehöre einer Episkopalkirche an.«

»Hier geht es nicht um Religionszugehörigkeit, Philip«, sagte Rosa, »sondern um Freiheit.« In ihrer Jugend war Woodys Mutter Anarchistin gewesen, und im Grunde ihres Herzens war sie stets libertär geblieben.

Als die Dewars beim Dessert saßen, trafen immer mehr Gäste ein. Woody hielt nach Joanne Ausschau. Im Nachbarraum stimmte die Band *The Continental* an, einen Hit aus dem vergangenen Jahr.

Woody konnte nicht sagen, was an Joanne ihn so sehr in Bann geschlagen hatte. Die meisten Leute hätten sie nicht als Schönheit bezeichnet, auch wenn sie bezaubernd war. Mit ihren hohen Joch-

130

beinen und der Messerklingennase ihres Vaters sah sie wie eine Aztekenkönigin aus. Ihr dichtes Haar war dunkel, und ihre Haut besaß einen Olivton, den sie zweifellos ihren persischen Vorfahren verdankte. Eine Aura des Geheimnisvollen umgab sie, die in Woody den Wunsch weckte, mehr über sie zu erfahren.

»Suchst du jemanden, Woody?«, fragte Großmama, der kaum etwas entging.

Chuck kicherte wissend.

»Ich wollte nur sehen, wer zum Tanz kommt«, antwortete Woody beiläufig, doch gegen seinen Willen errötete er.

Als sie schließlich den Tisch verließen, war Joanne noch immer nicht erschienen. Todtraurig ging Woody zu den Klängen von Benny Goodmans *Moonglow* in den Ballsaal – als er Joanne plötzlich entdeckte. Augenblicklich hellte seine Stimmung sich auf.

An diesem Abend trug Joanne ein aufregend schlichtes silbergraues Seidenkleid mit tiefem V-Ausschnitt, das viel von ihrer Figur enthüllte. Schon in ihrem Tennisrock, der ihre langen braunen Beine zeigte, hatte sie umwerfend ausgesehen, aber jetzt verschlug es Woody schier den Atem. Als er beobachtete, wie anmutig und selbstsicher sie durch den Saal schritt, wurde ihm die Kehle trocken.

Er ging in ihre Richtung, doch der Ballsaal hatte sich gefüllt, und Woody wurde von allen Seiten angesprochen. Fast jeder schien mit ihm reden zu wollen. Während er sich durch die Menge schob, sah er zu seinem Erstaunen den langweiligen alten Charlie Farquharson, der mit der lebenslustigen Daisy Peshkov tanzte. Woody konnte sich nicht erinnern, Charlie jemals tanzen gesehen zu haben, ganz zu schweigen mit einer Schönheit wie Daisy. Wie hatte sie ihn aus seinem Schneckenhaus gelockt?

Als er Joanne erreichte, stand sie am anderen Ende des Saals, so weit wie möglich von der Band entfernt. Zu Woodys Verdruss war sie in ein Gespräch mit jungen Männern vertieft, die vier oder fünf Jahre älter waren als er. Zum Glück war er größer als die meisten von ihnen, und der Unterschied fiel nicht allzu sehr auf. Sie alle hielten Colagläser in der Hand, aber Woody roch Scotch: Einer von ihnen musste eine Flasche in der Tasche haben.

Als er sich zu ihnen stellte, hörte er, wie Victor Dixon sagte: »Niemand ist für das Lynchen, aber man muss sich klarmachen, was für Probleme die Leute in den Südstaaten haben.«

Woody wusste, dass Senator Wagner einen Gesetzesantrag eingebracht hatte, um Sheriffs bestrafen zu können, die Lynchjustiz zuließen, doch Präsident Roosevelt hatte ihm seine Unterstützung versagt.

Joanne war empört. »Wie kannst du so etwas sagen, Victor? Lynchen ist Mord! Es geht nicht darum, dass wir ihre Probleme verstehen, wir müssen diese Leute daran hindern, andere Menschen zu ermorden!«

Es freute Woody, dass Joanne seine politischen Ansichten teilte. Nur konnte er sie in dieser Situation leider nicht um einen Tanz bitten.

»Du begreifst nicht, Joanne, Süße«, sagte Victor herablassend. »Die Südstaatenneger sind unzivilisiert.«

»Unzivilisiert sind die Menschen, die Lynchmorde begehen«, erwiderte Joanne.

Woody sagte sich, dass der richtige Augenblick gekommen sei, um seinen Beitrag zur Diskussion zu leisten. »Joanne hat recht«, sagte er und versuchte, mit tieferer Stimme zu sprechen, damit er älter klang. »In der Heimatstadt unserer Haushaltshilfen Joe und Betty, die sich von klein auf um mich und meinen Bruder gekümmert haben, hat es einen Lynchmord gegeben. Bettys Cousin wurde nackt ausgezogen und mit einem Schweißbrenner gefoltert, während die Leute zuschauten. Dann haben sie ihn aufgehängt.«

Victor funkelte ihn an, wütend auf den Jungen, der ihm Joannes Aufmerksamkeit stahl. Die anderen lauschten Woody mit einer Mischung aus Faszination und Entsetzen. »Mir ist es egal, was er verbrochen hat«, sagte er. »Die Weißen, die ihm das angetan haben, das sind die Barbaren.«

»Dein geliebter Präsident Roosevelt hat das Antilynchgesetz aber nicht unterstützt«, sagte Victor.

»Stimmt, und das hat mich sehr enttäuscht«, entgegnete Woody. »Ich weiß aber, warum der Präsident sich so entschieden hat. Er hatte Angst, Kongressabgeordnete aus den Südstaaten könnten aus Rache seine Politik des New Deal sabotieren. Mir wäre lieber, Roosevelt hätte ihnen gesagt, sie sollen sich zum Teufel scheren.«

»Was weißt du denn schon?«, versetzte Victor. »Du bist ja noch ein Kind.« Er nahm eine silberne Flasche aus der Jacketttasche und füllte sein Glas nach.

»Woodys politische Ansichten sind erwachsener als deine, Victor«, sagte Joanne.

Woody glühte innerlich. »Politik ist gewissermaßen unser Familiengeschäft ...« Als ihn jemand am Ellbogen zupfte, drehte er sich um und sah Charlie Farquharson vor sich, schweißüberströmt von seinen Anstrengungen auf dem Tanzboden.

»Kann ich dich kurz sprechen?«

Woody hätte ihm am liebsten gesagt, er solle verschwinden, ließ es dann aber. Charlie war ein netter Kerl. Und wer eine Mutter hatte wie er, musste einem leidtun. »Was ist denn los, Charlie?«, fragte er mit so viel Wohlwollen, wie er aufbringen konnte.

»Es geht um Daisy.«

»Ich habe gesehen, wie du mit ihr getanzt hast.«

»Ist sie nicht eine tolle Tänzerin?«

Woody hatte es zwar nicht bemerkt, antwortete jedoch aus Freundlichkeit: »Jede Wette.«

»Sie ist in allen Dingen toll.«

Woody bemühte sich, einen ungläubigen Tonfall zu vermeiden. »Sag mal, gehst du mit Daisy?«

Charlie blickte verschämt drein. »Wir sind ein paarmal im Park ausgeritten.«

»Also machst du ihr den Hof!« Woody war überrascht. Die beiden passten gar nicht zusammen. Charlie war ein Klotz, Daisy ein Püppchen.

»Sie ist nicht wie die anderen Mädchen«, sagte Charlie. »Man kann sich mit ihr unterhalten. Und sie mag Pferde und Hunde. Nur dass die Leute ihren Vater für einen Gangster halten ...«

»Er ist wirklich einer, Charlie. Während der Prohibition hat jeder seinen Schnaps bei ihm gekauft.«

»Das sagt meine Mutter auch.«

»Deine Mutter mag Daisy nicht?«

»Daisy schon, aber ihre Familie nicht.«

Woody kam ein noch überraschenderer Gedanke. »Denkst du darüber nach, Daisy zu *heiraten*?«

»Oh ja. Und ich glaube, sie wird Ja sagen, wenn ich sie frage.«

Tja, dachte Woody, Charlie hat Klasse, aber kein Geld. Bei Daisy ist es genau umgekehrt. Darum ergänzen sie einander vielleicht. »Es sind schon ganz andere Dinge passiert«, sagte er. Er fand die Sache spannend, wollte sich aber auf sein eigenes Liebesleben konzentrieren. Deshalb blickte er sich um und vergewisserte sich, dass Joanne immer noch da war. »Warum erzählst du mir das eigentlich?«, fragte er dann. Schließlich waren er und Charlie nicht gerade die dicksten Freunde.

»Meine Mutter überlegt es sich vielleicht anders, wenn Mrs. Peshkov in den Buffaloer Damenclub aufgenommen würde.«

Damit hatte Woody nicht gerechnet. »Aber das ist der exklusivste Club der ganzen Stadt!«

»Ja, eben. Wenn Olga Peshkov Mitglied wäre, welche Einwände könnte Mom dann gegen Daisy vorbringen?«

Woody wusste nicht, ob dieser Plan Erfolgsaussichten hatte, doch an der Aufrichtigkeit von Charlies Gefühlen konnte kein Zweifel bestehen. »Vielleicht hast du recht.«

»Würdest du bei deiner Großmutter ein Wort für mich einlegen?«

»Großmama Dewar ist ein Drachen. Ich würde sie nicht mal für mich selbst um einen Gefallen bitten.«

»Bitte, Woody. Du weißt doch, dass deine Großmutter bestimmt, was im Damenclub geschieht. Wenn sie eine Frau dabeihaben will, ist sie dabei. Wenn nicht, bleibt sie draußen.«

Da hatte er recht. Der Damenclub hatte eine Vorsitzende, eine Schriftführerin und eine Kassenwartin, aber Ursula Dewar leitete den Club, als wäre er ihr Privateigentum. Dennoch widerstrebte es Woody, ihr die Bitte vorzutragen. Sie biss ihm vielleicht den Kopf ab. »Ich weiß nicht recht ...«

»Ach, komm schon, Woody. Bitte!« Charlie senkte die Stimme. »Du weißt nicht, wie es ist, wenn man jemanden so sehr liebt.«

Doch, das weiß ich, dachte Woody – und dieser Gedanke gab den Ausschlag. Wenn Charlie sich genauso mies fühlte wie er, wie konnte er ihm seine Bitte ausschlagen? Er hoffte nur, dass jemand anders für ihn das Gleiche tun würde, wenn er dadurch bessere Chancen bei Joanne bekäme. »Okay, Charlie«, sagte er, »ich rede mit ihr.«

»Danke! Sie ist doch hier, oder? Kannst du sie heute Abend fragen?«

»Nein, ich habe andere Dinge im Kopf. Heute nicht.«

»Okay, klar ... und wann?«

Woody zuckte mit den Schultern. »Morgen.«

»Du bist ein echter Kumpel!«

»Freu dich nicht zu früh. Wahrscheinlich lehnt sie ab.«

Woody wollte sich wieder Joanne zuwenden, doch sie war verschwunden. Zuerst wollte er nach ihr suchen, ließ es dann aber. Er durfte nicht den Eindruck eines Verzweifelten machen. Ein Mann, der zeigte, wenn er etwas nötig hatte, war nicht sexy.

Pflichtschuldig tanzte er mit mehreren Mädchen: Dot Renshaw, Daisy Peshkov und Daisys deutscher Freundin Eva. Er nahm sich eine Cola und ging nach draußen, wo mehrere Jungs Zigaretten rauchten. George Renshaw goss Woody einen Schuss Scotch in die Cola, der den Geschmack verbesserte, aber Woody wollte nicht betrunken werden. Das hatte er schon einmal erlebt, und auf ein zweites Mal konnte er verzichten.

Woody war sicher, dass Joanne einen Mann wollte, der ihre geistigen Interessen teilte – und damit war Victor Dixon aus dem Rennen. Woody hatte Joanne mal über Karl Marx und Sigmund Freud reden hören. Daraufhin hatte er in der öffentlichen Bibliothek das *Kommunistische Manifest* gelesen, doch es war ihm wie politisches Geschwafel vorgekommen. Sigmund Freuds *Studien über Hysterie* hatten schon eher sein Interesse erregt; der Autor machte aus Geisteskrankheiten eine Art Detektivgeschichte. Woody freute sich schon darauf, gegenüber Joanne zu erwähnen – beiläufig, versteht sich –, dass er beide Werke kannte.

Er war entschlossen, an diesem Abend wenigstens einmal mit Joanne zu tanzen; deshalb machte er sich nach einer Weile auf die Suche nach ihr. Sie war weder im Ballsaal noch in der Bar. Hatte er die Chance vertan? War er zu passiv gewesen, indem er seine Verzweiflung verbarg? Dass der Ball enden könnte, ohne dass er Joanne wenigstens an der Schulter berührt hatte, war ein kaum zu ertragender Gedanke für ihn.

Er ging wieder nach draußen. Es war dunkel, aber er sah Joanne fast augenblicklich. Sie entfernte sich gerade von Greg Peshkov. Ihr Gesicht war leicht gerötet, als hätte sie mit ihm gestritten. »Wahrscheinlich bist du der Einzige hier, Woody, der kein verdammter Konservativer ist«, sagte sie. Sie klang leicht angetrunken.

Woody lächelte. »Danke für das Kompliment – falls es eins sein soll.«

»Weißt du von dem Aufmarsch morgen?«

Ja, er wusste Bescheid. Die streikenden Arbeiter der Buffalo Metal Works planten eine Kundgebung, um gegen den Überfall auf die Gewerkschaftsleute aus New York zu protestieren. Woody vermutete, dass Joanne sich darüber mit Greg gestritten hatte; schließlich gehörte seinem Vater die Gießerei. »Ja, ich wollte hingehen«, sagte er. »Vielleicht kann ich da ein paar Fotos machen.«

»Du bist ein netter Kerl«, sagte Joanne und küsste ihn.

Er war so überrascht, dass er fast nicht reagiert hätte. Eine Sekunde stand er starr da, während sie ihren Mund auf seinen presste. Er schmeckte Whisky auf ihren Lippen.

Dann erlangte er die Fassung wieder, zog sie an sich und genoss das Gefühl, wie ihre Brüste und Schenkel sich an ihn schmiegten. Er hatte Angst, sie könnte beleidigt reagieren, ihn von sich stoßen und beschuldigen, er behandele sie respektlos; aber eine innere Stimme sagte ihm, dass er sich auf sicherem Boden bewegte.

Er besaß nur wenig Erfahrung im Küssen von Mädchen, und im Küssen erwachsener Frauen von achtzehn Jahren gar keine. Trotzdem genoss er das Gefühl ihres weichen Mundes so sehr, dass er seine Lippen in kleinen Knabberbewegungen gegen die ihren verschob, was ihm ein prickelndes Lustgefühl bereitete. Zur Belohnung hörte er sie leise stöhnen.

Ganz am Rande war Woody sich bewusst, dass die Szene ziemlich peinlich sein konnte, wenn jemand aus der älteren Generation vorbeikam, aber er war zu sehr in Fahrt, als dass es ihn gekümmert hätte.

Joanne öffnete den Mund, und dann spürte Woody ihre Zunge. Das war neu für ihn. Die wenigen Mädchen, die er geküsst hatte, hatten so etwas nicht getan. Aber Joanne wusste bestimmt, was sie tat, und es gefiel Woody sehr. Er ahmte ihre Zungenbewegungen nach, und es war erschreckend intim und höchst erregend. Offenbar hatte er es richtig gemacht, denn Joanne stöhnte schon wieder.

Woody nahm seinen ganzen Mut zusammen und legte die Hand auf ihre linke Brust, die sich durch die Seide ihres Kleides wunderbar weich und schwer anfühlte. Als er sie liebkoste, spürte er eine kleine Erhebung und sagte sich mit der Begeisterung des Entdeckers, dass es sich um ihre Brustwarze handeln müsse. Er rieb sie mit dem Daumen.

Abrupt löste Joanne sich von ihm. »O Gott«, keuchte sie. »Was mache ich denn?«

»Du küsst mich«, sagte Woody glücklich und legte die Hände auf ihre runden Hüften. Durch die Seide spürte er ihre Wärme. »Komm, machen wir weiter.«

Sie schob seine Hände weg. »Ich muss den Verstand verloren haben. Du meine Güte, wir sind hier im Racquet Club!«

Woody erkannte, dass der Zauber verflogen war. Traurig sagte er sich, dass es heute Abend keinen Kuss mehr geben würde. Er blickte sich um. »Keine Sorge. Niemand hat uns gesehen.«

»Ich gehe lieber nach Hause, ehe ich noch größere Dummheiten begehe.«

Woody versuchte, nicht beleidigt zu sein. »Darf ich dich zu deinem Wagen bringen?«

»Bist du wahnsinnig? Wenn wir zusammen reingehen, weiß jeder, was wir getan haben – besonders bei dem dämlichen Grinsen in deinem Gesicht.«

»Dann geh alleine rein, und ich warte hier noch einen Augenblick«, sagte Woody.

»Gute Idee.« Joanne ging davon.

»Wir sehen uns morgen«, rief er ihr nach.

Sie blickte nicht zurück.

In dem alten viktorianischen Herrenhaus an der Delaware Avenue bewohnte Ursula Dewar eine ganze Zimmerflucht. Sie bestand aus einem Schlafzimmer, einem Bad und einem Ankleideraum, den Ursula nach dem Tod ihres Mannes in einen kleinen Salon umfunktioniert hatte. Die meiste Zeit hatte sie das ganze Haus für sich allein: Gus und Rosa verbrachten viel Zeit in Washington, und Woody und Chuck besuchten ein Internat. Und wenn sie mal nach Hause kamen, blieben sie den größten Teil des Tages in ihren eigenen vier Wänden.

Am Sonntagmorgen ging Woody zu ihr, um mit ihr zu reden. Noch immer schwebte er wie auf Wolken, weil er von Joanne geküsst worden war; dabei hatte er die halbe Nacht wach gelegen und herauszufinden versucht, was es bedeutete. Es konnte alles Mögliche sein, von wahrer Liebe bis zur Volltrunkenheit. Woody wusste nur, dass er es kaum erwarten konnte, Joanne wiederzusehen.

Er folgte Betty, dem Dienstmädchen, in die Zimmer seiner Großmutter, als Betty ihr das Frühstück hineintrug. Ursula saß bereits im Bett. Sie trug einen Spitzenschal über ihrem champignonfarbenen Nachthemd.

»Guten Morgen, Woodrow!«, sagte sie überrascht.

»Ich würde gern eine Tasse Kaffee mit dir trinken, wenn ich darf, Großmama.« Er hatte Betty bereits gebeten, zwei Tassen zu bringen.

»Es ist mir ein Vergnügen«, sagte Ursula.

Betty war eine grauhaarige, vollschlanke Frau um die fünfzig. Sie setzte das Tablett vor Großmama ab, und Woody goss Kaffee in die Tassen aus Meißener Porzellan.

Er hatte sich genau überlegt, was er sagen würde, und sich seine Argumente zurechtgelegt. Die Prohibition sei vorüber, würde er anführen, und Lev Peshkov sei nun ein ehrlicher Geschäftsmann. Außerdem sei es nicht fair, Daisy dafür zu bestrafen, dass ihr Vater gegen das Gesetz verstoßen hatte, zumal die meisten geachteten Familien in Buffalo Lev Peshkovs illegalen Schnaps gekauft hätten.

»Kennst du Charlie Farquharson?«, begann er.

»Ja.«

Natürlich kannte sie ihn. Ursula kannte jede Familie aus dem Buffaloer »Adelskalender«.

»Möchtest du gern eine Scheibe Toast, Woodrow?«

»Nein, danke, Großmama, ich habe schon gefrühstückt.«

»Jungen in deinem Alter haben doch ständig Hunger.« Sie musterte ihn eingehend. »Es sei denn, sie sind verliebt.«

Heute Morgen war sie wirklich gut in Form.

»Charlie steht in gewisser Weise unter dem Pantoffel seiner Mutter«, sagte Woody.

»Oh, das ist schon ihrem Mann so ergangen. Er vegetierte regelrecht dahin. Befreien konnte er sich nur, indem er starb.« Sie trank einen Schluck Kaffee und machte sich mit einer Gabel über die Grapefruit her.

»Charlie ist gestern Abend zu mir gekommen. Ich soll dich für ihn um einen Gefallen bitten.«

Ursula zog eine Braue hoch, sagte aber nichts.

Woody atmete tief ein. »Er bittet dich, Mrs. Peshkov in den Buffaloer Damenclub aufzunehmen.«

Ursula legte die Gabel ab. Das Silber klirrte auf das feine Porzellan. Als wollte sie Fassungslosigkeit überspielen, bat sie: »Würdest du mir bitte Kaffee nachschenken, Woodrow?«

Woody gehorchte schweigend. Er konnte sich nicht erinnern, seine Großmutter jemals durcheinander erlebt zu haben.

Ursula führte die Kaffeetasse an den Mund und trank einen Schluck ab. »Warum, in Gottes Namen, will Charlie Farquharson, dass Olga Peshkov dem Damenclub angehört?«

»Er möchte Daisy heiraten.«

»So?«

»Und er fürchtet, seine Mutter könnte etwas dagegen haben.«

»Da liegt er bestimmt nicht falsch.«

»Aber er glaubt, er kann sie vielleicht überreden …«

»Wenn ich Olga in den Damenclub aufnehme.«

»Ja. Dann vergessen die Leute möglicherweise, dass ihr Vater ein Gangster war.«

»Ein Gangster?«

»Na ja, zumindest ein Alkoholschmuggler.«

»Ach, das«, erwiderte Ursula wegwerfend. »Darum geht es nicht.«

»Nein?« Nun war es an Woody, erstaunt zu sein. »Um was dann?«

Ursula musterte ihn nachdenklich. Sie schwieg so lange, dass Woody sich schon fragte, ob sie ihn vergessen hatte. Schließlich sagte sie: »Dein Vater war mal in Olga Peshkov verliebt.«

»Heiliges Kanonenrohr!«

»Woodrow! Sei nicht vulgär.«

»Entschuldige, Großmutter, aber du hast mich ganz schön überrascht.«

»Sie waren verlobt und wollten heiraten.«

»Verlobt?«, fragte Woody erstaunt. Er überlegte kurz. »Ich bin wohl der Einzige in Buffalo, der nichts davon gewusst hat, oder?«

Sie lächelte ihn an. »Es gibt eine ganz besondere Mischung aus Klugheit und Unschuld, die nur Heranwachsende besitzen. Dein Vater hatte sie, und jetzt sehe ich sie bei dir. Ja, es stimmt, jeder in

139

Buffalo weiß davon, auch wenn deine Generation es ohne Zweifel als langweilige alte Geschichte abtut.«

»Was ist denn passiert?«, fragte Woody. »Ich meine, wer hat die Verlobung gelöst?«

»Sie. Indem sie schwanger wurde.«

Woody fiel die Kinnlade herunter. »Von Papa?«

»Nein, von ihrem Chauffeur, Lev Peshkov.«

»Ihrem Chauffeur?« Ein Schock jagte den anderen. Woody schwieg; er musste das alles erst einmal verarbeiten. Schließlich sagte er: »Meine Güte, Papa muss sich wie ein Trottel vorgekommen sein.«

»Dein Vater war nie ein Trottel«, wies Ursula ihn zurecht. »Bis auf dieses eine Mal, als er Olga einen Antrag gemacht hat.«

Woody ermahnte sich, an seine Mission zu denken. »Nun ja, Großmama, das alles ist schrecklich lang her …«

»Lange. Lang bezieht sich auf die Strecke, lange auf den zeitlichen Abstand. Aber dein Urteilsvermögen ist besser als deine Grammatik. Es liegt wirklich lange zurück.«

Das hörte sich an, als wäre nicht alle Hoffnung verloren. »Dann darf Olga also in den Damenclub?«

»Was meinst du, was dein Vater dabei empfände?«

Woody dachte nach. Er konnte Großmutter nichts vormachen – sie würde ihn binnen eines Herzschlags durchschauen. »Ich nehme an, es wäre ihm peinlich, weil Olga ihn ständig an eine demütigende Episode in seiner Jugend erinnern würde.«

»Da vermutest du richtig.«

»Aber Vater ist es sehr wichtig, sich anderen Menschen gegenüber fair zu verhalten. Er verabscheut Ungerechtigkeit. Er würde Daisy nicht für etwas bestrafen wollen, an dem ihre Mutter schuld ist. Und Charlie erst recht nicht. Papa hat ein großes Herz.«

»Größer als das meine, willst du damit wohl sagen.«

»So habe ich es nicht gemeint, Großmama. Aber ich wette, wenn du ihn fragst, hätte er nichts dagegen, wenn Olga dem Damenclub beitritt.«

Ursula nickte. »Das sehe ich auch so. Ich frage mich nur, ob du begriffen hast, wer wirklich hinter diesem Ansinnen steckt.«

Woody erkannte, worauf sie hinauswollte. »Du meinst, Daisy hätte Charlie auf die Idee gebracht? Das würde mich nicht überraschen. Aber das ändert doch nichts an der grundsätzlichen Frage, ob es richtig und falsch ist, Olga in den Damenclub aufzunehmen.«

Großmutter lächelte. »Du bist ein kluger junger Mann.«

»Dann darf Olga also in den Club?«

»Ich freue mich, dass mein Enkelsohn ein freundliches Herz hat … auch wenn ich den Verdacht habe, dass er eine Schachfigur im Spiel eines cleveren, ehrgeizigen Mädchens ist.«

Woody lächelte. »Heißt das ja, Großmama?«

»Ich kann dir nichts versprechen, aber ich werde Olga dem Mitgliederkomitee vorschlagen.«

Woody atmete innerlich auf. Die Vorschläge seiner Großmutter wurden von den anderen Damen als königliche Befehle aufgefasst. »Danke, Großmama. Du hast ein gutes Herz.«

»Nun gib mir einen Kuss und mache dich fertig für die Kirche.«

Woody trat die Flucht an.

Schon bald hatte er Charlie und Daisy vergessen. In der St. Paul's Cathedral am Shelton Square hörte er der Predigt gar nicht zu – es ging um Noah und die Sintflut – und dachte stattdessen an Joanne Rouzrokh. Ihre Eltern waren in der Kirche, sie selbst nicht. Ob sie wirklich zu der Kundgebung ging? Falls ja, würde er sie bitten, mit ihm auszugehen. Aber würde sie Ja sagen?

Joanne war zu intelligent, um sich wegen des Altersunterschieds Gedanken zu machen, da war Woody sicher. Sie wusste garantiert, dass sie mit ihm mehr gemein hatte als mit Holzköpfen vom Schlage eines Victor Dixon. Und dieser Kuss! Er kitzelte ihm noch immer auf den Lippen. Und was sie mit ihrer Zunge gemacht hatte … Er wollte es bei der ersten Gelegenheit wieder versuchen.

Aber wenn sie einverstanden war, mit ihm zu gehen, was würde dann im September passieren? Joanna ging aufs Vassar College in Poughkeepsie. Er, Woody, müsste an die Schule zurück und würde sie bis Weihnachten nicht wiedersehen. Das Vassar College war zwar eine reine Mädchenschule, aber in Poughkeepsie gab es Männer. Würde Joanne sich mit anderen Jungs verabreden? Woody war jetzt schon eifersüchtig.

Draußen vor der Kirche eröffnete er seinen Eltern, dass er nicht zum Mittagessen mit nach Hause kommen werde; er wolle zum Protestmarsch.

»Ja, geh nur«, bestärkte ihn seine Mutter. Als junges Mädchen war sie Herausgeberin des *Buffalo Anarchist* gewesen. Sie wandte sich ihrem Mann zu. »Du solltest auch mitgehen.«

»Die Gewerkschaft hat Anzeige erstattet«, erwiderte Gus. »Du weißt, dass ich dem Gerichtsurteil nicht vorgreifen darf.«

Sie wandte sich wieder an Woody. »Lass dich nicht von Lev Peshkovs Schlägern verprügeln.«

Woody holte seine Kamera aus dem Kofferraum des Familienautos, eine Leica III, die so klein war, dass er sie an einem Riemen um den Hals tragen konnte. Trotzdem ermöglichte sie Verschlusszeiten bis hinunter zu einer Fünfhundertstelsekunde.

Er ging ein paar Häuserblocks weit zum Niagara Square, wo der Aufmarsch beginnen sollte. Lev Peshkov hatte auf die Stadtverwaltung eingewirkt, die Kundgebung mit dem Argument zu verbieten, dass sie zu Ausschreitungen führen könne, aber die Gewerkschaft hatte garantiert, dass alles friedlich verlaufen würde. Offenbar hatte die Gewerkschaft sich durchgesetzt, denn mehrere Hundert Menschen schoben sich vor dem Rathaus hin und her. Viele trugen gestickte Banner, rote Fahnen und Plakate mit der Aufschrift: NIEDER MIT DEM TYRANNEN!

Woody hielt nach Joanne Ausschau, konnte sie aber nirgends entdecken.

Das Wetter war schön, die Stimmung gut. Woody beschloss, ein paar Fotos zu machen. Er knipste Arbeiter in Sonntagsanzug und Hut, ein mit Bannern behängtes Auto und einen jungen Polizisten, der an den Fingernägeln kaute. Noch immer sah er keine Spur von Joanne, und allmählich glaubte er, dass sie nicht mehr auftauchte. Vielleicht hatte sie heute Morgen starke Kopfschmerzen.

Der Protestzug sollte eigentlich um Mittag losmarschieren, brach aber erst ein paar Minuten vor eins auf. Woody, der sich fast genau in der Mitte des Zuges befand, sah starke Polizeikräfte längs der Strecke.

Als sie die Washington Street entlang nach Süden zogen, in Richtung Industriegebiet, entdeckte er Joanne. Sein Herz machte einen Satz. Nur ein paar Yards vor ihm reihte sie sich in den Zug ein. Sie trug eine maßgeschneiderte Hose, die ihrer Figur schmeichelte. Woody beeilte sich, zu ihr aufzuschließen. »Guten Tag, Joanne!«, rief er überschwänglich.

»Meine Güte, bist du gut gelaunt.«

Das war untertrieben. Woody war beinahe außer sich vor Glück. »Hast du einen Kater?«

»Entweder das, oder ich habe mir die Pest geholt. Was meinst du?«

»Wenn du Ausschlag hast, ist es die Pest. Hast du irgendwo Pusteln?« Woody wusste kaum noch, was er sagte. »Ich bin kein Arzt, aber ich untersuche dich gern.«

»Sei bloß nicht so aufgedreht. Ich bin nicht in Stimmung.«

Woody versuchte, sich zu zügeln. »Wir haben dich in der Kirche vermisst. In der Predigt ging es um Noah.«

Zu seiner Bestürzung lachte Joanne laut auf. »Ach, Woody. Ich mag es so, wenn du lustig bist, aber bitte, bring mich heute nicht zum Lachen.«

Woody vermutete, dass die Bemerkung freundlich gemeint war, war sich aber keineswegs sicher.

In einer Nebenstraße entdeckte er ein Lebensmittelgeschäft, das geöffnet hatte. »Du brauchst Flüssigkeit«, sagte er. »Ich bin gleich wieder da.« Er eilte in den Laden, kaufte zwei Flaschen eiskalte Cola aus dem Kühlschrank, ließ sie sich vom Verkäufer öffnen und rannte zum Protestzug zurück. Als er Joanne eine Flasche reichte, sagte sie: »Oh, Mann, du bist mein Lebensretter.« Sie setzte die Flasche an die Lippen und nahm einen langen Zug.

Woody fand, dass er ganz gut vorankam.

Keine einzige Wolke stand am Himmel. Im Protestzug herrschte gute Laune, obwohl der Vorfall, gegen den sie aufmarschierten, alles andere als erfreulich war. Eine Gruppe älterer Männer sang Kampflieder und Volksweisen. Einige Familien hatten sogar ihre Kinder dabei.

»Hast du *Studien über Hysterie* gelesen?«, fragte Woody, als sie nebeneinander hergingen.

»Nie davon gehört.«

»Das ist von Sigmund Freud. Ich dachte, du wärst von ihm begeistert.«

»Ich bin von seinen Ideen begeistert. Ich habe aber nie eines von seinen Büchern gelesen.«

»Solltest du aber. *Studien über Hysterie* ist unglaublich.«

Sie blickte ihn neugierig an. »Was hat dich dazu gebracht, solch

143

ein Buch zu lesen? Ich wette, in deiner teuren altmodischen Schule steht Psychologie nicht auf dem Lehrplan.«

»Ich habe gehört, wie du über Psychoanalyse gesprochen hast, und fand es interessant. Und das ist es ja auch.«

»Inwiefern?«

Woody hatte den Eindruck, dass Joanne ihn prüfte, um herauszufinden, ob er das Buch wirklich verstanden hatte oder nur so tat. »Zum Beispiel die Vorstellung, dass etwas Verrücktes eine Art verborgene Logik haben kann. Wenn jemand zwanghaft Tinte auf ein Tischtuch kleckert, solche Sachen.«

Joanne nickte. »Ja, genau. Sehe ich auch so.«

Woody erkannte, dass sie keinen blassen Schimmer hatte, wovon er redete. Im Wissen über Freud hatte er Joanne bereits überrundet, aber es war ihr peinlich, dies zuzugeben.

»Was machst du denn am liebsten?«, fragte Woody. »Gehst du gern ins Theater? Hörst du gern klassische Musik? Ein Kinobesuch ist sicher nichts Besonderes für dich, wo deinem Vater hundert Kinos gehören, oder?«

»Wieso fragst du?«

Woody beschloss, ehrlich zu sein. »Ich wollte dich fragen, ob du mit mir was unternimmst …«

»Und?«

»Ich möchte dich mit etwas locken, was du wirklich gern tust. Also sag es, und wir tun es.«

Sie lächelte ihn an, aber es war kein Lächeln von der Art, auf die Woody gehofft hatte. Es war freundlich, aber auch mitfühlend und verriet ihm, dass er nun eine schlechte Neuigkeit hören würde. »Das würde ich ja gern, Woody, aber du bist erst fünfzehn.«

»Gestern Abend hast du gesagt, ich bin reifer als Victor Dixon.«

»Mit dem würde ich auch nicht ausgehen.«

Es schnürte Woody die Kehle zu, und seine Stimme klang mit einem Mal heiser. »Gibst du mir einen Korb?«

»Und ob. Ich will nicht mit jemandem ausgehen, der drei Jahre jünger ist als ich.«

»Kann ich dich in drei Jahren noch mal fragen? Dann sind wir im gleichen Alter.«

Sie lachte. »Lass deine dummen Scherze, davon bekomme ich Kopfschmerzen.«

144

Doch Woody hatte nicht vor, seine Kränkung zu verbergen. Was hatte er zu verlieren? Gequält fragte er: »Und was hatte der Kuss zu bedeuten?«

»Nichts.«

Er schüttelte den Kopf. »Mir hat er etwas bedeutet. Es war der beste Kuss meines Lebens.«

»Oje, ich wusste gleich, dass es ein Fehler war. Hör mal, es war nur Spaß. Klar, ich hab's genossen – fühl dich ruhig geschmeichelt, du hast es dir verdient. Du bist ein netter, kluger Junge, aber ein Kuss ist nun mal keine Liebeserklärung, ganz gleich, wie sehr du ihn genießt.«

Mittlerweile gingen sie fast an der Spitze des Zuges, und Woody sah ihr Ziel vor sich: die hohe Mauer um die Buffalo Metal Works. Das Tor war geschlossen und wurde von ungefähr einem Dutzend Werkschutzleuten bewacht, Schlägertypen in hellblauen Hemden, die wie Polizeiuniformen aussahen.

»Und betrunken war ich auch«, fügte Joanne hinzu.

»Ich ebenfalls.«

Woodys Versuch, seine Würde zu bewahren, fiel ziemlich erbärmlich aus, doch Joanne erwies ihm die Gnade, so zu tun, als glaubte sie ihm. »Dann haben wir beide eine kleine Dummheit begangen und sollten es einfach vergessen.«

»Ja«, sagte Woody und blickte weg.

Sie waren nun vor der Gießerei angelangt. Die Marschierer an der Spitze des Zuges blieben stehen, und jemand begann durch ein Megafon mit einer Ansprache. Als Woody genauer hinsah, erkannte er Brian Hall, einen Buffaloer Gewerkschaftsführer. Woodys Vater kannte und mochte den Mann: Irgendwann in ferner Vergangenheit hatten sie gemeinsam einen Streik beigelegt.

Das Ende des Zuges rückte nach, und auf der gesamten Straßenbreite drängten sich immer mehr Menschen. Die Werkschutzleute hielten den Bereich vor dem Eingang frei, obwohl die Tore geschlossen waren. Erst jetzt sah Woody, dass sie mit Schlagstöcken bewaffnet waren, wie auch die Polizei sie besaß. Ein Werkschutzmann brüllte: »Bleibt vom Tor weg! Das hier ist Privatgelände!« Woody hob seine Kamera und schoss ein Foto.

Die Demonstranten in den vorderen Reihen wurden von den Nachrückenden immer weiter nach vorn gedrängt. Woody nahm

145

Joanne beim Arm und versuchte sie aus dem schlimmsten Gedränge wegzuziehen, was sich jedoch als schwierig erwies: Die Menschen standen Schulter an Schulter, und niemand wollte ihnen den Weg frei machen. Gegen seinen Willen geriet Woody immer näher ans Fabriktor und die Wachleute mit den Schlagstöcken. »Das sieht nicht gut aus«, sagte er zu Joanne.

Doch sie rief kampflustig: »Diese Kerle können uns nicht aufhalten!«

»Richtig!«, brüllte ein Mann neben ihr. »Verdammt richtig!«

Die Menge stand immer noch zehn Yards vom Tor entfernt; dennoch stießen die Wachleute die Protestierenden unnötigerweise weg. Woody fotografierte sie dabei.

Brian Hall hatte durch seine Flüstertüte laut über die tyrannischen Bosse geschimpft und anklagend den Finger auf die Werkschutzleute gerichtet. Jetzt änderte er den Ton und rief zu Besonnenheit auf. »Bitte geht vom Tor weg, Leute!«, bat er. »Weicht zurück! Keine Gewalt!«

Woody sah, wie ein Wachmann eine Frau so hart zurückstieß, dass sie taumelte. Sie stürzte nicht, schrie aber auf. Der Mann, der sie begleitete, fuhr den Wachmann an: »He, Kumpel, mach halblang, ja?«

»Willst du Streit anfangen?«, fragte der Wachmann herausfordernd.

»Hört doch einfach auf, uns zu stoßen!«, rief die Frau.

»Zurück! Zurück mit euch!«, brüllte der Wachmann und drosch mit dem Schlagstock auf die Frau ein. Woody schoss ein Foto von der Szene.

»Der Mistkerl hat die Frau geschlagen!«, rief Joanne und machte einen Schritt vor.

Ein großer Teil der Protestierenden wollte zurückweichen, fort von der Gießerei, doch als sie sich umdrehten, stürzten die Wachleute ihnen hinterher, stießen, traten und prügelten mit den Schlagstöcken.

»Es gibt keinen Grund, Gewalt anzuwenden!«, rief Brian Hall. »Werkschutzleute, haltet euch zurück! Setzt eure Knüppel nicht ein!« Dann wurde ihm das Megafon von einem Wachmann aus der Hand geschlagen.

Einige jüngere Männer wehrten sich. Es kam zum Handgemenge. Ein halbes Dutzend Polizisten drang in die Menge vor. Sie machten keine Anstalten, die Übergriffe der Werkschutzleute zu unterbinden, nahmen aber jeden Demonstranten fest, der sich wehrte.

Der Wachmann, der die Schlägerei begonnen hatte, lag am Boden. Zwei Protestierer traten ihn zusammen.

Woody fotografierte.

Joanne schrie vor Wut, stürzte sich auf einen Wachmann und zerkratzte ihm das Gesicht. Der Mann hob eine Hand, um sie wegzustoßen, und traf sie – ob versehentlich oder absichtlich – mit dem Handrücken auf die Nase. Joanne taumelte zurück. Blut schoss ihr aus den Nasenlöchern. Der Wachmann hob den Schlagstock. Woody packte Joanne bei der Taille und riss sie zurück, sodass der Hieb sie verfehlte. »Komm schnell!«, stieß Woody hervor. »Wir müssen hier weg!«

Der Schlag ins Gesicht hatte Joanne benommen gemacht. Sie wehrte sich nicht, als Woody sie vom Werkstor wegzog. Seine Kamera baumelte an dem Riemen um seinen Hals hin und her. Die Menge geriet in Panik. Menschen stürzten zu Boden. Andere trampelten über sie hinweg, als alle zu fliehen versuchten.

Woody war größer als die meisten anderen, und so gelang es ihm, Joanne und sich vor einem Sturz zu bewahren. Sie kämpften sich durchs Gedränge, den Wachleuten mit den Schlagstöcken immer nur einen Schritt voraus. Endlich löste sich die Menge auf. Joanne befreite sich aus Woodys Griff, und beide rannten los.

Hinter ihnen verebbte der Kampflärm. Sie bogen um zwei Hausecken und gelangten auf eine menschenleere Straße, an der Fabrikgebäude und Lagerhäuser standen, die heute, am Sonntag, geschlossen waren. Sie schnappten nach Luft. »Das war ganz schön aufregend!«, sagte Joanne lachend.

Woody konnte ihre Begeisterung nicht teilen. »Es war scheußlich«, entgegnete er. »Und es hätte noch schlimmer kommen können.«

»Ach, hör auf«, erwiderte sie verächtlich. »Es ist keiner gestorben.«

»Die Wachleute haben absichtlich einen Aufruhr provoziert!«

»Natürlich. Peshkov möchte ja, dass die Gewerkschafter schlecht dastehen.«

»Na, wir kennen die Wahrheit.« Woody tätschelte seine Kamera. »Und ich kann sie beweisen.«

Eine Zeit lang gingen sie schweigen nebeneinander her, wobei Woody hoffte, dass Joanne nun doch mit ihm ausging; schließlich war er ihr Retter. Doch sie schien nicht der Ansicht zu sein, ihm etwas zu schulden, und sprach das Thema gar nicht an. Woody entdeckte ein Taxi, winkte es heran und nannte dem Fahrer die Adresse der Rouzrokhs.

Als sie im Fond saßen, zog er ein Taschentuch hervor. »Ich will dich nicht in diesem Zustand zu deinem Vater zurückbringen«, sagte er, entfaltete das Quadrat aus weißer Baumwolle und tupfte ihr sanft das Blut von der Oberlippe.

Es hatte etwas Intimes, was Woody sehr gefiel, doch Joanne ließ es nicht lange mit sich machen. »Ich kann das selbst«, sagte sie und nahm ihm das Taschentuch weg. Nachdem sie sich vorsichtig abgetupft hatte, fragte sie: »Wie sieht es aus?«

»Du hast da was ausgelassen«, log er und nahm das Taschentuch zurück. Ihr Mund stand ein wenig offen, und er bewunderte ihre gleichmäßigen Zähne und ihre weichen Lippen. Er tat so, als hätte sie noch Blut im Mundwinkel, wischte sanft darüber und sagte: »Besser.«

Schließlich hielt das Taxi vor dem Haus der Rouzrokhs. »Komm bitte nicht mit rein«, sagte Joanne. »Ich will meinen Eltern nicht die Wahrheit sagen, wo ich gewesen bin, und ich möchte nicht, dass du es versehentlich ausplauderst.«

Woody versuchte, sich seine Enttäuschung nicht anmerken zu lassen. »Ist gut. Ich ruf dich später an.«

»Okay.« Joanne stieg aus und ging nach einem flüchtigen Winken die Auffahrt hoch.

»Das ist 'ne Süße«, sagte der Fahrer. »Nur leider zu alt für dich.«

Woody hatte keine Lust, sich mit dem Mann über Joanne zu unterhalten. Stattdessen ließ er sich nach Hause fahren, in die Delaware Avenue. Unterwegs dachte er über Joannes Ablehnung nach. Er hätte nicht überrascht sein sollen: Jeder, angefangen bei seinem Bruder bis zu dem Taxifahrer, sagte ihm, er sei zu jung für Joanne. Dennoch schmerzte es ihn. Was sollte er jetzt mit dem Rest des Tages anfangen? Was sollte er mit dem Rest seines Lebens anfangen?

148

Als er nach Hause kam, hielten seine Eltern ihren gewohnten sonntäglichen Mittagsschlaf. Woody ging in die Dunkelkammer, nahm den Film aus der Kamera und entwickelte ihn. Er ließ warmes Wasser ins Becken laufen, um die Chemikalien auf die ideale Temperatur zu bringen. Den Film legte er in einen schwarzen Wechselsack, um ihn von dort in die Entwicklungsdose zu überführen.

Der Vorgang dauerte lange und erforderte Geduld, doch Woody war froh, in der Dunkelheit sitzen und an Joanne denken zu können. Zwar hatte seine Rettungsaktion während der Demonstration nicht dazu geführt, dass sie sich in ihn verliebt hatte, aber immerhin hatte es sie einander nähergebracht. Woody war zuversichtlich, dass ihre Gefühle für ihn tiefer würden. Vielleicht war ihre Ablehnung nicht endgültig. Vielleicht sollte er es einfach weiter versuchen. An anderen Mädchen hatte er jedenfalls kein Interesse.

Als die Uhr klingelte, legte er den Film in ein Unterbrecherbad, um die chemische Reaktion zu beenden, dann in ein Bad aus Fixiersalz, um das Bild dauerhaft zu machen. Am Ende wässerte und trocknete er den Film und betrachtete die Schwarz-Weiß-Negative auf dem Streifen.

Er fand sie ziemlich gut.

Er teilte den Film in Abschnitte und legte den ersten in den Vergrößerer. Dann legte er einen Bogen Fotopapier im Format 8 × 10 auf die Platte des Geräts, schaltete die Lampe ein und setzte das Papier dem Negativbild aus, während er die Sekunden zählte. Schließlich legte er das Papier in eine offene Schale mit Entwickler.

Nun kam der interessanteste Teil des Vorgangs. Langsam zeigte das Papier graue Flecken, und allmählich erschien das Bild, das Woody fotografiert hatte. Es kam ihm jedes Mal wie ein Wunder vor. Der erste Abzug zeigte einen Neger und einen Weißen, beide in Sonntagsanzug mit Hut. Sie hielten ein Banner, auf dem in Großbuchstaben BRÜDERLICHKEIT stand. Als das Bild klar zu sehen war, legte Woody das Fotopapier in ein Fixierbad; dann wässerte er es und hängte den Abzug zum Trocknen auf.

Er zog alle Aufnahmen ab, die er gemacht hatte, nahm sie nach dem Trocknen mit in den erleuchteten Teil des Hauses und breitete sie auf dem Esstisch aus. Er war zufrieden: Es waren gute, lebendige Bilder, die den Ablauf der Ereignisse zeigten. Als Woody hörte, wie seine Eltern sich oben unterhielten, rief er seine Mutter. Vor ihrer Heirat war sie Journalistin gewesen, und sie schrieb noch immer Bücher und Zeitschriftenartikel.

»Was hältst du davon?«, fragte Woody.

Seine Mutter musterte die Fotos nachdenklich mit ihrem einen Auge. Schließlich sagte sie: »Ich finde sie gut. Du solltest sie einer Zeitung anbieten.«

»Wirklich?«, fragte Woody aufgeregt. »Welcher?«

»Ich würde sagen, dem *Buffalo Sentinel*. Peter Hoyle ist dort seit einer halben Ewigkeit Chefredakteur. Er kennt deinen Vater gut, also wird er dich wahrscheinlich vorlassen.«

»Wann soll ich ihm die Fotos zeigen?«

»Jetzt gleich. Der Protestmarsch ist eine brandheiße Nachricht. Morgen werden die Zeitungen voll davon sein. Sie brauchen die Bilder heute Abend.«

Sofort war Woody von frischer Tatkraft erfüllt. »Mach ich!« Er nahm die glänzenden Abzüge und schob sie zu einem sauberen Stapel zusammen. Seine Mutter gab ihm einen Aktendeckel aus Pappe aus dem Arbeitszimmer seines Vaters. Woody küsste sie auf die Wange, machte sich auf den Weg und nahm einen Bus in die Innenstadt.

Als er den Haupteingang zum Redaktionsgebäude des *Sentinel* geschlossen vorfand, war er für einen Moment ratlos, sagte sich dann aber, dass die Reporter ja irgendwie ins Gebäude mussten, wenn eine Montagszeitung erschien. Tatsächlich entdeckte er bald darauf einen Seiteneingang und sagte einem Mann, der innen hinter der Tür saß, er habe wichtige Fotos für Mr. Hoyle. Der Mann schickte ihn nach oben.

Woody fand das Büro des Chefredakteurs. Eine Vorzimmerdame notierte seinen Namen, und eine Minute später schüttelte Peter Hoyle ihm die Hand. Der Chefredakteur war ein großer, eindrucksvoller Mann mit weißem Haar und schwarzem Schnurrbart. Er schien gerade eine Besprechung mit einem jüngeren Kollegen zu beenden. Hoyle redete laut, als müsse er den Lärm einer Druckerpresse übertönen. »Die Fahrerflucht ist eine gute Story, Jack, aber der Anfang taugt nichts.« Er schlug dem jungen Mann gönnerhaft auf die Schulter und schob ihn zur Tür. »Sie brauchen einen neuen

Aufmacher. Am besten, Sie schieben die Erklärung des Bürgermeisters nach hinten und fangen mit den verkrüppelten Kindern an.« Jack ging, und Hoyle wandte sich Woody zu. »Was hast du für mich, mein Junge?«, fragte er ohne Einleitung.

»Ich war heute auf dem Protestmarsch.«

»Dem Aufruhr, meinst du.«

»Zum Aufruhr wurde es erst, als die Wachleute mit ihren Schlagstöcken auf Frauen eingeprügelt haben.«

»Ich habe gehört, die Marschierer wollten die Gießerei stürmen und die Wachleute haben sie zurückgeschlagen.«

»Das stimmt nicht, Sir, und die Fotos beweisen es.«

»Lass mal sehen.«

Woody hatte sie in der richtigen Reihenfolge sortiert, als er im Bus saß. Nun legte er das erste Foto auf den Schreibtisch des Chefredakteurs. »Hier, sehen Sie«, sagte er. »Es hat friedlich angefangen.«

Hoyle schob das Foto beiseite. »Damit kann ich nichts anfangen.«

Woody legte ihm ein Bild vor, das er an der Gießerei geknipst hatte. »Die Wachleute haben am Tor gewartet. Sehen Sie die Schlagstöcke?« Das nächste Foto hatte Woody aufgenommen, als es zu den ersten Rangeleien gekommen war. »Die Marschierer waren wenigstens zehn Yards vom Tor entfernt, deshalb brauchten die Wachleute sie gar nicht zurückzudrängen. Das war eine absichtliche Provokation.«

»Okay«, sagte Hoyle, dessen Interesse geweckt zu sein schien.

Woody schob ihm seine beste Aufnahme hin. Sie zeigte, wie ein Wachmann mit seinem Knüppel auf eine Frau einschlug. »Ich habe diesen Vorfall beobachtet«, sagte Woody. »Die Frau hat bloß verlangt, dass der Mann sie nicht mehr schubst. Da ist er mit dem Knüppel auf sie losgegangen.«

»Gutes Bild«, sagte Hoyle. »Hast du noch mehr?«

»Nur eines. Die meisten Marschierer sind weggerannt, als es zum Kampf kam, aber ein paar haben sich gewehrt.« Er zeigte Hoyle das Foto von den beiden Protestierern, die einen Wachmann zusammentraten, der am Boden lag. »Das ist der Kerl, der die Frau geschlagen hat. Die beiden Männer habe es ihm heimgezahlt.«

»Gute Arbeit, junger Dewar«, sagte Hoyle. Er setzte sich an

seinen Schreibtisch und zog ein Formular aus einem Ablagekasten. »Zwanzig Mäuse. Okay?«

»Soll das heißen, Sie drucken meine Fotos?«

»Dafür hast du sie schließlich hergebracht, oder?«

»Ja, Sir, danke. Zwanzig Dollar sind okay … äh, in Ordnung … viel, wollte ich sagen.«

Hoyle kritzelte etwas in das Formular und unterzeichnete es. »Geh damit zum Kassierer. Meine Sekretärin erklärt dir, wo er sitzt.«

Das Telefon auf dem Schreibtisch klingelte. Der Chefredakteur hob ab. »Hoyle!«, meldete er sich und winkte Woody, dass er gehen könne.

Woody verließ das Büro. Er hätte die ganze Welt umarmen können. Die Bezahlung war großartig, aber noch mehr begeisterte ihn, dass die Zeitung seine Bilder verwenden würde. In einem kleinen Raum mit einer Theke und einem Ausgabeschalter holte er seine zwanzig Dollar ab und fuhr im Taxi nach Hause.

Seine Eltern freuten sich über seinen Coup; sogar sein Bruder wirkte zufrieden. Beim Abendessen sagte Großmama: »Es ist in Ordnung, solange du den Journalismus nicht als Berufswunsch betrachtest. Damit würdest du dich unter Wert verkaufen.«

Tatsächlich hatte Woody überlegt, sich von der Politik auf Fotojournalismus zu verlegen. Nun überraschte es ihn, dass seine Großmutter diesen Plan ablehnte.

Seine Mutter lächelte. »Aber, aber, liebe Ursula. Ich war Journalistin.«

»Das ist etwas anderes, du bist eine Frau«, erwiderte Großmama. »Woodrow muss ein Mann von Rang und Ansehen werden, so wie sein Vater und Großvater vor ihm.«

Mutter war keineswegs beleidigt, doch Chuck gefiel es nicht, dass sich alles auf den älteren Sohn konzentrierte. »Und was muss ich werden? Gehackte Leber?«

»Sei nicht vulgär, Charles«, erwiderte Großmama und hatte damit das letzte Wort, wie meistens.

In der Nacht lag Woody lange wach. Er konnte es kaum erwarten, seine Fotos in der Zeitung zu sehen. Ähnlich hatte er sich nur als Kind am Heiligen Abend gefreut, als die Vorfreude auf die Bescherung ihn vom Schlafen abgehalten hatte.

152

Dann wandten seine Gedanken sich wieder Joanne zu. Sie lag falsch, wenn sie ihn für zu jung hielt. Er war der Richtige für sie. Sie mochte ihn; sie beide hatten vieles gemeinsam, und sie hatte den Kuss genossen. Woody glaubte noch immer, ihr Herz gewinnen zu können.

Als er aufwachte, war es heller Tag. Er zog sich den Morgenmantel über den Pyjama und rannte die Treppe hinunter. Joe, der Butler, ging jeden Morgen in aller Frühe die Zeitungen kaufen; nun lagen sie auf einem Tisch im Frühstückszimmer, wo bereits Woodys Eltern saßen. Sein Vater aß Rührei, seine Mutter trank Kaffee.

Aufgeregt schnappte Woody sich den *Sentinel*.

Seine Arbeit prangte auf der Titelseite.

Aber nicht so, wie er es erwartet hatte.

Sie hatten nur eines seiner Fotos benutzt – das letzte. Es zeigte den Wachmann, der am Boden lag und von den beiden Arbeitern zusammengetreten wurde. Die Schlagzeile lautete: STREIKENDE METALLER IM AUFRUHR.

»Oh nein!«, rief er.

Ungläubig las er den Artikel. Protestierende hätten versucht, in die Gießerei einzudringen, hieß es, und seien tapfer von den Werkschutzleuten zurückgeschlagen worden, von denen einige leichte Verletzungen erlitten hätten. Das Verhalten der Arbeiter werde vom Bürgermeister, vom Polizeichef und von Lev Peshkov verurteilt. Am Ende des Artikels wurde fast beiläufig Brian Hall als Sprecher der Gewerkschaft zitiert, der die Geschichte abstritt und die Wachleute für die Ausschreitungen verantwortlich machte.

Woody legte seiner Mutter die Zeitung hin. »Ich habe Hoyle erzählt, dass die Wachleute mit der Schlägerei angefangen haben, und ich habe ihm die Fotos gegeben, die das beweisen!«, rief er aufgebracht. »Weshalb druckt er nicht die Wahrheit, sondern das Gegenteil?«

»Weil er konservativ ist.«

»Zeitungen sollen die Wahrheit berichten!« Wütend hob Woody die Stimme. »Sie können doch nicht einfach Lügen erfinden!«

»Doch, können sie.«

»Aber das ist nicht fair!«

»Willkommen in der Wirklichkeit«, entgegnete seine Mutter.

In der Lobby des Hotels Ritz-Carlton in Washington, D. C., begegneten Greg Peshkov und sein Vater Dave Rouzrokh.

Rouzrokh trug einen weißen Anzug und einen Strohhut. Er funkelte die Peshkovs hasserfüllt an. Lev grüßte ihn, doch Rouzrokh wandte sich verächtlich von ihm ab, ohne zu reagieren.

Greg kannte den Grund. Rouzrokh hatte den ganzen Sommer lang Verluste geschrieben, weil seine Kinokette es nicht geschafft hatte, an die Erstaufführungsrechte von Publikumsschlagern zu kommen. Rouzrokh musste ahnen, dass Lev irgendwie dahintersteckte.

Vergangene Woche hatte Lev ihm vier Millionen Dollar für seine Kinos geboten – die Hälfte des ursprünglichen Angebots –, und Rouzrokh hatte erneut abgelehnt.

»Der Preis fällt weiter, Dave«, hatte Lev ihn gewarnt.

Nun sagte Greg: »Ich möchte wissen, was er hier will.«

»Er trifft sich mit Sol Starr. Er will Sol fragen, wieso er ihm keine guten Filme gibt.« Lev wusste offenbar genau Bescheid.

»Und was wird Mr. Starr tun?«

»Ihn hinhalten.«

Greg bewunderte die Fähigkeit seines Vaters, alles zu wissen und auch in einer wechselhaften Lage die Fäden in der Hand zu behalten. Er war den anderen immer eine Nasenlänge voraus.

Sie fuhren im Aufzug hoch. Zum ersten Mal besuchte Greg die Suite im Hotel, die sein Vater auf Dauer gemietet hatte. Seine Mutter war noch nie hier gewesen.

Lev verbrachte viel Zeit in Washington, weil die Behörden sich ständig ins Filmgeschäft einmischten. Männer, die sich als moralische Leitbilder betrachteten, erregten sich sehr über das, was auf der Leinwand zu sehen war, und bedrängten die Regierung, Filme zu zensieren. Lev betrachtete es als Verhandlungssache – er betrachtete das ganze Leben als Verhandlungssache – und bemühte sich ständig, eine offizielle Zensur zu verhindern, indem er sich an einen freiwilligen Kodex hielt, eine Strategie, die Sol Starr und die meisten anderen großen Hollywood-Produzenten unterstützten.

Sie betraten ein ungemein schickes Wohnzimmer – viel schicker als das geräumige Apartment in Buffalo, das Greg und seine Mutter bewohnten und das Greg immer für luxuriös gehalten hatte. Im Zimmer standen Möbel mit spindeldürren Beinen; vor den

Fenstern hingen prächtige kastanienbraune Samtvorhänge, und es gab ein großes Grammofon.

Mitten im Zimmer saß auf einem gelben Seidensofa die Filmdiva Gladys Angelus.

Für viele war sie die schönste Frau der Welt.

Nun sah Greg, warum das so war. Gladys verströmte Sex aus jeder Pore. Sie war eine einzige Verlockung, von den dunkelblauen, einladenden Augen bis hin zu den langen Beinen, die sie unter dem engen Rock übereinandergeschlagen hatte. Als sie Greg die Hand reichte, lächelten ihre roten Lippen, und ihre runden Brüste bewegten sich betörend unter einem weichen Pullover.

Er zögerte einen Sekundenbruchteil, ehe er ihr die Hand schüttelte, denn es kam ihm wie ein Verrat an seiner Mutter vor. Sie nahm den Namen Gladys Angelus niemals in den Mund – ein sicheres Zeichen dafür, dass sie wusste, was die Leute über Gladys und Lev redeten. Greg hatte das bedrückende Gefühl, sich mit der Feindin seiner Mutter anzufreunden. Wenn Mom davon erfährt, heult sie sich die Augen aus, dachte er.

Doch die Situation hatte ihn überrascht. Wäre er vorgewarnt gewesen, hätte er sich eine höfliche Ablehnung ausdenken können, so aber brachte er es nicht über sich, dieser betörend schönen Frau gegenüber unhöflich zu sein.

Also nahm er ihre Hand, blickte ihr in die bezaubernden Augen und schenkte ihr ein Lächeln von der Art, die man gemeinhin als »Gute Miene zum bösen Spiel« bezeichnet.

Gladys hielt Gregs Hand fest. »Ich freue mich sehr, dich endlich kennenzulernen. Dein Vater hat mir viel über dich erzählt, aber er hat mir verschwiegen, wie gut du aussiehst.«

Ihre Worte hatten etwas unangenehm Besitzergreifendes, als wäre sie eine Familienangehörige und nicht bloß eine Hure, die unrechtmäßig den Platz seiner Mutter eingenommen hatte. Zugleich aber merkte Greg, wie er in den Bann dieser Frau geriet. »Ich mag Ihre Filme«, sagte er und kam sich schrecklich unbeholfen vor.

»Ach, hör auf, das brauchst du nicht zu sagen«, erwiderte Gladys, doch Greg war sicher, dass sie es trotzdem gern hörte. »Komm her und setz dich neben mich. Ich möchte dich kennenlernen.«

Greg gehorchte. Er konnte nicht anders. Gladys fragte ihn, auf welche Schule er ging, und während er erzählte, klingelte das

155

Telefon. Er hörte undeutlich, wie sein Vater in den Hörer sprach. »Es sollte doch erst morgen sein … Na gut, wenn es nicht anders geht, können wir es vorziehen … überlass es mir, ich kümmere mich darum.«

Lev legte auf und unterbrach Gladys. »Dein Zimmer ist den Gang hinunter, Greg.« Er reichte seinem Sohn einen Schlüssel. »Du findest dort ein Geschenk von mir. Richte dich ein und lass es dir gut gehen. Wir treffen uns um sieben zum Abendessen.«

Es war eine ziemlich schroffe Unterbrechung, und Gladys wirkte verärgert. Doch Lev konnte manchmal sehr gebieterisch sein, und dann war es am besten, man gehorchte. Greg nahm den Schlüssel und verließ das Zimmer.

Im Korridor stand ein breitschultriger Mann in einem billigen Anzug. Er erinnerte Greg an Joe Brekhunov, den Leiter des Werkschutzes bei Buffalo Metal Works. Greg nickte dem Mann zu, und der sagte: »Guten Tag, Sir.« Offenbar war er ein Hotelangestellter.

Greg betrat sein Zimmer. Es war hübsch, aber bei Weitem nicht so üppig eingerichtet wie die Suite seines Vaters. Das Geschenk, von dem Lev gesprochen hatte, konnte Greg nirgends entdecken, aber sein Koffer war ins Zimmer gebracht worden. Während er auspackte, war er mit den Gedanken bei Gladys. Hinterging er seine Mutter, indem er der Geliebten seines Vaters die Hand schüttelte? Freilich tat Gladys das Gleiche, was seine Mutter getan hatte: Sie schlief mit einem verheirateten Mann. Dennoch erfüllte ihn quälendes Unbehagen. Ob er seiner Mutter wohl erzählen durfte, dass er Gladys kennengelernt hatte? Nein, bloß nicht!

Als er seine Hemden in den Schrank hängte, klopfte es. Das Geräusch kam von einer Tür, die offenbar zum Nachbarzimmer führte. Im nächsten Moment öffnete sie sich, und ein Mädchen kam herein.

Sie war nur unwesentlich älter als Greg. Ihre Haut besaß die Farbe dunkler Schokolade, und sie trug ein gepunktetes Kleid und einen Greifbeutel. Sie lächelte strahlend, wobei sie weiße Zähne entblößte, und sagte: »Hallo, ich habe das Zimmer nebenan.«

»Das dachte ich mir schon«, entgegnete Greg. »Wer sind Sie?«

»Jacky Jakes.« Sie reichte ihm die Hand. »Ich bin Schauspielerin.«

Greg schüttelte der zweitschönsten Schauspielerin, die er innerhalb einer Stunde kennengelernt hatte, die Hand. Jacky besaß eine fröhliche, spielerische Ausstrahlung, die Greg attraktiver fand als Gladys' überwältigenden erotischen Magnetismus. Ihr Mund war ein dunkelrosa Bogen. »Mein Vater sagt, er hat ein Geschenk für mich. Sind Sie das?«

Sie kicherte. »Das bin ich wohl. Er sagte, ich würde dich mögen. Er will mich auf die Leinwand bringen.«

Greg begriff. Sein Vater hatte sich gedacht, dass es ihm zu schaffen machte, freundlich zu Gladys zu sein. Und Jacky war seine Belohnung dafür, dass er keinen Wirbel veranstaltete. Im Grunde war das Mädchen so etwas wie ein Bestechungsversuch, den er hätte zurückweisen müssen, aber Greg konnte nicht widerstehen. »Sie sind ... du bist ein sehr hübsches Geschenk«, sagte er.

»Dein Vater ist wirklich nett zu dir.«

»Er ist wunderbar. Und du auch.«

»Du bist süß!« Sie setzte ihre Handtasche auf die Kommode, trat näher an Greg heran, stellte sich auf die Zehenspitzen und küsste ihn auf den Mund. Ihre Lippen waren weich und warm. »Ich mag dich.« Sie befühlte seine Schultern. »Du bist kräftig.«

»Ich spiele Eishockey.«

»Bei einem wie dir fühlt ein Mädchen sich geborgen.« Jacky nahm seine Wangen zwischen die Hände und küsste ihn wieder. Diesmal dauerte der Kuss länger, und sie seufzte und sagte: »Oh, Junge, ich glaube, wir beide kriegen Spaß miteinander.«

»Meinst du?« Washington war eine Stadt der Südstaaten und noch immer weitgehend nach Rassen getrennt. In Buffalo konnten Schwarze und Weiße in den gleichen Restaurants essen und in den gleichen Bars trinken, meistens jedenfalls, doch hier lag der Fall anders. Greg war sich nicht sicher, welche Gesetze zur Anwendung kommen konnten, aber er war überzeugt, dass ein weißer Mann und eine schwarze Frau Ärger bekommen würden. Allein dass Jacky ein Zimmer in diesem Hotel bewohnte, war überraschend. Offenbar hatte Lev ein paar Fäden gezogen. Auf jeden Fall war es undenkbar, dass er, Greg, und Jacky mit Lev und Gladys zu viert durch die Gemeinde ziehen konnten. Was also stellte Jacky sich unter »Spaß haben« vor? Greg kam der aufregende Gedanke, dass sie möglicherweise bereit war, mit ihm ins Bett zu gehen.

Er legte die Hände auf ihre Taille und wollte sie zu einem weiteren Kuss an sich ziehen, doch sie wich zurück. »Ich muss unter die Dusche«, sagte sie. »Lass mir ein paar Minuten.« Sie drehte sich um, verschwand durch die Verbindungstür und schloss sie hinter sich.

Greg setzte sich aufs Bett und versuchte, seine Gedanken zu ordnen. Jacky wollte in Filmen mitspielen, und offenbar war sie bereit, ihre Karriere mit Sex voranzutreiben. Ganz bestimmt war sie nicht die erste Schauspielerin, ob schwarz oder weiß, die auf diese Strategie zurückgriff. Schließlich tat Gladys das Gleiche, wenn sie mit Lev schlief. Und Lev war der glückliche Nutznießer.

Greg bemerkte, dass Jacky ihren Greifbeutel vergessen hatte. Er nahm die Handtasche auf und drehte den Türgriff. Die Tür war nicht verschlossen. Er trat hindurch.

Jacky war am Telefon. Sie trug einen rosaroten Bademantel und sagte gerade: »Ja, Hunky-Dory, kein Problem.« Ihre Stimme klang anders, erwachsener, und er begriff, dass sie ihm gegenüber einen unnatürlichen Sexy-little-Girl-Tonfall benutzt hatte. Als sie Greg sah, lächelte sie und sprach wieder mit Kleinmädchenstimme in den Hörer: »Bitte stellen Sie keine Anrufe durch. Ich möchte nicht gestört werden. Danke. Auf Wiederhören.«

»Du hast das vergessen.« Greg reichte ihr die Handtasche.

»Du wolltest mich doch bloß im Bademantel sehen«, erwiderte sie kokett. Der Bademantel verbarg ihre Brüste nicht vollständig, und Greg sah eine bezaubernde Rundung aus makelloser brauner Haut.

Er grinste. »Nein, aber jetzt bin ich froh darüber.«

»Geh wieder in dein Zimmer. Ich muss duschen. Vielleicht bekommst du später noch mehr Einblicke.«

»O mein Gott«, sagte Greg.

Er kehrte in sein Zimmer zurück. Das war wirklich erstaunlich. »Vielleicht bekommst du später noch mehr Einblicke«, wiederholte er laut für sich selbst. Wie konnte ein Mädchen nur so etwas sagen!

Er hatte einen Ständer, aber er wollte nicht onanieren, wo das Wahre, Echte in so greifbarer Nähe war. Um auf andere Gedanken zu kommen, packte er weiter aus. Er besaß eine teure Rasiergarnitur – Messer und Pinsel mit Perlmuttgriffen –, ein Geschenk seiner Mutter. Er legte alles im Bad zurecht und fragte sich, ob die Garnitur Jacky beeindrucken würde, wenn sie sie sah.

Die Wände waren dünn, und er hörte im Nebenzimmer das Wasser rauschen. Der Gedanke an Jackys nackten, nassen Körper versetzte ihn in Wallung. Er hatte Mühe, sich auf das Einsortieren seiner Socken und Unterwäsche in der Schublade zu konzentrieren.

Plötzlich hörte er sie schreien.

Er erstarrte. Einen Augenblick lang war er zu überrascht, um sich zu rühren. Was hatte das zu bedeuten? Wieder schrie Jacky. Erschrocken setzte Greg sich in Bewegung, riss die Verbindungstür auf und trat in ihr Zimmer.

Sie war nackt. Greg hatte noch nie eine leibhaftige nackte Frau gesehen. Jacky hatte spitze Brüste mit dunkelbraunen Warzen. An ihrem Schritt war ein Busch aus drahtigem schwarzem Haar. Sie drückte sich an die Wand und versuchte vergeblich, ihre Blöße mit den Händen zu bedecken.

Vor ihr stand Dave Rouzrokh. Auf seiner aristokratischen Wange prangten zwei Kratzer, die ihm offenbar Jackys rosarot lackierte Fingernägel beigebracht hatten. Auf dem breiten Revers seines weißen, zweireihigen Jacketts waren Blutflecken.

»Halt mir den Kerl vom Leib!«, schrie Jacky.

Greg holte mit der Faust aus. Dave Rouzrokh war größer als er, aber er war ein älterer Mann, Greg ein sportlicher Teenager. Der Hieb traf Rouzrokh am Kinn – mehr aus Glück denn aus Geschick –, und er taumelte zurück und ging zu Boden.

Die Zimmertür wurde aufgerissen.

Der breitschultrige Hotelangestellte, den Greg auf dem Gang getroffen hatte, kam herein. Der Kerl muss einen Hauptschlüssel haben, schoss es Greg durch den Kopf.

»Ich bin Tom Cranmer, Hausdetektiv«, sagte der Mann. »Was geht hier vor?«

»Ich habe die Frau schreien gehört, und als ich reinkam, war der hier drin«, sagte Greg und zeigte auf Rouzrokh.

»Er wollte mich vergewaltigen!«, rief Jacky.

Dave erhob sich schwankend. »Das ist nicht wahr«, widersprach er. »Ich wurde zu einem Treffen mit Sol Starr in dieses Zimmer gebeten.«

Jacky begann zu schluchzen. »Jetzt streitet er es auch noch ab!«

»Ziehen Sie sich bitte etwas an, Miss«, sagte Cranmer.

Jacky streifte den rosaroten Bademantel über.

Der Detektiv ging zum Zimmertelefon, wählte eine Nummer und sagte: »Ich bin's, Tom Cranmer. Normalerweise steht ein Cop an der Straßenecke. Holen Sie ihn in die Lobby, aber dalli.«

Rouzrokh starrte derweil Greg an. »Du bist Peshkovs unehelicher Sohn, stimmt's?«

Greg war drauf und dran, ihm noch eine runterzuhauen.

»O Gott, das ist eine Falle«, sagte Rouzrokh.

Greg war geschockt. Instinktiv erfasste er, dass Dave Rouzrokh die Wahrheit sagte. Er ließ die Faust sinken. Die ganze Sache war von seinem Vater eingefädelt worden. Rouzrokh war kein Frauenschänder, Jacky spielte alles nur, und er, Greg, hatte selbst eine Rolle in dem Film. Ihm wurde schwindlig.

»Bitte kommen Sie mit, Sir.« Cranmer ergriff Rouzrokh fest beim Arm. Er blickte Jacky und Greg an. »Sie beide ebenfalls.«

»Sie können mich nicht festnehmen«, sagte Rouzrokh.

»Doch, Sir, das kann ich. Und ich werde Sie einem Polizeibeamten übergeben.«

Greg fragte Jacky: »Willst du dich anziehen?«

Sie schüttelte rasch und entschieden den Kopf. Greg begriff: Es gehörte zum Plan, dass sie im Bademantel auftrat.

Er nahm ihren Arm, und sie folgten Cranmer und Rouzrokh durch den Korridor in den Aufzug. In der Hotellobby wartete ein Polizist. Er und der Hoteldetektiv waren offenbar in den Plan eingeweiht.

Cranmer sagte zu dem Polizisten: »Ich habe einen Schrei aus ihrem Zimmer gehört und fand den alten Knaben dort vor. Die Frau sagt, er habe versucht, sie zu vergewaltigen. Der Junge ist ein Zeuge.«

Rouzrokh blickte bestürzt drein, als wähnte er sich in einem Albtraum. Greg tat der Mann irgendwie leid. Er war grausam in die Falle gelockt worden. Lev war noch gnadenloser, als Greg geglaubt hätte. Einerseits bewunderte er seinen Vater, andererseits fragte er sich, ob solche Rücksichtslosigkeit wirklich erforderlich war.

Der Polizist legte Dave Rouzrokh Handschellen an. »Los, gehen wir.«

»Wohin?«, fragte Rouzrokh.

»In die Stadt.«

»Müssen wir alle mit?«, fragte Greg.

»Ja.«

Cranmer raunte Greg zu: »Keine Sorge, mein Sohn. Du hast gute Arbeit geleistet. Wir fahren zur Wache und machen unsere Aussagen, danach kannst du die Kleine vögeln bis zum Sankt-Nimmerleins-Tag.«

Der Cop führte Rouzrokh durch die Tür, und die anderen folgten.

Kaum waren sie im Freien, flammte das erste Blitzlicht auf.

Von einer New Yorker Buchhandlung ließ sich Woody Dewar eine Ausgabe von Freuds *Studien über Hysterie* schicken. Am Abend des Yacht-Club-Balls, dem Höhepunkt der gesellschaftlichen Events in der Buffaloer Sommersaison, schlug er das Buch ordentlich in Packpapier ein und band eine rote Schleife darum.

»Schokolade für ein glückliches Mädchen?«, fragte seine Mutter, als sie im Flur an ihm vorbeikam. Sie hatte zwar nur ein Auge, aber ihr entging nichts.

»Ein Buch«, antwortete er. »Für Joanne Rouzrokh.«

»Sie kommt nicht zum Ball.«

»Weiß ich.«

Mama blieb stehen und blickte ihn forschend an. Nach kurzem Schweigen stellte sie fest: »Dir ist es ernst mit ihr.«

»Ich glaub schon. Aber sie hält mich für zu jung.«

»Vermutlich ist Stolz im Spiel. Ihre Freundinnen würden sie fragen, ob sie niemanden in ihrem Alter finden kann, der mit ihr gehen möchte. Mädchen können grausam sein.«

»Ich warte, bis sie reifer ist.«

Mama lächelte. »Ich wette, sie findet dich witzig.«

»Allerdings. Das ist meine Trumpfkarte.«

»Na, Teufel auch, auf deinen Vater habe ich weiß Gott lange genug gewartet.«

»Ehrlich?«

»Ich habe ihn vom ersten Moment an geliebt und mich jahrelang nach ihm verzehrt. Ich musste mit ansehen, wie er auf Olga Vyalov hereinfiel, diese oberflächliche Kuh. Sie hatte ihn nicht verdient, aber sie hatte zwei funktionstüchtige Augen. Zum Glück hat sie sich von ihrem Chauffeur dick machen lassen.« Mutter befleißigte sich manchmal einer rüden Ausdrucksweise, vor allem, wenn Großmama außer Hörweite war. Während ihrer Jahre bei der Zeitung hatte sie einige schlechte Gewohnheiten angenommen. »Dann zog er in den Krieg. Ich musste ihm nach Frankreich folgen, damit er mir nicht von der Fahne ging.«

Bei ihrer Rückbesinnung mischte sich Schmerz in die Nostalgie, Woody merkte es genau. »Aber dann hat er begriffen, dass du für ihn die Richtige warst?«, fragte er.

»Am Ende, ja.«

»Vielleicht ergeht es mir genauso.«

Seine Mutter küsste ihn. »Viel Glück, mein Sohn.«

Das Haus der Rouzrokhs lag weniger als eine Meile entfernt, und Woody ging zu Fuß dorthin. Kein Rouzrokh würde heute Abend in den Yacht Club kommen. Nach einem mysteriösen Zwischenfall im Washingtoner Ritz-Carlton war Dave Rouzrokh in allen Zeitungen gewesen. Eine typische Schlagzeile hatte gelautet: KINOMOGUL VON STARLET BESCHULDIGT. Woody hatte gelernt, den Zeitungen zu misstrauen, doch leichtgläubige Menschen sagten sich, dass irgendetwas an der Sache dran sein müsse; warum sonst hätte die Polizei Dave Rouzrokh festnehmen sollen? Seither war kein Angehöriger der Familie Rouzrokh bei einem gesellschaftlichen Ereignis zu sehen gewesen.

Vor dem Haus wurde Woody von einem bewaffneten Wachmann angehalten. »Die Familie empfängt keinen Besuch«, sagte er schroff.

Woody vermutete, dass der Mann viel Zeit damit verbringen musste, Reporter abzuwimmeln, und verzieh ihm den unhöflichen Ton. Ihm fiel der Name des Dienstmädchens der Rouzrokhs ein. »Bitten Sie Miss Estella, Joanne auszurichten, dass Woody Dewar ein Buch für sie hat.«

»Du kannst das Buch bei mir lassen.« Der Wachmann streckte die Hand aus.

Woody drückte das Buch fest an sich. »Nein, danke.«

Der Wachmann starrte ihn verärgert an, führte ihn dann aber die Auffahrt hoch und klingelte an der Tür. Estella öffnete. »Hallo, Mr. Woody!«, rief sie. »Kommen Sie herein! Joanne wird sich sehr freuen, Sie zu sehen.« Woody erlaubte sich einen triumphierenden Blick auf den Wächter; dann trat er ins Haus.

Estella führte ihn in einen leeren Salon und bot ihm Milch und Kekse an, als wäre er ein Kind, doch er lehnte höflich ab. Eine Minute später erschien Joanne. Ihr Gesicht war verhärmt, und ihre olivfarbene Haut wirkte ausgewaschen, aber sie lächelte ihn freundlich an und setzte sich zu ihm.

Sie freute sich über das Buch. »Jetzt kann ich Freud lesen, anstatt nur über ihn zu quasseln«, sagte sie. »Du hast einen guten Einfluss auf mich, Woody.«

»Ich wäre lieber ein schlechter Einfluss.«

Sie ließ ihm die Bemerkung durchgehen. »Gehst du nicht auf den Ball?«

»Ich habe eine Eintrittskarte, aber wenn du nicht dort bist, weiß ich nicht, was ich da soll. Möchtest du mit mir ins Kino gehen?«

»Nein, danke, wirklich nicht.«

»Wir könnten zu Abend essen. Irgendwo, wo es ruhig ist. Wenn es dir nichts ausmacht, mit dem Bus zu fahren …«

»Ach, Woody, natürlich habe ich nichts gegen eine Busfahrt, aber du bist einfach zu jung für mich. Und die Sommerferien sind fast zu Ende. Bald gehst du wieder zur Schule, und ich muss zurück nach Vassar.«

»Und da hast du wohl Verabredungen.«

»Das will ich doch hoffen!«

Woody stand auf. »Okay, dann lege ich das Keuschheitsgelübde ab und trete in ein Kloster ein. Bitte komm mich nicht besuchen, sonst machst du nur die anderen Brüder nervös.«

Sie lachte. »Danke, dass du mich von den Sorgen meiner Familie ablenkst.«

Zum ersten Mal erwähnte sie, was ihrem Vater widerfahren war. Woody hatte nicht vorgehabt, das Thema anzuschneiden, aber nun, da Joanne davon sprach, sagte er: »Du weißt, dass wir alle auf eurer Seite stehen. Niemand nimmt dieser Schauspielerin ihre Geschichte ab. Die ganze Stadt weiß, dass es eine Falle war, die Lev Peshkov, dieses Schwein, deinem Vater gestellt hat.«

»Das weiß ich. Aber der Vorwurf allein ist eine Schande, die mein Vater nicht erträgt. Ich glaube, meine Eltern werden nach Florida ziehen.«

163

»Das tut mir leid.«

»Danke. Jetzt geh zum Ball.«

»Vielleicht tue ich das.«

Sie brachte ihn zur Tür.

»Darf ich dich zum Abschied küssen?«, bat er.

Sie beugte sich vor und küsste ihn auf den Mund. Doch dieser Kuss war anders; Woody begriff sofort, dass er Joanne diesmal nicht packen und seine Zunge in ihren Mund zwängen durfte. Es war ein sanfter Kuss, und ihre Lippen berührten die seinen nur einen süßen Augenblick lang, der nach einem Atemzug vorüber war. Dann löste sie sich von ihm und öffnete die Vordertür.

»Gute Nacht«, sagte Woody, als er hinausging.

»Adieu«, sagte Joanne.

Greg Peshkov war verliebt.

Er wusste, dass sein Vater ihm Jacky Jakes gekauft hatte, als Belohnung für seine Hilfestellung bei der Falle für Dave Rouzrokh; dennoch empfand er aufrichtige Liebe für das Mädchen.

Wenige Minuten nachdem sie von der Polizeiwache zurückgekehrt waren, hatte Greg seine Unschuld verloren. Fast eine ganze Woche hatten die beiden im Ritz-Carlton im Bett verbracht. Greg brauche sich um Empfängnisverhütung keine Gedanken zu machen, sagte Jacky, denn sie sei »gerüstet«. Er hatte nur eine sehr vage Vorstellung, was sie damit meinte, aber er nahm sie beim Wort.

In seinem ganzen Leben war er noch nie so glücklich gewesen. Greg verehrte Jacky, besonders wenn sie nicht das kleine Mädchen spielte und Scharfsinn und bissigen Humor erkennen ließ. Sie gab zu, Greg auf Weisung seines Vaters verführt zu haben, aber sie habe sich gegen ihren Willen in ihn verliebt. Mit richtigem Namen hieß sie Mabel Jakes, und sie war nicht neunzehn, wie sie behauptet hatte, sondern erst sechzehn, nur wenige Monate älter als Greg.

Lev hatte ihr eine Rolle in einem Film versprochen, behauptete aber, bis jetzt noch nicht das Richtige gefunden zu haben. In perfekter Nachahmung seines verbliebenen russischen Akzents sagte sie: »Aber ich glaube nicht, dass er sich allzu sehr anstrengt.«

»Wahrscheinlich gibt es auch nicht allzu viele Rollen für Negerinnen«, sagte Greg.

»Ich weiß. Am Ende spiele ich doch nur das Dienstmädchen und sage ›Lawdy‹ zur Herrin des Hauses. Dabei gibt es in vielen Theaterstücken und Filmen Afrikaner – Kleopatra, Hannibal, Othello –, aber meist werden sie von Weißen gespielt.« Jackys verstorbener Vater war Professor an einem Neger-College gewesen, und sie kannte sich mit Literatur besser aus als Greg. »Außerdem, warum sollten Neger nur Schwarze spielen? Wenn eine weiße Schauspielerin die Kleopatra geben kann, wieso soll Julia dann nicht schwarz sein?«

»Die Leute würden es merkwürdig finden«, sagte Greg.

»Die Leute würden sich daran gewöhnen. Sie gewöhnen sich an alles. Muss Jesus immer von einem Juden gespielt werden? Das interessiert doch keinen.«

Greg musste gestehen, dass sie recht hatte. Aber er glaubte nicht, dass es je so weit kommen würde.

Als Lev ihre Rückkehr nach Buffalo angekündigt hatte – wie üblich in letzter Minute –, war Greg am Boden zerstört gewesen. Er hatte seinen Vater gefragt, ob Jacky mitkommen könne, doch Lev hatte nur gelacht und erwidert: »Sohn, man scheißt nicht, wo man isst. Du kannst sie wiedersehen, wenn du das nächste Mal nach Washington kommst.«

Trotzdem war Jacky ihm einen Tag später nach Buffalo gefolgt und in ein billiges Apartment in einer Nebenstraße der Canal Street gezogen.

In den nächsten beiden Wochen waren Lev und Greg mit der Übernahme von Roseroque Theatres beschäftigt. Dave Rouzrokh verkaufte seine Kinokette am Ende für zwei Millionen Dollar, einem Viertel des ursprünglich gebotenen Preises, und Gregs Bewunderung für seinen Vater stieg in ungeahnte Höhen. Jacky hatte ihre Anzeige zurückgezogen und den Zeitungen gegenüber angedeutet, eine Schadenersatzzahlung akzeptiert zu haben. Über die abgebrühte Dreistigkeit seines Vaters konnte Greg nur staunen.

Und er hatte Jacky. Seiner Mutter sagte er, er sei jeden Abend mit Freunden unterwegs; in Wirklichkeit verbrachte er seine gesamte freie Zeit mit Jacky. Er zeigte ihr die Stadt, picknickte mit

165

ihr am Strand und fuhr sogar einmal in einem geliehenen Rennboot mit ihr auf den See. Niemand brachte Jacky mit dem verschwommenen Zeitungsfoto eines Mädchens in Verbindung, das im Bademantel das Ritz-Carlton verließ.

Meist vertrieben sie sich die warmen Sommerabende mit leidenschaftlichem Sex auf den zerdrückten Laken des schmalen Bettes in ihrem kleinen Apartment. Sie beschlossen zu heiraten, sobald sie alt genug waren.

Heute Abend wollte Greg sie auf den Yacht-Club-Ball ausführen.

Eintrittskarten zu bekommen war außerordentlich schwierig gewesen, aber Greg hatte einen Schulfreund bestochen.

Für Jacky kaufte er ein neues Kleid aus rosarotem Satin. Von seiner Mutter erhielt er ein großzügiges Taschengeld, und Lev steckte ihm hin und wieder fünfzig Dollar zu, sodass er immer mehr Geld besaß, als er brauchte.

In seinem Hinterkopf meldete sich eine warnende Stimme: Jacky wäre die einzige Schwarze auf dem Ball, die keine Drinks servierte. Sie ging nur sehr ungern, aber Greg hatte sie so lange bekniet, bis sie nachgegeben hatte. Die jüngeren Männer würden ihn beneiden, die älteren jedoch könnten feindselig reagieren, das war Greg klar. Man würde sich die Mäuler zerreißen. Trotzdem hatte er das Gefühl, dass Jacky mit ihrer Schönheit und ihrem Charme viele Vorurteile überwinden konnte. Wie konnte ihr jemand widerstehen? Aber wenn irgendein Dummkopf zu viel trank und sie beleidigte, würde Greg ihm mit den Fäusten eine Lektion erteilen.

Als er darüber nachdachte, hörte er seine Mutter sagen: »Sei bloß kein liebestoller Trottel.« Aber ein Mann konnte schließlich nicht sein Leben lang auf seine Mutter hören.

Als Greg im Smoking und mit weißer Krawatte über die Canal Street schlenderte, freute er sich darauf, Jacky in ihrem neuen Kleid zu sehen. Vielleicht würde er vor ihr niederknien und den Saum heben, bis er ihren Strumpfgürtel und ihr Höschen sehen konnte.

Er betrat das Gebäude, ein altes Wohnhaus, das in Apartments unterteilt war. Auf der Treppe lag ein fadenscheiniger roter Teppich, und es roch nach würziger Küche. Er schloss die Tür zu ihrer Wohnung auf.

Sie war leer.

Merkwürdig. Wohin sollte Jacky ohne ihn gehen?

Mit bangem Herzen öffnete Greg den Kleiderschrank. Das rosarote Ballkleid hing dort einsam und allein. Die anderen Kleider waren verschwunden.

»Nein!«, rief er. Wie konnte das sein?

Auf dem wackligen Fichtenholztisch lag ein Briefumschlag. Greg nahm ihn auf und entdeckte darauf seinen Namen in Jackys sauberer Schulmädchenschrift. Entsetzen packte ihn.

Mit zitternden Händen riss er das Kuvert auf und las die kurze Nachricht.

Mein Darling Greg!

Die letzten drei Wochen waren die glücklichste Zeit meines Lebens. Ich wusste im Grunde zwar immer, dass wir niemals heiraten würden, aber es war schön, so zu tun.

Du bist ein fabelhafter Junge und wirst einmal ein großartiger Mann sein, wenn Du Deinem Vater nicht allzu sehr nachschlägst.

Hatte sein Vater herausgefunden, dass Jacky hier wohnte, und sie gezwungen, das Apartment zu verlassen? Das würde er doch nicht tun ... oder?

Leb wohl, und vergiss mich nicht.
Dein Geschenk
Jacky

Greg knüllte den Brief zusammen und brach in Tränen aus.

»Du siehst toll aus«, sagte Eva Rothmann zu Daisy Peshkov. »Wenn ich ein Junge wäre, würde ich mich sofort in dich verlieben.«

Daisy lächelte. Eva war bereits ein klein wenig in sie verliebt. Und Daisy sah in der Tat wunderschön aus in ihrem Ballkleid aus eisblauem Seidenorgandy, der das Blau ihrer Augen vertiefte. Der Saum des Kleides war mit Rüschen besetzt und vorn knöchellang, während es sich hinten spielerisch bis auf Höhe der Wadenmitte hob und einen verlockenden Blick auf Daisys Beine in hauchfeinen Strümpfen gestattete.

Um den Hals trug sie eine Saphirkette, die ihrer Mutter gehörte. »Dein Vater hat sie mir gekauft, damals, als er noch gelegentlich nett zu mir war«, sagte Olga. »Aber beeil dich jetzt, Daisy, deinetwegen kommen wir alle zu spät.«

Olga trug matronenhaftes Marineblau, und Eva ging in Rot, das ihrem dunklen Teint bekam.

In einer Wolke der Glückseligkeit schwebte Daisy die Treppe hinunter.

Sie verließen das Haus. Henry, der Gärtner, fungierte heute Abend als Chauffeur. Er öffnete die Türen des alten schwarzen Stutz.

Es war Daisys großer Abend. Charlie Farquharson würde offiziell um ihre Hand anhalten. Er würde ihr einen Brillantring darbieten, ein Familienerbstück – Daisy hatte ihn gesehen und abgesegnet; er war nur geändert worden, damit er ihr passte. Sie würde seinen Antrag annehmen, und dann würden sie allen Gästen auf dem Ball ihre Verlobung bekannt geben.

Als Daisy in den Wagen stieg, fühlte sie sich wie Aschenbrödel.

Nur Eva hatte Zweifel geäußert. »Ich dachte, du schnappst dir einen Kerl, der besser zu dir passt«, hatte sie gesagt.

»Du meinst einen Mann, der sich von mir nicht herumkommandieren lässt«, hatte Daisy erwidert.

»Nein, aber einen Mann, der dir ähnlicher ist. Der gut aussehend, charmant und attraktiv ist.«

Für Eva war das eine ungewöhnlich spitze Bemerkung: Sie deutete damit an, dass Charlie hausbacken, ungelenk und reizlos war. Daisy fühlte sich ein wenig vor den Kopf gestoßen und wusste nicht, was sie darauf antworten sollte.

Ihre Mutter rettete sie. »Ich habe einen Mann geheiratet, der gut aussehend, charmant und attraktiv war, und er hat mich ins tiefste Elend gestürzt.«

Eva hatte nichts mehr gesagt.

Als der Wagen sich dem Yacht Club näherte, schwor Daisy sich Zurückhaltung. Sie durfte ihren Triumph nicht zeigen. Sie musste so tun, als wäre nichts Ungewöhnliches daran, dass man

ihre Mutter bat, dem Buffaloer Damenclub beizutreten. Wenn sie
den anderen Mädchen ihren riesigen Brillanten zeigte, würde sie
mit vornehmer Bescheidenheit erklären, einen wunderbaren Mann
wie Charlie gar nicht verdient zu haben.

Sie hatte Pläne, wie sie ihn noch wunderbarer machen würde.
Sobald die Flitterwochen vorüber waren, würden Charlie und sie
ihren Reitstall aufbauen. In fünf Jahren würden sie an den prestige-
trächtigsten Rennen der Welt teilnehmen: Saratoga Springs, Long-
champ, Royal Ascot.

Der Herbst war nicht mehr fern; deshalb dämmerte es bereits,
als der Wagen den Pier erreichte. »Ich fürchte, wir kommen heute
Abend sehr spät, Henry«, sagte Daisy fröhlich.

»Vollkommen zeitig, Miss Daisy«, entgegnete er. Er betete sie
an. »Amüsieren Sie sich gut.«

An der Tür bemerkte Daisy, dass Victor Dixon ihnen ins Clubhaus folgte. Da sie sich aufgeräumt gegenüber allen fühlte, sagte
sie: »Ich habe gehört, deine Schwester hat den König von England
kennengelernt. Meinen Glückwunsch!«

»Äh … ja.« Victor wirkte verlegen.

Sie betraten den Club. Als Erstes begegnete ihnen Ursula
Dewar, die sich bereit erklärt hatte, Olga in ihren snobistischen
Damenclub aufzunehmen. Daisy lächelte sie strahlend an. »Guten
Abend, Mrs. Dewar.«

Mrs. Dewar wirkte zerstreut. »Entschuldigen Sie mich einen
Moment«, sagte sie und entfernte sich quer durch die Lobby. Die
hält sich für eine Königin, dachte Daisy mit aufkeimender Wut,
aber das bedeutet noch lange nicht, dass sie sich nicht zu benehmen
braucht! Daisy tröstete sich mit dem Gedanken, dass eines Tages
sie die Buffaloer Gesellschaft regieren würde, und sie würde stets
gnädig zu allen sein.

Die drei Frauen verschwanden in der Damengarderobe und
überprüften in den Spiegeln ihr Aussehen für den Fall, dass in
den zwanzig Minuten, seit sie das Haus verlassen hatten, etwas
verrutscht war. Dot Renshaw kam herein, sah sie und ging wieder
hinaus. »Blöde Kuh«, sagte Daisy.

Ihre Mutter wirkte besorgt. »Was ist denn nur los? Wir sind
noch keine fünf Minuten hier, und schon haben uns drei Leute
geschnitten.«

169

»Eifersucht«, sagte Daisy. »Dot würde Charlie gern selbst heiraten.«

»Mittlerweile würde Dot Renshaw wohl so gut wie jeden nehmen«, erwiderte Olga.

»Kommt, stürzen wir uns ins Vergnügen«, sagte Daisy und ging voran.

Als sie in den Ballsaal kamen, wurden sie von Woody Dewar begrüßt.

»Endlich mal ein Gentleman!«, sagte Daisy.

Mit gesenkter Stimme erwiderte Woody: »Ich wollte dir nur sagen, dass ich es für falsch halte, wenn jemand dir die Schuld für einen Fehltritt gibt, den dein Vater sich geleistet hat.«

»Zumal alle ihren Schnaps bei ihm gekauft haben«, erwiderte Daisy.

Dann entdeckte sie ihre Schwiegermutter in spe in einem rüschenbesetzten rosaroten Kleid, das ihrer kantigen Figur in keiner Weise schmeichelte. Nora Farquharson mochte nicht begeistert sein über die Braut, die ihr Sohn ausgesucht hatte, aber sie hatte Daisy akzeptiert und war charmant zu ihrer Mutter gewesen, als sie einander Höflichkeitsbesuche abgestattet hatten.

»Mrs. Farquharson!«, rief Daisy. »Was für ein bezauberndes Kleid!«

Nora Farquharson drehte sich um und ging davon.

Eva schnappte nach Luft.

Entsetzen stieg in Daisy auf. Sie blickte Woody an. »Hier geht es nicht um Alkoholschmuggel, oder?«

»Nein.«

»Um was dann?«

»Da musst du Charlie fragen. Da kommt er.«

Charlie schwitzte, obwohl es nicht warm war.

»Was ist hier los?«, fragte Daisy. »Jeder zeigt mir die kalte Schulter.«

Charlie war nervös. »Die Leute sind schrecklich wütend auf deine Familie.«

»Weswegen?«

Mehrere Gäste in der Nähe hörten Daisys erhobene Stimme und drehten sich zu ihr um. Ihr war es egal.

»Dein Vater hat Dave Rouzrokh in den Ruin gestürzt.«

170

»Meinst du diese Geschichte im Ritz-Carlton? Was hat das mit mir zu tun?«

»Jeder hier mag Dave Rouzrokh, auch wenn er ein Perser ist oder so was. Und sie glauben nicht, dass er jemanden vergewaltigen würde.«

»Das habe ich auch nie behauptet.«

»Ich weiß.« Charlie wusste weder ein noch aus.

Die Leute starrten Daisy nun offen an, allen voran Victor Dixon, Dot Renshaw und Chuck Dewar.

»Aber mir geben sie die Schuld, nicht wahr?«, fragte Daisy.

»Dein Vater hat etwas Schreckliches getan«, erwiderte Charlie.

Daisy zitterte vor Angst. Ihr Triumph konnte ihr doch nicht in letzter Sekunde aus den Fingern gleiten? »Was willst du mir sagen, Charlie? Sprich es aus, um Himmels willen.«

Eva legte Daisy begütigend einen Arm um die Taille.

»Mutter sagt, es ist unverzeihlich.«

»Was soll das heißen, unverzeihlich?«

Charlie musterte sie mit kummervoller Miene. Er brachte es nicht über die Lippen.

Aber das brauchte er auch nicht. Daisy wusste, was er sagen würde. »Es ist aus, nicht wahr?«, fragte sie. »Du gibst mir den Laufpass.«

Er nickte.

»Daisy, wir müssen gehen.« Ihrer Mutter standen Tränen in den Augen.

Daisy sah sich um. Mit erhobenem Kinn starrte sie ihre Feinde an: Dot Renshaw, der ihre boshafte Freude anzumerken war; Victor Dixon, aus dessen Gesicht Bewunderung sprach; Chuck Dewar, dessen Mund in beinahe kindlichem Schock offen stand, und seinen Bruder Woody, auf dessen Miene sich Mitgefühl zeigte.

»Zum Teufel mit euch allen«, verkündete Daisy. »Ich fahre nach London und tanze mit dem König.«

KAPITEL 3

1936

Es war ein sonniger Samstagnachmittag im Mai 1936, und für Lloyd Williams ging das zweite Jahr in Cambridge zu Ende, als zwischen den weißen Säulengängen der alten Universität der Faschismus sein hässliches Haupt erhob.

Lloyd gehörte dem als »Emma« bekannten Emmanuel College an und studierte Deutsch und Französisch, aber Deutsch bevorzugte er. Wenn er sich in die großartige deutsche Kultur vertiefte und an seinem Tisch in der stillen Bibliothek Goethe, Schiller, Heine und Thomas Mann las, schmerzte es ihn umso mehr, dass das Deutsche Reich in Barbarei versank.

Dann gab die Ortsgruppe der British Union of Fascists bekannt, dass ihr Führer, Sir Oswald Mosley, in Cambridge vor einer Versammlung sprechen werde. Die Neuigkeit versetzte Lloyd um drei Jahre zurück nach Berlin. Er sah wieder vor sich, wie die Braunhemden die Redaktion verwüsteten, in der Maud von Ulrich arbeitete. Wieder hörte er Hitlers raue, hasserfüllte Stimme, als er vor dem Reichstag sprach und die Demokratie mit Hohn übergoss. Wieder erschauerte er bei der Erinnerung, wie die Hunde sich mit blutigen Schnauzen in Jörg Schleicher verbissen, der einen Eimer über dem Kopf trug.

Lloyd stand am Bahnhof von Cambridge auf dem Bahnsteig und wartete auf seine Mutter, die mit dem Zug von London kam. Ruby Carter, ebenfalls Aktivistin in der Labour Party, begleitete ihn. Sie hatte ihm geholfen, die heutige Sitzung zum Thema *Die Wahrheit über den Faschismus* zu organisieren. Lloyds Mutter, Eth Leckwith, deren Buch über Deutschland ein großer Erfolg gewesen war, sollte als Rednerin auftreten. Bei der Parlamentswahl von 1935 hatte sie wieder kandidiert und war erneut zur Abgeordneten für Aldgate gewählt worden.

Lloyd sah der Sitzung mit Sorge entgegen. Mosleys neuer Partei waren Tausende Mitglieder zugelaufen, was sie der begeisterten Unterstützung durch die *Daily Mail* mit der infamen Schlagzeile »Ein Hoch auf die Schwarzhemden!« verdankte. Mosley war ein charismatischer Redner und würde heute ohne Zweifel neue Mitglieder werben. Deshalb war es von entscheidender Wichtigkeit, dass seinen verführerischen Lügen das strahlende Licht der Vernunft entgegengehalten wurde.

Ruby war in Plauderlaune und beschwerte sich über das gesellschaftliche Leben in Cambridge. »Die jungen Männer hier langweilen mich zu Tode«, erklärte sie. »Sie wollen nichts anderes als abends in den Pub gehen und sich betrinken.«

Lloyd war überrascht. Er hatte immer geglaubt, Ruby hätte ein ausgefülltes Privatleben. Sie trug preiswerte Kleidung, die immer ein wenig eng saß und ihre üppigen Rundungen betonte. Die meisten Männer müssten sie doch attraktiv finden, dachte er.

»Was unternimmst du denn gerne?«, fragte er. »Außer Parteiversammlungen zu organisieren.«

»Ich liebe Tanzen.«

»An Partnern kann es dir doch nicht mangeln. An der Universität kommen zwölf Männer auf eine Frau.«

»Nichts für ungut, aber die meisten Männer an der Uni sind schwul.«

Lloyd wusste selbst, dass es an der Universität von Cambridge viele Homosexuelle gab, doch dass Ruby darauf zu sprechen kam, erschreckte ihn. Ruby war bekannt für ihre Unverblümtheit, doch diese Bemerkung war selbst aus ihrem Mund schockierend. Lloyd wusste nicht, was er darauf entgegnen sollte, also sagte er nichts.

»Du bist doch nicht einer von denen, oder?«

»Nein! Sei nicht albern.«

»Du brauchst nicht beleidigt zu sein. Du siehst gut genug aus, um schwul zu sein, nur die zerdrückte Nase passt nicht.«

Er lachte. »So was nennt man wohl ein zweischneidiges Kompliment.«

»Nein, es stimmt. Du siehst aus wie Douglas Fairbanks junior.«

»Oh, danke. Aber ich bin nicht schwul.«

»Hast du eine Freundin?«

Langsam wurde es peinlich. »Nein, zurzeit nicht.« Er blickte betont auf seine Uhr und hielt demonstrativ nach dem Zug Ausschau.

»Warum nicht?«

»Weil ich der Richtigen noch nicht begegnet bin.«

»Oh, herzlichen Dank, das hört man gern.«

Er sah sie an. Sie meinte es nur halb im Scherz. Lloyd erschreckte die Vorstellung, sie könnte seine Bemerkung persönlich genommen haben. »Ich wollte damit nicht sagen …«

»Doch, wolltest du. Ist aber egal. Da kommt der Zug.«

Die Lokomotive fuhr in den Bahnhof ein und kam in einer Dampfwolke zum Stehen. Die Türen öffneten sich, und die Fahrgäste traten auf den Bahnsteig: Studenten in Tweedjacken, Bauersfrauen, die einkaufen wollten, Arbeiter mit flachen Mützen. Lloyd suchte die Menge nach seiner Mutter ab. »Sie fährt in der dritten Klasse«, sagte er. »Aus Prinzip.«

»Kommst du auf meine Party? Ich feiere meinen einundzwanzigsten Geburtstag.«

»Aber sicher.«

»Meine Freundin hat eine kleine Wohnung in der Market Street, und die Vermieterin ist taub.«

Lloyd war nicht ganz wohl bei dieser Einladung, und er hatte mit der Antwort gezögert; dann erschien wie zu seiner Rettung seine Mutter, hübsch wie ein Singvogel in ihrem roten Sommermantel und dem kecken kleinen Hut. Sie umarmte und küsste ihn. »Du siehst gut aus, mein Lieber«, sagte sie, »aber für das nächste Semester muss ich dir wohl einen neuen Anzug kaufen.«

»Der ist noch gut, Mam.« Lloyd hatte ein Stipendium, von dem er die Studiengebühren und die Lebenshaltungskosten bestritt, aber Kleidergeld war nicht vorgesehen. Als er das Studium in Cambridge aufgenommen hatte, hatte seine Mutter ihm von ihren Ersparnissen einen Tweedanzug für tagsüber und einen Abendanzug für offizielle Diners gekauft. Lloyd achtete auf sein Äußeres und sorgte dafür, dass er stets ein sauberes weißes Hemd mit makellos gebundener Krawatte trug und dass immer ein gefaltetes weißes Einstecktuch aus der Brusttasche lugte: Einer seiner Ahnen musste ein Dandy gewesen sein. Den Tweedanzug hatte er zwei Jahre lang täglich getragen, und das sah man ihm an, obwohl er sorgfältig gebügelt war. Lloyd wünschte sich einen neuen Anzug, wollte aber nicht, dass seine Mutter wieder an ihre Ersparnisse ging.

»Wir werden sehen.« Sie wandte sich mit einem warmherzigen Lächeln Ruby zu und reichte ihr die Hand. »Ich bin Eth Leckwith«, sagte sie mit der ungekünstelten Grazie einer Herzogin, die zu Besuch kommt.

»Freut mich, Sie kennenzulernen. Ich bin Ruby Carter.«

»Studieren Sie ebenfalls, Ruby?«

»Nein, ich bin Hausmädchen auf Chimbleigh, einem großen Landhaus.« Ruby wirkte ein wenig beschämt bei diesem Geständnis. »Es liegt fünf Meilen vor der Stadt, aber meistens kann ich mir ein Fahrrad leihen.«

»Na so was«, erwiderte Ethel. »Als ich in Ihrem Alter war, habe ich als Haushälterin in einem Waliser Landhaus gearbeitet.«

Ruby staunte. »Sie, eine Dienstbotin? Und jetzt sind Sie Parlamentsabgeordnete!«

»So etwas macht die Demokratie aus.«

»Ruby und ich haben die heutige Versammlung gemeinsam organisiert«, sagte Lloyd.

»Und wie läuft es?«, fragte seine Mutter.

»Ausverkauft. Wir mussten sogar in einen größeren Saal umziehen.«

»Ich habe dir ja gesagt, dass es klappt.«

Die Versammlung war Ethels Idee gewesen. Ruby Carter und viele andere in der Labour Party hatten eine Protestkundgebung veranstalten und durch die Stadt marschieren wollen. Zunächst hatte Lloyd zugestimmt. »Dem Faschismus muss man bei jeder Gelegenheit öffentlich entgegentreten«, hatte er gesagt.

Ethel jedoch hatte ihm abgeraten. »Wenn wir marschieren und Parolen rufen, wirken wir wie die Faschisten«, hatte sie gesagt. »Zeigt, dass wir anders sind. Macht eine ruhige, gesittete Veranstaltung, auf der ihr über das wahre Gesicht des Faschismus sprecht. Ich komme als Rednerin, wenn du möchtest.«

Lloyd hatte diesen Vorschlag dem Cambridger Ortsverein vorgelegt. Eine lebhafte Diskussion entbrannte, in der Ruby als Wortführerin gegen Ethels Vorschlag auftrat, doch am Ende gab die Aussicht, eine Parlamentsabgeordnete und prominente Frauenrechtlerin als Rednerin zu bekommen, den Ausschlag.

175

Lloyd war sich noch immer nicht sicher, ob die Entscheidung richtig gewesen war. Er erinnerte sich, wie Maud von Ulrich in Berlin gesagt hatte, sie dürften der Gewalt nicht mit Gewalt entgegentreten; das war die Politik der Sozialdemokratischen Partei gewesen. Für die Familie von Ulrich und für Deutschland hatte sich diese Politik als katastrophal erwiesen.

Sie verließen den Bahnhof durch die romanischen Bögen aus gelbem Backstein und eilten die baumbestandene Station Road entlang, an der sich schmucke Mittelklassehäuser reihten, die aus dem gleichen Backstein errichtet waren. Ethel hakte sich bei Lloyd ein. »Wie geht es meinem kleinen Studenten denn so?«

Lloyd lächelte über das »klein«. Er überragte seine Mutter um fast einen Kopf, und das Training mit der Boxmannschaft der Universität hatte ihn muskulös und kräftig werden lassen. Er hätte Ethel mit einer Hand anheben können. Natürlich wusste er, dass sie vor Stolz platzte. Seine Immatrikulation in Cambridge war einer der Höhepunkte ihres Lebens gewesen. Wahrscheinlich wollte sie ihm deshalb neue Anzüge kaufen.

»Mir gefällt es hier, das weißt du. Aber Cambridge wird mir noch besser gefallen, wenn hier mehr Jungs aus der Arbeiterschicht studieren.«

»Und Mädchen«, warf Ruby ein.

Sie bogen in die Hills Road ein, die Hauptverkehrsstraße, die zum Stadtzentrum führte. Seit Cambridge an das Eisenbahnnetz angeschlossen war, hatte die Stadt sich nach Süden zum Bahnhof hin ausgebreitet. Längs der Hills Road waren Kirchen für den neuen Vorort errichtet worden. Ihr Ziel war eine baptistische Kapelle; der Pfarrer, der mit der Labour Party sympathisierte, hatte sie für die Veranstaltung kostenlos zur Verfügung gestellt.

»Ich habe eine Vereinbarung mit den Faschisten getroffen«, sagte Lloyd. »Ich habe vorgeschlagen, dass wir auf einen Marsch verzichten, wenn sie es auch tun. Sie waren einverstanden.«

»Das wundert mich«, entgegnete Ethel. »Faschisten lieben das Marschieren.«

»Sie haben lange gezögert. Doch als ich meinen Vorschlag an die Universitätsverwaltung und die Polizei weitergegeben habe, mussten sie einwilligen.«

»Ganz schön clever.«

»Weißt du, wer ihr Anführer hier in Cambridge ist? Viscount Aberowen, auch bekannt als Boy Fitzherbert, der Sohn deines früheren Arbeitgebers Earl Fitzherbert!« Boy war einundzwanzig, im gleichen Alter wie Lloyd. Er gehörte dem Trinity College an, dem reichsten und nobelsten College in Cambridge.

»Was?«, stieß Ethel hervor. »Meine Güte!«

Ihre Reaktion fiel heftiger aus, als Lloyd erwartet hatte. Sie war bleich geworden. »Bist du schockiert?«, fragte er.

»Mein Gott, ja! Sein Vater ist Staatssekretär im Außenministerium.« Die Regierung war eine von den Konservativen geführte Koalition. »Wie peinlich für Fitz.«

»Die meisten Konservativen sind dem Faschismus gegenüber nachsichtig. Es scheint ihnen nichts auszumachen, wenn Kommunisten ermordet und Juden verfolgt werden.«

»Übertreib es nicht«, sagte Ethel. »Das gilt allenfalls für ein paar von ihnen.« Sie blickte Lloyd von der Seite an. »Also hast du Boy aufgesucht?«

»Ja.« Es schien eine besondere Bedeutung für sie zu haben, ohne dass Lloyd sich den Grund dafür erklären konnte. »Ich fand ihn widerlich. In seinem Zimmer im Trinity hatte er eine ganze Kiste Scotch – zwölf Flaschen!«

»Du bist ihm schon einmal begegnet, erinnerst du dich?«

»Nein. Wann war das?«

»Du warst neun Jahre alt. Ich hatte dich zum Westminster Palace mitgenommen, kurz nach meiner ersten Wahl. Wir sind Fitz und Boy auf der Treppe begegnet.«

Lloyd erinnerte sich schwach. Damals wie heute schien seine Mutter dem Ereignis eine besondere, mysteriöse Bedeutung zuzumessen. »Das war Boy? Wie witzig.«

»Ich kenne ihn«, warf Ruby ein. »Er ist ein Schwein. Er betatscht die Dienstmädchen.«

Lloyd war entsetzt, doch seine Mutter schien es nicht zu überraschen. »Sehr unangenehm, aber so etwas passiert ständig.«

Sie erreichten die Kapelle und betraten sie durch die Hintertür. In einer Art Gemeindesaal wartete Robert von Ulrich, der in seinem auffälligen, grün und braun karierten Anzug mit gestreifter Krawatte erstaunlich britisch aussah. Er erhob sich, und Ethel nahm ihn in die Arme.

177

In tadellosem Englisch sagte Robert: »Meine liebe Ethel, was für ein charmanter Hut.«

Lloyd stellte seine Mutter den weiblichen Mitgliedern der Labour Party vor, die Kannen voll Tee und Teller mit Keksen vorbereiteten, damit sie nach der Versammlung gereicht werden konnten. Da Lloyd schon oft gehört hatte, wie Ethel sich beschwerte, dass die Organisatoren politischer Versammlungen zu glauben schienen, Parlamentsabgeordnete bräuchten keine Toilette mehr zu benutzen, sagte er: »Ruby, ehe wir anfangen: Könntest du meiner Mutter zeigen, wo die Damenwaschräume sind?« Die beiden Frauen gingen davon.

Lloyd setzte sich neben Robert. »Wie geht das Geschäft?«, erkundigte er sich.

Robert betrieb wieder ein Restaurant, das bei den Homosexuellen, über die Ruby sich beschwert hatte, besonders beliebt war. Irgendwie hatte Robert gewusst, dass das Cambridge der Dreißigerjahre homosexuellen Männern ebenso sehr das richtige Klima bot wie Berlin in den Zwanzigern. Sein neues Lokal trug den gleichen Namen wie das alte: Bistro Robert. »Das Geschäft geht gut«, antwortete er, doch ein Schatten huschte über sein Gesicht, ein kurzer, intensiver Ausdruck der Angst. »Hoffentlich kann ich diesmal behalten, was ich aufgebaut habe.«

»Wir tun unser Bestes, um die Faschisten abzuwehren, und Versammlungen wie die heutige werden dazu beitragen«, sagte Lloyd.

»Deine Rede wird eine große Hilfe sein – sie wird den Menschen die Augen öffnen.« Robert wollte über seine persönlichen Erfahrungen im Faschismus sprechen. »Viele sagen, dass so etwas hier unmöglich sei, aber sie irren sich.«

Robert nickte grimmig. »Faschismus ist eine Lüge, aber eine verlockende.«

Lloyd stand der Aufenthalt in Berlin, der nun drei Jahre zurücklag, noch deutlich vor Augen. »Ich frage mich oft, was aus dem alten Bistro Robert geworden ist.«

»Ein Freund hat es mir geschrieben«, sagte Robert mit trauriger Stimme. »Von den alten Gästen geht keiner mehr hin. Den Weinkeller haben die Brüder Macke versteigert. Heutzutage besteht das Publikum vor allem aus Polizisten und Beamten im mittleren Dienst.« Er wirkte noch gequälter, als er hinzufügte: »Sie benutzen keine Tischtücher mehr.« Übergangslos wechselte er das Thema. »Möchtest du auf den Trinity Ball gehen?«

Die meisten Colleges veranstalteten Sommerbälle, um das Ende der Prüfungszeit zu feiern. Diese Bälle und die dazugehörigen Partys und Picknicks bildeten die May Week, die »Maiwoche«, die aber erst im Juni stattfand. Der Trinity Ball war bekannt für den Aufwand, mit dem er betrieben wurde. »Ich würde gern hingehen, kann es mir aber nicht leisten. Der Eintritt kostet zwei Guineas.«

»Ich habe eine Freikarte«, sagte Robert. »Du kannst sie haben. Ein paar Hundert betrunkene Studenten, die zu Jazzmusik tanzen, entsprechen ziemlich genau meiner Vorstellung von der Hölle.«

Lloyd fühlte sich versucht. »Aber ich habe keinen Frack.« Auf Collegebällen musste ein Frack mit weißer Krawatte getragen werden.

»Ich kann dir meinen borgen. An der Taille wird er dir ein bisschen weit sein, aber wir sind gleich groß.«

»Dann gehe ich hin. Ich danke dir sehr.«

Ruby kam zurück. »Deine Mutter ist wunderbar«, sagte sie zu Lloyd. »Ich wusste gar nicht, dass sie mal Hausmädchen war.«

»Ich kenne Ethel seit über zwanzig Jahren«, sagte Robert. »Sie ist außergewöhnlich.«

»Jetzt kann ich verstehen, weshalb du die Richtige noch nicht gefunden hast«, sagte Ruby zu Lloyd. »Du suchst jemanden wie sie, und davon gibt es nicht viele.«

»Zum Teil hast du recht«, erwiderte Lloyd. »Jemanden wie sie gibt es kein zweites Mal.«

Ruby verzog gequält das Gesicht.

»Was ist?«, fragte Lloyd.

»Zahnschmerzen.«

»Dann musst du zum Zahnarzt.«

Sie blickte ihn an, als hätte er etwas Dummes gesagt. Lloyd begriff, dass sie vom Lohn eines Hausmädchens keinen Zahnarzt bezahlen konnte, und blickte verlegen weg.

Er ging zur Tür und sah in den Hauptsaal: ein kahler, rechteckiger Raum mit weiß gestrichenen Wänden, wie in vielen Freikirchen. Der Tag war warm, und die Fenster standen offen. Die Stuhlreihen waren besetzt, die Zuhörerschaft wartete gespannt.

Als Ethel zurückkam, sagte Lloyd: »Wenn es allen recht ist,

möchte ich die Versammlung eröffnen. Erst wird Robert seine Geschichte erzählen, danach hält meine Mutter ihren Vortrag.«

Alle stimmten zu.

»Ruby, würdest du die Faschisten im Auge behalten? Gib mir Bescheid, sobald irgendwas passiert.«

Ethel runzelte die Stirn. »Ist das wirklich nötig?«

»Wir sollten nicht darauf vertrauen, dass diese Leute Wort halten.«

»Sie sammeln sich eine Viertelmeile die Straße rauf«, sagte Ruby. »Mir macht es nichts aus, hin- und herzurennen.«

Sie verließ die Kapelle durch die Hintertür, während Lloyd die anderen in die Kirche führte. Eine Bühne gab es nicht, nur ein Tisch und drei Stühle standen an einem Ende des Saals, daneben ein Rednerpult. Während Ethel und Robert sich setzten, ging Lloyd zum Pult, begleitet von gedämpftem Applaus.

»Der Faschismus ist auf dem Vormarsch«, begann er. »Und er ist gefährlich attraktiv. Er kleidet sich in unechten Patriotismus – so, wie die Faschisten unechte Militäruniformen tragen. Und er gibt den Arbeitslosen falsche Hoffnung.«

Die britische Regierung war zu Lloyds Bestürzung darauf aus, faschistische Regimes zu beschwichtigen. Sie bestand aus einer von den Konservativen beherrschten Koalition mit ein paar Liberalen und abtrünnigen Labour-Ministern, die mit ihrer Partei gebrochen hatten. Nur wenige Tage nach der Wiederwahl im vergangenen November hatte der Außenminister vorgeschlagen, einen großen Teil Abessiniens den italienischen Invasoren und ihrem »Duce« Benito Mussolini zu überlassen.

Noch schlimmer war, dass Deutschland sich wiederbewaffnete und zunehmend aggressiver auftrat. Erst vor wenigen Monaten hatte Hitler gegen die Bestimmungen des Versailler Vertrags verstoßen, indem er das entmilitarisierte Rheinland besetzte, ohne dass ein einziges Land ihm Einhalt geboten hatte.

Jede Hoffnung, der Faschismus könne nur eine zeitweilige Verirrung sein, war längst verflogen. Lloyd war überzeugt, dass demokratische Staaten wie Frankreich und Großbritannien sich kriegsbereit machen mussten. Aber davon sagte er in seiner heutigen Rede nichts, denn seine Mutter und der Großteil der Labour Party standen gegen die britische Aufrüstung und hofften, der

Völkerbund wäre in der Lage, mit den Diktatoren fertigzuwerden. Sie wollten um jeden Preis vermeiden, dass sich das furchtbare Gemetzel des Großen Krieges wiederholte.

Natürlich hoffte auch Lloyd, dass es zu einer unblutigen Lösung kam, fürchtete jedoch, dass diese Hoffnung unrealistisch war. Deshalb bereitete er sich auf den Krieg vor. In der Schule war er Offizierskadett gewesen und in Cambridge dem Officer Training Corps beigetreten – als einziger Junge aus der Arbeiterschicht und ganz sicher als einziges Mitglied der Labour Party, das sich dort zum Reserveoffizier ausbilden ließ.

Nun setzte er sich, begleitet von gedämpftem Applaus. Lloyd war ein guter, sachlicher Redner, aber ihm fehlte die Fähigkeit seiner Mutter, die Herzen zu berühren – zumindest jetzt noch.

Robert von Ulrich trat ans Rednerpult. »Ich bin Österreicher«, begann er. »Ich wurde im Krieg verwundet, geriet in russische Gefangenschaft und kam in ein Lager in Sibirien. Nachdem die Bolschewiken mit den Mittelmächten Frieden geschlossen hatten, öffneten die Wächter die Tore und sagten uns, wir könnten gehen. Wie wir nach Hause kamen, war allerdings unser Problem. Von Sibirien nach Österreich ist es ein weiter Weg – mehr als dreitausend Meilen. Da kein Bus fuhr, bin ich zu Fuß gegangen.«

Gelächter perlte durch den Saal, und vereinzelt wurde anerkennend applaudiert. Robert hatte das Publikum bereits für sich eingenommen.

Ruby kam herein. Sie sah verärgert aus. Sie ging zu Lloyd und flüsterte ihm ins Ohr: »Die Faschisten sind gerade hier vorübergezogen. Boy Fitzherbert hat Mosley zum Bahnhof gefahren, und ein Haufen Hitzköpfe in schwarzen Hemden rannte jubelnd hinter dem Wagen her.«

Lloyd runzelte die Stirn. »Sie haben versprochen, nicht zu marschieren. Wahrscheinlich werden sie sagen, dass es nicht zählt, wenn sie hinter einem Auto herlaufen.«

»Wo liegt der Unterschied? Das wüsste ich gern!«

»Gibt es Gewalttätigkeiten?«

»Nein.«

»Halt weiter die Augen offen.«

Ruby ging. Lloyd war empört. Die Faschisten hatten vielleicht nicht gegen den Buchstaben, aber gegen den Geist der Abmachung verstoßen. Sie waren uniformiert auf der Straße erschienen, und es hatte keine Gegendemonstration gegeben. Die Sozialisten waren hier, in der Kirche, unsichtbar. Alles, was auf ihren Widerstand hinwies, war ein Banner vor der Kirche, auf dem in großen roten Lettern *Die Wahrheit über den Faschismus* stand.

Robert sagte gerade: »Ich freue mich, hier zu sein, und fühlte mich geehrt, dass Sie mich eingeladen haben, zu Ihnen zu sprechen. Es freut mich besonders, mehrere Gäste des Bistro Robert im Publikum zu sehen. Ich muss Sie jedoch warnen, dass die Geschichte, die ich zu erzählen habe, höchst unschön ist, entsetzlich sogar.«

Er berichtete, wie Jörg und er verhaftet worden waren, nachdem sie sich geweigert hatten, ihr Berliner Restaurant an einen Nazi zu verkaufen. Robert bezeichnete Jörg als seinen Chefkoch und langjährigen Geschäftspartner, ohne ihr sexuelles Verhältnis auch nur anzudeuten. Die hellsichtigeren Zuhörer in der Kirche dachten sich wahrscheinlich ihren Teil.

Das Publikum wurde sehr still, als Robert erzählte, was in dem Konzentrationslager geschehen war. Lloyd hörte die Zuhörer entsetzt nach Luft schnappen, als Robert berichtete, wie die Braunhemden mit den halb verhungerten Hunden erschienen waren. Mit leiser, aber fester Stimme, die durch den ganzen Saal trug, schilderte Robert, wie Jörg gefoltert worden war. Als er zu Jörgs Tod kam, weinten mehrere Zuhörer.

Auch Lloyd durchlebte die Grausamkeit und die Qual dieser Augenblicke wieder. Ihn erfasste wilde Wut auf Dummköpfe wie Boy Fitzherbert, deren Vorliebe für Marschlieder und schmucke Uniformen das gleiche Unglück über England zu bringen drohte.

Robert setzte sich, und Ethel ging ans Rednerpult. Als sie zu sprechen begann, kam Ruby zurück. In ihrem Gesicht stand blanke Wut. »Ich habe dir gesagt, dass das nicht funktioniert!«, zischte sie Lloyd ins Ohr. »Mosley ist abgefahren, aber die Kerle stehen am Bahnhof und schmettern patriotische Lieder.«

Das war eindeutig ein Verstoß gegen die Abmachung. Boy hatte sein Versprechen gebrochen. So viel zum Wort eines englischen Gentlemans, dachte Lloyd verbittert.

Ethel erläuterte, inwiefern der Faschismus falsche Lösungen bot, indem er Gruppen wie Juden und Kommunisten pauschal die Verantwortung für komplizierte Probleme wie Arbeitslosigkeit und

Verbrechen zuschob. Dann machte sie sich gnadenlos über die Vorstellung vom »Triumph des Willens« lustig und verglich Hitler und Mussolini mit Schulhofrabauken.

Lloyd lauschte derweil auf Geräusche, die durch die offenen Fenster hereindrangen. Er wusste, dass die Faschisten bei ihrer Rückkehr vom Bahnhof ins Stadtzentrum an dieser Kirche vorbeimussten. Er hörte Autos und Lastwagen, die über die Hills Road rumpelten, gelegentlich untermalt von einer Fahrradklingel oder einem Kinderschrei. Dann glaubte er, aus der Ferne einen Ruf zu hören, der beunruhigend an die Geräusche randalierender Halbstarker in dem Alter erinnerte, in dem sie stolz auf ihre neuen tiefen Stimmen sind. Er spannte sich an, lauschte angestrengt und hörte weitere Rufe.

Die Faschisten marschierten!

Ethel hob die Stimme, als das Gebrüll von draußen immer lauter wurde. Sie führte aus, dass alle arbeitenden Menschen sich in Gewerkschaften und in der Labour Party zusammenschließen müssten, um Schritt für Schritt auf demokratische Weise eine gerechtere Gesellschaft zu schaffen, nicht aber durch Aufstand und Gewalt wie im kommunistischen Russland und in Nazi-Deutschland, wo die politische Entwicklung eine katastrophale Richtung eingeschlagen hatte.

Ruby kam wieder herein. »Sie marschieren jetzt die Hills Road hinauf«, sagte sie drängend. »Wir müssen raus und uns ihnen stellen!«

»Nein!«, wisperte Lloyd. »Die Partei hat kollektiv entschieden – keine Demonstration. Daran müssen wir uns halten. Wir müssen eine disziplinierte Bewegung bleiben.« Er wusste, dass der Verweis auf die Parteidisziplin bei Ruby verfangen würde.

Die Faschisten waren nicht mehr weit. Sie sangen aus rauen Kehlen. Lloyd vermutete, dass sie zu fünfzig oder sechzig waren. Er brannte darauf, hinauszugehen und sich ihnen entgegenzustellen. Zwei junge Männer aus der hintersten Reihe standen auf, gingen an die Fenster und schauten hinaus.

Ethel drängte zur Vorsicht. »Reagiert nicht auf Rowdytum, indem ihr selbst zu Rowdys werdet«, sagte sie. »Das gibt den Zeitungen nur einen Vorwand zu behaupten, die eine Seite sei so schlimm wie die andere.«

183

Klirrend platzte eine Glasscheibe, und ein Stein flog durchs Fenster. Eine Frau schrie, und mehrere Zuhörer sprangen auf. »Bitte bleibt sitzen«, sagte Ethel. »Wahrscheinlich werden sie jeden Augenblick verschwinden.« Sie sprach in beruhigendem Tonfall, aber kaum jemand hörte ihr noch zu. Alle blickten nach hinten, zur Kirchentür, und horchten auf die Schreie und Rufe der Schläger draußen vor der Kapelle. Mit maskenhaft starrem Gesicht blickte Lloyd seine Mutter an. Er hatte Mühe, still sitzen zu bleiben, so sehr drängte es ihn, nach draußen zu stürmen und den Faschisten eine Abreibung zu verpassen.

Schließlich beruhigte die Zuhörerschaft sich ein wenig. Die Leute wandten sich wieder Ethel zu, blickten aber ständig nach hinten. »Wir sind wie Kaninchen, die zitternd im Bau sitzen, während draußen der Fuchs bellt«, sagte Ruby verächtlich, und Lloyd gab ihr recht.

Doch die Vorhersage seiner Mutter erwies sich als zutreffend: Es flogen keine Steine mehr, und der raue Gesang entfernte sich.

»Warum sind die Faschisten so versessen auf Gewalt?«, fragte Ethel. »Wahrscheinlich sind die Männer da draußen bloß Rowdys, aber irgendjemand macht sich ihre Aggressionen zunutze, und ihre Taktik folgt einem bestimmten Zweck. Wenn es zu Straßenkämpfen kommt, können sie behaupten, die öffentliche Ordnung wäre zusammengebrochen und dass das Gesetz sich nur mit drastischen Maßnahmen wiederherstellen ließe. Und wie werden diese Maßnahmen aussehen? Man wird die Labour Party und andere demokratische Parteien verbieten, man wird gewerkschaftliche Aktivitäten untersagen, und man wird Menschen ohne Gerichtsbeschluss verhaften – Menschen wie uns, friedfertige Männer und Frauen, deren einziges Vergehen darin besteht, anderer Meinung zu sein als die Regierung. Klingt das für euch unglaubhaft? Hört es sich an, als könnte es niemals geschehen? Nun, genau diese Taktik haben die Nazis in Deutschland verfolgt, und dort hat es funktioniert.«

Ethel legte dar, wie der Widerstand gegen den Faschismus aussehen sollte: mit Diskussionsgruppen, Versammlungen, Briefen an die Zeitungen und Warnungen vor der Gefahr bei jeder sich bietenden Gelegenheit. Aber waren das mutige, entschiedene Maßnahmen? Selbst in Ethels Ohren hörte es sich nicht danach an.

184

Allmählich normalisierte sich die Stimmung im Saal. Lloyd wandte sich Ruby zu. »Die Kaninchen sind wieder sicher.«
»Vorerst«, erwiderte sie. »Aber der Fuchs kommt zurück.«

»Wenn du einen Jungen magst, kannst du ihm erlauben, dich auf den Mund zu küssen«, sagte Lindy Westhampton. Sie saß im Sonnenschein auf dem Rasen.

»Und wenn du ihn richtig magst, darf er deine Brüste anfassen«, sagte ihre Zwillingsschwester Lizzie.

»Aber nichts unterhalb der Gürtellinie.«

»Es sei denn, ihr wärt verlobt.«

Daisy kam aus dem Staunen nicht heraus. Sie hatte geglaubt, alle englischen Mädchen wären gehemmt. Was für ein Irrtum! Die Westhampton-Zwillinge waren geradezu sexbesessen.

Daisy war glücklich, weilte sie doch als Gast auf Chimbleigh, dem Landhaus von Sir Bartholomew Westhampton, genannt »Bing«. Es gab ihr das Gefühl, in die englische Gesellschaft aufgenommen worden zu sein. Dem König war sie allerdings noch nicht vorgestellt worden.

An ihre Demütigung im Buffalo Yacht Club erinnerte Daisy sich mit einer so tiefen Scham, dass sie dem Schmerz einer Verbrennung nahekam, die noch lange, nachdem die Flamme erloschen war, Qualen bereitete. Wann immer Daisy diesen Schmerz fühlte, dachte sie daran, dass sie mit dem König tanzen würde. Und dann stellte sie sich vor, wie die ganze Bagage – Dot Renshaw, Nora Farquharson, Ursula Dewar – auf ihr Foto im *Buffalo Sentinel* starrte, grün vor Neid, wie diese Weiber jedes Wort des Zeitungsberichts verschlangen und sich wünschten, behaupten zu können, immer schon mit ihr, Daisy, befreundet gewesen zu sein.

Zuerst waren die Dinge ziemlich schwierig gewesen. Vor drei Monaten war Daisy mit ihrer Mutter und ihrer Freundin Eva in England eingetroffen. Ihr Vater hatte ihnen eine Handvoll Empfehlungsschreiben mitgegeben, die allerdings an Leute gerichtet waren, die sich nicht gerade als die Crème der Londoner Gesellschaft erwiesen hatten. Daisy bereute schon bald ihren selbstbewussten Abgang auf dem Yacht Club Ball. Was, wenn aus allem nichts wurde?

Doch sie war entschlossen und erfinderisch; mehr als einen Fuß in der Tür benötigte sie nicht. Bei mehr oder minder öffentlichen Veranstaltungen wie Pferderennen und Opernaufführungen hatte sie bereits einige Spitzen der Gesellschaft kennengelernt. Mit den Männern flirtete sie, und die Matronen machte sie neugierig, indem sie die Damen wissen ließ, dass sie reich und ungebunden war. Die Weltwirtschaftskrise hatte viele englische Adelsfamilien ruiniert. Eine amerikanische Erbin wäre ihnen selbst dann willkommen gewesen, wenn sie nicht hübsch und charmant gewesen wäre. Man mochte Daisys Akzent, tolerierte, dass sie die Gabel mit der rechten Hand führte, und registrierte mit Erheiterung, dass sie Auto fahren konnte – in England war das Männersache. Viele Engländerinnen ritten genauso gut wie Daisy, aber nur wenige wirkten im Sattel so kess und selbstsicher. Einige ältere Frauen betrachteten Daisy noch immer mit Misstrauen. Na, auch die würde sie am Ende auf ihre Seite ziehen, davon war Daisy überzeugt.

Mit Bing Westhampton zu flirten war eine ihrer leichtesten Übungen gewesen. Der spitzbübische Mann mit dem gewinnenden Lächeln hatte ein Auge für hübsche Mädchen, aber Daisy wusste instinktiv, dass mehr als nur sein Auge beteiligt wäre, wenn er Gelegenheit zu einer kleinen Fummelei im dunklen Garten bekäme. Seine freizügigen Töchter schlugen ihm offenbar nach.

Die Hausparty der Westhamptons gehörte zu jenen gesellschaftlichen Anlässen in Cambridgeshire, die in die May Week fielen. Zu den Gästen zählten Earl Fitzherbert, genannt Fitz, und seine Frau Bea, Countess Fitzherbert, die aber ihren russischen Titel einer Fürstin vorzog. Ihr ältester Sohn Boy besuchte das Trinity College.

Fürstin Bea gehörte zu den Matriarchinnen der Gesellschaft, die Daisy gegenüber Misstrauen an den Tag legten. Ohne wirklich zu lügen, hatte Daisy den Leuten suggeriert, ihr Vater sei ein russischer Adliger, der bei der Revolution alles verloren habe, kein Gießereiarbeiter, der auf der Flucht vor der Polizei nach Amerika gelangt war. Doch Bea hatte sich nicht täuschen lassen. »Ich erinnere mich nicht an irgendwelche Peschkows in St. Petersburg oder Moskau«, hatte sie erklärt und sich dabei kaum Mühe gegeben, Verwirrung vorzutäuschen. Daisy hatte sich zu einem Lächeln

186

gezwungen, als wäre es völlig ohne Belang, woran die Fürstin sich erinnerte und woran nicht.

Daisy und Eva waren mit drei jungen Frauen im gleichen Alter zusammen: den Westhampton-Zwillingen plus May Murray, der Tochter eines Generals. Die Bälle dauerten die ganze Nacht; jeder schlief bis Mittag, doch die Nachmittage waren langweilig. Die fünf jungen Frauen faulenzten im Garten oder schlenderten durch den Wald.

Nun setzte Daisy sich in ihrer Hängematte auf und fragte: »Und was darf man machen, wenn man verlobt ist?«

»Du kannst sein Ding reiben«, sagte Lindy.

»Bis es spritzt«, fügte ihre Schwester hinzu.

»Das ist ja ekelhaft!«, rief May Murray, die nicht so kühn war wie die Zwillinge.

Mit ihrer Empörung ermutigte sie die beiden nur. »Oder du kannst daran saugen«, sagte Lindy. »Das mögen die Männer am liebsten.«

»Aufhören!«, protestierte May. »Das denkt ihr euch doch nur aus!«

Die Zwillinge ließen das Thema fallen; die arme May hatte genug gelitten. »Mir ist so langweilig«, sagte Lindy. »Was sollen wir nur unternehmen?«

»Gehen wir in Männerkleidung zum Abendessen!«, schlug Daisy wagemutig vor.

Im nächsten Moment bereute sie ihren Vorschlag schon wieder. Ein solcher Streich konnte ihren gesellschaftlichen Aufstieg beenden, ehe er begonnen hatte.

Evas deutscher Sinn für gute Sitten meldete sich. »Aber Daisy! Das ist doch nicht dein Ernst!«

»Nein«, sagte Daisy. »Nur eine alberne Idee.«

Die Zwillinge hatten das feine blonde Haar ihrer Mutter geerbt, nicht die dunklen Locken ihres Vaters, aber seine Ader für das Unartige war auf sie übergegangen. Beide waren auf der Stelle begeistert von Daisys Vorschlag. »Die Männer kommen heute Abend alle im Frack, also können wir ihre Smokings stehlen«, sagte Lindy.

»Genau!«, rief ihre Zwillingsschwester. »Am besten, wenn sie den Tee nehmen.«

Daisy begriff, dass es für einen Rückzieher jetzt schon zu spät war.

»Aber wir können doch nicht verkleidet auf die Feier gehen!«, wandte May Murray ein. Die Gesellschaft sollte nach dem Abendessen zum Trinity Ball aufbrechen.

»Wo liegt das Problem? Ehe wir losfahren, ziehen wir uns wieder um«, beschwichtigte Lizzie sie.

May war ein zaghaftes Geschöpf, vermutlich von ihrem soldatischen Vater eingeschüchtert; letztlich aber war sie immer mit von der Partie, egal was die anderen Mädchen beschlossen. Eva sprach sich als Einzige gegen den Streich aus, wurde jedoch überstimmt.

Als es Zeit wurde, sich zum Dinner umzukleiden, brachte ein Hausmädchen namens Ruby heimlich zwei Abendanzüge in das Zimmer, das Daisy mit Eva teilte. Gestern hatte Ruby unter schlimmen Zahnschmerzen gelitten; deshalb hatte Daisy ihr Geld für den Arzt gegeben, und Ruby hatte sich den Zahn ziehen lassen. Jetzt funkelten ihre Augen vor Aufregung.

»Hier, bitte, Ladys!«, sagte sie. »Sir Bartholomews Anzug sollte klein genug für Sie sein, Miss Peshkov, und Mr. Andrew Fitzherberts Sachen müssten Miss Rothmann passen.«

Daisy zog sich das Kleid aus und streifte das Hemd über. Ruby half ihr bei den unvertrauten Kragen- und Manschettenknöpfen. Dann stieg Daisy in Bing Westhamptons Hose, schwarz mit Satinstreifen an den Beinen. Sie stopfte ihren Unterrock hinein und zog sich die Hosenträger über die Schultern. Als sie den Hosenschlitz zuknöpfte, kam sie sich sehr wagemutig vor.

Keines der Mädchen konnte eine Krawatte binden; deshalb wirkte das Ergebnis auffallend schlaff. Doch Daisy kam die rettende Idee. Mit einem Augenbrauenstift malte sie sich einen Schnurrbart.

»Das ist großartig!«, rief Eva. »Du siehst ja noch schöner aus!« Daisy strichelte Eva einen Backenbart auf die Wangen.

Die fünf jungen Frauen trafen sich im Schlafzimmer der Zwillinge. Daisy schlenderte auf so männlich-schwungvolle Art herein, dass die anderen kicherten.

Dann sprach May die Sorge aus, die auch Daisy ein wenig zu schaffen machte: »Hoffentlich bekommen wir deswegen keinen Ärger.«

»Ach, wen kümmert das?«, erwiderte Lindy.

Daisy beschloss, ihre Befürchtungen zu ignorieren und Spaß zu haben, und so ging sie den anderen voran in den Salon.

Sie waren die Ersten, die eintrafen; noch war niemand sonst erschienen. Daisy erinnerte sich an eine Bemerkung Boy Fitzherberts gegenüber dem Butler und sagte mit tiefer, schleppender Männerstimme: »Schenken Sie mir einen Whisky ein, Grimshaw, seien Sie so gut. Der Champagner schmeckt wie Pisse.« Die anderen quietschten vor Vergnügen.

Dann erschienen Bing und Fitz. Bing in seiner weißen Weste erinnerte Daisy an eine Bachstelze, einen frechen, schwarz-weißen Vogel. Fitz war ein gut aussehender Mann mittleren Alters, in dessen dunkles Haar sich ein wenig Weiß mischte. Aufgrund seiner Kriegsverletzungen hinkte er leicht, und ein Augenlid hing schlaff herab, doch diese Beweise für seinen Mut in der Schlacht machten ihn umso attraktiver.

Fitz erblickte die Mädchen und musste zweimal hinsehen. »Gütiger Gott!« Es klang streng und missbilligend.

Daisy durchlitt einen Augenblick grenzenloser Panik. Hatte sie alles verdorben? Die Engländer konnten entsetzlich prüde sein, das wusste schließlich jeder. Würde man sie auffordern, das Haus zu verlassen? Wie schrecklich das wäre! Dot Renshaw und Nora Farquharson würden sich vor Schadenfreude gar nicht mehr einkriegen, wenn sie, Daisy, in Schimpf und Schande nach Hause käme. Lieber würde sie sterben.

Bing aber platzte beinahe vor Lachen. »Meine Güte, das ist wirklich gut«, prustete er. »Sehen Sie sich das an, Grimshaw.«

Der alte Butler, der soeben mit einer Flasche Champagner in einem silbernen Eiskübel den Salon betrat, bedachte die Mädchen mit steinernem Blick. In vernichtend unaufrichtigem Tonfall sagte er: »Höchst amüsant, Sir Bartholomew.«

Bing betrachtete die Mädchen weiter mit einem Entzücken, in das sich Begehrlichkeit mischte. Daisy begriff – zu spät –, dass man manchen Männern fälschlich ein gewisses Maß an sexueller Freizügigkeit und Experimentierfreudigkeit andeutete, wenn man sich als das andere Geschlecht verkleidete. Offenbar konnte man dabei in ziemliche Schwulitäten geraten.

Während sich die Gesellschaft zum Abendessen versammelte, schlossen sich die meisten Gäste dem Vorbild des Gastgebers an und behandelten den Streich der Mädchen als amüsante Albernheit. Daisy merkte jedoch sehr genau, dass nicht alle gleichermaßen entzückt waren. Ihre Mutter erbleichte vor Furcht, als sie die Mädchen sah, und setzte sich rasch, als wäre ihr weich in den Knien. Fürstin Bea, eine schwer eingeschnürte Frau in den Vierzigern, die früher vielleicht einmal schön gewesen war, kniff missbilligend die gepuderte Stirn zusammen. Lady Westhampton hingegen war eine lustige Dame, die auf das Leben und ihren unberechenbaren Mann mit tolerantem Frohsinn reagierte: Sie lachte herzlich und gratulierte Daisy zu ihrem Schnurrbart.

Auch die jungen Männer, die als Letzte hereinkamen, zeigten sich erheitert. General Murrays Sohn, Lieutenant Jimmy Murray, lachte laut auf – offenbar ging ihm die Sittenstrenge seines Vaters ab. Die Söhne der Fitzherberts, Boy und Andy, betraten den Salon gemeinsam. Boys Reaktion war für Daisy die interessanteste von allen: Wie unter dem Einfluss von Hypnose starrte er auf die Mädchen. Er versuchte, es mit Fröhlichkeit zu überspielen, doch er war unübersehbar auf merkwürdige Art verzaubert.

Beim Essen nahmen die Mädchen Daisys Scherz auf und redeten wie Männer mit tiefen Stimmen und ungezügeltem Ton, was die anderen zum Lachen brachte. Lindy hob ihr Weinglas und fragte: »Wie schmeckt dir dieser Bordeaux, Liz?«

Lizzie antwortete: »Ich finde ihn ein bisschen wässrig, alter Junge. Ich hab das Gefühl, Bing hat ihn gepanscht.«

Das ganze Abendessen hindurch ertappte Daisy Boy dabei, wie er sie anstarrte. Er hatte keine Ähnlichkeit mit seinem stattlichen Vater, sah dank der blauen Augen seiner Mutter aber trotzdem gut aus. Doch mit der Zeit wurde Daisy sein Starren so unangenehm, als würde er ihre Brüste begaffen. Um den Bann zu brechen, fragte sie: »Dann haben Sie also auch die Prüfungen abgelegt, Boy?«

»Gütiger Himmel, nein«, erwiderte er.

»Er ist zu beschäftigt mit seinem Flugzeug, um groß zu studieren«, sagte sein Vater. Obwohl die Bemerkung als Kritik formuliert war, hörte es sich an, als wäre Fitz insgeheim stolz auf seinen Ältesten.

Boy gab sich empört. »Eine Verleumdung!«

Eva musterte ihn verwundert. »Wieso besuchen Sie die Universität, wenn Sie nicht studieren möchten?«

»Manche Jungs sind nicht versessen auf ihren Abschluss, besonders, wenn sie nicht der akademische Typ sind«, erklärte Lindy. Lizzie fügte hinzu: »Besonders, wenn sie reich und faul sind.« »Aber ich studiere!«, protestierte Boy. »Ich habe nur nicht die Absicht, die Prüfungen abzulegen. Schließlich bin ich nicht darauf angewiesen, mir meinen Lebensunterhalt als Arzt oder so was zu verdienen.« Nach Fitz' Tod würde Boy eines der größten Vermögen von ganz England erben, und seine glückliche Frau wurde Countess Fitzherbert.

»Augenblick mal, wie war das? Haben Sie wirklich ein eigenes Flugzeug?«, fragte Daisy.

»Aber ja, eine Hornet Moth. Ich gehöre dem Fliegerclub der Universität an. Wir benutzen einen kleinen Flugplatz vor der Stadt.«

»Das ist ja wundervoll! Sie müssen mich mal mit nach oben nehmen!«

»Oh nein, Liebes, nein!«, rief Daisys Mutter.

»Hätten Sie denn keine Angst?«, fragte Boy.

»Kein bisschen!«

»Dann nehme ich Sie mit.« An Olga gerichtet, fügte er hinzu: »Es ist völlig ungefährlich, Mrs. Peshkov. Ich verspreche, Ihre Tochter in einem Stück zurückzubringen.«

Daisy war begeistert.

Das Gespräch wandte sich dem großen Thema des Sommers zu: Englands elegantem neuem König Edward VIII. und seiner Romanze mit Wallis Simpson, einer Amerikanerin, die von ihrem zweiten Ehemann getrennt lebte. Die Londoner Zeitungen schrieben nichts darüber, außer dass sie Mrs. Simpson auf die Liste der Gäste bei offiziellen Anlässen setzten. Daisys Mutter ließ sich die amerikanischen Blätter schicken; sie waren voller Spekulationen, ob Wallis sich von Mr. Simpson scheiden ließ und den König heiratete.

»Das wäre ein Unding«, sagte Fitz. »Der König ist das Haupt der Kirche von England. Er kann auf keinen Fall eine geschiedene Frau ehelichen.«

Als die Damen sich zurückzogen und die Herren dem Portwein und den Zigarren überließen, eilten die Mädchen nach oben, um sich umzuziehen. Daisy beschloss, ihre Weiblichkeit zu unterstrei-

191

chen. Sie wählte ein Ballkleid aus rosaroter Seide mit winzigem Blumenmuster, zu der sie ein passendes Jäckchen mit kurzen Puffärmeln besaß.

Eva trug ein atemberaubend schlichtes, ärmelloses schwarzes Seidenkleid. Im vergangenen Jahr hatte sie Gewicht verloren, ihre Frisur geändert und unter Daisys Anleitung gelernt, sich in einem nüchternen Stil zu kleiden, der ihr schmeichelte. Mittlerweile gehörte Eva praktisch zur Familie, und Olga genoss es, ihr Kleider zu kaufen. Für Daisy war sie die Schwester, die sie nie gehabt hatte.

Als sie in Autos und Droschken die fünf Meilen bis ins Stadtzentrum fuhren, war es noch hell.

In Daisys Augen gab es kein malerischeres Fleckchen auf Erden als Cambridge mit seinen gewundenen Straßen und den eleganten Collegegebäuden. Sie stiegen vor dem Trinity College aus. Daisy blickte hinauf zur Statue seines Gründers, König Heinrich VIII. Beim Durchqueren des Pförtnerhauses, einem Backsteinbau aus dem sechzehnten Jahrhundert, staunte Daisy über den Anblick, der sich ihr bot: ein großer viereckiger Hof, dessen kurz gestutzter Rasen von gepflasterten Wegen durchzogen wurde; in der Mitte erhob sich ein kunstvoll gestalteter Springbrunnen. Auf allen vier Seiten bildeten von Wind und Wetter gezeichnete Gebäude aus goldfarbenem Stein den Hintergrund, vor dem junge Männer in Fräcken mit prachtvoll gekleideten Mädchen tanzten. Dutzende Kellner in Abendkleidung boten auf überquellenden Tabletts Champagner dar. Daisy klatschte vor Entzücken in die Hände: So liebte sie das Leben.

Sie tanzte erst mit Boy, dann mit Jimmy Murray und schließlich mit Bing, der sie eng hielt und die rechte Hand hinunter bis zum Ansatz ihrer Hüfte gleiten ließ. Daisy beschloss, keinen Einwand zu erheben. Die englische Band spielte eine zwar verwässerte, aber wenigstens laute und schnelle Imitation von amerikanischem Jazz, und sie kannte sämtliche neuen Hits.

Die Nacht brach an, und der Innenhof wurde mit strahlenden Fackeln beleuchtet. Daisy nutzte eine Pause, um nach Eva zu sehen, die weniger selbstsicher war und manchmal jemanden brauchte, der sie anderen vorstellte. Doch sie hätte sich keine Sorgen machen brauchen: Sie fand Eva im Gespräch mit einem umwerfend gut aussehenden Studenten in einem zu großen Anzug. Eva stellte ihn als Lloyd Williams vor. »Wir haben über den Faschismus in Deutschland gesprochen«, erklärte Lloyd, als ginge er davon aus, dass Daisy an einem solchen Gespräch teilnehmen wollte.

»Wie außerordentlich langweilig«, sagte sie.

Lloyd schien sie nicht gehört zu haben. »Ich war vor drei Jahren in Berlin, als Hitler an die Macht kam. Ich habe Eva damals nicht kennengelernt, aber wie sich herausgestellt hat, haben wir gemeinsame Bekannte.«

Jimmy Murray kam zu ihnen und bat Eva um einen Tanz. Lloyd war sichtlich enttäuscht, als sie entschwand, doch er besann sich seiner Manieren und forderte höflich Daisy auf, und sie gingen näher an die Band heran.

»Was für eine interessante Person Ihre Freundin Eva ist«, sagte Lloyd.

»Oh, danke, Mr. Williams. Es ist der Herzenswunsch jedes Mädchens, so etwas vom Tanzpartner zu hören«, entgegnete Daisy spitz. Sie hatte es kaum ausgesprochen, als sie ihre Worte auch schon bedauerte, weil sie bestimmt schnippisch klangen.

Doch Lloyd war belustigt. »Sie haben völlig recht. Sie haben allen Grund, mich zurechtzuweisen. Ich muss versuchen, mehr Kavalier zu sein.«

Daisy mochte ihn gleich viel lieber, weil er über sich selbst lachen konnte. Das bewies Selbstbewusstsein.

»Wohnen Sie auf Chimbleigh, so wie Eva?«

»Ja.«

»Dann müssen Sie die Amerikanerin sein, die Ruby Carter das Geld für den Zahnarzt geschenkt hat.«

»Woher wissen Sie das?«

»Ruby ist eine Freundin von mir.«

Daisy war überrascht. »Freunden sich hier viele Studenten mit Hausmädchen an?«

»Meine Güte, wie snobistisch! Meine Mutter war ein Hausmädchen, ehe sie Parlamentsabgeordnete wurde.«

Daisy spürte, wie sie errötete. Sie hasste Snobismus und warf ihn oft anderen vor, besonders in Buffalo; sie selbst hatte sich solcher Allüren stets für unschuldig gehalten. »Da habe ich bei Ihnen aber ganz schön auf dem falschen Fuß angefangen, was?«, fragte sie, als der Tanz zu Ende ging.

»Eigentlich nicht«, erwiderte Lloyd. »Sie finden es langweilig, über den Faschismus zu reden, aber Sie nehmen einen deutschen Flüchtling in Ihr Haus auf und laden ihn sogar ein, mit Ihnen nach England zu reisen. Sie sprechen einem Hausmädchen das Recht ab, sich mit Studenten anzufreunden, aber Sie geben Ruby Geld, damit sie zum Zahnarzt gehen kann. Ich bezweifle, dass ich heute Abend ein Mädchen kennenlerne, das auch nur halb so faszinierend ist wie Sie.«

»Das werte ich als Kompliment.«

»Da kommt Ihr faschistischer Freund, Boy Fitzherbert. Soll ich ihn für Sie vergraulen?«

Daisy spürte, dass Lloyd die Gelegenheit, sich mit Boy zu streiten, sehr genossen hätte. »Ganz bestimmt nicht!«, rief sie und wandte sich lächelnd Boy zu.

Boy nickte Lloyd knapp zu. »'n Abend, Williams.«

»Guten Abend«, erwiderte Lloyd. »Ich war enttäuscht, dass Ihre Faschisten letzten Samstag die Hills Road entlangmarschiert sind.«

»Ach, das. Die Jungs haben sich wohl ein bisschen hinreißen lassen.«

»Ich habe mich gewundert, weil Sie mir Ihr Wort gegeben hatten, dass es nicht dazu kommt.« Daisy bemerkte, dass Lloyd hinter seiner Maske kühler Höflichkeit ziemlich wütend war.

Boy weigerte sich, die Sache ernst zu nehmen. »Ich entschuldige mich dafür«, sagte er leichthin und wandte sich Daisy zu. »Kommen Sie, sehen Sie sich die Bibliothek an. Sie ist von Christopher Wren.«

»Mit Vergnügen!«, rief Daisy. Sie winkte Lloyd zum Abschied und erlaubte Boy, ihren Arm zu nehmen. Lloyd wirkte enttäuscht, dass sie ihn allein ließ, was Daisy wiederum freute.

Zwischen den Gebäuden am Westrand führte ein Weg in einen weiteren Hof, an dessen gegenüberliegendem Ende ein schmuckes Bauwerk stand. Daisy fand die Arkaden am Erdgeschoss wunderschön. Boy erklärte ihr, dass die Bücher im Obergeschoss aufbewahrt wurden, weil der Fluss Cam häufig über die Ufer trat. »Gehen wir hinauf und schauen uns den Fluss an«, schlug er vor. »Bei Nacht ist er sehr romantisch.«

Daisy war zwanzig und unerfahren, aber sie wusste, dass Boy

194

sich nicht sonderlich für den Anblick interessierte, den Flüsse bei Nacht boten. Seit seiner Reaktion auf ihren Anblick in Männerkleidung fragte sie sich, ob er insgeheim Jungen den Mädchen vorzog. Wahrscheinlich würde sie es in Kürze herausfinden.

»Kennen Sie wirklich den König?«, fragte sie, während Boy sie durch einen zweiten Hof führte.

»Ja. Er ist natürlich mehr der Freund meines Vaters, aber er kommt manchmal in unser Haus. Und er ist sehr aufgeschlossen für einige meiner politischen Ideen.«

»Ich würde ihn zu gern kennenlernen.« Daisy wusste, dass sie naiv klang, aber hier bot sich ihr die Gelegenheit, und die wollte sie sich nicht entgehen lassen.

Sie durchquerten ein Tor und traten hinaus auf einen weichen Rasen, der zu einem schmalen, eingedämmten Flüsschen abfiel. »Wir nennen es die Backs«, sagte Boy. »Die meisten älteren Colleges besitzen Felder am anderen Ufer des Flusses.« Er legte Daisy den Arm um die Taille, als sie zu der kleinen Brücke gingen. Seine Hand wanderte wie zufällig hoch, bis sein Zeigefinger an der Unterseite ihrer Brust lag.

Am anderen Ende der Brücke standen zwei uniformierte Collegediener Wache; vermutlich sollten sie ungeladene Gäste abweisen. Einer der Männer murmelte: »Guten Abend, Viscout Aberowen«, der andere verkniff sich ein Grinsen. Boy antwortete mit einem kaum merklichen Nicken. Daisy fragte sich, wie viele Mädchen er schon über diese Brücke geführt hatte.

Natürlich spielte Boy aus einem ganz bestimmten Grund den Fremdenführer für sie, und so wunderte sie sich nicht, als er in der Dunkelheit stehen blieb und ihr die Hände auf die Schultern legte. »Ich muss schon sagen, du hast heute beim Abendessen bezaubernd ausgesehen.« Seine Stimme klang heiser vor Erregung.

»Freut mich, dass es dir gefallen hat.« Daisy wusste, dass nun der Kuss kam, und die Aussicht erregte sie, aber sie war noch nicht ganz bereit. Sie legte Boy eine Hand vor die Brust und hielt ihn auf Distanz. »Ich möchte wirklich gern bei Hofe vorgestellt werden«, sagte sie. »Ist das schwer zu arrangieren?«

»Überhaupt nicht«, erwiderte er. »Jedenfalls nicht für meine Familie. Und nicht bei jemandem, der so hübsch ist wie du.« Begierig streckte er den Kopf zu ihr vor.

Daisy wich mit dem Oberkörper zurück. »Würdest du das für mich tun? Würdest du es einrichten, dass ich vorgestellt werde?«

»Aber sicher.«

Sie rückte näher an ihn heran und spürte seine Erektion. Nein, dachte sie, Jungen sind ihm doch nicht lieber. »Versprochen?«

»Ich verspreche es«, sagte er atemlos.

»Danke«, sagte sie, und dann ließ sie sich von ihm küssen.

Am Samstagmittag um eins war das kleine Haus auf der Wellington Row im südwalisischen Aberowen gut gefüllt. Lloyds Großvater saß am Küchentisch, stolz wie ein Pfau. Zur einen Seite saß sein Sohn Billy, ein Bergmann, der zum Parlamentsabgeordneten für Aberowen aufgestiegen war, auf der anderen sein Enkel Lloyd, der in Cambridge studierte. Das war die »Williams-Dynastie«. Niemand hier würde sie so nennen – schon der Gedanke an eine Dynastie war undemokratisch, und die hier Versammelten glaubten an die Demokratie wie der Papst an Gott –, aber trotzdem hegte Lloyd den Verdacht, dass Grandah genau daran dachte.

Ebenfalls am Tisch saß Onkel Billys lebenslanger Freund und Wahlkampfleiter Tom Griffiths. Lloyd war es eine Ehre, mit solchen Männern an einem Tisch sitzen zu dürfen. Grandah war ein Veteran der Bergarbeitergewerkschaft, Onkel Billy war 1919 vors Kriegsgericht gestellt worden, weil er Großbritanniens Geheimkrieg gegen die Bolschewiken öffentlich gemacht hatte, und Tom hatte an Billys Seite in der Schlacht an der Somme gekämpft. Lloyd fand das sehr viel eindrucksvoller als ein Mahl mit der Königsfamilie.

Lloyds Großmutter, Cara Williams, hatte ihnen Rinderschmorbraten und selbst gebackenes Brot serviert, und jetzt tranken sie Tee und rauchten. Wie immer, wenn Billy seine Eltern besuchte, waren Freunde und Nachbarn vorbeigekommen. Ein halbes Dutzend lehnte an den Wänden, rauchte im Stehen Pfeife und selbst gedrehte Zigaretten und füllte die kleine Küche mit dem Geruch nach Männern und Tabak.

Billy besaß die untersetzte Statur und die breiten Schultern vieler Bergleute, aber im Gegensatz zu den anderen war er gut gekleidet und trug einen marineblauen Anzug mit sauberem weißem Hemd und roter Krawatte. Lloyd bemerkte, dass die anderen seinen Onkel meist mit dem Vornamen ansprachen, als wollten sie hervorheben, dass er einer von ihnen war und seine Macht allein durch ihre Stimmen erhielt. Lloyd selbst nannten sie »Boyo«, um deutlich zu machen, dass sie von ihm nicht allzu beeindruckt waren, nur weil er auf die Universität ging. Grandah hingegen redeten sie als »Mr. Williams« an. Vor ihm hatten sie wirklichen Respekt.

Durch die offene Hintertür konnte Lloyd die Halde sehen, die aus taubem Gestein aus der Kohlemine bestand. Der Hügel wuchs stetig und grenzte mittlerweile an die Straße hinter dem Haus.

Lloyd verbrachte die Sommerferien als schlecht bezahlter Organisator in einem Camp für arbeitslose Bergleute. Sie hatten vor, die Bibliothek des Miners' Institute auf Vordermann zu bringen. Lloyd empfand die körperliche Arbeit des Abschleifens, Anstreichens und Zusammenbauens von Bücherregalen als belebende Abwechslung von der Lektüre Schillers auf Deutsch und Molières auf Französisch. Er genoss die Frotzeleien unter den Männern: Von seiner Mutter hatte er eine große Vorliebe für den walisischen Humor geerbt.

Die Arbeit im Camp gefiel ihm, aber den Faschismus bekämpfte er damit nicht. Jedes Mal, wenn er sich erinnerte, wie er sich in der baptistischen Kapelle herumgedrückt hatte, während Boy Fitzherbert und seine Schlägertypen auf der Straße sangen und Steine durch die Fenster warfen, krümmte er sich innerlich. Wäre er doch hinausgegangen und hätte jemanden verprügelt! So dumm das gewesen wäre, er hätte sich besser gefühlt. Jeden Abend, bevor er einschlief, dachte er an jenen Tag.

Er dachte auch an Daisy Peshkov in einer rosaroten Seidenjacke mit Puffärmeln.

In der May Week hatte er Daisy noch ein zweites Mal gesehen. Er war zu einem Solistenkonzert in der Kapelle des King's College gegangen, weil sein Zimmernachbar im Emmanuel das Cello spielte. Daisy hatte mit den Westhamptons im Publikum gesessen, einen Strohhut mit hochgeklappter Krempe auf dem Kopf, mit dem sie aussah wie ein ungezogenes Schulmädchen. Nach dem Konzert ging Lloyd zu ihr und stellte ihr Fragen über die Vereinigten Staaten, die er noch nie besucht hatte. Er wollte wissen, ob Präsident Roosevelts Regierung einen Rat für Großbritannien

197

habe, doch Daisy redete nur von Tennispartys, Polomatches und Jachtclubs. Dennoch schlug sie ihn erneut in ihren Bann. Lloyd mochte ihr fröhliches Geplauder, weil es hin und wieder von unerwarteten Stichen sarkastischen Scharfsinns durchsetzt war. Als er sagte: »Ich möchte Sie nicht von Ihren Freunden fernhalten, ich wollte mich nur nach dem New Deal erkundigen«, entgegnete sie: »Oh, Junge, Sie wissen wirklich, wie man einem Mädchen Komplimente macht.« Doch als sie sich voneinander verabschiedeten, hatte sie gesagt: »Rufen Sie mich doch mal an, wenn Sie wieder in London sind – Mayfair 2434.«

Heute hatte Lloyd den Weg zum Bahnhof unterbrochen, um bei seinen Großeltern zu Mittag zu essen. Er hatte ein paar Tage frei und fuhr mit dem Zug auf einen Kurzurlaub nach London. Ein wenig hoffte er, zufällig Daisy über den Weg zu laufen, als wäre London eine Kleinstadt wie Aberowen.

Nun berichtete Lloyd seinem Großvater über die politische Bildungsarbeit im Camp, für die er verantwortlich war. So hatte er beispielsweise eine Reihe von Vorträgen linksgerichteter Cambridger Dozenten vorbereitet. »Ich sage ihnen immer, dass es ihre große Chance ist, aus dem Elfenbeinturm herauszukommen und der Arbeiterklasse zu begegnen, da können sie schwer Nein sagen.«

Grandahs blassblaue Augen blickten an seiner langen, scharfen Nase vorbei. »Ich hoffe, deine Jungs bringen ihnen das eine oder andere darüber bei, wie es in der Welt wirklich zugeht.«

Lloyd zeigte auf Tom Griffiths' Sohn, der in der offenen Hintertür stand und zuhörte. Mit sechzehn hatte Lenny schon den typischen schwarzen Griffiths-Bartschatten, der nie verschwand, nicht einmal gleich nach dem Rasieren. »Lenny hatte einen Streit mit einem marxistischen Referenten.«

»Gut gemacht, Len«, sagte Grandah. In Südwales, das manchmal Klein-Moskau genannt wurde, war der Marxismus populär, doch Grandah war von jeher überzeugter Antikommunist gewesen.

»Erzähl Grandah, was du gesagt hast, Lenny«, forderte Lloyd ihn auf.

Lenny grinste. »1872 wurde Karl Marx von dem Anarchisten Mikhail Bakunin davor gewarnt, dass Kommunisten, sobald sie an die Macht kämen, genau solche Unterdrücker sein würden wie der Adel, den sie verdrängten. Und wenn man sich anguckt, was in Russland passiert ist – wie könnten sie da behaupten, Bakunin hätte sich geirrt?«

Grandah klatschte in die Hände. An seinem Küchentisch fand ein gutes Argument immer großen Anklang.

Lloyds Großmutter schenkte Tee nach. Cara Williams war grau, runzlig und gebeugt wie alle Frauen ihres Alters in Aberowen. »Machst du denn schon einem Mädchen den Hof, mein Kleiner?«, fragte sie Lloyd.

Die Männer grinsten und zwinkerten einander zu.

Lloyd errötete. »Ich habe zu viel mit dem Studium zu tun, Grandmam.« Doch gleichzeitig trat ihm das Bild Daisy Peshkovs vor Augen, dazu die Telefonnummer: Mayfair 2434.

»Wer ist denn diese Ruby Carter?«, fragte Großmutter.

Die Männer lachten, und Onkel Billy sagte: »Erwischt, Boyo!« Offenbar hatte Lloyds Mutter den Mund nicht gehalten.

»Ruby verwaltet die Mitgliedschaften in meinem Labour-Ortsverein in Cambridge, das ist alles«, antwortete er.

»Oh, aye, sehr überzeugend«, versetzte Billy, und die Männer lachten wieder.

»Dir wär's gar nicht recht, wenn ich mit Ruby ausgehen würde, Grandmam«, sagte Lloyd. »Du wärst bestimmt der Meinung, dass sie zu enge Kleider trägt.«

»Dann ist sie nichts für dich«, sagte Grandmam. »Du bist jetzt Akademiker. Du musst dir höhere Ziele setzen.«

Sie war genauso snobistisch wie Daisy, fand Lloyd. »An Ruby Carter ist nichts verkehrt«, entgegnete er. »Aber ich liebe sie nicht.«

»Du musst eine gebildete Frau heiraten, eine Schullehrerin oder Krankenschwester.«

Das Problem war, dass sie recht hatte. Lloyd mochte Ruby, aber lieben könnte er sie nie. Sie war hübsch und intelligent, und Lloyd war genauso anfällig für eine kurvenreiche Figur wie jeder andere normale Mann; trotzdem wusste er, dass Ruby nicht die Richtige für ihn war. Schlimmer noch, Grandmam hatte ihren runzligen alten Finger genau auf den wunden Punkt gelegt: Rubys Perspektive war eingeschränkt, ihr Horizont beengt. Sie war nicht aufregend, nicht so wie Daisy.

»Das ist jetzt aber genug Frauenkram«, sagte Grandah. »Billy, erzähl uns die Neuigkeiten aus Spanien.«

199

»Es sind schlechte Neuigkeiten«, erwiderte Billy.

Die Augen ganz Europas ruhten auf Spanien. Das Militär hatte gegen die Volksfront-Regierung, die im Februar gewählt worden war, zu putschen versucht. Hinter dem Putsch standen Faschisten und Konservative. Der Rebellengeneral Franco hatte die Unterstützung der katholischen Kirche erlangt. Die Nachricht hatte den Rest des Kontinents erschüttert wie ein Erdbeben. Würde nach Italien und Deutschland auch Spanien dem Fluch des Faschismus verfallen?

»Die Revolte war stümperhaft, wie ihr sicher wisst, und wäre fast gescheitert«, fuhr Billy fort. »Doch Hitler und Mussolini verhinderten das, indem sie Tausende von Rebellensoldaten aus Nordafrika als Verstärkungen einflogen.«

Lenny warf ein: »Und die Gewerkschaften haben die Regierung gerettet!«

»Stimmt«, räumte Billy ein. »Die Regierung reagierte nur langsam, aber die Gewerkschaften organisierten die Arbeiter und bewaffneten sie mit allem, was sie in den Arsenalen der Armee, auf Kriegsschiffen, in Waffenläden und sonst wo beschlagnahmen konnten.«

»Endlich wehrt sich jemand«, sagte Grandah. »Bisher sind die Faschisten nie auf Widerstand gestoßen. Im Rheinland und in Abessinien konnten sie einfach einmarschieren und sich nehmen, was sie wollten. Gott sei Dank für das spanische Volk, sage ich. Die haben wenigstens den Mut, Nein zu sagen.«

Von den Männern an den Wänden kam zustimmendes Gemurmel.

Lloyd erinnerte sich wieder an den Samstagnachmittag in Cambridge. Auch er hatte den Faschisten ihren Willen gelassen. Innerlich schäumte er vor Wut auf sich selbst.

»Aber können sie gewinnen?«, fragte Grandah. »Jetzt kommt es auf die Waffen an, stimmt's?«

»Ganz genau«, sagte Billy. »Die Deutschen und die Italiener versorgen die Aufständischen mit Waffen und Munition, dazu mit Kampfflugzeugen und Piloten. Aber der gewählten spanischen Regierung hilft niemand.«

»Und warum nicht, zum Teufel?«, fragte Lenny wütend.

Cara blickte vom Herd auf. Ihre dunklen mediterranen Augen

blitzten vor Missbilligung, und Lloyd glaubte einen Blick auf das hübsche Mädchen zu erhaschen, das sie einst gewesen war. »In meiner Küche wird nicht geflucht!«

»Entschuldigung, Mrs. Williams.«

»Ich kann euch erzählen, was intern läuft«, sagte Billy, und die Männer verstummten und lauschten aufmerksam. »Der französische Premierminister, Léon Blum – ein Sozialist, wie ihr wisst –, war entschlossen, Spanien zu helfen. Mit Deutschland hatte er bereits einen faschistischen Nachbarn, einen zweiten an der Südwestgrenze konnte er nicht gebrauchen. Wenn er der spanischen Regierung Waffen schickte, hätte er nicht nur die französischen Rechtsextremen gegen sich aufgebracht, sondern auch die französischen katholischen Sozialisten. Das hätte Blum durchstehen können, hätte er britische Unterstützung erhalten. Dann hätte er sagen können, die Waffenlieferungen an die spanische Regierung seien eine internationale Initiative.«

»Und was ist schiefgegangen?«, fragte Grandah.

»Unsere Regierung hat es ihm ausgeredet. Blum kam nach London, und unser Außenminister, Anthony Eden, eröffnete ihm, dass wir ihn nicht unterstützen würden.«

Grandah war verärgert. »Wieso brauchte er Unterstützung? Wie kann sich ein sozialistischer Ministerpräsident von der konservativen Regierung eines anderen Landes einschüchtern lassen?«

»Weil auch in Frankreich die Gefahr eines Militärputsches besteht«, sagte Billy. »Die dortige Presse ist verbissen rechtsextrem und peitscht die eigenen Faschisten bis zum Blutrausch auf. Blum kann sie mit britischer Unterstützung niederkämpfen, aber aus eigener Kraft wohl nicht.«

»Also gibt unsere konservative Regierung schon wieder dem Faschismus nach!«

»Alle Torys haben in Spanien investiert – in Wein, Textilien, Kohle, Stahl. Nun haben sie Angst, die Volksfront-Regierung könnte sie enteignen.«

»Und Amerika? Amerika glaubt an die Demokratie. Die USA werden doch sicher Waffen an Spanien verkaufen!«

»Sollte man glauben, nicht wahr? Aber in den Vereinigten Staaten gibt es eine finanzstarke katholische Lobby, angeführt von einem Millionär namens Joseph Kennedy, die gegen jede Hilfe für die spanische Regierung ist. Und ein demokratischer Präsident braucht die Unterstützung der Katholiken. Roosevelt würde nichts tun, was den New Deal gefährdet.«

»Na, wir können etwas tun«, sagte Lenny Griffiths, und ein Ausdruck von jugendlichem Trotz erschien in seinem Gesicht.

»Und das wäre, Len, mein Junge?«, fragte Billy.

»Wir können nach Spanien gehen und kämpfen.«

»Red keinen Blödsinn, Lenny«, sagte sein Vater.

»Viele reden darüber, nach Spanien zu gehen, auf der ganzen Welt, sogar in Amerika. Sie wollen Freiwilligeneinheiten bilden und an der Seite des regulären Heeres kämpfen.«

Lloyd setzte sich auf. »Wirklich?« Davon hatte er noch nie gehört. »Woher weißt du das?«

»Ich habe im *Daily Herald* darüber gelesen.«

Lloyd war wie elektrisiert. Freiwillige gingen nach Spanien, um sich mit der Waffe in der Hand den Faschisten entgegenzustellen!

Tom Griffiths sagte zu Lenny: »Du gehst da jedenfalls nicht hin, Schluss, aus.«

»Erinnerst du dich noch an die Jungen, die sich für älter ausgegeben haben, als sie waren, damit sie im Großen Krieg kämpfen konnten?«, sagte Billy. »Von denen gab's Tausende.«

»Und die meisten waren zu nichts zu gebrauchen«, erwiderte Tom. »Ich erinnere mich noch an den Burschen, der geheult hat, als wir an der Somme waren. Wie hieß er gleich, Billy?«

»Owen Bevin. Er ist getürmt, nicht wahr?«

»Oh ja, direkt vor ein Erschießungskommando. Diese Hunde haben ihn wegen Fahnenflucht füsiliert. Er war erst fünfzehn, der arme Kerl.«

»Ich bin sechzehn«, warf Lenny ein.

»Ja«, sagte sein Vater. »Das ist mal ein großer Unterschied.«

»Lloyd wird in ungefähr zehn Minuten seinen Zug nach London verpassen«, sagte Grandah.

Lloyd war von Lennys Offenbarung so gebannt gewesen, dass er die Uhr nicht im Auge behalten hatte. Nun sprang er auf, küsste seine Großmutter und schnappte sich seinen kleinen Koffer.

»Ich gehe mit dir zum Bahnhof«, sagte Lenny.

Lloyd verabschiedete sich und eilte den Hügel hinunter. Lenny sagte nichts, schien in Gedanken zu sein. Lloyd war froh, dass er nicht zu reden brauchte. Sein Inneres war in Aufruhr.

Der Zug stand schon am Gleis. Lloyd kaufte eine Fahrkarte dritter Klasse nach London. Als er einsteigen wollte, fragte Lenny: »Sag mal, Lloyd, wie kriegt man eigentlich 'nen Pass?«

»Du willst im Ernst nach Spanien, hab ich recht?«

»Komm, sag schon, Mann. Red nicht drum herum.«

Die Pfeife des Schaffners gellte über den Bahnsteig. Lloyd stieg in den Waggon, schlug die Tür hinter sich zu und schob das Fenster des Abteils herunter. »Du gehst zum Postamt und lässt dir ein Formular geben«, sagte er.

Bedrückt erwiderte Lenny: »Wenn ich im Postamt um ein Passformular bitte, weiß meine Mutter dreißig Sekunden später Bescheid.«

»Dann mach es in Cardiff«, schlug Lloyd vor.

Der Zug rollte an. Lloyd ließ sich in seinen Sitz sinken, zog eine Ausgabe von Stendhals *Le Rouge et le Noir* auf Französisch aus der Tasche und blickte auf die Seite, ohne etwas aufzunehmen. Er konnte nur an eines denken: nach Spanien zu gehen.

Natürlich wusste Lloyd, dass er allen Grund hatte, Angst zu haben. Doch der Wunsch, Männer wie die zu bekämpfen, die die ausgehungerten Hunde auf Jörg gehetzt hatten, war stärker als die Furcht. Er wollte etwas tun, nicht nur Versammlungen abhalten. Aber die Angst würde sich schon noch einstellen, das wusste er. Es war wie vor einem Boxkampf. In der Kabine hatte er keine Furcht, aber sobald er in den Ring trat und den Mann erblickte, der ihn bewusstlos schlagen wollte – die breiten Schultern, die muskulösen Arme, das harte Gesicht –, wurde ihm der Mund trocken, und er wäre am liebsten davongelaufen.

Im Augenblick sorgte er sich vor allem um seine Eltern. Bernie war sehr stolz darauf, einen Stiefsohn in Cambridge zu haben – er hatte dem halben Eastend davon erzählt –, und wäre am Boden zerstört, wenn Lloyd die Universität ohne Abschluss verließ. Ethel hätte furchtbare Angst, dass ihr Sohn verwundet oder getötet würde. Beide würden sich schrecklich aufregen.

Und es gab weitere Fragen. Wie kam er überhaupt nach Spanien? In welche Stadt würde er gehen? Wie sollte er die Fahrt bezahlen? Doch nur ein Gedanke ließ ihn wirklich innehalten:

Daisy Peshkov.

Lloyd ermahnte sich, nicht albern zu sein. Er war ihr erst
zweimal begegnet. Sie war nicht einmal besonders an ihm interessiert – was klug von ihr war, denn sie passten nicht zusammen.
Daisy war eine Millionärstochter und ein seichtes Partygirl, und
sie fand Gespräche über Politik langweilig. Sie mochte Männer
wie Boy Fitzherbert. Das allein bewies, dass sie für Lloyd nicht die
Richtige war. Dennoch ging sie ihm nicht aus dem Kopf, und der
Gedanke, nach Spanien zu gehen und jede Chance auf ein Wiedersehen zunichtezumachen, erfüllte ihn mit Traurigkeit.

Mayfair 2434.

Sein Zögern beschämte ihn, besonders wenn er sich Lennys
Entschlossenheit vor Augen hielt. Lloyd wollte immer schon gegen
den Faschismus kämpfen. Jetzt bekam er die Gelegenheit. Wie
konnte er da in England bleiben?

Am Londoner Bahnhof Paddington stieg er aus, nahm die
U-Bahn nach Aldgate und ging zu dem Reihenhaus auf der Nutley
Street, in dem er zur Welt gekommen war und für das er noch
immer einen Schlüssel besaß. Seit seiner Kindheit hatte sich am
Haus nicht viel verändert; eine Neuerung jedoch war das Telefon
auf einem kleinen Tisch neben dem Garderobenständer. Es war
der einzige Fernsprecher in der ganzen Straße, und die Nachbarn
nutzten ihn als öffentliches Eigentum. Neben dem Apparat stand
ein Kästchen, in das sie das Geld für die Anrufe legten.

Lloyds Mutter war in der Küche. Sie hatte den Hut auf und war
zum Ausgehen gekleidet, denn sie wollte auf einer Labour-Versammlung sprechen – was sonst? –, aber sie setzte den Wasserkessel
auf und machte ihm Tee.

»Wie geht es denn allen in Aberowen?«, fragte sie.

»Onkel Billy ist dieses Wochenende da«, antwortete Lloyd.
»Die ganzen Nachbarn kamen in Grandahs Küche. Es war wie der
Königshof im Mittelalter.«

»Geht es deinen Großeltern gut?«

»Grandah ist wie immer. Grandmam sieht älter aus.« Er schwieg
kurz. »Lenny Griffiths möchte nach Spanien, gegen die Faschisten
kämpfen.«

Ethel schürzte missbilligend die Lippen. »So, will er das?«

»Vielleicht gehe ich mit. Was hältst du davon?«

Lloyd hatte mit Widerstand gerechnet; dennoch überraschte ihn ihre Reaktion. »Wag das ja nicht, verdammt!«, fuhr sie ihn an. Ethel teilte die Abneigung ihrer Mutter gegen das Fluchen nicht. »Sprich nie wieder davon!« Sie knallte die Teekanne auf den Küchentisch. »Ich habe dich in Schmerz und Leid zur Welt gebracht und dich großgezogen, habe dir Schuhe für deine Füße gekauft und dich zur Schule geschickt. Das alles habe ich nicht getan, damit du dein Leben in einem beschissenen Krieg wegwirfst!«

Lloyd war entsetzt. »Ich will mein Leben nicht wegwerfen. Aber vielleicht riskiere ich es für eine Sache, an die ich glaube, weil du mich dazu erzogen hast.«

Zu seinem Erstaunen begann sie zu schluchzen. Sie weinte nur selten – Lloyd konnte sich an das letzte Mal gar nicht erinnern.

»Nicht weinen, Mutter.« Er legte ihr den Arm um die bebenden Schultern. »Noch ist es ja nicht so weit.«

Bernie kam in die Küche, ein untersetzter Mann in mittleren Jahren mit kahlem Scheitel. »Was ist los?«, fragte er. Er wirkte ein bisschen ängstlich.

»Tut mir leid, Dad, ich habe Mutter aufgeregt.« Lloyd trat zurück, damit Bernie die Arme um Ethel legen konnte.

»Er geht nach Spanien!«, heulte sie auf. »Da bringen sie ihn um!«

»Beruhigen wir uns erst mal und reden in Ruhe darüber«, sagte Bernie. Er war ein nüchterner Mann in einem nüchternen dunklen Anzug und geflickten Schuhen mit praktischen dicken Sohlen. Ohne Zweifel stimmten die Menschen deshalb für ihn. Er war Lokalpolitiker und vertrat Aldgate im Londoner Stadtrat. Lloyd hatte seinen leiblichen Vater nie kennengelernt und konnte sich nicht vorstellen, ihn lieber zu mögen als Bernie. Bernie Leckwith war stets ein gütiger Stiefvater gewesen, immer bereit zu Trost und Rat, immer zögerlich bei Befehlen oder Strafen. Er behandelte Lloyd nicht anders als seine leibliche Tochter Millie.

Bernie brachte Ethel dazu, sich an den Küchentisch zu setzen, und Lloyd schenkte ihr eine Tasse Tee ein.

»Ich habe einmal geglaubt, mein Bruder wäre gefallen.« Ethel rannen noch immer Tränen über die Wangen. »Die Telegramme mit den Todesnachrichten kamen jedes Mal zur Wellington Row, und der arme Junge von der Post musste von einem Haus zum nächsten

205

gehen und Männern und Frauen die Zettel geben, auf denen stand, dass ihre Söhne und Männer gefallen waren. Wie hieß der arme Bursche gleich? Geraint, glaube ich. Jedenfalls, für unser Haus hatte er kein Telegramm. Und was habe ich sündige Frau getan? Ich habe Gott gedankt, dass andere gestorben waren, nicht unser Billy.«

»Du bist keine sündige Frau.« Bernie tätschelte ihr die Schulter.

Lloyds Halbschwester Millie kam die Treppe herunter. Sie war sechzehn, sah aber älter aus, besonders an einem Abend wie heute, wenn sie ein elegantes schwarzes Kleid und kleine Goldohrringe trug. Zwei Jahre lang hatte sie in einem Damenmodegeschäft in Aldgate gearbeitet, doch sie war klug und ehrgeizig und hatte vor wenigen Tagen eine Anstellung in einem mondänen Kaufhaus im Westend gefunden. Nun schaute sie Ethel an und fragte: »Was ist los, Mam?« Sie sprach mit Cockneyakzent.

»Dein Bruder will nach Spanien, sich umbringen lassen!«, jammerte Ethel.

Millie blickte Lloyd vorwurfsvoll an. »Was hast du ihr denn gesagt?« Millie suchte bei ihrem Bruder immer nach einem Haar in der Suppe, war sie doch der Meinung, dass man ihn zu Unrecht vergötterte.

Lloyd antwortete: »Lenny Griffiths aus Aberowen zieht in den Kampf gegen die Faschisten. Ich habe Mam gesagt, dass ich überlege, mit ihm zu gehen.«

»Das sieht dir ähnlich«, sagte Millie abschätzig.

»Ich bezweifle, dass du überhaupt dahin kommst«, sagte Bernie, wie immer ganz praktisch. »Schließlich ist das Land mitten im Bürgerkrieg.«

»Ich kann mit dem Zug nach Marseille fahren. Barcelona ist nicht weit von der französischen Grenze.«

»Achtzig oder neunzig Meilen. Und in den Pyrenäen wird es ganz schön kalt.«

»Von Marseille nach Barcelona müssen Schiffe fahren. Auf See ist die Entfernung nicht so groß.«

»Das stimmt.«

»Hör auf, Bernie!«, schluchzte Ethel. »Das hört sich an, als würdet ihr darüber sprechen, wie man am schnellsten zum Piccadilly Circus kommt. Lloyd redet davon, in den Krieg zu ziehen! Das erlaube ich nicht!«

»Lloyd ist einundzwanzig«, erwiderte Bernie. »Wir können ihn nicht davon abhalten.«

»Ich weiß selbst, wie alt er ist, verdammich!«

Bernie blickte auf die Uhr. »Wir müssen zu der Versammlung, Ethel. Du bist die Hauptrednerin. Und Lloyd wird ja nicht schon heute Abend nach Spanien aufbrechen.«

»Woher willst du das wissen?«, fragte sie. »Vielleicht kommen wir nach Hause und finden bloß noch einen Zettel von ihm, wo draufsteht, dass er den Zug zur Fähre nach Calais genommen hat!«

»Ich sag euch was. Lloyd, versprich deiner Mutter, dass du wenigstens noch einen Monat warten wirst. Das ist sowieso keine schlechte Idee. Du solltest nicht überstürzt aufbrechen, sondern dich mit der Lage in Spanien vertraut machen. Dann kann deine Mutter sich ein bisschen beruhigen. Danach reden wir noch einmal über die Sache.«

Der Vorschlag war ein Kompromiss, wie er für Bernie typisch war, darauf ausgelegt, dass jeder einen Schritt zurück machen konnte, ohne seine Position aufzugeben. Dennoch zögerte Lloyd. Andererseits konnte er wirklich nicht einfach in den nächsten Zug springen. Erst musste er in Erfahrung bringen, welche Vereinbarungen die spanische Regierung mit den Freiwilligen treffen würde. Im Idealfall käme er mit Lenny und den anderen in die gleiche Einheit. Er brauchte ein Visum, ausländisches Geld, ein Paar Stiefel ...

»Also gut«, sagte er. »Den nächsten Monat bleibe ich hier.«

»Versprich es«, verlangte seine Mutter.

»Ich versprech's.«

Ethel beruhigte sich. Sie puderte ihr Gesicht, trank ihren Tee aus und machte sich mit Bernie auf den Weg.

»Tja, ich bin dann auch weg«, sagte Millie.

»Wohin gehst du?«, fragte Lloyd.

»Ins Gaiety.«

Das Gaiety war ein Varietétheater im Eastend. »Lassen sie da Sechzehnjährige rein?«

Millie wölbte die Augenbrauen. »Wer ist hier sechzehn? Ich nicht. Übrigens geht Dave auch hin, und der ist erst fünfzehn.« Sie sprach von ihrem Cousin David Williams, dem Sohn von Onkel Billy und Tante Mildred.

»Na gut, dann viel Spaß.«

Millie ging zur Tür, kam aber noch einmal zurück. »Lass dich bloß nicht in Spanien umbringen, du dämlicher Trottel.« Sie legte die Arme um ihn und drückte ihn fest an sich. Dann verließ sie ohne ein weiteres Wort das Haus.

Als Lloyd hörte, wie die Tür zuknallte, ging er zum Telefon.

Er brauchte nicht nachzudenken, um sich an die Nummer zu erinnern. Er sah Daisy vor sich, wie sie sich im Gehen noch einmal zu ihm umdrehte, ein gewinnendes Lächeln auf dem hübschen Gesicht, und sagte: »Mayfair 2434.«

Er nahm den Hörer ab und wählte.

Was sollte er ihr sagen? »Sie haben gesagt, ich soll anrufen, und hier bin ich.« Nein, das war lasch. Die Wahrheit? »Ich bewundere Sie nicht, aber Sie gehen mir einfach nicht aus dem Sinn.« Nein, er müsste sie zu etwas einladen, aber wozu? Einer Labour-Versammlung?

Ein Mann kam ans Telefon. »Hier ist der Wohnsitz von Mrs. Peshkov, guten Abend.« Dem unterwürfigen Ton nach zu urteilen, war es der Butler. Daisys Mutter hatte in London gewiss ein ganzes Haus komplett mit Personal gemietet.

»Hier spricht Lloyd Williams …« Er wollte etwas sagen, das seinen Anruf erklärte oder rechtfertigte, und fügte hinzu, was ihm als Erstes in den Sinn kam: »… vom Emmanuel College.« Zwar war es bedeutungslos, doch Lloyd hoffte, dass es sich beeindruckend anhörte. »Könnte ich bitte Miss Daisy Peshkov sprechen?«

»Nein, tut mir leid, Professor Williams«, sagte der Butler, der Lloyd offenbar für einen Dozenten hielt. »Die ganze Familie ist in der Oper.«

Natürlich, dachte Lloyd enttäuscht. Die feine Gesellschaft ist um diese Zeit nicht zu Hause, schon gar nicht an einem Samstag. »Ja, stimmt, ich erinnere mich«, log er. »Sie hatte mir gesagt, dass sie dort hingeht. Ich hab's ganz vergessen. Covent Garden, nicht wahr?« Lloyd hielt den Atem an.

Doch der Butler war nicht misstrauisch. »Jawohl, Sir. Die Zauberflöte, glaube ich.«

»Vielen Dank.« Lloyd legte auf.

Er ging auf sein Zimmer und zog sich um. Im Westend trugen die meisten Leute selbst im Kino Abendgarderobe. Doch was soll-

208

te er tun, wenn er dort ankam? Eine Eintrittskarte für die Oper konnte er sich nicht leisten, und die Aufführung wäre ohnehin fast zu Ende.

Er fuhr mit der U-Bahn. Das Königliche Opernhaus stand unpassenderweise gleich neben dem Covent Garden, dem Londoner Großmarkt für Obst und Gemüse. Die beiden Institutionen kamen gut miteinander zurecht, weil sie zu unterschiedlichen Zeiten aktiv waren: Der Markt öffnete gegen drei oder vier Uhr morgens, wenn auch die ärgsten Londoner Nachtschwärmer nach Hause aufbrachen, und schloss vor der Matinee.

Lloyd ging an den geschlossenen Marktständen vorbei und blickte durch die Glastüren ins Opernhaus. Das hell erleuchtete Foyer war leer, und er hörte gedämpfte Mozartklänge. Er trat ein, gab sich als unbekümmertes Mitglied der Oberschicht und fragte einen Platzanweiser: »Wann fällt der Vorhang?«

Hätte er seinen Tweedanzug getragen, wäre ihm vermutlich entgegnet worden, dass es ihn nichts angehe, doch der Frack war die Uniform der Autorität. Der Platzanweiser antwortete: »In ungefähr fünf Minuten, Sir.«

Lloyd nickte knapp. Mit einem »Danke« hätte er sich verraten.

Er verließ das Opernhaus und ging um den Block. Er genoss den Augenblick der Stille. In den Restaurants bestellten die Leute sich Kaffee; in den Kinos näherte sich der Hauptfilm seinem melodramatischen Höhepunkt. Bald würde alles zum Leben erwachen. Die Straßen würden voller Menschen sein, die nach Taxis riefen, zu den Nachtclubs zogen, sich an Bushaltestellen einen Gutenachtkuss gaben und zum Bahnhof eilten, um noch den letzten Vorortzug zu erreichen.

Lloyd kehrte zum Opernhaus zurück und wartete vor den Türen. Das Orchester spielte nicht mehr, und soeben strömten die ersten Zuschauer aus dem Gebäude. Befreit nach langer Gefangenschaft auf den Sitzen unterhielten sie sich angeregt, lobten die Sänger, kritisierten die Kostüme und machten Pläne für ein spätes Abendessen.

Lloyd entdeckte Daisy beinahe sofort.

Sie trug ein lavendelfarbenes Kleid mit einem kurzen Cape aus champagnerfarbenem Nerz, das ihre bloßen Schultern bedeckte. Sie sah hinreißend aus, als sie an der Spitze einer kleinen

Traube von Gleichaltrigen aus dem Saal kam. Zu seinem Verdruss entdeckte er Boy Fitzherbert an ihrer Seite; Daisy lachte fröhlich über irgendeine Bemerkung von ihm, während sie beide die mit rotem Teppich bedeckten Stufen hinunterstiegen. Ihnen folgte das interessante deutsche Mädchen, Eva Rothmann, begleitet von einem hochgewachsenen jungen Mann in Gesellschaftsuniform.

Eva erkannte Lloyd und lächelte ihm zu. »Guten Abend, Fräulein Rothmann«, sprach er sie auf Deutsch an. »Ich hoffe, die Oper hat Ihnen gefallen.«

»Sehr gut, vielen Dank«, antwortete sie, ebenfalls auf Deutsch. »Ich habe Sie gar nicht im Publikum bemerkt.«

Boy erwiderte freundlich: »Sprecht Englisch, Bande, sag ich!« Er klang ein wenig angetrunken. Auf leicht zügellose Art sah er gut aus, wie ein hübscher, schmollender Halbwüchsiger. Er hatte eine angenehme Art, und wenn er es darauf anlegte, konnte er bezwingend charmant sein.

Eva wandte sich auf Englisch an Boy Fitzherbert. »Viscount, das ist Mr. Williams.«

»Wir kennen uns«, entgegnete Boy. »Er ist auf dem Emma.«

»Hallo, Lloyd«, sagte Daisy. »Wir wollen slummen gehen.«

Lloyd hatte das Wort schon einmal gehört. Es bedeutete, ins Eastend zu ziehen, einfache Pubs zu besuchen und sich die typischen Vergnügungen von Arbeitern anzuschauen, zum Beispiel Hundekämpfe.

»Ich wette, Williams kennt da ein paar gute Sachen«, sagte Boy.

Lloyd zögerte nur eine Sekunde. War er bereit, Boy zu ertragen, wenn er dadurch in den Genuss von Daisys Gesellschaft kam? Keine Frage. »Ja, allerdings«, sagte er. »Soll ich sie Ihnen zeigen?«

»Prächtig!«

Eine ältere Frau kam herbei und drohte Boy mit dem Finger. »Ich möchte die Mädchen um Mitternacht wieder zu Hause haben.« Sie sprach mit amerikanischem Akzent. »Keine Sekunde später bitte.« Lloyd vermutete, dass sie Daisys Mutter war.

Der große junge Mann in Uniform erwiderte: »Überlassen Sie es der Army, Mrs. Peshkov. Wir sind pünktlich.«

Hinter Mrs. Peshkov kam Earl Fitzherbert mit einer dicken Frau, die seine Gemahlin sein musste. Zu gerne hätte Lloyd den Earl wegen der Spanienpolitik seiner Regierung zur Rede gestellt.

210

Zwei Automobile warteten draußen auf die Herrschaften. Der Earl, seine Frau und Daisys Mutter stiegen in einen schwarz und creme lackierten Rolls-Royce Phantom III, während Boy und seine Begleiter in einem dunkelblauen Daimler E20 Platz nahmen, dem Lieblingswagen der königlichen Familie. Lloyd mit eingerechnet, waren sie sieben junge Leute. Eva schien in Begleitung des jungen Soldaten zu sein, der sich Lloyd als Lieutenant Jimmy Murray vorstellte. Das dritte Mädchen war Jimmys Schwester May; der dritte junge Mann – eine schlankere, bedächtigere Version von Boy – erwies sich als Andy Fitzherbert.

Lloyd erklärte dem Chauffeur den Weg zum Gaiety.

Er bemerkte, dass Jimmy Murray diskret den Arm um Evas Taille legte. Sie rückte daraufhin etwas näher zu ihm; offenbar machte er ihr den Hof. Lloyd freute sich für Eva. Sie war keine Schönheit, aber charmant und intelligent. Er mochte sie und war froh, dass sie sich einen schneidigen Soldaten an Land gezogen hatte. Er fragte sich allerdings, wie die Londoner Oberschicht reagieren würde, wenn Jimmy bekannt gab, dass er eine deutsche Halbjüdin heiraten wollte.

Ihm kam der Gedanke, dass die anderen zwei weitere Pärchen bildeten: Andy und May und – ärgerlicherweise – Boy und Daisy. Nur er, Lloyd, hatte keine Begleiterin. Da er niemanden anstarren wollte, betrachtete er angelegentlich die Fensterrahmen aus Mahagoni.

Der Wagen fuhr den Ludgate Hill zur St. Paul's Cathedral hinauf. »Nehmen Sie die Cheapside«, sagte Lloyd zum Fahrer.

Boy trank einen langen Zug aus einer silbernen Taschenflasche, wischte sich den Mund ab und sagte: »Sie kennen sich aus, Williams.«

»Ich wohne hier. Ich bin im Eastend geboren.«

»Vortrefflich«, erwiderte Boy. Lloyd war sich nicht sicher, ob er gedankenlos höflich oder unangenehm sarkastisch war.

Im Gaiety waren alle Sitzplätze belegt, aber Stehplätze gab es genügend. Das Publikum war ohnehin dauernd in Bewegung, begrüßte Freunde und ging an die Theke. Alle waren herausgeputzt, die Frauen in grellfarbenen Kleidern, die Männer in ihren besten Anzügen. Die warme, verräucherte Luft roch nach verschüttetem Bier. Im hinteren Teil fand Lloyd einen Platz für sich und die anderen. Ihre Kleidung ließ sie als Besucher aus dem Westend erkennen, doch sie stachen nicht als Einzige heraus: Varietés waren in allen sozialen Schichten beliebt.

Auf der Bühne gab eine Künstlerin mittleren Alters mit rotem Kleid und blonder Perücke eine zweideutige Nummer zum Besten. »Ich sage zu ihm: ›Nein, ich lasse Sie nicht in meine Garage.‹« Das Publikum brüllte vor Lachen. »Sagt er zu mir: ›Ich seh sie von hier aus, Schätzchen.‹ Ich sag ihm: ›Stecken Sie da bloß nicht Ihre Nase rein.‹ Sagt er: ›Für mich sieht das aus, als müsste sie mal gut ausgeputzt werden.‹ Also wirklich! Das gibt's doch nicht.«

Lloyd bemerkte, dass Daisy breit grinste. Er beugte sich zu ihr und murmelte ihr ins Ohr: »Haben Sie bemerkt, dass das ein Mann ist?«

»Nein!«

»Achten Sie auf seine Hände.«

»Ach du lieber Gott! Sie ist wirklich ein Mann!«

Lloyds Cousin David ging vorbei, entdeckte Lloyd und kam zurück. »Was seid ihr denn alle so aufgetakelt?«, fragte er mit Cockneyakzent. Er trug ein geknotetes Halstuch und eine Tuchmütze.

»Hallo, Dave, wie geht's?«

»Ich gehe mit dir und Lenny Griffiths nach Spanien«, antwortete Dave.

»Nein, bestimmt nicht. Du bist erst fünfzehn.«

»Jungs in meinem Alter waren beim Großen Krieg dabei.«

»Aber sie waren zu nichts zu gebrauchen. Frag deinen Vater. Außerdem, wer sagt eigentlich, dass ich gehe?«

»Millie, deine Schwester«, antwortete Dave und ging weiter.

»Was trinken die Leute hier denn so, Williams?«, fragte Boy.

Lloyd war der Ansicht, dass Boy genug getrunken hatte, antwortete jedoch: »Die Männer ein Pint vom besten Bitterbier, die Frauen Port-and-Lemon.«

»Port-and-Lemon?«

»Das ist Portwein, verdünnt mit Limonade.«

»Wie ausgemacht abscheulich.« Boy verschwand.

Der Komiker erreichte den Höhepunkt seines Auftritts. »Sag ich zu ihm: ›Du Trottel, *das ist die falsche Garage!*‹« Sie – oder er – trat ab, begleitet von tosendem Applaus.

212

Millie trat vor Lloyd hin. »Hallo.« Sie blickte Daisy an. »Wer ist denn deine Freundin?«

Lloyd war froh, dass Millie in ihrem raffinierten schwarzen Kleid mit der falschen Perlenkette und dem diskreten Make-up so hübsch aussah. »Miss Peshkov, erlauben Sie mir, Ihnen meine Schwester vorzustellen, Miss Leckwith. Millie, das ist Daisy.«

Sie schüttelten einander die Hand. »Ich freue mich sehr, Lloyds Schwester kennenzulernen«, sagte Daisy.

»Halbschwester eigentlich nur«, erwiderte Millie.

»Mein Vater ist im Großen Krieg gefallen«, erklärte Lloyd. »Ich habe ihn nie gekannt. Mutter hat wieder geheiratet, als ich noch ein Baby war.«

»Viel Spaß noch«, sagte Millie und wandte sich ab; im Gehen raunte sie Lloyd zu: »Jetzt verstehe ich, wieso Ruby Carter keine Chance hat.«

Lloyd ächzte innerlich. Seine Mutter hatte offenbar der ganzen Familie erzählt, dass er in Ruby verknallt sei.

»Wer ist Ruby Carter?«, fragte Daisy.

»Sie ist Hausmädchen auf Chimbleigh. Sie haben ihr Geld für den Zahnarzt gegeben.«

»Ja, ich erinnere mich. Also ist ihr Name in romantischer Hinsicht mit dem Ihren verknüpft.«

»Nur in der Fantasie meiner Mutter.«

Daisy lachte über sein Unbehagen. »Dann werden Sie kein Hausmädchen heiraten?«

»Ich werde Ruby nicht heiraten.«

»Sie passt vielleicht gut zu Ihnen.«

Lloyd blickte ihr in die Augen. »Wir verlieben uns nicht immer in die Passendsten, nicht wahr?«

Daisy schaute zur Bühne. Die Show ging zu Ende, und das gesamte Ensemble stimmte ein bekanntes Lied an. Das Publikum fiel begeistert ein. Die Besucher auf den Stehplätzen im hinteren Teil des Saales hakten die Arme ineinander und schunkelten. Boys Gruppe schloss sich an.

Als der Vorhang fiel, war Boy noch immer nicht zurück. »Ich sehe nach ihm«, sagte Lloyd. »Ich glaube, ich weiß, wo er ist.« Im Gaiety gab es eine Damentoilette; die Männer mussten in den Hinterhof, wo ein Plumpsklo und ein paar halbierte Ölfässer auf

213

sie warteten. Lloyd traf Boy dabei an, wie er sich gerade in eines dieser Fässer erbrach.

Er reichte Boy ein Taschentuch, damit er sich den Mund abwischen konnte. Dann führte er ihn am Arm durch das sich leerende Theater nach draußen zur Daimler-Limousine. Die anderen warteten bereits. Sie stiegen in den Wagen, und Boy schlief augenblicklich ein.

Als sie wieder im Westend waren, befahl Andy Fitzherbert dem Chauffeur, zuerst zum Haus der Murrays zu fahren, das in einer bescheidenen Straße unweit des Trafalgar Square stand. Er stieg mit May aus dem Wagen und sagte: »Ihr fahrt weiter. Ich bringe May noch zur Tür, dann gehe ich zu Fuß.« Lloyd vermutete, dass Andy eine romantische Verabschiedung vor Mays Haustür plante.

Sie fuhren weiter nach Mayfair. Als der Wagen sich Grosvenor Square näherte, wo Daisy und Eva wohnten, forderte Jimmy den Chauffeur auf, an der Ecke zu halten. Dann fragte er Lloyd leise: »Würde es Ihnen etwas ausmachen, Williams, Miss Peshkov zur Tür zu bringen, und ich komme in einer halben Minute mit Fräulein Rothmann nach?«

»Einverstanden.« Jimmy wollte Eva offensichtlich im Auto einen Gutenachtkuss geben. Boy würde davon nichts merken: Er schnarchte laut. Der Chauffeur würde in Erwartung eines Trinkgelds so tun, als bemerke er nichts.

Lloyd stieg aus dem Wagen und half Daisy heraus. Als sie seine Hand fasste, schien ihn ein elektrischer Schlag zu durchzucken. Er nahm sie beim Arm, und sie gingen langsam den Bürgersteig entlang. Mitten zwischen zwei Straßenlaternen, wo das Licht am schwächsten war, blieb Daisy stehen. »Geben wir ihnen Zeit«, sagte sie.

»Ich freue mich, dass Eva einen Verehrer hat«, sagte Lloyd.

»Ich auch.«

»Über dich und Boy Fitzherbert kann ich nicht das Gleiche sagen.«

»Er hat dafür gesorgt, dass ich bei Hofe vorgestellt wurde!«, erwiderte Daisy. »Und ich habe mit dem König in einem Nachtclub getanzt – es stand in allen amerikanischen Zeitungen.«

»Und deshalb gehst du mit ihm aus?«, fragte Lloyd fassungslos.

»Nicht nur deswegen. Er mag alles, was ich auch mag – Partys und Rennpferde und schöne Garderobe. Mit ihm macht es so viel Spaß! Er hat sogar ein eigenes Flugzeug.«

»Das ist alles bedeutungslos«, erwiderte Lloyd. »Gib ihn auf. Sei meine Freundin.«

Sie sah zufrieden aus, doch sie lachte. »Du bist verrückt, aber ich mag dich.«

»Es ist mir ernst«, sagte Lloyd verzweifelt. »Ich muss immerzu an dich denken, obwohl du die Letzte bist, die ich heiraten sollte.«

Wieder lachte sie. »Du sagst aber unfeine Dinge! Ich weiß gar nicht, weshalb ich mit dir rede. Vielleicht, weil sich hinter deinen unbeholfenen Manieren ein ganz netter Kerl versteckt.«

»Ich bin sonst gar nicht unbeholfen, nur in deiner Gegenwart.«

»Das glaube ich dir sogar. Trotzdem heirate ich keinen mittellosen Sozialisten.«

Lloyd hatte ihr sein Herz geöffnet, nur um charmant zurückgewiesen zu werden. Nun fühlte er sich erbärmlich. Er schaute zum Daimler. »Wie lange die wohl noch brauchen«, murmelte er niedergeschlagen.

»Aber vielleicht«, sagte Daisy, »würde ich einen Sozialisten küssen, nur um zu sehen, wie das ist.«

Im ersten Moment reagierte Lloyd nicht, da er glaubte, sie hätte es rein hypothetisch gemeint. Andererseits würde kein Mädchen so etwas rein hypothetisch sagen. Es war eine Einladung, die er in seiner Blindheit beinahe übersehen hätte.

Er bewegte sich näher an sie heran und legte ihr die Hände um die schmale Taille. Sie hob ihr Gesicht, und ihre Schönheit raubte ihm den Atem. Er neigte den Kopf, küsste sie sanft auf den Mund. Sie schloss nicht die Augen, Lloyd ebenso wenig. Er fühlte sich unglaublich erregt, während seine Lippen über ihre strichen. Als sie leicht den Mund öffnete, berührte er ihre geteilten Lippen mit der Zungenspitze. Im nächsten Moment spürte er, wie ihre Zunge antwortete. Sie schaute ihn noch immer an. Lloyd war im Paradies und wollte für alle Ewigkeit in dieser Umarmung bleiben. Sie drückte sich an ihn. Er hatte eine Erektion, und es wäre ihm peinlich gewesen, wenn Daisy sie gespürt hätte, deshalb wich er zurück – doch sie drängte nach, und als er ihr in die Augen schaute, begriff er, dass sie spüren wollte, wie sein Glied sich gegen ihren weichen Leib presste. Dieser Gedanke heizte ihn unerträglich auf.

Ihm war, als müsse er ejakulieren. Wünschte sie sich das sogar von ihm?

Dann hörte er, wie die Tür des Daimlers sich öffnete, und Jimmy Murray redete mit unnatürlicher Lautstärke, als wollte er sie warnen. Lloyd löste die Arme von Daisy.

»Hm«, murmelte sie überrascht, »das nenne ich ein unerwartetes Vergnügen.«

»Mehr als nur ein Vergnügen«, gab Lloyd rau zurück.

Sie alle gingen zur Tür von Mrs. Peshkovs Haus, einem großen Gebäude mit einer Treppe, die zu einer überdachten Terrasse führte. Lloyd fragte sich, ob das Vordach womöglich Deckung für einen weiteren Kuss bieten würde, doch als sie die Treppe hinaufstiegen, öffnete ein Mann in Abendkleidung die Tür; vermutlich war es der Butler, mit dem Lloyd telefoniert hatte. Er war heilfroh, den Anruf getätigt zu haben.

Die beiden Mädchen sagten züchtig Gute Nacht, ohne den leisesten Hinweis zu liefern, dass sie erst vor Sekunden in leidenschaftlichen Umarmungen gelegen hatten. Dann schloss sich die Tür hinter ihnen, und Lloyd und Jimmy waren allein.

Sie stiegen die Treppe hinunter.

»Ich gehe von hier aus zu Fuß«, sagte Jimmy. »Soll ich dem Chauffeur sagen, er soll Sie zurück ins Eastend fahren? Es sind sicher drei, vier Meilen bis zu Ihnen nach Haus. Boy wird es egal sein. Wahrscheinlich schläft er bis zur Frühstückszeit.«

»Das ist sehr rücksichtsvoll von Ihnen, Murray, danke. Aber ob Sie's glauben oder nicht, mir ist nach einem Spaziergang. Ich muss über vieles nachdenken.«

»Wie Sie möchten. Gute Nacht.«

»Gute Nacht.« Mit langsam abschwellender Erektion, den Kopf voller Gedanken, wandte Lloyd sich nach Osten und machte sich auf den langen Marsch nach Hause.

Mitte August ging die Londoner Saison zu Ende, und Boy Fitzherbert hatte Daisy Peshkov noch immer keinen Heiratsantrag gemacht.

Daisy war verletzt und verwirrt. Jeder wusste, dass sie zusammen gingen. Fast jeden Tag sahen sie einander. Earl Fitzherbert redete mit Daisy wie mit einer Tochter, und sogar die misstrauische Fürstin Bea hatte sich für sie erwärmt. Boy küsste sie bei jeder Gelegenheit, aber er hatte noch kein Wort darüber gesagt, wie es weitergehen sollte.

Die lange Aufeinanderfolge üppiger Mittagessen und Diners, glänzender Partys und Bälle, traditioneller Sportereignisse und Champagnerpicknicks, die die Londoner Saison ausmachten, endete abrupt. Viele von Daisys neuen Freunden verließen von einem Tag zum anderen die Stadt. Die meisten zogen sich auf Landsitze zurück, wo sie ihre Zeit mit der Fuchsjagd, der Pirsch auf Hirsche und dem Schießen von Vögeln verbrachten.

Daisy und Olga blieben zu Eva Rothmanns Hochzeit. Im Gegensatz zu Boy konnte Jimmy Murray es kaum erwarten, die Frau zu heiraten, die er liebte. Die Zeremonie fand in der Gemeindekirche seiner Eltern in Chelsea statt.

Daisy fand, dass sie mit Eva großartige Arbeit geleistet hatte. Sie hatte der Freundin beigebracht, Garderobe auszusuchen, die ihr stand – elegante Schnitte ohne Rüschen in kräftigen Farben, die ihrem dunklen Haar und den braunen Augen schmeichelten. Je selbstsicherer Eva wurde, desto besser hatte sie gelernt, ihre naturgegebene Herzenswärme und ihre rasche Auffassungsgabe einzusetzen, um Männer wie Frauen für sich einzunehmen. Und Jimmy hatte sich in sie verliebt. Er war kein Filmstar, aber er war groß und auf raue Art attraktiv. Er kam aus einer Soldatenfamilie mit bescheidenem Vermögen, sodass Eva zwar nicht in Reichtum, aber doch behaglich leben konnte.

Die Briten waren genauso vorurteilsbeladen wie jedes andere Volk, und anfangs waren General Murray und seine Frau keineswegs begeistert gewesen, dass ihr Sohn eine Halbjüdin heiraten wollte, die aus Deutschland geflohen war. Doch Eva hatte sie rasch in ihren Bann gezogen. Viele Freunde der Familie drückten allerdings verstohlen Zweifel aus. Bei der Hochzeit hatte Daisy sich sagen lassen müssen, Eva sei »exotisch«, Jimmy »mutig« und die Murrays »bemerkenswert weltoffen«, alles Formulierungen, mit denen man das Beste über ein Paar sagte, bei dem man fand, es passe nicht zusammen.

Jimmy hatte formell an Dr. Rothmann in Berlin geschrieben

und die Erlaubnis bekommen, um Evas Hand anzuhalten. Die deutschen Behörden hatten der Familie Rothmann allerdings die Ausreise verweigert, sodass Evas Eltern nicht zur Hochzeit kommen konnten. Unter Tränen hatte Eva dazu angemerkt: »Die Nazis hassen die Juden so sehr, man sollte doch meinen, dass sie froh wären, wenn sie das Land verlassen!«

Boys Vater, Earl Fitzherbert, hatte die Bemerkung gehört und Daisy später darauf angesprochen. »Sagen Sie Ihrer Freundin, sie soll nicht über Juden reden, wenn sie es vermeiden kann«, riet er im Tonfall eines Mannes, der eine freundlich gemeinte Warnung erteilt. »Eine Halbjüdin zur Frau zu haben wird Jimmys Laufbahn in der Army nicht gerade fördern, wissen Sie.« Daisy hatte diesen unpassenden Hinweis nicht weitergegeben.

Das glückliche Paar reiste für die Flitterwochen nach Nizza. Daisy bemerkte mit einem Stich von Schuldgefühlen, dass sie froh war, Eva nicht mehr am Hals zu haben. Boy und seine politischen Freunde verabscheuten Juden so sehr, dass Eva zu einem Problem wurde. Die Freundschaft zwischen Boy und Jimmy war bereits beendet – Boy hatte sich geweigert, Jimmys Trauzeuge zu sein.

Nach der Hochzeit wurden Daisy und ihre Mutter von den Fitzherberts zu einer Jagdpartie auf dem Landsitz in Wales eingeladen. In Daisy stieg neue Hoffnung auf. Jetzt, da Eva aus dem Weg war, konnte Boy nichts mehr hindern, um ihre Hand anzuhalten. Der Earl und die Fürstin nahmen mit Sicherheit an, dass der Antrag kurz bevorstand. Vielleicht hatten sie geplant, dass Boy ihn an jenem Wochenende machte.

Daisy und ihre Mutter gingen am Freitagmorgen zum Bahnhof Paddington und nahmen einen Zug nach Westen. Sie durchquerten das Herz von England, üppiges welliges Ackerland, gesprenkelt mit Dörfern und Weilern; jedes Örtchen hatte seinen eigenen steinernen Kirchturm, der inmitten alter Bäume aufragte. Sie hatten einen Erster-Klasse-Waggon für sich. Olga fragte Daisy, was Boy ihrer Ansicht nach vorhabe.

»Er muss wissen, dass ich ihn mag«, sagte Daisy. »Ich habe mich oft genug von ihm küssen lassen.«

»Hast du jemals Interesse an einem anderen gezeigt?«, fragte ihre Mutter scharfsinnig.

Daisy unterdrückte die schuldbeladene Erinnerung an jenen

kurzen Augenblick der Torheit mit Lloyd Williams. Boy konnte auf keinen Fall davon wissen, und sie hatte Lloyd seither weder gesehen noch seine drei Briefe beantwortet. »Nein«, sagte sie.

»Dann lag es an Eva. Und die ist jetzt fort.«

Der Zug durchfuhr einen langen Tunnel unter der Mündung des Severn. Als sie wieder ans Tageslicht kamen, waren sie in Wales. Zottige, ungepflegte Schafe grasten auf den Hügeln, und am Talgrund lag eine kleine Bergarbeiterstadt; ein trister Förderturm überragte eine Ansammlung hässlicher Industriegebäude.

Am Bahnhof von Aberowen wurden sie von Earl Fitzherberts schwarz-cremefarbenem Rolls-Royce erwartet. Daisy fand die Ortschaft mit ihren kleinen Häuschen aus grauem Stein, die sich in langen Reihen die steilen Bergflanken hinaufzogen, trist und bedrückend. Sie ließen den Ort über eine Meile weit hinter sich und erreichten das Herrenhaus Tŷ Gwyn.

Daisy schnappte nach Luft, als sie durchs Tor fuhren: Tŷ Gwyn war riesig und elegant; lange Reihen hoher Fenster durchzogen eine klassische Fassade. Das Gebäude war von schmucken Gärten voller Blumen, Sträucher und prächtiger Bäume umgeben, die offenbar des Earls ganzer Stolz waren. Was für eine Freude es wäre, Herrin dieses Hauses zu sein, überlegte Daisy. Der britische Adel mochte die Welt nicht mehr beherrschen, aber die Kunst des Lebens hatte er perfektioniert, und Daisy sehnte sich danach, Teil davon zu werden.

Tŷ Gwyn bedeutete »Weißes Haus«; tatsächlich aber war das Gebäude grau. Daisy erkannte den Grund dafür, als sie das Mauerwerk mit der Hand berührte und ihre Finger voll Kohlenstaub waren.

Ihr wurde eine Zimmerflucht zugewiesen, die »Gardeniensuite« genannt wurde.

An diesem Abend saß sie vor dem Abendessen mit Boy auf der Terrasse und beobachtete, wie die Sonne über dem glutroten Berggipfel unterging. Boy rauchte eine Zigarre, während Daisy an einem Glas Champagner nippte. Sie waren schon eine ganze Weile allein, doch Boy sagte kein Wort von Heirat.

Je weiter das Wochenende voranschritt, desto größer wurde Daisys Unruhe. Boy hatte noch zahlreiche weitere Gelegenheiten, unter vier Augen mit ihr zu reden – dafür sorgte sie schon. Am

Samstag gingen die Männer auf die Jagd, doch Daisy folgte ihnen, traf sie am Nachmittag und kehrte gemeinsam mit Boy durch den Wald nach Tŷ Gwyn zurück. Am Sonntagmorgen besuchten die Fitzherberts und die meisten ihrer Gäste die anglikanische Kirche in der Stadt. Nach dem Gottesdienst kehrte Boy mit Daisy in einem Pub namens The Two Crowns ein, wo untersetzte, breitschultrige Bergleute mit flachen Arbeitermützen Daisy in ihrem lavendelfarbenen Kaschmirmantel anstarrten, als hätte Boy einen Leoparden an der Leine mitgebracht.

Daisy eröffnete ihm, sie und ihre Mutter müssten bald nach Buffalo zurückkehren, aber er sprang auf den Hinweis nicht an.

Konnte es sein, dass er sie mochte – nur leider nicht genug, um sie heiraten zu wollen?

Beim sonntäglichen Mittagessen war Daisy verzweifelt. Morgen würden ihre Mutter und sie nach London zurückkehren. Wenn Boy ihr bis dahin keinen Antrag gemacht hatte, würden seine Eltern davon ausgehen, dass es ihm nicht ernst war mit ihr, und sie nie wieder nach Tŷ Gwyn einladen.

Diese Aussicht verängstigte Daisy. Sie hatte es sich in den Kopf gesetzt, Boy zu heiraten. Sie wollte die Viscountess Aberowen werden und eines Tages Countess Fitzherbert. Reich war sie immer schon gewesen; nun war sie versessen auf den Status, der mit der gehobenen gesellschaftlichen Stellung einherging. Sie wünschte sich sehnlichst, als »Eure Ladyschaft« angeredet zu werden. Sie neidete Fürstin Bea ihr Brillantdiadem. Sie wollte Mitglieder des Königshauses zu ihrem Freundeskreis zählen dürfen.

Daisy wusste, dass Boy sie mochte, und an seinem Verlangen nach ihr bestand kein Zweifel, wenn er sie küsste. »Du musst sehen, dass du ihn anspornst«, murmelte Olga Daisy zu, als sie mit den anderen Damen nach dem Mittagessen im Morgenzimmer den Kaffee nahmen.

»Und wie?«

»Ein Mittel versagt bei Männern niemals.«

Daisy zog die Brauen hoch. »Sex?« Sie sprach mit ihrer Mutter über fast alles, aber dieses Thema mied sie für gewöhnlich.

»Eine Schwangerschaft wäre sehr nützlich«, sagte Olga. »Nur wird man leider nur dann mit Sicherheit schwanger, wenn man *nicht* schwanger werden möchte.«

»Was bleibt mir dann?«

»Du musst ihm einen Blick auf das Gelobte Land erlauben, ihn aber nicht hereinlassen.«

Daisy schüttelte den Kopf. »Ich bin mir nicht sicher, aber ich glaube, er ist schon bei einer anderen im Gelobten Land gewesen.«

»Mit wem?«

»Das weiß ich nicht … mit einem Dienstmädchen, einer Schauspielerin, einer Witwe. Ich vermute es nur, aber er macht nicht mehr diesen unschuldigen Eindruck.«

»Dann musst du ihm etwas bieten, was er von den anderen nicht bekommt. Etwas, wofür er alles tun würde.«

Daisy fragte sich, wie ihre Mutter zu ihrer Weisheit kam, nachdem sie ihr Leben in einer erkalteten Ehe verbracht hatte. Vielleicht hatte sie eingehend darüber nachgedacht, wie ihr der Ehemann abspenstig gemacht worden war. Dennoch, was konnte Daisy anbieten, das Boy nicht auch von einer anderen bekommen konnte?

Die Damen tranken den Kaffee aus und zogen sich zum Mittagsschläfchen in ihre Gemächer zurück. Die Männer saßen noch im Esszimmer und rauchten Zigarren, wollten aber in einer Viertelstunde nachkommen. Daisy erhob sich.

»Was hast du vor?«, fragte Olga.

»Ich weiß noch nicht genau«, sagte sie. »Ich lasse mir etwas einfallen.«

Daisy hatte beschlossen, in Boys Zimmer zu gehen, wollte ihrer Mutter aber nichts davon sagen, damit sie keine Einwände erhob. Sie würde auf Boy warten, wenn er zu seinem Schläfchen heraufkam. Auch die Dienstboten machten um diese Tageszeit eine Pause; deshalb war es unwahrscheinlich, dass jemand ins Zimmer kam.

Sie würde Boy für sich haben. Aber was sollte sie sagen oder tun? Daisy wusste es nicht. Sie würde improvisieren müssen.

Sie ging in die Gardeniensuite, putzte sich die Zähne, betupfte sich den Hals mit Eau de Cologne von Jean Naté und ging mit leisen Schritten über den Flur zu Boys Zimmer.

Niemand sah, wie sie hineinging.

Boy hatte ein geräumiges Schlafzimmer mit Blick auf neblige Bergspitzen. Es machte den Eindruck, als gehöre es ihm schon seit vielen Jahren. Im Raum standen maskuline Ledersessel, und

221

an den Wänden hingen Bilder von Flugzeugen und Rennpferden. Daisy entdeckte einen Humidor aus Zedernholz voller duftender Zigarren und einen Beistelltisch mit Karaffen voll Whisky und Brandy und einem Tablett mit geschliffenen Gläsern.

Sie zog eine Schublade auf und fand Tŷ-Gwyn-Briefpapier, eine Tintenflasche, Füllhalter und Bleistifte. Das blaue Papier zeigte das Wappen der Fitzherberts. Würde es eines Tages auch ihr Wappen sein?

Daisy fragte sich, was Boy sagen würde, wenn er sie hier anträfe. Würde er sich freuen? Würde er sie in die Arme nehmen und küssen? Oder wäre er verärgert, weil sie in seine Privatsphäre eingedrungen war, und würde sie der Schnüffelei bezichtigen? Dieses Risiko musste sie eingehen.

Daisy ging in das angrenzende Ankleidezimmer, in dem sich ein kleines Waschbecken mit einem Spiegel befand. Boys Rasierzeug lag auf dem Marmorrand. Flüchtig dachte Daisy daran, wie gern sie lernen würde, ihren Mann zu rasieren. Wie intim das wäre!

Sie öffnete die Schranktüren und schaute sich Boys Kleidung an: ein Gesellschaftsanzug für den Morgen, Tweedanzüge, Reitkleidung, eine Pilotenjacke aus Leder mit Pelzfutter und zwei Abendanzüge.

Der Anblick brachte Daisy auf eine Idee.

Sie erinnerte sich daran, wie sehr es Boy erregt hatte, als sie und die anderen Mädchen sich im Haus von Bing Westhampton als Männer verkleidet hatten. An jenem Abend hatte er sie zum ersten Mal geküsst. Sie war sich nicht sicher, weshalb er so erregt gewesen war – solche Dinge ließen sich im Allgemeinen auch gar nicht erklären. Lizzie Westhampton sagte, manche Männer hätten es gern, wenn Frauen ihnen den Hosenboden versohlten. Wie sollte man so etwas je verstehen?

Vielleicht sollte sie sich jetzt seine Sachen anziehen.

Sie müsse Boy etwas bieten, wofür er alles tun würde, hatte ihre Mutter gesagt. Hatte sie es gefunden?

Daisy starrte auf die Reihe der Anzüge, die auf den Bügeln hingen, auf den Stapel gefalteter weißer Hemden und auf die polierten Lederschuhe, jeder einzelne auf einem hölzernen Schuhspanner. Ob das klappte? Blieb ihr Zeit genug?

Hatte sie etwas zu verlieren?

Sie konnte die Kleidungsstücke nehmen, die sie brauchte, sie zur Gardeniensuite bringen und dann zurückeilen in der Hoffnung, dass niemand sie unterwegs sah ...

Nein. Dafür blieb keine Zeit. So lang war seine Zigarre nicht gewesen. Sie musste sich hier umziehen, und zwar schnell – oder gar nicht.

Daisy entschied sich.

Sie zog das Kleid aus.

Nun schwebte sie in Gefahr. Bis zu diesem Augenblick hätte sie ihre Anwesenheit in diesem Zimmer noch halbwegs glaubhaft damit erklären können, sie habe sich in Tŷ Gwyns meilenlangen Korridoren verlaufen und sei versehentlich ins falsche Zimmer gegangen. Doch in Unterwäsche im Zimmer eines Mannes vorgefunden zu werden hätte der Ruf keiner Frau überstanden.

Daisy nahm das oberste Hemd vom Stapel. Als sie sah, dass der Kragen mit einem Knopf befestigt werden musste, ächzte sie entmutigt. In einer Schublade fand sie ein Dutzend gestärkte Kragen mit einer Schachtel Knöpfe, befestigte einen davon am Hemd und zog es sich über den Kopf.

Sie erstarrte, als sie draußen auf dem Flur die schweren Schritte eines Mannes hörte. Das Herz schlug ihr bis zum Hals. Doch die Schritte bewegten sich an der Tür vorbei und verklangen.

Daisy entschied sich für den Gesellschaftsanzug. An der gestreiften Hose war kein Träger, aber sie fand welche in einer anderen Schublade. Nach mehreren Versuchen hatte sie herausgefunden, wie man den Träger an die Hose knöpfte, und zog die Hose über. Der Bund war so weit, dass sie zweimal hineingepasst hätte.

Sie schob die bestrumpften Füße in ein Paar glänzende schwarze Schuhe und schnürte sie. Dann knöpfte sie das Hemd zu und legte eine silberne Krawatte an. Der Knoten saß nicht richtig, aber das spielte keine Rolle. Sie wusste ohnehin nicht, wie man eine Krawatte richtig band, also ließ sie den Knoten, wie er war. Über das Hemd zog sie eine rehbraune Weste und einen schwarzen Frack.

Schließlich betrachtete sie sich in dem hohen Spiegel an der Innenseite der Schranktür.

Die Kleidungsstücke waren weit wie Säcke, aber sie sah niedlich darin aus.

Da sie nunmehr Zeit hatte, schloss sie die Hemdmanschetten mit goldenen Knöpfen und steckte sich ein weißes Taschentuch in die Brusttasche.

Etwas fehlte noch. Sie musterte sich im Spiegel, bis ihr auffiel, was sie noch brauchte: einen Hut.

Sie öffnete einen weiteren Schrank und entdeckte auf einem hohen Brett eine Reihe von Hutschachteln. Sie entschied sich für einen grauen Zylinder und setzte ihn sich auf.

Der Schnurrbart fiel ihr ein.

Sie hatte keinen Augenbrauenstift dabei, also kehrte sie in Boys Schlafzimmer zurück und beugte sich über den Kamin. Mit der Fingerspitze nahm sie etwas Ruß auf, kehrte zum Spiegel zurück und zog sich sorgsam einen Schnurrbart auf die Oberlippe.

Jetzt war sie so weit.

Sie setzte sich in einen der Ledersessel und wartete auf Boy.

Ihr Instinkt sagte ihr, dass sie das Richtige tat, aber nüchtern betrachtet erschien es ihr verrückt. Doch es gab keine Regeln für das, was einen Menschen erregte. Sie selbst war feucht geworden, als Boy sie in seinem Flugzeug mitgenommen hatte. Das Fliegen hatte sie so sehr angemacht, dass sie ihm alles erlaubt hätte. Zum Glück hatte Boy sich auf die Maschine konzentrieren müssen.

Aber Männer konnten unberechenbar sein, und Daisy hatte Angst, dass Boy zornig reagierte. Wenn das geschah, verzerrte sich sein hübsches Gesicht zu einer Grimasse, und er tappte nervtötend mit dem Fuß auf und konnte sehr grausam sein. Einmal, als ein hinkender Kellner ihm das falsche Getränk brachte, hatte er ihn angefahren: »Dann hoppeln Sie eben zur Theke zurück und bringen mir den Scotch, den ich bestellt habe! Nur weil Sie ein Krüppel sind, sind Sie doch nicht taub, oder?« Der arme Mann war vor Scham errötet.

Daisy fragte sich, was sie von Boy zu hören bekam, falls er sich darüber ärgerte, sie in seinem Zimmer anzutreffen.

Fünf Minuten später hörte sie Schritte auf dem Flur. Die Tür öffnete sich, und Boy kam herein, ohne sie zuerst zu sehen.

Mit tiefer Stimme fragte sie: »Hallo, alter Junge, wie geht's?«

Boy fuhr zusammen. »Gütiger Himmel!« Dann sah er noch einmal hin. »Daisy?«

Sie stand auf. »Genau die«, sagte sie mit normaler Stimme. Sie

hob den Zylinder, verneigte sich leicht und sagte: »Zu Diensten.«
In einem kecken Winkel setzte sie den Hut wieder auf.

Nach längerem Schweigen erholte Boy sich von dem anfänglichen Schreck und grinste.

Gott sei Dank, dachte Daisy.

»Ich muss schon sagen, der Zylinder steht dir«, sagte er.

Sie näherte sich ihm. »Ich habe ihn nur für dich aufgesetzt.«

»Prima Idee.«

Einladend hob sie das Gesicht. Sie küsste Boy gern. Wenn sie ehrlich war, küsste sie die meisten Männer gern. Insgeheim war ihr peinlich, wie sehr es ihr gefiel. In ihrem Internat, wo man wochenlang keinen Jungen zu Gesicht bekam, hatte sie es sogar genossen, Mädchen zu küssen.

Boy neigte den Kopf und legte die Lippen auf ihren Mund. Ihr Hut fiel herunter, und beide kicherten. Rasch schob er ihr die Zunge in den Mund. Sie entspannte sich und genoss es. Boy konnte sich für jedes sinnliche Vergnügen begeistern, und seine Gier erregte sie.

Dann aber rief sie sich ins Gedächtnis, dass sie ein Ziel verfolgte. Die Dinge entwickelten sich gut, aber sie wollte, dass er ihr einen Antrag machte. Wäre er mit nur einem Kuss zufrieden? Sie musste erreichen, dass er mehr wollte.

Sehr viel hing davon ab, wie viel Wein er zum Mittagessen getrunken hatte. Er vertrug eine Menge, kam aber irgendwann an einen Punkt, an dem er die sexuelle Lust verlor.

Daisy presste sich an ihn. Er legte eine Hand auf ihren Oberkörper, doch sie trug die weite Weste aus Wolltuch, in der er ihre kleinen Brüste nicht finden konnte. Er grunzte enttäuscht.

Dann strich seine Hand über ihren Bauch und drang in den Bund der viel zu weiten Hose vor.

Dort unten hatte sie sich von ihm noch nie berühren lassen.

Nach wie vor trug sie einen Unterrock aus Seide und dicke baumwollene Unterhosen, sodass er auf keinen Fall viel ertasten konnte, doch es zog seine Hand zu der Stelle, wo ihre Schenkel zusammenfanden, und er drückte durch die Stoffschichten fest dagegen.

Daisy durchzuckte wilde Lust, doch sie zog sich von ihm zurück.

Er keuchte: »Bin ich zu weit gegangen?«

»Schließ ab«, sagte sie.

»Ach du meine Güte.« Boy ging zur Tür, drehte den Schlüssel im Schloss und kam zurück zu Daisy. Wieder umarmten sie einander, und er machte weiter, wo er aufgehört hatte. Daisy berührte seinen Hosenschlitz, ertastete durch den Stoff sein steifes Glied und umfasste es fest. Er stöhnte vor Wonne.

Sie zog sich wieder zurück.

Ein Schatten von Verärgerung huschte über sein Gesicht, während Daisy eine unangenehme Erinnerung kam: Einmal hatte sie einem Jungen namens Theo Coffman gesagt, er solle seine Hand von ihren Brüsten nehmen, worauf er fies geworden war und sie »Schwanzneckerin« genannt hatte. Sie hatte Theo nie wiedergesehen, aber wegen der Beleidigung hatte sie sich widersinnigerweise geschämt. Nun hatte sie Angst, dass Boy ihr etwas Ähnliches vorwarf.

Doch seine Züge wurden weich, und er sagte: »Ich bin furchtbar scharf auf dich, weißt du.«

Das war Daisys Augenblick. Schwimmen oder absaufen, dachte sie. »Wir sollten das nicht tun«, sagte sie in einem bedauernden Tonfall, den sie nicht sonderlich zu übertreiben brauchte.

»Warum nicht?«

»Wir sind nicht mal verlobt.«

Einen langen Augenblick hing das Wort in der Luft. Wenn ein Mädchen es aussprach, bedeutete es im Grunde, dass sie einen Antrag machte. Daisy beobachtete Boys Gesicht voller Angst, dass er kalte Füße bekam, sich abwandte, eine Entschuldigung murmelte und sie zum Gehen aufforderte.

Er schwieg.

»Ich möchte dich glücklich machen«, sagte sie, »aber …«

»Ich liebe dich wirklich, Daisy.«

Das genügte ihr nicht. Sie lächelte ihn an. »Wirklich?«

»Über alles.«

Sie erwiderte nichts, blickte ihn nur erwartungsvoll an.

Endlich fragte er: »Willst du mich heiraten?«

»Oh ja!«, rief sie und küsste ihn wieder. Während sie ihm die Lippen auf den Mund presste, knöpfte sie seinen Hosenschlitz auf, wühlte in seiner Unterwäsche, fand sein Glied und zog es heraus. Die Haut war seidig und warm. Sie streichelte es und dachte an das Gespräch mit den Westhampton-Zwillingen. »Du kannst sein

Ding reiben«, hatte Lindy gesagt, und Lizzie hatte hinzugefügt: »Bis es spritzt.« Die Vorstellung, einen Mann so weit zu bringen, faszinierte Daisy. Sie umfasste das Glied fester.

Dann fiel ihr Lindys nächste Bemerkung ein. »Oder du kannst daran saugen, das mögen sie am liebsten.«

Sie löste ihren Mund von Boys Lippen und flüsterte ihm ins Ohr: »Für meinen Mann würde ich alles tun.«

Dann kniete sie nieder.

Es war die Hochzeit des Jahres: Am Samstag, dem 3. Oktober 1936, wurden Daisy und Boy in der St. Margaret's Church in Westminster getraut. Daisy war enttäuscht, dass sie nicht in der Westminster Abbey heiratete, aber sie hatte sich sagen lassen müssen, dass diese Kirche der Königsfamilie vorbehalten sei.

Coco Chanel entwarf ihr Hochzeitskleid. Die Mode der Depressionszeit verlangte klare Linien mit wenig Extravaganz. Daisys bodenlanges, schräg geschnittenes Satinkleid hatte hübsche Schmetterlingsärmel und eine kurze Schleppe, die ein einziger Page halten konnte.

Ihr Vater, Lev Peshkov, kam über den Atlantik zur Hochzeit. Um die Form zu wahren, saß ihre Mutter in der Kirche neben ihm und gab vor, sie und Lev seien ein mehr oder weniger glückliches Ehepaar. In Daisys Albträumen kreuzte auch Marga mit Levs unehelichem Sohn Greg am Arm in der Kirche auf; aber das blieb ihr erspart.

Die Westhampton-Zwillinge und May Murray waren die Brautjungfern, Eva Murray die Trauzeugin. Boy hatte Einwände erhoben, weil Eva Halbjüdin war – er hatte sie gar nicht erst einladen wollen –, doch Daisy hatte darauf bestanden.

Nun stand sie in der alten Kirche, sich deutlich bewusst, wie herzzerreißend schön sie aussah, und gab sich mit Leib und Seele an Boy Fitzherbert.

Sie unterschrieb mit »Daisy Fitzherbert, Viscountess Aberowen«. Wochenlang hatte sie die Unterschrift geübt und das Papier hinterher jedes Mal sorgsam in winzige Streifen gerissen. Jetzt endlich hatte sie das Recht, so zu unterschreiben. Jetzt war es ihr Name.

Als sie aus der Kirche zogen, nahm Fitz liebenswürdig Olgas Arm, doch Fürstin Bea hielt einen Schritt Abstand zu Lev.

Die Fürstin war kein netter Mensch. Daisys Mutter gegenüber verhielt sie sich angemessen freundlich, und falls in ihrer Stimme ein herablassender Unterton lag, bemerkte Olga ihn nicht. Das Verhältnis zwischen beiden Frauen war halbwegs gut. Von Lev jedoch hielt Bea überhaupt nichts.

Daisy war mittlerweile klar, dass Lev der gesellschaftliche Schliff fehlte. Er redete und lachte wie ein Gangster, aß und trank wie ein Gangster, rauchte und kratzte sich wie ein Gangster, und ihm war es egal, was die Leute dachten. Lev tat, was er wollte, weil er ein amerikanischer Millionär war – genau wie Fitz, der englische Earl, sich so gab, wie es ihm passte. Daisy hatte immer gewusst, wer ihr Vater war, doch es traf sie mit besonderer Wucht, als sie beim Hochzeitsfrühstück im großen Ballsaal des Hotels Dorchester den Unterschied zwischen ihm und dem Engländer aus der Oberschicht beobachten konnte.

Aber das spielte jetzt keine Rolle mehr. Sie war Lady Aberowen, und das konnte ihr niemand mehr nehmen.

Beas unablässige Feindseligkeit Lev gegenüber bildete dennoch einen Störfaktor, der wie ein Hauch von schlechtem Geruch oder wie ein fernes Summen war und Daisy ein Gefühl der Unzufriedenheit gab. Bea saß am oberen Ende der Tafel neben Lev und hielt den Kopf stets leicht von ihm weggedreht. Wenn er sie ansprach, antwortete sie kurz und knapp, ohne ihm je in die Augen zu schauen. Er schien es nicht zu bemerken, doch Daisy, die auf Levs anderer Seite saß, sah genau, dass es ihm keineswegs entgangen war. Er mochte ungehobelt sein, aber dumm war er nicht.

Als die Trinksprüche ausgebracht waren und die Männer sich ihre Zigarren anzündeten, blickte Lev, der als Vater der Braut die Rechnung zahlen musste, den Tisch entlang. »Nun, Fitz, ich hoffe, Sie haben das Essen genossen. Haben die Weine Ihren Vorstellungen entsprochen?«

»Sehr gut, vielen Dank.«

»Ich muss schon sagen, es war ein verdammt schöner Tafelschmuck.«

Bea machte hörbar: »Ts-ts.« Männer hatten in ihrer Hörweite nicht »verdammt« zu sagen.

Lev wandte sich ihr zu. Er lächelte, doch Daisy kannte den gefährlichen Ausdruck in seinen Augen. »Nanu, Fürstin, habe ich Sie gekränkt?«

Sie wollte nicht antworten, doch Lev blickte sie erwartungsvoll an, ohne die Augen von ihr zu nehmen. Schließlich sagte sie: »Ich ziehe es vor, keine anstößige Sprache zu hören.«

Lev nahm eine Zigarre aus dem Kästchen. Er zündete sie nicht an, sondern schnüffelte daran und rollte sie zwischen den Fingern. »Ich möchte Ihnen eine Geschichte erzählen«, sagte er und ließ den Blick schweifen, um sich zu vergewissern, dass alle zuhörten: Fitz, Olga, Boy, Daisy und Bea. »Als ich ein kleiner Junge war, wurde mein Vater angeklagt, er habe sein Vieh auf fremdem Land grasen lassen. Sie glauben vielleicht, dass es keine große Sache gewesen sein kann, aber da irren Sie sich. Mein Vater wurde verhaftet, und der Bezirkshauptmann ließ auf der Nordwiese ein Schafott errichten. Dann kamen Soldaten, packten mich, meinen Bruder und meine Mutter und schleppten uns dorthin. Mein Vater stand unter dem Galgen, eine Schlinge um den Hals. Dann traf der Gutsherr ein.«

Daisy hatte die Geschichte noch nie gehört. Sie blickte ihre Mutter an, die genauso überrascht war.

Die kleine Gesellschaft am Tisch war sehr still geworden.

»Wir mussten zusehen, wie mein Vater gehenkt wurde«, sagte Lev und wandte sich Bea zu. »Und wissen Sie, was merkwürdig war? Die Schwester des Gutsherrn war ebenfalls gekommen.« Er steckte sich die Zigarre zwischen die Lippen, befeuchtete das Ende und zog sie wieder heraus.

Daisy sah, dass Bea kreidebleich geworden war. Ging es um sie?

»Die Schwester war ungefähr neunzehn Jahre alt, und sie war eine Fürstin«, fuhr Lev fort und blickte auf die Zigarre. Bea entfuhr ein leiser Schrei, und Daisy begriff, dass die Geschichte tatsächlich von ihr handelte. »Sie stand da und schaute zu, wie mein Vater gehenkt wurde. Sie war kalt wie Eis«, sagte Lev.

Er blickte Bea offen an. »So etwas nenne ich anstößig.«

Ein langer Moment des Schweigens folgte.

Dann schob Lev sich die Zigarre wieder zwischen die Lippen und fragte: »Hat jemand Feuer?«

Lloyd Williams saß im Haus seiner Eltern in Aldgate am Küchentisch und studierte voller Unruhe eine Karte.

Es war Sonntag, der 4. Oktober 1936, und heute würde es einen Aufstand geben.

Die alte römische Siedlung Londinium, auf einem Hügel an der Themse errichtet, war heute die City, das Finanzviertel der Stadt. Westlich des Hügels standen die Villen der Reichen, ihre Theater, Läden und Kathedralen. Das Haus, in dem Lloyd saß, befand sich östlich des Hügels unweit der Häfen, in denen jahrhundertelang immer neue Wellen von Einwanderern gelandet waren, entschlossen, im Schweiße ihres Angesichts zu schuften, damit ihre Enkel eines Tages vom Eastend ins Westend ziehen konnten.

Die Karte, die Lloyd so eingehend betrachtete, war in einer Sonderausgabe des *Daily Worker* abgedruckt, der Parteizeitung der Kommunisten, und zeigte die Route, die der heutige Aufmarsch der British Union of Fascists nehmen sollte. Die Faschisten wollten sich an der Grenze zwischen City und Eastend vor dem Tower sammeln und dann nach Osten marschieren, geradewegs in den überwiegend jüdischen Stadtteil Stepney hinein.

Es sei denn, Lloyd und andere, die so dachten wie er, konnten sie aufhalten.

Den Zeitungen zufolge gab es in Großbritannien rund dreihundertdreißigtausend Juden, die Hälfte davon im Eastend. Die meisten waren Flüchtlinge aus Russland, Polen und dem Deutschen Reich, wo sie in ständiger Angst gelebt hatten, Polizei, Militär oder Kosaken könnten in die Stadt einrücken, die Familie ausrauben, alte Männer verprügeln und junge Frauen schänden, während Vater und Brüder an Mauern aufgereiht und erschossen wurden.

Hier in den Londoner Slums hatten die Juden einen Ort gefunden, an dem sie das gleiche Recht zu leben hatten wie jeder andere. Wie würden sie sich fühlen, wenn sie aus ihren Fenstern schauten und eine Bande uniformierter Schläger erblickten, die geschworen hatten, sie alle zu vernichten? Lloyd war entschlossen, dafür zu sorgen, dass es nicht so weit kam.

Der *Worker* stellte fest, dass die Faschisten vom Tower aus nur zwei Routen nehmen konnten. Die eine führte über Gardiner's Corner, das Tor zum Eastend, wo fünf Straßen zusammentrafen.

Die andere Strecke verlief über die Royal Mint Street und die schmale Cable Street entlang. Eine Einzelperson konnte noch ein Dutzend andere Wege nehmen, eine Marschkolonne nicht. Die St. George Street führte ins katholische Wapping, nicht ins jüdische Stepney, und war für die Faschisten deshalb uninteressant.

Der *Worker* rief dazu auf, einen menschlichen Schutzwall zu bilden und Gardiner's Corner sowie die Cable Street abzuriegeln, um die Faschisten aufzuhalten.

Doch das Blatt forderte seine Leser oft zu Taten auf – Streiks, Protestaktionen, kürzlich sogar zum Zusammenschluss aller linken Parteien zu einer Volksfront –, die dann doch unterblieben. Der menschliche Schutzwall war vielleicht auch nur ein Hirngespinst. Um das Eastend wirksam abzuriegeln, brauchte es Tausende von Menschen. Niemand konnte sagen, ob so viele kommen würden.

Nur eines stand fest: Es würde Schwierigkeiten geben.

Bei Lloyd am Tisch saßen seine Eltern, seine Schwester Millie und der sechzehnjährige Lenny Griffiths aus Aberowen in seinem Sonntagsanzug. Lenny gehörte einer kleinen Armee walisischer Bergleute an, die zur Gegenkundgebung nach London gekommen waren.

Bernie sah von seiner Zeitung auf. »Die Faschisten behaupten, für euch Waliser wären die Bahnfahrten nach London allesamt von den ›großen Juden‹ bezahlt worden.«

Lenny schluckte sein Rührei herunter. »Ich kenne keine großen Juden«, erwiderte er. »Außer vielleicht Mrs. Levy Sweetshop, die ist ein ziemlicher Brocken. Und ich bin nicht mit dem Zug nach London gekommen, sondern auf der Ladefläche eines Lasters, zusammen mit sechzig walisischen Lämmern für den Fleischmarkt von Smithfield.«

»Ach, davon kommt der Geruch«, sagte Millie.

»Sei nicht so unhöflich, Millie!«, schalt Ethel sie.

Lenny schlief in Lloyds Zimmer und hatte ihm anvertraut, dass er nach Abschluss der Kundgebung nicht nach Aberowen zurückkehren werde. Stattdessen wollten er und Dave Williams nach Spanien und sich den Internationalen Brigaden anschließen, um den faschistischen Aufstand niederzukämpfen.

»Hast du einen Pass bekommen?«, hatte Lloyd gefragt. An einen Pass zu gelangen war nicht schwierig; allerdings brauchte ein Antragsteller einen Geistlichen, einen Arzt, einen Anwalt oder jemanden anderen in gehobener Stellung als Bürgen. Ein junger Mann konnte seinen Antrag daher kaum geheim halten.

»Nicht nötig«, sagte Lenny. »Wir gehen zur Victoria Station und holen uns eine Wochenend-Rückfahrkarte nach Paris. Das geht auch ohne Pass.«

Lloyd hatte davon gehört. Diese Regelung war ein Schlupfloch, das der Bequemlichkeit der wohlhabenden Mittelschicht diente. Jetzt machten die Antifaschisten sie sich zunutze. »Was kostet die Fahrkarte?«

»Drei Pfund fünfzehn Shilling.«

Lloyd zog die Brauen hoch. Das war mehr Geld, als ein arbeitsloser Bergmann normalerweise besaß.

Lenny fügte hinzu: »Aber meine Fahrkarte wird von der Unabhängigen Arbeiterpartei bezahlt, und Daves von der Kommunistischen Partei.«

Die beiden mussten gelogen haben, was ihr Alter betraf. »Und wie geht es weiter, wenn du nach Paris kommst?«, fragte Lloyd.

»Am Gare du Nord erwarten uns französische Kommunisten.« Lenny sprach es »*Gair djuh Nord*« aus, denn er konnte kein Wort Französisch. »Von dort werden wir zur spanischen Grenze gebracht.«

Lloyd hatte seine eigene Abreise hinauszögert. Er hatte den Leuten gesagt, er wolle warten, bis seine Eltern sich beruhigt hätten; in Wirklichkeit ging ihm Daisy Peshkov noch immer nicht aus dem Sinn. Nach wie vor träumte er davon, Boy Fitzherbert auszustechen. Es war hoffnungslos – Daisy beantwortete nicht einmal seine Briefe –, aber Lloyd konnte sie nicht vergessen.

Inzwischen hatten sich Großbritannien, Frankreich und die USA mit dem Deutschen Reich und Italien auf eine Nichtinterventionspolitik gegenüber Spanien verständigt. Keiner dieser Staaten würde einer Seite Waffen liefern. Das allein brachte Lloyd in Rage: Demokratien sollten doch wohl eine gewählte Regierung unterstützen? Aber schlimmer noch, Italien und Deutschland brachen das Abkommen täglich. Auf den zahlreichen öffentlichen Versammlungen, die in diesem Herbst in ganz Großbritannien stattfanden, um über die Lage in Spanien zu diskutieren, wiesen Lloyds Mutter und Onkel Billy immer wieder darauf hin. Earl Fitzherbert verteidigte als verantwortlicher Minister standhaft die Politik der Regierung und führte an, die spanische Regierung dürfe keine Waffenlieferungen erhalten, da die Gefahr bestehe, dass sie zum Kommunismus umschwenke.

In einer beißenden Rede hatte Ethel diese Worte als eine sich selbst erfüllende Prophezeiung bezeichnet: Die einzige Nation, die bereit sei, die rechtmäßige Regierung Spaniens zu unterstützen, sei die Sowjetunion, und selbstverständlich würden die Spanier sich dem einzigen Land auf der Welt annähern, das ihnen zu Hilfe kam.

In Wahrheit waren die Konservativen der Ansicht, die Spanier hätten gefährliche linksextreme Volksvertreter gewählt. Männer wie Earl Fitzherbert hätten der spanischen Regierung keine Träne nachgeweint, wäre sie gewaltsam gestürzt und durch Rechtsextreme ersetzt worden.

Lloyd schäumte vor hilfloser Wut.

Nun aber hatte sich die Chance ergeben, den Faschismus im eigenen Land zu bekämpfen.

»Es ist absurd«, hatte Bernie vor einer Woche gesagt, als der Aufmarsch der British Union of Fascists angekündigt wurde. »Die Polizei muss diese Leute zwingen, die Route zu ändern. Natürlich haben sie das Recht, aufzumarschieren, aber nicht in Stepney.« Die Polizei jedoch hatte erklärt, sie sei nicht ermächtigt, sich in eine legale politische Kundgebung einzumischen.

Eine Delegation, zu der auch Bernie, Ethel und die Bürgermeister von acht Londoner Stadtbezirken gehörten, hatte den Innenminister, Sir John Simon, ersucht, den Aufmarsch zu verbieten oder wenigstens umzuleiten. Doch auch Simon hatte erklärt, in dieser Sache machtlos zu sein.

Die Frage, was man unternehmen sollte, hatte die Arbeiterpartei, die jüdische Gemeinde und die Familie Williams gespalten.

Der Jüdische Volksrat gegen Faschismus und Antisemitismus, vor drei Monaten von Bernie und einigen anderen gegründet, hatte zu einer groß angelegten Gegenkundgebung aufgefordert, um die Faschisten von den jüdischen Straßen fernzuhalten. Ihr Slogan war die spanische Wendung »*No pasarán*«, was »Sie werden nicht durchkommen« bedeutete, der Ruf der antifaschistischen Verteidiger von Madrid. Der Rat war eine kleine Organisation mit einem großen Namen, die zwei Zimmer im Obergeschoss eines Hauses auf der Commercial Road belegte. Sie besaß nur zwei alte Schreibmaschinen sowie ein Vervielfältigungsgerät für Wachsmatrizen, fand aber im Eastend große Unterstützung. Binnen achtundvierzig Stunden hatte der Jüdische Rat unfassbare einhunderttausend Unterschriften für eine Petition gesammelt, den Aufmarsch der British Union of Fascists zu verbieten. Die Regierung unternahm trotzdem nichts.

Nur eine der größeren Parteien unterstützte die Gegendemonstration: die Kommunisten. Außerdem stand die kleine Unabhängige Arbeiterpartei, der Lenny angehörte, hinter dem Protest.

Ethel sagte: »Wie ich sehe, hat der *Jewish Chronicle* seinen Lesern geraten, heute nicht auf die Straße zu gehen.«

Nach Lloyds Meinung lag genau da das Problem: Zu viele Menschen vertraten die Ansicht, dass man sich am besten heraushielt. Damit aber gab man den Faschisten freie Hand.

Bernie, der zwar Jude, aber nicht religiös war, sagte zu Ethel: »Wie kannst du mir vorhalten, was der *Jewish Chronicle* schreibt? Er glaubt, dass Juden sich nicht gegen den Faschismus, sondern gegen den Antisemitismus stellen sollten. Was für einen politischen Sinn soll das ergeben?«

»Der Abgeordnetenausschuss der britischen Juden sagt das Gleiche wie der *Chronicle*«, beharrte Ethel. »Offenbar wurde es gestern in allen Synagogen verkündet.«

»Diese sogenannten Abgeordneten sind Jasager aus Golders Green«, entgegnete Bernie verächtlich. »Sie wurden noch nie von faschistischen Rowdys auf der Straße beschimpft.«

»Du bist in der Labour Party«, erwiderte Ethel anklagend. »Wir treten den Faschisten nicht auf der Straße entgegen. Wo bleibt deine Solidarität?«

»Und was ist mit meiner Solidarität zu meinen Mitjuden?«

»Du bist nur Jude, wenn es dir in den Kram passt. Und dich hat noch nie jemand auf der Straße beschimpft.«

»Trotzdem begeht Labour einen politischen Fehler.«

»Wenn du den Faschisten erlaubst, Gewalt zu provozieren, wird die Presse den Linken die Schuld daran geben, egal, wer wirklich mit den Gewalttätigkeiten angefangen hat.«

Lenny warf unüberlegt ein: »Wenn Mosleys Schläger eine Prügelei anfangen, dann kriegen sie, was sie verdienen.«

Ethel seufzte. »Überleg dir das gut, Lenny. Wer hat in unserem Land die meisten Waffen – du und Lloyd und die Labour Party oder die Konservativen, die das Militär und die Polizei hinter sich haben?«

Lenny schwieg. Das hatte er offensichtlich nicht bedacht.

Lloyd sagte zornig: »Wie kannst du so reden, Mam? Du warst vor drei Jahren in Berlin. Du hast doch gesehen, wie es dort abgelaufen ist. Die deutsche Linke hat versucht, dem Faschismus friedlich entgegenzutreten – und sieh nur, was mit ihr passiert ist.«

»Die deutschen Sozialdemokraten haben mit den Kommunisten keine Volksfront gebildet, deshalb konnten sie beseitigt werden«, warf Bernie ein, der immer noch wütend war, dass der Ortsverein der Labour Party ein Angebot der Kommunisten abgelehnt hatte, gemeinsam gegen den Marsch vorzugehen. »Hätten SPD und Kommunisten zusammengestanden, hätten sie vielleicht eine Chance besessen.«

»Ein Bündnis mit den Kommunisten ist gefährlich«, sagte Ethel.

Nicht nur sie und Bernie waren in dieser Sache uneins; die Frage spaltete die gesamte Labour Party. Lloyd fand, dass Bernie recht hatte. »Wir müssen alles aufbieten, um den Faschismus zu besiegen«, sagte er, fügte jedoch diplomatisch hinzu: »Aber Mam hat recht. Es wäre für alle das Beste, wenn dieser Tag ohne Gewalttätigkeiten verläuft.«

»Es wäre am besten, wenn ihr alle zu Hause bleibt und die Faschisten mit den üblichen Mitteln demokratischer Politik bekämpft«, sagte Ethel.

»Du hast versucht, mit den üblichen Mitteln demokratischer Politik gleiche Bezahlung für Frauen durchzusetzen und bist damit gescheitert«, erwiderte Lloyd. Erst im April hatten die weiblichen Labour-Abgeordneten einen Gesetzesantrag eingebracht, der weiblichen Staatsbediensteten gleiche Bezahlung für gleiche Arbeit garantieren sollte. Der Antrag war im von Männern dominierten Unterhaus abgewiesen worden.

»Man gibt nicht jedes Mal, wenn man eine Abstimmung verliert, die Demokratie auf«, sagte Ethel.

Das Problem war nur, dass diese Meinungsverschiedenheiten die antifaschistischen Kräfte genauso tödlich schwächen konnten,

235

wie es in Deutschland geschehen war. Heute stand eine harte Prüfung bevor. Die Parteien konnten versuchen, die Menschen zu führen, aber wem sie letztlich folgten, entschieden sie selbst. Würden sie zu Hause bleiben, wie die zaghafte Labour Party und der *Jewish Chronicle* es forderten? Oder würden sie zu Tausenden auf die Straßen gehen und Nein zum Faschismus sagen? Am Ende des Tages würden sie mehr wissen.

Es klopfte an der Hintertür. Sean Dolan, ihr Nachbar, kam in dem Anzug herein, den er immer zur Kirche trug. »Ich stoße nach dem Gottesdienst zu euch«, sagte er zu Bernie. »Wo treffen wir uns?«

»Gardiner's Corner, spätestens um zwei«, antwortete Bernie. »Hoffentlich bekommen wir genügend Leute zusammen, um die Faschisten schon dort aufzuhalten.«

»Jeder Hafenarbeiter im ganzen Eastend steht hinter euch«, sagte Sean mit Nachdruck.

»Warum eigentlich?«, fragte Millie. »Die Faschisten haben doch nichts gegen Sie, oder?«

»Du bist zu jung, um dich daran zu erinnern, meine Kleine, aber die Juden haben uns immer unterstützt«, erklärte Sean. »Beim Hafenarbeiterstreik von 1912, ich war damals erst neun Jahre alte, konnte mein Vater kein Essen mehr auf den Tisch bringen. Mein Bruder und ich wurden von Mrs. Isaacs aufgenommen, der Frau des Bäckers auf der New Road, Gott segne ihr großes Herz! Hunderte von Schauermannskindern wurden damals von jüdischen Familien versorgt. 1926 war es genauso. Wir lassen die dreckigen Faschisten nicht auf unsere Straßen ... entschuldigen Sie meine Ausdrucksweise, Mrs. Leckwith.«

Lloyd fasste neuen Mut. Im Eastend lebten Tausende von Hafenarbeitern. Wenn die meisten davon kamen, wuchsen die Reihen der Antifaschisten gewaltig an.

Von der Straße drang eine megafonverstärkte Stimme herein. »Mosley, bleib weg von Stepney!«, rief ein Mann. »Versammelt euch um zwei in Gardiner's Corner.«

Lloyd trank seinen Tee aus und stand auf. Heute sollte er als Beobachter den Weg der faschistischen Marschierer im Auge behalten und Bernies Jüdischen Volksrat auf dem Laufenden halten. Seine Hosentaschen waren schwer von großen braunen Pennymünzen für öffentliche Fernsprecher. »Ich muss jetzt los«, sagte er. »Die Faschisten sammeln sich wahrscheinlich schon.«

Seine Mutter erhob sich und folgte ihm zur Tür. »Lass dich nicht in einen Kampf verwickeln«, ermahnte sie ihn. »Vergiss nicht, was in Berlin passiert ist.«

»Ich pass schon auf mich auf«, erwiderte Lloyd.

Ethel versuchte, einen scherzhaften Ton anzuschlagen. »Ohne Zähne wirst du deinem reichen amerikanischen Mädchen nicht gefallen.«

»Sie mag mich sowieso nicht.«

»Das glaube ich dir nicht. Welches Mädchen könnte dir widerstehen?«

»Mir passiert schon nichts, Mam.«

»Ich sollte mich wohl damit zufriedengeben, dass du nicht nach Spanien gehst.«

»Jedenfalls nicht heute.« Lloyd küsste seine Mutter und verließ das Haus.

Es war ein heller Herbstmorgen und zu warm für die Jahreszeit. Mitten auf der Nutley Street hatten mehrere Männer eine provisorische Tribüne errichtet; einer von ihnen sprach durch das Megafon. »Leute vom Eastend, wir dürfen nicht tatenlos zusehen, wie eine Meute von Antisemiten uns beleidigt!« Lloyd erkannte den Sprecher als einen hiesigen Funktionär der Nationalen Erwerbslosenbewegung. Die Weltwirtschaftskrise hatte Tausende jüdische Schneider den Job gekostet. Jeden Tag meldeten sie sich auf dem Arbeitsamt in der Settle Street.

Noch ehe Lloyd zehn Schritte getan hatte, kam Bernie ihm nach und gab ihm eine Papiertüte mit Glasmurmeln, wie Kinder sie zum Spielen benutzten. »Ich bin schon auf vielen Kundgebungen gewesen«, sagte er. »Wenn die berittene Polizei auf die Menge vorrückt, wirf den Pferden die Murmeln vor die Hufe.«

Lloyd lächelte. Sein Stiefvater war ein Friedensstifter, aber kein Weichling.

Doch Lloyd hatte Bedenken. Mit Pferden hatte er nie viel zu tun gehabt, aber sie schienen ihm geduldige, harmlose Tiere zu sein. Die Vorstellung, sie gewaltsam zu Fall zu bringen, gefiel ihm nicht.

Bernie deutete Lloyds Gesichtsausdruck richtig. »Lieber soll ein Pferd stürzen, als dass mein Junge niedergetrampelt wird.«

237

Lloyd steckte die Murmeln in die Tasche und sagte sich, dass es ihn noch lange nicht verpflichtete, sie auch zu benutzen.

Mit Genugtuung sah er die Scharen von Menschen auf den Straßen. Es gab noch weitere Anzeichen, die ihm Mut machten. Wohin er auch blickte, war der Slogan »Sie werden nicht durchkommen« in Englisch und Spanisch mit Kreide an die Wände geschrieben. Die Kommunisten waren in Massen erschienen und verteilten Flugblätter. Rote Flaggen hingen von vielen Fensterbänken. Eine Gruppe von Männern mit Orden aus dem Großen Krieg trug ein Spruchbanner mit der Aufschrift »Jüdischer Veteranenverband«. Die Faschisten hassten es, wenn man sie daran erinnerte, wie viele Juden für Großbritannien gekämpft hatten. Allein fünf jüdische Soldaten hatte die höchste Tapferkeitsauszeichnung des Landes erhalten, das Victoria-Kreuz.

In Lloyd stieg die Hoffnung auf, dass sie vielleicht doch zahlreich genug sein würden, um den Aufmarsch der Faschisten zu stoppen.

Gardiner's Corner war eine große Kreuzung, von der Straßen in fünf Richtungen abgingen. Sie war benannt nach dem schottischen Bekleidungsgeschäft Gardiner und Company, das in einem Eckgebäude mit auffälligem Uhrturm untergebracht war. Als Lloyd dort ankam, sah er sofort, dass mit Handgreiflichkeiten gerechnet wurde. Mehrere Erste-Hilfe-Stationen waren aufgebaut worden, und Hunderte von freiwilligen Helfern in den Uniformen der St. John Ambulance standen bereit. In den Nebenstraßen parkten Krankenwagen. Natürlich hoffte Lloyd, dass es nicht zu gewalttätigen Ausschreitungen kam; zugleich war er der Meinung, dass man es lieber auf einen Kampf ankommen lassen sollte, als den Faschisten das Feld zu räumen.

Er nahm einen Umweg und näherte sich dem Tower aus Nordwesten, damit man ihn nicht als Eastender erkannte. Schon ehe er das Bauwerk erreichte, hörte er die Blaskapellen.

Der Tower of London war ein Palast am Fluss, der seit achthundert Jahren Autorität und Unterdrückung symbolisierte. Er wurde von einem langen Wall aus blassem altem Stein umschlossen, der aussah, als hätten die Jahrhunderte im Londoner Regen ihm die Farbe ausgewaschen. Auf der Landseite lag vor der Außenmauer ein Park namens Tower Gardens; dort sammelten sich

238

die Faschisten. Lloyd schätzte, dass sie mittlerweile zweitausend Köpfe zählten. Sie waren in einer langen Reihe angetreten, die sich nach Westen bis in den Finanzdistrikt erstreckte. Hin und wieder stimmten sie einen rhythmischen Gesang an:

Eins, zwei, drei, vier,
raus mit den Juden hier!
Hau ab, Jude! Hau ab, Jude!
Raus mit den Juden hier!

Sie führten britische Flaggen. Wie kann es sein, fragte sich Lloyd, dass ausgerechnet diejenigen, die alles vernichten wollten, was gut ist an unserem Land, am eifrigsten die Nationalflagge schwenken?

Die Faschisten sahen beeindruckend militärisch aus mit ihren breiten schwarzen Ledergürteln und den schwarzen Hemden, als sie sich auf dem Rasen zu Marschkolonnen formierten. Die Offiziere trugen schmucke Uniformen: eine militärisch geschnittene schwarze Jacke, graue Reithosen, Schaftstiefel, eine schwarze Mütze mit glänzendem Schirm und eine rot-weiße Armbinde. Mehrere Motorradfahrer in Uniform fuhren lautstark auf und überbrachten Botschaften, wobei sie den Arm zum Faschistengruß hoben. Weitere Marschierer trafen ein, einige in gepanzerten Lieferwagen mit Maschendraht vor den Fensterscheiben.

Das war keine Partei, das war eine Armee.

Der Zweck des Schauspiels lag erkennbar darin, sich den Anschein von Autorität beizulegen. Die Faschisten wollten den Eindruck erwecken, als hätten sie ein Recht, Versammlungen aufzulösen und Gebäude zu räumen, in Häuser und Büros einzudringen und Menschen zu verhaften, sie in Gefängnisse und Lager zu zerren und zu verprügeln, zu verhören und zu foltern – so wie die SA es in Deutschland unter dem Nazi-Regime tat, das von Mosley und dem Eigentümer der *Daily Mail*, Lord Rothermere, so verehrt wurde.

Sie wollten die Einwohner des Eastends einschüchtern, Menschen, deren Eltern und Großeltern sich aus Irland, Polen und Russland vor Unterdrückung und Pogromen hierher geflüchtet hatten.

Würden Eastender auf die Straßen strömen und Widerstand

239

leisten? Und was, wenn nicht? Was würden sich die Faschisten herausnehmen, wenn der heutige Aufmarsch wie geplant ablief?

Lloyd schlenderte am Rand des Parks entlang, als wäre er einer von den gut hundert Schaulustigen. Von dem Platz gingen Nebenstraßen aus wie Speichen von einer Radnabe. Auf einer dieser Nebenstraßen näherte sich ein vertrauter, schwarz-cremefarbener Rolls-Royce. Der Chauffeur hielt, stieg aus und öffnete die Hintertür. Zu Lloyds Entsetzen stieg Daisy Peshkov aus dem Fond.

Weshalb sie hier war, stand außer Frage: Sie trug eine maßgeschneiderte weibliche Variante der Faschistenuniform mit einem langen grauen Rock statt der Reithosen, und ihre hellen Locken ließen sich von der schwarzen Schirmmütze kaum bändigen. Sosehr Lloyd diese Uniform hasste – gegen seinen Willen fand er Daisy auch darin unwiderstehlich attraktiv.

Er starrte sie an. Eigentlich hätte es ihn nicht überraschen dürfen: Daisy hatte zugegeben, dass sie Boy Fitzherbert mochte, und Boys politische Einstellung änderte daran eindeutig nichts. Aber dass Daisy die Faschisten in ihrem Angriff auf die jüdischen Londoner so offen unterstützte, ließ Lloyd endgültig erkennen, wie vollkommen fremd sie allem gegenüberstand, das in seinem Leben von Bedeutung war.

Er hätte sich abwenden können, brachte es aber nicht über sich. Als Daisy mit eiligen Schritten in seine Richtung kam, vertrat er ihr den Weg. »Was, zum Teufel, machst du hier?«, fragte er schroff.

»Ich könnte Ihnen die gleiche Frage stellen, Mr. Williams«, erwiderte sie. »Ich nehme nicht an, dass Sie mit uns marschieren möchten.« Sie war die Kühle in Person und siezte ihn wieder.

»Begreifen Sie denn nicht, was für Leute das sind? Sie stören friedliche politische Versammlungen, sie schüchtern Journalisten ein, sie bringen ihre politischen Gegner ins Gefängnis. Sie sind Amerikanerin – wie können Sie gegen die Demokratie sein?«

»Die Demokratie ist nicht notwendigerweise für jedes Land und zu jeder Zeit das geeignetste politische System.« Lloyd vermutete, dass sie Mosleys Propaganda zitierte.

»Aber die Faschisten quälen und ermorden jeden, der anderer Meinung ist als sie.« Er musste an Jörg Schleicher denken. »In Berlin habe ich es mit eigenen Augen gesehen. Ich war für kurze Zeit in einem ihrer Lager. Ich musste mit ansehen, wie ein nackter

Mann von ausgehungerten Hunden zerfleischt wurde. Das sind Ihre faschistischen Freunde!«

Daisy zeigte sich unbeeindruckt. »Und wer ist in England in letzter Zeit von Faschisten ermordet worden?«

»Noch haben die britischen Faschisten nicht die Macht dazu, aber Mosley bewundert Hitler. Wenn sie jemals die Gelegenheit bekommen, werden sie es genauso machen wie die Nazis.«

»Sie meinen, sie werden die Arbeitslosigkeit beseitigen und den Menschen Stolz und Hoffnung zurückgeben?«

Lloyd fühlte sich noch immer so sehr zu Daisy hingezogen, dass es ihm schier das Herz brach, sie solchen Unsinn reden zu hören. »Stolz? Hoffnung? Sie wissen doch, was die Nazis der Familie Ihrer Freundin Eva angetan haben.«

»Eva hat geheiratet, wussten Sie das?«, fragte Daisy in entschlossen fröhlichem Tonfall, als versuchte sie, ein Tischgespräch auf ein unverfänglicheres Thema zu lenken. »Den netten Jimmy Murray. Sie ist jetzt eine englische Ehefrau.«

»Und Evas Eltern?«

Daisy schaute weg. »Ihre Eltern kenne ich nicht.«

»Aber Sie wissen, was die Nazis ihnen angetan haben.« Eva hatte Lloyd beim Trinity Ball alles erzählt. »Ihr Vater darf nicht mehr als Arzt praktizieren, er arbeitet jetzt als Apothekenhelfer. Er darf keinen Park und keine öffentliche Bibliothek betreten. In seinem Heimatdorf ist der Name seines Vaters vom Kriegerdenkmal entfernt worden!« Lloyd bemerkte, dass er die Stimme erhoben hatte, und fuhr ruhiger fort: »Wie können Sie nur Seite an Seite mit Leuten stehen, die so etwas tun?«

Daisy wirkte betroffen, beantwortete seine Frage aber nicht. »Ich bin spät dran. Bitte entschuldigen Sie mich.«

»Was Sie tun, ist unentschuldbar.«

Der Chauffeur sagte: »Also gut, Söhnchen, das reicht jetzt.«

Er war ein massiger Mann in mittleren Jahren, der sich offensichtlich wenig bewegte. Lloyd war kein bisschen eingeschüchtert, wollte aber auch keinen Kampf. »Ich gehe«, sagte er, »aber nennen Sie mich nicht noch einmal Söhnchen.«

Der Chauffeur fasste ihn beim Arm.

»Nehmen Sie die Hand weg, sonst schlage ich Sie zu Boden.« Lloyd starrte dem Fahrer ins Gesicht.

Der Mann zögerte. Lloyd spannte sich an, bereitete sich auf die Reaktion vor und achtete auf Warnsignale, als wäre er im Boxring. Wenn der Chauffeur versuchte, ihn zu schlagen, dann mit einem Schwinger oder einer Geraden, denen sich leicht ausweichen ließ.

Doch entweder spürte der Mann Lloyds Kampfbereitschaft, oder die gut entwickelten Armmuskeln Llodys flößten ihm Respekt ein; jedenfalls löste er seinen Griff, trat zurück und sagte: »Kein Grund, grob zu werden.«

Daisy ging davon.

Lloyd blickte ihrem Rücken in der perfekt sitzenden Uniform hinterher, während sie sich den Reihen der Faschisten näherte. Mit einem bitteren Seufzer wandte er sich um und ging in die andere Richtung.

Er versuchte, sich auf das Bevorstehende zu konzentrieren. Es war dumm von ihm gewesen, dem Chauffeur zu drohen. Hätte er einen Kampf provoziert, wäre er vermutlich verhaftet worden und hätte den Tag in einer Gefängniszelle verbracht. Ein Beitrag zur Niederschlagung des Faschismus wäre das ganz sicher nicht gewesen.

Mittlerweile war es halb zwölf durch. Lloyd verließ Tower Hill, suchte sich eine Telefonzelle, rief den Jüdischen Rat an und sprach mit Bernie. Nachdem er seine Beobachtungen übermittelt hatte, bat Bernie ihn, die Anzahl der Polizisten auf den Straßen zwischen dem Tower und Gardiner's Corner in Erfahrung zu bringen.

Lloyd ging zur Ostseite des Parks und erkundete die abzweigenden Nebenstraßen. Was er sah, versetzte ihn in Erstaunen.

Er hatte mit ungefähr hundert Polizeibeamten gerechnet. Tatsächlich waren es Tausende.

Sie standen auf den Gehsteigen, warteten in Dutzenden geparkter Mannschaftsbusse und saßen auf riesigen Pferden, die in ordentlichen Reihen aufgestellt waren. Für Passanten wurde nur eine schmale Lücke gelassen. Lloyd sah mehr Polizeibeamte als Faschisten.

Aus einem der Busse verhöhnte ihn ein uniformierter Constable, indem er den Arm zum Hitlergruß hob.

Lloyd war entsetzt. Wenn so viele Polizisten aufseiten der Faschisten standen, wie sollten die Aufmarschgegner Widerstand leisten?

242

Das war schlimmer als eine faschistische Kundgebung: Es war eine faschistische Kundgebung unter der Schirmherrschaft der Polizei. Was für eine schreckliche Botschaft an die Juden des Eastends!

Auf der Mansell Street entdeckte Lloyd einen Streifenpolizisten, den er kannte, Henry Clark. »Hallo, Nobby«, sagte er. Aus irgendeinem Grund wurden alle Clarks mit »Nobby« angesprochen. »Einer von euch hat mir gerade den Hitlergruß gezeigt.«

»Die sind nicht von hier«, erwiderte Nobby leise, als würde er Lloyd ein Geheimnis anvertrauen. »Die leben nicht mit Juden, so wie ich. Sie wollen mir nicht glauben, dass die Juden gesetzestreue Bürger sind, obwohl es natürlich auch ein paar jüdische Gauner und Unruhestifter gibt.«

»Und der Hitlergruß?«

»War vielleicht ein Scherz.«

Lloyd konnte das nicht glauben.

Er verabschiedete sich von Nobby und ging weiter. Die Polizei bildete Kordons, wo die Nebenstraßen in das Umfeld von Gardiner's Corner führten.

Lloyd ging in einen Pub, in dem es ein Telefon gab – am Vortag hatte er erkundet, wo er Fernsprecher finden konnte – und berichtete Bernie, dass sich wenigstens fünftausend Polizisten in der Umgebung aufhielten. »Mit so vielen Bullen werden wir nicht fertig«, fügte er traurig hinzu.

»Sei dir da nicht so sicher«, erwiderte Bernie. »Wirf mal einen Blick auf Gardiner's Corner.«

Lloyd suchte sich einen Weg um den Polizeikordon herum und schloss sich der Gegenkundgebung an. Erst als er vor Gardiner's Corner auf die Straßenmitte kam, begriff er, was für eine riesige Menge sich dort eingefunden hatte. Eine so große Menschenansammlung hatte er noch nie gesehen.

Die Kreuzung war verstopft, aber das war noch nicht alles. So weit das Auge reichte, erstreckte sich die Menschenmenge auf der Whitechapel High Street nach Osten. Auch die Commercial Road, die nach Südosten führte, war verstopft. Auf der Leman Street, wo sich ein Polizeirevier befand, gab es ebenfalls kein Durchkommen.

Das müssen mindestens hunderttausend Menschen sein, dachte Lloyd. Am liebsten hätte er seinen Hut in die Luft geworfen und

243

laut gejubelt. Die Eastender waren in voller Stärke auf die Straßen gekommen, um die Faschisten zurückzuschlagen. Es konnte keinen Zweifel geben, auf welcher Seite sie standen.

Mitten auf der Kreuzung stand eine von Fahrer und Fahrgästen verlassene Straßenbahn.

Nichts und niemand konnte sich einen Weg durch diese Menge bahnen, erkannte Lloyd mit wachsender Zuversicht.

Er sah, wie ihr Nachbar Sean Dolan auf einen Laternenpfahl kletterte und oben eine rote Flagge befestigte. Die Blaskapelle der Jewish Lads' Brigade spielte – wahrscheinlich ohne Wissen der geachteten konservativen Organisatoren des Clubs. Lloyd hob den Blick, als ein Tragschrauber der Polizei über die Menge hinwegflog.

Vor den Schaufenstern von Gardiner's traf er auf seine Schwester Millie und deren Freundin Naomi Avery. Lloyd wollte auf keinen Fall, dass Millie in Gewalttätigkeiten verwickelt wurde; bei dem bloßen Gedanken wurde ihm flau im Magen. »Weiß Dad, dass du hier bist?«, fragte er tadelnd.

»Sei nicht blöd«, erwiderte sie unbekümmert.

Lloyd war erstaunt, dass sie gekommen war. »Du hast doch sonst nichts für Politik übrig. Ich dachte, du interessierst dich mehr für das Geldverdienen.«

»Stimmt ja auch. Aber das hier ist was anderes.«

Lloyd wollte gar nicht daran denken, wie Bernie reagieren würde, wenn Millie etwas zustieß. »Wirklich, du solltest nach Hause gehen.«

»Warum?«

Er schaute sich um. Die Menge wirkte ruhig und friedfertig. Die Polizei stand noch ein gutes Stück entfernt, und die Faschisten waren nirgends zu sehen. Heute würde es keinen Marsch durch das jüdische Viertel geben, so viel stand fest. Mosleys Leute konnten sich keinen Weg durch hunderttausend Menschen bahnen, die entschlossen waren, sie aufzuhalten; die Polizei wäre verrückt gewesen, hätte sie den Faschisten auch nur den Versuch gestattet. Es war also kaum damit zu rechnen, dass Millie etwas passierte.

In dem Augenblick, als Lloyd zu dieser Schlussfolgerung gelangte, änderte sich alles.

Pfeifen schrillten. Als Lloyd in die Richtung blickte, aus der das Geräusch gekommen war, entdeckte er die berittene Polizei, die in einer bedrohlichen Reihe angerückt war. Die Pferde stampften mit den Hufen und schnaubten vor Erregung. Die Polizisten hatten lange Schlagstöcke gezückt, die wie Schwerter geformt waren. Sie schienen sich zum Angriff bereit zu machen. Das konnte doch nicht möglich sein!

Im nächsten Moment galoppierten sie los.

Aus den Reihen der Gegendemonstranten kamen wütende Rufe und erschreckte Schreie. Alles strömte auseinander, um den riesigen Pferden aus dem Weg zu gehen. Die Menge bildete eine Schneise, aber diejenigen, die am Rand standen, gerieten unter die donnernden Hufe. Die Polizisten prügelten mit ihren langen Knüppeln nach links und rechts. Lloyd wurde zurückgedrängt.

Wut loderte in ihm auf. Was glaubten die Bullen eigentlich, was sie da taten? Waren sie dumm genug zu glauben, sie könnten Mosley einen Weg freiräumen? Bildeten sie sich ein, zwei- oder dreitausend Faschisten könnten durch eine Menge von hunderttausend ihrer Opfer ziehen und Beleidigungen skandieren, ohne dass ein Aufruhr losbrach? Wurde die Polizei von Idioten geführt, oder war sie außer Kontrolle? Lloyd wusste nicht, was schlimmer wäre.

Die Polizisten wendeten ihre schnaubenden Pferde, wichen zurück und formierten sich erneut zu einer geschlossenen Linie. Eine Trillerpfeife gellte. Wieder ritten sie an und zwangen die Pferde zu einem weiteren Sturmangriff.

Millie hatte Angst bekommen. Sie war erst sechzehn, und ihr Mut hatte sie verlassen. Sie schrie vor Furcht, als die Menge sie gegen die Scheibe von Gardiner and Company presste. Schaufensterpuppen in billigen Anzügen und Wintermänteln starrten teilnahmslos auf die entsetzte Menge und die kampflustigen Reiter. Das wütende Protestgebrüll Tausender Stimmen übertönte alle anderen Geräusche. Es gelang Lloyd, sich vor Millie zu stellen. Er stemmte sich mit aller Kraft gegen den Druck der Menge, um seine Schwester zu schützen, doch vergeblich. Unbarmherzig wurde er gegen Millie gepresst. Vierzig oder fünfzig schreiende Menschen standen mit dem Rücken zum Fenster, und der Druck nahm immer mehr zu.

Lloyd erkannte, dass die Polizei entschlossen war, ohne Rücksicht eine Bresche in die Menge zu schlagen.

Im nächsten Moment zerbarst die Schaufensterscheibe mit

245

lautem Knall. Lloyd fiel auf Millie, und Naomi stürzte auf ihn, während die Scherben auf sie regneten. Menschen schrien vor Schmerz und Panik.

Lloyd kämpfte sich hoch. Wie durch ein Wunder war er unverletzt geblieben. Ängstlich hielt er nach Millie Ausschau. Die Gestürzten ließen sich kaum von den Schaufensterpuppen unterscheiden. Endlich entdeckte er Millie inmitten der Scherben. Er packte sie bei den Armen und zog sie hoch. Sie weinte und rief: »Mein Rücken!«

Lloyd drehte sie um. Ihr Mantel hing in Fetzen, und überall war Blut. Ihm wurde übel vor Angst und Entsetzen. Schützend legte er Millie den Arm um die Schultern. »Gleich um die Ecke steht ein Krankenwagen«, sagte er. »Kannst du gehen?«

Sie waren erst ein paar Yards weit gekommen, als wieder die Trillerpfeifen gellten. Lloyd befürchtete, er und Millie könnten erneut in Gardiner's Schaufenster gedrängt werden. In Panik sah er sich um. Dann fiel ihm ein, was er von Bernie bekommen hatte. Er zog die Papiertüte mit den Murmeln aus der Tasche.

Die Reiterkette galoppierte los.

Lloyd holte aus und schleuderte die Papiertüte über die Köpfe der Menge hinweg vor die Hufe der Pferde. Er war nicht als Einziger mit Murmeln gekommen; weitere Papiertüten flogen. Als die Pferde auf die Glaskugeln traten, hörte man Feuerwerkskörper knallen. Ein Polizeipferd rutschte auf den Murmeln aus und stürzte. Andere scheuten und stiegen auf die Hinterhand, als sie das explodierende Feuerwerk hörten. Naomi Avery hatte sich in die vorderste Reihe gedrängt; nun beobachtete Lloyd, wie sie vor den Nüstern eines Pferdes eine Tüte mit Pfeffer platzen ließ. Das Tier wich zur Seite aus und warf wild den Kopf hin und her.

Endlich ließ der Druck der Menge nach, und Lloyd zerrte Millie um die nächste Gebäudeecke. Sie litt noch immer Schmerzen, weinte aber nicht mehr.

Bei den freiwilligen Helfern der St. John Ambulance standen die Hilfesuchenden an. Lloyd sah ein tränenüberströmtes junges Mädchen, dem die Hand zerquetscht worden war, mehrere junge Männer mit blutigen Gesichtern und eine Frau mittleren Alters, die am Boden saß und ihr geschwollenes Knie betastete. Als Lloyd und Millie die Helfer erreichten, sahen sie ihren Nachbarn Sean

Dolan davongehen, mit einem Verband um den Kopf. Sofort verschwand er in der Menge.

Eine Krankenschwester schaute sich Millies Rücken an. »Das ist schlimm«, sagte sie. »Du musst ins London Hospital. Wir fahren dich im Krankenwagen hin.« Sie blickte Lloyd an. »Möchten Sie mit ihr fahren?«

Lloyd war hin- und hergerissen. Er wollte Millie nicht im Stich lassen; andererseits musste er Bernie und dem Jüdischen Volksrat berichten.

Millie befreite Lloyd mit dem für sie typischen Temperament aus seinem Dilemma. »Wag ja nicht mitzukommen«, sagte sie. »Du kannst sowieso nichts für mich tun, und du hast hier wichtige Arbeit zu erledigen.«

Sie hatte recht. Er half ihr in den Krankenwagen. »Bist du sicher?«

»Ja. Sieh lieber zu, dass du nicht auch noch ins Krankenhaus kommst.«

Lloyd sagte sich, dass Millie in den besten Händen sei. Er küsste sie auf die Wange und kehrte zurück ins Getümmel.

Die Polizei hatte derweil ihre Taktik geändert. Die Gegendemonstranten hatten die Attacken der Berittenen zwar zurückgeschlagen, aber die Polizei war nach wie vor entschlossen, sich einen Weg durch die Menge zu bahnen. Als Lloyd wieder nach vorn kam, stürmten die Polizisten zu Fuß vor und schlugen mit ihren Knüppeln zu. Die unbewaffneten Protestler wichen vor ihnen zurück wie Laub vor dem Wind, drangen an anderer Stelle der Kampflinie aber wieder vor.

Die Constables begannen mit Festnahmen. Vielleicht hofften sie, die Entschlossenheit der Menge zu schwächen, indem sie die Rädelsführer verhafteten. Im Eastend war eine Festnahme durchaus keine Formsache: Nur wenige Verhaftete kamen ohne blaues Auge oder ein paar neue Zahnlücken aus der Polizeiwache. Das Revier Leman Street hatte einen besonders schlechten Ruf.

Lloyd fand sich hinter einer lautstarken jungen Frau wieder, die eine rote Flagge trug. Er erkannte Olive Bishop, eine Nachbarin aus der Nutley Street. Ein Polizist schlug ihr seinen Knüppel über den Kopf und brüllte: »Judenhure!« Olive war keine Jüdin und ganz gewiss keine Hure; sie spielte in der Calvary Gospel Hall das

247

Klavier. Die Ermahnung Jesu, die andere Wange hinzuhalten, ließ sie allerdings außer Acht; stattdessen zerkratzte sie ihrem Peiniger das Gesicht. Zwei weitere Beamte packten sie bei den Armen und hielten sie fest, während der zerkratzte Polizist ihr noch einmal den Knüppel gegen den Kopf schlug.

Der Anblick, wie drei kräftige Männer eine junge Frau zusammenprügelten, brachte Lloyds Wut zum Überkochen. Er versetzte dem Mann mit dem Schlagstock einen rechten Haken, hinter dem sein ganzer Zorn lag. Der Hieb traf den Polizisten an der Stirn und schickte ihn zu Boden.

Weitere Beamte strömten herbei, schlugen wahllos mit ihren Knüppeln zu, trafen Arme und Beine, Köpfe und Hände. Vier von ihnen zerrten Olive hoch, jeder an einem Arm oder Bein. Sie schrie und wand sich verzweifelt, konnte sich aber nicht befreien.

Doch die Umstehenden schauten nicht tatenlos zu. Sie attackierten die Polizisten, die Olive davontragen wollten, und versuchten, sie von ihr wegzuzerren. Die Polizisten wandten sich den Angreifern zu. »Verdammte Judenlümmel!«, brüllten sie, obwohl keineswegs alle Angreifer Juden waren; einer war ein schwarzer Seemann aus Somalia.

Die bedrängten Polizisten ließen Olive auf die Straße fallen, um sich wütend zu verteidigen. Olive schob sich durch die Menge und verschwand, während der Kampf hin und her wogte. Dann aber zogen die Polizisten sich langsam zurück, wobei sie nach jedem schlugen, der sich in Reichweite befand.

Lloyd erkannte, dass die Strategie der Polizei nicht aufging. Trotz aller Brutalität waren die Angriffe auf ganzer Linie gescheitert; es war den Polizeibeamten nicht gelungen, eine Schneise in die Menge zu schlagen. Sie unternahmen einen letzten Angriff, doch die wütende Menge schob sich vor und trat ihnen entschlossen entgegen. Ihre Kampflust war erwacht.

Lloyd hielt es für an der Zeit, Bernie einen weiteren Bericht zukommen zu lassen. Er wühlte sich durch die Menge nach hinten und entdeckte eine Telefonzelle. »Ich glaube nicht, dass die Polizei durchkommt, Dad«, meldete er Bernie aufgeregt. »Sie hat versucht, eine Gasse freizuprügeln, aber wir sind zu viele.«

»Wir leiten die Leute zur Cable Street um«, sagte Bernie. »Die Polizisten könnten auf die Idee kommen, dass sie dort eine bessere

Chance haben, und ihre Stoßrichtung ändern. Wir schicken Verstärkung. Geh dorthin, beobachte, was passiert, und melde es mir.«

»Wird gemacht.« Lloyd legte auf, ehe ihm einfiel, seinem Stiefvater zu sagen, dass man Millie ins Krankenhaus gebracht hatte. Aber vielleicht war es besser, ihn jetzt nicht damit zu beunruhigen.

Es war nicht einfach für Lloyd, sich durchzuschlagen. Von Gardiner's Corner führte die Leman Street keine halbe Meile entfernt direkt nach Süden, Richtung Cable Street, doch die Straße war verstopft von Protestierenden, die sich Kämpfe mit der Polizei lieferten. Lloyd war gezwungen, einen Umweg zu nehmen. Er kämpfte sich durch die Menge nach Osten bis zur Commercial Street. Aber auch hier kam er kaum leichter voran. Zwar gab es hier keine Polizei und deshalb keine Gewalttätigkeiten, doch die Leute standen genauso dicht. Es war ein ermüdendes Vorankämpfen, aber Lloyd tröstete sich mit dem Gedanken, dass die Polizei diese Menge niemals würde überwinden können.

Er fragte sich, was Daisy tat. Vielleicht saß sie im Wagen, wartete, dass der Aufmarsch begann, und tappte mit der Spitze ihres teuren Schuhs ungeduldig auf den Teppichboden des Rolls-Royce. Der Gedanke, dass er half, ihre Ziele zu vereiteln, erfüllte Lloyd mit einem Gefühl gehässiger Befriedigung.

Mit Beharrlichkeit und wenig Rücksichtnahme schob Lloyd sich durch die Menschenmassen. Die Bahnstrecke, die dem Nordrand der Cable Street folgte, zwang ihn zu einem weiteren Umweg, bis er auf eine Seitenstraße stieß, auf der er durch einen Fußgängertunnel unter den Gleisen hindurch zur Cable Street gelangte.

Hier stand die Menge nicht so dicht, aber die Straße war schmal. Wieder kam Lloyd nur mit Mühe weiter, was aber auch sein Gutes hatte, denn auch für die Polizei gab es hier kein rasches Vorwärtskommen. Dann stieß er auf ein weiteres Hindernis: Ein Lastwagen war quer auf die Straße gestellt und umgekippt worden. Auf beiden Seiten des Lkw hatten die Protestierenden die behelfsmäßige Straßensperre mit alten Tischen, Stühlen, Brettern, Balken und aufgetürmtem Müll auf die gesamte Straßenbreite erweitert.

Eine Barrikade! Lloyd musste an die Französische Revolution denken. Nur dass dies hier keine Revolution war. Die Bewohner des Eastends wollten die britische Regierung nicht stürzen. Im Gegenteil, sie wollten ihre Abgeordneten und ihr parlamentarisches System vor dem Faschismus schützen, wenn diese sich selbst schon nicht wehren konnten.

Lloyd stellte sich auf eine Mauer, um bessere Sicht über das Hindernis zu bekommen. Ihm bot sich eine lebhafte Szene dar. Auf der anderen Seite des umgestürzten Lkw versuchten Polizisten, die Barrikade niederzureißen. Sie trugen zerbrochene Möbel fort und schleppten alte Matratzen zur Seite. Leicht gemacht wurde es ihnen allerdings nicht, denn ein Hagel von Wurfgeschossen ging auf sie nieder, die teils über die Barrikade geschleudert wurden, teils aus den Fenstern in den oberen Etagen der Häuser auf beiden Straßenseiten flogen: Steine, Milchflaschen, zerbeulte Töpfe und Ziegelsteine, die von einem Bauhof in der Nähe stammten, wie Lloyd sah. Mehrere waghalsige junge Männer standen auf der Barrikade und schlugen mit langen Stöcken nach den Beamten, und hin und wieder entbrannte ein Kampf, wenn die Polizisten einen der Protestler herunterzerren wollten. Lloyd zuckte zusammen, als er zwei der jungen Männer auf der Barrikade erkannte: Der eine war sein Vetter Dave Williams, der andere Lenny Griffiths aus Aberowen. Seite an Seite wehrten sie die Polizisten mit Schaufeln ab.

Doch je mehr Zeit verging, desto deutlicher erkannte Lloyd, dass die Polizisten den Kampf gewinnen würden. Sie gingen systematisch vor, trugen die Barrikade Stück für Stück ab und schleppten das Material davon. Auf Lloyds Seite der Straßensperre verstärkten die Protestierenden zwar den Wall und ersetzten, was die Polizei forträumte, aber sie waren schlecht organisiert, und der Nachschub an Material geriet ins Stocken. Lloyd hatte den Eindruck, als würden die Polizisten die Barrikade sehr bald durchbrechen. Und wenn sie dann die Cable Street räumten, würden die Faschisten diese Straße entlangmarschieren, vorbei an einem jüdischen Geschäft nach dem anderen.

Doch völlig hoffnungslos war die Lage nicht: Als Lloyd einen Blick hinter sich warf, entdeckte er, dass die Verteidiger der Cable Street vorausdachten. Noch während die Polizei die erste Barrikade beseitigte, wurde wenige Hundert Yards die Straße hinunter die nächste errichtet.

Lloyd zog sich zurück und half beim Aufbau der zweiten Straßensperre. Hafenarbeiter schlugen mit Spitzhacken das Pflaster auf; Hausfrauen brachten Mülltonnen aus den Höfen der Häuser; Ladenbesitzer schleppten leere Fässer und Kisten herbei. Lloyd half beim Transport einer Parkbank und riss vor einem städtischen Gebäude eine Anschlagtafel herunter. Die Erfahrung half den Protestlern, die Barrikade diesmal besser und stärker zu machen.

Als Lloyd wieder einen Blick über die Schulter warf, wuchs seine Hoffnung noch mehr, denn weiter östlich wurde eine dritte Barrikade errichtet.

Die Protestler zogen sich nun von der ersten Straßensperre zurück und sammelten sich hinter der zweiten, an der Lloyd mitarbeitete. Wenige Minuten später gelang es der Polizei, eine Bresche in die erste Barrikade zu schlagen. Die Uniformierten strömten hindurch und setzten den wenigen jungen Männern nach, die zurückgeblieben waren. Lloyd sah, wie Dave und Lenny in eine Gasse flohen. Die Häuser auf beiden Straßenseiten wurden verrammelt, Fenster geschlossen, Türen zugeknallt.

Die überraschten Polizisten wussten nicht, was sie tun sollten. Zwar hatten sie die Barrikade durchbrochen, standen nun aber vor einem zweiten, noch stärkeren Wall. Und wie es aussah, waren sie nicht bereit, auch dieses Hindernis zu beseitigen. Unschlüssig gingen sie in der Mitte der Cable Street auf und ab, redeten gereizt miteinander und blickten mit finsteren Gesichtern zu den Anwohnern hinauf, die sie aus den Fenstern in den oberen Etagen beobachteten.

Noch war es zu früh, sich zum Sieger zu erklären, doch Lloyd konnte sein Hochgefühl kaum noch zügeln. Es sah immer mehr danach aus, als würden die Antifaschisten den Sieg davontragen.

Lloyd blieb noch eine Viertelstunde auf seinem Posten, doch es hatte nicht den Anschein, als wollte die Polizei etwas unternehmen. Schließlich suchte er eine Telefonzelle auf und rief Bernie an.

Sein Stiefvater blieb vorsichtig. »Wir wissen nicht genau, was vor sich geht«, sagte er. »Im Moment sieht es gut für uns aus, aber wir müssen in Erfahrung bringen, was die Faschisten als Nächstes planen. Kannst du zum Tower zurück?«

Lloyd konnte sich unmöglich durch das massive Polizeiaufgebot kämpfen, aber vielleicht gab es einen anderen Weg. »Ich könnte es über die St. George Street versuchen«, sagte er, obwohl er Zweifel hatte.

251

»Versuch es. Ich muss wissen, was sie als Nächstes tun.«

Lloyd arbeitete sich durch das Gewirr der Gassen nach Süden vor. Er hoffte, dass er mit seiner Vermutung richtiglag, was die St. George Street betraf. Die Straße verlief zwar außerhalb des umkämpften Bereichs, aber die Menge konnte sich bis dorthin ausgebreitet haben.

Doch zu Lloyds Erleichterung war alles frei, obwohl er sich noch immer in Hörweite der Gegendemonstration befand und das Geschrei und die Trillerpfeifen vernahm. Nur ein paar Frauen standen auf der Straße und schwatzten, und eine Horde kleiner Mädchen spielte mitten auf der Fahrbahn. Im Laufschritt setzte Lloyd seinen Weg in westlicher Richtung fort, wobei er hinter jeder Ecke damit rechnete, Scharen von Protestlern oder Polizisten zu sehen. Doch er sah nur Verletzte, die sich zurückzogen – zwei Männer mit verbundenem Kopf, eine Frau in einem zerrissenen Mantel, einen ordensgeschmückten Veteranen, der einen Arm in der Schlinge trug –, traf aber auf keine Menschenmenge. Er rannte den ganzen Weg bis zu der Stelle, an der die Straße am Tower endete. Ungehindert betrat er Tower Gardens.

Die Faschisten waren noch immer dort.

Das an sich war schon eine Leistung, denn mittlerweile war es halb vier durch: Die Marschierer warteten hier seit Stunden auf ihren Abmarsch, und ihre Hochstimmung war verflogen. Sie sangen und skandierten nicht mehr, standen nur schweigend und teilnahmslos in den Reihen, die längst nicht mehr so straff und gerade waren wie Stunden zuvor. Die Banner hingen schlaff herunter, die Blaskapellen waren verstummt. Die Faschisten sahen wie Besiegte aus.

Doch wenige Minuten später schlug die Stimmung wieder um. Ein offener Wagen kam aus einer Seitenstraße und fuhr die Reihe der Faschisten entlang. Applaus und Jubel brandeten auf, und die Reihen strafften sich wieder. Die Offiziere salutierten, und die Faschisten nahmen Haltung an. Auf dem Rücksitz des offenen Wagens saß ihr Führer, Sir Oswald Mosley, ein gut aussehender, schnurrbärtiger Mann. Er trug die Parteiuniform samt Schirmmütze. Mit kerzengeradem Rücken salutierte er, während sein Wagen im Schritttempo an seinen Anhängern vorbeifuhr, als wäre er ein Monarch, der eine Truppenparade abnimmt.

252

Mosleys Anwesenheit gab seinen Leuten neue Kraft, wie Lloyd mit Sorge beobachtete, denn es bedeutete wahrscheinlich, dass der Marsch doch noch wie geplant stattfinden würde. Warum sonst hätte Mosley erscheinen sollen? Der Wagen fuhr die lange Reihe der Faschisten entlang und bog in eine Nebenstraße ein, die in den Finanzdistrikt führte. Lloyd wartete. Eine halbe Stunde später kam Mosley zurück, diesmal zu Fuß. Er salutierte erneut und nahm den Jubel seiner Anhänger entgegen.

Als er das Ende der Reihe erreichte, machte er kehrt und verschwand in einer Nebenstraße, begleitet von einem seiner Offiziere.

Lloyd folgte ihnen.

Mosley näherte sich einer Gruppe älterer Männer, die auf dem Gehsteig standen. Zu seinem Erstaunen erkannte Lloyd den Polizeichef, Sir Philip Game, im Anzug mit Fliege und Trilby-Hut. Die beiden Männer begannen ein intensives Gespräch. Wahrscheinlich teilte der Polizeichef dem Faschistenführer mit, dass die Anzahl der Gegendemonstranten zu groß sei, als dass sie vertrieben werden könnten. Doch wie lautete dann sein Rat an Mosley und dessen Anhänger? Lloyd wäre gern näher herangeschlichen, um das Gespräch zu belauschen, hielt aber Abstand; er durfte keine Festnahme riskieren.

Während der Polizeichef auf ihn einredete, nickte Mosley mehrmals und stellte ein paar Fragen. Dann schüttelten die beiden Männer einander die Hände, und Mosley ging davon. Er kehrte zum Park zurück und besprach sich mit seinen Offizieren. Unter ihnen erkannte Lloyd auch Boy Fitzherbert, der die gleiche Uniform trug wie Mosley. Doch Boy sah darin längst nicht so schneidig aus; der enge militärische Schnitt vertrug sich schlecht mit seinem weichen Körper und seiner ganzen Haltung, die keine soldatische Härte vermittelte, sondern träge Sinnlichkeit.

Mosley schien Befehle zu erteilen. Die anderen Männer salutierten und gingen davon – zweifellos, um seine Anweisungen auszuführen. Was hatte Mosley ihnen befohlen? Sie konnten doch nur aufgeben und nach Hause zurückkehren; das war das einzig Vernünftige. Aber hätten sie vernünftig gehandelt, wären sie keine Faschisten gewesen.

Plötzlich gellten Pfeifen. Befehle wurden gebrüllt. Musikkapellen begannen zu spielen, und die Männer nahmen Haltung an.

Lloyd begriff, dass die Faschisten tatsächlich marschierten. Die Polizei musste ihnen eine Route zugewiesen haben. Aber welche?

Dann zog die Marschkolonne langsam los – allerdings in die entgegengesetzte Richtung. Statt ins Eastend einzurücken, bewegte sie sich nach Westen, zum Finanzdistrikt, der an einem Sonntagnachmittag völlig verwaist war.

Lloyd konnte es kaum fassen. »Sie haben aufgegeben!«, rief er.

Ein Mann neben ihm sagte: »Ja, so sieht's aus, was?«

Fünf Minuten lang beobachtete Lloyd, wie die Kolonnen langsam davonzogen. Als kein Zweifel mehr bestehen konnte, rannte er zur nächsten Telefonzelle und rief Bernie an. »Sie rücken ab!«

»Was denn, ins Eastend?«, fragte Bernie.

»Nein, in die andere Richtung. Sie ziehen nach Westen, in die City. Wir haben gesiegt!«

»Gütiger Gott!« Bernie sprach zu anderen ringsum. »Hört mal alle her! Die Faschisten marschieren nach Westen. Sie geben auf!«

Lloyd hörte wilden Jubel.

Dann meldete Bernie sich wieder: »Behalte sie im Auge. Lass uns wissen, sobald sie Tower Gardens verlassen haben.«

»Mach ich.« Lloyd legte auf.

In Hochstimmung umging er den Park. Mit jeder Minute wurde deutlicher, dass die Faschisten tatsächlich geschlagen waren. Ihre Kapellen spielten, und sie marschierten im Gleichschritt, aber ihre Bewegungen hatten keinen Schwung mehr, und die judenfeindlichen Gesänge waren verstummt. Nicht die Juden verschwanden, wie die Faschisten es grölend gefordert hatten, sondern sie selbst.

Als Lloyd an der Einmündung der Byward Street vorbeikam, sah er Daisy wieder.

Sie näherte sich dem auffälligen, schwarz-cremefarbenen Rolls-Royce. Auf dem Weg dorthin musste sie an Lloyd vorbei, der es sich nicht verkneifen konnte, ihr die Niederlage ihrer Gesinnungsgenossen unter die Nase zu reiben. »Die Bewohner des Eastends haben euch und euren schmutzigen Ideen eine Abfuhr erteilt.«

Daisy blieb stehen und blickte ihn an, kühler denn je. »Uns hat eine Schlägerbande den Weg verstellt«, entgegnete sie geringschätzig.

»Trotzdem, ihr marschiert in die andere Richtung.«

»Eine verlorene Schlacht ist noch kein verlorener Krieg.«

Lloyd musste ihr recht geben. Aber es war eine ziemlich große Schlacht gewesen, die die Faschisten an diesem Tag verloren hatten. »Sie gehen nicht mit Ihrem Freund nach Hause?«, fragte er.

»Ich fahre lieber«, erwiderte Daisy. »Und er ist nicht mein Freund, er ist mein Mann.«

Lloyd starrte sie fassungslos an. Nie hätte er gedacht, dass sie so dumm sein könnte. Für den Moment war er sprachlos.

»Doch, es ist wahr.« Daisy musste ihm seine Ungläubigkeit angesehen haben. »Haben Sie denn nicht unsere Verlobungsanzeige in der Zeitung gelesen?«

»Ich lese niemals den Gesellschaftsteil.«

Daisy zeigte ihm ihre linke Hand mit dem brillantenen Verlobungsring und dem goldenen Ehering. »Wir haben gestern geheiratet. Unsere Flitterwochen haben wir verschoben, um an dem Aufmarsch heute teilzunehmen. Morgen fliegen wir in Boys Flugzeug nach Deauville.«

Sie ging die letzten Schritte zum Wagen, und der Chauffeur öffnete ihr den Schlag. »Nach Hause, bitte«, sagte sie.

»Jawohl, Mylady.«

Lloyd war so wütend, dass er am liebsten jemanden verprügelt hätte.

Daisy blickte über die Schulter. »Auf Wiedersehen, Mr. Williams.«

Lloyd fand seine Stimme wieder. »Auf Wiedersehen, Miss Peshkov.«

»Oh, nein«, sagte sie. »Ich heiße jetzt Viscountess Aberowen.«

Lloyd hörte deutlich ihren Stolz heraus. Der Adelstitel schien ihr wichtiger zu sein als alles andere.

Sie stieg in den Wagen, und der Chauffeur schloss die Tür.

Lloyd wandte sich ab. Beschämt bemerkte er, dass er Tränen in den Augen hatte.

»Zum Teufel«, sagte er.

Er schniefte und schluckte die Tränen herunter. Dann straffte er die Schultern und ging raschen Schrittes Richtung Eastend. Doch der Triumph des heutigen Tages war ihm vergällt. Er wusste, dass es dumm von ihm war, überhaupt noch einen Gedanken an Daisy zu verschwenden – er bedeutete ihr offenkundig nichts

255

mehr –, doch es brach ihm das Herz, dass sie sich an Boy Fitzherbert verschwendete.

Entschlossen schob er den Gedanken an Daisy beiseite.

Die Polizisten zogen sich zu ihren Mannschaftsbussen zurück und verließen den Schauplatz der Straßenschlacht. Die Brutalität der Polizei hatte Lloyd nicht überrascht – er hatte sein ganzes Leben im rauen Eastend verbracht –, aber ihr Antisemitismus hatte ihn erschreckt. Sie hatten jede Frau eine Judenhure genannt, jeden Mann einen Judenlümmel. In Deutschland hatte die Polizei die Nazis unterstützt und sich auf die Seite der Braunhemden gestellt. Würde hier das Gleiche geschehen? Bestimmt nicht!

Die Menschenmenge an Gardiner's Corner war in Jubel ausgebrochen. Die Kapelle der Jewish Lads' Brigade spielte Tanzmusik, zu der sich Paare im Kreis drehten. Flaschen mit Whisky und Gin gingen von Hand zu Hand. Lloyd beschloss, ins London Hospital zu fahren und nach Millie zu sehen. Danach würde er den Jüdischen Volksrat aufsuchen und Bernie schonend beibringen, dass Millie verletzt worden war.

Doch ehe Lloyd sich auf den Weg machen konnte, kam Lenny Griffiths auf ihn zu. »Den Mistkerlen haben wir's gezeigt!«, rief er übermütig.

»Ja, das haben wir.« Lloyd grinste.

Lenny senkte die Stimme. »Hier haben wir die Faschisten besiegt. Jetzt machen wir's in Spanien genauso.«

»Wann brecht ihr auf?«

»Morgen. Dave und ich nehmen in der Frühe einen Zug nach Paris.«

Lloyd legte Lenny den Arm um die Schultern. »Ich komme mit«, sagte er.

KAPITEL 4

1937

Wolodja Peschkow zog die Schultern hoch, als er im dichten Schneetreiben die Moskwa überquerte. Er trug einen langen, dicken Mantel, eine Pelzmütze und schwere, feste Lederstiefel. Nur wenige Moskowiter waren so gut gekleidet. Wolodja hatte Glück. Er hatte immer gute Stiefel. Grigori, sein Vater, war Armeekommandeur, allerdings kein Überflieger. Obwohl Grigori ein Held der bolschewistischen Revolution gewesen war und Stalin persönlich kannte, hatte seine Karriere in den Zwanzigerjahren einen Knick bekommen. Trotzdem war es seiner Familie stets gut gegangen.

Wolodja hingegen *war* ein Überflieger. Nach der Universität hatte er die prestigeträchtige Akademie der GRU besucht, des militärischen Nachrichtendienstes der Roten Armee. Ein Jahr später hatte er einen Posten in der Zentrale dieser Organisation übernommen.

Wolodjas größter Glücksfall jedoch war gewesen, Werner Franck in Berlin kennenzulernen, als sein Vater dort als Militärattaché an der sowjetischen Botschaft gedient hatte. Werner hatte dieselbe Schule besucht wie Wolodja, das Leopold-von-Ranke-Gymnasium, allerdings ein paar Klassen unter ihm. Nachdem Wolodja erfahren hatte, dass Werner den Faschismus hasste, hatte er ihn davon überzeugt, dass er die Nazis am besten bekämpfen könne, wenn er für die Russen spionierte.

Damals war Werner vierzehn Jahre alt gewesen. Jetzt war er achtzehn, arbeitete im Reichsluftfahrtministerium, hasste die Nazis noch mehr als früher und hatte ein starkes Funkgerät und ein Codebuch. Und Wolodja war seine Kontaktperson. Werner war einfallsreich und mutig. Um Informationen zu sammeln, nahm er gewaltige Risiken auf sich.

Wolodja hatte Werner seit vier Jahren nicht mehr gesehen, erinnerte sich aber noch lebhaft an ihn. Groß und mit auffallendem rotblondem Haar, sah Werner älter aus, als er war, und verhielt sich auch so. Schon mit vierzehn hatte er beneidenswerten Erfolg bei den Frauen gehabt.

Vor Kurzem hatte er Wolodja auf einen Diplomaten an der deutschen Botschaft in Moskau aufmerksam gemacht, der mit den Kommunisten sympathisierte. Wolodja hatte »Markus« – so der Deckname – aufgesucht und als Spion rekrutiert. Seit einigen Monaten lieferte Markus nun regelmäßig Berichte, die Wolodja ins Russische übersetzte und an seinen Vorgesetzten weitergab – zuletzt einen faszinierenden Bericht darüber, wie amerikanische Wirtschaftsführer, die mit den Nazis sympathisierten, die rechtsgerichteten Rebellen in Spanien mit Lkws, Reifen und Öl versorgten. Der Vorstandsvorsitzende von Texaco, der Hitlerbewunderer Torkild Rieber, benutzte die Firmentanker, um damit Öl für die Rebellen zu schmuggeln, trotz der ausdrücklichen Bitte Präsident Roosevelts, darauf zu verzichten.

Auch jetzt war Wolodja wieder auf dem Weg zu Markus.

Er ging den Kutusow-Prospekt hinunter und bog zum Kiewer Bahnhof ab. Ihr heutiger Treffpunkt war eine Arbeiterkneipe in Bahnhofsnähe. Wolodja war in seinem Beruf extrem vorsichtig; deshalb trafen sie sich niemals zweimal am selben Ort. Aber sie wählten jedes Mal schäbige Kneipen und Cafés, die Markus' Kollegen im Traum nicht besuchen würden. Sollte Markus aus irgendeinem Grund in Verdacht geraten, sodass ein deutscher Agent ihm folgte, würde Wolodja es sofort bemerken, denn ein solcher Mann fiel in dieser armseligen Umgebung unweigerlich auf.

Der Schuppen, in dem sie sich heute trafen, nannte sich Ukrainische Bar – ein Holzbau, wie die meisten Gebäude in Moskau. Die Fenster waren beschlagen, was Wolodja zeigte, dass es drinnen warm war. Aber er ging nicht sofort hinein. Erst mussten weitere Vorsichtsmaßnahmen getroffen werden. Wolodja überquerte die Straße, huschte in den Eingang eines Mietshauses und stellte sich in den kalten Flur. Von dort konnte er die Kneipe durch das kleine Fenster im Auge behalten.

Er fragte sich, ob Markus überhaupt erscheinen würde. Bis jetzt war es zwar immer so gewesen, aber Wolodja konnte sich nie sicher sein. Und sollte Markus kommen – was für Informationen brachte er mit? Spanien war derzeit das Thema in der internationalen Politik, aber der Nachrichtendienst der Roten Armee war besonders an Informationen über die deutsche Aufrüstung interessiert. Wie viele Panzer produzierten die Deutschen im Monat? Wie viele Mauser MG 34 täglich? Wie gut war der neue Bomber Heinkel He 111? Wolodja war versessen auf solche Informationen, die er an seinen Vorgesetzten, Major Lemitow, weitergeben konnte.

Eine halbe Stunde verging, ohne dass Markus sich blicken ließ.

Wolodja machte sich allmählich Sorgen. Hatte man Markus entlarvt? Er arbeitete als Sekretär des Botschafters; deshalb bekam er alles zu sehen, was über dessen Tisch ging. Doch Wolodja hatte ihn gedrängt, sich auch Zugang zu anderen Dokumenten zu verschaffen, besonders zur Korrespondenz des Militärattachés. War das ein Fehler gewesen? Hatte jemand beobachtet, wie Markus Telegramme gelesen hatte, die ihn nichts angingen?

Dann aber kam Markus die Straße hinunter. Mit seiner Brille, dem Bart und dem Lodenmantel, auf dem sich Schneeflocken sammelten, sah er wie ein Lehrer aus. Er verschwand in der Kneipe. Wolodja wartete und beobachtete weiter. Beunruhigt legte er die Stirn in Falten, als er sah, wie ein Mann kurz nach Markus die Kaschemme betrat. Doch es schien sich um einen russischen Arbeiter zu handeln, nicht um einen deutschen Agenten. Der Mann war klein, ungefähr in Wolodjas Alter, hatte ein Rattengesicht und trug einen zerschlissenen Mantel. Seine Stiefel waren in Lumpen gewickelt, und er wischte sich die tropfende Nase mit dem Ärmel ab.

Wolodja überquerte die Straße und betrat ebenfalls die Kneipe.

Das Innere war schmutzig und verräuchert, und es roch nach Schweiß und billigem Fusel. An den Wänden hingen ausgeblichene Aquarellbilder der ukrainischen Landschaft in schäbigen Rahmen. Es war Nachmittag; deshalb waren noch nicht viele Gäste da. Die einzige anwesende Frau schien eine gealterte Prostituierte zu sein, die sich von einem Kater erholte.

Markus saß im hinteren Teil des Gastraumes vor einem Glas Bier. Er war Mitte dreißig, sah mit seinem säuberlich gestutzten Bart aber älter aus. Sein Mantel war geöffnet, sodass das Pelzfutter zu sehen war. Der rattengesichtige Russe saß zwei Tische von Markus entfernt und drehte sich eine Zigarette.

Als Wolodja näher kam, geschah etwas Unerwartetes. Markus schoss hoch und schmetterte ihm die Faust ins Gesicht.

»Du Scheißkerl!«, rief er auf Deutsch. »Du verdammte Drecksau!«

Wolodja war so geschockt, dass er einen Moment wie erstarrt dastand. Seine Lippen waren aufgeplatzt, und er schmeckte Blut. Wieder schlug Markus nach ihm, aber diesmal war Wolodja vorbereitet und duckte sich mit Leichtigkeit unter dem wilden Schwinger hinweg.

»Warum hast du das getan?«, schrie Markus. »Warum?«

Dann brach er so plötzlich zusammen, wie er durchgedreht war. Er ließ sich auf den Stuhl fallen, vergrub das Gesicht in den Händen und schluchzte.

Wolodja blutete aus dem Mund. »Halt jetzt bloß die Klappe, du Idiot«, zischte er Markus zu. Dann drehte er sich zu den anderen Gästen um, die ihn anstarrten. »Alles in Ordnung«, erklärte er. »Er hat sich nur ein bisschen aufgeregt.«

Die Gäste wandten sich wieder ihren Getränken zu, und ein Mann schlurfte aus der Kneipe. Moskowiter mischten sich nie freiwillig in Streitereien ein. Es war gefährlich, auch nur zwei Betrunkene voneinander zu trennen; schließlich könnte einer von ihnen Parteifunktionär sein. Die Leute hier wussten, dass Wolodja ein solcher Mann war. Sie erkannten es allein schon an seinem guten Mantel.

Wolodja wandte sich wieder Markus zu. Mit gesenkter Stimme fragte er: »Bist du verrückt geworden? Was sollte das denn?« Er sprach Deutsch. Markus' Russisch war miserabel.

»Du hast Irina verhaftet«, schluchzte Markus. »Du Bastard hast ihr die Brust mit einer Zigarette verbrannt!«

Wolodja zuckte unwillkürlich zusammen. Irina war Markus' russische Freundin. Allmählich verstand Wolodja, was hier los war, und bekam ein mieses Gefühl. Er setzte sich Markus gegenüber. »Ich habe Irina nicht verhaftet«, sagte er, »und es tut mir leid, dass sie verletzt wurde. Erzähl mir, was passiert ist.«

»Männer haben sie abgeholt, mitten in der Nacht. Ihre Mutter hat es mir erzählt. Die Kerle wollten nicht sagen, wer sie waren, aber sie gehörten nicht zur Miliz, dazu waren sie zu gut gekleidet. Wohin sie Irina gebracht haben, weiß ihre Mutter nicht. Aber sie haben Irina nach mir gefragt und ihr vorgeworfen, eine Spionin zu sein. Und dann haben diese Schweine sie gefoltert, vergewaltigt und auf die Straße geworfen ...«

»Scheiße«, sagte Wolodja. »Das tut mir leid.«

»Es tut dir leid? Du steckst doch dahinter! Wer denn sonst?«

»Es hat nichts mit der GRU zu tun, ich schwöre es.«

»Ist mir auch scheißegal«, sagte Markus resigniert. »Ich bin fertig mit dir, und ich bin fertig mit dem Kommunismus.«

»Der Kampf gegen den Kapitalismus fordert nun mal seine Opfer«, sagte Wolodja, obwohl diese Worte sogar in seinen eigenen Ohren hohl und abgedroschen klangen.

»Du junger Narr«, erwiderte Markus. »Sozialismus bedeutet, von genau solchen Dingen frei zu sein. Begreifst du das denn nicht?«

Wolodja hob den Blick und sah einen stämmigen Mann im Ledermantel durch die Tür kommen. Instinktiv wusste er, dass der Mann nicht hergekommen war, um etwas zu trinken. Irgendetwas ging hier vor, doch Wolodja wusste nicht, was es war. Er war noch neu in diesem Geschäft und entsprechend unerfahren. Aber er spürte deutlich, dass eine Gefahr drohte. Nur wusste er nicht, was er tun sollte.

Der Neuankömmling näherte sich dem Tisch, an dem Wolodja und Markus saßen.

In diesem Moment stand der Mann mit dem Rattengesicht auf und kam ebenfalls zu ihnen. Seine Stimme klang erstaunlich ruhig und kultiviert, als er sagte: »Sie beide sind verhaftet.«

Wolodja fluchte.

Markus sprang auf. »Ich bin Handelsattaché an der deutschen Botschaft!«, rief er in holprigem Russisch. »Ihr könnt mich nicht verhaften! Ich genieße diplomatische Immunität!«

Die anderen Gäste verließen die Kneipe, so schnell sie konnten. Nur zwei Leute blieben zurück: der Wirt, der nervös die Theke wischte, und die alte Nutte, die eine Zigarette rauchte und in ihr leeres Glas starrte.

»Mich können Sie auch nicht festnehmen«, erklärte Wolodja ruhig und zog seinen Dienstausweis aus der Tasche. »Ich bin Leutnant Peschkow, GRU. Und wer sind Sie?«

»Dworkin, NKWD«, sagte der Rattengesichtige und zeigte auf den Mann im Ledermantel. »Und das ist Berezowski, ebenfalls NKWD.«

Geheimpolizei. Wolodja stöhnte innerlich auf. Er hätte es wissen müssen. Die Zuständigkeiten der Geheimpolizei überschnitten sich mit denen des Militärgeheimdienstes. Man hatte Wolodja gewarnt, dass diese beiden Organisationen einander ständig auf die Füße traten; jetzt erlebte er es zum ersten Mal.

Er wandte sich an Dworkin, wobei er auf Markus zeigte. »Ich nehme an, Sie beide haben die Freundin dieses Mannes gefoltert.«

Wieder wischte Dworkin sich die Nase mit dem Ärmel ab. Offensichtlich war diese unappetitliche Angewohnheit nicht Teil seiner Tarnung. »Die Frau hatte keine Informationen.«

»Also haben Sie ihr für nichts und wieder nichts die Brustwarzen verbrannt.«

»Sie hat noch Glück gehabt. Wäre sie wirklich eine Spionin gewesen, wäre es ihr viel schlimmer ergangen.«

»Und Ihnen ist nicht der Gedanke gekommen, sich vorher mit uns abzusprechen?«, fragte Wolodja gereizt.

»Wann haben Sie sich denn schon mal mit uns abgesprochen?«

»Ich gehe jetzt«, verkündete Markus.

Wolodja war verzweifelt. Er stand kurz davor, seinen wichtigsten Informanten zu verlieren. »Geh nicht«, sagte er mit flehendem Unterton. »Wir werden Irina irgendwie entschädigen. Wir werden ihr eine ordentliche Krankenhausbehandlung zukommen lassen und …«

»Leck mich am Arsch!«, zischte Markus. »Du siehst mich nie wieder.«

Er verließ die Kneipe.

Dworkin wusste nicht, was er tun sollte. Er wollte Markus nicht einfach gehen lassen, konnte ihn aber auch nicht verhaften, ohne dumm dazustehen. Schließlich sagte er zu Wolodja: »Sie sollten nicht zulassen, dass man in diesem Ton mit Ihnen redet. Damit zeigen Sie Schwäche. Die Leute sollten Sie respektieren.«

»Sie verdammter Blödmann«, schimpfte Wolodja. »Sehen Sie denn nicht, was Sie getan haben? Dieser Mann war eine erstklassige Informationsquelle. Jetzt wird er nie wieder für uns arbeiten. Und das alles nur, weil Sie Mist gebaut haben.«

Dworkin zuckte mit den Schultern. »Sie haben es vorhin selbst gesagt: Manchmal fordert der Kampf nun mal Opfer.«

»O Gott«, seufzte Wolodja und verließ die Bar.

Ihm war ein wenig übel, als er wieder den Fluss überquerte. Der Gedanke, was der NKWD einer unschuldigen Frau angetan hatte, erfüllte ihn mit Abscheu. Außerdem schmerzte ihn der Verlust seines wichtigsten Informanten.

Wolodja stand noch nicht hoch genug im Rang, als dass ihm ein eigenes Auto zugestanden hätte, also stieg er in eine Straßenbahn. Während die Bahn sich durch den Schnee quälte, brütete er vor sich hin. Er musste Major Lemitow Bericht erstatten, doch er zögerte. Wie sollte er seine Geschichte darbieten? Auf jeden Fall musste er deutlich machen, dass er keine Schuld an dem Fiasko trug. Es durfte aber nicht so aussehen, als suche er nach Entschuldigungen.

Die Zentrale der GRU befand sich am Rand des Flugplatzes Chodynka, wo ein Schneepflug geduldig auf und ab fuhr und die Rollbahn frei machte. Die Architektur der Anlage war ungewöhnlich: Ein zweistöckiges, nach außen fensterloses Gebäude umschloss einen großen Hof, in dem wiederum ein neunstöckiges Gebäude stand. Die Sicherheitsmaßnahmen waren enorm. Man wurde gleich mehrmals durchsucht, wenn man hineinwollte. Aber wer wollte das schon, wenn man nicht hier angestellt war? Die meisten Moskowiter hielten sich so fern wie möglich von hier.

Wolodja teilte sich ein Büro mit drei weiteren Subalternoffizieren. An gegenüberliegenden Wänden standen je zwei Stahlschreibtische. Das Büro war so klein, dass Wolodjas Tisch ein vollständiges Öffnen der Tür verhinderte.

Kamen, der Büroklugscheißer, sah Wolodjas geschwollene Lippe. »Lass mich raten«, sagte er. »Ihr Mann ist früher nach Hause gekommen.«

»Frag nicht«, murmelte Wolodja.

Auf seinem Schreibtisch lag ein entschlüsselter Text aus der Funküberwachung. Silbe für Silbe waren die deutschen Wörter unter die Codezeichen geschrieben.

Die Nachricht stammte von Werner.

Wolodjas erste Reaktion war Angst. Hatte Markus bereits berichtet, was mit Irina passiert war, und Werner davon überzeugt, sich aus dem Spionagegeschäft zurückzuziehen? Heute war schon

263

so viel schiefgegangen, dass Wolodja sich nicht mehr darüber gewundert hätte.

Aber die Nachricht war alles andere als eine Katastrophe. Mit wachsendem Erstaunen las Wolodja, was Werner ihm zu berichten hatte. Er teilte mit, das deutsche Militär habe beschlossen, Spione nach Spanien zu schicken, die sich als antifaschistische Freiwillige ausgeben und im Bürgerkrieg aufseiten der Regierung kämpfen sollten. Sie würden insgeheim Botschaften an die von den Deutschen unterstützten Streitkräfte der Rebellen schicken.

Das an sich war schon eine heiße Information, aber da war noch mehr.

Werner nannte Namen.

Wolodja musste sich zurückhalten, um nicht vor Freude zu jubeln. Einen solchen Coup landete ein Geheimdienstoffizier wohl nur einmal im Leben. Es machte den Verlust von Markus mehr als wett. Werner war Gold wert. Wolodja schauderte bei der Vorstellung, welche Risiken dieser Mann auf sich genommen haben musste, um an die Liste heranzukommen und sie aus dem Reichsluftfahrtministerium zu schmuggeln.

Wolodja war versucht, sofort zu Lemitow gehen, ließ es dann aber und beschloss, erst alles aufzuarbeiten.

Die vier jungen Subalternoffiziere teilten sich eine Schreibmaschine. Wolodja hob das schwere alte Ding von Kamens Tisch und trug es zu seinem Schreibtisch hinüber. Im klassischen Zweifingersystem tippte er eine russische Übersetzung von Werners Nachricht. Es dauerte so lange, dass bereits die Sonne unterging und die großen Scheinwerfer vor dem Gebäude eingeschaltet wurden.

Schließlich legte Wolodja einen Durchschlag des Dokuments in seine Schreibtischschublade und ging mit dem Original nach oben.

Major Lemitow war in seinem Büro. Er war ein gut aussehender Mann von ungefähr vierzig Jahren, der sein dunkles, gegeltes Haar nach hinten gekämmt trug. Lemitow war gerissen und seinen Untergebenen gedanklich stets einen Schritt voraus. Darin war er Wolodja ein Vorbild. Außerdem war er kein Anhänger der althergebrachten militärischen Sichtweise, dass eine straffe Organisation nur über Drill und Gebrüll zu erreichen sei. Doch wenn sich

264

jemand als inkompetent erwies, war er gnadenlos. Wolodja respektierte und fürchtete ihn zugleich.

»Das könnte eine unglaublich nützliche Information sein«, sagte Lemitow, nachdem er Wolodjas Übersetzung gelesen hatte.

»Könnte?« Wolodja sah keinen Grund, am Wert der Information zu zweifeln.

»Ja. Es könnte sich schließlich auch um eine gezielte Fehlinformation handeln«, erklärte Lemitow.

Wolodja glaubte nicht daran, musste aber einräumen, dass zumindest die Möglichkeit bestand, dass man Werner erwischt und »umgedreht« hatte, sodass er nun für die Gegenseite arbeitete. »Was für eine Fehlinformation meinen Sie?«, fragte er. »Glauben Sie, das sind falsche Namen, mit denen man uns von den wirklichen Spionen ablenken will?«

»Möglich. Oder es sind die Namen echter Freiwilliger – Kommunisten und Sozialisten –, die aus Nazi-Deutschland geflohen und nach Spanien gegangen sind, um dort für die Freiheit zu kämpfen. Dann verhaften wir womöglich echte Antifaschisten.«

»Verdammt!«, stieß Wolodja hervor.

Lemitow lächelte. »Schauen Sie nicht so unglücklich. Die Information ist trotzdem sehr gut. Wir haben ja auch Spione in Spanien – junge Soldaten und Offiziere, die sich mehr oder weniger freiwillig zu den Internationalen Brigaden gemeldet haben. Die können der Sache nachgehen.« Er griff nach einem roten Stift und schrieb in seiner zierlichen kleinen Handschrift etwas auf das Blatt Papier. »Gute Arbeit«, sagte er.

Wolodja verstand dies als Hinweis, dass Lemitow das Gespräch als beendet betrachtete, und ging zur Tür.

»Haben Sie heute Markus getroffen?«, fragte Lemitow unvermittelt.

Wolodja drehte sich zu ihm um. »Es gab da ein Problem.«

»Das dachte ich mir schon.«

Wolodja erzählte ihm die Geschichte. »Ich habe einen wertvollen Informanten verloren«, beendete er seinen Bericht. »Aber was hätte ich anderes tun sollen? Hätte ich dem NKWD vielleicht im Vorfeld von Markus erzählen sollen?«

»Zum Teufel, nein!«, antwortete Lemitow. »Die sind kein bisschen vertrauenswürdig. Denen dürfen Sie nie etwas erzählen. Aber machen Sie sich keine Sorgen. Sie haben Markus nicht verloren. Sie können ihn leicht wieder zurückholen.«

»Und wie?« Wolodja verstand nicht. »Er hasst uns jetzt.«

»Verhaften Sie Irina noch einmal.«

»Was?« Wolodja war entsetzt. Hatte die junge Frau nicht schon genug durchgemacht? »Dann wird er uns noch mehr hassen.«

»Sagen Sie ihm, dass wir Irina noch einmal verhören, wenn er nicht mit uns kooperiert.«

Wolodja versuchte, seine Abscheu zu verbergen. Er durfte nicht zimperlich erscheinen. Außerdem erkannte er, dass Lemitows Plan tatsächlich aufgehen konnte. »Jawohl, Genosse Major.«

»Und sagen Sie ihm, dass wir seiner Freundin diesmal die brennende Zigarette woandershin schieben«, fuhr Lemitow fort.

Wolodja hatte das Gefühl, sich gleich übergeben zu müssen. Er schluckte. »Jawohl«, sagte er. »Ich werde sie sofort abholen.«

»Morgen reicht«, sagte Lemitow. »Um vier Uhr früh. Dann ist der Schock umso größer.«

»Jawohl, Genosse Major.« Wolodja ging hinaus und schloss die Tür hinter sich.

Im Flur blieb er stehen und atmete tief durch. Ihm war übel und schwindlig. Erst als ein vorbeikommender Angestellter ihn argwöhnisch musterte, zwang er sich weiterzugehen.

Er würde gehorchen müssen. Aber er würde Irina auf keinen Fall foltern; die bloße Drohung genügte. Allerdings würde Irina *glauben*, dass man sie noch einmal foltern wollte, und das würde ihr Todesangst einjagen. Wolodja war sicher, er würde den Verstand verlieren, wäre er an Irinas Stelle gewesen.

Als er in die Rote Armee eingetreten war, hatte er keine Gedanken daran verschwendet, solche Dinge tun zu müssen. Sicher, als Soldat konnte er jederzeit in die Situation kommen, andere Menschen töten zu müssen, aber unschuldige Mädchen foltern …?

Das Gebäude leerte sich. In den Büros wurde das Licht ausgeschaltet, und Männer traten mit Kappen und Mützen auf die Flure hinaus. Feierabendzeit. Wolodja ging noch einmal in sein Büro zurück, rief bei der Militärpolizei an und befahl, ihm um halb vier morgens einen Trupp zur Verfügung zu stellen, um Irina zu verhaften. Dann zog er seinen Mantel an und nahm die Bahn nach Hause.

Wolodja lebte bei seinen Eltern, Grigori und Katherina, und seiner Schwester, der neunzehnjährigen Studentin Anja. Während der Fahrt fragte er sich, ob er mit seinem Vater über die Sache mit Irina sprechen konnte. Doch er kannte die Antwort bereits. Solche Dinge waren eine vorübergehende Notwendigkeit. Die Revolution musste gegen Spione und subversive Elemente verteidigt werden, die im Lohn der Kapitalisten standen.

Nach ihrer Rückkehr aus Berlin war Familie Peschkow in ein Haus der Regierung gezogen, das schlicht »Haus am Ufer« genannt wurde. Es war eine Mietskaserne am Ufer der Moskwa, direkt dem Kreml gegenüber. Hier wohnten nur Mitglieder der sowjetischen Elite. Das Haus am Ufer war ein großes Gebäude im sozialistischen Stil und beherbergte mehr als fünfhundert Wohnungen.

Wolodja nickte dem Militärpolizisten an der Tür zu und durchquerte den großen Eingangsbereich. Er war so riesig, dass hier manchmal Musikkapellen zu Tanzabenden aufspielten. Am anderen Ende der Lobby stieg Wolodja in den Aufzug. Die Wohnung der Peschkows war mit Telefon und Warmwasseranschluss ausgestattet und für sowjetische Verhältnisse geradezu luxuriös, war aber längst nicht so komfortabel wie ihre Wohnung damals in Berlin.

Katherina, Wolodjas Mutter, war in der Küche. Sie war eine lieblose Köchin und Hausfrau, aber Wolodjas Vater vergötterte sie. 1914, in St. Petersburg, hatte er sie vor den unerwünschten Avancen eines brutalen Polizisten gerettet, und seitdem liebte er sie. Für ihre dreiundvierzig Jahre war Katherina noch immer außergewöhnlich attraktiv; außerdem hatte sie in Berlin gelernt, sich eleganter und stilsicherer zu kleiden als die meisten anderen russischen Frauen. Allerdings achtete sie sehr darauf, nicht zu »westlich« auszusehen, was in Moskau als schweres Vergehen galt.

»Hast du dir den Mund verletzt?«, fragte sie, nachdem Wolodja sie zur Begrüßung geküsst hatte.

»Ach, das ist nichts.« Wolodja roch Hühnchen; so etwas gab es für gewöhnlich nur zu besonderen Anlässen. Verwundert fragte er: »Gibt es was zu feiern?«

»Anja bringt ihren Freund zum Abendessen mit.«

»Sag bloß! Ein Kommilitone?«

»Ich glaube nicht. Ich weiß nicht, was er macht.«

Wolodja freute sich. Er liebte seine Schwester, wusste aber auch, dass sie keine Schönheit war. Sie war klein und stämmig und trug vorzugsweise unförmige Kleidung in gedeckten Farben. Sie hatte noch nicht viele Freunde gehabt; umso mehr freute es Wolodja, dass sie diesmal einen Verehrer gefunden hatte, der sie und ihre Eltern zu Hause besuchte.

Wolodja ging in sein Zimmer, zog die Jacke aus und wusch sich Gesicht und Hände. Die Schwellungen an seinen Lippen waren fast abgeklungen. Markus hatte ihn nicht allzu hart getroffen. Als Wolodja sich die Hände abtrocknete, hörte er draußen Stimmen. Offenbar waren Anja und ihr Freund erschienen.

Er zog sich eine bequeme Strickjacke an und ging in die Küche. Anja saß am Tisch. Neben ihr hatte ein kleiner, rattengesichtiger Mann Platz genommen. Wolodja erkannte ihn auf den ersten Blick. »O nein«, sagte er. »Das gibt's doch nicht!«

Der Mann war Ilja Dworkin, der NKWD-Agent, der Irina verhaftet hatte. Er hatte seine Verkleidung abgelegt und trug nun einen normalen dunklen Anzug und gute Stiefel. Überrascht starrte er Wolodja an. »Natürlich … Peschkow!«, sagte er. »Das hätte ich mir denken können.«

Wolodja blickte seine Schwester an. »Sag mir jetzt bloß nicht, dass dieser Mann dein Freund ist.«

»Aber … was habt ihr denn? Was ist los?«, fragte Anja verwirrt.

»Dein Verehrer und ich sind uns heute schon einmal begegnet«, sagte Wolodja. »Er hat einen wichtigen militärischen Einsatz sabotiert, weil er seine Nase in Dinge gesteckt hat, die ihn nichts angehen.«

»Ich habe nur meine Arbeit gemacht«, erwiderte Dworkin und wischte sich die Nase mit dem Ärmel ab.

»Ja«, höhnte Wolodja. »Tolle Arbeit.«

Katherina versuchte die Situation zu retten. »Lasst uns bei Tisch nicht über die Arbeit reden«, sagte sie. »Wolodja, gieß unserem Gast bitte ein Glas Wodka ein.«

»Im Ernst?«, fragte er.

Seine Mutter funkelte ihn wütend an. »Ja, im Ernst!«

»Na gut.« Widerwillig nahm Wolodja die Flasche vom Regal. Anja holte die Gläser aus dem Schrank, und Wolodja schenkte ein.

Katherina nahm sich ein Glas. »Und jetzt lasst uns noch einmal von vorn beginnen«, sagte sie. »Ilja, das ist mein Sohn Wladimir. Wir nennen ihn nur Wolodja. Wolodja, das ist Anjas Freund Ilja, der uns zum Essen besucht. Wollt ihr euch nicht die Hände geben?«

Wolodja blieb nichts anderes übrig, als dem Rattengesicht die Hand zu schütteln.

Katherina stellte kleine Speisen auf den Tisch: Räucherfisch, Gewürzgurken und Wurst. »Im Sommer haben wir auch Salat, den ich in unserer Datscha ziehe, aber um diese Jahreszeit gibt es so was nicht«, entschuldigte sie sich. Wolodja fiel auf, dass sie Ilja zu beeindrucken versuchte. Wollte Mutter wirklich, dass Anja diesen hässlichen Vogel heiratete? Es sah ganz danach aus.

Dann kam Grigori ins Zimmer. Er trug seine Armeeuniform, grinste übers ganze Gesicht, roch das Hühnchen und rieb sich die Hände. Er war ein rotgesichtiger, übergewichtiger Mann von achtundvierzig Jahren. Es fiel schwer, sich vorzustellen, dass er 1917 bei der Erstürmung des Winterpalastes dabei gewesen war. Damals musste er deutlich schlanker gewesen sein.

Grigori küsste seine Frau innig. Wolodja bemerkte immer wieder, wie dankbar seine Mutter für Grigoris ungebrochene Leidenschaft war, auch wenn sie diese nicht wirklich erwiderte. Sie lächelte, wenn er ihren Po tätschelte, drückte ihn, wenn er sie umarmte, und küsste ihn, sooft er wollte, aber nie ging es von ihr aus. Sie mochte ihn, achtete ihn und war glücklich mit ihm verheiratet. Aber sie verzehrte sich nicht nach ihm. Damit würde Wolodja sich in seiner Ehe nicht zufriedengeben. Bei ihm würde es anders sein.

Aber das waren müßige Gedanken. Wolodja hatte schon ein Dutzend kurze Beziehungen gehabt, aber noch keine Frau getroffen, die er hätte heiraten wollen.

Wolodja schenkte auch seinem Vater einen Wodka ein. Genüsslich leerte Grigori das Glas in einem Zug. Dann nahm er sich ein Stück Räucherfisch. »Erzählen Sie mal, Ilja«, sagte er, »was arbeiten Sie?«

»Ich bin beim NKWD«, antwortete Ilja stolz.

»Alle Achtung. Das NKWD ist hervorragend.«

Das war nicht Grigoris wirkliche Meinung, vermutete Wolodja; sein Vater wollte nur freundlich sein. Doch Wolodja hätte es lieber gesehen, wenn alle unausstehlich gewesen wären und Anjas Ver-

269

ehrer vertrieben hätten. »Ich nehme an, Vater«, sagte er zu Grigori, »dass wir die Geheimpolizei nicht mehr brauchen, wenn der Rest der Welt uns auf dem Weg zum Kommunismus folgt. Dann können wir den NKWD auflösen.«

»Wenn der Rest der Welt uns auf diesem Weg folgt, brauchen wir überhaupt keine Polizei mehr«, erwiderte Grigori. »Dann wird es keine Gerichtsverhandlungen mehr geben und keine Gefängnisse. Dann brauchen wir auch keine Spionageabwehr mehr, weil es ja keine Spione mehr gibt. Und auch keine Armee, denn wir haben ja keine Feinde mehr. Fragt sich allerdings, womit wir alle dann unseren Lebensunterhalt verdienen sollen.« Er lachte herzhaft. »Aber das liegt wohl noch in weiter Ferne.«

Ilja schaute misstrauisch drein, als hätte er das Gefühl, soeben etwas Subversives gehört zu haben, ohne den Finger darauf legen zu können.

Katherina brachte Schwarzbrot und fünf Schüsseln heißen Borschtsch, und alle griffen zu. »Als ich noch ein kleiner Junge war und auf dem Land lebte«, erzählte Grigori, »hat meine Mutter den ganzen Winter über Gemüsereste, Apfelkerngehäuse, Kohlblätter und Zwiebelschalen gesammelt und vor dem Haus in einem alten Fass eingelagert, wo es eingefroren ist. Im Frühling, wenn der Schnee geschmolzen war, hat sie Borschtsch daraus gekocht. So muss ein richtiger Borschtsch sein, wisst ihr? Restesuppe. Ihr jungen Leute wisst gar nicht, wie gut es euch geht.«

Es klopfte an der Tür. Grigori runzelte die Stirn. Er erwartete niemanden, doch Katherina sagte: »Oh, das habe ich ganz vergessen. Konstantins Tochter wollte kommen.«

»Zoja Worotsyntsow? Die Tochter von Magda, der Hebamme?«

»Ich erinnere mich an Zoja«, sagte Wolodja. »Ein dürres Kind mit blonden Ringellocken.«

»Sie ist kein Kind mehr«, erklärte Katherina und stand auf, um zur Tür zu gehen. »Sie ist vierundzwanzig und Wissenschaftlerin.«

Grigori verzog das Gesicht. »Wir haben sie seit dem Tod ihrer Mutter nicht mehr gesehen. Warum nimmt sie ausgerechnet jetzt wieder Kontakt zu uns auf?«

»Sie will mit dir reden«, antwortete Katherina.

»Mit mir? Worüber denn?«

»Über Physik.« Katherina ging hinaus.

Grigori erklärte stolz: »Ihr Vater Konstantin und ich waren 1917 Deputierte im Petrograder Sowjet. Wir haben den berühmten Befehl Nummer eins herausgegeben.« Ein Schatten huschte über sein Gesicht. »Leider ist Konstantin kurz nach dem Bürgerkrieg gestorben.«

»Da muss er noch sehr jung gewesen sein«, bemerkte Wolodja. »Woran ist er gestorben?«

Grigori schaute zu Ilja, wandte sich aber rasch wieder von ihm ab. »An einer Lungenentzündung«, sagte er. Wolodja wusste, dass er log.

Katherina kam ins Zimmer zurück, gefolgt von einer Frau, bei deren Anblick es Wolodja den Atem verschlug.

Zoja war eine klassische russische Schönheit, groß und schlank, mit makelloser heller Haut, hellblondem Haar und blauen Augen, die so blass waren, dass sie beinahe farblos wirkten. Sie trug ein schlichtes grünes Kleid, dessen Einfachheit ihre schlanke Figur noch mehr hervorhob.

Zoja wurde reihum vorgestellt; dann setzte sie sich an den Tisch und akzeptierte freundlich die Schüssel Borschtsch, die Katherina ihr anbot.

»Sie sind Wissenschaftlerin, Zoja?«, fragte Grigori.

»Ich arbeite zurzeit an meiner Doktorarbeit und unterrichte Erstsemester«, sagte sie.

»Wolodja arbeitet bei der GRU«, erklärte Grigori stolz.

»Interessant«, bemerkte Zoja, aber es war nur Höflichkeit. In Wirklichkeit interessierte es sie kein bisschen.

Wolodja erkannte sofort, dass Grigori Zoja als potenzielle Schwiegertochter betrachtete. Er hoffte nur, sein Vater würde es nicht allzu offensichtlich zeigen. Andererseits hatte er sich bereits vorgenommen, Zoja am Ende des Abends um eine Verabredung zu bitten. Aber dafür brauchte er seinen Vater nicht, im Gegenteil: Prahlende Eltern konnten sich eher störend auswirken.

»Wie schmeckt Ihnen die Suppe?«, fragte Katherina.

»Einfach köstlich. Danke.«

Wolodja hatte den Eindruck, dass sich hinter Zojas atemberaubender Fassade ein nüchterner Mensch verbarg. Es war faszinierend: eine schöne Frau, die nicht einmal versuchte, Männer um den kleinen Finger zu wickeln.

Anja räumte die Suppenschüsseln weg, während Katherina den Hauptgang auftrug: Hühnchen und Kartoffeln, in einem Topf gekocht. Zoja aß mit Appetit. Wie die meisten Russen bekam auch sie nur selten etwas so Gutes aufgetischt.

»Was für einer Wissenschaft haben Sie sich denn verschrieben?«, fragte Wolodja.

Mit erkennbarem Bedauern, weil sie mit dem Essen aufhören musste, um zu antworten, sagte Zoja: »Ich bin Physikerin. Wir versuchen, das Atom zu verstehen. Wir wollen seine Bestandteile kennenlernen und herausfinden, was sie zusammenhält.«

»Das hört sich ziemlich trocken an.«

»Oh, es ist absolut faszinierend.« Zoja legte die Gabel beiseite. »Wir versuchen zu ergründen, woraus das Universum wirklich besteht. Kann man sich etwas Aufregenderes vorstellen?« Ihre Augen leuchteten. Offensichtlich war Physik das Einzige, was sie von Hühnchen und Kartoffeln ablenken konnte.

Nun meldete sich Ilja zum ersten Mal zu Wort. »Helfen diese Theorien auch der Revolution?«

Mit einem Mal funkelte Zorn in Zojas Augen, was sie Wolodja noch sympathischer machte. »Manche Genossen begehen den Fehler, praktische Forschung der reinen Wissenschaft vorzuziehen«, erklärte sie. »Aber technische Entwicklungen, zum Beispiel Neuerungen im Flugzeugbau, basieren letztendlich auf theoretischen Erkenntnissen.«

Wolodja verkniff sich ein Grinsen. Mit ihrer Bemerkung hatte Zoja dem Rattengesicht so ganz nebenbei einen Tritt in den Hintern verpasst.

Aber sie war noch nicht fertig. »Deshalb wollte ich mit Ihnen reden, Genosse«, sagte sie zu Grigori. »Wir Physiker lesen sämtliche wissenschaftlichen Publikationen aus dem Westen. Dumm wie sie sind, geben die Wissenschaftler dort ihr gesamtes Wissen preis. In letzter Zeit mussten wir erkennen, dass sie beunruhigende Fortschritte in der Atomphysik gemacht haben. Es besteht die große Gefahr, dass die sowjetische Wissenschaft ins Hintertreffen gerät, und zwar deutlich. Ich frage mich, ob Genosse Stalin davon weiß.«

Schweigen breitete sich aus. Jede noch so kleine Kritik an Stalin konnte einen in Lebensgefahr bringen. »Nun, das meiste weiß er«, sagte Grigori unverbindlich.

»Ja, natürlich«, entgegnete Zoja. »Aber vielleicht müssen treue Genossen wie Sie bisweilen seine Aufmerksamkeit auf bestimmte Dinge lenken.«

»Das kann vorkommen.«

Ilja sagte: »Ohne Zweifel ist Genosse Stalin der Meinung, dass die Wissenschaft im Einklang mit dem Marxismus-Leninismus stehen muss.«

Wolodja sah einen Anflug von Trotz in Zojas Augen, aber sie senkte den Blick. »Daran besteht nicht der geringste Zweifel«, sagte sie. »Wir Wissenschaftler müssen unsere Anstrengungen verdoppeln … für die Revolution.«

Das war Schwachsinn, und das wussten alle, nur sprach es niemand aus. Der Schein musste gewahrt werden.

»In der Tat«, sagte Grigori. »Trotzdem … Ich werde es erwähnen, wenn ich das nächste Mal die Gelegenheit habe, mit dem Genossen Generalsekretär zu sprechen. Vielleicht will er es sich ja mal genauer ansehen.«

»Das hoffe ich«, sagte Zoja. »Wir wollen den Westen endlich abhängen.«

»Und wie sieht es nach der Arbeit aus, Zoja?«, fragte Grigori fröhlich. »Haben Sie einen Freund oder Verlobten?«

»Vater!«, protestierte Anja. »Das geht dich nichts an.«

Doch Zoja schien die Frage nichts auszumachen. »Nein, es gibt keinen Verlobten«, sagte sie, »und auch keinen Freund.«

»Dann sind Sie ja genauso schlimm wie mein Sohn Wolodja hier!«, rief Grigori fröhlich. »Er ist dreiundzwanzig, gebildet, groß und gut aussehend, und trotzdem ist er immer noch alleinstehend.«

Wolodja zuckte ob dieses Winks mit dem Zaunpfahl unwillkürlich zusammen.

»Das ist kaum zu glauben«, sagte Zoja. Als sie Wolodja anschaute, sah er einen Hauch von Belustigung in ihren Augen.

Katherina legte ihrem Mann die Hand auf den Arm. »Es reicht«, sagte sie. »Bring das arme Mädchen doch nicht in Verlegenheit.«

Es klingelte an der Tür.

»Schon wieder?«, fragte Grigori.

»Also, diesmal habe ich keine Ahnung, wer das sein könnte«, sagte Katherina, als sie die Küche verließ.

273

Kurz darauf kehrte sie mit Wolodjas Vorgesetztem, Major Lemitow, wieder zurück.

Erschrocken sprang Wolodja auf. »Guten Abend, Genosse Major. Das ist mein Vater, Grigori Peschkow. Vater, darf ich dir Major Lemitow vorstellen?«

Lemitow salutierte stramm.

»Stehen Sie bequem, Genosse«, sagte Grigori. »Setzen Sie sich, und nehmen Sie sich Huhn. Hat mein Sohn etwas falsch gemacht?«

Das war genau die Frage, die Wolodjas Hände zittern ließ.

»Nein, Genosse, im Gegenteil«, antwortete Lemitow. »Aber ich habe gehofft, kurz mit Ihnen beiden zusammen sprechen zu können.«

Wolodja entspannte sich ein wenig. Vielleicht steckte er ja doch nicht in Schwierigkeiten.

»Wir sind gerade mit dem Essen fertig«, sagte Grigori und stand auf. »Gehen wir in mein Arbeitszimmer.«

Lemitow blickte Ilja an. »Sagen Sie mal, sind Sie nicht vom NKWD?«

»Ja. Und ich bin stolz darauf. Ich heiße Dworkin.«

»Dann sind Sie also der Mann, der versucht hat, heute Nachmittag Wolodja zu verhaften.«

»Ich hatte den Eindruck, dass er sich wie ein Spion verhielt, und damit hatte ich ja auch recht, nicht wahr?«

»Sie haben offensichtlich noch nicht gelernt, unsere Spione von denen des Feindes zu unterscheiden«, entgegnete Lemitow und verließ die Küche.

Wolodja grinste. Das war nun schon das zweite Mal, dass Dworkin in die Schranken gewiesen worden war.

Wolodja, Grigori und Lemitow gingen über den Flur ins Arbeitszimmer, das klein und spärlich möbliert war. Grigori nahm sich den einzigen Sessel, und Lemitow setzte sich an den kleinen Tisch. Wolodja schloss die Tür und blieb stehen.

Lemitow fragte ihn: »Weiß Ihr Vater von der Nachricht, die wir heute Nachmittag aus Berlin empfangen haben?«

»Nein, Genosse.«

»Dann sollten Sie ihm sagen, um was es sich dreht.«

Wolodja erzählte seinem Vater die Geschichte von den Spionen in Spanien.

Grigori war hocherfreut. »Gut gemacht!«, sagte er. »Natürlich könnte es eine gezielte Desinformation sein, aber das bezweifle ich. Die Nazis sind nicht allzu kreativ – im Unterschied zu uns. Wir können die Spione verhaften und über ihre Funkgeräte irreführende Nachrichten an die rechtsgerichteten Rebellen weiterleiten.«

Daran hatte Wolodja noch gar nicht gedacht. Sein Vater mochte vor Zoja den alten Narren spielen, aber in Wahrheit hatte er einen scharfen Verstand, wie geschaffen für die Geheimdienstarbeit.

»Genau«, sagte Lemitow.

Grigori blickte seinen Sohn an. »Dein Schulfreund Werner ist ein wirklich tapferer Mann.« Er wandte sich wieder Lemitow zu. »Wie wollen Sie weiter vorgehen?«

»Wir brauchen ein paar gute Agenten in Spanien, um die Deutschen unter die Lupe zu nehmen. Das dürfte nicht allzu schwer sein. Sollte es sich tatsächlich um Spione handeln, werden sich auch Beweise finden – Codebücher, Funkgeräte und so weiter.« Er zögerte. »Ich bin hergekommen, um Ihren Sohn für diese Reise vorzuschlagen.«

Wolodja war erstaunt. Damit hatte er nun wirklich nicht gerechnet.

Grigoris Gesicht fiel förmlich in sich zusammen. »Ich muss gestehen«, sagte er nachdenklich, »dass diese Aussicht mich mit Sorge erfüllt. Wir würden ihn sehr vermissen.« Dann legte sich ein Ausdruck der Resignation auf sein Gesicht, als hätte er plötzlich erkannt, dass ihm keine andere Wahl blieb. »Aber die Verteidigung der Revolution hat selbstverständlich Vorrang.«

»Ein Agent braucht Felderfahrung«, erklärte Lemitow. »Sie und ich, Genosse, wir kennen das schon, aber die jüngere Generation kennt das Schlachtfeld nur aus Büchern.«

»Das ist nur allzu wahr.« Grigori seufzte. »Wann soll es losgehen?«

»In drei Tagen.«

Wolodja sah, dass sein Vater verzweifelt nach einem Vorwand suchte, ihn zu Hause zu behalten, doch er fand keinen. Wolodja war aufgeregt. Spanien! Er dachte an blutroten Wein, schwarzhaarige Mädchen mit kräftigen braunen Beinen und hellen Sonnenschein statt Schnee. Natürlich würde es gefährlich werden, aber er war ja nicht in die Rote Armee eingetreten, um ein möglichst bequemes Leben zu führen.

»Nun, Wolodja?«, fragte Grigori. »Was denkst du?«

Wolodja wusste, dass sein Vater einen Einspruch von ihm hören wollte. Doch für Wolodja hatte die ganze Sache nur einen einzigen Wermutstropfen: Jetzt würde er nicht mehr genug Zeit haben, die atemberaubende Zoja näher kennenzulernen. »Das ist eine großartige Gelegenheit«, sagte er. »Es ist mir eine Ehre, dass ich dafür ausgewählt wurde.«

»Also gut«, seufzte sein Vater.

»Es gibt da nur ein kleines Problem«, erklärte Lemitow. »Man hat beschlossen, dass die GRU zwar die Ermittlungen leiten wird, aber sie wird keine Verhaftungen vornehmen. Das wird das Vorrecht des NKWD.« Er lächelte freudlos. »Ich fürchte, Sie werden mit Ihrem Freund Dworkin zusammenarbeiten müssen.«

Kaum zu glauben, dachte Lloyd Williams, wie schnell man ein Land lieben lernen kann. Er war erst seit zehn Monaten in Spanien, und doch hatte er bereits eine Leidenschaft für dieses Land entwickelt, die fast so stark war wie seine Liebe zu Wales. Es faszinierte ihn, die wenigen Blumen in der sonnenverbrannten Landschaft blühen zu sehen; er genoss es, am glutheißen Nachmittag ein wenig zu schlafen, und es gefiel ihm, Wein trinken zu können, auch wenn es gerade keine Mahlzeit gab. Auch was Gaumenfreuden betraf, hatte Lloyd vieles kennengelernt, was ihm bisher unbekannt gewesen waren: Oliven, Paprika, Chorizos und nicht zu vergessen den feurigen Brandy, den man Orujo nannte.

Lloyd stand mit einer Landkarte auf einem Hügel fünfzig Meilen südlich von Saragossa und ließ den Blick über das in der Hitze flimmernde Land schweifen. Neben einem Fluss waren ein paar Weiden zu sehen, und an den fernen Berghängen schimmerten vereinzelte Bäume in der flirrenden Luft. Dazwischen lag nur kahle Wüste voller Staub und Felsen. »Es gibt nicht viel, was uns bei unserem Vorstoß Deckung bieten könnte«, bemerkte er besorgt.

Lenny Griffiths, der neben ihm stand, nickte. »Die Schlacht wird hart und blutig.«

Lloyd schaute auf seine Karte. Saragossa schmiegte sich gut hundert Meilen vom Mittelmeer entfernt an den Ebro. Die Stadt, die am Zusammenfluss dreier Flüsse lag, beherrschte die Kommunikationslinien in der Region Aragón. Außerdem trafen hier mehrere Eisenbahnlinien zusammen.

Hier, in diesem pulvertrockenen Landstrich, stand die spanische Armee den antidemokratischen Rebellen gegenüber, den Putschisten des General Franco. Manche bezeichneten die Regierungsstreitkräfte als Republikaner und die Rebellen als Nationalisten, aber das war irreführend. Auf beiden Seiten kämpften Republikaner, jedenfalls in dem Sinne, als dass sie keine Monarchie wollten. Zugleich waren sie Nationalisten, denn sie liebten ihr Land und waren bereit, dafür zu sterben. Lloyd zog es vor, die gegnerischen Seiten als die Regierung und die Rebellen zu bezeichnen.

»Wenn es uns gelingt, Saragossa einzunehmen«, sagte Lloyd, »wird der Feind auch im nächsten Winter im Norden festsitzen.«

»Ja, wenn«, erwiderte Lenny.

Die Aussichten waren düster. Sie konnten allenfalls darauf hoffen, den Vorstoß Francos aufzuhalten. Aber so war nun einmal die Lage. In diesem Jahr konnte die Regierung definitiv mit keinem Sieg mehr rechnen.

Dennoch freute Lloyd sich auf den Kampf. Es würde seine erste Schlacht werden. Bis jetzt war er nur Ausbilder im Basislager gewesen: Kaum hatten die Spanier herausgefunden, dass er an der Universität im Kadettenkorps zum Reserveoffizier ausgebildet worden war, hatten sie ihn zum Subteniente ernannt, zum Leutnant, und ihm den Befehl über die Rekruten übertragen. Er sollte sie drillen, bis sie blind gehorchten; er sollte mit ihnen marschieren, bis aus den Blasen an den Füßen Schwielen geworden waren, und er sollte ihnen zeigen, wie man die wenigen Gewehre, über die sie verfügten, auseinandernahm und reinigte.

Aber die Flut der Freiwilligen war nahezu verebbt, und die Ausbilder, darunter Lloyd, waren in Kampfbataillone versetzt worden.

Lloyd trug ein Barett, eine Windjacke mit Reißverschluss, auf deren Ärmel improvisierte Rangabzeichen genäht waren, und eine Cordhose. Als Waffe diente ihm ein spanisches Gewehr, das vermutlich aus einem Arsenal der Guardia Civil gestohlen worden war.

Lloyd, Lenny und Dave waren eine Zeit lang voneinander getrennt worden, hatten dann aber im Britischen Bataillon der XV. Internationalen Brigade, das in der bevorstehenden Schlacht eingesetzt werden sollte, wieder zueinander gefunden. Lenny trug nun einen schwarzen Bart und sah zehn Jahre älter aus, als er war. Man hatte ihn zum Sargento ernannt, zum Feldwebel, aber keine Uniform mehr für ihn gehabt. Stattdessen trug er einen blauen Kattunoverall und ein gestreiftes Kopftuch. Er sah aus wie ein Pirat, nicht wie ein Soldat.

»Jedenfalls«, nahm Lenny den Faden wieder auf, »hat dieser Angriff keinen militärischen Grund. Es ist eine politische Sache. In dieser Region hatten immer schon die Anarchisten das Sagen.«

Während seiner kurzen Zeit in Barcelona hatte Lloyd den Anarchismus kennengelernt, den manche als »fröhlich-fundamentalistische Form des Kommunismus« bezeichneten. Offiziere und Soldaten wurden gleich besoldet. Die Speisesäle der großen Hotels waren in Kantinen für die Arbeiter umgewandelt worden, und Kellner gaben einem das Trinkgeld zurück und erklärten freundlich, so etwas sei demütigend. Und überall hingen Plakate, auf denen Prostitution als Ausbeutung der weiblichen Genossen verdammt wurde. Im anarchistischen Barcelona hatte eine großartige Atmosphäre der Befreiung und Kameradschaft geherrscht. Die Russen hatten es gehasst.

Lenny fuhr fort: »Die Regierung hat kommunistische Truppen aus Madrid herangeführt. Sie bilden mit uns gemeinsam die Armee des Ostens – unter kommunistischem Oberkommando, versteht sich.«

Solche Worte ließen Lloyd schier verzweifeln. Wenn sie, die Regierungstruppen, diesen Krieg gewinnen wollten, mussten alle linken Gruppierungen zusammenarbeiten wie in der Schlacht in der Cable Street. Doch was war in Spanien geschehen? Im Mai hatten sich Anarchisten und Kommunisten in den Straßen von Barcelona mit Waffengewalt bekämpft.

»Ministerpräsident Negrín ist kein Kommunist«, sagte Lloyd.

»Das macht auch keinen Unterschied.«

»Na ja, er versteht eben, dass wir ohne die Unterstützung der Russen einpacken können.«

»Aber heißt das auch, dass wir die Demokratie aufgeben und dem Kommunismus die Herrschaft überlassen müssen?«

278

Lloyd nickte. Jede Diskussion über die Regierung endete mit der gleichen Frage: Müssen wir alles tun, was die Sowjets von uns wollen, weil sie die Einzigen sind, die uns Waffen liefern?

Sie stiegen den Hügel hinunter. »Jetzt genehmigen wir uns erst mal eine schöne Tasse Tee«, sagte Lenny.

»Oh ja. Mit zwei Stück Zucker bitte.«

Das war natürlich nur ein Scherz. Sie hatten seit Monaten keinen Tee mehr gesehen.

Schließlich erreichten sie ihr Lager am Fluss. Lennys Zug hatte mehrere primitive Steingebäude in Beschlag genommen, die vermutlich einst als Kuhstall gedient hatten, bevor der Krieg die Bauern vertrieben hatte. Ein Stück den Fluss hinauf hatten sich mehrere Deutsche der XI. Internationalen Brigade ein Bootshaus unter den Nagel gerissen.

Lloyd und Lenny wurden von Lloyds Cousin Dave Williams empfangen. Wie Lenny war auch Dave in nur einem Jahr um zehn Jahre gealtert. Er war hager und zäh, seine Haut braun gebrannt und staubig. Er trug ein Khakihemd und eine Hose aus dem gleichen Stoff, dazu eine lederne Gürteltasche und halbhohe Stiefel. Das war die Standarduniform, die aber nur bei wenigen Soldaten vollständig war. Um den Hals hatte er sich ein rotes Tuch geschlungen. Seine Waffe war ein russisches Gewehr vom Typ Mosin-Nagant mit einem altmodischen, eingeklappten Lanzenbajonett, und am Gürtel steckte eine deutsche 9-mm-P08, die er vermutlich einem gefallenen Rebellenoffizier abgenommen hatte. Die Waffen waren gut gepflegt.

»Wir haben Besuch«, verkündete Dave aufgeregt.

»Besuch?«

»Ja, eine Frau. Da hinten!«

Im Schatten einer schiefen Pappel umringten ein gutes Dutzend deutscher und britischer Soldaten eine umwerfend schöne Frau.

»Oh, *Duw*«, sagte Lenny. Unbewusst hatte er das walisische Wort für »Gott« verwendet. »Welch Wohltat für meine wunden Augen.«

Die Frau war Mitte zwanzig, zierlich und klein. Sie hatte große, ausdrucksstarke Augen, und auf ihrem hochgesteckten schwarzen Haar saß eine Schirmmütze. Aus irgendeinem Grund wirkte die weite Uniform wie ein Abendkleid an ihr.

279

»Das ist Teresa«, sagte ein Freiwilliger namens Heinz, der wusste, dass Lloyd seine Sprache verstand. »Sie ist hier, um uns das Lesen beizubringen.«

Lloyd nickte. Die Internationalen Brigaden bestanden aus ausländischen Freiwilligen und spanischen Soldaten, und besonders unter den Spaniern gab es viele Analphabeten. In ihrer Kindheit hatten sie in ihren Dorfschulen, die von der katholischen Kirche geleitet worden waren, nur den Katechismus heruntergebetet. Viele Priester lehrten die Kinder das Lesen schon deshalb nicht, damit sie später keine »gottlosen« sozialistischen Bücher lasen. Dies hatte zur Folge, dass in der Zeit der Monarchie nur etwa die Hälfte der Bevölkerung lesen und schreiben konnte. Die 1931 gewählte republikanische Regierung hatte das Erziehungssystem zwar verbessert; dennoch waren Millionen von Spaniern noch immer Analphabeten, und selbst an der Front wurde der Unterricht weitergeführt.

Die Männer schlossen sich der Gruppe an, die sich um Teresa versammelt hatte.

»Ich kann auch nicht lesen«, verkündete Dave, was eine glatte Lüge war.

»Ich erst recht nicht«, sagte Joe Eli, der an der Columbia University in New York spanische Literatur lehrte.

Teresa sprach spanisch. Ihre Stimme war tief und sehr sexy. »Was glauben Sie, wie oft ich diesen Witz schon gehört habe?«

Lenny trat näher an sie heran. »Ich bin Sargento Griffiths«, sagte er. »Ich werde tun, was ich kann, um Ihnen zu helfen.« Seine Worte waren unverfänglich, aber sein Tonfall machte sie zu einem unverhohlenen Flirtversuch.

Teresa schenkte ihm ein bezauberndes Lächeln. »Sehr freundlich von Ihnen.«

Lloyd sagte in seinem besten Spanisch: »Ich bin froh, dass Sie hier sind, Señorita.« Er hatte in den letzten Monaten viel Zeit damit verbracht, die Sprache zu lernen. »Ich bin Teniente Williams. Ich kann Ihnen genau sagen, wer von uns den Unterricht gebrauchen kann und wer nicht.«

Lenny winkte ab. »Der Teniente muss jetzt erst einmal nach Bujaraloz, um unsere Befehle abzuholen.« In Bujaraloz, einer Kleinstadt in der Nähe ihres Lagers, hatten die Regierungsstreitkräfte

280

ihr Hauptquartier. »Vielleicht sollten wir beide uns bei nächster Gelegenheit nach einem geeigneten Ort für den Unterricht umsehen, Señorita.« Er hätte sie genauso gut zu einem Spaziergang bei Mondlicht einladen können.

Lloyd lächelte. Er freute sich für Lenny. Ihm selbst war nicht nach Flirten zumute, während Lenny sich bereits verliebt zu haben schien. Doch Lloyd schätzte Lennys Chancen nicht sehr hoch ein. Eine schöne, gebildete Frau wie Teresa bekam vermutlich ein Dutzend Heiratsanträge am Tag, und Lenny war ein siebzehnjähriger Bergarbeiter, der sich seit einem Monat nicht gewaschen hatte. Außerdem schien Teresa durchaus in der Lage zu sein, auf sich selbst aufzupassen.

Ein Mann kam auf Lloyd zu. Er war besser gekleidet als die Soldaten, und in seinem Holster steckte ein schwerer Revolver russischer Bauart. Der Mann kam Lloyd irgendwie bekannt vor. Sein Haar war stoppelkurz geschnitten, wie es eigentlich nur die Russen bevorzugten, und er war ungefähr in Lloyds Alter. Er war nur Leutnant, strahlte aber Autorität, sogar Macht aus. In fließendem Deutsch fragte er: »Können Sie mir helfen? Ich suche nach Teniente Garcia.«

»Er ist nicht hier«, antwortete Lloyd, ebenfalls auf Deutsch. »Sagen Sie mal, kennen wir uns?«

Der Russe wirkte erschrocken und verärgert zugleich, als hätte er gerade eine Schlange in seinem Schlafsack entdeckt. »Nein«, antwortete er im Brustton der Überzeugung. »Wir haben uns noch nie gesehen. Sie müssen sich irren.«

Lloyd schnippte mit den Fingern. »Berlin«, sagte er. »1933. Wir hatten eine Schlägerei mit SA-Leuten.«

Ganz kurz erschien ein Ausdruck der Erleichterung auf dem Gesicht des Mannes, als hätte er mit Schlimmerem gerechnet. »Ja, das war ich«, sagte er. »Wladimir Peschkow.«

»Wir haben dich damals Wolodja genannt, stimmt's?«

»Stimmt.«

»Bei der Schlägerei warst du mit einem Jungen zusammen. Wie hieß er noch mal? Werner Franck, nicht wahr?«

Kurz flackerte Panik in Wolodjas Augen auf, doch er hatte sich rasch wieder unter Kontrolle. »Ich kenne keinen Franck.«

Lloyd beschloss, es dabei bewenden zu lassen. Er konnte sich denken, warum Wolodja so nervös war. Die Russen hatten genauso viel Angst vor ihrer Geheimpolizei, dem NKWD, wie alle anderen auch. Und in den Augen des NKWD war jeder, der mit einem Ausländer befreundet war, ein potenzieller Verräter.

»Ich bin Lloyd Williams.«

»Ja, ich erinnere mich.« Wolodja schaute ihn mit seinen durchdringenden blauen Augen an. »Schon seltsam, dass wir uns ausgerechnet hier wiedersehen.«

»Eigentlich nicht«, erwiderte Lloyd. »Wir bekämpfen die Faschisten, wann und wo wir können.«

»Kann ich mal unter vier Augen mit dir sprechen?«

»Sicher.«

Sie gingen ein paar Schritt von den anderen weg. Dann raunte Wolodja ihm zu: »Es gibt einen Spion in Garcias Zug.«

Lloyd riss erstaunt die Augen auf. »Einen Spion? Wer?«

»Einen Deutschen mit Namen Heinz Bauer.«

»Das ist der da drüben in dem roten Hemd«, sagte Lloyd. »Er soll ein Spion sein? Bist du sicher?«

Wolodja machte sich gar nicht erst die Mühe, darauf zu antworten. »Ich würde ihn gerne in eurem Bau befragen, wenn ihr einen habt, oder irgendwo anders, wo wir allein sind.« Er schaute auf seine Armbanduhr. »In einer Stunde wird ihn ein Verhaftungskommando abholen.«

»Ich benutze den Verschlag da drüben als Büro.« Lloyd deutete auf den alten Stall. »Aber zuerst muss ich mit meinem vorgesetzten Offizier reden.« Der Offizier war zwar Kommunist und würde sich deshalb vermutlich heraushalten, aber Lloyd brauchte Zeit zum Nachdenken.

»Wie du willst.« Wolodja war es offensichtlich egal, was Lloyds vorgesetzter Offizier dachte. »Hauptsache, der Spion wird ohne großes Aufsehen verhaftet. Ich habe auch dem Verhaftungskommando deutlich gemacht, wie wichtig Diskretion ist.« Wolodja schien nicht sicher zu sein, dass die NKWD-Leute sich an seine Anweisungen hielten. »Je weniger Leute davon erfahren, desto besser.«

»Warum?«, fragte Lloyd. Doch ehe Wolodja etwas erwidern konnte, fand er die Antwort selbst. »Ihr hofft, ihr könnt ihn zum Doppelagenten machen, stimmt's? Über ihn wollt ihr dem Feind

Fehlinformationen zukommen lassen. Und wenn zu viele Leute wissen, dass er gefasst worden ist, könnten andere Spione die Rebellen warnen.«

»Über solche Dinge sollte man lieber nicht spekulieren«, entgegnete Wolodja ernst. »Lass uns jetzt zu deinem Unterstand gehen.«

»Einen Moment noch«, sagte Lloyd. »Woher wisst ihr eigentlich, dass der Mann ein Spion ist?«

»Das ist geheim.«

»Hm ... Das ist eine ziemliche unbefriedigende Antwort.«

Wolodja blickte ihn gekränkt an. Offensichtlich war er es nicht gewohnt, dass man seine Erklärungen als »unbefriedigend« bezeichnete. Es war typisch für den Spanischen Bürgerkrieg, dass sämtliche Befehle diskutiert wurden – ein Umstand, den die Russen besonders verabscheuten.

Doch bevor Wolodja etwas erwidern konnte, erschienen zwei weitere Männer und traten zu der Gruppe unter dem Baum. Einer der Neuankömmlinge trug trotz der Hitze eine Lederjacke. Der andere, der das Kommando zu haben schien, war ein hagerer Kerl mit langer Nase und fliehendem Kinn.

Wolodja stieß einen Wutschrei aus. »Die sind viel zu früh!«, sagte er. Dann rief er etwas auf Russisch.

Der hagere Mann blickte kurz zu ihm herüber und winkte ab. »Wer von Ihnen ist Heinz Bauer?«, fragte er dann auf Spanisch mit starkem Akzent.

Niemand antwortete. Der Dürre wischte sich die Nase mit dem Ärmel ab.

In diesem Moment setzte Heinz sich in Bewegung. Er rammte den Mann in der Lederjacke und stieß ihn zu Boden. Als Heinz sich dann zur Flucht wandte, streckte der dürre Mann das Bein aus und brachte ihn zu Fall.

Heinz schlug schwer zu Boden und rutschte ein Stück über die staubige Erde. Einen Moment blieb er benommen liegen, aber diese kurze Zeitspanne genügte seinen Gegnern: Als er sich hochstemmen wollte, stürzten die beiden Russen sich auf ihn und schlugen ihn erneut zu Boden.

Obwohl Heinz sich nicht rührte, droschen und traten die Männer auf ihn ein. Dann zogen sie hölzerne Schlagstöcke aus

283

den Gürteln, stellten sich rechts und links von Heinz auf und schlugen ihm abwechselnd auf Kopf und Körper – ein tödliches, barbarisches Ballett.

Nach wenigen Augenblicken war Heinz' Gesicht voller Blut. Verzweifelt versuchte er zu entkommen, doch als er sich auf ein Knie hochstemmte, schlugen die Russen ihn erneut zu Boden. Wimmernd krümmte er sich zusammen. Er war am Ende, aber die beiden Russen kümmerte das nicht. Erbarmungslos prügelten sie auf ihr hilfloses Opfer ein.

Lloyd riss den dürren Mann zurück, Lenny zerrte den anderen weg. Während Lloyd die Arme um seinen Gegner schlang und ihn hochriss, schlug Lenny seinen Widersacher nieder. Plötzlich hörte Lloyd, wie Wolodja auf Englisch rief: »Keine Bewegung, oder ich schieße!«

Lloyd ließ den Mann los. Ungläubig drehte er sich um. Wolodja hatte seine Waffe gezogen, eine russische Nagant M1895, und den Hahn gespannt.

»Einen Offizier mit der Waffe zu bedrohen ist in jeder Armee der Welt ein Verbrechen, das eine Kriegsgerichtsverhandlung nach sich zieht«, sagte Lloyd. »Du steckst in großen Schwierigkeiten, Wolodja.«

»Sei kein Narr«, erwiderte Wolodja. »Wann hat ein Russe in dieser Armee zum letzten Mal Ärger bekommen?« Dennoch senkte er die Waffe.

Der Mann in der Lederjacke hob den Schlagstock und wollte sich wieder auf Lenny stürzen, doch Wolodja fuhr ihn an: »Zurück, Berezowski!« Der Mann gehorchte.

Andere Soldaten kamen herbeigerannt, wie magisch angezogen von dem Kampf. Nach wenigen Sekunden hatte sich eine mehr als zwanzigköpfige Gruppe versammelt.

Der dürre Mann richtete den Finger auf Lloyd. In holprigem Englisch sagte er: »Sie haben sich in Angelegenheiten eingemischt, die Sie nichts angehen!«

Lloyd half Heinz auf die Beine. Der Deutsche war von oben bis unten voller Blut und stöhnte vor Schmerz.

»Ihr könnt hier nicht einfach reinmarschieren und Leute zusammenschlagen«, sagte Lloyd zu dem Dürren. »Woher nehmt ihr euch das Recht, verdammt?«

284

Der Dürre zeigte auf Heinz. »Der da ist ein trotzkistisch-faschistischer Spion.«

»Halt den Mund, Ilja«, sagte Wolodja.

Ilja beachtete ihn nicht. »Er hat Dokumente fotografiert!«

»Und wo sind die Beweise?«, fragte Lloyd mit ruhiger Stimme.

Ilja waren Beweise offensichtlich egal, doch Wolodja seufzte und sagte: »Schaut in seinem Seesack nach.«

Lloyd nickte Mario Rivera zu, einem Corporal. »Geh und sieh nach.« Rivera lief zum Bootshaus und verschwand darin.

Doch Lloyd hatte das ungute Gefühl, dass Wolodja die Wahrheit sagte. Er wandte sich an Ilja. »Selbst wenn Sie recht haben, könnten Sie ein bisschen höflicher sein.«

»Höflicher?«, erwiderte Ilja. »Das hier ist Krieg, keine englische Teeparty.«

»Das mag ja sein, aber ein bisschen mehr Höflichkeit würde Ihnen unnötige Hiebe ersparen.«

Ilja spie etwas auf Russisch hervor, das sich sehr nach einer Beleidigung anhörte.

Rivera kam aus dem Bootshaus zurück. Er hielt eine kleine, teuer aussehende Fotokamera und einen Stapel offizieller Papiere in der Hand und reichte beides Lloyd. Bei dem zuoberst liegenden Dokument handelte es sich um einen Befehl, der am gestrigen Tag vom Generalstab gekommen war. Es war ein Plan für die Aufstellung der Truppen beim morgigen Angriff. Auf dem Papier war ein Weinfleck, und Lloyd erkannte zu seinem Entsetzen, dass es sich um seine eigene Kopie handelte. Offensichtlich war sie aus seinem Unterstand gestohlen worden.

Er schaute Heinz an. Der Deutsche straffte die Schultern, hob den Arm zum Hitlergruß und rief: »Heil Hitler!«

Ilja schaute triumphierend drein.

»Tja, Ilja«, sagte Wolodja, »jetzt hast du uns einen potenziellen Doppelagenten gekostet. Wieder eine Meisterleistung des NKWD. Ich gratuliere.«

Am Dienstag, dem 24. August, zog Lloyd zum ersten Mal in die Schlacht.

Die Armee der Regierung, auf deren Seite er kämpfte, war 80 000 Mann stark. Die antidemokratischen Rebellen hatten weniger als die Hälfte. Außerdem verfügte die Regierung über zweihundert Flugzeuge, die Rebellen nur über fünfzehn.

Es begann ziemlich gut für die Regierungstruppen. Am ersten Tag der Offensive hatten sie zwei Dörfer nördlich von Saragossa eingenommen, zwei weitere südlich der Stadt. Lloyds Gruppe im Süden hatte sich gegen erbitterten Widerstand durchgesetzt und die kleine Ortschaft Condo erobert. Nur im Zentrum der Front, wo die Hauptstreitmacht in der Nähe von Fuentes de Ebro aufgehalten worden war, hatte es Probleme gegeben.

Vor der Schlacht hatte Lloyd die ganze Nacht vor Angst wach gelegen und sich vorgestellt, was kommen würde, so wie es ihm manchmal auch vor einem großen Boxkampf erging. Aber kaum hatten die Kämpfe begonnen, war er viel zu beschäftigt gewesen, um sich noch weiter Sorgen zu machen.

Das Schlimmste war das Vorrücken über die trockene Ebene gewesen, wo sie außer ein paar Sträuchern keine Deckung fanden, während die Verteidiger sich in Steingebäuden verschanzt hatten. Doch selbst in diesen Augenblicken hatte Lloyd keine Angst mehr gehabt, sondern sich ganz darauf konzentriert, dem feindlichen Feuer zu entgehen, indem er im Zickzack rannte und sich immer wieder zu Boden warf, wenn die Geschosse ihm zu nahe kamen, um dann wieder aufzuspringen und ein paar Meter weiterzurennen. Das Hauptproblem war der Munitionsmangel. Jeder Schuss zählte. Schließlich nahmen sie Condo allein aufgrund ihrer zahlenmäßigen Überlegenheit ein. Lloyd, Lenny und Dave blieben unverletzt.

Die Rebellen waren zäh und tapfer, aber das galt auch für die Regierungssoldaten. Die Internationalen Brigaden setzten sich aus Freiwilligen zusammen – Idealisten, denen von Anfang an klar gewesen war, dass sie in Spanien ihr Leben riskierten. Ihres Mutes wegen wurden sie oft als Speerspitze eingesetzt.

Vom zweiten Tag an aber lief so ziemlich alles schief. Im Norden waren die Truppen in ihren Stellungen geblieben. Mangels Informationen über die Verteidigung des Gegners wollten sie nicht weiter vorrücken – in Lloyds Augen eine schwache Entschuldigung. Das Zentrum konnte Fuentes de Ebro noch immer nicht einnehmen, obwohl es am dritten Tag verstärkt wurde. Zu seinem Entsetzen erhielt Lloyd dann auch noch die Meldung, dass sie fast alle ihre Panzer im Abwehrfeuer verloren hatten. Im Süden befahl man Lloyds Einheit, sich am Fluss entlang zu einem Dorf mit Namen Quinto zu bewegen, anstatt weiter vorzurücken.

Auch in Quinto mussten die Verteidiger im Häuserkampf bezwungen werden. Als der Feind sich schließlich ergab, machte Lloyds Einheit fast tausend Gefangene.

Jetzt saß Lloyd im Licht der Abendsonne vor einer Kirche, die von der Artillerie zerschossen worden war, umgeben von Ruinen und den Leichen der Gefallenen. Eine Gruppe erschöpfter Männer versammelte sich um ihn: Lenny, Dave, Joe Eli, Cabo Rivera und ein Waliser mit Namen Muggsy Morgan. Es waren so viele Waliser in Spanien, dass jemand einen Limerick geschrieben hatte, in dem er sich über ihre immer gleichen Namen lustig machte.

Da war ein junger Kerl namens Price
und ein anderer junger Kerl namens Price
und ein Kerl namens Roberts
und ein Kerl namens Roberts
und ein anderer junger Kerl namens Price.

Die Männer rauchten und warteten stumm ab, ob es etwas zum Abendessen gab oder nicht. Sie waren sogar zu müde, um mit Teresa zu flirten, die sie noch immer begleitete, da der Transport, der sie in die Etappe hatte bringen sollen, auf rätselhafte Art verschwunden war. Hin und wieder hörten sie Schüsse, wenn ein paar Straßen entfernt ein weiteres Haus geräumt wurde.

»Was haben wir eigentlich gewonnen?«, wandte Lloyd sich an Dave. »Wir haben unsere wenige Munition verschossen, haben viele Männer verloren und sind keinen Schritt vorwärtsgekommen. Und was noch schlimmer ist, wir haben den Faschisten Zeit gegeben, Verstärkung heranzuführen. Wie konnte es so weit kommen?«

»Das kann ich dir sagen«, erwiderte Dave mit seinem Eastend-Akzent. Seine Seele hatte sich noch mehr verhärtet als sein Körper, und er war zum Zyniker geworden. »Unsere Offiziere haben mehr

Angst vor ihren Kommissaren als vor dem Feind. Ist ja auch kein Wunder. Man kann sie aus den nichtigsten Gründen zu trotzkistisch-faschistischen Spionen erklären und zu Tode foltern. Deshalb wagt keiner mehr, auch nur Piep zu sagen. Sie bleiben lieber steif und starr sitzen, als sich zu bewegen. Eigeninitiative gibt es nicht mehr, und keiner geht mehr ein Risiko ein. Ich wette, ohne schriftlichen Befehl scheißen die Männer nicht mal. Na ja, dann können sie sich damit hinterher wenigstens den Arsch abwischen.«

Lloyd fragte sich, ob Dave mit seiner verbitterten Analyse recht hatte. Die Kommunisten redeten ständig davon, wie wichtig eine disziplinierte Armee mit einer klaren Befehlskette sei. Zwar meinten sie damit eine Armee, die russischen Befehlen folgte, doch Lloyd erkannte durchaus den Sinn dahinter. Allerdings konnte zu viel Disziplin das Denken behindern. Lag da das Problem?

Lloyd konnte es sich nicht vorstellen. Sozialdemokraten, Kommunisten und Anarchisten hatten ein gemeinsames Ziel – da mussten sie es doch auch schaffen, gemeinsam zu kämpfen, ohne dass eine Gruppe die anderen tyrannisierte. Ihr gemeinsamer Feind war der Faschismus, und sie alle glaubten an eine gerechtere Gesellschaft.

Lloyd fragte sich, wie Lenny wohl darüber dachte, doch der saß neben Teresa und unterhielt sich leise mit ihr. Sie kicherte über eine Bemerkung von ihm. Offenbar machte Lenny Fortschritte; es war stets ein hoffnungsvolles Zeichen, wenn man ein Mädchen zum Lachen brachte. Lloyd sah, wie Teresa Lennys Arm berührte, ein paar Worte zu ihm sprach und aufstand. »Komm schnell wieder«, sagte Lenny. Teresa lächelte ihn über die Schulter hinweg an.

Lenny war ein Glückspilz, doch Lloyd empfand keinen Neid. Er hatte kein Interesse an einer Romanze. Er sah keinen Sinn darin. Für ihn gab es immer nur alles oder nichts. Das einzige Mädchen, das er je wirklich gewollt hatte, war Daisy gewesen. Aber die war nun mit Boy Fitzherbert verheiratet, und Lloyd war noch keiner Frau begegnet, die Daisys Platz in seinem Herzen hätte einnehmen können. Eines Tages aber würde es so weit sein, davon war er überzeugt. Doch bis dahin hatte er kein Interesse an kurzfristigem Ersatz, auch wenn dieser Ersatz so verführerisch war wie Teresa.

»Da kommen die Russen«, sagte Jasper Johnson, ein schwarzer Elektriker aus Chicago. Lloyd hob den Blick und sah gut ein

288

Dutzend Militärberater, die wie Konquistadoren durch das Dorf marschierten. Man konnte sie leicht an ihren Lederjacken erkennen. »Schon seltsam«, fuhr Jasper spöttisch fort. »Während der Kämpfe habe ich sie nicht gesehen. Wahrscheinlich hatten sie an einem anderen Frontabschnitt zu tun.«

Lloyd schaute sich um und überzeugte sich davon, dass kein Kommissar in der Nähe war, der Jaspers subversive Bemerkung hätte aufschnappen können.

Als die Russen den Friedhof der zerstörten Kirche überquerten, entdeckte Lloyd einen alten Bekannten: Ilja Dworkin, den Geheimpolizisten, mit dem er vor einer Woche aneinandergeraten war. Der Weg des Russen kreuzte sich mit dem Teresas, und er blieb kurz stehen, um mit ihr zu reden.

Lloyd hörte, wie er in schlechtem Spanisch irgendetwas über ein Abendessen sagte. Teresa antwortete, und Ilja redete erneut auf sie ein. Diesmal schüttelte Teresa den Kopf. Offensichtlich weigerte sie sich. Sie wandte sich zum Gehen, doch Ilja packte sie am Arm.

Lloyd sah, wie Lenny sich aufsetzte und zu den beiden hinüberstarrte.

»Oh, Scheiße«, murmelte er.

Teresa versuchte, sich von Ilja zu befreien, aber der schien seinen Griff zu verstärken.

Wie nicht anders zu erwarten, wollte Lenny Teresa zu Hilfe eilen, doch Lloyd ging rasch zu ihm und legte ihm die Hand auf die Schulter. »Lass mich das machen.«

»Sei bloß vorsichtig«, sagte Dave. »Der Hurensohn ist vom NKWD. Diesen Typen sollte man lieber aus dem Weg gehen.«

Lloyd ging auf Teresa und Ilja zu.

Der Russe sah ihn. »Mach, dass du wegkommst«, sagte er auf Spanisch.

Lloyd ignorierte ihn. »Hallo, Teresa.«

»Ich komme schon zurecht«, sagte sie. »Mach dir keine Sorgen um mich.«

Ilja musterte Lloyd genauer. »Moment mal, dich kenne ich doch. Du hast letzte Woche versucht, die Verhaftung eines trotzkistisch-faschistischen Spions zu verhindern.«

»Und diese Dame ist eine trotzkistisch-faschistische Spionin?«, erwiderte Lloyd. »Wohl kaum. Wenn ich mich nicht verhört habe, haben Sie sie gerade zum Abendessen eingeladen. Das wäre dann ja Verbrüderung mit dem Feind.«

Iljas Handlanger, Berezowski, baute sich drohend vor Lloyd auf. Der erkannte, dass die Sache zunehmend außer Kontrolle geriet.

»Señorita«, sagte er rasch, »ich wollte Ihnen nur Bescheid geben, dass Oberst Bobrow Sie umgehend in seinem Hauptquartier sehen will. Bitte folgen Sie mir, ich bringe Sie zu ihm.« Bobrow war der oberste sowjetische Berater. Er hatte Teresa zwar nicht eingeladen, aber die Geschichte klang plausibel; Ilja konnte nicht wissen, dass sie erfunden war.

Einen Augenblick lang wusste keiner von ihnen, in welche Richtung sich alles entwickeln würde. Erst als ein Schuss zwischen den Ruinen widerhallte, schien Ilja in die Realität zurückzukehren. Teresa versuchte erneut, sich von ihm loszureißen, und diesmal ließ er sie gehen. Wütend richtete er den Finger auf Lloyds Gesicht. »Wir sehen uns wieder«, drohte er und stapfte davon, gefolgt von Berezowski, seinem Kettenhund.

»Blöder Wichser«, sagte Dave.

Ilja tat so, als hätte er ihn nicht gehört.

Alle setzten sich. »Du hast dir gerade einen üblen Feind gemacht, Lloyd«, sagte Dave.

»Mir blieb keine Wahl.«

»Von nun an solltest du öfters über die Schulter schauen.«

»Das war doch nur ein Streit wegen eines Mädchens.« Lloyd winkte ab. »So was passiert tausendmal am Tag.«

Bei Einbruch der Dunkelheit rief eine Handglocke die Männer zum Essenfassen. Lloyd bekam eine Schüssel mit dünnem Eintopf, ein Stück trockenes Brot und einen großen Becher Rotwein, der so bitter schmeckte, dass er Zahnschmerzen bekam. Er tunkte das Brot in den Wein, was beides ein wenig genießbarer machte. Doch nach dem Essen hatte Lloyd immer noch Hunger, wie jedes Mal.

»So«, sagte er, »und jetzt genehmigen wir uns erst mal eine schöne Tasse Tee.«

»Oh ja«, sagte Lenny. »Mit zwei Stück Zucker bitte.«

Sie breiteten ihre dünnen Decken aus. Bevor Lloyd sich zum Schlafen hinlegte, machte er sich auf die Suche nach einer Latrine, fand aber keine. Notgedrungen erleichterte er sich in einem kleinen

290

Olivenhain am Dorfrand. Der Mond war drei viertel voll; im bleichen Licht konnte Lloyd die wenigen staubbedeckten Blätter an den Bäumen sehen, die den Beschuss überlebt hatten.

Als er sich die Hose zuköpfte, hörte er Schritte hinter sich und drehte sich um. In dem Sekundenbruchteil, in dem er Iljas Gesicht erkannte, traf ihn der Schlagstock am Kopf. Lloyd ging zu Boden und blickte benommen zu seinem Peiniger auf. Berezowski hielt den Revolver auf ihn gerichtet. Ilja, der neben ihm stand, sagte: »Keine Bewegung, oder du bist tot.«

Lloyd hatte Todesangst. Verzweifelt schüttelte er den Kopf, um wieder klar denken zu können. »Und wie wollt ihr den Mord an einem Offizier erklären?«, fragte er mit schleppender Stimme.

»Mord?« Ilja lachte auf. »Wir sind hier an der Front. Da kann man sich schnell eine verirrte Kugel einfangen.« Er grinste. »Pech gehabt.«

Entsetzen packte Lloyd. Der Mistkerl hatte recht. Wenn man seine Leiche fand, würde es so aussehen, als wäre er im Kampf getötet worden.

Was für eine Art zu sterben.

Ilja blickte Berezowski an. »Mach ihn fertig.«

Ein Schuss dröhnte.

Zu seiner Verwunderung spürte Lloyd nichts. War das der Tod?

Dann sah er, wie Berezowski zusammenbrach. Im selben Augenblick wurde ihm bewusst, dass der Schuss hinter ihm abgefeuert worden war. Ungläubig drehte er sich um. Im Mondlicht sah er Dave mit seiner erbeuteten Luger. Vor Erleichterung wurde Lloyd schwindlig.

Ilja hatte Dave ebenfalls entdeckt. Nun rannte er um sein Leben. Dave verfolgte ihn ein paar Sekunden lang mit erhobener Pistole, doch Ilja schlug Haken um die Olivenbäume herum und verschwand in der Dunkelheit.

Dave blieb keuchend stehen und senkte die Waffe.

Lloyd blickte auf Berezowski. Der atmete nicht mehr.

»Danke, Dave«, sagte Lloyd.

»Ich hatte dir doch gesagt, du sollst aufpassen, verdammt.«

»Wofür habe ich dich?« Lloyd grinste. »Schade, dass du den Drecksack nicht erwischt hast. Jetzt kriegst du Ärger mit dem NKWD.«

»Glaubst du?«, erwiderte Dave. »Ich kann mir nicht vorstellen, dass es in Iljas Interesse ist, wenn bekannt wird, dass sein Kumpel beim Streit um eine Frau erschossen wurde. Selbst NKWD-Agenten haben Angst vor dem NKWD. Ich glaube, er wird die Klappe halten.«

Lloyd schaute noch einmal auf die Leiche. »Und wie sollen wir das erklären?«

»Du hast doch gehört, was Ilja gesagt hat«, erwiderte Dave. »Wir sind hier an der Front. Weitere Erklärungen sind nicht nötig.«

Lloyd nickte. Dave hatte recht. Niemand würde fragen, wie Berezowski gestorben war. Ihn hatte eine verirrte Kugel getroffen.

Sie ließen den Toten einfach liegen.

»Pech gehabt«, sagte Dave.

Lloyd und Lenny sprachen mit Oberst Bobrow und beschwerten sich darüber, dass der Angriff auf Saragossa zum Stillstand gekommen war.

Bobrow war ein älterer Russe mit kurzem weißem Haar. Er näherte sich dem Ruhestand und war veralteten militärischen Grundsätzen und Theorien verhaftet. Offiziell war Bobrow nur hier, um die spanischen Kommandeure zu beraten; in Wahrheit aber hatten die Russen das Sagen.

»Wir verschwenden Zeit und Energie mit diesen Dörfern«, sagte Lloyd und übersetzte ins Deutsche, was Lenny und die anderen erfahrenen Männer sagten, denn Bobrow verstand Deutsch. »Wir müssen die Panzer als Speerspitzen nutzen und sie tief in Feindesland vorstoßen lassen. Die Infanterie muss ihnen folgen und das eroberte Gebiet sichern.«

Wolodja stand dabei und hörte zu. Nach seiner Miene zu urteilen, stimmte er mit Lloyd überein, doch er schwieg.

»Kleinere befestigte Stellungen dürfen den Vormarsch nicht aufhalten«, fuhr Lloyd fort. »Sie müssen umgangen werden. Die nachrückenden Einheiten können sich später um sie kümmern.«

Bobrow war sichtlich schockiert. »Das ist die Theorie von Marschall Tuchatschewski«, sagte er mit gedämpfter Stimme. Er klang, als hätte Lloyd einem Bischof befohlen, den Teufel anzubeten.

»Ja, und?«, entgegnete Lloyd.

»Tuchatschewski hat gestanden, ein Verräter und Spion zu sein. Er wurde exekutiert.«

Lloyd blickte Bobrow ungläubig an. »Wollen Sie mir etwa sagen, die spanische Regierung darf keine modernen Taktiken anwenden, weil irgendein General in Moskau der Säuberung zum Opfer gefallen ist?«

»Werden Sie nicht unverschämt, Leutnant!«

»Selbst wenn die Vorwürfe gegen Tuchatschewski berechtigt sind«, sagte Lloyd, »heißt das noch lange nicht, dass seine Methoden falsch sind.«

»Das reicht jetzt!«, rief Bobrow. »Das Gespräch ist beendet!«

Falls Lloyd nach dieser Besprechung noch einen Funken Hoffnung gehabt hatte, erlosch auch der, als sein Bataillon aus Quinto abgezogen und wieder nach hinten verlegt wurde. Am 1. September nahmen sie am Angriff auf Belchite teil, eine gut befestigte, aber strategisch unbedeutende Kleinstadt fünfundzwanzig Meilen von ihrem eigentlichen Ziel entfernt.

Wieder war es ein harter Kampf.

Gut siebentausend Verteidiger hatten sich an der größten Kirche Belchites, San Augustin, sowie auf einem nahe gelegenen Hügel eingegraben. Lloyd und sein Zug erreichten die Außenbezirke der Stadt ohne Verluste, gerieten dann aber unter verheerendes Feuer aus den Fenstern und von den Dächern der Gebäude.

Sechs Tage später waren sie keinen Zentimeter vorangekommen.

Die Leichen verwesten in der Hitze. Ihr Gestank vermischte sich mit dem verrottender Tierkadaver, denn die Wasserversorgung der Stadt war gekappt worden, und das Vieh verdurstete. Wann immer sie konnten, sammelten Pioniere die Leichen ein, warfen sie auf einen Haufen, gossen Benzin darüber und zündeten sie an. Doch der Gestank verbrannten Fleisches war noch schlimmer als der Verwesungsgeruch. Man konnte kaum atmen. Einige Männer trugen ständig ihre Gasmasken.

Die engen Straßen um die Kirche herum waren eine Todeszone, doch Lloyd hatte sich eine Möglichkeit ausgedacht, wie er und seine Leute vorrücken konnten, ohne ihre Deckungen zu verlassen. Lenny hatte in einer Werkstatt ein paar Werkzeuge entdeckt. Jetzt schlugen zwei Männer ein Loch in die Wand des Hauses, in dem sie Schutz gesucht hatten. Joe Eli, auf dessen kahlem Kopf der Schweiß glitzerte, arbeitete mit der Spitzhacke. Corporal Rivera, der ein gestreiftes Hemd in Rot und Schwarz trug, den Farben der Anarchisten, schwang einen Vorschlaghammer. Die Wand bestand aus flachen gelben Ziegelsteinen, wie sie in dieser Gegend häufig zu finden waren. Lenny leitete die Arbeiten, um sicherzustellen, dass Joe und Rivera nicht das ganze Haus abrissen. Als Bergarbeiter hatte er eine Nase dafür, wie stabil die Decke war.

Als das Loch groß genug für einen Mann war, nickte Lenny Jasper zu, ebenfalls ein Corporal. Jasper nahm eine der letzten Handgranaten aus der Gürteltasche, zog den Stift und warf die Granate ins Nachbarhaus, für den Fall, dass dort ein Hinterhalt auf sie wartete. Kaum war die Granate explodiert, kroch Lloyd durch das Loch in der Wand, das Gewehr im Anschlag.

Er fand sich in einem halb verfallenen Wohnhaus mit weiß verputzten Wänden und einem Boden aus festgestampfter Erde wieder. Es war niemand da, weder Lebende noch Tote. Die fünfunddreißig Männer seines Zuges folgten Lloyd durch das Loch. Dann schwärmten sie aus, um mögliche Verteidiger auszuschalten.

Auf diese Weise bewegten sie sich langsam, aber stetig durch eine Reihe armseliger Behausungen hindurch und rückten immer näher an die Kirche heran.

Als sie wieder dabei waren, eine Wand zu zertrümmern, kam ein Major namens Marquez zu ihnen, der ihnen durch die Löcher gefolgt war. »Vergesst es«, sagte er auf Englisch mit starkem spanischem Akzent. »Wir nehmen die Kirche im Sturm.«

Lloyd lief es eiskalt über den Rücken. Das war glatter Selbstmord! »Ist das Oberst Bobrows Idee?«

»Ja«, erwiderte der Major in beiläufigem Tonfall. »Wartet auf das Signal, drei scharfe Pfiffe.« Er hielt seine Trillerpfeife in die Höhe.

»Können wir wenigstens noch Munition bekommen?«, fragte Lloyd. »Was wir haben, reicht nicht mehr für einen solchen Einsatz.«

»Keine Zeit«, antwortete der Major und verschwand.

Lloyd war entsetzt. In den wenigen Tagen der Schlacht hatte er viel gelernt; deshalb wusste er, dass man eine gut verteidigte Position nur stürmen konnte, wenn man von massivem Deckungsfeuer geschützt wurde. Anderenfalls wurde man von den Verteidigern niedergemäht.

Den Blicken seiner Männer nach zu urteilen, standen sie kurz vor einer Meuterei. »Das ist unmöglich«, sagte Rivera.

Es gehörte zu Lloyds Aufgaben, die Moral seiner Leute aufrechtzuerhalten. »Ich will keine Beschwerden hören«, sagte er forsch. »Ihr alle seid Freiwillige. Habt ihr etwa geglaubt, dieser Krieg sei ungefährlich? Wenn wir hier sicher wären, hättet ihr eure Schwestern schicken können.« Die Männer lachten, und die Spannung löste sich. Die Gefahr einer Meuterei war vorerst gebannt.

Lloyd ging in den vorderen Teil des Hauses, öffnete die Tür einen Spalt und spähte hinaus. Die Sonne brannte auf eine schmale Straße mit Häusern und Geschäften auf beiden Seiten. Gebäude und Boden waren von der gleichen hellbraunen Farbe. Nur dort, wo Granaten den Untergrund aufgerissen hatten, war die darunterliegende rote Erde zu sehen. Unmittelbar vor der Tür lag ein toter Milizionär mit einer klaffenden Schusswunde in der Brust. Lloyd blickte zum Kirchplatz und sah, dass die Straße sich dort verbreiterte. Die Schützen in den hohen Kirchtürmen hatten freie Sicht und würden jeden ausschalten, der sich ihren Stellungen näherte. Unten gab es nur wenig Deckung: ein paar Trümmer, ein totes Pferd, ein alter Karren.

Wir werden alle sterben, dachte Lloyd. Aber warum sonst sind wir hierhergekommen?

Er drehte sich zu seinen Männern um und überlegte, was er ihnen sagen sollte. Auf jeden Fall musste er dafür sorgen, dass sie nicht die Hoffnung verloren.

»Hört zu, Leute«, sagte er. »Haltet euch am Straßenrand, dicht an den Häusern, verstanden? Und vergesst nicht: Je langsamer ihr vorrückt, desto länger seid ihr ohne Deckung. Also wartet auf die Pfiffe, und dann rennt wie die Teufel.«

Schneller als erwartet hörten sie die drei scharfen Pfiffe aus Major Marquez' Pfeife.

»Lenny, du gehst als Letzter«, befahl Lloyd.

»Und wer zuerst?«, wollte Lenny wissen.

»Ich natürlich«, antwortete Lloyd.

Wenigstens, sagte er sich, werde ich im Kampf gegen die Faschisten sterben.

Er riss die Tür auf. »Vorwärts!«, brüllte er und rannte los.

Das Überraschungsmoment verschaffte ihm ein paar Sekunden. Deckungslos stürmte er über die Straße und auf die Kirche zu. Er spürte das Brennen der Mittagssonne im Gesicht, hörte die schweren Schritte seiner Männer im Rücken und empfand ein Gefühl tiefer Dankbarkeit, denn diese Sinneseindrücke bedeuteten, dass er noch am Leben war. Dann prasselte das Gewehrfeuer wie Hagel auf sie ein. Ein paar Herzschläge lang lief Lloyd noch weiter. Er hörte, wie Kugeln an ihm vorbeizischten.

Plötzlich fühlte sein linker Arm sich an, als hätte er sich an irgendetwas gestoßen. Er stürzte schwer zu Boden. Erst in diesem Moment wurde ihm bewusst, dass er getroffen worden war. Er spürte keinen Schmerz, aber sein Arm war taub und leblos.

Irgendwie gelang es ihm, sich zur Seite zu rollen, bis er gegen die Wand eines Gebäudes auf der rechten Straßenseite stieß. Noch immer sirrten die Kugeln durch die Luft. Lloyd erkannte, dass er ein erschreckend leichtes Ziel bot. Gehetzt blickte er sich um und sah ein paar Fuß entfernt eine Leiche. Es war ein faschistischer Soldat, der mit dem Rücken an einem Haus lehnte. Man hätte glauben können, er säße da und schliefe, wäre das Einschussloch in seinem Hals nicht gewesen.

Lloyd kroch vorwärts, bewegte sich schwerfällig und unbeholfen. Das Gewehr in der rechten Hand, schleifte er den linken Arm hinter sich her. Schließlich kauerte er sich hinter die Leiche und machte sich so klein, wie er konnte. Mit einiger Mühe legte er das Gewehr auf die Schulter des Toten, zielte auf eines der oberen Fenster im Kirchturm und feuerte alle fünf Schuss, die er in der Waffe hatte, in rascher Folge ab. Ob er jemanden getroffen hatte, konnte er nicht sagen.

Er schaute nach hinten. Zu seinem Entsetzen sah er, dass die Straße mit den Leichen seiner Männer übersät war. Der regungslose Körper Mario Riveras in seinem rot-schwarzen Hemd sah wie eine zerknüllte Anarchistenfahne aus. Neben Mario lag Jasper Johnson, die schwarzen Locken blutdurchtränkt.

Da ist er den ganzen weiten Weg von seiner Fabrik in Chicago gekommen, dachte Lloyd, um hier in der Straße einer spanischen

296

Kleinstadt zu sterben. Und das nur, weil er an eine bessere Welt geglaubt hat.

Aber noch schlimmer dran waren die, die noch lebten. Sie stöhnten, weinten, riefen um Hilfe, wanden sich hilflos im Staub. Irgendwo schrie ein Mann vor Schmerz; Lloyd konnte nicht sagen, wer und wo. Er sah, dass ein paar seiner Männer noch immer voranstürmten, aber auch sie wurden niedergeschossen oder warfen sich zu Boden. Sekunden später bewegte sich niemand mehr außer den Verwundeten.

Wut und Trauer schnürten Lloyd die Kehle zu.

Wo waren die anderen Einheiten? Sein Zug war doch bestimmt nicht der einzige, der an diesem Angriff beteiligt war. Vielleicht waren die anderen auf Parallelstraßen gegen die Kirche vorgerückt. Aber für solch einen Sturmangriff brauchte man eine starke zahlenmäßige Überlegenheit. Lloyd und seine fünfunddreißig Mann waren viel zu wenig. Die Verteidiger hatten sie fast alle töten oder verwunden können. Die wenigen von Lloyds Männern, die unverletzt geblieben waren, hatten sich Deckung suchen müssen, bevor sie die Kirche erreichen konnten.

Lloyd sah Lenny, der vorsichtig hinter einem Pferdekadaver hervorspähte. Wenigstens lebte er noch. Lenny hob das Gewehr und machte eine hilflose Geste, die besagte: »Keine Munition mehr.«

Knapp eine Minute später feuerte auch der letzte Angreifer seinen letzten Schuss ab. Es war das Ende des Angriffs auf die Kirche von Belchite. Ohne Munition war ein weiteres Vorrücken Selbstmord.

Der Geschosshagel aus der Kirche war abgeebbt, nachdem die leichteren Ziele ausgeschaltet worden waren; nur hin und wieder peitschte noch ein Schuss durch die Straße, wenn ein Scharfschütze einen der in Deckung gegangenen Rebellen unter Feuer nahm.

Lloyd erkannte, dass früher oder später alle seine Männer auf diese Weise getötet würden. Sie mussten sich zurückziehen, auch wenn damit zu rechnen war, dass sie dann auf der Flucht erschossen wurden. Aber das war immer noch besser, als hier hilflos auf den Tod zu warten.

Lloyd blickte wieder zu Lenny und deutete mit Nachdruck nach hinten, weg von der Kirche. Lenny schaute sich um und wiederholte die Geste für die wenigen anderen Überlebenden. Sie würden eine bessere Chance haben, wenn sie sich alle gleichzeitig in Bewegung setzten.

Als alle bereit waren, stemmte Lloyd sich hoch. Nach einem letzten raschen Blick zur Kirche rief er: »Rückzug!«

Dann rannte er los.

Es waren nicht mehr als zweihundert Meter, aber es war die längste Strecke seines Lebens.

Die Rebellen in der Kirche eröffneten das Feuer, kaum dass sie Bewegung bei den Regierungstruppen sahen. Aus dem Augenwinkel heraus glaubte Lloyd fünf oder sechs seiner Männer zu erkennen. Das Laufen fiel ihm schwer, denn sein schlaffer, tauber Arm war noch immer wie ein Fremdkörper. Lenny war vor ihm, offenbar unverletzt. Kugeln schlugen in die Hauswände; Mörtel und Gesteinssplitter flogen den Männern um die Ohren. Lenny schaffte es bis zu dem Haus, aus dem sie gekommen waren, sprang hinein und hielt die Tür auf. Lloyd taumelte ihm keuchend hinterher und brach im Flur zusammen. Drei weitere Männer folgten ihm.

Schwer atmend schaute Lloyd sich die Überlebenden an. Es waren Lenny, Dave, Muggsy Morgan und Joe Eli. »Sind das alle?«, fragte er.

»Ja«, antwortete Lenny.

»Nur fünf von sechsunddreißig? Mein Gott …«

»Ja. Oberst Bobrow ist als Militärberater ein echtes Genie.«

Allmählich kehrte das Gefühl in Lloyds Arm zurück, aber es tat höllisch weh. Er stellte fest, dass er den Arm doch bewegen konnte, wenn auch unter Schmerzen; also war er vermutlich nicht gebrochen. Er schaute an sich hinunter und sah, dass sein Ärmel blutdurchtränkt war. Dave nahm sein rotes Halstuch ab und knüpfte daraus eine Schlinge.

Lenny hatte eine Kopfverletzung. Blut war auf seinem Gesicht, doch er sagte, es sei nur ein Kratzer. Ansonsten schien er nichts abbekommen zu haben.

Dave, Muggsy und Joe waren wie durch ein Wunder unverletzt.

»Wir sollten uns neue Befehle holen«, sagte Lloyd, nachdem sie sich ein paar Minuten ausgeruht hatten. »Ohne Munition können wir ohnehin nichts ausrichten.«

»Sollen wir nicht zuerst eine schöne Tasse Tee trinken?«, schlug Lenny vor.

»Wie denn?«, antwortete Lloyd. »Wir haben keine Teelöffel.«

»Na, dann später.«

»Können wir uns nicht ein bisschen länger ausruhen?«, fragte Dave.

»Ausruhen können wir in der Etappe«, erwiderte Lloyd. »Da ist es sicherer.«

Sie zogen sich durch die Häuser zurück, in deren Wände sie die Löcher gehauen hatten. Das ständige Bücken und Kriechen machte Lloyd schwindlig. Er fragte sich, ob es mit dem Blutverlust zu tun hatte.

Schließlich verließen sie die Häuser außer Sichtweite der Kirche und entfernten sich über eine Nebenstraße vom Schauplatz des Massakers. Lloyds Erleichterung, noch am Leben zu sein, verflog und wich einem Gefühl der Wut darüber, wie das Leben seiner Männer verschwendet worden war.

Sie erreichten eine Scheune in den Außenbezirken der Stadt, wo die Regierungstruppen ihr Hauptquartier errichtet hatten. Lloyd sah Major Marquez hinter einem Stapel Kisten. Er verteilte Munition.

»Warum haben wir nichts davon bekommen?«, fragte Lloyd wütend.

Marquez zuckte nur mit den Schultern.

»Das werde ich Oberst Bobrow melden«, sagte Lloyd.

Bobrow saß an einem schmucken Tisch, den man offenbar aus einem Haus requiriert hatte, vor der Scheune. Sein Gesicht war rot von einem Sonnenbrand. Er sprach mit Wolodja Peschkow. Lloyd ging direkt zu ihnen. »Wir haben versucht, die Kirche zu stürmen, hatten aber keine Unterstützung«, sagte er. »Und nach wenigen Minuten ging uns die Munition aus, weil Marquez sich geweigert hat, uns welche zu geben.«

Bobrow musterte Lloyd mit kaltem Blick. Dann fragte er: »Was machen Sie denn hier?«

Lloyd konnte es kaum glauben. Wollte der Mistkerl ihm und seinen Männern denn nicht für ihre Tapferkeit danken? Wollte er nicht wenigstens sein Beileid für ihre Verluste ausdrücken?

»Das habe ich Ihnen doch gerade gesagt«, erwiderte Lloyd gereizt. »Wir hatten keine Unterstützung. Man kann ein so schwer befestigtes Gebäude wie diese Kirche nicht mit einem einzigen

299

Zug stürmen. Wir haben unser Bestes gegeben, aber wir hatten keine Chance. Ich habe einunddreißig von sechsunddreißig Männern verloren.« Er deutete auf seine vier Kameraden. »Das ist alles, was von meinem Zug übrig geblieben ist.«

»Wer hat Ihnen den Befehl zum Rückzug erteilt?«, fragte Bobrow.

Lloyd kämpfte gegen Schwindel und Übelkeit an. »Wir sind zurückgekommen …«, sagte er stockend, »um uns neue Befehle zu holen. Was hätten wir denn sonst tun sollen?«

»Bis zum letzten Mann kämpfen!«

»Womit denn? Wir hatten keine Munition mehr, und …«

»Ruhe!«, brüllte Bobrow. »Stillgestanden!«

Instinktiv nahmen sie Haltung an: Lloyd, Lenny, Dave, Muggsy und Joe, alle in einer Reihe. Wieder wurde Lloyd von heftigem Schwindel erfasst. Er hatte Angst, das Bewusstsein zu verlieren.

»Kehrtmachen!«, befahl Bobrow.

Die Männer drehten dem Oberst den Rücken zu.

Was denn jetzt?, fragte sich Lloyd.

»Die Verwundeten rausgetreten!«

Lloyd und Lenny traten einen Schritt zurück.

»Diejenigen, die noch laufen können, werden zum Wachdienst für die Gefangenen abkommandiert«, sagte Bobrow.

Benommen wurde Lloyd bewusst, was das bedeutete: Vermutlich würde er Kriegsgefangene im Zug nach Barcelona begleiten. Er schwankte. Im Augenblick hätte er nicht einmal die Kraft gehabt, eine Schafherde zu hüten.

»Rückzug unter Feuer ohne ausdrücklichen Befehl ist Desertion«, erklärte Bobrow.

Lloyd drehte sich zu ihm um. Zu seinem Entsetzen hatte Bobrow den Revolver gezogen. Nun trat er vor, sodass er direkt hinter den drei Unverwundeten stand, die noch immer strammstanden. »Ich befinde euch drei für schuldig und verurteile euch zum Tode«, sagte Bobrow und hob die Waffe, bis der Lauf nur noch drei Zoll von Daves Kopf entfernt war.

Er drückte ab.

Ein lauter Knall. Ein Kugelloch erschien in Daves Kopf. Blut und Hirnmasse spritzten aus seiner Stirn.

Lloyd konnte nicht fassen, was er sah.

Muggsy, der neben Dave gestanden hatte, wollte sich zu Bobrow umdrehen, den Mund zu einem Schrei geöffnet, aber der Russe war schneller. Er riss die Waffe herum, richtete sie auf Muggsys Hals und drückte erneut ab. Die Kugel drang hinter Muggsys rechtem Ohr ein und trat am linken Auge wieder aus. Wie vom Blitz getroffen brach Muggsy zusammen.

Endlich fand Lloyd seine Stimme wieder. »Nein!«, schrie er.

Joe Eli fuhr zu Bobrow herum, brüllend vor Schock und Wut. Er hob die Hände, um den Russen zu packen. In diesem Moment dröhnte die Waffe erneut. Joe wurde in den Hals getroffen. Eine Blutfontäne schoss aus seiner Kehle und bespritzte Bobrows russische Uniform. Der Oberst fluchte und sprang einen Schritt zurück. Joe fiel zu Boden, starb aber nicht sofort. Hilflos beobachtete Lloyd, wie das Blut aus Joes Halsschlagader auf die verbrannte spanische Erde spritzte. Joe schien etwas sagen zu wollen, brachte aber kein Wort heraus. Dann schloss er die Augen und lag ganz still.

»Für Feiglinge gibt es keine Gnade«, erklärte Bobrow und stapfte davon.

Lloyd blickte auf Dave: dünn, verdreckt und tapfer wie ein Löwe. Er war nur sechzehn Jahre alt geworden. Getötet nicht von den Faschisten, sondern von einem stumpfsinnigen, brutalen Sowjetoffizier.

Was für eine Verschwendung, dachte Lloyd. Tränen traten ihm in die Augen.

In diesem Moment kam ein Unteroffizier aus der Scheune gelaufen. »Sie haben sich ergeben!«, rief er jubelnd. »Die Stadt hat kapituliert! Sie haben die weiße Fahne gehisst! Wir haben Belchite eingenommen!«

Lloyd wurde schwarz vor Augen. Er spürte nicht mehr, wie er bewusstlos in den Staub stürzte.

In London war es kalt und feucht. Lloyd ging im Regen die Nutley Street hinunter zum Haus seiner Eltern. Er trug noch immer seine spanische Armeejacke mit den Reißverschlüssen und die Cordhose, dazu Stiefel ohne Socken. In einem kleinen Rucksack steckten seine Unterwäsche zum Wechseln, ein Hemd und eine

Blechtasse. Um seinen Hals lag der rote Schal, aus dem Dave eine behelfsmäßige Schlinge für seinen Arm gebunden hatte. Der Arm tat immer noch weh, aber die Schlinge war überflüssig geworden.

Es war ein Spätnachmittag im Oktober.

Wie erwartet hatte man Lloyd in einen Nachschubzug gesetzt, der mit gefangenen Rebellen nach Barcelona zurückfuhr, eine Strecke von knapp zweihundert Meilen; dennoch hatte die Fahrt drei Tage gedauert, denn der Zug war mit den Gefangenen hoffnungslos überbelegt. In Barcelona war Lloyd von Lenny getrennt worden und hatte ihn nicht mehr wiedergesehen. Er hatte sich in Richtung Norden aufgemacht – mithilfe eines freundlichen Lastwagenfahrers, zu Fuß und auf Güterzügen. Meist waren die Waggons mit Kohle oder Kies beladen, bei einer glücklichen Gelegenheit aber auch mit Kisten voller Wein.

Bei Nacht hatte Lloyd sich über die Grenze nach Frankreich geschlichen. Er hatte unter freiem Himmel geschlafen, um Nahrung gebettelt und für ein Trinkgeld Gelegenheitsarbeiten erledigt. Zwei wundervolle Wochen lang half er auf einem Weingut in Bordeaux bei der Traubenlese und verdiente sich das Geld für die Überfahrt über den Kanal.

Jetzt war er zu Hause.

Tief atmete Lloyd die feuchte Luft von Aldgate ein. Sie roch nach Ruß und Kohle, aber für ihn duftete sie wie Parfüm. Am Gartentor blieb er stehen und blickte hinauf zu dem Reihenhaus, in dem er vor gut zweiundzwanzig Jahren zur Welt gekommen war. Hinter den regenstreifigen Fenstern brannte Licht: Jemand war zu Hause. Lloyd ging zur Vordertür. Seinen Schlüssel besaß er noch; er hatte ihn zusammen mit seinem Pass aufbewahrt. Er schloss auf und betrat das Haus.

Im Flur ließ er den Rucksack neben dem Garderobenständer auf den Boden fallen.

»Wer ist denn da?«, hörte er aus der Küche die Stimme seines Stiefvaters.

Lloyd bekam kein Wort heraus.

Bernie erschien in der Diele. »Wer …«, setzte er an. »Meine Güte! Du!«

»Hallo, Dad«, sagte Lloyd.

»Mein Junge!« Bernie schloss ihn in die Arme. »Du lebst.«

Lloyd spürte, wie die Schultern seines Stiefvaters zuckten. Schließlich wischte Bernie sich die Augen mit dem Ärmel seiner Strickjacke ab und ging zur Treppe. »Eth!«, rief er hinauf.

»Ja?«

»Jemand will dich sehen.«

»Augenblick.«

Sekunden später kam sie die Treppe herunter, schön wie immer in einem blauen Kleid. Auf halbem Weg erkannte sie Lloyd und wechselte die Farbe. »Oh, *Duw!*«, rief sie. »Lloyd!« Sie eilte die restlichen Stufen hinunter, so schnell sie konnte, und umarmte ihn stürmisch. »Du lebst!«

»Ich habe euch aus Barcelona geschrieben ...«

»Dann haben wir den Brief nie bekommen.«

»Also wisst ihr gar nicht ...« Lloyd stockte.

»Was?«

»Dave Williams ist tot.«

»O nein!«

»Er ist in der Schlacht von Belchite gefallen.« Lloyd hatte beschlossen, niemandem zu erzählen, wie Dave wirklich gestorben war.

»Und Lenny Griffiths?«

»Das weiß ich nicht. Wir wurden getrennt. Ich hatte gehofft, er wäre vielleicht vor mir nach Hause gekommen.«

»Davon wissen wir nichts«, sagte Ethel.

»Wie war es denn da drüben?«, wollte Bernie wissen.

»Die Faschisten sind auf der Siegerstraße«, antwortete Lloyd voller Bitterkeit. »Und schuld daran sind vor allem die Kommunisten. Denen geht's eher darum, die anderen linken Parteien fertigzumachen als die Faschisten.«

»Das kann nicht sein«, sagte Bernie betroffen.

»So ist es aber. Wenn ich in Spanien eine Lektion gelernt habe, dann die, dass wir die Kommunisten genauso hart bekämpfen müssen wie die Faschisten. Beide sind schlecht.«

Ethel lächelte schief. »Sag bloß.« Lloyd erkannte, dass seine Mutter schon vor langer Zeit zu dem gleichen Schluss gelangt war.

»Lasst uns nicht mehr über Politik reden«, sagte er. »Wie geht's dir, Mam?«

303

»Hier ist alles beim Alten, aber wenn ich dich so anschaue … du bist sehr mager geworden.«

»In Spanien gab es nicht viel zu essen.«

»Ich mach dir was.«

»Nur keine Eile. Ich habe zwölf Monate gehungert, da werde ich ein paar Minuten schon noch aushalten. Aber weißt du, worüber ich mich wirklich freuen würde?«

»Sag schon.«

»Ich hätte gern eine schöne Tasse Tee.«

KAPITEL 5

1939

Thomas Macke beobachtete die sowjetische Botschaft, als Wolodja Peschkow aus der Eingangstür kam.

Die Politische Polizei Preußens war vor sechs Jahren in die weitaus effizientere Geheime Staatspolizei, kurz »Gestapo«, umgewandelt worden, doch Kriminalinspektor Macke leitete noch immer die Abteilung, die mit der Überwachung verräterischer und subversiver Elemente in Berlin betraut war. Die gefährlichsten von ihnen erhielten ihre Befehle zweifellos aus dem Gebäude Unter den Linden 63–65. Deshalb observierten Macke und seine Leute jeden, der hier ein und aus ging.

Die Botschaft war ein festungsähnliches Gebäude im Stil des Art déco aus weißem Stein, der das Licht der Augustsonne beinahe schmerzhaft hell reflektierte. Eine Laterne wachte über den zentralen Block, und beide Flügel zierten hohe, schmale Fenster, die an Wachsoldaten in Habachtstellung erinnerten.

Macke saß im Café gegenüber der Botschaft. Auf Berlins elegantestem Boulevard herrschte reges Treiben: Auf der Straße wimmelte es von Autos und Fahrrädern; die Frauen flanierten in Sommerkleidern von einem Geschäft zum anderen, und die Männer trugen Anzug oder frisch gestärkte Uniformen. Man konnte kaum glauben, dass es noch deutsche Kommunisten gab. Aber wieso auch? Wie konnte jemand gegen die Nazis sein? Deutschland hatte sich verändert. Hitler hatte die Arbeitslosigkeit besiegt – eine Leistung, die kein anderer europäischer Staatschef vorweisen konnte. Streiks und Demonstrationen waren nur noch Erinnerungen an die schlimme alte Zeit. Und die Polizei verfügte über nahezu uneingeschränkte Vollmachten, um gegen Verbrecher vorzugehen. Deutschland erlebte eine Blütezeit: Viele Familien besaßen ein

305

Radio, und schon bald würden die Deutschen in eigenen Autos über die neuen Autobahnen fahren.

Und das war noch nicht alles. Deutschland war wieder stark. Das Militär war gut bewaffnet und schlagkräftig. In den vergangenen zwei Jahren waren zuerst Österreich, dann die Tschechoslowakei dem Großdeutschen Reich eingegliedert worden, das nun die beherrschende Macht in Europa war. Mussolinis Italien war durch den sogenannten Stahlpakt mit Deutschland verbündet. Ende März war Madrid endlich an Francos Nationalisten gefallen, sodass auch Spanien nun eine faschistische Regierung hatte. Wie konnte ein Deutscher da den Wunsch haben, dies alles zu zerstören und sein Vaterland unter die Knute der Bolschewiken zu zwingen?

In Mackes Augen waren solche Leute Dreck, Ungeziefer, das gnadenlos gejagt und vernichtet werden musste. Als er an diesen Abschaum dachte, verzerrte sich sein Gesicht vor Wut, und er stampfte mit dem Fuß auf, als wollte er einen der verhassten Kommunisten zertreten.

Dann sah er Wolodja Peschkow.

Peschkow war ein junger Mann im blauen Sergeanzug. Er hatte sich einen leichten Mantel über den Arm gelegt, als rechnete er damit, dass das Wetter umschlug. Sein kurz geschnittenes Haar und sein strammer Schritt verrieten den Soldaten, auch wenn er Zivilkleidung trug. Außerdem suchte er mit täuschend beiläufigen, aber aufmerksamen Blicken die Straße ab, was die Vermutung nahelegte, dass er entweder zur GRU gehörte, dem militärischen Nachrichtendienst, oder zum NKWD, der Geheimpolizei.

Mackes Puls ging schneller. Natürlich kannten er und seine Leute jeden Botschaftsangehörigen dem Aussehen nach. Die Passfotos befanden sich in den jeweiligen Akten, und die Leute wurden ständig beschattet. Doch über Peschkow wusste Macke nicht viel. Der Mann war jung – fünfundzwanzig, der Akte zufolge –, deshalb war er vielleicht nur ein unbedeutender Handlanger. Oder er verstand sich gut darauf, unscheinbar zu wirken.

Peschkow überquerte die Straße und ging zur Ecke Friedrichstraße, wo Macke saß. Als der Russe näher kam, bemerkte Macke, dass er ziemlich groß und kräftig war. Und er wirkte wachsam.

Macke schaute rasch weg. Mit einem Mal war er nervös. Er griff nach seiner Tasse, nippte am kalten Rest seines Kaffees und verbarg dabei sein Gesicht, so gut es ging. Er wollte nicht in die blauen Augen Peschkows blicken.

Peschkow bog in die Friedrichstraße ein. Macke nickte Reinhold Wagner zu, der an der gegenüberliegenden Ecke stand. Sofort folgte Wagner dem Russen. Dann stand auch Macke auf und schloss sich den beiden an.

Natürlich war nicht jeder, der für die GRU arbeitete, ein Spion. Den größten Teil ihrer Informationen erhielten die Agenten auf legalem Weg, ganz unspektakulär, indem sie deutsche Zeitungen lasen. Natürlich glaubten sie nicht alles, was darin stand, aber sie achteten auf Hinweise, zum Beispiel wenn eine Geschützfabrik eine Anzeige aufgab, in der sie zehn erfahrene Dreher suchte. So etwas ließ wichtige Rückschlüsse zu. Außerdem konnten die Russen durch Deutschland reisen, wie es ihnen gefiel, und die Augen offen halten – im Gegensatz zu den Diplomaten in der Sowjetunion, die Moskau nicht ohne Begleitung verlassen durften.

Der junge Mann, den Macke und Wagner nun verfolgten, war möglicherweise ganz harmlos. Vielleicht war er nur ein kleiner Analyst, der nichts weiter tat als Zeitung lesen. Für solch eine Arbeit genügte es, wenn man fließend Deutsch sprach und eine Inhaltsangabe schreiben konnte.

Sie folgten Peschkow am Restaurant von Mackes Bruder vorbei. Es hieß noch immer Bistro Robert, aber die Kundschaft war eine ganz andere. Die wohlhabenden Homosexuellen und die jüdischen Geschäftsleute mit ihren deutschen Geliebten waren ebenso verschwunden wie die überbezahlten Schauspielerinnen, die stets nach rosa Champagner verlangt hatten. Einige von ihnen hatten Deutschland verlassen. Macke weinte ihnen keine Träne nach, auch wenn ihr Verschwinden bedeutete, dass das Bistro Robert nicht mehr so viel Umsatz machte wie früher.

Kurz fragte sich Macke, was wohl aus dem ehemaligen Besitzer geworden war, Robert von Ulrich. Verschwommen erinnerte Macke sich daran, dass von Ulrich nach England geflohen war. Vielleicht, dachte er zynisch, hat der Kerl dort ein neues Restaurant für Perverse eröffnet.

Peschkow verschwand in einer Kneipe.

Wagner folgte ihm eine Minute später, während Macke draußen blieb. Die Kneipe war beliebt und entsprechend gut besucht.

Während Macke darauf wartete, dass Peschkow wieder herauskam, sah er einen Soldaten und ein Mädchen hineingehen; dann kamen zwei gut gekleidete Frauen und ein alter Mann in schmutzigem Mantel heraus. Schließlich tauchte Wagner wieder auf. Er war allein. Er schaute zu Macke und breitete in einer Geste der Ratlosigkeit die Arme aus.

Macke überquerte die Straße. »Was ist?«

Wagner sagte verzweifelt: »Er ist nicht da.«

»Haben Sie überall gesucht?«

»Ja, auch auf der Toilette und in der Küche.«

»Haben Sie gefragt, ob ihn jemand hat rausgehen sehen?«

»Angeblich keiner.«

Wagner hatte allen Grund, Angst zu haben. Dies hier war das neue Deutschland, und Fehler wurden nicht mehr mit einem Klaps auf die Hand bestraft. Versagen konnte ernste Folgen haben.

Aber diesmal nicht. »Schon in Ordnung«, sagte Macke.

Wagner konnte seine Erleichterung nicht verbergen. »Wirklich?«

»Ja, denn wir haben etwas Wichtiges erfahren«, erklärte Macke. »Dass der Mann uns so einfach abschütteln konnte, verrät uns, dass er ein Agent ist ... und zwar ein ziemlich guter.«

Wolodja betrat den Bahnhof Friedrichstraße und stieg in die U-Bahn. Dann zog er die Kappe, die Brille und den schmutzigen Mantel aus, die ihm geholfen hatten, wie ein alter Mann auszusehen. Er setzte sich, zog ein Taschentuch hervor und wischte sich das Pulver von den Schuhen, das er daraufgestreut hatte, um sie möglichst schäbig erscheinen zu lassen.

Mit dem Regenmantel war Wolodja sich nicht ganz sicher gewesen. Es war ein schöner Tag; deshalb hatte er befürchtet, der Gestapo würde es auffallen. Aber so klug waren sie offenbar nicht. Außerdem war ihm niemand aus der Kneipe gefolgt, nachdem er sich auf der Herrentoilette umgezogen hatte.

Wolodja hatte etwas sehr Gefährliches vor. Wenn sie ihn dabei erwischten, wie er Kontakt zu einem deutschen Dissidenten aufnahm, konnte er von Glück sagen, wenn er nach Moskau deportiert

wurde, wo seine Karriere dann in Trümmern läge. Hatte er weniger
Glück, würden er und der Dissident im Keller des Gestapo-Haupt-
amts an der Prinz-Albrecht-Straße landen, und niemand würde sie
je wiedersehen. Die Sowjets würden sich beschweren, dass einer
ihrer Diplomaten verschwunden war, und die deutsche Polizei
würde vorgeben, nach ihm zu suchen, um dann bedauernd zu erklären, ihn nicht gefunden zu haben.

Natürlich war Wolodja noch nie in der Gestapo-Zentrale gewesen, aber er konnte sich in etwa denken, was ihn dort erwarten
würde. Der NKWD hatte eine ähnliche Anlage in der sowjetischen
Handelsmission in der Lietzenburger Straße: Stahltüren; ein Ver-
hörzimmer mit gefliesten Wänden, sodass man das Blut leicht abwaschen konnte; eine Wanne, in der man die Leichen zerlegte, und
ein elektrischer Ofen, in dem die Teile verbrannt wurden.

Wolodja war nach Berlin geschickt worden, um hier das sowjetische Spionagenetz auszubauen. Der Faschismus triumphierte in
Europa, und Deutschland war mehr denn je eine Bedrohung für
die UdSSR. Stalin hatte seinen Außenminister Litwinow gefeuert
und durch Wjatscheslaw Molotow ersetzt. Aber was konnte Moskau tun? Nichts und niemand schien die Faschisten aufhalten zu
können. Der Kreml wurde von der demütigenden Erinnerung an
den Großen Krieg heimgesucht, als Deutschland eine russische
Armee von sechs Millionen Mann besiegt hatte. Stalin hatte versucht, mit Frankreich und Großbritannien einen Pakt zu schmieden, um die Deutschen in die Schranken zu weisen, aber die drei
Mächte hatten sich nicht einigen können, und so waren die Verhandlungen vor ein paar Tagen ergebnislos abgebrochen worden.

Früher oder später musste mit einem Krieg zwischen Deutschland und der Sowjetunion gerechnet werden, und es war Wolodjas
Aufgabe, genug Informationen zu sammeln, um der Sowjetunion
in diesem Konflikt einen entscheidenden Vorteil zu verschaffen.

Er stieg in Wedding aus, einem ärmlichen Arbeiterviertel
nördlich des Stadtzentrums von Berlin. Vor dem Bahnhof blieb
er stehen und wartete. Er tat so, als würde er den Fahrplan an der
Wand studieren, beobachtete aber die anderen Passagiere, die das
Bahnhofsgebäude verließen. Erst als er sicher war, dass niemand
ihn im Blick hatte, setzte er sich wieder in Bewegung.

Er ging zu der schäbigen Gaststätte, die er sich als Treff-

309

punkt ausgesucht hatte. Wie jedes Mal ging er nicht direkt hinein, sondern stellte sich einen Moment an eine Bushaltestelle und beobachtete den Eingang. Er war sicher, nicht verfolgt worden zu sein; aber er musste sich davon überzeugen, dass auch Werner nicht beschattet wurde.

Wolodja wusste nicht, ob er Werner Franck auf Anhieb wiedererkennen würde. Schließlich war Franck erst vierzehn Jahre alt gewesen, als Wolodja ihn zum letzten Mal gesehen hatte. Mittlerweile war er zwanzig. Werner erging es ähnlich; deshalb waren sie übereingekommen, beide die heutige Ausgabe der *Berliner Morgenpost* bei sich zu tragen, aufgeschlagen auf der Sportseite.

Wolodja las einen Vorbericht zur nächsten Fußballsaison, während er wartete, wobei er immer wieder den Blick hob und nach Werner Ausschau hielt. Seit er in Berlin zur Schule gegangen war, hatte er die Spiele von Hertha BSC verfolgt. Früher hatte er Schlachtgesänge angestimmt, wenn die Mannschaft gewonnen hatte, und noch heute interessierte er sich für die Spiele der Hertha. Jetzt aber verdarb ihm seine Nervosität die Lust am Fußball, und er las denselben Bericht immer wieder, ohne ein Wort aufzunehmen.

Die zwei Jahre, die Wolodja in Spanien verbracht hatte, hatten seine Karriere nicht so vorangebacht, wie er es sich erhofft hatte, eher im Gegenteil. Er hatte unter den deutschen »Freiwilligen« zahlreiche Nazi-Spione wie Heinz Bauer enttarnt; dann aber hatte der NKWD dies als Vorwand missbraucht, auch echte Freiwillige zu verhaften, die leise Kritik an der kommunistischen Parteilinie geäußert hatten. Hunderte idealistischer junger Männer waren in den Gefängnissen des NKWD gefoltert und ermordet worden. Manchmal hatte es den Eindruck erweckt, als wären die Kommunisten mehr daran interessiert, ihre anarchistischen Verbündeten zu bekämpfen, als den faschistischen Feind.

Und es war alles umsonst gewesen. Stalins Politik hatte schlussendlich in die Katastrophe geführt. Das Ergebnis war eine faschistische Diktatur – die denkbar schlechteste Konsequenz für die Sowjetunion. Und die Schuld daran war ausschließlich den Russen zugeschoben worden, die in Spanien gekämpft hatten, obwohl sie nur Befehlsempfänger des Kremls gewesen waren. Einige von ihnen waren nach ihrer Rückkehr nach Moskau dann auch spurlos verschwunden.

Nach dem Fall von Madrid war Wolodja voller Furcht in die Heimat zurückgekehrt. Dort hatte sich vieles verändert. In den Jahren 1937 und 1938 hatte Stalin die Rote Armee »gesäubert«: Tausende von Offizieren waren verschwunden, einschließlich vieler Bewohner der Kadermietskaserne, in der auch Wolodjas Eltern wohnten. Bisher vernachlässigte Männer wie Grigori Peschkow waren befördert worden und hatten die Posten jener armen Teufel übernommen, die den Säuberungen zum Opfer gefallen waren. So hatte Grigoris Karriere neuen Schwung bekommen. Mittlerweile unterstand ihm die Luftverteidigung von Moskau, und er hatte viel um die Ohren. Vermutlich war Grigoris neuer Status der Grund dafür, weshalb Wolodja nicht ebenfalls als Sündenbock für Stalins Spanienpolitik hatte herhalten müssen.

Auch dem durchtriebenen Ilja Dworkin war es irgendwie gelungen, einer Strafe zu entgehen. Er war wieder in Moskau und mit Wolodjas Schwester Anja verheiratet, was Wolodja gar nicht gefiel. Aber was solche Dinge anging, konnte man Frauen ohnehin nicht verstehen. Anja war bereits schwanger, und Wolodja wurde immer wieder von Albträumen geplagt, in denen er sie mit einem Baby sah, das den Kopf einer Ratte besaß.

Nach einem kurzen Urlaub war Wolodja nach Berlin versetzt worden, wo er nun erneut seinen Wert unter Beweis stellen musste.

Er schaute von seiner Zeitung auf und sah Werner die Straße herunterkommen.

Werner hatte sich kaum verändert. Er war ein wenig größer und breitschultriger geworden, hatte aber noch immer das strohblonde Haar, das ihm in die Stirn fiel und das Mädchen unwiderstehlich fanden, sowie den leicht belustigten Ausdruck in den blauen Augen. Er trug einen eleganten hellblauen Sommeranzug und goldene Manschettenknöpfe.

Niemand folgte ihm.

Wolodja überquerte die Straße und fing Werner ab, bevor er das Café betrat. Werner lächelte, wobei er seine weißen Zähne entblößte. »Mit diesem Armeehaarschnitt hätte ich dich fast nicht erkannt«, sagte er. »Schön, dich nach all den Jahren wiederzusehen.«

Werner hatte nichts von seinem Charme eingebüßt, wie Wolodja bemerkte. »Lass uns reingehen«, sagte er.

»Du willst doch nicht wirklich in diesen Schuppen?«, fragte

Werner. »Da wimmelt es von Bauarbeitern, die sich fettige Würste in den Hals stopfen.«

»Ich will nur von der Straße runter. Wir stehen hier wie auf einer Lichtung.«

»Drei Türen weiter ist eine kleine Gasse.«

»Gut.«

Sie gingen das kurze Stück und bogen in das Gässchen ein, das zwischen einem Kohlenlager und einem Lebensmittelladen hindurchführte. »Was hast du so gemacht?«, erkundigte sich Werner.

»Die Faschisten bekämpft, genau wie du.« Kurz dachte Wolodja darüber nach, ob er ihm noch mehr erzählen sollte. »Ich war in Spanien.« Das war kein Geheimnis.

»Wo ihr auch nicht mehr Erfolg hattet als wir hier in Deutschland.«

»Aber es ist noch nicht vorbei.«

»Ich möchte dich etwas fragen«, sagte Werner und lehnte sich an die Hauswand. »Wenn du überzeugt wärst, dass der Bolschewismus etwas Böses ist, würdest du dann gegen die Sowjetunion arbeiten?«

Beinahe hätte Wolodja instinktiv geantwortet: *Natürlich nicht!* Doch bevor ihm die Worte über die Lippen kamen, erkannte er, wie taktlos diese Bemerkung gewesen wäre, denn es war genau das, was Werner tat: Er verriet sein Heimatland für ein höheres Ziel. Deshalb antwortete Wolodja: »Ich weiß es nicht. Aber ich kann mir vorstellen, dass es dir schwerfällt, gegen Deutschland zu arbeiten, auch wenn du die Nazis hasst.«

»Da hast du recht.« Werner seufzte. »Und was passiert, wenn es zum Krieg kommt? Werde ich euch dann helfen, unsere Soldaten zu töten und unsere Städte zu bombardieren?«

Wolodja musterte Werner besorgt. Wurde er schwach? »Das ist die einzige Möglichkeit, die Nazis zu besiegen«, sagte er. »Und das weißt du.«

»Ja. Ich habe meine Entscheidung schon vor langer Zeit getroffen. Und die Nazis haben nichts getan, was meine Meinung geändert hätte. Aber es fällt mir trotzdem schwer.«

»Das kann ich verstehen«, entgegnete Wolodja mitfühlend.

»Du hast mich um Vorschläge gebeten, wer sonst noch als Spion für euch infrage käme«, wechselte Werner das Thema.

312

Wolodja nickte. »Ja. Ich denke da an Leute wie Willi Frunze. Erinnerst du dich an ihn? Er war der klügste Junge auf unserer Schule. Ein engagierter Sozialist. Er hat damals diese Wahlkampfveranstaltung geleitet, die von den Braunhemden gesprengt wurde.«

Werner schüttelte den Kopf. »Der ist nach England gegangen.«

Wolodja war enttäuscht. »Warum denn?«

»Er ist ein brillanter Physiker. Er führt sein Studium jetzt in London weiter.«

»Scheiße.«

»Aber mir ist jemand anders eingefallen.«

»Und wer?«

»Hast du Heinrich von Kessel mal kennengelernt?«

»Ich glaube nicht. War der auch ein Mitschüler von uns?«

»Nein, er hat eine katholische Schule besucht. Damals wollte er ohnehin nichts von unserer politischen Einstellung wissen. Sein Vater war ein hohes Tier in der Zentrumspartei …«

»Die Hitler 1933 mit an die Macht gebracht hat.«

»Richtig. Heinrich hat damals für seinen Vater gearbeitet. Der alte Herr ist jetzt der NSDAP beigetreten, aber der Sohn hat Schuldgefühle.«

»Woher weißt du das?«

»Von meiner Schwester Frieda. Heinrich hat es ihr erzählt, als er mal betrunken war. Frieda ist jetzt siebzehn. Ich glaube, Heinrich hat sich in sie verliebt.«

Das hörte sich vielversprechend an. Wolodja schöpfte neue Hoffnung. »Ist er Kommunist?«

»Nein.«

»Wieso glaubst du dann, dass er für uns arbeiten würde?«

»Ich habe ihn ganz offen danach gefragt, ob er bereit wäre, gegen die Nazis zu kämpfen, indem er für die Sowjetunion spioniert. Er hat Ja gesagt.«

»Was macht er beruflich?«

»Er ist bei der Wehrmacht, hat aber eine schwache Lunge. Deshalb haben sie ihn zum Schreibtischhengst gemacht, was wiederum Glück für uns ist, denn er arbeitet im Wehrmachtsbeschaffungsamt.«

Wolodja war beeindruckt. Ein solcher Mann wusste genau, wie viele Lastwagen, Panzer und Maschinengewehre die Wehrmacht

313

pro Monat akquirierte und wohin sie gebracht wurden. Erregung erfasste ihn. »Wann kann ich ihn treffen?«

»Sofort. Ich habe im Adlon ein Treffen mit ihm arrangiert.«

Wolodja verzog das Gesicht. Das Adlon war Berlins exklusivstes Hotel an der Prachtstraße Unter den Linden. Da dieser Boulevard zum Regierungs- und Botschaftsviertel gehörte, belagerten ständig Journalisten die Bar des Adlon. Wolodja hätte sich das Hotel mit Sicherheit nicht als Treffpunkt ausgesucht; aber er durfte sich diese Gelegenheit nicht entgehen lassen. »Also gut«, sagte er. »Aber ich will nicht dabei gesehen werden, wie ich im Adlon mit einem von euch rede. Ich komme dir nach und schaue mir den Mann kurz an. Dann folge ich ihm und spreche ihn bei der ersten Gelegenheit an.«

»In Ordnung. Ich fahre dich hin. Mein Wagen steht um die Ecke.«

Als sie durch die Gasse gingen, nannte Werner Wolodja die Büro- und Privatadresse Heinrichs sowie die dazugehörigen Telefonnummern. Wolodja merkte sie sich.

»So, da wären wir«, sagte Werner schließlich. »Steig ein.«

Der Wagen war ein Mercedes 540 K Autobahnkurier mit elegant geschwungenen Kotflügeln, lang gezogener Motorhaube und schrägem Heck – ein so exklusives Auto, dass es alle Blicke auf sich zog. Der Wagen war so teuer, dass bis dato nur eine Handvoll davon verkauft worden waren.

Wolodja starrte Werner fassungslos an. »Solltest du nicht ein weniger auffälliges Auto fahren?«

»Das ist ein doppelter Bluff«, erwiderte Werner. »Die Leute sollen es für eine Täuschung halten, dabei ist es gar keine. Niemand käme auf die Idee, dass ein echter Spion einen so protzigen Wagen fährt.«

Wolodja lag die Frage auf der Zunge, wie Werner sich so ein Auto überhaupt leisten konnte, als ihm einfiel, dass Werners Vater ein wohlhabender Fabrikant war.

»Ich werde auf keinen Fall einsteigen«, erklärte Wolodja. »Ich nehme die Bahn.«

»Wie du willst.«

»Ich sehe dich dann im Adlon. Aber zeig nicht, dass du mich kennst.«

314

»Natürlich nicht.«

Eine halbe Stunde später sah Wolodjas Werners Wagen. Er war sorglos vor dem Hotel geparkt. Diese Lässigkeit kam Wolodja dumm und riskant vor, aber vielleicht gehörte es ja zu Werners Vorstellung von Mut. Vielleicht musste er den Sorglosen spielen, um die Risiken seiner Spionagetätigkeit ertragen zu können. Würde er die Gefahr akzeptieren, könnte er womöglich nicht weitermachen.

Die Bar des Adlon war voller modisch gekleideter Frauen und eleganter Herren, viele von ihnen in maßgeschneiderten Uniformen. Wolodja sah Werner sofort. Er saß mit einem anderen Mann am Tisch, vermutlich Heinrich von Kessel. Wolodja ging nahe an ihnen vorbei, sodass er hörte, wie Heinrich sagte: »Buck Clayton ist ein viel besserer Trompeter als Hot Lips Page.«

Wolodja setzte sich an die Bar, bestellte sich ein Bier und musterte unauffällig den potenziellen Spion. Heinrich von Kessel hatte eine blasse Haut und dichtes, dunkles Haar, das er für einen Soldaten ungewöhnlich lang trug. Obwohl er sich mit Werner über ein belangloses Thema wie Jazz unterhielt, wirkte er angespannt. Er gestikulierte und fuhr sich immer wieder mit den Fingern durchs Haar. In der Tasche seiner Uniform steckte ein Buch. Wolodja hätte darauf wetten können, dass es sich um einen Gedichtband handelte.

Gemächlich trank er zwei Bier und tat so, als würde er die *Morgenpost* von vorne bis hinten durchlesen. Dabei versuchte er, sich nicht zu sehr auf Heinrich zu konzentrieren. Der Mann war vielversprechend, aber es stand keineswegs fest, dass er zur Mitarbeit bereit war.

Die Rekrutierung von Informanten war das Schwierigste an Wolodjas Arbeit. Man konnte kaum Vorsichtsmaßnahmen treffen, da man das Ziel noch nicht auf seiner Seite hatte, und man konnte unmöglich wissen, wie das Ziel reagieren würde: Die betreffende Person konnte wütend werden und lautstark ihre Weigerung kundtun, oder sie konnte Angst bekommen und die Flucht ergreifen. Der Anwerber konnte die Situation unmöglich kontrollieren. Und irgendwann musste er ganz offen fragen: »Wollen Sie als Spion arbeiten?«

Wolodja überlegte sich, wie er an Heinrich herantreten sollte. Vermutlich war der Glaube der Schlüssel zu seiner Persönlichkeit. Wolodja erinnerte sich, was sein Vorgesetzter, Major Lemitow,

315

einmal gesagt hatte: »Ehemalige Katholiken geben gute Agenten ab. Sie lehnen die absolute Autorität der Kirche ab, tauschen sie aber nur gegen die absolute Autorität der Partei.« Heinrich mochte Vergebung für seine Sünden suchen, aber würde er deshalb sein Leben riskieren?

Schließlich bezahlte Werner die Rechnung, und die beiden Männer verließen das Hotel. Wolodja folgte ihnen. Auf der Straße trennten sie sich. Werner stieg in seinen Wagen und jagte mit kreischenden Reifen davon, während Heinrich zu Fuß durch den Park ging. Wolodja folgte ihm.

Inzwischen war es dunkel geworden, aber der Himmel war klar, und man konnte gut sehen. An diesem warmen Abend waren viele Leute unterwegs, zumeist Pärchen. Wolodja schaute immer wieder über die Schulter, um sicherzugehen, dass niemand Heinrich aus dem Adlon gefolgt war. Schließlich nahm er einen tiefen Atemzug und schloss zu Heinrich auf, passte sich dessen Tempo an und sagte: »Wer gesündigt hat, kann Buße tun.«

Heinrich musterte ihn erschrocken. Offensichtlich hielt er Wolodja für verrückt. »Was wollen Sie von mir?«

»Sie können sich gegen das Regime des Bösen wehren, das Sie mit erschaffen haben.«

Ein Ausdruck der Angst erschien auf Heinrichs Gesicht. »Wer sind Sie? Was wissen Sie über mich?«

Wolodja ignorierte die Frage. »Die Nazis werden früher oder später besiegt. Mit Ihrer Hilfe könnte dieser Tag schon bald gekommen sein.«

»Sind Sie von der Gestapo? Ich kann Ihnen versichern, dass ich ein guter Deutscher bin.«

»Ist Ihnen mein Akzent nicht aufgefallen?«

»Ja ... russisch, nicht wahr?«

»Wie viele Gestapo-Männer sprechen Deutsch mit russischem Akzent?«

Heinrich lachte nervös auf. »Ich weiß nichts über die Gestapo. Ich hätte das Thema nicht ansprechen sollen. Das war dumm von mir.«

»Über Ihren Schreibtisch wandern die Beschaffungslisten der Wehrmacht. Kopien dieser Listen könnten für die Feinde der Nazis sehr wertvoll sein.«

»Sie meinen, für die Rote Armee.«

»Wer sonst soll das Nazi-Regime vernichten?«

Ein nachdenklicher Ausdruck erschien auf Heinrich Gesicht. »Nun ja«, sagte er bedächtig, »wir dokumentieren auch den Verbleib der Kopien genauestens …«

Wolodja versuchte, sich seinen Triumph nicht anmerken zu lassen. Heinrich dachte bereits über die praktischen Probleme nach, was bedeutete, dass er im Grunde bereits zugestimmt hatte. »Machen Sie einen Extradurchschlag«, schlug Wolodja vor. »Oder schreiben Sie die Listen ab. Oder schnappen Sie sich die Kopie eines Kollegen. Es gibt Möglichkeiten genug.«

»Natürlich. Und jede dieser Möglichkeit könnte mich das Leben kosten.«

»Wenn wir nichts gegen die Verbrechen der Nazis unternehmen, was ist das Leben dann noch wert?«

Heinrich blickte den jungen Russen forschend an. Wolodja hatte keine Ahnung, was von Kessel durch den Kopf ging, doch er schwieg und ließ die Musterung über sich ergehen. Nach einer langen Pause seufzte Heinrich und sagte: »Ich werde darüber nachdenken.«

Ich habe ihn, dachte Wolodja triumphierend.

»Wie kann ich Sie kontaktieren?«, fragte Heinrich.

»Gar nicht. Ich werde Sie kontaktieren.« Wolodja legte die Finger an die Hutkrempe, machte kehrt und ging auf demselben Weg zurück, den er gekommen war.

Er jubelte innerlich. Hätte Heinrich grundsätzliche Bedenken gehabt, hätte er von vornherein abgelehnt. Aber dass er über die Sache nachdenken wollte, war fast schon ein Einverständnis. Der Mann würde darüber schlafen und sich die Gefahren vergegenwärtigen. Schlussendlich aber würde er zusagen, davon war Wolodja überzeugt.

Dennoch musste er vorsichtig bleiben. Noch konnten hundert Dinge schiefgehen.

Gut gelaunt verließ Wolodja den Park und ging im hellen Licht der Straßenlaternen an den Schaufenstern und Restaurants an der Straße Unter den Linden vorbei. Er hatte noch nichts gegessen, aber hier konnte er sich keinen Restaurantbesuch leisten.

Er fuhr mit der Straßenbahn nach Friedrichshain und ging

zu einer kleinen Wohnung in einer Mietskaserne. Ein hübsches, achtzehnjähriges Mädchen mit blondem Haar öffnete ihm die Tür. Sie trug einen rosafarbenen Pulli und eine dunkle Hose, und ihre Füße waren nackt. Das Mädchen war klein und schlank, mit großen Brüsten.

»Tut mir leid, dass ich mich nicht angemeldet habe«, sagte Wolodja. »Komme ich ungelegen?«

Das Mädchen lächelte. »Ganz und gar nicht. Komm rein.«

Wolodja trat ein. Das Mädchen schloss die Tür und umarmte ihn. »Ich freue mich immer, dich zu sehen«, sagte sie und küsste ihn voller Hingabe.

Lili Markgraf war eine attraktive junge Frau, die einem Mann viel zu geben hatte. Seit seiner Rückkehr nach Berlin hatte Wolodja sie einmal die Woche ausgeführt. Er liebte sie nicht, und er wusste, dass sie auch mit anderen Männern ausging, darunter Werner; aber wenn sie zusammen waren, war Lili voller Leidenschaft.

»Hast du die Neuigkeiten schon gehört?«, fragte sie unvermittelt. »Bist du deswegen hier?« Lili arbeitete als Sekretärin bei einer Presseagentur und erfuhr immer als eine der Ersten, was in der Welt geschah.

»Was für Neuigkeiten?«

»Die Sowjetunion hat einen Pakt mit Deutschland geschlossen.«

Wolodja hätte beinahe aufgelacht. »Du meinst mit Großbritannien und Frankreich gegen Deutschland.«

»Nein, das ist ja das Verrückte. Hitler und Stalin haben sich verbündet.«

»Aber ...« Wolodja war verwirrt. Hitler – ein Verbündeter? Das war grotesk. War das die große Lösung des neuen sowjetischen Außenministers Molotow? Es war ihnen nicht gelungen, die Flut des Faschismus aufzuhalten. Gaben sie jetzt einfach auf?

Hatte sein Vater dafür die Revolution gemacht?

Nach vier Jahren sah Woody Dewar seinen Jugendschwarm Joanne Rouzrokh wieder.

Die Anklage gegen Joannes Vater, im Ritz-Carlton versucht zu haben, eine junge Frau zu vergewaltigen, war lachhaft; das wusste jeder, der ihn kannte. Die Frau hatte die Anzeige dann auch zurückgezogen, aber die Zeitungen hatten nur ganz am Rande darüber berichtet. Deshalb galt Dave Rouzrokh in den Augen der Buffaloer Öffentlichkeit weiterhin als Vergewaltiger. Dave und seine Frau waren schließlich nach Palm Beach gezogen, und Woody hatte den Kontakt zur Familie verloren.

Und nun sah er Joanne im Weißen Haus wieder.

Woody begleitete seinen Vater, Senator Gus Dewar. Sie hatten einen Termin beim Präsidenten. Woody war Franklin D. Roosevelt, kurz »FDR«, schon mehrmals begegnet; sein Vater und der Präsident waren seit Jahren befreundet. Doch bei den bisherigen Treffen hatte es sich stets um gesellschaftliche Anlässe gehandelt. Heute würde Woody zum ersten Mal bei einer politischen Besprechung mit dem Präsidenten dabei sein.

Sie betraten das Weiße Haus durch den Haupteingang des Westflügels, durchquerten den Eingangsbereich und gelangten in einen großen Warteraum.

Und da stand sie.

Woody war wie verzaubert. Joanne hatte sich kaum verändert. Sie trug ein dunkelblaues Kostüm und einen breitkrempigen Strohhut von gleicher Farbe. Woody war froh, dass er am Morgen ein sauberes weißes Hemd und seine neue gestreifte Krawatte angezogen hatte.

Joanne freute sich aufrichtig, ihn zu sehen. »Du siehst großartig aus«, sagte sie. »Arbeitest du jetzt in Washington?«

»Ich helfe nur über die Sommerferien bei meinem Vater aus«, antwortete Woody. »Ich studiere noch in Harvard.«

Joanne wandte sich Woodys Vater zu. »Guten Tag, Senator«, sagte sie respektvoll.

»Hallo, Joanne.«

Woody konnte immer noch nicht fassen, Joanne begegnet zu sein. Sie war so verlockend wie eh und je. »Und du?«, wollte er wissen. »Was machst du hier?«

»Ich arbeite im Außenministerium.«

Woody nickte. Deshalb ihr Respekt gegenüber seinem Vater. Joanne war in eine Welt eingetreten, in der Senator Gus Dewar eine der herausragenden Persönlichkeiten war. »Und was ist deine Aufgabe?«, fragte Woody.

319

»Ich bin die Assistentin eines Assistenten. Mein Chef ist gerade beim Präsidenten. Ich bin leider ein zu kleines Licht, als dass ich mit hineindürfte.«

»Du hast dich immer für Politik interessiert. Schon damals in Buffalo. Kannst du dich an das Streitgespräch über Lynchjustiz erinnern, das du mit Victor Dixon geführt hast?«

Ein wehmütiger Ausdruck erschien auf Joannes Gesicht. »Ich vermisse Buffalo. Es war eine schöne Zeit, nicht wahr?«

Woody musste daran denken, wie sie beide sich beim Ball des Racquet Clubs geküsst hatten, und spürte, wie er rot wurde. Er überlegte, ob er sie um ihre Telefonnummer bitten sollte, doch Joanne kam ihm zuvor.

»Ich würde dich gern wiedersehen. Hast du heute Abend Zeit? Ich gebe eine Party für ein paar Freunde.«

Woody konnte sein Glück kaum fassen. »Ja, sicher, ich komme gern!«

Joanne nannte ihm ihre Adresse. Sie wohnte in einem Apartmenthaus in der Nähe.

Senator Dewar blickte demonstrativ auf die Uhr. »Woody, wir müssen los«, drängte er und lächelte Joanne an. »Meine besten Empfehlungen an Ihren Vater.«

Er ging mit Woody auf einen Wachmann zu, der vor einer Tür postiert war. Der Mann nickte ihm vertraut zu und hielt ihm die Tür zu einem zweiten Wartezimmer auf.

»Denk daran, Woody«, erinnerte ihn sein Vater, »sprich nicht, ehe der Präsident dich direkt anredet.«

Woody nickte und versuchte sich auf das bevorstehende Gespräch zu konzentrieren. In Europa hatte es ein politisches Erdbeben gegeben: Die Sowjetunion hatte einen Nichtangriffspakt mit Nazi-Deutschland unterzeichnet und damit sämtliche politischen Kalkulationen über den Haufen geworfen. Senator Dewar war eine Schlüsselfigur im Außenausschuss des Senats; deshalb wollte der Präsident seine Meinung zur Entwicklung in Europa einholen.

Gus Dewar wollte allerdings noch ein zweites Thema ansprechen. Er hatte die Absicht, Roosevelt von der Notwendigkeit des Beitritts der USA in den Völkerbund zu überzeugen.

Einfach würde das nicht werden. Die Vereinigten Staaten waren dem Völkerbund nie beigetreten. Er war bei den Amerikanern

320

nicht sonderlich beliebt, zumal er in den Dreißigerjahren versagt hatte, als es darum ging, Krisen einzudämmen: die japanische Aggression in Fernost, den italienischen Imperialismus in Afrika, die Annexionen Nazi-Deutschlands in Mitteleuropa und den Untergang der Demokratie in Spanien.

Dennoch war Gus entschlossen, das Thema anzuschneiden. Woody kannte die große politische Vision seines Vaters. Er träumte von einem Weltgremium, das Konflikte auf friedlichem Weg löste und Kriegen damit vorbeugte.

Was das anging, stand Woody voll und ganz hinter seinem Vater. Er hatte sich im Debattierclub in Harvard über dieses Thema ausgelassen. Wenn zwei Nationen im Streit lagen, bestand der denkbar schlechteste Umgang mit diesem Konflikt darin, dass man sich gegenseitig umzubringen versuchte. Das erschien Woody offensichtlich. »Ich verstehe natürlich, weshalb so etwas passiert«, hatte er während der Debatte gesagt. »So wie ich verstehe, weshalb Betrunkene eine Schlägerei vom Zaun brechen. Aber das macht es kein bisschen vernünftiger.«

Nun aber fiel es ihm schwer, sich von dem Gedanken an Joanne zu lösen. Die unerwartete Begegnung mit ihr hatte seine alten Gefühle für sie wieder geweckt. Wie es wohl um Joannes Gefühle für ihn bestellt war? Vielleicht würde er es heute Abend erfahren. Gemocht hatte sie ihn immer, und wie es schien, hatte sich nichts daran geändert. Warum sonst hatte sie ihn zu ihrer Party eingeladen?

Damals, 1935, hatte sie nicht mit ihm gehen wollen, weil er fünfzehn gewesen war und sie achtzehn. Jetzt aber waren sie beide vier Jahre älter, und der Altersunterschied fiel nicht mehr so ins Gewicht – hoffte Woody jedenfalls. Er war in Buffalo und in Harvard mit Mädchen ausgegangen, aber für keine hatte er so viel Leidenschaft empfunden wie für Joanne.

»Hast du verstanden?«, riss Gus ihn aus seinen Gedanken.

Woody kam sich schrecklich dumm vor. Sein Vater wollte dem Präsidenten einen Plan vorlegen, der den Weltfrieden herbeiführen konnte, und er dachte an nichts anderes als daran, Joanne zu küssen.

»Sicher«, antwortete er auf Gus' Frage. »Ich rede erst, wenn ich angesprochen werde.«

Eine große schlanke Frau Anfang vierzig kam in den Warteraum. Sie wirkte gelassen und selbstsicher, als wäre sie die Hausherrin. Woody erkannte Marguerite LeHand, genannt Missy, Roosevelts Assistentin. Sie hatte ein langes, beinahe maskulines Gesicht mit einer großen Nase, und ihr dunkles Haar zeigte einen Anflug von Grau. Sie lächelte Gus freundlich zu. »Ich freue mich sehr, Sie wiederzusehen, Senator.«

»Wie geht es Ihnen, Missy? Sie erinnern sich bestimmt an meinen Sohn Woodrow.«

»Selbstverständlich. Der Präsident erwartet Sie.«

Missys Ergebenheit gegenüber Roosevelt war legendär. Dem Washingtoner Tratsch zufolge war sein Verhältnis zu der Assistentin enger, als es einem verheirateten Mann anstand. Diskreten Bemerkungen seiner Eltern hatte Woody entnommen, dass Roosevelts Lähmung sich nicht auf seine Fortpflanzungsorgane erstreckte. Seine Frau Eleanor weigerte sich, mit ihm zu schlafen, seit sie vor mehr als zwanzig Jahren ihr sechstes Kind zur Welt gebracht hatte. Vielleicht hatte FDR deshalb das Recht, die Avancen einer Assistentin, die ihm zugetan war, zu erwidern.

Missy führte Gus und Woody durch eine weitere Tür und einen schmalen Flur in das Zentrum der Macht, das Oval Office.

Der Präsident saß mit dem Rücken zu dem runden Erker mit den drei hohen Fenstern am Schreibtisch. Die Jalousien waren geschlossen, um die Augustsonne auszusperren, deren Licht durch die nach Süden weisende Scheibe in den großen Raum fiel. Roosevelt benutzte einen gewöhnlichen Bürosessel, bemerkte Woody, nicht seinen Rollstuhl. Er trug einen weißen Anzug und rauchte eine Zigarette mit Zigarettenspitze.

Mit dem zurückweichenden Haaransatz, dem vorstehenden Kinn und dem Zwicker, der seine Augen scheinbar zu nahe zusammenstehen ließ, war FDR kein sonderlich gut aussehender Mann. Doch das gewinnende Lächeln, das er zeigte, hatte etwas Einnehmendes, genau wie die zum Handschlag ausgestreckte Rechte und der liebenswürdige Tonfall, den er nun bei der Begrüßung an den Tag legte. »Schön, Sie zu sehen, Gus.«

»Mr. President, Sie erinnern sich an meinen älteren Sohn Woodrow ...?«

»Selbstverständlich. Wie geht es in Harvard voran, Woody?«

»Sehr gut, Sir, vielen Dank.« Woody wusste, dass viele Politiker

322

den Anschein zu erwecken verstanden, jeden persönlich zu kennen. Entweder hatten sie ein bemerkenswertes Gedächtnis oder aufmerksame Assistentinnen, die sie an alles und jeden erinnerten.

»Freut mich zu hören. Ich war selbst in Harvard. Setzen Sie sich, setzen Sie sich.« Roosevelt zog den Stummel seiner Zigarette aus der Spitze und drückte sie in einem vollen Aschenbecher aus. »Also, Gus, dann lassen Sie mal hören. Was ist drüben in Europa los? Wie schätzen Sie die Lage ein?«

»Meiner Meinung nach sind Russland und das Deutsche Reich noch immer Todfeinde«, begann der Senator.

»Das dachten wir alle. Wieso haben sie dann diesen Nichtangriffspakt geschlossen?«

»Weil er beiden kurzfristig zugutekommt. Stalin braucht mehr Zeit. Er will die Rote Armee verstärken, damit er im Fall des Falles die Deutschen besiegen kann.«

»Und Hitler?«

»Ich glaube, er wird bald militärisch gegen Polen losschlagen. Die deutsche Presse überschlägt sich mit absurden Schauergeschichten darüber, wie Polen angeblich seine deutschstämmigen Bürger misshandelt. Hitler stachelt den Hass nicht ohne Absicht an. Und was er auch vorhat – er will die Sowjets aus dem Weg haben. Deshalb der Pakt mit Stalin.«

Roosevelt nickte. »Hull sagt so ziemlich das Gleiche.« Cordell Hull war der Außenminister. »Er kann aber nicht einschätzen, was als Nächstes geschieht. Was meinen Sie, Gus? Wird Stalin Hitler wirklich alles durchgehen lassen?«

»Ich nehme an, dass sie Polen in den nächsten Wochen zwischen sich aufteilen.«

»Und was dann?«

»Vor wenigen Stunden hat Großbritannien einen Beistandspakt mit Polen geschlossen, der beide Seiten verpflichtet, einander im Fall eines Angriffs zu Hilfe zu kommen.«

»Was könnten die Briten unternehmen?«

»Nichts, Sir. Die britischen Streitkräfte können die Deutschen nicht darin hindern, Polen zu überrennen.«

»Was sollen wir Ihrer Meinung nach tun, Gus?«

Woody erkannte sofort, dass dies die große Chance seines Vaters war. Für ein paar Minuten hatte er die ungeteilte Aufmerksamkeit

323

des Präsidenten – eine seltene Gelegenheit, etwas zu bewegen. Woody drückte ihm verstohlen die Daumen.

Gus Dewar beugte sich vor. »Wir möchten nicht, dass unsere Söhne in den Krieg ziehen müssen, so wie wir es damals mussten.« Roosevelt hatte vier Söhne zwischen zwanzig und vierzig. Woody begriff mit einem Mal, weshalb sein Vater ihn mitgenommen hatte: Er sollte den Präsidenten an seine eigenen Söhne erinnern.

Leise fuhr Gus fort: »Wir können nicht schon wieder junge Amerikaner nach Europa schicken, damit sie dort massakriert werden. Die Welt braucht eine Polizeitruppe.«

»Was haben Sie im Sinn?«, fragte Roosevelt.

»Der Völkerbund ist keineswegs ein solcher Fehlschlag, wie es bei uns oft hingestellt wird. In den Zwanzigerjahren hat er Grenzstreitigkeiten zwischen Finnland und Schweden beigelegt, auch zwischen der Türkei und dem Irak.« Gus zählte an den Fingern ab. »Er hat Griechenland und Jugoslawien davon abgehalten, in Albanien einzufallen. Er hat die Griechen überzeugt, sich aus Bulgarien zurückzuziehen. Er hat eine Friedenstruppe abgestellt, die Kolumbien und Peru an Feindseligkeiten hindern sollte.«

»Das ist ja alles richtig«, erwiderte Roosevelt, »aber in den Dreißigern ...«

»Der Völkerbund war nicht stark genug, um der faschistischen Aggression Herr zu werden, Sir. Das kann kaum überraschen, solange ein Schwergewicht wie die USA ihm nicht angehört. Wir brauchen einen neuen, von uns geführten Völkerbund, der mit Entschlossenheit auftritt und mehr Gewicht in die Waagschale werfen kann.« Gus verstummte kurz, um seine Worte wirken zu lassen. »Mr. President, noch ist es nicht zu spät, den Traum von einer friedlichen Welt zu verwirklichen.«

Woody hielt den Atem an. Roosevelt nickte, aber das besagte bei ihm nicht viel. Er war ein Mann, der nur selten offen widersprach. Er hasste die Konfrontation. Man müsse vorsichtig sein, hatte Woody seinen Vater sagen hören; man dürfe Roosevelts Schweigen nicht als Zustimmung werten.

Woody saß still neben seinem Vater. Er wagte es nicht einmal, ihn anzublicken, doch er spürte seine Anspannung.

Schließlich sagte der Präsident: »Ich glaube, Sie haben recht.«

Woody traute seinen Ohren nicht. Bedeutete das, Roosevelt war

mit dem Plan eines neuen, stärkeren Völkerbunds einverstanden?
Woody blickte seinen Vater an: Der normalerweise unerschütter-
liche Gus Dewar konnte sein Erstaunen nicht verbergen.

Er setzte rasch nach, um den möglichen Erfolg zu festigen.
»Darf ich dann vorschlagen, Mr. President, dass Cordell Hull und
ich eine Vorlage erarbeiten, über die Sie entscheiden?«

»Hull hat eine Menge zu tun. Reden Sie mit Welles.«

Sumner Welles war Stellvertretender Außenminister, ein ehr-
geiziger und von sich eingenommener Mann. Woody wusste, dass
er nicht die erste Wahl seines Vaters gewesen wäre. Doch er war
ein alter Freund der Familie Roosevelt; bei FDRs Hochzeit war er
Page gewesen.

Gus hatte nicht die Absicht, sich diese Chance wegen per-
soneller Erwägungen entgehen zu lassen. »Wie Sie wünschen.«

»Gut, dann wäre das geklärt. Danke für Ihr Kommen, Gus.«

Offensichtlich betrachtete der Präsident das Gespräch als beendet. Gus und Woody erhoben sich. Gus fragte: »Wie geht es
Ihrer Mutter, Sir? Sie ist in Frankreich, wurde mir gesagt.«

»Ihr Schiff ist gestern ausgelaufen, Gott sei Dank.«

»Das freut mich sehr.«

»Danke, dass Sie gekommen sind«, wiederholte Roosevelt. »Unsere Freundschaft ist mir wichtig, Gus.«

»Nichts könnte mir eine größere Freude sein, Mr. President.«
Zum Abschied schüttelten Gus und Woody Dewar dem Präsidenten die Hand.

Als sie das Gebäude verließen, sagte Gus: »Gehen wir zur Feier
des Tages einen trinken.«

Woody blickte auf die Armbanduhr. Es war fünf. »Klar.«

Sie gingen zum Old Ebbitt's auf der F Street unweit der Fif-
teenth: Buntglasscheiben und grüner Samt, Messinglampen und
Jagdtrophäen. Das Lokal wurde vor allem von Kongressabgeordneten und Senatoren und deren Gefolge besucht: Referenten,
Lobbyisten und Journalisten. Gus bestellte sich einen trockenen
Martini ohne Eis und für Woody ein Bier. Woody verzog das
Gesicht. Er stand nicht auf den Cocktail, den Gus sich bestellt hatte – er schmeckte ihm zu sehr nach kaltem Gin –, aber sein Vater
hätte ihn wenigstens fragen können. Trotzdem hob er sein Glas
und sagte: »Glückwunsch. Du hast bekommen, was du wolltest.«

325

»Was die Welt braucht.«

»Du hast großartig argumentiert. Lass dir das vom besten Mann des Debattierclubs in Harvard gesagt sein.«

»Roosevelt musste kaum überzeugt werden. Er ist Liberaler, aber auch Pragmatiker. Er weiß, dass man sich seine Schlachten danach aussuchen muss, ob man sie gewinnen kann. Der New Deal hat für ihn absolute Priorität – Arbeitslose wieder in Lohn und Brot zu bringen. Er wird nichts tun, was seinem wichtigsten Ziel in den Weg geraten könnte. Wenn mein Vorschlag seine Anhänger verschreckt, wird er ihn fallen lassen.«

»Dann haben wir noch gar nichts gewonnen?«

Gus lächelte. »Wir haben den entscheidenden ersten Schritt getan. Aber gewonnen haben wir noch nichts.«

»Schade, dass er dir Welles aufgedrängt hat.«

»Das ist gar nicht so schlimm. Sumner wird mir den Rücken stärken. Außerdem steht er dem Präsidenten näher als ich. Aber er ist unberechenbar. Er könnte die Stafette übernehmen und in die andere Richtung rennen.«

Woody ließ den Blick durchs Lokal schweifen und entdeckte ein bekanntes Gesicht. »Rate mal, wer hier ist. Ich hätte es mir denken können.«

Gus blickte in die gleiche Richtung wie Woody.

»An der Bar«, sagte Woody. »Bei den beiden älteren Männern mit Hut und dem blonden Mädchen. Das ist Greg Peshkov.«

Wie üblich sah Greg trotz seiner teuren Kleidung abgerissen aus: Seine Seidenkrawatte saß schief, der Hemdzipfel schaute aus dem Hosenbund, und auf der cremefarbenen Hose waren Ascheflecken. Dennoch himmelte die Blondine ihn an.

»Ja, das ist er«, sagte Gus. »Siehst du ihn oft in Harvard?«

»Er studiert Physik, gibt sich aber nicht mit den Wissenschaftlern ab. Die sind ihm wohl zu bieder. Ich bin ihm beim *Crimson* über den Weg gelaufen.« Der *Harvard Crimson* war die Studentenzeitung. Woody machte Fotos für das Blatt, Greg schrieb Artikel. »Er hat diesen Sommer ein Praktikum beim Außenministerium, deshalb ist er hier.«

»Im Pressebüro, nehme ich an«, sagte Gus. »Die beiden Männer bei ihm sind Reporter. Der im braunen Anzug ist bei der Chicagoer *Tribune*, der Pfeifenraucher beim *Plain Dealer* in Cleveland.«

326

Woody sah, dass Greg mit den Journalisten sprach, als wären sie alte Freunde; er nahm den Arm von einem der beiden, während er sich vorbeugte und mit leiser Stimme sprach. Dem anderen klopfte er auf den Rücken, als würde er ihm spöttisch gratulieren. Die Zeitungsleute schienen Greg zu mögen, denn sie lachten laut über eine seiner Bemerkungen. Woody beneidete ihn um dieses Talent, das für Politiker zwar nützlich, aber nicht unabdingbar war. Sein Vater verstand sich ebenfalls nicht auf dieses Hallo-Kumpel-schön-dich-zu-sehen-Gebaren und gehörte trotzdem zu den angesehensten Politikern der USA.

»Ich möchte wissen, was seine Halbschwester Daisy zu der Kriegsgefahr sagt«, sagte Woody. »Sie ist in London. Sie hat einen englischen Lord geheiratet.«

»Um genau zu sein, hat sie den älteren Sohn Earl Fitzherberts geheiratet, den ich mal gut gekannt habe.«

»Jede Frau in Buffalo beneidet sie. Der englische König war Gast auf ihrer Hochzeit.«

»Ich weiß. Übrigens habe ich auch Fitzherberts Schwester Maud gekannt, eine wunderbare Frau. Sie hat Walter von Ulrich geheiratet, einen Deutschen. Wäre Walter mir nicht zuvorgekommen, hätte ich Maud zum Traualtar geführt.«

Woody hob die Brauen. Es sah seinem Vater gar nicht ähnlich, so zu reden.

»Das war natürlich zu einer Zeit, bevor ich mich in deine Mutter verliebt habe.«

»Natürlich.« Woody unterdrückte ein Lächeln.

»Von Walter und Maud hört man gar nichts mehr, seit Hitler die SPD verboten hat. Ich hoffe, es geht ihnen gut. Wenn es Krieg gibt ...«

Woody merkte, dass der Gedanke an den Krieg seinen Vater in eine gedrückte Stimmung versetzte; deshalb sagte er: »Wenigstens ist Amerika nicht beteiligt, Dad.«

»Das haben wir letztes Mal auch geglaubt«, sagte Gus; dann wechselte er das Thema. »Was hörst du eigentlich so von deinem kleinen Bruder?«

Woody seufzte. »Er wird seine Meinung nicht ändern. Er geht weder nach Harvard noch auf eine andere Uni.«

Chuck hatte verkündet, er werde in die Navy eintreten, sobald er achtzehn sei. Diese Aussicht entsetzte seine anspruchsvollen Eltern, denn ohne Collegeabschluss wurde er ein Mannschaftsdienstgrad ohne jede Chance, einmal Offizier zu werden.

»Verdammt. Dabei hat er den nötigen Grips fürs College«, sagte Gus.

»Beim Schach schlägt er mich.«

»Mich auch. Was ist bloß mit ihm?«

»Er hasst das Lernen. Und er liebt Schiffe. Segeln ist das Einzige, was ihn interessiert.« Woody blickte auf seine Armbanduhr.

»Ich weiß, du willst auf diese Party«, sagte Gus.

»Kein Grund zur Eile.«

»Doch. Sie ist ein sehr hübsches Mädchen. Mach, dass du wegkommst.«

Woody grinste. Sein Vater konnte überraschend klug sein. »Danke, Dad.« Er stand auf.

Als Woody das Lokal verließ, ging Greg Peshkov mit ihm hinaus. »Ich wollte zu dir an den Tisch kommen«, sagte er grinsend, »aber die Mädchen an der Bar gefallen mir besser. Wie läuft's denn so?«

Früher hatte Woody ihn verprügeln wollen, weil er an dem miesen Betrug beteiligt gewesen war, der Dave Rouzrokh zu Fall gebracht hatte, doch im Lauf der Zeit hatte sein Zorn sich abgekühlt. In Wirklichkeit trug Lev Peshkov die Schuld, nicht sein Sohn, der damals erst fünfzehn gewesen war. Trotzdem, mehr als Höflichkeit konnte Greg von Woody nicht erwarten.

»Mir gefällt Washington«, sagte Woody.

»Mir auch. Hier sind die Leute wenigstens nicht überrascht wegen meines Namens.« Als er Woodys fragenden Blick sah, fügte er hinzu: »Im Außenministerium sind lauter Smiths, Fabers, Jensens und McAllisters. Da heißt keiner Kozinsky, Cohen oder Papadopoulos.«

Woody nickte. »Stimmt. Die Regierungsarbeit liegt in den Händen eines kleinen, exklusiven ethnischen Kreises.«

»Aber sie sind wenigstens nicht engstirnig«, sagte Greg. »Wenn einer fließend Russisch spricht und aus reicher Familie kommt, machen sie eine Ausnahme.« Er gab sich flapsig, doch ihm war seine Wut anzumerken. »Sie halten meinen Vater für einen Kriminellen«, fuhr er fort. »Aber es stört sie nicht allzu sehr. Die meisten Reichen haben einen Gangster unter ihren Ahnen.«

»Du hörst dich an, als würdest du Washington hassen.«

»Ganz im Gegenteil. Ich möchte nirgendwo sonst leben. Hier ist das Zentrum der Macht.«

Woody hielt sich für idealistischer. »Ich bin hier, weil ich bestimmte Dinge ändern möchte.«

Greg grinste. »Dann geht's dir ebenfalls um Macht.«

»Kann sein«, erwiderte Woody, »nur kommt es immer darauf an, wofür man sie einsetzt.«

»Was meinst du, gibt es Krieg in Europa?«

»Das solltest du besser wissen als ich. Du arbeitest schließlich im Außenministerium.«

»Ja, aber in der Pressestelle. Ich kenne nur die Märchen, die wir den Reportern erzählen. Wie die Wahrheit aussieht, weiß ich nicht.«

»Ich auch nicht«, entgegnete Woody. »Ich glaube, nicht einmal der Präsident.«

»Meine Schwester Daisy ist drüben in England.« Gregs Stimme klang mit einem Mal besorgt.

»Ja, ich weiß.«

»Wenn die Bomben fallen, sind auch Frauen und Kinder nicht sicher. Glaubst du, die Deutschen werden London bombardieren?«

Darauf konnte es nur eine ehrliche Antwort geben. »Ich nehme es an.«

»Wenn Daisy nur nach Hause kommen würde!«

»Vielleicht gibt es ja doch keinen Krieg. Chamberlain, der britische Premierminister, hat mit Hitler letztes Jahr wegen der Tschechoslowakei in letzter Sekunde ein Abkommen getroffen ...«

»Er hat sich freigekauft.«

»Ja. Vielleicht macht er es genauso, wenn es um Polen geht, auch wenn die Zeit knapp wird.«

»Vielleicht.« Greg nickte düster und wechselte das Thema. »Wohin willst du?«

»Zu Joanne Rouzrokh. Sie gibt eine Party.«

»Ja, ich hab davon gehört, ich kenne eine ihrer Zimmernachbarinnen. Ich bin aber nicht eingeladen, weil ... Mann, das gibt's doch nicht!« Greg verstummte mitten im Satz und riss die Augen auf. Als Woody seinem Blick folgte, sah er eine hübsche Schwarze, die aus Richtung E Street auf sie zukam. Sie war ungefähr in ihrem

Alter und trug ein schlichtes schwarzes Kleid, das wie das Outfit einer Kellnerin wirkte, aber dank ihres hübschen Huts und der modischen Schuhe sah sie unglaublich schick darin aus.

Sie bemerkte die beiden jungen Männer, sah Gregs Blick und schaute weg.

»Jacky?«, fragte Greg. »Jacky Jakes?«

Die junge Frau beachtete ihn nicht, wirkte aber irgendwie betroffen.

»Jacky, ich bin's, Greg Peshkov.«

Jacky – falls sie es war – antwortete nicht, doch sie sah aus, als würde sie jeden Moment in Tränen ausbrechen.

»He, Jacky! Du kennst mich doch!« Greg stand mitten auf dem Bürgersteig, die Arme in einer flehentlichen Geste ausgestreckt.

Woody staunte. Was hier geschah, passte gar nicht zu Greg. Die Mädchen hatten ihm stets aus der Hand gefressen, schon auf der Schule und später in Harvard. Jetzt wirkte er verstört, verletzt, beinahe verzweifelt.

Das Mädchen ging an ihm vorbei, ohne ein Wort zu sagen oder seinem Blick zu begegnen.

Greg drehte sich zu ihr um. »Jetzt warte doch mal!«, rief er ihr nach. »Vor vier Jahren bist du einfach abgehauen! Du schuldest mir wenigstens eine Erklärung!«

Vor vier Jahren? Woody stutzte. Konnte diese Jacky das Mädchen sein, das in den Skandal verwickelt gewesen war? Die Sache hatte sich hier in Washington zugetragen. Zweifellos wohnte sie hier.

Greg rannte Jacky hinterher. Ein Taxi hatte an der Ecke gehalten. Der Fahrgast, der ausgestiegen war, stand am Bordstein und bezahlte den Fahrer. Jacky sprang ins Taxi und knallte die Tür zu.

»Rede mit mir, verdammt noch mal!«, rief Greg.

Das Taxi fuhr los. Greg starrte ihm hilflos hinterher. Dann kam er langsam zu Woody zurück, der die Szene gebannt beobachtet hatte.

»Ich verstehe das nicht«, murmelte Greg.

»Das Mädchen wirkte verängstigt«, sagte Woody.

»Meinst du? Aber ich habe ihr nie ein Leid getan. Ich war verrückt nach ihr!«

330

»Vor etwas hat sie sich gefürchtet.«

Greg gewann allmählich die Fassung wieder. »Tut mir leid. Ist sowieso nicht dein Problem.« Er wies auf einen Wohnblock in der Nähe. »Da wohnt Joanne. Viel Spaß.«

Er wandte sich ab und verschwand im Lokal. Es war offensichtlich, dass er seine Ruhe haben wollte.

Ein wenig verwirrt machte Woody sich auf den Weg.

Das Apartmenthaus war bescheiden; es gab keinen Türsteher oder Portier. Ein Schild mit den Namen der Hausbewohner, das im Eingangsflur hing, verriet ihm, dass Rouzrokh die Wohnung mit Stewart und Fisher teilte, zwei anderen Mädchen, vermutete Woody. Er fuhr im Aufzug hinauf. Jetzt erst wurde ihm bewusst, dass er mit leeren Händen kam. Er hätte Pralinen oder Blumen mitbringen sollen. Er überlegte, ob er rasch noch etwas kaufen sollte, sagte sich dann aber, dass man es mit den guten Manieren auch übertreiben konnte.

Er drückte die Türklingel.

Eine junge Frau Anfang zwanzig öffnete.

»Hallo«, sagte Woody, »ich bin …«

»Komm rein«, unterbrach ihn das Mädchen, ohne abzuwarten, bis er sich vorgestellt hatte. »Zu trinken gibt's in der Küche, und im Wohnzimmer steht was zu essen auf dem Tisch – falls noch was übrig ist.« Sie wandte sich ab. Offensichtlich war sie der Meinung, ihn ausreichend begrüßt zu haben.

In der kleinen Wohnung drängten sich die Partygäste. Sie tranken, rauchten und unterhielten sich lautstark, um das Grammofon zu übertönen. »Ein paar Freunde«, hatte Joanne gesagt. Für Woody bedeutete das fünf, sechs junge Leute, die an einem Couchtisch zusammensaßen und über die europäische Krise diskutierten. Er war enttäuscht: Diese Massenfete würde ihm nur wenig Gelegenheit geben, Joanne zu beweisen, wie erwachsen er geworden war.

Er sah sich nach ihr um. Da er größer war als die meisten Gäste, konnte er über ihre Köpfe hinwegschauen, aber Joanne war nirgends zu sehen. Woody schob sich durch die Menge und hielt nach ihr Ausschau.

Ein Mädchen mit üppigen Brüsten und hübschen braunen Augen blickte zu ihm hoch, als er sich vorbeidrängte. »Hallo, Großer. Ich bin Diana Taverner. Wie heißt du?«

331

»Ich suche Joanne«, entgegnete Woody.

»Na dann, viel Glück.« Das Mädchen zuckte die Schultern und wandte sich ab.

Woody kämpfte sich bis in die Küche durch. Der Lärmpegel sank ein wenig. Auch hier gab es keine Spur von Joanne. Woody beschloss, sich einen Drink zu holen, wo er schon mal hier war. Ein breitschultriger Mann um die dreißig rasselte mit einem Cocktailshaker. Er war gut gekleidet in einen hellbraunen Anzug mit hellblauem Hemd und einer dunkelblauen Krawatte. Er war erkennbar kein Barkeeper; er benahm sich eher wie der Gastgeber. »Scotch ist da drüben«, sagte er zu einem anderen Gast. »Bedien dich. Ich mache Martinis, falls jemand einen haben möchte.«

»Habt ihr Bourbon?«, fragte Woody.

»Gleich hier.« Der Mann reichte ihm eine Flasche. »Ich bin Bexforth Ross.«

»Woody Dewar.« Woody fand ein Glas und schenkte sich Whiskey ein.

»Eis ist in dem Kübel«, sagte Bexforth. »Wo kommst du her, Woody?«

»Ich bin Praktikant beim Senat. Und du?«

»Ich arbeite im Außenministerium. Ich leite das Italien-Ressort.« Er reichte den wartenden Gästen Martinis.

Ein aufsteigender Stern, dachte Woody. Der Junge hatte so viel Selbstbewusstsein, dass es schon provozierend wirkte. »Ich suche Joanne.«

»Ja, die ist hier irgendwo. Woher kennst du sie?«

Woody beschloss, dem Burschen seine deutliche Überlegenheit zu zeigen. »Ach, wir sind alte Freunde«, sagte er von oben herab. »Ich kenne sie schon mein Leben lang. Wir sind zusammen in Buffalo aufgewachsen. Und du?«

Bexforth nahm einen langen Schluck von seinem Martini und seufzte zufrieden. Dann blickte er Woody forschend an. »Ich kenne Joanne nicht so lange wie du«, sagte er, »aber ich glaube, ich kenne sie besser.«

»Wieso?«

»Ich habe vor, sie zu heiraten.«

Es traf Woody wie ein Schlag ins Gesicht. »Sie heiraten?«

»Ja. Ist das nicht toll?«

332

Woody konnte seine Bestürzung nicht verbergen. »Weiß sie das schon?«

Bexforth lachte und klopfte Woody herablassend auf die Schulter. »Sicher, mein Freund, und sie ist hellauf begeistert. Ich bin der glücklichste Mann der Welt.«

Bexforth hatte offensichtlich bemerkt, dass Woody sich zu Joanne hingezogen fühlte. Woody kam sich wie ein Trottel vor. »Gratuliere«, sagte er entmutigt.

»Danke. Tja, jetzt muss ich mich unter die Leute mischen. War nett, mit dir zu plaudern, Woody.« Bexforth stürzte sich ins Getümmel.

Woody stellte sein Glas ab, ohne einen Schluck getrunken zu haben. »Scheiße«, sagte er leise. Dann verließ er die Party.

Der 1. September war ein schwüler Tag in Berlin. Carla von Ulrich wachte verschwitzt auf. In der warmen Nacht hatte sie sich die Decke weggetreten. Sie schaute aus dem Schlafzimmerfenster und sah tief hängende graue Wolken, die die Hitze wie ein Topfdeckel in der Stadt hielten.

Heute war ein großer Tag für sie. Ein Tag, der über ihr weiteres Leben bestimmen würde.

Carla schwang sich aus dem Bett und betrachtete sich im Spiegel. Sie hatte das dunkle Haar und die grünen Augen der Fitzherberts, der Familie ihrer Mutter, Maud von Ulrich. Aber sie war hübscher als Maud mit ihrem herben Gesicht – nicht einfach nur schön, sondern atemberaubend. Doch es gab noch einen weit größeren Unterschied zwischen Mutter und Tochter. Maud wirkte äußerst anziehend auf Männer und wusste das zu nutzen, während Carla weder flirten konnte noch wollte. Wenn sie anderen Mädchen in ihrem Alter dabei zuschaute, war es ihr einfach nur peinlich, dieses Augenklimpern, dieses Straffziehen des Oberteils über dem Busen und dieses affektierte Ausschütteln des Haars. Maud, als erfahrene Frau, kannte natürlich subtilere Mittel, sodass die Männer oft gar nicht merkten, dass sie bezirzt wurden, doch im Endeffekt war es das gleiche Spiel.

An diesem Tag aber legte Carla ohnehin keinen Wert darauf,

attraktiv auszusehen; vielmehr musste sie nüchtern und kompetent erscheinen. Deshalb zog sie ein schlichtes steingraues Baumwollkleid an, das ihr bis über die Knie reichte, dazu ihre flachen Schulsandalen. Dann flocht sie ihr Haar zu zwei Zöpfen, wie es für deutsche Mädchen als modisch galt. Als sie sich erneut im Spiegel betrachtete, sah sie zu ihrer Zufriedenheit die perfekte Studentin: konservativ, langweilig, beinahe geschlechtslos.

Carla war eher aufgestanden als der Rest der Familie; deshalb half sie Ada, der Zofe, in der Küche den Frühstückstisch zu decken, nachdem sie sich angezogen hatte.

Carlas Bruder kam als Nächster. Erik war mittlerweile neunzehn und trug einen schwarzen Schnurrbart. Zum Missfallen der Familie hatte er sich zu einem glühenden Bewunderer der Nazis entwickelt. Erik studierte an der Charité, der medizinischen Fakultät der Universität von Berlin, zusammen mit seinem besten Freund und Nazi-Kameraden Hermann Braun. Eriks Studium wurde über ein Stipendium finanziert; die von Ulrichs hätten sich die Studiengebühren niemals leisten können.

Auch Carla hatte sich um ein Stipendium beworben, um an derselben Fakultät studieren zu können wie Erik. Heute war ihr Bewerbungsgespräch. Sollte sie Erfolg haben, stand ihr der Weg offen, Ärztin zu werden. Falls nicht …

Carla hatte keine Ahnung, wie es dann für sie weitergehen sollte.

Die Machtergreifung der Nazis hatte das Leben ihrer Eltern ruiniert. Ihr Vater hatte sein Mandat als Reichstagsabgeordneter verloren, als die SPD verboten worden war. Eine andere Arbeit, bei der er seine politische und diplomatische Expertise hätte einbringen können, gab es nicht. So kratzte er mühsam den Lebensunterhalt für sich und seine Familie zusammen, indem er deutsche Zeitungsartikel für die britische Botschaft übersetzte, wo er noch immer ein paar Freunde hatte. Auch Maud, einst eine bekannte Journalistin der Linken, war ins berufliche Abseits gedrängt worden. Keine Zeitung durfte mehr ihre Artikel veröffentlichen.

Carla fühlte sich ihrer Familie eng verbunden. Umso verzweifelter hatte sie den Abstieg ihres Vaters mitverfolgt. In ihrer Kindheit hatte Walter hohes Ansehen und politischen Einfluss besessen; nun war er ein geschlagener Mann. Außerdem schmerzte es Carla jedes Mal, das tapfere Gesicht ihrer Mutter zu sehen, das sie allen Schicksalsschlägen zum Trotz zur Schau trug. Vor dem Krieg war sie eine bekannte Wortführerin der Suffragetten in England gewesen und hatte viel für die Rechte der Frauen getan; jetzt verdiente sie ein paar Mark mit Klavierstunden.

Doch die von Ulrichs betonten immer wieder, das alles gern auf sich zu nehmen, solange ihre Kinder ein glückliches und erfülltes Leben führen könnten.

Carla, die ihre Eltern vergötterte, hatte sich schon als kleines Mädchen zum Ziel gesetzt, ihnen nachzueifern und die Welt zu einem besseren Ort zu machen. Anfangs hatte sie mit dem Gedanken gespielt, ihrem Vater in die Politik oder ihrer Mutter in den Journalismus zu folgen, doch beides kam längst nicht mehr infrage. Was aber sollte sie tun in einem Land, dessen Regierung Gewalt und Brutalität als politische Werkzeuge benutzte und in dem es keine freie Presse mehr gab?

Schließlich hatte Erik sie auf die Idee gebracht. Auch Ärzte kämpften gegen Schmerz und Leid und versuchten, die Welt zu einem besseren Ort zu machen, unabhängig von den politischen Verhältnissen.

Also setzte Carla sich zum Ziel, Medizin zu studieren. Sie büffelte härter als jedes andere Mädchen in ihrer Klasse, und sie bestand jede Prüfung mit Bravour, besonders in den Naturwissenschaften. Ihren schulischen Leistungen nach war Carla viel eher für ein Stipendium qualifiziert als ihr Bruder.

Am Frühstückstisch sagte Erik mürrisch: »In meinem Jahrgang gibt es keine einzige Frau.« Offenbar gefiel es ihm nicht, dass Carla tatsächlich in seine Fußstapfen treten wollte. Oder er hatte Angst, sie könnte ihn in den Schatten stellen.

»Alle meine Noten sind besser als deine«, sagte Carla. »In Chemie, Biologie, Mathematik ...«

»Jajaja.«

»Und das Stipendium wird auch an Studentinnen vergeben, so steht es jedenfalls in den Statuten.«

Ehe Erik etwas erwidern konnte, kam ihre Mutter in die Küche. Sie trug einen grauen Bademantel und hatte sich den Gürtel doppelt um die Hüfte geschlungen. »Und wenn es so in den Statuten steht, sollte die Kommission das auch befolgen«, nahm sie Carlas Bemerkung auf. »Schließlich sind wir hier in Deutschland.« Maud betonte immer wieder, ihre Wahlheimat zu lieben, und vielleicht war es wirklich so; doch seit der Machtergreifung war sie zunehmend ironischer geworden.

Carla tunkte ihr Brot in den Milchkaffee. »Wie würdest du dich fühlen, wenn es zum Krieg zwischen England und Deutschland käme, Mutter? Als Deutsche oder als Britin?«

»Ich wäre unendlich traurig, wie vor fünfundzwanzig Jahren«, antwortete Maud. »Ich war mit eurem Vater den gesamten Großen Krieg hindurch verheiratet. Mehr als vier Jahre lang hatte ich jeden Tag Angst, er könnte sterben.«

»Auf wessen Seite würdest du denn stehen?«, fragte Erik mit lauerndem Unterton.

»Ich bin Deutsche«, antwortete Maud. »Und bei unserer Heirat habe ich deinem Vater geschworen, in guten wie in schlechten Zeiten zu ihm zu stehen. Natürlich konnten wir so etwas so abgrundtief Schlechtes wie den Nationalsozialismus nicht voraussehen. Niemand konnte das.« Erik schnaubte protestierend, doch Maud ignorierte ihn. »Aber ein Schwur ist ein Schwur. Außerdem liebe ich euren Vater.«

»Und wir sind ja nicht im Krieg«, bemerkte Carla.

»Noch nicht«, sagte Maud. »Wenn die Polen auch nur einen Funken Verstand haben, werden sie den Schwanz einziehen und Hitler geben, was er verlangt.«

»Allerdings«, sagte Erik. »Deutschland ist wieder stolz und stark. Wir können uns nehmen, was wir wollen, ob es anderen gefällt oder nicht.«

Maud verdrehte die Augen. »Gott stehe uns bei.«

Als draußen jemand hupte, legte sich ein Lächeln auf Carlas Gesicht. Kurz darauf kam ihre Freundin Frieda Franck in die Küche, die Carla zu dem Bewerbungsgespräch begleiten und sie moralisch unterstützen wollte. Auch Frieda trug die schlichte Schulmädchenmode, doch im Unterschied zu Carla hatte sie auch jede Menge schicke Sachen im Schrank.

Gleich nach Frieda kam ihr älterer Bruder Werner in die Küche. Carla fand ihn großartig. Im Gegensatz zu vielen anderen gut aussehenden Jungen war er freundlich und humorvoll. Deshalb

336

wunderte es Carla nicht, dass er schon eine ganze Reihe hübscher Freundinnen gehabt hatte. Hätte sie gewusst, wie man flirtet, wäre Werner Franck ihr erstes Ziel gewesen. Früher hatte er politisch weit links gestanden, aber davon schien nichts mehr übrig zu sein: Er war ein unpolitischer Mensch geworden.

»Ich würde euch ja gern Kaffee anbieten«, sagte Maud, »aber es ist nur Muckefuck, und ich weiß, dass ihr zu Hause richtigen Kaffee habt.«

»Soll ich Ihnen eine Tüte aus unserer Küche klauen, Frau von Ulrich?«, fragte Werner. »Ich finde, das haben Sie sich verdient.«

Maud errötete leicht. Carla erkannte mit einiger Missbilligung, dass ihre Mutter trotz ihrer achtundvierzig Jahre Werners Charme nicht widerstehen konnte.

Werner schaute auf seine goldene Armbanduhr. »Ich muss los«, sagte er. »Im Luftfahrtministerium herrscht in den letzten Tagen das reinste Chaos.«

»Danke fürs Mitnehmen, Bruderherz«, sagte Frieda.

»Du bist mit Werner gefahren?«, fragte Carla. »Wo ist dann dein Fahrrad?«

»Draußen. Wir haben es auf den Kofferraum geschnallt.«

Beide Mädchen gehörten dem Merkur-Fahrradclub an und fuhren mit ihren Rädern, wann immer möglich.

»Viel Glück beim Bewerbungsgespräch, Carla«, sagte Werner. »Wiedersehen, alle miteinander!« Und weg war er.

Carla aß ihr letztes Stück Brot. Gerade als sie gehen wollte, kam ihr Vater in die Küche. Er hatte sich noch nicht rasiert und trug keine Krawatte. Walter war ziemlich füllig gewesen, als Carla ein kleines Mädchen gewesen war, doch in den letzen Jahren war er schrecklich abgemagert. Liebevoll küsste er seine Tochter.

»Wir haben die Nachrichten noch gar nicht gehört«, sagte Maud und schaltete das Radio ein.

Während das Röhrengerät noch warm lief, verließen Carla und Frieda das Haus und machten sich auf den Weg zum Universitätskrankenhaus. Es befand sich in Berlin Mitte, wo die von Ulrichs auch zu Hause waren, sodass die Mädchen nur ein kurzes Stück radeln mussten. Carla wurde allmählich nervös. Die Autoabgase bereiteten ihr Übelkeit, und sie wünschte sich, nicht gefrühstückt zu haben.

337

Sie erreichten das Krankenhaus, ein Gebäude aus den Zwanzigerjahren, und machten sich auf den Weg zum Büro von Professor Bayer, der über die Auswahl der Stipendiaten bestimmte. Eine arrogante Sekretärin ließ die Mädchen wissen, dass sie zu früh seien und warten müssten.

Und sie mussten lange warten. Doch als die Sekretärin schließlich zu ihnen kam und sagte, der Professor habe nun Zeit für sie, war es Carla viel zu schnell gegangen.

Frieda flüsterte: »Viel Glück.«

Carla betrat Bayers Büro.

Der Professor, ein hagerer Mann in den Vierzigern mit einem dünnen grauen Schnurrbart, saß hinter einem Schreibtisch. Er trug ein braunes Leinenjackett über der Weste eines grauen Geschäftsanzugs. An der Wand hing ein Foto, auf dem er Hitler die Hand schüttelte.

Er begrüßte Carla nicht. Stattdessen fragte er ohne jede Einleitung: »Was ist eine imaginäre Zahl?«

Carla war von seiner abrupten Art überrascht, aber wenigstens war es eine leichte Frage. »Eine imaginäre Zahl ist die Quadratwurzel einer negativen reellen Zahl – minus eins zum Beispiel«, antwortete sie mit zittriger Stimme. »Man kann ihr keinen realen numerischen Wert zuordnen, trotzdem kann man sie in Gleichungen verwenden.«

Der Professor wirkte ein wenig überrascht. Vielleicht hatte er geglaubt, Carla bereits mit seiner ersten Frage auszuknocken. »Korrekt«, sagte er nach kurzem Zögern.

Carla schaute sich um. Nirgends war ein Stuhl zu sehen. Sollte sie etwa im Stehen befragt werden?

Professor Bayer stellte ihr nun Fragen in den Fächern Chemie und Biologie, die Carla mühelos beantwortete. Allmählich fiel die Nervosität von ihr ab. Dann fragte Bayer unvermittelt: »Fallen Sie beim Anblick von Blut in Ohnmacht?«

»Nein, Herr Professor.«

»Aha!«, sagte er triumphierend. »Woher wollen Sie das wissen?«

»Als ich elf Jahre alt war, habe ich ein Baby auf die Welt geholt. Das war eine ziemlich blutige Angelegenheit.«

»Sie hätten einen Arzt rufen sollen.«

»Das habe ich. Aber Babys warten nicht auf Ärzte.«

»Hm.« Professor Bayer stand auf. »Warten Sie hier«, wies er Carla an und verließ das Büro.

Carla blieb steif stehen. Professor Bayer unterzog sie einer harten Prüfung; aber bis jetzt hatte sie sich gut geschlagen, da war sie sicher. Zum Glück war sie Diskussionen gewohnt, auch hitzige Wortgefechte, mit Männern und Frauen jeden Alters. Solche Streitgespräche waren im Hause von Ulrich nicht selten. Solange sie denken konnte, hatte Carla sich immer wieder gegen ihren Bruder und ihre Eltern durchsetzen müssen.

Professor Bayer blieb mehrere Minuten weg. Was machte er? Wollte er einen Kollegen holen, um ihm die kluge Bewerberin vorzustellen? Nein, sagte sich Carla, das wäre sicherlich zu viel erhofft.

Sie war versucht, sich eines der Bücher aus dem Regal zu nehmen und darin zu lesen, doch sie befürchtete, den Professor zu verärgern; also rührte sie sich nicht von der Stelle.

Zehn Minuten später kam Bayer mit einer Schachtel Zigaretten zurück. Carla runzelte die Stirn. Hatte er sie mitten in seinem Büro stehen lassen, nur um in den Tabakwarenladen zu laufen? Oder war das auch nur eine Art Prüfung gewesen? Allmählich stieg Zorn in Carla auf.

Professor Bayer zündete sich in aller Seelenruhe eine Zigarette an. Es war, als bräuchte er Zeit, seine Gedanken zu sammeln. Schließlich blies er den Rauch aus und fragte: »Wie würden Sie als Frau mit einem Mann umgehen, der eine Infektion des Penis hat?«

Carla spürte, wie sie vor Verlegenheit errötete. Noch nie hatte sie mit einem Mann ein intimes Gespräch geführt; aber sie wusste, dass sie mit solchen Fragen fertigwerden musste, wenn sie Ärztin werden wollte. »Genau so, wie Sie als Mann mit einer Vaginalinfektion umgehen würden«, antwortete sie.

Professor Bayer musterte sie entsetzt. Carla befürchtete, zu frech gewesen zu sein; deshalb fuhr sie rasch fort: »Ich würde das infizierte Organ sorgfältig untersuchen, nach der Ursache forschen und mich vermutlich für eine Behandlung mit Sulfonamid entscheiden. Ich muss allerdings gestehen, dass wir solche Themen im Biologieunterricht nicht behandelt haben.«

Skeptisch fragte Professor Bayer: »Haben Sie je einen nackten Mann gesehen?«

339

»Ja.«

Er spielte den Entsetzten. »Aber Sie sind alleinstehend!«

»Als mein Großvater im Sterben lag, war er bettlägerig und inkontinent. Ich habe Mutter geholfen, ihn zu waschen. Sie konnte das nicht allein. Er war zu schwer.« Carla versuchte sich an einem Lächeln. »Frauen machen so etwas ständig, Herr Professor, für die ganz Jungen und die ganz Alten, für die Kranken und Hilflosen. Wir sind das gewohnt. Nur Männer finden so etwas peinlich.«

Professor Bayer blickte zunehmend verärgert drein, obwohl Carla ihm völlig korrekt antwortete. Es schien beinahe, als hätte er es lieber gesehen, wäre Carla eingeschüchtert gewesen und hätte ihm dumme Antworten gegeben.

Nachdenklich drückte Bayer seine Zigarette im Aschenbecher aus. »Ich fürchte«, sagte er, »Sie sind für dieses Stipendium ungeeignet.«

Carla konnte es nicht fassen. Was hatte sie falsch gemacht? Sie hatte jede Frage beantwortet! »Warum?«, wollte sie wissen. »Meine Zeugnisse sind erstklassig.«

»Sie sind unweiblich. Eine junge Dame spricht nicht so offen über Vagina und Penis.«

»Was soll das? Ich habe doch nur Ihre Frage beantwortet.«

»Wie mir scheint, sind Sie in zweifelhaften Verhältnissen aufgewachsen, wenn sie männliche Verwandte nackt gesehen haben.«

»Glauben Sie etwa, alte Leute bekommen die Windeln von Männern gewechselt? Ich würde Sie gern mal dabei sehen.«

»Und vor allem sind Sie vorlaut und zeigen keinerlei Respekt.«

»Sie haben mir doch diese provozierenden Fragen gestellt. Hätte ich verlegen darauf reagiert, hätten Sie gesagt, ich wäre nicht resolut genug für eine Ärztin. Ist es nicht so?«

Bayer verschlug es für einen Moment die Sprache, und Carla erkannte, dass sie den Nagel auf den Kopf getroffen hatte.

»Sie haben meine Zeit verschwendet!«, sagte sie zornig und ging zur Tür.

»Heiraten Sie«, rief der Professor ihr hinterher. »Gebären Sie Kinder für den Führer. Das ist Ihr Platz im Leben. Erfüllen Sie Ihre vaterländische Pflicht.«

Carla ging hinaus und knallte die Tür zu.

Frieda sprang besorgt auf. »Was ist?«

340

Wortlos ging Carla zum Ausgang. Aus dem Augenwinkel sah sie die Sekretärin grinsen. Offenbar wusste die Frau, was passiert war. Carla blieb kurz stehen, wandte sich ihr zu und sagte: »Sie können sich ruhig das dumme Grinsen schenken. Sie vertrocknete alte Hexe.« Zufrieden sah sie, wie die Frau schockiert die Augen aufriss.

Als sie draußen waren, sagte Carla enttäuscht: »Er hatte nie die Absicht, mich für ein Stipendium zu empfehlen. Und das nur, weil ich eine Frau bin. Meine Qualifikationen haben gar keine Rolle gespielt. Ich habe die ganze Arbeit für nichts gemacht!« Sie brach in Tränen aus.

Als Frieda sie tröstend in die Arme schloss, fühlte sie sich ein bisschen besser. »Und ich werde keine Kinder für den verdammten Führer großziehen«, sagte sie und zog die Nase hoch.

»Was?«

»Lass uns nach Hause fahren, dann erzähle ich dir alles.« Die Mädchen stiegen auf ihre Fahrräder.

Auf den Straßen herrschte eine seltsame Atmosphäre, doch Carla war so sehr mit sich selbst beschäftigt, dass sie sich keine Gedanken darüber machte. Die Menschen versammelten sich um die Lautsprecher, über die manchmal Hitlers Reden aus der Krolloper übertragen wurden, die seit dem Reichstagsbrand als Parlamentsgebäude diente.

Als die Mädchen im Stadthaus der von Ulrichs eintrafen, saßen Maud und Walter still in der Küche, neben sich das Radio, und lauschten konzentriert.

»Sie haben mich abgelehnt«, verkündete Carla. »Egal, was die Statuten sagen, sie wollen einem Mädchen kein Stipendium geben.«

»Oh, Carla, das tut mir leid«, sagte Maud, doch sie schien nicht richtig bei der Sache zu sein.

»Was läuft denn so Wichtiges im Radio?«, fragte Carla verwundert.

»Hast du es denn noch nicht gehört?«, erwiderte Maud. »Wir sind heute Morgen in Polen einmarschiert. Wir haben Krieg.«

Obwohl die Londoner Saison vorüber war, hatten die Spitzen der Gesellschaft wegen der Krise noch nicht die Stadt verlassen. Das Parlament machte zu dieser Jahreszeit normalerweise Ferien, doch es war eigens einberufen worden. Dennoch fanden keine Partys statt, keine königlichen Empfänge, keine Bälle. Man kam sich beinahe vor wie in einem Badeort im Februar, fand Daisy. Heute war Samstag, und sie machte sich bereit für ein Abendessen im Haus ihres Schwiegervaters, Earl Fitzherbert. Was konnte langweiliger sein?

In einem Abendkleid aus nilgrüner Seide mit V-Ausschnitt und Faltenrock saß sie vor der Frisierkommode. Im Haar trug sie Seidenblumen, um den Hals hing ein Vermögen an Brillanten.

Boy, ihr Mann, machte sich in seinem Ankleidezimmer fertig. Daisy freute sich, dass er wenigstens heute bei ihr war; er verbrachte viele Abende außer Haus. Obwohl sie in Mayfair wohnten, sahen sie sich manchmal tagelang nicht.

Daisy hielt einen Brief in der Hand, den ihre Mutter ihr aus Buffalo geschrieben hatte. Olga Peshkov war nicht entgangen, dass ihre Tochter keine glückliche Ehe führte. In ihren Briefen nach Hause hatte Daisy unbewusst Andeutungen gemacht. Doch Olga meinte es gut. *Ich möchte bloß*, schrieb sie, *dass Du glücklich bist. Eines Tages wirst Du Countess Fitzherbert sein, und wenn Du einen Sohn bekommst, wird er der nächste Earl. Ich glaube, Du würdest es bereuen, wenn Du das alles wegwirfst, nur weil Dein Mann Dir nicht genügend Aufmerksamkeit schenkt.*

Vielleicht hatte sie recht. Seit fast drei Jahren sprachen die Leute Daisy nun schon mit »Mylady« an, doch es schmeichelte ihr noch immer und erfüllte sie nach wie vor mit Stolz.

Boy jedoch schien der Ansicht zu sein, dass sich in seinem Leben durch die Ehe kaum etwas ändern müsse. Er verbrachte die Abende mit seinen Freunden und reiste durch das ganze Land, um sich Pferderennen anzuschauen, wobei er Daisy nur selten in seine Pläne einweihte. Deshalb konnte es geschehen, dass Daisy auf eine Party ging und dort ganz überraschend ihren eigenen Ehemann antraf, was ihr natürlich schrecklich peinlich war. Doch um zu erfahren, wo Boy sich jeweils aufhielt, hätte sie seinen Diener fragen müssen, und das war unter ihrem Stand.

Wann wurde Boy endlich erwachsen? Wann verhielt er sich

so, wie es einem Ehemann anstand? Oder würde er sich niemals ändern?

Er streckte den Kopf zur Tür herein. »Na los, Daisy, wir kommen zu spät.«

Sie legte den Brief ihrer Mutter in eine Schublade, schloss sie ab und ging hinaus.

Boy wartete im Smoking auf dem Flur. Der Earl hatte sich schließlich doch der Mode unterworfen und gestattete der Familie, beim Dinner im eigenen Haus informelle Abendkleidung zu tragen.

Normalerweise wären sie zu Fuß zu Fitz' Villa gegangen, doch es regnete so heftig, dass Boy den Wagen vorfahren ließ, einen cremefarbenen Bentley Airline Saloon mit Weißwandreifen. Genau wie sein Vater liebte Boy elegante Autos.

Er setzte sich selbst ans Steuer. Daisy hoffte, dass sie die Strecke zurückfahren durfte. Sie saß gern am Lenkrad, und nach dem Abendessen war Boy selbst bei besten Bedingungen kein sicherer Fahrer mehr, erst recht nicht auf nassen Straßen.

London bereitete sich auf einen Krieg vor. In zweitausend Fuß Höhe schwebten Sperrballons über der Stadt, um feindliche Bomber zu behindern. Für den Fall, dass die Ballons wirkungslos blieben, waren vor wichtigen Gebäuden Sandsackwälle errichtet worden. Jeden zweiten Bordstein hatte man weiß gestrichen, damit Autofahrer sich in der Verdunklung zurechtfanden, die seit gestern angeordnet war. Bäume, Telefonzellen, Hydranten und andere Gefahrenpunkte, an denen es zu Unfällen kommen konnte, hatte man mit weißen Streifen bemalt.

Fürstin Bea hieß Boy und Daisy willkommen. Die Fürstin war über fünfzig und ziemlich drall, kleidete sich aber noch immer wie ein junges Mädchen. Heute Abend trug sie ein rosarotes, mit Perlen und Pailletten besticktes Kleid. Über die schreckliche alte Geschichte aus Russland, die Daisys Vater am Hochzeitstag erzählt hatte, sprach sie niemals; aber sie hatte auch nie wieder Andeutungen gemacht, Daisy sei gesellschaftlich unterlegen: Sie redete in höflichem, wenn auch nicht herzlichem Ton mit ihr. Daisy gab sich Bea gegenüber freundlich, war aber stets auf der Hut und behandelte sie wie eine leicht verrückte alte Tante.

Boys jüngerer Bruder Andy war ebenfalls gekommen. Er und

May hatten zwei Kinder, doch Daisys interessiertem Blick entging nicht, dass offenbar schon wieder Nachwuchs unterwegs war.

Boy wünschte sich natürlich einen Sohn, der Titel und Vermögen der Fitzherberts erben sollte, aber bislang war Daisy nicht schwanger geworden, was zu Reibereien zwischen den beiden geführt hatte. Die offensichtliche Fruchtbarkeit von Andy und May machte es nur schlimmer. Boy schien dabei allerdings zu übersehen, dass Daisy bessere Aussichten auf eine Schwangerschaft gehabt hätte, wäre er abends häufiger zu Hause geblieben.

Daisy jedenfalls freute sich, ihre alte Freundin Eva zu sehen, die allerdings ohne ihren Mann gekommen war: Jimmy Murray, mittlerweile zum Captain befördert, war bei seiner Kompanie und hatte sich nicht freimachen können. Die meisten Soldaten hatten in ihren Kasernen Alarmbereitschaft, und die Offiziere waren bei ihnen. Eva gehörte nun zur Familie, denn Jimmy war Mays Bruder und daher Daisys Schwager. Was Boy betraf, so war er gezwungen, seine Vorurteile gegenüber Juden zurückzustellen und Eva mit Höflichkeit zu behandeln.

Eva betete Jimmy noch genauso an wie vor drei Jahren, als sie ihn geheiratet hatte. Auch die Murrays hatten es schon zu zwei Kindern gebracht. Eva wirkte an diesem Abend besorgt, und Daisy konnte sich denken, aus welchem Grund. »Wie geht es deinen Eltern?«, fragte sie.

»Sie dürfen Deutschland nicht verlassen«, antwortete Eva betrübt. »Sie erhalten kein Ausreisevisum.«

»Kann Fitz nicht helfen?«

»Er hat es versucht.«

»Was haben deine Eltern denn getan?«

»Sie sind Juden, das ist ihr Verbrechen. Tausende deutscher Juden sind in der gleichen Situation. Kaum einer bekommt ein Visum.«

»Das tut mir leid«, sagte Daisy, aber das war arg untertrieben: Innerlich wand sie sich vor Verlegenheit, wenn sie daran dachte, wie sie und Boy früher die Faschisten unterstützt hatten. Daisys anfängliche Zweifel hatten sich in Gewissheit verwandelt, als die Brutalität des Faschismus nicht nur in England, sondern auch auf dem Kontinent immer offensichtlicher geworden war. Am Ende war sie erleichtert gewesen, als Fitz sich beschwerte, die Faschisten

344

brächten ihn in Verlegenheit, und sie bat, die Mitgliedschaft in der British Union of Fascists zu beenden. Mittlerweile betrachtete Daisy es als unfassbare Dummheit, dass sie sich Mosleys Anhängern überhaupt erst angeschlossen hatte.

Ganz so reumütig war Boy nicht. Er vertrat nach wie vor die Ansicht, Europäer der Oberschicht bildeten eine überlegene Gattung, von Gott auserwählt, die Erde zu beherrschen. Allerdings glaubte er nicht mehr, dass es sich um eine praktikable politische Philosophie handelte. Oft erregte er sich über die britische Demokratie, trat aber nicht dafür ein, sie abzuschaffen.

Sie nahmen früh zum Abendessen Platz. »Neville wird um halb acht eine Erklärung vor dem Unterhaus abgeben«, sagte Fitz. Neville Chamberlain war der Premierminister. »Ich möchte sie mir anhören. Es könnte sein, dass ich vor dem Dessert aufbrechen muss.«

»Was meinst du, was geschehen wird, Papa?«, fragte Andy.

»Ich weiß es wirklich nicht«, erwiderte Fitz ein wenig gereizt. »Wir alle würden einem Krieg am liebsten aus dem Weg gehen, das versteht sich wohl von selbst, aber es ist wichtig, dass wir endlich keinen unentschlossenen Eindruck mehr machen.«

Daisy überraschte diese Aussage: Fitz glaubte an Loyalität und kritisierte seine Regierungskollegen nur selten, nicht einmal indirekt, so wie gerade eben.

»Wenn es Krieg gibt«, sagte Fürstin Bea, »ziehe ich nach Tŷ Gwyn um.«

Fitz schüttelte den Kopf. »Wenn es zum Krieg kommt, wird die Regierung die Eigentümer großer Landsitze bitten, sie für die Dauer der Auseinandersetzungen dem Militär zur Verfügung zu stellen. Als Regierungsmitglied müsste ich mit gutem Beispiel vorangehen. Ich würde Tŷ Gwyn den Welsh Rifles als Ausbildungszentrum zur Verfügung stellen, oder man würde dort ein Lazarett einrichten.«

Bea war empört. »Aber das ist mein Landsitz!«

»Vielleicht könnten wir einen kleinen Teil des Anwesens für den privaten Gebrauch zurückhalten.«

»Ich will nicht in irgendeiner Zimmerflucht wohnen«, erregte sich Bea. »Ich bin eine Fürstin!«

»Es könnte ganz lauschig werden. Wir nehmen die Pantry des

345

Butlers als Küche, essen im Frühstücksraum und benutzen drei oder vier von den kleinen Zimmern als Wohnräume.«

»Lauschig!« Bea wirkte angewidert, als hätte man irgendetwas Ekliges vor sie auf den Tisch gestellt, sagte aber kein Wort mehr dazu.

»Boy und ich müssen wohl zu den Welsh Rifles«, sagte Andy.

May gab einen leisen Laut von sich, der sehr nach einem Schluchzen klang.

»Ich gehe zur Air Force«, erklärte Boy.

Fitz war entsetzt. »Das kannst du nicht tun! Der Viscount Aberowen ist immer bei den Welsh Rifles gewesen.«

»Die Welsh Rifles haben keine Flugzeuge. Der nächste Krieg wird ein Luftkrieg. Die RAF wird händeringend nach Piloten suchen. Und ich habe jahrelange Flugerfahrung.«

Fitz wollte etwas einwenden, doch der Butler kam herein. »Der Wagen steht bereit, Mylord.«

Fitz blickte zur Uhr auf dem Kaminsims. »Ja, ich muss los. Vielen Dank, Grout.« Er blickte Boy an. »Triff keine endgültige Entscheidung, ehe wir darüber gesprochen haben. Das geht so nicht.«

»Wie du wünschst, Papa.«

Fitz sah Bea an. »Verzeih mir, Liebes, dass ich während des Essens aufbreche.«

»Aber gewiss«, sagte sie.

Fitz ging zur Tür. Daisy fiel sein Hinken auf – ein schmerzhaftes Andenken an den letzten Krieg.

Der weitere Verlauf der Mahlzeit war von düsterer Stimmung geprägt. Alle fragten sie sich, ob der Premierminister dem Großdeutschen Reich den Krieg erklären würde.

Als die Damen sich erhoben, um sich zurückzuziehen, bat May Andy, ihren Arm zu nehmen. Er entschuldigte sich bei den verbliebenen Herren und sagte: »Meine Frau ist guter Hoffnung«, eine gängige Umschreibung für eine Schwangerschaft.

»Ich wünschte, meine Frau käme auch so schnell in andere Umstände«, sagte Boy.

Daisy merkte, wie diese unschöne, ein wenig spitze Bemerkung sie rot werden ließ. Zuerst verkniff sie sich eine Antwort, fragte sich dann aber, weshalb sie eigentlich schweigen sollte. »Du weißt ja, was die Fußballer sagen«, erwiderte sie. »Wer ein Tor schießen will, muss auch mal den Ball treten.«

Diesmal lief Boy rot an. »Was fällt dir ein!«

Andy lachte. »Das hast du dir selbst zuzuschreiben, Bruderherz.«

»Hört sofort auf damit«, sagte Bea. »Ich erwarte von meinen Söhnen, dass sie sich solche abscheulichen Bemerkungen sparen, bis die Damen außer Hörweite sind.« Damit rauschte sie aus dem Zimmer.

Daisy folgte ihr, trennte sich an der Treppe aber von den anderen Damen und ging nach oben. Sie war noch immer wütend und wollte allein sein. Wie konnte Boy ihr so etwas an den Kopf werfen? Glaubte er wirklich, es sei ihr Fehler, dass sie nicht schwanger wurde? Es konnte genauso gut an ihm selbst liegen. Aber vielleicht wusste er das ja und versuchte deshalb, ihr die Schuld zuzuschieben, weil er befürchtete, die Leute könnten ihn für zeugungsunfähig halten. Aber das war keine Entschuldigung dafür, sie öffentlich bloßzustellen.

Sie ging zu Boys altem Zimmer. Nach ihrer Hochzeit hatten sie dort drei Monate lang gewohnt, während ihr neues Haus eingerichtet worden war. Sie hatten das Zimmer und den Schlafraum daneben für sich gehabt. Damals hatten sie noch jede Nacht miteinander geschlafen.

Daisy betrat das Zimmer und schaltete das Licht an. Zu ihrem Erstaunen stellte sie fest, dass Boy noch immer nicht aus der kleinen Wohnung ausgezogen war: Auf dem Waschtisch lag ein Rasiermesser, auf dem Nachttisch eine Ausgabe eines Fliegermagazins. Daisy öffnete eine Schublade und fand eine Dose Leonard's Liver-Aid, ein Aufbaumittel, das Boy jeden Morgen vor dem Frühstück einnahm. Übernachtete er hier, wenn er sich zu sehr betrunken hatte, um ihr unter die Augen zu treten?

Die untere Schublade war abgeschlossen, aber Daisy wusste, dass er einen Schlüssel in einem Topf auf dem Kaminsims aufbewahrte. Sie hatte keine Skrupel, diesen Schlüssel zu benutzen; schließlich sollte ein Mann keine Geheimnisse vor seiner Ehefrau haben. Daisy öffnete die Schublade.

Als Erstes entdeckte sie ein Buch mit Fotos nackter Frauen. Auf Aktgemälden und -fotografien posierten die Frauen im Allgemei-

347

nen so, dass sie ihren Intimbereich zumindest teilweise bedeckten, doch auf diesen Fotos war es schockierend anders: Die Frauen hatten die Beine weit gespreizt, hielten die Pobacken auseinander, ja, sogar die Scham war geöffnet, sodass man Einblick in ihr Inneres bekam. Wäre in diesem Moment jemand ins Zimmer gekommen, hätte Daisy sich schockiert gezeigt, aber in Wirklichkeit war sie gebannt. Fasziniert blätterte sie das ganze Buch durch und verglich die Frauen mit sich selbst: die Größe und Form ihrer Brüste, die Hüften, die Beine, die Scham. Welch wunderbare Vielfalt gab es doch bei Frauenkörpern!

Einige Mädchen stimulierten sich auf den Fotos selbst oder gaben es zumindest vor; andere waren als lesbische Paare fotografiert und erregten einander gegenseitig. Daisy überraschte es kein bisschen, dass Männer sich so etwas gern anschauten.

Sie kam sich vor, als würde sie heimlich an einer Tür lauschen. Kurz musste sie daran denken, wie sie in Boys Zimmer auf Tŷ Gwyn gegangen war, noch vor ihrer Hochzeit, vom sehnlichen Wunsch getrieben, mehr über den Mann zu erfahren, den sie liebte, und eine Möglichkeit zu finden, ihn an sich zu binden. Und was tat sie jetzt? Sie spionierte einem Mann nach, der sie offenbar nicht mehr liebte, und versuchte zu verstehen, wo sie versagt hatte.

Unter dem Buch lag eine braune Papiertüte. Darin steckten mehrere kleine quadratische Papierkuverts, die rot bedruckt waren. Daisy las:

"Prentif"
REG. TRADE MARK
SERVISPAK

WICHTIG
Lassen Sie weder Kuvert
noch Inhalt an öffentlichen Orten
zurück, da sie Anstoß erregen könnten.

BRITISCHES PRODUKT
LATEXGUMMI
WIDERSTEHT JEDEM KLIMA

Das alles war völlig unverständlich für Daisy. Nirgendwo stand, was diese Päckchen eigentlich enthielten. Neugierig öffnete sie eines davon.

Sie entdeckte ein Stück Gummi und zog es auseinander. Es war wie ein Rohr geformt und am einen Ende verschlossen. Daisy brauchte ein paar Sekunden, bis sie begriff, um was es sich handelte.

Gesehen hatte sie so etwas noch nie, aber sie hatte gehört, wie die Leute darüber redeten. Amerikaner nannten es einen Trojaner, die Briten einen Überzieher. Offiziell hieß es Kondom und diente zur Empfängnisverhütung.

Wieso hatte Boy eine ganze Tüte davon? Darauf konnte es nur eine Antwort geben: Er benutzte sie bei einer anderen Frau.

Daisy war zum Heulen zumute. Immer hatte sie Boy alles gegeben. Nie hatte sie zu ihm gesagt, sie sei zu müde, um ihren ehelichen Pflichten nachzukommen – nicht einmal dann, wenn es tatsächlich so war –, und stets hatte sie ihm alle sexuellen Wünsche erfüllt. Sie hätte sogar posiert wie die Frauen in dem Fotoband, wenn er sie darum gebeten hätte.

Was hatte sie falsch gemacht?

Daisy beschloss, Boy geradeheraus zu fragen.

Sie erhob sich. Allmählich schlug ihr Schmerz in Wut um. Sie würde die Papierkuverts mit ins Esszimmer nehmen und Boy dort zur Rede stellen. Warum sollte sie seine Gefühle schonen?

In diesem Augenblick kam Boy ins Zimmer.

»Ich habe im Flur das Licht gesehen«, sagte er. »Was machst du hier?« Sein Blick fiel auf die offenen Schubladen am Nachttisch. »Wie kannst du es wagen, in meinen Sachen zu wühlen!«, fuhr er sie an.

»Ich hatte den Verdacht, dass du mir untreu bist.« Daisy hielt das Kondom hoch. »Und ich hatte recht.«

»Du verdammte Schnüfflerin!«

»Du verdammter Ehebrecher.«

Er hob die Hand. »Ich sollte dich …«

Daisy riss einen schweren Kerzenleuchter vom Kaminsims. »Versuch es, und ich schlage dir den Schädel ein!«

»Das ist doch verrückt.« Boy ließ den Arm sinken. Mit betroffener Miene setzte er sich in den Sessel neben der Tür.

Seine Zerknirschung beschwichtigte Daisys Zorn, doch der

349

Schmerz blieb. Sie setzte sich aufs Bett und fragte: »Wer ist die Frau?«

Boy schüttelte den Kopf. »Das spielt keine Rolle.«

»Ich will es aber wissen.«

Er blickte sie zögernd an. »Ist das so wichtig für dich?«

»Aber natürlich.« Sie wusste, dass sie es am Ende aus ihm herausbekommen würde.

Boy konnte ihr nicht in die Augen schauen. »Du kennst sie nicht«, sagte er. »Und du hättest auch niemals den Wunsch, sie kennenzulernen.«

»Ist sie eine Prostituierte?«

Die Frage schien ihm wehzutun. »Nein.«

»Gibst du ihr Geld?«

»Nein. Das heißt …« Er war sichtlich beschämt. »Na ja, ein Taschengeld. Das ist nicht das Gleiche.«

»Warum gibst du ihr Geld, wenn sie keine Prostituierte ist?«

»Damit sie sonst niemanden empfangen müssen.«

»Sie? In der Mehrzahl? Heißt das, du hast mehrere Mätressen?«

»Nur zwei. Sie wohnen in Aldgate. Mutter und Tochter.«

»Das kann nicht dein Ernst sein!«

»Eines Tages hatte Joanie …« Er stockte. »Die Franzosen sagen ›Elle avait les fleurs‹ dazu.«

»Verstehe«, sagte Daisy. »Amerikanische Mädchen nennen es den Fluch.«

»Und da hat Pearl sich angeboten …«

»Einzuspringen? So etwas Verkommenes habe ich ja noch nie gehört! Du gehst mit beiden ins Bett?«

»Ja.«

Daisy dachte an das Buch mit den Fotografien, und ein ungeheuerlicher Gedanke kam ihr in den Sinn. »Aber nicht gleichzeitig?«

»Manchmal.«

»O Gott! Wie durch und durch verdorben!«

»Du brauchst dir wegen Krankheiten keine Sorgen zu machen.« Boy zeigte auf das Kondom in ihrer Hand. »Diese Dinger verhindern eine Ansteckung.«

»Deine Rücksichtnahme ist überwältigend.«

»Und überhaupt …« Trotz schlich sich in seine Stimme. »Die meisten Männer aus gehobenen Kreisen haben Mätressen.«

350

»Das ist doch Unsinn!« Doch kaum hatte Daisy es ausgesprochen, musste sie an ihren Vater denken, der eine Ehefrau plus eine langjährige Geliebte gehabt hatte, was ihn aber nicht daran gehindert hatte, ein Verhältnis mit Gladys Angelus anzufangen.

»Mein Vater ist auch kein treuer Ehemann«, sagte Boy. »Er hat mehrere uneheliche Kinder.«

»Das glaube ich dir nicht. Ich sehe doch, dass er deine Mutter liebt.«

»Ein uneheliches Kind hat er mit Sicherheit.«

»Und wo?«

»Das weiß ich nicht.«

»Dann kannst du dir auch nicht sicher sein.«

»Ich habe mal eine Bemerkung von ihm aufgeschnappt, als er sich mit Bing Westhampton unterhielt. Du weißt ja, wie Bing ist.«

»Allerdings. Er fasst mir bei jeder Gelegenheit an den Hintern.«

Boy wagte ein schwaches Grinsen. »So ein Lustgreis. Jedenfalls, wir hatten alle etwas getrunken, und Bing meinte: ›Die meisten von uns haben hier und da den einen oder anderen Bastard versteckt, nicht wahr?‹, und Vater hat geantwortet: ›Ich bin mir ziemlich sicher, dass ich nur einen habe.‹ Dann erst schien ihm klar zu werden, was er gesagt hatte, und er hüstelte und wechselte rasch das Thema.«

»Mir ist es egal, wie viele uneheliche Kinder dein Vater hat. Es geht um dich und mich. Ich bin eine moderne Amerikanerin und werde nicht mit einem untreuen Ehemann zusammenleben.«

»Was willst du denn machen?«

»Dich verlassen.« Sie blickte ihn trotzig an, empfand dabei aber einen Schmerz, als hätte Boy ihr ein Messer in den Leib gerammt.

»Du kehrst mit eingeklemmtem Schwanz nach Buffalo zurück?«

»Vielleicht. Oder ich tue etwas ganz anderes. Geld genug habe ich ja.« Die Anwälte ihres Vaters hatten dafür gesorgt, dass Boy durch ihre Heirat keine Verfügungsgewalt über das Vyalov-Peshkov-Vermögen bekam. »Ich könnte nach Kalifornien ziehen. In einem von Vaters Filmen mitspielen. Ein Star werden. Ja, ich wette, das könnte ich.« Doch sie spielte ihm nur etwas vor. Am liebsten wäre sie in Tränen ausgebrochen.

»Dann geh doch!«, rief Boy. »Fahr zur Hölle, mir ist es egal!«

Sie fragte sich, ob er es ernst meinte. Als sie in sein Gesicht blickte, bezweifelte sie es.

Beide hörten einen Wagen. Daisy zog den Verdunklungsvorhang ein Stück zur Seite und entdeckte Fitz' schwarz-cremefarbenen Rolls-Royce. Die Scheinwerfer waren durch Schlitzblenden abgedunkelt. »Dein Vater ist wieder da«, sagte sie. Leise fügte sie hinzu: »Ob wir wohl Krieg haben?«

»Gehen wir nach unten.«

»Geh schon mal vor, ich komme sofort nach.«

Nachdem Boy das Zimmer verlassen hatte, blickte Daisy in den Spiegel. Zu ihrem Erstaunen sah sie nicht anders aus als die Frau, als die sie vor einer halben Stunde das Zimmer betreten hatte. Ihr Leben war auf den Kopf gestellt worden, aber in ihrem Gesicht zeigte sich nichts davon. Daisy gab sich einen Ruck, unterdrückte die Tränen und folgte Boy ins Erdgeschoss.

Fitz war aus dem Unterhaus zurück und saß im Esszimmer. Auf den Schultern seines Fracks glänzten Regentropfen. Grout, der Butler, hatte Käse und Obst serviert, da Fitz das Dessert entgangen war. Die Familie saß am Tisch, und Grout schenkte Fitz ein Glas Claret ein. Nachdem er einen Schluck getrunken hatte, sagte er: »Es war scheußlich. Scheußlich!«

»Was ist denn geschehen, um Himmels willen?«, fragte Andy.

Fitz aß ein Eckchen Cheddarkäse, ehe er antwortete. »Chamberlain hat vier Minuten lang geredet. Es war der schlimmste Auftritt eines Premierministers, den ich je gesehen habe. Er murmelte und wand sich und sagte, dass Deutschland sich vielleicht aus Polen zurückzieht, was aber niemand glaubt. Vom Krieg sprach er nicht, auch nicht von einem Ultimatum.«

»Aber wieso?«, wollte Andy wissen.

»Er sagte, er will abwarten, bis die Franzosen sich endlich entscheiden und gemeinsam mit uns dem Deutschen Reich den Krieg erklären. Aber viele halten das für eine feige Ausrede.« Fitz trank noch einen Schluck Wein. »Als Nächster hat Arthur Greenwood gesprochen.« Greenwood war der stellvertretende Vorsitzende der Labour Party. »Als er aufstand, rief Leo Amery, ein Konservativer: ›Sprich für England, Arthur!‹ Stellt euch das vor! Allein der Gedanke, dass ein verdammter Sozialist für England spricht, wo ein konservativer Premierminister versagt hat, ist absurd! Chamberlain sah aus wie ein geprügelter Hund.«

Grout schenkte Fitz nach.

352

»Greenwood sagte: ›Ich frage mich, wie lange wir noch schwanken wollen‹, und das ganze Unterhaus jubelte ihm zu. Ich glaube, Chamberlain wäre am liebsten im Erdboden versunken.« Fitz nahm einen Pfirsich und zerlegte ihn mit Messer und Gabel.

»Und wie ging es aus?«, fragte Andy.

»Es wurde nichts entschieden. Chamberlain ist in die Downing Street zurückgekehrt. Der Großteil des Kabinetts sitzt allerdings in John Simons Zimmer im Unterhaus.« Sir John Simon war der Schatzkanzler. »Sie wollen den Raum erst verlassen, wenn Chamberlain den Deutschen ein Ultimatum stellt. In der Zwischenzeit tagt das Nationale Präsidium der Labour Party, und unzufriedene Hinterbänkler treffen sich in Winstons Wohnung.«

Daisy hatte stets betont, sich nicht für Politik zu interessieren, doch seit sie zu Fitz' Familie gehörte und die Geschehnisse als Insiderin miterlebte, war ihr Interesse geweckt. Das Drama, von dem Fitz nun erzählte, fand sie faszinierend und furchterregend zugleich. »Dann muss der Premierminister handeln!«, sagte sie.

»Oh ja, gewiss«, entgegnete Fitz. »Ehe das Parlament wieder zusammentrifft – das dürfte morgen gegen Mittag der Fall sein –, wird Chamberlain meiner Ansicht nach entweder Deutschland den Krieg erklären oder von seinem Amt zurücktreten.«

Im Flur klingelte das Telefon. Grout ging hinaus, um abzuheben. Er kam sofort zurück und sagte zu Fitz: »Das Foreign Office, Mylord. Der Gentleman wollte nicht warten, bis Sie an den Apparat kommen konnten. Stattdessen soll ich Ihnen etwas ausrichten.« Der alte Butler wirkte betroffen, als hätte jemand ihn scharf zurechtgewiesen. »Der Premierminister hat eine sofortige Kabinettssitzung einberufen.«

»Dann kommt endlich Bewegung in die Sache«, sagte Fitz. »Gut!«

»Der Außenminister bittet Sie, Mylord, sich den Herren anzuschließen, falls es Ihnen gelegen kommt«, fügte der Butler hinzu.

Fitz gehörte dem Kabinett zwar nicht an; aber manchmal wurden Staatssekretäre zu Besprechungen hinzugebeten, bei denen es um ihr Fachgebiet ging. Sie saßen nicht am Tisch in der Mitte, sondern an der Seite des Sitzungssaals, damit sie Detailfragen sofort beantworten konnten.

353

Bea blickte auf die Uhr. »Es ist fast elf. Aber du wirst wohl gehen müssen.«

»Ja, das muss ich. Die Formulierung ›falls es gelegen kommt‹ ist bloß eine Höflichkeitsfloskel.« Er tupfte sich mit einer schneeweißen Serviette die Lippen ab und hinkte aus dem Zimmer.

»Setzen Sie bitte neuen Kaffee auf, Grout«, sagte Fürstin Bea, »und bringen Sie ihn in den Salon. Es könnte sein, dass wir heute lange aufbleiben.«

»Jawohl, Durchlaucht.«

Alle kehrten in den Salon zurück, wobei sie sich aufgeregt unterhielten. Eva sprach sich für den Krieg aus: Sie wünschte sich nichts mehr, als dass das Nazi-Regime zerschlagen wurde. Natürlich machte sie sich Sorgen um Jimmy, aber er war Soldat; sie hatte immer gewusst, dass der Tag kommen konnte, an dem er sein Leben auf dem Schlachtfeld riskierte. Fürstin Bea sprach sich ebenfalls für den Krieg aus, da sich die Deutschen mit den von ihr verhassten Bolschewisten verbündet hatten. Boy jedoch sah keinen Grund, weshalb zwei große Nationen wie England und das Deutsche Reich um eine »rückständige Einöde« wie Polen Krieg führen sollten. Und May weinte nur, weil sie Angst hatte, Andy könne etwas zustoßen.

Bei der ersten sich bietenden Gelegenheit ging Daisy mit Eva in ein anderes Zimmer, wo sie unter vier Augen reden konnten. »Boy hat ein Verhältnis«, sagte sie ohne Umschweife und zeigte ihrer Freundin die Kondome. »Die habe ich gefunden.«

»Oh, Daisy, das tut mir leid«, sagte Eva.

Daisy erwog, Eva die abscheulichen Einzelheiten zu schildern – normalerweise teilten sie jedes Geheimnis miteinander –, aber dieses Mal fühlte sie sich zu tief gedemütigt und sagte nur: »Ich habe es ihm auf den Kopf zugesagt, und er hat es sofort gestanden.«

»Tut es ihm leid?«

»Nicht besonders. Er sagt, alle Männer seiner Klasse hätten Mätressen, auch sein Vater.«

»Jimmy tut so etwas nicht«, erwiderte Eva mit Nachdruck.

»Da hast du sicher recht.«

»Was wirst du jetzt tun?«

»Ich werde Boy verlassen. Ich lasse mich scheiden, dann kann er sich eine andere Viscountess suchen.«

»Aber das kannst du nicht tun, wenn Krieg ist!«

»Wieso nicht?«

»Es wäre grausam, ihn sitzen zu lassen wenn er auf dem Schlachtfeld kämpft.«

»Das hätte er sich überlegen können, ehe er mit einem Prostituiertenpärchen in Aldgate ins Bett gegangen ist.«

»Aber es wäre feige«, sagte Eva. »Einen Mann, der sein Leben riskiert, um dich zu schützen, kannst du nicht verlassen.«

Widerstrebend gab Daisy ihrer Freundin recht. Ein Krieg machte aus Boy, dem verabscheuungswürdigen Ehebrecher, einen Helden, der seine Frau, seine Mutter und seine Heimat vor dem Gespenst einer deutschen Invasion und Besatzung verteidigte. Und Daisy würde man nicht nur in London und Buffalo als feige betrachten, auch sie selbst würde so empfinden.

»Du hast recht, Eva«, sagte sie widerstrebend. »Wenn es Krieg gibt, kann ich Boy nicht verlassen.«

Die beiden Frauen kehrten in den Salon zurück. Bea lag schlafend auf einer Couch. May saß in Andys Armen und schniefte noch immer. Boy rauchte eine Zigarre und trank Brandy.

Daisy ging zu ihm. »Boy«, sagte sie, »lass es uns noch einmal versuchen.«

»Wie meinst du das?«

»Eigentlich möchte ich dich gar nicht verlassen.«

»Und ich möchte nicht, dass du gehst.«

»Aber du musst diese beiden Frauen in Aldgate aufgeben. Schlaf jede Nacht mit mir. Lass uns versuchen, ein Kind zu bekommen. Das willst du doch auch, oder?«

»Das ist mein größter Wunsch.«

»Tust du dann, worum ich dich bitte? Gibst du diese Frauen auf?«

Er schwieg lange. Dann sagte er: »Also gut.«

Daisy schaute ihn an und hoffte auf einen Versöhnungskuss, aber Boy saß nur still da und blickte ins Leere.

Fitz kehrte um halb eins zurück. Sein Abendanzug war tropfnass. »Das Zaudern hat ein Ende«, verkündete er. »Chamberlain lässt den Deutschen morgen früh ein Ultimatum überbringen. Wenn sie nicht bis Mittag mit dem Rückzug ihrer Truppen aus Polen beginnen – elf Uhr nach unserer Zeit –, herrscht zwischen uns Kriegszustand.«

Am Sonntag hörte es auf zu regnen, und die Sonne kam heraus. Lloyd Williams kam es vor, als wäre London sauber gewaschen worden.

Am Morgen versammelte sich die Familie Williams in der Küche des Aldgater Hauses auf der Nutley Street. Sie waren nicht verabredet; sie kamen ganz spontan. Sie wollten zusammen sein, vermutete Lloyd, falls England dem Großdeutschen Reich den Krieg erklärte.

Lloyd hatte den brennenden Wunsch, die Faschisten zu bekämpfen; zugleich graute ihm bei dem Gedanken an einen Krieg. In Spanien hatte er so viel Leid und Blutvergießen gesehen, dass es für den Rest seines Lebens reichte. Nie wieder wollte er an einer Schlacht teilnehmen. Sogar das Boxen hatte er aufgegeben. Dennoch hoffte er von ganzem Herzen, dass Chamberlain nicht nachgab. In Deutschland hatte er mit eigenen Augen gesehen, was Faschismus bedeutete. Auch in Spanien ermordete das Franco-Regime zu Tausenden die früheren Anhänger der gewählten Regierung, und das Schulwesen lag wieder fest in der Hand der Kirche.

Im Sommer war Lloyd gleich nach dem Collegeabschluss bei den Welsh Rifles eingetreten. Als früheres Mitglied des Officer Training Corps hatte er den Dienstgrad eines Lieutenants erhalten. Die Army bereitete sich zielstrebig auf den Krieg vor; nur mit Mühe hatte Lloyd an diesem Wochenende vierundzwanzig Stunden Urlaub erhalten, damit er seine Mutter besuchen konnte. Wenn der Premierminister heute den Krieg erklärte, konnte er, Lloyd, unter den Ersten sein, die in den Kampf zogen.

Billy Williams kam nach dem Frühstück ins Haus. Lloyd und Bernie saßen am Radio; auf dem Küchentisch lagen aufgeschlagene Zeitungen, und Ethel schmorte eine Schweinekeule fürs Mittagessen. Onkel Billy wäre beinahe in Tränen ausgebrochen, als er Lloyd in Uniform sah. »Ich muss an unseren Dave denken, darum geht mir das so nahe«, sagte er. »Wenn er aus Spanien zurückgekommen wäre, hätten sie ihn jetzt eingezogen.«

Lloyd hatte seinem Onkel nie erzählt, wie Dave wirklich gestorben war. Er behauptete, die Einzelheiten nicht zu kennen; Dave sei bei Belchite gefallen und liege dort vermutlich auch begraben. Onkel Billy hatte im Großen Krieg gekämpft und wusste, wie achtlos auf dem Schlachtfeld mit den Leichen umgegangen wurde; das machte seinen Schmerz vermutlich noch schlimmer. Seine große Hoffnung war, Belchite eines Tages, wenn Spanien wieder frei war, zu besuchen und seinem Sohn, der im Kampf für die Freiheit gefallen war, die letzte Ehre zu erweisen.

Auch Lenny Griffiths war nie aus Spanien zurückgekehrt. Niemand konnte sagen, wo er begraben lag. Es war durchaus möglich, dass er noch lebte und in einem francistischen Gefangenenlager festgehalten wurde.

In den Nachrichten wurde eine Meldung über die Erklärung Chamberlains vor dem Unterhaus am Abend zuvor gebracht, aber nichts Neues.

»Ihr macht euch keine Vorstellung, was danach los war«, sagte Billy.

»Nur dass die BBC so etwas nicht meldet«, erwiderte Lloyd. »Man ist dort sehr staatstragend.«

Sowohl Billy als auch Lloyd gehörten dem Nationalen Präsidium der Labour Party an – Lloyd als Vertreter der Jugendorganisation. Nach seiner Heimkehr aus Spanien hatte er sein Studium in Cambridge weitergeführt. Nach seinem Abschluss war er durchs Land gezogen, hatte vor Labour-Ortsvereinen gesprochen und den Leuten davon berichtet, wie die gewählte spanische Staatsführung von der faschistenfreundlichen Regierung Großbritanniens im Stich gelassen worden war. Erreicht hatte er dadurch nichts – Francos antidemokratische Rebellen hatten dennoch gesiegt –, aber Lloyd war besonders bei den jungen Linken zu einer bekannten Figur geworden, beinahe zu einem Helden, was ihm den Weg ins Parteipräsidium geebnet hatte.

Aus diesem Grund hatten Onkel Billy und Lloyd an der gestrigen Sitzung teilgenommen. Sie wussten, dass Premierminister Chamberlain sich dem Druck des Kabinetts gebeugt und Hitler ein Ultimatum gestellt hatte. Jetzt warteten sie wie auf heißen Kohlen, was weiter geschehen würde.

Soviel sie wussten, hatte Hitler noch keine Antwort gegeben.

Lloyd dachte an Maud von Ulrich, die Freundin seiner Mutter in Berlin, und deren Familie. Die beiden Kinder mussten jetzt siebzehn und neunzehn sein. Er fragte sich, ob sie ebenfalls vor einem Radio saßen und angespannt auf die Nachricht lauschten, dass ihre Heimat mit England im Krieg stand.

Gegen zehn kam Lloyds Halbschwester Millie. Sie war neunzehn geworden und hatte Abe Avery geheiratet, den Bruder ihrer Freundin Naomi, einen Ledergrossisten. In einem exklusiven Bekleidungsgeschäft verdiente Millie als Verkäuferin auf Kommission gutes Geld. Sie verfolgte das Ziel, ein eigenes Geschäft zu eröffnen, und Lloyd hatte keinen Zweifel, dass sie es eines Tages schaffen würde. Zwar hätte Bernie sich für seine Tochter einen anderen Beruf gewünscht, aber Lloyd sah ihm an, wie stolz Millies Klugheit, ihr Ehrgeiz und ihre elegante Erscheinung ihn machten.

Doch heute war Millies gewohnte Selbstsicherheit wie weggeblasen. »Es war schrecklich, als du in Spanien gewesen bist«, sagte sie unter Tränen zu Lloyd. »Und Dave und Lenny sind nie wiedergekommen. Jetzt müssen du und mein Abie in den Krieg, und wir Frauen müssen jeden Tag auf die Nachrichten warten und uns die ganze Zeit Sorgen machen, ob ihr schon tot seid.«

»Dein Cousin Keir wird auch eingezogen«, warf Ethel ein. »Er ist jetzt achtzehn.«

»In welchem Regiment war mein richtiger Vater?«, fragte Lloyd seine Mutter.

»Ach, das ist doch unwichtig.« Ethel sprach nur sehr ungern über Lloyds leiblichen Vater, vielleicht weil sie Bernie nicht kränken wollte.

Doch Lloyd wollte es wissen. »Für mich spielt es eine Rolle.«

Mit unnötigem Schwung warf Ethel eine geschälte Kartoffel in eine Schüssel mit Wasser. »Er war bei den Welsh Rifles.«

Lloyd konnte es kaum glauben. »Bei meinem Regiment? Warum hast du mir das nie gesagt?«

»Was vorbei ist, ist vorbei.«

Lloyd wusste, dass es noch einen anderen Grund für Ethels Wortkargheit geben musste. Er nahm an, dass sie bereits schwanger gewesen war, als sie geheiratet hatte. Ihm selbst war das ziemlich egal, aber in Ethels Generation galt so etwas als schändlich. Dennoch hakte er nach. »War mein Vater Waliser?«

»Ja.«

»Aus Aberowen?«

»Nein.«

»Von wo dann?«

Ethel seufzte. »Seine Eltern sind oft umgezogen – das hatte mit der Arbeit seines Vaters zu tun –, aber ursprünglich kamen sie aus Swansea, soviel ich weiß. Bist du jetzt zufrieden?«

Lloyds Tante Mildred kam mit ihrem jüngeren Sohn Keir von der Kirche. Mildred war eine elegante Frau mittleren Alters, hübsch bis auf die vorstehenden Vorderzähne. Sie trug einen teuren Hut aus ihrer eigenen Kollektion, denn sie war Putzmacherin mit einem eigenen kleinen Atelier. Mildred hatte zwei Töchter aus erster Ehe, Enid und Lillian. Beide waren Ende zwanzig und verheiratet und hatten eigene Kinder. Mildreds ältester Sohn Dave war in Spanien gefallen.

Lloyd ließ den Blick über seine Familie schweifen – Mutter, Stiefvater, Halbschwester, Onkel, Tante, Cousin. Wehmut überkam ihn. Er wollte sie nicht verlassen, um in der Fremde zu sterben.

Er schaute auf die Uhr, ein Edelstahlmodell mit quadratischem Zifferblatt, das Bernie ihm zum bestandenen Collegeabschluss geschenkt hatte. Es war elf. Im Radio verkündete der Nachrichtensprecher Alvar Liddell, in Kürze werde eine Erklärung des Premierministers erwartet. Dann wurde ernste klassische Musik gespielt.

»Jetzt seid mal alle leise«, sagte Ethel. »Hinterher mache ich euch Tee.«

Es wurde still in der Küche.

Dann kündigte Liddell den Premierminister an, Neville Chamberlain.

Der Beschwichtiger des Faschismus, dachte Lloyd. Der Mann, der Hitler die Tschechoslowakei überlassen hatte, der hartnäckig jede Hilfe für die gewählte spanische Regierung verweigert hatte, auch nachdem unbestreitbar feststand, dass die Deutschen und Italiener den Rebellen Waffen lieferten. Würde Chamberlain seine Appeasement-Politik weiterverfolgen und erneut nachgeben?

Lloyd bemerkte, dass seine Eltern sich bei den Händen hielten; Ethels schmale Finger drückten sich in Bernies Handfläche.

Wieder blickte Lloyd auf die Armbanduhr. Es war Viertel nach elf.

Dann hörte er den Premierminister sagen: »Ich spreche zu Ihnen aus dem Kabinettszimmer in der Downing Street.«

Chamberlains Stimme war dünn und präzise. Er klingt wie ein Schulmeister, dachte Lloyd, aber was wir brauchen, ist ein Krieger.

»Heute Morgen hat der britische Botschafter in Berlin der deutschen Regierung eine letzte Note übergeben, in der wir den Deutschen erklären, dass zwischen uns der Kriegszustand herrscht, falls der britischen Regierung bis elf Uhr nicht Deutschlands Bereitschaft zugesichert wird, seine Truppen unverzüglich aus Polen zurückzuziehen.«

Lloyd merkte, wie unzufrieden er mit Chamberlains Wortwahl war. *Dass zwischen uns der Kriegszustand herrscht* – was für eine seltsame Ausdrucksweise. Na los, weiter, dachte er; komm endlich auf den Punkt. Hier geht es um Leben und Tod.

Chamberlains Stimme wurde tiefer, getragener. Vielleicht blickte er nicht mehr auf das Mikrofon, sondern sah Millionen seiner Landsleute vor ihren Radios sitzen und auf seine schicksalhaften Worte warten. »Ich muss Ihnen mitteilen, dass wir keine solche Zusicherung erhalten haben …«

Lloyd hörte seine Mutter sagen: »Gott steh uns bei!« Er schaute sie an. Sie war grau im Gesicht.

Chamberlain sprach die nächsten, schrecklichen Worte sehr langsam aus. »… und unser Land sich infolgedessen mit dem Großdeutschen Reich im Kriegszustand befindet.«

Ethel brach in Tränen aus.

Zweiter Teil

Zeit des Blutes

KAPITEL 6

1940 (I)

Aberowen hatte sich verändert. Auf den Straßen fuhren Autos, Lastwagen und Busse. Als Lloyd in den Zwanzigerjahren als Kind hierhergekommen war, um seine Großeltern zu besuchen, war ein geparkter Pkw noch eine aufsehenerregende Rarität gewesen, die eine Menschenmenge angelockt hatte.

Noch immer wurde die Stadt vom Zwillingsturm der Förderanlage mit ihren sich majestätisch drehenden Seilscheiben beherrscht. Außer der Zeche gab es nichts in Aberowen: keine Fabriken, keine Bürohäuser, keine Industrie, nur die Kohleförderung. Fast jeder zweite Mann in der Stadt arbeitete in der Grube. Nur ein paar Dutzend Ausnahmen gab es: Ladenbesitzer, Geistliche der verschiedenen Glaubensrichtungen, einen Stadtschreiber und einen Arzt. Sobald der Bedarf an Kohle einbrach, wie es Anfang der Dreißigerjahre der Fall gewesen war, wurden die Kumpel entlassen und fanden keine andere Beschäftigung. Deshalb gehörte zu den am leidenschaftlichsten vorgebrachten Forderungen der Labour Party die Hilfe für die Erwerbslosen, damit solche Männer nie wieder den Schmerz und die Demütigung ertragen mussten, ihre Familien nicht ernähren zu können.

Lieutenant Lloyd Williams traf an einem Sonntag im April 1940 von Cardiff kommend mit dem Zug ein. In der Hand einen kleinen Koffer, stieg er den Hügel nach Tŷ Gwyn hinauf. Acht Monate lang hatte er Rekruten ausgebildet – wie schon in Spanien – und die Boxmannschaft der Welsh Rifles trainiert. Nun hatte die Army ihn aufgrund der Tatsache, dass er fließend Deutsch sprach, für eine nachrichtendienstliche Verwendung vorgesehen und auf eine Schulung geschickt.

Ausbildung betreiben, mehr hatte die Army bislang nicht getan. Britische Verbände hatten noch in keinem nennenswerten Ausmaß

365

gegen den Feind gekämpft. Das Großdeutsche Reich und die UdSSR hatten Polen überrannt und zwischen sich aufgeteilt, und die alliierte Garantie für die polnische Unabhängigkeit hatte sich als wertlos erwiesen.

Die Briten nannten es den »Sitzkrieg« und warteten ungeduldig darauf, sich von ihren vier Buchstaben erheben zu können. Lloyd hegte keine sentimentalen Illusionen, was Kriegführung anging – auf den spanischen Schlachtfeldern hatte er die sterbenden Verwundeten erbärmlich um Wasser betteln hören –, aber er konnte es nicht erwarten, dass endlich die letzte Abrechnung mit dem Faschismus begann.

Das britische Heer sollte mehr Kräfte nach Frankreich verlegen, da man annahm, der deutsche Angriff stehe bevor. Noch war nichts geschehen, doch die Divisionen blieben in Alarmbereitschaft und betrieben verschärft Ausbildung.

Lloyds Einführung in die geheimnisvolle Welt der militärischen Nachrichtendienste sollte auf dem stattlichen Landsitz erfolgen, der in der Geschichte seiner Familie so oft eine Rolle gespielt hatte. Die reichen, adligen Eigentümer vieler solcher Anwesen hatten sie den Streitkräften zur Verfügung gestellt – vielleicht aus Angst, sie könnten sonst dauerhaft enteignet werden.

Die Army hatte Tŷ Gwyn ein anderes Aussehen verliehen. Auf dem Rasen parkten ein Dutzend olivgrüne Fahrzeuge. Ihre Reifen hatten Furchen in den üppigen grünen Rasen des Anwesens gegraben. Der schmucke Vorhof am Eingang mit seinen gebogenen Granittreppen war zum Nachschublager geworden, und wo einst juwelengeschmückte Damen und befrackte Herren aus ihren Kutschen gestiegen waren, stapelten sich jetzt Dosen mit gebackenen Bohnen und Schmalz. Lloyd grinste. Ihm gefiel die Wirkung des Krieges als großer Gleichmacher.

Als er das Haus betrat, empfing ihn ein rundlicher Offizier in einer zerknitterten, fleckigen Uniform. »Für den Nachrichtenkurs hier, Lieutenant?«

»Jawohl, Sir. Mein Name ist Lloyd Williams.«

»Ich bin Major Lowther.«

Lloyd hatte von dem Mann gehört. Er war der Marquess von Lowther, seinen Freunden als »Lowthie« bekannt.

Lloyd blickte sich um. Die Gemälde an den Wänden waren mit

großen Staubschutztüchern verhängt. Die Kamine aus behauenem Marmor hatte man mit rohen Brettern verkleidet, die nur eine kleine Öffnung für einen Rost freiließen. Die dunklen alten Möbelstücke, von denen seine Mutter manchmal mit großer Liebe sprach, waren Stahlschreibtischen und billigen Sesseln gewichen.

»Meine Güte, hat sich das Haus verändert«, sagte er.

Lowther lächelte. »Sie sind also schon hier gewesen. Kennen Sie die Familie?«

»Ich war mit Boy Fitzherbert in Cambridge. Dort habe ich auch die Viscountess kennengelernt, allerdings waren sie damals noch nicht verheiratet. Ich nehme an, sie sind für die Dauer des Krieges ausgezogen, Sir?«

»Nicht ganz. Ein paar Zimmer sind für ihren privaten Gebrauch reserviert. Aber sie stören uns in keiner Weise. Sie waren also Gast hier?«

»Nein, so gut kenne ich die Fitzherberts nicht. Ich bin mal als Junge herumgeführt worden, als die Familie nicht im Haus war. Meine Mutter hat früher hier gearbeitet.«

»Tatsächlich? Was hat sie gemacht? Hat sie sich um die Bibliothek des Earls gekümmert?«

»Nein, sie war Haushälterin.« Kaum hatte Lloyd die Worte ausgesprochen, wurde ihm klar, dass er einen Fehler begangen hatte.

Lowthers Gesicht nahm einen Ausdruck der Missbilligung an. »Ich verstehe«, sagte er. »Höchst interessant.«

Lloyd wusste, dass er soeben in die Schublade des proletarischen Emporkömmlings gesteckt worden war. Während seiner Zeit auf Tŷ Gwyn würde er nun als Offizier zweiter Klasse behandelt werden. Er hätte über die Vergangenheit seiner Mutter schweigen sollen; er wusste schließlich genau, wie snobistisch die Army sein konnte.

»Zeigen Sie dem Lieutenant sein Zimmer, Sergeant«, befahl Lowther einem Unteroffizier. »Dachgeschoss.«

Lloyd wurde ein Raum in den ehemaligen Dienstbotenquartieren zugewiesen, aber das störte ihn nicht allzu sehr. Für seine Mutter war das schließlich auch gut genug gewesen.

Als sie die Hintertreppe hinaufstiegen, sagte der Sergeant zu Lloyd: »Bis zum Abendessen haben Sie keine Verpflichtungen mehr, Sir. Sie können sich in Ruhe einrichten.«

»Danke«, erwiderte Lloyd. »Wissen Sie, ob einer der Fitzherberts im Haus ist?«

»Tut mir leid, Sir, davon ist mir nichts bekannt«, antwortete der Unteroffizier.

Lloyd benötigte nur zwei Minuten zum Auspacken. Er kämmte sich, zog ein frisches Uniformhemd an und verließ das Anwesen, um seine Großeltern zu besuchen.

Das Haus auf der Wellington Row erschien ihm kleiner und trister denn je, obwohl es in der Spülküche jetzt heißes Wasser gab und im Toilettenhäuschen ein Wasserklosett installiert worden war. Das Dekor hatte sich allerdings nicht verändert, soweit Lloyd sich erinnern konnte: Der gleiche Flickenteppich auf dem Fußboden, die gleichen verblassten Paisley-Vorhänge, die gleichen harten Eichenstühle in dem einen Raum im Erdgeschoss, der als Wohnzimmer und Küche zugleich diente.

Lloyds Großeltern allerdings hatten sich verändert. Beide waren nun um die siebzig und sahen gebrechlich aus. Grandah litt unter ständigen Schmerzen in den Beinen und hatte widerstrebend seine Stelle bei der Bergarbeitergewerkschaft aufgegeben, die ihm den Namen »Dai Union« eingetragen hatte. Grandmam hatte ein schwaches Herz; Dr. Mortimer hatte ihr geraten, nach den Mahlzeiten eine Viertelstunde die Beine hochzulegen.

Beide waren völlig aus dem Häuschen, als sie Lloyd in seiner Uniform sahen. »Lieutenant bist du, richtig?«, fragte Grandmam. Obwohl sie ihr Leben lang gegen Standesunterschiede und Dünkelhaftigkeit gekämpft hatte, konnte sie ihren Stolz nicht verbergen, dass ihr Enkel zum Offizier aufgestiegen war.

In Aberowen verbreiteten sich Nachrichten schnell, und die Neuigkeit, dass Dai Unions Enkel zu Besuch gekommen war, hatte wahrscheinlich schon die halbe Stadt erreicht, ehe Lloyd die erste Tasse mit dem starken Tee seiner Großmutter austrinken konnte. Deshalb überraschte es ihn nur wenig, als Tommy Griffiths hereinkam.

»Ich nehm an, mein Lenny tät auch so 'n Lieutenant sein wie du, wenn er aus Spanien wiedergekommen wäre«, radebrechte Tommy in der Sprache der Bergarbeiter.

»Das würde ich meinen«, entgegnete Lloyd. Er hatte zwar noch keinen Offizier getroffen, der im Zivilleben Bergmann war, aber wenn der Krieg erst richtig in Gang kam, war alles möglich. »Jedenfalls war er der beste Sergeant in ganz Spanien.«

»Ihr zwei habt 'ne Menge durchgemacht.«

»Wir sind durch die Hölle gegangen«, sagte Lloyd. »Und wir haben verloren. Aber diesmal siegen die Faschisten nicht.«

»Darauf trink ich einen.« Tommy leerte seine Teetasse.

Lloyd begleitete seine Großeltern zum Abendgottesdienst in der Bethesda-Kapelle. In seinem Leben nahm die Religion nicht viel Platz ein, und ganz gewiss stimmte er nicht mit den Glaubensvorstellungen seines Großvaters überein. Für Lloyd war das Universum ein Rätsel, und das sollten die Menschen ruhig zugeben. Doch es freute seine Großeltern, dass er mit ihnen den Gottesdienst besuchte.

Die freien Gebete waren von großer Wortgewalt; Bibelzitate wurden übergangslos mit Alltagssprache verbunden. Die Predigt war ein bisschen schleppend, aber der Gesang begeisterte Lloyd. Walisische Kirchgänger sangen ganz von selbst im vierstimmigen Satz, und wenn sie in der richtigen Laune waren, klang es sehr laut und inbrünstig.

Als Lloyd in den Gesang einfiel, spürte er, dass er sich genau hier, in dieser Kapelle, im pochenden Herzen Großbritanniens befand. Die Menschen um ihn her waren ärmlich gekleidet und ungebildet, und ihr Leben war ein eintöniges Einerlei aus unaufhörlicher Schwerstarbeit. Die Männer schufteten unter Tage, die Frauen zogen die nächste Generation Bergleute auf. Allein auf sich gestellt, hatten sie mit kräftigem Rücken, scharfem Verstand und Zusammenhalt eine ganz eigene Kultur erschaffen, die ihnen das Leben lebenswert machte. Sie gewannen Hoffnung aus nonkonformistischem Christentum und linksgerichteter Politik; sie hatten Freude an Rugby, Fußball und Männerchören, und sie waren aneinander gebunden durch Großzügigkeit in guten und Solidarität in schlechten Zeiten. Für diese Menschen, für diese Stadt wollte Lloyd kämpfen, und wenn er sein Leben für sie geben musste.

Grandah sprach das Abschlussgebet. Mit geschlossenen Augen erhob er sich und stützte sich auf seinen Gehstock. »O Herr, du siehst unter uns deinen jungen Diener Lloyd Williams, der hier in seiner Uniform sitzt. Wir bitten dich, schone in deiner Weisheit und Gnade sein Leben in dem Konflikt, der uns bevorsteht. Bitte,

369

Herr, schicke ihn uns gesund und wohlbehalten zurück, wenn es dein Wille ist.«

Die Gemeinde antwortete mit einem inbrünstigen »Amen«. Lloyd wischte sich verstohlen eine Träne ab.

Er brachte die alten Leute nach Hause, als die Sonne sich hinter den Berg verkroch und sich abendliches Halbdunkel auf die Reihen grauer Häuser senkte. Das Angebot eines Abendbrots lehnte er ab; stattdessen eilte er nach Tŷ Gwyn zurück, wo er rechtzeitig zum Dinner ins Kasino kam.

Es gab gedünstetes Rindfleisch, Salzkartoffeln und Kohl. Das Essen war nicht besser oder schlechter als die meisten Mahlzeiten bei der Army, und Lloyd langte tüchtig zu, ohne zu vergessen, dass es von Menschen wie seinen Großeltern bezahlt wurde, die zum Abendessen nur Brot mit Schweineschmalz aßen. Sogar eine Flasche Whisky stand auf dem Tisch, und Lloyd trank einen Schluck, um nicht ungesellig zu erscheinen. Dabei musterte er seine Schulungskameraden und versuchte sich ihre Namen zu merken.

Auf dem Weg hinauf in sein Zimmer kam er an der Skulpturenhalle vorbei, in der nun keine Kunstwerke mehr standen, sondern eine Schultafel und zwölf schmucklose Tische. Er entdeckte Major Lowther, der sich mit einer Frau unterhielt. Erst auf den zweiten Blick sah Lloyd, dass es sich um Daisy Fitzherbert handelte.

Überrascht blieb er stehen. Lowther drehte sich mit verärgerter Miene zu ihm um und sagte widerwillig: »Lady Aberowen – ich glaube, Sie kennen Lieutenant Williams.«

Wenn sie es abstreitet, dachte Lloyd, werde ich sie daran erinnern, wie sie mich auf einer dunklen Straße in Mayfair voller Leidenschaft geküsst hat.

»Wie schön, Sie wiederzusehen, Mr. Williams«, sagte Daisy und reichte ihm die Hand.

Ihre Haut fühlte sich warm und weich an. Lloyds Herz schlug schneller.

»Williams sagte mir, dass seine Mutter in diesen Mauern als Haushälterin gearbeitet hat«, erklärte Lowther.

»Ich weiß«, sagte Daisy. »Er hat es mir vor langer Zeit auf dem Trinity Ball erzählt. Damals hat er mich für meinen Snobismus getadelt. Ich muss leider sagen, dass er ganz recht hatte.«

»Sie sind sehr nachsichtig, Lady Aberowen.« Lloyd war die

Szene peinlich. »Ich weiß nicht, wie ich dazu gekommen bin, so etwas zu Ihnen zu sagen.« Daisy wirkte nicht mehr so spröde wie in seiner Erinnerung; vielleicht war sie reifer geworden.

»Ach, schon gut«, antwortete Daisy und wandte sich Major Lowther zu. »Heute ist Mr. Williams' Mutter Parlamentsabgeordnete.«

Lowthie war sichtlich beeindruckt.

»Wie geht es Ihrer jüdischen Freundin Eva?«, fragte Lloyd. »Ich weiß noch, dass sie Jimmy Murray geheiratet hat.«

»Ja. Sie haben zwei Kinder.«

»Hat sie ihre Eltern aus Deutschland herausholen können?«

»Leider nicht. Die Rothmanns haben keine Ausreisevisa bekommen.«

»Das tut mir leid. Es muss die Hölle für sie sein.«

»Allerdings.«

Lowther hatte offenbar nicht die Geduld, sich ein Gespräch über Hausmädchen und Juden anzuhören. »Um auf das zurückzukommen, was ich vorhin gesagt habe, Lady Aberowen ...«, begann er und warf Lloyd einen auffordernden Blick zu.

Lloyd verstand. »Ich wünsche Ihnen eine gute Nacht«, sagte er, verließ die Halle und stieg die Treppe hinauf.

Als er im Bett lag, ertappte er sich dabei, wie er leise das letzte Kirchenlied aus dem Gottesdienst sang:

Ein Fels in Sturm und Mitternacht,
den keiner kann bezwingen:
Die Liebe ist des Himmels Macht.
Drum will ich allzeit singen.

Drei Tage später beendete Daisy ein Schreiben an ihren Halbbruder Greg. Bei Kriegsausbruch hatte er ihr einen besorgten Brief geschickt; seitdem korrespondierten sie etwa einmal im Monat. Greg hatte ihr berichtet, wie er seiner alten Flamme Jacky Jakes auf der E Street in Washington begegnet war, und Daisy gefragt, was ein Mädchen dazu bringen könne, auf diese Weise die Flucht zu ergreifen. Daisy wusste keine Antwort.

Sie blickte auf die Uhr. Noch eine Stunde bis zum Abendessen für die Schulungsteilnehmer. Das bedeutete, dass der Unterricht zu Ende war, sodass sie eine gute Chance hatte, Lloyd in seinem Zimmer anzutreffen.

Daisy ging hinauf zu den alten Dienstbotenunterkünften im Dachgeschoss. Die jungen Offiziere saßen oder lagen auf ihren Betten und vertrieben sich die Zeit mit Lesen oder Briefeschreiben. Daisy traf Lloyd in einem kleinen Zimmer mit einem alten Drehspiegel an. Er saß am Fenster und las konzentriert in einem bebilderten Buch.

»Interessante Lektüre?«, fragte Daisy.

Lloyd sprang auf. »Oh … was für eine Überraschung.«

Er lief rot an. Vermutlich war er noch immer in sie verknallt. Sicher, es war grausam von ihr gewesen, sich von ihm küssen zu lassen, ohne die Absicht zu haben, die Beziehung fortzusetzen, aber das war nun vier Jahre her, und sie beide waren damals noch sehr jung gewesen. Mittlerweile war Lloyd bestimmt darüber hinweggekommen.

Daisy blickte auf das Buch, in dem er las. Es war in deutscher Sprache und mit farbigen Abbildungen von Uniformen und Insignien versehen.

»Wir müssen uns mit den deutschen Abzeichen auskennen«, erklärte Lloyd, als er Daisys Blicke bemerkte. »Militärische Aufklärung beruht zu einem großen Teil auf dem Verhör von Kriegsgefangenen unmittelbar nach ihrer Ergreifung. Einige reden natürlich nicht, und dann müssen wir allein an der Uniform erkennen, welchen Rang ein Gefangener hat und welcher Einheit er angehört, ob Infanterie, Kavallerie, Artillerie, der Panzertruppe oder einer Spezialeinheit.«

»Das lernen Sie hier?«, fragte Daisy skeptisch. »Die Bedeutung deutscher Abzeichen?«

Lloyd lachte. »Wir lernen schon noch ein bisschen mehr. Nur darf ich Ihnen nicht alles erzählen, ohne Geheimnisverrat zu begehen.«

»Oh, ich verstehe.«

»Wieso sind Sie in Wales? Ich bin überrascht, dass Sie keinen Beitrag zu den Kriegsanstrengungen leisten.«

Daisy seufzte. »Geht das schon wieder los mit Ihrer unablässigen Kritik? Halten Sie das für die richtige Methode, die Aufmerksamkeit einer Frau zu gewinnen?«

»Verzeihen Sie«, erwiderte Lloyd steif. »Es war nicht meine Absicht, Ihnen Vorwürfe zu machen.«

»Außerdem gibt es keine Kriegsanstrengungen. Nur Sperrballons, die in der Luft schweben, um deutsche Flugzeuge zu behindern, die nie kommen.«

»Aber in London hatten Sie wenigstens ein gesellschaftliches Leben, nicht wahr?«

»Das war für mich einmal das Wichtigste auf der Welt, aber heute ist es anders. Offenbar werde ich alt.«

Sie hatte noch einen anderen Grund gehabt, London zu verlassen, aber den wollte sie Lloyd nicht anvertrauen.

»Ich habe Sie mir in Schwesternkleidung vorgestellt«, sagte er.

»So weit kommt es noch! Ich verabscheue kranke Menschen. Aber ehe Sie mich wieder mit Ihrer Miene der Missbilligung bedenken, sehen Sie sich lieber das hier an.« Sie reichte ihm das gerahmte Foto, die sie mitgebracht hatte.

Stirnrunzelnd musterte Lloyd das alte Bild. »Woher haben Sie das?«

»Ich habe es in einem Karton mit alten Bildern in der Abstellkammer unten im Keller gefunden.«

Es war ein Gruppenfoto, aufgenommen an einem Sommermorgen auf dem Ostrasen von Tŷ Gwyn. In der Mitte stand der junge Earl Fitzherbert mit einem großen weißen Hund zu seinen Füßen. Das junge Mädchen neben ihm war vermutlich seine Schwester Maud, der Daisy nie begegnet war. Zu beiden Seiten hatten sich vierzig oder fünfzig Männer und Frauen in verschiedenen Dienstbotenmonturen aufgestellt.

»Achten Sie auf das Datum«, sagte Daisy.

»Neunzehnhundertzwölf«, las Lloyd laut vor.

Sie schaute ihn an, studierte seine Reaktion auf das Foto. »Ist Ihre Mutter auf dem Bild?«

»Meine Güte, das könnte sein!« Lloyd schaute sich die Gesichter genauer an. »Ich glaube, das hier ist sie«, sagte er schließlich.

»Zeigen Sie mal.«

Lloyd deutete darauf. »Hier, sehen Sie?«

Daisy sah ein schlankes, hübsches Mädchen von ungefähr

neunzehn Jahren mit lockigem schwarzem Haar unter dem weißen Häubchen eines Hausmädchens. In ihrem Lächeln lag mehr als nur ein Anflug von Schalkhaftigkeit. »Sie ist wirklich bezaubernd.«

»Damals war sie es auf jeden Fall«, erwiderte Lloyd. »Heutzutage bezeichnen die Leute sie eher als beeindruckend.«

»Haben Sie Lady Maud jemals kennengelernt? Glauben Sie, sie ist die Frau neben Fitz?«

»Ich kenne Lady Maud, seit ich ganz klein war. Sie und meine Mutter waren Suffragetten. Ich habe sie nicht mehr gesehen, seit ich 1933 Berlin verlassen habe, aber sie ist eindeutig die Frau auf diesem Bild.«

»Sehr hübsch war sie nicht.«

»Mag sein, aber sie hält sich sehr gut und kleidet sich großartig.«

»Wie auch immer – ich dachte, Sie möchten das Foto gern haben.«

»Ich soll es behalten?«

»Ja, sicher. Niemand sonst will es. Deshalb lag es ja in einer Schachtel im Keller.«

»Vielen Dank!«

»Gern geschehen.« Daisy ging zur Tür. »Und jetzt wieder an die Arbeit.«

Als sie die Hintertreppe hinunterstieg, hoffte sie, nicht unbewusst mit Lloyd geflirtet zu haben. Vielleicht wäre es besser gewesen, ihn gar nicht erst aufzusuchen, aber sie hatte ihm eine Freude machen wollen. Der Himmel bewahre, dass Lloyd es falsch verstand.

Ein plötzlicher Stich durchzuckte Daisys Bauch. Sie blieb auf dem Treppenabsatz stehen. Den ganzen Tag schon hatte sie leichte Rückenschmerzen, die sie auf die billige Matratze zurückführte, auf der sie schlief, aber der Stich hatte eindeutig andere Ursachen. Daisy überlegte, was sie gegessen hatte, aber ihr fiel nichts ein, wovon man krank werden konnte: kein halb gares Hähnchen, kein unreifes Obst. Austern hatte sie auch nicht verzehrt – das wäre schön gewesen! Dann aber verebbte der Schmerz so schnell, wie er gekommen war, und Daisy hatte ihn bald vergessen.

Sie kehrte in ihre Räume im Untergeschoss zurück. Es war die ehemalige Wohnung der Haushälterin: ein kleines Schlafzimmer, ein Wohnzimmer, eine kleine Küche und ein brauchbares Bad mit

Wanne. Ein alter Diener namens Morrison fungierte als Hauswart, und eine junge Frau aus Aberowen war Daisys Dienerin. Sie hieß Little Maisie Owen, obwohl sie ziemlich groß war. »Meine Mutter heißt auch Maisie, deshalb tun die Leute mich Little Maisie nennen, obwohl ich größer bin wie sie«, hatte das Mädchen erklärt.

Das Telefon klingelte, als Daisy hereinkam. Sie nahm ab und hörte die Stimme ihres Mannes. »Wie geht es dir?«, fragte er.

»Danke, gut. Wann kommst du hier an?« Boy war mit einem Auftrag seiner Vorgesetzten zum RAF St. Athan geflogen, einem großen Fliegerhorst außerhalb von Cardiff; er hatte versprochen, Daisy zu besuchen und die Nacht auf Tŷ Gwyn zu verbringen.

»Ich fürchte, aus dem Besuch wird nichts. Auf dem Stützpunkt findet ein Offiziersbankett statt, an dem ich teilnehmen muss.«

Er klang nicht allzu enttäuscht, dass er Daisy nicht sehen konnte, und sie fühlte sich verschmäht. »Wie schön für dich.«

»Das wird ein langweiliger Abend, aber ich komme nicht drum herum.«

»Es kann nicht halb so langweilig sein, wie hier ganz allein zu wohnen.«

»Das glaube ich dir. Aber in deinem Zustand bist du auf Tŷ Gwyn besser aufgehoben.«

Tausende hatten London nach der Kriegserklärung verlassen, aber die meisten waren nach und nach zurückgekehrt, als die befürchteten Bombardierungen und Giftgasangriffe durch die Deutschen ausblieben. Dennoch hatten Bea, May und sogar Eva einmütig erklärt, Daisy solle wegen ihrer Schwangerschaft lieber auf Tŷ Gwyn bleiben.

Tatsächlich störte es sie gar nicht so sehr, wie sie erwartet hatte. Vielleicht machte die Schwangerschaft sie träge. Andererseits prägte seit der Kriegserklärung eine gewisse Halbherzigkeit das gesellschaftliche Leben in London, als hätten die Menschen das Gefühl, kein Recht mehr auf Vergnügungen zu haben.

»Wenn ich nur mein Motorrad hier hätte«, sagte Daisy. »Dann könnte ich Wales erkunden.« Benzin war zwar rationiert, aber nicht allzu streng.

»Komm bloß nicht auf diese Idee, Daisy!«, sagte Boy. »Du darfst nicht Motorrad fahren, der Arzt hat es dir streng verboten.«

375

»Schon gut. Zum Glück habe ich die Literatur entdeckt. Die Bibliothek hier ist großartig. Ein paar seltene und wertvolle Ausgaben hat man in Sicherheit gebracht, aber sonst stehen noch fast alle Bücher in den Regalen. Jetzt bekomme ich endlich die Bildung, der ich auf der Schule so mühsam aus dem Weg gegangen bin.«

»Das freut mich zu hören. Dann nimm dir einen Krimi und genieße den Abend.«

»Ich fürchte, daraus wird nichts. Ich hatte vorhin leichte Bauchschmerzen.«

»Wahrscheinlich eine Verdauungsstörung.«

»Da wirst du recht haben.«

»Meine Empfehlungen an den dicken Lowthie.«

»Trink zum Abendessen nicht wieder so viel Portwein.«

Als Daisy auflegte, spürte sie erneut den krampfartigen Schmerz im Bauch. Diesmal hielt er länger an. Maisie kam herein, sah Daisys Gesicht und fragte besorgt: »Ist alles in Ordnung, Mylady?«

»Ja … nur ein Stechen.«

»Ich wollte Sie fragen, ob Sie jetzt zu Abend essen möchten.«

»Danke, ich habe keinen Hunger. Ich glaube, heute lasse ich das Abendessen aus.«

»Aber ich habe Ihnen einen schönen Cottage Pie gemacht«, sagte Maisie mit leisem Vorwurf.

»Deck ihn ab und stell ihn in die Speisekammer. Ich esse ihn morgen.«

»Soll ich Ihnen eine schöne Tasse Tee machen?«

Nur um Maisie loszuwerden, sagte Daisy: »Ja, bitte.« Selbst nach vier Jahren mochte sie den starken englischen Tee mit Milch und Zucker nicht.

Der Schmerz verebbte, und Daisy setzte sich und schlug *Die Mühle am Floss* auf. Sie zwang sich, Maisies Tee zu trinken, und fühlte sich danach tatsächlich ein bisschen besser. Als Daisy ausgetrunken hatte, schickte sie Maisie nach Hause. Dem Dienstmädchen stand eine Meile Fußmarsch im Dunkeln bevor, aber es hatte eine Taschenlampe dabei und sagte, es mache ihr nichts aus.

Eine Stunde später kamen die Schmerzen wieder, und diesmal ließen sie nicht nach. Daisy ging auf die Toilette, in der Hoffnung, den Druck in ihrem Unterleib lösen zu können. Zu ihrer Bestürzung entdeckte sie dunkelrote Blutflecken in ihrer Unterwäsche.

376

Sie zog sich ein sauberes Höschen an, ging besorgt zum Telefon, ließ sich die Nummer der Luftwaffenbasis St. Athan geben und rief dort an. »Ich muss unbedingt Flight Lieutenant Viscount Aberowen sprechen«, sagte sie.

»Tut mir leid, wir können keine Privatgespräche zu Offizieren durchstellen«, erwiderte ein pedantisch klingender Waliser.

»Es ist ein Notfall«, drängte Daisy. »Ich muss mit meinem Mann sprechen!«

»In den Zimmern gibt es keine Fernsprecher, wir sind hier nicht im Dorchester.« Vielleicht bildete Daisy es sich nur ein, aber der Mann klang irgendwie zufrieden, dass er ihr nicht helfen konnte.

»Mein Mann nimmt an dem Offiziersbankett teil«, sagte sie. »Bitte schicken Sie eine Ordonnanz und lassen Sie ihn ans Telefon holen.«

»Ich habe keine Ordonnanz. Außerdem gibt es hier kein Bankett.«

»Kein Bankett?« Für einen Augenblick wusste Daisy nicht, was sie sagen sollte.

»Nein. Nur das übliche Abendessen im Kasino«, sagte der Mann. »Und das ist seit einer Stunde vorbei.«

Daisy knallte den Hörer auf die Gabel. Kein Offiziersbankett? Boy hatte doch ausdrücklich gesagt, dass er an einem Offiziersbankett im Stützpunkt teilnahm. Offenbar hatte er sie belogen. Am liebsten hätte sie laut geweint. Er war ihr absichtlich ausgewichen, wahrscheinlich weil er es vorzog, sich mit seinen Kameraden zu besaufen oder irgendeine Frau zu beglücken. Aber was auch immer der Grund sein mochte, spielte letztlich keine Rolle. Daisy stand für Boy nicht mehr an erster Stelle, nur darauf kam es an.

Sie atmete tief durch. Sie brauchte Hilfe. Den Namen oder die Telefonnummer des Arztes in Aberowen kannte sie nicht, falls es überhaupt einen gab.

Was sollte sie tun?

Bei seinem letzten Aufbruch hatte Boy gesagt: »Hier gibt es hundert oder noch mehr Heeresoffiziere, an die du dich im Notfall wenden kannst.« Aber dem Marquess von Lowther anvertrauen, dass sie Blutungen hatte …? Nie und nimmer.

Der Schmerz war schlimmer geworden, und zwischen den Beinen spürte Daisy etwas Warmes, Klebriges. Sie ging wieder

377

ins Bad und wusch sich. Dabei entdeckte sie Klümpchen im Blut. Sie hatte keine Binden dabei; sie hatte geglaubt, als Schwangere bräuchte sie so etwas nicht. Nun schnitt sie ein Stück von einem Handtuch ab und stopfte es sich in die Unterhose.

Dann fiel ihr Lloyd Williams ein.

Er war freundlich, hilfsbereit und betete sie an. Ja, Lloyd würde ihr bestimmt helfen.

Daisy ging hinauf in die Halle, konnte Lloyd aber nirgends entdecken. Wo steckte er bloß? Die Schulungsteilnehmer mussten mittlerweile ihr Abendessen beendet haben. Vielleicht war er oben. Ihr Bauch schmerzte mittlerweile so sehr, dass sie bezweifelte, es bis ins Dachgeschoss zu schaffen.

Vielleicht war Lloyd in der Bibliothek, die von den Schulungs- teilnehmern zu Studienzwecken benutzt wurde. Daisy ging hinein. Ein Sergeant saß über einem Atlas. »Wären Sie so freundlich, Lieutenant Lloyd Williams für mich zu suchen?«, sprach Daisy ihn an.

»Selbstverständlich, Mylady.« Der Unteroffizier klappte den Atlas zu. »Was soll ich ihm ausrichten?«

»Bitten Sie ihn, kurz zu mir in den Keller zu kommen.«

»Fühlen Sie sich nicht wohl, Ma'am? Sie sehen ein bisschen blass aus.«

»Nein, nein, mir geht es gut. Holen Sie nur Williams, so schnell Sie können.«

»Wird sofort erledigt.«

Daisy kehrte in ihre Zimmer zurück. Die Anstrengung, einen normalen Eindruck zu machen, hatte sie erschöpft, und sie legte sich aufs Bett. Schon bald spürte sie, dass ihr Kleid durchgeblutet war, aber die Schmerzen waren zu schlimm, als dass es ihr etwas ausgemacht hätte. Sie schaute auf die Armbanduhr. Warum kam Lloyd nicht? Konnte der Sergeant ihn nicht finden? Das Haus war sehr groß. Vielleicht würde sie hier sterben …

Dann klopfte es an der Tür, und zu ihrer unendlichen Er- leichterung hörte Daisy seine Stimme. »Hier ist Lloyd Williams.«

»Kommen Sie herein«, sagte Daisy.

Sie hörte, wie er in den Nebenraum kam. »Ich habe eine Weile gebraucht, um Ihr Quartier zu finden«, sagte er. »Wo sind Sie?«

»Hier hinten.«

Er kam ins Schlafzimmer. »Gütiger Himmel!«, rief er aus. »Was ist passiert?«

»Holen Sie Hilfe«, bat Daisy. »Gibt es in dieser Stadt einen Arzt?«

»Natürlich. Dr. Mortimer. Er praktiziert hier seit einer halben Ewigkeit. Aber die Zeit reicht vielleicht nicht. Lassen Sie mich …« Er zögerte. »Es könnte die Gefahr bestehen, dass Sie verbluten, aber das kann ich erst sagen, wenn ich es mir anschaue.«

Daisy schloss die Augen. »Machen Sie nur.« Nun würde er sie in ihrem schrecklichen Zustand sehen. Vielleicht stieß sie ihn damit ein für alle Mal ab. Doch ihre Angst war zu groß, um Peinlichkeit zu empfinden.

Sie spürte, wie er den Saum ihres Kleides hob. »Ach herrje«, sagte er. »Das sieht schlimm aus.« Er zerriss ihre Unterhose. »Wo gibt es hier Wasser?«

»Im Bad.« Sie zeigte in die Richtung.

Lloyd verschwand im Badezimmer und ließ Wasser laufen. Kurz darauf spürte Daisy, wie sie mit einem warmen, feuchten Tuch gereinigt wurde.

»Das ist nur ein Rinnsal«, sagte er. »Ich habe schon Männer verbluten sehen. Bei Ihnen besteht diese Gefahr Gott sei Dank nicht.« Daisy öffnete die Augen und sah, wie er ihr das Kleid wieder herunterzog. »Wo ist das Telefon?«, fragte er.

»Im Wohnzimmer.«

Daisy hörte, wie Lloyd eine Nummer wählte und sagte: »Stellen Sie mich so schnell wie möglich zu Dr. Mortimer durch.« Ein paar Sekunden Schweigen; dann sagte er: »Hier ist Lloyd Williams. Ich bin auf Tŷ Gwyn. Könnte ich bitte den Doktor sprechen? Es geht um … oh, hallo, Mrs. Mortimer, wann erwarten Sie Ihren Mann zurück? … Eine Frau mit Unterleibsschmerzen und Blutung … Ja, mir ist klar, dass Frauen das jeden Monat ertragen müssen, aber das hier ist eindeutig etwas anderes … Sie ist dreiundzwanzig … Ja, verheiratet … Keine Kinder … Ich frage sie.« Er hob die Stimme. »Könnten Sie schwanger sein?«

»Ja«, antwortete Daisy. »Im dritten Monat.«

Lloyd wiederholte ihre Antwort. Dann blieb es lange still. Schließlich legte er auf, kam zu ihr zurück und setzte sich auf die Bettkante. »Der Arzt kommt, so schnell er kann. Er operiert

379

gerade einen Bergmann, der unter einen Förderwagen gekommen ist. Seine Frau ist sich allerdings ziemlich sicher, dass Sie eine Fehlgeburt erlitten haben.« Er nahm ihre Hand. »Es tut mir sehr leid, Daisy.«

»Danke«, wisperte sie. Zwar hatte der Schmerz nachgelassen, dafür hatte tiefe Traurigkeit sie erfasst. Nun würde es keinen Erben der Grafschaft geben. Boy würde sich schrecklich darüber aufregen.

»Mrs. Mortimer sagt, so etwas kommt häufig vor«, erklärte Lloyd. »Viele Frauen erleiden in ihrem Leben eine oder zwei Fehlgeburten. Eine Gefahr besteht dadurch nicht, vorausgesetzt, die Blutung ist nicht zu stark.«

»Und wenn es schlimmer wird?«

»Dann muss ich Sie nach Merthyr ins Krankenhaus fahren. Aber zehn Meilen auf einem Armeelaster wären ganz sicher nicht gut für Sie, deshalb werden wir darauf verzichten, solange Sie nicht in Lebensgefahr schweben.«

Daisy hatte keine Angst mehr. »Ich bin sehr froh, dass Sie da waren.«

»Darf ich einen Vorschlag machen?«

»Sicher.«

»Glauben Sie, Sie können ein paar Schritte gehen?«

»Ich weiß nicht …«

»Ich werde Ihnen ein Bad einlassen. Versuchen Sie, ob Sie es zur Wanne schaffen. Wenn Sie sauber sind, werden Sie sich viel besser fühlen.«

»Ja.«

»Danach können Sie sich notdürftig verbinden.«

»Ist gut.«

Er kehrte ins Badezimmer zurück, und Daisy hörte Wasser laufen. Sie setzte sich aufrecht hin. Ihr wurde schwindlig, und sie ruhte sich kurz aus, bis ihr Kopf wieder klar war. Dann schwang sie die Beine aus dem Bett. Sie saß in ihrem eigenen gerinnenden Blut und ekelte sich vor sich selbst.

Sie hörte, wie das Rauschen des Wassers verstummte. Lloyd kam zurück und nahm sie beim Arm. »Wenn Sie merken, dass Sie zu schwach sind, sagen Sie es mir. Ich lasse Sie nicht fallen.« Er war überraschend kräftig und trug sie mehr ins Bad, als dass er sie führte. Irgendwann rutschte ihre zerrissene Unterwäsche zu

Boden. Seltsamerweise war es ihr in Lloyds Gegenwart kein bisschen peinlich. Schließlich stand sie neben der Wanne und ließ sich von Lloyd die Knöpfe hinten am Kleid öffnen.

»Schaffen Sie den Rest allein?«, fragte er.

Daisy nickte, und er verließ das Bad.

Sie stützte sich auf den Wäschekorb und zog sich langsam aus. Ihre Kleidung ließ sie als blutbefleckten Haufen auf dem Boden liegen. Vorsichtig stieg sie in die Wanne. Das Wasser war gerade richtig. Als sie sich zurücklehnte und ruhig dalag, ließen die Schmerzen nach. Sie empfand tiefe Dankbarkeit gegenüber Lloyd. Er war so freundlich und hilfsbereit, dass sie am liebsten geweint hätte.

Nach ein paar Minuten öffnete sich die Tür einen Spalt weit, und Lloyds Hand erschien mit ein paar Kleidungsstücken. »Ein Nachthemd und ein paar andere Dinge«, sagte er, legte die Sachen auf den Wäschekorb und schloss die Tür wieder.

Als das Wasser kühler wurde, stieg Daisy aus der Wanne. Wieder wurde ihr schwindlig, aber nur für einen Moment. Sie trocknete sich mit einem Handtuch ab und zog das Nachthemd und die Unterwäsche über, die Lloyd ihr gebracht hatte. Ein kleines Gästetuch steckte sie in ihr Höschen, denn noch immer blutete sie ein wenig.

Als sie wieder ins Schlafzimmer kam, hatte Lloyd ihr das Bett mit frischen Laken und Decken bezogen. Daisy setzte sich aufrecht hinein und zog sich die Decke bis unter das Kinn.

Lloyd kam aus dem Wohnzimmer. »Offenbar geht es Ihnen besser«, sagte er. »Sie sehen verlegen aus.«

»Verlegen ist nicht das richtige Wort«, erwiderte sie. »Beschämt trifft es eher, aber selbst das kommt mir untertrieben vor.« Doch die Wahrheit war nicht so einfach. Daisy krümmte sich innerlich zusammen, wenn sie daran dachte, wie Lloyd sie gesehen hatte. Andererseits hatte er nicht den leisesten Anflug von Ekel gezeigt.

Lloyd ging ins Bad und hob ihre blutigen Kleidungsstücke auf. Offenbar machte Menstruationsblut ihm nichts aus.

»Wohin haben Sie die Bettwäsche getan?«, fragte Daisy.

»Im Blumenzimmer habe ich ein großes Waschbecken gefunden. Ich habe sie in kaltem Wasser eingeweicht. Das Gleiche mache ich mit Ihrer Kleidung, in Ordnung?«

Daisy nickte.

Wieder verschwand Lloyd. Wo hatte er gelernt, so selbstständig zu handeln? Im Spanischen Bürgerkrieg, nahm sie an. Lloyd war ihr schon immer reifer erschienen als für sein Alter üblich. Sie erinnerte sich, wie selbstbewusst er sich im Gaiety Theatre auf die Suche nach dem betrunkenen Boy gemacht hatte.

Sie hörte, wie er in der Küche hantierte. Dann kam er mit zwei Tassen Tee ins Zimmer. »Wahrscheinlich hassen Sie das Zeug, aber danach fühlen Sie sich besser.« Daisy nahm den Tee. Lloyd zeigte ihr zwei weiße Tabletten, die in seiner Handfläche lagen. »Aspirin? Vielleicht lösen sie ein wenig die Magenkrämpfe.«

Daisy nickte und schluckte die Tabletten mit heißem Tee. Bald darauf fühlte sie sich schläfrig. »Ich muss nur mal kurz die Augen schließen«, sagte sie. »Bleiben Sie hier, falls ich einschlafe?«

»Ich bleibe so lange, wie Sie möchten«, erwiderte Lloyd. Er fügte noch etwas hinzu, doch Daisy hörte ihn nur noch wie aus weiter Ferne.

Augenblicke später war sie eingeschlafen.

Von nun an verbrachte Lloyd seine Abende in der kleinen Wohnung der Haushälterin. Er freute sich den ganzen Tag darauf.

Ein paar Minuten nach acht, nach dem Abendessen im Kasino, wenn Daisys Dienstmädchen nach Hause aufgebrochen war, ging er nach unten. Oft saßen sie einander in den beiden alten Sesseln gegenüber. Lloyd brachte jedes Mal ein Buch mit, das er durcharbeiten musste – die Schulungsteilnehmer hatten immer »Hausaufgaben« und Prüfungen am Morgen –, während Daisy in einem Roman las. Die meiste Zeit jedoch unterhielten sie sich, berichteten, was sie tagsüber erlebt hatten, diskutierten über ihre Lektüre und erzählten einander die Geschichten ihres Lebens.

Lloyd schilderte seine Erlebnisse in der Schlacht auf der Cable Street. »Wir standen friedlich zusammen und wurden von berittener Polizei attackiert, die uns als ›Judenpack‹ beschimpfte. Sie prügelten uns mit Schlagstöcken und drängten uns in Schaufensterscheiben.«

Daisy hatte mit den Faschisten stundenlang in den Tower Gardens gewartet und nichts von den Kämpfen mitbekommen. »Es wurde aber ganz anders darüber berichtet«, sagte sie verwundert. »Die Zeitungen schrieben von einem Aufruhr in den Straßen, den linke Schlägerbanden und militante Gewerkschafter organisiert hätten.«

Lloyd war nicht überrascht. »Meine Mutter hat kurz darauf die Wochenschau im Kino von Aldgate gesehen«, erinnerte er sich. »Die Polizei wurde für ihr umsichtiges Verhalten gelobt. Mam sagte, die Zuhörer wären vor Lachen beinahe geplatzt.«

Die meisten britischen Zeitungen, erzählte Lloyd weiter, hätten die Berichte über die Gräueltaten von Francos Truppen in Spanien verschwiegen, die Übergriffe der Regierungsarmee jedoch umso deutlicher herausgestellt. Daisy wusste nichts von den Massenhinrichtungen, Vergewaltigungen und Plünderungen; sie hatte die Rebellen für gute Christen gehalten, die Spanien vor der Gefahr des Kommunismus bewahren wollten.

Anscheinend war ihr nie der Gedanke gekommen, welche Macht Zeitungen besaßen. Je nachdem, welche politische Richtung ihre Herausgeber vertraten, konnten sie Neuigkeiten herunterspielen, die ein schlechtes Licht auf die konservative Regierung, das Militär oder die Geschäftswelt warfen, während sie gleichzeitig jedes Fehlverhalten eines Gewerkschafters oder der linken Parteien aufbauschten.

Lloyd und Daisy sprachen in diesen Tagen oft über den Krieg, der unerbittlich seinen Fortgang nahm. Britische und französische Truppen waren in Norwegen gelandet und in erbitterte Kämpfe mit der deutschen Wehrmacht verwickelt. Die Zeitungen konnten dabei nicht völlig verschleiern, dass es für die Alliierten nicht zum Besten stand.

Die Gespräche zwischen Daisy und Lloyd waren persönlich, aber körperlich hielten sie Abstand. Sie behandelten einander wie alte Freunde. Lloyd hatte nicht die Absicht, die Intimität auszunutzen, die in der Nacht, als Daisy ihre Fehlgeburt gehabt hatte, zwischen ihnen entstanden war, auch wenn ihm dieses Erlebnis für immer im Gedächtnis haften würde. Daisy das Blut von den Schenkeln und vom Bauch zu wischen war kein bisschen erotisch gewesen, aber ein Akt von unglaublicher Zärtlichkeit und intimer Nähe. Aber das änderte nichts daran, dass es ein medizinischer

Notfall gewesen war, der Lloyd keinesfalls erlaubte, sich Daisy gegenüber irgendwelche Freiheiten herauszunehmen. Er hatte sogar Angst, sie zu berühren, um keinen falschen Eindruck zu erwecken, was sein Verhältnis zu ihr betraf.

Eines Abends erklärte Daisy, am nächsten Tag Peel besuchen zu wollen, den früheren Butler des Earls. Der alte Mann wohnte in einem Häuschen gleich hinter der Grundstücksgrenze. »Er ist achtzig«, sagte Daisy. »Fitz hat ihn sicher längst vergessen. Ich sollte mal nach ihm sehen.«

Als Lloyd überrascht die Augenbrauen hochzog, fügte sie hinzu: »Ich muss mich vergewissern, dass ihm nichts fehlt. Das ist meine Pflicht als Mitglied der Fitzherberts. Es gehört sich für reiche Familien, sich um ihre greisen Dienstboten zu kümmern, wussten Sie das nicht?«

»Es war mir entfallen.«

»Begleiten Sie mich?«

»Aber natürlich.«

Am nächsten Tag, einem Sonntag, machten sie sich morgens auf den Weg, weil Lloyd dann keinen Unterricht hatte. Beide waren entsetzt über den Zustand des kleinen Hauses. Die Farbe blätterte ab, die Tapeten lösten sich von den Wänden, die Vorhänge waren grau vom Kohlestaub. Der einzige Farbtupfer in dem tristen Einerlei war eine Reihe ausgeschnittener Illustriertenfotos, die Peel mit Reißzwecken an der Wand befestigt hatte; die Bilder zeigten den König und die Königin, Fitz und Bea und andere Aristokraten. Das Haus war jahrelang nicht anständig gereinigt worden und roch nach Urin, Asche und Verfall. Lloyd vermutete, dass so etwas nicht ungewöhnlich war für einen alten Mann mit schmaler Rente.

Peel hatte weiße Augenbrauen. Er blickte Lloyd verwirrt an und sagte erstaunt: »Guten Morgen, Mylord! Du meine Güte, ich dachte, Sie wären tot!«

Lloyd lächelte über die Verwirrtheit des alten Mannes. »Ich bin nur ein Besucher und sehr lebendig.«

»Wirklich, Sir? Nun ja, in meinem armen alten Kopf ist nur noch Rührei. Ja, stimmt, der alte Earl ist gestorben. Wann war das gleich? Vor fünfunddreißig oder vierzig Jahren, nicht wahr? Wer sind Sie denn, junger Herr?«

»Ich bin Lloyd Williams. Sie kannten meine Mutter, Ethel Williams.«

»Sie sind der Junge von Eth? Na, wenn das so ist, verstehe ich natürlich …« Er verstummte abrupt.

»Was verstehen Sie, Mr. Peel?«, fragte Daisy.

»Ach, nichts«, sagte der alte Mann und wiederholte: »In meinem alten Schädel ist alles Rührei.«

Auf die Frage, ob er etwas brauche, schüttelte Peel den Kopf und erklärte, er habe alles, was ein Mann sich wünschen könne. »Ich esse nicht viel, und ich trinke kaum mal ein Bier. Ich habe genug Geld, um mir Pfeifentabak zu kaufen und die Zeitung. Wird Hitler bei uns einmarschieren, was glauben Sie, junger Lloyd? Ich hoffe, dass ich das nicht mehr erleben muss.«

Daisy machte ein wenig in der Küche des alten Mannes sauber, obwohl Hausarbeit nicht gerade ihre Stärke war. »Ich fasse es nicht«, sagte sie leise zu Lloyd. »Er lebt in diesem Dreck und sagt, er hat alles. Er glaubt sogar, er hat noch Glück!«

»In gewisser Weise stimmt das sogar. Viele Männer in seinem Alter sind schlechter dran«, entgegnete Lloyd.

Sie unterhielten sich eine Stunde lang mit Peel. Ehe sie gingen, äußerte der alte Mann einen Wunsch. Er blickte auf die Bilderreihe an der Wand und sagte: »Bei der Beerdigung des alten Earls wurde ein Foto gemacht, das ich gern hätte. Ich war damals noch ein einfacher Diener, nicht der Butler. Wir stellten uns alle am Leichenwagen auf. Der Fotograf hatte eine große alte Kamera mit einem schwarzen Tuch, nicht so ein kleines modernes Ding. Wann war das gleich? Es muss 1906 gewesen sein.«

»Ich glaube, ich weiß, wo das Foto ist«, sagte Daisy. »Wir gehen nachsehen.«

Sie kehrten zum Haus zurück und gingen in den Keller hinunter. Der Abstellraum neben dem Weinkeller war ziemlich groß und vollgepackt mit Kisten, Truhen und nutzlosen Dingen: einem Schiff in einer Flasche, einem Modell Tŷ Gwyns aus Streichhölzern, einer Miniaturkommode, einem Degen in einer reich verzierten Scheide.

Daisy und Lloyd machten sich daran, die alten Fotos und Zeichnungen durchzusehen. Daisy musste vom Staub niesen, bestand aber darauf, weiterzumachen.

Schließlich fanden sie die Fotografie, die Peel sich wünschte. Sie lag in einer Schachtel, zusammen mit einem noch älteren Foto des alten Earls. Lloyd blickte erstaunt darauf. Das Sepiafoto zeigte einen jungen Mann in der Uniform eines viktorianischen Heeresoffiziers. Er sah Lloyd zum Verwechseln ähnlich.

»Schauen Sie sich das mal an«, sagte er und reichte Daisy das Foto.

»Meine Güte, diese Ähnlichkeit! Das könnten Sie sein, wenn Sie einen Backenbart hätten.«

»Vielleicht hatte der alte Earl eine Romanze mit einer meiner Ahnherrinnen. Wenn sie verheiratet war, hat sie das Kind vielleicht ihrem Ehemann untergeschoben.« Er lachte leise. »Du meine Güte, möglicherweise bin ich ein illegitimer Adelsspross. Ausgerechnet ich, ein eingefleischter Sozialist.«

»Sagen Sie mal, Lloyd, wie begriffsstutzig sind Sie eigentlich?«, fragte Daisy.

Er wusste nicht, worauf sie hinauswollte. »Ich verstehe nicht …«

»Ihre Mutter war Haushälterin auf Tŷ Gwyn. 1914 zieht sie plötzlich nach London und heiratet einen Mann namens Teddy, von dem niemand etwas weiß, außer dass er Williams heißt, genau wie sie, sodass Ihre Mutter nicht einmal ihren Namen ändern muss. Der geheimnisvolle Mr. Williams fällt, ehe jemand ihn kennenlernt. Von seiner Lebensversicherung kauft Ihre Mutter sich das Haus, in dem sie heute noch wohnt.«

»Ich verstehe immer noch nicht …«

»Dann, nach dem Tod von Mr. Williams, bringt sie einen Sohn zur Welt, der dem verstorbenen Earl Fitzherbert wie aus dem Gesicht geschnitten ist.«

Allmählich dämmerte es Lloyd, worauf Daisy hinauswollte. »Und weiter?«

»Ist Ihnen nie der Gedanke gekommen, dass es dafür eine ganz andere Erklärung geben könnte?«

»Bis jetzt nicht.«

»Was macht eine adlige Familie, wenn eine ihrer Töchter schwanger wird?«

»Keine Ahnung.«

»Das Mädchen verreist ein paar Monate lang – nach Schottland, in die Bretagne, nach Genf –, und nimmt sein Dienstmädchen mit.

386

Wenn die beiden wiederkommen, hat das Dienstmädchen ein Baby, von dem es behauptet, es hätte es während der Reise zur Welt gebracht. Trotz ihres moralischen Fehltritts behandelt die Familie das Mädchen freundlich. Sie zahlen ihm eine kleine Rente und schicken es fort, damit es anderswo ein neues Leben beginnen kann.«

»Und Sie glauben, so war es auch bei meiner Mutter?«

»Ich glaube, dass Lady Maud Fitzherbert eine Liebesaffäre mit einem Gärtner, einem Bergmann oder einem charmanten Schurken aus London hatte und schwanger wurde. Sie ging fort, um das Kind heimlich zur Welt zu bringen. Ihre Mutter willigte ein, das Baby als ihr eigenes auszugeben. Zur Belohnung bekam sie ein Häuschen.«

Lloyd wurde nachdenklich. »Seltsam, aber jetzt, wo Sie es sagen ... Meine Mutter ist mir immer ausgewichen, wenn ich sie nach meinem richtigen Vater gefragt habe.«

»Sehen Sie? Einen Teddy Williams hat es nie gegeben. Ihre Mutter hat nur behauptet, Witwe zu sein, um ihren guten Ruf zu wahren. Den erfundenen verstorbenen Mann hat sie Williams genannt, damit sie um eine Namensänderung herumkam.«

Lloyd schüttelte ungläubig den Kopf. »Das ist doch verrückt.«

»Keineswegs. Ihre Mutter und Maud blieben Freunde, und Maud hat geholfen, Sie großzuziehen. 1933 hat Ethel Sie nach Berlin mitgenommen, weil Ihre echte Mutter Sie wiedersehen wollte.«

»Sie glauben, ich bin Mauds Sohn?«, fragte Lloyd entgeistert.

Daisy tippte mit der Fingerspitze an den Rahmen des Bildes, das sie immer noch hielt. »Und Sie sehen genauso aus wie Ihr Großvater.«

Lloyd war fassungslos. Das konnte nicht wahr sein – und dennoch ergab es Sinn. »An den Gedanken, dass Bernie nicht mein richtiger Vater ist, bin ich ja gewöhnt, aber dass Ethel nicht meine Mutter sein soll ...«

Daisy musste ihm seine Hilflosigkeit angesehen haben, denn sie beugte sich vor und nahm seine Hand – eine Geste, die sie sonst sorgfältig vermied. »Es tut mir leid, dass ich so unverblümt gesprochen habe. Aber Peels Reaktion, als er Sie vorhin gesehen hat, und dieses Foto, und das Verhalten Ihrer Mutter ... es passt alles zusammen. Es war die ganze Zeit direkt vor Ihren Augen, aber Sie haben es nicht gesehen. Und da ist noch etwas. Wenn Peel die Wahrheit ahnt, wird es noch andere Leute geben. Solch eine Neuigkeit hört man lieber von einer ... von jemandem, mit dem man befreundet ist.«

Von oben aus dem Haus war ein Gong zu vernehmen. Lloyd sagte heiser: »Ich muss zum Mittagessen ins Kasino.« Er nahm das Foto aus dem Rahmen und steckte es in eine Tasche seiner Uniformjacke.

»Das macht Ihnen zu schaffen, nicht wahr?«, fragte Daisy.

»Nein ... nein. Ich bin nur ... überrascht.«

»Warum bestreitet ihr Männer immer, wenn euch etwas zu schaffen macht«, erwiderte Daisy lächelnd. »Bitte kommen Sie später noch einmal zu mir, ja?«

»Ist gut.«

»Gehen Sie nicht zu Bett, ohne noch einmal mit mir gesprochen zu haben.«

»In Ordnung.«

Lloyd ging nach oben in das große Speisezimmer, das nun als Offizierskasino diente. Er war innerlich aufgewühlt und brachte kaum einen Bissen von der Rinderpastete aus der Dose herunter. An der Diskussion am Tisch, in der es um die Schlacht um Norwegen ging, beteiligte er sich nicht.

»Was ist mit Ihnen, Williams? Träumen Sie am helllichten Tag?«, fragte Major Lowther.

»Entschuldigen Sie, Sir«, sagte Lloyd, aus seinen Gedanken aufgeschreckt. Rasch ließ er sich eine Ausrede einfallen. »Ich komme nur nicht darauf, welches der höhere Rang in der deutschen Wehrmacht ist, *General* oder *Generaloberst*«

»Generaloberst«, sagte Lowther und fügte leise hinzu: »Vergessen Sie nur nicht den Unterschied zwischen ›meine Frau‹ und ›deine Frau‹.«

Lloyd spürte, wie er errötete. Seine Freundschaft mit Daisy war also nicht so diskret und verborgen geblieben, wie er geglaubt hatte. Selbst Lowther hatte etwas bemerkt. Lloyd lag die Erwiderung auf der Zunge, dass Daisy und er nichts Ungehöriges getan hätten, doch er schwieg. Er fühlte sich schuldig, auch wenn er es nicht war. Aber konnte er die Hand aufs Herz legen und die Lauterkeit seiner Absichten beschwören? Nein, das konnte er nicht. Er wusste, was Grandah gesagt hätte: »Wer begehrlich das Weib eines anderen betrachtet, hat in seinem Herzen bereits Ehebruch begangen.«

Als Lloyd an seine Großeltern dachte, drängte sich ihm die Frage auf, ob sie die Wahrheit darüber wussten, wer seine leiblichen Eltern waren. Über seinen wirklichen Vater und seine echte Mutter im Zweifel zu sein weckte in ihm ein Gefühl der Verlorenheit, als träumte er, aus großer Höhe ins Nichts zu fallen. Wenn er belogen worden war, was seine wirklichen Eltern betraf, was mochte dann sonst noch alles Lüge gewesen sein?

Lloyd beschloss, seine Großeltern zu befragen. Heute, an einem Sonntag, war eine gute Gelegenheit dazu. Kaum hatte er sich im Kasino verabschiedet, ging er den Hügel hinunter zur Wellington Row.

Unterwegs kam ihm der Gedanke, dass seine Großeltern womöglich alles abstritten, wenn er sie geradeheraus fragte, ob er Maud Fitzherberts Sohn sei. Er beschloss, langsam und vorsichtig auf die Frage zuzusteuern; auf diese Weise erfuhr er vielleicht mehr.

Seine Großeltern saßen in der Küche, als Lloyd bei ihnen eintraf. Für sie war der Sonntag der Tag des Herrn und gehörte ganz dem Glauben. Am Sonntag lasen sie weder Zeitung, noch hörten sie Radio. Trotzdem freuten sie sich, Lloyd zu sehen, und Grandmam setzte wie immer Tee auf.

»Ich würde gern mehr über meinen richtigen Vater wissen«, begann Lloyd. »Mam sagt, dass Teddy Williams bei den Welsh Rifles war, wusstet ihr das?«

»Ach, was tust du denn die Vergangenheit ausgraben?«, erwiderte Grandmam. »Dein Vater ist Bernie Leckwith.«

Lloyd widersprach ihr nicht. »Ja, Bernie ist mir in jeder Hinsicht ein Vater gewesen.«

Grandah nickte. »Ein Jude, aber ein guter Mensch, da beißt die Maus keinen Faden ab.« Er nahm wohl an, dass er sich umwerfend tolerant gab.

Lloyd ging nicht darauf ein. »Trotzdem bin ich neugierig. Habt ihr Teddy Williams mal kennengelernt?«

Grandah blickte wütend drein. »Nein. Uns war er ein Stachel im Fleisch.«

»Er ist als Diener eines Gastes nach Tŷ Gwyn gekommen«, sagte Grandmam. »Wir haben nie erfahren, dass deine Mutter in

389

ihn verliebt war, bis sie nach London gefahren ist, um ihn zu heiraten.«

»Warum wart ihr nicht auf der Hochzeit?«

Beide schwiegen. »Erzähl ihm die Wahrheit, Cara«, sagte Grandah schließlich. »Aus Lügen entsteht nie etwas Gutes.«

»Deine Mutter hat der Versuchung nachgegeben«, begann Lloyds Großmutter. »Nachdem der Diener Tŷ Gwyn verlassen hatte, stellte sie fest, dass sie ein Kind unter dem Herzen trug.« So viel hatte Lloyd schon vermutet, und es erklärte ihr Ausweichen. »Dein Grandah war sehr wütend«, fügte Grandmam hinzu.

»Zu wütend«, sagte Grandah. »Ich vergaß, was Jesus Christus sprach: ›Richtet nicht, auf dass ihr nicht gerichtet werdet.‹ Ihre Sünde war die Wollust, doch meine Sünde war die Hoffart.« Lloyd staunte, als er Tränen in den hellblauen Augen seines Großvaters entdeckte. »Gott hat ihr vergeben, aber ich nicht, für lange Zeit nicht. Bis dahin war mein Schwiegersohn tot, in Frankreich im Feld geblieben.«

Lloyd war noch aufgewühlter als zuvor. Er hörte eine neue detaillierte Geschichte, die sich von dem unterschied, was seine Mutter ihm erzählt hatte, und die völlig anders war als Daisys Theorie. Weinte Grandah um einen Schwiegersohn, den es nie gegeben hatte?

Lloyd hakte nach. »Und die Familie von Teddy Williams? Mam sagt, er kam aus Swansea. Vermutlich hatte er Eltern, Brüder, Schwestern ...«

»Deine Mutter hat nie ein Wort über seine Familie verloren«, sagte Grandmam. »Ich glaube, sie hat sich geschämt. Aus welchem Grund auch immer, sie wollte die Leute nicht kennen. Und wir hatten kein Recht, ihr reinzureden.«

»Aber vielleicht habe ich Großeltern in Swansea. Und Onkel und Tanten, Cousins und Cousinen, die ich nie kennengelernt habe!«

»Das ist wohl wahr«, sagte Grandah. »Aber davon wissen wir nichts.«

»Aber Mam weiß es.«

»So wird's wohl sein.«

»Dann frage ich sie«, sagte Lloyd.

Daisy war verliebt.

Sie wusste – wenn auch erst seit Kurzem –, dass sie vor Lloyd keinen anderen Mann wirklich geliebt hatte. Boy hatte sie nur aufregend gefunden, und was den armen Charlie Farquharson anging, hatte sie ihn bestenfalls sehr gerngehabt. Sie hatte geglaubt, ihre Liebe jedem geben zu können, den sie mochte, und dass ihre größte Verantwortung darin bestehe, die klügste Wahl zu treffen. Heute wusste sie, dass sie auf der falschen Fährte gewesen war: Klugheit hatte nichts mit Liebe zu tun, und wählen konnte man nicht. Die Liebe glich einem Erdbeben.

Daisys Leben war leer bis auf die zwei Stunden, die sie jeden Abend mit Lloyd verbrachte. Der Rest des Tages war Vorfreude; die Nacht gehörte der Erinnerung.

Lloyd war das Kissen, auf das sie ihre Wange legte. Er war das Handtuch, mit dem sie ihre Brüste abtupfte, wenn sie aus der Badewanne stieg. Er war der Fingerknöchel, den sie in den Mund nahm und an dem sie nachdenklich saugte.

Wie hatte sie Lloyd vier Jahre lang übersehen können? Beim Trinity Ball hatte er vor ihr gestanden, die Liebe ihres Lebens – und sie? Ihr war nur aufgefallen, dass er einen fremden Abendanzug trug! Wieso hatte sie ihn nicht in die Arme geschlossen, ihn geküsst und darauf bestanden, dass sie unverzüglich heirateten?

Lloyd hatte es die ganze Zeit gewusst, vermutete Daisy. Er musste sich auf der Stelle in sie verliebt haben. Warum sonst hätte er sie damals anflehen sollen, sich von Boy zu trennen? »Gib ihn auf«, hatte er an dem Abend gesagt, als sie ins Varieté gefahren waren. »Sei meine Freundin.« Und sie? Sie hatte ihn ausgelacht. Dabei hatte er die Wahrheit erkannt, für die sie, Daisy, blind gewesen war.

Immerhin hatte eine Eingebung sie dazu bewogen, Lloyd auf dem Gehsteig in Mayfair zu küssen, in der Dunkelheit zwischen zwei Straßenlaternen.

Heute, auf Tŷ Gwyn, verweigerte sich Daisy jedem Gedanken daran, wie es weitergehen sollte. Sie lebte von einem Tag auf den anderen, ging wie auf Wolken und lächelte ohne jeden Grund. Aus Buffalo kam ein Brief von ihrer Mutter, die sich um ihre Gesundheit und ihren Gemütszustand nach der Fehlgeburt sorgte. Daisy schickte ihr eine beruhigende Antwort. In dem Brief stand außerdem die eine oder andere Neuigkeit: Dave Rouzrokh war in Palm Beach gestorben; Muffie Dixon und Philip Renshaw hatten geheiratet; Rosa Dewar, die Frau des Senators, hatte einen Bestseller mit dem Titel *Hinter den Kulissen des Weißen Hauses* geschrieben, und ihr Sohn Woody hatte die Fotos beigesteuert. Noch vor einem Monat hätte der Brief Daisy mit Heimweh erfüllt; heute interessierte sie nur am Rande, was sie las.

Traurig war sie nur, wenn sie an das Kind dachte, das sie verloren hatte. Die Schmerzen waren längst verschwunden, die Blutungen hatten nach einer Woche aufgehört, aber die Trauer um den Verlust war geblieben. Sie weinte nicht mehr darüber, doch manchmal starrte sie ins Leere und fragte sich, ob es ein Junge oder ein Mädchen geworden wäre und wie das Kind wohl ausgesehen hätte. Hinterher stellte sie zu ihrem Erschrecken jedes Mal fast, dass sie sich eine Stunde lang nicht von der Stelle gerührt hatte.

Der Frühling war gekommen, und Daisy spazierte in wasserfesten Stiefeln und Regenmantel die windige Hügelflanke entlang. Manchmal, wenn sie sicher war, dass niemand außer den Schafen sie hören konnte, rief sie aus vollem Hals: »Ich liebe ihn!«

Was ihr ein wenig Sorgen bereitete, war Lloyds Reaktion auf ihre Fragen nach seinen Eltern. Vielleicht war es ein Fehler gewesen, das Thema anzusprechen; es hatte ihn sichtlich betroffen gemacht. Dennoch hatte sie einen stichhaltigen Grund gehabt, die Sache aufs Tapet zu bringen: Früher oder später kam die Wahrheit ja doch ans Licht, und da war es besser, solche Dinge von jemandem zu hören, dem man etwas bedeutete. Lloyds Schmerz jedenfalls hatte ihr Herz berührt, und sie liebte ihn dafür umso mehr.

Eines Abends sagte er ihr, dass er Urlaub genommen habe. Er fuhr in ein Seebad namens Bournemouth an der Südküste, wo am zweiten Maiwochenende die Jahresversammlung der Labour Party stattfinden sollte. Seine Mutter sei ebenfalls dort, sagte er, und fügte erwartungsvoll und ängstlich zugleich hinzu: »Dann habe ich endlich die Gelegenheit, sie nach meiner Herkunft zu fragen.«

Major Lowther hätte sich mit Sicherheit geweigert, ihn gehen zu lassen, doch Lloyd hatte im März mit Colonel Ellis-Jones gesprochen, von dem er zu dieser Schulung abkommandiert worden war. Der Colonel mochte Lloyd, oder er sympathisierte mit der Labour Party, vielleicht auch beides. Jedenfalls erteilte er Lloyd eine Erlaubnis, die Lowther nicht außer Kraft setzen konnte. Falls natürlich vorher die Wehrmacht in Frankreich einfiel, war für alle der Urlaub gestrichen.

Die Aussicht, Lloyd könne Aberowen verlassen, ohne zu wissen, dass sie ihn liebte, versetzte Daisy in eine merkwürdige Furcht. Sie beschloss, ihm ihre Gefühle zu offenbaren, ehe er aufbrach.

Lloyd sollte am Mittwoch abreisen und sechs Tage später wiederkommen. Zufällig hatte Boy seinen Besuch angekündigt; er wollte am Mittwochabend eintreffen. Daisy war froh, dass Lloyd dann nicht da war, denn aus Gründen, die sie nicht benennen konnte, hätte es sie gestört, wenn beide Männer gleichzeitig auf Tŷ Gwyn gewesen wären.

Sie beschloss, Lloyd am Dienstagabend ihre Liebe zu gestehen, am Tag vor seiner Abreise. Was sie Boy am Tag darauf sagen würde, wusste sie noch nicht.

Als Daisy sich das Gespräch ausmalte, das sie mit Lloyd führen würde, hoffte sie insgeheim, dass er sie küssen würde und dass sie beide dann von ihren Gefühlen davongerissen wurden und die ganze Nacht leidenschaftlich in den Armen des anderen lagen.

Aber so weit durfte es nicht kommen. Um ihrer beider willen durfte Lloyd nicht dabei beobachtet werden, wie er am Morgen ihr Zimmer verließ. Lowthie war bereits misstrauisch; Daisy merkte es deutlich. Er schien sogar eifersüchtig zu sein. Auf jeden Fall war Vorsicht angebracht.

Es war besser, wenn Lloyd und sie sich woanders zu ihrem schicksalhaften Gespräch trafen, am besten im Westflügel. Lloyd konnte bei Tagesanbruch gehen; wenn jemand ihn sah, wusste der Betreffende nicht, dass er mit ihr zusammen gewesen war. Sie konnte später angekleidet das Zimmer verlassen und vorgeben, nach irgendetwas gesucht zu haben.

Am Dienstagmorgen um neun, als Lloyd und seine Kameraden die Kurse besuchten, ging Daisy mit mehreren Parfümflakons mit angelaufenen Silberverschlüssen und einem dazu passenden Handspiegel über den Flur im oberen Stockwerk. Schon jetzt wurde sie von Schuldgefühlen geplagt. Der Teppich war entfernt worden, und ihre Schuhe pochten laut auf den Bodendielen, als wollten sie das Nahen einer Sünderin ankündigen. Zum Glück hielt sich niemand in den Zimmern auf.

Daisy ging zur Gardeniensuite, die nun als Lagerraum für Bettzeug diente, wie sie sich verschwommen erinnerte. Niemand war auf dem Gang, als sie die Suite betrat. Rasch schloss sie die Tür hinter sich.

Ihre Erinnerung hatte sie nicht getrogen: Im ganzen Zimmer stapelten sich an der mit Gardenien bedruckten Tapete saubere Laken, Decken und Kopfkissen, in grobe Baumwolle eingewickelt und mit Kordeln verschnürt wie riesige Pakete.

Der Raum roch muffig, und Daisy öffnete ein Fenster. Die ursprüngliche Einrichtung war noch vorhanden: ein Bett, ein Schrank, eine Kommode, ein Sekretär und ein nierenförmiger Frisiertisch mit drei Spiegeln. Daisy stellte die Flakons, die sie mitgebracht hatte, auf den Frisiertisch und bezog das Bett mit frischer Wäsche, die sie von einem der Stapel nahm. Die Laken fühlten sich glatt und kühl an.

Daisy lächelte. Sie hatte für sich und ihren Geliebten das Bett bereitet. Sie schaute auf die weißen Kissen und rosa Bettdecken mit ihren Satinrändern und sah sich und Lloyd, eng umschlungen, die Haut schimmernd vor Schweiß, wie sie sich leidenschaftlich liebten. Der Gedanke erregte sie so sehr, dass sie weiche Knie bekam.

Plötzlich hörte sie Schritte vor der Tür. Wer konnte das sein? Vielleicht Morrison, der alte Diener, auf dem Weg zu einer tropfenden Dachrinne oder gesprungenen Fensterscheibe? Mit pochendem Herzen wartete sie und atmete erleichtert auf, als die Schritte sich entfernten.

Der Schreck hatte ihre Erregung für den Augenblick verfliegen lassen. Nach einem letzten Blick durchs Zimmer ging sie zur Tür, öffnete sie vorsichtig und spähte hinaus. Auf dem Flur war niemand.

Daisy huschte davon.

Als Nächstes musste sie Lloyd instruieren. Normalerweise sah sie ihn tagsüber nicht, es sei denn, sie begegnete ihm zufällig in der Halle oder in der Bibliothek. Wie konnte sie dafür sorgen, dass sie ihn traf?

Am besten, sie hinterließ ihm auf seinem Zimmer eine Nachricht.

Daisy stieg die Hintertreppe ins Obergeschoss hinauf. Die

Schulungsteilnehmer waren nicht in ihren Zimmern, aber es bestand immer die Möglichkeit, dass einer von ihnen auftauchte. Deshalb musste sie schnell handeln.

Sie eilte in Lloyds Zimmer. Dort roch es nach ihm. Daisy konnte nicht genau sagen, was für ein Geruch es war. Ein Eau de Cologne sah sie jedenfalls nicht; aber neben seinem Rasiermesser stand ein Topf mit einer Art Haarlotion. Sie roch daran. Ja, das war es: Zitrus und irgendetwas Würziges.

Sie schaute sich um. Auf der Kommode lag ein billiger Schreibblock. Daisy riss ein Blatt heraus und machte sich auf die Suche nach einem Schreibgerät. In der obersten Schublade fand sie einen Bleistift.

Was konnte sie ihm schreiben? Sie musste vorsichtig sein, falls jemand anders die Nachricht las. Schließlich schrieb sie nur: Bibliothek. Sie ließ das Blatt offen auf der Kommode liegen, sodass Lloyd es kaum übersehen konnte. Dann verschwand sie, ohne dass jemand sie sah.

Lloyd kam im Lauf des Tages auf jeden Fall in sein Zimmer, und sei es nur, um seinen Füllhalter aus der Tintenflasche auf der Kommode nachzufüllen. Dann würde er die Nachricht lesen und zu ihr kommen.

Daisy ging in die Bibliothek, um dort auf ihn zu warten.

Der Morgen zog sich in die Länge. Daisy las gern viktorianische Autorinnen – sie schienen zu verstehen, wie sie sich derzeit fühlte –, aber heute vermochten Mrs. Gaskell und die anderen ihre Aufmerksamkeit nicht zu fesseln, und so verbrachte Daisy die meiste Zeit damit, aus dem Fenster zu schauen. Es war Mai; normalerweise hätten die Frühlingsblumen geblüht und das Anwesen in eine leuchtende Farbenpracht getaucht, aber die meisten Gärtner waren beim Militär; die wenigen, die noch da waren, zogen Gemüse, anstatt Blumen zu pflanzen.

Kurz vor elf kamen mehrere Schulungsteilnehmer in die Bibliothek und setzten sich mit ihren Notizbüchern in die grünen Ledersessel. Lloyd war nicht unter ihnen. Daisy wusste, dass der letzte Vortrag um halb zwölf endete, aber auch diesmal tauchte Lloyd nicht auf. Furcht stieg in ihr auf. Doch als der Gong zum Mittagessen ertönte, kam er endlich. Daisy atmete vor Erleichterung auf.

395

Lloyd blickte sie fragend an. »Ich habe gerade Ihre Nachricht gelesen«, sagte er. »Fehlt Ihnen etwas?«

Es war typisch für ihn, dass seine erste Sorge ihr galt. Wenn sie ein Problem hatte, war es ihm keine Last, sondern eine Gelegenheit, ihr zu helfen. Kein Mann hatte sie so auf Händen getragen wie Lloyd, nicht einmal ihr Vater.

»Nein, alles in Ordnung«, erwiderte sie. »Wissen Sie, wie eine Gardenie aussieht?« Sie hatte sich den ganzen Vormittag zurechtgelegt, was sie ihm sagen wollte.

Lloyd runzelte die Stirn. »Ja. Wieso?«

»Im Westflügel gibt es eine Zimmerflucht, die Gardeniensuite genannt wird. Auf die Tür ist eine weiße Gardenie gemalt. Glauben Sie, Sie können sie finden?«

»Natürlich.«

»Kommen Sie heute Abend dorthin, statt in meine Wohnung. Zur gewohnten Zeit.«

Er blickte sie an und versuchte zu ergründen, was vor sich ging. »In Ordnung«, sagte er schließlich. »Aber wieso?«

»Ich möchte Ihnen etwas mitteilen.«

»Und was?«

»Wir sehen uns heute Abend«, sagte sie ausweichend.

»Ich kann es kaum erwarten«, erwiderte Lloyd und verließ den Raum.

Daisy kehrte in ihre Unterkunft zurück. Maisie, die keine große Köchin war, hatte ihr aus zwei Scheiben Brot und Dosenschinken ein Sandwich gemacht, doch in Daisys Magen flatterten Schmetterlinge, und sie rührte es nicht an. Nicht einmal Pfirsicheiskrem hätte sie herunterbekommen.

Sie legte sich hin. Ihre Gedanken an die bevorstehende Nacht waren so lebendig und bildhaft, dass es ihr peinlich war. Von Boy, der Erfahrung mit Frauen besaß, hatte Daisy viel über Sex gelernt; deshalb wusste sie einiges darüber, was Männern gefiel. Mit Lloyd wollte sie alles tun. Sie wollte jeden Zoll seines Körpers küssen; sie wollte mit ihm machen, was Boy *soixante-neuf* nannte; sie wollte seinen Samen schlucken. Die Gedanken waren dermaßen erregend, dass Daisy nahe daran war, sich selbst zu befriedigen.

Um fünf trank sie eine Tasse Kaffee, wusch sich das Haar und nahm ein langes Bad. Sie rasierte sich die Unterarme und stutzte ihr Schamhaar, das zu üppig wuchs. Dann trocknete sie sich ab, rieb sich am ganzen Körper mit einer leichten Lotion ein und schlüpfte in frische Unterwäsche.

Anschließend probierte sie ihre gesamte Garderobe an. Es gefiel ihr, wie sie in dem Kleid mit den feinen blau-weißen Streifen aussah, aber es hatte vorn kleine Knöpfe, mit denen Lloyd ewig beschäftigt sein würde, und so lange wollte und konnte sie nicht warten. Ich denke wie eine Hure, dachte sie und wusste nicht, ob sie lächeln oder sich schämen sollte. Am Ende entschied sie sich für ein schlichtes knielanges Kleid aus pfefferminzgrünem Kaschmir, das ihre wohlgeformten Beine sehen ließ.

Daisy musterte sich in dem schmalen Spiegel an der Innenseite der Kleiderschranktür. Sie sah gut aus.

Als sie sich auf die Bettkante setzte, um ihre Strümpfe anzuziehen, kam Boy ins Zimmer.

Für einen Moment wurde Daisy schwarz vor Augen. Hätte sie nicht gesessen, wäre sie umgekippt. Sie starrte ihn an und bekam kein Wort heraus.

»Überraschung!«, rief er fröhlich. »Ich bin einen Tag eher da!«

»Ja …«, sagte sie, als sie wieder sprechen konnte. »Das ist wirklich eine Überraschung.«

Boy beugte sich vor und küsste sie. Daisy hatte es nie gemocht, wenn er ihr die Zunge in den Mund steckte, denn er schmeckte meist nach Alkohol und Zigarren. Doch ihm schien Daisys Abneigung nichts auszumachen, im Gegenteil; er schien sie zu genießen. Diesmal aber erwiderte Daisy den Kuss, von lustvollen Gedanken an Lloyd getrieben.

»Himmel!« Boy schnappte nach Luft. »Du hast wohl Frühlingsgefühle.«

Du machst dir keine Vorstellung, dachte Daisy.

»Die Übung wurde einen Tag vorverlegt«, sagte er. »Ich hatte keine Gelegenheit, dich zu verständigen.«

»Dann bleibst du über Nacht?«

»Ja.«

Und Lloyd brach morgen früh auf! Daisy hätte heulen können.

»Du scheinst dich nicht besonders zu freuen.« Boy warf einen Blick auf ihr Kleid. »Sag mal, hattest du etwas vor?«

»Was sollte ich denn vorhaben?«, erwiderte sie und fügte iro-

397

nisch hinzu: »Einen vergnüglichen Abend im Two Crowns zu verbringen?«

Boy zeigte sich unbeeindruckt. »Wo wir gerade davon reden, genehmigen wir uns doch einen Schluck.« Er verließ das Zimmer und machte sich auf die Suche nach etwas Trinkbarem.

Daisy vergrub das Gesicht in den Händen. Ihr Plan war ruiniert. Jetzt musste sie einen Weg finden, Lloyd zu warnen. Sie konnte ihm ihre Liebe nicht im Vorbeigehen zuflüstern, während Boy hinter der nächsten Ecke wartete.

Daisy tröstete sich mit dem Gedanken, dass der Plan einfach verschoben wurde. Schließlich ging es nur um ein paar Tage; Lloyd kehrte am kommenden Dienstag zurück. Die Verzögerung war schmerzlich, aber sie würde es überleben, und ihre Liebe ebenfalls.

Sie zog sich Strümpfe und Schuhe an und ging in das kleine Wohnzimmer.

Boy hatte eine Flasche Scotch und zwei Gläser aufgetrieben. Daisy trank einen Whisky, um die innere Anspannung zu lösen.

»Wie ich gesehen habe, macht das Mädchen eine Fischpastete zum Abendessen«, sagte Boy. »Ich stehe kurz vor dem Verhungern. Kocht sie gut?«

»Nicht besonders. Aber ihr Essen ist genießbar, wenn man Hunger hat.«

»Na ja, wenigstens haben wir Whisky«, sagte er und schenkte sich nach.

»Wo bist du gewesen?« Daisy war verzweifelt darauf aus, dass er redete, damit sie den Mund halten konnte. »Bist du nach Norwegen geflogen?«

»Gott sei Dank nicht. Norwegen ist ein Fiasko. Heute Abend findet im Unterhaus eine große Debatte darüber statt. Die Deutschen sind auf der Siegerstraße, weil die britischen und französischen Befehlshaber einen Fehler nach dem anderen begehen.«

Als das Abendessen fertig war, ging Boy in den Keller, um Wein zu holen. Daisy sah ihre Chance gekommen, Lloyd zu verständigen. Aber wo steckte er? Sie blickte auf die Armbanduhr. Halb acht. Vermutlich war Lloyd beim Abendessen im Kasino, aber dort konnte sie ihn nicht aufsuchen. Sie konnte ja schlecht zu ihm gehen und ihm ins Ohr flüstern, während er mit seinen Offizierskameraden am Tisch saß. Konnte sie ihn irgendwie aus dem Kasino locken? Daisy zermarterte sich das Hirn, doch ehe ihr etwas einfiel, kam Boy zurück und hielt triumphierend eine Flasche Dom Pérignon in die Höhe. »1921er«, sagte er. »Ihr erster Jahrgang. Historisch.«

Sie nahmen am Tisch Platz und aßen Maisies Fischpastete. Daisy trank ein Glas Champagner, bekam das Essen aber kaum herunter, sondern schob es auf dem Teller herum. Boy hingegen ließ sich Nachschlag geben.

Zum Dessert servierte Maisie Dosenpfirsich mit Kondensmilch.

»Der Krieg ist nicht gut für die englische Küche«, sagte Boy.

»Die war vorher schon nicht gut«, erwiderte Daisy in dem Versuch, den Anschein von Normalität zu erwecken.

Mittlerweile musste Lloyd in der Gardeniensuite sein. Was würde er tun, wenn sie ihn nicht benachrichtigen konnte? Würde er die ganze Nacht dort oben zubringen, warten und hoffen, dass sie noch kam? Oder gab er um Mitternacht auf und ging in sein eigenes Bett? Oder kam er vielleicht sogar hierher, um nach ihr zu sehen? Das könnte sie in arge Verlegenheit bringen.

Boy zündete sich eine Zigarre an und rauchte genüsslich. Hin und wieder tauchte er das kalte Ende in ein Glas Brandy. Währenddessen suchte Daisy fieberhaft nach einem Vorwand, nach oben zu gehen, aber ihr fiel nichts ein. Wie sollte sie auch plausibel machen, dass sie zu dieser späten Stunde die Quartiere der Schulungsteilnehmer aufsuchen musste?

Sie hatte noch immer nichts unternommen, als Boy die Zigarre ausdrückte und sagte: »Zeit fürs Bett. Möchtest du zuerst ins Badezimmer?«

»Ja.« Da Daisy nicht wusste, was sie sonst tun sollte, stand sie auf und ging sich waschen. Langsam zog sie die Sachen aus, die sie für Lloyd so sorgfältig ausgesucht hatte. Sie wusch sich das Gesicht und schlüpfte in ihr langweiligstes Nachthemd. Dann ging sie ins Bett.

Boy war ziemlich betrunken, als er sich neben ihr unter die Decke schob, wollte aber trotzdem Sex. Der Gedanke stieß Daisy ab. »Tut mir leid«, wies sie ihn ab, »Dr. Mortimer hat mir für die nächsten drei Monate ehelichen Verkehr untersagt.«

Das war eine Lüge. Der Arzt hatte gesagt, es wäre in Ordnung, sobald die Blutungen aufgehört hätten. Außerdem hatte sie in dieser Nacht ja mit Lloyd ins Bett gehen wollen. Sie fühlte sich schrecklich unehrlich.

»Drei Monate keinen Sex?«, fragte Boy indigniert. »Wieso?«

Rasch ließ sie sich eine Ausrede einfallen. »Wenn wir zu früh anfangen, verringert sich die Wahrscheinlichkeit, dass ich wieder schwanger werde.«

Diese Worte überzeugten Boy, denn ein Erbe war ihm wichtiger als alles andere. »Na schön«, murmelte er und drehte sich von ihr weg.

Nach einer Minute war er eingeschlafen.

Daisy lag wach. Ihre Gedanken überschlugen sich. Konnte sie sich jetzt davonschleichen? Sie müsste sich anziehen – in ihrem Nachthemd konnte sie nicht durchs Haus gehen. Boy hatte einen tiefen Schlaf, aber er wachte oft auf, weil er zur Toilette musste. Was, wenn er aufwachte, während sie fort war, und sah, wie sie angekleidet zurückkehrte? Was konnte sie ihm sagen, das auch nur annähernd plausibel klang? Er würde sich denken können, weshalb seine Frau nachts durchs Haus schlich.

Es gab keinen Ausweg. Lloyd musste leiden. Und Daisy litt mit ihm, wenn sie daran dachte, wie er allein und enttäuscht in dem muffigen Zimmer auf sie wartete. Würde er sich in seiner Uniform hinlegen und einschlafen? Würde er glauben, dass es einen Notfall gegeben hatte? Oder würde er annehmen, dass sie ihn versetzt hatte? Bestimmt war er enttäuscht und wütend auf sie.

Tränen liefen Daisy über die Wangen, während Boys Schnarchen das Zimmer erfüllte.

In den frühen Morgenstunden döste sie ein und träumte wirr: Sie musste unbedingt einen Zug erreichen, wurde aber immer wieder aufgehalten: Das Taxi brachte sie zum falschen Ort, und sie musste unerwartet weit mit ihrem Koffer gehen; dann konnte sie ihre Fahrkarte nicht finden, und als sie endlich den Bahnsteig erreichte, wartete dort eine altmodische Postkutsche, mit der die Fahrt nach London mehrere Tage dauern würde.

Als Daisy aus ihrem Traum erwachte, war Boy im Bad und rasierte sich.

Die Nacht war um. Alles war verloren.

Deprimiert stand Daisy auf und zog sich an. Maisie machte Frühstück, und Boy aß Eier mit Speck und Buttertoast. Als sie fertig waren, war es neun Uhr. Lloyd hatte gesagt, dass er um neun Uhr aufbreche. Vielleicht stand er jetzt mit dem Koffer in der Hand in der Halle.

Boy erhob sich vom Tisch und ging ins Bad. Wie immer nahm er die Zeitung mit. Daisy kannte seine morgendlichen Gewohnheiten: Er würde fünf bis zehn Minuten verschwunden sein …

Jetzt oder nie! Kurz entschlossen rannte Daisy aus der Wohnung und eilte die Treppe zur Halle hinauf.

Lloyd war nicht da. Er musste schon gegangen sein. Daisy verlor den Mut.

Dann aber fiel ihr ein, dass er zum Bahnhof laufen würde. Nur die Reichen und Gebrechlichen nahmen für eine Meile ein Taxi. Vielleicht konnte sie ihn einholen.

Sie eilte zur Vordertür hinaus und sah ihn vierhundert Meter entfernt auf der Zufahrt. Er ging mit forschen Schritten, den Koffer in der Hand. Daisy vergaß alle Vorsicht und rannte ihm hinterher.

Ein leichter Militärlastwagen, »Tilly« genannt, fuhr über die Zufahrtsstraße. Zu Daisys Entsetzen bremste er ab, als er auf Lloyds Höhe war. »Nein!«, rief Daisy, aber Lloyd war zu weit weg, um sie zu hören.

Er warf seinen Koffer auf die Ladefläche und stieg auf den Sitz neben dem Fahrer.

Daisy rannte weiter, doch es war hoffnungslos. Der Fahrer des Tillys gab Gas und beschleunigte.

Keuchend blieb Daisy stehen und blickte dem Kleinlaster hinterher, als er durch das Tor von Tŷ Gwyn fuhr und kurz darauf aus ihrem Blickfeld verschwand.

Daisy kämpfte gegen die Tränen an. Schließlich drehte sie sich um und ging zurück zum Haus.

Auf dem Weg nach Bournemouth verbrachte Lloyd eine Nacht in London. Am Abend des 8. Mai, einem Mittwoch, saß er auf der Besuchergalerie des Unterhauses und verfolgte gemeinsam mit Bernie die Debatte, die über das Schicksal von Premierminister Chamberlain entscheiden sollte.

Lloyds Platz hätte ebenso gut in der obersten Galerie eines Theaters sein können: Die Sitze waren klein und hart, und er blickte fast senkrecht auf das Drama hinunter, das sich unter ihm entfaltete. Die Galerie war bis auf den letzten Platz besetzt. Lloyd und Bernie hatten nur mit Mühe Eintrittskarten erhalten. Letztlich war es nur dem Einfluss seiner Mutter zu verdanken, die sich ebenfalls im Saal aufhielt; sie saß mit Billy bei den Labour-Abgeordneten. Lloyd hatte noch keine Gelegenheit gehabt, Ethel nach seinen wirklichen Eltern zu fragen; alle waren viel zu beschäftigt mit der politischen Krise.

Lloyd und Bernie hofften auf Chamberlains Rücktritt. Der Beschwichtiger des Faschismus war kein Regierungschef, wie das Land ihn in Kriegszeiten brauchte; das militärische Debakel in Norwegen zeigte es deutlich genug.

Die Debatte hatte bereits am Abend zuvor begonnen. Chamberlain sah sich wütenden Angriffen ausgesetzt, nicht nur von Labour-Abgeordneten, auch aus den eigenen Reihen. Der konservative Abgeordnete Leopold Amery hatte Cromwell zitiert: »Ihr sitzet hier zu lange für das Gute, das Ihr getan. Gehet, sage ich, auf dass wir Euch los seien. Im Namen des Herrn, gehet!« Aus dem Mund eines Parteifreundes war es eine schmerzliche, ja grausame Ansprache, und sie wurde durch die »Hört,-hört!«-Rufe sowohl von den politischen Freunden, als auch von den Gegnern nur noch bitterer für Chamberlain.

Lloyds Mutter und die anderen weiblichen Abgeordneten hatten sich in ihrem eigenen Sitzungsraum im Westminster Palace versammelt und waren übereingekommen, eine Abstimmung zu erzwingen. Da die männlichen Abgeordneten sie nicht aufhalten konnten, hatten sie sich den Frauen angeschlossen. Als dies am Mittwoch bekannt gegeben worden war, verwandelte sich die Debatte in eine Diskussion über die Person des Premierministers, die in der Forderung nach einer Abstimmung über ihn mündete. Chamberlain nahm die Herausforderung an und appellierte an seine Freunde, ihm beizustehen – für Lloyd ein weiteres Zeichen der Schwäche.

Die Angriffe gegen Chamberlain setzten sich an diesem Abend fort. Lloyd genoss es, denn er verabscheute den Premierminister seit dem Spanien-Debakel. Zwei Jahre lang, von 1937 bis 1939, hatte

Chamberlain die Nichteinmischung Großbritanniens und Frankreichs durchgesetzt, während Deutschland und Italien Waffen und Männer in die Rebellenarmee pumpten und ultrakonservative Amerikaner Öl und Lastwagen an Franco verkauften. Wenn überhaupt ein britischer Politiker eine Mitschuld an den Massenmorden trug, die Generalissimus Franco befahl, war es Chamberlain mit seiner Appeasement-Politik.

»Trotzdem ist das Fiasko in Norwegen nicht Chamberlains Fehler«, sagte Bernie während einer Pause zu Lloyd. »Schließlich ist Winston Churchill Erster Lord der Admiralität. Deine Mutter sagt, dass er es war, der Großbritannien zu der Invasion gedrängt hat. Nachdem Chamberlain so oft versagt hat – Spanien, Österreich, die Tschechoslowakei – wäre es eine verdammte Ironie, wenn er sein Amt wegen einer Katastrophe verliert, die er ausnahmsweise nicht zu verantworten hat.«

»Das sehe ich anders«, sagte Lloyd. »Ich finde, der Premierminister ist letztlich für alles verantwortlich. Das ist es doch, was Führerschaft ausmacht.«

Bernie lächelte schief. Lloyd wusste, was er dachte: dass junge Leute alles zu sehr vereinfachen. Doch es sprach für Bernie, dass er kein Wort darüber verlor.

Die Debatte verlief anfangs lautstark, doch es wurde still, als der frühere Premierminister, David Lloyd George, sich erhob. Lloyd, der nach diesem Mann genannt war, achtete ihn sehr. Mit siebenundsiebzig Jahren war Lloyd George ein weißhaariger, altgedienter Staatsmann und sprach mit der Autorität eines Politikers, der den Großen Krieg gewonnen hatte. Und er war gnadenlos. »Es geht nicht darum, wer die Freunde des Premierministers sind«, stellte er mit vernichtendem Sarkasmus das Offensichtliche fest. »Es geht um viel mehr.«

Wieder fühlte Lloyd sich ermutigt, als sowohl von den Konservativen als auch von der Opposition zustimmende Rufe zu hören waren. Chamberlains Schicksal schien besiegelt zu sein.

»Der Premierminister hat um Opfer gebeten«, fuhr Lloyd George fort. Sein nasaler North-Wales-Dialekt schien seine Verachtung noch schärfer herauszustellen. Begleitet vom Jubel der Opposition rief er: »In diesem Krieg kann nichts mehr zu einem Sieg beitragen als Chamberlains Rücktritt!«

Um dreiundzwanzig Uhr begann die Abstimmung.

Das System der Stimmabgabe war umständlich. Statt die Hände zu heben oder Zettel in einen Kasten zu schieben, mussten die Abgeordneten den Saal verlassen und wurden gezählt, sobald sie die eine oder andere Lobby durchquerten – die eine für »Ja«, die andere für »Nein«. Der Vorgang nahm fünfzehn bis zwanzig Minuten in Anspruch. Wie Lloyds Mutter einmal gesagt hatte, konnte solch ein System nur von Männern erdacht worden sein, die nicht genug zu tun hatten. Sie war sicher, dass man es bald abschaffen würde.

Lloyd wartete wie auf heißen Kohlen. Er hoffte auf den Sturz Chamberlains, konnte sich aber keineswegs sicher sein.

Um sich abzulenken, dachte er über Daisy nach, was stets eine angenehme Beschäftigung für ihn war. Wie eigenartig die letzten vierundzwanzig Stunden auf Tŷ Gwyn verlaufen waren. Erst die knappe Mitteilung »Bibliothek«; dann das hastige Gespräch, als Daisy ihn in die Gardeniensuite bestellt hatte; dann eine ganze Nacht des Wartens in Kälte und Verwirrung auf eine Frau, die sich nicht zeigte. Bis um sechs Uhr morgens war Lloyd in der Suite geblieben, enttäuscht und deprimiert, aber nicht bereit aufzugeben, bis er sich waschen, rasieren, die Kleidung wechseln und seinen Koffer packen musste.

Irgendetwas war Daisy dazwischengekommen. Oder hatte sie es sich anders überlegt? Was hatte sie überhaupt beabsichtigt? Sie hatte gesagt, sie wolle ihm etwas mitteilen. Was konnte sie ihm Weltbewegendes anvertrauen wollen, das diesen ganzen Aufwand rechtfertigte? Lloyd seufzte. Er würde bis zum nächsten Dienstag warten müssen, ehe er Daisy fragen konnte.

Seinen Eltern hatte er nichts davon erzählt, dass Daisy auf Tŷ Gwyn war, weil sie ihn dann nach seiner Beziehung zu ihr gefragt hätten. Und was hätte er ihnen darauf antworten sollen? Er war sich über die Beziehung zu Daisy ja selbst nicht im Klaren. Hatte er sich in eine verheiratete Frau verliebt? Er wusste es nicht. Was empfand Daisy für ihn? Auch diese Frage konnte er nicht beantworten. Am ehesten, überlegte er, waren Daisy und er gute Freunde, die die Gelegenheit versäumt hatten, sich ineinander zu verlieben. Und das wollte Lloyd vor niemandem eingestehen, denn es erschien ihm unerträglich endgültig.

»Was meinst du, wer Premierminister wird, wenn Chamberlain abtritt?«, fragte er Bernie.

»Der Favorit ist Halifax.« Lord Halifax war der derzeitige Außenminister.

»Was?«, rief Lloyd entgeistert. »In Zeiten wie diesen können wir doch keinen Earl zum Premierminister machen! Außerdem ist auch Halifax ein Beschwichtigungspolitiker. Er ist nicht besser als Chamberlain.«

»Das sehe ich genauso. Aber wen gibt es sonst?«

»Wie wäre es mit Churchill?«

»Weißt du, was Stanley Baldwin mal über Churchill gesagt hat?« Baldwin, ein Konservativer, war Chamberlains Vorgänger im Amt des Premierministers gewesen. »Als Winston geboren wurde, schwirrten zahlreiche Feen mit Gaben zu seiner Wiege: die Gabe der Vorstellungskraft, der Wortgewandtheit, des Fleißes, des Könnens. Dann aber kam eine Fee und sagte: ›Niemand hat ein Recht auf so viele Gaben.‹ Sie hob den kleinen Winston hoch und schüttelte ihn, sodass er die Gaben der Urteilskraft und der Klugheit verlor.«

Lloyd lächelte. »Sehr spitzzüngig, aber stimmt es auch?«

»Es ist etwas Wahres daran«, entgegnete Bernie. »Im letzten Krieg war Churchill für den Dardanellen-Feldzug verantwortlich, bei dem unsere Truppen eine schreckliche Niederlage erlitten haben. Jetzt hat er uns in das norwegische Abenteuer gedrängt – wieder ein Fehlschlag. Er ist ein guter Redner, neigt aber zum Wunschdenken.«

»In den Dreißigerjahren hatte er jedenfalls recht, als er für die Wiederbewaffnung eingetreten ist«, sagte Lloyd. »Damals war jeder dagegen, auch die Labour Party.«

»Churchill wird auch noch im Paradies, wenn der Löwe mit dem Lamm liegt, für die Wiederbewaffnung eintreten.«

»Aber wir brauchen jemanden mit einer aggressiven Ader. Wir brauchen einen Premierminister, der nicht winselt, sondern bellt.«

»Vielleicht geht dein Wunsch ja in Erfüllung. Die Stimmenzähler kommen zurück.«

Kurz darauf wurde das Ergebnis der Abstimmung bekanntgegeben. Mit Ja hatten 280, mit Nein 200 Abgeordnete gestimmt.

405

Chamberlain hatte sich durchgesetzt. Im Saal kam es zu tumultartigen Szenen. Die Anhänger des Premierministers jubelten, die anderen forderten weiterhin lautstark seinen Rücktritt.

Lloyd war bitter enttäuscht. »Wie kann man diesen Mann im Amt halten wollen, nach allem, was geschehen ist?«

»Du solltest keine voreiligen Schlüsse ziehen«, sagte Bernie, als der Premierminister den Saal verlassen hatte und der Lärm verebbt war. Mit einem Bleistift stellte er auf dem Rand einer *Evening News* Berechnungen an. »Die Regierung hat normalerweise eine Mehrheit von ungefähr zweihundertvierzig Stimmen. Diese Mehrheit ist auf achtzig Stimmen geschrumpft.« Er notierte Zahlen, addierte und subtrahierte. »Wenn ich grob schätze, wie viele Abgeordnete heute fehlen, würde ich sagen, dass ungefähr vierzig Anhänger der Regierung gegen Chamberlain gestimmt haben, weitere sechzig haben sich der Stimme enthalten. Das ist ein schrecklicher Schlag für einen Premierminister. Hundert seiner Parteifreunde haben kein Vertrauen zu ihm.«

»Aber genügt das, um ihn zum Rücktritt zu zwingen?«

Bernie breitete in einer Geste der Ratlosigkeit die Arme aus. »Ich weiß es nicht.«

Am nächsten Tag fuhren Lloyd, Ethel, Bernie und Billy mit dem Zug nach Bournemouth.

Im Waggon saßen Delegierte aus dem ganzen Land und diskutierten in den verschiedensten Dialekten, vom abgehackten schroffen Glasgow bis zum galoppierenden Cockney. Auf der ganzen Fahrt besprachen sie die Debatte des vergangenen Abends und die Zukunft des Premierministers. Wieder hatte Lloyd keine Gelegenheit, seine Mutter auf das Thema anzusprechen, das ihm nicht aus dem Kopf ging.

Wie die meisten Delegierten konnten auch Lloyd und die anderen sich die schicken Hotels auf den Klippen nicht leisten und quartierten sich in einer Pension am Ortsrand ein. Am Abend gingen sie zu viert in einen Pub und setzten sich in eine ruhige Nische. Bernie spendierte eine Runde. Ethel überlegte laut, wie es wohl ihrer Freundin Maud in Berlin ergehe. Sie erhielt keine

Nachrichten mehr, denn mit der Kriegserklärung war der Postverkehr zwischen Großbritannien und dem Großdeutschen Reich eingestellt worden.

Lloyd, der endlich seine Chance gekommen sah, trank sein Bier an und sagte: »Ich möchte gern mehr über meinen wirklichen Vater wissen.«

»Bernie ist dein Vater«, erwiderte Ethel ungehalten.

Sie wich ihm schon wieder aus! Lloyd unterdrückte den Zorn, der in ihm aufwallte. »Das brauchst du mir nicht zu sagen«, entgegnete er. »Und ich brauche Bernie nicht zu sagen, dass ich ihn wie einen Vater liebe, denn das weiß er auch so.«

Bernie klopfte ihm auf die Schulter – eine ungelenke, aber aufrichtige Bezeugung seiner Zuneigung.

Lloyd fuhr mit Nachdruck fort: »Aber ich bin neugierig, was Teddy Williams angeht.«

»Wir müssen über die Zukunft reden«, warf Billy ein, »nicht über die Vergangenheit. Wir haben Krieg.«

»Ganz recht, wir haben Krieg«, versetzte Lloyd. »Deshalb möchte ich *jetzt* Antworten auf meine Fragen. Ich will nicht warten, weil ich schon bald ins Feld ziehe, und ich möchte nicht unwissend sterben.« Dieses Argument war nicht zu widerlegen.

»Du weißt bereits, was es zu wissen gibt«, sagte Ethel, blickte ihm dabei aber nicht in die Augen.

»Nein, das weiß ich eben nicht!« Lloyd zwang sich zur Geduld. »Wo sind meine anderen Großeltern? Habe ich Onkel und Tanten, Cousins und Cousinen?«

»Teddy Williams war Waise«, sagte Ethel.

»In welchem Waisenhaus ist er aufgewachsen?«

»Warum bist du so starrköpfig?« Ethel hob die Stimme.

Nicht minder gereizt entgegnete Lloyd: »Weil ich genauso bin wie du.«

Bernie konnte sich ein Grinsen nicht verkneifen. »Da hat er recht.«

Lloyd blieb ernst. »Wie hieß das Waisenhaus?«

»Kann sein, dass er es mir irgendwann einmal gesagt hat, aber ich erinnere mich nicht mehr. Ich glaube, es war in Cardiff.«

Onkel Billy meldete sich zu Wort. »Da berührst du 'nen wunden Punkt, Boyo. Trink dein Bier und lass es bleiben.«

Lloyd erwiderte verärgert: »Auch für mich ist das ein wunder Punkt, Onkel Billy. Und ich habe von den Lügen die Nase voll.«

»Na, na«, sagte Bernie, »jetzt reden wir aber nicht von Lügen.«

»Tut mir leid, Dad, aber das muss mal gesagt werden.« Lloyd hob die Hand, um jeden Einwand zu unterbinden. »Als ich das letzte Mal nach Teddy Williams' Familie gefragt habe, hat Mutter mir gesagt, sie käme aus Swansea, sei aber viel herumgezogen, weil der Beruf des Vaters das mit sich gebracht hätte. Jetzt sagt sie, Teddy sei in einem Waisenhaus in Cardiff aufgewachsen. Eine dieser Geschichten ist erlogen – wenn nicht beide.«

Endlich blickte Ethel ihm in die Augen. »Bernie und ich, wir haben dich genährt und gekleidet und zur Schule und auf die Universität geschickt«, sagte sie ungehalten. »Du kannst dich nicht beschweren.«

»Ich weiß. Und ich werde euch immer dankbar sein und euch immer lieben«, sagte Lloyd. »Trotzdem möchte ich eine Antwort auf meine Frage.«

»Aber wieso gerade jetzt?«, wollte Billy wissen.

»Wegen etwas, das jemand in Aberowen zu mir gesagt hat.«

Ethel sagte nichts dazu, doch in ihren Augen funkelte die Angst. Irgendjemand in Wales kennt die Wahrheit, ging es Lloyd durch den Kopf.

Unerbittlich fuhr er fort: »Mir wurde gesagt, dass Maud Fitzherbert 1914 möglicherweise schwanger wurde. Du, Mam, hättest ihr Baby als dein Kind ausgegeben und wärst dafür mit dem Haus auf der Nutley Street belohnt worden.«

Ethel gab einen verächtlichen Laut von sich.

Lloyd hob die Hand. »Das würde zwei Dinge erklären«, sagte er. »Erstens die nicht standesgemäße Freundschaft zwischen dir und Lady Maud.« Er griff in seine Jackentasche. »Und zweitens dieses Konterfei von mir mit Backenbart.« Er zeigte den anderen das Foto.

Ethel starrte stumm darauf.

»Das könnte doch ich sein, oder?«, bohrte Lloyd nach.

»Ja, Lloyd, das könntest du sein«, sagte Billy unwirsch. »Aber offensichtlich bist du's nicht. Also hör auf mit den Faxen und sag uns, wer der Mann auf diesem Foto ist.«

»Das ist Earl Fitzherberts Vater. Und jetzt hör du mit den Faxen auf, Onkel Billy – und auch du, Mam. Bin ich Mauds Sohn?«

»Die Freundschaft zwischen Maud und mir war vor allem ein politisches Bündnis«, sagte Ethel. »Sie zerbrach, als wir uns bei der Frage nach der richtigen Strategie beim Kampf um das Frauenwahlrecht überworfen haben, aber wir konnten den Riss wieder kitten. Ich mag Maud sehr gern, und sie hat mir wichtige Gelegenheiten verschafft, im Leben voranzukommen, aber irgendeine geheime Bindung zwischen uns gibt es nicht. Sie weiß nicht, wer dein leiblicher Vater ist.«

»Das würde ich gern glauben, Mam«, sagte Lloyd. »Aber dieses Foto ...«

»Die Erklärung für die Ähnlichkeit ...«, setzte Ethel an und verstummte.

Lloyd wollte nicht zulassen, dass sie sich wieder herauswand. »Komm schon«, drängte er. »Sag mir die Wahrheit.«

Erneut meldete Onkel Billy sich zu Wort. »Du bellst den falschen Baum an, Boyo.«

»Wirklich? Dann erklär du es mir!«

»Das steht mir nicht zu.«

Das kam beinahe einem Geständnis gleich. »Also hast du tatsächlich gelogen.«

Bernie blickte fassungslos drein. »Willst du damit sagen, Billy, dass die Geschichte mit Teddy Williams nicht wahr ist?« Offensichtlich hatte er sie all die Jahre geglaubt, genau wie Lloyd.

Billy gab keine Antwort.

Alle blickten Ethel an.

»Ach, verdammt«, sagte sie. »Mein Vater würde sagen: ›Wisset, dass eure Sünde euch finden wird.‹ Du hast nach der Wahrheit gefragt, Lloyd, also sollst du sie erfahren, auch wenn sie dir nicht gefallen wird.«

»Warten wir's ab«, sagte Lloyd unbekümmert.

»Ich bin deine Mutter«, sagte Ethel. »Du bist der Sohn von Fitz.«

Am Tag darauf, am Freitag, dem 10. Mai, marschierte die deutsche Wehrmacht in Holland, Belgien und Luxemburg ein.

Lloyd hörte die Nachricht im Radio, als er mit seinen Eltern und Onkel Billy in der Pension beim Frühstück saß. Die Invasion überraschte ihn nicht: Jeder in der Army war der Ansicht gewesen, dass sie unmittelbar bevorstand.

Viel stärker beschäftigte ihn die Enthüllung des vergangenen Abends. In der Nacht hatte er stundenlang wach gelegen, verärgert, dass man ihn so lange in die Irre geführt hatte, und zugleich bestürzt darüber, dass er der Sohn eines erzkonservativen adligen Appeasers sein sollte – der außerdem verrückterweise der Schwiegervater der bezaubernden Daisy war.

»Wie konntest du nur auf ihn hereinfallen?«, hatte er seine Mutter im Pub gefragt.

»Sei kein Heuchler«, hatte sie schroff erwidert. »Du warst doch auch verrückt nach deiner reichen Amerikanerin, und die hat einen Faschisten geheiratet.«

Lloyd wollte entgegnen, dass das etwas anderes sei, erkannte dann aber, dass es Augenwischerei gewesen wäre. Wie immer seine Beziehung zu Daisy sich heute darstellte, es bestand kein Zweifel, dass er sie geliebt hatte, und Liebe war nicht mit Vernunft zu erklären. Und wenn er selbst einer irrationalen Leidenschaft erliegen konnte, dann auch seine Mutter. Es war ihnen sogar im gleichen Alter widerfahren: Sie waren beide einundzwanzig gewesen.

Lloyd war allerdings der Meinung, dass Ethel ihm von Anfang an die Wahrheit hätte sagen müssen, doch auch dagegen konnte sie ein Argument ins Feld führen: »Wie hättest du als kleiner Junge reagiert, wenn ich dir gesagt hätte, dass du der Sohn eines reichen Mannes bist, eines Earls? Nicht lange, und du hättest damit vor den anderen Jungen auf der Schule geprahlt. Überleg mal, wie sie dich für deine kindliche Fantasie verspottet hätten. Wie sie dich gehasst hätten für deine Wichtigtuerei.«

»Aber du hättest es mir irgendwann später sagen können!«

»Kann schon sein«, hatte Ethel müde erwidert, »aber der richtige Augenblick schien nie zu kommen.«

Bernie war vor Entsetzen schneeweiß geworden, doch er erholte sich rasch und verfiel wieder in sein gewohntes Phlegma. Er könne verstehen, weshalb Ethel ihn nie eingeweiht habe, sagte er. »Ein Geheimnis, das zwei kennen, ist kein Geheimnis mehr.«

Lloyd fragte Ethel, welches Verhältnis sie heute zum Earl habe. »Du siehst ihn sicher oft, nicht wahr?«

»Nein, nur ganz selten. Die Peers sind im Westminster Palace unter sich. Sie haben eigene Restaurants und Bars. Unsereins sieht sie eigentlich nur nach vorheriger Terminabsprache.«

In dieser Nacht war Lloyd zu schockiert und verstört, um ausdrücken zu können, was er empfand. Sein Vater war Earl Fitzherbert – der Aristokrat, der Tory, Boys Vater, Daisys Schwiegervater. Sollte er deswegen traurig sein, wütend, vielleicht sogar an Selbstmord denken? Das alles wühlte ihn so sehr auf, dass er am ganzen Körper zitterte.

Die Frühnachrichten waren auch nicht dazu angetan, Lloyds gedrückte Stimmung zu heben.

In den frühen Morgenstunden hatte die deutsche Wehrmacht einen Blitzschlag nach Westen geführt. Obwohl man diesen Angriff erwartet hatte, war es den alliierten Nachrichtendiensten trotz größter Mühe nicht gelungen, im Vorfeld das Datum des deutschen Angriffs zu erfahren. Die Streitkräfte der kleinen Staaten waren völlig überrascht worden. Dennoch wehrten sie sich tapfer. Premierminister Chamberlain hatte eine Kabinettssitzung einberufen, die in diesen Minuten stattfand. Das französische Heer, verstärkt durch zehn britische Divisionen, die bereits in Frankreich standen, hatte längst einem Plan zur Abwehr einer solchen Invasion zugestimmt, und dieser Plan war nun automatisch in Kraft getreten. Alliierte Verbände hatten von Westen aus die holländische und belgische Grenze zu Frankreich überschritten, um den deutschen Vormarsch aufzuhalten.

»Das wird wahrscheinlich stimmen«, sagte Onkel Billy. »Aber die BBC würde es so oder so behaupten.«

Die bedrückenden Neuigkeiten lasteten Lloyd und seiner Familie schwer auf der Seele. Die Williams' bestiegen einen Bus ins Stadtzentrum und fuhren zum Bournemouth Pavilion, wo die Parteiversammlung stattfand.

Dort hörten sie das Neuste aus Westminster. Chamberlain klammerte sich noch immer an die Macht. Billy erfuhr, dass der Premierminister dem Labour-Chef Clement Attlee einen Ministerposten in seinem Kabinett angeboten hatte, um die Regierungskoalition auf die drei großen Parteien auszuweiten.

Die Aussicht einer großen Koalition erfüllte Lloyd und die anderen mit Schrecken. Chamberlain, der Appeaser, würde Premierminister bleiben, und wenn die Labour Party der Regierung

411

angehörte, wäre sie verpflichtet, ihn zu unterstützen. Allein der Gedanke war unerträglich.

»Was hat Attlee geantwortet?«, fragte Lloyd.

»Dass er das Nationale Parteipräsidium befragen muss«, antwortete Billy.

»Das sind wir.« Lloyd und Billy gehörten dem Präsidium an, für das um vier Uhr nachmittags eine Sitzung anberaumt war.

»Richtig«, sagte Ethel. »Am besten, wir erkundigen uns im Voraus, wie viel Unterstützung Chamberlains Plan beim Präsidium finden wird.«

»Keine, würde ich meinen«, sagte Lloyd.

»Sei dir da nicht so sicher«, entgegnete seine Mutter. »Es werden sich einige Leute finden, die Churchill um jeden Preis draußen halten wollen.«

Lloyd verbrachte die nächsten Stunden ohne Pause im Gespräch mit Präsidiumsmitgliedern und ihren Freunden und Assistenten in den Cafés und Bars des Pavilions und an der Promenade. Er aß nicht zu Mittag, trank nur Unmengen Tee.

Zu seiner Enttäuschung musste er feststellen, dass nicht alle seine Ansichten über Chamberlain und Churchill teilten. Vom letzten Krieg waren noch ein paar Pazifisten übrig, die Frieden um jeden Preis wollten und Chamberlains Appeasement-Politik begrüßten. Andererseits war Churchill für viele walisische Abgeordnete nach wie vor jener Innenminister, der im Jahr 1910 Truppen als Streikbrecher nach Südwales geschickt hatte, um den Bergarbeiteraufstand in Tonypandy niederzuschlagen. Das lag zwar dreißig Jahre zurück, aber das Gedächtnis von Politikern reichte weit.

Um halb vier spazierten Lloyd und Onkel Billy in einer frischen Brise die Promenade entlang und gingen ins Hotel Highcliff, wo die Versammlung abgehalten wurde. Sie gingen davon aus, dass die Mehrheit des Präsidiums sich gegen die Annahme von Chamberlains Angebot aussprach, konnten aber nicht sicher sein, sodass Lloyd sich nach wie vor sorgte, wie die Abstimmung ausging.

Im Saal setzten sie sich mit den anderen Präsidiumsmitgliedern an den Tisch. Pünktlich um vier Uhr erschien der Parteivorsitzende.

Clem Attlee war ein schlanker, bescheidener, sorgfältig gekleideter Mann mit einem schütteren Haarkranz und Schnurrbart.

Er sah aus wie ein Anwalt – sein Vater war einer – und wurde oft unterschätzt. Auf seine trockene, unaufgeregte Art fasste er für das Präsidium die Geschehnisse der letzten vierundzwanzig Stunden zusammen und kam dann auf Chamberlains Angebot zu sprechen, die Labour Party in die Regierungskoalition aufzunehmen.

»Ich muss euch zwei Fragen stellen«, sagte er. »Erstens: Würdet ihr bei einer Koalitionsregierung mit Neville Chamberlain als Premierminister mitmachen wollen?«

Ein donnerndes »Nein!« war die Antwort. Zu Lloyds Freude fiel die Ablehnung viel nachdrücklicher aus, als er erwartet hatte. Chamberlain, der Freund der Faschisten, der Verräter an Spanien, war am Ende. Es gab doch noch Gerechtigkeit auf dieser Welt.

Lloyd fiel auf, wie geschickt der unscheinbare Attlee die Versammlung lenkte. Er hatte das Thema nicht zur allgemeinen Diskussion gestellt. Seine Frage hatte nicht gelautet: Was sollen wir tun? Stattdessen hatte er dem Präsidium gar nicht erst die Möglichkeit gegeben, Unsicherheit aufkommen zu lassen. Auf seine unaufdringliche Art hatte Attlee alle an die Wand gedrückt und vor die Wahl gestellt. Lloyd war überzeugt, dass er genau die Antwort erhalten hatte, die er sich wünschte.

»Kommen wir zur zweiten Frage«, fuhr Attlee fort. »Würdet ihr in einer Koalition unter einem anderen Premierminister mitarbeiten?«

Die Antwort darauf fiel nicht so lautstark aus, war aber ein eindeutiges Ja. Als Lloyd sich am Tisch umblickte, sah er, dass fast alle zustimmten. Jedenfalls machte niemand sich die Mühe, eine Abstimmung zu beantragen.

»Wenn das so ist«, sagte Attlee, »werde ich Chamberlain mitteilen, dass unsere Partei sich an einer Koalition beteiligt, aber nur wenn er zurücktritt und ein neuer Premierminister ernannt wird.«

Am Tisch erhob sich zustimmendes Gemurmel.

Lloyd war nicht entgangen, wie geschickt Attlee der Frage ausgewichen war, wen das Präsidium sich als neuen Premierminister vorstellte.

»Ich werde jetzt in der Downing Street anrufen«, verkündete Attlee und verließ den Saal.

Am gleichen Abend wurde Winston Churchill, wie die Tradition es verlangte, in den Buckingham Palace gerufen, wo der König ihn bat, das Amt des Premierministers zu übernehmen.

Lloyd setzte große Hoffnungen in Churchill, auch wenn der Mann ein Konservativer war. Im Laufe des Wochenendes nahm der neue Premierminister seine Ernennungen vor. Er bildete ein fünfköpfiges Kriegskabinett, dem Clem Attlee und Arthur Greenwood angehörten, der Vorsitzende der Labour Party und sein Stellvertreter. Der Gewerkschaftsführer Ernie Bevin wurde Arbeitsminister. Offensichtlich wollte Churchill eine parteienübergreifende Regierung schaffen.

Lloyd packte seinen Koffer und wartete auf den nächsten Zug nach Aberowen. Er rechnete damit, dass er kurz nach seiner Ankunft versetzt wurde, vermutlich nach Frankreich. Doch er würde nur eine oder zwei Stunden brauchen, um eine Erklärung für Daisys rätselhaftes Verhalten am letzten Dienstag zu bekommen.

Inzwischen wälzte sich die deutsche Wehrmacht durch Holland und Belgien. Mit einer Geschwindigkeit, die Lloyd erschreckte, überwand sie den beherzten Widerstand des unterlegenen Feindes. Am Sonntagabend telefonierte Onkel Billy mit einem Kontaktmann im Kriegsministerium; anschließend borgten er und Lloyd sich bei der Pensionswirtin einen alten Schulatlas und vertieften sich in die Karte von Nordwesteuropa.

Mit dem Zeigefinger zog Billy eine Ost-West-Linie von Düsseldorf durch Brüssel nach Lille. »Die Deutschen stoßen gegen den schwächsten Abschnitt der französischen Verteidigungslinie vor, den Nordteil der belgisch-französischen Grenze.« Sein Finger bewegte sich die Seite hinunter. »Südbelgien grenzt an die Ardennen, ein bewaldetes Mittelgebirge, das für moderne motorisierte Armeen so gut wie unpassierbar ist. Das sagt jedenfalls mein Freund im Kriegsministerium.« Billys Finger bewegte sich weiter. »Und hier, noch weiter im Süden, befindet sich die stärkste Verteidigungslinie Frankreichs, die Maginot-Linie, die bis an die Schweizer Grenze reicht.« Der Finger glitt wieder nach oben. »Aber zwischen Nordfrankreich und Belgien gibt es keine Festungsanlagen.«

Lloyd war erstaunt. »Hat bis jetzt noch niemand daran gedacht?«

»Doch, wir. Und wir haben eine Strategie.« Billy senkte die

414

Stimme. »Wir nennen es Plan D. Er kann nicht mehr geheim sein, weil er bereits umgesetzt wird. Die besten Divisionen des französischen Heeres und das gesamte britische Expeditionskorps rücken über die Grenze nach Belgien vor. An der Dyle gehen sie in befestigte Abwehrstellungen. Das wird den deutschen Vormarsch stoppen.«

Lloyd war nicht davon überzeugt. »Heißt das, wir setzen die Hälfte unserer Streitmacht für diesen Plan D ein?«

»Wir müssen dafür sorgen, dass er aufgeht.«

»Bei Gott, das hoffe ich.«

Die Pensionswirtin unterbrach ihr Gespräch, indem sie Lloyd ein Telegramm brachte. Es musste von der Army sein. Lloyd hatte Colonel Ellis-Jones diese Adresse angegeben, ehe er in Urlaub gegangen war. Er war ohnehin überrascht, nicht schon früher von der Army gehört zu haben.

Lloyd riss den Umschlag auf. Das Telegramm lautete:

KEINE RÜCKKEHR NACH ABEROWEN STOPP SOFORT IN HAFEN SOUTHAMPTON MELDEN STOPP A BIENTOT GEZEICHNET ELLISJONES

Lloyd würde also nicht nach Tŷ Gwyn zurückkehren. Southampton war einer der größten Häfen Großbritanniens, wo man sich für Reisen zum Festland einschiffte; er lag nur wenige Meilen die Küste entlang von Bournemouth entfernt. Mit dem Zug oder dem Bus erreichte man ihn binnen einer Stunde.

Es versetzte Lloyd einen Stich ins Herz, als ihm klar wurde, dass er Daisy morgen nicht wiedersehen würde. Vielleicht sollte er nie erfahren, was sie ihm hatte sagen wollen.

Colonel Ellis-Jones' A BIENTOT – »bis bald« – war ein unübersehbarer Hinweis.

Lloyd wurde nach Frankreich versetzt.

415

KAPITEL 7

1940 (II)

Erik von Ulrich verbrachte die ersten drei Tage des Westfeldzugs im Stau.

Er und sein Freund Hermann Braun gehörten zu einer Sanitätseinheit der 2. Panzerdivision, doch sie wurden in keine Gefechte verwickelt, als sie den Süden Belgiens durchquerten; anstatt feindlicher Truppen sahen sie die bewaldeten Hügel der Ardennen. Sie fuhren auf schmalen Straßen, von denen viele ungepflastert waren; wenn ein Panzer mit einem technischen Schaden liegen blieb, konnte die Kolonne sich auf fünfzig und mehr Kilometer stauen.

So kam es, dass Erik und Hermann mehr im Mannschaftstransportwagen warteten, als dass sie vorankamen. Und wenn es einmal weiterging, war es äußerst unbequem, denn sie wurden auf der harten hölzernen Ladefläche durchgeschüttelt, wenn der Lkw über Geröll und durch Schlaglöcher rumpelte. Erik sehnte sich schon deshalb nach einem Kampfeinsatz, um endlich von diesem verdammten Laster herunterzukommen.

Hermanns sommersprossiges Gesicht war vor Sorge verzogen, als er Erik zuflüsterte: »Das ist doch bescheuert.«

»Vorsicht, so was solltest du lieber nicht sagen«, raunte Erik ebenso leise zurück. »Du warst doch in der Hitler-Jugend. Vertraust du dem Führer etwa nicht?« Hermanns Defätismus ärgerte Erik, aber seine Wut war nicht so groß, dass er seinen Freund denunziert hätte.

Hermann fragte laut: »Was machen wir hier eigentlich? Hier tut sich doch gar nichts.«

Ihr Vorgesetzter, Oberstabsarzt Dr. Rainer Weiss, saß vorne neben dem Fahrer. »Wir befolgen die Befehle des Führers, und der Führer irrt nicht.« Er sagte es mit ernster Miene, doch Erik war sicher, dass es spöttisch gemeint war. Weiss, ein hagerer Mann mit schwarzem Haar und Brille, machte des Öfteren zynische

Bemerkungen über die Regierung und das Militär, aber auf eine so geschickte Art und Weise, dass man ihm keinen Strick daraus drehen konnte. Die Wehrmacht hätte es sich ohnehin nicht leisten können, fähige Ärzte zu verlieren.

Neben den Ärzten saßen zwei Sanitäter im Lkw, beide älter als Erik und Hermann. Der eine, Christoph, hatte eine bessere Antwort auf Hermanns Frage: »Vielleicht rechnen die Franzosen ja gar nicht damit, dass wir hier angreifen. Schließlich ist es ein schwieriges Gelände.«

Sein Freund Manfred fügte hinzu: »Ja, genau. So haben wir die Überraschung auf unserer Seite und werden auf wenig Widerstand stoßen.«

Weiss bemerkte sarkastisch: »Danke für diese Lektion in Taktik, meine Herrn. Das war wirklich sehr erhellend.« Wenigstens widersprach er ihnen nicht.

Trotz der militärischen Erfolge der Wehrmacht in letzter Zeit gab es zu Eriks Erstaunen immer noch Leute, die am Führer zweifelten. Auch Eriks Familie verschloss die Augen vor den Triumphen der Nationalsozialisten. Eriks Vater, einst ein Mann von Macht und Ansehen, war nur noch eine erbärmliche Gestalt. Anstatt sich über die Eroberung des barbarischen Polen zu freuen, jammerte er über die schlechte Behandlung der polnischen Bevölkerung – wovon er nur gehört haben konnte, wenn er verbotenerweise ausländische Radiosender hörte. Ein solches Verhalten konnte sie alle in arge Schwierigkeiten bringen, auch Erik. Schließlich hatte er sich mitschuldig gemacht, indem er die Bemerkung seines Vaters nicht dem Blockwart gemeldet hatte.

Auch seine Mutter verhielt sich nicht so, wie Erik es gern gesehen hätte. Hin und wieder verschwand sie mit einem Päckchen Räucherfisch oder Eier. Sie sagte nie, was sie damit anfing, doch Erik war ziemlich sicher, dass sie die Lebensmittel zu Frau Rothmann brachte, deren jüdischer Mann nicht mehr als Arzt praktizieren durfte.

Trotzdem schickte Erik einen großen Teil seines Soldes nach Hause, weil seine Eltern sonst hungern müssten. Schließlich hasste er nicht sie, sondern ihre politischen Ansichten. Aber das galt sicherlich auch umgekehrt: Seine Eltern hassten die Nazis, aber sie liebten ihren Sohn.

Eriks Schwester Carla hatte nach ihrem gescheiterten Versuch, ein Medizinstudium aufzunehmen, eine Ausbildung zur Krankenschwester begonnen – nach Eriks Ansicht ein viel angemessenerer Beruf für ein deutsches Mädchen. Auch Carla unterstützte ihre Eltern von ihrem mageren Gehalt.

Erik und sein Freund Hermann hatten eigentlich zur Infanterie gewollt. Ihre Vorstellung von Kampf war, sich mit dem Gewehr in der Hand auf den Feind zu stürzen und für das Vaterland zu töten oder zu sterben. Doch in Kampfhandlungen würden sie vorerst wohl nicht verwickelt werden. Beide hatten bereits zwei Semester Medizin studiert, und solche Kenntnisse mussten genutzt werden. Deshalb hatte man sie zum Sanitätsdienst eingezogen.

Der vierte Tag in Belgien, der 13. Mai, verlief bis zum Nachmittag genauso wie die drei anderen Tage zuvor. Dann aber hörten sie über das Brummen der Motoren und das Rasseln und Klirren der Panzerketten hinweg ein unbekanntes, lauteres Geräusch: Nicht weit entfernt donnerten Flugzeuge über die Wälder und warfen Bomben ab. Eriks Nasenflügel bebten, als er den stechenden Rauch und den Sprengstoff roch.

Gut eine Stunde später legten sie auf einem Hügel eine Rast ein. Von hier oben konnte man in ein gewundenes Flusstal blicken. Oberstabsarzt Weiss sagte, der Fluss sei die Maas und sie befänden sich westlich von Sedan. Also waren sie endlich in Frankreich. Die Maschinen der Luftwaffe flogen weiter über sie hinweg und warfen ihre Bomben auf die verstreut liegenden Dörfer am Fluss, in denen sich vermutlich französische Verteidigungsstellungen befanden. Von zahllosen Bränden zwischen den zerbombten Häusern und Höfen stieg schwarzer, fettiger Rauch auf. Der Angriff wurde mit gnadenloser Härte geführt, und Erik empfand Mitleid für alle, die in diesem Inferno gefangen waren.

Es waren die ersten Kampfhandlungen, die er miterlebte. Nicht mehr lange, und er würde mittendrin sein. Vielleicht, überlegte er, schaut dann ein junger französischer Soldat aus seinem sicheren Unterstand zu und hat Mitleid mit uns Deutschen, die in Stücke gerissen und getötet werden. Dieser Gedanke ließ sein Herz vor Furcht und Erregung schneller schlagen.

Erik schaute nach Osten, wo keine Details der Landschaft mehr zu erkennen waren. Dennoch konnte er die Flugzeuge als winzige

Punkte ausmachen und die Rauchsäulen zum Himmel steigen sehen. Die Schlacht tobte auf mehrere Meilen den Fluss entlang. Noch während Erik zuschaute, endete das Bombardement. Die Maschinen drehten nach Norden ab und wackelten zum Gruß mit den Flügeln, als sie über Eriks Kolonne hinwegjagten.

Nicht weit von Eriks Aussichtspunkt entfernt, auf der Ebene am Fluss, rollten die deutschen Panzer zum Angriff. Sie waren noch gut drei Kilometer vom Feind entfernt, doch die französische Artillerie in der Stadt nahm sie bereits unter Beschuss. Erik war überrascht, dass so viele Geschützstellungen das Bombardement durch die deutschen Kampfflieger überlebt hatten. Mündungsfeuer blitzte zwischen den Ruinen; Kanonendonner rollte über die Felder, und französische Erde spritzte auf, wo die Geschosse einschlugen. Erik sah, wie ein Panzer nach einem Volltreffer explodierte. Inmitten einer Rauchsäule flogen glühendes Metall und Körperteile aus der Wanne wie Asche und Lava aus einem Vulkan. Erik wurde bei dem Anblick übel.

Doch der französische Beschuss konnte den deutschen Vormarsch nicht aufhalten. Die Panzer krochen unaufhaltsam auf das Ufer östlich der Stadt zu. Sie hieß Donchery, hatte Weiss gesagt. Den Panzern folgte die Infanterie, auf Lkws oder zu Fuß.

»Verdammter Mist«, sagte Hermann. »Der Luftangriff hat nicht gereicht. Wo ist unsere Artillerie? Sie müssen die schweren Geschütze in der Stadt erledigen, damit unsere Panzer und die Infanterie den Fluss überqueren und einen Brückenkopf errichten können, sonst knallen die Franzmänner uns ab wie die Hasen!«

Erik hätte ihm am liebsten eine runtergehauen. Dieser Jammerlappen! Sie würden gleich in den Kampf ziehen. Da durften sie nicht schwarzsehen. Sie mussten Siegesgewissheit zeigen!

Doch Oberstabsarzt Weiss sagte: »Sie haben recht, Braun. Aber die Munition für unsere Artillerie steckt irgendwo in den Ardennen fest. Wir haben nur noch achtundvierzig Granaten.«

Ein rotgesichtiger Major rannte an ihnen vorbei und brüllte: »Aufsitzen! Aufsitzen!«

Weiss deutete nach vorn. »Wir werden den Verbandplatz da drüben im Osten einrichten«, sagte er, »bei dem Bauernhof.« Erik sah ein niedriges graues Dach, gut einen Kilometer vom Fluss entfernt. »Also los, meine Herrn«, sagte Weiss. »Marsch, marsch!«

419

Sie sprangen auf den Mannschaftstransportwagen und fuhren rumpelnd den Hügel hinunter. Als sie wieder auf ebenem Gelände waren, bogen sie auf einen Feldweg ein. Erik fragte sich, was sie mit der Familie machen würden, die in dem Gebäude wohnte, das sie als Verbandplatz requirieren wollten. Wahrscheinlich würden sie die Leute einfach rauswerfen. Sollten sie Ärger machen, würde man sie erschießen. Aber wo sollten die armen Schweine hin? Schließlich befanden sie sich mitten auf einem Schlachtfeld.

Doch Eriks Sorgen erwiesen sich als unbegründet: Die Bauern waren längst verschwunden.

Das Gebäude lag ein gutes Stück von den heftigsten Kämpfen entfernt. Es hätte ja auch keinen Sinn gehabt, einen Verbandplatz in Reichweite des feindlichen Feuers aufzuschlagen.

»Schnappen Sie sich die Tragen, und setzen Sie sich in Bewegung«, befahl Weiss. »Wenn Sie zurückkommen, ist hier alles bereit. Los!«

Erik und Hermann holten eine zusammengerollte Trage und einen Erste-Hilfe-Koffer aus dem Versorgungswagen und liefen in Richtung der Kampflinie, gefolgt von einem Dutzend Kameraden, während Christoph und Manfred unmittelbar vor ihnen waren.

Endlich ist es so weit, ging es Erik durch den Kopf. Jetzt haben wir die Gelegenheit, Helden zu werden. Wer wird unter feindlichem Feuer die Nerven behalten, und wer wird sich ängstlich verkriechen?

Sie rannten über die Felder zum Fluss. Es war eine lange Strecke, und mit einem Verwundeten auf der Trage würde der Rückweg wahrscheinlich noch viel länger werden.

Sie kamen an qualmenden Panzerwracks vorbei. Hier gab es keine Überlebenden, und Erik wandte den Blick von den verbrannten, verstümmelten Leichen ab, die zwischen dem zerschossenen Metall hingen. Um sie her schlugen Granaten ein, aber noch hielt der Beschuss sich in Grenzen. Es gab nur wenige Verteidiger am Fluss; wie sich herausstellte, waren viele französische Geschützstellungen von der Luftwaffe ausgeschaltet worden. Doch es war das erste Mal, dass auf Erik geschossen wurde, und er verspürte das absurde, kindische Verlangen, die Hand vor die Augen zu schlagen. Doch er bekämpfte seine Angst und rannte weiter.

Dann detonierte unmittelbar vor ihnen eine Granate.

Ein ohrenbetäubender Knall ließ die Luft zittern und die Erde beben, als hätte ein Riese mit dem Fuß aufgestampft. Christoph und Manfred wurden voll getroffen. Erik sah, wie ihre Körper hoch in die Luft geschleudert wurden. Dann riss die Wucht der Explosion ihn von den Füßen. Als er mit dem Gesicht nach oben auf dem Boden lag, regnete Erde auf ihn herab, aber er war unverletzt.

Er rappelte sich auf. Direkt vor ihm lagen die zerfetzten Leichen von Christoph und Manfred. Christoph sah aus wie eine blutige Lumpenpuppe ohne Gliedmaßen, und Manfred war der Kopf abgerissen worden.

Erik war vor Entsetzen wie gelähmt. An der Uni hatte er nie mit blutenden, verstümmelten Körpern zu tun gehabt. Er kannte Leichen nur aus dem Anatomieunterricht und war dabei gewesen, als ein Körper auf dem Operationstisch aufgeschnitten worden war. Aber nichts davon hatte ihn auf dieses Grauen vorbereitet.

Erik wollte nur noch weg von hier.

Mit einem schluchzenden Geräusch drehte er sich um. Sein Kopf war leer. Er empfand nur noch Angst, erbärmliche Angst. Langsam, dann immer schneller bewegte er sich in die Richtung, aus der sie gekommen waren, zurück zum Wald, weg von der Schlacht.

Hermann trat ihm in den Weg. »Wo willst du hin? Sei kein Narr!«

Erik versuchte, sich an ihm vorbeizudrängen, doch Hermann schlug ihm die Faust in den Magen. Erik klappte zusammen.

»Wenn du wegläufst, du Blödmann, wirst du als Deserteur erschossen!«, rief Hermann. »Reiß dich zusammen, Kerl!«

Erik rang japsend nach Luft und kam langsam wieder zur Besinnung. Hermann hatte recht. Er durfte nicht weglaufen, durfte nicht desertieren. Er musste hierbleiben und weiterkämpfen. Nach und nach gelang es ihm, seine Furcht zu überwinden. Stöhnend rappelte er sich auf.

Hermann musterte ihn misstrauisch.

»Tut mir leid«, sagte Erik. »Ich hab die Panik bekommen, aber jetzt geht's wieder. Alles in Ordnung.«

»Dann schnapp dir die Trage, und setz deinen Arsch in Bewegung!«

Erik nahm sich eine der zusammengerollten Tragen, legte sie sich über die Schulter, drehte sich um und rannte los.

421

Näher am Fluss fanden Erik und Hermann sich inmitten der Infanterie wieder. Einige Soldaten zogen aufgeblasene Schlauchboote von den Lastwagen und trugen sie zum Fluss, während die Panzer versuchten, ihnen Deckung zu geben, indem sie die französischen Stellungen unter Beschuss nahmen. Doch Erik sah, dass diese Schlacht verloren war. Die Franzosen hatten sich in Häusern und hinter Mauern verschanzt, während die deutsche Infanterie am Ufer keinerlei Deckung hatte. Kaum gelang es den Männern, ein Schlauchboot zu Wasser zu lassen, wurde es auch schon von feindlichen Maschinengewehren in Fetzen gerissen.

Weiter stromaufwärts beschrieb der Fluss eine scharfe Rechtsbiegung; aber diese Stelle war so weit weg, dass die Infanteristen die Entfernung im feindlichen Feuer unmöglich überbrücken konnten.

Schon jetzt war der Boden mit Toten und Verwundeten übersät.

»Los, wir nehmen den hier«, sagte Hermann, und Erik machte sich an die Arbeit. Neben einem stöhnenden Infanteristen entrollten sie ihre Trage. Wie er es in der Ausbildung gelernt hatte, gab Erik dem Verwundeten Wasser aus seiner Feldflasche. Der Mann hatte mehrere oberflächliche Gesichtswunden, und sein rechter Arm schien gelähmt zu sein. Erik nahm an, dass er von einer Maschinengewehrgarbe erwischt worden war, doch lebenswichtige Organe schienen zum Glück nicht verletzt zu sein. Jedenfalls sahen sie kein sprudelndes Blut, und so kümmerten sie sich erst einmal nicht um die Wunden. Sie wuchteten die Trage hoch und liefen mit dem Verwundeten zurück in Richtung Verbandplatz.

Der Mann schrie vor Schmerz, kaum dass sie losgerannt waren, doch als sie stehen blieben, brüllte er »Weiter! Weiter!« und biss die Zähne zusammen.

Einen Mann auf einer Trage zu transportieren war nicht so leicht, wie es aussah. Schon auf halber Strecke hatte Erik das Gefühl, ihm würden die Arme abfallen; aber er sah, dass es dem Verwundeten noch viel schlechter ging als ihm, und so verbiss er sich den Schmerz und lief weiter.

Zum Glück schlugen in ihrer Nähe keine Granaten mehr ein. Die Franzosen konzentrierten ihr gesamtes Feuer auf das Ufer, um zu verhindern, dass die Deutschen den Fluss überquerten.

Schließlich erreichten Erik und Hermann mit ihrer Last den Bauernhof. Wie versprochen hatte Weiss inzwischen alles organisiert und eingerichtet. Überflüssige Möbel waren aus den Zimmern entfernt worden; auf dem Boden hatte man den Platz für die Verwundeten markiert, und die Küche diente als OP. Weiss zeigte Erik und Hermann, wo sie die Trage absetzen sollten. Dann schickte er sie wieder los, um den nächsten Verwundeten zu holen.

Diesmal war der Weg zurück zum Fluss leichter. Sie trugen keine Last, und es ging ein wenig bergab. Als sie sich dem Ufer näherten, fragte Erik sich ängstlich, ob er wieder in Panik geraten würde.

Bestürzt sah er, wie erbittert der Kampf geführt wurde. Mitten im Fluss trieben zerfetzte Schlauchboote, und am Ufer lagen mehr Leichen als zuvor; dennoch hatte die Infanterie es noch nicht auf die andere Seite geschafft.

»So eine Scheiße!« Hermanns Stimme klang schrill. »Wir hätten auf unsere Artillerie warten sollen!«

Erik erwiderte: »Nein, dann hätten wir den Vorteil der Überraschung verloren. Die Franzosen hätten Zeit gehabt, Verstärkung heranzuführen, und der ganze beschwerliche Marsch durch die Ardennen wäre umsonst gewesen.«

»Aber es klappt doch sowieso nicht, verdammt!«, stieß Hermann hervor.

Tief im Innern fragte Erik sich zum ersten Mal, ob der Plan des Führers wirklich unfehlbar war – ein Gedanke, der ihm die Entschlossenheit raubte und ihn aus dem Gleichgewicht brachte. Zum Glück blieb Erik keine Zeit zum Grübeln. Er und Hermann blieben neben einem Mann stehen, dem eine Granate das Bein abgerissen hatte. Er war ungefähr so alt wie sie beide, hatte blasse, sommersprossige Haut und kurzes rotes Haar. Sein rechtes Bein endete in einem Stumpf am Oberschenkel. Erstaunlicherweise war er noch bei Bewusstsein. Er starrte die beiden Sanitäter an, als wären sie Engel der Barmherzigkeit.

Erik fand den Druckpunkt im Schritt des Mannes und stoppte die Blutung, während Hermann einen Stauschlauch aus dem Koffer holte und ihn dem Verwundeten anlegte. Dann hoben sie den Mann auf die Trage und machten sich auf den Rückweg.

Während sie sich vorankämpften, dachte Erik über Hermanns pessimistische Bemerkung nach. Hermann war ein guter Soldat und ein guter Deutscher, ließ sich manchmal aber von Zweifeln

423

und Schwarzseherei unterkriegen. Wenn er, Erik, Zweifel hegte, behielt er sie für sich – allein schon, um die Moral der Kameraden nicht zu schwächen. Außerdem konnte es einem Ärger einbringen, an der Überlegenheit der deutschen Wehrmacht oder gar am Führer zu zweifeln.

Dennoch musste Erik sich eingestehen, dass der Marsch durch die Ardennen nicht den erhofften schnellen Sieg zu bringen schien. Die Maas war zwar nur leicht verteidigt, doch die Franzosen wehrten sich mit Zähnen und Klauen.

Entschlossen schüttelte Erik diese Gedanken ab. Er durfte nicht zulassen, dass seine erste Kampferfahrung seinen Glauben an den Führer erschütterte. Allein der Gedanke ließ wieder Panik in ihm aufflackern.

Erik fragte sich, ob die deutschen Streitkräfte weiter östlich besser vorankamen. Als sie sich der Grenze genähert hatten, waren die 1. und die 10. Panzerdivision rechts und links der 2. vorgerückt, der Erik angehörte. Griffen sie jetzt weiter flussaufwärts an?

Eriks Arme brannten wie Feuer, als er und Hermann endlich den Verbandplatz erreichten. Mittlerweile wimmelte es hier von Verwundeten. Überall lagen stöhnende und schreiende Männer, und der Boden war von blutigen Verbänden übersät. Weiss und seine Assistenzärzte gingen von einem verstümmelten Körper zum nächsten. Erik schauderte. In seinen schlimmsten Albträumen hätte er sich nicht vorstellen können, dass es so viel Leid auf so engem Raum geben könnte. Wenn der Führer über den Krieg sprach, kamen Erik solche Bilder nie in den Sinn.

Auf einmal bemerkte er, dass der Mann, den sie hierhergetragen hatten, die Augen geschlossen hatte.

Oberstabsarzt Weiss kam zu ihnen, fühlte den Puls des Verwundeten und befahl hart: »Bringen Sie ihn in die Scheune. Und verschwenden Sie um Himmels willen keine Zeit mehr damit, mir Leichen zu bringen!«

Beinahe hätte Erik vor Wut und Enttäuschung aufgeschrien. Er und Hermann hatten ihr Leben aufs Spiel gesetzt, nur um einen Toten hierherzuschleppen! Hinzu kam der Schmerz in seinen Armen, der allmählich in die Beine ausstrahlte.

Sie brachten die Leiche in die Scheune, in der bereits mehr als ein Dutzend tote junge Männer lagen.

Das war schlimmer als alles, was Erik je erwartet hatte. Die Wirklichkeit war so ganz anders als seine Vorstellung von Soldatentum und männlicher Bewährung. Anstatt Mut, Heldentum und Opferbereitschaft sah er Schmerz, Blut und Eingeweide, hörte Schreie und Stöhnen, erlebte nacktes Entsetzen, animalische Angst und den völligen Vertrauensverlust in die Wehrmachtsführung.

Inzwischen stand die Sonne tief am Himmel, und die Lage auf dem Schlachtfeld hatte sich verändert. Die französischen Verteidiger in Donchery wurden vom gegenüberliegenden Flussufer unter Beschuss genommen. Erik vermutete, dass die 1. Panzerdivision flussaufwärts mehr Glück gehabt hatte; jetzt eilten sie ihren Kameraden von der 2. Division an der Flanke zu Hilfe. Offenbar steckte deren Artilleriemunition nicht in den Ardennen fest.

Von neuem Mut beseelt liefen Erik und Hermann zum Fluss zurück und retteten einen weiteren Verwundeten. Als sie diesmal zum Verbandplatz zurückkamen, gab man ihnen zwei Blechteller mit Suppe. Sie machten zehn Minuten Pause und aßen. Es kostete Erik alle Mühe, wieder aufzustehen, sich die Trage zu schnappen und erneut zum Fluss zu laufen. Am liebsten hätte er sich hingelegt und die ganze Nacht durchgeschlafen.

Diesmal bot sich den beiden Sanitätern ein anderer Anblick. Panzer rollten auf Pontons über den Fluss. Die Deutschen am gegenüber liegenden Ufer lagen unter schwerem Feuer, aber sie schossen zurück, unterstützt von den Verstärkungen der 1. Panzerdivision.

Erik erfasste ein Hochgefühl, als er sah, dass doch noch die Chance bestand, das Gefecht zu gewinnen. Wie hatte er am Führer zweifeln können?

Immer wieder holten sie Verwundete vom Fluss, Stunde um Stunde, bis ihre Arme und Beine taub waren, jenseits von Schmerz und Erschöpfung. Ein paar ihrer Schützlinge waren ohne Bewusstsein, andere dankten ihnen, wieder andere verfluchten sie, und viele schrien nur. Einige überlebten, andere starben.

Gegen acht Uhr abends hatten die Deutschen am gegenüber liegenden Ufer einen Brückenkopf errichtet, und um zehn Uhr war er gesichert.

Bei Einbruch der Nacht endeten die Gefechte. Erik und Hermann suchten das Schlachtfeld weiter nach Verwundeten ab. Den letzten brachten sie um Mitternacht zum Verbandplatz. Dann legten sie sich unter einen Baum und schliefen vor Erschöpfung ein.

Am nächsten Tag rückten Erik und Hermann mit der 2. Panzerdivision nach Westen vor. Die Division durchbrach die Reste der französischen Verteidigungslinien. Zwei Tage später war sie bereits achtzig Kilometer weiter an der Oise und rückte in hohem Tempo durch unverteidigtes Gebiet vor.

Am 20. Mai, eine Woche nachdem sie überraschend aus den Wäldern der Ardennen hervorgebrochen waren, erreichten sie die Kanalküste.

Eriks Bewunderung für den Führer kannte keine Grenzen – erst recht, nachdem Oberstabsarzt Weiss ihm und Hermann erklärte, welche Taktik die Deutschen verfolgt hatten. »Unser Angriff auf Belgien war nur eine Finte«, sagte Weiss. »Damit sollten Franzosen und Engländer in eine Falle gelockt werden. Wir, die Panzerdivisionen, waren die Zähne dieser Falle. Ein Großteil der französischen Armee und fast das gesamte britische Expeditionskorps sind in Belgien von der Wehrmacht eingeschlossen. Sie sind von jeglichem Nachschub abgeschnitten, vollkommen hilflos ... und geschlagen.«

»Das also war der Plan des Führers!«, rief Erik triumphierend.

»Ja«, sagte Weiss. »Niemand denkt wie unser Führer.«

Wie immer wusste Erik nicht, ob er es ernst meinte.

Lloyd Williams befand sich in einem Fußballstadion irgendwo zwischen Calais und Paris, zusammen mit mehr als tausend weiteren britischen Kriegsgefangenen. Die Männer hatten keinerlei Schutz vor der brennenden Junisonne; zugleich waren sie dankbar für die warmen Nächte, denn sie hatten keine Decken. Und es gab weder Toiletten noch Wasser, um sich zu waschen.

Lloyd grub mit den Händen ein Loch. Er hatte ein paar walisische Bergarbeiter um sich geschart, um am Spielfeldrand eine Latrine auszuheben. Jetzt arbeitete er mit ihnen zusammen, um als Offizier mit gutem Beispiel voranzugehen. Bald gesellten sich weitere Männer zu ihnen, die ohnehin nichts zu tun hatten, und so dauerte es nicht lange, bis Hunderte von Gefangenen die Erde aufwühlten. Als ein deutscher Wachsoldat vorbeikam und sich erkundigte, was los sei, erklärte Lloyd es ihm.

»Du sprichst gut Deutsch«, sagte der Wachsoldat freundlich. »Wie heißt du?«

»Lloyd.«

»Ich bin Dieter.«

Lloyd beschloss, Dieters Anwandlung von Freundschaft auszunutzen. »Wir könnten schneller graben, wenn wir Werkzeuge hätten.«

»Warum habt ihr's denn so eilig?«

»Bessere Hygiene kommt sowohl uns als auch euch zugute.«

Dieter zuckte mit den Schultern und ging davon.

Lloyd kam sich seltsam unheroisch und nutzlos vor. Er war nicht im Kampf gewesen. Man hatte die Welsh Rifles als Reserve nach Frankreich geschickt, um andere Einheiten zu ersetzen, die längere Kämpfe hinter sich hatten. Doch die Deutschen hatten nur zehn Tage gebraucht, um den Großteil der alliierten Streitkräfte zu besiegen. Viele der britischen Truppen waren aus Calais und Dünkirchen evakuiert worden, doch Tausende hatten die Schiffe verpasst, darunter auch Lloyd.

Vermutlich stießen die Deutschen nun weiter Richtung Süden vor. Soviel Lloyd wusste, kämpften die Franzosen noch, doch ihre besten Einheiten waren in Belgien aufgerieben worden. Wahrscheinlich war das der Grund dafür, dass die deutschen Wachen ständig mit einem triumphierenden Grinsen herumliefen, als wüssten sie, dass der Sieg so gut wie sicher war.

Lloyd war Kriegsgefangener, aber wie lange würde das so bleiben? Der Druck auf die britische Regierung, Frieden zu schließen, war mit Sicherheit hoch. Churchill würde einen Friedensschluss nicht einmal in Erwägung ziehen, aber er war ein Querdenker und Einzelgänger, anders als alle anderen Politiker; ein solcher Mann konnte rasch abgewählt werden. Und Männer wie Lord Halifax hätten kein Problem damit, einen Friedensvertrag mit den Nazis zu unterzeichnen. Gleiches gilt für einen Staatssekretär im Außenministerium, dachte Lloyd verbittert, einen gewissen Earl Fitzherbert. Er schämte sich, dass dieser Mann sein Vater war.

Sollte der Frieden bald kommen, würde Lloyds Gefangenschaft

nicht lange dauern. Vielleicht würde er sie ausschließlich in diesem Stadion verbringen, um dann hager und sonnenverbrannt, aber heil und gesund in die Heimat zurückzukehren.

Sollten die Briten jedoch weiterkämpfen, sah die Sache völlig anders aus. Der letzte Krieg hatte mehr als vier Jahre gedauert. Die Vorstellung, vier Jahre seines Lebens in einem Kriegsgefangenenlager zu verbringen, war für Lloyd unerträglich.

Deshalb beschloss er, einen Fluchtversuch zu wagen.

Irgendwann würden die Gefangenen in ein dauerhaftes Lager verlegt werden müssen. Das wäre der geeignete Zeitpunkt zur Flucht. Aufgrund der Erfahrungen, die er in Spanien gesammelt hatte, nahm Lloyd an, dass die Gefangenenbewachung für die Wehrmacht keine Priorität besaß. Wenn jemand also die Flucht versuchte, kam er durch, oder die Deutschen erwischten ihn und stellten ihn an die Wand. So oder so war es einer weniger, den es durchzufüttern galt.

Die Gefangenen verbrachten den Rest des Tages damit, weiterhin mühsam die Latrinen auszuheben. Abgesehen von der Aussicht auf hygienische Verbesserungen hob das Projekt die Moral der Männer. Lloyd lag nachts wach, schaute hinauf zu den Sternen und überlegte sich weitere gemeinsame Aktivitäten. Er kam auf den Gedanken, einen sportlichen Wettbewerb zu veranstalten, eine Art Olympische Spiele für Kriegsgefangene.

Doch er sollte nicht mehr die Gelegenheit bekommen, diesen Plan in die Tat umzusetzen. Am nächsten Morgen wurden sie verlegt.

Zuerst war Lloyd nicht sicher, in welche Richtung sie marschierten, doch es dauerte nicht lange, und sie erreichten eine breite, nach Osten führende Straße. Aller Wahrscheinlichkeit nach würde man sie den ganzen Weg bis nach Deutschland marschieren lassen. Und waren sie erst mal dort, wäre eine Flucht ungleich schwieriger. Also musste er die Gelegenheit nutzen, und zwar jetzt. Je eher, desto besser. Lloyd hatte Angst – die Wachen waren bewaffnet –, aber er war fest entschlossen.

Von ein paar deutschen Stabsfahrzeugen abgesehen herrschte nicht viel Verkehr auf der Straße. Die meisten Leute waren zu Fuß unterwegs und gingen nach Westen, in die entgegengesetzte Richtung wie die Gefangenen. Sie hatten ihre Habseligkeiten auf

428

Hand- und Schubkarren geladen; einige trieben Vieh vor sich her. Es waren offensichtlich Flüchtlinge, deren Häuser und Höfe bei den Kämpfen zerstört worden waren. Lloyd konnte es nur recht sein: Ein entflohener Gefangener würde sich unter den Flüchtlingen gut verstecken können.

Die Bewachung der Gefangenen war ziemlich lasch. Die tausend Mann starke Kolonne wurde nur von zehn Deutschen begleitet. Die Führer der Wachmannschaft hatten ein Auto und ein Motorrad. Der Rest ging entweder zu Fuß oder fuhr auf Fahrrädern, die man vermutlich irgendwo requiriert hatte.

Trotzdem schien eine Flucht zunächst unmöglich zu sein. Hier gab es keine Hecken wie in England, die einem Deckung hätten bieten können, und die Straßengräben waren zu flach, um sich darin zu verstecken. Wer hier einfach losrannte, bot einem Schützen ein leichtes Ziel.

Schließlich erreichte die Gefangenenkolonne ein Dorf. Hier war es schwieriger für die Wachen, alle im Auge zu behalten. Die Einheimischen standen am Straßenrand und begafften die Gefangenen voller Neugier. Eine kleine Schafherde mischte sich unter sie. Kleine Häuser und Läden säumten die Straße. Hoffnungsvoll hielt Lloyd nach einer Fluchtmöglichkeit Ausschau. Irgendwo musste es eine Stelle geben, wo er sich rasch verstecken konnte – eine offene Tür, eine schmale Gasse zwischen zwei Häusern, einen dichten Strauch. Jetzt musste er nur noch einen Moment abpassen, wenn keine der Wachen ihn beobachtete.

Ein paar Minuten später hatten sie das Dorf hinter sich gelassen, ohne dass sich Lloyd eine Chance geboten hätte.

Er ärgerte sich, ermahnte sich zugleich aber zur Geduld. Ihm würden sich schon noch andere Gelegenheiten bieten. Bis nach Deutschland war es weit. Andererseits würden die Deutschen mit jedem Tag, der verstrich, ihre Kontrolle über die eroberten Gebiete ausbauen, ihre Organisation verbessern, Ausgangssperren verhängen und Kontrollposten einrichten, um die Flüchtlingsströme zu überwachen. Noch war eine Flucht möglich, später vielleicht nicht mehr.

Es war heiß, und Lloyd zog seine Uniformjacke und die Krawatte aus. Er beschloss, beides so bald wie möglich loszuwerden. Aus der Nähe würde er mit seiner Khakihose und dem Hemd zwar noch immer wie ein britischer Soldat aussehen, doch auf größere Entfernung war er sicher weniger auffällig.

Sie kamen durch zwei weitere Dörfer und erreichten schließlich eine kleine Stadt. Lloyd wurde nervös. Wenn sich ihm hier wieder keine Fluchtmöglichkeit bot, sah es düster für ihn aus, zumal er feststellte, dass er sich immer mehr an die Gefangenschaft gewöhnte. Das Weitermarschieren war leicht – mit wunden Füßen zwar, aber in relativer Sicherheit. Bei einer Flucht hingegen musste er sich den Kugeln der Wachmannschaft aussetzen.

Entschlossen schob Lloyd diese Gedanken zur Seite. Er durfte jetzt nicht wankelmütig werden.

Die Straße, die durch die Stadt führte, war ungünstigerweise ziemlich breit. Der Zug der Gefangenen blieb in der Mitte, sodass rechts und links viel Platz war – ideal für einen Schützen, sollte jemand zu fliehen versuchen. Einige Geschäfte hatten geschlossen, und hier und da waren die Gebäude vernagelt, aber Lloyd sah auch ein paar vielversprechende Gassen, Cafés mit offenen Türen und eine Kirche ... doch er konnte nichts davon ungesehen erreichen.

Er musterte die Gesichter der Städter, die ihn und die anderen Gefangenen anstarrten. Hatten sie Mitgefühl? Würden sie sich daran erinnern, dass diese zerlumpten Gestalten für Frankreich gekämpft hatten? Oder war ihre Angst vor den Deutschen so groß, dass sie sich nicht in Gefahr begeben wollten? Teils, teils, vermutete Lloyd. Einige würden ihr Leben riskieren, um ihm zu helfen, während andere ihn den Deutschen ausliefern würden, ohne mit der Wimper zu zucken. Und er würde den Unterschied nicht sehen können, bis es zu spät war.

Sie erreichten das Stadtzentrum. Die Hälfte der Fluchtchancen hatte Lloyd bereits ungenutzt gelassen. Er musste endlich handeln.

Vor sich sah er eine Kreuzung. Dort warteten Fahrzeuge darauf, links abbiegen zu können; aber die Weiterfahrt wurde ihnen von den vorbeimarschierenden Gefangenen verwehrt. An der Spitze der Fahrzeugschlange sah Lloyd einen zivilen Lastwagen mit offener Ladefläche. Der Wagen war schmutzig und verbeult. Offenbar gehörte er einem Bau- oder Straßenarbeiter. Doch Lloyd konnte nicht auf die Ladefläche schauen; dafür waren die Seitenwände zu hoch.

Konnte er aus der Kolonne schlüpfen und rasch auf die Ladefläche klettern? War er erst einmal oben, konnte ihn von der Straße aus niemand mehr sehen, auch nicht die Wachen auf ihren Fahrrädern. Aber für jemanden, der über ihm aus einem Fenster schaute, wäre er deutlich zu sehen. Würden diese Leute ihn verraten?

Lloyd näherte sich dem Lkw.

Rasch blickte er über die Schulter. Die nächste Wache war gut zweihundert Meter hinter ihm.

Er schaute nach vorn. Zwanzig Meter vor ihm radelte ein Deutscher.

Lloyd sagte zu dem Mann neben sich: »Halten Sie das mal für mich, ja?«, und gab ihm seine Jacke.

Dann war er auf gleicher Höhe mit dem Lastwagen. Am Radkasten lehnte ein gelangweilt aussehender Mann in Arbeitskleidung und mit Barett, eine Zigarette zwischen den Lippen. Lloyd ging an ihm vorbei. Jetzt war er auf Höhe der Ladefläche. Er hatte keine Zeit mehr, noch einmal nach den Wachen zu sehen.

Ohne eine Sekunde innezuhalten, packte Lloyd die Seitenwand, zog sich hoch und ließ sich auf die Ladefläche fallen. Er prallte mit einem dumpfen Laut auf, der ihm trotz des Lärms der tausend Stiefel unglaublich laut vorkam. Sofort drückte er sich flach auf die Ladefläche, rührte sich nicht und lauschte auf das Brüllen einer deutschen Stimme, das Knattern eines heranjagenden Motorrads oder den Knall eines Gewehrschusses.

Stattdessen hörte er das Tuckern des Lkw-Motors, das Schlurfen der Gefangenen und die Hintergrundgeräusche der kleinen Stadt und ihrer Bewohner. Hatte er es geschafft?

Lloyd schaute sich um, wobei er sich tief geduckt hielt. Neben ihm lagen Eimer, Bretter, eine Leiter und eine Schubkarre. Eigentlich hatte er auf ein paar Säcke oder Decken gehofft, unter denen er sich hätte verstecken können.

Lloyd hörte, wie ein Motorrad näher kam. Es schien nicht weit von ihm zu halten. Dann, nur wenige Meter von ihm entfernt, sprach jemand Französisch mit starkem deutschem Akzent. »Wo wollen Sie hin?« Es war die Stimme eines Wachsoldaten, der mit dem Lkw-Fahrer sprach. Lloyd schlug das Herz bis zum Hals. Würde der Deutsche auf die Ladefläche schauen?

Lloyd hörte, wie der Fahrer antwortete. Seine Entrüstung war ihm deutlich anzuhören, doch er sprach so schnell, dass Lloyd ihn

431

nicht verstehen konnte. Der deutsche Soldat schien den Fahrer ebenso wenig verstanden zu haben, denn er wiederholte seine Frage.

Zufällig hob Lloyd den Blick und sah zu seinem Entsetzen zwei Frauen an einem Fenster hoch über der Straße. Sie starrten auf ihn hinunter, die Münder vor Erstaunen aufgerissen. Eine der beiden zeigte auf ihn.

Lloyd suchte Blickkontakt mit der Frau. Dann wedelte er mit der Hand, schüttelte energisch den Kopf und bedeutete ihr: »Nicht auf mich zeigen!«

Die Frau verstand. Rasch zog sie den Arm zurück und schlug stattdessen die Hand vor den Mund, als wäre ihr jetzt erst bewusst geworden, dass es für den Mann da unten das Todesurteil bedeuten konnte, wenn sie auf ihn zeigte. Aber noch war die Gefahr nicht gebannt, denn die Frauen starrten noch immer zu ihm hinunter.

Dann schien der Deutsche auf dem Motorrad zu der Einsicht zu gelangen, dass eine weitere Befragung des Fahrers sinnlos war. Einen Augenblick später fuhr das Motorrad knatternd davon.

Das Geräusch der marschierenden Gefangenen verhallte in der Ferne. Die Kolonne ließ die Stadt hinter sich. Lloyd hielt den Atem an. War er frei?

Plötzlich krachte die Kupplung des Lastwagens, und er setzte sich in Bewegung. Lloyd spürte, wie er um die Ecke bog und beschleunigte. Er rührte sich nicht. Angst hatte ihn gepackt.

Atemlos beobachtete er die Gebäude, an denen sie vorbeifuhren. Angespannt hielt er nach Leuten Ausschau, die an den Fenstern standen und ihn entdecken konnten, ohne zu wissen, wie er in einem solchen Fall reagieren sollte. Immerhin entfernte er sich mit jeder Sekunde weiter von den Wachsoldaten. Wenigstens das war ermutigend.

Zu seiner Enttäuschung hielt der Lkw ziemlich bald an. Der Motor wurde abgestellt, der Fahrer stieg aus. Dann … nichts. Lloyd lag noch eine Zeit lang still auf der Ladefläche, aber der Fahrer kam nicht zurück.

Lloyd schaute zum Himmel. Die Sonne stand hoch. Es musste kurz nach Mittag sein. Vermutlich war der Fahrer zum Essen gegangen.

Das Problem war, dass man Lloyd weiterhin aus den Fenstern über der Straße sehen konnte. Wenn er blieb, wo er war, würde man ihn früher oder später entdecken. Und niemand konnte sagen, was dann geschah.

Was sollte er tun?

Als Lloyd sah, wie sich an einem Dachfenster ein Vorhang bewegte, wurde ihm die Entscheidung abgenommen.

Weg hier!

Er stand auf und zuckte zusammen, als ein Mann im Anzug auf dem Bürgersteig an ihm vorbeikam. Der Mann musterte Lloyd neugierig, blieb aber nicht stehen.

Lloyd kletterte über die Seitenwand und ließ sich auf den Boden fallen. Erst jetzt sah er, dass der Lkw vor einem Gasthaus stand. Wahrscheinlich war der Fahrer dort hineingegangen. Zu Lloyds Entsetzen saßen zwei Männer in deutschen Uniformen am Fenster und tranken Bier. Doch wie durch ein Wunder blickten sie nicht in seine Richtung.

Mit schnellen Schritten ging er davon.

Immer wieder ließ er vorsichtig den Blick schweifen. Jeder, an dem er vorbeikam, starrte ihn an. Die Leute hier wussten sehr genau, was er war. Als eine Frau aufschrie und davonrannte, wurde Lloyd endgültig klar, dass er seine Khakisachen so schnell wie möglich loswerden und gegen Kleidung tauschen musste, die nicht so verräterisch war.

Unvermittelt packte ihn ein junger Mann am Arm. »Kommen Sie mit«, sagte er auf Englisch mit schwerem Akzent. »Ich helfe Ihnen.«

Sie bogen in eine Nebenstraße ein. Lloyd wusste zwar nicht, ob er dem Mann trauen konnte, aber er konnte nicht lange überlegen, also ging er mit.

»Hier entlang«, sagte der Fremde und führte Lloyd in ein kleines Haus.

In der spärlich eingerichteten Küche saß eine junge Frau mit einem Baby. Der Mann stellte sich als Maurice vor, seine Frau als Marcelle. Das Baby hieß Simone.

Zum ersten Mal seit seiner Flucht gestattete Lloyd sich einen Augenblick der Erleichterung. Er war den Deutschen entkommen! Zwar schwebte er noch immer in Gefahr, aber wenigstens war er von der Straße herunter und in einem Haus, in dem Menschen wohnten, die ihm freundlich gesinnt waren.

433

Das steife, förmliche Französisch, das Lloyd in der Schule und in Cambridge gelernt hatte, war während seiner Flucht aus Spanien flüssiger geworden, besonders in den zwei Wochen, als er in Bordeaux Trauben gepflückt hatte. »Sie sind sehr freundlich«, sagte er. »Danke.«

Maurice wechselte zum Französischen, spürbar erleichtert, nicht mehr sein holpriges Englisch sprechen zu müssen. »Sie müssen Hunger haben.«

»Das kann man wohl sagen.«

Marcelle schnitt ein paar Scheiben von einem Laib Brot ab und legte sie zusammen mit einem Stück Käse auf den Tisch. Dazu gab es Wein aus einer Flasche ohne Etikett. Lloyd setzte sich und schlang das Essen gierig herunter.

»Ich hole Ihnen ein paar alte Sachen«, sagte Maurice. »Aber Sie müssen auch lernen, sich anders zu bewegen. Sie halten sich gerade und marschieren wie ein Soldat. Sie müssen langsamer gehen und den Blick auch mal zu Boden richten.«

Mit vollem Mund erwiderte Lloyd: »Danke für den Tipp.«

An der Wand stand ein kleines Bücherregal, das auch Werke von Marx und Lenin enthielt. Maurice bemerkte Lloyds Blick und erklärte: »Ich war mal Kommunist, bis zum Hitler-Stalin-Pakt. Jetzt habe ich nichts mehr damit am Hut.« Er machte eine wegwerfende Handbewegung. »Nur das große Ziel, den Faschismus zu besiegen, ist geblieben.«

»Ich war in Spanien«, erzählte Lloyd. »Bis dahin habe ich noch an eine vereinte linke Front geglaubt, danach nicht mehr.«

Die kleine Simone schrie. Marcelle öffnete die oberen Knöpfe ihres weiten Kleides und stillte das Baby. Was solche Dinge betraf, waren französische Frauen wesentlich lockerer als die prüden Britinnen.

Nach dem Essen führte Maurice ihn nach oben. Aus einem Schrank, in dem sich kaum noch Sachen befanden, holte er einen dunkelblauen Overall, ein hellblaues Hemd, Unterwäsche und Socken, alles abgetragen, aber sauber. Die Freundlichkeit dieses erkennbar armen Mannes rührte Lloyd, und er hätte sich liebend gern revanchiert.

»Werfen Sie Ihre Armeesachen auf den Boden«, sagte Maurice. »Ich werde sie verbrennen.«

434

Lloyd hätte sich gern gewaschen, aber es gab kein Badezimmer. Wahrscheinlich lag es im Hinterhof.

Er zog die frischen Sachen an und betrachtete sich im Wandspiegel. Das französische Blau stand ihm besser als das Khaki der Armee, aber noch immer war ihm der englische Soldat anzusehen.

Er ging wieder nach unten.

Marcelle klopfte dem Baby sanft auf den Rücken, damit es ein Bäuerchen machte. »Er braucht noch eine Kopfbedeckung«, sagte sie.

Maurice nickte, verschwand im Flur und kam mit einem französischen Barett zurück. Lloyd setzte es auf.

Dann schaute Maurice nachdenklich auf Lloyds schwarze Armeestiefel. Sie waren verstaubt, aber von sichtlich guter Qualität. »Die Stiefel könnten Sie verraten«, sagte Maurice.

Lloyd sah ein, dass der Franzose recht hatte, wollte auf die Stiefel aber nicht verzichten; schließlich hatte er einen langen Marsch vor sich. »Vielleicht könnte man sie älter aussehen lassen«, meinte er.

Maurice schaute ihn zweifelnd an. »Und wie?«

»Haben Sie ein scharfes Messer?«

Maurice holte ein Klappmesser aus der Tasche.

Lloyd zog die Stiefel aus, schnitt an den Zehen Löcher hinein und schlitzte die Fersen auf. Dann zog er die Schnürsenkel heraus und fädelte sie kreuz und quer wieder ein. Tatsächlich sahen die Stiefel jetzt alt und abgetreten aus, passten aber immer noch hervorragend, und die dicken Sohlen würden viele Meilen überstehen.

»Wo wollen Sie jetzt hin?«, fragte Maurice.

»Ich habe zwei Möglichkeiten«, antwortete Lloyd. »Ich kann nach Norden zur Küste gehen. Vielleicht kann ich einen Fischer überreden, mich über den Kanal zu bringen. Oder ich gehe nach Südwesten über die spanische Grenze.« Spanien war neutral, und in den Großstädten gab es noch immer britische Konsularbeamte. »Den Weg nach Spanien kenne ich. Ich bin ihn schon zweimal gegangen.«

»Der Kanal ist wesentlich näher als Spanien«, sagte Maurice. »Aber ich fürchte, die Deutschen haben inzwischen sämtliche großen und kleinen Häfen gesperrt.«

»Wo ist die Front?«

435

»Die Deutschen haben Paris eingenommen.«

Lloyd war schockiert. Paris war bereits gefallen?

»Die französische Regierung ist nach Bordeaux geflohen.« Maurice zuckte mit den Schultern. »Wir sind besiegt. Nichts und niemand kann Frankreich mehr retten.«

»Und ganz Europa ist faschistisch«, sagte Lloyd leise.

»Bis auf Großbritannien«, erwiderte Maurice. »Deshalb müssen Sie dorthin zurück.«

Lloyd dachte nach. Norden oder Südwesten? Er konnte sich nicht entscheiden.

»Ich habe einen Freund«, sagte Maurice, »einen ehemaligen Kommunisten, der den Bauern Viehfutter verkauft. Zufällig weiß ich, dass er heute Nachmittag südwestlich von hier eine Lieferung hat. Wenn Sie nach Spanien wollen, könnte er Sie zwanzig Meilen weit mitnehmen.«

Das machte Lloyd die Entscheidung leicht. »Ich fahre mit«, sagte er.

Eine lange Reise hatte Daisy in einem Kreis an ihren Ausgangspunkt zurückgebracht.

Es hatte ihr das Herz gebrochen, als Lloyd nach Frankreich geschickt worden war. Sie hatte die Gelegenheit verpasst, ihm ihre Liebe zu gestehen, hatte ihn nicht einmal zum Abschied geküsst.

Jetzt kam diese Gelegenheit vielleicht nie wieder. Seit der Schlacht von Dünkirchen wurde Lloyd vermisst: Seine Leiche war weder gefunden noch identifiziert worden, und er war auch nicht als Kriegsgefangener registriert. Wahrscheinlich hatte ihn eine Granate in Fetzen gerissen, oder er lag irgendwo zerschmettert und unentdeckt unter den Trümmern eines zerbombten Bauernhauses.

Daisy verbrachte einen Monat voller Trauer auf Tŷ Gwyn, in der ständigen Hoffnung, doch noch von Lloyd zu hören, aber es kamen keine Neuigkeiten. Dann gesellte sich das schlechte Gewissen zu Daisys Schmerz. Es gab zahllose Frauen, denen es genauso erging wie ihr; manche mussten noch viel Schlimmeres erdulden. Viele hatten ihren Ehemann verloren und mussten ganz alleine zwei, drei Kinder durchbringen. Daisy erkannte, dass sie kein Recht auf Selbstmitleid hatte, bloß weil der Mann, mit dem sie Ehebruch hatte begehen wollen, auf einer Vermisstenliste stand.

Sie musste sich zusammenreißen und etwas Sinnvolles tun. Das Schicksal hatte nicht gewollt, dass sie mit Lloyd zusammenkam – fertig, aus. Damit musste sie sich abfinden. Außerdem war sie verheiratet, und ihr Ehemann setzte jeden Tag sein Leben aufs Spiel. Es war ihre Pflicht, für Boy da zu sein.

Daisy kehrte nach London zurück. Mithilfe der wenigen Dienstboten, die ihr geblieben waren, gestaltete sie die Villa in Mayfair zu einem angenehmen Zuhause für Boy um. Er sollte sich wohlfühlen, wenn er Urlaub bekam. Sie musste Lloyd vergessen und Boy eine gute Ehefrau sein. Vielleicht wurde sie sogar noch einmal schwanger.

In diesen Tagen und Wochen meldeten sich viele Frauen für Kriegshilfsdienste. Sie traten als Luftwaffenhelferinnen in die Women's Auxiliary Air Force ein oder verrichteten bei der Women's Land Army Feldarbeit. Andere arbeiteten ohne Bezahlung im Freiwilligen Weiblichen Luftschutzdienst. Doch weil es für die meisten dieser Frauen kaum etwas zu tun gab, veröffentlichte die *Times* Briefe an die Redaktion, in denen Leser sich beschwerten, die Luftschutzmaßnahmen seien Geldverschwendung.

Der Krieg auf dem europäischen Festland schien zu Ende zu sein. Das Deutsche Reich hatte gesiegt. Europa war von Polen bis Sizilien, von Ungarn bis Portugal faschistisch. Nirgendwo wurde mehr gekämpft. Gerüchte verbreiteten sich, die britische Regierung habe bereits die Bedingungen eines Friedensschlusses diskutiert.

Doch Churchill dachte nicht daran, Frieden mit Hitler zu schließen. Und so begann in diesem Sommer die Luftschlacht um England.

Zuerst waren Zivilisten von den Kämpfen nicht allzu sehr betroffen. Die Kirchenglocken blieben stumm; sie sollten nur noch geläutet werden, um vor der erwarteten deutschen Invasion zu warnen. Daisy befolgte die Anweisungen der Behörden und ließ Eimer mit Sand und Wasser auf jeden Treppenabsatz des Hauses stellen, um Brände bekämpfen zu können, aber sie wurden nicht gebraucht. Die deutsche Luftwaffe bombardierte zuerst die Seehäfen, um Großbritannien von den Versorgungslinien abzuschnei-

den. Dann begannen die Angriffe auf Militärflughäfen, um die
Jäger und Bomber der Royal Air Force am Boden zu vernichten.

Boy flog ein Spitfire-Jagdflugzeug und bekämpfte feindliche
Maschinen in atemberaubenden Luftschlachten, die Bauern in
Kent und Sussex offenen Mundes von ihren Feldern aus beobachteten. In einem seiner seltenen Briefe an Daisy schrieb Boy stolz,
er habe drei deutsche Flugzeuge vom Himmel geholt. Wochenlang bekam er keinen Tag Urlaub, und so saß Daisy allein in dem
großen Haus, das sie für ihn mit Blumen geschmückt hatte.

Endlich, am Morgen des 7. September, einem Samstag, kam
Boy nach Hause, und gleich für das ganze Wochenende. Es war
ein warmer, sonniger Tag, der einen letzten Hauch des heißen Alt-
weibersommers brachte.

Noch wussten beide nicht, dass die deutsche Luftwaffe an
diesem Tag zum ersten Mal ihre neue Taktik benutzen sollte.

Daisy küsste ihren Mann und sorgte dafür, dass er in seinem
Ankleidezimmer saubere Oberhemden und frische Unterwäsche
vorfand. Gesprächen mit anderen Frauen hatte Daisy entnommen,
dass Männer, die von der Front kamen, Sex, Alkohol und ein gutes
Essen wollten – in dieser Reihenfolge. Seit der Fehlgeburt hatten
Boy und sie nicht mehr miteinander geschlafen. Heute wäre es
das erste Mal. Daisy war sicher, dass Boy sie gleich nach seiner
Ankunft ins Bett zerrte – eine Vorstellung, die sie abstieß, was ihr
wiederum ein schlechtes Gewissen bereitete. Schließlich war Boy
ihr Ehemann.

Doch es sollte ganz anders kommen.

Boy legte seine Uniform ab, badete, wusch sich das Haar und
zog Zivilkleidung an. Daisy wies die Köchin an, nicht an Lebensmittelkarten zu sparen und das beste Mittagessen zuzubereiten,
das die Küche hergab. Boy holte eine seiner ältesten Flaschen
Claret aus dem Keller. Es schien ein harmonischer Tag zu werden.

Umso verletzter war Daisy, als Boy nach dem Mittagessen verkündete: »Ich muss für ein paar Stunden fort, ja? Zum Abendessen
bin ich wieder da.«

Daisy wollte ihm eine gute Ehefrau sein, aber kein Heimchen
am Herd. »Das ist dein erster Urlaub seit Monaten!«, wandte sie
ein. »Wo willst du hin?«

»Mir ein Pferd ansehen.«

»Das ist ja großartig! Dann komme ich mit.«

»Nein. Wenn ich mit einer Frau im Schlepptau auftauche, glauben sie, ich stehe unter dem Pantoffel, und gehen mit dem Preis hoch.«

Daisy konnte ihre Enttäuschung nicht verbergen. »Ich habe immer davon geträumt, dass wir gemeinsam ein Gestüt aufbauen, Rennpferde züchten ...«

»Tut mir leid, Daisy, aber in der Welt des Rennsports haben Frauen nichts zu suchen.«

»Hör auf mit dem Unsinn!«, rief sie zornig. »Mit Pferden kenne ich mich genauso gut aus wie du.«

Er blickte sie verärgert an. »Vielleicht. Aber ich möchte dich trotzdem nicht dabeihaben, wenn ich mit den Leuten verhandle. Das ist mein letztes Wort.«

»Wie du willst.« Daisy verließ das Speisezimmer.

Ihr Instinkt sagte ihr, dass Boy sie belog. Frontsoldaten auf Urlaub dachten nicht an Rennpferde. Na, sie würde schon noch herausbekommen, was er vorhatte. Auch Kriegshelden mussten ihren Frauen die Treue halten.

In ihrem Zimmer zog sie Hose und Stiefel an. Als Boy die Treppe zum Vordereingang hinunterstieg, nahm Daisy die Hintertreppe, durchquerte die Küche und den Hof hinter dem Haus und gelangte in den alten Stall. Dort zog sie eine Lederjacke über, eine Schutzbrille und einen Sturzhelm. Dann öffnete sie die Garagentür und schob ihr Motorrad heraus, ein Triumph Tiger 100. Die Zahl stand für die Höchstgeschwindigkeit der Maschine: hundert Meilen in der Stunde. Daisy startete die Maschine und fuhr zügig vom Hof.

Nach der Benzinrationierung im September 1939 hatte Daisy sich auf das Motorradfahren verlegt. Sie liebte das Gefühl von Freiheit und Unabhängigkeit, das die Maschine ihr vermittelte.

Sie bog gerade noch rechtzeitig auf die Straße ein, um zu sehen, wie Boys cremefarbener Bentley Airline um die nächste Ecke verschwand.

Sie folgte dem Wagen.

Boy fuhr über den Trafalgar Square und durch das Theaterviertel. Daisy hielt ausreichend Abstand, damit er sie nicht bemerkte. Im Stadtzentrum Londons herrschte noch immer reger Verkehr.

Hunderte von Fahrzeugen waren in offiziellem Auftrag unterwegs. Außerdem war die Benzinrationierung für Privatwagen nicht allzu streng, erst recht nicht für Personen, die nur in der Stadt unterwegs waren.

Boy fuhr nach Osten in den Finanzdistrikt. An einem Samstagnachmittag herrschte hier nur wenig Verkehr, sodass Daisy noch mehr darauf achten musste, nicht von Boy entdeckt zu werden. Doch mit der Schutzbrille und dem Helm war sie nur schwer zu erkennen. Außerdem achtete Boy kaum auf die Umgebung. Er fuhr mit offenem Seitenfenster und rauchte dabei eine Zigarre.

Als er sich Aldgate näherte, überkam Daisy eine schreckliche Ahnung, wohin er wollte.

Er bog in eine der weniger ärmlichen Straßen des Eastends ein und parkte vor einem schmucken Haus aus dem achtzehnten Jahrhundert. Doch ein Stall war nirgends zu sehen. Aldgate war ohnehin keine Gegend, in der Rennpferde verkauft oder gezüchtet wurden. Daisy sah sich in ihrem Verdacht bestätigt, dass Boy sie belogen hatte.

Am Ende der Straße hielt sie an und beobachtete, was weiter geschah, ohne vom Motorrad zu steigen. Boy stieg aus dem Wagen und knallte die Tür zu. Er blickte sich nicht um, schaute nicht einmal auf die Hausnummer. Offensichtlich war er nicht zum ersten Mal hier und wusste genau, wohin er wollte. Mit schwungvollen Schritten, an der Zigarre paffend, ging er zur Eingangstür, öffnete sie mit einem eigenen Schlüssel und verschwand im Haus.

Daisy hatte Mühe, ihre Tränen zurückzuhalten.

Aber sie würde nicht zulassen, dass Boy es mit fremden Frauen trieb. Sie fuhr zu dem Haus, bockte ihr Motorrad hinter Boys Bentley auf, nahm Sturzhelm und Schutzbrille ab, ging zur Vordertür und klopfte.

Die Tür öffnete sich einen Spalt weit. Sofort drückte Daisy fest dagegen. Eine junge Frau im schwarzen Kostüm eines Dienstmädchens taumelte mit einem Schrei zurück. Schon war Daisy im Haus und knallte die Tür hinter sich zu. Sie stand im Eingangsflur eines typischen Londoner Mittelklassehauses, doch er war exotisch mit orientalischen Teppichen, schweren Vorhängen und einem Gemälde mit nackten Frauen in einem Badehaus dekoriert.

Daisy riss die nächste Tür auf und betrat den vorderen Salon. Er war schummrig erleuchtet; Samtvorhänge hielten das Sonnenlicht ab. In dem Zimmer hielten sich drei Personen auf. Eine Frau um die vierzig starrte Daisy erschrocken an. Sie trug einen weiten Überwurf aus Seide, war sorgfältig geschminkt und hatte grellroten Lippenstift aufgetragen. Daisy nahm an, es war die Mutter. Hinter ihr saß ein Mädchen von vielleicht sechzehn Jahren auf einer Couch, nur in Unterwäsche und Strümpfen, eine Zigarette zwischen den Lippen. Neben dem Mädchen saß Boy. Seine Hand lag oberhalb des Strumpfbands an ihrem Schenkel. Schuldbewusst riss er sie weg. Seine Reaktion war lächerlich, als glaubte er, die Szene würde unschuldig wirken, wenn er nur die Hände von dem Mädchen nahm.

Daisy kämpfte mit den Tränen. »Du hast mir versprochen, sie aufzugeben!«, rief sie. Am liebsten hätte sie die kalte Wut eines Racheengels gezeigt, doch sie klang nur verletzt und traurig.

Boy errötete. »Was machst du hier?«

»Ach du Scheiße«, sagte die ältere Frau, »das ist seine Alte!«

Die Frau hieß Pearl, erinnerte sich Daisy, und die Tochter war Joanie. Wie schrecklich, dass sie die Namen solcher Frauen kannte.

Das Dienstmädchen kam an die Zimmertür. »Ich hab die Schnepfe nicht reingelassen, die hat sich einfach an mir vorbeigedrängt!«

Daisy blickte Boy an. »Ich habe versucht, unser Zuhause einladend für dich zu gestalten. Trotzdem ziehst du das hier vor!«

Boy setzte zu einer Erwiderung an, hatte aber Mühe, die richtigen Worte zu finden, und stammelte vor sich hin.

Das Mädchen auf der Couch – Joanie – sagte: »Das ist doch nur 'n bisschen Spaß, Schätzchen. Mach doch mit. Vielleicht gefällt's dir.«

Pearl, die Ältere, musterte Daisy von Kopf bis Fuß. »'ne hübsche Figur hat sie ja.«

Daisy wusste, dass die beiden sie weiter verhöhnen würden, wenn sie ihnen die Gelegenheit bot. Sie beachtete die Frauen gar nicht, blickte stattdessen Boy an.

»Komm ja nicht mehr zu mir ins Bett!«, sagte sie. »Nie wieder. Ich will mich nicht anstecken.«

Dann verließ sie erhobenen Hauptes das Haus, obwohl sie sich entwürdigt und verschmäht fühlte.

In diesem Moment war ein paar Straßen weiter ein ohrenbetäubender Knall zu hören. Die Luftschutzsirenen stimmten ihr schauriges Geheul an. Daisy erschrak. Hatten die Deutschen mit der Bombardierung Londons begonnen?

Eine weitere gewaltige Explosion ganz in der Nähe ließ den Boden beben. Fenster klirrten.

Daisy blickte nach oben.

Und erschauerte.

Der Himmel hing voller Flugzeuge. Die Maschinen flogen hoch, bestimmt zehntausend Fuß; trotzdem schienen sie die Sonne zu verdunkeln. Es waren Hunderte von Bombern und Jägern, eine Armada aus Flugzeugen, die sich zwanzig Meilen weit auszubreiten schien. Im Osten, in Richtung der Häfen und des Waffenarsenals in Woolwich, stiegen Rauchwolken auf, wo die deutschen Bomben einschlugen. Das Bombardement war nun so heftig, dass die Detonationen ineinander übergingen und zu einem Geräusch verschmolzen, das sich wie das Brüllen der Brandung an einer sturmgepeitschten Felsküste anhörte.

Daisy erinnerte sich, dass Hitler erst letzten Mittwoch eine Rede vor dem Reichstag gehalten hatte, in der er sich über die Verruchtheit britischer Bombenangriffe auf Berlin empört und gedroht hatte, britische Städte zur Vergeltung »auszuradieren«. Offenbar hatte er es bitterernst gemeint. Die deutsche Luftwaffe versuchte, London in Schutt und Asche zu legen.

Es war der bisher schlimmste Tag in Daisys Leben. Nun wurde ihr klar, dass es auch der letzte sein konnte.

Doch sie brachte es nicht über sich, in das Haus zurückzukehren und im Keller Schutz vor den Fliegerbomben zu suchen. Sie wollte weg von hier, nach Hause, wo sie sich ausweinen konnte.

Hastig setzte sie Helm und Schutzbrille auf. Sie widerstand dem irrationalen, aber heftigen Verlangen, sich hinter die nächste Mauer zu werfen. Stattdessen schwang sie sich auf ihr Motorrad und fuhr davon.

Weit kam sie nicht.

Zwei Straßen weiter schlug vor ihren Augen eine Bombe in ein Haus ein. Daisy machte eine Vollbremsung. Sie spürte die Schockwelle der Detonation, gefolgt von einem Schwall heißer Luft, die ihr für einen Moment den Atem nahm. Dann sah sie, dass die

442

Bombe ein Loch ins Dach gerissen hatte. Flammen loderten in dem Gebäude, als wäre Petroleum aus einer riesigen Lampe verspritzt und hätte Feuer gefangen.

Im nächsten Moment stürzte ein Mädchen von zehn, zwölf Jahren schreiend und mit brennendem Haar aus dem Haus und rannte direkt auf Daisy zu.

Daisy sprang vom Motorrad, riss sich die Lederjacke herunter, warf sie dem Mädchen um den Kopf und zog sie straff, um die Flammen zu ersticken.

Die Schreie des Mädchens verstummten; es schluchzte nur noch herzzerreißend. Vorsichtig nahm Daisy die Jacke herunter und sah, dass die Kleine ihr ganzes Haar verloren hatte.

Daisy blickte in beide Richtungen die Straße hinunter. Ein Mann mit einem Stahlhelm und einer Armbinde, die ihn als Luftschutzwart auswies, kam mit einem Blechkoffer herbeigerannt, auf den ein weißes Erste-Hilfe-Kreuz gemalt war.

Das Mädchen starrte Daisy an und schrie verzweifelt: »Meine Mom ist noch da drin! Wir wohnen unten!«

»Beruhige dich, Kleine«, sagte der Luftschutzwart. »Lass mich dich erst mal ansehen.«

Daisy ließ das Mädchen bei ihm und rannte zur Eingangstür des Hauses. Es war ein Altbau, den man in schäbige Wohnungen unterteilt hatte. Die oberen Etagen standen in Flammen, doch das Erdgeschoss war noch zugänglich. Daisy entdeckte eine offen stehende Tür und gelangte in eine Küche. Eine Frau lag reglos am Boden, und in einer Wiege lag schreiend ein Kleinkind. Daisy nahm das Kind in die Arme und rannte hinaus.

Das Mädchen mit dem verbrannten Haar schrie auf. »Mein Schwesterchen!«

Daisy drückte ihr das Kleinkind in die Arme und eilte zurück ins Haus.

Die bewusstlose Frau war zu schwer, als dass Daisy sie hochheben konnte. Mit aller Kraft richtete sie die Frau in eine sitzende Haltung auf, schob die Arme unter den Achseln der Bewusstlosen hindurch und zerrte sie über den Küchenboden und durch den Hausflur auf die Straße.

Inzwischen war ein Rettungswagen eingetroffen, eine umgebaute Limousine, deren Karosserie im hinteren Teil durch eine

443

Drillichplane mit Hecköffnung ersetzt worden war. Der Luftschutzwart half dem Mädchen mit den Kopfverbrennungen ins Fahrzeug. Der Fahrer kam zu Daisy. Gemeinsam hoben sie die Mutter in den Rettungswagen.

»Ist sonst noch jemand im Haus?«, fragte der Fahrer.

»Das weiß ich nicht!«, antwortete Daisy.

Der Fahrer rannte in den Flur. In diesem Augenblick brach das Gebäude in sich zusammen. Die brennenden Obergeschosse stürzten donnernd ins Parterre. Funken stoben meterhoch. Der Fahrer verschwand in dem flammenden Inferno.

Daisy hörte, wie sie aufschrie.

Sie schlug die Hand vor den Mund, starrte in die Flammen und suchte nach dem Fahrer, auch wenn sie ihm ohnehin nicht mehr helfen konnte. Allein der Versuch wäre Selbstmord gewesen.

»Mein Gott«, stieß der Luftschutzwart hervor. »Alf ist tot. Jetzt habe ich keinen Fahrer, und ich darf hier nicht weg.« Er blickte die Straße hinunter. Anwohner standen in kleinen Gruppen vor den Häusern, aber die meisten hielten sich wahrscheinlich in den Luftschutzkellern auf.

»Ich übernehme das«, sagte Daisy. »Wohin muss ich?«

»Sie können fahren?«, fragte der Luftschutzwart erstaunt.

Die meisten Britinnen konnten nicht Auto fahren; das galt in diesem Land noch als Männersache. »Fragen Sie nicht so dumm«, entgegnete Daisy. »Wohin soll die Ambulanz?«

»Nach Saint Bart's. Wissen Sie, wo das ist?«

»Natürlich.« St. Bartholomew's gehörte zu den größten Krankenhäusern Londons, der Stadt, in der Daisy nun seit vier Jahren lebte. »West Smithfield«, fügte sie hinzu, damit der Mann ihr glaubte.

»Ja. Die Notaufnahme ist hinten.«

»Ich finde sie schon.« Daisy setzte sich hinter das Lenkrad. Der Motor lief noch.

Der Luftschutzwart rief: »Wie heißen Sie eigentlich?«

»Daisy Fitzherbert.«

»Ich bin Nobby Clarke. Passen Sie gut auf meinen Krankenwagen auf.«

Der Wagen hatte eine normale Handschaltung mit Kupplung. Daisy legte den ersten Gang ein und fuhr los.

444

Die Maschinen der deutschen Luftwaffe zogen weiterhin über die Stadt hinweg und warfen ihre Bombenlast ab. Daisy wollte die Verletzten schnellstmöglich zum Krankenhaus bringen, und St. Bart's war höchstens eine Meile entfernt, aber die Fahrt gestaltete sich schwierig. Daisy fuhr die Leadenhall Street entlang, die Poultry und die Cheapside, aber mehrmals war die Fahrbahn blockiert, und sie musste zurücksetzen und sich einen anderen Weg suchen. Auf jeder Straße schien mindestens ein Haus in Trümmern zu liegen. Überall waren Rauch, Schutt und Flammen; Menschen bluteten und schrien.

Als sie das Krankenhaus erreichte, fiel ihr ein Stein vom Herzen. Sie folgte einem anderen Rettungswagen zur Notaufnahme, wo hektische Betriebsamkeit herrschte: Ein Dutzend Krankentransporter gaben Patienten mit Verbrennungen und zerschmetterten Gliedmaßen in die Obhut flinker Krankenträger mit blutigen Schurzen.

Vielleicht habe ich die Mutter der beiden Mädchen gerettet, dachte Daisy. Auch wenn mein Mann mich nicht will – völlig nutzlos bin ich nicht.

Das Mädchen, dessen Haare verbrannt waren, trug noch immer seine kleine Schwester im Arm. Daisy half beiden aus dem Rettungswagen.

Eine Krankenschwester trug gemeinsam mit Daisy die bewusstlose Mutter ins Gebäude.

Zu ihrem Entsetzen sah Daisy, dass die Frau nicht mehr atmete.

»Die Mädchen sind ihre Kinder«, sagte sie zur Krankenschwester und bemerkte, dass ihre Stimme zu kippen drohte. »Was wird jetzt aus ihnen?«

»Ich kümmere mich darum«, erwiderte die Schwester forsch. »Sie fahren zurück.«

»Muss ich?«, fragte Daisy.

»Reißen Sie sich zusammen«, sagte die Schwester. »Ehe der Tag zu Ende geht, wird es hier noch viele Tote und Verletzte geben.«

Am ganzen Körper zitternd setzte Daisy sich hinters Lenkrad und fuhr zurück zu Nobby Clarke.

An einem warmen Mittelmeernachmittag im Oktober traf Lloyd Williams in der sonnendurchfluteten Stadt Perpignan ein, nur knapp zwanzig Meilen von der spanischen Grenze entfernt.

Er hatte den September in der Gegend von Bordeaux verbracht und bei der Weinlese geholfen, genau wie in dem schrecklichen Jahr 1937. Jetzt hatte er ein bisschen Geld, um in billigen Lokalen essen zu können, anstatt sich von unreifem Gemüse zu ernähren, das er in anderer Leute Gärten ausgrub, oder von rohen Eiern, die er stahl. Er reiste auf dem gleichen Weg zurück, auf dem er Spanien vor drei Jahren verlassen hatte. Von Bordeaux aus war er nach Süden gezogen, durch Toulouse und Béziers. Gelegentlich war er auf Güterzügen mitgefahren; meist aber hatte er sich bei Lastwagenfahrern die Mitfahrt erbettelt.

Jetzt saß er in einem Café an der Hauptstraße, die von Perpignan zur Grenze führte. Er trug noch immer Maurice' blauen Overall und das Barett; außerdem hatte er einen kleinen Leinensack dabei, in dem eine rostige Kelle und eine mit Mörtel verklebte Wasserwaage steckten – die vorgetäuschten Beweise, dass er ein spanischer Maurer auf dem Weg nach Hause war. Doch Gott verhüte, dass ihm jemand eine Arbeit anbot: Lloyd hatte nicht die leiseste Ahnung vom Maurerhandwerk.

Er machte sich Sorgen, was den Weg über die Berge betraf. Vor drei Monaten, in der Picardie, hatte er sich eingeredet, er könne die Pyrenäenpfade, über die er 1936 von Einheimischen nach Spanien geführt worden war, nun allein finden, zumal er ein Jahr später auf fast demselben Weg geflohen war, sodass er glaubte, sich an jeden Pfad und jede Brücke erinnern zu können. Doch als die purpurnen Gipfel und grünen Pässe am Horizont erschienen, kam ihm diese Einschätzung immer unwahrscheinlicher vor.

Lloyd beendete sein Mittagessen, einen gut gepfefferten Fischeintopf, und unterhielt sich leise mit einer Gruppe von Lastwagenfahrern am Nachbartisch. »Ich brauche eine Mitfahrgelegenheit nach Cerbère«, sagte er. Cerbère war das letzte Dorf vor der spanischen Grenze. »Fährt einer von euch dorthin?«

Wahrscheinlich fuhren sie alle in diese Richtung; diese Straße führte ohnehin nirgendwo anders hin. Trotzdem zögerten die Männer. Dies hier war Vichy-Frankreich, technisch gesehen zwar unabhängig, aber faktisch unter deutscher Kontrolle; den Rest des

Landes hatte die Wehrmacht besetzt. Hier war niemand sonderlich erpicht, einem Fremden mit ausländischem Akzent zu helfen.

»Ich bin Maurer«, erklärte Lloyd und wies auf den Leinensack. »Ich will nach Hause, nach Spanien. Ich heiße Leandro.«

Ein fetter Mann im Unterhemd sagte: »Ich kann dich die halbe Strecke mitnehmen.«

»Danke.«

»Ich muss aber sofort los.«

»Kein Problem.«

Sie verließen das Lokal und stiegen in einen verdreckten Renault-Laster, auf dessen Plane der Name eines Elektrohändlers gemalt war. Als sie losfuhren, wollte der Fahrer von Lloyd wissen, ob er verheiratet sei. Als Lloyd verneinte, folgte ein Schwall unangenehmer persönlicher Fragen. Lloyd erkannte, dass der Mann offenbar eine gewisse Faszination verspürte, was das Sexualleben anderer Leute betraf. Ohne Zweifel hatte er Lloyd deswegen angeboten, ihn mitzunehmen; so hatte er Gelegenheit, ihm die aufdringlichen, teils peinlichen Fragen zu stellen. Er war aber keineswegs der Erste, der Lloyd aus solchen Motiven mitgenommen hatte.

»Ich bin noch unschuldig«, gestand Lloyd dem Fahrer wahrheitsgemäß, was zu einem regelrechten Verhör darüber führte, ob er denn wenigstens schon mit Schulmädchen herumgefummelt habe. Was das betraf, verfügte Lloyd zwar über einige Erfahrung, aber er hatte nicht die Absicht, sie mit einem Fremden zu teilen, und weigerte sich, Einzelheiten preiszugeben. Gleichzeitig versuchte er, nicht allzu grob zu klingen. Endlich gab der Fahrer es auf. »Ich muss hier abbiegen«, sagte er und hielt an.

Lloyd dankte ihm und setzte den Weg zu Fuß fort, erleichtert, den widerlichen Kerl los zu sein.

Er hatte sich Maurice' Rat zu Herzen genommen und marschierte nicht mehr wie ein Soldat; stattdessen hatte er eine Gangart entwickelt, die er für das glaubwürdige Schlurfen eines Bauern oder Wanderarbeiters hielt. Nie hatte er eine Zeitung oder ein Buch dabei, und sein Haar war zum letzten Mal von einem dilettantischen Barbier in Toulouse geschnitten worden. Außerdem rasierte er sich nur einmal in der Woche – eine überraschend effektive Methode, nicht groß aufzufallen. Vor allem wusch er sich

447

nicht mehr, sodass er nun einen Geruch verströmte, der die meisten Leute auf Distanz hielt.

Da in Frankreich und Spanien nur wenige Arbeiter Armbanduhren besaßen, hatte auch seine Stahluhr mit dem quadratischen Ziffernblatt verschwinden müssen, die Bernie ihm zum Schulabschluss geschenkt hatte. Leider hatte Lloyd sie keinem der vielen Franzosen geben können, die ihm auf der Flucht geholfen hatten, denn eine britische Uhr hätte auch sie in Schwierigkeiten bringen können. So hatte er sie schweren Herzens in einen Teich geworfen.

Lloyds größter Schwachpunkt aber war, dass er keine Papiere besaß.

Er hatte versucht, einem Mann, der ihm ein wenig ähnlich sah, den Ausweis abzukaufen; als nichts daraus wurde, war er bei zwei, drei Gelegenheiten drauf und dran gewesen, sich Papiere zu stehlen; aber die Leute waren extrem vorsichtig, was das betraf. Deshalb versuchte Lloyd Situationen zu meiden, in denen man ihn nach Papieren hätte fragen können, und bis jetzt war es gut gegangen. Er bemühte sich, so unauffällig wie möglich zu sein, ging lieber über Felder als über Straßen, wenn er die Wahl hatte, und fuhr nie mit Reisezügen, weil an Bahnhöfen häufig kontrolliert wurde. Bis jetzt hatte er Glück gehabt. Nur einmal hatte ein Dorfpolizist ihn nach seinen Papieren gefragt, doch als Lloyd ihm erklärt hatte, man habe sie ihm gestohlen, nachdem er sich in einer Bar in Marseille betrunken hatte, hatte der Mann ihn ziehen lassen.

Dann aber endete Lloyds Glückssträhne.

Er kam durch eine arme ländliche Gegend in den Ausläufern der Pyrenäen, nahe am Mittelmeer. Eine staubige Straße führte an schäbigen Bauernhöfen vorbei und durch ärmliche Dörfer. Die Landschaft war dünn besiedelt. Zu seiner Linken, zwischen den Hügeln, konnte er das blaue Schimmern des fernen Meeres sehen.

Den mit drei Gendarmen besetzten grünen Citroën, der neben ihm hielt, hätte Lloyd hier am wenigsten erwartet.

Alles ging sehr schnell. Lloyd hörte den Wagen näher kommen – es war das erste Fahrzeug, seit der fette Lastwagenfahrer ihn abgesetzt hatte –, schlurfte aber weiter wie ein müder Arbeiter auf dem Heimweg. Zu beiden Seiten der Straße befanden sich spärlich bewachsene, staubtrockene Felder, auf denen nur hier und da ein verdorrter Baum zu sehen war. Als der Wagen hielt, dachte Lloyd

448

kurz darüber nach, über die Felder zu fliehen. Doch er verwarf die Idee rasch wieder, als er die Pistolen an den Gürteln der beiden Gendarmen sah, die aus dem Auto sprangen. Wahrscheinlich waren sie keine allzu guten Schützen, doch Lloyd hielt es für sinnvoller, sein Glück nicht auf die Probe zu stellen. Er war besser beraten, wenn er versuchte, sich herauszureden. Schließlich hatte er es mit Landgendarmen zu tun, die im Allgemeinen freundlicher waren als die harten Hunde in den französischen Großstädten.

»Die Papiere«, verlangte einer der Gendarmen auf Französisch.

Lloyd breitete in einer hilflosen Geste die Arme aus. »Leider wurden mir die Papiere in Marseille gestohlen, Monsieur. Ich bin Leandro, ein spanischer Maurer, und ich …«

»Steig ein.«

Lloyd zögerte, aber es war hoffnungslos. Die Chancen für ein Entkommen standen schlechter als je zuvor.

Einer der Männer packte ihn am Arm, schob ihn auf die Rückbank und setzte sich neben ihn.

Als der Wagen losfuhr, verließ Lloyd der Mut.

Der Gendarm neben ihm fragte: »Bist du Engländer?«

»Ich bin ein spanischer Maurer. Mein Name …«

Der Gendarm winkte ab. »Das kannst du dir sparen.«

Lloyd musste einsehen, dass er viel zu optimistisch gewesen war. Er war ein Fremder ohne Papiere, der sich auf dem Weg zur spanischen Grenze befand, und nun vermuteten die Gendarmen zutreffend, dass er ein britischer Soldat auf der Flucht war. Sollten sie noch Zweifel haben, würden diese sich zerstreuen, wenn sie die Erkennungsmarke sahen, die Lloyd um den Hals trug. Er hatte sie nicht weggeworfen, weil man ihn ohne die Marke ohne viel Aufhebens als Spion erschossen hätte.

Und jetzt saß er in einem Auto mit drei bewaffneten Gendarmen, ohne jede Chance auf eine Flucht.

Sie fuhren in die Richtung, in die Lloyd unterwegs gewesen war, während rechts von ihnen die Sonne über den Bergen unterging. Bis zur Grenze gab es keine größere Stadt mehr; deshalb vermutete Lloyd, dass man ihn über Nacht in ein Dorfgefängnis sperren würde. Vielleicht konnte er von dort fliehen. Sollte ihm das nicht gelingen, würden sie ihn morgen nach Perpignan verfrachten und der Stadtpolizei übergeben. Und was dann? Würde

449

man ihn verhören? Allein die Vorstellung ließ Lloyd schaudern. Die französische Polizei würde ihn zusammenschlagen, und die Deutschen würden ihn foltern. Und sollte er überleben, kam er in ein Kriegsgefangenenlager, wo er bis zum bitteren Ende ausharren musste oder an Unterernährung starb. Lloyd fluchte in sich hinein. Er war nur noch wenige Meilen von der Grenze entfernt gewesen!

Sie fuhren in einen kleinen Ort. Der Mann am Steuer bog von der Hauptstraße ab und lenkte den Wagen in eine Gasse hinter ein paar Läden. Wollten sie ihn hier erschießen und seine Leiche einfach liegen lassen?

Der Wagen hielt hinter einer Gaststätte. Auf dem Hof stapelten sich Unmengen von Kisten und Konservenbüchsen. Durch ein kleines Fenster konnte Lloyd in die hell erleuchtete Küche schauen.

Der Gendarm auf dem Beifahrersitz stieg aus und öffnete Lloyds Tür. War das die Chance zur Flucht? Er müsste um den Wagen herum und die Gasse hinunterrennen. Es konnte klappen, denn es dämmerte bereits. Nach wenigen Metern wäre er kein leichtes Ziel mehr.

Der Gendarm beugte sich in den Wagen, packte Lloyd am Arm und hielt ihn fest, als er ausstieg. Der zweite Gendarm folgte dichtauf. Lloyd sah ein, dass die Gelegenheit nicht gut genug war. Ein Fluchtversuch wäre Selbstmord gewesen.

Warum hatten die Männer ihn hierhergebracht?

Sie führten ihn in die Küche der Gaststätte. Ein Koch schlug Eier in eine Schüssel, und ein Junge spülte das Geschirr. Einer der Gendarmen sagte: »Der hier ist ein Engländer. Er nennt sich Leandro.«

Ohne in seiner Arbeit innezuhalten, hob der Koch den Kopf und rief: »Teresa! Komm her!«

Lloyd erinnerte sich an eine andere Teresa, eine wunderschöne spanische Anarchistin, die den Soldaten das Lesen beigebracht hatte.

Die Küchentür flog auf, und die Frau kam herein.

Lloyd riss die Augen auf. Er konnte sich unmöglich irren. Nie würde er diese großen Augen und das dichte schwarze Haar vergessen. Allerdings trug sie jetzt keine Uniform, sondern die weiße Schürze einer Kellnerin.

Zuerst schaute sie ihn nicht an. Sie stellte einen Stapel Teller

450

neben dem Spüljungen ab, wandte sich lächelnd den Gendarmen zu, küsste sie auf beide Wangen und sagte: »Pierre! Michel! Wie geht es euch?« Dann drehte sie sich zu Lloyd um, starrte ihn an und stieß auf Spanisch hervor: »Nein! Das ist doch nicht möglich. Lloyd? Bist du es wirklich?«

Er konnte nur stumm nicken.

Teresa umarmte ihn stürmisch, drückte ihn an sich und küsste ihn auf beide Wangen.

Einer der Gendarmen sagte: »Bis bald, Teresa. Wir müssen wieder los. Viel Glück!« Er gab Lloyd den Leinensack zurück; dann war er verschwunden.

Erst jetzt fand Lloyd seine Stimme wieder. »Was ist hier los?«, fragte er Teresa auf Spanisch. »Ich hätte darauf gewettet, dass sie mich in den Knast bringen.«

»Sie hassen die Nazis, deshalb helfen sie uns«, erwiderte Teresa.

»Wen meinst du mit ›uns‹?«

»Das erkläre ich dir später. Komm mit.« Teresa öffnete eine Tür und führte Lloyd eine Treppe hinauf und in ein spärlich möbliertes Schlafzimmer. »Warte hier. Ich bringe dir was zu essen.«

Lloyd legte sich aufs Bett. Er konnte noch immer nicht fassen, was für ein unglaubliches Glück er gehabt hatte. Vor fünf Minuten hatte er noch mit Folter und Tod rechnen müssen, und jetzt wartete er darauf, dass eine schöne Frau ihm Essen brachte.

Aber das kann sich genauso schnell wieder ändern, ermahnte er sich.

Eine halbe Stunde später brachte Teresa ihm ein Omelett. »Im Lokal war viel zu tun, aber wir machen gleich zu«, sagte sie. »In ein paar Minuten bin ich zurück.«

Lloyd schlang das Essen hinunter.

Es wurde Nacht. Lloyd lauschte den Stimmen und Schritten der letzten Gäste und dem Klappern der Töpfe, die in der Küche weggeräumt wurden. Dann kam Teresa mit einer Flasche Rotwein und zwei Gläsern.

Lloyd fragte sie, warum sie Spanien verlassen hatte.

»Unsere Leute werden zu Tausenden ermordet«, antwortete sie. »Und für die wenigen, die davongekommen sind, wurde das sogenannte Gesetz der politischen Verantwortung erlassen, das alle zu Verbrechern erklärt, die die Regierung unterstützt haben.

Es reicht schon, Franco durch schwerwiegende Passivität, wie es genannt wird, Widerstand geleistet zu haben, um seinen ganzen Besitz zu verlieren. Als unschuldig gilt man nur, wenn man nachweisen kann, dass man ihn aktiv unterstützt hat.«

Voller Bitterkeit dachte Lloyd an die Erklärung, die Chamberlain im März vor dem Unterhaus abgegeben hatte. Franco würde niemanden aus politischen Gründen verfolgen, hatte er gesagt. Was für ein widerlicher Lügner dieser Mann gewesen war!

»Viele unserer Genossen müssen in dreckstarrenden Gefangenenlagern leiden«, sagte Teresa leise.

»Du weißt nicht, was mit meinem Freund Lenny Griffiths passiert ist?«, fragte Lloyd.

Teresa schüttelte den Kopf. »Nach Belchite habe ich ihn nicht mehr gesehen.«

»Und du?«

»Ich bin vor Francos Männern geflohen, hier gelandet und habe eine Arbeit als Kellnerin bekommen … und ich habe eine neue Aufgabe gefunden.«

»Was für eine?«

»Ich bringe geflohene Kriegsgefangene über die Berge. Deshalb haben die Gendarmen dich zu mir gebracht.«

Lloyd fasste neuen Mut. Er hatte die Flucht allein durchstehen wollen, hatte aber Angst gehabt, den Weg nicht zu finden. Jetzt hatte er vielleicht eine ortskundige Führerin.

»Da sind noch zwei andere Männer, die auf mich warten«, sagte Teresa. »Ein britischer Kanonier und ein kanadischer Pilot. Sie sind in einem Bauernhof in den Hügeln.«

»Wann wollt ihr über die Grenze?«

»Heute Nacht«, antwortete Teresa. »Trink nicht zu viel Wein.«

Sie ging wieder nach unten. Nach einer halbe Stunde kam sie mit einem alten, zerrissenen braunen Mantel zurück. »Den wirst du brauchen«, sagte sie. »Wo wir hingehen, ist es kalt.«

Sie schlichen sich aus der Küche und suchten sich im Sternenlicht ihren Weg durch die kleine Stadt. Nachdem sie die Häuser hinter sich gelassen hatten, folgten sie einem Feldweg bergauf. Nach einer Stunde erreichten sie eine kleine Gruppe von Steingebäuden. Teresa pfiff. Eine Scheunentür öffnete sich, und zwei Männer traten heraus und kamen zu ihnen.

»Hört jetzt gut zu, Leute«, sagte Teresa auf Englisch zu Lloyd und den beiden Neuankömmlingen. »Wir benutzen nur falsche Namen, verstanden? Ich bin Maria, und ihr beide seid Fred und Tom. Unser neuer Freund hier«, sie blickte auf Lloyd, »ist Leandro.« Die Männer schüttelten sich die Hände. Teresa fuhr fort: »Es wird nicht geredet und nicht geraucht. Kann jemand nicht mehr mithalten, wird er zurückgelassen. Alle bereit?«

Von nun an ging es steiler den Berg hinauf. Lloyd rutschte immer wieder auf losen Steinen aus. Dann und wann musste er sich an einem Strauch neben dem Pfad festhalten und sich nach oben ziehen.

Die zierliche Frau legte ein Tempo vor, das die drei Männer nach kurzer Zeit ins Schwitzen brachte. Teresa hatte eine Taschenlampe dabei, wollte sie aber nicht benutzen, solange die Sterne noch zu sehen waren, um an der Batterie zu sparen.

Die Luft wurde immer kälter. Nachdem sie durch einen eisigen Bach gewatet waren, spürte Lloyd seine Füße nicht mehr.

Ungefähr eine Stunde später sagte Teresa: »Achtet jetzt darauf, mitten auf dem Pfad zu bleiben.« Lloyd schaute nach unten und sah, dass sie sich auf einem schmalen Grat zwischen zwei Abhängen befanden. Als ihm klar wurde, wie tief es zu beiden Seiten hinunterging, wurde ihm schwindlig. Rasch hob er den Blick und konzentrierte sich auf Teresas dunkle, schemenhafte Gestalt. Unter normalen Umständen hätte er jede Minute in ihrer Gesellschaft genossen, aber er war so müde und durchgefroren, dass er keinen Blick für weibliche Schönheit hatte.

Und die Berge waren nicht unbewohnt. Einmal bellte in der Ferne ein Hund; dann hörten sie ein unheimliches Läuten, das die Männer in Schrecken versetzte, bis Teresa ihnen erklärte, dass die Schäfer ihren Tieren hier im Gebirge Glocken um die Hälse banden, um sie in der Weite der Landschaft leichter finden zu können.

Während sie in monotonem Rhythmus dahinstapften, dachte Lloyd an Daisy. War sie noch immer auf Tŷ Gwyn? Oder war sie zu ihrem Mann zurückgekehrt? Er hoffte, dass sie nicht wieder nach London gefahren war, denn die Stadt wurde jede Nacht bombardiert; so jedenfalls hatte er es in französischen Zeitungen gelesen. Lebte Daisy überhaupt noch? Würde er sie je wiedersehen? Und was würde sie dann für ihn empfinden?

Alle zwei Stunden legten sie eine kurze Rast ein, tranken Wasser und ein paar Schluck von dem Wein, den Teresa in einem ledernen Trinkbeutel mit sich führte.

Gegen Morgen begann es zu regnen. Der Untergrund wurde tückischer, und sie stolperten und rutschten immer wieder aus. Doch Teresa dachte nicht daran, das Tempo zu verlangsamen. »Freut euch lieber, dass es nicht schneit«, sagte sie.

Im Tageslicht konnte sie die spärliche Vegetation sehen. Felsen ragten wie Grabsteine in die Höhe. Es regnete noch immer, und ein kalter Nebel behinderte die Sicht.

Nach einiger Zeit bemerkte Lloyd, dass sie bergab gingen. Bei der nächsten Rast verkündete Teresa: »Wir sind jetzt in Spanien.«

Lloyd empfand keine Erleichterung. Er war einfach nur erschöpft.

Nach und nach wich die Felslandschaft spärlichem Gras und kargem Gestrüpp.

Plötzlich warf Teresa sich flach auf den Boden. Instinktiv taten die Männer es ihr nach. Lloyd folgte Teresas Blick und sah zwei Soldaten in grünen Uniformen und mit schwarzen Mützen, vermutlich spanische Grenzwachen. In diesem Augenblick wurde ihm klar, dass der Ärger noch lange nicht vorbei war, auch wenn sie sich bereits in Spanien befanden. Sollte man sie erwischen, wie sie illegal über die Grenze wollten, würde man sie zurückschicken. Oder schlimmer noch, man ließ sie in einem von Francos Lagern verschwinden.

Doch Lloyds Sorgen erwiesen sich als unbegründet. Die beiden Soldaten erreichten eine unsichtbare Grenze und machten kehrt. Teresa tat so, als hätte sie die ganze Zeit gewusst, dass es so kommen würde. Als die Männer verschwunden waren, stand sie auf und ging weiter, als wäre nichts geschehen.

Kurz darauf lichtete sich der Nebel, und Lloyd erblickte ein Fischerdorf in einer Bucht. Er war schon einmal hier gewesen – 1936, als er nach Spanien gekommen war. Er erinnerte sich sogar noch, dass es hier einen kleinen Bahnhof gab.

Sie gingen ins Dorf, ein verschlafenes Nest, in dem es keine Spur einer Behörde gab: keine Polizei, kein Rathaus, keine Soldaten, keine Kontrollstellen. Zweifellos hatte Teresa den Ort deshalb als Ziel ausgewählt.

Sie gingen zu dem winzigen Bahnhof. Teresa kaufte den Männern Fahrkarten und flirtete dabei mit dem Schalterbeamten, als wären sie alte Freunde.

Lloyd setzte sich auf eine Bank am Bahnsteig. Ihm taten die Füße weh, und er war hundemüde. Doch mehr als alles andere war er dankbar und glücklich.

Eine Stunde später stiegen sie in den Zug nach Barcelona.

Bisher hatte Daisy nicht geahnt, was Arbeit wirklich bedeutete.

Oder Müdigkeit.

Oder Tragik.

Daisy saß in einem Schulklassenzimmer und trank süßen englischen Tee aus einem Becher ohne Untertasse. Sie trug einen Stahlhelm und Gummistiefel. Es war fünf Uhr nachmittags, und noch immer war sie müde von der vergangenen Nacht.

Daisy gehörte zur Luftschutzabteilung von Aldgate. Theoretisch arbeitete sie acht Stunden, gefolgt von acht Stunden Bereitschaft und acht Stunden Freizeit. In der Realität jedoch arbeitete sie so lange, wie der Luftangriff dauerte, und musste dann die Verletzten zum Krankenhaus fahren.

Im Oktober 1940 wurde London jede Nacht bombardiert.

Zusammen mit ihrer Beifahrerin und vier Männern bildete Daisy einen Rettungstrupp, der in einer Schule stationiert war. Jetzt saßen sie wieder einmal an den Pulten und warteten, dass die Flugzeuge kamen, die Sirenen losheulten und die Bomben fielen.

Der Rettungswagen, den Daisy fuhr, war ein umgebauter amerikanischer Buick. Sie hatten aber auch einen normalen Wagen mit Fahrer, um die Opfer zu transportieren, die sie »sitzfähig« nannten – Verletzte, die nicht im Liegen zum Krankenhaus gebracht werden mussten.

Daisys Beifahrerin hieß Naomi Avery, eine hübsche blonde Cockney, die Männer mochte und die Kameradschaft innerhalb des Teams genoss. Jetzt frotzelte sie den Luftschutzwart, dem pensionierten Polizeibeamten Nobby Clarke. »Der Chefluftschutzwart ist ein Mann«, sagte sie. »Der Distriktluftschutzwart ist ein Mann. Und du bist auch ein Mann.«

»Das hoffe ich doch sehr«, erwiderte Nobby, und die anderen lachten leise. »Aber du bist erkennbar keiner.«

»Ja, eben, ich bin eine Frau und leiste das Gleiche wie ihr Männer«, entgegnete Naomi. »Wie kommt es, dass keine von uns eine Führungsposition hat?«

Ein kahlköpfiger Mann mit großer Nase, den sie den Schönen George nannte, sagte lachend: »Da haben wir's. Die Frauenrechtlerinnen sind mal wieder auf dem Vormarsch.«

Daisy sagte abfällig: »Wenn ich dich so ansehe, Süßer, verschönern wir Frauen ganz entschieden das Stadtbild.«

Nobby meldete sich zu Wort. »Du irrst dich, Naomi. Es gibt ein paar weibliche Oberwarte beim Luftschutz.«

»Ich hab nie eine gesehen«, erwiderte Naomi.

»Das ist so Tradition«, sagte Nobby. »Frauen haben sich immer schon um den Haushalt gekümmert.«

»Wie Katharina die Große«, entgegnete Daisy spöttisch.

»Oder Queen Elisabeth«, fügte Naomi hinzu.

»Amelia Earhart.«

»Jane Austen.«

»Marie Curie. Außer ihr hat niemand zweimal den Nobelpreis bekommen.«

»Wie war das noch mal mit Katharina der Großen?«, sagte der Schöne George. »Gibt's da nicht 'ne Geschichte von ihr und ihrem Pferd?«

»Na, na, es sind Damen anwesend«, sagte Nobby tadelnd.

»Wenn die Deutschen ihre Bomben abwerfen, gibt's bei uns keine Damen und Herren mehr«, erwiderte George.

Er hatte recht. Sobald die Bomben fielen und sie sich durch die Trümmer gruben, um die Verletzten zu retten, verwischten sich die Unterschiede zwischen den Geschlechtern, und es gab keine Hierarchie mehr.

Daisy mochte ihre Kameraden, sogar den Schönen George. Sie hätten ihr Leben für sie gegeben – genauso, wie Daisy sich für sie geopfert hätte.

Draußen ertönte ein Heulen, das rasch anschwoll und durchdringender wurde, bis das vertraute Jaulen einer Luftschutzsirene zu hören war. Sekunden später war die erste ferne Explosion einer Fliegerbombe zu vernehmen. Der Alarm kam oft zu spät; manchmal waren die ersten Bomben bereits eingeschlagen, wenn die Sirene losheulte.

Alle sprangen auf. Müde fragte George: »Gönnen die Krauts sich nicht mal einen Tag Pause?«

Das Telefon klingelte. Nobby hob ab, hörte einen Moment zu, legte auf und sagte: »Nutley Street.«

»Ich weiß, wo das ist«, sagte Naomi, als der Trupp aus dem Gebäude eilte. »Unsere Abgeordnete wohnt da.«

Sie sprangen in die Fahrzeuge. Während Daisy losfuhr, sagte Naomi, die neben ihr saß: »Was für eine großartige Zeit.«

Natürlich war Naomis Bemerkung ironisch gemeint, aber für Daisy hatten die Tage und Wochen tatsächlich etwas Großartiges: Sie schuftete und litt für eine gute Sache. Es war so viel sinnvoller und erfüllender als ein Leben, das nur an Vergnügungen ausgerichtet war. Daisy war nun Teil einer Gruppe, die alles riskierte, um anderen zu helfen, auch auf die Gefahr hin, selbst in einem brennenden Gebäude zu sterben. Jede Nacht kämpfte sie gegen Schmerz, Tod und Verzweiflung, und auch wenn dieser Kampf oft aussichtslos war, gab er ihrem Leben einen ganz neuen, tieferen Sinn.

Daisy hasste die Deutschen nicht. Von ihrem Schwiegervater, Earl Fitzherbert, wusste sie, weshalb die Luftwaffe London mit solcher Wut und Verbissenheit bombardierte. Bis Ende August hatten die Deutschen ausschließlich Häfen und Flugplätze angegriffen und zivile Ziele gemieden. Die Briten jedoch hatten weniger Skrupel gekannt. Bereits im Mai hatte die Regierung die Bombardierung deutscher Städte gebilligt, und den ganzen Juni und Juli hindurch hatte die Royal Air Force nicht nur Industrieanlagen, sondern auch Wohngebiete in Schutt und Asche gelegt. Die deutsche Öffentlichkeit hatte Vergeltung gefordert. Das Ergebnis war der Bombenkrieg gegen London und andere englische Städte, den die Briten »Blitz« nannten.

Die Nutley Street war ein einziges Flammenmeer. Die Luftwaffe warf Brand- und Sprengbomben, was besonders verheerend war, denn die Sprengbomben sorgten dafür, dass die Brände sich schneller ausbreiteten, da sie Fenster und Türen zerschmetterten und brennendes Material umherschleuderten.

Daisy stellte den Rettungswagen an einer halbwegs geschützten Stelle ab; dann machten sie und die anderen sich an die Arbeit, halfen Leichtverletzten zum nächsten Erste-Hilfe-Posten und fuhren schwerer Verletzte nach St. Bart's oder zum London Hospital in Whitechapel.

Als es dunkel wurde, schaltete Daisy die Scheinwerfer ein, die den Verdunkelungsvorschriften entsprechend abgeblendet waren; nur ein schmaler Schlitz ließ Licht durch. Doch es war eine überflüssige, beinahe lächerliche Vorsichtsmaßnahme in einer Stadt, die wie ein Scheiterhaufen brannte.

Die Bombardierungen hielten bis zur Morgendämmerung an. Bei Tageslicht waren die deutschen Bomber verwundbar und wurden von britischen Abfangjägern attackiert, wie Boy und seine Kameraden sie flogen; deshalb verebbte der Luftangriff, als es hell wurde. Als das kühle graue Licht sich über die Trümmerlandschaft legte, kehrten Daisy und Naomi noch einmal in die Nutley Street zurück, doch es gab keine weiteren Opfer, die ins Hospital geschafft werden mussten.

Müde setzten sie sich auf die Reste einer Gartenmauer. Daisy nahm den Stahlhelm ab. Sie starrte vor Schmutz und war zu Tode erschöpft. Gern hätte sie gewusst, was die Mädchen im Buffalo Yacht Club jetzt von ihr gehalten hätten, obwohl ihr deren Meinung nicht mehr viel bedeutete. Die Zeiten, als es für Daisy nichts Wichtigeres als gesellschaftliche Anerkennung gegeben hatte, schienen sehr lange zurückzuliegen.

»Möchtet ihr eine schöne Tasse Tee?«, fragte jemand mit walisischem Akzent.

Als Daisy aufblickte, sah sie eine hübsche Frau mittleren Alters, die mit einem Tablett vor ihr und Naomi stand.

»Das kann ich jetzt gebrauchen, danke«, sagte Daisy und nahm sich eine Tasse. Mittlerweile mochte sie das Getränk. So bitter es schmeckte, es wirkte belebend.

Zu Daisys Erstaunen gab die Frau Naomi einen Kuss auf die Wange, ehe sie weiterging.

»Wir sind verwandt«, sagte Naomi, als sie Daisys fragenden Blick bemerkte. »Ihre Tochter Millie ist meine Schwägerin. Millie hat meinen Bruder Abie geheiratet.«

Daisy beobachtete die Frau, wie sie mit dem Tablett die Runde in der kleinen Menge aus Luftschutzwarten, Feuerwehrleuten und Anwohnern machte. Sie strahlte Autorität und Selbstsicherheit aus, und alle behandelten sie mit sichtlichem Respekt. Zugleich war sie erkennbar eine Frau des Volkes und sprach jeden mit ungekünstelter Warmherzigkeit an. Sie kannte auch Nobby und den Schönen George und begrüßte sie wie alte Freunde.

Schließlich nahm sie sich selbst die letzte Tasse Tee, kam zu Daisy, setzte sich neben sie und sagte freundlich: »Sie hören sich wie eine Amerikanerin an.«

Daisy nickte. »Ich bin mit einem Engländer verheiratet.«

»Danke für Ihren Einsatz. Ich wohne in dieser Straße, wissen Sie. Mein Haus ist den Bomben wieder mal entkommen. Übrigens, ich bin Eth Leckwith, Parlamentsabgeordnete für Aldgate.«

Daisy konnte es kaum glauben. Diese Frau war Ethel Leckwith, Lloyds berühmte Mutter? Sie tauschten einen Händedruck. »Daisy Fitzherbert.«

Ethel zog die Brauen hoch. »Ach! Sie sind die Viscountess Aberowen.«

Daisy errötete und senkte die Stimme. »Das weiß beim Luftschutz niemand.«

»Ihr Geheimnis ist bei mir sicher.«

Zögernd sagte Daisy: »Ich kenne Ihren Sohn Lloyd.« Tränen traten ihr in die Augen, als sie an ihre Zeit auf Tŷ Gwyn dachte, an die Fehlgeburt und daran, wie Lloyd sich um sie gekümmert hatte. »Er war sehr gut zu mir, als ich einmal Hilfe gebraucht habe. Er war ein wirklich netter Mann.«

»Das freut mich«, sagte Ethel. »Aber Sie sollten nicht von ihm sprechen, als wäre er tot.«

»Tut mir leid. Er wird nur vermisst, ich weiß. Das war dumm von mir.«

»Er wird nicht mehr vermisst«, entgegnete Ethel. »Er ist über Spanien aus Frankreich geflohen. Gestern ist er hier angekommen.«

»Was?« Daisy stockte das Herz.

»Er ist wieder da. Und er sieht sogar ganz gut aus, wenn man bedenkt, was er durchgemacht hat.«

»Wo …« Daisy schluckte. »Wo ist er denn jetzt?«

»Er muss hier irgendwo sein.« Ethel schaute sich um. »Lloyd?«

Aufgeregt ließ Daisy den Blick über die Menge schweifen. Lloyd war hier?

Ein Mann in einem zerrissenen braunen Mantel drehte sich um. »Ja?«

Daisy starrte ihn an. Sein Gesicht war sonnenverbrannt, und er war erschreckend mager, sah aber attraktiver aus als je zuvor.

»Komm doch mal her«, sagte Ethel.

Lloyd machte einen Schritt vor – und dann sah er Daisy. Schlagartig veränderte sich seine Miene, und er lächelte bis über beide Ohren. »Hallo«, sagte er.

»Lloyd«, begann Ethel, »vielleicht erinnerst du dich …«

Daisy rannte zu ihm, warf sich in seine Arme und küsste ihn auf die braunen Wangen, die gebrochene Nase und den Mund. »Ich liebe dich, Lloyd!«, rief sie. »Ich liebe dich, ich liebe dich, ich liebe dich!«

»Ich liebe dich auch, Daisy«, sagte er.

Hinter sich hörte Daisy die ironische Stimme Ethels. »Ich sehe schon, du erinnerst dich.«

Lloyd aß Toast mit Marmelade, als Daisy in das Haus an der Nutley Street kam. Sie sah erschöpft aus, setzte sich an den Tisch und nahm den Stahlhelm ab. Ihr Gesicht war schmutzig, ihr Haar voller Asche und Staub, aber Lloyd fand sie unwiderstehlich schön.

Fast jeden Morgen kam sie vorbei, wenn die Bombardierungen endeten und das letzte Opfer ins Krankenhaus gebracht worden war. Lloyds Mutter hatte ihr gesagt, sie brauche keine Einladung, und Daisy hatte sie beim Wort genommen.

Ethel schenkte Daisy eine Tasse Tee ein und fragte: »Eine schwere Nacht, meine Liebe?«

Daisy nickte. »Eine der schlimmsten Nächte überhaupt. Das Peabody-Gebäude auf der Orange Street ist niedergebrannt.«

»Oh nein!«, stieß Lloyd hervor. Er kannte das Gebäude: Es war ein hoffnungslos überbelegtes Mietshaus, in dem arme, kinderreiche Familien wohnten.

»Das ist ein großes Haus«, sagte Bernie.

»Es war ein großes Haus«, erwiderte Daisy. »Hunderte von Menschen sind verbrannt, und Gott allein weiß, wie viele Kinder zu Waisen wurden. Fast alle, die wir aus den Trümmern geholt haben, sind auf dem Weg ins Krankenhaus gestorben.«

Lloyd griff über den kleinen Tisch hinweg und nahm ihre Hand.

Sie blickte von ihrer Tasse auf. »Man gewöhnt sich einfach nicht daran. Man denkt, irgendwann ist man abgehärtet, aber das stimmt nicht.« Traurig ließ sie den Kopf sinken.

Ethel legte ihr eine Hand auf die Schulter, eine kurze Geste des Mitgefühls.

»Und wir machen das Gleiche mit den Zivilisten in Deutschland«, fügte Daisy leise hinzu. »Ist das nicht schrecklich?« Sie schüttelte den Kopf. »Was stimmt nicht mit uns?«

»Was stimmt nicht mit der Gattung Mensch«, sagte Lloyd.

Bernie, praktisch wie immer, sagte: »Ich gehe nachher hinüber in die Orange Street und sehe zu, dass für die Kinder alles getan wird, was getan werden kann.«

»Ich begleite dich«, sagte Ethel.

Bernie und Ethel handelten oft im Einklang, ohne ein Wort gewechselt zu haben, als könnten sie die Gedanken des anderen lesen. Lloyd hatte sie beobachtet, seit er nach Hause zurückgekehrt war; er machte sich Sorgen, ihre Ehe könnte unter der schockierenden Neuigkeit gelitten haben, dass Ethel nie einen Mann namens Teddy Williams geheiratet hatte und dass Earl Fitzherbert Lloyds Vater war. Doch er entdeckte kein Anzeichen, dass es für Bernie irgendwie von Bedeutung war. Auf seine unsentimentale Art verehrte er Ethel wie eh und je.

Daisy fiel auf, dass Lloyd Uniform trug. »Wohin willst du heute Morgen?«

»Ich bin ins Kriegsministerium gerufen worden.« Er blickte auf die Uhr auf dem Kaminsims. »Ich muss gleich los.«

»Ich dachte, du hättest deinen Rapport schon erstattet.«

»Komm mit in mein Zimmer, und ich erkläre es dir, wenn ich mir die Krawatte binde. Bring deinen Tee mit.«

Sie gingen nach oben. Daisy schaute sich interessiert um; schließlich war sie noch nie in Lloyds Zimmer gewesen. Sie schaute auf das schmale Bett, das Regal mit Romanen auf Deutsch, Französisch und Spanisch und den Schreibtisch mit der Reihe angespitzter Bleistifte.

»Ein hübsches Zimmer«, sagte sie und nahm eine gerahmte

Fotografie in die Hand. Sie zeigte die Familie am Meer: den kleinen Lloyd in Shorts; Millie, die kaum laufen konnte, in einem Badeanzug; die junge Ethel mit einem großen Schlapphut und Bernie in einem grauen Anzug, dessen weißes Hemd am Kragen offen stand, auf dem Kopf ein geknotetes Taschentuch.

»Southend«, erklärte Lloyd. Er nahm Daisys Tasse, stellte sie auf die Kommode, nahm sie in die Arme und küsste sie auf den Mund. Sie erwiderte den Kuss mit zurückhaltender Zärtlichkeit, streichelte ihm die Wange und ließ sich gegen ihn sinken. »Sei nicht böse, ich bin todmüde«, sagte sie, zog die Gummistiefel aus und legte sich auf sein Bett. »Was will man von dir?«

»Das Kriegsministerium hat mich um ein weiteres Gespräch gebeten.« Er schlang sich die Krawatte um den Hals.

»Aber du warst letztes Mal doch schon für Stunden dort.«

Das stimmte. Man hatte ihn aufgefordert, sein Gedächtnis nach jeder Einzelheit seiner Flucht durch Frankreich zu durchforsten. Solche Nachbesprechungen waren üblich. Von jedem deutschen Soldaten, dem Lloyd begegnet war, wollte man Rang und Einheit wissen. Natürlich konnte Lloyd sich nicht an alles erinnern, doch während des Kurses auf Tŷ Gwyn hatte er gewissenhaft seine Hausaufgaben gemacht und konnte seinen Vorgesetzten zahlreiche Informationen liefern.

Man hatte ihn auch danach befragt, wie er geflohen sei, welche Straßen und Wege er genommen und von wem er Hilfe erhalten habe. Seine Vorgesetzten horchten auf, als sie von Maurice und Marcelle hörten, und tadelten ihn, weil er ihre Nachnamen nicht herausgefunden hatte. Vor allem interessierten sie sich für Teresa, denn sie konnte weiteren Flüchtigen große Hilfe leisten.

»Heute spreche ich mit anderen Leuten«, sagte Lloyd nun zu Daisy und blickte auf den maschinengeschriebenen Brief, der auf seiner Kommode lag. »Im Hotel Metropole an der Northumberland Avenue. Zimmer 424.« Die Straße befand sich in einem Behördenviertel abseits des Trafalgar Square. »Offenbar ist es eine neue Abteilung, die für britische Soldaten in Gefangenschaft zuständig ist.« Er setzte seine Schirmmütze auf und blickte in den Spiegel. »Sehe ich schick genug aus?«

Als Daisy nicht antwortete, schaute Lloyd zum Bett.

Daisy war eingeschlafen.

Lloyd breitete eine Decke über sie, küsste sie auf die Stirn und ging hinaus.

Er hatte ihr bereits erzählt, wer sein wirklicher Vater war. Daisy hatte ihm sofort geglaubt, zumal Boy ihr einmal anvertraut hatte, sein Vater habe ein uneheliches Kind. »Also, das ist wirklich unheimlich«, hatte sie gesagt. »Die beiden Engländer, in die ich mich verliebe, stellen sich als Halbbrüder heraus.« Sie musterte Lloyd kritisch. »Du hast das gute Aussehen deines Vaters geerbt. Boy hat nur seine Selbstsucht abbekommen.«

Noch hatte Daisy nicht mit Lloyd geschlafen. Ein Grund dafür war, dass sie keine Nacht frei hatte. Und das eine Mal, als sie die Gelegenheit gehabt hatten, war alles schiefgegangen. Es war am letzten Sonntag gewesen, in Daisys Haus in Mayfair. Ihre Dienstboten hatten den Sonntagnachmittag frei, und sie hatte Lloyd mit in ihr Schlafzimmer genommen. Zuerst hatte sie Lloyd zu Zärtlichkeiten animiert, dann aber hatte sie der Mut verlassen.

»Es tut mir leid«, hatte sie gesagt. »Ich liebe dich, aber ich kann meinen Mann nicht in seinem eigenen Haus betrügen.«

»Er hat dich betrogen«, hatte Lloyd erwidert.

»Aber nicht in den eigenen vier Wänden.«

»Wenn du es so siehst ...«

Sie schaute ihn an. »Findest du das albern?«

Lloyd zuckte die Achseln. »Nach allem, was wir hinter uns haben, kommt es mir ein bisschen etepetete vor. Aber ich wäre ein Schuft, wenn ich dich zu etwas drängen würde, wozu du noch nicht bereit bist.«

Sie hatte ihn umarmt und an sich gedrückt. »Du bist wirklich erwachsen.«

Die angenehmen Gedanken an Daisy beschäftigten Lloyd auf dem ganzen Weg zur Haltestelle Embankment, als er mit der U-Bahn in die Londoner Innenstadt fuhr. Dann ging er zu Fuß über die Northumberland Avenue zum Hotel Metropole. Die luxuriöse Einrichtung war zum größten Teil weggeräumt und durch zweckmäßige Tische und Stühle ersetzt worden.

Nachdem Lloyd ein paar Minuten gewartet hatte, wurde er zu einem hochgewachsenen Colonel geführt. »Ich habe Ihren Bericht gelesen, Lieutenant«, sagte er. »Gut gemacht.«

»Danke, Sir.«

»Wir rechnen damit, dass andere in Ihre Fußstapfen treten, was Ihre Flucht angeht. Wir möchten diesen Männern gern helfen, besonders, wenn es sich um Piloten handelt, die einen Absturz überlebt haben. Ihre Ausbildung ist teuer, und wir brauchen sie hier, um die Angriffe der Luftwaffe zurückzuschlagen.«

Lloyd nickte. Es war brutal, Männer, die eine Bruchlandung überlebt hatten, aufzufordern, dieses tödliche Risiko sofort wieder auf sich zu nehmen, aber auch Verwundete wurden unmittelbar nach ihrer Genesung wieder in den Kampf geschickt. So war der Krieg.

»Wir richten eine Art Untergrund-Transportsystem ein«, fuhr der Colonel fort, »von Deutschland bis nach Spanien. Mir wurde gesagt, Sie sprechen Deutsch, Französisch und Spanisch; vor allem aber kennen Sie die Situation aus eigenem Erleben. Wir würden Sie gern in unsere Abteilung versetzen lassen.«

Lloyd war nicht sicher, was er davon halten sollte. »Danke, Sir, ich fühle mich geehrt. Aber ist das ein Schreibtischposten?«

»Keineswegs. Wir möchten Sie nach Frankreich zurückschicken.«

Lloyd erschrak. Er hatte nicht damit gerechnet, sich diesen Gefahren erneut stellen zu müssen.

Der Colonel sah ihm sein Entsetzen an. »Sie wissen, wie gefährlich das ist, nicht wahr?«

»Jawohl, Sir.«

»Sie können selbstverständlich ablehnen.«

Lloyd dachte an Daisy im Bombenkrieg und an die Menschen, die in der Peabody-Mietskaserne jämmerlich verbrannt waren. »Wenn Sie es für wichtig halten, Sir, gehe ich.«

»Guter Mann«, sagte der Colonel.

Eine halbe Stunde später ging Lloyd ein wenig benebelt zur U-Bahn-Station zurück. Er gehörte nun einer Abteilung an, die MI9 genannt wurde, und würde mit falschen Papieren und einer großen Summe Bargeld nach Frankreich zurückkehren. Mittlerweile war in den besetzten Gebieten ein Netz aus Deutschen, Holländern, Belgiern und Franzosen geknüpft worden, um Piloten aus Großbritannien und dem Commonwealth bei der Rückkehr in die Heimat zu unterstützen. Lloyd sollte als einer von zahlreichen MI9-Agenten dieses Netz vergrößern.

Es war eine lebensgefährliche Aufgabe. Wenn man ihn fasste, musste er mit Folter und Tod rechnen.

Zwar fürchtete er sich vor den Gefahren, zugleich aber war er aufgeregt. Er würde nach Madrid fliegen; es wäre das erste Mal, dass er in ein Flugzeug stieg. Über die Pyrenäen sollte er nach Frankreich reisen und Verbindung zu Teresa aufnehmen. Er würde sich verkleidet innerhalb der besetzten Gebiete bewegen und versuchen, der Gestapo ihre Beute vor der Nase wegzuschnappen. Lloyd war entschlossen, dafür zu sorgen, dass diese Männer nicht so auf sich allein gestellt sein würden, wie er es gewesen war.

Gegen elf kam er in die Nutley Street zurück. Er fand einen Zettel von seiner Mutter vor: *Kein Mucks von Miss America.* Nach dem Besuch der ausgebombten Mietskaserne waren Ethel ins Unterhaus und Bernie in die County Hall gegangen. Daisy und Lloyd hatten das Haus für sich allein.

Er ging hinauf auf sein Zimmer. Daisy schlief noch immer. Ihre Lederjacke und die grobe Wollhose lagen achtlos auf dem Boden. Sie trug nur Unterwäsche.

Lloyd zog die Uniformjacke aus und band die Krawatte ab.

Eine verschlafene Stimme im Bett sagte: »Den Rest auch.«

Er starrte sie an. »Was?«

»Zieh dich aus und komm ins Bett!«

Das Haus war leer; niemand würde sie stören.

Er zog die Stiefel aus, die Hose, das Oberhemd und die Socken. Dann zögerte er.

»Dir wird schon nicht kalt sein«, sagte Daisy. Sie wand sich unter den Decken; dann warf sie ein seidenes Spitzenhemdhöschen nach ihm. »Worauf wartest du?«, fragte sie, als sie Lloyds erneutes Zögern bemerkte.

Er zog Unterhemd und Unterhose aus und schlüpfte neben sie unter die Decke. Daisys Körper war warm, weich und erregend, doch Lloyd war schrecklich nervös. Er hatte ihr nie gesagt, dass er noch unschuldig war.

Ein wenig hilflos fragte er sich, ob er die Initiative übernehmen sollte, aber Daisy nahm ihm die Entscheidung ab. Sie küsste und streichelte ihn; dann umfasste sie sein Glied.

»Oh, Junge«, sagte sie, »ich hatte gehofft, du hast so was dabei.«

Von da an war er kein bisschen nervös mehr.

465

KAPITEL · 8

1941 (I)

An einem kalten Sonntag im Winter begleitete Carla von Ulrich ihre Zofe Ada zum Kinderkrankenhaus am Wannsee im Westen von Berlin, wo Ada ihren kleinen Sohn Kurt besuchen wollte. Mit dem Zug dauerte die Fahrt eine Stunde. Carla hatte es sich zur Gewohnheit gemacht, bei diesen Besuchen ihre Schwesternuniform zu tragen, denn das Krankenhauspersonal redete mit einer Kollegin offener über den Jungen.

Im Sommer drängten sich Familien am See; die Kinder spielten am Ufer oder schwammen im flachen Wasser. Heute waren nur wenige Spaziergänger zu sehen, dick eingemummelt zum Schutz gegen die Kälte, sowie ein abgehärteter Schwimmer, dessen Frau ängstlich am Ufer wartete.

Das Krankenhaus, das auf die Behandlung schwerbehinderter Kinder spezialisiert war, war früher ein prachtvolles Gebäude gewesen, dessen elegante Empfangsräume nun unterteilt, blassgrün gestrichen und mit Krankenhausbetten vollgestellt waren.

Kurt war mittlerweile acht Jahre alt. Er ging und aß wie ein Zweijähriger, konnte noch nicht sprechen und trug nach wie vor Windeln. Seit Jahren hatte sein Zustand sich nicht gebessert. Doch es war offenkundig, dass er sich freute, Ada zu sehen. Er strahlte vor Glück, gurrte aufgeregt und streckte die Arme aus, um hochgehoben, gedrückt und geküsst zu werden.

Er erkannte auch Carla. Wann immer sie den Jungen sah, erinnerte sie sich an das Drama seiner Geburt, als sie ihn entbunden hatte, während ihr Bruder Erik zu Dr. Rothmann gerannt war.

Sie spielten gut eine Stunde mit Kurt. Der Junge mochte Spielzeugzüge und -autos sowie Bücher mit Bildern in leuchtenden Farben. Dann war die Zeit für den Mittagsschlaf gekommen, und Ada sang ihm ein Wiegenlied.

Auf dem Weg hinaus sprach eine Krankenschwester sie an. »Frau Hempel? Würden Sie mich bitte ins Büro von Professor Willrich begleiten? Er würde gern mit Ihnen sprechen.«

Willrich war der Chefarzt. Carla hatte ihn noch nie getroffen, und auch Ada kannte ihn vermutlich nicht.

»Gibt es ein Problem?«, fragte Ada ängstlich.

»Ich bin sicher, der Chefarzt will mit Ihnen nur über Kurts Fortschritte reden«, antwortete die Krankenschwester.

»Fräulein von Ulrich wird mich begleiten«, erklärte Ada.

Der Schwester schien das nicht zu gefallen. »Professor Willrich hat nur nach Ihnen gefragt.«

Doch Ada konnte stur sein. »Fräulein von Ulrich wird mich begleiten«, wiederholte sie unbeirrt.

Die Krankenschwester zuckte mit den Schultern und sagte knapp: »Bitte, folgen Sie mir.«

Sie wurden in ein schmuckes Büro geführt. Dieser Raum war nicht unterteilt worden. Im Kamin brannte ein Kohlenfeuer, und ein großes Fenster gewährte den Blick auf den Wannsee. Carla sah ein Segelboot, das in der sanften Brise durch die kleinen Wellen schnitt. Willrich saß hinter einem mit Leder bezogenen Schreibtisch. Darauf standen ein Tabakfass und ein Pfeifenständer.

Der Chefarzt war um die fünfzig und kräftig gebaut. In seinem Gesicht wirkte alles übergroß: die Nase, das kantige Kinn, die Ohren, die hohe Stirn. Er schaute Ada an und sagte: »Frau Hempel, nehme ich an?« Ada nickte. Willrich wandte sich Carla zu. »Und Sie sind Fräulein …?«

»Carla von Ulrich, Herr Professor. Ich bin Kurts Patentante.«

Willrich hob die Augenbrauen. »Sind Sie nicht ein bisschen jung für eine Patentante?«

Gereizt sagte Ada: »Wieso? Sie hat Kurt zur Welt gebracht. Damals war sie erst elf, aber sie war tüchtiger als der Arzt, denn der hat sich nicht mal blicken lassen!«

Willrich ignorierte die Bemerkung. Er musterte Carla abschätzig. »Wie ich sehe, hoffen Sie, Krankenschwester zu werden.«

Carla trug ihre Schwesternschülerinnenuniform. Aber sie hoffte nicht bloß, ihre Ausbildung erfolgreich abzuschließen, sie war fest davon überzeugt, dass sie es schaffte. »Ja, ich bin Schwesternschülerin«, bestätigte sie knapp. Sie mochte Willrich nicht.

467

»Bitte, setzen Sie sich.« Willrich schlug eine dünne Akte auf. »Nun denn. Kurt ist jetzt acht Jahre alt, in seiner Entwicklung jedoch auf dem Stand eines Zweijährigen.«

Er hielt inne und hob den Blick. Die beiden Frauen schwiegen.

»Das ist unbefriedigend«, erklärte der Arzt.

Ada schaute Carla an. Carla wusste nicht, worauf der Mann hinauswollte, und gab dies mit einem Schulterzucken zu verstehen.

»Es gibt eine neue Therapie für diese Art von Krankheit. Allerdings muss Kurt dafür in ein anderes Hospital verlegt werden.« Willrich klappte die Akte zu. Er schaute Ada an und lächelte zum ersten Mal. »Ich bin sicher, Sie werden Kurt diese Therapie ermöglichen wollen. Sie könnte seinen Zustand dramatisch verbessern.«

Carla gefiel das Lächeln des Mannes nicht. Es kam ihr irgendwie unheimlich vor. »Könnten Sie uns mehr über diese Therapie erzählen, Herr Professor?«, bat sie.

»Ich fürchte, Sie würden es nicht verstehen«, erwiderte er, »auch wenn Sie Schwesternschülerin sind.«

Doch so einfach wollte Carla ihn nicht davonkommen lassen. »Ich bin sicher, Frau Hempel würde gern Genaueres über die Behandlung wissen. Sind Operationen erforderlich? Oder werden andere Behandlungsmethoden eingesetzt, zum Beispiel Elektroschocks?«

»Die Therapie erfolgt medikamentös«, erwiderte Willrich mit sichtlichem Widerwillen.

»Und wohin müsste Kurt?«, fragte Ada.

»In ein Krankenhaus in Akelberg. Das ist in Bayern.«

Adas Geografiekenntnisse waren dürftig. Carla wusste, dass sie nicht die leiseste Ahnung hatte, wie weit das war. »Das sind ungefähr vierhundertfünfzig Kilometer«, sagte sie.

»Oh nein!«, rief Ada. »Wie soll ich ihn da besuchen?«

»Mit dem Zug«, antwortete Willrich ungeduldig.

Carla sagte: »Das dürfte vier, fünf Stunden dauern. Dann müsste Frau Hempel vermutlich über Nacht bleiben. Und was ist mit den Fahrtkosten?«

»Darum kann ich mich nicht kümmern!«, sagte Willrich gereizt. »Ich bin Arzt, kein Reiseverkehrskaufmann!«

Ada war den Tränen nahe. »Wenn es Kurt hilft, ein paar Worte zu lernen und nicht mehr in die Hose zu machen, dann ... dann können wir ihn eines Tages vielleicht wieder nach Hause holen.«

»So ist es«, sagte Willrich. »Ich war sicher, dass Sie ihm diese Chance auf ein besseres Leben nicht aus selbstsüchtigen Gründen verwehren.«

»Wollen Sie damit wirklich sagen, Kurt könnte irgendwann ein normales Leben führen?«, hakte Carla nach.

»In der Medizin gibt es keine Garantien«, erwiderte Willrich. »Selbst eine Schwesternschülerin sollte das wissen.«

Von ihren Eltern hatte Carla gelernt, keine Ausflüchte zu tolerieren. »Ich habe auch keine Garantie verlangt«, entgegnete sie gereizt. »Ich habe Sie nach einer Prognose gefragt. Und die müssen Sie ja wohl haben, sonst hätten Sie diese Behandlung doch gar nicht erst vorgeschlagen.«

Willrich lief rot an. »Die Therapie ist noch sehr neu, aber wir hoffen, dass sie Kurts Zustand deutlich verbessern wird. Das sage ich Ihnen doch schon die ganze Zeit.«

»Ist sie experimentell?«

»Medizin ist immer experimentell. Bei dem einen Patienten schlägt eine Therapie an, bei dem anderen nicht. Ich wiederhole: In der Medizin gibt es keine Garantie.«

Carla hätte ihm gern weiter widersprochen, allein schon, weil er arrogant war, aber sie wollte den Mann nicht gegen sich und damit gegen den kleinen Kurt aufbringen. Außerdem war sie nicht sicher, ob Ada überhaupt eine Wahl hatte. Ärzte durften auch gegen den Willen der Eltern handeln, wenn die Gesundheit eines Kindes auf dem Spiel stand, und das wiederum bedeutete, dass sie letztendlich tun und lassen konnten, was sie wollten. Willrich bat Ada nicht um Erlaubnis. Das war auch nicht nötig. Er sprach nur mit ihr, um sie so schnell wie möglich loszuwerden.

Carla fragte: »Können Sie Frau Hempel sagen, wie lange es ungefähr dauert, bis Kurt nach Berlin zurückkommt?«

»Ziemlich bald«, antwortete Willrich.

Das war eher eine Ausflucht als eine Antwort, aber Carla hatte das Gefühl, dass sie den Arzt noch mehr reizen würde, wenn sie nachhakte.

Ada schaute hilflos drein. Carla fühlte mit ihr. Sie wusste selbst nicht, was sie von der Sache halten sollte. Willrich hatte ihnen

469

kaum Informationen gegeben. Aber Carla hatte inzwischen die Erfahrung gemacht, dass viele Ärzte dazu neigten, Patienten mit Plattitüden abzuspeisen und gereizt zu reagieren, wenn man nachhakte.

Ada sagte schluchzend: »Wenn es hilft, dass es meinem Kurt bald wieder besser geht …«

»Genau darum geht es uns«, sagte Willrich.

»Ich wäre einverstanden. Was meinst du, Carla?«

Carla sah den Unwillen auf Willrichs Gesicht: Es gefiel ihm nicht, dass Ada eine angehende Krankenschwester um Rat fragte.

»Du hast recht, Ada«, antwortete Carla. »Wir dürfen diese Gelegenheit nicht ungenutzt lassen … um Kurts willen … auch wenn es hart für dich sein wird.«

»Sehr vernünftig«, sagte Willrich und stand auf. »Danke, dass Sie gekommen sind.« Er ging zur Tür und öffnete sie. Carla hatte das Gefühl, als könne er sie gar nicht schnell genug loswerden.

Sie verließen das Kinderkrankenhaus und gingen zum Bahnhof zurück. Als der fast leere Zug abfuhr, griff Carla nach einem Flugblatt, das jemand auf dem Sitz hatte liegen lassen. Die Überschrift lautete: WIE MAN DEN NAZIS WIDERSTAND LEISTET. Darunter stand eine Liste von zehn Maßnahmen, die das vorzeitige Ende des Regimes herbeiführen sollten, angefangen mit Verzögerungen bei der Arbeit.

Carla hatte solche Flugblätter vorher schon gesehen, allerdings nicht oft. Sie wurden von irgendeiner Widerstandsbewegung verteilt, die im Untergrund arbeitete.

Ada riss ihr den Zettel aus der Hand, zerknüllte ihn und warf ihn aus dem Fenster. »Für so was kann man verhaftet werden!«, sagte sie. Sie war Carlas Kindermädchen gewesen, und manchmal verhielt sie sich, als wäre Carla noch immer ein Kind. Carla störte das nicht; sie wusste, dass es liebevoll gemeint war.

In diesem Fall aber hatte Ada vollkommen recht. Man konnte verhaftet werden, wenn man ein solches Flugblatt gelesen hatte, und mehr noch: Es reichte schon, den Fund nicht zu melden. Ada konnte sogar Ärger bekommen, weil sie das Flugblatt aus dem Zugfenster geworfen hatte. Zum Glück waren sie die einzigen Fahrgäste im Waggon.

Ada machte sich noch immer große Sorgen wegen der Auskünfte, die sie im Kinderkrankenhaus bekommen hatten. »Glaubst du wirklich, wir haben das Richtige getan, Carla?«

»Ich weiß es nicht«, antwortete Carla aufrichtig. »Aber ich glaube schon.«

»Dann bin ich beruhigt. Du bist Krankenschwester. Du verstehst von solchen Dingen mehr als ich.«

Carla arbeitete gern in ihrem Beruf, obwohl sie sich noch immer darüber ärgerte, dass man ihr das Medizinstudium verweigert hatte. Jetzt, da viele junge Männer in der Wehrmacht dienten, hatte sich die Einstellung gegenüber weiblichen Medizinstudenten verändert, und immer mehr Frauen drängten an die Hochschulen. Carla hätte sich erneut für ein Stipendium bewerben können, doch ihre Familie war auf ihr mageres Schwesterngehalt angewiesen: Ihr Vater hatte keine Arbeit, ihre Mutter gab Klavierunterricht. Sogar Erik schickte so viel wie möglich von seinem Sold nach Hause. Ada hatte seit Jahren keine müde Mark mehr bekommen; sie blieb nur, weil sie zur Familie gehörte.

Als sie nach Hause kamen, hatte Ada sich wieder halbwegs beruhigt. Sie ging in die Küche, zog ihre Schürze an und bereitete das Abendessen für die Familie zu.

Doch Carla setzte sich gar nicht erst an den Tisch; sie wollte an diesem Abend tanzen gehen. Sie zog ein knielanges Tenniskleid an, das sie sich aus einem alten Kleid ihrer Mutter genäht hatte. Dann trug sie Lippenstift und Puder auf und kämmte sich das Haar aus, anstatt es zu Zöpfen zu flechten.

Als sie in den Spiegel schaute, sah sie ein modernes Mädchen mit hübschem Gesicht und selbstbewusstem Blick. Sie wusste, dass ihr eigenwilliges Auftreten viele junge Männer abschreckte. Manchmal beneidete Carla ihre Mutter, die den Spagat zwischen Selbstbewusstsein und verführerischer Weiblichkeit perfekt beherrschte; aber das lag einfach nicht in Carlas Natur. Wann immer sie es versucht hatte, war sie sich dumm vorgekommen. Die Jungs mussten sie akzeptieren, wie sie war.

Und es war ja auch nicht so, dass sie keine Verehrer gefunden hätte. Auf Feiern sammelte sie häufig eine kleine Schar Bewunderer um sich. Carla mochte zurückhaltende Jungs, die nicht versuchten, sie zu beeindrucken. Vor allem mussten sie Sinn für Humor haben

471

und sie zum Lachen bringen. Einen richtigen Freund hatte Carla allerdings noch nicht gehabt.

Um ihre Kleidung zu vervollständigen, zog sie sich einen gestreiften Blazer an, den sie gebraucht von einem Straßenhändler gekauft hatte. Sie wusste, dass ihre Eltern ihr Aussehen missbilligen würden. Es sei gefährlich, die Vorurteile der Nazis zu bedienen, pflegten sie zu sagen. Also musste Carla aus dem Haus, ohne gesehen zu werden. Aber das sollte an diesem Abend kein Problem sein. Mutter gab gerade Klavierunterricht; Carla hörte das zögerliche Spiel ihres Schülers. Wahrscheinlich saß Vater dabei und las Zeitung, denn sie konnten es sich nicht leisten, mehr als ein Zimmer zu beheizen. Und Erik war bei der Wehrmacht. Inzwischen war er in der Nähe von Berlin stationiert und würde bald Heimaturlaub bekommen.

Carla verbarg ihr Kleid unter einem Regenmantel und steckte sich die weißen Schuhe in die Tasche. Dann ging sie den Flur hinunter, öffnete die Haustür, rief: »Bin bald wieder da!«, und machte, dass sie wegkam.

Am Bahnhof Friedrichstraße traf sie sich mit Frieda, ihrer Freundin. Frieda trug ebenfalls ein gestreiftes Kleid und hatte sich einen schlichten Mantel darübergezogen. Auch ihr fiel das Haar offen über die Schultern. Allerdings war Friedas Kleid neu und teuer. Auf dem Bahnsteig wurden sie von zwei uniformierten Hitler-Jungen mit einer Mischung aus Missbilligung und Lust begafft.

Die beiden Mädchen fuhren nach Wedding, einem von Arbeitern geprägten Stadtteil, der einst eine Bastion der Linken gewesen war. Sie wollten zur Pharus-Halle, in der die Kommunisten früher ihre Versammlungen abgehalten hatten. Jetzt gab es natürlich keine politischen Aktivitäten mehr. Trotzdem war das Gebäude zum Mittelpunkt einer Bewegung geworden: der Swing Kids.

Junge Leute von fünfzehn bis fünfundzwanzig hatten sich bereits in den Straßen um die Halle versammelt. Die Swing Boys trugen karierte Jacketts und hatten Schirme dabei. Das sollte englisch aussehen. Um ihre Verachtung für das Militär auszudrücken, hatten sie sich die Haare lang wachsen lassen. Die Swing Girls wiederum trugen Make-up und amerikanische Sportkleidung. Sie alle hielten die Hitler-Jugend für dumm und langweilig.

Carla war sich der Ironie bewusst: Als sie klein gewesen war, hatten andere Kinder sie geneckt und abfällig »Ausländerin« genannt, weil ihre Mutter aus England stammte. Jetzt betrachteten die gleichen Kinder alles Englische als modisch.

Carla und Frieda betraten die Halle, in der es einen ganz normalen Jugendklub gab, wo Mädchen in Faltenröcken und Jungen in kurzen Hosen Tischtennis spielten und klebrige Orangeade tranken. Richtig rund jedoch ging es in den Nebenräumen.

Frieda führte Carla rasch in einen großen Lagerraum, wo sich Stühle an den Wänden stapelten. Dort hatte Werner, Friedas Bruder, einen Plattenspieler angeschlossen und legte die Platten auf. Fünfzig, sechzig Jungen und Mädchen tanzten Jitterbug. Carla erkannte die Melodie sofort: *Ma, He's Making Eyes at Me.*

Es war verboten, Jazz zu spielen, weil die meisten Jazzmusiker Neger waren. Alles, was von »Nichtariern« stammte, war für die Nazis »undeutsch« und minderwertig. Sie fühlten sich davon in ihrer rassischen Überlegenheit bedroht. Unglücklicherweise liebten viele Deutsche den Jazz. Wenn jemand ins Ausland reiste, brachte er Platten mit; in Hamburg konnte man sie von amerikanischen Matrosen kaufen. Auf diese Weise war ein blühender Schwarzmarkt entstanden.

Natürlich hatte Werner, der ein Auto, schicke Sachen, Zigaretten und Geld besaß, jede Menge Schallplatten. Er war noch immer Carlas Traummann, obwohl er eher auf Mädchen stand, die älter waren als sie und mit denen er ins Bett ging, wie man sich erzählte, und Carla war noch Jungfrau.

Heinrich von Kessel, Werners Freund, kam zu ihnen und tanzte mit Frieda. Er trug ein schwarzes Jackett und eine schwarze Weste, was ihm zusammen mit seinem langen dunklen Haar ein beinahe düsteres Aussehen verlieh. Frieda mochte Heinrich, wollte aber nicht mit ihm gehen, weil er ihr mit seinen fünfundzwanzig Jahren zu alt war.

Es dauerte nicht lange, und ein Junge, den sie nicht kannte, kam zu Carla und tanzte mit ihr. Der Abend fing gut an.

Carla ging ganz in der Musik auf: dem sexuell aufgeladenen Beat, den verführerisch gesummten Texten, den fetzigen Trompetensolos und dem fröhlichen Klang der Klarinette. Sie wirbelte übers Parkett, ließ ihren Rock gefährlich hochfliegen, warf sich in die Arme ihres Partners und sprang wieder hinaus.

473

Nachdem sie gut eine Stunde getanzt hatte, legte Werner ein langsameres Stück auf. Frieda und Heinrich tanzten Wange an Wange. Da niemand in der Nähe war, den Carla gut genug kannte, um so mit ihm zu tanzen, verließ sie den Lagerraum und ging sich eine Cola holen. Da das Großdeutsche Reich sich nicht im Krieg mit den USA befand, wurde das Getränk nach wie vor importiert und in Deutschland abgefüllt.

Zu Carlas Überraschung folgte Werner ihr hinaus und überließ das Plattenauflegen eine Zeit lang jemand anderem. Carla fühlte sich geschmeichelt, als der attraktivste Junge weit und breit ein Gespräch mit ihr begann. Sie erzählte ihm, dass Adas Sohn Kurt nach Akelberg in Bayern gebracht werden sollte, um dort medizinisch behandelt zu werden. Werner erwiderte verwundert, genau das habe man auch mit seinem fünfzehnjährigen Bruder Axel gemacht. Axel war mit einer *Spina bifida* geboren worden, einem offenen Rücken. »Kann dieselbe Therapie denn bei beiden anschlagen, wo es doch ganz unterschiedliche Krankheiten sind?«, fragte er skeptisch.

»Ich habe da meine Zweifel«, erwiderte Carla, »aber genau weiß ich es nicht.«

»Wie kommt es eigentlich, dass Ärzte einem so etwas nie erklären?«

Carla lachte freudlos. »Weil sie befürchten, dass kein Normalsterblicher sie mehr als Halbgötter in Weiß anbetet, wenn er sie versteht.«

»Wie bei Zauberern, hm? Die Schau ist eindrucksvoller, wenn man keine Ahnung hat, wie's geht«, sagte Werner. »Ärzte sind genauso egozentrisch wie alle anderen.«

»Die meisten sind sogar noch schlimmer«, sagte Carla. »Als angehende Krankenschwester weiß ich, wovon ich rede.«

Sie erzählte Werner von dem Flugblatt, das sie im Zug gelesen hatte. »Und?«, fragte er. »Wie denkst du darüber?«

Carla zögerte. Es war gefährlich, offen über solche Dinge zu sprechen. Aber sie kannte Werner schon ihr Leben lang. Er war kein Nazi-Freund; sie konnte ihm vertrauen. »Es freut mich, dass jemand den Nazis Widerstand leistet«, sagte sie. »Das zeigt, dass nicht alle Deutschen vor Angst wie gelähmt sind.«

»Es gibt vieles, was man gegen die Nazis unternehmen kann«, erwiderte Werner leise. »Nicht nur Lippenstift auftragen.«

Carla fragte sich, ob er damit andeuten wollte, dass auch sie Flugblätter verteilen solle. War er vielleicht selbst in solche Aktivitäten verwickelt? Nein, sicher nicht. Dafür war er viel zu sehr Gigolo. Heinrich hingegen ... Der war immer so ernst.

»Also, ich halte mich da lieber zurück«, sagte Carla. »Ich habe zu viel Angst.«

Sie tranken ihre Cola und kehrten in den Lagerraum zurück. Inzwischen war er brechend voll, sodass man kaum noch Platz zum Tanzen hatte.

Zu Carlas Überraschung bat Werner sie um den letzten Tanz und legte Bing Crosbys »Only Forever« auf. Carla war hingerissen, als Werner sie an sich drückte, während sie sich im Takt der Musik wiegten.

Zum Schluss schaltete jemand wie üblich für eine Minute das Licht aus, damit die Paare sich küssen konnten. Carla war verlegen; schließlich kannte sie Werner seit ihrer Kindheit. Aber sie hatte immer schon für ihn geschwärmt, und so hob sie erwartungsvoll den Kopf. Er küsste sie gekonnt, und sie erwiderte seine Zärtlichkeiten. Sie zitterte, als sie seine Hand auf ihrer Brust spürte, ermutigte ihn jedoch, indem sie den Mund öffnete. Dann flammte das Licht wieder auf, und der Zauber des Augenblicks verflog.

»Meine Güte«, sagte Carla atemlos, »das war ja mal eine Überraschung.«

Werner schenkte ihr sein charmantestes Lächeln. »Vielleicht kann ich dich irgendwann ja noch mal überraschen.«

Carla ging durch den Flur, um in der Küche zu frühstücken, als das Telefon klingelte. Sie nahm ab. »Carla von Ulrich.«

Sie hörte Friedas verzweifelte Stimme. »Carla, mein kleiner Bruder ist tot!«

»Axel ist tot?« Carla konnte es kaum glauben. »Oh, Frieda, das tut mir leid. Wo ist es passiert?«

»In diesem Krankenhaus in Bayern.« Frieda schluchzte.

Carla erinnerte sich, dass Werner ihr gesagt hatte, Axel sei in dasselbe Krankenhaus geschickt worden wie Kurt. »Woran ist er denn gestorben?«

»An den Masern.«

Carla trauerte mit ihrer Freundin; zugleich war ihr Misstrauen geweckt. Sie hatte schon ein ungutes Gefühl gehabt, als Professor Willrich ihnen vor einem Monat die neue Behandlung für den kleinen Kurt nahegelegt hatte. War die Therapie riskanter, als Willrich hatte durchblicken lassen? War sie vielleicht sogar gefährlich?

»Weißt du mehr?«, fragte sie Frieda.

»Wir haben nur einen kurzen Brief bekommen. Mein Vater ist außer sich. Er hat sofort in diesem Krankenhaus angerufen, bekam aber keinen der leitenden Ärzte an den Apparat.«

»Ich komme zu dir«, sagte Carla. »In ein paar Minuten bin ich da.«

»Danke.«

Carla legte auf und ging in die Küche, in der sich ihre Eltern, Ada und Erik aufhielten, der seinen letzten Urlaubstag hatte. »Axel Franck ist in dem Krankenhaus in Bayern gestorben«, verkündete sie.

Maud stieß hervor: »Das darf nicht wahr sein!«

Walter schaute gerade die Post durch. Nun hob er den Blick. »Mein Gott«, sagte er. »Die arme Monika.« Carla erinnerte sich, dass Monika Franck, Axels Mutter, einer Familienlegende zufolge früher in Walter verliebt gewesen war. Und der sorgenvolle Ausdruck auf dem Gesicht ihres Vaters ließ in Carla den Verdacht aufkeimen, dass er tatsächlich einmal etwas für Monika empfunden hatte, trotz seiner Liebe zu Maud.

Walter schaute wieder auf die Post und sagte überrascht: »Hier ist ein Brief für dich, Ada.«

Schweigen breitete sich aus.

Ada starrte auf den weißen Umschlag, als sie ihn aus Werners Hand nahm und öffnete. Zögernd zog sie einen mit Maschine geschriebenen Brief heraus, überflog die Nachricht und stieß einen gellenden Schrei aus.

»Nein!« Carla konnte sich denken, was geschehen war. »Bitte nicht! Das darf nicht sein!«

Maud sprang auf und schloss Ada in die Arme.

Walter nahm ihr den Brief ab und las. »Kurt ist tot«, flüsterte er. »Der arme kleine Kerl.« Er legte das Schreiben auf den Frühstückstisch und schlug die Hände vors Gesicht.

476

Ada schluchzte haltlos. »Mein kleiner Junge, mein lieber kleiner Junge. Er ist ohne seine Mutter gestorben … Das ertrage ich nicht.«

Carla kämpfte mit den Tränen. Zugleich war sie verwirrt. »Axel *und* Kurt? Sie sind zur gleichen Zeit gestorben?«

Sie nahm das Schreiben vom Frühstückstisch. Den Briefkopf zierten Name und Anschrift des Krankenhauses. Darunter stand:

Sehr geehrte Frau Hempel,
	ich bedauere, Sie über den Tod Ihres Sohnes informieren zu müssen, Kurt Walter Hempel, acht Jahre alt. Er ist am 4. April infolge eines Masernausbruchs in unserem Hospital gestorben. Unser Bemühen, sein Leben zu retten, blieb erfolglos.
	Mit aufrichtigem Beileid …

Der Brief war von einem der Oberärzte unterzeichnet.

Carla hob den Blick. Maud hatte sich neben Ada gesetzt und ihr den Arm um die Schultern gelegt. Nun hielt sie Adas Hand, während das Hausmädchen schluchzte.

Carla war schockiert, aber im Unterschied zu Ada noch bei klarem Verstand. »Da stimmt etwas nicht«, sagte sie zu ihrem Vater.

Walter blickte sie fragend an. »Wie kommst du darauf?«

»Schau noch mal hin.« Sie gab ihm den Brief. »Masern.«

»Und?«

»Kurt hat die Masern schon gehabt.«

»Ja, ich erinnere mich«, sagte Walter. »Kurz nach seinem sechsten Geburtstag. Er hat die Krankheit ohne Komplikationen überstanden. Und wer die Masern einmal gehabt hat, bekommt sie nicht mehr.«

Ein schrecklicher Verdacht mischte sich in Carlas Trauer. War Kurt bei irgendeinem riskanten medizinischen Experiment ums Leben gekommen? Versuchte die Klinikleitung nun, dies zu vertuschen? »Aber warum lügen sie?«

Erik schlug mit der Faust auf den Tisch. »Wie kommst du darauf, dass es eine Lüge ist?«, rief er wutentbrannt. »Warum greifst du immer wieder die Regierung an? Der Führer würde eine Lüge niemals zulassen. Da ist ein dummer Fehler passiert. Ich wette, eine Sekretärin hat irgendwas falsch abgetippt.«

Carla war sich da gar nicht so sicher. »Eine Sekretärin in einem Krankenhaus muss doch wissen, was in den Krankenakten steht.«

Erik wurde immer wütender. »Du schreckst nicht einmal davor zurück, diese Tragödie zu missbrauchen, um unsere Nation und die Volksgenossen anzugreifen?«

»Seid still, ihr zwei«, sagte Walter.

Erik und Carla schauten ihn an. Da war ein neuer Beiklang in Walters Stimme. »Vielleicht hat Erik recht«, sagte er. »Dann wird das Krankenhaus uns alle Fragen zu Kurts und Axels Tod beantworten.«

»Natürlich habe ich recht«, erklärte Erik.

»Sollte allerdings Carla recht haben«, fuhr Walter fort, »werden sie versuchen, jegliche Nachforschung zu unterbinden. Sie werden Informationen zurückhalten und die Eltern toter Kinder einschüchtern, indem sie ihnen mitteilen, dass solche Fragen gegen das Gesetz verstoßen.«

Dieser Gedanke schien Erik gar nicht zu gefallen. »Unsinn!«

Vor zehn Minuten war Walter noch ein deprimierter, in sich gekehrter Mann gewesen. Doch auf einmal schien sein altes Feuer wieder aufzulodern. »Ob es Unsinn ist oder nicht, werden wir nur herausfinden, wenn wir Fragen stellen.«

Carla sagte: »Ich gehe zu Frieda.«

»Musst du denn nicht arbeiten?«, fragte Maud.

»Ich habe Spätschicht.«

Carla rief Frieda an und erzählte ihr, dass der kleine Kurt ebenfalls gestorben sei. »Ich komme zu dir, dann reden wir darüber.« Sie zog den Mantel an, setzte sich den Hut auf, streifte sich die Handschuhe über und trug ihr Fahrrad nach draußen. Sie war eine schnelle Radlerin; es dauerte nur eine Viertelstunde, bis sie die Villa der Francks in Schöneberg erreicht hatte.

Der Butler ließ sie ein und teilte ihr mit, die Familie sei im Speisezimmer. Kaum hatte Carla das Zimmer betreten, fuhr Ludwig Franck, Friedas Vater, sie an: »Was haben sie euch im Kinderkrankenhaus am Wannsee erzählt?«

Carla mochte ihn nicht. Er war ein erzkonservativer Grobian und hatte die Nazis zu Anfang unterstützt. Vielleicht hatte er – wie viele andere Geschäftsleute – seine Ansichten geändert, aber falls das zutraf, zeigte er keine Reue, sich in den Nationalsozialisten so schrecklich geirrt zu haben.

Carla antwortete nicht sofort. Sie setzte sich an den Tisch und ließ den Blick über die Gesichter schweifen: Ludwig und Monika, Werner und Frieda und im Hintergrund der Butler.

»Komm schon, Mädchen, antworte!«, drängte Ludwig Franck. In der Hand hielt er einen Brief, der genauso aussah wie das Schreiben, das Ada bekommen hatte. Wütend wedelte er damit herum.

Monika legte ihm die Hand auf den Arm. »Beruhige dich, Ludwig.«

»Ich will es wissen!«, brüllte er.

Carla blickte in Ludwigs rosa Gesicht mit dem kleinen schwarzen Schnurrbart. Sie sah deutlich, wie sehr ihm die Trauer zu schaffen machte. Normalerweise hätte sie kein Wort zu jemandem gesagt, der so rüde mit ihr umsprang, doch Ludwig Franck hatte eine Entschuldigung für sein Verhalten. »Der Chefarzt, Professor Willrich, sagte uns, es gebe eine neue Therapie für Kinder wie Kurt.«

»Das hat er uns auch gesagt.« Ludwig nickte. »Was für eine Therapie ist das?«

»Diese Frage habe ich ihm auch gestellt. Er hat gesagt, ich würde es nicht verstehen. Als ich auf einer Antwort bestanden habe, sagte er, es sei eine Medikamententherapie. Dürfte ich vielleicht mal Ihren Brief sehen, Herr Franck?«

Obwohl Ludwigs Miene besagte, dass es nur an ihm sei, Fragen zu stellen, reichte er Carla das Schreiben.

Es war genau der gleiche Brief, wie Ada ihn erhalten hatte. Carla überkam das seltsame Gefühl, dass die Sekretärin einen Vordruck benutzt und nur die Namen geändert hatte. Mein Gott, ging es ihr durch den Kopf, wie viele solcher Briefe haben die verschickt?

»Wieso sterben da zwei Kinder an den Masern?«, wollte Franck wissen. »Das ist doch ein Krankenhaus, verdammt! Das müssen sie doch frühzeitig erkannt haben!«

»Kurt ist mit Sicherheit nicht an den Masern gestorben«, meldete Carla sich zu Wort. »Die hatte er vor Jahren schon.«

»Jetzt reicht's«, sagte Ludwig. »Genug geredet.« Er riss Carla den Brief aus der Hand. »Ich werde mit jemandem in der Regierung über die Sache sprechen.« Er ging hinaus. Monika und der Butler folgten ihm.

Carla ging zu Frieda und nahm ihre Hand. »Es tut mir schrecklich leid.«

»Danke«, flüsterte Frieda.

Carla ging zu Werner. Er stand auf und nahm sie in die Arme. Als Carla seine Tränen spürte, hätte sie beinahe die Fassung verloren. Schließlich löste Werner sich von ihr. »Mein Vater hat zweimal in diesem Krankenhaus angerufen«, sagte er mit rauer Stimme. »Beim zweiten Mal haben sie ihn abgefertigt. Sie haben gesagt, sie hätten keine weiteren Informationen, und haben einfach aufgelegt. Aber ich werde schon noch herausfinden, was mit meinem Bruder passiert ist. Ich lasse mich nicht abwimmeln.«

»Das bringt Axel auch nicht zurück«, sagte Frieda.

»Ich will es trotzdem wissen. Falls nötig, fahre ich nach Akelberg.«

»Ich frage mich, ob es in Berlin jemanden gibt, der uns helfen würde«, warf Carla ein.

»Das müsste dann schon jemand aus der Regierung sein«, sagte Werner.

»Heinrichs Vater ist bei der Regierung«, sagte Frieda.

Werner schnippte mit den Fingern. »Ja. Das ist genau unser Mann. Er war mal beim Zentrum, ist jetzt aber Nazi und ein hohes Tier im Außenministerium.«

»Ob Heinrich uns zu ihm bringt?«, fragte Carla.

»Bestimmt«, entgegnete Werner. »Wenn Frieda ihn darum bittet. Heinrich würde für Frieda alles tun.«

Carla glaubte ihm aufs Wort.

»Ich rufe ihn sofort an«, sagte Frieda.

Sie ging zum Telefon, das im Flur stand, während Carla und Werner sich nebeneinander an den Tisch setzten. Werner legte den Arm um sie, und sie bettete den Kopf an seine Schulter. Ob das Zeichen von Zuneigung waren? Gegenseitiger Trost im Angesicht der Tragödie? Carla wusste es nicht.

Frieda kam zurück. »Heinrichs Vater wird uns sofort empfangen, wenn wir jetzt rübergehen.«

Sie stiegen in Werners Sportwagen und zwängten sich zu dritt auf die Vordersitze. »Wie kannst du den Wagen eigentlich noch

480

bezahlen?«, fragte Frieda, als sie losfuhren. »Selbst Vater bekommt kein Benzin mehr für den privaten Gebrauch.«

»Ich erzähle meinem Chef, dass ich den Wagen für offizielle Zwecke brauche«, antwortete Werner, der für einen General arbeitete. »Aber ich weiß nicht, wie lange ich noch damit durchkomme.«

Familie von Kessel lebte im selben Bezirk wie die Francks, sodass die Fahrt nur fünf Minuten dauerte.

Das Haus war luxuriös, wenn auch kleiner als das der Francks. Heinrich begrüßte sie an der Tür und führte sie ins Wohnzimmer, wo in Leder gebundene Bücher in den Regalen standen. Eine alte deutsche Schnitzerei zeigte einen Adler.

Frieda gab Heinrich einen Kuss. »Danke, dass du das für uns tust«, sagte sie. »Es war sicher nicht einfach. Ich weiß, dass du dich nicht allzu gut mit deinem Vater verstehst.«

Heinrichs Mutter brachte ihnen Kaffee und Kuchen. Sie schien eine warmherzige, sehr bescheidene Frau zu sein. Nachdem sie die jungen Leute bedient hatte, entfernte sie sich wie eine Dienerin.

Dann kam Gottfried ins Zimmer, Heinrichs Vater. Wie sein Sohn hatte er dichtes glattes Haar, nur war seines silbern und nicht schwarz.

Heinrich stellte seine Freunde vor. »Das sind Werner und Frieda Franck. Du weißt sicher, dass ihr Vater Teile für den Volksempfänger baut.«

»Ach ja«, sagte Gottfried. »Ich habe Ihren Vater schon im Deutschen Herrenklub gesehen.«

»Und das ist Carla von Ulrich. Ich glaube, ihren Vater kennst du auch.«

»Wir waren Kollegen an der deutschen Botschaft in London«, sagte Gottfried vorsichtig. »Das war 1914.« Offensichtlich war es ihm unangenehm, daran erinnert zu werden, einst Kontakt zu einem Sozialdemokraten gehabt zu haben. Er nahm sich ein Stück Kuchen, ließ es ungeschickt auf den Teppich fallen und versuchte vergeblich, die Krümel aufzusammeln. Schließlich gab er auf und setzte sich.

Wovor hat er Angst, fragte sich Carla.

Heinrich kam direkt auf den Grund des Besuchs zu sprechen. »Ich nehme an, Akelberg sagt dir etwas, Vater.«

Carla beobachtete Gottfried aufmerksam. Den Bruchteil einer

481

Sekunde huschte irgendeine Regung über sein Gesicht, wurde aber sofort von dem gleichmütigen Ausdruck verdrängt. »Die kleine Stadt in Bayern?«, fragte er.

»Ja. Dort gibt es ein Krankenhaus«, sagte Heinrich. »Für geistig Behinderte.«

»Ja, und?«

»Wir glauben, dass dort irgendetwas Seltsames geschieht, und haben uns gefragt, ob du etwas darüber weißt.«

»Mit Sicherheit nicht. Was soll denn dort sein?«

Werner meldete sich zu Wort. »Mein Bruder Axel ist in diesem Krankenhaus gestorben, angeblich an den Masern – genau wie Kurt, der kleine Sohn von Ada Hempel, der Zofe der von Ulrichs. Kurt ist zur gleichen Zeit gestorben wie Axel, an der gleichen Krankheit.«

»Das ist traurig … aber doch sicher Zufall, nicht wahr?«

»Kurt hat die Masern längst gehabt«, erklärte Carla. »Er kann sie unmöglich ein zweites Mal bekommen haben.«

»Ich verstehe«, sagte Gottfried. »Aber die einfachste Erklärung ist ein fehlerhafter Eintrag in den Akten.«

»Wenn das stimmt«, entgegnete Werner, »würden wir es gern wissen.«

»Natürlich. Haben Sie schon an das Krankenhaus geschrieben?«

»Ja. Ich hatte angefragt, wann unsere Zofe ihren Sohn besuchen könne«, antwortete Carla. »Sie haben nie geantwortet.«

»Mein Vater hat heute Morgen mit der Klinik telefoniert«, erklärte Werner. »Der Chefarzt hat einfach den Hörer aufgelegt.«

Gottfried schüttelte missbilligend den Kopf. »Unfassbar. Aber wissen Sie, das ist nicht das Problem des Außenministeriums.«

Werner beugte sich vor. »Könnte es sein, Herr von Kessel, dass die Jungen einem geheimen Experiment unterzogen wurden, bei dem etwas schiefgegangen ist?«

Gottfried lehnte sich zurück. »Das halte ich für unmöglich«, antwortete er. Carla hatte das Gefühl, dass er die Wahrheit sagte. »Nein, so etwas kann ich mir nicht vorstellen, nie und nimmer.«

Werner machte einen erleichterten Eindruck und schien keine Fragen mehr zu haben, doch Carla war noch lange nicht zufrieden. Warum beteuerte von Kessel so vehement, so etwas könne unmöglich geschehen sein? Lag es daran, dass er etwas noch viel Schlimmeres verschwieg?

Plötzlich kam Carla ein schrecklicher, schier unerträglicher Gedanke.

»Nun, wenn das alles ist …«, sagte Gottfried.

»Sie sind sich also vollkommen sicher, dass die beiden Jungen nicht durch eine experimentelle Therapie umgekommen sind?«, fragte Carla.

»Absolut.«

»Dann wissen Sie sicher auch, was in Akelberg wirklich geschieht.«

»Was meinen Sie damit?« Mit einem Mal war Gottfrieds Anspannung zurück. Carla erkannte, dass sie auf dem richtigen Weg war. »Ich erinnere mich an ein Nazi-Plakat …«, fuhr sie fort. Diese Erinnerung hatte den schrecklichen Gedanken in ihr geweckt. »Es war das Bild eines Krankenpflegers und eines geistig behinderten Mannes. Der Text lautete in etwa: ›Die Erbkrankheit dieser Person, solange sie lebt, kostet die Volksgemeinschaft sechzigtausend Reichsmark. Volksgenossen, das ist auch euer Geld.‹ Ich glaube, es war eine Annonce in einer Zeitschrift.«

»Ich habe solche Propaganda auch schon gesehen«, erwiderte Gottfried abschätzig, als hätte das nichts mit ihm zu tun.

Carla stand auf. »Sie sind Katholik, und Sie haben Heinrich im katholischen Glauben erzogen.«

Gottfried schnaubte verächtlich. »Heinrich bezeichnet sich als Atheist.«

»Sie aber nicht«, erwiderte Carla. »Für Sie ist das Leben heilig.«

»Ja.«

»Wenn Sie sagen, dass die Ärzte in Akelberg keine gefährlichen neuen Therapien an ihren Patienten ausprobieren, dann glaube ich Ihnen.«

»Danke.«

»Aber tun die Ärzte in dieser Klinik vielleicht etwas anderes? Etwas viel Schlimmeres?«

»Nein, nein, nein.«

»*Ermorden* sie die Behinderten?«

Gottfried schüttelte stumm den Kopf.

Carla rückte näher an ihn heran und senkte die Stimme, als wären sie allein im Zimmer. »Würden Sie als Katholik, der an die

483

Heiligkeit des Lebens glaubt, die Hand aufs Herz legen und mir schwören, dass in Akelberg keine geistig behinderten Kinder ermordet werden?«

Gottfried lächelte, machte eine beruhigende Geste und öffnete den Mund, brachte aber kein Wort hervor.

Carla kniete sich vor ihn auf den Teppich und sagte beschwörend: »Hier in Ihrem Haus sind vier junge Deutsche, Ihr Sohn und drei seiner Freunde. Sagen Sie uns die Wahrheit. Schauen Sie mir in die Augen, und sagen Sie mir, dass unsere Regierung keine behinderten Kinder ermordet.«

Die Stille im Zimmer war vollkommen. Gottfried schien etwas sagen zu wollen, änderte dann aber seine Meinung. Er kniff die Augen zu, verzog das Gesicht und senkte den Kopf. Die vier jungen Leute beobachteten ihn erstaunt.

Schließlich öffnete Gottfried wieder die Augen, schaute Carla und die anderen der Reihe nach an und richtete den Blick auf seinen Sohn.

Dann stand er auf und verließ das Zimmer.

Am Tag darauf sagte Werner zu Carla: »Das ist furchtbar. Wir reden jetzt schon vierundzwanzig Stunden über nichts anderes mehr. Wir brauchen Ablenkung, sonst drehen wir noch durch. Lass uns ins Kino gehen.«

Sie gingen zum Kurfürstendamm mit seinen Theatern und Geschäften. Viele der besten deutschen Regisseure waren schon vor Jahren nach Hollywood gegangen; jetzt waren die meisten Filme aus deutscher Produktion nur noch zweitklassig. Sie schauten sich *Die drei Soldaten* an, der während der Invasion Frankreichs spielte.

Bei den drei Soldaten handelte es sich um einen knallharten Nazi-Unteroffizier, einen Jammerlappen, der sich ständig beschwerte und ein wenig jüdisch aussah, und um einen ernsten jungen Mann, der immer wieder naive Fragen stellte, zum Beispiel: »Fügen die Juden uns wirklich Schaden zu?« Als Antwort bekam er jedes Mal einen strengen Vortrag des Nazi-Unteroffiziers zu hören. Als die Kämpfe begannen, gestand der Jammerlappen, Kommunist zu sein. Er desertierte und kam bei einem Luftangriff ums Leben. Der ernste junge Mann jedoch kämpfte tapfer, wurde zum Unteroffizier befördert und verwandelte sich in einen glühenden Bewunderer des Führers. Das Drehbuch war schrecklich, aber die Kampfszenen waren aufregend.

Werner hielt während des ganzen Films Carlas Hand. Sie hoffte vergebens, er würde sie im Dunkeln küssen.

Als das Licht wieder aufflammte, sagte Werner: »Der Film war mies, aber wenigstens hat er mich ein wenig abgelenkt. Sollen wir noch ein bisschen spazieren fahren? Es könnte unsere letzte Gelegenheit sein. Nächste Woche wird der Wagen aufgebockt.«

Sie fuhren in den Grunewald. Auf der Fahrt kehrten Carlas Gedanken unweigerlich zum gestrigen Gespräch mit Gottfried von Kessel zurück. Immer wieder gelangte sie zu der schrecklichen Schlussfolgerung, dass Kurt und Axel keine zufälligen Opfer eines riskanten Experiments geworden waren, wie sie zunächst geglaubt hatte. Das hatte Gottfried überzeugend verneint. Aber er hatte nicht geleugnet, dass die Regierung Behinderte gezielt tötete und ihre Familien belog. Seine Reaktion war ein Musterbeispiel für ein schlechtes Gewissen.

Aber konnte das wirklich sein? Carla wollte es immer noch nicht glauben. Die Nazis waren skrupellos, aber würden sie unschuldige Kinder unbringen?

Als sie im Grunewald angelangt waren, fuhr Werner von der Straße und über einen Feldweg, bis das Auto in einem dichten Waldstück verschwunden war. Carla vermutete, dass er schon mit anderen Mädchen hier gewesen war.

Werner schaltete die Scheinwerfer aus. Sofort war es stockdunkel um sie herum. »Ich werde mit General Dorn reden«, sagte er. Dorn war Werners Chef, ein einflussreicher Luftwaffengeneral. »Was ist mit dir?«

»Mein Vater sagt, es gebe keine politische Opposition mehr, aber die Kirchen sind noch stark. Und niemand, der seinen Glauben ernst nimmt, kann so etwas tolerieren.«

»Bist du religiös?«, fragte Werner.

»Eigentlich nicht. Mein Vater aber schon. Für ihn ist der protestantische Glaube ein Teil des Deutschtums, das er so sehr liebt. Mutter begleitet ihn in die Kirche, obwohl ihre Glaubensvorstellungen ein bisschen ... na ja, unorthodox sind. Ich glaube an Gott, kann mir aber nicht vorstellen, dass es ihn kümmert, ob jemand Protestant, Katholik, Buddhist oder Muslim ist.«

Werner senkte die Stimme zu einem Flüstern. »Ich kann nicht an einen Gott glauben, der den Nazis erlaubt, Kinder zu ermorden.«

»Das kann ich verstehen.«

»Was wird dein Vater unternehmen?«

»Er wird mit unserem Pfarrer reden.«

»Gut.«

Sie schwiegen eine Zeit lang. Dann legte Werner den Arm um Carla. »Ist das in Ordnung?«, fragte er leise.

Carla war vor Erwartung angespannt, und zuerst versagte ihr die Stimme. Sie räusperte sich, versuchte es noch einmal und brachte mühsam hervor: »Wenn du dann nicht mehr so traurig bist ... ja.«

Als Werner sie küsste, erwiderte sie den Kuss voller Leidenschaft. Er strich ihr übers Haar; dann bewegte seine Hand sich hinunter bis zu den Brüsten. Carla bebte vor Erregung. Sie berührte seine Wange, streichelte seinen Hals mit den Fingerspitzen und genoss das Gefühl seiner warmen Haut. Dann schob sie die Hand unter sein Jackett und erkundete seinen Körper. Ihre Hand glitt über seine Schulterblätter, die Rippen, die Wirbelsäule.

Sie seufzte, als seine Hand zwischen ihre Schenkel glitt, und öffnete die Beine. Werners Hand tastete sich weiter vor, langsam, beinahe zögernd. Dann berührte er sie an genau der richtigen Stelle, ohne dass er die Hand in ihr Höschen schob. Sanft streichelte er sie durch die Baumwolle. Carlas Atem ging schneller. Sie hörte sich keuchen, leise zuerst, dann immer lauter. Schließlich schrie sie vor Lust, vergrub ihr Gesicht an Werners Hals, um das Geräusch zu dämpfen, und schob seine Hand weg, am ganzen Körper zuckend.

Als sie wieder halbwegs zu Atem gekommen war, küsste sie seinen Nacken und fragte mit heiserer Stimme: »Kann ich auch etwas für dich tun?«

»Nur wenn du willst.«

Carla war verlegen. »Oh ja, nur ... ich habe noch nie ...«

»Ich weiß«, sagte er. »Ich zeig's dir.«

Pastor Ochs war ein fülliger, gemütlicher Kirchenmann, der mit einer netten Frau und fünf Kindern in einem großen Haus wohnte. Carla befürchtete, dass Ochs sich als zögerlich erweisen würde; aber sie hatte ihn unterschätzt. Der Pastor hatte bereits Gerüchte gehört, die sein Gewissen belasteten, und erklärte sich sofort einverstanden, gemeinsam mit Walter das Kinderkrankenhaus am Wannsee zu besuchen. Professor Willrich konnte einem interessierten Kirchenvertreter schwerlich einen Besuch verweigern.

Sie beschlossen, Carla mitzunehmen; schließlich war sie bei dem Gespräch mit Ada dabei gewesen. Vor ihr würde der Chefarzt seine Geschichte nicht umändern können.

Während der Zugfahrt schlug Ochs vor, ihm das Reden zu überlassen. »Der Chefarzt ist vermutlich ein Nazi«, sagte er. Dieser Tage waren die meisten Leute in hohen Positionen Parteimitglieder. »Er wird einen ehemaligen Reichstagsabgeordneten der Sozialdemokraten als Feind betrachten. Ich werde die Rolle des neutralen Schlichters spielen. Ich glaube, auf diese Weise erfahren wir mehr.«

Carla war sich da nicht so sicher. Sie hatte das Gefühl, ihr Vater wäre der bessere Fragesteller gewesen. Doch Walter stimmte dem Vorschlag des Pastors zu.

In Professor Willrichs Büro brannte ein Feuer im Kamin, doch das Fenster stand auf und ließ eine frische Brise vom See herein.

Willrich schüttelte Pastor Ochs und Walter die Hand. Carla schenkte er nur einen kurzen Blick; dann ignorierte er sie. Er forderte die Besucher auf, sich zu setzen, doch Carla sah die Wut hinter seiner höflichen Maske. Offensichtlich gefiel es ihm nicht, verhört zu werden. Er nahm sich eine Pfeife und spielte nervös damit herum. Heute, da er zwei erwachsenen Männern und nicht zwei jungen Frauen gegenübersaß, war er längst nicht so arrogant.

Ochs eröffnete das Gespräch. »Herr von Ulrich und andere Mitglieder meiner Gemeinde sorgen sich wegen der mysteriösen Todesfälle einiger behinderter Kinder in ihrem Bekanntenkreis.«

»Hier gab es keine mysteriösen Todesfälle«, entgegnete Willrich scharf. »Bei uns ist seit zwei Jahren kein Kind mehr gestorben, wenn Sie es genau wissen wollen.«

Ochs wandte sich Walter zu. »Das hört sich doch sehr beruhigend an, nicht wahr, Walter?«

»In der Tat.«

Carla beruhigte das zwar nicht im Geringsten, doch sie hielt vorerst den Mund.

Ochs fuhr in salbungsvollem Tonfall fort: »Ich bin sicher, werter Professor, dass Sie Ihren Schützlingen die bestmögliche Pflege angedeihen lassen.«

»Allerdings.« Willrich wirkte ein wenig nervös.

»Aber Sie schicken doch auch Kinder von hier in andere Krankenhäuser, nicht wahr?«

»Natürlich. Wenn ein anderes Krankenhaus Therapien für ein Kind anbietet, die wir ihm hier nicht bieten können.«

»Und wenn ein Kind verlegt wird, informiert man Sie dann nicht über den weiteren Therapieverlauf?«

»Warum sollte man?«

»Es sei denn, natürlich, ein Patient kommt wieder zurück.«

Willrich schwieg.

»Sind schon Kinder zurückgekommen?«

»Nein.«

Ochs zuckte mit den Schultern. »Dann können wir von Ihnen wohl auch nicht erwarten, dass Sie wissen, was mit den Kindern passiert ist.«

»Ganz recht.«

Ochs lehnte sich zurück und breitete die Arme aus. »Dann haben Sie ja auch nichts zu verbergen.«

»Gar nichts.«

»Einige der verlegten Kinder sind gestorben.«

Willrich schwieg wieder.

Ochs hakte vorsichtig nach: »Das stimmt doch, oder?«

»Diese Frage kann ich Ihnen nicht mit Sicherheit beantworten, Herr Pastor.«

»Aha!«, rief Ochs. »Denn selbst beim Tod eines der Patienten würde man Sie nicht informieren.«

»Das haben wir doch schon geklärt.«

»Verzeihen Sie, wenn ich mich wiederhole, aber ich will nur zweifelsfrei feststellen, dass man von Ihnen nicht erwarten kann, Licht in diese Todesfälle zu bringen. So ist es doch, nicht wahr?«

»Ganz recht.«

Ochs wandte sich wieder Walter zu. »Ich würde sagen, wir sind einer Klärung schon deutlich näher gekommen.«

488

Walter nickte.

Carla hätte am liebsten geschrien: *Hier ist gar nichts geklärt!*

Doch Ochs fuhr fort: »Wie viele Kinder ungefähr haben Sie ... sagen wir, in den letzten zwölf Monaten verlegt?«

»Zehn«, antwortete Willrich. »Genau zehn.« Er lächelte selbstgefällig. »Wir Wissenschaftler bevorzugen exakte Daten.«

»Zehn Patienten von ...?«

»Zurzeit haben wir einhundertsieben Kinder hier.«

»Dann sind zehn nur ein kleiner Teil davon«, bemerkte Ochs.

In Carla stieg Wut auf. Ochs war offensichtlich auf Willrichs Seite. Warum schluckte ihr Vater das?

Ochs fragte: »Haben diese Kinder an der gleichen Krankheit gelitten, oder gab es Unterschiede?«

»Es gab Unterschiede.« Willrich schlug eine Akte auf seinem Schreibtisch auf. »Idiotie, Mikrocephalie, Hydrocephalus, Missbildungen jeder Art und Lähmungen.«

»Es waren also solche Patienten, die Sie auf Befehl nach Akelberg geschickt haben.«

Carla staunte über den Pastor. Hatte sie ihm unrecht getan? Das war die erste Erwähnung von Akelberg und zugleich die Andeutung, dass Willrich seine Befehle von höherer Stelle bekommen hatte. Wie es aussah, war Ochs doch gerissener, als sie gedacht hatte.

Willrich öffnete den Mund, um zu antworten, doch Ochs kam ihm mit einer weiteren Frage zuvor: »Sollten alle die gleiche Sonderbehandlung erhalten?«

Willrich lächelte. »Noch einmal: Da mich niemand darüber informiert hat, kann ich es Ihnen auch nicht sagen.«

»Sie haben also einfach nur gehorcht ...«

»Ja, ich habe Befehle befolgt.«

Ochs lächelte. »Sie sind ein sehr kluger Mann. Sie wählen Ihre Worte mit Bedacht. Waren es Kinder aller Altersgruppen?«

»Ursprünglich war das Programm auf Kinder unter drei Jahren beschränkt. Später wurde es auf alle Altersgruppen ausgeweitet.«

Carla fiel das Wort »Programm« auf. Das hatte bis jetzt noch niemand zugegeben. Ochs war wirklich gerissen.

Er formulierte den nächsten Satz nicht als Frage, sondern so, als wolle er nur etwas bestätigen, was bereits bejaht worden war. »Und all die behinderten jüdischen Kinder waren ebenfalls Teil des Programms, ungeachtet der Natur ihrer Behinderung.«

Kurzes Schweigen. Willrich blickte entsetzt drein. Carla fragte sich, woher Ochs von den jüdischen Kindern wusste. Aber vielleicht war es ja nur geraten.

Nach einer kurzen Pause fügte Ochs hinzu: »Ich hätte wohl besser sagen sollen, jüdische Kinder und Kinder aus Mischlingsehen.«

Willrich sagte kein Wort, nickte nur knapp.

Ochs fuhr fort: »Dieser Tage ist es äußerst ungewöhnlich, wenn ein jüdisches Kind bei der Behandlung bevorzugt wird, nicht wahr?«

Willrich wandte sich ab.

Der Pastor stand auf. Als er wieder das Wort ergriff, bebte seine Stimme vor Zorn. »Sie haben mir erzählt, dass zehn Kinder mit unterschiedlichen Behinderungen, die unmöglich von derselben Therapie profitieren konnten, in ein Spezialkrankenhaus verlegt worden sind, aus dem nie jemand zurückgekehrt ist, und jüdische Kinder wurden bevorzugt verschickt. Was, glauben Sie, ist mit den Kindern passiert, Herr Professor Doktor Willrich? In Gottes Namen, *was haben Sie sich dabei gedacht?*«

Willrich sah aus, als würde er jeden Moment in Tränen ausbrechen.

»Natürlich dürfen Sie zu der Sache schweigen«, sagte Ochs, wieder ein wenig ruhiger. »Eines Tages aber wird Ihnen eine höhere Macht die gleiche Frage stellen.« Er hob anklagend den Zeigefinger. »Und an diesem Tag, mein Sohn, *wirst du antworten.*«

Mit diesen Worten machte er auf dem Absatz kehrt und verließ den Raum.

Carla und Walter folgten ihm.

Kommissar Thomas Macke lächelte. Manchmal machten Staatsfeinde die Arbeit für ihn. Anstatt im Geheimen zu agieren und sich zu verstecken, zeigten sie sich ihm und boten ihm großzügig unwiderlegbare Beweise ihrer Verbrechen an. Sie waren wie Fische, die keinen Köder brauchten, sondern aus dem Wasser direkt in die Pfanne sprangen.

Pastor Ochs war so jemand.

Macke las den Brief erneut. Er war an Staatssekretär Franz Schlegelberger adressiert, den kommissarischen Justizminister.

> Verehrter Herr Minister,
> lässt die Regierung behinderte Kinder umbringen? Ich stelle Ihnen ganz offen diese Frage, denn ich brauche eine ebenso offene Antwort.

Was für ein Narr! Sollte die Antwort Nein lauten, war das Verleumdung, eine Straftat. Lautete die Antwort Ja, machte Ochs sich der Enthüllung von Staatsgeheimnissen schuldig. Hatte er nicht selbst darauf kommen können?

> Als es mir unmöglich wurde, die Gerüchte zu ignorieren, die in meiner Gemeinde die Runde machten, habe ich das Kinderkrankenhaus am Wannsee besucht und mit dem dortigen Chefarzt gesprochen, Herrn Prof. Dr. Willrich. Seine Antworten waren derart unbefriedigend, dass ich zu der Überzeugung gelangt bin, dass etwas Schreckliches vor sich geht, bei dem es sich vermutlich um ein Verbrechen handelt – und ohne Zweifel um eine Sünde.

Der Mann hatte Nerven, von »Verbrechen« zu schreiben. War ihm denn nicht der Gedanke gekommen, dass es an sich schon eine Straftat war, Regierungsbehörden eines Verbrechens zu bezichtigen? Glaubte er immer noch, in einer zwar degenerierten, aber liberalen Demokratie zu leben?

Macke wusste, worüber Ochs sich beschwerte. Das Programm lief unter der Bezeichnung »Aktion T4«, nach der Adresse der zuständigen Behörde in der Tiergartenstraße 4. Offiziell in mehrere selbstständige Unterorganisationen wie der Reichsarbeitsgemeinschaft Heil- und Pflegeanstalten unterteilt, unterstand in Wahrheit alles direkt der Reichskanzlei. Aufgabe der Behörde war es, den schmerzlosen Tod Behinderter zu organisieren, die ohne kostenintensive Pflege nicht leben konnten. Bereits seit über einem Jahr leistete man dort gute Arbeit und hatte »unwertes Leben« zehntausendfach vernichtet.

491

Das Problem war nur, dass die öffentliche Meinung in Deutschland noch nicht weit genug entwickelt war, um die Notwendigkeit dieser Tötungen zu verstehen; also hielt man das Programm geheim.

Doch Macke kannte das Geheimnis. Schließlich war er inzwischen zum Kommissar befördert und im Rang eines Hauptsturmführers in die SS aufgenommen worden. Als er dem Fall Ochs zugeteilt worden war, hatte man ihn über die Aktion T4 informiert, was Macke noch immer mit Stolz erfüllte. Jetzt zählte er offiziell zu den Eingeweihten.

Unglücklicherweise waren einige Leute unvorsichtig gewesen, und nun bestand die Gefahr, dass das Geheimnis der Aktion T4 an die Öffentlichkeit drang.

Es war Mackes Aufgabe, das Leck zu stopfen.

Erste Nachforschungen hatten ergeben, dass drei Männer zum Schweigen gebracht werden mussten: Pastor Ochs, Walter von Ulrich und Werner Franck.

Franck war der älteste Sohn eines Radiofabrikanten und wichtigen Unterstützers der Nationalsozialisten in ihren Anfangsjahren. Der Fabrikant selbst, Ludwig Franck, hatte zuerst vehement Aufklärung über den Tod seines behinderten jüngeren Sohnes Axel verlangt, war aber sofort verstummt, als man ihm mit der Schließung seiner Fabriken gedroht hatte. Sein Sohn Werner hingegen, ein junger, aufstrebender Offizier im Luftfahrtministerium, hatte weiterhin peinliche Fragen gestellt und sogar versucht, seinen Vorgesetzten, General Dorn, in die Sache hineinzuziehen.

Das Luftfahrtministerium, von dem es hieß, es sei das größte Bürogebäude Europas, war ein modernes Bauwerk, das einen gesamten Block an der Wilhelmstraße einnahm; gleich um die Ecke lag die Gestapo-Zentrale in der Prinz-Albrecht-Straße. Macke ging zu Fuß dorthin.

In seiner SS-Uniform konnte er die Wachen ignorieren. Am Empfang verlangte er schroff: »Bringen Sie mich zu Oberleutnant Werner Franck. Sofort.«

Der Unteroffizier vom Empfang fuhr mit ihm im Aufzug hinauf, führte ihn durch einen Flur und zur offenen Tür eines kleinen Büros. Der junge Mann am Schreibtisch blickte zunächst nicht von den Papieren hoch, die er vor sich liegen hatte. Macke musterte ihn. Der junge Bursche war Anfang zwanzig. Warum war er dann nicht an der Front und half bei der Bombardierung Englands? Vermutlich hat der Herr Vater ein paar Fäden gezogen, dachte Macke verächtlich. Werner Franck sah ganz wie der Sprössling einer privilegierten Familie aus: maßgeschneiderte Uniform, Goldringe und überlanges, unsoldatisches Haar. Macke verabscheute ihn auf Anhieb.

Werner schrieb eine Notiz und hob dann den Blick. Der freundliche Ausdruck auf seinem Gesicht verschwand, als er die SS-Uniform sah, und Macke registrierte zufrieden einen Hauch von Furcht in den Augen des jungen Mannes. Werner versuchte, seine Angst mit demonstrativer Jovialität zu verbergen. Er stand auf und lächelte zur Begrüßung, doch Macke ließ sich nicht zum Narren halten.

»Guten Tag, Hauptsturmführer«, sagte Werner. »Bitte, setzen Sie sich.«

»Heil Hitler«, sagte Macke.

»Heil Hitler. Wie kann ich Ihnen behilflich sein?«

»Indem Sie erst einmal den Mund halten, Sie dummer Junge«, spie Macke hervor.

Werner bemühte sich, seine Angst zu verbergen. »Meine Güte, womit habe ich mir denn solchen Zorn verdient?«

»Wagen Sie es ja nicht, meine Autorität infrage zu stellen. Sie reden nur, wenn Sie gefragt werden.«

»Wie Sie wünschen.«

»Ab sofort werden Sie keine Fragen mehr zu Ihrem Bruder Axel stellen.«

Erstaunt sah Macke, dass ein Ausdruck der Erleichterung über Werners Gesicht huschte. Für einen Moment war Macke verwirrt. Hatte der Junge vor etwas anderem Angst gehabt? Vor etwas Schlimmerem als dem simplen Befehl, keine Fragen mehr zu seinem Bruder zu stellen? War er vielleicht in subversive Aktivitäten verwickelt?

Nein, sicher nicht, sagte Macke sich nach kurzem Nachdenken. Wahrscheinlich war der Junge erleichtert, weil er nicht direkt verhaftet und in die Prinz-Albrecht-Straße verschleppt wurde.

Doch Werner war noch nicht gänzlich eingeschüchtert. Er hatte sogar noch den Schneid, seinen Besucher zu fragen: »Und

493

warum soll ich mich nicht mehr danach erkundigen, wie mein Bruder gestorben ist?«

»Ich habe Ihnen doch gesagt, Sie sollen meine Autorität nicht infrage stellen. Sie sollten sich darüber im Klaren sein, dass Sie nur deshalb mit Samthandschuhen angefasst werden, weil Ihr Vater ein geschätzter Freund der Nationalsozialistischen Deutschen Arbeiterpartei ist. Wäre das anders, wären *Sie* jetzt in *meinem* Büro.« Diese Drohung verstand jeder.

»Ich bin Ihnen dankbar für Ihre Nachsicht«, sagte Werner und versuchte, wenigstens einen Hauch von Würde zu bewahren. »Aber ich will wissen, wer meinen Bruder getötet hat und warum.«

»Sie werden gar nichts mehr erfahren, egal, was Sie tun. Weitere Nachforschungen Ihrerseits wird man als Landesverrat betrachten.«

»Nach Ihrem Besuch hier sind weitere Nachforschungen wohl auch gar nicht nötig«, erwiderte Werner kalt. »Es ist offensichtlich, dass ich mit meinen schlimmsten Befürchtungen recht gehabt habe.«

»Ich warne Sie. Stellen Sie Ihre aufrührerische Kampagne ein. Sofort!«

Werner starrte Macke trotzig an, schwieg aber.

»Sollten Sie dem nicht entsprechen«, fuhr Macke fort, »wird General Dorn darüber informiert, dass Ihre Loyalität angezweifelt werden darf.«

Werner wusste, was das bedeutete: Er würde seinen ruhigen Posten in Berlin verlieren und in eine Kaserne in Nordfrankreich verlegt werden. Tatsächlich schaute er nun weniger trotzig, eher nachdenklich drein.

Macke stand auf. Er hatte hier genug Zeit verbracht. »Offensichtlich betrachtet General Dorn Sie als fähigen und intelligenten Ordonnanzoffizier«, sagte er. »Und das wird auch so bleiben, wenn Sie von nun an das Richtige tun.«

Macke verließ den Raum, gereizt und unzufrieden. Er war nicht sicher, ob es ihm gelungen war, Werner Francks Widerstand zu brechen, im Gegenteil: Bis zuletzt hatte er Trotz bei dem Jungen gespürt.

Macke richtete seine Gedanken auf Pastor Ochs. Ihn würde er anders angehen müssen. Er kehrte in die Gestapo-Zentrale zurück und scharte einen kleinen Trupp um sich: Reinhold Wagner, Klaus Richter und Günther Schneider. Sie stiegen in einen schwarzen Mercedes 260D, aufgrund seiner Unauffälligkeit das Lieblingsmodell der Gestapo, denn viele Berliner Taxis waren vom gleichen Typ und von gleicher Farbe. In den Anfangstagen hatte man die Gestapo ermutigt, so auffällig wie möglich zu sein, damit jeder mitbekam, wie gnadenlos das Regime auf Volksfeinde reagierte. Inzwischen aber war die deutsche Bevölkerung eingeschüchtert genug; offene Gewalt war nicht mehr erforderlich. Nun agierte die Gestapo eher diskret und stets unter dem Deckmantel der Legalität.

Macke und seine Leute fuhren zu Ochs' Haus neben der großen protestantischen Kirche in Berlin-Mitte. So wie Werner offenbar glaubte, durch seinen Vater geschützt zu sein, schien Ochs sich unter den Fittichen der Kirche sicher zu fühlen. Na, jetzt würde er lernen, wie sehr er sich da irrte.

Macke klingelte an der Tür. Früher hätte er die Tür einfach eingetreten, schon um der einschüchternden Wirkung willen.

Eine Zofe ließ Macke ein. Er betrat einen breiten, gut ausgeleuchteten Flur mit gebohnertem Parkett und schweren Teppichen. Die drei Mitarbeiter Mackes folgten ihm. »Wo ist der Hausherr?«, fragte Macke die Zofe mit freundlicher Stimme.

Er hatte sie nicht bedroht; trotzdem hatte sie Angst. »Er ist in seinem Arbeitszimmer«, sagte sie und deutete auf eine Tür.

Macke wandte sich an Wagner. »Schaffen Sie alle Frauen und Kinder in den Nebenraum.«

Ochs öffnete die Arbeitszimmertür, schaute in den Flur und legte die Stirn in Falten. »Was ist hier los?«, fragte er aufgebracht.

Macke ging drohend auf ihn zu und zwang ihn, zurückzuweichen, sodass er ins Zimmer konnte. Das Büro war klein und beengt, mit einem lederbezogenen Schreibtisch und Regalen voller Bibelkommentare.

»Machen Sie die Tür zu«, befahl Macke.

Widerwillig tat Ochs wie ihm geheißen. Dann sagte er: »Ich hoffe in Ihrem Interesse, dass Sie eine gute Erklärung für Ihr Eindringen haben.«

»Setzen Sie sich, und halten Sie den Mund!«, fauchte Macke.

Ochs war wie vor den Kopf geschlagen. Wahrscheinlich hatte

495

man ihm zum letzten Mal gesagt, er solle den Mund halten, als er noch ein kleiner Junge gewesen war. Außerdem war er ein Kirchenmann, die normalerweise nicht so behandelt wurden, nicht einmal von der Polizei. Doch die Nazis ignorierten solche Konventionen.

»Das ist eine Unverschämtheit!«, brachte Ochs schließlich hervor, doch er gehorchte und setzte sich.

Draußen erhob eine Frau ihre Stimme zum Protest, vermutlich Ochs' Ehefrau. Der Pastor wurde bleich, als er sie hörte, und stand auf.

Macke drückte ihn auf den Stuhl zurück. »Bleiben Sie, wo Sie sind.«

Ochs war ein kräftiger Mann und größer als Macke, doch er widersetzte sich nicht.

Macke genoss die Situation. Er liebte es, wie dieser aufgeblasene Pfaffe vor Furcht in sich zusammenfiel.

»Wer sind Sie?«, wollte Ochs wissen.

Diese Frage beantwortete Macke keinem seiner Opfer. Sicher, sie konnten raten, aber es erzeugte mehr Angst, wenn man sie im Ungewissen ließ. In dem unwahrscheinlichen Fall, dass hinterher jemand Fragen stellte, würden alle Beteiligten schwören, sie hätten sich wie vorgeschrieben mit Namen und Dienstmarke ausgewiesen.

Macke ging aus dem Zimmer. Seine Männer scheuchten soeben mehrere Kinder in den Salon. Macke befahl Reinhold Wagner, ins Arbeitszimmer zu gehen und Ochs dort festzuhalten. Dann folgte er den Kindern in den anderen Raum.

Die Vorhänge im Salon reichten bis auf den Boden; auf dem Kaminsims standen Familienfotos, und die bequemen Stühle waren mit kariertem Stoff bezogen. Es war ein nettes Heim und eine nette Familie. Warum konnten sie dem Reich, dem Volk und dem Führer nicht treu ergeben sein und sich um ihre eigenen Angelegenheiten kümmern?

Die Zofe stand am Fenster, die Hand vor den Mund geschlagen, als wollte sie sich am Schreien hindern. Vier Kinder drängten sich um Ochs' Gattin, eine schlichte, vollbusige Frau Mitte dreißig. Sie trug ein fünftes Kind auf dem Arm, ein blond gelocktes Mädchen von ungefähr zwei Jahren.

Macke tätschelte dem Kind den Kopf. »Wie heißt die Kleine?«, fragte er.

Frau Ochs hatte furchtbare Angst. Sie flüsterte: »Lieselotte. Was wollen Sie von uns?«

»Komm zu Onkel Thomas, Lieselotte«, sagte Macke und streckte die Arme aus.

»Nein!«, schrie Frau Ochs, drückte das Kind an sich und drehte sich weg.

Das kleine Mädchen brach in Tränen aus.

Macke nickte Klaus Richter zu.

Richter packte Frau Ochs von hinten, zog ihre Arme zurück und zwang sie so, ihre kleine Tochter loszulassen. Macke schnappte das Mädchen, bevor es auf den Boden fallen konnte. Lieselotte wand sich wie ein Fisch, doch Macke verstärkte seinen Griff und hielt sie fest wie eine Katze. Sie jammerte und schrie.

Ein Junge von vielleicht dreizehn Jahren stürzte sich auf Macke und schlug wirkungslos mit seinen kleinen Fäusten auf ihn ein. Macke beschloss, dem Knaben ein wenig Respekt beizubringen. Er setzte Lieselotte auf seine linke Hüfte, packte den Jungen mit der rechten Hand und schleuderte ihn durchs Zimmer, wobei er darauf achtete, dass das Kind gegen einen der weichen Polsterstühle prallte. Der Junge schrie vor Angst, und seine Mutter kreischte. Der Stuhl kippte nach hinten um, und der Junge fiel zu Boden. Er war nicht ernsthaft verletzt, brach aber in Tränen aus.

Macke trug Lieselotte in den Flur. Sie schrie aus vollem Halse nach ihrer Mutter. Als Macke sie absetzte, rannte sie zur Salontür, trommelte mit den kleinen Fäusten dagegen und schrie und weinte herzerweichend. Macke sah, dass sie noch nicht gelernt hatte, die Türklinke zu drücken.

Er ließ das Kind im Flur und ging wieder ins Arbeitszimmer. Wagner hielt an der Tür Wache. Ochs stand mitten im Zimmer, bleich vor Angst. »Was tun Sie mit meinen Kindern?«, fragte er atemlos. »Warum schreit Lieselotte?«

»Sie werden einen Brief schreiben«, sagte Macke.

»Ja, ja, alles, was Sie wollen.« Ochs ging zu seinem Schreibtisch.

»Nicht jetzt. Später.«

»Jawohl.«

Wieder genoss Macke die Situation in vollen Zügen. Im Gegensatz zu Werner Franck war Ochs vollkommen zusammengebrochen. »Einen Brief an den Justizminister.«

497

»Ja … ich verstehe.«

»In diesem Brief werden Sie erklären, inzwischen erkannt zu haben, dass die Vorwürfe, die Sie in Ihrem ersten Brief erhoben haben, nicht der Wahrheit entsprechen. Sie sind von Volksfeinden in die Irre geleitet worden, von Kommunisten, die im Untergrund tätig sind. Sie werden sich beim Minister für den Ärger entschuldigen, den Sie durch Ihre voreilige Handlungsweise verursacht haben, und ihm versichern, dass Sie in dieser Angelegenheit nie wieder mit jemandem reden werden.«

»Ja, ja, das werde ich. Was machen Ihre Männer mit meiner Frau?«

»Nichts. Sie schreit, weil sie weiß, was mit ihr passieren wird, falls Sie sich weigern, den Brief zu schreiben.«

»Ich will sie sehen.«

»Es wird ihr noch sehr viel schlimmer gehen, wenn Sie mich weiter mit Ihren dummen Forderungen verärgern.«

»Natürlich. Tut mir leid. Bitte entschuldigen Sie.«

Macke verzog den Mund. Der Mann war ein typischer Feind der Nationalsozialisten, schwach und feige. »Schreiben Sie den Brief noch heute Abend, und schicken Sie ihn morgen früh ab.«

»Ja. Soll ich Ihnen eine Kopie zukommen lassen?«

»Er wird ohnehin auf meinem Schreibtisch landen, Sie Idiot. Glauben Sie etwa, der Herr Minister gibt sich mit Ihrem schwachsinnigen Gekritzel ab?«

»Nein, nein, natürlich nicht. Ich verstehe.«

Macke ging zur Tür. »Und halten Sie sich von Leuten wie Walter von Ulrich fern.«

»Das werde ich. Versprochen.«

Macke ging hinaus und winkte Wagner, ihm zu folgen. Die kleine Lieselotte saß im Flur auf dem Boden und schrie herzzerreißend. Macke öffnete die Salontür und rief Richter und Schneider zu sich. Dann verließen sie das Haus.

»Manchmal ist Gewalt unnötig«, bemerkte Macke nachdenklich, als sie in den Wagen stiegen.

Wagner setzte sich ans Steuer, und Macke nannte ihm die Adresse der von Ulrichs.

»Manchmal ist sie aber auch der einfachste Weg«, führte Macke seinen Gedanken fort.

498

Die von Ulrichs wohnten nicht weit von der Kirche entfernt. Ihr Haus war ein geräumiges altes Gebäude, dessen Unterhalt sie sich offensichtlich nicht mehr leisten konnten. Die Farbe bröckelte ab; das Geländer war verrostet, und ein zerbrochenes Fenster war mit Pappe geflickt. Das war nicht ungewöhnlich. In Kriegszeiten wurden viele Häuser nicht mehr instand gehalten.

Eine Zofe öffnete die Tür. Macke vermutete, dass sie die Frau war, mit deren behindertem Kind der ganze Ärger angefangen hatte, aber er fragte nicht nach. Es hatte keinen Sinn, die Frau zu verhaften.

Walter von Ulrich erschien im Flur.

Macke erinnerte sich an diesen Mann. Er war der Vetter von Robert von Ulrich, dessen Restaurant Macke und sein Bruder vor acht Jahren gekauft hatten. Damals war Walter noch stolz und arrogant gewesen. Jetzt trug er einen zerschlissenen Anzug, doch sein Auftreten war noch immer kühn.

»Was wollen Sie?«, fragte er und versuchte, sich so zu geben, als besäße er noch immer politische Macht.

Macke wollte keine Zeit verschwenden. »Fesseln«, befahl er seinen Männern.

Wagner trat mit den Handschellen vor.

Eine große, gut aussehende Frau erschien im Flur und stellte sich vor Walter hin. »Sagen Sie mir auf der Stelle, wer Sie sind und was Sie hier wollen«, verlangte sie. Offensichtlich war sie von Ulrichs Ehefrau. Sie sprach mit einem leichten ausländischen Akzent. Macke verwunderte das nicht.

Wagner schlug ihr mit der flachen Hand ins Gesicht, und sie taumelte zurück.

»Drehen Sie sich um, und nehmen Sie die Arme hinter den Rücken«, sagte Wagner zu Walter von Ulrich. »Wenn Sie Widerstand leisten, schlage ich Ihnen die Zähne ein.«

Von Ulrich gehorchte.

Eine hübsche junge Frau in einer Schwesternuniform kam mit schnellen Schritten die Treppe herunter. »Vater!«, rief sie. »Was ist hier los?«

Macke fragte sich, wie viele Leute wohl noch in diesem Haus wohnten. Allmählich machte er sich Sorgen. Wenn diese Horde weiter anwuchs, konnte sie ausreichend Chaos verursachen, um von

Ulrich die Flucht zu ermöglichen. Aber Mackes Sorge war unbegründet, denn von Ulrich rief seiner Tochter zu: »Widersetz dich ihnen nicht! Bleib zurück!«

Die junge Frau riss entsetzt die Augen auf, gehorchte aber.

Macke sagte: »Bringt ihn zum Wagen.«

Wagner zerrte von Ulrich zur Haustür.

Seine Frau begann zu schluchzen.

»Wo bringen Sie ihn hin?«, fragte die Tochter.

Macke ging zur Tür und blickte noch einmal zu den drei Frauen zurück. »So ein Palaver«, sagte er abfällig. »Und alles nur wegen einem acht Jahre alten Vollidioten! Ich werde euch Leute nie verstehen.«

Er ging hinaus und stieg in den Wagen.

Sie fuhren das kurze Stück bis in die Prinz-Albrecht-Straße. Wagner parkte hinter der Gestapo-Zentrale neben einem Dutzend anderer schwarzer Wagen. Dann stiegen die Männer aus.

Sie brachten von Ulrich durch eine Hintertür ins Gebäude, führten ihn in den Keller und zerrten ihn in einen weiß gefliesten Raum.

Macke öffnete einen Schrank und holte drei lange, schwere Knüppel heraus, die an amerikanische Baseballschläger erinnerten. Er reichte sie seinen Männern.

»Prügelt ihm die Scheiße aus dem Leib«, befahl er und ging hinaus.

Hauptmann Wolodja Peschkow, Leiter der Berliner Abteilung der GRU, traf Werner Franck auf dem Invalidenfriedhof neben dem Berlin-Spandauer Schifffahrtskanal.

Es war eine gute Wahl. Wolodja ließ den Blick aufmerksam über das Friedhofsgelände schweifen und erkannte zufrieden, dass niemand Werner gefolgt war. Die einzige andere Person hier war eine alte Frau mit schwarzem Kopftuch, und die war auf dem Weg hinaus.

Ihr Treffpunkt war das Grabdenkmal von Gerhard von Scharnhorst, ein steinernes Podest mit einer Löwenskulptur, die aus eingeschmolzenen feindlichen Kanonen gegossen war. Es war ein sonniger Frühlingstag, und die beiden jungen Spione zogen ihre Jacketts aus, während sie zwischen den Gräbern deutscher Helden hindurchschlenderten.

Trotz des Hitler-Stalin-Pakts vor fast zwei Jahren hatten die Sowjets ihre Spionagetätigkeit in Deutschland fortgesetzt – genauso, wie das Personal der sowjetischen Botschaft weiterhin observiert wurde. Alle betrachteten den Pakt nur als vorübergehend, obwohl niemand wusste, wie lange dieses »vorübergehend« dauern würde. In jedem Fall folgten Wolodja noch immer deutsche Agenten auf Schritt und Tritt … Zumindest versuchten sie es.

Wahrscheinlich wussten sie genau, wann er seiner Spionagetätigkeit nachging; dann schüttelte er sie jedes Mal ab. Verließ er die Botschaft jedoch nur, um sich an der nächsten Ecke eine Wurst zu kaufen, ließ er sich von ihnen beschatten.

»Hast du in letzter Zeit mal was von Lili Markgraf gehört?«, fragte Werner.

Früher waren sie beide mit Lili ausgegangen, zu unterschiedlichen Zeiten, versteht sich. Wolodja hatte sie inzwischen rekrutiert, und sie hatte gelernt, Nachrichten der Roten Armee zu decodieren. Aber das würde er Werner natürlich nicht sagen.

»Ich habe sie schon eine ganze Weile nicht mehr gesehen«, log er. »Und du?«

Werner schüttelte den Kopf. »Ich habe mich in eine andere verliebt.« Er wirkte verlegen. Vielleicht lag es daran, dass ein solches Geständnis seinen Ruf als Gigolo untergrub. »Und nun erzähl. Warum wolltest du mich sehen?«

»Wir haben erschreckende Informationen erhalten«, sagte Wolodja. »Es geht um Dinge, die den Lauf der Geschichte ändern werden, falls die Informationen stimmen.«

Werner musterte ihn skeptisch.

Wolodja fuhr fort: »Einer unserer Quellen zufolge wird Deutschland die Sowjetunion im Juni überfallen.« Wieder lief ihm ein Schauder über den Rücken. Diese Information war ein Triumph für die GRU … und eine schreckliche Bedrohung für die UdSSR.

Werner wischte sich eine Haarsträhne aus dem Gesicht, eine Geste, die die Herzen der Mädchen vermutlich schneller schlagen ließ. »Wie verlässlich ist diese Quelle?«, fragte er.

Bei der Quelle handelte es sich um einen Journalisten in Tokio, der das Vertrauen des deutschen Botschafters genoss, insgeheim aber Kommunist war. Bis jetzt hatte der Mann mit seinen Voraussagen jedes Mal recht behalten. Aber das konnte Wolodja natürlich nicht preisgeben, ebenso wenig die Identität des Informanten. Deshalb antwortete er nur: »Verlässlich.«

»Dann glaubt ihr es? Ihr glaubt, dass der deutsche Angriff stattfindet?«

Wolodja zögerte. Da lag das Problem. Stalin glaubte es nämlich nicht. Er hielt es für eine gezielte Desinformation der Alliierten, um das Misstrauen zwischen ihm und Hitler zu schüren. Stalins Skepsis, was diesen nachrichtendienstlichen Triumph betraf, hatte Wolodjas Vorgesetzte abrupt aus ihrem Freudentaumel gerissen. »Das versuchen wir noch herauszubekommen«, antwortete er.

Werner ließ den Blick über die Bäume schweifen. »Ich hoffe bei Gott, dass es stimmt«, sagte er mit unerwarteter Leidenschaft. »Denn damit wären die verdammten Nazis am Ende.«

»Ja«, erwiderte Wolodja. »Wenn die Rote Armee darauf vorbereitet ist.«

Werner war überrascht. »Seid ihr das etwa nicht?«

Wieder konnte Wolodja seinem Freund nicht die ganze Wahrheit anvertrauen. Stalin glaubte, die Deutschen würden erst angreifen, wenn sie die Briten besiegt hatten, und keinen Zweifrontenkrieg riskieren. Solange Großbritannien der Wehrmacht trotzte, war die Sowjetunion in relativer Sicherheit. Genau deshalb war die Rote Armee nicht einmal annähernd auf einen deutschen Angriff vorbereitet.

»Wenn du mir den Angriffsplan bestätigen kannst«, erklärte Wolodja, »*werden* wir vorbereitet sein.«

Er erlaubte sich einen Moment der Selbstgefälligkeit. Sein Spion würde der Schlüssel zu einer kriegerischen Auseinandersetzung sein, wie die Welt sie noch nie gesehen hatte.

Doch Werner sagte: »Leider kann ich dir nicht helfen.«

Wolodja runzelte die Stirn. »Was soll das heißen?«

»Ich kann die Information nicht bestätigen, und ich kann auch nichts anderes für dich tun. Wahrscheinlich werde ich aus dem Luftfahrtministerium gefeuert. Ich nehme an, man wird mich nach Frankreich versetzen … oder an eine Front im Osten, falls deine Information stimmt.«

Wolodja war entsetzt. Werner war sein bester Spion. Ohne Werners Informationen wäre Wolodja niemals zum Hauptmann befördert worden. Mühsam brachte er hervor: »Was ist denn passiert?«

»Mein Bruder ist in einem Kinderkrankenhaus gestorben, fast zur gleichen Zeit wie der Patensohn meiner Freundin. Wir haben in der Sache zu viele Fragen gestellt.«

»Warum sollte man dafür jemanden strafversetzen?«

»Die Nazis töten Behinderte. Das Programm ist geheim.«

Zum ersten Mal dachte Wolodja nicht an seine Mission. »Was sagst du? Sie ermorden sie einfach?«

»Alles spricht dafür. Wir kennen die Einzelheiten noch nicht. Aber wenn diese Leute nichts zu verbergen hätten, dann hätten sie mich und andere nicht bestraft, nur weil wir Fragen gestellt haben.«

»Wie alt war dein Bruder?«

»Fünfzehn.«

»Du meine Güte.«

»Aber damit werden diese Schweine nicht durchkommen«, erklärte Werner. »Ich werde nicht schweigen.«

Sie blieben vor dem Grab von Manfred von Richthofen stehen, einem großen Block, drei Meter hoch und doppelt so breit, mit der schmucklosen Inschrift: RICHTHOFEN. Wolodja hatte diese Schlichtheit schon immer gemocht.

Jetzt rang er um Fassung. Schließlich mordete die sowjetische Geheimpolizei auch, besonders wenn jemand im Verdacht des Landesverrats stand. Der Chef des NKWD, Lawrenti Berija, war ein Sadist. Gerüchte besagten, dass er seinen Männern manchmal befahl, sich hübsche Mädchen von der Straße zu schnappen, damit er sie abends zu seinem Vergnügen vergewaltigen konnte. Doch der Gedanke, dass die Kommunisten genauso bestialisch sein konnten wie die Nazis, war auch kein Trost. Eines Tages, sagte sich Wolodja, würden die Sowjets Berija und seinesgleichen verjagen und mit dem Aufbau des wahren Kommunismus beginnen. Doch bis dahin galt es erst einmal, die Nazis zu besiegen.

Sie erreichten den Kanal, blieben stehen und beobachteten eine Barke, die langsam übers Wasser glitt und dabei schwarzen Rauch ausspie. Wolodja dachte über Werners besorgniserregende

503

Beichte nach. »Was würde denn passieren, wenn du den Tod der behinderten Kinder nicht weiter untersuchst?«, fragte er.

»Dann würde ich meine Freundin verlieren«, antwortete Werner. »Sie erwartet von mir, dass ich für Klarheit sorge.«

»Würdest du deinen Posten bei General Dorn behalten, wenn du einen Rückzieher machst?«, fragte Wolodja.

»Ja. Genau so haben sie sich das gedacht. Aber ich werde nicht zulassen, dass sie meinen Bruder ermorden und dann alles verschleiern. Auch wenn sie mich an die Front schicken – ich werde nicht schweigen.«

»Was werden sie tun, wenn sie erkennen, wie entschlossen du bist?«

»Sie werden mich in ein Lager stecken.«

»Siehst du? Wem ist damit gedient?«

»Ich kann die Sache doch nicht einfach auf sich beruhen lassen!«

Wolodja überlegte verzweifelt, wie er Werner wieder auf seine Seite ziehen konnte, aber bis jetzt war er nicht zu ihm durchgedrungen. Werner hatte auf alles eine Antwort. Er war klug. Deshalb war er ja ein so wertvoller Spion.

»Was ist mit den anderen?«, fragte Wolodja.

»Mit was für anderen?«

»Es muss doch noch viel mehr Behinderte geben, Erwachsene und Kinder. Wollen die Nazis sie alle töten?«

»Vermutlich.«

»Wenn du in einem Konzentrationslager sitzt, wirst du sie schwerlich davon abhalten können.«

Zum ersten Mal wusste Werner nicht, was er darauf erwidern sollte.

Wolodja wandte sich vom Kanal ab und ließ den Blick über den Friedhof schweifen. Ein junger Mann im Anzug kniete an einem kleinen Grabstein. War er ein deutscher Agent, der ihn beschattete? Wolodja beobachtete ihn aufmerksam. Der Mann weinte; seine Schultern zuckten. Seine Trauer schien nicht gespielt zu sein. Die Agenten der deutschen Gegenspionage waren keine allzu guten Schauspieler.

»Sieh ihn dir an«, sagte Wolodja und deutete auf den jungen Mann.

»Warum?«

»Er trauert. Genau das tust du auch.«

»Ich verstehe nicht ...«

»Schau einfach.«

Eine Minute später stand der junge Mann auf, wischte sich das Gesicht mit einem Taschentuch ab und ging davon.

»Jetzt hat er seinen Frieden«, sagte Wolodja. »Darum geht es beim Trauern. Dass man sich anschließend nur besser fühlt.«

»Du glaubst, ich bohre nur deshalb wegen der ermordeten Kinder nach, damit ich mich besser fühle?«

Wolodja schaute ihm in die Augen. »Ich meine das nicht als Kritik«, sagte er. »Du willst die Wahrheit herausfinden und sie in die Welt hinausschreien. Aber denk mal ganz nüchtern darüber nach. Du kannst dieses Morden nur beenden, indem du das Regime zu Fall bringst. Und das geht nur, wenn die Nazis von der Roten Armee besiegt werden.«

»Mag sein ...«

Wolodja erkannte hoffnungsvoll, dass er einen wunden Punkt getroffen hatte. »Mag sein?«, erwiderte er. »Wen gibt es denn sonst? Die Briten sind in die Knie gezwungen und kämpfen verzweifelt gegen die Luftwaffe. Die Amerikaner sind an Europa nicht interessiert, und alle anderen auf dem Kontinent unterstützen die Faschisten.« Er legte Werner die Hand auf die Schulter. »Die Rote Armee ist deine einzige Hoffnung, mein Freund. Wenn wir verlieren, werden die Nazis noch in tausend Jahren behinderte Kinder ermorden – und Juden, Kommunisten, Homosexuelle ...«

»Verdammt«, flüsterte Werner. »Du hast recht.«

Am Sonntag gingen Carla und ihre Mutter in die Kirche. Walters Verhaftung hatte Maud völlig aus der Fassung gebracht. Nun versuchte sie verzweifelt herauszufinden, wo er festgehalten wurde. Natürlich verweigerte die Gestapo ihr jegliche Information. Doch Pastor Ochs' Kirche befand sich in einem wohlhabenden Viertel. Einige Gemeindemitglieder verfügten über Macht und Einfluss; vielleicht konnte man den einen oder anderen überreden, ein paar behutsame Nachforschungen anzustellen.

Carla senkte den Kopf und betete, dass ihr Vater nicht geschlagen oder gefoltert wurde. Sie glaubte nicht wirklich an die Macht des Gebets, war aber verzweifelt genug, sich an alles zu klammern, was Hoffnung versprach.

Sie war froh, die Familie Franck ein paar Bänke vor sich zu sehen. Sie schaute auf Werners Hinterkopf: Sein Haar lockte sich leicht im Nacken und stach damit aus den kurz geschorenen Haaren der anderen Männer hervor. Werner war wunderbar, der netteste Junge, der sie je geküsst hatte. Jede Nacht vor dem Schlafengehen durchlebte Carla noch einmal den Abend, als sie in den Grunewald gefahren waren.

Aber sie liebte Werner nicht.

Noch nicht.

Als Pastor Ochs die Kirche betrat, sah Carla zu ihrer Bestürzung, dass er ein gebrochener Mann war. Die Veränderung war schrecklich. Langsam, mit gesenktem Kopf und hängenden Schultern, schlurfte er zur Kanzel, während ein besorgtes Raunen durch die Kirche ging. Er sprach die Gebete ohne jede innere Beteiligung und las die Predigt dann aus einem Buch vor. Carla arbeitete nun schon seit zwei Jahren im Krankenhaus, und sie erkannte die Symptome einer Depression auf Anhieb. Offenbar hatte auch Pastor Ochs Besuch von der Gestapo bekommen.

Carla bemerkte, dass die Frau des Pastors und ihre fünf Kinder nicht auf ihren gewohnten Plätzen in der vordersten Kirchenbank saßen.

Als sie die letzte Hymne sangen, schwor sich Carla, nicht aufzugeben, obwohl auch sie schreckliche Angst hatte. Sie hatte noch immer Verbündete: Frieda, Werner und Heinrich. Aber was konnten sie tun?

Carla wünschte, sie hätte handfeste Beweise für die Morde an Kurt, Axel und Gott weiß wie vielen anderen. Sie selbst hegte keinen Zweifel daran, dass die Nazis systematisch Behinderte ermordeten – allein die Einmischung der Gestapo zeigte es deutlich genug. Aber ohne konkrete Beweise konnte sie niemanden davon überzeugen.

Doch wie sollte sie an diese Beweise kommen?

Nach dem Gottesdienst ging sie mit Werner und Frieda aus der Kirche. Sie zog die beiden von ihren Eltern weg und sagte: »Wir müssen den systematischen Mord an den Kindern nachweisen, sonst sind uns die Hände gebunden.«

Frieda nickte. »Wir sollten nach Akelberg fahren, in dieses Krankenhaus.«

Werner hatte diesen Vorschlag schon ganz zu Anfang gemacht; dann aber hatten sie beschlossen, mit ihren Nachforschungen in Berlin zu beginnen. Jetzt dachte Carla noch einmal über den Vorschlag nach. »Dafür brauchen wir eine Reiseerlaubnis«, sagte sie.

»Und wie sollen wir die bekommen?«

Carla schnippte mit den Fingern. »Wir sind doch beide im Merkur-Fahrradklub. Wir lassen uns welche für eine Radtour ausstellen.« Es war genau das, was die Nazis sich von der Jugend wünschten: körperliche Aktivitäten an der frischen Luft.

»Kommen wir denn in das Krankenhaus rein?«

»Wir können es versuchen.«

»Wenn ihr mich fragt«, warf Werner ein, »ich finde, wir sollten die ganze Sache sein lassen.«

Carla war überrascht. »Was meinst du damit?«

»Du hast doch Pastor Ochs gesehen. Er ist nur noch ein Häuflein Elend. Das ist zu gefährlich, Carla. Ihr könntet verhaftet und gefoltert werden. Und Axel und Kurt bringt ihr auch nicht zurück.«

Carla starrte ihn ungläubig an. »Du willst, dass wir aufgeben?«

»Ihr müsst aufgeben. Ihr redet, als wäre Deutschland noch immer ein freies Land. Sie werden euch umbringen!«

»Wir müssen etwas riskieren, sonst erreichen wir nichts«, widersprach Carla.

»Dann lasst mich da raus«, sagte Werner. »Ich habe auch einen Besuch von der Gestapo bekommen.«

Carla wurde blass. »Mein Gott. Und was ist passiert?«

»Bis jetzt haben sie mir nur gedroht. Aber wenn ich weiter Fragen stelle, wird man mich an die Front versetzen.«

»Da hast du ja noch Glück gehabt.«

»Es ist schlimm genug.«

Die Mädchen schwiegen ein paar Augenblicke; dann sprach Frieda aus, was Carla dachte. »Die Sache ist wichtiger als dein Posten. Das musst du doch verstehen.«

»Sag du mir nicht, was ich verstehen muss und was nicht!«, entgegnete Werner. Doch er spielte nur den Wütenden; in Wahr-

507

heit schämte er sich. »Deine Karriere steht ja nicht auf dem Spiel. Und euch hat die Gestapo ja noch nicht besucht.«

Carla staunte. Sie hatte geglaubt, Werner zu kennen. Sie hätte die Hand dafür ins Feuer gelegt, dass er in dieser Sache genauso dachte wie sie. »Aber sie waren bei uns«, sagte sie. »Sie haben meinen Vater verhaftet.«

Frieda war entsetzt. »Oh nein!«

»Wir können nicht herausfinden, wo er ist«, fügte Carla betrübt hinzu.

Werner zeigte kein Mitleid. »Dann wärt ihr besser beraten, die Gestapo nicht mehr zu provozieren«, sagte er. »Sie hätten auch dich verhaften können. Aber Macke scheint Mädchen nicht für gefährlich zu halten.«

Carla kämpfte gegen die Tränen an. Sie hatte sich beinahe schon in Werner verliebt, und jetzt entpuppte er sich als Feigling.

»Willst du damit sagen, du hilfst uns nicht?«, fragte Frieda.

»Ja.«

»Weil du deinen Posten behalten willst?«

»Nein, weil es sinnlos ist. Ihr könnt sie nicht besiegen.«

Carla war bitter enttäuscht. So ein Jammerlappen! »Wir können das doch nicht einfach weiter zulassen!«

»Offener Widerstand ist Wahnsinn. Es gibt andere Möglichkeiten, sich zu widersetzen.«

»Und welche?«, wollte Carla wissen. »Langsam und von innen heraus, wie es auf diesen Flugblättern steht? Das wird diese Leute bestimmt nicht davon abhalten, behinderte Kinder umzubringen.«

»Sich gegen die Regierung zu stellen ist Selbstmord!«

»Und alles andere ist Feigheit!«

»Ich werde mich nicht von zwei dummen kleinen Mädchen verurteilen lassen!« Mit diesen Worten stapfte Werner davon.

Carla kämpfte mit den Tränen. Vor den gut zweihundert Leuten, die im Sonnenschein vor der Kirche standen, durfte sie nicht weinen. »Ich dachte, er wäre anders«, sagte sie leise.

Frieda war ebenso enttäuscht. »Das ist er auch. Ich kenne ihn mein Leben lang. Es muss einen anderen Grund für sein Verhalten geben. Er verschweigt uns irgendetwas.«

Carlas Mutter trat auf sie zu. Sie bemerkte nicht, wie aufgewühlt Carla war, so tief war ihre eigene Verzweiflung. »Niemand

508

weiß etwas«, sagte sie, den Tränen nahe. »Ich kann einfach nicht herausfinden, wo Vater festgehalten wird.«

»Wir versuchen es weiter«, erwiderte Carla. »Hatten wir nicht noch Freunde in der amerikanischen Botschaft?«

»Bekannte. Ich habe sie schon gefragt, aber sie hatten auch keine Information für mich.«

»Dann fragen wir sie morgen eben noch einmal.«

»O Gott, vermutlich sind eine Million deutsche Ehefrauen in der gleichen Situation wie ich.«

Carla nickte. »Lass uns nach Hause gehen, Mutter.«

Langsam und schweigend machten sie sich auf den Heimweg, jeder in seine eigenen Gedanken versunken. Carla war wütend auf Werner, und dies umso mehr, da sie sich auf so schreckliche Weise in seinem Charakter getäuscht hatte. Wie hatte sie sich in einen so schwachen Menschen verlieben können?

Sie kamen in ihrer Straße an. »Gleich morgen früh gehe ich zur amerikanischen Botschaft«, sagte Maud, als sie sich ihrem Haus näherten. »Falls nötig, warte ich den ganzen Tag in der Lobby. Ich werde sie anflehen, etwas zu unternehmen. Wenn sie es wirklich wollen, können sie eine halb offizielle Anfrage stellen. Schließlich ist Walter der Schwager eines britischen Staatssekretärs ... Was ist das denn? Warum steht unsere Haustür auf?«

Carlas erster Gedanke war, dass die Gestapo ihnen wieder einen Besuch abgestattet hatte, aber es parkte kein schwarzer Wagen am Straßenrand. Und in der Tür steckte ein Schlüssel.

Maud trat in den Flur und schrie entsetzt auf.

Carla rannte zu ihr.

Auf dem Boden lag ein blutüberströmter Mann.

Nur mit Mühe konnte Carla einen Schrei unterdrücken. »Wer ist das?«, fragte sie schaudernd.

Maud kniete sich neben den Mann. »Walter!«, rief sie. »Walter! Was haben sie dir angetan?«

Erst jetzt sah Carla, dass es sich um ihren Vater handelte. Er war so schwer verletzt, dass er kaum zu erkennen war. Ein Auge war geschlossen; sein Mund war zu einem blutigen Klumpen geschwollen, und sein Haar war blutverklebt. Ein Arm war seltsam verdreht, und sein Jackett war voller Erbrochenem.

Maud rief: »Walter, sprich mit mir!«

Er öffnete den geschundenen Mund und stöhnte.

Carla bekämpfte den alles erstickenden Schmerz, der in ihr aufwallte, indem sie sich auf ihren Beruf besann. Sie schnappte sich ein Kissen und bettete Walters Kopf darauf. Dann holte sie ein Glas Wasser aus der Küche und träufelte ihm ein wenig davon auf die Lippen. Erleichtert sah sie, dass er schluckte. Sie eilte in sein Arbeitszimmer, holte eine Flasche Schnaps und flößte ihm ein wenig davon ein. Wieder schluckte er und hustete.

»Ich hole Dr. Rothmann«, sagte Carla. »Wasch ihm das Gesicht, Mutter, und gib ihm noch etwas Wasser. Aber beweg ihn nicht.«

»Ja«, sagte Maud. »Bitte, beeil dich!«

Carla holte ihr Fahrrad aus der Abstellkammer und radelte los. Als Jude durfte Dr. Rothmann zwar nicht mehr praktizieren, doch im Geheimen behandelte er noch immer die Armen.

Carla fuhr, so schnell sie konnte. Wie war Vater nach Hause gekommen? Sie vermutete, dass die Gestapo ihn hergefahren hatte. Irgendwie hatte er es noch durch die Tür geschafft und war dann zusammengebrochen.

Carla erreichte Dr. Rothmanns Haus. Wie ihr eigenes, so war auch dieses Gebäude lange Zeit nicht mehr gepflegt und instand gehalten worden. Die meisten Fenster hatten Judenhasser eingeworfen.

Frau Rothmann öffnete die Tür. »Mein Vater ist zusammengeschlagen worden«, sagte Carla atemlos. »Von der Gestapo.«

Frau Rothmann zögerte keine Sekunde. »Mein Mann kommt sofort«, sagte sie, drehte sich um und rief die Treppe hinauf: »Isaak!«

Dr. Rothmann kam herunter.

»Es geht um Herrn von Ulrich«, sagte seine Frau.

Der Arzt schnappte sich eine Einkaufstasche, die neben der Tür stand. Verständlicherweise verzichtete er auf einen Arztkoffer, weil er nicht mehr praktizieren durfte und nicht ertappt werden wollte.

Sie verließen das Haus. »Ich fahre voraus«, sagte Carla.

Als sie nach Hause kam, saß ihre Mutter auf der Türschwelle und weinte.

»Der Arzt ist unterwegs!«, verkündete Carla.

»Zu spät«, schluchzte Maud. »Dein Vater ist tot.«

Um halb drei stand Wolodja vor dem ehemaligen Wertheim-Kaufhaus am Leipziger Platz, das wie so viele jüdische Geschäfte und Konzerne von den Nationalsozialisten »arisiert« worden war. Mehrmals patrouillierte er das Areal und hielt nach Männern Ausschau, die Polizisten in Zivil sein könnten. Er war sicher, nicht verfolgt worden zu sein, blieb aber wachsam, denn ein zufällig vorbeikommender deutscher Agent könnte ihn erkennen und sich fragen, was er im Schilde führte. Ein so belebter Ort wie der Leipziger Platz war zwar eine hervorragende, aber keineswegs perfekte Tarnung.

Noch immer zerbrach er sich den Kopf über das Gerücht, dass die Wehrmacht die Sowjetunion angreifen wolle. Wenn es stimmte, würde Wolodja nicht mehr lange in Berlin sein und ins Hauptquartier der GRU in Moskau zurückkehren. Er freute sich schon darauf, Zeit mit seiner Familie zu verbringen. Anja, seine Schwester, hatte Zwillinge bekommen, die er noch nie gesehen hatte. Außerdem konnte er ein bisschen Ruhe vertragen. Seine verdeckte Arbeit bedeutete eine ständige Belastung: Es galt, Gestapo-Agenten abzuschütteln, Geheimtreffen abzuhalten, Spione zu rekrutieren und ständig vor Verrätern auf der Hut zu sein. Ein, zwei Jahre im Hauptquartier kämen Wolodja da sehr gelegen – vorausgesetzt, die Sowjetunion hatte so lange Bestand. Als Alternative wäre er gern auf einen anderen Auslandsposten gewechselt. Nach Washington, zum Beispiel. Wolodja hatte immer schon einmal Amerika sehen wollen.

Er zog ein zerknülltes Papiertaschentuch aus der Tasche und warf es in einen Mülleimer. Eine Minute vor drei zündete er sich eine Zigarette an, obwohl er nicht rauchte. Das brennende Streichholz warf er so in den Mülleimer, dass es genau auf dem Papiertaschentuch landete. Dann ging er davon.

Augenblicke später rief jemand: »Feuer!«

In dem Moment, als alle auf die Flammen starrten, die aus dem Mülleimer schlugen, hielt ein Taxi vor dem Kaufhaus, ein schwarzer Mercedes 260D. Ein gut aussehender junger Mann in der Uniform eines Luftwaffenoberleutnants sprang heraus. Noch während der Oberleutnant den Fahrer bezahlte, stieg Wolodja in den Wagen und knallte die Tür hinter sich zu.

Auf dem Boden des Taxis, wo der Fahrer sie nicht sehen konnte, lag eine Kopie des *Stürmer*, der übelsten Hetzzeitung der Nazis. Wolodja hob die Zeitung auf, las sie aber nicht.

»Irgendein Trottel hat einen Mülleimer in Brand gesteckt«, sagte der Fahrer.

Wolodja ging nicht auf die Bemerkung ein. »Zum Adlon, bitte«, sagte er, und das Taxi fuhr los.

Wolodja blätterte durch die Zeitung. Zwischen den Seiten steckte ein beigefarbener Umschlag. Am liebsten hätte er ihn auf der Stelle geöffnet, zwang sich aber, damit zu warten.

Am Hotel stieg er aus, ging aber nicht hinein. Stattdessen spazierte er durch das Brandenburger Tor und in den Park dahinter. Die Bäume trugen frische Blätter. Es war ein warmer Frühlingstag, und viele Spaziergänger waren unterwegs.

Die Zeitung brannte förmlich in Wolodjas Hand. Schließlich fand er eine abgelegene Bank und setzte sich. Er schlug die Zeitung auf, öffnete verstohlen den beigefarbenen Umschlag und zog ein Dokument heraus. Es war ein Durchschlag, getippt und ein wenig verblasst, aber lesbar. Die Überschrift lautete:

Weisung Nr. 21
Fall Barbarossa

Friedrich Barbarossa war der deutsche Kaiser, der im Jahre 1189 den Dritten Kreuzzug angeführt hatte.

Der Text begann wie folgt:

Die deutsche Wehrmacht muss darauf vorbereitet sein, auch vor Beendigung des Krieges gegen England Sowjetrussland in einem schnellen Feldzug niederzuwerfen.

Wolodja schnappte nach Luft. Das war Dynamit! Der Spion in Tokio hatte recht gehabt, und Stalin hatte sich geirrt. Die Sowjetunion schwebte in tödlicher Gefahr.

Mit pochendem Herzen schaute Wolodja auf das Ende des Dokuments. Es war mit »Adolf Hitler« unterzeichnet.

Wolodja überflog die Seiten, suchte nach einem Datum und fand schließlich eins. Die Vorbereitungen sollten bis zum 15.5.41 abgeschlossen sein.

Daneben stand eine Notiz in Werner Francks Handschrift: *Der Angriff wurde auf den 22.6. festgelegt.*

»Verdammt, er hat es geschafft«, sagte Wolodja laut. »Er hat den geplanten Überfall bestätigt.«

Er steckte das Dokument zurück in den Umschlag und schob den Umschlag in die Zeitung.

Das änderte alles.

Wolodja stand auf und ging zur sowjetischen Botschaft zurück, um die Information an seine Vorgesetzten weiterzugeben.

Es gab keinen Bahnhof in Akelberg. Deshalb mussten Carla und Frieda zehn Kilometer früher aussteigen und mit dem Rad weiterfahren.

Sie trugen kurze Hosen, dünne Pullover und Sandalen, und sie hatten ihr Haar zu Zöpfen geflochten. Sie sahen wie typische BDM-Mädel aus, die häufig Fahrradtouren machten. Ob die Mädchen abends in den spartanischen Jugendherbergen noch etwas anderes taten als Radfahren, war Gegenstand so mancher Spekulation. Die Jungs sagten immer, BDM stehe für »Bubi Drück Mich«.

Carla und Frieda schauten auf ihre Karte und fuhren dann aus der Stadt in Richtung Akelberg.

Carla dachte ständig an ihren Vater. Sie würde nie vergessen, wie sie ihn zerschunden und sterbend im Flur gefunden hatten. Sie hatte tagelang geweint. Doch neben der Trauer empfand sie noch etwas anderes: heiße, verzehrende Wut. Sie würde nicht einfach nur trauern. Sie würde etwas tun.

Maud, die vor Schmerz um Jahre gealtert war, hatte zunächst versucht, Carla von der Fahrt nach Akelberg abzuhalten. »Mein Mann ist tot«, hatte sie mit tränenerstickter Stimme gesagt, »und mein Sohn ist bei der Wehrmacht. Ich will nicht, dass auch noch meine Tochter ihr Leben riskiert.«

Nach der Beerdigung, als Schock und Hysterie einer stilleren Trauer gewichen waren, hatte Carla ihre Mutter gefragt, was Walter wohl gewollt hätte. Maud hatte lange darüber nachgedacht und erst einen Tag später geantwortet: »Er hätte gewollt, dass du weiterkämpfst.«

Maud hatte es nur mit Mühe über die Lippen gebracht, aber sie wussten beide, dass es stimmte.

Frieda hatte keine solchen Diskussionen mit ihren Eltern geführt. Monika, ihre Mutter, hatte Walter in ihrer Jugend geliebt, und sein Tod hatte sie schwer getroffen. Doch sie wäre entsetzt gewesen, hätte sie gewusst, was ihre Tochter vorhatte. Friedas Vater, Ludi, hätte sie wahrscheinlich im Keller eingesperrt. Doch beide glaubten, dass Frieda tatsächlich nur eine harmlose Fahrradtour machte. Wenn sie überhaupt einen Verdacht hegten, dann den, dass der Ausflug mit einem Jungen zu tun haben könnte.

Die Landschaft war hügelig, doch die beiden Mädchen waren in guter Verfassung, und schon eine Stunde später rollten sie einen Hang nach Akelberg hinunter. Carla hatte das Gefühl, als würden sie in Feindgebiet vordringen.

Sie gingen in ein Café. Coca-Cola gab es nicht. »Wir sind hier nicht in Berlin!«, sagte die Frau hinter der Theke entrüstet, als hätten die Mädchen sie nach etwas Unanständigem gefragt. Carla wunderte sich. Warum führte ein so fremdenfeindlicher Mensch ausgerechnet ein Café?

Die Mädchen bekamen zwei Gläser Sinalco-Limonade, ein deutsches Produkt, und nutzten die Gelegenheit, um ihre Wasserflaschen aufzufüllen.

Sie wussten nicht, wo genau die Klinik lag. Sie hätten fragen müssen, doch Carla hatte Angst, damit nur unnötig Verdacht zu erregen. Die hiesigen Nazis warteten vielleicht nur darauf, dass irgendwelche Fremden Fragen stellten.

Beim Bezahlen sagte Carla: »Wir sollen uns mit dem Rest unserer Gruppe an der Kreuzung beim Krankenhaus treffen. Wie kommen wir dahin?«

Die Frau konnte ihnen nicht in die Augen schauen. »Hier gibt es kein Krankenhaus.«

»Die Akelberg-Klinik, meine ich.«

»Da meint ihr wohl ein anderes Akelberg.«

Carla war sicher, dass die Frau log. »Seltsam«, sagte sie. »Hoffentlich haben wir uns nicht verirrt.«

Sie schoben ihre Fahrräder über die Hauptstraße. Es geht wohl nicht anders, überlegte Carla. Ich muss nach dem Weg fragen.

Ein harmlos aussehender alter Mann saß vor einer Kneipe auf

der Bank und genoss die Nachmittagssonne. »Entschuldigen Sie bitte«, sagte Carla. »Wissen Sie, wo das Krankenhaus ist?«

»Durch die Stadt und dann links den Hügel rauf«, antwortete der Mann. »Aber geht nicht rein ... Da kommen nicht viele wieder raus.« Er kicherte, als hätte er einen gelungenen Scherz gemacht.

Die Richtungsangaben waren vage, würden aber vermutlich reichen. Carla beschloss, nicht weiterzufragen, um keine zusätzliche Aufmerksamkeit auf sich zu ziehen.

Eine Frau mit Kopftuch packte den alten Mann am Arm. »Achtet nicht auf ihn«, sagte sie zu den Mädchen. »Er weiß nicht, was er redet.« Sie musterte den Alten besorgt. Dann zerrte sie ihn in die Höhe und scheuchte ihn den Bürgersteig hinunter. »Sei jetzt still, du alter Narr«, rief sie ihm hinterher.

Offenbar hatten die Leute hier zumindest eine Ahnung von dem, was in ihrer Nachbarschaft vor sich ging, hatten aber beschlossen, sich weitgehend herauszuhalten – zum Glück für Carla und Frieda, denn das bedeutete wahrscheinlich, dass die Leute nicht direkt zu den Nazis liefen und ihnen steckten, dass sich zwei Mädchen nach dem Krankenhaus erkundigt hatten.

Carla und Frieda gingen die Straße hinunter und fanden eine Jugendherberge. Es gab Tausende solcher Herbergen in Deutschland, um sportlichen, unternehmungslustigen jungen Leuten wie den beiden Mädchen Essen und Unterkunft zu bieten. Die Großraumzimmer waren nur mit dem Nötigsten ausgestattet, aber billig.

Es war schon spät am Nachmittag, als Carla und Frieda wieder aus der Stadt radelten. Nach knapp zwei Kilometern erreichten sie eine Abzweigung ohne Wegweiser, doch die Straße führte einen Hang hinauf, und so bogen sie ab.

Carla wurde immer unruhiger. Je näher sie dem Krankenhaus kamen, desto schwieriger würde es sein, sich eine glaubwürdige Ausrede auszudenken, sollte jemand sie anhalten und befragen.

Ungefähr einen Kilometer weiter sahen sie ein großes Haus in einem Park. Es schien weder ummauert noch umzäunt zu sein, und die Straße führte direkt zum Haupteingang. Wieder war nirgends ein Schild zu sehen.

Irgendwie hatte Carla erwartet, eine düstere Burg mit ver-

515

gitterten Fenstern und eisenbeschlagenen Türen zu sehen; aber das hier war ein typisches bayerisches Landhaus mit überhängendem Dach, hölzernen Balkonen und einem kleinen Glockenturm. Hier konnte doch unmöglich so etwas Schreckliches wie Kindsmord geschehen ... oder? Und es wirkte für ein Krankenhaus ungewöhnlich klein. Außerdem fiel Carla ein moderner Anbau mit großem Kamin auf.

Die beiden Mädchen stiegen ab und lehnten ihre Fahrräder an die Hauswand. Carla schlug das Herz bis zum Hals, als sie die Stufen zum Haupteingang hinaufstiegen. Warum gab es hier keine Wachen? Weil niemand so dumm sein würde, sich die Anlage genauer anzuschauen?

An der Tür gab es weder eine Klingel noch einen Klopfer, doch als Carla dagegendrückte, schwang die Tür auf. Sie trat ein. Frieda folgte ihr. Die Mädchen fanden sich in einer kühlen Eingangshalle mit kahlen weißen Wänden wieder. Mehrere Zimmer gingen von der Halle ab, doch sämtliche Türen waren verschlossen. Eine bebrillte Frau mittleren Alters kam eine breite Treppe herunter. Sie trug ein elegantes graues Kleid. »Ja?«, sagte sie.

»Hallo«, sagte Frieda, so beiläufig sie konnte.

»Was tun Sie hier? Sie dürfen hier nicht rein.«

Frieda und Carla hatten sich zuvor eine Geschichte ausgedacht. »Ich wollte nur den Ort besuchen, an dem mein Bruder gestorben ist«, sagte Frieda. »Er war fünfzehn ...«

»Das hier ist kein öffentliches Hospital!«, unterbrach die Frau sie grob.

»Doch, ist es.« Frieda war in einer wohlhabenden Familie aufgewachsen. So leicht ließ sie sich von irgendwelchen Untergebenen nicht einschüchtern.

Eine Krankenschwester von vielleicht achtzehn Jahren kam aus einer Nebentür und starrte die beiden an. Die Frau in dem grauen Kleid wandte sich an sie. »Schwester König, holen Sie sofort Herrn Römer.«

Die Krankenschwester lief los.

»Sie hätten vorher schreiben sollen«, sagte die Frau.

»Haben Sie meinen Brief denn nicht bekommen?«, entgegnete Frieda. »Ich habe an den Chefarzt geschrieben.« Was natürlich nicht stimmte; Frieda improvisierte bloß.

»So einen Brief haben wir nie erhalten.« Der Frau war deutlich anzuhören, dass eine derart unverschämte Frage niemals unbemerkt geblieben wäre.

Carla lauschte. Es herrschte eine seltsame Stille. Sie hatte schon viel mit körperlich und geistig behinderten Menschen zu tun gehabt, und still waren sie nur selten. Selbst durch die geschlossenen Türen hätte man Rufe, Lachen, Weinen, Schreie oder sinnloses Geplapper hören müssen. Aber da war nichts. Es war wie in einer Leichenhalle.

Frieda versuchte es auf andere Weise. »Vielleicht können Sie mir ja sagen, wo das Grab meines Bruders ist. Ich würde es gerne besuchen.«

»Es gibt keine Gräber«, antwortete die Frau. »Wir haben einen Verbrennungsofen.« Sofort verbesserte sie sich: »Ein Krematorium, wollte ich sagen.«

»Ja, ich habe den Kamin gesehen«, bemerkte Carla.

»Was ist mit der Asche meines Bruders geschehen?«, fragte Frieda.

»Sie wird Ihnen zu gegebener Zeit zugestellt.«

»Sie werden sie doch nicht mit anderer Asche vermischen?«

Die Frau lief rot an. Offenbar hatte Frieda mit ihrer Frage ins Schwarze getroffen.

Schwester König kehrte zurück, gefolgt von einem stämmigen Mann in der weißen Uniform eines Krankenpflegers. »Ah, Römer«, sagte die Frau, »bitte führen Sie die jungen Damen vom Gelände.«

»Nur einen Augenblick noch«, sagte Frieda. »Sind Sie sicher, dass Sie das Richtige tun? Ich wollte doch nur den Ort sehen, an dem mein Bruder gestorben ist.«

»Wir sind uns vollkommen sicher.«

»Dann macht es Ihnen bestimmt nichts aus, mir Ihren Namen zu nennen.«

Die Frau zögerte kurz. »Schmidt«, sagte sie dann. »Und jetzt gehen Sie bitte.«

Römer bewegte sich drohend auf sie zu.

»Wir gehen, keine Bange«, sagte Frieda. »Wir wollen Herrn Römer schließlich keinen Grund geben, sich an uns zu vergreifen.«

Der Mann drehte ab und öffnete den Mädchen die Tür.

Sie gingen hinaus, stiegen auf ihre Räder und fuhren die Einfahrt hinunter. »Glaubst du, sie hat uns unsere Geschichte abgekauft?«, fragte Frieda.

»Klar«, antwortete Carla. »Sie hat uns ja nicht mal nach unseren Namen gefragt. Hätte sie die Wahrheit vermutet, hätte sie sofort die Polizei gerufen.«

»Aber wir haben nicht viel in Erfahrung gebracht. Wir haben den Kamin gesehen, aber nichts gefunden, was man auch nur annähernd als Beweis bezeichnen könnte.«

Carla nickte betrübt. An Beweise zu kommen war offenbar nicht so einfach, wie sie es sich vorgestellt hatte.

Carla und Frieda kehrten in die Jugendherberge zurück. Sie wuschen sich, zogen sich um und machten sich auf die Suche nach einem Lokal, um einen Happen zu essen. Doch in dem kleinen Ort gab es nur das Café, das von der mürrischen Besitzerin geführt wurde. Die Mädchen aßen Omelette mit Schinken. Anschließend gingen sie in die Dorfkneipe, bestellten sich Bier und sprachen die anderen Gäste freundlich an, doch niemand wollte mit ihnen reden. Das an sich war schon verdächtig. Zwar waren die Leute Fremden gegenüber grundsätzlich misstrauisch, denn jeder konnte ein Nazi-Spitzel sein, aber dass in einer Kneipe wie dieser kein männlicher Gast mit zwei jungen Mädchen flirtete, war seltsam.

Carla und Frieda kehrten früh in die Jugendherberge zurück. Carla wusste nicht, was sie jetzt noch unternehmen konnten, um Licht in das Dunkel zu bringen. Morgen würden sie mit leeren Händen nach Hause zurückkehren. Es erschien ihr unfassbar, dass sie von diesen schrecklichen Morden wusste, aber nichts, rein gar nichts tun konnte. Sie fühlte sich hilflos wie noch nie.

Dann kam ihr der Gedanke, dass Frau Schmidt – falls das wirklich ihr Name war – möglicherweise noch einmal über ihre Besucherinnen nachgedacht hatte. Anfangs hatte die Frau ihnen ihre Geschichte vielleicht abgekauft, aber was, wenn sie später misstrauisch geworden war und die Polizei angerufen hatte, nur um sicherzugehen? In diesem Fall wären Carla und Frieda leicht zu finden. An diesem Abend übernachteten nur fünf junge Leute in der Jugendherberge, und sie waren die einzigen Mädchen. Ängstlich lauschte Carla auf das Unheil verkündende Klopfen an der Tür.

Sollte man sie und Frieda verhören, würden sie zumindest einen Teil der Wahrheit preisgeben: dass Friedas Bruder und Carlas

Patensohn in Akelberg gestorben waren und dass sie ihre Gräber besuchen wollten oder zumindest den Ort, an dem sie gestorben waren, um ihrer zu gedenken. Die örtliche Polizei würde das vielleicht auch schlucken. Doch sollten sie in Berlin nachfragen, würden sie rasch von der Verbindung zu Walter von Ulrich und Werner Franck erfahren, zwei Männer, die von der Gestapo verhört worden waren, weil sie Fragen über Akelberg gestellt hatten. Und dann steckten Carla und Frieda in großen Schwierigkeiten.

Als sie sich gerade fürs Bett fertig machten, klopfte es an der Tür.

Carlas Herz setzte einen Schlag aus. Sie dachte daran, was die Gestapo mit ihrem Vater angestellt hatte. Sie wusste, dass sie keiner Folter standhalten würde. Sie würde den Namen jedes Swing Kids nennen, das sie kannte.

Frieda, die weniger Fantasie besaß, sagte: »Jetzt schau doch nicht so ängstlich drein.« Und sie öffnete die Tür.

Es war nicht die Gestapo, sondern eine junge, hübsche blonde Frau. Es dauerte einen Moment, bis Carla Schwester König ohne ihre Uniform erkannte.

»Ich muss mit Ihnen sprechen«, sagte sie. Sie war sichtlich nervös, außer Atem und den Tränen nahe.

Frieda bat sie herein. Schwester König setzte sich auf ein Bett und wischte sich die Augen mit dem Ärmel ab. »Ich kann das nicht mehr für mich behalten«, sagte sie.

Carla schaute Frieda an. Beide dachten das Gleiche. »Was können Sie nicht mehr für sich behalten?«, fragte Carla.

»Bitte, sagt Ilse zu mir.«

»Gern. Ich bin Carla, und das ist Frieda. Was bedrückt dich, Ilse?«

Ilse sagte so leise, dass die Mädchen sie kaum verstehen konnten: »Wir ermorden sie.«

Carla stockte der Atem. »Im Krankenhaus?«

Ilse nickte. »Die armen Menschen, die in den grauen Bussen kommen. Kinder, sogar Babys. Alte Leute. Großmütter. Sie alle sind fast hilflos ... Manchmal sabbern sie vor sich hin oder machen in die Hose, aber sie können ja nichts dafür ... Einige von ihnen sind wirklich süß und unschuldig, aber das rettet sie nicht ... Wir bringen sie alle um.«

»Und wie?«

»Mit einer Morphium-Scopolamin-Injektion.«

Carla nickte. Das war ein gebräuchliches Betäubungsmittel, in Überdosis allerdings tödlich. »Was ist mit der Sonderbehandlung, die sie angeblich bekommen sollen?«

Ilse schüttelte den Kopf. »Die gibt es nicht … Jedenfalls nicht so, wie ihr es euch wahrscheinlich vorstellt.«

»Nur damit ich das richtig verstehe«, sagte Carla. »Ihr tötet alle Patienten, die zu euch gebracht werden?«

»Alle.«

»Sobald sie ankommen?«

»Innerhalb eines Tages, spätestens nach zwei.«

Genau das hatte Carla vermutet; dennoch traf es sie wie ein Schlag, und ihr wurde schlecht.

»Sind jetzt auch Patienten dort?«

»Keine Lebenden«, antwortete Ilse. »Den letzten haben wir heute Nachmittag die Spritzen gegeben. Deshalb hatte Frau Schmidt ja solche Angst, als ihr gekommen seid.«

»Warum erschwert ihr nicht einfach den Zugang zum Gebäude?«

»Die Verwaltung ist der Meinung, Wachen und Stacheldraht um die Klinik würden nur Misstrauen schüren. Außerdem hat bis heute noch niemand versucht, bei uns einzudringen.«

»Wie viele Leute sind heute gestorben?«

»Zweiundfünfzig.«

Carla lief ein Schauder über den Rücken. »Die Klinik hat allein heute zweiundfünfzig Menschen umgebracht? Am Nachmittag, als wir dort waren?«

»Ja.«

»Dann sind sie jetzt alle tot?«

Ilse nickte.

Kurz entschlossen sagte Carla: »Ich will das sehen.«

Ilse schaute sie ängstlich an. »Was meinst du damit?«

»Ich will in die Klinik und die Leichen sehen.«

»Sie werden bereits verbrannt.«

»Dann will ich das sehen. Kannst du uns irgendwie reinschleusen?«

»Heute Nacht?«

520

»Sofort.«

»O Gott!«

»Du musst das nicht tun«, beruhigte Carla sie. »Es war schon tapfer genug von dir, dass du mit uns gesprochen hast. Wenn du es dabei belassen willst, ist das in Ordnung. Aber wenn wir dem Ganzen ein Ende bereiten wollen, brauchen wir Beweise.«

»Beweise?«

»Ja. Viele Verantwortliche schämen sich für dieses Projekt. Deshalb wird es ja geheim gehalten. Die Nazis wissen, dass die deutsche Bevölkerung die Ermordung von Kindern nicht widerspruchslos hinnehmen würde. Aber die Leute reden sich lieber ein, dass so was einfach nicht passiert. Dann fällt es ihnen leichter, wegzuschauen und die Sache als haltloses Gerücht abzutun. Deshalb müssen wir es den Leuten beweisen, egal wie.«

»Ich verstehe.« Ein entschlossener Ausdruck erschien auf Ilses hübschem Gesicht. »Also gut, ich bringe euch rein.«

Carla stand auf. »Wie kommst du normalerweise dorthin?«

»Mit dem Fahrrad«, antwortete Ilse. »Es steht draußen.«

»Dann radeln wir alle.«

Sie gingen hinaus. Inzwischen war die Nacht angebrochen. Der Himmel war leicht bewölkt, und die Sterne leuchteten nur schwach. Mit eingeschaltetem Licht fuhren sie aus der Stadt und den Hügel hinauf. Als sie in Sichtweite der Klinik kamen, schalteten sie die Lichter aus, stiegen ab und schoben die Räder. Ilse führte die Mädchen über einen Waldweg, der zur Rückseite des Gebäudes führte.

Carla stieg ein unangenehmer Geruch in die Nase. Sie schnüffelte.

Ilse flüsterte: »Das ist der Verbrennungsofen.«

Carla schauderte.

Sie versteckten die Fahrräder im Unterholz und schlichen sich zur Hintertür. Sie war unverschlossen. Ilse und die Mädchen gingen hinein.

Die Flure waren hell erleuchtet. Es gab keine dunklen Ecken. Carla fröstelte. Was, wenn ihnen jemand entgegenkam? Ihre Kleidung würde sie sofort als Eindringlinge verraten. Was sollten sie dann tun?

Leise ging Ilse durch den Flur, bog um eine Ecke und öffnete

521

eine Tür. »Hier rein«, raunte sie und ging voraus. Die Mädchen folgten ihr.

Frieda stieß einen leisen Entsetzensschrei aus und schlug die Hand vor den Mund.

Carla schnappte nach Luft. »O Gott«, flüsterte sie.

In einem großen, kalten Raum lagen ungefähr dreißig Leichen, alle nackt und mit dem Gesicht nach oben. Einige der Toten waren dick, andere dünn; einige waren alt, andere noch Kinder, und da war sogar ein Baby von höchstens einem Jahr. Einige lagen mit verrenkten Gliedmaßen da, aber die meisten sahen normal aus.

Jede Leiche trug ein kleines Pflaster auf dem linken Oberarm, wo die Nadel eingedrungen war.

Carla hörte Frieda leise weinen.

»Wo sind die anderen?«, flüsterte sie.

»Schon im Ofen«, antwortete Ilse.

Plötzlich hörten sie Stimmen hinter der großen Doppeltür am anderen Ende des Raums.

»Raus!«, zischte Ilse. »Schnell!«

Sie huschten zurück in den Flur. Carla schloss die Tür bis auf einen Spalt und spähte hindurch. Sie sah Römer und einen weiteren Pfleger eine Rollbahre durch die Tür schieben.

Die Männer schauten nicht in Carlas Richtung. Sie redeten über Fußball. Carla hörte Römer sagen: »Es ist jetzt neun Jahre her, seit wir das letzte Mal deutscher Meister waren. Damals haben wir Eintracht Frankfurt zwei zu null weggeputzt.«

»Ja, aber Bayern war ein Judenverein, darum haben sie seitdem nichts mehr gewonnen.«

Carla erkannte, dass die Männer über Bayern München sprachen.

»Glaub mir, dieses Jahr wird Schalke Meister«, sagte Römer. »Rapid Wien hat keine Chance.«

Die beiden Männer gingen zu einem Tisch, auf dem eine dicke tote Frau lag. Sie packten sie an Schultern und Knien und schwangen sie auf die Bahre, wobei sie vor Anstrengung schnauften.

Dann fuhren sie mit der Bahre zum nächsten Tisch und wuchteten eine zweite Leiche auf die erste.

Nachdem sie schließlich einen dritten Toten aufgeladen hatten, schoben sie die Bahre hinaus.

522

»Ich gehe den beiden hinterher«, raunte Carla.

Sie durchquerte die Leichenhalle und ging zu der Doppeltür. Frieda und Ilse folgten ihr. Sie gelangten in einen Teil der Anlage, der eher an eine Fabrik als an ein Krankenhaus erinnerte. An braun gestrichenen Wänden standen Kartons und Werkzeugregale auf dem Betonfußboden.

Die drei jungen Frauen spähten um die Ecke.

Sie sahen einen großen Raum mit grellem Licht und tiefen Schatten, der wie eine Garage aussah. Es war warm, und der Geruch erinnerte an eine Küche. In der Mitte des Raums stand eine Stahlkiste, groß genug, dass ein Auto hineingepasst hätte. Ein dickes Metallrohr führte von der Kiste nach oben und durchs Dach. Carla erkannte, dass sie einen Verbrennungsofen vor sich hatte.

Die beiden Männer hoben eine Leiche von der Bahre und trugen sie zu einem Förderband. Römer drückte einen Knopf an der Wand. Das Förderband setzte sich in Bewegung; eine Tür ging auf, und die Leiche verschwand im Ofen.

Dann legten sie die nächste Leiche auf das Band.

Carla hatte genug gesehen.

Sie drehte sich um und winkte den anderen, ihr zurückzufolgen. In ihrer Hast stieß Frieda gegen Ilse, die unwillkürlich aufschrie. Die drei Mädchen erstarrten.

Sie hörten Römer sagen: »Was war das?«

»Ein Geist«, sagte der andere lachend.

Römers Stimme zitterte. »Über so was macht man keine Scherze.«

»Nimmst du jetzt die Beine von dem hier oder nicht?«

»Jaja, schon gut.«

Die drei Mädchen liefen zur Leichenhalle zurück. Als Carla die übrigen Toten sah, erfasste sie tiefe Trauer über das Schicksal des kleinen Kurt. Auch er hatte hier gelegen, ein Pflaster auf dem Arm; auch ihn hatten sie auf das Förderband geworfen und wie ein Stück Müll entsorgt. Mit Tränen in den Augen dachte Carla: Aber du bist nicht vergessen, Kurt.

Sie schlichen zurück in den Flur. Als sie den Weg zur Hintertür einschlugen, hörten sie Schritte und die Stimme von Frau Schmidt. »Warum brauchen die beiden Kerle so lange?«

523

Die Mädchen huschten durch den Flur und zur Tür hinaus. Inzwischen war der Mond herausgekommen und übergoss den Park mit silbrigem Licht. Zweihundert Meter weiter konnte Carla das Unterholz sehen, wo sie ihre Fahrräder versteckt hatten.

Frieda kam als Letzte heraus. Vor lauter Eile ließ sie die Tür zuknallen.

Carla erschrak. Frau Schmidt hatte das Geräusch mit Sicherheit gehört und würde nachsehen. Die Mädchen schafften es vielleicht nicht bis ins schützende Unterholz, bevor die Frau die Tür aufmachte. Sie mussten sich verstecken. »Hier lang«, zischte Carla und lief um die Ecke des Gebäudes. Die anderen folgten ihr.

Sie drückten sich flach an die Wand. Carla hörte, wie die Tür aufging, und hielt den Atem an.

Es folgte eine lange Pause. Dann murmelte Frau Schmidt etwas Unverständliches, und die Tür fiel wieder ins Schloss.

Carla lugte um die Ecke. Niemand zu sehen.

Die drei Mädchen rannten über den Rasen und zu ihren Fahrrädern, schoben sie über den Waldweg und gelangten schließlich wieder auf die Straße. Sie stiegen auf, schalteten die Dynamos ein und radelten los. Trotz der entsetzlichen Eindrücke verspürte Carla ein Hochgefühl. Sie hatten es tatsächlich geschafft!

Doch als sie sich dem Ort näherten, wich das Gefühl des Triumphs praktischeren Erwägungen. Was genau hatten sie eigentlich erreicht? Was sollten sie als Nächstes tun?

Sie mussten jemandem erzählen, was sie gesehen hatten. Aber wem? Carla wusste es nicht. Und würde man ihnen überhaupt glauben? Je länger Carla darüber nachdachte, desto mehr bezweifelte sie es. Es war schlichtweg zu ungeheuerlich.

Als sie die Jugendherberge erreichten und von den Rädern stiegen, sagte Ilse: »Gott sei Dank ist das vorbei. Ich habe noch nie solche Angst gehabt.«

»Es ist noch nicht vorbei«, sagte Carla.

»Was meinst du damit?«

»Es wird erst vorbei sein, wenn sie dieses angebliche Krankenhaus schließen – und alle anderen Kliniken dieser Art.«

»Wie wollt ihr das schaffen?«

»Wir brauchen dich«, sagte Carla. »Du bist der Beweis.«

»Ich hatte befürchtet, dass du das sagst.«

524

»Du musst morgen mit uns nach Berlin fahren. Schaffst du das?«

Nach langem Schweigen sagte Ilse: »Ja, ich komme mit.«

Wolodja Peschkow war froh, wieder zu Hause zu sein. Moskau war wunderbar im Sommer, sonnig und warm. Am Montag, dem 30. Juni, kehrte Wolodja ins Hauptquartier der GRU am Flughafen Chodynka zurück.

Sowohl Werner Franck als auch der Spion in Tokio hatten recht behalten: Deutschland hatte die Sowjetunion am 22. Juni überfallen. Wolodja und sämtliches Personal der sowjetischen Botschaft in Berlin waren per Schiff und Bahn nach Moskau zurückgebracht worden. Wolodja hatte Priorität genossen und war deshalb schneller als die meisten anderen nach Hause gekommen; einige waren noch immer unterwegs.

Inzwischen war Wolodja bewusst, wie sehr Berlin ihn belastet hatte. Die Nazis mit ihrer Selbstgefälligkeit hatten an seinen Nerven gezehrt. Sie waren wie eine Fußballmannschaft, die soeben gewonnen hatte, sich auf der Siegesfeier immer mehr betrank und sich weigerte, wieder nach Hause zu gehen. Wolodja war sie einfach leid.

Einige Leute würden sicher sagen, die UdSSR mit ihrer Geheimpolizei, ihrer orthodoxen Doktrin, ihrer puritanischen Haltung, was Vergnügungen betraf, und ihrer Ablehnung von abstrakter Kunst und westlicher Mode sei nicht besser als Nazi-Deutschland. Aber da irrten sie sich. Der Kommunismus befand sich schließlich noch im Aufbau, und auf dem Weg zum Ziel wurden unweigerlich Fehler gemacht. Der NKWD mit seinen Folterkammern war allerdings eine Abscheulichkeit, ein Krebsgeschwür im Leib des Kommunismus. Eines Tages würde man es herausschneiden, nicht aber während des Krieges.

In Vorbereitung auf den unvermeidlichen Krieg hatte Wolodja seine Spione in Berlin schon vor längerer Zeit mit Funkgeräten und Codebüchern versorgt. Jetzt war es wichtiger denn je, dass die Handvoll tapferer Nazi-Gegner weiterhin Informationen an die Sowjetunion lieferten. Vor seiner Abreise hatte Wolodja sämtliche

Namens- und Adresslisten vernichtet; jetzt existierten sie nur noch in seinem Kopf.

Wolodjas Eltern war es gut ergangen; allerdings hatte sein Vater ein wenig angespannt ausgesehen. Kein Wunder, denn er war für die Luftverteidigung Moskaus verantwortlich. Auch seine Schwester Anja und ihren Mann, Ilja Dworkin, hatte Wolodja bereits besucht und sich die Zwillinge angeschaut, die inzwischen achtzehn Monate alt waren: Dmitri, genannt Dimka, und Tatjana, genannt Tanja. Ilja war für Wolodja immer noch das »Rattengesicht«.

Nach einem angenehmen Tag daheim und einem langen, geruhsamen Schlaf in seinem alten Zimmer war Wolodja wieder bereit, sich an die Arbeit zu machen.

Er ging durch die Sicherheitsschleusen am Eingang des GRU-Gebäudes. Die vertrauten Flure und Treppen weckten nostalgische Gefühle in ihm, obwohl sie alles andere als einladend aussahen. Während er durch das Gebäude ging, rechnete Wolodja damit, dass Leute auf ihn zutraten und ihm gratulierten. Schließlich mussten viele von ihnen wissen, dass er es gewesen war, der die Informationen über das Unternehmen Barbarossa bestätigt hatte. Aber niemand näherte sich ihm. Na ja, vielleicht waren die Leute einfach nur diskret.

Wolodja betrat einen großen, offenen Bereich, wo die Sekretärinnen und Archivare arbeiteten, und wandte sich an eine Empfangsdame mittleren Alters: »Hallo, Nika. Sie sind ja noch immer hier.«

»Guten Morgen, Genosse Hauptmann«, sagte sie nicht ganz so warmherzig, wie Wolodja gehofft hatte. »Oberst Lemitow würde Sie gern sofort sehen.«

Wie Wolodjas Vater war auch Lemitow nicht wichtig genug gewesen, um der Großen Säuberung in den Dreißigerjahren zum Opfer zu fallen. Jetzt hatte man ihn auf den Posten seines einstigen Vorgesetzten befördert, der nicht so viel Glück gehabt hatte. Wolodja wusste nicht viel über die Säuberungen, aber es fiel ihm schwer zu glauben, dass so viele hochrangige Offiziere Vaterlandsverräter oder Konterrevolutionäre gewesen sein sollten. Was genau mit ihnen geschehen war, wusste Wolodja nicht. Vielleicht waren sie nach Sibirien verbannt worden, oder sie waren tot. Auf jeden Fall waren sie verschwunden.

526

»Der Genosse Oberst hat jetzt das große Büro am Ende des Hauptflurs«, fügte Nika hinzu.

Wolodja machte sich auf den Weg dorthin und nickte ein, zwei Bekannten zu. Doch wieder hatte er das Gefühl, nicht der Held zu sein, für den er sich hielt. Schließlich klopfte er an Lemitows Tür. Vielleicht konnte sein Vorgesetzter ihm die seltsame Zurückhaltung der Leute erklären.

»Herein.«

Wolodja trat ein, salutierte und schloss die Tür hinter sich.

»Willkommen in der Heimat, Genosse Hauptmann.« Lemitow trat um seinen Schreibtisch herum. »Unter uns … Sie haben in Berlin Großartiges geleistet. Ich danke Ihnen.«

»Ich fühle mich geehrt, Genosse Oberst«, erwiderte Wolodja. »Aber warum sagen Sie ›unter uns‹?«

»Weil Sie Stalin widersprochen haben.« Er hob die Hand, um einem Protest zuvorzukommen. »Stalin weiß natürlich nicht, dass Sie das waren. Trotzdem, die Leute hier sind nervös. Nach den Säuberungen will niemand etwas mit einem Mann zu tun haben, der plötzlich auf der falschen Seite stehen könnte.«

»Was hätte ich denn tun sollen?«, fragte Wolodja. »Hätte ich die Informationen fälschen sollen?«

Lemitow schüttelte nachdrücklich den Kopf. »Sie haben genau das Richtige getan, verstehen Sie mich nicht falsch. Und ich habe Sie beschützt. Sie sollten nur nicht damit rechnen, hier als Held gefeiert zu werden.«

»Jawohl«, sagte Wolodja. Offenbar standen die Dinge hier schlimmer, als er erwartet hatte.

»Und Sie haben jetzt endlich Ihr eigenes Büro, drei Türen weiter. Vermutlich werden Sie ungefähr einen Tag brauchen, bis Sie wieder auf dem Laufenden sind.«

Wolodja wertete diese Bemerkung als Zeichen, dass er entlassen war. »Jawohl, Genosse«, sagte er, salutierte und ging.

Sein neues Büro war nicht gerade luxuriös – ein kleiner Raum ohne Teppich –, aber er hatte es für sich allein. Er wusste nicht, wie der deutsche Angriff verlief, da er erst einmal zu seiner Familie gewollt hatte. Nun schob er seine Enttäuschung beiseite und machte sich daran, die Frontberichte der ersten Woche zu lesen.

Mit jeder Zeile wuchs sein Entsetzen.

Der Überfall hatte die Rote Armee vollkommen überrascht.

Das hätte eigentlich unmöglich sein sollen, aber die Beweise lagen hier auf seinem Tisch.

Am 22. Juni, dem Tag des deutschen Angriffs, hatten viele Fronteinheiten der Roten Armee nicht einmal scharfe Munition gehabt!

Und das war noch längst nicht alles. Sowjetische Flugzeuge hatten ohne Tarnung säuberlich aufgereiht auf den Startbahnen gestanden; die Luftwaffe hatte schon in den ersten Stunden mehr als 1200 sowjetische Kampfflugzeuge zerstört. Armeeeinheiten waren den Deutschen ohne angemessene Bewaffnung entgegengeworfen worden, ohne Luftunterstützung und nachrichtendienstliche Informationen. Sie waren vollständig vernichtet worden.

Das Schlimmste war jedoch Stalins nach wie vor geltender Befehl, die Rote Armee dürfe auf keinen Fall zurückweichen. Jede Einheit musste bis zum letzten Mann kämpfen, und die Offiziere hatten den Befehl, sich zu erschießen, um einer Gefangennahme zu entgehen. Den Truppen wurde nicht erlaubt, sich in anderen, besseren Verteidigungsstellungen neu zu formieren – mit der Folge, dass jede Niederlage sich in ein Massaker verwandelte.

Die Rote Armee blutete aus, an Männern und Material.

Stalin hatte die Warnung des Spions in Tokio und die Bestätigung von Werner Franck geflissentlich ignoriert. Selbst als der deutsche Angriff schon rollte, hatte Stalin zunächst darauf beharrt, es sei nur eine Provokation, durchgeführt von einer Handvoll Offiziere und ohne Hitlers Wissen, der dem Ganzen sofort ein Ende bereiten würde, sobald er davon erfuhr.

Als dann nicht mehr zu leugnen war, dass man es keineswegs mit einer Provokation, sondern mit der größten Invasion der Militärgeschichte zu tun hatte, waren die Frontstellungen der Roten Armee bereits überrannt worden. Nach einer Woche waren die Deutschen mehr als dreihundert Kilometer weit auf sowjetisches Gebiet vorgedrungen.

Das war eine Katastrophe. Doch was Wolodja wirklich erschütterte, war das Wissen, dass sie vermeidbar gewesen wäre.

Es gab keinen Zweifel, wer die Schuld daran trug. Die Sowjetunion war eine Autokratie. Nur ein Mann traf hier die Entscheidungen: Josef Stalin. Und Stalin war stur und dumm gewesen und hatte sich auf katastrophale Weise geirrt. Jetzt schwebte das Land in tödlicher Gefahr.

Bis jetzt hatte Wolodja immer geglaubt, der Sowjetkommunismus sei die einzig wahre Ideologie, trotz der Exzesse des NKWD. Jetzt sah er, dass das Versagen seinen Ursprung ganz oben an der Spitze hatte. Berija und der NKWD existierten nur, weil Stalin es billigte. Es war Stalin, der den Marsch zum wahren Kommunismus verhinderte.

Später am Nachmittag, als Wolodja aus dem Fenster auf das sonnenbeschienene Flugfeld blickte und über die Informationen nachdachte, die er soeben bekommen hatte, tauchte Kamen bei ihm auf. Vor vier Jahren waren sie beide als Leutnants frisch von der Militärschule gekommen und hatten sich mit noch zwei anderen ein Büro geteilt. Damals war Kamen der Clown gewesen. Er hatte sich über alles und jeden lustig gemacht und sogar die sowjetische Orthodoxie verspottet. Jetzt war er dicker und deutlich ernster geworden. Er hatte sich einen kleinen schwarzen Schnurrbart wachsen lassen wie Außenminister Molotow, vielleicht um sich ein reiferes Aussehen zu verleihen.

Kamen schloss die Tür hinter sich, nahm Platz und holte ein Spielzeug aus der Tasche, einen Blechsoldaten, aus dessen Rücken ein Schlüssel ragte. Er zog ihn auf und stellte ihn auf Wolodjas Tisch. Der Soldat schwang die Arme, als würde er marschieren, wobei der Mechanismus ein lautes, rasselndes Geräusch von sich gab.

Leise sagte Kamen: »Stalin ist seit zwei Tagen nicht mehr gesehen worden.«

Wolodja erkannte, dass der lärmende Blechkamerad dazu diente, mögliche Abhörmikrofone in seinem Büro zu übertönen.

»Was meinst du damit, er ist nicht mehr gesehen worden?«

»Er ist nicht in den Kreml gekommen, und er geht auch nicht ans Telefon.«

Wolodja konnte es nicht glauben. Der Führer eines Landes konnte doch nicht einfach so verschwinden. »Was macht er denn?«

»Das weiß niemand.« Der Blechsoldat kam zur Ruhe. Kamen zog ihn noch einmal auf. »Samstagabend, als er erfahren hat, dass die gesamte Armeegruppe West von den Deutschen eingekesselt ist, hat er gesagt: ›Alles ist verloren. Ich gebe auf. Lenin

529

hat unseren Staat gegründet, und wir haben ihn in den Untergang geführt.‹ Dann ist er nach Kunzewo gefahren.« Stalin besaß eine Datscha in der kleinen Stadt am Rand von Moskau. »Gestern ist er nicht zur üblichen Zeit in den Kreml gekommen. Als sie in Kunzewo angerufen haben, ging niemand an den Apparat. Heute das Gleiche.«

Wolodja beugte sich vor. »Hat er vielleicht …« Er senkte die Stimme zu einem Flüstern. »Einen Nervenzusammenbruch?«

Kamen zuckte hilflos mit den Schultern. »Überraschend wäre das nicht. Schließlich hat er sich nicht von seiner Meinung abbringen lassen, die Deutschen würden uns auf keinen Fall angreifen. Und was ist jetzt?«

Wolodja nickte. Diese Erklärung ergab einen Sinn. Stalin hatte sich selbst Vater, Lehrer, Großer Führer, Großer Steuermann, Bezwinger der Natur, Genie der Menschheit und Größter Geist aller Zeiten nennen lassen. Doch nun war selbst für ihn bewiesen, dass er sich geirrt und alle anderen recht gehabt hatten. Unter solchen Umständen begingen andere Menschen Selbstmord.

Die Krise war sogar noch schlimmer, als Wolodja gedacht hatte. Die Sowjetunion wurde nicht nur angegriffen und war auf der Verliererstraße, sie war obendrein führerlos. Es war die gefährlichste Situation seit der Revolution.

Aber war es vielleicht auch eine Gelegenheit? Könnte das der richtige Augenblick sein, um Stalin loszuwerden?

Das letzte Mal war Stalin im Jahr 1924 verwundbar gewesen, als Lenin in seinem Testament erklärt hatte, Stalin sei für die Macht ungeeignet. Doch nachdem Stalin diese Krise bewältigt hatte, schien er unangreifbar zu sein, auch wenn seine Entscheidungen bisweilen an Wahnsinn grenzten, wie Wolodja nun erkannte. Die Säuberungen, die fatalen Fehler in Spanien, die Ernennung des Sadisten Berija zum Chef des NKWD, der Pakt mit Hitler … All das ging auf Stalin zurück. War diese Notlage nun endlich die Gelegenheit, seine Herrschaft zu beenden?

Wolodja verbarg seine Aufregung vor Kamen und allen anderen. Er behielt seine Gedanken für sich, als er im sanften Licht dieses Sommerabends nach Hause fuhr. Kurz wurde seine Bahn von einem langsam fahrenden Lastwagenkonvoi mit angehängten Luftabwehrgeschützen aufgehalten – vermutlich hatte sein Vater,

530

der ja für die Luftverteidigung der Hauptstadt verantwortlich war, ihre Verlegung angeordnet.

Konnte Stalin wirklich abgesetzt werden?

Wolodja fragte sich, wie viele Leute im Kreml sich im Augenblick wohl die gleiche Frage stellten.

Er betrat das zehnstöckige Haus, in dem die Wohnung seiner Eltern lag, direkt dem Kreml gegenüber. Sie waren nicht da, aber seine Schwester mit den Zwillingen Dimka und Tanja. Der Junge, Dimka, hatte dunkle Augen und dunkles Haar. Er hielt einen roten Stift in der Hand und kritzelte auf einer alten Zeitung herum. Das Mädchen hatte die gleichen durchdringenden blauen Augen wie Grigori – und auch wie Wolodja; zumindest sagten es die Leute. Sofort streckte das kleine Mädchen Wolodja ihre Puppe entgegen.

Zoja Worotsyntsow war ebenfalls da, die umwerfend schöne Physikerin, die Wolodja zum letzten Mal vor vier Jahren gesehen hatte, kurz bevor er nach Spanien gegangen war. Zoja und Anja verband ein gemeinsames Interesse an russischer Volksmusik. Sie besuchten zusammen Konzerte, und Zoja spielte die Gudok, ein dreisaitiges, traditionelles Streichinstrument. Weder Zoja noch Anja konnte sich einen Plattenspieler leisten, doch Grigori besaß einen; deshalb hörten die beiden sich gerade die Aufnahme eines Balalaikaorchesters an.

Zoja trug ein kurzärmeliges Sommerkleid, das so blassblau war wie ihre Augen. Als Wolodja sich höflich erkundigte, wie es ihr gehe, antwortete sie knapp: »Ich bin wütend.«

»Warum?«, fragte Wolodja.

»Man hat mir die Forschungsmittel gestrichen. Sämtliche Wissenschaftler sind neuen Projekten zugeteilt worden. Ich selbst arbeite jetzt an der Verbesserung von Bombenzielgeräten.«

Das erschien Wolodja sehr vernünftig. »Wir sind ja auch im Krieg«, bemerkte er.

»Du verstehst das nicht«, sagte Zoja. »Hör zu: Wenn es bei Uran zur Kernspaltung kommt, wird eine schier unglaubliche Energie freigesetzt. Gigantisch. Das wissen wir, und die westlichen Wissenschaftler wissen es auch. Wir haben ihre Aufsätze in den Fachzeitschriften gelesen.«

»Trotzdem, Bombenzielgeräte sind im Augenblick wohl wichtiger.«

531

»Unsinn.« Zoja schüttelte den Kopf. »Den Prozess, von dem ich rede, die Kernspaltung, könnte man sich bei der Entwicklung von Bomben zunutze machen, deren Sprengkraft hundert Mal größer ist als alles, was es bisher gibt. Was, wenn die Deutschen solch eine Bombe bauen und wir nicht? Das wäre so, als hätten sie Gewehre, während wir nur mit Speeren bewaffnet sind.«

Skeptisch erwiderte Wolodja: »Besteht denn Grund zu der Annahme, dass Wissenschaftler in anderen Ländern an so einer Bombe arbeiten?«

»Wir sind sogar sicher. Wenn man die zugrunde liegende Theorie der Kernspaltung konsequent verfolgt, kommt man von selbst auf das Konzept einer Bombe. So war es jedenfalls bei uns. Warum sollte es bei ausländischen Wissenschaftlern anders sein? Aber es gibt noch einen weiteren Grund, weshalb wir das wissen. Im Westen haben die Wissenschaftler ihre Forschungsergebnisse stets in Fachzeitschriften publiziert. Vor einem Jahr haben sie plötzlich damit aufgehört. Es gibt keine Abhandlungen mehr über Kernphysik.«

»Und jetzt glaubt ihr, die Politiker und Generäle im Westen hätten das militärische Potenzial dieser Forschung erkannt?«

»Eine andere Erklärung fällt mir nicht ein. Trotzdem haben wir hier in der Sowjetunion noch nicht einmal damit begonnen, Uran abzubauen.«

»Hmmm.« Wolodja tat so, als zweifele er nicht an Zojas Worten, doch in Wahrheit kam ihm das alles wenig glaubwürdig vor. Selbst Stalins größte Bewunderer – zu denen auch Wolodjas Vater gehörte – behaupteten nicht, er verstehe etwas von Naturwissenschaften. Und für einen Autokraten war es einfach, alles zu ignorieren, was ihm irgendwie unangenehm war.

»Ich habe das auch deinem Vater gesagt«, fuhr Zoja fort. »Er hat mir zugehört, aber auf ihn hört niemand.«

»Was willst du jetzt tun?«

»Was kann ich denn tun? Ich werde ein verdammt gutes Bombenzielgerät für unsere Piloten bauen und das Beste hoffen.«

Wolodja nickte. Ihm gefiel diese Einstellung. Ihm gefiel diese junge Frau. Sie war klug und selbstbewusst und vor allem wunderschön. Er fragte sich, ob sie wohl mit ihm ins Kino gehen würde.

Das Thema Physik erinnerte ihn an Willi Frunze, mit dem er

auf der Schule in Berlin, dem Leopold-von-Ranke-Gymnasium, befreundet gewesen war. Werner Franck zufolge war Willi inzwischen ein brillanter Physiker und lebte in England. Er wusste vielleicht auch von der Uranbombe, wegen der Zoja sich so sehr aufregte. Und wenn er immer noch Kommunist war, würde er sein Wissen möglicherweise an die Sowjetunion weitergeben. Wolodja nahm sich vor, dem Vertreter der GRU in London ein entsprechendes Telegramm zu schicken.

Seine Eltern kamen herein. Grigori trug seine Ausgehuniform, Katherina einen Mantel und Hut. Sie waren bei einer dieser endlosen Zeremonien gewesen, die die Armee so sehr liebte. Stalin hatte darauf bestanden, dass diese Rituale trotz der deutschen Invasion fortgesetzt wurden. Das sei gut für die Moral, hatte er erklärt.

Ein paar Minuten beschäftigten sie sich mit den Zwillingen, doch Grigori wirkte abgelenkt. Er murmelte etwas von einem Anruf und verschwand in seinem Arbeitszimmer. Katherina machte sich an die Zubereitung des Abendessens.

Wolodja sprach mit den drei Frauen in der Küche, doch er hätte lieber mit seinem Vater geredet. Er glaubte zu wissen, warum Grigori so dringend telefonieren musste: Entweder wurde Stalins Sturz geplant oder verhindert – und das vermutlich in diesem Gebäude.

Ein paar Minuten später beschloss Wolodja, den Zorn seines alten Herrn zu riskieren und ihn zu unterbrechen. Er entschuldigte sich und ging zum Arbeitszimmer. Doch sein Vater kam gerade heraus. »Ich muss nach Kunzewo«, verkündete er.

Wolodja wollte unbedingt erfahren, was los war. »Warum?«

Grigori ignorierte die Frage. »Ich habe meinen Wagen gerufen, aber mein Chauffeur ist schon nach Hause gegangen. Du kannst mich fahren.«

Aufregung erfasste Wolodja. Er war noch nie in Stalins Datscha gewesen, und jetzt fuhr er ausgerechnet mitten in der größten Krise der sowjetischen Geschichte dorthin.

»Komm«, sagte Grigori ungeduldig.

Sie verabschiedeten sich von den Frauen und gingen hinaus.

Grigoris Wagen war ein ZIS 101-A, eine sowjetische Kopie des amerikanischen Packard mit 3-Gang-Automatik. Das Auto

533

fuhr über 150 Kilometer in der Stunde. Wolodja setzte sich hinters Steuer und fuhr los.

Er fuhr durch den Arbat, ein Handwerker- und Intellektuellenviertel, und bog dann nach Westen auf die Moschaisk-Autobahn ab. »Hat Genosse Stalin dich zu sich gerufen?«, fragte er seinen Vater.

»Nein. Stalin ist seit zwei Tagen nicht zu erreichen.«

»Das habe ich auch schon gehört.«

»Wirklich? Das sollte eigentlich geheim sein.«

»So etwas kann man nicht geheim halten. Was geschieht nun?«

»Eine Gruppe von uns wird zu ihm nach Kunzewo fahren.«

»Aus welchem Grund?«, stellte Wolodja die entscheidende Frage.

»Vor allem, um herauszufinden, ob er überhaupt noch lebt.«

Könnte er wirklich schon tot sein, ohne dass jemand davon weiß, fragte Wolodja sich. Das kam ihm eher unwahrscheinlich vor. »Und wenn er noch lebt?«

»Ich weiß es nicht. Aber was immer auch geschieht, ich bin lieber dabei, als später davon zu erfahren.«

Überwachungsmikrofone funktionierten nicht in fahrenden Autos; das wusste Wolodja. Deshalb war er sicher, nicht belauscht zu werden. Dennoch hatte er Angst, das Undenkbare auszusprechen. »Könnte Stalin gestürzt werden?«

Verärgert antwortete sein Vater: »Ich habe dir doch gesagt, ich weiß es nicht.«

Wolodja war wie elektrisiert. Solch eine Frage verlangte nach einem eindeutigen Nein. Alles andere war ein Ja. Sein Vater hatte soeben die Möglichkeit eingeräumt, dass Stalin am Ende sein könnte.

Wolodjas Hoffnung riss ihn mit. »Stell dir nur vor, wie das wäre! Keine Säuberungen mehr! Die Arbeitslager würden geschlossen. Junge Mädchen werden nicht länger auf der Straße entführt, um von der Geheimpolizei vergewaltigt zu werden.« Er rechnete damit, dass sein Vater ihm ins Wort fiel, aber Grigori hörte nur zu, die Augen halb geschlossen. Wolodja fuhr fort: »Der dumme Begriff ›trotzkistisch-faschistischer Spion‹ wird aus unserer Sprache verschwinden. Armeeeinheiten, die sich einer Übermacht gegenübersehen, könnten sich zurückziehen, anstatt sinnlos geopfert zu werden. Entscheidungen werden logisch getroffen – von intelligenten

534

Männern, die am Wohl aller arbeiten. Das ist der Kommunismus, von dem du vor dreißig Jahren geträumt hast!«

»Du junger Narr«, sagte sein Vater verächtlich. »In der jetzigen Situation können wir es am allerwenigsten gebrauchen, unseren Führer zu verlieren. Wir sind im Krieg, und wir verlieren. Unser einziges Ziel muss darin bestehen, die Revolution zu verteidigen – egal, was es kostet. Wir brauchen Stalin jetzt mehr denn je.«

Das war für Wolodja wie ein Schlag ins Gesicht. Es war viele Jahre her, seit sein Vater ihn zum letzten Mal einen Narren geschimpft hatte.

Hatte der alte Mann recht? Brauchte die Sowjetunion Stalin wirklich? Stalin hatte so viele verheerende Fehler begangen, dass Wolodja sich nicht vorstellen konnte, ein anderer könnte es noch schlechter machen.

Sie erreichten ihr Ziel. Stalins Heim wurde zwar Datscha genannt, aber es war keine Hütte, sondern ein langes, niedriges Gebäude mit fünf großen Fenstern rechts und links eines prachtvollen Eingangs. Es stand mitten in einem Fichtenwald und war mattgrün gestrichen, als hätte man es tarnen wollen. Hunderte von Soldaten bewachten die Tore und den doppelten Stacheldrahtzaun. Grigori deutete auf eine Luftabwehrbatterie, die teilweise unter einem Tarnnetz verborgen war. »Die habe ich da aufgestellt«, sagte er.

Die Wache am Tor erkannte Grigori; trotzdem verlangte der Mann die Papiere. Obwohl Grigori General und Wolodja Hauptmann der GRU war, wurden sie nach Waffen abgetastet.

Wolodja fuhr zum Haupteingang. Ihr Wagen war das einzige Auto. »Wir werden auf die anderen warten«, sagte Grigori.

Augenblicke später fuhren weitere ZIS-Limousinen vor. Wolodja erinnerte sich, dass ZIS für »Zavod Imeni Stalin« stand, die Fabrik mit Stalins Namen. Waren die Henker in Autos gekommen, die nach ihrem Opfer benannt waren?

Alle stiegen aus: acht Männer mittleren Alters in Anzug und Hut, die das Schicksal des Landes in Händen hielten. Wolodja erkannte Außenminister Molotow und den Geheimdienstchef Berija.

»Gehen wir«, sagte Grigori.

Wolodja war erstaunt. »Ich soll mit rein?«

Grigori griff unter den Sitz und gab Wolodja eine Pistole, eine Tokarew TT-33. »Steck die in die Tasche«, sagte er. »Wenn dieser

Hundesohn Berija versucht, mich zu verhaften, erschießt du den Kerl.«

Wolodja nahm die Waffe vorsichtig entgegen; die Tokarew hatte keine Sicherung. Er steckte sie in die Jackentasche – sie war gut zwanzig Zentimeter lang – und stieg aus. Das Magazin enthielt acht Schuss, erinnerte er sich.

Sie gingen ins Gebäude. Wolodja befürchtete, noch einmal abgetastet zu werden, doch es gab keine zweite Überprüfung.

Das Innere des Hauses war in dunklen Farben gestrichen und schlecht beleuchtet. Ein Offizier führte die Gruppe in ein kleines Speisezimmer. Dort saß Stalin in einem Ohrensessel.

Der mächtigste Mann der östlichen Welt wirkte verhärmt und depressiv. Er musterte die Neuankömmlinge; dann fragte er: »Warum seid ihr hier?«

Wolodja schnappte nach Luft. Offensichtlich rechnete Stalin damit, verhaftet oder an Ort und Stelle erschossen zu werden.

Es folgte eine lange Pause. Wolodja erkannte, dass die Männer nicht wussten, was sie tun sollten. Wie hätten sie auch einen Plan entwickeln sollen, wo sie nicht einmal gewusst hatten, ob Stalin noch lebte?

Was würden sie jetzt tun? Ihn erschießen? Eine andere Gelegenheit würden sie kaum bekommen.

Schließlich trat Molotow vor. »Wir bitten dich, wieder zur Arbeit zu kommen«, sagte er.

Stalin schüttelte den Kopf. »Kann ich die Hoffnung der Menschen erfüllen? Kann ich das Land zum Sieg führen?«

Wolodja war sprachlos. Wollte er sich wirklich weigern?

Stalin fügte hinzu: »Dafür gibt es weit bessere Kandidaten.«

Es war nicht zu fassen. Er gab ihnen eine zweite Chance, ihn zu erschießen.

Ein weiteres Mitglied der Gruppe, Marschall Woroschilow, meldete sich zu Wort. »Es gibt keinen Würdigeren.«

Was sollte das denn? Jetzt war wohl kaum die Zeit für Schmeicheleien.

Dann meldete sich Wolodjas Vater zu Wort. »Das stimmt«, sagte er.

Wolodja konnte es kaum glauben. Würden sie Stalin wirklich nicht erledigen? Waren sie tatsächlich so dumm?

Molotow war der Erste, der etwas Vernünftiges sagte. »Wir schlagen die Bildung eines Verteidigungskomitees vor, einer Art Ultra-Politbüro mit sehr wenigen Mitgliedern und umfassenden Vollmachten.«

»Und wer wird diesem Komitee vorsitzen?«, fragte Stalin.

»Du, Genosse Stalin.«

Wolodja hätte am liebsten laut »Nein!« gerufen.

Wieder folgte längeres Schweigen.

Schließlich sagte Stalin: »Also gut. Wer soll sonst noch in diesem Komitee sitzen?«

Berija trat vor und machte Vorschläge.

Es war vorbei, erkannte Wolodja. Vor Enttäuschung war er wie benommen. Sie hatten die Chance vertan. Sie hätten einen Tyrannen stürzen können, aber ihnen hatte der Mut gefehlt. Wie die Kinder eines gewalttätigen Vaters hatten sie Angst gehabt, ohne ihn nicht leben zu können.

Es war sogar noch viel schlimmer, erkannte Wolodja mit wachsender Niedergeschlagenheit. Vielleicht hatte Stalin ja tatsächlich einen Nervenzusammenbruch erlitten; er machte ganz den Eindruck. Zugleich hatte er einen brillanten politischen Schachzug gemacht. Alle, die ihn hätten ersetzen können, befanden sich hier in diesem Raum. In dem Augenblick, als seine katastrophalen Fehler für alle sichtbar geworden waren, hatte er seine Rivalen gezwungen, vorzutreten und ihn anzuflehen, zurückzukommen. Er hatte einen Strich unter seine furchtbaren Entscheidungen gemacht und sich selbst einen Neuanfang verschafft.

Stalin war wieder da. Und er war stärker denn je.

Wer würde den Mut haben, öffentlich gegen die Verbrechen zu protestieren, die in Akelberg verübt wurden? Carla und Frieda hatten es mit eigenen Augen gesehen, und sie hatten Ilse König als Zeugin, doch sie brauchten einen Advokaten. Es gab keine gewählten Volksvertreter mehr. Sämtliche Reichstagsabgeordnete waren Nazis. Und es gab auch keine unabhängigen Journalisten mehr, nur noch schreibende Arschkriecher. Die Richter waren ebenfalls von den Nazis ernannt und dem Regime treu ergeben.

Bis jetzt war Carla nie bewusst gewesen, wie sehr sie früher von Politikern, Zeitungsleuten und Anwälten beschützt worden war. Ohne sie, musste sie nun erkennen, konnte die Regierung schalten und walten, wie sie wollte – sogar Menschen töten.

An wen könnten sie sich wenden? Friedas Bewunderer Heinrich von Kessel hatte einen katholischen Priester zum Freund. »Peter war der klügste Junge in meiner Klasse«, erzählte er den Mädchen. »Allerdings war er nicht der beliebteste. Er war immer ein bisschen steif und bieder. Aber ich glaube, er wird uns zuhören.«

Einen Versuch ist es wert, überlegte Carla. Ihr protestantischer Pfarrer war ja auch kämpferisch gewesen, bis die Gestapo ihn gebrochen hatte. Vielleicht hatten sie ja noch einmal Glück mit einem Kirchenmann. Außerdem wusste Carla nicht, was sie sonst hätte tun sollen.

Heinrich brachte Carla, Frieda und Ilse an einem Sonntagmorgen im Juli zu Peters Kirche in Schöneberg. In seinem schwarzen Anzug sah Heinrich sehr gut aus, und die Mädchen trugen ihre Schwesternuniformen als Zeichen ihrer Vertrauenswürdigkeit. Sie betraten die Kirche durch einen Seiteneingang und gingen in einen kleinen, verstaubten Raum voller alter Stühle und mit einem großen Schrank. Pater Peter war allein und betete. Er musste sie gehört haben; dennoch blieb er noch eine Minute auf den Knien, bevor er sich erhob und sich zu den vier jungen Leuten umdrehte, um sie zu begrüßen.

Peter war groß und dünn, hatte regelmäßige Gesichtszüge und einen akkuraten Haarschnitt. Carla schätzte ihn auf siebenundzwanzig, da er ja mit Heinrich zur Schule gegangen war. Peter legte die Stirn in Falten und ließ damit deutlich erkennen, dass es ihm nicht gefiel, gestört zu werden. »Ich bereite mich gerade auf die Messe vor«, sagte er in feierlichem Ernst. »Natürlich freue ich mich, dich in der Kirche zu sehen, Heinrich, aber ihr müsst mich jetzt leider allein lassen. Wir treffen uns hinterher.«

»Es handelt sich um einen spirituellen Notfall, Peter«, sagte Heinrich. »Bitte, setz dich. Wir haben dir etwas Wichtiges zu erzählen.«

»Es kann ja wohl kaum wichtiger sein als die heilige Messe.«

»Doch, das kann es, Peter, glaub mir. In fünf Minuten wirst du mir beipflichten.«

538

»Also gut.«

»Das ist meine Freundin, Frieda Franck.«

Carla war überrascht. Frieda war jetzt Heinrichs Freundin?

Frieda sagte: »Ich hatte einen jüngeren Bruder, der mit einem offenen Rücken geboren wurde. Anfang des Jahres wurde er in ein Krankenhaus in Akelberg in Bayern verlegt, um sich dort einer speziellen Therapie zu unterziehen. Kurz darauf erhielten wir einen Brief, in dem es hieß, er sei an den Masern gestorben.«

Sie drehte sich zu Carla um, die die Geschichte fortführte. »Unsere Zofe hatte einen Sohn, der seit der Geburt geistig behindert war. Auch er wurde nach Akelberg geschickt. Unsere Zofe hat am selben Tag den gleichen Brief erhalten wie die Francks.«

Peter breitete in einer Geste der Ratlosigkeit die Hände aus. »Ich habe so etwas früher schon gehört. Das ist bloß Propaganda gegen die Regierung. Außerdem mischt die Kirche sich nicht in die Politik ein.«

Was für ein Schwachsinn, dachte Carla. Die Kirche steckt bis zum Hals in Politik! Doch sie ging nicht näher darauf ein. »Der Sohn unserer Zofe kann aber nicht an den Masern gestorben sein«, fuhr sie fort. »Er hatte sie nämlich schon gehabt.«

»Ich bitte Sie«, sagte Peter, »was beweist das denn?«

Carla verließ der Mut. Der Mann war offensichtlich voreingenommen.

»Moment, Peter«, sagte Heinrich. »Du hast noch nicht alles gehört. Ilse hat in dem Krankenhaus in Akelberg gearbeitet.«

Peter blickte sie erwartungsvoll an.

»Ich bin katholisch erzogen worden, Vater«, sagte Ilse.

Das hatte Carla gar nicht gewusst.

»Ich bin keine gute Katholikin«, fuhr Ilse fort, »aber ich wusste, dass ich mich einer schweren Sünde schuldig machte. Trotzdem habe ich es getan, weil man es mir befohlen hat. Ich ... Ich hatte Angst.« Sie brach in Tränen aus.

»Was hast du getan?«, fragte Peter.

»Ich habe Menschen ermordet. Wird Gott mir auch das verzeihen?«

Der Priester starrte die junge Krankenschwester an. Was sie gesagt hatte, konnte er nicht so einfach als Propaganda abtun. Alle schwiegen. Carla hielt den Atem an.

539

»Die Behinderten werden in grauen Bussen zu uns in die Klinik gebracht«, fuhr Ilse fort. »Sie bekommen keine Therapie, wie ihren Angehörigen weisgemacht wurde. Wir geben ihnen Injektionen, und sie sterben. Dann verbrennen wir ihre Leichen.« Sie schaute Peter in die Augen. »Ob Gott mir je vergeben wird, was ich getan habe?«

Peter öffnete den Mund, um zu antworten, doch die Worte blieben ihm im Halse stecken, und er räusperte sich. Schließlich fragte er leise: »Wie viele?«

»Meist sind es vier. Busse, meine ich. Ein Bus bringt durchschnittlich fünfundzwanzig Patienten.«

»Einhundert Menschen insgesamt?«

»Ja. Jede Woche.«

Von Peters überheblichem Stolz war keine Spur mehr zu sehen. Sein Gesicht war grau, sein Mund stand offen. »Einhundert behinderte Menschen pro Woche ...«, flüsterte er.

»Ja, Vater.«

»Von was für Behinderungen reden wir?«

»Von den verschiedensten Behinderungen körperlicher und geistiger Art. Senile alte Leute, Babys mit Missbildungen, Männer und Frauen, gelähmt, geistig zurückgeblieben oder einfach nur hilflos.«

Peter konnte es nicht glauben. »Und das Krankenpersonal ermordet sie?«

Ilse schluchzte: »Es tut mir leid, es tut mir so schrecklich leid ...«

Carla beobachtete Peter, mit dem eine bemerkenswerte Veränderung vor sich gegangen war. Nachdem er es in der Beichte jahrelang nur mit den kleinen Sünden der Menschen dieser braven, biederen Gegend zu tun gehabt hatte, wurde er nun mit dem wahren Bösen konfrontiert. Und er war sichtlich schockiert.

Aber was würde er tun?

Schließlich stand Peter auf, nahm Ilse bei den Händen und zog sie in die Höhe. »Komm zurück in den Schoß der Kirche«, sagte er. »Beichte deinem Pfarrer. Du bist reuig, deshalb wird Gott dir vergeben.«

»Danke«, flüsterte Ilse.

Peter ließ ihre Hände los und drehte sich zu Heinrich um. »Für uns andere wird es vermutlich nicht so einfach«, sagte er.

Dann kehrte er ihnen den Rücken zu und kniete sich wieder hin, um zu beten.

Carla schaute Heinrich an, der nur mit den Schultern zuckte. Sie standen auf und verließen den kleinen Raum. Carla hatte den Arm um die weinende Ilse gelegt.

»Lasst uns zur Messe bleiben«, schlug Carla vor. »Vielleicht redet er anschließend ja noch einmal mit uns.«

Carla und die anderen gingen ins Kirchenschiff. Ilse beruhigte sich allmählich wieder, und Frieda hielt Heinrichs Arm. Sie suchten sich Plätze zwischen den Gemeindemitgliedern, wohlhabenden Männern, gut genährten Frauen und zappeligen Kindern in ihrem besten Sonntagsstaat. Diese Menschen würden nie einen Behinderten töten, dachte Carla, ihre Regierung aber schon, und zwar in ihrem Namen. Wie hat es nur so weit kommen können?

Carla wusste nicht, was sie von Peter erwarten sollte. Offensichtlich hatte er ihnen zum Schluss geglaubt, nachdem er die Geschichte anfangs als politisch motiviert abtun wollte. Doch Ilses Ernsthaftigkeit hatte ihn überzeugt. Er war unverkennbar schockiert gewesen. Aber er hatte ihnen nichts versprochen, außer dass Gott Ilse vergeben würde.

Carla schaute sich in der Kirche um. Das Innere war prächtiger und farbenfroher, als sie es aus protestantischen Gotteshäusern gewohnt war. Es gab mehr Statuen und Gemälde, mehr Marmor, mehr Blattgold, mehr Banner und mehr Kerzen. Einst hatten Protestanten und Katholiken sich wegen solcher Kleinigkeiten erbittert bekriegt. Seltsam, dass in einer Welt, in der unschuldige Kinder ermordet werden konnten, wegen läppischer Kerzen gestritten wurde.

Der Gottesdienst begann. Die Priester betraten das Kirchenschiff in ihren Gewändern. Peter war der Größte von ihnen. Carla sah die tiefe Frömmigkeit in seinem Gesicht.

Ohne innere Beteiligung sang sie die Kirchenlieder mit und sprach die Gebete. Schließlich hatte sie auch für ihren Vater gebetet, und zwei Stunden später hatte sie ihn grausam zusammengeschlagen und sterbend im Flur ihres Hauses gefunden. Sie vermisste ihn jeden Tag, manchmal sogar jede Stunde. Beten hatte ihn nicht gerettet, und es würde auch denen nicht helfen, die von der Regierung als lebensunwert betrachtet wurden. Es brauchte Taten, keine Worte.

Während sie noch an ihren Vater dachte, schweiften Carlas Gedanken zu Erik, ihrem Bruder, der irgendwo in Russland war. Er hatte einen Brief nach Hause geschickt, in dem er über den raschen Vormarsch der Wehrmacht gejubelt hatte. Außerdem hatte er nicht glauben wollen, dass Walter von der Gestapo ermordet worden war. Ihr Vater, hatte er geschrieben, sei mit Sicherheit unversehrt von der Gestapo entlassen und dann von jüdischen oder kommunistischen Totschlägern auf der Straße überfallen worden. Erik lebte in einer Fantasiewelt, jenseits aller Vernunft.

Galt das auch für Pater Peter?

Peter stieg auf die Kanzel. Carla fragte sich, was er predigen würde. Würde er auf die Verbrechen eingehen, von denen er vorhin erst gehört hatte? Oder würde er über irgendetwas Unbedeutendes reden? Über die Tugend der Bescheidenheit, die Sünde des Neids? Oder würde er die Augen schließen und Gott für die Siege der Wehrmacht in Russland danken?

Peter richtete sich auf der Kanzel auf und ließ den Blick durch die Kirche schweifen. Er wirkte stolz und trotzig, als er begann: »Das fünfte Gebot lautet: Du sollst nicht töten.« Seine Stimme hallte durch das Kirchenschiff. »Doch in Akelberg, einem Ort in Bayern, verstößt unsere Regierung hundert Mal in der Woche gegen dieses Gebot, indem sie Menschen jeden Alters umbringen lässt. Menschen, die sich nichts haben zuschulden kommen lassen.«

Carla schnappte nach Luft. Der Pater hatte tatsächlich den Mut, gegen das Euthanasieprogramm zu predigen! Das konnte der Stein sein, der die Lawine ins Rollen brachte.

»Es macht keinen Unterschied, ob die Opfer körperlich behindert sind, geistig verwirrt oder ob sie sich nicht mehr selbst ernähren können.« Der Pater ließ seinem Zorn nun freien Lauf. »Hilflose Säuglinge und altersschwache Greise, sie alle sind Kinder Gottes, und ihr Leben ist genauso heilig wie eures oder meins. Sie umzubringen ist eine Schande für dieses Land und eine Todsünde vor Gott!« Er hob den Arm und ballte die Faust. Seine Stimme zitterte vor Bewegtheit. »Ich sage euch, wenn wir nichts dagegen tun, versündigen wir uns genauso wie die Ärzte und

Krankenschwestern, die diesen armen Menschen die tödlichen Spritzen geben. Wenn wir schweigen, machen auch wir uns zu Mördern!«

Kommissar Macke war außer sich vor Wut. Man hatte ihn in den Augen von Kriminaldirektor Kringelein und seinen anderen Vorgesetzten zum Narren gemacht. Er hatte ihnen versichert, das Leck gestopft zu haben. Das Geheimnis von Akelberg – und all den anderen Krankenhäusern im Land, in denen die gleichen Dinge geschahen – sei sicher, hatte er gesagt. Er hatte die drei Störenfriede aufgespürt, Werner Franck, Pastor Ochs und Walter von Ulrich, und sie auf unterschiedliche Art zum Schweigen gebracht.

Und doch war das Geheimnis herausgekommen.

Der Verantwortliche war ein junger, arroganter Priester.

Pater Peter saß nun vor Macke, nackt und mit Händen und Füßen an einen speziellen Stuhl gefesselt. Er blutete aus Ohren, Nase und Mund, und seine Brust war voller Erbrochenem. Elektroden waren an seinen Lippen, den Brustwarzen und dem Penis angebracht. Ein Band um seine Stirn verhinderte, dass er sich das Genick brach, wenn sein Körper von Krämpfen geschüttelt wurde.

Ein Arzt saß neben dem Priester, überprüfte das Herz mit einem Stethoskop und schaute zweifelnd drein. »Er wird nicht mehr viel aushalten«, sagte er mit nüchterner Stimme.

Peters defätistische Predigt war andernorts aufgegriffen worden. Der Bischof von Münster, Clemens Graf von Galen, ein wesentlich einflussreicherer Kirchenmann, hatte Hitler unmissverständlich aufgefordert, die Menschen zu retten und dabei klugerweise durchblicken lassen, der Führer könne unmöglich von dem Programm gewusst haben. So konnte Hitler das Gesicht wahren.

Von Galens Predigt war mitgeschrieben, vervielfältigt und in ganz Deutschland verteilt worden.

Die Gestapo hatte jeden verhaftet, den sie mit einer Kopie erwischt hatte, doch ohne Erfolg. Es war das einzige Mal in der Geschichte des Dritten Reiches, dass das Volk sich gegen seine Führung empört hatte.

Die Reaktion des Staates erfolgte hart und schnell, aber es nützte nichts: Die Kopien der Predigt verbreiteten sich immer weiter; mehr und mehr Kirchenmänner beteten für die Behinderten, und in Akelberg hatte es sogar eine Demonstration gegeben. Die Sache war völlig außer Kontrolle geraten.

Und Macke war schuld daran.

Nun beugte er sich über Peter. Die Augen des Priesters waren geschlossen und sein Atem flach, aber er war bei Bewusstsein. Macke brüllte ihm ins Ohr: »Wer hat Ihnen von Akelberg erzählt?«

Keine Antwort.

Pater Peter war Mackes einzige Spur. Nachforschungen in Akelberg hatten nichts Bedeutsames zutage gefördert. Reinhold Wagner hatte man nur eine Geschichte von zwei Mädchen auf Fahrradtour erzählt, die das Krankenhaus besucht hatten, doch niemand wusste, wer sie waren. Dann war da noch eine Krankenschwester, die plötzlich gekündigt hatte. In einem Brief an die Klinikleitung hatte sie erklärt, sie wolle heiraten; den Namen des Bräutigams hatte sie allerdings nicht genannt. Beide Spuren führten ins Nichts. Aber Macke war überzeugt, dass diese Katastrophe unmöglich von ein paar jungen Frauen verursacht worden sein konnte.

Macke nickte dem Techniker an der Maschine zu. Der Mann drehte den Knopf.

Peter schrie vor Schmerz, als der Strom durch seinen Körper jagte. Krämpfe schüttelten ihn, und das Haar stand ihm zu Berge.

Der Folterknecht schaltete den Strom wieder ab.

Macke brüllte: »Ich will den Namen des Mannes!«

Endlich öffnete Peter den Mund.

Macke beugte sich näher an ihn heran.

Peter flüsterte: »Kein Mann …«

»Dann eben eine Frau! Ich will den Namen!«

»Es war ein Engel.«

»Verdammt noch mal, fahr zur Hölle!« Macke packte den Knopf und drehte ihn. »Das geht jetzt immer so weiter, bis du mir den Namen nennst!«, brüllte er, während Peter zuckte und schrie.

Die Tür öffnete sich. Ein junger Beamter steckte den Kopf in den Raum, wurde bleich und winkte Macke.

Der Techniker schaltete den Strom ab, und das Schreien verstummte. Wieder beugte der Arzt sich vor, um Peters Herz zu überprüfen.

Der Beamte sagte: »Bitte entschuldigen Sie, Herr Kommissar, aber Kriminaldirektor Kringelein schickt nach Ihnen. Sie möchten bitte zu ihm kommen.«

»Sofort?«, fragte Macke verärgert.

»Jawohl, Herr Kommissar.«

Macke schaute zum Arzt. Der zuckte mit den Schultern. »Er ist jung«, sagte er. »Er wird noch leben, wenn Sie wiederkommen.«

Macke verließ den Raum und ging mit dem Beamten nach oben. Kringeleins Büro lag im ersten Stock. Macke klopfte an und ging hinein. »Der verdammte Pfaffe hat noch nicht gesungen«, sagte er ohne jede weitere Förmlichkeit. »Ich brauche mehr Zeit.«

Kringelein war ein kleiner Mann mit Brille, klug, aber mit schwachem Willen. Er war erst spät zum Nationalsozialismus gestoßen und kein Mitglied der SS. Deshalb fehlte ihm der glühende Fanatismus solcher Männer, wie Macke einer war. »Zerbrechen Sie sich wegen des Priesters nicht weiter den Kopf«, sagte Kringelein. »Wir sind nicht mehr an diesen Kirchenleuten interessiert. Stecken Sie die Leute in ein Lager, und vergessen Sie sie.«

Macke traute seinen Ohren nicht. »Aber diese Pfaffen haben sich gegen den Führer verschworen!«

»Und sie hatten Erfolg damit«, erwiderte Kringelein, »während Sie versagt haben.«

Macke hegte den Verdacht, dass Kringelein sich insgeheim darüber freute.

»Dieser Befehl kommt von höchster Stelle«, fuhr der Kriminaldirektor fort. »Aktion T4 wird eingestellt.«

Macke konnte es nicht fassen. Die Nazis ließen sich in ihren Entscheidungen nie von den Bedenken ignoranter Defätisten beeinflussen. »Wir sind nicht da, wo wir jetzt sind, weil wir uns der öffentlichen Meinung gebeugt haben!«, erklärte er.

»Und doch werden wir diesmal genau das tun.«

»Warum?«

»Der Führer hat es leider versäumt, mir seine Entscheidung persönlich darzulegen«, antwortete Kringelein spöttisch. »Aber ich kann ja mal raten. Das Programm hat den bemerkenswert wütenden Protest einer ansonsten eher passiven Öffentlichkeit heraufbeschworen. Wenn wir damit weitermachen, riskieren wir die offene Konfrontation mit den Kirchen. Wir dürfen die Einheit und Entschlossenheit des deutschen Volkes nicht schwächen, besonders jetzt nicht, wo wir im Krieg mit der Sowjetunion stehen, unserem bisher stärksten Feind. Deshalb wurde das Programm abgebrochen.«

»Also gut, Herr Kriminaldirektor«, sagte Macke und zügelte seinen Zorn. »Sonst noch etwas?«

»Nein. Sie können gehen«, sagte Kringelein.

Macke ging zur Tür.

»Ach, Macke ...«

Er drehte sich noch einmal um. »Ja?«

»Wechseln Sie Ihr Hemd.«

»Mein Hemd?«

»Es ist Blut drauf.«

»Jawohl, Herr Kriminaldirektor. Bitte entschuldigen Sie.«

Kochend vor Wut stieg Macke die Treppe hinunter und kehrte in das Kellerzimmer zurück. Peter lebte noch.

Macke brüllte erneut: »Wer hat Ihnen von Akelberg erzählt?«

Wieder bekam er keine Antwort.

Macke drehte den Strom voll auf.

Peter schrie noch lange, bis er für immer verstummte.

Die Villa der Familie Franck lag in einem kleinen Park. Zweihundert Meter vom Haus entfernt, an einem flachen Hang, stand eine kleine Pagode. Sie war auf allen Seiten offen, und im Inneren standen Bänke. Als Kinder hatten Carla und Frieda immer so getan, als wäre die Pagode ihr Landhaus, und hatten stundenlang darin gespielt. In ihrer Fantasie hatten sie wundervolle Partys veranstaltet, bei denen Dutzende von Dienern ihre glamourösen Gäste bedient hatten. Später wurde die Pagode zu ihrem Lieblingsplatz, an dem sie saßen und miteinander redeten, ohne dass jemand sie hören konnte.

»Als ich das erste Mal auf dieser Bank saß, haben meine Füße nicht bis auf den Boden gereicht«, sagte Carla.

Frieda seufzte. »Ich wünschte, es wäre wieder so wie früher.«

Es war ein schwüler Nachmittag, wolkenverhangen und feucht, und die beiden jungen Frauen trugen ärmellose Kleider. Sie waren in düsterer Stimmung. Pater Peter war tot. Laut Polizeibericht hatte er in der Haft Selbstmord begangen, nachdem ihm seine Verbrechen bewusst geworden waren.

Carla fragte sich, ob der Pater genauso brutal misshandelt worden war wie ihr Vater. Leider war das nur allzu wahrscheinlich.

Überall in Deutschland waren Dutzende weiterer Menschen in Polizeigewahrsam. Einige hatten öffentlich gegen die Ermordung Behinderter protestiert; andere hatten nur Kopien von Bischof von Galens Predigt verteilt. Ob sie auch gefoltert wurden, fragte sich Carla. Und wie lange würde sie selbst diesem Schicksal noch entgehen?

Werner trat mit einem Tablett aus dem Haus und kam über den Rasen zur Pagode. Gut gelaunt fragte er: »Wie wär's mit einem Glas Limonade, meine Damen?«

Carla wandte sich ab. »Nein, danke«, sagte sie kalt. Wie konnte Werner immer noch glauben, ihr Freund zu sein, wo seine Feigheit so offensichtlich gewesen war?

»Für mich auch nicht«, lehnte Frieda ebenfalls ab.

»Ich hoffe, ihr seid nicht sauer auf mich«, sagte Werner und schaute zu Carla.

Dieser Dummkopf, dachte Carla verächtlich. Natürlich waren sie sauer auf ihn.

»Pater Peter ist tot, Werner«, sagte Frieda.

Carla fügte hinzu: »Vermutlich hat die Gestapo ihn zu Tode gefoltert, weil er sich geweigert hat, die Ermordung deines Bruders zu akzeptieren. Mein Vater ist aus demselben Grund gestorben, und viele weitere Menschen sitzen deshalb im Gefängnis oder in einem Lager. Aber du hast deinen tollen Schreibtischposten behalten, also ist ja alles in Ordnung.«

Zu Carlas Erstaunen wirkte Werner verletzt. Sie hatte mit Trotz gerechnet, zumindest mit dem Versuch, sich unbekümmert zu geben. Aber Werner schien ehrlich betroffen zu sein. »Glaubst du denn nicht, dass man auch auf andere Weise etwas gegen die Nazis unternehmen kann?«, fragte er.

Das war eine schwache Entschuldigung. »Vielleicht«, antwortete Carla. »Aber du hast gar nichts getan.«

»Ja, mag sein«, erwiderte Werner. »Dann wollt ihr also keine Limonade?«

547

Weder Carla noch Frieda antworteten ihm, und er ging zurück ins Haus.

Carla war wütend und traurig. Sie war auf dem besten Weg gewesen, eine Romanze mit Werner anzufangen, bis sie erkannt hatte, dass er ein Feigling war. Sie hatte ihn sehr gemocht, viel mehr als jeden anderen Jungen, den sie je geküsst hatte. Es hatte ihr zwar nicht das Herz gebrochen, aber sie war unsagbar enttäuscht, sich so sehr in Werner getäuscht zu haben.

Frieda hat mehr Glück, ging es Carla durch den Kopf, als sie Heinrich sah, der über den Rasen zu ihnen kam. Frieda war glamourös und lebenslustig, Heinrich zurückhaltend und in sich gekehrt; dennoch passten sie zusammen.

»Liebst du ihn?«, fragte Carla, als Heinrich noch außer Hörweite war.

»Ich weiß es noch nicht«, antwortete Frieda und lächelte. »Aber er ist unheimlich nett.«

Heinrich war sichtlich aufgeregt. »Ich habe großartige Neuigkeiten«, sagte er. »Mein Vater hat es mir nach dem Mittagessen gesagt.«

»Was denn?«, fragte Frieda gespannt.

»Die Regierung hat die Aktion T4 eingestellt.«

»Was sagst du da?«, stieß Carla hervor.

Heinrich nickte. »Mein Vater kann es selbst kaum fassen. Er sagt, der Führer habe noch nie dem Druck der öffentlichen Meinung nachgegeben.«

»Und wir haben ihn dazu gezwungen!«, rief Frieda.

»Gott sei Dank weiß das keiner«, sagte Heinrich.

»Sie werden die Krankenhäuser einfach schließen und das Programm einstellen?«, hakte Carla ungläubig nach.

»Nicht ganz.«

»Was meinst du damit?«

»Vater sagt, dass die Ärzte und Krankenschwestern versetzt werden.«

Carla runzelte die Stirn. »Und wohin?«

»In den Osten«, antwortete Heinrich.

KAPITEL 9

1941 (II)

An einem heißen Julimorgen klingelte das Telefon auf Greg Peshkovs Schreibtisch. Er hatte sein vorletztes Jahr in Harvard hinter sich und arbeitete erneut den Sommer über als Praktikant im Außenministerium. Diesmal war er in der Pressestelle beschäftigt. Obwohl er in Physik und Mathematik sehr gut war und die Prüfungen ohne Mühe bestand, hatte er kein Interesse, Wissenschaftler zu werden; ihn reizte die Politik.

Er nahm den Hörer ab. »Greg Peshkov.«

»Guten Morgen, Mr. Peshkov. Hier spricht Tom Cranmer.«

Gregs Herz schlug schneller. »Danke für Ihren Rückruf. Offenbar erinnern Sie sich an mich.«

»Hotel Ritz-Carlton, 1935. Das einzige Mal, dass mein Bild in die Zeitung kam.«

»Sind Sie noch immer Hoteldetektiv?«

»Ich habe mich auf den Einzelhandel verlegt. Ich bin jetzt Kaufhausdetektiv.«

»Übernehmen Sie auch Privataufträge?«

»Klar. Woran hatten Sie gedacht?«

»Ich bin jetzt in meinem Büro. Ich würde gern unter vier Augen mit Ihnen reden.«

»Sie arbeiten im Old Executive Office Building gegenüber vom Weißen Haus, nicht wahr?«

»Woher wissen Sie das?«

»Ich bin Detektiv.«

»Verstehe.«

»Ich bin im Aroma Coffee, Ecke F Street und Nineteenth.«

»Ich kann jetzt nicht kommen.« Greg blickte auf seine Armbanduhr. »Ich muss jetzt sogar unser Gespräch beenden, tut mir leid.«

»Ich warte auf Sie.«

»Also gut. Geben Sie mir eine Stunde.«

Greg eilte die Treppe hinunter. Er erreichte den Haupteingang gerade rechtzeitig, als nahezu geräuschlos ein Rolls-Royce vorfuhr. Ein übergewichtiger Chauffeur öffnete die Tür zum Fond. Der Fahrgast, der ausstieg, war groß, schlank und gut aussehend, mit vollem, silbrigem Haar. Er trug einen maßgeschneiderten zweireihigen Anzug aus perlgrauem Flanell, der so perfekt saß, wie es nur Londoner Schneider zustande brachten. Während er die Granitstufen zu dem großen Gebäude hinaufstieg, folgte ihm sein Chauffeur mit der Aktentasche.

Der Mann war Staatssekretär Sumner Welles, stellvertretender Außenminister und persönlicher Freund Präsident Roosevelts.

Der Chauffeur wollte den Aktenkoffer gerade einem wartenden Amtsdiener des Außenministeriums reichen, als Greg vortrat. »Guten Morgen, Sir«, sagte er, nahm den Aktenkoffer geschickt entgegen und hielt Welles die Tür auf. Dann folgte er ihm ins Gebäude.

Greg war in die Pressestelle versetzt worden, weil er sachliche, gut geschriebene Artikel vorweisen konnte, die er für den *Harvard Crimson* verfasst hatte. Als Presseattaché wollte er allerdings nicht enden. Er hatte sich höhere Ziele gesetzt.

Greg bewunderte Sumner Welles, der ihn an seinen Vater erinnerte. Das gute Aussehen, die elegante Kleidung und der Charme verbargen einen rücksichtslosen Ellbogenmenschen. Welles war entschlossen, Nachfolger seines Chefs, Außenminister Cordell Hull, zu werden, und zögerte nicht, hinter dessen Rücken mit dem Präsidenten zu sprechen – was Hull rasend machte. Greg fand es aufregend, einem Mann so nahe zu sein, der Macht besaß und sich nicht scheute, sie einzusetzen. Genau danach strebte er selbst.

Die Leute hielten große Stücke auf Greg, besonders wenn er es darauf anlegte. Bei Welles war es nicht anders; er mochte Greg. Allerdings gab es in seinem Fall einen zusätzlichen Grund für die Sympathie: Obwohl Welles verheiratet war – anscheinend glücklich, noch dazu mit einer reichen Erbin –, hatte er eine Vorliebe für attraktive junge Männer.

Greg hingegen war durch und durch heterosexuell. In Harvard hatte er eine feste Freundin, eine Radcliffe-Studentin namens Emily Hardcastle, die ihm versprochen hatte, sich bis Anfang

550

September um Empfängnisverhütung zu kümmern; hier in Washington ging Greg mit Rita Lawrence, der üppigen Tochter eines texanischen Kongressabgeordneten.

Sein Umgang mit Welles glich einem Drahtseilakt. Greg vermied jeden Körperkontakt, verhielt sich aber so liebenswürdig, dass er die Sympathie des stellvertretenden Außenministers keine Sekunde aufs Spiel setzte. Außerdem hielt er sich nach der Cocktailstunde, wenn Welles lockerer wurde und seine Hände ein Eigenleben entwickelten, von ihm fern.

Zurzeit sammelte sich im Büro der Führungsstab zur Zehn-Uhr-Besprechung. Welles wandte sich an Greg. »Sie bleiben und hören zu, mein Junge«, sagte er. »Dabei können Sie eine Menge lernen.« Greg hätte jubeln können. Vielleicht bekam er während der Besprechung sogar die Gelegenheit, mit seinem Wissen zu glänzen. Er wollte diesen mächtigen Männern auffallen, wollte sie beeindrucken.

Ein paar Minuten später traf Senator Dewar mit seinem Sohn Woody ein. Beide waren schlaksig, und beide trugen ähnliche dunkelblaue, einreihige Sommeranzüge aus Leinen. Was Woody von seinem Vater unterschied, war das künstlerische Talent: Für seine Fotos im *Harvard Crimson* war er mit mehreren Preisen ausgezeichnet worden.

Woody nickte Bexforth Ross zu, Welles' Chefassistent. Bexforth war ein selbstzufriedener Bursche, der Greg wegen seines russischen Namens gern als »Russki« bezeichnete.

Welles eröffnete die Sitzung. »Ich habe Ihnen etwas höchst Vertrauliches mitzuteilen, das diesen Raum nicht verlassen darf. Anfang nächsten Monats wird sich der Präsident mit dem britischen Premierminister treffen.«

Greg konnte nur mit Mühe einen erstaunten Ausruf unterdrücken.

»Ausgezeichnet«, sagte Gus Dewar. »Und wo?«

»Es ist geplant, irgendwo auf dem Atlantik per Schiff zusammenzukommen. Das soll der Sicherheit dienen und Churchills Reisezeit verkürzen. Der Präsident wünscht, dass ich an dem Treffen teilnehme, während der Außenminister in Washington bleibt und sich um das Tagesgeschäft kümmert. Er möchte, dass Sie ebenfalls mitkommen, Gus.«

»Ich fühle mich geehrt«, erwiderte Gus. »Was steht auf der Tagesordnung?«

»Wie es aussieht, haben die Briten die drohende deutsche Invasion vorerst abgewehrt, sind aber zu schwach, um die Deutschen auf dem europäischen Festland anzugreifen – es sei denn, wir helfen ihnen. Deshalb wird Churchill uns bitten, dem Großdeutschen Reich den Krieg zu erklären. Natürlich werden wir ablehnen. Sobald das erledigt ist, wünscht der Präsident eine gemeinsame Erklärung, was die amerikanischen und britischen Ziele angeht.«

»Aber nicht unserer Kriegsziele.«

»Nein. Die Vereinigten Staaten befinden sich nicht im Krieg und haben auch nicht die Absicht, in den Krieg einzutreten. Das ändert aber nichts daran, dass wir mit den Briten verbündet sind. Deshalb werden wir sie mit fast allem versorgen, was sie brauchen, bei unbegrenztem Kredit. Dafür erwarten wir ein Mitspracherecht bei der Gestaltung der Nachkriegswelt, sobald Nazi-Deutschland besiegt ist.«

»Ist dabei ein gestärkter Völkerbund vorgesehen?«, fragte Gus. Greg wusste, dass der Senator fest hinter dieser Idee stand; für Welles galt das Gleiche.

»Deshalb wollte ich mit Ihnen sprechen, Gus. Wenn wir unser Ziel durchsetzen wollen, müssen wir vorbereitet sein. Wir müssen Roosevelt und Churchill dazu bewegen, sich als Teil ihrer gemeinsamen Erklärung auf einen gestärkten Völkerbund festzulegen.«

»Wir wissen beide«, sagte Gus, »dass der Präsident theoretisch dafür ist, aber die öffentliche Meinung fürchtet.«

Ein Referent kam herein und reichte Bexforth eine Mitteilung. Er überflog sie und sagte: »Ach du meine Güte!«

»Was ist denn?«, fragte Welles gereizt.

»Wie Sie wissen, hat letzte Woche der japanische Kronrat getagt«, antwortete Bexforth. »Es gibt neue Erkenntnisse, was die Überlegungen der Japaner angeht.«

Er sagte mit keinem Wort, woher er die Informationen hatte, aber Greg wusste es auch so: Die Fernmeldeaufklärung der US Army war in der Lage, Funknachrichten abzufangen und zu entschlüsseln, die das japanische Außenministerium in Tokio an seine Botschaften in aller Welt sendete. Die Daten aus diesen Abhörvorgängen trugen den Codenamen MAGIC. Greg wusste davon,

552

obwohl er nichts davon wissen durfte. Hätte die Army erfahren, dass er in das Geheimnis eingeweiht war, wäre der Teufel los gewesen.

»Die Japaner diskutierten eine Ausweitung ihres Imperiums«, fuhr Bexforth fort. Japan hatte sich bereits die riesige Mandschurei einverleibt und einen großen Teil des restlichen chinesischen Territoriums besetzt. »Die Vorstellung einer Expansion nach Westen steht bei den Japanern nicht hoch im Kurs. Ein Vordringen nach Sibirien würde Krieg mit der Sowjetunion bedeuten.«

»Gott sei Dank«, sagte Welles. »So können die Russen sich auf den Kampf gegen die Deutschen konzentrieren.«

»So ist es, Sir. Leider planen die Japse nun eine Expansion nach Süden, um die Herrschaft über ganz Indochina und Niederländisch-Indien an sich zu reißen.«

Greg konnte es kaum glauben. Das war eine heiße Neuigkeit – und er gehörte zu den Ersten, die sie erfuhren.

Welles war empört. »Das ist ein imperialistischer Eroberungskrieg!«

»Technisch ist es kein Krieg, Sumner«, warf Gus ein. »Die Japaner haben bereits Truppen in Indochina, und zwar mit offizieller Erlaubnis der amtierenden Kolonialmacht Frankreich, das durch die Vichy-Regierung vertreten wird.«

»Marionetten der Nazis!«

»Ich sagte ›technisch‹. Und Niederländisch-Indien wird theoretisch von Holland regiert, das von den Deutschen besetzt ist. Und die Deutschen erlauben ihren japanischen Verbündeten nur zu gern, sich eine holländische Kolonie unter den Nagel zu reißen.«

»Das ist Haarspalterei.«

»Eine Haarspalterei, die andere mit uns anstellen werden, zum Beispiel der japanische Botschafter.«

»Sie haben recht, Gus«, lenkte Welles ein. »Danke für die Warnung.«

Greg wartete gespannt auf eine Gelegenheit, sich an der Diskussion zu beteiligen. Er wollte nichts lieber, als die mächtigen Männer zu beeindrucken, bei denen er saß. Zugleich schüchterten sie ihn ein: Sie wussten so viel mehr als er, der kleine Praktikant.

»Was wollen die Japaner eigentlich?«, fragte Welles.

553

»Öl, Gummi und Zinn«, antwortete Gus. »Sie sichern sich Zugang zu den Rohstoffquellen. Kein Wunder, wo wir ständig versuchen, die japanische Versorgung zu unterbinden.« Die Vereinigten Staaten hatten den Export unter anderem von Öl und Eisenschrott nach Japan eingestellt – ein gescheiterter Versuch, die Japaner daran zu hindern, ihrem Imperium immer größere Teile Asiens einzuverleiben.

»Wir Amerikaner haben noch nie verstanden, ein Embargo wirksam einzusetzen«, sagte Welles gereizt.

»Nun, die Drohung reicht offenbar aus, um die Japaner in Panik zu versetzen. Schließlich haben sie kaum eigene Bodenschätze.«

»Wir müssen wirksamere Maßnahmen ergreifen«, erklärte Welles. »Auf amerikanischen Banken liegt viel japanisches Geld. Können wir diese Guthaben einfrieren?«

Die versammelten Männer blickten skeptisch drein. Was Welles vorschlug, war ein radikaler Schritt. Nach kurzem Schweigen sagte Bexforth: »Ja, wahrscheinlich. Es wäre auf jeden Fall wirksamer als ein Embargo. Die Japaner könnten in den USA kein Öl oder andere Rohstoffe mehr kaufen, weil sie es nicht bezahlen könnten.«

»Der Außenminister wird wie üblich jeden Schritt vermeiden, der zum Krieg führen könnte«, sagte Gus.

Er hatte recht. Cordell Hull war für seine extreme Vorsicht, beinahe schon Zaghaftigkeit bekannt, was immer wieder zu Streitigkeiten mit seinem aggressiveren Stellvertreter Welles führte.

»Ja, Mr. Hull ist diesem Kurs stets gefolgt«, sagte Welles, »und das war klug.« Jeder im Raum durchschaute seine Unaufrichtigkeit, doch die Etikette verlangte sie. »Dennoch müssen die Vereinigten Staaten auf der internationalen Bühne mit erhobenem Haupt auftreten. Wir sind besonnen, aber nicht feige. Ich werde den Vorschlag einer Guthabensperre dem Präsidenten vorlegen.«

Greg befiel Ehrfurcht. Das war wahre Macht! Binnen eines Herzschlags konnte Welles eine Maßnahme vorschlagen, die eine ganze Nation erschüttern würde.

Gus Dewar runzelte die Stirn. »Ohne Ölimporte kommt die japanische Wirtschaft zum Erliegen, und das Militär verliert seine Macht.«

»Ja, eben«, sagte Welles.

»Halten Sie das für begrüßenswert? Was glauben Sie, was die

japanische Militärregierung tun wird, wenn sie mit solch einer Katastrophe konfrontiert wird?«

Welles schätzte Widerspruch nicht. »Warum erklären Sie es mir nicht, Senator?«

»Weil ich es nicht weiß. Aber ehe wir handeln, sollten wir eine Antwort darauf haben. Verzweifelte Menschen sind gefährlich. Es steht doch wohl fest, dass die Vereinigten Staaten nicht auf einen Krieg gegen Japan gefasst sind. Unsere Marine ist nicht dafür bereit, und unsere Luftwaffe ebenso wenig.«

Endlich sah Greg die Gelegenheit, sich zu Wort zu melden. »Sir, vielleicht darf ich anmerken, dass die öffentliche Meinung einen Krieg gegen Japan einer Politik des Nachgebens vorzieht, und zwar mit Zweidrittelmehrheit.«

»Guter Punkt, Greg, danke. Wir Amerikaner sollten Japan keinen Massenmord durchgehen lassen.«

»Aber Krieg wollen wir Amerikaner auch nicht«, erwiderte Gus. »Ganz egal, was Umfragen besagen.«

Welles klappte den Ordner auf seinem Tisch zu. »Nun, Senator, über den Völkerbund sind wir uns einig, über Japan nicht.«

Gus erhob sich. »Und in beiden Fällen trifft der Präsident die Entscheidung.«

»Schön, dass Sie kommen konnten«, sagte Welles. »Danke, meine Herren.«

Greg verließ den Raum mit einem Hochgefühl. Er war zu der Besprechung eingeladen worden, er hatte sensationelle Neuigkeiten erfahren, und er hatte eine Anmerkung gemacht, für die Welles ihm gedankt hatte. Ein guter Start in den Tag.

Er verließ das Gebäude und machte sich auf den Weg zum Aroma Coffee.

Noch nie hatte er einen Privatdetektiv engagiert. Es erschien ihm fast ein wenig anrüchig, aber Cranmer war ein respektabler Mann. Und den Versuch zu machen, Kontakt zu einer alten Freundin aufzunehmen, war schließlich nicht verboten.

Im Aroma Coffee saßen zwei junge Frauen – offenbar Sekretärinnen, die Pause machten –, ein älteres Paar sowie Cranmer, ein breitschultriger Mann mit Zigarette in einem knittrigen Seersucker-Anzug. Greg schob sich in die Sitznische und bat die Kellnerin um Kaffee.

555

»Ich versuche, mit Jacky Jakes in Verbindung zu treten«, sagte er zu Cranmer.

»Dem schwarzen Mädchen?«

Mädchen, dachte Greg. Damals war sie noch ein Mädchen gewesen, süße sechzehn, auch wenn sie so getan hatte, als wäre sie älter. »Das ist sechs Jahre her«, sagte er zu Cranmer. »Sie ist kein Mädchen mehr.«

»Ihr Vater hat sie doch für das kleine Drama bezahlt, oder?«

»Das frage ich ihn lieber nicht. Also, können Sie Jacky finden?«

»Ich nehme es an.« Cranmer zog ein kleines Notizbuch und einen Bleistift aus der Tasche. »Jacky Jakes war vermutlich nicht ihr richtiger Name?«

»Ihr richtiger Name ist Mabel Jakes.«

»Sie ist Schauspielerin, stimmt's?«

»Sie wollte es werden. Ob sie's geschafft hat, weiß ich nicht.« Jacky sah blendend aus und besaß Charme im Überfluss, aber für schwarze Schauspieler gab es nicht viele Rollen.

»Offensichtlich steht sie nicht im Telefonbuch, sonst würden Sie mich nicht brauchen.«

»Ja. Könnte sein, dass sie eine Geheimnummer hat, aber wahrscheinlich kann sie sich kein Telefon leisten.«

»Haben Sie Jacky nach 1935 noch einmal gesehen?«

»Zweimal. Das erste Mal vor zwei Jahren, nicht weit von hier auf der E Street. Das zweite Mal vor zwei Wochen, zwei Häuserblocks von hier entfernt.«

»Gut. Sie wohnt bestimmt nicht in diesem Nobelviertel, also muss sie in der Nähe arbeiten. Haben Sie ein Foto?«

»Nein.«

»Ich kann mich vage an sie erinnern. Hübsches Mädchen, dunkle Haut, strahlendes Lächeln.«

Greg nickte. Jackys Tausend-Watt-Lächeln stand ihm noch vor Augen. »Ich möchte nur ihre Adresse, damit ich ihr einen Brief schreiben kann.«

»Ich brauche nicht zu wissen, was Sie mit meinen Informationen anstellen.«

»Soll mir nur recht sein.« Geht das wirklich so einfach, fragte Greg sich.

»Ich bekomme zehn Dollar am Tag, plus Spesen.«

Greg hatte mit mehr gerechnet. Er nahm seine Geldklammer hervor und gab Cranmer einen Zwanziger.

»Danke«, sagte der Detektiv.

»Viel Glück«, erwiderte Greg.

Der Samstag war ein heißer Tag, deshalb ging Woody mit seinem Bruder Chuck an den Strand.

Die ganze Familie Dewar hielt sich in Washington auf. Sie bewohnten eine Neunzimmerwohnung in der Nähe des Hotels Ritz-Carlton. Chuck hatte Urlaub von der Navy, sein Vater arbeitete zwölf Stunden täglich an der Planung des Gipfeltreffens, das er »Atlantikkonferenz« nannte, und seine Mutter schrieb an einem neuen Buch über die Präsidentengattinnen.

Woody und Chuck zogen sich Shorts und Polohemden an, packten Handtücher, Sonnenbrillen und Zeitungen ein und stiegen in den Zug nach Rehoboth Beach an der Küste von Delaware. Die Fahrt dauerte zwei Stunden, aber es gab nichts Besseres für einen Samstag im Sommer als den breiten Sandstrand und den erfrischenden Atlantikwind. Und an Rehoboth Beach waren tausend Mädchen in Badeanzügen.

Die beiden Brüder unterschieden sich sehr. Chuck war kleiner, kompakt und athletisch gebaut. Er hatte das attraktive Aussehen ihrer Mutter und ein gewinnendes Lächeln. Ein guter Schüler war er nie gewesen; aber oft genug bewies er Mamas verschrobene Intelligenz und betrachtete das Leben stets aus einer etwas abseitigen Perspektive. In allen Sportarten war er besser als Woody, nur nicht beim Laufen, wo Woody wegen seiner langen Beine im Vorteil, und beim Boxen, wo Woody dank seiner langen Arme kaum zu treffen war.

Zu Hause hatte Chuck nicht viel über die Navy erzählt, denn seine Eltern waren noch immer verärgert, dass er es verschmäht hatte, nach Harvard zu gehen. Doch wenn er mit Woody allein war, öffnete er sich ein wenig. »Hawaii ist toll, aber ich bin enttäuscht, dass ich an Land eingesetzt werde«, sagte er. »Ich bin in die Navy eingetreten, um zur See zu fahren.«

»Was machst du denn genau?«

»Ich gehöre zur Fernmeldeaufklärung. Wir hören Funkbot-schaften ab, größtenteils von der Kaiserlich-Japanischen Kriegs-marine.«

»Sind die nicht verschlüsselt?«

»Klar, aber auch ohne die Codes zu knacken, erfährt man eine Menge. Man nennt es Verkehrsanalyse. Eine plötzliche Zunahme in der Anzahl der Botschaften bedeutet, dass irgendetwas unmittelbar bevorsteht. Außerdem lernt man, Muster im Funkverkehr zu erkennen. Eine amphibische Landung zum Beispiel hat eine hervorstechende Anordnung von Signalen.«

»Hört sich interessant an. Ich wette, du bist ein Ass auf dem Gebiet.«

Chuck zuckte mit den Schultern. »Ich bin bloß Schreiber, tippe Kommentare auf die Abschrift und lege sie ab. Trotzdem bekommt man etwas von den Grundlagen mit.«

»Wie ist das gesellschaftliche Leben auf Hawaii?«

»Macht Laune. In Navy-Bars kann es ganz schön hoch hergehen. Das Black Cat Café ist das beste. Ich habe einen guten Freund, Eddie Parry. Wir surfen bei jeder sich bietenden Gelegenheit am Strand von Waikiki. War eine tolle Zeit. Trotzdem wäre ich lieber auf einem Schiff.«

Sie schwammen im kalten Atlantik, aßen Hotdogs zu Mittag, fotografierten sich gegenseitig mit Woodys Kamera und schauten den Mädchen hinterher, bis es dämmerte. Als sie aufbrechen wollten und sich einen Weg durch die Menge suchten, entdeckte Woody Joanne Rouzrokh.

Er brauchte kein zweites Mal hinzuschauen; er erkannte sie sofort. Sie stach zwischen allen jungen Frauen am Strand heraus, zwischen allen jungen Frauen in ganz Delaware: die unverkennbaren hohen Jochbeine, die Säbelnase, das prächtige dunkle Haar, die wundervolle glatte Haut in der Farbe von Milchkaffee.

Ohne zu zögern, ging Woody auf sie zu.

Joanne sah fantastisch aus. Ihr knapper, einteiliger schwarzer Badeanzug mit Spaghettiträgern offenbarte ihre wohlgeformten Schultern und die langen braunen Beine.

Woody konnte kaum glauben, dass er diese umwerfende Frau einmal in den Armen gehalten und so wild mit ihr geknutscht hatte, als gäbe es kein Morgen.

558

Joanne schaute zu ihm hoch und beschattete die Augen vor der Sonne. »Woody Dewar! Ich wusste gar nicht, dass du in Washington bist.«

Mehr Einladung brauchte es nicht. Woody kniete sich neben sie in den Sand. Allein schon, ihr so nahe zu sein, ließ seinen Atem schneller gehen. »Hallo, Joanne.« Er warf einen raschen Blick auf ihre füllige, braunhaarige Begleiterin. »Wo ist dein Ehemann?«

Joanne lachte hell auf. »Wie kommst du darauf, dass ich verheiratet bin?«

Woody war völlig durcheinander. »Aber … vor zwei Jahren war ich in deiner Wohnung. Du hattest eine Party geschmissen.«

»Du warst da?«

Joannes Begleiterin sagte: »Jetzt fällt's mir ein. Ich hatte dich nach deinem Namen gefragt, aber du hast mir nicht geantwortet.«

Woody konnte sich nicht an sie erinnern. »Tut mir leid, wenn ich unhöflich war«, sagte er. »Ich bin Woody Dewar, und das ist mein Bruder Chuck.«

Die braunhaarige junge Frau schüttelte ihnen die Hand. »Ich bin Diana Taverner.« Chuck setzte sich neben sie in den Sand, was ihr zu gefallen schien: Chuck sah gut aus, viel besser als Woody.

»Na, jedenfalls hatte ich dich gesucht und kam in die Küche«, erzählte Woody, »und ein Bursche namens Bexforth Ross stellte sich mir als dein Verlobter vor. Ich dachte immer, du wärst längst verheiratet. Oder habt ihr nur eine sehr lange Verlobungszeit?«

»Sei nicht albern«, entgegnete sie. »Bexforth hat allen gesagt, wir wären verlobt, weil er praktisch bei uns gewohnt hat.«

Woody war erstaunt. Hieß das, Bexforth hatte dort übernachtet? Bei Joanne? Ungewöhnlich war das nicht, aber kaum eine Frau gab es zu.

»Er hat von Heirat angefangen«, fuhr sie fort. »Ich habe nie Ja gesagt.«

Also war sie alleinstehend. Hätte Woody den Haupttreffer in der Lotterie gelandet, hätte seine Freude nicht größer sein können.

Aber vielleicht hat sie einen Freund, dämpfte er seinen Überschwang. Er musste es herausfinden! Auf jeden Fall war ein Freund nicht das Gleiche wie ein Ehemann.

»Vor ein paar Tagen habe ich mit Bexforth in einer Besprechung gesessen«, sagte Woody. »Er ist ein hohes Tier im Außenministerium.«

»Er wird es weit bringen, und er wird eine Frau finden, die besser zu einem hohen Tier im Außenministerium passt als ich.«

Ihrem Tonfall entnahm Woody, dass sie keineswegs voller Wärme an ihren einstigen Geliebten zurückdachte. Woody war hochzufrieden darüber, auch wenn er nicht hätte sagen können, wieso.

Er lehnte sich im warmen Sand zurück und stützte sich auf den Ellbogen. Wenn Joanne einen festen Freund hatte, würde sie das eher früher als später erwähnen, so viel stand fest.

»Apropos Außenministerium«, sagte Woody, »arbeitest du da noch immer?«

»Ja. Ich bin Assistentin des Staatssekretärs, der für europäische Fragen zuständig ist.«

»Interessant.«

»Im Moment auf jeden Fall.«

Woody blickte auf die Stelle, wo ihr Badeanzug ihre Schenkel bedeckte. Ein Mädchen konnte so wenig tragen, wie sie wollte – ein Mann dachte immer an jene Körperteile, die verdeckt waren. Woody bekam eine Erektion und rollte sich auf den Bauch, damit keiner es sah.

Doch Joanne war nicht entgangen, wohin er blickte. »Gefällt dir mein Badeanzug?«, fragte sie geradeheraus. Das war eine der Eigenschaften, die Woody so sehr zu ihr hinzogen.

Er beschloss, genauso offen zu sein. »*Du* gefällst mir, Joanne. Du hast mir immer gefallen.«

Sie lachte. »Bloß nicht um den heißen Brei herumreden, was?«

Ringsum packten die Leute ihre Sachen. »Wir sollten lieber aufbrechen«, sagte Diana.

»Wir wollten auch gerade gehen«, sagte Woody. »Sollen wir zusammen zurückfahren?«

Das war der Augenblick, in dem Joanne ihn höflich hätte abweisen können, indem sie einfach sagte: *Ach nein, danke, geht schon mal.* Stattdessen antwortete sie: »Klar, warum nicht?«

Die Mädchen zogen sich Kleider über die Badeanzüge und warfen ihr Zeug in zwei Taschen; dann gingen sie gemeinsam den Strand entlang.

Der Zug war mit Ausflüglern vollgestopft – sonnenverbrannt,

560

hungrig und durstig. Woody kaufte am Bahnhof vier Cola und teilte sie aus, als der Zug abfuhr.

»Du hast mir mal an einem heißen Tag in Buffalo eine Cola spendiert, Woody, erinnerst du dich noch?«, fragte Joanne.

»Ja, natürlich. Bei dieser Kundgebung.«

»Wir waren noch richtige Kinder.«

»Cola spendieren ist eine der Taktiken, die ich bei schönen Frauen anwende.«

Sie lachte. »Mit Erfolg?«

»Hat mir nie einen einzigen Kuss eingebracht.«

Sie hob die Flasche zum Toast. »Nur nicht aufgeben.«

Woody horchte auf. Sollte das eine Ermutigung sein? »Habt ihr Lust auf einen Hamburger, wenn wir wieder in der Stadt sind?«, fragte er. »Und einen Kinobesuch?«

Das war der Augenblick, in dem Joanne hätte antworten können: *Nein, danke, ich treffe mich später mit meinem Freund.*

Diana sagte rasch: »Ja, gern. Und du, Joanne?«

»Sicher.«

Sie hatte keinen Freund – und nun waren sie verabredet! Woody konnte seine Begeisterung kaum verbergen. »Wir könnten uns *Die Braut kam per Nachnahme* anschauen«, sagte er. »Soll ganz lustig sein.«

»Wer spielt mit?«, fragte Joanne.

»James Cagney und Bette Davis.«

»Au ja, den würde ich gern sehen.«

»Ich auch«, sagte Diana.

»Abgemacht«, sagte Woody.

Chuck murrte: »Wie sieht es mit dir aus, Chuck? Würdest du den Film gern sehen?‹ – ›Oh, sicher! Für mein Leben gern. Nett, dass du fragst, großer Bruder.‹«

Besonders lustig war es nicht, aber Diana kicherte anerkennend.

Bald darauf schlief Joanne ein. Zu Woodys Entzücken sank ihr Kopf an seine Schulter. Ihr dunkles Haar kitzelte ihn am Hals, und er spürte ihren warmen Atem auf der Haut unter dem kurzen Ärmel seines Polohemds. Er konnte sein Glück kaum fassen.

Sie trennten sich an der Union Station, fuhren nach Hause, um sich umzuziehen, und trafen sich an einem chinesischen Restaurant in der Innenstadt wieder.

Bei Chow mein und Bier redeten sie über Japan. Alle redeten über Japan. »Die Schlitzaugen müssen aufgehalten werden«, sagte Chuck. »Das sind Faschisten.«

»Schon möglich«, meinte Woody.

»Sie sind militaristisch und aggressiv. Und wie sie die Chinesen behandeln, ist rassistisch. Was müssen sie denn noch alles tun, um als Faschisten durchzugehen?«

»Im Grunde sind sie keine Faschisten«, entgegnete Joanne. »Der Unterschied liegt in ihrer Sicht der Zukunft. Echte Faschisten wollen ihre Feinde umbringen und dann eine radikal neue Gesellschaft entstehen lassen. Die Japaner tun zwar das Gleiche, nur geht es ihnen darum, die traditionellen Machtgruppen zu schützen, die Militärkaste und den Kaiser. Aus dem gleichen Grund ist auch Spanien nicht im eigentlichen Sinne faschistisch: Franco mordet für die katholische Kirche und die alte Aristokratie, aber nicht, um eine neue Welt zu erschaffen.«

»So oder so, die Japse müssen gestoppt werden«, sagte Diana.

»Ich sehe das anders«, entgegnete Woody.

»Ach ja?«, sagte Joanne. »Wie denn?«

»Japan ist eine Handelsnation ohne eigene Bodenschätze: kein Öl, kein Eisen, bloß ein paar Wälder. Japan kann nur überleben, indem es Handel treibt. Zum Beispiel importiert es rohe Baumwolle, webt daraus Tuch und verkauft es nach Indien und auf die Philippinen. Aber während der Weltwirtschaftskrise haben die beiden großen Wirtschaftmächte, Großbritannien und die USA, die Zölle erhöht, um ihre eigene Industrie zu schützen. Das bedeutete das Aus für den japanischen Handel mit dem britischen Empire einschließlich Indien und der amerikanischen Zone plus die Philippinen. Das hat Japan schwer getroffen.«

»Gibt das den Japanern das Recht, die Welt zu erobern?«

»Nein, aber es bringt sie auf den Gedanken, dass sie wirtschaftliche Sicherheit nur gewinnen können, indem sie ein eigenes Weltreich aufbauen oder wenigstens ihre Hemisphäre dominieren, wie die USA es tun. Dann kann einem keiner den Laden einfach so schließen. Deshalb wollen die Japaner den Fernen Osten zu ihrem Hinterhof machen.«

Joanne pflichtete ihm bei. »Und wisst ihr, was die Schwäche unserer Politik ist? Jedes Mal, wenn wir Wirtschaftssanktionen verhängen, um die Japaner zu bestrafen, bestärken wir sie in dem Glauben, sie müssten Selbstversorger werden.«

»Das mag ja stimmen«, sagte Chuck, »aber trotzdem muss man sie aufhalten.«

Woody zuckte mit den Schultern. Darauf hatte er keine Antwort parat.

Nach dem Essen gingen sie ins Kino. Der Film war großartig. Anschließend brachten Woody und Chuck die Mädchen zu ihrer Wohnung. Unterwegs nahm Woody Joanne bei der Hand. Sie lächelte ihm zu und drückte seine Finger, was Woody als Ermutigung betrachtete.

Vor dem Haus, in dem die Mädchen wohnten, nahm er Joanne in die Arme. Aus dem Augenwinkel beobachtete er, dass Chuck das Gleiche mit Diana tat.

Joanne küsste Woody kurz, beinahe züchtig auf den Mund und sagte: »Der traditionelle Abschiedskuss.«

»Als ich dich das letzte Mal geküsst habe, war nichts Traditionelles daran«, entgegnete er und beugte sich zu ihr vor, um sie noch einmal zu küssen.

Sie legte ihm den Zeigefinger aufs Kinn und schob ihn weg.

Dieses flüchtige Lippenberühren kann doch nicht alles gewesen sein, dachte Woody enttäuscht.

Joanne sagte: »An dem Abend war ich betrunken.«

»Ich weiß.« Jetzt erkannte Woody das Problem: Sie befürchtete, er könne auf den Gedanken kommen, dass sie leicht zu haben sei. »Nüchtern bist du noch bezaubernder«, sagte er.

Sie musterte ihn nachdenklich. »Das war die richtige Antwort«, sagte sie dann. »Du hast soeben den großen Preis gewonnen.« Sie küsste ihn wieder, zwar ohne Wildheit und Leidenschaft, aber mit Zärtlichkeit und Hingabe.

Nur allzu schnell hörte Woody seinen Bruder sagen: »Gute Nacht, Diana!«

Joanne löste sich von ihm.

»Chuck hat's wieder mal eilig«, murmelte Woody enttäuscht.

Joanne lachte leise. »Gute Nacht, Woody«, sagte sie, drehte sich um und ging zum Haus.

Diana stand bereits an der Tür. Sie wirkte sichtlich enttäuscht.

»Sehen wir uns wieder?«, stieß Woody hervor. Selbst in seinen eigenen Ohren hörte es sich wie ein Flehen an, und er verfluchte sich dafür.

Doch Joanne schien es nichts auszumachen. »Ruf mich an«, sagte sie und verschwand im Haus.

Woody blickte den beiden Mädchen nach, bis sie nicht mehr zu sehen waren; dann knöpfte er sich seinen Bruder vor. »Warum hast du Diana nicht länger geküsst? Sie ist doch niedlich.«

»Nicht mein Typ«, erwiderte Chuck.

»Wirklich nicht?« Woody war eher erstaunt als wütend. »Hübsche stramme Titten, süßes Gesicht – was kann man da nicht mögen? Ich an deiner Stelle hätte sie länger geknutscht.«

»Die Geschmäcker sind nun mal verschieden«, sagte Chuck.

Sie machten sich auf den Rückweg zur Wohnung ihrer Eltern. »Welche ist denn dein Typ?«, fragte Woody.

»Ich sollte dir wohl etwas anvertrauen«, erwiderte Chuck, »bevor du noch mehr Rendezvous zu viert planst.«

»Und was?«

Chuck blieb stehen, sodass Woody ebenfalls anhalten musste. »Du musst mir schwören, unseren Eltern nie etwas davon zu sagen.«

»Ich schwör's.« Woody musterte seinen Bruder im gelben Licht der Straßenlaternen. »Was ist denn das große Geheimnis?«

»Ich mag keine Mädchen.«

»Ja, manchmal können sie einem schrecklich auf die Nerven gehen, aber was soll man machen?«

»Nein, ich meine … Ich mag es nicht, sie zu umarmen und zu küssen.«

»Was? Sei nicht albern.«

»Manche Männer stehen nicht auf Frauen, Woody.«

»Ja, aber dann müsstest du eine Art Tunte sein.«

»Ja.«

»Ja, was?«

»Ja, ich bin eine Art Tunte.«

»Du bist ein Spaßvogel, weißt du das?«

»Ich mache keinen Spaß, Woody. Es ist mir todernst.«

»Du bist *schwul?*«

»Genau. Ich hab's mir nicht ausgesucht. Als wir kleiner waren und mit dem Wichsen anfingen, hast du immer an hüpfende Titten und behaarte Muschis gedacht. Ich hab mir dabei steife Riesenschwänze vorgestellt.«

»Chuck, das ist widerlich!«

»Nein, ist es nicht. So sind manche Männer nun mal. Mehr Männer, als du glaubst – gerade in der Navy.«

»In der Navy gibt es Tunten?«

Chuck nickte nachdrücklich. »Jede Menge.«

»Ja ... und wie merkst du das?«

»Normalerweise erkennen wir uns gegenseitig. So wie Juden immer wissen, wer Jude ist. Zum Beispiel der Kellner in dem chinesischen Restaurant.«

»Er war Jude?«

»Nein, er war schwul. Hast du nicht gehört, wie er gesagt hat, dass mein Jackett ihm gefällt?«

»Ja, schon, aber ich hab mir nichts dabei gedacht.«

»Siehst du.«

»Du meinst, er hat sich zu dir hingezogen gefühlt?«

»Ich nehm's an.«

»Wieso?«

»Wahrscheinlich aus dem gleichen Grund, aus dem Diana mich mochte. Ich sehe besser aus als du.«

»Das ist ... krank.«

»Na komm, gehen wir nach Hause.«

Sie setzten ihren Weg fort. Woody konnte es immer noch nicht fassen. »Du meinst, es gibt chinesische Tunten?«

Chuck lachte. »Klar doch!«

»Also, ich weiß nicht ... Man kann irgendwie nicht glauben, dass Chinesen so sein können.«

»Vergiss nicht, kein Wort zu irgendjemandem, erst recht nicht zu unseren Eltern. Gott allein weiß, was Papa dazu sagen würde.«

Nachdem sie eine Zeit lang nebeneinander hergeschlendert waren, legte Woody den Arm um Chucks Schultern.

»Ach, zum Teufel damit«, sagte er. »Hauptsache, du bist kein Republikaner.«

Greg Peshkov fuhr mit Sumner Welles und Präsident Roosevelt auf einem schweren Kreuzer, der *Augusta*, zur Placentia Bay vor Neufundland. Zu dem Verband gehörten noch das Schlachtschiff *Arkansas*, der Kreuzer *Tuscaloosa* und siebzehn Zerstörer.

Sie ankerten in zwei langen, weit voneinander entfernten Linien. Am Samstag, dem 9. August, um neun Uhr morgens traten die Besatzungen aller zwanzig Schiffe in weißer Gesellschaftsuniform auf den Decks an, als das britische Schlachtschiff *Prince of Wales* eintraf, von drei Zerstörern eskortiert, und majestätisch zwischen die Reihen lief. An Bord war Premierminister Churchill.

Eine beeindruckendere Zurschaustellung von Macht hatte Greg noch nie gesehen, und er war stolz, daran teilzuhaben.

Zugleich war er besorgt. Hoffentlich wussten die Deutschen nichts von diesem Treffen. Wenn sie es erfahren hatten, genügte ein U-Boot, um die beiden führenden Männer der westlichen Zivilisation – oder was davon übrig war – zu töten, und Greg Peshkov gleich dazu.

Vor seiner Abreise aus Washington hatte Greg sich noch einmal mit Tom Cranmer getroffen, dem Detektiv. Cranmer hatte ihm eine Adresse gegeben, ein Haus in einer schäbigen Gegend auf der anderen Seite der Union Station. »Sie ist Kellnerin im Frauenclub der Universität am Ritz-Carlton«, hatte er gesagt, als er sich den Rest seines Honorars einsteckte. »Wahrscheinlich haben Sie sie deshalb zweimal in dieser Gegend gesehen. Ich nehme an, die Schauspielerei hat sich für sie nicht ausgezahlt – aber sie nennt sich noch immer Jacky Jakes.«

Greg schrieb ihr einen Brief.

Liebe Jacky!

Ich möchte zu gern wissen, weshalb Du mich damals vor sechs Jahren verlassen hast. Ich dachte, wir wären glücklich miteinander, aber ich muss mich getäuscht haben. Trotzdem lässt es mich nicht los.

Du warst verängstigt, als Du mich gesehen hast, nicht wahr? Aber Du hast von mir nichts zu befürchten. Ich bin nicht wütend, nur neugierig. Ich würde Dir niemals wehtun. Du warst das erste Mädchen, das ich je geliebt habe.

Können wir uns treffen, nur auf eine Tasse Kaffee, und miteinander reden?

Dir sehr verbunden,

Greg Peshkov

Er hatte seine Adresse daruntergesetzt und den Brief an dem Tag in den Kasten geworfen, an dem er nach Neufundland aufbrach.

Der Präsident hoffte darauf, dass die Konferenz zu einer gemeinsamen Erklärung führte. Sumner Welles, Gregs Chef, formulierte einen Entwurf, doch Roosevelt wies ihn zurück und meinte, es sei besser, wenn Churchill den ersten Schritt mache.

Greg erkannte sofort, was für ein gerissener Verhandlungspartner Roosevelt war. Wer immer den ersten Entwurf vorlegte, musste aus Gründen der Fairness zu den eigenen Forderungen auch Wünsche der Gegenseite akzeptieren. Diese Zugeständnisse wurden dann zum absoluten Minimum, während die eigenen Forderungen weiterhin zur Debatte standen. Wer also einen Entwurf vorlegte, handelte sich immer einen Nachteil ein. Greg schwor sich, niemals den ersten Entwurf zu schreiben.

Am Samstag speisten der Präsident und der Premierminister an Bord der *Augusta* zu Mittag. Am Sonntag nahmen sie an einem Gottesdienst an Deck der *Prince of Wales* teil, vor einem mit Sternenbanner und Union Jack rot, weiß und blau verhüllten Altar. Am Montagmorgen, als sie zu engen Freunden geworden waren, gingen sie ans Eingemachte.

Churchill legte einen Fünf-Punkte-Plan vor, der Sumner Welles und Gus Dewar begeisterte, da er die Forderung nach einer effektiven internationalen Organisation enthielt, die für die Sicherheit sämtlicher Staaten einstand – mit anderen Worten, einem Völkerbund mit erweiterten Kompetenzen. Zu ihrer Enttäuschung stellte sich heraus, dass dies Roosevelt schon zu weit ging. Er war der Idee zwar nicht abgeneigt, fürchtete aber die Isolationisten, die noch immer glaubten, die USA bräuchten sich nicht mit den Problemen der restlichen Welt zu belasten. Roosevelt hatte ein scharfes Gespür für die öffentliche Meinung und bemühte sich stets, keinerlei Opposition zu provozieren.

Doch Welles und Dewar gaben nicht auf, und auch die Briten nicht. Sie setzten sich zusammen, um einen Kompromiss zu suchen, der beide Regierungschefs zufriedenstellte. Greg machte für Welles Notizen. Die Gruppe erarbeitete eine Klausel, die zur Entwaffnung aufforderte, bis »ein umfassendes und dauerhaftes System allgemeiner Sicherheit« geschaffen worden sei.

Sie legten ihren Entwurf den beiden großen Männern vor, die ihn tatsächlich akzeptierten.

Welles und Dewar waren in Jubellaune.

Greg begriff nicht, wieso. »Das ist so wenig«, sagte er. »All die Mühe, die Regierungschefs zweier großer Nationen, ein Heer von Assistenten und vierundzwanzig Kriegsschiffe über Tausende von Meilen für drei Tage zusammenzubringen – und das alles für ein paar Wörter, die nicht einmal konkret aussagen, was wir wollen.«

»Unseren Fortschritt misst man nach Zoll, nicht nach Meilen«, entgegnete Gus Dewar lächelnd. »So ist das in der Politik.«

Seit fünf Wochen gingen Woody und Joanne miteinander.

Am liebsten wäre Woody jeden Abend mit ihr zusammen gewesen, doch er musste sich beherrschen. Trotzdem hatte er sie an vier der letzten sieben Tage gesehen. Am Sonntag waren sie zum Strand gefahren; am Mittwoch hatten sie zusammen zu Abend gegessen; am Freitag waren sie ins Kino gegangen, und den heutigen Samstag verbrachten sie komplett zusammen.

Woody wurde der Gespräche mit Joanne niemals müde. Sie war humorvoll, klug und scharfzüngig. Er liebte die entschiedene Haltung, die sie zu allem einnahm. Stundenlang redeten sie über Dinge, die sie mochten oder hassten.

Aus Europa kamen schlechte Neuigkeiten. Die deutsche Wehrmacht überrollte weiterhin die Rote Armee. Östlich von Smolensk hatten die Deutschen die russische 16. und 20. Armee vernichtet und dreihunderttausend Gefangene gemacht; zwischen den deutschen Panzerspitzen und Moskau verblieben damit nur noch wenige sowjetische Verbände. Doch auch solche Hiobsbotschaften aus der Ferne vermochten Woodys Hochgefühl nicht zu dämpfen.

Joanne war aller Wahrscheinlichkeit nach nicht so verrückt auf ihn wie er auf sie. Aber sie mochte ihn, das merkte er. Sie küssten sich jedes Mal zum Abschied, und Joanne schien es zu genießen, auch wenn sie nicht die Leidenschaft an den Tag legte, zu der sie fähig war, wie Woody nur zu gut wusste. Vielleicht kam es daher, dass sie sich stets in der Öffentlichkeit küssen mussten, im Kino oder in einem Hauseingang in der Nähe ihrer Wohnung. Und wenn sie zu Joanne gingen, war jedes Mal wenigstens eine ihrer beiden Zimmernachbarinnen im Wohnzimmer, und in ihr Schlafzimmer hatte Joanne ihn noch nicht gebeten.

Chucks Urlaub war seit Wochen vorüber; er war längst wieder auf Hawaii. Woody wusste noch immer nicht, was er von Chucks Geständnis halten sollte. Manchmal war er schockiert, als hätte sich die Welt auf den Kopf gestellt; dann wieder fragte er sich, was eigentlich groß dabei war. Doch er hielt sein Versprechen, niemandem etwas zu erzählen, nicht einmal Joanne.

Dann stach Woodys Vater mit dem Präsidenten in See, und seine Mutter fuhr nach Buffalo zurück, um ein paar Tage bei ihren Eltern zu verbringen. Für diese kurze Zeit hatte Woody die Washingtoner Wohnung mit ihren neun Zimmern für sich allein. Er beschloss, sich irgendeinen Grund einfallen zu lassen, Joanne Rouzrokh hierher einzuladen, damit sie ihn noch einmal richtig küsste.

Sie aßen zusammen zu Mittag und gingen in eine Ausstellung, die »Negro Art« hieß und von konservativen Kritikern angegriffen worden war, die behaupteten, es gäbe so etwas wie »Negerkunst« nicht – ungeachtet des unverkennbaren Genies von Künstlern wie dem Maler Jacob Lawrence oder der Bildhauerin Elizabeth Catlett.

Als sie die Ausstellung verlassen hatten, fragte Woody: »Möchtest du einen Cocktail, während wir uns überlegen, wo wir zu Abend essen?«

»Nein«, lehnte Joanne auf ihre übliche entschiedene Art ab. »Ich hätte lieber eine Tasse Tee.«

»Tee?« Er war sich nicht sicher, wo man in Washington einen guten Tee bekam. Dann hatte er einen Geistesblitz. »Meine Mutter hat englischen Tee«, sagte er. »Wir könnten zu uns gehen.«

»Okay.«

Das Haus stand ein paar Blocks entfernt an der 22nd Street NW, nahe der L Street. Kaum traten sie aus der Sommerhitze in die klimatisierte Lobby, atmeten sie leichter. Ein Portier fuhr sie im Aufzug nach oben.

Als sie die Wohnung betraten, sagte Joanne: »Deinen Vater sehe ich andauernd in Washington, aber mit deiner Mutter habe ich seit Jahren nicht mehr gesprochen. Ich muss ihr unbedingt zu ihrem Bestseller gratulieren.«

»Sie ist nicht hier«, sagte Woody. »Komm in die Küche.«

Er füllte den Kessel am Wasserhahn und setzte ihn auf. Dann legte er die Arme um Joanne. »Endlich allein.«

»Wo sind deine Eltern?«

»Verreist. Beide.«

»Und Chuck ist auf Hawaii.«

»Ja.«

Sie löste sich von ihm. »Woody, wie konntest du mir das antun?«

»Was antun? Ich mache dir Tee!«

»Du hast mich unter Vorspiegelung falscher Tatsachen hierhergelockt. Ich dachte, deine Eltern wären zu Hause.«

»Davon war nie die Rede.«

»Warum hast du mir nicht gesagt, dass sie nicht da sind?«

»Weil du nicht gefragt hast«, erwiderte er indigniert, auch wenn ihre Beschwerde ein Körnchen Wahrheit enthielt. Er hatte sie nicht belogen, hatte aber gehofft, ihr vorher nicht sagen zu müssen, dass sie allein in der Wohnung sein würden.

»Du hast mich mit raufgenommen, um es bei mir zu versuchen! Du hältst mich für ein billiges Flittchen!«

»Aber nein! Es ist nur … Wir sind nie wirklich für uns. Ich habe auf einen Kuss gehofft, das ist alles.«

»Versuch nicht, mich auf den Arm zu nehmen.«

Jetzt wurde sie wirklich ungerecht. Sicher, er hoffte, eines Tages mit ihr ins Bett zu gehen, hatte aber nicht darauf spekuliert, dass es heute sein würde. »Wir können ja wieder gehen«, sagte er. »Tee bekommen wir schon irgendwo. Das Ritz-Carlton ist gleich die Straße runter. Alle Briten steigen dort ab, also müssen sie dort Tee haben.«

»Sei nicht albern. Ich habe keine Angst vor dir, mit dir werde ich schon fertig. Ich bin nur sauer auf dich. Ich will keinen Mann, der mit mir ausgeht, weil er glaubt, ich wäre leicht rumzukriegen.«

»Leicht rumzukriegen?«, fragte er mit anschwellender Stimme.

570

»Zum Teufel, ich habe sechs Jahre darauf gewartet, dass du dich dazu herablässt, auch nur mit mir auszugehen! Wenn du leicht rumzukriegen bist, möchte ich mich nicht in eine Frau verlieben, die es einem schwer macht!«

Zu seiner Überraschung fing sie an zu lachen.

»Was ist denn jetzt schon wieder?«, fragte er gereizt.

»Du hast recht«, sagte sie. »Wenn du eine Frau wolltest, die leicht zu haben ist, hättest du mich schon vor langer Zeit aufgegeben.«

»Genau.«

»Nachdem ich dich damals geküsst hatte, als ich betrunken war, dachte ich, du hättest eine schlechte Meinung von mir. Sogar in den letzten Wochen habe ich mir deswegen Gedanken gemacht. Ich habe dich falsch eingeschätzt. Es tut mir leid.«

Ihre raschen Stimmungsumschwünge verunsicherten ihn, aber er sagte sich, dass wenigstens dieser letzte Sinneswandel eine Verbesserung darstellte. »Ich war schon lange vor dem Kuss verrückt nach dir«, sagte er. »Wahrscheinlich hast du es nur nicht bemerkt.«

»Ich habe *dich* kaum bemerkt.«

»Ich bin ziemlich groß.«

»Das ist aber auch dein einziger körperlicher Vorzug.«

Er lächelte. »Wenn du wüsstest.«

Der Kessel pfiff. Woody gab Teeblätter in eine Porzellankanne und goss Wasser darüber.

Joanne sah ihn nachdenklich an. »Du hast vorhin etwas gesagt.«

»Was?«

»Du hast gesagt: ›Ich möchte mich nicht in eine Frau verlieben, die es einem schwer macht.‹ Hast du das ernst gemeint?«

»Was?«

»Das mit dem Verlieben.«

»Oh! Das wollte ich nicht sagen.« Er schlug alle Vorsicht in den Wind. »Aber wenn du die Wahrheit wissen willst … Ja, zum Teufel, ich bin in dich verliebt. Ich glaube, ich liebe dich seit Jahren. Ich verehre dich. Ich möchte …«

Sie schlang die Arme um seinen Hals und küsste ihn. Diesmal war es ein echter Kuss. Ihr Mund drängte sich gierig gegen seinen; die Spitze ihrer Zunge berührte seine Lippen, ihr ganzer Körper presste sich an ihn. Es war wie damals, nur dass sie diesmal nicht nach Whiskey schmeckte. Das ist die echte Joanne, dachte Woody verzückt: eine Frau von wilder Leidenschaft. Und nun lag sie in seinen Armen und küsste ihn ohne Hemmungen.

Sie schob die Hände unter sein Sommersporthemd und rieb über seine Brust, drückte die Finger in seine Rippen, fuhr ihm mit den Handflächen über die Brustwarzen und packte seine Schultern, als wollte sie die Hände tief in sein Fleisch graben. Woody erkannte, dass sich in ihrem Innern unerfülltes Verlangen aufgestaut hatte, so wie bei ihm, und dass es jetzt überlief wie ein geborstener Damm, völlig außer Kontrolle. Auch Woody konnte nicht mehr an sich halten, presste die Lippen auf ihren Hals und streichelte ihre Brüste mit einem Gefühl glücklicher Befreiung wie ein Kind, das unerwartet einen Tag schulfrei bekommen hat.

Als er die Hand zwischen ihre Schenkel drückte, zog sie sich von ihm zurück.

Was sie dann sagte, überraschte ihn. »Hast du ein Verhütungsmittel?«

»Nein, tut mir leid …«

»Schon okay. Irgendwie freue ich mich sogar darüber, denn es beweist, dass du wirklich nicht vorhattest, mich zu verführen.«

»Hätte ich aber gern.«

»Denk nicht mehr daran. Montag gehe ich zum Frauenarzt. Bis dahin müssen wir improvisieren. Küss mich noch mal.«

Als er es tat, spürte er, wie sie ihm die Hose aufknöpfte.

»Oh«, sagte sie. »Wie schön.«

»Genau das hab ich auch gerade gedacht«, flüsterte er rau.

»Vielleicht brauche ich beide Hände.«

»Was?«

»Wahrscheinlich hat es damit zu tun, dass du so groß bist.«

»Ich weiß nicht, wovon du redest …«

»Dann halte ich lieber den Mund und küsse dich.«

Ein paar Minuten später sagte sie: »Taschentuch.«

Zum Glück hatte er eines.

Kurz vor dem Höhepunkt öffnete Woody die Augen und sah, wie Joanne ihn anschaute. In ihrem Gesicht las er Verlangen, Erregung und noch etwas, von dem er glaubte, dass es vielleicht sogar Liebe sein könnte.

Anschließend fühlte er sich unsagbar entspannt. Ich liebe sie, dachte er, und ich bin glücklich. Wie schön das Leben ist! »Das war fantastisch«, sagte er. »Ich würde gern das Gleiche für dich tun.«

»Würdest du?«, fragte sie. »Wirklich?«

»Darauf kannst du wetten.«

Beide standen noch immer in der Küche, an die Kühlschranktür gelehnt, aber keiner von ihnen wollte fort. Joanne nahm seine Hand und führte sie unter ihr Sommerkleid und in ihren Baumwollslip. Woody ertastete warme Haut, federndes Haar und eine feuchte Spalte. Er versuchte, seine Finger hineinzustecken, doch sie sagte: »Nein.« Sie nahm seine Fingerspitze und führte sie zwischen die weichen Falten. Woody spürte etwas Kleines, Hartes, Erbsengroßes gleich unter der Haut. Sie bewegte seinen Finger in einem kleinen Kreis. »Ja«, sagte sie und schloss die Augen. »Genau so.« Er betrachtete anbetungsvoll ihr Gesicht, als sie sich ihrer Lust hingab. Nach einer Minute schrie sie leise auf und wiederholte es noch zwei-, dreimal. Dann zog sie seine Hand weg und ließ sich gegen ihn sinken.

Einige Zeit später sagte er: »Dein Tee wird kalt.«

Sie lachte. »Ich liebe dich, Woody.«

»Wirklich?«

»Ich hoffe, es macht dir keine Angst, wenn ich das sage.«

»Nein.« Er lächelte. »Es macht mich sehr glücklich.«

»Ich weiß, eine Frau sollte nicht direkt damit herauskommen, einfach so, aber ich kann nicht die Unschlüssige spielen. Sobald ich mich entschieden habe, stehe ich dazu.«

»Ja«, sagte Woody. »Das ist mir aufgefallen.«

Greg Peshkov wohnte in dem Apartment im Ritz-Carlton, das sein Vater auf Dauer gemietet hatte. Lev Peshkov kam und ging ohne Ankündigung, wenn er zwischen Buffalo und Los Angeles ein paar Tage Pause machte. Im Augenblick hatte Greg das Apartment für sich – nur dass Rita Lawrence, die kurvenreiche Tochter des Kongressabgeordneten, die Nacht hier verbracht hatte und jetzt im roten Männermorgenmantel aus Seide hinreißend zerzaust vor ihm saß.

Ein Kellner brachte ihnen Frühstück, die Zeitungen und einen Brief.

Mit ihrer gemeinsamen Erklärung hatten Roosevelt und Churchill mehr Staub aufgewirbelt, als Greg erwartet hatte. Noch eine Woche später war die Verlautbarung das Hauptthema in den Schlagzeilen. Für Greg hatte die Atlantik-Charta, wie die Presse sie nannte, nur aus vorsichtigen Phrasen und vagen Verpflichtungen bestanden, doch die Welt sah sie mit anderen Augen und begrüßte sie als Fanfarenstoß für Freiheit, Demokratie und Welthandel. Von Hitler hieß es, er habe Wutanfälle wegen der Charta, die einer Kriegserklärung der Vereinigten Staaten an das Großdeutsche Reich gleichkäme.

Länder, die nicht an der Konferenz teilgenommen hatten, wollten die Charta trotzdem unterschreiben. Bexforth Ross hatte vorgeschlagen, die Unterzeichner die »Vereinten Nationen« zu nennen.

Währenddessen überrannte die deutsche Wehrmacht die Sowjetunion. Im Norden näherte sich die Front Leningrad, im Süden hatten die Russen auf dem Rückzug die Dnjeprostroj-Talsperre gesprengt, das größte Wasserkraftwerk der Welt und der Stolz der Sowjets, damit die deutschen Eroberer es nicht nutzen konnten – ein Opfer, das einem das Herz brach.

»Die Rote Armee hat den deutschen Vormarsch ein wenig verzögern können«, sagte Greg zu Rita, die Nase in der *Washington Post*. »Trotzdem rücken die Deutschen jeden Tag fünf Meilen vor. Und sie behaupten, sie hätten dreieinhalb Millionen sowjetische Soldaten getötet. Ist das möglich?«

»Hast du Verwandte in Russland?«

»Na ja, als mein Vater mal betrunken war, erzählte er mir, er habe ein schwangeres Mädchen zurückgelassen.«

Rita verzog missbilligend das Gesicht.

»So ist er nun mal«, sagte Greg. »Er ist ein großer Mann, und große Männer halten sich nicht an Regeln.«

Rita erhob keinen Widerspruch, doch Greg las in ihrem Gesicht, dass sie anderer Ansicht war, aber nicht mit ihm streiten wollte.

»Jedenfalls habe ich einen Halbbruder in Russland, der genauso unehelich ist wie ich«, fuhr Greg fort. »Er heißt Wladimir, mehr weiß ich nicht. Er könnte schon tot sein. Er ist im wehrfähigen Alter. Wahrscheinlich ist er unter den dreieinhalb Millionen sowjetischen Gefallenen.«

574

Als er die Zeitung gelesen hatte, öffnete er das Kuvert und las den Brief, den der Kellner ihm gebracht hatte.

Er kam von Jacky Jakes. Darin stand nur eine Telefonnummer mit der Zeile *Nicht zwischen 1 und 3.*

Plötzlich konnte er Rita gar nicht schnell genug loswerden. »Wann erwarten sie dich eigentlich zu Hause?«, fragte er plump.

Sie blickte auf die Armbanduhr. »Ach herrje! Ich sollte verschwinden, bevor meine Mutter nach mir sucht.« Sie hatte ihren Eltern gesagt, sie würde bei einer Freundin übernachten.

Sie zogen sich an, verließen das Hotel und nahmen sich jeder ein Taxi.

Greg vermutete, dass die Telefonnummer zu Jackys Arbeitsstelle gehörte und dass sie zwischen eins und drei beschäftigt war. Er nahm sich vor, sie am Vormittag anzurufen.

Er fragte sich, warum er so gespannt war. Er wollte doch nur seine Neugier befriedigen. Vielleicht lag es daran, dass er nie wieder die Erregung seiner Affäre mit Jacky erlebt hatte. Rita Lawrence sah großartig aus und war toll im Bett, aber weder mit ihr noch mit anderen war es eine so intensive Erfahrung gewesen wie mit Jacky.

Greg betrat das Old Executive Office Building und machte sich an seine wichtigste Arbeit des Tages, das Verfassen einer Presseverlautbarung. Es ging um Ratschläge an Amerikaner, die in Nordafrika lebten, wo Briten, Italiener und Deutsche in einem zweitausend Meilen langen und vierzig Meilen breiten Küstenstreifen einen Bewegungskrieg führten und sich gegenseitig vor- und zurücktrieben.

Um halb elf rief Greg die Nummer an, die in dem Brief stand.

Eine Frauenstimme meldete sich. »Frauenclub der Universität.« Greg war dort noch nie gewesen: Männer wurden nur als Gäste weiblicher Mitglieder eingelassen.

»Ist Jacky Jakes zu sprechen?«, fragte er.

»Ja, sie erwartet einen Anruf. Bitte bleiben Sie am Apparat.« Vermutlich hatte Jacky sich eine Sondergenehmigung holen müssen, um auf der Arbeit einen Anruf entgegenzunehmen.

Nach kurzem Warten hörte er: »Hier Jacky. Wer ist da?«

»Greg Peshkov.«

»Hab ich's mir doch gedacht. Woher hast du meine Adresse?«

»Ich habe einen Privatdetektiv engagiert. Können wir uns treffen?«

»Müssen wir wohl. Aber unter einer Bedingung.«

»Und welche?«

»Du musst mir hoch und heilig schwören, deinem Vater nichts davon zu sagen. Niemals.«

»Warum?«

»Das erkläre ich dir später.«

Er zuckte die Achseln. »In Ordnung.«

»Schwörst du?«

»Klar.«

Damit gab sie sich nicht zufrieden. »Sag es.«

»Ich schwöre es, okay?«

»Also gut. Du kannst mich zum Mittagessen einladen.«

Greg runzelte die Stirn. »Gibt es hier in der Nähe Restaurants, wo man einen Weißen und eine Schwarze am gleichen Tisch bedient?«

»Ich kenne nur eines – das Electric Diner.«

»Ich weiß, wo das ist.« Ihm war der Name aufgefallen, aber er hatte es noch nie besucht. Es war ein billiges Schnellrestaurant, wo die Hauswarte und Büroboten zu Mittag aßen. »Wann?«

»Um halb zwölf.«

»So früh?«

»Was meinst du, wann Kellnerinnen zu Mittag essen – um eins?«

Er grinste. »Du bist noch genauso schlagfertig wie früher.«

Sie legte auf.

Greg schrieb seine Presseerklärung zu Ende und brachte die getippten Seiten zu seinem Vorgesetzten ins Büro. Als er den Entwurf in den Eingangskorb legte, fragte er: »Könnte ich heute ein bisschen früher Mittagspause machen, Mike? So um halb zwölf?«

Mike hatte sich in die Kommentarseite der *New York Times* vertieft. »Ja, geht in Ordnung«, sagte er, ohne aufzublicken.

Im Sonnenschein ging Greg am Weißen Haus vorbei und erreichte das Imbisslokal gegen zwanzig nach elf. Es war leer bis auf ein paar Gäste, die Vormittagspause machten. Greg nahm an einem Wandtisch Platz und bestellte Kaffee.

Er war gespannt darauf, was Jacky zu sagen hätte. Bald würde er die Lösung eines Rätsels erfahren, über das er sich sechs Jahre lang den Kopf zerbrochen hatte.

Jacky kam um fünf nach halb zwölf in einem schwarzen Kleid und flachen Schuhen – ihre Kellnerinnenkleidung ohne die Schürze, vermutete Greg. Schwarz stand ihr. Greg erinnerte sich lebhaft, wie wundervoll es für ihn gewesen war, sie einfach nur anzuschauen, den bogenförmigen Mund, die großen braunen Augen ... Sie setzte sich ihm gegenüber und bestellte einen Salat und eine Cola. Greg ließ sich nur einen weiteren Kaffee kommen; er war zu nervös, um etwas zu essen.

Ihr Gesicht hatte die kindliche Rundlichkeit verloren, an die er sich erinnern konnte. Als sie sich kennengelernt hatten, war sie sechzehn gewesen, also war sie jetzt zweiundzwanzig. Damals waren sie Kinder gewesen und hatten Erwachsene gespielt; jetzt waren sie Erwachsene. In Jackys Gesicht las Greg eine Geschichte, die vor sechs Jahren noch nicht darin gestanden hatte – eine Geschichte von Enttäuschung, Leid und Entbehrung.

»Ich habe die Tagschicht«, sagte sie. »Ich komme um neun, decke die Tische und richte den Raum her. Zum Mittagessen trage ich auf, räume ab, und gehe um fünf.«

»Die meisten Kellnerinnen arbeiten abends.«

»Ich habe die Abende und Wochenenden gern frei.«

»Noch immer ein Partygirl!«

»Nein, meistens bleibe ich zu Hause und höre Radio.«

»Du hast sicher eine Menge Freunde.«

»So viele, wie ich will.«

Er brauchte einen Augenblick, bis er begriff, dass das alles Mögliche bedeuten konnte.

Das Mittagessen kam. Jacky trank von ihrer Cola und stocherte im Salat.

»Warum bist du damals davongelaufen?«

Sie seufzte. »Ich möchte es dir nicht sagen, weil es dir nicht gefallen wird.«

»Ich muss es wissen.«

»Dein Vater hat mir einen Besuch abgestattet.«

Greg nickte. »Ich hab mir gleich gedacht, dass er damit zu tun hatte.«

»Er hatte einen Gorilla bei sich ... Joe Soundso.«

»Joe Brekhunov. Ein übler Kerl.« Greg wurde zornig. »Hat er dir wehgetan?«

»Das musste er gar nicht. Ich brauchte ihn nur anzuschauen und hatte Todesangst. Ich hätte alles getan, was dein Vater verlangt.«

Greg unterdrückte seine Wut. »Was hat er gewollt?«

»Er sagte, ich müsste fort, auf der Stelle. Ich durfte dir einen Brief schreiben, aber er wollte ihn lesen. Ich musste nach Washington zurück. Ich war unendlich traurig, dich verlassen zu müssen.«

Greg erinnerte sich an seine eigene Verzweiflung. »Ich auch«, sagte er. Am liebsten hätte er über den Tisch gegriffen und ihre Hand genommen, wusste aber nicht, ob es ihr gefallen würde.

Jacky fuhr fort: »Er sagte mir, dass er mir ein wöchentliches Taschengeld zahlt, damit ich mich von dir fernhalte. Er zahlt es mir noch heute. Es ist nicht viel, aber es reicht für die Miete. Ich musste ihm damals versprechen, dich nie mehr zu sehen – aber irgendwie habe ich den Mut gefunden, ihm eine Bedingung zu stellen.«

»Welche?«

»Dass er niemals einen Annäherungsversuch bei mir macht. In diesem Fall würde ich dir alles erzählen.«

»Und er war einverstanden?«

»Ja.«

»Mit Drohungen sind bisher nur wenige bei ihm durchgekommen.«

Jacky schob den Teller weg. »Dann sagte er mir, dass Joe mir das Gesicht zerschneidet, wenn ich mein Wort breche. Joe hat mir sein Rasiermesser gezeigt.«

Es passte alles zusammen. »Deshalb hast du immer noch Angst.«

Ihre dunkle Haut war mit einem Mal blutleer vor Furcht. »Darauf kannst du wetten.«

Greg senkte die Stimme zu einem Flüstern. »Jacky, es tut mir leid.«

Sie rang sich ein Lächeln ab. »Vielleicht lag dein Vater gar nicht so verkehrt. Du warst fünfzehn. Das ist kein Alter zum Heiraten.«

»Wenn er es mir gesagt hätte, wäre es vielleicht etwas anderes. Aber immer entscheidet er allein, was geschehen soll, und sorgt dafür, dass es geschieht, als hätte sonst niemand ein Recht auf eine eigene Meinung.«

»Trotzdem, wir hatten eine schöne Zeit.«

»Ja.«

»Ich war dein Geschenk.«

Er lachte. »Das schönste Geschenk, das ich je bekommen habe.«

»Was machst du denn jetzt so?«

»Ich arbeite den Sommer über in der Pressestelle des Außenministeriums.«

Sie verzog das Gesicht. »Klingt langweilig.«

»Ganz im Gegenteil! Es ist aufregend, dabei zu sein, wenn mächtige Männer Entscheidungen treffen, die die Welt erschüttern. Und dabei sitzen sie nur an ihrem Schreibtisch. Sie bestimmen, was auf dem Globus geschieht.«

Jacky blickte skeptisch drein. »Na ja, besser als Kellnern ist es wahrscheinlich schon.«

Allmählich begriff er, wie weit sie sich voneinander entfernt hatten. »Im September gehe ich für das Abschlussjahr nach Harvard zurück.«

»Ich wette, du bist ein Geschenk für die Studentinnen.«

»Da gibt's vor allem Männer, kaum Frauen.«

»Aber du kommst zurecht, oder?«

»Dich kann ich nicht anlügen.« Er fragte sich, ob Emily Hardcastle ihr Versprechen hielt und sich ein Verhütungsmittel einsetzen ließ.

»Du wirst eine von ihnen heiraten, hübsche Kinder haben und in einem schönen Haus an einem Seeufer wohnen.«

»Ich würde gern in die Politik gehen und vielleicht Außenminister werden oder Senator, wie Woody Dewars Vater.«

Sie blickte weg.

Greg dachte an das Haus am Seeufer. Offenbar war das ihr Wunschtraum. Sie tat ihm leid.

»Du wirst es schaffen«, sagte Jacky. »Das weiß ich. Du hast die richtige Ausstrahlung. Die hattest du schon mit fünfzehn. Du bist wie dein Vater.«

»Was? Hör bloß auf!«

Sie zuckte mit den Schultern. »Überleg doch mal, Greg. Du wusstest, dass ich dich nicht sehen wollte. Aber du hast mir einen Schnüffler auf den Hals gehetzt. ›Er allein entscheidet, was geschehen soll, und sorgt dafür, dass es geschieht, als hätte sonst niemand

579

ein Recht auf eine eigene Meinung.‹ Das hast du eben noch über deinen Vater gesagt.«

Greg war entsetzt. »Ich hoffe, ich bin nicht genauso wie er.«

Sie maß ihn mit Blicken. »Die Geschworenen sind noch nicht wieder im Gericht.«

Die Kellnerin räumte Jackys Teller ab. »Nachtisch?«, fragte sie. »Ich kann Ihnen den Pfirsichkuchen empfehlen.«

Beide wollten kein Dessert, und die Kellnerin schob Greg die Rechnung hin.

»Ich hoffe, ich habe deine Neugierde befriedigt«, sagte Jacky.

»Ich danke dir. Ich werde es dir nie vergessen.«

»Wenn du mich das nächste Mal auf der Straße siehst, geh einfach vorbei.«

»Wenn du es so möchtest.«

Sie stand auf. »Lass uns getrennt gehen. Ich fühle mich besser dabei.«

»Wie du willst.«

»Alles Gute, Greg.«

»Dir auch.«

»Vergiss nicht, der Kellnerin ein Trinkgeld zu geben«, sagte Jacky und ging davon.

KAPITEL 10

1941 (III)

Im Oktober fiel und schmolz der Schnee, und die Straßen von Moskau waren kalt und feucht. Wolodja suchte gerade im Schrank nach seinen Walenki, den traditionellen Filzstiefeln, die den Moskowitern im Winter die Füße wärmten, als er sechs Kisten Wodka entdeckte.

Seine Eltern waren keine starken Trinker. Sie tranken selten mehr als ein Gläschen. Dann und wann ging sein Vater mit den alten Genossen zu einem ausgiebigen, wodkaseligen Abendessen bei Stalin und kehrte frühmorgens sturzbetrunken zurück; doch im Haus hielt eine Flasche Wodka einen Monat oder länger.

Wolodja ging in die Küche. Seine Eltern frühstückten gerade. Es gab Sardinen aus der Dose, Schwarzbrot und Tee. »Vater«, sagte Wolodja, »warum haben wir einen Wodkavorrat in der Abstellkammer, der für die nächsten sechs Jahre reicht?«

Sein Vater musterte Wolodja überrascht. Dann schauten die beiden Katherina an. Sie lief rot an, stand auf, schaltete das Radio ein und drehte die Lautstärke hoch. Fürchtete sie, dass die Wohnung abgehört wurde?

Katherina sagte mit gedämpfter, zorniger Stimme: »Was wollt ihr denn als Geld benutzen, wenn die Deutschen kommen? Dann gehören wir nämlich nicht mehr zu den Privilegierten. Wenn wir uns dann nichts auf dem Schwarzmarkt kaufen können, verhungern wir. Ich bin zu alt, um meinen Körper zu verkaufen, und Wodka wird dann mehr wert sein als Gold.«

Wolodja war schockiert, seine Mutter so reden zu hören.

»Die Deutschen werden nicht bis hierhin kommen«, sagte Grigori mit fester Stimme.

Wolodja war sich da nicht so sicher. Der Feind rückte immer weiter vor und marschierte aus zwei Richtungen auf Moskau zu.

581

Im Norden hatten sie bereits Kalinin erreicht und im Süden Kaluga, und beide Städte waren nur gut hundertfünfzig Kilometer entfernt. Die Verluste der Sowjets waren unvorstellbar. Vor einem Monat hatten noch achthunderttausend Rotarmisten die Front gehalten; jetzt waren es nur noch neunzigtausend – jedenfalls den Schätzungen nach, die über Wolodjas Schreibtisch gingen.

»Wer soll die Deutschen denn aufhalten?«, fragte er seinen Vater.

»Ihre Nachschublinien sind überdehnt, und sie sind nicht auf den Winter vorbereitet. Sobald sie schwächer werden, starten wir unseren Gegenangriff.«

»Und warum wird dann die Regierung evakuiert?«

In Moskau war man dabei, Regierung und Verwaltung zweitausend Kilometer nach Osten zu verlegen, nach Kuibyschew. Der Anblick zahlloser Aktenkisten, die in einem nicht abreißenden Strom auf Lastwagen geladen wurden, machte die Bürger der Hauptstadt zunehmend nervös.

»Das ist nur eine Vorsichtsmaßnahme«, erklärte Grigori. »Stalin ist noch hier.«

»Es gibt eine Lösung«, argumentierte Wolodja. »Wir haben noch Hunderttausende von Soldaten in Sibirien. Die müssten wir als Verstärkung heranführen.«

Grigori schüttelte den Kopf. »Dann wäre der Osten nicht stark genug verteidigt. Japan stellt noch immer eine Bedrohung dar.«

»Japan wird uns nicht angreifen, das wissen wir.« Wolodja schaute zu seiner Mutter. Ihm war klar, dass sie in ihrem Beisein nicht über Staatsgeheimnisse diskutieren sollten, aber das war ihm egal. »Unsere Quelle in Tokio, die uns vor dem deutschen Angriff gewarnt hat, hat uns versichert, dass die Japaner nicht in den Kampf eingreifen werden. Wir werden diesem Mann doch nicht schon wieder misstrauen, oder?«

»Er könnte sich irren. Es ist schwierig, nachrichtendienstliche Informationen zu verifizieren.«

»Wir haben aber keine andere Wahl«, erwiderte Wolodja gereizt. »Wir haben zwölf Armeen in Reserve – eine Million Mann! Wenn wir die jetzt zum Einsatz bringen, wird Moskau vielleicht überleben. Wenn nicht, sind wir am Ende.«

Grigori schaute besorgt drein. »Sprich nicht so. Nicht einmal in deinen eigenen vier Wänden.«

»Warum nicht? Wenn es so weitergeht, bin ich morgen ohnehin tot.«

Seine Mutter brach in Tränen aus.

»Jetzt sieh dir an, was du getan hast!«, schimpfte Grigori.

Wolodja verließ die Küche und zog seine Stiefel an. Ihn plagte das schlechte Gewissen, weil er seinen Vater angeschrien und seine Mutter zum Weinen gebracht hatte. Aber er war verzweifelt. Dass seine Mutter einen Wodkavorrat anlegte, den sie im Fall einer deutschen Besatzung als Währung benutzen wollte, hatte Wolodja gezwungen, sich der Realität zu stellen. Wir werden verlieren, dachte er voller Bitterkeit. Deutschland wird die Sowjetunion besiegen. Das Ende der Russischen Revolution steht bevor.

Er zog Mantel und Hut an, ging in die Küche zurück, küsste seine Mutter und umarmte seinen Vater.

»Wofür ist das denn?«, fragte Grigori. »Du gehst doch bloß zur Arbeit.«

»Nur für den Fall, dass wir uns nicht mehr wiedersehen«, antwortete Wolodja und ging hinaus.

Als er die Brücke ins Stadtzentrum überquerte, sah er, dass der gesamte öffentliche Nahverkehr zum Erliegen gekommen war. Die Metro war geschlossen, und nirgends waren Busse oder Straßenbahnen zu sehen.

Offenbar gab es nur noch schlechte Nachrichten.

Der Bericht, den SowInform an diesem Morgen über Radio und Lautsprecher in den Straßen verbreitete, war ungewohnt ehrlich. »In der Nacht vom 14. auf den 15. Oktober hat sich die Lage an der Westfront weiter verschlechtert«, hieß es da. »Eine große Zahl deutscher Panzer hat unsere Verteidigungsstellungen durchbrochen.« Und jeder wusste, dass die Propaganda die Wahrheit immer zurechtbog; also war die tatsächliche Lage vermutlich noch viel schlimmer.

Das Stadtzentrum war von Flüchtlingen verstopft. Sie kamen aus dem Westen, hatten ihre Habseligkeiten auf Karren geladen und trieben ausgemergelte Kühe, verdreckte Schweine und nasse Schafe vor sich hier. Sie wollten nach Osten, möglichst weit weg von den vorrückenden Deutschen.

Wolodja versuchte, eine Mitfahrgelegenheit zu bekommen, doch es gab kaum noch zivilen Verkehr. Der Treibstoff war ratio-

583

niert und ging vorwiegend an die endlosen Militärkonvois, die über den Gartenring fuhren, die große Ringstraße im Zentrum Moskaus. Doch Wolodja hatte Glück und wurde von einem GAZ-64-Jeep mitgenommen.

Unterwegs sah er die Bombenschäden am Straßenrand. Diplomaten, die gerade aus England kamen, erklärten zwar, das sei nichts im Vergleich zum »London Blitz«, aber den Moskowitern reichte es. Wolodja kam an mehreren zerstörten Gebäuden und Dutzenden ausgebrannter Holzhäuser vorbei.

Als Verantwortlicher für die Luftverteidigung Moskaus hatte Grigori Luftabwehrbatterien auf den höchsten Gebäuden aufstellen lassen, und Sperrballons schwebten dicht unterhalb der Schneewolken. Grigoris bizarrster Befehl war jedoch gewesen, die goldenen Kuppeln der orthodoxen Kathedralen in Tarnfarbe streichen zu lassen. Wolodja gegenüber hatte er zugegeben, dass diese Maßnahme keinerlei Auswirkungen auf die Zielgenauigkeit der deutschen Bomber haben würde, aber es vermittle den Bürgern das Gefühl, es werde etwas für ihre Sicherheit getan.

Sollten die Deutschen siegen und die Nazis über Moskau herrschen, würden Wolodjas Neffe und Nichte, die Zwillinge seiner Schwester, nicht zu patriotischen Kommunisten, sondern zu sklavisch ergebenen Nazis erzogen werden und den Hitler-Gruß machen. Russland würde wie Frankreich enden: ein Land in Knechtschaft, vielleicht teilweise von einer profaschistischen Marionettenregierung geführt, die Juden zusammentreiben ließ, um sie in die Konzentrationslager zu verfrachten. Allein die Vorstellung war unerträglich. Wolodja wünschte sich eine Zukunft, in der die Sowjetunion sich von Stalins Tyrannei und dem Terror der Geheimpolizei befreite, um endlich mit dem Aufbau des wahren Kommunismus zu beginnen.

Als er das Hauptquartier der GRU erreichte, war die Luft voller grauer Flocken – Asche, kein Schnee. Die GRU verbrannte ihre Akten, damit sie nicht dem Feind in die Hände fallen konnten.

Kurz nach seiner Ankunft kam Oberst Lemitow in Wolodjas Büro. »Sie haben ein Memo nach London geschickt wegen eines deutschen Physikers mit Namen Wilhelm Frunze«, sagte Lemitow. »Das war sehr weitsichtig von Ihnen. Offenbar hat sich da eine gute Spur ergeben. Gut gemacht.«

Was zählt das jetzt noch?, dachte Wolodja. Die deutschen Panzerspitzen waren nur noch hundert Kilometer von hier entfernt. Spione konnten jetzt auch nicht mehr helfen. »Frunze, ja. Er war mit mir in Berlin auf der Schule.«

»London hat Kontakt zu ihm aufgenommen. Er ist bereit zu reden. Sie haben sich an einem sicheren Ort getroffen.« Während Lemitow sprach, spielte er an seiner Armbanduhr herum. Das war ungewöhnlich für ihn. Er war sichtlich angespannt – wie alle im Moment.

Wolodja schwieg. Offensichtlich hatte dieses Treffen eine wichtige Information erbracht; sonst würde Lemitow nicht darüber reden.

»London sagt, Frunze sei zunächst misstrauisch gewesen und habe unseren Mann verdächtigt, zum britischen Geheimdienst zu gehören«, berichtete Lemitow mit einem Lächeln. »Nach dem Treffen ist er sogar zu unserer Botschaft gegangen und hat eine Bestätigung verlangt, dass unser Mann echt war!«

Wolodja lächelte ebenfalls. »Ein Amateur.«

»Genau«, sagte Lemitow. »Jemand, der nur Desinformationen verbreiten will, würde nie so etwas Dummes tun.«

Die Sowjetunion war noch nicht am Ende – noch nicht ganz jedenfalls –, deshalb musste Wolodja weitermachen, als wäre Frunze tatsächlich von Bedeutung. »Was hat er gesagt, Genosse Oberst?«

»Dass er und seine Kollegen gemeinsam mit den Amerikanern an einer Superbombe bauen.«

Wolodja war erstaunt. Er musste daran denken, was Zoja Worotsyntow ihm erzählt hatte. Das bestätigte ihre schlimmsten Befürchtungen.

Lemitow fuhr fort: »Es gibt nur ein Problem mit dieser Information.«

»Und welche?«

»Wir haben sie übersetzt, verstehen aber noch immer kein Wort.« Lemitow reichte Wolodja einen kleinen Stapel Papier.

Wolodja las laut eine Überschrift: »Die Separation von Isotopen durch Diffusion ...«

»Verstehen Sie, was ich meine?«

»Allerdings«, erwiderte Wolodja. »Ich habe Sprachen studiert, aber das hier scheint mir eine Sache für einen Physiker zu sein.«

»Sie haben doch mal eine Physikerin erwähnt, die Sie kennen.«
Lemitow lächelte. »Eine gut aussehende Blondine, die es abgelehnt
hat, mit Ihnen ins Kino zu gehen, wenn ich mich recht entsinne.«
Wolodja lief rot an. Er hatte Kamen von Zoja erzählt; offenbar
hatte Kamen dieses Gerücht verbreitet. Da lag das Problem, wenn
der eigene Chef ein Spion war: Er wusste immer alles. »Sie ist eine
Freundin der Familie«, sagte Wolodja. »Sie hat mir mal von einem
Vorgang erzählt, den man Kernspaltung nennt. Wollen Sie, dass
ich sie frage?«

»Ja, aber inoffiziell. Ich will das nicht an die große Glocke
hängen, bevor ich es nicht selbst verstanden habe. Vielleicht ist
dieser Frunze ja nur verrückt, und am Ende stehen wir dann dumm
da. Finden Sie heraus, worum es in diesen Berichten geht und ob
Frunzes Gerede für einen Wissenschaftler Sinn ergibt. Sollten die
Informationen echt sein, müssen wir uns natürlich fragen, ob die
Briten und Amerikaner diese Superbombe vielleicht schon bauen
können. Und was ist mit den Deutschen?«

»Ich habe Zoja seit zwei, drei Monaten nicht mehr gesehen.«
Lemitow zuckte mit den Schultern. Ihm war es egal, wie gut
Wolodja die Frau kannte oder nicht. Wenn die sowjetische Regie-
rung Fragen stellte, hatte man keine andere Wahl, als zu antworten.

»Ich werde sie finden.«
Lemitow nickte. »Heute noch«, sagte er und ging hinaus.
Wolodja legte nachdenklich die Stirn in Falten. Zoja war sicher
gewesen, dass die Amerikaner an einer Superbombe bastelten, und
sie hatte Grigori überzeugt, dies Stalin gegenüber zu erwähnen.
Stalin jedoch hatte den Gedanken verworfen. Und jetzt sagte ein
Spion in England das Gleiche, was auch Zoja gesagt hatte. Es
sah aus, als hätte sie recht gehabt. Und Stalin hatte sich geirrt …
wieder einmal.

Die sowjetische Elite hatte die gefährliche Neigung, die Wahrheit zu leugnen, wenn die Nachricht schlecht war. Erst letzte
Woche hatte ein Luftaufklärer deutsche Fahrzeuge nur hundert
Kilometer vor Moskau entdeckt; der Generalstab hatte diese Meldung erst geglaubt, nachdem sie von zwei weiteren Quellen bestätigt worden war. Dann hatten sie den Luftwaffenoffizier, der die
ursprüngliche Meldung gemacht hatte, verhaften und vom NKWD
wegen »Provokation« foltern lassen.

Es war schwer, langfristig zu denken, wo die Deutschen schon so nah waren. Doch die Möglichkeit, dass eine Bombe existierte, die Moskau dem Erdboden gleichmachen konnte, durfte nicht einfach beiseitegeschoben werden, auch nicht in diesem Augenblick größter Gefahr. Und sollte die Sowjetunion die Deutschen doch noch besiegen, würde sie früher oder später von Großbritannien oder den USA angegriffen. In diesem Fall durfte die UdSSR einer imperialistisch-kapitalistischen Superbombe nicht hilflos ausgeliefert sein.

Wolodja befahl seinem Assistenten, Leutnant Below, Zojas Adresse ausfindig zu machen.

Während er wartete, studierte er Frunzes Berichte im englischen Original und in der Übersetzung und prägte sich ein, was er für die Schlüsselsätze hielt, denn die Dokumente durften das Gebäude nicht verlassen. Nach einer Stunde wusste Wolodja genug, um weitergehende Fragen stellen zu können.

Below fand heraus, dass Zoja derzeit weder an der Universität noch in ihrer Wohnung war, die sich in der Nähe der Uni befand. Allerdings hatte der Verwalter des Gebäudes ihm erzählt, die jüngeren Bewohner des Hauses hätten darum gebeten, bei der Konstruktion der neuen inneren Verteidigungsanlagen der Stadt helfen zu dürfen. Und er hatte Below den Ort genannt, wo Zoja gerade arbeitete.

Wolodja zog seinen Mantel an und ging hinaus.

Er war aufgeregt, wusste allerdings nicht, ob Zoja oder die Superbombe der Grund dafür war. Vielleicht beides.

Es gelang ihm, sich einen Jeep samt Fahrer zu besorgen.

Als sie am Kasaner Bahnhof vorbeikamen, von wo die Züge in Richtung Osten abfuhren, sah er etwas, das ein ausgewachsener Aufstand zu sein schien. Offenbar konnten die Leute nicht ins Bahnhofsgebäude, geschweige denn in die Züge. Sichtlich wohlhabende, gut gekleidete Männer und Frauen versuchten mit ihren Kindern, Haustieren und dem Gepäck den Haupteingang zu erreichen. Wolodja sah schockiert, wie einige sich schamlos prügelten, schubsten und traten. Eine Handvoll Polizisten schaute hilflos zu. Es hätte einer Kompanie Soldaten bedurft, hier wieder Ordnung zu schaffen.

Die Fahrer beim Militär waren für gewöhnlich wortkarg, doch

Wolodjas Chauffeur ließ sich zu einem Kommentar hinreißen. »Diese verdammten Feiglinge«, sagte er. »Sie laufen einfach weg und lassen uns allein gegen die Nazis kämpfen. Schauen Sie sich die Herrschaften doch nur mal an in ihren Pelzmänteln!«

Wolodja war überrascht. Kritik an der sowjetischen Elite war gefährlich. Wer wegen solcher Bemerkungen denunziert wurde, verbrachte ein, zwei Wochen in den Folterkellern der Lubjanka, dem Hauptquartier des NKWD, und war nicht selten für den Rest des Lebens gezeichnet.

Wolodja hatte das beunruhigende Gefühl, dass die rigide Hierarchie und die Unterwürfigkeit, die die Sowjetunion zusammenhielten, schwächer wurden und früher oder später in sich zusamenfallen würden.

Sie fanden die Straßensperre, an der Zoja nach Aussage des Hausverwalters arbeitete. Wolodja stieg aus, sagte seinem Fahrer, er solle warten, und betrachtete die Barrikade.

Die Straße war mit Panzersperren gespickt, sogenannten »Tschechenigeln«. Ein Igel bestand aus drei Stahlstreben, meist Gleisstücke, gut einen Meter lang, die in der Mitte zusammengeschweißt waren und so einen Stern bildeten, der auf drei Füßen stand. Fuhr ein Kettenfahrzeug darüber, war die Kette Schrott.

Hinter dem Igelfeld wurde mit Spitzhacken und Schaufeln ein Panzergraben ausgehoben; dahinter wuchs eine Sandsackmauer mit Schießscharten für die Verteidiger heran. Nur ein schmaler Zickzackpfad war frei von Hindernissen, sodass der Verkehr weiterfließen konnte, bis die Deutschen kamen.

Es waren fast ausschließlich Frauen, die hier schufteten. Wolodja entdeckte Zoja hinter einem Erdwall, wo sie Sand in Säcke schaufelte. Eine Minute lang beobachtete er sie aus der Ferne. Sie trug einen schmutzigen Mantel, Wollhandschuhe und Filzstiefel. Das blonde Haar hatte sie zurückgebunden und mit einem Tuch bedeckt. Ihr Gesicht war schlammverschmiert, aber sie sah noch immer begehrenswert aus. Sie arbeitete effektiv und schwang die Schaufel in stetem Rhythmus. Erst als der Vorarbeiter eine Trillerpfeife blies, kam die Arbeit zum Erliegen.

Nachdem sie einander begrüßt hatten, setzte Zoja sich auf einen Stapel Sandsäcke und holte ein kleines, in Zeitungspapier gewickeltes Päckchen aus ihrer Tasche. Wolodja setzte sich neben

588

sie und sagte: »Du könntest dich von der Arbeit hier befreien lassen.«

»Das ist meine Stadt«, erwiderte sie. »Warum sollte ich da nicht bei ihrer Verteidigung helfen?«

»Dann willst du nicht nach Osten fliehen?«

»Niemals. Mich werden die verdammten Nazis nicht vertreiben!«

Ihre Leidenschaft überraschte Wolodja. »Viele Leute sehen das anders.«

»Ich weiß. Deshalb dachte ich, du wärst auch schon lange weg.«

Wolodja lachte. »Du hast ja eine schöne Meinung von mir! Hältst du mich etwa für einen dieser selbstsüchtigen Funktionäre?«

Zoja zuckte mit den Schultern. »Wenn jemand sich retten kann, tut er das meist auch.«

»Da irrst du dich. Meine ganze Familie ist noch in Moskau.«

»Vielleicht habe ich dich falsch eingeschätzt. Willst du was zu essen?« Sie öffnete ihr Päckchen, und vier kleine, in Kohlblätter gewickelte Pasteten kamen zum Vorschein. »Probier mal.«

Wolodja nahm sich eine Pastete und biss hinein. Besonders schmackhaft war sie nicht. »Was ist das?«, fragte er.

»Kartoffelschalen. Die bekommt man eimerweise und ganz umsonst an jeder Hintertür einer Parteikantine oder Offiziersmesse. Dann zerkleinert man sie, kocht sie, bis sie weich sind, mischt sie mit ein wenig Mehl und Milch, gibt Salz hinzu, wenn man welches hat, und backt sie in Schweinefett.«

»Ich wusste gar nicht, dass du so schlecht dran bist«, sagte Wolodja verlegen. »Komm doch zum Essen mal wieder zu uns. Du bist jederzeit willkommen.«

»Danke. Und jetzt sag, was führt dich her?«

»Eine konkrete Frage.«

»Und wie lautet sie?«

»Was bedeutet Separation von Isotopen durch Diffusion?«

Zoja starrte ihn an. »O Gott … Was ist passiert?«

»Was soll denn passiert sein?«, erwiderte Wolodja verwirrt. »Ich versuche nur, eine dubiose Information zu klären.«

»Bauen wir endlich an der Uranbombe?«

Zojas Reaktion verriet Wolodja, dass Frunzes Information vermutlich der Wahrheit entsprach. Zoja hatte ihre Bedeutung sofort erkannt. »Bitte beantworte meine Frage«, sagte Wolodja. »Auch wenn wir Freunde sind, ich bin in offizieller Funktion hier.«

»Weißt du, was ein Isotop ist?«

»Nein.«

»Vereinfacht ausgedrückt, können chemische Elemente sich durch die Anzahl der Protonen und Neutronen im Atomkern leicht unterscheiden. Kohlenstoffatome zum Beispiel haben sechs Protonen, können aber eine unterschiedliche Anzahl von Neutronen aufweisen: sechs, sieben oder acht. Diese unterschiedlichen Ausprägungen nennt man Isotope, im Falle von Kohlenstoff C-12, C-13 und C-14.«

»Und was hat das mit dieser Superbombe zu tun?«, fragte Wolodja.

»Uran hat zwei wichtige Isotope: U-235 und U-238. In natürlichen Uranvorkommen sind sie gemischt, aber nur das U-235 ist für eine Bombe interessant.«

»Dann müssen diese Isotope voneinander getrennt werden?«

»Ja. Und jetzt komme ich auf deine Eingangsfrage zurück: Trennung von Isotopen durch Diffusion. Theoretisch wäre die Diffusion von Gasen eine Möglichkeit. Wenn ein Gas durch eine Membran diffundiert, treten die leichteren Moleküle schneller hindurch, sodass das herauskommende Gas reicher an dem neutronenärmeren Isotop ist. Das müsste dann in großem Maßstab in einer Anlage geschehen, um ausreichende Mengen der Isotope zu gewinnen.«

In Frunzes Bericht stand, dass sowohl die Briten als auch die Amerikaner an entsprechenden Anlagen bauten. »Könnte es noch einen anderen Grund geben, warum man so eine Anlage baut?«, fragte Wolodja.

»Ich wüsste nicht, warum man Isotope sonst trennen sollte.« Sie schüttelte den Kopf. »Überleg doch mal. Jeder, der in Kriegszeiten so einem Projekt Priorität einräumt, ist entweder verrückt, oder er baut eine Waffe.«

Wolodja sah, wie sich ein Wagen der Barrikade näherte und langsam durch die Zickzackpassage fuhr. Es war ein KIM-10, ein kleines, zweitüriges Auto, speziell entwickelt für Mitglieder der Parteielite. Es schaffte fast neunzig Stundenkilometer, doch dieser Wagen hier war derart überladen, dass er vermutlich kaum fünfzig erreichte.

Am Steuer saß ein Mann Mitte sechzig. Er trug einen Hut und einen langen Mantel im westlichen Stil. Neben ihm saß eine junge Frau mit Pelzmütze, und auf dem Rücksitz stapelten sich Kartons. Und auf dem Dach des Wagens war tatsächlich ein Klavier festgeschnallt.

Das Paar zählte erkennbar zur herrschenden Elite. Die Frau war viel jünger als der Mann und offenbar seine Geliebte. Nun versuchten die beiden, die Stadt zu verlassen und dabei so viele Wertsachen mitzunehmen, wie sie nur konnten. Für genau einen solchen Menschen hatte Zoja auch ihn, Wolodja, gehalten. Vielleicht hatte sie deshalb nicht mit ihm ausgehen wollen. Wolodja fragte sich, ob sie ihre Meinung über ihn jetzt wohl ändern würde.

Er sah, wie eine der Freiwilligen an der Barrikade einen Igel vor den KIM-10 schob. Man musste kein Prophet sein, um vorhersagen zu können, dass es nun Ärger geben würde. Weitere Frauen kamen herbei, um sich das Schauspiel anzusehen.

Der Wagen rollte vorwärts, bis er mit der Stoßstange gegen den Igel stieß. Vielleicht glaubte der Fahrer ja, das Ding einfach wegschieben zu können. Doch der Igel war so entworfen, dass genau das unmöglich war. Seine Beine bohrten sich in den Untergrund und verkanteten sich. Das Knirschen von Metall war zu hören, als die Stoßstange des Wagens sich verbog.

Der Fahrer legte den Rückwärtsgang ein und setzte zurück. Dann steckte er den Kopf aus dem Fenster und brüllte mit befehlsgewohnter Stimme: »Schafft das Ding weg! Sofort!«

Die Freiwillige, eine kräftig gebaute Frau mittleren Alters mit einer Männerkappe auf dem Kopf, verschränkte die Arme vor der Brust und rief mit gleicher Lautstärke zurück: »Beweg dich doch selbst, du Deserteur!«

Der Fahrer stieg aus. Sein Gesicht war rot vor Wut. Wolodja konnte kaum glauben, als er sah, dass es sich um Oberst Bobrow handelte, den brutalen Offizier, den er in Spanien kennengelernt hatte. Bobrow war berüchtigt dafür gewesen, die eigenen Männer zu erschießen, wenn sie vor dem Feind zurückwichen. »Keine Gnade für Feiglinge«, war sein Leitspruch gewesen. In Belchite hatte Wolodja miterlebt, wie Bobrow drei Soldaten der Internationalen Brigaden erschossen hatte, nur weil sie sich zurückgezogen hatten, als ihnen die Munition ausgegangen war. Jetzt trug Bobrow Zivilkleidung. Wolodja fragte sich, ob er nun die Frau erschießen würde, die ihm den Weg versperrt hatte.

Bobrow stapfte vor den Wagen und packte den Igel. Der war schwerer als erwartet, doch mit aller Kraft gelang es Bobrow, ihn beiseitezuziehen.

Als er zum Wagen zurückging, stellte die Frau mit der Kappe den Igel wieder vor das Auto.

Die anderen Freiwilligen drängten näher heran, beobachteten die Konfrontation, grinsten und machten Witze.

Bobrow ging zu der Frau und zog einen Ausweis aus der Tasche. »Ich bin General Bobrow!«, sagte er. Offenbar hatte man ihn befördert. »Lassen Sie mich durch!«

»Sie nennen sich einen Soldaten?«, schnaubte die Frau. »Warum kämpfen Sie dann nicht?«

Bobrow lief knallrot an. Er wusste, dass die Verachtung der Frau gerechtfertigt war. Wolodja fragte sich, ob der Menschenschinder von seiner jungen Geliebten zur Flucht überredet worden war.

»Sie sind ein Verräter«, sagte die Frau mit der Kappe. »Ein Feigling, der versucht, mit seiner jungen Schlampe abzuhauen.« Sie schlug ihm den Hut vom Kopf.

Wolodja staunte. Woher nahm die Frau den Mut? Es war gefährlich, den Autoritäten zu trotzen, zumal in der Sowjetunion. Damals in Berlin, vor der Machtergreifung der Nazis, hatte es Wolodja überrascht, dass ganz normale Deutsche furchtlos Polizeibeamten widersprochen hatten; doch hier gab es so etwas einfach nicht.

Die anderen Frauen jubelten.

Bobrow hatte noch immer kurz geschorenes weißes Haar. Nun beobachtete er, wie sein Hut über die nasse Straße rollte. Er machte einen Schritt hinterher, besann sich dann aber eines Besseren.

Wolodja dachte gar nicht erst daran, sich einzumischen. Er konnte ohnehin nichts gegen den Mob ausrichten, und für Bobrow konnte er kein Mitleid aufbringen. Es geschah dem Mann nur recht, wenn er mit der gleichen Brutalität behandelt wurde, die er anderen gegenüber gezeigt hatte.

Eine weitere Freiwillige, eine ältere Frau, die sich in eine schmutzige Decke gewickelt hatte, öffnete den Kofferraum des

592

Wagens. »Schaut euch das mal an!«, rief sie. Der Kofferraum war voll mit Lederkoffern. Die Frau zog einen davon heraus und öffnete die Schnallen. Der Deckel sprang auf, und der Inhalt fiel heraus: Spitzenunterwäsche und Nachthemden, Seidenstrümpfe und Mieder. Es war erkennbar Ware aus dem Westen, denn sie war deutlich feiner als alles, was eine normale russische Frau je zu sehen bekam, geschweige denn, sich leisten konnte. Die dünnen Leibchen fielen in den Dreck der Straße und klebten dort wie Blütenblätter auf einem Misthaufen.

Ein paar Frauen rafften die Sachen an sich. Andere schnappten sich weitere Koffer. Bobrow lief hinter seinen Wagen und stieß die Frauen weg. Jetzt wird es übel, ging es Wolodja durch den Kopf. Bobrow trug vermutlich eine Waffe, und die würde er jeden Augenblick ziehen. Dann aber geschah etwas Unerwartetes: Die Frau in der Decke hob einen Spaten und schmetterte ihn Bobrow auf den Kopf. Und eine Frau, die einen Graben ausheben konnte, war kein Schwächling. Ein Übelkeit erregendes Krachen war zu hören. Der General fiel zu Boden, und die Frauen traten auf ihn ein.

Bobrows Geliebte stieg aus dem Wagen.

Die Frau mit der Kappe schrie: »Bist du gekommen, um uns beim Graben zu helfen?« Die anderen lachten.

Die Geliebte des Generals, die knapp dreißig zu sein schien, senkte den Kopf und ging den Weg zurück, den sie mit dem Auto gekommen war, duckte sich zwischen den Panzersperren hindurch und rannte los. Die Frau mit der Männerkappe lief ihr hinterher. Die Geliebte des Generals trug hochhackige Schuhe; nun rutschte sie aus und stürzte zu Boden. Die Pelzmütze fiel ihr vom Kopf. Ehe ihre Verfolgerin heran war, rappelte sie sich auf und rannte weiter. Die Frau mit der Kappe schnappte sich die Pelzmütze und ließ die jüngere ziehen.

Inzwischen lagen sämtliche Koffer offen um den verlassenen Wagen verstreut. Die Arbeiterinnen holten die Kartons vom Rücksitz, drehten sie um und leerten den Inhalt auf die Straße. Besteck fiel heraus; Porzellan zerbrach; Gläser zersprangen in tausend Scherben. Bestickte Bettlaken und weiße Handtücher wurden durch den Dreck gezerrt, und ein Dutzend teurer Schuhe kullerten über den Asphalt.

Bobrow stemmte sich auf ein Knie und versuchte, auf die Beine

593

zu kommen. Wieder schmetterte die Frau mit der Decke ihm den Spaten auf den Kopf, und wieder brach Bobrow zusammen. Die Frau knöpfte seinen feinen Wollmantel auf, während Bobrow sich am Boden wälzte, und versuchte, ihm den Mantel auszuziehen. Bobrow wehrte sich. Die Frau keifte wütend, hob den Spaten und schlug den am Boden Liegenden wieder und wieder, bis er sich nicht mehr rührte und sein weißes Haar von Blut verklebt war. Dann warf die Frau ihre alte Decke weg und zog sich Bobrows Mantel an.

Wolodja ging zu Bobrows reglosem Körper. Die Augen waren ohne Leben. Wolodja kniete sich hin und suchte nach Atmung oder Puls. Der Mann war tot.

»Keine Gnade für Feiglinge«, sagte Wolodja und schloss Bobrow die Augen.

Einige der Frauen schnallten das Klavier los. Es rutschte vom Wagendach und prallte mit einem gewaltigen, misstönenden Akkord auf den Boden. Fröhlich machten die Frauen sich daran, mit Hacken und Schaufeln darauf einzuschlagen. Andere stritten sich um die verstreut umherliegenden Wertsachen. Sie schnappten sich teures Silberbesteck, packten Bettlaken übereinander und zerrissen im Streit die feine Unterwäsche. Es kam zu Kämpfen unter den Frauen. Eine Porzellanteekanne flog durch die Luft und verfehlte Zojas Kopf um Haaresbreite.

Wolodja eilte zu ihr zurück. »Wenn das so weitergeht, haben wir es gleich mit einem ausgewachsenen Aufstand zu tun«, sagte er. »Ich habe einen Jeep und einen Fahrer. Komm, ich bring dich hier raus.«

Zoja zögerte nur eine Sekunde. »Danke«, sagte sie dann. Gemeinsam liefen sie zum Jeep, sprangen hinein und jagten davon.

Erik von Ulrich sah sich durch die Invasion der Sowjetunion in seinem Glauben an den Führer bestätigt. Als die deutsche Wehrmacht mit atemberaubender Geschwindigkeit in die Weiten Russlands vordrang und die Rote Armee vor sich hertrieb, war Erik endgültig von dem strategischen Genie des Mannes überzeugt, dem er Treue geschworen hatte.

Nicht dass es für die Wehrmacht leicht gewesen wäre. Im Oktober hatte es fast ständig geregnet, und jede Straße, jeder Pfad hatte sich in eine Schlammpiste verwandelt. Die Russen hatten ein Wort dafür: *Rasputitsa*, die Zeit ohne Straßen. Eriks Sanitätswagen hatte sich durch einen Sumpf kämpfen müssen. Schlamm hatte sich vor dem Fahrzeug aufgetürmt und es nach und nach ausgebremst, bis Erik und Hermann aussteigen und das Hindernis mit Schaufeln beseitigen mussten, bevor sie weiterfahren konnten. Der gesamten deutschen Wehrmacht war es so ergangen. Der Marsch auf Moskau war fast zum Stillstand gekommen. Auch die Nachschubkolonnen kamen auf den verschlammten Straßen nicht mehr voran. Die Truppen hatten kaum noch Munition, Treibstoff und Proviant, und Eriks Einheit gingen langsam die Medikamente und andere medizinische Güter aus.

Deshalb hatte Erik sich zuerst gefreut, als es Anfang November gefroren hatte. Der Frost war ein Segen, hatte er doch die Straßen wieder fest gemacht, sodass sie mit normaler Geschwindigkeit fahren konnten. Doch Erik bibberte in seinem Sommermantel und der Baumwollunterwäsche. Die Winteruniformen aus Deutschland waren noch nicht eingetroffen, ebenso wenig die kälteresistenten Schmierstoffe, um die Lkws, Zugmaschinen und Panzer am Laufen zu halten. Nachts war Erik alle zwei Stunden aufgestanden und hatte den Motor fünf Minuten laufen lassen. Nur so konnte man verhindern, dass das Öl im Motor gefror. Doch selbst dann mussten sie jeden Morgen, eine Stunde bevor sie losfuhren, ein kleines Feuer unter dem Wagen machen.

Hunderte von Fahrzeugen blieben liegen und wurden aufgegeben. Die Maschinen der Luftwaffe, die auf den Feldflugplätzen im Freien standen, froren ebenfalls zu und ließen sich nicht mehr starten, sodass das Heer ohne Luftunterstützung war.

Trotz alledem zogen die Russen sich weiter zurück. Sie kämpften hart, wurden aber unerbittlich zurückgetrieben. Eriks Einheit musste immer wieder haltmachen, um russische Leichen von der Straße zu entfernen; an einigen Stellen stapelten sich die gefrorenen Toten wie eine grausige Mauer am Straßenrand. Erbarmungslos rückte die deutsche Wehrmacht immer weiter auf Moskau vor.

Erik war sicher, dass schon bald deutsche Panzer über den Roten Platz rollen würden, während die Hakenkreuzfahne über dem Kreml wehte.

Doch mittlerweile hatten sie zehn Grad unter Null, und die Temperatur fiel weiter.

Eriks Sanitätseinheit hatte sich in einer kleinen Stadt an einem zugefrorenen Kanal niedergelassen, inmitten eines Fichtenwaldes. Erik kannte den Namen der Stadt nicht. Die Russen zerstörten oft alles, bevor sie sich zurückzogen, doch diese Stadt war mehr oder weniger intakt geblieben. Unter anderem gab es hier ein modernes Krankenhaus, das die Deutschen übernommen hatten. Den russischen Ärzten hatte Dr. Weiss befohlen, ihre Patienten ungeachtet ihres Zustands nach Hause zu schicken.

Erik untersuchte gerade einen Patienten mit Erfrierungen, einen Jungen von achtzehn, neunzehn Jahren. Die Haut auf seinem Gesicht war gelb wie Wachs und eiskalt. Als Erik und Hermann die dünne Sommeruniform wegschnitten, sahen sie, dass Arme und Beine von purpurnen Blasen übersät waren. Und in dem verzweifelten Versuch, die Kälte fernzuhalten, hatte der Junge seine zerschlissenen Stiefel mit Zeitungspapier ausgestopft. Als Erik sie auszog, stieg ihm der typische Gestank von totem Fleisch in die Nase.

Trotzdem glaubte er, den Jungen vor einer Amputation bewahren zu können.

Die beiden Sanitäter wussten, was sie zu tun hatten. Sie behandelten mehr Männer wegen Frostbrands als wegen Kampfverletzungen.

Erik füllte eine Badewanne; dann ließen er und Hermann den Patienten vorsichtig in das warme Wasser hinab.

Erik betrachtete den langsam auftauenden Körper. Deutlich war das schwarze abgestorbene Gewebe an den Füßen zu sehen.

Als das Wasser abkühlte, hoben sie den Jungen heraus, trockneten ihn vorsichtig ab, legten ihn in ein Bett und deckten ihn zu. Dann verteilten sie heiße, in Handtücher gewickelte Steine um ihn herum.

Der Patient war bei Bewusstsein. »Werde ich meinen Fuß verlieren?«, fragte er.

»Das entscheidet der Arzt«, antwortete Erik. »Wir sind nur Sanitäter.«

»Aber ihr seht doch viele Verwundete«, hakte der Junge nach. »Was würdet ihr denn sagen?«

»Ich glaube, du kommst wieder in Ordnung«, antwortete Erik. Falls nicht, wusste er, was geschehen würde: An dem weniger stark betroffenen Fuß würde Weiss die Zehen mit einer großen Zange amputieren, die an eine Astschere erinnerte. Das andere Bein jedoch würde er knapp unterhalb des Knies abnehmen.

Weiss kam ein paar Minuten später und untersuchte Füße und Beine des Jungen. »Bereiten Sie den Patienten zur Amputation vor«, befahl er hart.

Erik fluchte in sich hinein. Wieder ein junger Mann, der den Rest seines Lebens als Krüppel verbringen musste. Was für eine Schande.

Doch der Verwundete sah das anders. »Gott sei Dank«, sagte er leise. »Jetzt muss ich nicht mehr kämpfen.«

Während sie den Jungen für die Operation vorbereiteten, dachte Erik darüber nach, dass der Patient nur einer von vielen mit dieser wehrkraftzersetzenden Einstellung war – seine eigene Familie gehörte auch dazu. Erik dachte viel an seinen verstorbenen Vater, und jedes Mal mit einer Mischung aus Wut und Trauer. Sein alter Herr hätte sich der Mehrheit anschließen und den Triumph des Dritten Reiches feiern sollen, dachte Erik verbittert. Stattdessen hatte er die Entscheidungen des Führers infrage gestellt und die Moral der Wehrmacht untergraben. Warum hatte er so ein Dummkopf sein müssen? Warum hatte er sich an die überholte Staatsform der Demokratie geklammert? Die demokratische Freiheit hatte Deutschland nichts eingebracht, gar nichts, während der Faschismus das Reich gerettet hatte.

Erik war wütend auf seinen Vater, und doch traten ihm Tränen in die Augen, als er daran dachte, wie er ums Leben gekommen war. Anfangs hatte Erik geleugnet, dass die Gestapo seinen Vater getötet hatte, doch es hatte nicht lange gedauert, bis er erkennen musste, dass es vermutlich der Wahrheit entsprach. Gestapo-Beamte waren keine Sonntagsschüler: Sie schlugen Leute zusammen, die Lügen über die Regierung verbreiteten. Vater hatte hartnäckig gefragt, warum die Regierung behinderte Kinder tötete. Es war dumm von ihm gewesen, auf seine englische Frau und seine hysterische Tochter zu hören. Erik liebte die beiden, aber das machte es umso schmerzhafter für ihn, dass sie so fehlgeleitet und stur waren.

Während seines Fronturlaubs in Berlin hatte Erik den Vater von Hermann besucht, den Mann, der ihm einst die Philosophie der Nazis erklärt hatte, als er noch ein Kind gewesen war. Herr Braun war jetzt in der SS. Erik hatte ihm erzählt, er habe in einer Kneipe einen Mann getroffen, der behauptete, die Regierung würde Behinderte in eigens dafür eingerichteten Krankenhäusern ermorden. »Es ist wahr, dass Behinderte das Reich auf seinem Weg in die Zukunft viel Zeit und Geld kosten«, hatte Herr Braun erwidert. »Unsere Rasse muss gereinigt werden, indem wir Juden und andere Degenerierte aus dem Volkskörper entfernen und gemischtrassige Verbindungen verhindern, aus denen nur Bastarde entstehen können. Doch die Euthanasie gehörte nie zur nationalsozialistischen Politik. Wir sind entschlossen, manchmal auch brutal, aber wir ermorden keine Menschen. Das ist eine bolschewistische Lüge.«

Die Vorwürfe seines Vaters waren also unbegründet gewesen. Dennoch weinte Erik manchmal um ihn.

Zum Glück hatte er viel zu tun. Ständig wurden neue Patienten gebracht, zumeist Männer, die am Tag zuvor verwundet worden waren. Dann folgte jedes Mal eine kurze Ruhephase, bevor die ersten Verwundeten des neuen Tages eintrafen. Nachdem Weiss den Soldaten mit dem Frostbrand operiert hatte, gönnte er sich gemeinsam mit Erik und Hermann eine kurze Pause in der überfüllten Kantine.

Hermann schaute von seiner Zeitung auf. »In Berlin heißt es, wir hätten bereits gesiegt!«, sagte er. »Die sollten lieber mal herkommen und sich das selbst ansehen.«

Dr. Weiss legte wieder seinen gewohnten Zynismus an den Tag. »Der Führer hat im Sportpalast eine hochinteressante Rede gehalten«, sagte er. »Er hat über die Minderwertigkeit der Russen gesprochen. Also, ich finde das sehr beruhigend. Ich hatte nämlich schon den Eindruck, als wären die Russen der zäheste Feind, mit dem wir es bis jetzt zu tun gehabt haben. Sie haben länger und härter gekämpft als die Polen, die Belgier, die Niederländer, die Franzosen und die Briten. Sie mögen schlecht ausgerüstet, miserabel geführt und halb verhungert sein, aber sie rennen mit ihren veralteten Gewehren gegen unsere Maschinengewehre an, als wäre es ihnen egal, ob sie leben oder sterben. Da freut es mich wirklich, wenn der Führer sagt, dieses Verhalten sei nur ein weiterer

Beweis für die Tierhaftigkeit der Russen. Ich hatte schon Angst, sie könnten todesmutige Patrioten sein.«

Wie immer tat Weiss so, als würde er mit dem Führer übereinstimmen, während er in Wirklichkeit genau das Gegenteil meinte. Hermann schaute verwirrt drein; Erik jedoch verstand seinen Vorgesetzten sehr genau und reagierte gereizt. »Egal, was die Russen sind, sie verlieren so oder so«, sagte er. »Wir sind nur noch sechzig Kilometer von Moskau entfernt. Der Führer hat recht gehabt.«

»Und er ist auch viel klüger als Napoleon«, fügte Dr. Weiss hinzu.

»In Napoleons Heer gab es nichts Schnelleres als die Pferde«, sagte Erik. »Heute haben wir Motorfahrzeuge und Funk. Dank moderner Technik haben wir Erfolg, wo Napoleon gescheitert ist.«

»Sagen wir lieber, wir werden Erfolg haben ... wenn Moskau fällt.«

»Bis dahin sind es nur noch wenige Tage, vielleicht sogar Stunden. Das können Sie doch nicht anzweifeln!«

»Nicht? Ich habe gehört, dass einige unserer eigenen Generale vorgeschlagen haben, anzuhalten und eine Verteidigungsstellung zu errichten. Dann könnten wir uns den Winter über neu versorgen und im Frühling mit der Offensive weitermachen.«

»Das klingt für mich nach Feigheit und Verrat!«, stieß Erik erregt hervor.

»Ja, da haben Sie wohl recht. Sie müssen sogar recht haben, denn das hat auch Berlin den Generalen gesagt, wenn ich richtig informiert bin. Die Leute im Oberkommando haben offenbar eine bessere Perspektive als die an der Front.«

»Wir haben die Rote Armee so gut wie ausgelöscht!«

»Ja, aber Stalin zieht immer neue Armeen aus dem Hut ... wie ein Magier. Zu Beginn des Feldzugs haben wir geglaubt, er verfüge über ungefähr zweihundert Divisionen. Jetzt gehen wir schon von mehr als dreihundert aus. Das ist ein Unterschied von hundert Divisionen. Wo kommen die her?«

»Die Entscheidungen des Führers werden sich als richtig erweisen – wieder einmal.«

»Natürlich, Herr von Ulrich.«

»Der Führer hat sich noch nie geirrt!«

»Einst glaubte ein Mann, er könne fliegen, also ist er von einem zehnstöckigen Gebäude gesprungen. Als er am fünften Stock vorbeisauste und sinnlos mit den Armen flatterte, hörte man ihn sagen: ›So weit, so gut.‹«

Ein Soldat kam in die Kantine gerannt. »Es hat einen Unfall gegeben, Herr Oberstabsarzt«, meldete er. »Im Steinbruch nördlich der Stadt. Ein Zusammenstoß. Drei Fahrzeuge. Mehrere SS-Offiziere wurden verletzt.«

Die SS, ursprünglich Hitlers persönliche Leibwache, hatte sich als mächtige Elite etabliert. Erik bewunderte sie für ihre außerordentliche Disziplin, ihre schmucken Uniformen und ihre besonders enge Beziehung zu Hitler.

»Wir schicken sofort einen Krankenwagen«, sagte Weiss.

»Es handelt sich um eine Einsatzgruppe, Herr Oberstabsarzt«, sagte der Soldat.

Erik hatte schon von den Einsatzgruppen gehört. Sie folgten der Wehrmacht in gerade erobertes Gebiet und trieben Unruhestifter, potenzielle Saboteure und Kommunisten zusammen. Vermutlich errichteten sie gerade ein Gefangenenlager außerhalb der Stadt.

»Wie viele Verletzte gibt es?«, fragte Weiss.

»Sechs oder sieben, Herr Oberstabsarzt. Sie ziehen noch immer Leute aus den Fahrzeugen.«

»Gut. Braun, von Ulrich, los.«

Erik freute sich. Endlich würde er Gelegenheit haben, den leidenschaftlichsten Unterstützern des Führers zur Hand zu gehen.

Der Soldat gab ihm einen Zettel mit der Wegbeschreibung.

Erik und Hermann kippten ihren Tee hinunter, drückten ihre Zigaretten aus und verließen den Raum. Erik zog sich einen Pelzmantel über, den er einem toten russischen Offizier abgenommen hatte, ließ ihn jedoch offen, damit man seine Wehrmachtsuniform sehen konnte. Sie eilten zur Garage hinunter, und Hermann fuhr den Krankenwagen auf die Straße. Erik las die Wegbeschreibung vor und spähte immer wieder in den leichten Schneefall hinaus.

Die Straße führte aus der Stadt und wand sich durch den Wald. Mehrere Busse und Lkws kamen ihnen entgegen. Der Schnee auf der Straße war festgefahren, und Hermann musste auf der glatten Oberfläche die Geschwindigkeit zurücknehmen. Erik konnte sich gut vorstellen, wie es zu dem Unfall gekommen war.

Sie suchten links nach einer Abzweigung und fanden sie nach

600

kurzer Zeit. Ein Soldat hielt dort Wache und wies ihnen die Richtung. Langsam rumpelte der Krankenwagen über einen tückischen Waldpfad, bis sie von einer zweiten Wache angehalten wurden. »Vergesst nicht, dass ihr nicht schneller als Schrittgeschwindigkeit fahren dürft, Kameraden«, warnte er sie. »Sonst müssen wir euch auch noch aus dem Wrack kratzen.«

Kurz darauf erreichten sie den Unfallort. Drei Fahrzeuge schienen sich geradezu ineinander verkeilt zu haben: ein Bus, ein Kübelwagen und eine Mercedes-Limousine mit Schneeketten. Erik und Hermann sprangen aus dem Krankenwagen.

Der Bus war leer. Drei Männer lagen auf dem Boden, vermutlich die Besatzung des Kübelwagens. Mehrere Soldaten hatten sich um den Wagen versammelt, der zwischen den beiden anderen Fahrzeugen eingeklemmt war, und versuchten offenbar, weitere Personen aus dem Wrack zu befreien.

Erik hörte eine Gewehrsalve und fragte sich kurz, wer da schoss, schob den Gedanken aber beiseite und konzentrierte sich auf seine Aufgabe.

Er und Hermann gingen von einem Mann zum nächsten und schätzten die Schwere der Verletzungen ein. Von den drei Männern, die auf dem Boden lagen, war einer tot, ein anderer hatte einen gebrochenen Arm, und der dritte schien nur ein paar blaue Flecken davongetragen zu haben. Im Wagen war ein Mann verblutet; ein weiterer hatte das Bewusstsein verloren, und der dritte schrie. Erik gab ihm eine Morphiumspritze. Als das Medikament Wirkung zeigte, konnten Erik und Hermann den Mann aus dem Wrack bergen und in den Krankenwagen legen. Nun konnten die Soldaten den Bewusstlosen befreien, der unter der verdrehten Karosserie des Mercedes gefangen war. Erik sah, dass der Mann eine schwere Kopfverletzung davongetragen hatte, die ihn umbringen würde; aber das sagte er den Soldaten nicht. Er richtete seine Aufmerksamkeit auf die Männer aus dem Kübelwagen. Hermann schiente den gebrochenen Arm; Erik führte den von Prellungen und blauen Flecken übersäten Mann zum Krankenwagen und setzte ihn hinein. Anschließend kehrte er zum Mercedes zurück.

»Wir haben den Toten in fünf bis zehn Minuten draußen«, sagte ein Hauptmann. »Warten Sie bitte solange.«

»Jawohl, Herr Hauptmann«, erwiderte Erik.

Wieder hörte er Schüsse und drang ein Stück in den Wald vor, neugierig, was die Einsatzgruppe da trieb. Der Schnee zwischen den Bäumen war festgetrampelt und von Zigarettenstummeln, Essensresten und weggeworfenen Zeitungen übersät, wie an einem Fabriktor kurz nach Feierabend.

Erik betrat eine Lichtung, auf der Lastwagen und Busse parkten. Mehrere Busse fuhren ab; einer traf gerade ein. Hinter diesem provisorischen Parkplatz entdeckte Erik gut hundert Russen jeden Alters, offenbar Gefangene, obwohl viele von ihnen Koffer, Kartons oder Säcke dabeihatten, die sie an sich drückten. Ein Mann hielt eine Geige. Ein kleines Mädchen mit einer Puppe erregte Eriks Aufmerksamkeit, und eine Übelkeit erregende Vorahnung erfasste ihn.

Die Gefangenen wurden von einheimischen Polizisten bewacht, die mit Schlagstöcken bewaffnet waren. Offenbar Kollaborateure, die der Einsatzgruppe bei ihren Aufgaben halfen. Die Polizisten musterten Erik, bemerkten die deutsche Uniform unter dem russischen Pelzmantel und schwiegen.

Als Erik an ihnen vorbeiging, sprach ihn ein gut gekleideter russischer Gefangener auf Deutsch an. »Mein Herr, ich bin der Direktor der Reifenfabrik in dieser Stadt. Ich habe nie an den Kommunismus geglaubt, nur so getan, wie alle Fabrikleiter. Ich kann Ihnen helfen. Ich weiß, wo alles ist. Nur, bitte, bringen Sie mich von hier weg!«

Erik ignorierte den Mann und ging in die Richtung, aus der die Schüsse kamen.

Er erreichte den Steinbruch, eine große, unregelmäßig geformte Grube. Fichten überragten den Rand wie Wachsoldaten in dunkelgrünen Uniformen. An einer Stelle führte eine lange Rampe in die Grube hinunter. Noch während Erik beobachtete, wurden ein Dutzend Gefangene von Wachen die Rampe hinuntergetrieben, darunter drei Frauen und ein Junge von ungefähr elf Jahren. Lag das Gefangenenlager irgendwo hier im Steinbruch? Doch die Gefangenen hatten kein Gepäck mehr dabei. Schnee fiel auf ihre unbedeckten Köpfe.

Erik wandte sich an einen Unterscharführer, der in der Nähe stand. »Wer sind die Gefangenen?«, fragte er.

»Kommunisten«, antwortete der Mann. »Aus der Stadt. Politkommissare und so 'n Kroppzeug.«

»Was denn? Sogar der kleine Junge da?«

»Und Juden«, fügte der Unterscharführer hinzu.

»Was sind sie denn jetzt? Kommunisten oder Juden?«

»Macht das 'nen Unterschied?«

»Es ist nicht das Gleiche.«

»Das ist doch Scheiße. Die meisten Kommunisten sind Juden, und die meisten Juden sind Kommunisten. Weißt du denn nicht, was hier gespielt wird, Kamerad?«

Erik dachte an den Direktor der Reifenfabrik, der ihn angesprochen hatte. Dieser Mann jedenfalls schien weder Kommunist noch Jude zu sein.

Die Gefangenen erreichten nun den Boden des Steinbruchs. Bis zu diesem Augenblick hatten sie sich wie eine Schafherde treiben lassen, stumm und scheinbar geduldig. Nun wurden sie aufgeregt und deuteten auf irgendetwas auf dem Boden der Grube. Erik spähte durch die Schneeflocken hindurch und sah etwas, das wie Leichen zwischen den Felsen aussah. Schnee sammelte sich auf ihrer Kleidung.

In diesem Moment bemerkte Erik zum ersten Mal die zwölf Schützen zwischen den Bäumen am Rand der Grube. Zwölf Gefangene, zwölf Schützen. Erik war sofort klar, was hier geschah. Unglauben, vermischt mit Entsetzen, schoss wie Galle in ihm hoch.

Die Schützen hoben ihre Waffen und zielten auf die Gefangenen.

»Nein«, sagte Erik. »Nein, das könnt ihr doch nicht tun.« Niemand hörte ihn.

Eine weibliche Gefangene schrie. Erik sah, wie sie zu dem elfjährigen Jungen eilte und ihn an sich drückte, als könnten ihre Arme die Kugeln aufhalten. Offenbar war sie die Mutter des Jungen.

Ein Offizier rief: »Feuer!«

Die Gewehre krachten, und die Gefangenen taumelten und fielen. Durch den Knall löste sich ein wenig Schnee von den Fichten, rieselte auf die Schützen und sprenkelte ihre Kleidung weiß.

Erik sah, wie der Junge und seine Mutter fielen, noch immer Arm in Arm. »Nein«, stieß er hervor. »Nein!«

Der Unterscharführer schaute ihn an. »Was ist denn mit dir los?«, fragte er irritiert. »Wer bist du überhaupt?«

603

»Ein Sanitäter«, antwortete Erik, ohne den Blick von der schrecklichen Szene im Steinbruch zu nehmen.

»Was machst du dann hier?«

»Ich bin mit dem Krankenwagen gekommen, der die Offiziere abtransportieren soll, die bei dem Unfall verletzt wurden.« Erik sah, wie wieder zwölf Gefangene die Rampe hinuntergeführt wurden. »O Gott«, sagte er mit bebender Stimme. »Vater hatte recht. Wir sind ein Volk von Mördern.«

»Hör auf zu jammern, Mann. Mach, dass du wieder zu deinem Krankenwagen kommst.«

»Jawohl, Unterscharführer«, sagte Erik.

Ende November bat Wolodja um die Versetzung zu einer Kampfeinheit. Seine nachrichtendienstliche Arbeit schien nicht mehr von Bedeutung zu sein. Die Rote Armee brauchte in Berlin keine Spione mehr, um die Absichten einer deutschen Wehrmacht zu erfahren, die schon wenige Kilometer vor Moskau stand. Und Wolodja wollte für seine Stadt kämpfen.

Seine Vorbehalte gegen die Regierung kamen ihm inzwischen belanglos vor. Stalins Dummheit, die Brutalität der Geheimpolizei, die Tatsache, dass in der Sowjetunion nie etwas so funktionierte, wie es funktionieren sollte ... All das hatte keine Bedeutung mehr. Wolodja empfand nur noch das überwältigende Verlangen, den Feind zurückzuschlagen, der seiner Mutter, seiner Schwester, den Zwillingen und Zoja Gewalt und Tod, Hunger und Vergewaltigung zu bringen drohte.

Dabei war Wolodja sich durchaus bewusst, dass er keine Spione mehr haben würde, wenn jeder so dachte. Seine deutschen Informanten waren Menschen, die zu dem Schluss gekommen waren, dass der Kampf gegen die furchtbare Grausamkeit der Nazis schwerer wog als Patriotismus und persönliche Loyalitäten. Wolodja war diesen Menschen dankbar für ihren Mut und ihre Moral, doch er selbst empfand anders.

Gleiches galt für viele andere junge Männer in der GRU, und eine kleine Kompanie von ihnen schloss sich Anfang Dezember einem Schützenbataillon an. Wolodja küsste seine Eltern, schrieb

Zoja einen knappen Brief, in dem er seiner Hoffnung Ausdruck verlieh, sie eines Tages wiederzusehen, und zog in die Kaserne.

Endlich führte Stalin Verstärkungen aus dem Osten nach Moskau. Dreizehn sibirische Divisionen wurden gegen die immer näher rückenden Deutschen in Stellung gebracht. Auf ihrem Weg an die Front kamen einige der Sibirier durch Moskau, und die Moskowiter starrten diese Männer in den weißen Steppmänteln und Schaffellstiefeln mit ihren Skiern, Schneebrillen und zähen Steppenponys hoffnungsvoll an. Sie kamen gerade rechtzeitig für den russischen Gegenangriff.

Das war die letzte Chance der Roten Armee. In den vergangenen fünf Monaten hatte die Sowjetunion den deutschen Eindringlingen immer wieder Hunderttausende von Männern entgegengeworfen. Und jedes Mal hatten die Deutschen kurz angehalten, den Angriff abgewehrt und dann ihren Vormarsch erbarmungslos fortgesetzt. Sollte auch dieser Gegenangriff scheitern, würde es keinen weiteren mehr geben. Die Deutschen würden Moskau einnehmen, und wenn sie Moskau hatten, dann hatten sie die UdSSR, und Wolodjas Mutter würde Wodka auf dem Schwarzmarkt gegen Milch für Dimka und Tanja tauschen.

Am 4. Dezember rückten die sowjetischen Streitkräfte aus der Stadt in Richtung Norden, Westen und Süden ab und nahmen ihre Ausgangsstellungen für den letzten Angriff ein. Panzer und Lastwagen fuhren ohne Licht, um den Feind nicht zu alarmieren, und die Männer durften weder Feuer machen noch Zigaretten rauchen.

Am Abend kamen NKWD-Agenten an die Front. Seinen rattengesichtigen Schwager Ilja Dworkin konnte Wolodja allerdings nicht entdecken, obwohl der mit Sicherheit dazugehörte. Zwei Agenten, die Wolodja nicht kannte, kamen in die Stellung, wo er und ein Dutzend Männer gerade ihre Gewehre reinigten. »Habt ihr gehört, wie jemand die Regierung kritisiert hat?«, wollten sie wissen. »Was sagen eure Genossen über Genosse Stalin? Wer von euren Genossen stellt die Klugheit der Armeeführung infrage?«

Wolodja konnte es nicht glauben. Unter diesen Umständen war das doch völlig egal. In den nächsten paar Tagen würde Moskau entweder gewonnen oder verloren werden. Wen kümmerte es da noch, ob die Soldaten sich über ihre Offiziere beschwerten? Wolodja kürzte die Befragung ab, indem er erklärte, die Männer hätten den Befehl zu schweigen und er sei befugt, jeden zu erschießen, der sich dem widersetzte. Aber, fügte er kühn hinzu, im Fall der beiden Geheimpolizisten würde er noch einmal Gnade vor Recht ergehen lassen, falls sie sofort verschwänden.

Es funktionierte, doch Wolodja hegte keinerlei Zweifel daran, dass der NKWD die Moral der Truppe an der gesamten Front untergrub.

Am Abend des 5. Dezember begann die russische Artillerie mit dem Trommelfeuer, und am nächsten Morgen griffen Wolodja und sein Bataillon inmitten eines Schneesturms an. Ihr Befehl lautete, eine kleine Stadt auf der anderen Seite eines Kanals einzunehmen.

Wolodja ignorierte den Befehl, die deutschen Verteidigungsstellungen frontal anzugreifen. Das war die typische, alte russische Taktik, und jetzt war nicht der geeignete Zeitpunkt, um an falschen, wenn auch althergebrachten Strategien festzuhalten. Mit seinen hundert Mann marschierte Wolodja flussaufwärts und überquerte nördlich der Stadt das Eis, um die Deutschen in der Flanke anzugreifen. Zu seiner Linken hörte er das Grollen der Schlacht; deshalb wusste er, dass er hinter den feindlichen Linien war.

Der peitschende Schnee machte Wolodja fast blind. Gelegentlich hellte das Mündungsfeuer der Geschütze die Wolken auf, doch in Bodenhöhe konnte man nur wenige Meter weit sehen. Aber das würde den Russen dabei helfen, sich an die Deutschen anzuschleichen und sie zu überraschen.

Es war klirrend kalt, unter minus 35 Grad Celsius. Die Kälte war für beide Seiten schrecklich, aber die Deutschen hatten größere Probleme damit, denn ihnen fehlte die Winterausrüstung.

Zu seiner großen Überraschung stellte Wolodja fest, dass die sonst effektive Wehrmacht ihre Front nicht befestigt hatte. Es gab weder Schützengräben noch Panzersperren oder auch nur Schützenlöcher. Die deutsche Front war nicht mehr als eine Reihe kleiner, leicht befestigter Stellungen. Es war einfach, durch die Lücken in die Stadt zu schlüpfen und nach »weichen« Zielen zu suchen, nach Baracken, Kantinen und Munitionslagern.

Wolodjas Männer erschossen drei Wachen, um ein Fußballfeld einzunehmen, auf dem fünfzig Panzer abgestellt waren. Kann das wirklich so einfach sein, fragte sich Wolodja. War die Streitmacht, die halb Russland erobert hatte, ausgelaugt oder gar am Ende?

Die Leichen sowjetischer Soldaten, die bei vorangegangenen Gefechten gefallen waren, hatte man an Ort und Stelle liegen gelassen, nachdem man ihnen die Mäntel und Stiefel abgenommen hatte.

Die Straßen der Stadt waren übersät mit liegen gebliebenen Fahrzeugen: leeren Lkws mit offenen Türen, schneebedeckten Panzern mit kalten Motoren und Limousinen, deren Motorhauben offen standen, als hätte ein Mechaniker sich gerade irgendetwas angesehen, aber verzweifelt aufgegeben.

Als Wolodja die Hauptstraße überquerte, hörte er ein Motorengeräusch und sah durch den Schnee von links Scheinwerfer auf sich zukommen. Zuerst nahm er an, es handle sich um einen sowjetischen Wagen, der durch die deutschen Linien gebrochen war. Doch unvermittelt nahm das Fahrzeug ihn und seine Männer unter Beschuss. Wolodja rief seinen Leuten zu, in Deckung zu gehen. Wie sich herausstellte, gehörten die Scheinwerfer zu einem deutschen Kübelwagen. Diese Fahrzeuge verfügten über eine Luftkühlung, sodass der Motor nicht eingefroren war. Der Wagen jagte mit hoher Geschwindigkeit an den Russen vorbei, und die Soldaten schossen von den Sitzen aus.

Wolodja war so überrascht, dass er ganz vergaß, das Feuer zu erwidern. Warum fuhr ein Fahrzeug voller bewaffneter Deutscher weg von der Schlacht?

Wolodja führte seine Kompanie über die Straße. Er hatte damit gerechnet, dass sie sich von Haus zu Haus würden durchkämpfen müssen; tatsächlich aber trafen sie nur auf geringen Widerstand. Die Gebäude in der besetzten Stadt waren verschlossen, die Fenster verrammelt und dunkel. Die Einheimischen, die sich noch in den Häusern aufhielten, hatten sich wahrscheinlich unter die Betten verkrochen und warteten ängstlich ab, was geschah.

Weitere Fahrzeuge kamen die Straße herunter. Wolodja gelangte zu dem Schluss, dass die feindlichen Offiziere vom Schlachtfeld flohen. Er befahl einem Trupp mit einem leichten Maschinengewehr, in einem Café in Deckung zu gehen, von wo aus sie auf die Fliehenden feuern konnten. Die Deutschen durften auf keinen Fall überleben, um morgen wieder Russen zu töten.

Unmittelbar neben der Hauptstraße entdeckte Wolodja ein gemauertes Haus, hinter dessen dünnen Vorhängen ein helles Licht schien. Vorsichtig schlich er an einem Wachposten vorbei, der in dem Schneesturm nicht weit sehen konnte, spähte in das Gebäude und sah mehrere Offiziere. Das musste der Bataillonsgefechtsstand der Deutschen sein.

Flüsternd erteilte er seinen Unteroffizieren Befehle. Die Männer schossen durch die Fenster und warfen dann Handgranaten hinein. Ein paar Deutsche ergaben sich und kamen heraus, die Hände über dem Kopf. Eine Minute später hatte Wolodja das Gebäude eingenommen.

Dann hörte er ein neues Geräusch. Er lauschte und runzelte die Stirn. Das klang wie jubelnde Zuschauer bei einem Fußballspiel. Er trat aus dem Gebäude. Das Geräusch kam von der Front, und es wurde immer lauter.

Dann ertönte Maschinengewehrfeuer hundert Meter die Hauptstraße hinunter, und ein Lastwagen schleuderte von der Straße und gegen eine Ziegelmauer. Er ging in Flammen auf, vermutlich nach einem Treffer von dem leichten MG, das Wolodja im Café in Stellung gebracht hatte. Zwei weitere Fahrzeuge folgten, entkamen jedoch.

Wolodja lief zu dem Café. Seine Männer hatten das Zweibein des MGs ausgeklappt und es auf einen Tisch gestellt. Das MG vom Typ DA nannte man wegen des tellerförmigen Magazins auch »Plattenspieler«, und die Männer hatten sichtlich Spaß gehabt. »Das ist ja wie Tontaubenschießen, Genosse Hauptmann«, sagte der Schütze. »So leicht!« Einer der Männer hatte die Küche geplündert und einen großen Eimer Eiscreme gefunden, der auf wundersame Weise unbeschädigt geblieben war, und den verleibten Wolodjas Männer sich nun ein.

Wolodja schaute aus dem zerstörten Fenster des Cafés auf die Straße. Er sah ein weiteres Fahrzeug herankommen – wieder einen Kübelwagen, nahm er an. Dahinter liefen mehrere Männer. Als sie näher kamen, erkannte er die deutschen Uniformen. Und es kamen immer mehr. Es waren Dutzende, vielleicht Hunderte. Und sie waren auch für das Geräusch verantwortlich, das Wolodja für jubelnde Fußballzuschauer gehalten hatte.

Der MG-Schütze richtete die Waffe auf das näher kommende Fahrzeug, doch Wolodja legte ihm die Hand auf die Schulter. »Warte«, sagte er.

Er starrte in den Schneesturm hinaus, und seine Augen brannten. Er sah immer mehr Fahrzeuge und Männer, sogar ein paar Pferde.

Ein Soldat hob das Gewehr. »Nicht schießen«, befahl Wolodja. Die Deutschen kamen näher. »Die können wir nicht aufhalten. In einer Minute haben sie uns überrannt«, sagte er. »Lasst sie vorbei. Deckung.« Die Männer warfen sich flach auf den Boden. Der MG-Schütze nahm das Maschinengewehr vom Tisch, und Wolodja setzte sich unter das Fenster und spähte vorsichtig hinaus.

Das Geräusch wuchs zu einem Grollen an. Die vordersten Männer erreichten das Café und zogen vorbei. Sie liefen, stolperten und humpelten. Einige trugen Gewehre, die meisten schienen ihre Waffen jedoch verloren zu haben. Ein paar von ihnen hatten Mäntel und Mützen, andere nur ihre Uniformjacken. Viele waren verwundet. Wolodja sah, wie ein Mann mit verbundenem Kopf zu Boden stürzte. Er kroch ein paar Meter und brach dann endgültig zusammen. Niemand kümmerte sich um ihn. Ein Kavallerist trampelte über ihn hinweg und galoppierte davon. Kübel- und Stabswagen rasten durch die Menge, schleuderten gefährlich auf dem Eis, hupten wild und trieben die Männer in den Straßengraben.

Das ist Panik, erkannte Wolodja. Sie liefen zu Tausenden davon. Sie waren auf der Flucht!

Endlich, endlich wurden die Deutschen zurückgetrieben.

KAPITEL 11

1941 (IV)

Woody Dewar und Joanne Rouzrokh reisten mit einem Boeing-314-Clipper vom kalifornischen Oakland nach Honolulu. Vierzehn Stunden brauchte die Pan-Am-Maschine für die Reise.

Kurz vor ihrer Ankunft hatten sie einen heftigen Streit. Der Auslöser war möglicherweise, dass sie viel Zeit auf beengtem Raum verbringen mussten: Das Flugboot gehörte zwar zu den größten Maschinen der Welt, aber die Passagiere saßen in einer von sechs kleinen Kabinen, die aus jeweils zwei gegenüberliegenden Reihen zu vier Sitzen bestanden.

»Ich fahre lieber mit dem Zug«, sagte Woody und schlug mit einiger Mühe seine langen Beine übereinander. Joanne ersparte sich netterweise den Hinweis, dass man mit dem Zug nicht nach Hawaii kam.

Die Reise war die Idee von Woodys Eltern. Sie hatten beschlossen, Urlaub auf Hawaii zu machen, um Woodys jüngeren Bruder Chuck zu besuchen, der dort stationiert war. Dann hatten sie Woody und Joanne eingeladen, in der zweiten Urlaubswoche zu ihnen zu stoßen.

Die beiden waren inzwischen verlobt. Woody hatte Joanne am Ende des Sommers, nach vier Wochen heißen Wetters und leidenschaftlicher Liebe in Washington, einen Heiratsantrag gemacht. Anfangs hatte Joanne es für zu früh gehalten, hatte Woodys Drängen dann aber nachgegeben; schließlich, hatte er erklärt, liebe er sie seit sechs Jahren. Im kommenden Juni, nach Woodys Studienabschluss in Harvard, wollten sie heiraten. Und da sie bereits verlobt waren, stand einem gemeinsamen Familienurlaub nichts im Weg.

Das Flugzeug ging in den Sinkflug, als sie sich Oahu näherten, der größten Insel Hawaiis. Sie sahen bewaldete Berge und verstreute Dörfer im Tiefland – ein grünes Juwel auf blauem Samt,

610

umschlossen von weißem Sandstrand und silberner Brandung. »Ich habe mir einen neuen Badeanzug gekauft«, sagte Joanne. Sie saßen nebeneinander, und die vier 14-Zylinder-Motoren vom Typ Wright Twin Cyclone dröhnten zu laut, als dass sie belauscht werden konnten.

Woody las gerade *Früchte des Zorns;* nun legte er das Buch beiseite. »Ich kann nicht abwarten, dich darin zu sehen«, sagte er. »Du bist der Traum jedes Bademodenherstellers.«

Sie blickte ihn unter halb geschlossenen Lidern an, und ihre dunkelbraunen Augen schienen zu glühen. »Oh, danke! Ich möchte zu gern wissen, ob deine Eltern uns benachbarte Hotelzimmer gebucht haben.«

Dass sie verlobt waren, erlaubte ihnen nicht, im gleichen Zimmer zu übernachten, zumindest nicht offiziell. Allerdings entging Woodys Mutter nur wenig; wahrscheinlich wusste sie längst, dass die beiden miteinander schliefen.

»Ich werde dich schon finden«, erwiderte Woody, »egal, wo du bist.«

»Das kann ich dir nur raten.«

»Hör jetzt lieber damit auf. Der Sitz ist so schon eng genug für mich.«

Sie lächelte zufrieden.

Der amerikanische Marinestützpunkt kam in Sicht. Eine palmwedelförmige Lagune bildete einen großen Naturhafen. Die Hälfte der amerikanischen Pazifikflotte lag hier vor Anker, ungefähr einhundert Schiffe. Die Reihen der Treiböltanks erinnerten an die Figuren auf einem Schachbrett.

In der Mitte der Lagune befand sich eine Insel mit einem Flugfeld. Am Westrand dieser Insel entdeckte Woody mehr als ein Dutzend vertäute Wasserflugzeuge.

Direkt neben der Lagune befand sich der Luftwaffenstützpunkt Hickam Field. Mehrere hundert Maschinen standen dort auf den Rollbahnen, in militärischer Präzision ausgerichtet, Tragflächenspitze an Tragflächenspitze.

Beim Landeanflug neigte der Clipper sich auf die Seite und überflog einen Strand mit Palmen und bunt gestreiften Sonnenschirmen – Waikiki, vermutete Woody. Dann ging es über den kleinen Ort Honolulu hinweg, die Hauptstadt der Insel.

611

Joanne hatte beim Außenministerium noch Urlaub gut, aber Woody hatte sich für die Reise eine Woche lang an der Universität freinehmen müssen.

»Dein Vater überrascht mich ein bisschen«, sagte Joanne. »Normalerweise geht deine Ausbildung ihm über alles.«

»Ja«, erwiderte Woody. »Aber weißt du, was der eigentliche Grund dafür ist, weshalb wir hier Urlaub machen? Mein Vater glaubt, es könne die letzte Gelegenheit sein, Chuck lebendig zu sehen.«

»O Gott. Ist das wahr?«

»Er rechnet mit Krieg, und Chuck ist in der Navy.«

»Dein Vater hat recht. Es wird Krieg geben.«

»Was macht dich so sicher?«

»Die ganze Welt ist zum Feind der Freiheit geworden.« Sie deutete auf das Buch in ihrem Schoß, einen Bestseller namens *Berliner Tagebuch* von dem Rundfunkreporter William Shirer. »Die Nazis haben ganz Europa erobert«, zählte sie auf. »Die Bolschewisten haben Russland. Und nun greifen die Japaner nach dem Fernen Osten. Ich wüsste nicht, wie die Vereinigten Staaten in einer solchen Welt überleben sollen. Mit irgendjemandem müssen wir schließlich Handel treiben.«

Woody nickte. »Mein Vater sieht das genauso. Er befürchtet, dass wir nächstes Jahr Krieg mit Japan bekommen werden. Hinzu kommt die ungewisse Situation zwischen Deutschen und Russen. Die Deutschen sind offenbar nicht in der Lage, Moskau einzunehmen. Kurz bevor ich aufgebrochen bin, war von einer gigantischen russischen Gegenoffensive die Rede.«

Woody blickte aus dem Fenster und sah den Flughafen von Honolulu. Das Flugzeug näherte sich einem kanalisierten Meeresarm, der parallel zur Landebahn verlief.

»Ich hoffe«, sagte Joanne, »es passiert nichts Dramatisches, solange ich weg bin.«

»Wieso?«

»Ich will befördert werden. Deshalb möchte ich nicht, dass irgendein helles Köpfchen Gelegenheit bekommt zu leuchten, solange ich nicht da bin.«

»Eine Beförderung? Davon hast du gar nichts gesagt.«

»Ich habe es auf eine Stelle als wissenschaftliche Referentin abgesehen.«

Woody lächelte. »Wie hoch möchtest du eigentlich hinaus?«

»Botschafterin wäre nicht schlecht. In irgendeinem faszinierenden exotischen Land in Asien oder Afrika.«

»Wirklich?«

»Guck nicht so skeptisch. Oder traust du einer Frau das nicht zu? Sieh dir Frances Perkins an. Sie ist die erste Frau an der Spitze des Arbeitsministeriums, und sie macht einen verdammt guten Job.«

Woody nickte. Perkins war seit Beginn von Roosevelts Präsidentschaft vor acht Jahren Arbeitsministerin und hatte die Gewerkschaften dazu gebracht, den New Deal zu unterstützen. Eine außergewöhnliche Frau konnte heutzutage fast alles erreichen, und Joanne war außergewöhnlich. Dennoch machte ihr Ehrgeiz ihn besorgt. »Aber ein Botschafter muss im Ausland leben«, wandte er ein.

»Ja, eben. Wäre das nicht großartig? Fremde Kulturen, exotische Menschen und Gebräuche …«

»Aber wie lässt sich das mit der Ehe vereinbaren?« Er zuckte mit den Schultern, als er ihren vorwurfsvollen Blick sah. »Die Frage drängt sich auf, findest du nicht?«

Sie verzog keine Miene, nur ihre Nasenflügel hoben sich – ein Zeichen, dass sie wütend wurde. »Habe ich dir diese Frage auch gestellt?«, erwiderte sie.

»Nein, aber …«

»Und?«

»Ich wundere mich nur. Erwartest du von mir, dass ich dort lebe, wohin dein Beruf dich führt?«

»Ich habe immer versucht, dir entgegenzukommen, Woody. Ich finde, das solltest du bei mir auch tun.«

»Aber das ist nicht das Gleiche.«

»Nicht?«, erwiderte sie gereizt. »Das ist mir neu.«

Woody fragte sich, wie das Gespräch so schnell eine solche Wendung hatte nehmen können. Um einen versöhnlichen Tonfall bemüht, sagte er: »Wir haben doch über Kinder gesprochen.«

»Wenn Kinder mich in unserer Ehe zu einem Menschen zweiter Klasse machen, dann bekommen wir keine.«

»Du lieber Himmel. Wenn du zur Botschafterin ernannt wirst, erwartest du dann, dass ich alles stehen und liegen lasse und mit dir gehe?«

613

»Ich erwarte, dass du sagst: ›Liebling, das ist eine großartige Gelegenheit für dich, und ich werde dir bestimmt nicht im Weg stehen.‹ Ist das so unzumutbar?«

»Ja!« Woody war ratlos und verärgert. »Welchen Sinn hätte es, verheiratet zu sein, wenn wir nicht zusammen sind?«

»Wenn es zum Krieg kommt, würdest du dich freiwillig melden?«

»Wahrscheinlich schon.«

»Und die Army würde dich dorthin schicken, wo du gebraucht wirst – nach Europa oder in den Fernen Osten.«

»Ja.«

»Also gehst du dorthin, wohin deine Pflicht dich führt, und lässt mich zu Hause zurück.«

»Wenn es sein muss.«

»Und ich darf das nicht?«

»Das ist etwas ganz anderes.«

»Es mag sich seltsam anhören, aber meine Karriere und der Dienst für mein Land sind mir wichtig – genauso wichtig wie dir.«

»Das ist völlig verdreht!«

»Tut mir wirklich leid, Woods, dass du so denkst. Eigentlich wollte ich mit dir über unsere gemeinsame Zukunft sprechen. Jetzt frage ich mich, ob wir überhaupt eine gemeinsame Zukunft haben.«

»Natürlich, was denn sonst!« Woody atmete tief durch. »Herrgott, wie konnte es so weit kommen? Was ist aus uns geworden?«

Ein Stoß ging durch die Maschine. Der Clipper hatte aufgesetzt.

Sie waren in Hawaii.

Chuck Dewar hatte Angst, seine Eltern könnten sein Geheimnis erfahren.

Zu Hause in Buffalo hatte er keine echte Liebesaffäre gehabt; mehr als hastige Fummeleien in dunklen Gassen mit Jungen, die er kaum kannte, hatte es nie gegeben. Er war nicht zuletzt deshalb in die Navy eingetreten, weil er dadurch an Orte kam, an denen er seinen sexuellen Neigungen nachgehen konnte, ohne dass seine Eltern davon erfuhren.

Seit er auf Hawaii war, hatte sich alles geändert. Hier gehörte er einer verschwiegenen Gemeinschaft junger Männer an, die ähnliche sexuelle Präferenzen hatten. Chuck besuchte Bars, Restaurants und Tanzdielen, in denen er nicht vorgeben musste, heterosexuell zu sein. Nach einigen Affären hatte er sich verliebt und lebte nun in einer festen Beziehung. Viele hier kannten sein Geheimnis, nur seine Eltern nicht.

Und jetzt waren sie gekommen.

Sein Vater hatte eine Einladung zur Fernmeldeaufklärungseinheit des Marinestützpunkts erhalten, die als »Station HYPO« bekannt war. Als Mitglied des Außenausschusses des Senats kannte Senator Dewar eine Reihe militärischer Geheimnisse; unter anderem hatte er bereits das Hauptquartier der Arbeitsgruppe für Fernmeldeaufklärung in Washington besichtigt, das OP-20-G.

Chuck holte seinen Vater an dessen Hotel in Honolulu mit einem Wagen der Navy ab, einer Packard-LeBaron-Limousine. Gus trug einen weißen Strohhut. Als sie am Hafenbecken entlangfuhren, stieß er einen leisen Pfiff aus. »Die Pazifikflotte«, sagte er. »Ganz schön beeindruckend.«

Chuck stimmte ihm zu. »Ja, das ist schon ein Anblick, nicht wahr? Für mich ist die Navy das Allergrößte. Und Schiffe sind wunderschön, besonders, wenn sie so gestrichen, geschrubbt und auf Vordermann gehalten werden, findest du nicht auch?«

»Ja«, sagte Gus. »So viele Schlachtschiffe in einer perfekt geraden Linie …«

»Wir nennen es die Schlachtschiff-Allee. Vor der Insel ankern die *Maryland*, die *Tennessee*, die *Arizona*, die *Nevada*, die *Oklahoma* und die *West Virginia*.« Schlachtschiffe wurden nach US-Bundesstaaten benannt. »Im Hafen liegen außerdem die *California* und die *Pennsylvania*, aber die kannst du von hier aus nicht sehen.«

Am Haupttor des Navy Yard erkannte der Posten von der Marineinfanterie den offiziellen Wagen und winkte ihn durch. Chuck und Gus fuhren zur U-Boot-Basis und hielten auf dem Parkplatz hinter der Kommandantur, dem Old Administration Building. Chuck führte seinen Vater in den kürzlich bezogenen neuen Flügel.

Captain Vandermeier erwartete sie.

615

Chuck war ganz und gar nicht wohl bei dem Gedanken, dem Captain gegenüberzutreten. Vandermeier mochte ihn nicht und kannte überdies sein Geheimnis. Ständig bezeichnete er Chuck abfällig als »Puderquaste« oder »Spinatstecher«. Wenn er eine Gelegenheit bekam, würde er reden; das wusste Chuck.

Vandermeier war ein kleiner, massiger Mann mit rauer Stimme, der aus dem Mund roch und sich gern sehr derb ausdrückte. Er salutierte vor Gus und reichte ihm die Hand. »Willkommen, Senator. Es ist mir ein Vergnügen, Ihnen die Fernmeldeaufklärungseinheit des 14th Naval District vorzuführen.« Diese Bezeichnung für die Arbeitsgruppe, die die Funksignale der Kaiserlich-Japanischen Kriegsmarine abhörte, war mit Absicht ein wenig vage gehalten.

»Danke, Captain«, sagte Gus.

»Vorher jedoch eine Warnung, Sir. Wir sind eine zwanglose Gruppe. Unsere Arbeit wird häufig von Exzentrikern erledigt, und nicht immer wird korrekte Dienstkleidung getragen. Der befehlshabende Offizier bespielweise, Commander Rochefort, trägt eine rote Samtjacke.« Vandermeier setzte ein Grinsen auf. »Von Mann zu Mann, Sir … Ich sage Ihnen das nur, damit Sie nicht denken, dass er wie ein verdammter Homo aussieht.«

Chuck versuchte, nicht zu ächzen, und sein Vater enthielt sich eines Kommentars.

»Wenn ich Sie nun zum Sicherheitsbereich führen darf, Sir«, sagte Vandermeier.

»Dürfen Sie«, entgegnete Gus.

Sie gingen die Treppe hinunter ins Kellergeschoss und durch zwei Türen, die Vandermeier ihnen aufschloss.

Station HYPO war ein fensterloser, von Neonlicht erhellter Raum, in dem sich dreißig Mann aufhielten. Neben den üblichen Schreibtischen und Stühlen enthielt er übergroße Kartentische und Regale voller exotischer IBM-Maschinendrucker, Lochkartenmischer und -sortierer, dazu zwei Kojen, in denen die Kryptoanalytiker während ihrer Codeknacker-Marathonsitzungen ein Nickerchen machen konnten. Einige Männer trugen ordentliche Uniformen, andere jedoch, wie von Vandermeier angekündigt, liefen in abgerissener Zivilkleidung herum, waren unrasiert und – dem Geruch im Raum nach zu urteilen – auch ungewaschen.

»Wie jede Kriegsmarine benutzt auch die japanische Flotte viele unterschiedliche Codes«, erklärte der Captain. »Die einfachsten werden für wenig geheime Signale wie Wetterberichte benutzt, die kompliziertesten reserviert man für die brisanteren Meldungen. Zum Beispiel sind Rufzeichen, die den Absender einer Nachricht und deren Empfänger identifizieren, in einem primitiven Code gehalten, selbst wenn die eigentliche Meldung hochgradig chiffriert wird. Neulich haben die Japse die Codierung der Rufzeichen geändert, aber nach ein paar Tagen hatten wir den neuen Code geknackt.«

»Sehr beeindruckend«, sagte Gus.

»Durch Dreieckspeilung können wir feststellen, woher ein Signal kommt. Kennen wir Ursprung und Rufzeichen, erhalten wir ein ziemlich gutes Bild davon, wo die meisten japanischen Kriegsschiffe sich befinden, selbst wenn wir die Nachrichten nicht lesen können.«

»Also wissen wir, wo die japanischen Schiffe sind und wohin sie fahren, aber nicht, welchen Befehl sie haben«, sagte Gus.

»Jawohl, Sir. Das ist regelmäßig so.«

»Wenn die Japaner sich vor uns verstecken wollten, bräuchten sie also nur Funkstille zu halten.«

»Das ist richtig«, sagte Vandermeier. »Wenn sie das Maul halten, ist die gesamte Einrichtung hier nutzlos, und wir sind in den Arsch gefickt.«

Ein Mann in Hausrock und karierten Pantoffeln kam näher. Vandermeier stellte ihnen den Chef der Einheit vor. »Commander Rochefort, Sir. Er spricht fließend Japanisch und ist außerdem ein meisterhafter Kryptoanalytiker.«

»Bis vor ein paar Tagen sind wir bei der Entschlüsselung des japanischen Hauptcodes gut vorangekommen«, erklärte Rochefort, nachdem sie einander begrüßt hatten. »Dann haben die Hundesöhne ihn geändert und unsere ganze Arbeit zunichtegemacht.«

»Captain Vandermeier sagt, Sie können den Signalen viel entnehmen, ohne die eigentlichen Nachrichten lesen zu können«, sagte Gus.

»Richtig.« Rochefort deutete auf eine große Tabelle an der Wand. »Im Augenblick hat der Hauptteil der japanischen Flotte die Heimatgewässer verlassen und läuft nach Süden.«

»Beunruhigend.«

617

»Allerdings, Sir. Aber sagen Sie, Senator, wie interpretieren Sie die Absichten der Japaner?«

»Ich glaube, sie werden den Vereinigten Staaten den Krieg erklären. Unser Ölembargo trifft sie bis ins Mark. Die Briten und Holländer weigern sich rundheraus, sie zu versorgen. Im Augenblick versucht Japan, Öl aus Südamerika zu erhalten. So können die nicht ewig weitermachen.«

»Aber was hätten die Schlitzaugen davon, wenn sie uns angreifen?«, fragte Vandermeier. »So ein kleines Land wie Japan kann nicht in die USA einmarschieren.«

»Großbritannien ist auch ein kleines Land«, entgegnete Gus, »hat aber aufgrund seiner Seeherrschaft die halbe Welt erobert. Die Japaner brauchen die USA nicht zu erobern. Wenn sie uns in einem Seekrieg besiegen und die Herrschaft über den Pazifik an sich reißen, kann niemand mehr sie vom Seehandel abhalten.«

»Was könnten die Japse denn Ihrer Meinung nach vorhaben, wenn sie nach Süden laufen?«

»Ihr wahrscheinlichstes Ziel sind die Philippinen.«

Rochefort nickte zustimmend. »Wir haben unseren dortigen Stützpunkt bereits verstärkt. Eines aber bereitet mir Kopfzerbrechen: Der Kommandeur der japanischen Flugzeugträgerflotte hat seit mehreren Tagen kein einziges Signal mehr erhalten.«

Gus runzelte die Stirn. »Funkstille? Ist das vorher schon einmal geschehen?«

»Ja, Sir. Flugzeugträger wahren Funkstille, wenn sie in ihre Heimatgewässer zurückkehren. Wir gehen davon aus, dass das auch diesmal die Erklärung ist.«

Gus nickte. »Gut möglich.«

»Ja«, sagte Rochefort. »Ich wünschte nur, ich könnte sicher sein.«

Auf der Fort Street in Honolulu strahlte hell die Weihnachtsbeleuchtung. Es war der Abend des 6. Dezember, ein Samstag. Auf der Straße drängten sich die Matrosen in weißer Tropenuniform mit runder weißer Mütze und schwarzem Knotentuch auf der Suche nach Vergnügungen.

Auch Familie Dewar schlenderte die Straße entlang und genoss die Atmosphäre. Rosa hatte sich bei Chuck eingehakt, Gus und Woody hatten Joanne in die Mitte genommen.

Woody hatte den Streit mit seiner Verlobten beigelegt und sich für seine falschen Annahmen, was Joanne von ihrer Ehe erwartete, entschuldigt. Joanne wiederum räumte ein, dass sie übers Ziel hinausgeschossen sei. Die grundsätzlichen Probleme waren damit zwar nicht gelöst, aber die Verständigung war immerhin so tief gegangen, dass sie sich gegenseitig die Klamotten heruntergerissen hatten und ins Bett gesprungen waren.

Danach erschien ihnen der Streit nicht mehr so wichtig. Es zählte nur, dass sie einander liebten. Sie schworen sich, solche Themen in Zukunft auf tolerante Weise und in gegenseitigem Verständnis zu besprechen. Als sie sich morgens anzogen, hatte Woody das Gefühl gehabt, sie beide hätten einen Meilenstein passiert.

Woody hatte seine Kamera dabei und machte Schnappschüsse, als sie nun zum Essen gingen. Sie waren noch nicht weit gekommen, als Chuck unvermittelt stehen blieb und ihnen einen anderen Matrosen vorstellte. »Leute«, sagte er, »das ist mein Kamerad Eddie Parry. Eddie, ich möchte dir meinen Vater vorstellen, Senator Dewar. Das ist meine Mutter Rosa, das ist mein Bruder Woody, und die junge Dame ist seine Verlobte, Joanne Rouzrokh.«

»Ich freue mich, Sie kennenzulernen, Eddie«, sagte Rosa. »Chuck hat sie mehrmals in seinen Briefen an uns erwähnt. Möchten Sie nicht mit uns essen? Wir gehen zu einem Chinesen.«

Woody war überrascht. Es sah seiner Mutter gar nicht ähnlich, einen Fremden zu einem Familienessen einzuladen.

»Vielen Dank, Ma'am«, sagte Eddie mit unüberhörbarem Südstaatenakzent. »Es wär mir eine Ehre.«

Sie gingen ins Heavenly Delight und setzten sich an einen Tisch für sechs Personen. Eddie gab sich förmlich und redete Gus mit »Sir« und die Frauen mit »Ma'am« an, wirkte aber entspannt. Nachdem sie bestellt hatten, sagte er: »Ich habe bereits so viel von Ihnen allen gehört, dass es mir vorkommt, als würde ich Sie schon länger kennen.« Eddie hatte ein sommersprossiges Gesicht und ein breites Lächeln, und Woody merkte, dass alle ihn mochten.

Eddie fragte Rosa, wie ihr Hawaii gefiele. »Um ehrlich zu sein, bin ich ein wenig enttäuscht«, sagte sie. »Honolulu ist beinahe so wie eine typische amerikanische Kleinstadt. Ich hatte es mir asiatischer vorgestellt.«

»Das kann ich gut nachvollziehen«, erwiderte Eddie. »Honolulu besteht nur aus Imbissbuden, Motels und Jazzbands.«

Später fragte er Gus, ob es seiner Meinung nach Krieg geben würde – eine Frage, mit der Gus sich immer wieder konfrontiert sah. »Nun, wir haben unser Möglichstes getan, eine Übereinkunft mit Japan zu finden«, antwortete er. »Außenminister Hull hat den ganzen Sommer über Gespräche mit Botschafter Nomura geführt. Aber wir scheinen zu keiner Einigung zu gelangen.«

»Woran liegt das?«, fragte Eddie.

»Amerika braucht eine Freihandelszone im Fernen Osten. Die Japaner sagen, schön, okay, wir lieben freien Handel, also machen wir das – allerdings nicht nur in unserem Hinterhof, sondern weltweit. Aber das könnten die USA nicht einmal dann gewährleisten, wenn sie es wollten. Deshalb stellt Japan sich auf den Standpunkt, dass es so lange eine eigene Wirtschaftszone braucht, wie auch andere Staaten sie haben.«

»Das ist in meinen Augen aber kein Grund für ihren Einmarsch in China.«

»Natürlich nicht«, sagte Gus. »Aber aus japanischer Sicht ist das konsequent. Die Japaner möchten Truppen in China, Indochina und Niederländisch-Indien stationieren, um ihre Interessen zu schützen, so wie wir Truppen auf den Philippinen haben, die Briten in Indien und die Franzosen in Algerien.«

»Wenn man es so sieht, erscheinen die Japaner gar nicht unvernünftig.«

»Sie sind nicht unvernünftig«, warf Joanne ein, »aber sie gehen den falschen Weg. Ein Imperium zu erobern ist eine Lösung aus dem neunzehnten Jahrhundert. Die Welt ändert sich. Die Zeit der Imperien und der geschlossenen Wirtschaftszonen ist zu Ende. Wenn wir Japan geben würden, was es will, müssten wir einen Schritt zurück machen.«

Das Essen wurde serviert. »Ach, ehe ich's vergesse«, sagte Gus in die Runde, »ich habe eben einen Anruf bekommen. Wir frühstücken morgen an Bord der *Arizona*. Punkt acht Uhr. Chuck ist nicht eingeladen, aber er wurde abkommandiert, uns zu fahren. Er

620

holt uns um sieben Uhr dreißig ab, bringt uns zum Navy Yard und setzt uns in einer Barkasse über.«

Woody langte beim gebratenen Reis zu. »Schmeckt köstlich«, sagte er. »Wir sollten auf unserer Hochzeit chinesisches Essen servieren.«

Gus lachte. »Wohl kaum.«

»Warum nicht? Es ist billig, und es schmeckt gut.«

»Ein Hochzeitsmahl ist nicht bloß ein Essen, es ist ein Ereignis.« Er blickte zu Joanne hinüber. »Wo wir gerade davon sprechen, Joanne, ich muss deine Mutter anrufen.«

Joanne runzelte die Stirn. »Wegen der Hochzeit?«

»Wegen der Gästeliste.«

Joanne legte die Essstäbchen hin. »Ist etwas nicht in Ordnung?« Als Woody sah, dass ihre Nasenflügel sich blähten, wusste er, dass Ärger bevorstand.

»So kann man es nicht nennen«, sagte Gus. »Aber wie du weißt, habe ich ziemlich viele Freunde und Verbündete in Washington, die beleidigt wären, wenn sie nicht zur Hochzeit meines Sohnes eingeladen würden. Ich möchte deiner Mutter vorschlagen, dass wir uns die Kosten teilen.«

Gus' Vorschlag war rücksichtsvoll: Da Joannes Vater sein Geschäft vor seinem Tod zu einem Spottpreis verkaufen musste, hatte ihre Mutter sicher nicht das Geld für eine prunkvolle Feier übrig. Doch Joanne gefiel es nicht, dass die Eltern die Hochzeit über ihren Kopf hinweg planten.

»Wer sind denn diese Freunde?«, fragte sie kühl.

»Vor allem Senatoren und Kongressabgeordnete. Den Präsidenten müssen wir auch einladen, aber er wird nicht kommen.«

»Welche Senatoren und Kongressabgeordnete?«, wollte Joanne wissen.

Woody bemerkte, dass seine Mutter ein Grinsen verbarg. Sie amüsierte sich über Joannes Unbeirrtheit. Nicht viele hatten den Mut, Gus an die Wand zu drängen.

Gus begann mit einer Namensliste.

Joanne unterbrach ihn. »Congressman Cobb auch?«

»Ja.«

»Aber er hat gegen das Verbot der Lynchjustiz gestimmt!«

»Peter Cobb ist ein tüchtiger Mann, aber er ist ein Politiker aus

621

Mississippi. Wir leben in einer Demokratie, Joanne. Wir müssen unsere Wähler vertreten. Die Südstaatler sind gegen das Verbot der Lynchjustiz.« Er blickte Chucks Freund an. »Ich hoffe, ich trete Ihnen nicht auf die Füße, Eddie.«

»Meinetwegen brauchen Sie nicht um den heißen Brei herumzureden, Sir«, sagte Eddie. »Ich komme aus Texas, aber die Politik der Südstaaten beschämt mich. Ich hasse Vorurteile. Ein Mensch bleibt ein Mensch, egal welche Hautfarbe er hat.«

Woody blickte zu Chuck. Sein Bruder wirkte so stolz auf Eddie, dass er fast zu platzen schien.

In diesem Augenblick begriff Woody, dass Eddie für Chuck mehr war als nur ein Kamerad. Welch eine merkwürdige Situation. An diesem Tisch saßen drei Paare: der Senator und seine Frau, Woody und Joanne sowie Chuck und Eddie.

Woody musterte Eddie aus dem Augenwinkel. Chucks Geliebter, dachte er. Ganz schön bizarr.

Eddie bemerkte, wie Woody zu ihm hinüberschaute, und lächelte liebenswürdig.

Woody riss den Blick von ihm los. Gott sei Dank haben unsere Eltern nichts bemerkt, dachte er. Es sei denn, Mama hat Eddie genau deswegen zu dem Familienessen eingeladen. Weiß sie es? Billigt sie es sogar? Nein, sagte er sich dann, das ist eher unwahrscheinlich.

»Wie auch immer, Cobb hat keine andere Wahl«, sagte Gus soeben. »Außerdem vertritt er ansonsten liberale Standpunkte. Er ist Demokrat durch und durch.«

»Das hat mit Demokratie nichts zu tun«, erwiderte Joanne hitzig. »Cobb vertritt nicht alle Menschen in den Südstaaten. Nur Weiße dürfen dort wählen.«

»Niemand ist vollkommen«, entgegnete Gus. »Cobb hat Roosevelts New Deal unterstützt.«

»Das heißt noch lange nicht, dass ich ihn zu meiner Hochzeit einladen muss.«

»Ich möchte ihn auch nicht dabeihaben, Pa«, warf Woody ein. »An seinen Händen klebt Blut.«

»Das ist unfair, Woody.«

»So empfinden wir es aber.«

»Nun, diese Entscheidung liegt nicht allein bei euch. Joannes

Mutter ist die Gastgeberin, und wenn sie es erlaubt, beteilige ich mich an den Kosten. Das gibt uns dann wenigstens ein Mitspracherecht bei der Frage, wer auf der Gästeliste steht.«

Woody lehnte sich zurück. »Verdammt, das ist unsere Hochzeit!«

Joanne schaute ihn an. »Vielleicht sollten wir uns nur standesamtlich trauen lassen, in aller Stille, nur mit ein paar Freunden.«

Woody zuckte mit den Schultern. »Ich wäre einverstanden.«

»Damit würdet ihr viele Leute vor den Kopf stoßen«, wandte Gus ein.

»Aber nicht uns«, erwiderte Woody. »Auf einer Hochzeit kommt die Braut an erster Stelle. Ich möchte ihr nur geben, was sie möchte.«

Rosa ergriff das Wort. »Hört mal alle gut zu«, sagte sie. »Übertreiben wir es nicht. Gus, Liebling, vielleicht solltest du Peter Cobb mal zur Seite nehmen und ihm schonend beibringen, dass du einen idealistischen Sohn hast, der ein gleichermaßen idealistisches Mädchen heiratet, und dass die beiden hartnäckig deine leidenschaftlich vorgetragene Bitte zurückweisen, Peter zur Hochzeit einzuladen. Es tue dir leid, aber du könntest deinen Wünschen in diesem Fall genauso wenig nachgeben wie Peter bei der Frage über das Lynchverbot. Er wird lächeln und sagen, dass er Verständnis dafür hat. Er hat dich immer gemocht, weil du ein grundanständiger Kerl bist.«

Gus zögerte einen Moment; dann entschied er sich, mit Würde nachzugeben. »Da hast du wohl recht, meine Liebe«, sagte er. Er lächelte Joanne an. »Außerdem wäre ich dumm, wenn ich mich ausgerechnet wegen Peter Cobb mit meiner entzückenden Schwiegertochter überwerfe.«

Joanne sagte: »Herzlichen Dank. Soll ich dich ab jetzt Papa nennen?«

»Das würde mir sehr gefallen«, sagte Gus.

Woody glaubte, in den Augen seines Vaters Tränen schimmern zu sehen.

»Dann danke ich dir, Papa«, sagte Joanne.

Was sagt man dazu, dachte Woody. Sie hat ihm die Stirn geboten – und gewonnen.

Was für eine Frau!

623

Eddie wollte Chuck am Sonntagmorgen auf der Fahrt zum Hotel begleiten, wo er seine Familie abholen musste.

»Ich weiß nicht recht«, sagte Chuck. »Wir beide sollen befreundet sein, aber nicht unzertrennlich.«

Es dämmerte, und sie lagen im Bett eines Motels. Vor Sonnenaufgang mussten sie sich zurück in die Kaserne schleichen.

»Du schämst dich für mich«, sagte Eddie.

»Wie kannst du so was sagen? Ich habe dich zum Abendessen mit meiner Familie mitgenommen.«

»Das war die Idee deiner Mutter, nicht deine. Aber dein Vater mochte mich, oder?«

»Sie lagen dir alle zu Füßen. Wer läge dir nicht zu Füßen? Aber sie wissen ja auch nicht, dass du ein dreckiger Homo bist.«

»Ich bin kein dreckiger Homo. Ich bin ein sehr reinlicher Homo.«

»Stimmt.«

»Bitte nimm mich mit. Ich möchte sie näher kennenlernen. Es ist mir wirklich wichtig.«

Chuck seufzte. »Okay.«

»Danke.« Eddie küsste ihn. »Haben wir noch Zeit …«

Chuck grinste. »Wenn wir uns beeilen.«

Zwei Stunden später saßen sie zusammen im Packard vor dem Hotel. Ihre vier Fahrgäste erschienen um halb acht. Rosa und Joanne trugen Hut und Handschuhe, Gus und Woody weiße Leinenanzüge. Woody hatte seine Kamera dabei.

Das junge Paar hielt sich bei der Hand. »Guck mal, die beiden«, murmelte Chuck seinem Freund zu. »Mein Bruder ist verdammt glücklich.«

»Sie ist ja auch sehr hübsch.«

Sie hielten die Türen der Limousine auf, und die Dewars stiegen in den Fond. Woody und Joanne klappten sich die Notsitze herunter. Chuck fuhr los und schlug den Weg zum Marinestützpunkt ein.

Es war ein schöner Morgen. Im Autoradio hörten sie KGMB; der Sender spielte Kirchenlieder. Die Sonne strahlte über der Lagune und funkelte auf den gläsernen Bullaugen und den polierten Messingrelings von hundert Schiffen. »Ist das nicht ein schöner Anblick?«, schwärmte Chuck.

Sie kamen in den Stützpunkt und fuhren zum Navy Yard, wo ein Dutzend Schiffe zwecks Reparaturen, Wartung und Betankung in Schwimm- und Trockendocks lagen. Chuck hielt vor der Anlegestelle für Offiziere. Alles stieg aus und blickte über die Lagune zu den mächtigen Schlachtschiffen, die sich im Morgenlicht stolz vor ihnen erhoben. Woody machte ein Foto.

Es war wenige Minuten vor acht. Chuck hörte die Kirchenglocken in der nahen Pearl City. An Bord der Schiffe wurde die Vormittagswache zum Frühstück gepfiffen, und Fahnentrupps traten an, um Punkt acht die Flaggen zu hissen. Eine Kapelle an Deck der *Nevada* spielte *The Star-Spangled Banner.*

Sie gingen zum Landungssteg, wo eine vertäute Barkasse auf sie wartete. Das Boot war groß genug für ein Dutzend Passagiere und verfügte über einen Innenbordmotor unter einem Luk im Heck. Eddie ließ die Maschine an, während Chuck den Gästen ins Boot half. Der kleine Motor tuckerte fröhlich. Chuck stellte sich in den Bug, während Eddie die Barkasse vorsichtig ablegte und in Richtung der Schlachtschiffe lenkte. Als sie Geschwindigkeit aufnahmen, hob sich der Bug und schnitt einen Zwillingsbogen aus Schaum ins Wasser, der an die Flügel einer Möwe erinnerte.

Chuck hörte ein Flugzeug und hob den Blick. Die Maschine näherte sich von Westen. Seltsamerweise flog sie so niedrig, dass man beinahe befürchten musste, sie könnte aufschlagen. Chuck vermutete, dass der Pilot auf der Marinepiste von Ford Island landen wollte.

Woody, der neben Chuck im Bug saß, runzelte die Stirn. »Was ist das denn für einer?«

Chuck kannte alle Flugzeugtypen des Heeres und der Marine, aber diese Maschine zu identifizieren fiel ihm schwer. »Sieht fast aus wie ein Typ 97«, sagte er. Typ 97 war der trägergestützte Torpedobomber der Kaiserlich-Japanischen Marineluftstreitkräfte.

Woody richtete seine Kamera auf das Flugzeug.

Als es näher kam, entdeckte Chuck große rote Sonnenscheiben auf den Tragflächen. »Das ist ein Japaner!«, rief er.

Eddie, der das Boot vom Heck aus steuerte, hörte ihn. »Sie müssen das Flugzeug für eine Übung hergerichtet haben«, sagte er. »Eine Alarmübung, die jedem den Sonntagmorgen vermiesen soll.«

»Wird wohl so sein«, sagte Chuck.

Dann sah er ein zweites Flugzeug hinter dem ersten.

Und noch eins.

Er hörte seinen Vater besorgt fragen: »Was ist da los?«

Die Flugzeuge drehten über dem Navy Yard ein und zogen in niedriger Höhe über die Barkasse hinweg. Das Brummen der Motoren steigerte sich zu einem Gebrüll wie an den Niagarafällen. Es waren ungefähr zehn Maschinen. Augenblicke später waren es zwanzig, und es wurden immer mehr.

Sie hielten direkt auf die Schlachtschiff-Allee zu.

Woody senkte den Fotoapparat. »Das kann doch kein echter Angriff sein, oder?« In seiner Stimme lagen Zweifel und Angst.

»Wo sollten hier Japaner herkommen?«, fragte Chuck ungläubig. »Japan ist fast viertausend Meilen weit weg! Kein Flugzeug fliegt so weit.«

Im nächsten Moment fiel ihm ein, dass die Flugzeugträger der japanischen Marine Funkstille hielten. Die Fernmeldeaufklärung war davon ausgegangen, dass die Träger sich in heimischen Gewässern aufhielten, aber das hatte sich nie bestätigen lassen.

Er schaute seinen Vater an und glaubte zu erkennen, dass Gus das Gleiche dachte.

Plötzlich wurde alles klar. Zweifel wurden zur schrecklichen Gewissheit, Unglaube zur panischen Angst.

Die Führungsmaschine flog in niedriger Höhe über die *Nevada* hinweg, das Achterschiff der Schlachtschiff-Allee. Ein Feuerstoß hämmerte. An Deck spritzten Matrosen auseinander, und die Kapelle verstummte mit einem disharmonischen Crescendo.

In der Barkasse schrie Rosa auf.

»Herr im Himmel«, flüsterte Eddie, »das ist wirklich ein Angriff.«

Chuck stockte das Herz. Die Japaner bombardierten Pearl Harbor, und er fuhr mit einem kleinen Beiboot mitten auf der Lagune! Er blickte in die erschrockenen Gesichter der anderen und begriff, dass sämtliche Menschen, die er liebte, mit ihm auf dem Boot waren.

Von den Unterseiten der japanischen Bomber lösten sich lange, zigarrenförmige Torpedos und jagten gischtend in das ruhige Wasser der Lagune.

Chuck brüllte: »Dreh um, Eddie!«

626

Eddie war längst dabei und wendete die Barkasse in einem engen Bogen.

Als sie abdrehte, entdeckte Chuck über dem Luftwaffenstützpunkt Hickam Field eine weitere Kette japanischer Maschinen – Sturzkampfbomber, die sich nun wie Raubvögel auf die amerikanischen Flugzeuge stürzten, die sauber aufgereiht auf den Pisten standen.

Wie viele von diesen Hundesöhnen sind denn hier, zum Teufel, schoss es Chuck durch den Kopf. Die halbe japanische Luftwaffe schien sich am Himmel über Pearl Harbor versammelt zu haben.

Woody fotografierte noch immer.

Chuck hörte ein tiefes Rumpeln wie von einer unterirdischen Explosion, gefolgt von einem dumpfen Dröhnen. Er fuhr herum. An Bord der *Arizona* blitzte es grell auf. Rauch quoll aus dem Rumpf.

Das Heck der Barkasse duckte sich tiefer ins Wasser, als Eddie Vollgas gab. »Schneller, schneller!«, rief Chuck.

Von einem der Schiffe hörte er das durchdringende rhythmische Heulen, das die Besatzung an die Gefechtsstationen rief. Erst jetzt begriff er in vollem Unfang, dass es wirklich ein Gefecht war, eine Schlacht, und seine Familie war mittendrin. Im nächsten Moment begann auf Ford Island eine Luftschutzsirene mit ihrem tiefen Stöhnen und schaukelte sich zu immer höherem Jaulen hoch, bis sie ihre schrillste Tonlage erreichte.

In der Schlachtschiff-Allee donnerte eine lange Serie von Explosionen: Torpedos fanden ihre Ziele. Eddie brüllte: »Seht nur, die Wee Vee!« Damit meinte er die *West Virginia*. »Sie krängt nach Backbord!«

Er hatte recht; Chuck sah es ebenfalls. Das Schiff war auf der den angreifenden Japanern zugewandten Seite leckgeschlagen und neigte sich zur Seite. Tausende Tonnen Wasser mussten binnen weniger Sekunden in den Rumpf eingedrungen sein.

Die *Oklahoma*, die neben der *West Virginia* vor Anker lag, ereilte das gleiche Schicksal. Zu seinem Entsetzen sah Chuck Matrosen, die hilflos das schräge Deck hinterrutschten und über die Bordwand ins Wasser stürzten.

Die Druckwellen der Explosionen brachten die Barkasse zum Schaukeln. Alle klammerten sich verzweifelt an die Bordwände.

Chuck sah Bomben auf die Wasserflugzeugbasis am Ende von Ford Island regnen. Die dicht beieinander ankernden Flugzeuge wurden in Stücke gerissen. Wie Blätter in einem Hurrikan wirbelten die Trümmer der Tragflächen und Rümpfe durch die Luft.

Chucks nachrichtendienstlich geschulter Verstand versuchte inmitten der Katastrophe die Flugzeugtypen zu erkennen, und tatsächlich entdeckte er ein drittes Modell unter den japanischen Angreifern, die tödliche Mitsubishi Zero, das beste trägergestützte Jagdflugzeug der Welt. Es trug nur zwei kleine Bomben, war aber mit zwei Maschinengewehren und Zwei-Zentimeter-Maschinenkanonen in jeder Tragfläche bewaffnet. Ihre Rolle bei diesem Angriff bestand im Schutz der Bomber vor den amerikanischen Abfangjägern – aber sämtliche amerikanischen Jäger standen noch am Boden, und die meisten waren bereits vernichtet. Deshalb konnten die Zeros nun ungestraft Gebäude, Fahrzeuge und Menschen am Boden unter Feuer nehmen.

Oder eine Familie, die die Lagune überqueren wollte und verzweifelt versuchte, an Land zu kommen.

Endlich erwiderte die Navy das Feuer. Auf Ford Island und an Deck jener Schiffe, die noch nicht getroffen waren, ratterten Flugabwehrgeschütze und Maschinengewehre und steuerten ihren Teil zu der Kakophonie höllischen Lärms bei. Am Himmel zerbarsten Flakgranaten zu Blüten schwarzer Blumen. Ein MG-Schütze auf der Insel, der einen japanischen Sturzkampfbomber unter Beschuss nahm, erzielte einen Volltreffer. Das Cockpit explodierte in einem Flammenmeer, und die Maschine schlug aufs Wasser, wobei sie eine gewaltige Fontäne emporschleuderte. Ohne sich dessen bewusst zu sein, reckte Chuck die Faust in die Luft und jubelte wild.

Die krängende *West Virginia* richtete sich langsam wieder auf, sank aber weiter. Chuck begriff, dass der Kommandant befohlen hatte, die Seeventile an Steuerbord zu öffnen, damit sein Schiff aufrecht stand, während es unterging, was eine größere Überlebenschance für die Besatzung bedeutete. Die *Oklahoma* hatte nicht so viel Glück. Entsetzt beobachteten Chuck und die anderen, wie das riesige Schlachtschiff zu kentern begann.

»O Gott, die Crew!«, rief Joanne. Die Matrosen kämpften sich das steil in die Höhe geneigte Deck hinauf und sprangen über die Steuerbordreling in dem verzweifelten Versuch, sich zu retten. Sie waren sogar noch die Glücklichen der Besatzung, erkannte Chuck, als das Schiff sich mit einem lauten, dumpfen Stöhnen wie ein urzeitliches Ungetüm auf den Rücken drehte und zu sinken begann. Schaudernd dachte Chuck daran, wie viele hundert Männer unter Deck in einer tödlichen Falle saßen.

»Alles festhalten!«, brüllte er, als eine gewaltige Welle heranbrauste, die von der kenternden *Oklahoma* erzeugt worden war. Rosa packte Gus, während Woody Joanne festhielt. Dann war die Welle heran. Das Boot wurde in die Höhe gerissen, unmittelbar gefolgt von einem Sturz in die Tiefe. Chuck taumelte, bekam aber die Reling zu fassen. Die Barkasse blieb über Wasser. Kleinere Wellen folgten und schüttelten sie durch, stellten aber keine unmittelbare Gefahr mehr dar. Vorerst waren sie in Sicherheit.

Und doch trennte sie noch immer eine lange Viertelmeile vom Ufer, erkannte Chuck zu seinem Schrecken.

Erstaunlicherweise setzte sich die *Nevada*, die gleich zu Beginn des Angriffs beschossen worden war, in Bewegung. Jemand musste die Geistesgegenwart besessen haben, allen Schiffen den Befehl zum Auslaufen zu signalisieren. Wenn sie aus dem Hafenbecken herauskamen, konnten sie sich auffächern und bildeten weniger einfache Ziele.

Dann ertönte in der Schlachtschiff-Allee ein Knall, der zehnmal lauter war als alles, was sie bisher gehört hatten. Die Explosion war so gewaltig, dass Chuck die Druckwelle wie einen Schlag gegen die Brust spürte, obwohl er mittlerweile eine halbe Meile entfernt war. Aus dem Geschützturm Nr. 2 der *Arizona* brach eine riesige Flamme hervor. Einen Sekundenbruchteil später schien die vordere Hälfte des Schiffes zu platzen. Trümmer stoben in die Luft. Verdrillte Stahlträger und verbogene Rumpfplatten stiegen mit albtraumhafter Langsamkeit im Rauch auf wie angesengte Blätter bei einem Gartenfeuer. Qualm und Flammen hüllten den Bug des Schiffes ein. Der hohe Mast neigte sich wie trunken nach vorn.

»Himmel! Was *war* das?«, fragte Woody.

»Die Munitionskammer muss hochgegangen sein«, antwortete Chuck. Voller Schmerz begriff er, dass bei der gewaltigen Explosion Hunderte seiner Kameraden getötet worden sein mussten.

Eine Säule aus dunkelrotem Qualm wie von einem Scheiterhaufen stieg in die Luft.

629

Wieder ertönte ein lautes Krachen. Die Barkasse machte einen Satz, als wäre sie getroffen. Alle duckten sich. Chuck fiel auf die Knie. Er glaubte schon, eine Bombe sei eingeschlagen, doch als er sich umsah, entdeckte er ein schweres, meterlanges Trümmerstück aus Stahl, das über dem Motor ins Deck gedrungen war. Wie durch ein Wunder war niemand an Bord verletzt worden.

Allerdings setzte der Motor aus.

Das Boot wurde langsamer und blieb stehen, trieb hilflos auf den kabbeligen Wellen, während japanische Flugzeuge Feuer und Stahl auf die Lagune regnen ließen.

»Chuck«, sagte Gus gepresst, »wir müssen hier weg.«

»Weiß ich.« Chuck und Eddie besahen sich den Schaden, packten das Trümmerstück und versuchten es aus dem Teakholzdeck zu hebeln, doch es steckte unverrückbar fest.

»Wir haben keine Zeit dafür!«, rief Gus.

»Der Motor ist hin, Chuck«, sagte Woody.

Und noch immer trennte sie eine Viertelmeile vom Ufer. Doch die Barkasse war für einen Notfall wie diesen mit zwei Rudern ausgestattet. Chuck löste sie aus ihren Halterungen. Er nahm das eine, Eddie das andere. Doch das Boot war sehr groß und schwerfällig, das Rudern mühselig, und sie kamen nur langsam voran.

Zu ihrem Glück ließ der Angriff in seiner Heftigkeit ein wenig nach. Am Himmel wimmelte es nicht mehr von japanischen Flugzeugen. Von den beschädigten Schiffen stiegen gewaltige Rauchwolken auf; die Qualmsäule von der tödlich getroffenen *Arizona* war tausend Fuß hoch. Aber es gab keine neuen Explosionen. Die erstaunlich beherzte *Nevada* hielt unentwegt auf die Hafenausfahrt zu.

Im Wasser rings um die Schiffe drängten sich Rettungsflöße, Motorbarkassen und schwimmende oder sich an Wrackteile klammernde Seeleute. Doch das Ertrinken war nicht ihr einziger Schrecken: Öl aus den leckgeschlagenen Schiffen hatte sich auf dem Wasser ausgebreitet und Feuer gefangen. Die Hilferufe der Nichtschwimmer mischten sich mit den entsetzlichen Schreien der Verbrennenden.

Chuck warf einen Blick auf die Armbanduhr. Er hatte das Gefühl, dass der Angriff seit Stunden im Gange sei, doch erstaunlicherweise lief er erst seit dreißig Minuten.

630

In diesem Moment kam die zweite Welle der Angreifer.

Diesmal kamen die Flugzeuge von Osten. Einige von ihnen jagten die fliehende *Nevada*; andere nahmen sich das Navy Yard zum Ziel, wo die Dewars an Bord der Barkasse gegangen waren. Fast augenblicklich explodierte in einem Schwimmdock der Zerstörer *Shaw* mit gewaltiger Flammen- und Rauchentwicklung. Wieder breitete sich Treiböl auf dem Wasser aus und entzündete sich. Im größten Trockendock wurde das Schlachtschiff *Pennsylvania* getroffen. Zwei Zerstörer, die im gleichen Trockendock lagen, explodierten, als ihre Munitionskammern in Brand gerieten.

Chuck und Eddie ruderten angestrengt. Beide waren schweißüberströmt und mit den Kräften fast am Ende.

Am Navy Yard erschienen Marineinfanteristen – vermutlich aus der benachbarten Kaserne – und brachten Feuerlöschgerät.

Endlich erreichte die Barkasse den Landungssteg. Chuck sprang von Bord und vertäute das Boot, während Eddie den Passagieren an Land half. Gemeinsam rannten sie zum Auto.

Chuck sprang hinter das Lenkrad und ließ den Motor an. Dabei schaltete sich das Radio ein, und er hörte den Nachrichtensprecher von KGMB: »Sämtliche Militärangehörige melden sich auf der Stelle zum Dienst. Ich wiederhole, sämtliche Militärangehörige auf der Stelle zum Dienst melden.« Chuck hatte keine Möglichkeit, sich irgendwo zu melden, doch er bezweifelte nicht, dass er den Befehl erhalten würde, für die Sicherheit der Zivilisten in seiner Obhut zu sorgen, zumal zwei Frauen und ein Senator darunter waren.

Als alle im Wagen saßen, fuhr er los.

Die zweite Angriffswelle schien zu verebben. Die meisten japanischen Flugzeuge entfernten sich vom Hafen. Dennoch fuhr Chuck, so schnell er konnte: Eine dritte Welle japanischer Angreifer war nicht auszuschließen.

Das Haupttor stand offen. Wäre es geschlossen gewesen, hätte er versucht, es zu durchbrechen. Anderen Verkehr gab es nicht.

In rasendem Tempo entfernte er sich auf dem Kamehameha Highway vom Hafen. Je mehr Abstand er zwischen sich und Pearl Harbor legte, desto sicherer war seine Familie.

Dann entdeckte er die einzelne Zero, die auf sie zukam.

Die Jagdmaschine flog tief und folgte dem Highway. Im nächsten Augenblick begriff Chuck, dass der Wagen ihr Ziel war.

Die Maschinenkanonen befanden sich in den Tragflächen, und die Chancen standen gut, dass sie den schmalen Wagen verfehlten. Die zwei Maschinengewehre jedoch saßen dicht beieinander in beiden Seiten der Motorhaube. Wenn der Pilot sein Handwerk verstand, würde er mit diesen Waffen feuern.

Chuck ließ den Blick panisch zu beiden Straßenrändern huschen. Dort gab es keine Deckung, nur Zuckerrohrfelder.

Er begann im Zickzack zu fahren. Der näher kommende Pilot war zu klug, als dass er versucht hätte, seinen Kurs anzupassen. Die Straße war nicht allzu breit, und wenn Chuck in ein Zuckerrohrfeld geriet, konnte der Wagen nur noch Schritttempo fahren. Chuck trat aufs Gaspedal, weil er sich sagte, dass seine Chancen, nicht getroffen zu werden, umso höher lagen, je schneller er sich bewegte.

Dann war es zu spät für weiteres Taktieren. Das Flugzeug war so nahe, dass Chuck die runden schwarzen Öffnungen der Maschinenkanonen in den Tragflächen erkennen konnte. Doch wie er vermutet hatte, feuerte der Pilot mit den Maschinengewehren. Die Kugeln wirbelten Staub von der Straße vor ihnen auf.

Chuck wich nach links aus und zog dann unvermittelt nach rechts. Doch der Pilot korrigierte. Kugeln schmetterten in die Motorhaube. Die Windschutzscheibe zerbarst. Eddie brüllte vor Schmerz auf, und eine der Frauen im Fond schrie gellend.

Dann war die Zero über sie hinweggejagt.

Der Wagen begann von selbst im Zickzack zu fahren. Ein Vorderreifen musste geplatzt sein. Chuck kämpfte mit dem Lenkrad und versuchte, auf der Straße zu bleiben. Der Wagen zog nach rechts, schleuderte über den Asphalt, geriet auf den Acker neben der Straße und kam holpernd zum Stehen.

Flammen züngelten aus dem Motor. Chuck roch Benzin.

»Alles raus!«, rief er. »Der Tank geht hoch!« Er schwang sich aus dem Wagen und riss die Hintertür auf. Gus sprang heraus und zog Rosa hinter sich her. Chuck sah, wie die anderen auf der gegenüberliegenden Seite ausstiegen. »Rennt!«, rief er. Eddie hastete in das Zuckerrohrfeld. Er hinkte, als wäre er verletzt. Joanne schien ebenfalls getroffen zu sein; halb zog, halb trug Woody sie vom Auto weg. Auch seine Eltern flohen in das Feld, offenbar unverletzt. Chuck gesellte sich zu ihnen. Sie rannten zwanzig Yards; dann warfen sie sich flach auf den Boden.

Einen Augenblick war es still. Die Geräusche der Flugzeuge waren zu einem fernen Brummen geworden. Als Chuck aufblickte, sah er, wie über dem Hafen öliger Qualm Tausende Fuß hoch in die Luft stieg. Über den Rauchwolken entfernten sich die letzten japanischen Bomber in Richtung Norden.

Dann gab es einen ohrenbetäubenden Knall. Selbst mit geschlossenen Augen sah Chuck den hellen Blitz des explodierenden Benzins. Eine Welle heißer Luft schoss über ihn hinweg.

Er hob den Kopf und blickte nach hinten. Der Wagen brannte lichterloh.

Er sprang auf. »Mama! Alles okay?«

»Wie durch ein Wunder unverletzt«, sagte sie gelassen, während Gus ihr aufhalf.

Chuck blickte über das Feld hinweg und entdeckte die anderen. Er rannte zu Eddie, der aufrecht saß und sich den Oberschenkel hielt.

»Bist du getroffen?«

»Ja, tut höllisch weh. Aber viel Blut ist nicht zu sehen.« Er rang sich ein Grinsen ab. »Hat mich im Schenkel erwischt, glaub ich, aber keine lebenswichtigen Organe.«

»Wir bringen dich ins Lazarett.«

In diesem Augenblick hörte Chuck einen entsetzlichen Laut.

Woody weinte wie ein allein gelassenes Kind. Es war ein Laut, aus dem tiefstes Elend sprach.

So weinte ein Mensch, dessen Herz gebrochen war.

Chuck eilte zu seinem Bruder. Woody kniete am Boden. Seine Brust bebte, sein Mund stand offen, und Tränen liefen ihm aus den Augen. Sein weißer Leinenanzug war voller Blut, aber er schien nicht verletzt zu sein. Schluchzend stieß er hervor: »Nein. Oh nein …«

Vor ihm lag Joanne, das Gesicht nach oben.

Chuck sah auf den ersten Blick, dass sie tot war. Sie rührte sich nicht, und ihre offen stehenden Augen starrten ins Leere. Ihr fröhlich gestreiftes Baumwollkleid war vorn mit hellrotem arteriellem Blut getränkt, das stellenweise bereits dunkler wurde. Chuck konnte die Wunde nicht sehen, vermutete aber, dass eine Kugel sie in die Schulter getroffen und ihre Achselschlagader verletzt hatte. Sie war in Minutenschnelle verblutet.

Er wusste nicht, was er sagen sollte.

Die anderen kamen und stellten sich neben ihn: Mama und Papa, sogar Eddie. Mama kniete sich neben Woody auf den Boden und nahm ihn in die Arme. »Mein armer Junge«, sagte sie, als wäre er ein Kind.

Eddie legte Chuck den Arm um die Schultern und drückte ihn diskret.

Gus kniete sich neben die Tote und nahm die Hand seines Sohnes. Woodys Schluchzen verebbte ein wenig.

»Lass sie nicht mit offenen Augen liegen, Woody«, sagte Gus.

Woodys Hand bebte, doch unter Aufbietung aller Willenskraft gelang es ihm, das Zittern zu unterdrücken.

Er legte die Fingerspitzen auf Joannes Lider.

Dann, mit unendlicher Sanftheit, schloss er ihr die Augen.

KAPITEL 12

1942 (I)

Am Neujahrstag 1942 bekam Daisy einen Brief von ihrem ehemaligen Verlobten Charlie Farquharson.

Als sie ihn öffnete, saß sie allein im Mayfair-Haus am Frühstückstisch. Nur der alte Butler, der ihr Kaffee einschenkte, und das fünfzehnjährige Dienstmädchen, das frischen Toast aus der Küche brachte, waren bei ihr.

Charlie schrieb nicht etwa aus Buffalo, sondern von RAF Duxford, einem Fliegerhorst in Ostengland. Daisy hatte von dem Stützpunkt schon gehört, denn er lag in der Nähe von Cambridge, wo sie sowohl ihren Gatten kennengelernt hatte als auch den Mann, den sie liebte.

Daisy freute sich, von ihrem Verflossenen zu hören. Sicher, er hatte sie abserviert, und sie hatte ihn dafür gehasst; aber das war sieben Jahre her. Sie war ein anderer Mensch geworden. Die einstige Miss Peshkov, das junge Mädchen aus reichem Hause, hatte sich zur Viscountess Aberowen gemausert, einer englischen Aristokratin.

Zugleich erfüllte es Daisy mit Zufriedenheit, dass Charlie noch immer an sie dachte. Jeder Frau ist es lieber, man erinnert sich an sie, als dass man sie vergisst.

Charlie hatte mit breiter Feder und schwarzer Tinte geschrieben. Seine Handschrift war unsauber, die Buchstaben groß und krakelig.

Daisy las:

Vor allem aber muss ich mich dafür entschuldigen, wie ich Dich damals in Buffalo behandelt habe. Jedes Mal, wenn ich daran denke, erfüllt es mich mit Scham.

Du lieber Himmel, dachte Daisy, er scheint erwachsen geworden zu sein.

Was waren wir alle für Snobs. Und wie schwach ich war, meiner verstorbenen Mutter zu erlauben, mich durch ihre Tyrannei in einen Mistkerl zu verwandeln.

Aha, dachte Daisy, seine verstorbene Mutter. Also ist die alte Hexe tot. Vielleicht erklärt das die Veränderung.

Ich bin der Eagle Squadron No. 133 beigetreten. Wir fliegen Hurricanes, müssten aber jeden Tag Spitfires bekommen.

Es gab drei Eagle Squadrons, »Adler-Staffeln« der Royal Air Force, in denen amerikanische Freiwillige als Piloten dienten. Daisy war überrascht: Niemals hätte sie erwartet, dass Charlie freiwillig in den Krieg zog. Als sie zusammen gewesen waren, hatte er sich nur für Hunde und Pferde interessiert. Er schien wirklich zum Mann gereift zu sein.

Wenn Du in Deinem Herzen Vergebung für mich findest oder wenigstens die Vergangenheit hinter Dir lassen kannst, würde ich Dich und Deinen Mann gerne treffen.

Indem er ihren Mann erwähnte, vermutete Daisy, wollte er ihr taktvoll zu verstehen geben, dass er keine romantischen Absichten verfolgte.

Nächstes Wochenende bin ich auf Urlaub in London. Darf ich Euch beide zum Abendessen ausführen? Bitte sag Ja.

Mit lieben Grüßen und den besten Wünschen

Charles H. B. Farquharson

Boy kam an diesem Wochenende nicht nach Hause, doch Daisy nahm die Einladung für sich allein an. Sie sehnte sich nach männlicher Gesellschaft. Vielen Frauen in London erging es so;

schließlich war Krieg. Lloyd war nach Spanien gegangen und verschwunden. Er hatte behauptet, er werde als Militärattaché an der britischen Botschaft in Madrid eingesetzt. Daisy wünschte sich sehnlichst, dass er einen so sicheren Posten bekommen hatte, konnte es aber nicht glauben. Als sie Lloyd vor seiner Abreise gefragt hatte, weshalb die Army einen gesunden jungen Offizier für Schreibtischarbeit in einem neutralen Land abstelle, hatte er geantwortet, es sei wichtig, Spanien davon abzuhalten, aufseiten der faschistischen Staaten in den Krieg einzutreten. Doch sein wehmütiges Lächeln hatte Daisy verraten, dass er gewusst hatte, sie nicht täuschen zu können. Sie befürchtete, dass er in Wahrheit über die Grenze geschlichen war, um mit dem französischen Widerstand zusammenzuarbeiten. Immer wieder wurde sie von Albträumen geplagt, in denen Lloyd gefangen genommen und unter Folter verhört wurde.

Mehr als ein Jahr lang hatte sie ihn nicht gesehen. Es war für sie wie eine Amputation: Sie vermisste Lloyd zu jeder Stunde eines jeden Tages. Trotzdem war sie froh über die Gelegenheit, einen Abend lang mit einem Mann auszugehen, selbst wenn es der unbeholfene, glanzlose, übergewichtige Charlie Farquharson war.

Charlie hatte einen Tisch im Savoy Grill bestellt.

In der Lobby des Hotels, wo ein Kellner Daisy ihren Nerzmantel abnahm, trat ein großer, elegant gekleideter Mann, der ihr vage vertraut erschien, auf sie zu. Er streckte die Hand aus und sagte schüchtern: »Hallo, Daisy. Welch eine Freude, dich nach all den Jahren wiederzusehen.«

Erst als sie seine Stimme hörte, begriff sie, dass es Charlie war. »Gütiger Himmel, hast du dich verändert!«

»Ich habe ein bisschen Gewicht verloren.«

»Das kann man wohl sagen.« Zwanzig, fünfundzwanzig Kilo, schätzte sie. Er sah viel besser aus. Sein Gesicht wirkte nicht mehr aufgedunsen und hässlich, sondern männlich und markant.

»Aber du hast dich kein bisschen verändert«, sagte er und betrachtete sie von Kopf bis Fuß.

Daisy hatte sich Mühe gegeben mit ihrer Kleidung. Seit Jahren kaufte sie nichts Neues, aus selbstauferlegter Sparsamkeit in Kriegszeiten, aber für heute hatte sie ein schulterfreies saphirblaues Abendkleid aus Seide ausgegraben, ein Modell von Lanvin, das sie auf ihrer letzten Reise vor dem Krieg nach Paris gekauft hatte. »In ein paar Monaten werde ich sechsundzwanzig«, sagte sie. »Ich kann mir nicht vorstellen, dass ich noch so aussehe wie mit neunzehn.«

Er blickte auf ihr Dekolleté, errötete und sagte: »Glaub mir, es ist so.«

Sie gingen ins Restaurant und setzten sich. »Ich hatte schon Angst, du würdest nicht kommen«, sagte er.

»Meine Uhr ist stehen geblieben. Tut mir leid, dass ich mich verspätet habe.«

»Sind ja nur zwanzig Minuten. Eine Stunde hätte ich gewartet.«

Ein Kellner fragte sie nach ihrem Getränkewunsch.

»Wir sind hier in einem der wenigen Restaurants in England, in denen man einen anständigen Martini bekommt«, sagte Daisy.

»Zwei Martini, bitte«, bestellte Charlie.

»Für mich ohne Eis mit einer Olive.«

»Für mich auch.«

Daisy musterte Charlie. Sie konnte kaum glauben, welche Veränderung mit ihm vor sich gegangen war. Seine alte Unbeholfenheit hatte sich zu charmanter Schüchternheit gewandelt. Daisy fiel es nach wie vor schwer, ihn sich als Jagdflieger vorzustellen, der deutsche Flugzeuge vom Himmel holte. Der Bombenkrieg gegen London war vor einem halben Jahr zu Ende gegangen, und am Himmel Südenglands sah man keine Luftschlachten mehr.

»Was für Einsätze fliegst du?«, fragte sie.

»Hauptsächlich CIRCUS-Operationen bei Tag über Nordfrankreich.«

»Was ist eine CIRCUS-Operation?«

»Ein Bombenangriff mit massivem Geleitschutz aus Jagdflugzeugen. Das Hauptziel besteht darin, feindliche Maschinen in einen Luftkampf zu locken, bei dem sie in der Unterzahl sind.«

»Ich hasse Bomber«, sagte Daisy. »Ich habe den Blitz mitgemacht.«

Er war überrascht. »Ich dachte, du würdest den Deutschen gern ihre eigene Medizin zu schmecken geben.«

»Nein, überhaupt nicht.« Daisy hatte viel darüber nachgedacht. »Ich könnte noch immer weinen um all die unschuldigen Frauen und Kinder, die in London verbrannt sind oder verstümmelt wurden. Dass deutsche Frauen und Kinder das Gleiche erdulden müssen, wäre kein Trost.«

Sie bestellten ihr Essen. Die kriegsbedingten Einschränkungen erlaubten nur drei Gänge, und die Mahlzeit durfte nicht mehr kosten als fünf Shilling. Auf der Speisekarte standen spezielle Spargerichte wie Falsche Ente, die aus Schweinswurst bestand, und Woolton-Pastete, die überhaupt kein Fleisch enthielt.

»Du glaubst gar nicht, wie schön es ist, endlich wieder eine Frau zu hören, die richtiges Amerikanisch spricht«, sagte Charlie. »Ich mag die Engländerinnen, bin sogar mit einer gegangen, aber ich vermisse den Klang amerikanischer Stimmen.«

»Geht mir genauso«, gab Daisy zu. »Hier ist jetzt mein Zuhause, und ich glaube auch nicht, dass ich jemals in die Staaten zurückkehre, aber ich weiß, was du meinst.«

»Schade, dass ich Viscount Aberowen verpasst habe.«

»Er ist in der Air Force, genau wie du. Er bildet Piloten aus. Hin und wieder kommt er nach Hause, aber nicht dieses Wochenende.«

Daisy schlief wieder mit Boy, wenn er in Mayfair übernachtete. Zwar hatte sie das Gegenteil geschworen, als sie ihn damals mit den beiden schrecklichen Frauen in Aldgate ertappt hatte, doch Boy setzte sie unter Druck, indem er erklärte, dass Männer Trost und Zärtlichkeit bräuchten, wenn sie aus dem Kriegseinsatz nach Hause kämen. Er hatte versprochen, nie wieder zu einer Prostituierten zu gehen. Daisy nahm ihm sein Versprechen zwar nicht ab, hatte aber widerstrebend nachgegeben. Schließlich hatte sie geschworen, in guten wie in schlechten Zeiten für ihn da zu sein.

Doch der Sex mit Boy gab Daisy nichts mehr. Sie konnte mit ihm ins Bett gehen, aber sie konnte sich nicht wieder in ihn verlieben. Sie musste sogar Cremes verwenden, um überhaupt mit ihm schlafen zu können. Sie hatte versucht, wieder zum Leben zu erwecken, was sie für ihn empfunden hatte, als sie ihn als aufregenden jungen Aristokraten kennenlernte, dem die Welt zu Füßen lag – einen fröhlichen Menschen, der das Leben in vollen Zügen genoss. Doch er war gar kein aufregender Kerl; das wusste sie heute. Er war nur ein selbstsüchtiger, ziemlich beschränkter Mann mit einem Adelstitel. Wenn er auf ihr lag, empfand Daisy nichts – nur die Furcht, er könne sie mit irgendeiner abscheulichen Krankheit anstecken.

639

Behutsam begann Charlie: »Sicher möchtest du nicht über die Rouzrokhs sprechen …«

»Das muss nicht sein.«

»Aber wusstest du schon, dass Joanne tot ist?«

»Nein!« Daisy war entsetzt. »Wie ist sie gestorben?«

»In Pearl Harbor. Sie war mit Woody Dewar verlobt und hat ihn begleitet, als er dort seinen Bruder besuchte. Chuck ist in der Navy und in Pearl Harbor stationiert. Sie saßen in einem Auto, das von einer Zero beschossen wurde, einem japanischen Jagdflugzeug. Joanne wurde tödlich getroffen.«

»O Gott. Die arme Joanne … und der arme Woody.«

Ihr Essen kam, dazu eine Flasche Wein. Eine Zeit lang aßen sie schweigend. Daisy stellte fest, dass Falsche Ente nicht einmal entfernt nach Ente schmeckte.

»In Pearl Harbour sind zweitausendvierhundert Menschen ums Leben gekommen«, sagte Charlie. »Wir haben acht Schlachtschiffe und zehn weitere Einheiten verloren. Gottverdammte hinterhältige Japse.«

»Soll ich dir was sagen, Charlie? Die Leute hier haben sich insgeheim gefreut, weil die USA jetzt im Krieg sind. Gott allein weiß, weshalb Hitler so verrückt war, den Vereinigten Staaten den Krieg zu erklären. Die Briten glauben, sie hätten jetzt endlich die Chance auf einen Sieg, wo die Russen und wir an ihrer Seite kämpfen.«

»Die Amerikaner sind wegen Pearl Harbor auf Rache aus. Nicht nur wegen der Opfer an Menschen und Material, auch wegen der Hinterhältigkeit der Japaner. Die Japse haben bis zur letzten Sekunde diplomatische Verhandlungen geführt – noch lange, nachdem sie die Entscheidung für einen Angriff gefällt haben mussten.«

»Aber wenn in letzter Sekunde eine Einigung erzielt worden wäre, hätten sie den Angriff doch abblasen können.«

»Sie haben keinen Krieg erklärt!«

»Das hätte letztendlich keinen Unterschied gemacht. Wir hatten damit gerechnet, dass sie die Philippinen angreifen. Selbst nach einer Kriegserklärung hätten sie uns mit einem Angriff auf Pearl Harbor überrascht.«

Charlie breitete die Hände aus. »Warum mussten sie uns überhaupt angreifen?«

»Weil wir ihr Geld gestohlen haben.«

»Wir haben ihre Guthaben eingefroren.«

»Den feinen Unterschied sehen sie nicht«, sagte Daisy. »Und wir haben sie von der Ölversorgung abgeschnitten. Wir haben sie in die Ecke gedrängt. Ihnen stand der Ruin vor Augen. Was hätten sie tun sollen?«

»Sie hätten nachgeben und einwilligen sollen, sich aus China zurückzuziehen.«

»Ja, sicher. Aber wenn ein anderer Staat uns Amerikaner so herumgeschubst und uns gesagt hätte, was wir zu tun haben – hättest du dann gewollt, dass wir nachgeben?«

»Wahrscheinlich nicht.« Er grinste. »Vorhin habe ich gesagt, du hättest dich nicht verändert. Ich glaube, das muss ich zurücknehmen.«

»Wieso?«

»Früher hast du nicht so geredet. Du hättest nie über Politik gesprochen.«

»Wenn man kein Interesse für das Geschehen aufbringt, macht man sich mitschuldig an dem, was passiert.«

»Ich nehme an, das haben wir alle gelernt.«

Sie bestellten das Dessert. »Was soll nur aus der Welt werden, Charlie? Ganz Europa ist faschistisch. Die Deutschen haben halb Russland erobert. Die USA sind ein Adler mit gebrochenem Flügel. Manchmal bin ich richtig froh, keine Kinder zu haben.«

»Unterschätze nur nicht die USA. Wir sind verletzt, aber nicht am Boden. Im Moment hat Japan Oberwasser, aber der Tag wird kommen, an dem das japanische Volk bittere Tränen der Reue für Pearl Harbor weint.«

»Ich hoffe, du hast recht.«

»Und für die Deutschen läuft es auch nicht mehr so, wie sie es gern hätten. Sie haben Moskau nicht einnehmen können und sind auf dem Rückzug. Ist dir klar, dass die Schlacht um Moskau Hitlers erste Niederlage darstellt?«

»Ist es wirklich eine Niederlage oder nur ein Rückschlag?«

»Das wird sich zeigen, aber solch eine militärische Schlappe hat Hitler noch nie erlitten. Die Bolschewisten haben den Nazis eine blutige Nase verpasst.«

Charlie hatte alten Portwein für sich entdeckt, eine typisch britische Vorliebe. In London tranken die Herren Port, nachdem die

641

Damen sich von der Tafel zurückgezogen hatten – eine ermüdende Gepflogenheit, die Daisy in ihrem Haus erfolglos abzuschaffen versucht hatte. Sie tranken beide ein Glas. Nach dem Martini und dem Port fühlte sich Daisy ein wenig beschwipst.

Sie schwelgten in Erinnerungen an ihre Jugend in Buffalo und lachten über die törichten Dinge, die sie und andere getan hatten. »Du hast uns damals gesagt, du würdest nach London reisen und mit dem König tanzen«, sagte Charlie. »Und du hast es tatsächlich geschafft!«

»Ich hoffe, die andern waren gelb vor Neid.«

»Und ob! Dot Renshaw hat einen Schreikrampf bekommen.«

»Wunderbar!« Daisy lachte auf.

»Ich bin froh, dass wir wieder Kontakt haben«, sagte Charlie. »Ich mag dich sehr.«

»Ich freue mich auch.«

Sie holten ihre Mäntel und verließen das Restaurant. Der Türsteher winkte ein Taxi heran. »Ich bringe dich nach Hause«, sagte Charlie.

Als der Wagen der Strand folgte, legte Charlie den Arm um Daisy. Sie wollte protestieren, sagte sich dann aber: Was soll's, und drängte sich enger an ihn.

»Was bin ich für ein Trottel«, seufzte Charlie. »Ich hätte dich heiraten sollen, als ich die Chance hatte.«

»Du wärst ein besserer Ehemann als Boy Fitzherbert«, entgegnete Daisy. Aber dann hätte sie Lloyd nie kennengelernt. Erst jetzt wurde ihr bewusst, dass sie Charlie noch gar nichts von Lloyd gesagt hatte.

Als sie in ihre Straße einbogen, küsste Charlie sie.

So wunderbar es sich anfühlte, wieder in den Armen eines Mannes zu liegen und seine Lippen zu spüren – Daisy wusste, dass der Alkohol ihr dieses Gefühl gab und dass sie in Wirklichkeit nur Lloyd begehrte. Dennoch löste sie sich erst von Charlie, als das Taxi hielt.

»Wie wär's mit einem Schlummertrunk?«, fragte er.

Einen Augenblick war Daisy in Versuchung. Es war lange her, dass sie den Körper eines Mannes berührt hatte. Aber eigentlich wollte sie Charlie gar nicht. »Nein«, sagte sie. »Tut mir leid, Charlie, aber ich liebe einen anderen.«

»Wir müssen ja nicht gleich ins Bett«, flüsterte er. »Aber vielleicht können wir ... du weißt schon ... ein bisschen ...«

Daisy stieg aus dem Taxi. Sie kam sich herzlos vor. Charlie riskierte jeden Tag sein Leben für sie, und sie gönnte ihm nicht einmal ein flüchtiges Vergnügen. »Gute Nacht, Charlie«, sagte sie, »und viel Glück.« Ehe sie es sich anders überlegen konnte, schlug sie die Taxitür zu und floh zum Haus.

Sie ging direkt nach oben. Ein paar Minuten später, als sie allein im Bett lag, fühlte sie sich erbärmlich. Sie hatte zwei Männer enttäuscht: Lloyd, indem sie Charlie küsste, und Charlie, indem sie ihm die kalte Schulter zeigte.

Fast den ganzen Sonntag verbrachte sie verkatert im Bett.

Am Montagmorgen bekam sie einen Anruf. »Ich bin Hank Bartlett«, sagte eine junge amerikanische Stimme, »ein Freund von Charlie Farquharson in Duxford. Er hat von Ihnen gesprochen, und ich habe Ihre Nummer in seinem Adressbuch gefunden.«

Daisy stockte das Herz. »Wieso rufen Sie an?«

»Ich fürchte, ich habe schlechte Neuigkeiten«, sagte er. »Charlie ist heute gefallen. Er wurde über Abbeville abgeschossen.«

»Nein!«

»Es tut mir leid. Es war sein erster Einsatz mit seiner neuen Spitfire.«

»Er hat davon gesprochen«, sagte sie benommen.

»Ich dachte, Sie wüssten gern Bescheid.«

»Ja ... ja, danke«, flüsterte sie.

»Er war hoffnungslos verknallt in Sie.«

»Wirklich?«

»Ja. Sie hätten mal hören sollen, wie er immerzu davon geredet hat, wie toll Sie sind.«

»Es tut mir leid«, sagte sie. »Es tut mir schrecklich leid, dass ich ...« Die Stimme versagte ihr, und sie legte auf.

Chuck Dewar schaute Lieutenant Bob Strong, einem der Kryptoanalytiker, über die Schulter. Einige dieser Burschen waren Chaoten, doch Strong war von der ordentlichen Sorte und hatte nichts auf dem Schreibtisch liegen als ein einziges Blatt Papier:

YO-LO-KU-TA-WA-NA

»Ich kapier's nicht«, sagte er niedergeschlagen. »Wenn das Signal korrekt entschlüsselt wurde, besagt es, dass sie Yolokutawana getroffen haben. Aber das ist sinnlos, dieses Wort gibt es nicht.«

Chuck starrte auf die sechs japanischen Silben. Er war sich ziemlich sicher, dass sie irgendetwas bedeuten mussten, obwohl er die Sprache nur ansatzweise kannte. Doch er kam einfach nicht darauf und machte schließlich mit seiner eigenen Arbeit weiter.

Im Old Administration Building herrschte gedrückte Stimmung.

Noch Wochen nach dem Überfall sahen Chuck und Eddie die aufgedunsenen Leichen aus den versenkten Schiffen auf dem öligen Wasser von Pearl Harbor treiben. Gleichzeitig ging aus den Meldungen, die sie bearbeiteten, hervor, dass die Japaner weitere vernichtende Angriffe geführt hatten. Nur drei Tage nach Pearl Harbor hatten japanische Flugzeuge den US-Stützpunkt auf der philippinischen Insel Luzon angegriffen und den gesamten Torpedovorrat der Pazifikflotte vernichtet. Am gleichen Tag versenkten japanische Marineflieger im Südchinesischen Meer zwei britische Großkampfschiffe, den Schlachtkreuzer *Repulse* und das Schlachtschiff *Prince of Wales*, wodurch die Briten in Fernost wehrlos dastanden.

Die Japaner schienen unaufhaltsam zu sein. Eine Hiobsbotschaft nach der anderen kam herein. In den ersten Monaten des neuen Jahres schlug Japan die US-Streitkräfte auf den Philippinen und besiegte die Briten in Hongkong, Singapur und Rangun, der Hauptstadt von Birma.

Viele Ortsnamen waren selbst Seeleuten wie Chuck und Eddie unbekannt. Für die amerikanische Öffentlichkeit klangen sie wie ferne Planeten in einer Science-Fiction-Geschichte: Guam, Wake, Bataan. Aber jeder kannte die Bedeutung von Rückzug, Niederlage und Kapitulation.

Chuck konnte es nicht fassen. Sollte Japan die USA tatsächlich niederringen? Für ihn war das kaum vorstellbar.

Bis Mai eroberten die Japaner, was sie wollten: Ein Imperium, das ihnen Gummi, Stahl, Zinn und – am allerwichtigsten – Öl verschaffte. Das wenige, was aus den besetzten Ländern durchsickerte, deutete darauf hin, dass sie ihr Reich mit einer Brutalität regierten, mit der sie sogar Stalin entsetzt hätten.

Doch in ihrer Suppe schwamm ein Haar: die US Navy. Dieser Gedanke erfüllte Chuck mit Stolz. Die Japaner hatten gehofft, Pearl Harbor vollständig zu vernichten und so die Kontrolle über den Pazifik zu erlangen, aber was das betraf, hatten sie versagt. Noch befuhren amerikanische Flugzeugträger und schwere Kreuzer die Meere. Nachrichtendienstliche Erkenntnisse ließen erkennen, wie sehr es die japanischen Befehlshaber erzürnte, dass die Amerikaner sich weigerten, sich einfach hinzulegen und zu sterben. Nach ihren Verlusten bei Pearl Harbor waren sie zahlenmäßig und waffentechnisch unterlegen, aber sie flohen nicht, und sie versteckten sich nicht. Stattdessen verfolgten sie eine Nadelstichtaktik gegen den japanischen Schiffsverkehr, mit der sie zwar geringen Schaden anrichteten, aber die eigene Moral stärkten und den Japanern das Gefühl gaben, doch noch nicht gesiegt zu haben. Am 25. April 1942 bombardierten amerikanische Maschinen, die von einem Flugzeugträger gestartet waren, das Stadtzentrum von Tokio und fügten dem Stolz des japanischen Militärs eine furchtbare Wunde zu. In Hawaii wurde der Einsatz ekstatisch gefeiert. An diesem Abend betranken sich Chuck und Eddie.

Doch die entscheidende Kraftprobe zeichnete sich erst ab. Jeder im Old Administration Building, mit dem Chuck redete, sprach davon, dass Japan im Frühsommer einen Großangriff beginnen würde, mit dem die amerikanischen Schiffe zur letzten Schlacht hervorgelockt werden sollten. Die Japaner hofften, dass die zweifellos überlegene Stärke ihrer Kriegsmarine ihnen den entscheidenden Vorteil verschaffte, um die amerikanische Pazifikflotte auszulöschen. Die USA konnten die bevorstehende Seeschlacht nur gewinnen, wenn sie besser vorbereitet waren, die bessere Aufklärung hatten, beweglicher waren und sich klüger verhielten.

Während dieser Monate arbeitete Station HYPO Tag und Nacht daran, JN-25b zu knacken, den neuen Code der Kaiserlich-Japanischen Kriegsmarine. Bis Mai konnte die Abteilung einige Fortschritte vorweisen.

Die US Navy unterhielt im gesamten pazifischen Raum, von Seattle bis Australien, Funkabhörstationen. Dort saßen jene Männer, die als »On The Roof Gang« bekannt waren, als die »Bande auf dem Dach«, die mit Funkempfängern und Kopfhörern den japanischen Funkverkehr belauschten. Sie suchten die Frequenzbänder ab und notierten schlichtweg alles, was sie aufschnappten.

Die Signale waren Morsezeichen, doch die Punkte und Striche von Marinesignalen wurden in fünfstellige Ziffergruppen umgesetzt, von denen jede für einen Buchstaben, ein Wort oder eine Wendung in einem Codebuch stand. Die scheinbar zufälligen Ziffern wurden über ein abgesichertes Kabel zu Fernschreibgeräten im Keller des Old Administration Building geschickt und ausgedruckt. Dann begann der schwierige Teil der Arbeit. Nun musste der Code geknackt werden.

Die Spezialisten begannen stets mit Kleinigkeiten. Das letzte Wort eines Signals lautete meist OWARI, »Ende«. Die Kryptoanalytiker suchten dann nach weiterem Auftauchen der gleichen Ziffergruppe im gleichen Signal und schrieben jedes Mal »ENDE?« darüber. Und die Japaner halfen ihnen, indem sie einen ungewöhnlich schlampigen Fehler begingen.

Die neuen Codebücher für JN-25b trafen bei einigen weit abgelegenen Einheiten zu spät ein. Mehrere verhängnisvolle Wochen lang sendete das japanische Oberkommando daher Nachrichten *in beiden Codes*. Da die Amerikaner den ursprünglichen JN-25 weitgehend geknackt hatten, konnten sie die Nachricht im alten Code entschlüsseln, die dechiffrierte Nachricht mit der im neuen Code vergleichen und damit die Bedeutung der Fünf-Ziffern-Gruppen im JN-25b entschlüsseln. Eine Zeit lang machten sie sprunghafte Fortschritte.

Die ursprünglich acht Kryptoanalytiker wurden nach dem Überfall auf Pearl Harbor durch mehrere Musiker aus der Kapelle des versenkten Schlachtschiffes *California* verstärkt. Aus einem Grund, den niemand begriff, besaßen Musiker ein Talent fürs Dechiffrieren.

Jedes Signal wurde behalten und jede Entschlüsselung archiviert, denn erst der ständige Vergleich untereinander brachte die Arbeit voran. Manchmal bat ein Analytiker um sämtliche Signale eines bestimmten Tages, sämtliche Signale an ein bestimmtes Schiff oder sämtliche Signale, in denen beispielsweise Hawaii erwähnt wurde. Chuck und die anderen entwickelten immer kompliziertere Querverweissysteme, um möglichst schnell finden zu können, was die Analytiker benötigten.

Schließlich sagten sie voraus, dass die Japaner in der ersten Maiwoche Port Moresby angreifen würden, den alliierten Stützpunkt auf Papua. Sie lagen goldrichtig, und die US Navy fing die Invasionsflotte im Korallenmeer ab. Beide Seiten beanspruchten den Sieg, doch die Japaner scheiterten bei dem Versuch, Port Moresby einzunehmen. Admiral Nimitz, der Oberkommandierende im Pazifik, fasste allmählich Vertrauen zu seinen Codeknackern.

Die Japaner benutzten für Orte im Pazifischen Ozean nicht die geografischen Namen. Jede wichtige Stelle hatte eine Bezeichnung, die sich aus zwei Buchstaben zusammensetzte – genauer gesagt, aus zwei Zeichen der japanischen Schrift. Die Codeknacker benutzten in der Regel allerdings Gegenstücke aus dem lateinischen Alphabet. Die »Männer im Keller« bemühten sich, die Bedeutung sämtlicher Zwei-Zeichen-Kombinationen herauszufinden, machten aber nur langsame Fortschritte: MO bedeutete Port Moresby, AH Oahu, aber viele waren unbekannt.

Im Mai mehrten sich rasch die Hinweise, dass ein japanischer Großangriff an einem Ort bevorstand, der als AF bezeichnet wurde.

Die Abteilung vermutete stark, dass AF für Midway stand, das Atoll am Ende der fünfzehnhundert Meilen langen Inselkette, die bei Hawaii begann. Midway lag auf halbem Weg zwischen Los Angeles und Tokio.

Eine Vermutung reichte natürlich nicht aus, um große militärische Schritte zu rechtfertigen. Angesichts der zahlenmäßigen Überlegenheit der japanischen Marine musste Admiral Nimitz mit Sicherheit wissen, wo der Angriff zu befürchten stand.

Tag für Tag bauten die Männer, mit denen Chuck zusammenarbeitete, ein immer bedrohlicheres Bild der japanischen Schlachtordnung auf. Neue Flugzeuge wurden den Flugzeugträgern zugewiesen. »Besatzungsverbände« wurden eingeschifft. Die Japaner planten, das gesamte von ihnen eroberte Territorium zu behalten.

Wie es aussah, stand die große Offensive bevor.

Nur, wo würde sie erfolgen?

Die Männer im Keller waren besonders stolz, ein Signal der japanischen Flotte dechiffriert zu haben, in dem sie Tokio drängte, die »Lieferung von Betankungsschläuchen zu forcieren«. Die Ent-

647

schlüsselung war insofern eine Meisterleistung, weil die Meldung aus ziemlich speziellen Wörtern bestand; vor allem aber bewies das Signal, dass eine Hochseeoperation über große Entfernung unmittelbar bevorstand.

Doch das amerikanische Oberkommando ging davon aus, dass der Angriff sich gegen Hawaii richten würde. Die Army befürchtete sogar eine Invasion an der Westküste der Vereinigten Staaten. Selbst das Team in Pearl Harbor wurde den Verdacht nicht los, dass Johnston Island gemeint sein könnte, ein Flugplatz tausend Meilen südlich von Midway.

Sie mussten zu hundert Prozent sicher sein.

Chuck hatte eine Idee, wie man es herausfinden konnte, doch er zögerte, einen entsprechenden Vorschlag zu unterbreiten. Die Kryptoanalytiker waren hochintelligente Burschen; da konnte er nicht mithalten. In der Schule war er nie gut gewesen. In der dritten Klasse hatte ihn ein Schulkamerad »Chucky das Mondkalb« getauft. Als er deswegen weinte, blieb der Spitzname erst recht an ihm hängen. Oft sah er sich noch immer als Chucky das Mondkalb.

Zur Mittagszeit holten Eddie und er sich in der Marketenderei Sandwiches und Kaffee und setzten sich an den Kai, der einen Blick über das Hafenbecken bot. Allmählich kehrte in Pearl Harbor wieder der Alltag ein. Der Ölteppich war zum größten Teil verschwunden, und einige Wracks waren gehoben worden.

Während Chuck und Eddie aßen, schob sich ein angeschlagener Flugzeugträger um Hospital Point herum und dampfte langsam in den Hafen. Er hinterließ eine Ölspur bis hinaus aufs offene Meer. Chuck erkannte das Schiff; es war die *Yorktown*. Ihr Rumpf war rußgeschwärzt, und im Flugdeck klaffte ein riesiges Loch, wahrscheinlich von einer japanischen Bombe bei der Schlacht im Korallenmeer. Sirenen und Hupen schmetterten eine Begrüßungsfanfare, als die *Yorktown* sich dem Navy Yard näherte. Schlepper sammelten sich, um den Schiffsgiganten durch die offenen Tore des Trockendocks Nr. 1 zu ziehen.

»Sie braucht drei Monate Überholung, habe ich gehört«, sagte Eddie. Er arbeitete im gleichen Gebäude wie Chuck, allerdings beim Marinenachrichtendienst im Obergeschoss, und so kamen ihm mehr Gerüchte zu Ohren. »Trotzdem läuft sie in drei Tagen wieder aus.«

»Wie wollen sie denn das schaffen?«

»Sie haben schon angefangen. Der Instandsetzungsingenieur ist ihr entgegengeflogen – er ist schon mit seinen Leuten an Bord. Und guck dir mal das Trockendock an.«

Chuck sah, dass es im leeren Dock bereits von Männern mit ihrer Ausrüstung wimmelte; die Schweißgeräte, die am Kai bereitstanden, waren nicht zu zählen.

»Sie flicken sie notdürftig zusammen«, sagte Eddie. »Sie reparieren das Flugdeck und machen sie wieder seetüchtig, alles andere muss warten.«

Irgendetwas am Namen des Schiffes ging Chuck nicht aus dem Kopf. Er wurde das Gefühl nicht los, dass er etwas übersah. Was bedeutete »Yorktown«? Die Belagerung von Yorktown war die letzte große Schlacht des Amerikanischen Unabhängigkeitskriegs gewesen. Hatte das irgendeine Bedeutung?

Captain Vandermeier kam an den beiden vorbei. »Zurück an die Arbeit, ihr Fummeltrinen«, sagte er.

Fast unhörbar sagte Eddie: »Eines Tages kriegt der Kerl eins in die Fresse.«

»Wenn der Krieg aus ist, Eddie«, sagte Chuck.

Als er in den Keller zurückkehrte und Bob Strong an seinem Schreibtisch sitzen sah, erkannte Chuck mit einem Mal, dass er Strongs Problem gelöst hatte.

Er blickte dem Kryptoanalytiker über die Schulter und sah das gleiche Blatt Papier mit den gleichen sechs japanischen Silben:

YO-LO-KU-TA-WA-NA

Taktvoll versuchte er es so auszudrücken, als wäre Strong selbst auf die Lösung gekommen. »Hey, Sie haben's ja, Lieutenant!«

Strong blickte ihn verwirrt an. »Wirklich?«

»Das ist ein englischer Name, also haben die Japaner ihn phonetisch geschrieben.«

»Yolokutawana ist ein englischer Name?«

»Jawohl, Sir. So sprechen Japaner das Wort ›Yorktown‹ aus.«

»Was?« Strong starrte ihn fassungslos an, und einen schrecklichen Augenblick lang fragte sich Chucky das Mondkalb, ob er auf dem Holzweg sei.

649

Dann rief Strong aus: »Mann Gottes, Sie haben recht! Yolokutawana – ›Yorktown‹ mit japanischem Akzent!« Er lachte auf. »Vielen Dank!«, rief er. »Gut gemacht!«

Chuck zögerte. Er hatte noch eine Idee. Sollte er aussprechen, was er im Sinn hatte? Das Entschlüsseln von Codes war nicht seine Aufgabe. Doch Amerika war nur eine Handbreit von der Niederlage entfernt. Vielleicht sollte er das Risiko eingehen.

»Darf ich noch einen Vorschlag machen, Sir?«, fragte er.

»Schießen Sie los.«

»Es ist wegen der Bezeichnung AF. Wir brauchen doch die definitive Bestätigung, dass es Midway ist, oder?«

»Jawoll.«

»Könnten wir nicht eine Nachricht über Midway funken, die die Japaner verschlüsselt weitersenden würden? Wenn wir die Nachricht dann abfangen, wüssten wir, auf welche Weise sie den Namen codieren.«

Strong blickte nachdenklich drein. »Könnte sein«, murmelte er. »Wir müssten unsere Nachricht allerdings im Klartext senden, damit wir sicher sein können, dass die Japse sie verstehen.«

»Das ließe sich ja machen. Es müsste etwas nicht allzu Geheimes sein, zum Beispiel: ›Auf Midway herrscht eine Tripperepidemie, bitte schicken Sie Arznei‹, oder etwas in der Richtung.«

»Wieso sollten die Japse es dann weitersenden?«

»Stimmt auch wieder. Also muss es wohl doch etwas von militärischer Bedeutung sein, aber nichts, was der Geheimhaltung unterliegt. Wie wär's mit einer Wettermeldung?«

»Selbst Wettervorhersagen sind heutzutage geheim.«

Der Kryptoanalytiker am nächsten Schreibtisch warf ein: »Wie wäre es mit Wasserknappheit? Wenn die Japse die Insel kassieren wollen, wäre das ziemlich wichtig für sie.«

»Teufel, ja, das könnte funktionieren!«, rief Strong enthusiastisch. »Angenommen, Midway sendet eine Nachricht im Klartext nach Hawaii, dass die dortige Entsalzungsanlage ausgefallen ist …«

»… und Hawaii antwortet, dass ein Tankschiff mit Wasser unterwegs ist«, sagte Chuck.

»Das würden die Japaner auf jeden Fall weitersenden, wenn sie vorhaben, Midway anzugreifen. Dann müssten sie nämlich planen, wie sie selbst Trinkwasser dorthin schaffen.«

650

»Und sie würden es verschlüsselt senden, damit wir nicht darauf aufmerksam werden, dass sie sich für Midway interessieren.«

Strong stand auf. »Kommen Sie«, sagte er zu Chuck. »Wir gehen damit zum Alten. Mal sehen, was er von der Idee hält.«

Die Signale wurden noch am gleichen Tag ausgetauscht.

Am Tag darauf meldete eine japanische Funkbotschaft eine Wasserknappheit auf AF.

Das Ziel der japanischen Offensive war Midway.

Admiral Nimitz bereitete eine Falle vor.

Während an diesem Abend mehr als tausend Arbeiter auf dem angeschlagenen Flugzeugträger *Yorktown* schufteten und im Licht von Bogenlampen die Gefechtsschäden behoben, gingen Chuck und Eddie ins The Band Round The Hat, eine Schwulenbar in einer dunklen Gasse von Honolulu. Dort wimmelte es wie immer von Matrosen und Einheimischen. Fast alle Gäste waren Männer, allerdings kamen auch ein paar lesbische Krankenschwesternpärchen. Chuck und Eddie mochten die Bar, weil die anderen Jungs genauso waren wie sie. Und die Lesbierinnen kamen hierher, weil die Männer keine Annäherungsversuche machten.

Natürlich gab es nichts Offensichtliches zu sehen. Für homosexuelle Handlungen konnte man aus der Navy entlassen und ins Gefängnis geworfen werden. Dennoch war die Bar unübersehbar ein Schwulentreff. Der Bandleader war geschminkt, und der hawaiianische Sänger trug Frauenkleidung, in der er so überzeugend aussah, dass mancher ihn nicht als Mann erkannte. Der Besitzer der Bar trug Rosa. Männer konnten miteinander tanzen. Und niemand wurde als Waschlappen bezeichnet, weil er Wermut bestellte.

Seit Joannes Tod hatte Chuck den Eindruck, seine Liebe zu Eddie sei noch gewachsen. Natürlich war er sich immer darüber im Klaren gewesen, dass Eddie fallen könnte; die Gefahr war ihm allerdings nie real erschienen. Doch seit dem Angriff auf Pearl Harbor war kein Tag vergangen, an dem Chuck nicht Joanne vor sich sah, wie sie blutverschmiert am Boden lag, während sein Bruder sich neben ihr die Augen ausweinte. Genauso gut hätte Chuck neben Eddie knien und die gleiche unerträgliche Trauer empfinden können. An jenem schicksalhaften 7. Dezember waren Chuck und Eddie dem Tod von der Schippe gesprungen, doch jetzt befanden die USA sich im Krieg, und ein Menschenleben war billig. Sie mussten jeden Tag als Kostbarkeit betrachten, denn es konnte ihr letzter sein.

Mit einer Flasche Bier in der Hand lehnte Chuck an der Theke. Eddie saß auf einem Barhocker. Sie lachten über einen Marineflieger namens Trevor Paxman, genannt Trixie, der soeben erzählte, wie er einmal Sex mit einem Mädchen haben wollte. »Ich war schockiert«, sagte Trixie. »Ich dachte, da unten wäre alles blitzblank wie bei den Mädels auf Gemälden, aber sie hatte da mehr Haare als ich. Teufel noch mal, die sah aus wie 'n Gorilla!«

In diesem Moment entdeckte Chuck aus dem Augenwinkel im Eingang der Bar die untersetzte Gestalt von Captain Vandermeier.

Offiziere besuchten nur selten die Bars der Mannschaftsdienstgrade und Unteroffiziere. Verboten war es nicht, aber es galt als leichtfertig und rücksichtslos, so als käme man mit schlammigen Stiefeln ins Restaurant des Ritz-Carlton. Eddie wandte sich ab in der Hoffnung, dass Vandermeier ihn nicht sah.

Aber das Glück war ihm nicht hold. Vandermeier trat direkt auf ihn und Eddie zu. »Na? Alle Mädels sin' schon da, was?«

Trixie wandte sich ab und verschwand in der Menge. »Wo willer 'n hin?«, fragte Vandermeier. Er lallte; offenbar hatte er schon einiges intus.

Chuck sah, wie Eddies Gesicht sich vor Wut verzerrte. Steif sagte er: »Guten Abend, Captain. Darf ich Ihnen ein Bier spendieren?«

»Scotch onne Rocks.«

Chuck bestellte ihm sein Getränk. Vandermeier nahm einen Schluck und sagte: »Es heißt, hinterher geht's hier richtig zur Sache – stimmt das?« Er blickte Eddie an.

»Weiß ich nicht«, erwiderte Eddie kühl.

»Ach, kommt schon. Ganz inoffiziell.« Er tätschelte Eddies Knie.

Eddie stand unvermittelt auf und schob seinen Hocker zurück. »Fassen Sie mich nie wieder an.«

»Nur die Ruhe, Eddie«, sagte Chuck.

»In der Navy gibt es keine Vorschrift, nach der ich mich von dieser alten Tucke begrapschen lassen muss!«

»Wie hassu mich genannt?«, lallte Vandermeier.

»Wenn er mich noch einmal anfasst«, sagte Eddie, »polier ich ihm seine hässliche Visage, ich schwör's.«

»Captain Vandermeier«, sagte Chuck. »Sir, ich kenne ein viel netteres Lokal als das hier. Wollen wir nicht lieber dorthin?«

Vandermeier sah ihn verwirrt an. »Was?«

»Ein kleineres, ruhigeres Lokal«, improvisierte Chuck. »So wie das hier, aber intimer. Verstehen Sie, was ich meine?«

»Klingt gut.« Der Captain trank sein Glas aus.

Chuck nahm Vandermeier beim rechten Arm und winkte Eddie, den linken zu nehmen. Sie führten den betrunkenen Captain hinaus.

Zum Glück wartete im Dunkel der Gasse ein Taxi. Chuck öffnete die Tür.

In diesem Moment schlang Vandermeier die Arme um Eddie, drückte seine Lippen auf Eddies Mund und sagte: »Ich liebe dich.«

Chucks packte die Angst. Was hier ablief, konnte nicht gut enden.

Eddie rammte Vandermeier die Faust in den Magen. Der Captain grunzte und würgte. Eddie schlug erneut zu, diesmal ins Gesicht. Chuck riss Eddie zurück. Ehe Vandermeier zusammenbrach, wuchtete Chuck ihn auf den Rücksitz des Taxis.

Er lehnte sich durchs Fenster und gab dem Fahrer einen Zehndollarschein. »Bringen Sie ihn nach Hause und behalten Sie den Rest.«

Das Taxi fuhr los.

Chuck schaute Eddie an. »Oh, Mann«, sagte er. »Jetzt sitzen wir in der Tinte.«

Eddie Parry wurde nie des Vergehens angeklagt, einen Offizier angegriffen zu haben.

Captain Vandermeier kam am nächsten Morgen mit einem blauen Auge zum Dienst, erhob aber keine Beschuldigung. Chuck nahm an, dass es für die Karriere eines Berufsoffiziers das Aus bedeutet hätte, zugeben zu müssen, ausgerechnet vor dem Band Round The Hat in eine Schlägerei geraten zu sein. Trotzdem war sein blaues Auge in aller Munde. Bob Strong sagte: »Vandermeier behauptet, auf einer Öllache in seiner Garage ausgerutscht und mit dem Gesicht auf den Rasenmäher geknallt zu sein, aber ich glaube, seine Frau hat ihm eine reingehauen. Haben Sie die schon mal gesehen? Die sieht aus wie dieser alte Boxer, wie Jack Dempsey.«

An diesem Tag teilten die Kryptoanalytiker Admiral Nimitz mit, dass die Japaner am 4. Juni Midway angreifen würden. Genauer gesagt würde sich der japanische Kampfverband gegen sieben Uhr morgens 175 Meilen nördlich des Atolls befinden.

Eddie blieb pessimistisch. »Was können wir tun?«, fragte er, als Chuck und er sich zum Mittagessen trafen. Da Eddie ebenfalls beim Marinenachrichtendienst arbeitete, kannte er die japanische Stärke, die die Codeknacker ermittelt hatten. »Die Japaner laufen mit zweihundert Schiffen an, praktisch ihre gesamte Kriegsmarine. Und wie viele haben wir? Fünfunddreißig!«

Chuck sah es nicht so pessimistisch. »Aber ihr Angriffsverband macht nur ein Viertel ihrer Stärke aus. Der Rest sind die Besatzungstruppen, die Ablenkung und die Reserven.«

»Na und? Ein Viertel ihrer Stärke ist immer noch mehr als unsere gesamte Pazifikflotte.«

»Der japanische Verband hat im Moment nur vier Flugzeugträger.«

»Und wir haben bloß drei.« Eddie deutete mit seinem Schinkensandwich auf den rußgeschwärzten Flugzeugträger im Trockendock, auf dem es vor Arbeitern wimmelte. »Und einer davon ist die *Yorktown*, ein halbes Wrack.«

»Okay, aber wir wissen, dass die Japse kommen. Die ahnen nicht mal, dass wir auf der Lauer liegen.«

»Ich hoffe nur, das ist ein so großer Vorteil, wie Nimitz offenbar glaubt.«

»Das hoffe ich auch.«

Als Chuck in den Keller zurückkehrte, wurde ihm mitgeteilt, dass er nicht mehr zum Team gehöre. Er sei versetzt worden – auf die *Yorktown*.

»Das ist Vandermeiers Strafe für mich«, sagte Eddie am gleichen Abend unter Tränen. »Er glaubt, dass du ins Gras beißt.«

»Sieh nicht so schwarz«, sagte Chuck. »Oder traust du uns nicht zu, den Krieg zu gewinnen?«

654

Ein paar Tage vor dem Angriff wechselten die Japaner die Codebücher. Die Männer im Keller fingen schweren Herzens von vorn an, konnten vor der Schlacht aber nur wenig neue Erkenntnisse liefern. Nimitz musste mit dem auskommen, was er bereits wusste. Es blieb nur zu hoffen, dass die Japaner nicht in letzter Sekunde den Schlachtplan änderten.

Die Japaner rechneten damit, Midway durch einen Überraschungsangriff ohne großen Widerstand einnehmen zu können. Sie hofften, dass die Amerikaner mit einem groß angelegten Gegenangriff antworteten, um das Atoll zurückzuerobern. In diesem Moment sollte die japanische Reserveflotte angreifen und die gesamte amerikanische Pazifikflotte vernichten. Dann wäre Japan der uneingeschränkte Herrscher über den Stillen Ozean.

Und die USA würden um Friedensgespräche bitten.

Nimitz hatte vor, diesen Plan im Keim zu ersticken, indem er den japanischen Angriffsverband überfiel, ehe dieser Midway erobern konnte.

Chuck war jetzt Teil dieses Hinterhalts.

Er packte seinen Seesack und gab Eddie einen Abschiedskuss; dann gingen sie gemeinsam zum Trockendock.

Dort liefen sie Vandermeier über den Weg.

»Tja, für die Reparatur der wasserdichten Schotte war keine Zeit«, sagte er. »Wenn die *Yorktown* ein Leck bekommt, geht sie unter wie ein Sarg aus Blei.«

Chuck legte Eddie eine Hand auf die Schulter, um ihn zurückzuhalten. »Was macht Ihr Auge, Captain?«

Vandermeier verzog gehässig den Mund. »Viel Glück, Schwanzlutscher.« Dann ging er davon.

Chuck schüttelte Eddie die Hand und ging an Bord. Kurz darauf hatte er Vandermeier vergessen, denn endlich wurde ihm sein Herzenswunsch erfüllt: Er war auf See – und auf einem der größten Schiffe, die je gebaut worden waren.

Die *Yorktown* war das Typschiff der nach ihr benannten Flugzeugträgerklasse. Sie war mehr als zwei Fußballfelder lang, hatte über zweitausend Mann Besatzung und trug neunzig Flugzeuge: veraltete Douglas-Devastator-Torpedobomber mit Klappflügeln, neuere Sturzkampfbomber vom Typ Douglas Dauntless sowie Jagdflugzeuge des Modells Grumman Wildcat zum Schutz der Bomber.

655

Fast alles befand sich im gepanzerten Rumpf, bis auf die Aufbauten der »Insel«, die das Flugdeck um dreißig Fuß überragte. Sie enthielt die Kommando- und Funkeinrichtungen des Schiffes mit der Brücke, dem Funkraum gleich darunter, dem Kartenhaus und dem Bereitschaftsraum für die Piloten. Dahinter befand sich ein riesiger Schornstein mit drei hintereinander angeordneten Öffnungen.

Mehrere Instandsetzungsleute waren noch an Bord und schlossen ihre Arbeit ab, als die *Yorktown* das Trockendock verließ und aus Pearl Harbor hinausfuhr. Chuck war begeistert vom Wummern ihrer gigantischen Maschinen. Als sie in tiefes Wasser gelangte und mit der Dünung des Pazifischen Ozeans stieg und sank, kam es ihm vor, als würde er tanzen.

Chuck wurde dem Funkraum zugeteilt – eine sinnvolle Verwendung, denn damit nutzte man seine Erfahrung im Umgang mit Signalen.

Der Flugzeugträger stampfte zu einem Sammelpunkt nordöstlich von Midway. Die aufgeschweißten Platten knarrten wie neue Schuhe. Das Schiff hatte eine Milchbar, Gedunk genannt, in der es frisch hergestellte Eiscreme gab. An seinem ersten Nachmittag traf Chuck dort Trixie Paxman, den er zuletzt im Band Round The Hat gesehen hatte. Er war froh, einen Freund an Bord zu haben.

Am Mittwoch, dem 3. Juni, dem Tag vor dem vorhergesagten Angriff, entdeckte ein Flugboot der US Navy bei einem Aufklärungseinsatz westlich von Midway einen Konvoi aus japanischen Transportschiffen. Vermutlich beförderten sie die Besatzungstruppen, die nach der Seeschlacht das Atoll einnehmen sollten. Die Nachricht wurde an alle amerikanischen Schiffe gefunkt. Chuck, der im Funkraum der *Yorktown* als Signalgast diente, gehörte zu den ersten Besatzungsmitgliedern, die davon erfuhren. Die Meldungen bestätigten ohne jeden Zweifel, dass seine Kameraden im Keller recht gehabt hatten. Chuck war erleichtert, dass ihre Prognose sich bewahrheitet hatte. In gewisser Weise war es ironisch: Er hätte in keiner so großen Gefahr geschwebt wie jetzt, hätte Station HYPO sich geirrt, und die Japaner wären woanders gewesen.

Seit anderthalb Jahren gehörte Chuck der Navy an, aber noch nie war er im Gefecht gewesen. Die hastig reparierte *Yorktown* war mit Sicherheit das Hauptziel der japanischen Bomber und Torpedoflugzeuge. Es war ein merkwürdiges Gefühl für Chuck.

Die meiste Zeit war er seltsam ruhig, doch hin und wieder wäre er am liebsten über die Reling gesprungen und so schnell wie möglich nach Hawaii zurückgeschwommen.

Am Abend schrieb er seinen Eltern. Wenn er am nächsten Tag fiel, würden er und sein Brief vermutlich mit dem Schiff untergehen, aber das hinderte ihn nicht. Er verriet seinen Eltern nicht, weshalb er versetzt worden war. Kurz dachte er daran, ihnen seine Homosexualität zu gestehen, doch er verwarf den Gedanken rasch wieder. Er schrieb ihnen, dass er sie liebe und dankbar für alles sei, was sie für ihn getan hätten. *Wenn ich im Kampf eines demokratischen Landes gegen eine grausame Militärdiktatur sterbe, war mein Leben nicht vergeudet,* schrieb er. Als er den Satz noch einmal überflog, kam er ihm ein bisschen schwülstig vor, aber er ließ ihn, wie er war.

Die Nacht war kurz. Um ein Uhr dreißig wurden die Flugzeugbesatzungen zum Frühstück gepfiffen. Chuck traf Trixie Paxman und wünschte ihm Hals- und Beinbruch. Als Ausgleich für den frühen Start bekamen die Flieger Steak mit Ei serviert.

Die Flugzeuge wurden unter Deck betankt und aufmunitioniert. Dann wurden sie, die Tragflächen eingeklappt, mit den riesigen Aufzügen des Schiffes aus den Hangars unter Deck nach oben transportiert. Von Hand schob die Flugdeckcrew sie zu ihren riesigen Stellplätzen. Einige Piloten starteten und nahmen die Suche nach dem Feind auf. Der Rest saß in Schwimmwesten und Fliegerstiefeln im Bereitschaftsraum und wartete auf Neuigkeiten.

Chuck trat seinen Dienst im Funkraum an. Kurz vor sechs Uhr empfing er ein Signal von einem Aufklärer:

ZAHLREICHE FEINDLICHE FLUGZEUGE KURS MIDWAY

Ein paar Minuten später erhielt er ein verstümmeltes Signal:

FEINDLICHE FLUGZEUGTRÄGER

Es ging los.

Als eine Minute später die vollständige Nachricht hereinkam, meldete sie den japanischen Angriffsverband fast genau an der

Stelle, die die Kryptoanalytiker vorhergesagt hatten. Chuck empfand Stolz – und Angst.

Die drei amerikanischen Flugzeugträger – die *Yorktown*, die *Enterprise* und die *Hornet* – gingen auf einen Kurs, der ihre Flugzeuge in Angriffsentfernung zu den japanischen Schiffen brachte.

Auf der Brücke stand Rear Admiral Frank Fletcher, ein siebenundfünfzigjähriger Veteran, der im Ersten Weltkrieg mit dem Navy Cross ausgezeichnet worden war. Als Chuck ein Signal zur Brücke brachte, hörte er ihn sagen: »Wir haben noch kein japanisches Flugzeug gesichtet. Das bedeutet, die Japse wissen noch nicht, dass wir hier sind.«

Das war der einzige Vorteil, den die Amerikaner besaßen: die bessere Aufklärung.

Die Japaner hofften ohne Zweifel, Midway unvorbereitet anzutreffen, wie beim Überfall auf Pearl Harbor, doch den Kryptoanalytikern zum Dank kam es anders. Die amerikanischen Flugzeuge auf Midway waren keine unbeweglichen, auf ihren Pisten geparkten Ziele. Als die japanischen Bomber kamen, waren die amerikanischen Piloten in der Luft und gierten nach Kampf.

Während die Offiziere, Unteroffiziere und Mannschaften im Funkraum der *Yorktown* den knisternden Funkverkehr von Midway und den japanischen Schiffen abhörten, bezweifelten sie nicht, dass über dem winzigen Atoll eine entsetzliche Luftschlacht tobte. Sie wussten nur nicht, wer auf der Siegerstraße war.

Bald darauf trugen amerikanische Flugzeuge von Midway aus den Kampf zum Gegner und griffen die japanischen Flugzeugträger an.

Soweit Chuck es mitbekam, erwiesen sich in beiden Gefechten die Flugabwehrgeschütze als die wirksamsten Waffen. Der Stützpunkt auf Midway trug nur geringe Schäden davon, und sämtliche Torpedos verfehlten die japanischen Schiffe; aber bei beiden Auseinandersetzungen wurden zahlreiche Flugzeuge abgeschossen.

Die Verluste lagen in etwa gleich – und genau das bereitete Chuck Sorgen, denn die Japaner besaßen die größeren Reserven.

Um kurz vor sieben schwenkten die *Yorktown*, die *Enterprise* und die *Hornet* nach Südosten. Dieser Kurs entfernte sie unglücklicherweise vom Feind, doch der Wind wehte von Südost, und

658

die Träger mussten in den Wind drehen, damit ihre Flugzeuge abheben konnten.

Jeder Zoll der mächtigen *Yorktown* erzitterte unter dem Donnern der Maschinen, als die Motoren hochdrehten und ein Flugzeug nach dem anderen unter Vollgas übers Deck jagte und in die Luft stieg. Chuck sah deutlich, dass die Wildcats die Tendenz hatten, die rechte Tragfläche zu heben und nach links auszuwandern, während sie auf dem Flugdeck beschleunigten – eine Unart dieser Maschinen, über die die Piloten sich oft beschwerten.

Um halb neun waren von den drei amerikanischen Flugzeugträgern 155 Maschinen gestartet, die nun die feindliche Kampfgruppe angreifen sollten.

Die ersten amerikanischen Piloten erreichten das Zielgebiet zum idealen Zeitpunkt: Die Japaner waren gerade damit beschäftigt, die eigenen, von Midway zurückgekehrten Maschinen zu betanken und aufzumunitionieren. Die Flugdecks waren voller Munitionskisten in einem Schlangennest aus Benzinschläuchen. Ein Funke hätte genügt, um alles in die Luft zu jagen. An Bord der japanischen Träger hätte es zu einem Inferno kommen müssen.

Aber das geschah nicht.

Fast alle amerikanischen Flugzeuge der ersten Angriffswelle wurden vernichtet.

Die Devastators waren hoffnungslos überaltert. Die Wildcats, die ihnen Jagdschutz gaben, waren ein wenig moderner, aber den schnellen, manövrierfähigen japanischen Zeros unterlegen. Die Piloten, die lange genug überlebten, um ihre Torpedos abzuwerfen, wurden vom vernichtenden Flakfeuer der japanischen Flugzeugträger dezimiert.

Von einem sich bewegenden Flugzeug eine Bombe auf ein sich bewegendes Schiff zu werfen oder einen Torpedo an genau der Stelle abzuwerfen, von wo er ein Schiff treffen konnte, war ein extrem schwieriges Unterfangen, besonders, wenn der Pilot von oben und unten beschossen wurde.

Die meisten Flieger starben bei dem Versuch.

Und kein einziger landete einen Treffer; kein amerikanischer Torpedo fand sein Ziel. Die ersten drei Wellen angreifender Flugzeuge, eine von jedem amerikanischen Träger, fügten der japanischen Trägerkampfgruppe nicht die geringsten Schäden zu. Die

Munition auf den Flugdecks explodierte nicht, die Betankungs-
schläuche fingen kein Feuer. Sie blieben unversehrt.

Chuck hörte die Funkgespräche ab und verzweifelte.

Umso lebhafter trat ihm die Genialität des Angriffs auf Pearl
Harbor vor sieben Monaten vor Augen. Die amerikanischen Schiffe hatten vor Anker gelegen – ruhende Ziele, dicht an dicht, leicht
zu treffen. Die Jagdflugzeuge, die die Schiffe hätten schützen
können, wurden auf den Startbahnen vernichtet. Bis die Amerikaner sich gesammelt und ihre Flugabwehrgeschütze feuerbereit
hatten, war der Angriff so gut wie vorüber gewesen.

Diese Schlacht jedoch war noch im Gang, und längst nicht
alle amerikanischen Flugzeuge hatten das Zielgebiet erreicht. Am
Funkgerät hörte Chuck den Ruf eines Flugleitungsoffiziers der
Enterprise: »Angriff! Angriff!«, und die lakonische Antwort eines
Piloten: »Gern – sobald ich die Hundesöhne gefunden habe.«

Erfreulich war nur die Neuigkeit, dass der japanische Kommandeur noch keine eigenen Maschinen gegen die amerikanischen
Flugzeugträger ausgesandt hatte. Er hielt sich an seinen Plan und
konzentrierte den Angriff auf Midway. Womöglich hatte er noch
nicht begriffen, dass er von trägergestützten Flugzeugen angegriffen wurde – oder er war sich nicht sicher, was die Position der amerikanischen Schiffe anging.

Trotz dieses Vorteils siegten die Amerikaner nicht.

Dann aber änderte die Lage sich schlagartig. Ein Verband aus
siebenunddreißig Dauntless-Sturzkampfbombern von der *Enterprise* sichtete die Japaner. Die Zeros, die die japanischen Flugzeugträger schützten, waren fast auf Meereshöhe hinuntergegangen,
um die Torpedobomber abwehren zu können, sodass die amerikanischen Bomber sich in vorteilhafter Höhe über den Jägern
befanden; außerdem konnten sie aus der Sonne anfliegen. Minuten
später erreichten achtzehn weitere Dauntlesses von der *Yorktown*
das Zielgebiet. Einer der Piloten war Trixie.

Aus dem Funkgerät drangen aufgeregte Stimmen. Chuck
schloss die Augen, konzentrierte sich und versuchte, dem verzerr-
ten Durcheinander etwas zu entnehmen. Trixies Stimme erkannte
er nicht.

Dann hörte er durch das Stimmengewirr das charakteristische
Kreischen von Bombern im Sturzflug. Der Angriff hatte begonnen.

660

Plötzlich erklangen zum ersten Mal Triumphschreie der US-Piloten.

»Erwischt, du Dreckskerl!«

»Scheiße, ich hab gespürt, wie das Ei hochging!«

»Zur Hölle mit euch Hurensöhnen!«

»Volltreffer! Guckt nur, wie sie brennt!«

Die Männer im Funkraum jubelten, obwohl sie nicht genau wussten, was geschah.

Nach wenigen Minuten war alles vorüber, doch es verging noch viel Zeit, bis ein eindeutiger Gefechtsbericht hereinkam. In ihrem Siegesrausch machten die Piloten unzusammenhängende, sich widersprechende Meldungen. Erst als sie ein wenig abkühlten und auf Heimatkurs zu den Schiffen gingen, kristallisierte sich ein Bild der Geschehnisse heraus.

Und Trixie Paxman gehörte zu den Überlebenden.

Zwar waren die meisten Bomben danebengegangen wie zuvor schon die Torpedos, aber ungefähr zehn Bomben hatten Volltreffer erzielt und verheerende Schäden angerichtet. Auf drei schweren japanischen Flugzeugträgern wütete eine Feuersbrunst: auf der *Kaga*, der *Sōryū* und dem Flaggschiff *Agaki*. Dem Feind blieb nur noch ein Träger, die *Hiryū*.

»Drei von vier!«, rief Chuck begeistert. »Und sie sind noch nicht mal in die Nähe unserer Schiffe gekommen!«

Das sollte sich bald ändern.

Admiral Fletcher schickte zehn Dauntlesses aus, um nach dem verbliebenen schweren japanischen Flugzeugträger zu suchen. Doch es war der Radar der *Yorktown*, der einen Flugzeugverband erfasste, der vermutlich von der *Hiryū* kam. Er war im Moment fünfzig Meilen entfernt und näherte sich. Gegen Mittag sandte Fletcher den Angreifern zwölf Wildcats entgegen. Auch den Rest seiner Maschinen schickte er in die Luft, damit sie nicht verletzbar an Deck standen, wenn der Angriff begann. Mittlerweile waren die Treibstoffschläuche der *Yorktown* zum Brandschutz mit Kohlendioxid gefüllt worden.

Der japanische Angriffsverband bestand aus vierzehn »Vals«, Sturzkampfbomber des Typs Aichi D3A, sowie Zeros als Jagdschutz.

Jetzt geht's los, dachte Chuck, mein erstes Gefecht. Am liebsten hätte er sich übergeben. Er schluckte heftig.

Noch ehe die Angreifer sichtbar wurden, eröffneten die Geschütze der *Yorktown* das Feuer. Das Schiff besaß acht schwere, paarweise angeordnete Flugabwehrkanonen vom Kaliber 5 Zoll, die ihre Granaten mehrere Meilen weit schießen konnten. Die Feuerleitoffiziere verfolgten die Position des Feindes mithilfe von Radar und schickten den näher kommenden Flugzeugen Salven aus gigantischen 54-Pfund-Granaten entgegen, deren Zeitzünder so eingestellt waren, dass sie krepierten, sobald sie ihr Ziel erreichten.

Die Wildcats setzten sich über die Angreifer und schossen, den Funkberichten der Piloten zufolge, sechs Bomber und drei Jäger ab.

Chuck eilte mit einem Signal, der Rest des Verbandes setze zum Sturzkampfangriff an, auf die Flaggbrücke. Admiral Fletcher erwiderte: »Na, ich hab meinen Stahlhut auf, mehr kann ich nicht tun.«

Chuck blickte aus dem Fenster und sah die Vals, die sich auf ihn stürzten – in so steilem Winkel, dass sie vom Himmel zu fallen schienen.

Er kämpfte gegen den Impuls an, sich auf den Boden zu werfen.

Das Schiff steuerte voll nach Backbord. Jedes Manöver, mit dem man die angreifenden Flugzeuge vom Kurs abbringen konnte, war einen Versuch wert.

Die *Yorktown* hatte außerdem vier »Chicago-Pianos« – kleinere Vierlingsflugabwehrkanonen mit geringerer Reichweite. Sie eröffneten nun das Feuer, ebenso das Kreuzergeleit der *Yorktown*.

Während Chuck noch von der Brücke aus nach vorn starrte, verängstigt und unfähig, sich in irgendeiner Weise zu verteidigen, traf eine Flak ins Ziel und zerschoss einen Val. Das Flugzeug schien in drei Teile zu zerbrechen. Zwei stürzten ins Meer, eines krachte gegen die Schiffsseite. Noch ein Val explodierte. Chuck jubelte.

Damit waren noch immer sechs Sturzkampfbomber übrig.

Die *Yorktown* brach unvermittelt nach Steuerbord aus.

Die Vals überstanden den Geschosshagel der Decksflak und setzten dem Schiff nach.

Als sie näher kamen, begannen die wassergekühlten Maschinengewehre auf den Stegen zu beiden Seiten des Flugdecks zu feuern. Die Waffen der *Yorktown* spielten eine tödliche Symphonie mit den tiefen Bässen der 5-Zoll-Rohre, dem Stakkato der Chicago-Pianos und dem nervtötenden Rattern der MGs.

Chuck sah die erste Bombe fallen.

Viele japanische Bomben hatten einen Verzögerungszünder: Statt beim Aufprall zu explodieren, gingen sie erst eine Sekunde oder noch später hoch; sie sollten das Deck durchschlagen, im Hangar explodieren und dort die größtmöglichen Verwüstungen anrichten.

Doch diese Bombe rollte über das Flugdeck der *Yorktown*.

Chuck beobachtete in gebanntem Entsetzen. Einen Moment lang sah es so aus, als würde die Bombe keinen Schaden anrichten. Dann explodierte sie mit einem Blitz und einem Knall. Die beiden achteren Chicago-Pianos wurden augenblicklich vernichtet. Kleine Feuer flammten an Deck und in den Türmen auf.

Zu Chucks Erstaunen blieben die Männer um ihn her so gelassen, als wären sie bei einem Kriegsspiel in einem Lageraum. Admiral Fletcher stolperte über das schwankende Deck der Flaggbrücke, wobei er unablässig Befehle erteilte. Augenblicke später hetzten Schadensbekämpfungstrupps mit Löschschläuchen los. Sanitäter mit Krankentragen bargen die Verwundeten und brachten sie die steilen Niedergänge hinunter zu den Verbandplätzen unter Deck.

Zum Glück brach kein Großbrand aus; das Kohlendioxid in den Treibstoffschläuchen hatte ihn verhindert. Außerdem standen keine mit Bomben beladenen Kampfflugzeuge an Deck, die hätten explodieren können.

Im nächsten Moment raste ein weiterer Val kreischend zur *Yorktown* hinab. Seine Bombe traf den Schornstein. Die Explosion erschütterte das mächtige Schiff. Eine gewaltige, schwarze ölige Qualmwolke stieg aus den Kaminöffnungen. Die Bombe musste die Maschinen beschädigt haben, begriff Chuck, denn das Schiff verlor beinahe sofort an Geschwindigkeit.

Weitere Bomben fielen und verfehlten ihr Ziel, schlugen ins Meer ein und schleuderten Fontänen hoch, die aufs Deck klatschten. Meerwasser mischte sich mit dem Blut der Verwundeten.

Die *Yorktown* verlor weiter an Fahrt und kam zum Stehen. Als das Schiff manövrierunfähig im Wasser lag, erzielten die Japaner einen dritten Treffer. Die Bombe schlug in den vorderen Aufzug ein und explodierte tiefer im Schiffsinneren.

Dann, von einer Sekunde auf die andere, war der Angriff vor-

663

über, und die verbliebenen Vals stiegen in den klaren blauen Himmel auf.

Ich lebe noch, schoss es Chuck durch den Kopf.

Das Schiff war nicht verloren. Löschtrupps machten sich an die Arbeit, noch ehe die Japaner außer Sicht verschwanden. Von unten meldeten die Ingenieure, dass sie die Kessel binnen einer Stunde wieder in Gang bekommen würden. Reparaturkommandos flickten das Loch im Flugdeck mit Brettern aus Douglastannenholz.

Doch die Funkanlage war vernichtet worden, und der Admiral war blind und taub. Mit seinem Stab setzte Fletcher auf den Kreuzer *Astoria* über und betraute Rear Admiral Spruance auf der *Enterprise* mit dem taktischen Kommando.

Unhörbar flüsterte Chuck: »Leck mich am Arsch, Vandermeier – ich habe überlebt.«

Er freute sich zu früh.

Wummernd erwachten die Maschinen wieder zum Leben. Unter dem Kommando von Captain Buckmeister durchschnitt die *Yorktown* erneut die Wellen des Pazifiks. Einige ihrer Flugzeuge hatten bereits auf der *Enterprise* Zuflucht gefunden, aber andere waren noch in der Luft. Daher drehte die *Yorktown* in den Wind, und die Dauntlesses und Wildcats landeten und wurden aufgetankt. Da die Funkanlage ausgefallen war, bildeten Chuck und die anderen Signalgasten einen sogenannten Winkertrupp, der sich über altmodische Flaggensignale mit den anderen Schiffen verständigte.

Um halb drei ortete das Radar eines Kreuzers aus dem Geleitschutz der *Yorktown* Feindflugzeuge, die aus Westen in niedriger Höhe anflogen – vermutlich ein Angriffsverband von der *Hiryū*. Der Kreuzer signalisierte die Neuigkeit an den Flugzeugträger. Buckmeister ließ zwölf Wildcats als Abfangjäger starten.

Doch die Wildcats konnten den Angriff nicht stoppen, denn zehn japanische Torpedobomber hielten dicht über den Wellen geradewegs auf die *Yorktown* zu.

Chuck konnte die Maschinen klar und deutlich erkennen. Es waren Nakajima B5N, von den Amerikanern »Kates« genannt. Jede trug unter dem Rumpf einen Torpedo, der fast halb so lang war wie die Maschine.

Die vier schweren Kreuzer, die den Flugzeugträger schützten, beschossen die See rings um ihn und warfen einen Schirm aus schaumigem Wasser hoch, doch die japanischen Piloten ließen sich so leicht nicht abschrecken und flogen geradewegs durch die Gischt.

Chuck sah, wie das erste Flugzeug seinen Torpedo absetzte. Das schlanke Geschoss glitt ins Wasser. Seine Spitze zeigte genau auf die *Yorktown*.

Das Flugzeug zog so dicht am Schiff vorbei, dass Chuck das Gesicht des Piloten erkennen konnte. Er hatte sich ein weiß-rotes Stirnband um den Fliegerhelm gebunden. Triumphierend drohte er der Besatzung an Deck mit der Faust; dann war er verschwunden.

Weitere Flugzeuge röhrten vorüber. Torpedos waren langsam, und manchmal konnten Schiffe ihnen ausweichen, aber die angeschlagene *Yorktown* war zu träge für schnelle Manöver. Ein fürchterlicher Knall ließ das Schiff erbeben: Die Sprengkraft eines Torpedos übertraf die einer Bombe um ein Vielfaches. Für Chuck fühlte es sich an, als wäre das Schiff achtern backbords getroffen. Augenblicke später erfolgte eine weitere Explosion. Diesmal hob das Schiff sich tatsächlich, und die halbe Besatzung stürmte aufs Deck. Sekunden später verstummten die Maschinen.

Wieder gingen die Reparaturtrupps an die Arbeit, noch während die angreifenden Flugzeuge in Sicht waren. Diesmal jedoch kamen sie beim Beheben der Schäden nicht nach. Chuck schloss sich den Teams an den Pumpen an und sah, dass der stählerne Rumpf des Schiffes wie eine Konservendose aufgeschlitzt war. Ein Sturzbach aus Meerwasser ergoss sich durch den Riss. Nach wenigen Minuten spürte Chuck, wie das Deck sich neigte. Die *Yorktown* krängte nach Backbord.

Die Pumpen konnten das eindringende Wasser nicht mehr aufhalten, und die Schotte, die das Schiff in wasserdichte Abteilungen trennten, waren schon bei der Schlacht im Korallenmeer beschädigt und während der hastigen Reparatur nicht instand gesetzt worden.

Wie lange würde es noch dauern, bis die *Yorktown* kenterte?

Um drei Uhr hörte Chuck den Befehl: »Alle Mann von Bord!«

Matrosen warfen Seile über die hohe Kante des schräg liegenden Decks. Auf dem Hangardeck rissen Besatzungsmitglieder an Leinen und ließen Tausende von Schwimmwesten aus Depots hoch über ihren Köpfen abregnen. Die Geleitkreuzer kamen näher und setzten Beiboote aus. Die Besatzung der *Yorktown* entledigte sich ihres Schuhwerks und schwärmte über die Seite. Aus irgendeinem Grund stellten sie ihre Schuhe in ordentlichen Reihen aufs Deck, Hunderte von Paaren, wie bei einem Opferritual. Verwundete wurden auf Tragen in wartende Boote heruntergelassen. Chuck fand sich im Wasser wieder und schwamm so schnell er konnte von der *Yorktown* weg, ehe sie endgültig kenterte. Eine Welle überraschte ihn und riss ihm die Mütze vom Kopf. Er war froh, dass er im relativ warmen Pazifik trieb. Im rauen Atlantik hätte die Kälte ihn wahrscheinlich umgebracht, noch während er auf Rettung wartete.

Ein Beiboot nahm ihn auf; dann zog die Besatzung weitere Männer aus dem Meer. Dutzende anderer Boote taten das Gleiche. Viele Männer kletterten vom Hangardeck der *Yorktown*, das tiefer lag als das Flugdeck. Irgendwie gelang es dem Träger, über Wasser zu bleiben.

Als sämtliche Männer in Sicherheit waren, nahmen die Geleitkreuzer sie auf.

Chuck stand an Deck und blickte übers Wasser. Hinter der langsam sinkenden *Yorktown* ging die Sonne unter. Erst jetzt wurde ihm klar, dass er den ganzen Tag kein einziges japanisches Schiff gesehen hatte; die Schlacht war von Flugzeugen ausgetragen worden. Chuck fragte sich, ob er die erste einer neuen Art von Seeschlachten miterlebt hatte. Wenn dem so war, gehörte den Flugzeugträgern die Zukunft; alle anderen Schiffe zählten dann nicht mehr viel.

Trixie Paxman trat neben ihn. Chuck war so froh, ihn lebend wiederzusehen, dass er ihn in die Arme schloss.

Trixie berichtete Chuck, dass die letzte Formation Dauntless-Sturzkampfbomber von der *Enterprise* und der *Yorktown* die *Hiryū*, den letzten überlebenden japanischen Flugzeugträger, in Brand gesetzt und vernichtet habe.

»Damit sind alle vier großen japanischen Träger außer Gefecht«, sagte Chuck.

»Ja. Wir haben sie alle erwischt und nur einen von unseren verloren.«

»Dann haben wir gesiegt?«

»Ja«, sagte Trixie. »Sieht ganz danach aus.«

Nach der Schlacht von Midway stand fest, dass im Pazifikkrieg die trägergestützten Flugzeuge die entscheidende Rolle spielen würden. Sowohl Japan als auch die USA riefen Sofortprogramme ins Leben, um so schnell wie möglich Flugzeugträger zu bauen.

In den Jahren 1943 und 1944 sollte Japan sieben dieser gewaltigen, kostspieligen Schiffe zu Wasser lassen.

In der gleichen Zeit liefen in den Vereinigten Staaten neunzig Flugzeugträger vom Stapel.

KAPITEL 13

1942 (II)

Schwester Carla von Ulrich schob einen Wagen in die Vorratskammer und schloss die Tür hinter sich.

Jetzt musste sie schnell handeln. Was sie vorhatte, würde sie ins KZ bringen, wenn man sie erwischte.

Carla schnappte sich verschiedenes Verbandsmaterial vom Regal, dazu eine Dose mit antiseptischer Salbe. Dann schloss sie den Medikamentenschrank auf, holte Morphium gegen Schmerzen heraus, Sulfonamid gegen Infektionen und Aspirin gegen Fieber, außerdem eine frisch verpackte hypodermische Spritze.

Carla hatte das Register bereits über Wochen hinweg gefälscht, damit es so aussah, als wäre das gestohlene Material auf normalem Weg verbraucht worden. Sie hatte das bereits zweimal getan, doch ihre Angst war noch genauso groß wie beim ersten Mal.

Als sie den Wagen aus der Vorratskammer schob, hoffte sie, möglichst unschuldig auszusehen – bloß eine Krankenschwester, die medizinisches Material zu einem Patienten fuhr.

Als sie auf ihre Station ging, entdeckte sie zu ihrem Entsetzen Dr. Ernst. Er saß auf der Bettkante eines Patienten und fühlte ihm den Puls.

Eigentlich hätten alle Ärzte beim Mittagessen sein sollen, doch jetzt war es zu spät, um noch etwas zu ändern. Carla versuchte, so selbstbewusst wie möglich zu erscheinen, obwohl sie innerlich zitterte. Sie hielt den Kopf hoch erhoben, als sie den Wagen durch die Station schob.

Dr. Ernst hob den Blick und lächelte sie an.

Berthold Ernst war der Traum einer jeden Krankenschwester. Ein talentierter Chirurg, der mit den Patienten umzugehen verstand; außerdem war er groß, gut aussehend und alleinstehend. Er hatte schon mit nahezu allen attraktiven Krankenschwestern geflirtet und mit den meisten von ihnen geschlafen, wenn die Gerüchte stimmten.

Carla nickte ihm zu und ging schnellen Schrittes an ihm vorbei.

Sie schob ihren Wagen aus der Station und bog in die Umkleide der Krankenschwestern ab. Ihr Straßenmantel hing an einem Haken, darunter eine Einkaufstasche mit einem alten Seidenschal, einem Kohlkopf und einer Schachtel Kosmetiktücher in einer braunen Papiertüte. Carla packte die Tasche aus und stopfte das Verbandsmaterial und die Medikamente von ihrem Rollwagen hinein. Dann deckte sie alles mit dem alten, blau-gold gemusterten Schal zu, den ihre Mutter sich irgendwann in den Zwanzigern gekauft hatte. Schließlich packte sie den Kohlkopf und die Kosmetiktücher darauf, hängte die Tasche wieder an einen Haken und zog den Mantel darüber, sodass sie auf den ersten Blick nicht zu sehen war.

Ich hab's geschafft, dachte sie erleichtert und bemerkte erst jetzt, dass sie ein wenig zitterte. Sie atmete tief durch, riss sich zusammen, öffnete die Tür ... und sah Dr. Ernst vor sich stehen.

War er ihr gefolgt? Würde er sie jetzt des Diebstahls bezichtigen? Er wirkte allerdings nicht feindselig, im Gegenteil; er schaute freundlich drein. Vielleicht war sie ja doch noch einmal davongekommen.

»Guten Tag, Herr Doktor«, sagte sie. »Kann ich Ihnen behilflich sein?«

Er lächelte. »Wie geht es Ihnen, Schwester? Läuft alles gut?«

»Perfekt, würde ich sagen«, antwortete Carla und fügte schuldbewusst hinzu: »Aber es ist wohl eher an Ihnen zu sagen, ob es gut läuft oder nicht.«

»Oh, ich kann mich nicht beschweren«, erwiderte er.

Geht es darum, fragte sie sich. Spielt er nur mit mir? Zögert er sadistisch den Moment hinaus, in dem er mich des Diebstahls anklagen will?

Carla wartete und versuchte, sich ihre Angst nicht anmerken zu lassen.

Dr. Ernst schaute auf ihren Wagen. »Warum sind Sie damit in die Umkleide gefahren?«

»Ich wollte etwas ...« Carla verstummte, dachte fieberhaft nach und improvisierte: »Etwas aus meinem Regenmantel.« Sie bemühte sich, die Angst aus ihrer Stimme fernzuhalten. »Ein Taschentuch.«

Hör auf zu plappern, ermahnte sie sich. Er ist Arzt, kein Gestapo-Mann. Dennoch flößte er ihr Angst ein.

Dr. Ernst blickte erheitert drein, als würde er Carlas Nervosität genießen. »Und jetzt?«

»Jetzt fahre ich den Wagen zurück.«

»Ja, Ordnung muss sein. Sie sind eine gute Krankenschwester, Fräulein von Ulrich … oder muss ich Frau sagen?«

»Fräulein.«

»Wir sollten öfter miteinander reden.«

So, wie der Arzt sie anlächelte, erkannte Carla, dass es ihm nicht um irgendwelche gestohlenen Medizinvorräte ging. Er würde sie gleich bitten, mit ihm auszugehen. Sollte sie Ja sagen, würden Dutzende Kolleginnen sie beneiden.

Doch Carla hatte kein Interesse an Dr. Ernst. Vielleicht lag es daran, dass sie schon einmal einen äußerst attraktiven Schürzenjäger geliebt hatte, Werner Franck – und der hatte sich als selbstsüchtiger Feigling erwiesen. Carla hatte das unbestimmte Gefühl, dass Dr. Ernst genauso war.

Allerdings wollte sie nicht das Risiko eingehen, ihn zu verärgern. Also lächelte sie und schwieg.

»Mögen Sie Wagner?«, fragte der Arzt.

Carla wusste genau, worauf es hinauslief. »Ich habe leider keine Zeit für Musik«, antwortete sie. »Ich muss mich um meine alte Mutter kümmern.« Allerdings war Maud erst einundfünfzig und erfreute sich bester Gesundheit.

»Ich habe zwei Karten für ein Konzert morgen. Man gibt das Siegfried-Idyll.«

»Ein Kammerstück«, sagte Carla. »Wie ungewöhnlich. Wagner hat meist im großen Rahmen komponiert.«

Dr. Ernst blickte zufrieden drein. »Wie ich sehe, verstehen Sie etwas von Musik.«

Carla wünschte sich, ihre unbedachte Bemerkung zurücknehmen zu können; damit hatte sie ihn nur ermutigt. »Meine Familie ist musisch. Meine Mutter gibt Klavierunterricht.«

»Dann müssen Sie mitkommen. Einen Abend kann sich doch bestimmt jemand anders um Ihre Mutter kümmern.«

»Tut mir leid, es geht wirklich nicht«, sagte Carla. »Trotzdem, danke für die Einladung.«

Sie sah Zorn in seinen Augen. Er war es nicht gewohnt, abgewiesen zu werden. Carla drehte sich um und schob den Wagen vor sich her.

»Dann vielleicht ein andermal?«, rief Dr. Ernst ihr hinterher.

»Sie sind wirklich sehr freundlich«, erwiderte Carla, ohne langsamer zu werden. Sie hatte Angst, dass der Arzt ihr folgen würde, doch ihre unverfängliche Antwort auf seine letzte Frage schien ihn ein wenig beruhigt zu haben. Als sie über die Schulter blickte, war er verschwunden.

Carla verstaute den Rollwagen. Jetzt konnte sie ein bisschen leichter atmen.

Sie kehrte auf ihre Station zurück, schaute nach den Patienten und schrieb ihre Berichte. Dann war es an der Zeit, an die Spätschicht zu übergeben.

Carla zog ihren Regenmantel an und warf sich die Tasche über die Schulter. Jetzt galt es, mit dem Diebesgut aus dem Gebäude zu kommen. Wieder stieg Furcht in ihr auf.

Frieda Franck hatte zusammen mit Carla Feierabend, und so verließen die beiden jungen Frauen das Krankenhaus gemeinsam. Frieda hatte keine Ahnung, dass Carla Konterbande bei sich trug. Im Licht der Junisonne gingen sie zur Straßenbahnhaltestelle. Carla trug ihren Mantel hauptsächlich, damit die Schwesternuniform sauber blieb.

Sie war überzeugt, ganz unauffällig zu erscheinen, bis Frieda plötzlich fragte: »Sag mal, hast du irgendwelchen Kummer?«

Carla erschrak. »Nein. Wie kommst du darauf?«

»Du wirkst so nervös.«

»Mir geht's bestens.« Um das Thema zu wechseln, deutete Carla auf ein Plakat. »Schau mal.«

Die Regierung hatte im Lustgarten, dem Platz vor dem Berliner Dom, eine Ausstellung eröffnet. »Das Sowjetparadies« lautete der ironische Titel der Schau über den Kommunismus, die den Bolschewismus als jüdische Täuschung darstellte und die Russen als Untermenschen porträtierte. Doch es lief nicht alles so glatt, wie die Nazis es sich wünschten: Jemand hatte in ganz Berlin eine Parodie des Werbeplakats aufgehängt, auf dem zu lesen stand:

671

Ständige Ausstellung
Das NAZI-PARADIES
Krieg Hunger Lüge Gestapo
Wie lange noch?

Ein solches Plakat hing auch an der Straßenbahnhaltestelle, und sein Anblick wärmte Carla das Herz.

»Wer hängt diese Dinger wohl auf?«, fragte sie.

Frieda zuckte mit den Schultern. »Keine Ahnung.«

»Wer immer es ist«, sagte Carla, »er hat Mut. Wenn man ihn fasst, wird man ihn umbringen.« Dann erinnerte sie sich an das, was sie in der Tasche hatte: Auch sie spielte mit ihrem Leben.

»Ja, er muss wirklich sehr mutig sein«, erwiderte Frieda.

Nun war sie es, die ein wenig nervös wirkte. Gehörte sie vielleicht zu den Leuten, die für diese Plakate verantwortlich waren? Wahrscheinlich nicht. Und Heinrich, ihr Freund? Er war genau die Art von engagiertem Moralapostel, der zu so etwas fähig war.

»Wie geht es Heinrich?«, erkundigte sich Carla.

»Er will heiraten.«

»Du nicht?«

Frieda senkte die Stimme. »Ich will keine Kinder.« In dieser Zeit grenzte eine solche Bemerkung an Defätismus. Von jungen Frauen erwartete man, dass sie dem Führer mit Freuden Kinder schenkten. Frieda nickte in Richtung des illegalen Plakats. »Ich will keine Kinder in dieses Paradies setzen.«

»Das geht mir ähnlich«, sagte Carla. Vielleicht war das einer der Gründe dafür gewesen, dass sie Dr. Ernst zurückgewiesen hatte.

Die Bahn kam, und die beiden jungen Frauen stiegen ein. Carla stellte die Einkaufstasche wie selbstverständlich auf ihrem Schoß ab, als wäre tatsächlich nur Kohl darin. Dann ließ sie den Blick über die anderen Fahrgäste schweifen und sah zu ihrer Freude, dass keiner von ihnen eine Uniform trug.

»Komm mit zu mir nach Hause«, schlug Frieda vor. »Wir können uns Werners Jazzaufnahmen anhören.«

»Würde ich ja gern, aber ich kann nicht«, erwiderte Carla. »Ich muss einen Besuch machen. Erinnerst du dich an die Rothmanns?«

Frieda schaute sich vorsichtig um. Rothmann war ein jüdischer

Name, doch zum Glück war niemand nahe genug, als dass er es gehört hätte. »Na klar«, raunte sie. »Er war mal unser Arzt.«

»Er darf eigentlich nicht mehr praktizieren. Eva Rothmann ist schon vor dem Krieg nach London gegangen und hat einen schottischen Soldaten geheiratet; aber ihre Eltern können nicht aus Deutschland raus. Ihr Sohn, Rudi, war Geigenbauer – ein sehr begabter, wie es heißt –, hat aber seine Arbeit verloren. Jetzt repariert er Instrumente und stimmt Klaviere.« Vier Mal im Jahr kam er zu den von Ulrichs, um den Steinway-Flügel zu stimmen. »Jedenfalls, ich habe versprochen, die Rothmanns heute Abend zu besuchen.«

»Oh«, sagte Frieda. Es war das langgezogene »Oh« von jemandem, der soeben das Licht der Erkenntnis geschaut hatte.

»Oh, was?«, fragte Carla.

»Jetzt verstehe ich, warum du die Tasche so an dich drückst, als wäre der Heilige Gral da drin.«

Carla erschrak. Frieda hatte ihr Geheimnis erraten! »Woher weißt du …?«

»Du hast gesagt, Dr. Rothmann dürfe eigentlich nicht mehr praktizieren. Das lässt darauf schließen, dass er es im Geheimen immer noch tut.«

Carla erkannte, dass sie Rothmann ungewollt verraten hatte. Sie hätte klipp und klar sagen sollen, dass er nicht mehr praktizieren *dürfe*. Zum Glück war ihr dieser Fehler bei der besten Freundin unterlaufen, der sie vertrauen konnte. »Was bleibt ihm anderes übrig?«, sagte Carla. »Die Leute kommen zu ihm und bitten ihn um Hilfe. Er kann die Kranken ja nicht einfach wegschicken. Und es ist ja nicht so, als würde er Geld damit verdienen. Seine Patienten sind Juden und arme Leute, die ihn mit ein paar Kartoffeln oder Eiern bezahlen.«

»Du musst ihn vor mir nicht verteidigen«, sagte Frieda. »Für mich ist er ein mutiger Mann. Und du bist ebenfalls mutig. Medizinische Vorräte aus dem Krankenhaus zu stehlen … Ist es das erste Mal?«

Carla schüttelte den Kopf. »Das dritte Mal. Aber ich komme mir dumm vor, dass ich mich von dir habe ertappen lassen.«

»Du bist nicht dumm. Ich kenne dich nur viel zu gut.«

Die Bahn näherte sich Carlas Haltestelle. »Wünsch mir Glück«, sagte sie und stieg aus.

Als sie das Haus betrat, hörte sie die zögerlichen Klänge eines Klaviers aus der oberen Etage: Maud unterrichtete einen ihrer Schüler. Carla war froh. Der Klavierunterricht brachte ein bisschen Freude in das Leben ihrer Mutter und sicherte ihr ein bescheidenes Einkommen.

Carla zog ihren Regenmantel aus, ging in die Küche und begrüßte Ada. Obwohl Maud ihr Gehalt nicht mehr bezahlen konnte, war die Zofe geblieben. Jetzt hatte sie abends eine Putzstelle in einem Bürogebäude, und tagsüber erledigte sie die Hausarbeit für die von Ulrichs gegen Kost und Logis.

Carla trat ihre Schuhe von den Füßen und rieb die Zehen aneinander, um die Schmerzen zu vertreiben. Ada machte ihr eine Tasse Muckefuck.

Maud kam in die Küche. Ihre Augen funkelten. »Ich habe einen neuen Schüler«, verkündete sie und zeigte Carla eine Handvoll Geldscheine. »Und er will jeden Tag Unterricht.« Besagter neuer Schüler war noch oben und übte Tonleitern. Sein unbeholfenes Spiel klang, als würde eine Katze über die Tasten laufen.

»Das ist ja großartig«, sagte Carla. »Wer ist er?«

»Ein Nazi natürlich. Aber wir brauchen das Geld.«

»Wie heißt er?«

»Joachim Koch. Er ist noch sehr jung und ziemlich schüchtern. Carla, halte bitte deine Zunge im Zaum, wenn du ihn kennenlernst, und sei höflich.«

»Ich versprech's.«

Maud verschwand wieder nach oben.

Carla trank ihren Kaffee. Inzwischen hatte sie sich wie die meisten Leute an Ersatzkaffee gewöhnt.

Ein paar Minuten lang plauderte sie mit Ada. Die einst füllige Zofe war dünn geworden. Im Deutschland dieser Tage gab es aufgrund der Versorgungslage nicht mehr viel dicke Menschen, aber bei Ada kamen noch andere Gründe für den Gewichtsverlust hinzu. Der Tod ihres behinderten Sohnes war ein schrecklicher Schlag für sie gewesen. Sie war lethargisch geworden. Sie machte ihre Arbeit zwar noch immer ordentlich, saß dann aber stundenlang mit leerem Blick am Fenster. Carla mochte Ada und teilte ihren Kummer, wusste aber nicht, wie sie ihr helfen sollte.

Das Klavierspiel endete. Kurz darauf hörte Carla zwei Stimmen im Flur, die ihrer Mutter und die eines Mannes. Sie nahm an, dass Maud Herrn Koch hinausbegleitete – und erschrak deshalb umso mehr, als ihre Mutter die Küche betrat, gefolgt von einem jungen Soldaten in der makellosen Uniform eines Wehrmachtsleutnants.

»Das ist meine Tochter«, sagte Maud fröhlich. »Carla, das ist Leutnant Koch, ein neuer Schüler.«

Koch war ein attraktiver, schüchtern wirkender junger Mann Mitte zwanzig. Er trug einen blonden Schnurrbart und erinnerte Carla an Jugendbilder ihres Vaters.

Mit einem Mal schlug ihr das Herz bis zum Hals. Die Tasche mit den gestohlenen Medikamenten und dem Verbandsmaterial stand neben ihr auf einem Küchenstuhl. Würde sie sich Leutnant Koch gegenüber ebenso verraten, wie es bei Frieda geschehen war? Das käme sie alle teuer zu stehen.

Sie konnte kaum sprechen. »Ich … äh … freue mich, Sie kennenzulernen«, brachte sie stockend hervor.

Maud musterte sie neugierig. Die Nervosität ihrer Tochter überraschte sie. Schließlich wollte sie nur, dass Carla freundlich zu dem neuen Schüler war, denn sie hoffte, Koch zu behalten. Außerdem wusste sie nicht, was dagegensprach, einen Wehrmachtsoffizier mit in die Küche zu nehmen. Von den gestohlenen medizinischen Gütern in Carlas Einkaufstasche hatte sie ja keine Ahnung.

Koch verbeugte sich. »Die Freude ist ganz auf meiner Seite.«

»Und das ist Ada, unsere Zofe.«

Ada warf dem Mann einen feindseligen Blick zu, aber er schien es nicht zu bemerken. Eine Zofe war seine Aufmerksamkeit nicht wert. Der Leutnant stützte die Hände auf die Lehne des Stuhls, auf den Carla ihre Tasche gestellt hatte. »Wie ich sehe, sind Sie Krankenschwester«, sagte er.

»Ja.« Carla versuchte, ruhig zu erscheinen. Wusste Koch, wer die von Ulrichs waren? Vielleicht wusste er nicht einmal mehr, was ein Sozialdemokrat war; schließlich war die Partei seit neun Jahren verboten. Möglicherweise hatte sich der einst berüchtigte Ruf der Familie von Ulrich nach Walters Tod verflüchtigt.

Jedenfalls schien der Leutnant sie für eine respektable deutsche Familie zu halten, die nur deshalb in Armut geraten war, weil sie den Ernährer verloren hatte – eine Situation, in der viele Frauen von Stand sich plötzlich wiederfanden.

Es gab keinen Grund, weshalb Leutnant Koch in Carlas Tasche schauen sollte.

Carla gab sich alle Mühe, freundlich zu sein. »Wie geht es mit dem Klavierspiel voran?«

»Ich mache ganz gute Fortschritte.« Er schaute zu Maud. »Jedenfalls behauptet das meine Lehrerin.«

»Sein Talent ist unverkennbar«, sagte Maud, »schon zu diesem frühen Zeitpunkt.« Das sagte sie zwar immer, um ihre Schüler zur Fortsetzung des Unterrichts zu bewegen, aber Carla hatte den Eindruck, dass sie in diesem Fall charmanter war als sonst. Natürlich durfte Maud flirten; schließlich war sie seit über einem Jahr Witwe. Aber konnte sie romantische Gefühle für einen Mann entwickeln, der nur halb so alt war wie sie?

»Danke für das Kompliment«, sagte der Leutnant. »Ich habe beschlossen, meinen Freunden erst vom Unterricht zu erzählen, wenn ich das Instrument beherrsche. Hoffentlich kann ich sie dann mit meinem Können in Erstaunen versetzen.«

»Davon bin ich überzeugt«, sagte Maud. »Setzen Sie sich doch, Herr Leutnant, wenn Sie ein paar Minuten Zeit haben.« Sie deutete auf den Stuhl, auf dem Carlas Tasche stand.

Carla streckte die Hand danach aus, doch Leutnant Koch war schneller. Er nahm die Tasche und sagte: »Wenn Sie gestatten …« Er schaute hinein und sah den Kohl. »Ihr Abendessen, nehme ich an?«

»Ja«, antwortete Carla mit zittriger Stimme.

Der Leutnant setzte sich auf den Stuhl und stellte die Tasche auf den Boden zu seinen Füßen. »Ich habe mich immer für musikalisch begabt gehalten«, sagte er. »Jetzt werde ich bald wissen, ob das stimmt.« Er schlug die Beine übereinander, nahm sie aber gleich wieder auseinander.

Carla fragte sich, warum der Mann so zappelig war. Er hatte doch nichts zu befürchten. Ihr kam der Gedanke, dass seine Nervosität womöglich sexuelle Gründe hatte. Er war allein mit drei Frauen. Was mochte ihm gerade durch den Kopf gehen?

Ada stellte ihm eine Tasse Kaffee hin, und er holte seine Zigaretten heraus, steckte sich eine an und rauchte wie ein Halbwüch-

676

siger, der es zum ersten Mal probiert. Ada schob ihm einen Aschenbecher hin.

»Leutnant Koch arbeitet im Bendlerblock«, sagte Maud.

»Allerdings«, sagte Koch stolz. »Das ist ein großes Privileg.« Neben dem Allgemeinen Heeresamt war dort das Oberkommando des Ersatzheeres untergebracht. Einige der größten Geheimnisse des Dritten Reiches wurden in diesem Gebäude bewahrt.

»Mein Sohn ist in Russland«, erzählte Maud. »Wir machen uns schreckliche Sorgen um ihn.«

»Sie sind seine Mutter, da ist das nur verständlich«, sagte Koch. »Aber Sie sollten nicht so pessimistisch sein. Die letzte russische Gegenoffensive wurde massiv zurückgeschlagen.«

Das war Unsinn. Die Propagandamaschine des Dritten Reiches konnte die Tatsache nicht verschleiern, dass die Russen in der Schlacht um Moskau gesiegt und die Deutschen mehrere hundert Kilometer nach Westen zurückgedrängt hatten.

Koch fuhr fort: »Wir sind jetzt in der Lage, unseren Vorstoß fortzusetzen.«

»Sind Sie sicher?« Maud blickte skeptisch drein. Carla dachte genauso. Beide waren krank vor Angst um Erik.

Koch versuchte sich an einem überlegenen Lächeln. »Glauben Sie mir, Frau von Ulrich, ich bin sicher. Natürlich darf ich nicht alles preisgeben, was ich weiß, aber Sie können mir glauben, dass eine sehr aggressive neue Operation geplant ist.«

»Ich bin sicher, unsere Truppen haben alles, was sie brauchen«, sagte Maud und legte Koch die Hand auf den Arm. »Genug zu essen, gute Kleidung und so weiter. Trotzdem mache ich mir Sorgen. Ich weiß, ich sollte das nicht sagen, aber ich habe das Gefühl, dass ich Ihnen vertrauen kann, Herr Leutnant.«

»Das können Sie tatsächlich.«

»Ich habe schon seit Monaten nichts mehr von meinem Sohn gehört. Ich weiß nicht einmal, ob er noch lebt.«

Koch griff in seine Tasche und holte einen Stift und einen kleinen Notizblock heraus. »Ich kann das bestimmt für Sie herausfinden«, sagte er.

»Wirklich?«, fragte Maud.

Carla kam der Gedanke, dass ihre Mutter nur deshalb mit dem Leutnant geflirtet hatte.

677

Koch antwortete: »Oh ja. Ich bin im Stab, wissen Sie ... wenn auch in niederer Funktion.« Er versuchte, sich bescheiden zu geben. »Ich kann aber Erkundigungen über ...«

»Erik.«

»... über Erik von Ulrich einziehen.«

»Das wäre großartig. Er ist Sanitäter. Er hat Medizin studiert, konnte es aber nicht erwarten, für den Führer zu kämpfen.«

Das stimmte sogar. Erik war ein fanatischer Nazi gewesen, doch den letzten Briefen nach zu urteilen, hatte seine Leidenschaft einen gewaltigen Dämpfer bekommen.

Koch schrieb sich den Namen auf.

Maud sagte: »Sie sind ein netter Mann, Leutnant Koch.«

»Ach, das ist doch nichts.«

»Ich bin froh, dass wir an der Ostfront einen Gegenangriff starten. Sie müssen mir noch sagen, wann dieser Angriff beginnt. Ich muss es einfach wissen.«

Maud versuchte, dem Leutnant Informationen aus der Nase zu ziehen, erkannte Carla erstaunt. Warum, fragte sie sich. Ihre Mutter hatte doch gar keine Verwendung dafür.

Koch senkte die Stimme, als lauerte ein Spion draußen vor dem Fenster. »Der Angriff wird schon bald beginnen«, sagte er, »sehr bald.« Er schaute die drei Frauen der Reihe nach an. Carla sah, wie sehr er ihre Aufmerksamkeit genoss. Vielleicht war er es nicht gewöhnt, dass Frauen ihm an den Lippen hingen. »Fall Blau wird sehr bald beginnen.«

Maud klimperte mit den Wimpern. »Fall Blau ... wie aufregend!«, sagte sie im Tonfall einer Frau, die einen Mann überreden will, sie für eine Woche ins Ritz nach Paris einzuladen.

Koch raunte verschwörerisch: »Genau am 28. Juni.«

Maud legte die Hand aufs Herz. »So bald schon? Das sind ja großartige Neuigkeiten!«

»Ich hätte wohl lieber nichts sagen sollen ...«

Maud legte eine Hand auf seine. »Ich bin froh, dass Sie es getan haben. Ich fühle mich schon viel besser.«

Koch starrte auf ihre Hand. Carla erkannte, dass er es nicht gewohnt war, von einer Frau berührt zu werden. Dann wanderte sein Blick hinauf zu Mauds Augen. Sie lächelte so voller Wärme, dass Carla kaum glauben konnte, dass es nur gespielt war.

Schließlich zog Maud die Hand wieder zurück. Koch drückte seine Zigarette aus und erhob sich. »Ich muss jetzt gehen«, verkündete er und verbeugte sich vor Carla. »War mir eine Freude, Sie kennenzulernen, Fräulein von Ulrich.«

»Auf Wiedersehen, Herr Leutnant«, entgegnete Carla höflich. Maud führte ihn zur Tür. »Morgen dann zur gleichen Zeit«, sagte sie.

Als sie zurück in die Küche kam, erklärte sie: »Was für eine Entdeckung! Ein dummer Junge, der im Bendlerblock arbeitet.«

Carla sagte: »Ich verstehe nicht, warum dich das so freut.«

»Er sieht sehr gut aus«, bemerkte Ada.

»Er hat uns Geheiminformationen gegeben!«, sagte Maud.

»Und was nutzt uns das?«, fragte Carla. »Wir sind doch keine Spione.«

»Wir kennen jetzt das Datum der nächsten Offensive. Da können wir sicher einen Weg finden, diese Information an die Russen weiterzugeben ...«

»Ich wüsste nicht wie.«

»Angeblich wimmelt es doch von Spionen.«

»Das ist nur Propaganda. Alles, was schiefgeht, wird subversiven Elementen oder jüdisch-bolschewistischen Spionen in die Schuhe geschoben, denn die Nazis selbst machen ja keine Fehler.«

»Es gibt auch echte Agenten.«

»Und wie sollen wir Verbindung zu ihnen aufnehmen?«

Maud blickte nachdenklich drein. »Ich werde mal mit Frieda reden.«

»Wie kommst du denn darauf?«

»Intuition.«

Carla erinnerte sich an den Vorfall an der Haltestelle, als sie sich laut gefragt hatte, wer die Anti-Nazi-Plakate aufhing, woraufhin Frieda seltsam still geworden war. Vielleicht hatte Maud mit ihrer Eingebung recht. Aber das war nicht das einzige Problem.

»Selbst wenn wir das könnten – wollen wir wirklich unsere Heimat verraten?«, fragte Carla.

Maud erwiderte mit Nachdruck: »Wir müssen die Nazis besiegen.«

»Ich hasse die Nazis«, sagte Carla, »aber ich bin immer noch Deutsche.«

»Ich weiß. Mir gefällt die Vorstellung auch nicht, zur Verräterin zu werden, obwohl ich als Engländerin geboren bin. Aber wir werden die Nazis nur los, indem wir den Krieg verlieren.«

»Aber nehmen wir mal an, wir geben den Russen Informationen, die dazu beitragen, dass die Deutschen die Schlacht verlieren. Erik könnte in dieser Schlacht sterben. Dein Sohn und mein Bruder. Dann wären wir für seinen Tod verantwortlich.«

Maud öffnete den Mund, um etwas zu erwidern, brachte aber keinen Ton heraus. Carla stand auf und nahm sie in die Arme.

Schließlich flüsterte Maud: »Erik könnte so oder so sterben. Er könnte im Kampf für die Ideen der Nazis fallen. Da ist es besser, wenn er in einer verlorenen Schlacht fällt anstatt in einer gewonnenen.«

Carla war sich da nicht so sicher.

Sie löste sich von ihrer Mutter. »Wie auch immer, ich wünschte, du hättest mich vorgewarnt, bevor du so jemanden wie diesen Leutnant zu uns in die Küche bringst«, sagte sie und nahm ihre Tasche vom Boden. »Wir können von Glück sagen, dass er sich den Inhalt meiner Tasche nicht genauer angeschaut hat.«

»Wieso? Was ist denn da drin?«

»Medizinisches Material, das ich aus dem Krankenhaus gestohlen habe, um es Dr. Rothmann zu geben.«

Maud lächelte stolz. »Mein Mädchen!«

»Ich hätte fast einen Herzschlag bekommen, als er nach der Tasche gegriffen hat.«

»Tut mir leid.«

»Du konntest es ja nicht wissen. Trotzdem werde ich zusehen, dass ich die Sachen so schnell wie möglich loswerde.«

Carla zog sich wieder den Regenmantel über die Schwesternuniform, ging hinaus und eilte die Straße hinunter zum Haus der Rothmanns. Es war nicht so groß wie das Haus ihrer Familie, aber es war ein schmuckes Stadthaus mit schönen Zimmern. Inzwischen aber waren die Fenster vernagelt, und am Eingang verkündete ein tristes Schild: »Praxis geschlossen.«

Die Rothmanns waren einst wohlhabende Leute gewesen. Dr. Rothmann hatte eine gut gehende Arztpraxis mit vielen reichen Patienten geführt. Ärmere Leute hatte er zu günstigeren Konditionen behandelt. Jetzt waren ihm nur noch die Armen geblieben.

680

Nach einem Blick in die Runde schlich sich Carla hinter das Haus, wie die illegalen Patienten es taten.

Sie sah sofort, dass etwas nicht stimmte. Die Hintertür stand offen.

Als sie die Küche betrat, sah sie eine Gitarre mit zerbrochenem Hals auf dem Boden liegen. Der Raum war leer, doch sie hörte Geräusche aus dem Innern des Hauses.

Carla durchquerte die Küche und betrat den Flur. Es gab zwei Haupträume im Erdgeschoss. Früher waren sie das Warte- und das Behandlungszimmer gewesen. Jetzt war das Wartezimmer als Wohnzimmer getarnt, und aus dem Behandlungsraum war Rudis Werkstatt geworden, in der stets ein Dutzend Geigen, Bratschen und Cellos auf ihre Reparatur warteten. Sämtliches medizinisches Gerät war in Schränken versteckt.

Aber jetzt nicht mehr, wie Carla feststellte, als sie den Raum betrat.

Die Schränke waren geöffnet und ihr Inhalt achtlos hinausgeworfen worden. Der Fußboden war mit Flüssigkeiten bedeckt und mit Glasscherben, Pillen und Pulvern übersät. Inmitten dieses Chaos sah Carla ein Stethoskop und ein Blutdruckmessgerät. Auf anderen Instrumenten war so lange herumgetrampelt worden, bis sie zerbrochen waren.

Carla war schockiert und angewidert. Was für eine Verschwendung!

Sie schaute in das andere Zimmer und sah Rudi Rothmann in einer Ecke liegen. Er war zweiundzwanzig Jahre alt, ein großer Mann von sportlicher Statur. Seine Augen waren geschlossen, und er stöhnte vor Schmerz.

Hannelore Rothmann, seine Mutter, kniete neben ihm. Einst war sie eine gut aussehende Blondine gewesen, doch nun war sie grau und abgemagert.

»Was ist passiert?«, fragte Carla, obwohl sie die Antwort bereits zu kennen glaubte.

»Das war die Polizei«, antwortete Hannelore. »Sie haben meinem Mann vorgeworfen, arische Patienten zu behandeln, und ihn mitgenommen. Rudi hat versucht, sie aufzuhalten. Daraufhin haben sie alles kurz und klein geschlagen. Sie haben …« Die Stimme versagte ihr.

Carla stellte ihre Tasche ab und kniete sich neben Hannelore. »Was haben diese Leute getan?«

Hannelore fand ihre Stimme wieder. »Sie haben ihm die Hände gebrochen«, flüsterte sie.

Carla sah sofort, dass Rudis Hände rot und auf schreckliche Weise verdreht waren. Offenbar hatte die Polizei ihm einen Finger nach dem anderen gebrochen. Kein Wunder, dass er so jämmerlich stöhnte. Carla drehte sich der Magen um. Doch sie sah solche schrecklichen Dinge jeden Tag und wusste, dass sie ihre Gefühle jetzt zurückstellen und helfen musste. »Er braucht Morphium«, sagte sie.

Hannelore deutete auf das Chaos auf dem Boden. »Falls wir welches hatten, ist es jetzt weg.«

Carla fluchte in sich hinein. Selbst den Krankenhäusern mangelte es inzwischen an Medikamenten, und die Polizei hatte nichts Besseres zu tun, als medizinische Vorräte zu vernichten. »Ich habe Morphium dabei.« Sie holte ein Fläschchen mit einer klaren Flüssigkeit und die Spritze aus ihrer Tasche, zog das Morphium auf und gab Rudi die Injektion.

Die Wirkung setzte fast augenblicklich ein. Das Stöhnen endete. Rudi schlug die Augen auf und schaute Carla an. »Du bist ein Engel«, sagte er mit schleppender Stimme, schloss die Augen und schien zu schlafen.

»Wir müssen seine Finger richten«, sagte Carla, »damit die Knochen richtig verheilen können.« Sie berührte Rudis linke Hand. Keine Reaktion. Sie packte die Hand und hob sie hoch. Noch immer rührte Rudi sich nicht.

»Ich habe noch nie Knochen gerichtet«, sagte Hannelore. »Aber ich habe es schon oft gesehen.«

»Ist bei mir genauso«, erwiderte Carla. »Aber wir müssen es versuchen. Ich nehme die linke Hand, du die rechte. Wir müssen fertig sein, bevor die Wirkung des Morphiums nachlässt. Er wird, weiß Gott, auch so genug Schmerzen haben.«

»Also gut«, sagte Hannelore.

Carla erkannte einmal mehr, dass Maud recht hatte: Sie mussten alles tun, um dem Nazi-Regime ein Ende zu bereiten, selbst wenn das bedeutete, ihre Heimat zu verraten. Daran hegte sie nun keinen Zweifel mehr.

»Bringen wir es hinter uns«, sagte sie.

Vorsichtig machten die beiden Frauen sich daran, Rudis gebrochene Finger zu richten.

Thomas Macke ging jeden Freitagnachmittag in eine Kneipe namens »Tannenberg«.

An einer Wand hing ein gerahmtes Foto von Fritz, dem Wirt, das ihn fünfundzwanzig Jahre jünger und ohne Bierbauch in einer kaiserlichen Uniform zeigte. Er behauptete, in der Schlacht von Tannenberg neun Russen getötet zu haben.

Es gab zwar ein paar Tische und Stühle, aber die Stammgäste saßen allesamt am Tresen, und der Inhalt der in Leder gebundenen Speisekarte war größtenteils erfunden. Außer Wurst mit oder ohne Kartoffeln wurde hier nichts serviert. Noch nie hatte ein Mitarbeiter des Gesundheitsamts die Küche betreten.

Die Kneipe lag dem Polizeirevier von Kreuzberg direkt gegenüber, sodass fast alle Gäste Polizisten waren. Und das wiederum hieß, dass man hier gegen die Vorschriften verstoßen konnte, wie man wollte. Man konnte sich dem Glücksspiel hingeben, sich auf der Toilette von einer Straßenhure einen blasen lassen und anderes mehr. Der Schuppen öffnete, wenn Fritz aufstand, und schloss, sobald der letzte Säufer nach Hause getaumelt war.

Vor der Machtübernahme der Nazis hatte Macke auf dem hiesigen Revier gearbeitet, und noch heute waren einige seiner ehemaligen Kollegen Gäste im Tannenberg, sodass er sicher sein konnte, hier stets ein paar Bekannte zu treffen. Er plauderte noch immer gerne mit den alten Freunden, obwohl er als Kommissar und SS-Offizier nun weit über ihnen stand.

»Das hast du gut gemacht, das muss man dir lassen«, sagte Bernhard Engel, der 1932 als Hauptwachtmeister Mackes Vorgesetzter gewesen war – und Hauptwachtmeister war er noch immer. »Ich wünsche dir viel Glück, mein Junge.« Er hob den Bierkrug, den Macke ihm spendiert hatte, an die Lippen.

»Da will ich dir nicht widersprechen«, erwiderte Macke. »Allerdings muss ich sagen, dass Kriminaldirektor Kringelein als Vorgesetzter viel schlimmer ist, als du es je warst.«

»Ich war zu weich zu euch Jungs«, gestand Bernhard.

Ein anderer alter Kollege, Franz Edel, lachte spöttisch. »Also, weich würde ich das nicht gerade nennen.«

Macke schaute aus dem Fenster und sah ein Motorrad auf der Straße halten. Der Fahrer war ein junger Mann im hellblauen Jackett eines Luftwaffenoffiziers. Er kam Macke irgendwie bekannt vor. Wo hatte er den Burschen schon mal gesehen? Der junge Mann hatte viel zu langes, rotblondes Haar, das ihm in die Stirn fiel. Er überquerte den Bürgersteig und kam ins Tannenberg.

Jetzt erinnerte Macke sich an den Namen. Das war Werner Franck, der verwöhnte Sohn des Radiofabrikanten Ludwig Franck.

Werner trat an den Tresen und fragte nach einer Schachtel Zigaretten. Er zahlte, öffnete die Schachtel, nahm eine Zigarette heraus und bat Fritz um Feuer. Als er sich zum Gehen wandte, die Zigarette keck im Mundwinkel, sah er Macke. Nach kurzem Nachdenken sagte er: »Hauptsturmführer Macke.«

Die Männer am Tresen starrten Macke an und warteten darauf, was dieser erwidern würde.

Macke nickte gelassen. »Wie geht es Ihnen, junger Freund?«

»Sehr gut, Herr Hauptsturmführer. Danke.«

Der respektvolle Tonfall überraschte Macke. Er erinnerte sich an Werner als arroganten Großkotz ohne Respekt vor Autoritäten.

»Ich bin gerade mit General Dorn von einem Besuch an der Ostfront zurückgekommen«, berichtete Werner.

Macke spürte, wie die anderen Gäste die Ohren spitzten. Einem Offizier, der an der Ostfront gewesen war, gebührte Respekt. Macke konnte sich ein Gefühl der Zufriedenheit nicht verkneifen, als er bemerkte, wie beeindruckt seine ehemaligen Kollegen waren, dass er sich nun in solchen Kreisen bewegte.

Werner hielt Macke die Zigarettenpackung hin, und Macke nahm sich eine. »Ein Bier«, sagte Werner zu Fritz. Dann wandte er sich wieder Macke zu und fragte: »Darf ich Ihnen einen ausgeben, Herr Hauptsturmführer?«

»Warum nicht?«

Fritz füllte zwei Krüge, und Werner prostete Macke zu. »Ich möchte auf Sie trinken.«

Schon wieder eine Überraschung. »Warum?«, fragte Macke.

»Vor einem Jahr haben Sie mir den Kopf zurechtgerückt.«

»Damals schienen Sie sich darüber nicht gerade gefreut zu haben.«

»Und dafür möchte ich mich bei Ihnen entschuldigen. Außerdem habe ich viel über die Dinge nachgedacht, die Sie zu mir gesagt haben, und bin zu dem Schluss gekommen, dass Sie recht hatten. Ich habe zugelassen, dass persönliche Gefühle mein Urteil beeinträchtigen. Sie haben mich wieder auf den rechten Pfad geführt. Das werde ich Ihnen nie vergessen.«

Macke war gerührt. Er hatte Werner nicht gemocht und war hart mit ihm ins Gericht gegangen, aber der junge Bursche hatte sich seine Worte offenbar zu Herzen genommen und sich geändert. Macke wurde bei der Vorstellung, im Leben eines jungen Mannes so viel bewirkt zu haben, ganz warm ums Herz.

Werner fuhr fort: »Erst gestern musste ich wieder daran denken. Der General hat darüber gesprochen, wie man Spione enttarnt, und hat mich gefragt, ob wir ihre Funksignale zurückverfolgen können. Ich fürchte nur, ich konnte ihm nicht viel darüber erzählen.«

»Sie hätten mich fragen sollen«, sagte Macke. »Das ist meine Spezialität.«

»Wirklich?«

»Kommen Sie, setzen wir uns.«

Sie gingen mit ihren Bierkrügen zu einem dreckstarrenden Tisch.

»Die Männer hier sind allesamt Polizeibeamte«, erklärte Macke. »Trotzdem sollte man nicht öffentlich über solche Dinge reden.«

»Natürlich.« Werner senkte die Stimme. »Aber ich weiß, dass ich Ihnen vertrauen kann. Mehrere Frontoffiziere haben General Dorn erzählt, dass sie manchmal das Gefühl haben, der Feind kenne unsere Pläne im Voraus.«

»Ah!«, sagte Macke. »Das habe ich befürchtet.«

»Was kann ich General Dorn denn nun über das Zurückverfolgen von Funksignalen sagen?«

»Der Trick heißt Goniometrie.« Macke konzentrierte sich. Das war die Gelegenheit für ihn, einen bedeutenden General zu beeindrucken, und sei es nur indirekt. Er musste sich klar und deutlich ausdrücken und die Wichtigkeit seiner Arbeit hervorheben, ohne den eigenen Erfolg zu sehr zu betonen. Vor seinem geistigen Auge sah er schon, wie General Dorn dem Führer gegenüber beiläufig

685

sagte: »Übrigens gibt es einen sehr guten Mann bei der Gestapo, Thomas Macke. Im Augenblick ist er nur Kommissar, aber er ist sehr vielversprechend ...«

»Wir haben da ein Instrument, das uns verrät, aus welcher Richtung ein Signal kommt«, begann Macke. »Wenn wir das Signal von drei weit auseinanderliegenden Positionen einmessen, können wir entsprechende Linien auf einer Karte ziehen. Da, wo sie sich kreuzen, steht der Sender.«

»Das ist ja fantastisch!«

Macke hob warnend die Hand. »Aber nur in der Theorie«, sagte er. »In der Praxis ist es weitaus schwieriger. Der Pianist – so nennen wir den Funker – bleibt für gewöhnlich nicht lange genug an einem Ort, als dass wir ihn finden könnten. Ein vorsichtiger Pianist sendet nie zweimal von derselben Stelle aus. Außerdem ist unser Gerät in einem Lastwagen mit einer auffälligen Antenne auf dem Dach untergebracht, sodass der Spion uns schon von Weitem kommen sieht.«

»Aber Sie haben doch auch schon Erfolge gehabt, oder?«

»Oh ja. Vielleicht wollen Sie ja mal mit dem Wagen mitfahren. Dann können Sie selbst sehen, wie das funktioniert, und General Dorn einen Bericht aus erster Hand erstatten.«

»Ein großartiger Einfall«, sagte Werner.

Moskau im Juni war sonnig und warm. Zur Mittagszeit wartete Wolodja an einem Springbrunnen im Alexandergarten hinter dem Kreml auf Zoja. Hunderte von Menschen spazierten an ihm vorbei, darunter viele Paare, und genossen das Wetter. Das Leben war hart; sogar das Wasser des Springbrunnens war abgedreht worden, um Energie zu sparen. Doch der Himmel war blau, die Bäume standen in vollem Saft, und die deutsche Wehrmacht war Hunderte von Kilometern entfernt.

Wolodja war jedes Mal stolz, wenn er an die Schlacht um Moskau zurückdachte. Die gefürchtete deutsche Wehrmacht, die Meisterin des Blitzkriegs, hatte vor den Toren der Stadt gestanden – und war zurückgeworfen worden. Die russischen Soldaten hatten wie die Löwen gekämpft und ihre Hauptstadt gerettet.

Unglücklicherweise war die russische Gegenoffensive im März zum Erliegen gekommen. Doch die Russen hatten ein riesiges Gebiet zurückgewonnen, und die Moskowiter fühlten sich viel sicherer. Aber die Deutschen hatten sich inzwischen ihre Wunden geleckt und bereiteten sich auf einen neuen Versuch vor.

Und Stalin hatte noch immer das Sagen.

Wolodja sah Zoja auf sich zukommen. Sie trug ein rot-weiß kariertes Kleid. Ihr Schritt war federnd, und ihr blassblondes Haar wippte im Takt. Alle Männer starrten sie an.

Wolodja war schon mit mehreren schönen Frauen ausgegangen, aber dass er nun Zoja hofierte, war selbst für ihn überraschend. Jahrelang war sie ihm mit kühler Gleichgültigkeit begegnet; wenn überhaupt, hatte sie mit ihm nur über Kernphysik geredet. Dann aber, eines Tages, hatte sie ihn zu seinem Erstaunen gefragt, ob er mit ihr ins Kino gehen wolle. Das war kurz nach dem Zwischenfall gewesen, bei dem General Bobrow getötet worden war. Zojas Einstellung zu Wolodja hatte sich an diesem Tag verändert. Er wusste nicht warum, aber irgendwie hatte es zu einer gewissen Intimität zwischen ihnen geführt.

Sie hatten sich *George's Dinky Jazz Band* angeschaut, eine Slapstickkomödie um einen englischen Banjospieler mit Namen George Formby. Es war ein sehr beliebter Film, der schon seit Monaten in Moskau lief. Dabei war die Handlung so unrealistisch, wie sie nur sein konnte: Ohne dass George etwas davon bemerkte, schickte sein Banjo Nachrichten an deutsche U-Boote. Die Idee war so verrückt, dass sie vor Lachen beinahe vom Stuhl gefallen wären.

Seitdem waren sie regelmäßig ausgegangen.

Heute würden sie mit Wolodjas Vater zu Mittag essen. Wolodja hatte sich vorher mit Zoja am Springbrunnen verabredet, um ein paar Minuten mit ihr allein zu sein.

Zoja schenkte ihm ihr Tausend-Watt-Lächeln und stellte sich auf die Zehenspitzen, um ihn zu küssen. Sie war groß, aber Wolodja war größer. Er genoss den Kuss. Zojas Lippen waren weich und feucht. Und es war viel zu schnell vorbei.

Wolodja war sich ihrer nach wie vor nicht sicher. Sie gingen noch immer nur »Händchen halten«, wie die ältere Generation es nannte. Sie küssten sich oft, waren aber noch nicht zusammen im Bett gewesen. Nicht, dass sie zu jung gewesen wären – Wolodja war siebenundzwanzig, Zoja achtundzwanzig –, doch Wolodja hatte das Gefühl, dass Zoja erst mit ihm schlafen würde, wenn sie wirklich bereit dazu war.

Ein Teil von ihm glaubte allerdings nicht daran, dass er je eine Nacht mit ihr verbringen würde. Sie war zu intelligent, zu selbstsicher und zu attraktiv, um sich einem Mann wie ihm hinzugeben. Er würde wohl nie zuschauen dürfen, wie sie sich auszog, würde nie ihren nackten Körper sehen, sie nie berühren …

Sie spazierten durch den Park. Auf der einen Seite zog sich eine stark befahrene Straße hin, auf der anderen erstreckte sich die Kremlmauer. »Wenn man sich den Kreml mit seinen Mauern so anschaut«, bemerkte Wolodja, »könnte man glauben, unsere Führer würden dort vom russischen Volk gefangen gehalten.«

»Ja«, erwiderte Zoja. »Dabei ist es genau andersherum.«

Wolodja schaute hinter sich, doch niemand hatte sie gehört. Dennoch war es dumm, so zu reden. »Kein Wunder, dass mein Vater dich für gefährlich hält«, sagte er.

»Ich habe mal gedacht, du wärst genau wie er.«

»Ich wünschte, es wäre so. Er ist ein Held. Er hat den Winterpalast gestürmt. Ich werde die Geschichte unseres Landes wahrscheinlich nie verändern.«

»Mag sein. Aber dein Vater ist auch engstirnig und konservativ. Du bist ganz anders.«

Wolodja war der Meinung, seinem Vater sogar sehr ähnlich zu sein, wollte Zoja aber nicht widersprechen.

»Hast du heute Abend frei?«, fragte sie. »Ich könnte für dich kochen.«

»Ja, sicher! Gern!«, erwiderte Wolodja begeistert. Sie hatte ihn noch nie zu sich eingeladen.

»Ich habe ein Steak.«

»Großartig.« Gutes Rindfleisch war selbst für Wolodjas privilegierte Familie etwas Besonderes.

»Und die Kowalews sind nicht in der Stadt.«

Das waren sogar noch bessere Neuigkeiten. Wie viele Moskowiter wohnte auch Zoja als Untermieterin. Sie hatte zwei Zimmer und teilte sich Küche und Bad mit einem anderen Wissenschaftler, Dr. Kowalew, und dessen Frau und Kind. Wenn die Familie nicht da war, hatten Zoja und Wolodja die Wohnung für sich allein.

»Soll ich meine Zahnbürste mitbringen?«, fragte er.

Zoja schenkte ihm ein geheimnisvolles Lächeln, antwortete aber nicht.

Sie verließen den Park und überquerten die Straße zu einem Restaurant. Viele Lokale waren geschlossen, aber im Stadtzentrum mit seinen zahlreichen Ämtern und Büros hatten einige Gasthäuser überlebt.

Grigori Peschkow saß an einem Tisch auf dem Bürgersteig. Im Kreml gab es zwar bessere Restaurants, doch er legte Wert darauf, dort gesehen zu werden, wo auch normale Russen aßen. Er wollte ihnen zeigen, dass er nicht über ihnen stand, auch wenn er eine Generalsuniform trug. Dennoch hatte er sich einen etwas abseits gelegenen Tisch ausgesucht, damit man ihn nicht belauschen konnte.

Grigori stand Zoja ablehnend gegenüber, war aber nicht immun gegen ihren Zauber, und so stand er auf und küsste sie auf beide Wangen.

Sie bestellten sich Kartoffelpfannkuchen und Bier. Die einzige Alternative wären eingelegte Heringe und Wodka gewesen.

»Heute werde ich nicht über Kernphysik mit Ihnen sprechen, Genosse General«, sagte Zoja. »Ich vertrete noch immer dieselbe Meinung wie beim letzten Mal, als wir darüber geredet haben, und ich will Sie nicht langweilen.«

»Da bin ich erleichtert«, sagte er.

Zoja lachte und ließ ihre weißen Zähne blitzen. »Stattdessen können Sie mir ja sagen, wie lange wir noch im Krieg sein werden.«

In gespielter Verzweiflung schüttelte Wolodja den Kopf. Warum musste Zoja seinen Vater immer wieder provozieren? Wäre sie keine schöne junge Frau gewesen, hätte Grigori sie längst verhaften lassen.

»Die Nazis sind besiegt, aber sie geben es nicht zu«, sagte er.

Zoja erwiderte: »In Moskau fragt sich jeder, was diesen Sommer wohl geschehen wird ... Aber das wisst ihr beide vermutlich.«

»Wenn ich es wüsste«, sagte Wolodja, »würde ich es bestimmt nicht meiner Freundin sagen, egal wie verrückt ich nach ihr bin.« Außerdem würde ein solches Geheimnis sie wahrscheinlich vor ein Erschießungskommando bringen, fügte er in Gedanken hinzu.

Die Kartoffelpfannkuchen wurden serviert. Wie immer aß Zoja

689

mit Heißhunger. Wolodja liebte es, wie sie sich auf das Essen stürzte. Ihm selbst schmeckten die Pfannkuchen nicht besonders. »Die Kartoffeln schmecken verdächtig nach Rüben«, bemerkte er.

Sein Vater warf ihm einen missbilligenden Blick zu.

»Nicht dass ich mich deswegen beschweren möchte«, fügte Wolodja rasch hinzu.

Nach dem Essen ging Zoja zur Toilette. Kaum war sie außer Hörweite, sagte Wolodja: »Wir gehen davon aus, dass die deutsche Sommeroffensive unmittelbar bevorsteht.«

»Das sehe ich genauso«, erwiderte sein Vater.

»Sind wir darauf vorbereitet?«

»Natürlich«, antwortete Grigori, schaute aber besorgt drein.

»Die Deutschen werden im Süden angreifen«, sagte Wolodja. »Sie wollen die Ölfelder des Kaukasus.«

Grigori schüttelte den Kopf. »Sie werden wieder gegen Moskau ziehen. Das ist ihr eigentliches Ziel.«

»Stalingrad ist genauso symbolträchtig. Immerhin trägt die Stadt den Namen unseres Führers.«

»Scheiß auf die Symbolik. Wenn die Deutschen Moskau einnehmen, ist der Krieg zu Ende. Wenn nicht, haben sie den Sieg noch längst nicht in der Tasche, egal was sie sich sonst unter den Nagel reißen.«

»Das sind doch nur Vermutungen«, erwiderte Wolodja.

»Genau wie bei dir.«

»Nein. Ich habe Beweise.« Wolodja schaute sich um; es war niemand in der Nähe. »Die Offensive trägt den Codenamen Fall Blau. Sie wird am 28. Juni beginnen.« Das hatte er von Werner Francks Spionagenetzwerk in Berlin erfahren. »Im Aktenkoffer eines deutschen Offiziers, der mit einem Aufklärungsflugzeug in der Nähe von Charkow notgelandet ist, haben wir Details darüber gefunden.«

»Offiziere auf Aufklärung haben keine Aktentaschen mit Schlachtplänen dabei«, sagte Grigori. »Genosse Stalin hält das für eine Täuschung, um uns in die Irre zu führen. Ich sehe es genauso. Die Deutschen wollen erreichen, dass wir unser Zentrum schwächen, indem wir Truppen nach Süden schicken, um dort ein Ablenkungsmanöver abzuwehren.«

Wolodja seufzte. Da lag das Problem mit nachrichtendienst-

690

lichen Erkenntnissen. Selbst wenn man entsprechende Informationen besaß, glaubten sture alte Männer trotzdem, was sie glauben wollten.

Wolodja sah Zoja zurückkommen. »Was würde dich denn überzeugen, Vater?«, fragte er rasch, bevor sie an den Tisch kam.

»Zusätzliche Beweise.«

»Zum Beispiel?«

Grigori dachte kurz nach. »Besorg mir den Befehl«, sagte er dann.

Wieder seufzte Wolodja. Werner Franck war es bisher nicht gelungen, an das Dokument heranzukommen. »Wird Stalin dann noch einmal darüber nachdenken?«

»Wenn du das Dokument hast, werde ich ihn darum bitten.«

»Also gut«, sagte Wolodja.

Er war voreilig. Er hatte keine Ahnung, wie er das schaffen sollte. Werner, Heinrich, Lili und all die anderen hatten bereits gewaltige Risiken auf sich genommen, und nun würde er noch mehr Druck auf sie ausüben müssen.

Zoja kam an den Tisch, und die beiden Männer erhoben sich. Sie alle mussten in verschiedene Richtungen; also verabschiedeten sie sich voneinander.

»Ich sehe dich dann heute Abend«, sagte Zoja zu Wolodja.

Er küsste sie. »Ich bin um sieben da.«

»Bring deine Zahnbürste mit«, sagte sie.

Wolodja ging als glücklicher Mann.

Ein Mädchen weiß, wenn ihre beste Freundin ein Geheimnis hat. Sie weiß vielleicht nicht, was für ein Geheimnis es ist, aber sie weiß, dass es da ist, wie ein Möbelstück unter einer Staubschutzdecke, von dem man nur die Umrisse sehen kann. An den zurückhaltenden Antworten auf unschuldige Fragen erkennt sie, dass ihre Freundin sich mit jemandem trifft, mit dem sie sich nicht treffen sollte. Sie kennt den Namen nicht, kann sich aber denken, dass der Geliebte entweder ein verheirateter Mann ist, ein dunkelhäutiger Fremder oder gar eine andere Frau. Sie bewundert eine Halskette und erkennt an der zurückhaltenden Reaktion ihrer Freundin, dass die Kette unter fragwürdigen, vielleicht sogar beschämenden Umständen erworben wurde, auch wenn sie möglicherweise erst Jahre später erfährt, dass die Kette aus dem Schmuckkästchen einer senilen Großmutter gestohlen wurde.

So ein Gefühl hatte Carla jetzt, wenn sie über Frieda nachdachte.

Frieda hatte ein Geheimnis, und es hatte irgendetwas mit dem Widerstand gegen die Nazis zu tun. Vielleicht steckte sie tief in der Sache drin, hatte sich womöglich sogar eines Verbrechens strafbar gemacht. Vielleicht durchwühlte sie nachts den Aktenkoffer ihres Bruders Werner, kopierte geheime Papiere und gab sie an russische Spione weiter.

Wahrscheinlich aber war die Sache viel weniger dramatisch. Vermutlich half Frieda nur dabei, die illegalen Plakate und Flugblätter zu drucken und zu verteilen, auf denen das Nazi-Regime angegriffen wurde.

Carla wollte Frieda von Leutnant Koch erzählen. Allerdings bekam sie nicht sofort die Gelegenheit, denn sie und Frieda arbeiteten auf verschiedenen Stationen des Krankenhauses, noch dazu in verschiedenen Schichten, sodass sie sich nicht jeden Tag trafen.

In der Zwischenzeit kam Leutnant Joachim Koch täglich zum Klavierunterricht ins Haus. Er beging keine Indiskretionen mehr; trotzdem flirtete Maud weiter mit ihm. »Sie wissen, dass ich auf die vierzig zugehe, nicht wahr?«, hörte Carla sie eines Tages sagen, obwohl sie in Wahrheit schon einundfünfzig war. Joachim war hingerissen von ihr, und Maud genoss es, dass sie noch immer eine solche Faszination auf einen jungen Mann ausüben konnte, ob naiv oder nicht. Carla fragte sich, ob ihre Mutter tatsächlich Gefühle für diesen Jungen mit dem blonden Schnurrbart entwickelte, der dem jugendlichen Walter so sehr ähnelte. Dann aber schüttelte sie den Kopf. Das war ein lächerlicher Gedanke.

Joachim jedenfalls versuchte mit allen Mitteln, Maud zu gefallen, und so dauerte es nicht lange, bis er Neuigkeiten von ihrem Sohn brachte. Erik lebte, und es ging ihm gut. »Er dient bei einer Einheit in der Ukraine«, berichtete Joachim. »Mehr kann ich Ihnen leider nicht sagen.«

»Ich wünschte, er würde endlich Fronturlaub bekommen«, sagte Maud wehmütig.

692

Der junge Offizier zögerte.

»Eine Mutter macht sich immer Sorgen«, erklärte Maud. »Wenn ich ihn doch nur einen einzigen Tag sehen könnte! Das würde mich schon trösten.«

»Das könnte ich möglicherweise arrangieren«, sagte Joachim.

Maud tat erstaunt. »Wirklich? Sie haben so viel Macht?«

»Das weiß ich nicht. Aber ich könnte es versuchen.«

»Ich danke Ihnen!« Maud küsste ihm die Hand.

Das geschah eine Woche, bevor Carla ihre Freundin Frieda wiedersah. Sie berichtete ihr von Joachim Koch und erzählte ihr die Geschichte. Sie hatte Frieda immer alles anvertraut, war aber sicher, dass Frieda die Sache diesmal nicht in einem so unschuldigen Licht betrachten würde. »Stell dir vor, er hat uns den Codenamen der Operation und das Angriffsdatum verraten.«

»Was?«, erwiderte Frieda fassungslos. »Dafür könnte man ihn an die Wand stellen.«

»Wenn wir nur jemanden kennen würden, der Kontakt zu Moskau aufnehmen kann ... Wir könnten den Verlauf des Krieges ändern«, fuhr Carla aufgeregt fort.

»Ja, wenn ...«, sagte Frieda.

Das war der Beweis. Friedas normale Reaktion wäre Erstaunen gewesen, lebhaftes Interesse und weitere Fragen. Heute aber gab sie nur ein paar belanglose Phrasen von sich.

Carla ging nach Hause und erzählte Maud, sie habe mit ihrer Vermutung richtiggelegen.

Am nächsten Tag im Krankenhaus kam Frieda auf Carlas Station. Sie sah aufgeregt aus. »Ich muss dringend mit dir reden.«

Carla wechselte gerade den Verband einer jungen Frau, die sich bei einer Explosion in einer Munitionsfabrik schwere Verbrennungen zugezogen hatte. »Geh in die Umkleide«, sagte sie. »Ich komme nach, so schnell ich kann.«

Fünf Minuten später entdeckte sie Frieda in dem kleinen Raum, wo sie am offenen Fenster rauchte. »Was ist denn?«, fragte Carla.

Frieda drückte die Zigarette aus. »Es geht um deinen Leutnant Koch.«

»Das dachte ich mir schon.«

»Du musst mehr über ihn herausfinden.«

»Ich *muss*? Wovon redest du eigentlich?«

»Er hat Zugang zu sämtlichen Plänen für den Fall Blau. Wir wissen zwar ein wenig darüber, aber Moskau braucht Einzelheiten.«

Frieda setzte verwirrend viel voraus, doch Carla spielte mit. »Ich kann ihn ja mal fragen.«

»Nein. Du musst ihn dazu bringen, dass er dir den ganzen Plan gibt, egal wie.«

»Ich weiß nicht, ob das möglich ist. Er ist nicht dumm. Glaubst du nicht, dass er …«

Frieda hörte nicht einmal zu. »Und dann musst du den Plan abfotografieren, hörst du?«, unterbrach sie Carla und zog ein kleines Stahlkästchen aus der Tasche, ungefähr so groß wie eine Zigarettenschachtel, aber länger und schmaler. »Das ist eine Miniaturkamera, die speziell für das Abfotografieren von Dokumenten konstruiert wurde.« Carla bemerkte das Logo »Minox« auf der Seite. »Pro Film kannst du elf Bilder schießen. Hier sind drei Filme.« Sie holte drei winzige Kassetten hervor. »Und so lädst du den Film.« Frieda zeigte es ihr. »Um ein Bild zu knipsen, schaust du durch dieses Fenster hier. Wenn du unsicher bist, schlag in der Gebrauchsanweisung nach.«

Carla hatte Frieda noch nie so energisch erlebt. »Ich muss erst darüber nachdenken«, sagte sie.

»Dafür ist keine Zeit. Das ist doch dein Regenmantel, oder?«

»Ja, aber …«

Frieda steckte Kamera, Film und Bedienungsanleitung in die Manteltasche. Sie schien erleichtert zu sein, dass sie das Zeug endlich los war. »Ich muss jetzt gehen«, verkündete sie und ging zur Tür.

»Frieda …«

Frieda blieb noch einmal stehen und drehte sich zu Carla um. »Ja?«

»Du verhältst dich nicht gerade wie eine Freundin.«

»Das hier ist wichtiger als jede Freundschaft.«

»Du hast mich in die Enge getrieben.«

»Du hast diese Situation doch selbst heraufbeschworen, als du mir von Joachim Koch erzählt hast. Tu jetzt nicht so, als hättest du nicht gewollt, dass ich damit etwas anfange.«

Da hatte sie recht. Carla hatte die Situation tatsächlich selbst

694

herbeigeführt. Aber sie hatte nicht erwartet, dass es so laufen würde. »Und wenn ich Nein sage?«

»Dann wirst du vermutlich den Rest deines Lebens unter der Herrschaft der Nazis verbringen.« Frieda ging hinaus.

»Scheiße«, fluchte Carla.

Sie stand allein im Umkleideraum und dachte nach. Sie konnte die kleine Kamera noch nicht einmal ohne Risiko loswerden. Das Ding steckte in ihrer Manteltasche; sie konnte es schwerlich in den Krankenhausmüll werfen. Sie würde das Gebäude verlassen und eine Möglichkeit finden müssen, wo sie sich des Fotoapparats unauffällig entledigen konnte.

Aber wollte sie das überhaupt?

Es kam ihr unwahrscheinlich vor, dass sie Leutnant Koch überreden konnte, eine Kopie des Schlachtplans aus dem Bendlerblock zu schmuggeln und ihr zu bringen, egal wie naiv er war.

Aber was sie nicht schaffen konnte, würde vielleicht Maud gelingen ...

Doch Carla hatte Angst. Sollte man sie schnappen, würde es keine Gnade geben. Man würde sie verhaften und foltern. Sie dachte an Rudi Rothmann, wie er stöhnend und mit gebrochenen Knochen auf dem Boden gelegen hatte. Und sie erinnerte sich an ihren Vater, den die Gestapo so schrecklich zusammengeschlagen hatte, dass er unmittelbar nach seiner Haftentlassung starb. Und Carlas Verbrechen wäre schwerer als das von Rudi und ihrem Vater; entsprechend bestialisch würde die Vernehmung ausfallen. Natürlich würde man sie hinrichten ... aber erst nach langem Verhör und langer Haft.

Doch Carla redete sich ein, dass sie bereit sei, dieses Risiko einzugehen.

Nur konnte sie nicht akzeptieren, dass sie dadurch das Leben ihres Bruders gefährdete.

Erik war an der Ostfront; das hatte Leutnant Koch bestätigt. Er würde an Fall Blau teilnehmen. Wenn Carla die Russen in die Lage versetzte, diese Schlacht zu gewinnen, machte sie sich mitschuldig an Eriks Tod. Das könnte sie nicht ertragen.

Carla kehrte an ihre Arbeit zurück. Sie war abgelenkt und machte Fehler, aber die Ärzte merkten es glücklicherweise nicht, und die Patienten verstanden zu wenig von der Materie, um sich

695

zu beschweren. Als Carlas Schicht zu Ende war, eilte sie davon. Die Minikamera schien ein Loch in ihre Tasche zu brennen, doch Carla sah nirgends einen geeigneten Ort, sie loszuwerden.

Wo hatte Frieda das Ding wohl her? Sicher, sie verdiente Geld; sie könnte sich die Kamera einfach gekauft haben. Allerdings hätte sie dann auch erklären müssen, wofür sie solch ein Spezialgerät brauchte. Wahrscheinlicher war, dass sie die Kamera von den Russen bekommen hatte, ehe diese vor einem Jahr ihre Botschaft hatten schließen müssen.

Die Kamera steckte noch immer in Carlas Manteltasche, als sie nach Hause kam.

Von oben war diesmal kein Klavier zu hören; Joachim würde erst später zum Unterricht kommen. Maud saß am Küchentisch. Als Carla hereinkam, sagte sie mit strahlender Miene: »Schau mal, wer hier ist!«

Es war Erik.

Carla starrte ihn an. Er war erschreckend dünn, schien aber unverletzt zu sein. Seine Uniform starrte vor Schmutz und war zerschlissen, aber er hatte sich Gesicht und Hände gewaschen. Er stand auf und umarmte Carla.

Sie drückte ihn fest an sich. Er war so mager, dass sie seine Knochen spüren konnte. Carla war es egal, ob seine verdreckte Kleidung Flecken auf ihrer makellosen Schwesternuniform hinterließ. Sie seufzte erleichtert. »Du bist in Sicherheit.«

»Im Augenblick ja«, erwiderte Erik.

»Wie geht es dir?«

»Besser als den meisten anderen.«

»Du hast diese dünne Uniform doch nicht den ganzen Winter über getragen?«

»Ich habe einem toten Russen den Mantel gestohlen.«

Carla setzte sich an den Tisch. Ada war ebenfalls da. Erik sagte: »Ihr hattet recht, was die Nazis angeht. Ihr hattet vollkommen recht.«

»Wie meinst du das?«, fragte Carla.

»Sie sind Mörder. Du hast es mir gesagt, Vater hat es mir gesagt, und Mutter ebenfalls.« Er blickte Ada an. »Es tut mir leid, Ada, dass ich nicht geglaubt habe, dass sie den kleinen Kurt ermordet haben. Jetzt weiß ich es besser.«

»Was hat deine Ansicht so sehr geändert?«, fragte Carla verwundert.

»Ich habe in Russland gesehen, wie gnadenlos sie morden. Sie treiben alle wichtigen Leute einer Stadt zusammen, weil die ja Kommunisten sein müssen. Sie schnappen sich auch die Juden … nicht nur die Männer, auch Frauen, Kinder und gebrechliche alte Leute, die keinem mehr etwas tun können.« Tränen liefen ihm über die Wangen. »Gott sei Dank sind die normalen Wehrmachtssoldaten nicht daran beteiligt. Die Mordbefehle werden von Sondereinsatzgruppen der SS ausgeführt. Sie bringen die Gefangenen aus der Stadt. Manchmal in einen Steinbruch oder irgendeine Grube. Oder sie lassen die Jüngeren ein großes Loch graben. Dann …«

Er konnte kaum noch sprechen, doch Carla musste es von ihm hören. »Dann was?«

»Sie nehmen sich immer zwölf zur gleichen Zeit. Sechs Paare. Manchmal halten sich Mann und Frau an der Hand, wenn sie die Rampe hinuntergehen. Die Mütter tragen ihre Babys. Die Schützen warten, bis die Gefangenen an der richtigen Stelle sind, dann erschießen sie sie.« Erik wischte sich die Tränen ab.

Schweigen breitete sich aus. Ada weinte. Carla war starr vor Entsetzen. Mauds Gesicht war wie versteinert.

Schließlich putzte Erik sich die Nase und holte seine Zigaretten hervor. »Ich war überrascht, als man mir auf einmal Heimaturlaub gegeben hat«, wechselte er abrupt das Thema.

»Wann musst du zurück?«, fragte Carla.

»Morgen. Ich habe hier nur vierundzwanzig Stunden. Trotzdem beneiden mich meine Kameraden. Für einen einzigen Tag zu Hause würden sie alles geben. Dr. Weiss hat gesagt, ich müsse Freunde an hoher Stelle haben.«

»Die hast du auch«, sagte Maud. »Joachim Koch, ein junger Leutnant, der im Bendlerblock arbeitet, bekommt von mir Klavierunterricht. Ich habe ihn gebeten, den Heimaturlaub für dich zu arrangieren.« Sie schaute auf die Uhr. »Er wird in ein paar Minuten hier sein. Er mag mich. Ich glaube, er sucht nach einer Mutterfigur.«

Mutterfigur, dachte Carla. Da war nichts Mütterliches an Mauds Beziehung zu Joachim Koch.

697

Maud fuhr fort: »Er ist sehr naiv. Er hat uns erzählt, dass für den 28. Juni eine neue Offensive an der Ostfront geplant ist. Er hat sogar den Codenamen erwähnt: Fall Blau.«

»Wenn er so weitermacht«, murmelte Erik, »werden sie ihn an die Wand stellen.«

»Da ist er nicht der Einzige«, sagte Carla. »Ich habe jemandem erzählt, was ich erfahren habe. Jetzt soll ich Joachim überreden, mir den genauen Plan zu besorgen.«

»Um Himmels willen!« Erik war schockiert. »Das ist Spionage! Du bist in größerer Gefahr als ich an der Ostfront!«

»Mach dir keine Sorgen. Ich kann mir nicht vorstellen, dass Joachim so etwas tun würde«, sagte Carla.

»Sei dir da nicht so sicher«, warf Maud ein.

Alle schauten sie verwundert an.

»Ich glaube, für mich würde er es tun«, fügte sie hinzu. »Wenn ich ihn richtig darum bitte.«

»Ist er wirklich so naiv?«, fragte Erik.

Maud blickte ihn trotzig an. »Er ist in mich verliebt.«

»Oh.« Die Vorstellung, dass seine Mutter eine romantische Beziehung zu einem jungen Mann hatte, machte Erik verlegen.

»Wie dem auch sei«, sagte Carla, »wir können das nicht tun.«

»Warum nicht?«, wollte Erik wissen.

»Weil du sterben könntest, wenn die Russen die Schlacht gewinnen.«

»Vielleicht sterbe ich auch so.«

Carla hob vor Aufregung die Stimme. »Aber dann hätten wir den Russen geholfen, dich zu töten!«

»Ich will trotzdem, dass ihr es tut«, sagte Erik entschlossen und starrte auf das karierte Tischtuch, doch was er sah, war zweitausend Kilometer weit entfernt.

»Warum?«, fragte Carla.

»Ich denke ständig an diese armen Menschen, die sich an den Händen hielten und die Rampe in den Steinbruch hinuntergingen.« Erik krallte die Finger ins Tischtuch. »Ich riskiere gern mein Leben, wenn wir dem Morden dadurch Einhalt gebieten können. Ich will mein Leben riskieren, weil ich mich dann besser fühle. Nicht nur, was mich selbst angeht. Auch, was Deutschland betrifft.«

Carla zögerte noch immer. »Bist du sicher?«
»Ja.«
»Dann werde ich es tun«, sagte Carla.

Thomas Macke ermahnte seine Männer – Wagner, Richter und Schneider –, ihr bestes Benehmen an den Tag zu legen. »Werner Franck ist zwar nur Oberleutnant, aber er arbeitet für General Dorn. Ich will, dass er den bestmöglichen Eindruck von uns und unserer Arbeit bekommt. Also keine Flüche, keine Witze und keine Grobheiten, Männer, es sei denn, es ist absolut notwendig. Sollten wir einen kommunistischen Spion fassen, können Sie ihn zusammentreten. Aber ich will nicht, dass Sie sich einfach jemanden von der Straße schnappen, um sich abzureagieren.« Normalerweise kniff Macke bei solchen Dingen beide Augen zu. Schließlich trug es dazu bei, dass die Leute es sich zweimal überlegten, bevor sie die Nazis verärgerten. Doch Franck war vielleicht ein bisschen empfindlich, was das betraf.

Werner erschien auf seinem Motorrad pünktlich vor der Gestapo-Zentrale in der Prinz-Albrecht-Straße. Sie stiegen gemeinsam in den Überwachungswagen mit der Drehantenne auf dem Dach. Der Wagen war mit so viel Elektronik vollgestopft, dass kaum noch Platz blieb. Richter setzte sich ans Steuer, und sie fuhren am frühen Abend durch die Stadt – jener Tageszeit, zu der Spione ihre Nachrichten am liebsten sendeten.

»Warum ist das so?«, fragte Werner.

»Die meisten Spione gehen einem ganz normalen Beruf nach«, erklärte Macke. »Das ist Teil ihrer Fassade. Tagsüber arbeiten sie in einem Büro oder einer Fabrik.«

»Verstehe«, sagte Werner. »Daran habe ich gar nicht gedacht.«

Macke war besorgt, dass sie heute Abend nichts auffangen würden. Er hatte Angst, man würde ihm die Schuld an den Rückschlägen geben, die die deutsche Wehrmacht in Russland einstecken musste. Er hatte sein Bestes getan, aber im Dritten Reich zählten weder Versuch noch Bemühen, sondern nur der Erfolg.

Manchmal kam es vor, dass Macke und seine Leute kein Signal empfingen. Dann wieder fingen sie gleich zwei oder drei ab, und Macke musste sich entscheiden, welches sie verfolgen und welches ignorieren sollten. Er war sicher, dass es mehr als ein Spionagenetz in der Stadt gab, und vermutlich wussten diese Netze noch nicht einmal von der Existenz des jeweils anderen. Macke versuchte das Unmögliche mit unzureichenden Mitteln.

Sie befanden sich gerade in der Nähe des Potsdamer Platzes, als sie das Signal empfingen. Macke erkannte das charakteristische Geräusch. »Das ist ein Pianist«, sagte er erleichtert. Wenigstens konnte er Werner so beweisen, dass die Geräte funktionierten. Irgendjemand sendete fünfstellige Zahlen, eine nach der anderen. »Der sowjetische Geheimdienst verwendet einen Code, bei dem Zahlenpaare für Buchstaben stehen«, erklärte Macke. »Eine Elf zum Beispiel kann für ein A stehen. Sie in Fünfergruppen zu senden ist einfach nur Konvention.«

Der Fernmeldetechniker, ein Ingenieur mit Namen Mann, las die Koordinaten ab, und Wagner zeichnete mit Lineal und Bleistift eine Linie auf den Stadtplan. Richter fuhr wieder los.

Der Pianist sendete weiter, und das laute Piepen der Funksignale hallte durch die Kabine. Macke hasste den Mann jetzt schon, wer immer er sein mochte. »Dieses Kommunistenschwein!«, spie er hervor. »Eines Tages wird er in unserem Keller hocken, und dann wird er sich wünschen, endlich sterben zu dürfen.«

Werner sah blass aus, bemerkte Macke. Kein Wunder, er war die Polizeiarbeit nicht gewohnt. »So wie Sie den sowjetischen Code beschreiben, ist er wohl nicht allzu schwer zu knacken«, sagte Werner nachdenklich.

»Das stimmt«, gab Macke zu. »Aber ich habe das ein bisschen vereinfacht ausgedrückt. Natürlich sind diese Kerle raffinierter. Nachdem ein Pianist die Nachricht als Zahlenfolge codiert hat, schreibt er wiederholt ein Schlüsselwort darunter und codiert es ebenfalls. Dann zieht er die zweiten Zahlen von den ersten ab und sendet das Ergebnis.«

»Dann ist das ja kaum zu entschlüsseln, wenn man das Codewort nicht kennt.«

»Genau.«

Sie hielten neben dem ausgebrannten Reichstagsgebäude und zeichneten eine weitere Linie auf den Stadtplan. Die beiden Linien trafen sich in Friedrichshain, östlich vom Stadtzentrum.

Macke befahl dem Fahrer, nach Nordosten zu fahren, um von dort eine dritte Linie einmessen zu können. »Die Erfahrung zeigt, dass man am besten drei Messungen vornimmt«, erklärte Macke. »Aus den einzelnen Messungen ergeben sich nur Annäherungswerte, und mit zusätzlichen Messungen verringern wir die Fehlerwahrscheinlichkeit.«

»Und schnappen Sie den Pianisten jedes Mal?«, fragte Werner.

»Nein. Häufig entkommt er uns, weil wir nicht schnell genug sind. Oder er wechselt nach der Hälfte die Frequenz, sodass wir das Signal verlieren. Manchmal wird die Übertragung auch mittendrin abgebrochen und von einem anderen Ort aus fortgesetzt. Oder der Pianist hat Mittäter, die für ihn Schmiere stehen und ihn warnen, sobald wir anrücken.«

»Das sind aber eine Menge Unsicherheiten.«

»Macht nichts. Früher oder später schnappen wir sie trotzdem.«

Richter hielt den Wagen an, und Mann nahm eine dritte Messung vor. Die drei Bleistiftlinien auf Wagners Karte vereinten sich zu einem kleinen Dreieck in der Nähe des Ostbahnhofs. Der Pianist befand sich irgendwo zwischen der Bahnlinie und dem Kanal.

Macke gab den Ort an Richter weiter und befahl: »So schnell Sie können.«

Macke fiel auf, dass Werner schwitzte. Vielleicht war ihm im Wagen zu heiß; außerdem lernte er gerade erst, wie das Leben bei der Gestapo war. Umso besser, dachte Macke.

Richter fuhr auf der Warschauer Straße Richtung Süden, wo die Straße die Gleise überquerte; dann bog er in ein Industrieviertel ab, wo Lagerhäuser und kleine Fabriken standen. Ein paar Soldaten schleppten ihre Seesäcke in den Bahnhof. Ohne Zweifel waren sie auf dem Weg an die Ostfront. Gleichzeitig gab irgendwo hier in der Nähe ein Landsmann sein Bestes, um diese Männer zu verraten, dachte Macke wütend.

Wagner deutete auf eine schmale Straße, die vom Bahnhof wegführte. »Er ist da irgendwo auf den ersten hundert Metern, aber ich weiß nicht, auf welcher Seite«, sagte er. »Und wenn wir mit dem Wagen näher heranfahren, wird er uns sehen.«

»Also gut, Leute, ihr wisst, wie das läuft«, sagte Macke. »Wagner und Richter nehmen die linke Seite, Schneider und ich die

701

rechte.« Sie alle schnappten sich langstielige Vorschlaghämmer. »Oberleutnant Franck, Sie kommen am besten mit mir.«

Es waren nur wenige Leute auf der Straße, darunter ein Mann mit Arbeitermütze auf dem Weg zum Bahnhof und eine ältere Frau in schäbigen Kleidern. Sie liefen rasch an Macke und den anderen vorbei, um nicht die Aufmerksamkeit der Gestapo zu erregen.

Macke und seine Leute betraten nacheinander das Gebäude und sicherten sich dabei gegenseitig. Die meisten Geschäfte hatten bereits geschlossen, sodass sie einen Hausmeister wecken mussten. Brauchte der Mann mehr als eine Minute, um eine Tür aufzuschließen, traten Macke und die anderen sie ein. Waren sie erst einmal drinnen, eilten sie durch das Gebäude und überprüften jeden Raum.

Der Pianist war nicht im ersten Block.

Am ersten Gebäude auf der rechten Seite hing ein verblasstes Schild, auf dem »Modische Pelze« stand. Es war eine Gerberei, die eine Nebenstraße auf der gesamten Länge einnahm. Das zweistöckige Gebäude sah verlassen aus, doch die Eingangstür bestand aus Stahl, und die Fenster waren vergittert: Eine Pelzgerberei war naturgemäß gut gesichert.

Macke führte Werner die Nebenstraße hinunter und hielt nach einer Möglichkeit Ausschau, in die Gerberei hineinzukommen. Das angrenzende Gebäude war zerbombt. Die Trümmer waren von der Straße geräumt worden, und auf einem handgemalten Schild stand »Lebensgefahr – kein Zutritt«. Die Reste eines anderen Schildes wiesen das Gebäude als Möbelfabrik aus.

So schnell sie konnten, kletterten die Männer über einen Trümmerhaufen, mussten dabei aber vorsichtig sein. Eine stehen gebliebene Wand verbarg die Rückseite des Gebäudes. Macke umrundete die Wand und entdeckte ein Loch, das in die benachbarte Gerberei führte.

Er hatte das starke Gefühl, dass der Pianist sich dort aufhielt.

Er stieg durch das Loch, gefolgt von Werner. Sie fanden sich in einem leeren Büro wieder. Ein alter Stahlschreibtisch und ein ebenso alter Aktenschrank standen in dem Raum. Der Kalender an der Wand war von 1939, vermutlich das letzte Jahr, in dem die Berliner sich solche Frivolitäten wie Pelzmäntel hatten leisten können.

Plötzlich hörte Macke leise Schritte in der Etage über ihnen.

Er zog seine Pistole.

Werner war unbewaffnet.

Sie öffneten die Tür und gelangten in einen Flur.

Macke sah mehrere Türen, eine Treppe, die nach oben führte, sowie eine Tür unter der Treppe, die vermutlich den Kellerzugang versperrte.

Macke schlich durch den Gang auf die Treppe zu. Dann sah er, dass Werner die Kellertür überprüfte.

»Ich glaube, ich habe von unten ein Geräusch gehört«, sagte Werner, als er Mackes Blick bemerkte. Er drückte die Klinke herunter, doch die Tür war abgeschlossen. Werner trat einen Schritt zurück und hob den rechten Fuß.

Macke riss die Augen auf. »Nein!«

»Ich höre sie doch!«, rief Werner und trat die Tür ein.

Das Krachen hallte durch das Fabrikgebäude.

Werner brach durch die Tür und verschwand. Ein Licht flammte auf, und eine Steintreppe schälte sich aus dem Dämmer. »Keine Bewegung!«, gellte Werners Stimme. »Sie sind verhaftet!«

Macke folgte ihm die Treppe hinunter.

Er gelangte in den Keller. Werner stand am Ende der Treppe, einen verwirrten Ausdruck auf dem Gesicht.

Der Raum war leer.

An der Decke waren Eisenstangen festgeschraubt, an denen früher vermutlich die Mäntel gehangen hatten, und in der Ecke stand eine riesige Rolle Packpapier. Doch von einem Funkgerät oder gar einem Spion, der Nachrichten nach Moskau funkte, war keine Spur zu sehen.

»Sie verdammter Idiot!«, fluchte Macke.

Er drehte sich um und rannte die Treppe hinauf. Werner folgte ihm. Sie durchquerten den Flur und stiegen in den nächsten Stock hinauf.

Dort standen Reihen von Werkbänken unter einem gläsernen Dach, das den Bombentreffer auf das Nachbargebäude auf wundersame Weise überlebt hatte. Einst mussten hier Dutzende von Frauen an Nähmaschinen gearbeitet haben. Jetzt herrschte hier gähnende Leere.

Eine Glastür führte zu einer Feuertreppe, doch die Tür war

abgeschlossen. Macke schaute hinaus, sah aber niemanden und steckte seine Waffe weg. Schwer atmend lehnte er sich an eine Werkbank.

Dann bemerkte er Zigarettenstummel auf dem Boden, einen davon mit Lippenstift. Sie sahen nicht sehr alt aus. »Sie waren hier«, sagte er zu Werner und deutete auf den Boden. »Zwei Leute. Ihr Schrei hat sie gewarnt, und sie sind entkommen.«

»Das war dumm von mir«, sagte Werner. »Es tut mir leid, aber ich bin solche Aktionen nicht gewohnt.«

Macke ging zum Eckfenster. Auf der Straße sah er einen jungen Mann und eine junge Frau, die sich rasch entfernten. Der Mann hatte einen hellen Lederkoffer dabei. Augenblicke später verschwanden die beiden im Bahnhof. »Scheiße«, fluchte er.

»Ich glaube nicht, dass es Spione waren«, sagte Werner. Er deutete auf ein Kondom, das auf dem Boden lag. »Gebraucht, aber leer«, sagte er. »Sieht aus, als hätten wir sie in flagranti erwischt.«

Macke seufzte. »Ich hoffe, Sie haben recht.«

An dem Tag, an dem Joachim Koch versprochen hatte, den Schlachtplan zu bringen, ging Carla nicht zur Arbeit.

Vermutlich hätte sie ganz normal die Frühschicht arbeiten und dennoch rechtzeitig zu Hause sein können, aber »vermutlich« reichte nicht. Es bestand stets die Gefahr, dass irgendwo ein Großfeuer ausbrach oder ein schwerer Unfall ihr Überstunden bescherte. Also blieb sie daheim.

Letztendlich hatte Maud den Leutnant gar nicht bitten müssen, ihr den Plan zu bringen. Joachim hatte ihr mitgeteilt, er müsse den Unterricht für diesen Tag absagen, hatte der Versuchung dann aber nicht widerstehen können und damit geprahlt, er müsse eine Kopie des Plans für den Fall Blau mit dem Motorrad durch die Stadt transportieren.

»Dann können Sie doch auf dem Weg zum Unterricht vorbeikommen«, hatte Maud gesagt, und Joachim hatte eingewilligt.

Während des Mittagessens herrschte große Anspannung. Carla und Maud aßen eine dünne Suppe aus Schinkenknochen und getrockneten Erbsen. Carla fragte nicht, was Maud hatte versprechen oder tun müssen, um Leutnant Koch zu überreden. Vielleicht hatte sie ihm damit geschmeichelt, was für großartige Fortschritte er mache und dass er es sich nicht leisten könne, eine Stunde zu versäumen. Oder sie hatte ihn mit der Frage provoziert, ob er wirklich so unbedeutend sei, dass er über jeden seiner Schritte Rechenschaft ablegen müsse. Für jemanden, der so gern prahlte wie Joachim Koch, musste das wie eine Ohrfeige sein.

Aber wahrscheinlich war es etwas ganz anderes gewesen – etwas, worüber Carla nicht einmal nachdenken wollte: Sex. Ihre Mutter flirtete offen und ziemlich gewagt mit dem jungen Leutnant, und der reagierte darauf mit sklavischer Hingabe. Carla nahm an, dass es diese unwiderstehliche Versuchung war, die Joachim zum Leichtsinn veranlasst hatte.

Oder war es ganz anders? Vielleicht war er inzwischen zur Vernunft gekommen. Vielleicht würde er heute Nachmittag mit einem Trupp Gestapo-Leute erscheinen.

Carla lud die Filmkassette in die Minox; dann legte sie die Kamera und die anderen zwei Kassetten in die oberste Schublade des Küchenschranks unter ein paar Handtücher. Der Schrank stand neben dem Fenster, wo das Licht besonders hell war. Carla wollte die Dokumente auf der Ablage fotografieren.

Sie wusste nicht, wie der belichtete Film nach Moskau gelangen würde, doch Frieda hatte ihr versichert, dafür sei gesorgt. Carla stellte sich einen Handlungsreisenden vor – einen Pharmavertreter vielleicht oder einen Händler für deutschsprachige Bibeln –, der die Genehmigung hatte, seine Waren in der Schweiz zu verkaufen, wo er den Film dann in der sowjetischen Botschaft in Bern abgeben würde.

Der Nachmittag zog sich in die Länge. Maud ging in ihr Zimmer, um sich ein wenig auszuruhen. Ada machte die Wäsche. Carla saß im Wohnzimmer, das sie dieser Tage kaum noch nutzten, und versuchte, ein bisschen zu lesen, konnte sich aber nicht konzentrieren. In der Zeitung standen ohnehin nur Lügen.

Schließlich schlug sie ein Lehrbuch auf und versuchte, sich auf ihre nächste Schwesternprüfung vorzubereiten, doch die medizinischen Fachbegriffe verschwammen vor ihren Augen. Stattdessen blätterte sie in einer alten Ausgabe von *Im Westen nichts Neues*, einem Roman über den Ersten Weltkrieg, der wegen seiner

Ehrlichkeit längst verboten war. Aber auch dafür fand sie nicht die nötige Ruhe. So starrte sie mit dem Buch in der Hand zum Fenster hinaus in die Junisonne, die auf die staubige Stadt schien.

Dann endlich kam jemand. Carla hörte draußen Schritte, sprang auf und spähte hinaus. Aber da war keine Gestapo, nur Joachim in frisch gestärkter Uniform und blank polierten Stiefeln. Sein attraktives Gesicht war voller Erwartung wie das eines Kindes vor der Geburtstagsfeier. Wie immer hatte er sich seine Tasche über die Schulter geworfen. Hatte er sein Versprechen gehalten? Enthielt die Tasche eine Kopie des Plans für den Fall Blau?

Er klingelte.

Von diesem Punkt an hatten Carla und Maud jeden Schritt geplant, und diesem Plan zufolge würde nicht Carla die Tür aufmachen, sondern Maud. Augenblicke später sah Carla ihre Mutter in einem purpurroten Hausmantel und hochhackigen Schuhen durch den Flur gehen – fast wie eine Prostituierte, dachte sie voller Scham. Sie hörte, wie die Haustür geöffnet und wieder geschlossen wurde. Aus dem Flur waren das Rauschen von Seide und leises Gemurmel zu vernehmen, was auf eine Umarmung schließen ließ. Dann gingen die beiden an der Wohnzimmertür vorbei und verschwanden nach oben.

Maud ging es jetzt erst einmal darum, sich davon zu überzeugen, dass Joachim das Dokument tatsächlich bei sich hatte. Sie sollte es sich ansehen, ihrer Bewunderung Ausdruck verleihen und es beiseitelegen. Anschließend würde sie Joachim unter einem Vorwand – Carla wagte nicht darüber nachzudenken, was das sein könnte – ins angrenzende Arbeitszimmer locken, einen kleinen, intimen Raum mit roten Samtvorhängen und einer alten, durchgesessenen Couch. Sobald sie dort waren, würde Maud das Zeichen geben.

Da es unmöglich war, den exakten Ablauf vorauszusehen, hatten Mutter und Tochter sich eine Reihe möglicher Signale ausgedacht, die alle das Gleiche bedeuteten. Das einfachste Zeichen war das laute Zuschlagen einer Tür. Die Alternative war ein Klingelknopf neben dem Kamin, der eine Schelle in der Küche läuten ließ – Teil eines mittlerweile überflüssigen Systems, mit dem früher die Dienerschaft gerufen worden war. Im Endeffekt würde jedes Geräusch diesen Zweck erfüllen. Notfalls würde Maud eine Vase oder die Goethebüste im Arbeitszimmer zu Boden stoßen.

Carla verließ das Wohnzimmer, verharrte im Flur und schaute die Treppe hinauf. Es war mucksmäuschenstill.

Sie ging zur Küche und warf einen Blick hinein. Ada schrubbte den gusseisernen Topf, in dem sie die Suppe gekocht hatte. Sie legte einen Schwung an den Tag, der zweifellos ihrer Anspannung entsprang. Carla schenkte ihr ein Lächeln, von dem sie hoffte, dass es ermutigend wirkte. Sie und Maud hätten die ganze Sache am liebsten vor Ada geheim gehalten. Nicht etwa, weil sie der Zofe nicht trauten – im Gegenteil, Ada war eine fanatische Nazi-Gegnerin –, sondern weil es sie zur Mitwisserin bei einem Landesverrat machte, und Mitwisserschaft wurde genauso mit dem Tod bestraft wie die Tat selbst. Aber sie lebten viel zu eng zusammen, als dass sie so etwas vor Ada hätten verbergen können.

Carla hörte ihre Mutter leise und auf eine ganz bestimmte Art lachen. Sie kannte dieses Lachen. Es wirkte aufgesetzt und ließ erkennen, dass Maud ihre Verführungskünste ausreizte.

Hatte Joachim das Dokument nun dabei oder nicht?

Ein, zwei Minuten später hörte Carla das Klavier. Es war ohne Zweifel Joachim, der das einfache Kinderlied spielte: *ABC, die Katze lief im Schnee.* Carlas Vater hatte es ihr hundert Mal vorgesungen. Sie spürte einen Kloß im Hals, als sie sich daran erinnerte. Wie konnten die Nazis es wagen, solche Lieder zu spielen, wo sie so viele Kinder zu Waisen gemacht hatten?

Unvermittelt verstummte das Klavier. Carla lauschte angestrengt, konnte aber nichts hören.

Eine Minute verging. Dann noch eine.

Irgendetwas war schiefgegangen. Aber was?

Carla schaute durch die Küchentür zu Ada, die nicht mehr den Topf schrubbte. Stattdessen breitete sie in einer Geste der Ratlosigkeit die Arme aus.

Carla musste herausfinden, was los war.

Leise stieg sie die Treppe hinauf.

Dann stand sie vor dem Salon und lauschte, hörte aber noch immer nichts: keine Klaviermusik, keine Bewegung, keine Stimmen.

Sie öffnete die Tür, so leise sie konnte, und spähte ins Zimmer. Niemand zu sehen. Sie trat ein und schaute sich um. Das Zimmer war leer.

Und Joachims Tasche war nirgends zu sehen.

Carla schaute zu der Doppeltür, die ins Arbeitszimmer führte. Eine der beiden Türhälften stand halb offen.

Auf Zehenspitzen schlich Carla durchs Zimmer. Hier gab es keinen Teppich, nur Parkett, und ihre Schritte waren nicht völlig lautlos; aber dieses Risiko musste sie eingehen.

Als sie die Tür erreichte, hörte sie ein Flüstern. Vorsichtig drückte sie sich an die Wand und riskierte einen Blick hinein.

Die beiden standen mitten im Zimmer, umarmten und küssten sich. Joachim stand mit dem Rücken zur Tür. Ohne Zweifel hatte Maud ihn absichtlich so gedreht. Während Carla beobachtete, unterbrach Maud den Kuss, blickte über Joachims Schulter, nahm die Hand von seinem Hals, starrte Carla an und deutete drängend nach rechts.

Carla sah die Tasche auf einem Stuhl liegen.

Sie wusste sofort, was schiefgegangen war. Als Maud Joachim ins Arbeitszimmer gebeten hatte, hatte der die Tasche nicht aus den Augen lassen wollen und sie mitgenommen.

Jetzt musste Carla sie stehlen.

Mit pochendem Herzen trat sie ins Zimmer.

Maud murmelte: »Oh ja, mach weiter so, mein süßer Junge …« Joachim stöhnte auf und flüsterte: »Ich liebe dich.«

Carla trat zwei Schritte vor, schnappte sich die Tasche und huschte aus dem Zimmer. Rasch durchquerte sie den Salon und lief schwer atmend die Treppe hinunter.

In der Küche stellte sie die Tasche auf den Tisch und öffnete sie. Darin befanden sich die aktuelle Ausgabe des *Angriff*, eine ungeöffnete Schachtel Zigaretten und eine schlichte, beige Aktenmappe. Mit zitternden Händen nahm Carla die Aktenmappe heraus. Sie enthielt den Durchschlag eines Dokuments.

Auf der ersten Seite stand:

Weisung Nr. 41

Auf der letzten Seite befand sich eine dünne Linie für die Unterschrift. Da stand nichts – vermutlich, weil es sich um eine Kopie handelte –, aber der Name, der unter dem Strich getippt war, lautete Adolf Hitler.

Dazwischen steckte der Plan für den Fall Blau.

Carla wurde immer aufgeregter. Es war eine Mischung aus Freude und der panischen Angst, erwischt zu werden.

Sie legte das Dokument auf den kleinen Schrank neben dem Küchenfenster. Dann riss sie die Schublade auf und holte die Kamera sowie die beiden Ersatzfilme heraus. Schließlich breitete sie das Dokument sorgfältig aus und fotografierte es Seite für Seite ab.

Es dauerte nicht lange; es waren nur zehn Seiten. Carla musste nicht mal einen neuen Film einlegen. Sie war fertig. Sie hatte den Schlachtplan gestohlen!

Für dich, Vater, dachte sie.

Sie legte die Kamera wieder unter die Handtücher, schloss die Schublade, legte die Dokumente in die Aktenmappe zurück und schob das Ganze in die Tasche, die sie dann so leise wie möglich wieder hinauftrug.

Als sie durch den Salon schlich, hörte sie die Stimme ihrer Mutter. Maud sprach klar und deutlich, als wollte sie gehört werden. Carla wusste sofort, dass es eine Warnung war. »Bitte, mach dir keine Vorwürfe«, sagte sie. »Es liegt daran, dass du so erregt warst.«

Joachim antwortete leise und verlegen: »Ich komme mir wie ein Narr vor. Du hast mich nur berührt, und schon war's vorbei.«

Carla konnte sich denken, was geschehen war. Sie selbst hatte zwar keine Erfahrung damit, aber die Gespräche der jungen Krankenschwestern im Aufenthaltsraum gingen manchmal sehr ins Detail. Joachim musste frühzeitig ejakuliert haben. Frieda hatte Carla erzählt, Heinrich sei das anfangs auch passiert, gleich mehrmals. Er war wie versteinert vor Scham gewesen, doch irgendwann hatte das Problem sich von selbst gelöst. Es sei nur ein Zeichen von Nervosität und Unerfahrenheit.

Doch für Carla stellte es nun ein Problem dar. Denn jetzt war Joachim nicht mehr so blind und taub für alles, was um ihn herum geschah.

Dennoch tat Maud ihr Bestes, ihn von der Tür fernzuhalten. Wenn es Carla gelang, nur kurz ins Zimmer zu schlüpfen und die Tasche zurückzulegen, würden sie vielleicht doch noch davonkommen.

Mit pochendem Herzen durchquerte Carla den Salon und blieb an der offenen Tür stehen.

709

Maud sagte beruhigend: »So was kann vorkommen. Dein Körper war zu ungeduldig. Das hat nichts zu bedeuten.«

Carla steckte den Kopf zur Tür herein.

Die beiden standen noch an derselben Stelle wie vorhin, noch immer nahe beieinander. Maud schaute an Joachim vorbei und sah Carla. Sofort legte sie ihm die Hand auf die Wange, um seinen Blick von der Tür fernzuhalten, und sagte: »Küss mich noch mal, und sag mir, dass du mich für diesen kleinen Unfall nicht hasst.«

Carla glitt ins Zimmer.

Joachim sagte: »Ich brauche eine Zigarette.«

In dem Sekundenbruchteil, als er sich umdrehte, huschte Carla wieder hinaus, die Tasche noch immer in Händen.

Atemlos wartete sie an der Tür. Hatte Joachim noch Zigaretten in der Jackentasche, oder würde er nach der neuen Schachtel suchen?

Die Antwort erfolgte einen Augenblick später. »Wo ist meine Tasche?«, fragte Joachim.

Carlas Herz setzte einen Schlag aus.

Mauds Stimme war klar und deutlich. »Die hast du im Salon gelassen.«

»Nein, habe ich nicht.«

Carla durchquerte das Zimmer, warf die Tasche auf einen Stuhl und verschwand nach draußen. Dann blieb sie auf dem Treppenabsatz stehen und lauschte.

Sie hörte, wie Maud und Joachim aus dem Arbeitszimmer in den Salon kamen.

»Da ist sie doch«, sagte Maud. »Genau wie ich gesagt habe.«

»Ich habe sie aber nicht hier gelassen«, erwiderte Joachim gereizt. »Ich habe geschworen, sie keine Sekunde aus den Augen zu lassen. Aber dann habe es ich doch getan … als ich dich geküsst habe.«

»Aber nein. Du bist nur aufgeregt wegen der dummen Sache, die gerade passiert ist. Komm, entspann dich.«

»Irgendjemand muss ins Zimmer gekommen sein, als ich abgelenkt war …«

»Das ist Unsinn.«

»Nein, ist es nicht.«

»Komm, setzen wir uns ans Klavier, nebeneinander, so wie du

es magst«, sagte Maud, doch ihre Stimme klang immer verzweifelter.

»Wer ist sonst noch im Haus?«, fragte Joachim.

Carla wusste, was als Nächstes kommen würde; deshalb lief sie die Treppe hinunter und in die Küche. Ada starrte sie besorgt an, doch Carla fehlte die Zeit für Erklärungen.

Sie hörte Joachims Stiefel auf der Treppe poltern.

Einen Augenblick später stand er in der Küche, die Tasche in der Hand. Sein Gesicht war wutverzerrt. Er starrte Carla und Ada an. »Eine von euch hat in diese Tasche geschaut!«

So ruhig sie konnte, erwiderte Carla: »Wie kommst du darauf?«

Maud erschien hinter Joachim und trat an ihm vorbei in die Küche. »Mach uns bitte einen Kaffee, Ada«, sagte sie mit bemühter Fröhlichkeit. »Setz dich doch, Joachim.«

Der junge Leutnant ignorierte sie und schaute sich aufmerksam in der Küche um. Sein Blick blieb am Schrank unter dem Fenster haften. Zu ihrem Entsetzen sah Carla, dass sie zwar die Kamera weggelegt hatte, nicht aber die beiden Ersatzfilme.

»Das sind Acht-Millimeter-Filmkassetten, nicht wahr?«, fragte Joachim. »Habt ihr eine Minikamera?«

Plötzlich sah er gar nicht mehr wie ein grüner Junge aus.

»Ach, so ein Ding ist das?«, sagte Maud. »Ich hatte mich schon gewundert. Die hat ein anderer Schüler hier vergessen, ein Gestapo-Beamter.«

Maud hatte rasch improvisiert, aber Joachim kaufte es ihr nicht ab. »Hat er vielleicht auch seine Kamera vergessen?«, fragte er und zog die Schublade auf.

Da lag die kleine Kamera in ihrem Stahlgehäuse auf einem weißen Handtuch, so verräterisch wie ein Blutfleck.

Schockiert riss Joachim die Augen auf. Vielleicht hatte er bis jetzt nicht wirklich geglaubt, ein Opfer von Verrat geworden zu sein, sondern sich nur aufgeplustert, um sein sexuelles Versagen zu kompensieren; nun aber musste er sich der Wahrheit stellen. Die Hand am Knauf der Schublade, starrte er wie hypnotisiert auf die Kamera.

Schließlich hob er den Blick, ließ ihn über die Gesichter der drei Frauen schweifen und schaute schließlich Maud an. »Du warst das«, sagte er. »Du hast mich reingelegt. Aber das wirst du mir büßen.« Er schnappte sich die Kamera und die Filme und steckte sie in die Tasche. »Sie sind verhaftet, Frau von Ulrich.« Er trat einen Schritt auf sie zu und packte sie am Arm. »Ich muss Sie zur Gestapo bringen.«

Maud riss sich von ihm los und wich einen Schritt zurück.

Joachim schlug sie mit aller Kraft. Er war jung und stark. Der Hieb traf Maud im Gesicht und schleuderte sie zu Boden. Dann stand er über ihr. »Du hast mich zum Narren gehalten!«, rief er mit überkippender Stimme. »Du hast gelogen, und ich habe dir geglaubt!« Er wurde hysterisch. »O Gott, die Gestapo wird uns foltern, und wir haben es nicht einmal besser verdient!« Er trat sie. Maud versuchte, sich wegzurollen, blieb aber am Herd hängen. Joachims rechter Stiefel traf sie in die Rippen, an den Beinen und in den Magen.

Ada stürzte sich auf ihn und grub ihm die Fingernägel ins Gesicht, doch er stieß sie mühelos beiseite. Dann trat er Maud gegen den Kopf.

Instinktiv schnappte Carla sich den gusseisernen Suppentopf vom Tisch, den Ada mit so leidenschaftlicher Hingabe geschrubbt hatte. Sie hielt ihn am langen Stiel, hob ihn hoch über den Kopf und schmetterte ihn mit aller Kraft auf Joachims Schädel.

Joachim taumelte benommen.

Carla schlug ihn erneut, diesmal noch härter.

Bewusstlos brach Joachim zusammen. Maud wich dem stürzenden Körper aus, setzte sich aufrecht an die Wand und hielt sich die Brust.

»Nein!«, rief sie, als Carla zu einem weiteren Schlag ausholte. »Hör auf!«

Carla stellte den Topf zurück auf den Küchentisch.

Joachim machte schwache Bewegungen und versuchte aufzustehen.

Plötzlich packte Ada den Topf und drosch wie besessen auf den jungen Leutnant ein. Carla versuchte, sie festzuhalten, doch Ada war außer sich vor Wut. Immer wieder schlug sie auf den Kopf des Bewusstlosen ein, bis sie völlig außer Atem war. Dann ließ sie den Topf zu Boden fallen.

Maud stemmte sich auf die Knie und blickte Joachim an. Seine Augen waren weit aufgerissen und starrten ins Leere. Seine Nase war zerschlagen; sein Schädel schien die Form verloren zu haben, und Blut lief ihm aus einem Ohr. Er atmete nicht mehr.

Carla kniete sich neben ihn und fühlte am Hals nach dem Puls. Vergebens. »Er ist tot«, flüsterte sie. »Mein Gott, wir haben ihn umgebracht.«

»Du armer dummer Junge«, sagte Maud und brach in Tränen aus.

Ada, noch immer außer Atem, fragte: »Was sollen wir jetzt tun?«

Carla wurde bewusst, dass sie die Leiche loswerden mussten.

Mühsam rappelte Maud sich auf. Die linke Seite ihres Gesichts schwoll bereits an. »O Gott, tut das weh«, sagte sie und hielt sich die Seite. Carla vermutete, dass eine Rippe gebrochen war.

Ada schaute auf Joachim. »Wir könnten ihn auf dem Speicher verstecken«, schlug sie vor.

»Ja«, sagte Carla, »aber nur so lange, bis die Nachbarn sich über den Gestank beschweren.«

»Dann begraben wir ihn eben im Garten.«

»Ach ja? Was werden die Leute wohl denken, wenn sie sehen, wie drei Frauen ein drei Meter langes Loch im Garten eines Berliner Stadthauses ausheben? Dass wir nach Gold suchen?«

»Wir könnten nachts graben.«

»Und das soll weniger verdächtig sein?«

Ada kratzte sich den Kopf.

Carla sagte: »Wir müssen die Leiche irgendwohin bringen. In einen Park … oder zu einem Kanal.«

»Und wie sollen wir sie transportieren?«, fragte Ada.

»Er wiegt nicht viel«, sagte Maud leise. »Er ist schlank.«

»Das Gewicht ist nicht das Problem«, erklärte Carla. »Ada und ich können ihn tragen. Aber wir dürfen keinen Verdacht erregen.«

»Wenn wir doch ein Auto hätten!«, sagte Maud.

Carla schüttelte den Kopf. »Es gibt doch kaum noch Benzin.«

Sie schwiegen. Draußen wurde es allmählich dunkel. Ada holte ein Handtuch und wickelte es um Joachims Kopf, damit nicht noch mehr Blut auf den Boden strömte. Maud weinte stumm. Carla hätte sie gern getröstet, aber zuerst galt es, die Leiche loszuwerden.

»Wir könnten ihn in eine Kiste stecken«, sagte sie.

»Die einzige Kiste, die groß genug ist, ist ein Sarg«, bemerkte Ada.

»Wie wär's mit einem Möbelstück? Die Anrichte vielleicht?«

»Zu schwer.« Ada dachte nach. »Aber der Garderobenschrank in meinem Zimmer könnte gehen.«

Carla nickte. »Holen wir ihn.« Von einer Zofe erwartete man, dass sie nicht so viele Kleider hatte, als dass sich ein Mahagonimöbel gelohnt hätte; deshalb besaß Ada nur einen verhältnismäßig kleinen Sperrholzschrank.

Ursprünglich hatte sie im Keller gewohnt, aber der diente nun als Luftschutzbunker, und sie hatte ihr Zimmer oben. Carla und Ada gingen hinauf. Ada öffnete ihren Schrank und nahm die Sachen von den Bügeln. Es waren nicht viele: zwei Uniformen, ein paar Kleider und ein Wintermantel, alles alt. Ordentlich legte sie die Sachen aufs Bett.

Carla kippte den Schrank, und Ada nahm das andere Ende. Er war tatsächlich nicht schwer, aber unhandlich, und es dauerte seine Zeit, ihn aus der Tür und die Treppe hinunter zu manövrieren. Schließlich legten sie ihn in den Flur. Carla öffnete die Tür. Jetzt sah er wie ein Sarg mit Scharnieren aus.

Carla kehrte in die Küche zurück und beugte sich über die Leiche. Sie zog die Kamera und die Filme aus Joachims Tasche und legte sie in die Schublade zurück.

Carla packte Joachim an den Armen; Ada nahm die Beine. Gemeinsam hoben sie ihn hoch, trugen ihn aus der Küche in den Flur und ließen ihn in den Schrank hinunter. Ada zog das Handtuch um den Kopf des Toten noch einmal zurecht, obwohl die Blutung aufgehört hatte.

Carla überlegte, ob sie ihm auch die Uniform ausziehen sollten. Ohne Uniform wäre die Leiche nicht so einfach zu identifizieren. Aber dann müssten sie die auch noch loswerden; also entschied sie sich dagegen.

Carla holte Joachims Tasche und warf sie zu dem Toten in den Schrank.

Sie schloss die Schranktür, drehte den Schlüssel, damit die Tür sich nicht versehentlich öffnen konnte, und ließ den Schlüssel in der Tasche verschwinden.

Carla ging ins Wohnzimmer und schaute zum Fenster hinaus. »Es wird dunkel«, sagte sie. »Das ist gut.«

»Was werden die Leute denken?«, fragte Maud.

714

»Dass wir irgendein Möbelstück verkaufen wollen, damit wir Geld für Nahrungsmittel haben.«

»Zwei Frauen, die einen Garderobenschrank durch die Gegend schleppen?«

»Frauen machen so was ständig, vor allem, da jetzt viele Männer tot oder bei der Wehrmacht sind. Außerdem können wir kein Umzugsunternehmen in Anspruch nehmen. Schließlich haben auch die kein Benzin.«

»Und warum macht ihr das im Halbdunkel?«, fragte Maud.

»Ich weiß es nicht, Mutter. Wenn man uns fragt, muss ich mir etwas ausdenken. Aber hier kann der Tote auf keinen Fall bleiben.«

»Sie werden wissen, dass er ermordet wurde, wenn sie die Leiche finden. Sie werden seine Verletzungen untersuchen.«

Darüber machte sich auch Carla Sorgen. »Ich weiß. Wir können nichts dagegen tun.«

»Und sie werden Nachforschungen darüber anstellen, wohin er heute gegangen ist«, sagte Maud.

»Er hat gesagt, dass er niemandem vom Klavierunterricht erzählt hat. Er wollte seine Kameraden mit seinen neuen Fähigkeiten überraschen. Mit ein bisschen Glück weiß niemand, dass er zu uns gekommen ist.« Und mit ein bisschen Pech, fügte Carla in Gedanken hinzu, sind wir alle tot.

»Wird die Polizei Samenspuren in seiner Unterwäsche finden?«, fragte sie.

Maud wandte sich verlegen ab. »Ja.«

»Dann wird man wahrscheinlich davon ausgehen, dass bei einer sexuellen Eskapade irgendetwas schiefgegangen ist. Dass er mit einer verheirateten Frau geschlafen hat und von deren Mann erwischt wurde.«

»Ich hoffe, du hast recht.«

Carla war sich da gar nicht so sicher, wusste aber auch nicht, was sie hätte tun sollen. »Der Kanal«, sagte sie. Die Leiche würde schwimmen und früher oder später gefunden werden. Und es würde eine Mordermittlung geben. Sie mussten hoffen, dass die Ermittler keine Spur fanden, die sie zu ihnen führte.

Carla öffnete die Haustür.

Sie stellte sich vorne links an den Schrank, Ada hinten rechts. Dann bückten sie sich.

715

Ada sagte: »Kipp ihn zur Seite, damit du drunterfassen kannst.«

Carla tat wie geheißen.

»Und jetzt heb deine Seite ein Stück an.«

Carla gehorchte.

Ada schob die Hände unter ihre Seite und sagte: »Beug die Knie, nimm das Gewicht, und richte dich auf.«

Sie hoben den Schrank auf Hüfthöhe. Ada bückte sich und schob die Schulter unter das Möbel. Carla tat es ihr nach.

Die beiden Frauen stemmten sich hoch.

Das Gewicht verschob sich zu Carla, als sie die Eingangsstufen hinunterstiegen, aber sie konnte es tragen. Als sie die Straße erreichten, schlugen sie die Richtung zum Kanal ein, der ein paar Blocks entfernt lag.

Inzwischen war es stockdunkel geworden. Sie hatten Neumond, und nur eine Handvoll Sterne spendete einen Hauch von Licht. Da Verdunkelung befohlen war, bestand durchaus die Chance, dass niemand sah, wenn sie den Schrank ins Wasser warfen. Das Problem war, dass Carla nicht sehen konnte, wohin sie ihre Schritte setzte. Sie hatte Angst, zu stolpern und zu fallen, sodass der Schrank zerbarst und der Ermordete herausrollte.

Ein Krankenwagen fuhr vorbei, vermutlich zu einem der vielen Verkehrsunfälle, die auf die Verdunkelung zurückzuführen waren. Das bedeutete, dass auch Polizei in der Nähe war.

Carla erinnerte sich an einen Mordfall zu Beginn der Verdunkelung, der hohe Wellen geschlagen hatte. Ein Mann hatte seine Frau ermordet, ihre Leiche in einen Schrankkoffer gezwängt und sie im Dunkeln auf dem Fahrradanhänger durch die ganze Stadt gefahren, um sie schließlich in der Havel zu versenken. Würde die Polizei sich daran erinnern, wenn sie nun jemanden mit einem ebenso großen Möbelstück sah?

Noch während Carla darüber nachdachte, fuhr ein Streifenwagen vorbei. Ein Polizist starrte auf die beiden Frauen, die sich mit dem Schrank abmühten, doch der Wagen hielt nicht an.

Die Last wurde immer schwerer. Die Nacht war warm, und es dauerte nicht lange, bis Carla der Schweiß über die Stirn lief. Das Holz schnitt in ihre Schulter, und sie wünschte sich, sie hätte sich ein Taschentuch als Polster unter die Bluse geschoben.

Sie bogen um eine Ecke und sahen die Unfallstelle.

Ein mit Holz beladener Lastwagen war frontal mit einer Mercedes-Limousine zusammengestoßen und hatte sie schwer beschädigt. Der Streifenwagen und die Ambulanz hatten die Scheinwerfer auf das Autowrack gerichtet. Einige wenige Schaulustige hatten sich in dem schwachen Licht versammelt. Der Unfall musste vor höchstens fünf Minuten passiert sein, denn es waren noch Leute im Auto. Ein Sanitäter beugte sich an der Hintertür ins Innere des Wagens. Vermutlich untersuchte er die Verletzungen der Insassen, um festzustellen, ob sie bewegt werden konnten.

Mitten im Schritt blieb Carla stehen. Doch niemand hatte sie, Ada und den Schrank bemerkt. Augenblicke später wurde Carla klar, dass sie bloß kehrtmachen, sich davonschleichen und sich einen anderen Weg zum Kanal suchen mussten.

Langsam drehte sie sich um ... doch genau in diesem Augenblick leuchtete ein Polizist mit der Taschenlampe in ihre Richtung.

Carla war versucht, den Schrank fallen zu lassen und davonzurennen, doch sie riss sich zusammen.

»Was haben Sie vor?«, wollte der Polizist wissen.

»Wir transportieren eine Garderobe, Herr Wachtmeister«, antwortete Carla. Sie täuschte morbide Neugier vor, um ihre Nervosität zu verbergen. »Was ist denn hier passiert?«, fragte sie und fügte sicherheitshalber hinzu: »Hat es Tote gegeben?«

Profis hassten diese Art von Neugier; das wusste Carla. Schließlich war sie selbst einer. Wie erhofft, reagierte der Polizist entsprechend. »Das geht Sie nichts an«, sagte er schroff. »Kommen Sie uns nicht in den Weg.« Damit drehte er sich um und richtete den Strahl der Taschenlampe auf das Autowrack.

Der Bürgersteig auf dieser Straßenseite war frei. Carla beschloss spontan, geradeaus weiterzugehen. Sie und Ada trugen die Garderobe mit der Leiche auf die Unfallstelle zu.

Carla ließ die kleine Gruppe von Helfern keine Sekunde aus den Augen, doch die Männer waren voll und ganz auf ihre Aufgabe konzentriert. Kurz darauf waren die beiden Frauen am Wrack des Mercedes vorbei. Der Lastwagen mit dem schweren Aufleger kam ihnen unendlich lang vor, doch als sie endlich sein Ende erreicht hatten, kam Carla eine Idee.

Sie blieb stehen.

»Was ist?«, raunte Ada.

»Hier entlang.« Carla trat hinter dem Lastwagen auf die Straße. »Setz den Schrank ab«, flüsterte sie. »Leise.«

Vorsichtig ließen sie den Schrank auf den Asphalt hinab.

Ada flüsterte: »Sollen wir ihn etwa hierlassen?«

Carla zog den Schlüssel aus der Tasche und schloss den Schrank auf. Dann hob sie den Blick. Soweit sie sehen konnte, waren die Männer noch immer um den Mercedes versammelt, knapp zehn Meter von ihnen entfernt.

Carla öffnete die Schranktür.

Joachim Koch starrte sie mit leerem Blick an, den Kopf in das blutige Handtuch gewickelt.

»Lass ihn rausfallen«, sagte Carla.

Die beiden Frauen kippten den Schrank. Die Leiche rollte heraus und blieb zwischen den Reifen liegen.

Carla schnappte sich das blutige Handtuch, warf es in den Schrank und schloss die Tür. Die Tasche ließ sie neben der Leiche liegen; sie war froh, sie endlich los zu sein. Die beiden Frauen hoben den Schrank wieder an und gingen weiter.

Jetzt fiel ihnen das Tragen sehr viel leichter.

Als sie gut fünfzig Meter entfernt und im Dunkeln waren, hörte Carla eine Stimme von hinten rufen: »Verdammt, hier ist noch ein Opfer … Sieht aus wie ein Fußgänger, der überfahren wurde.«

Carla und Ada bogen um die Ecke, und eine Woge der Erleichterung brach über Carla herein. Sie waren die Leiche losgeworden. Wenn sie es jetzt zurück nach Hause schafften, ohne Aufmerksamkeit zu erregen – und ohne dass jemand in den Schrank sah und das blutige Handtuch fand –, wären sie in Sicherheit. Dann würde es keine Mordermittlung geben. Joachim war bloß ein Fußgänger, der bei einem Verkehrsunfall während der Verdunkelung ums Leben gekommen war. Wäre er vom Lkw über die Straße geschleift worden, hätte er durchaus die gleichen Verletzungen erleiden können wie durch Adas Suppentopf. Ein guter Pathologe könnte den Unterschied vielleicht erkennen, aber niemand würde eine Autopsie für nötig halten.

Carla dachte darüber nach, den Schrank einfach wegzuwerfen, entschied sich aber dagegen. Trotz des Handtuchs waren Blutflecken darin, und das allein könnte eine polizeiliche Untersuchung rechtfertigen. Nein, sie mussten den Schrank zurück nach Hause schleppen und sauber schrubben.

Bis zur Haustür begegneten sie niemandem mehr.

Sie stellten den Schrank im Flur ab. Ada holte das Handtuch heraus, legte es in die Spüle und ließ kaltes Wasser darüberlaufen. Carla empfand eine Mischung aus freudiger Erregung und Traurigkeit. Sie hatten den Plan der Nazis gestohlen, hatten dafür aber einen jungen Mann ermordet, der nicht von Natur aus schlecht, sondern einfach nur dumm gewesen war. Sie würde noch sehr lange darüber nachdenken. Jetzt aber war sie einfach nur müde.

Carla erzählte ihrer Mutter, was sie getan hatten. Mauds linke Wange war so stark geschwollen, dass ihr Auge fast geschlossen war, und sie hielt sich noch immer die linke Seite. Sie sah furchtbar aus.

»Du warst sehr tapfer, Mutter«, sagte Carla. »Ich bewundere dich für das, was du heute getan hast.«

Maud erwiderte müde: »Ich fühle mich aber nicht so, als müsstest du mich bewundern. Ich schäme mich. Ich verachte mich selbst.«

»Weil du ihn nicht geliebt hast?«, fragte Carla.

»Nein«, antwortete Maud, »im Gegenteil.«

KAPITEL 14

1942 (III)

Greg Peshkov schloss sein Studium in Harvard *summa cum laude* ab, mit der besten Note. Er hätte ohne Weiteres eine Doktorarbeit in seinem Hauptfach Physik beginnen und dadurch dem Militärdienst entgehen können, aber er wollte kein Wissenschaftler werden; er strebte nach einer anderen Art von Macht. Sobald der Krieg vorüber war, bedeutete es für einen aufstrebenden jungen Politiker ein großes Plus, Militärdienst geleistet zu haben. Deshalb trat Greg in die Army ein.

Andererseits wollte er nicht an die Front.

Den Konflikt in Europa verfolgte er mit großem Interesse, während er gleichzeitig jeden, den er in Washington kannte – und er kannte viele Leute –, bedrängte, ihm einen Schreibtischposten im Kriegsministerium zu beschaffen.

Die deutsche Sommeroffensive hatte am 28. Juni begonnen. Die Wehrmacht war rasch nach Osten vorgestoßen und hatte die relativ schwache Gegenwehr überwunden, bis sie Stalingrad erreichte, das frühere Zarizyn, wo sie auf erbitterten russischen Widerstand stieß. Nun war der Vormarsch zum Stehen gekommen, die Nachschublinien waren überdehnt. Es sah immer mehr danach aus, als hätte die Rote Armee die Deutschen in die Falle gelockt.

Greg hatte die Grundausbildung noch nicht lange hinter sich, als er zum Colonel befohlen wurde. »Das Army Corps of Engineers benötigt in Washington einen intelligenten jungen Offizier«, sagte der Colonel. »Sie haben Praktika in Washington absolviert. Trotzdem wären Sie nicht meine erste Wahl gewesen. Sehen Sie sich nur an, Sie können ja nicht mal Ihre eigene Uniform sauber halten. Aber die Stelle setzt Kenntnisse auf physikalischem Gebiet voraus, und da ist die Auswahl ein bisschen begrenzt.«

»Danke, Sir«, sagte Greg.

»Wenn Sie es bei Ihrem neuen Boss mit Sarkasmus versuchen, werden Sie es bedauern. Sie kommen in den Stab von Colonel Groves. Ich war mit ihm in West Point. Einem größeren Hundesohn bin ich nie begegnet, weder in der Army noch außerhalb. Viel Glück.«

Greg rief Mike Penfold im Pressebüro des Außenministeriums an und erfuhr, dass Leslie Groves bis vor Kurzem stellvertretender Konstruktionsleiter der US Army und für den Neubau des Kriegsministeriums zuständig gewesen war, jenes riesige fünfeckige Gebäude, das allgemein als »Pentagon« bezeichnet wurde. Groves sei jedoch zu einem neuen Projekt versetzt worden, über das niemand viel wisse. Einige munkelten, der Colonel habe seine Vorgesetzten so oft verärgert, dass man ihn schließlich zwar inoffiziell, aber effektiv degradiert habe; andere behaupteten, seine neue Rolle sei noch wichtiger als die alte, aber streng geheim. Doch alle stimmten darin überein, dass Groves egozentrisch, überheblich und rücksichtslos sei.

»Wirklich *jeder* hasst ihn?«, fragte Greg.

»Ach was«, erwiderte Mike. »Nur die, die ihm mal begegnet sind.«

Second Lieutenant Greg Peshkov war extrem angespannt, als er Groves' Büro im beeindruckenden New War Department Building erreichte, einem blassbraunen Art-déco-Palast an der 21st Street und Virginia Avenue. Gleich zu Anfang erfuhr Greg, dass er einer Gruppe angehörte, die Manhattan Engineer District genannt wurde. Dieser absichtlich nichtssagende Name war die Tarnbezeichnung für ein Team, das versuchte, eine neue Bombe zu konstruieren, bei der Uran als Sprengstoff benutzt wurde.

Greg war auf Anhieb fasziniert. Er wusste, dass schwere Atome bei ihrer Spaltung eine unvorstellbare Energiemenge abgaben. Das leichtere Uranisotop U-235 bot sich für Experimente an, über die er mehrere Artikel in wissenschaftlichen Zeitschriften gelesen hatte. Seit zwei Jahren gab es jedoch keine neuen Veröffentlichungen von Versuchsergebnissen mehr, und nun kannte Greg den Grund dafür.

Er erfuhr, dass es Präsident Roosevelt mit dem Projekt zu langsam voranging; nun sollte Groves als Projektleiter mit der Peitsche knallen.

Greg traf sechs Tage nach Groves' Versetzung ein. Seine erste

721

Aufgabe für seinen neuen Vorgesetzten bestand darin, ihm zu helfen, die Adler des Colonels am Kragen seines Kakihemds durch Sterne zu ersetzen; Groves war soeben zum Brigadier General befördert worden. »Hauptsächlich, um die zivilen Wissenschaftler zu beeindrucken, mit denen wir zusammenarbeiten müssen«, sagte Groves in seiner mürrischen Art. »In zehn Minuten habe ich eine Besprechung im Büro des Kriegsministers. Sie kommen mit. Das ist die perfekte Einweisung für Sie.«

Groves war ein schwerer Mann. Bei nicht einmal sechs Fuß Körpergröße wog er zweihundertfünfzig, wenn nicht dreihundert Pfund. Die Uniformhose trug er hochgezogen, und unter seinem Gurtzeugkoppel wölbte sich sein Bauch. Er hatte kastanienbraunes Haar, das vielleicht gelockt gewesen wäre, hätte er es lang genug wachsen lassen. Seine Stirn war schmal, seine dicken Wangen hingen herab, und er hatte den Ansatz zum Doppelkinn. Sein kleiner Schnurrbart war so gut wie unsichtbar. Er war ein in jeder Hinsicht unattraktiver Mann, und Greg freute sich kein bisschen darauf, für ihn zu arbeiten.

Groves und sein Gefolge, darunter Greg, verließen das Gebäude und gingen die Virginia Avenue hinunter zur National Mall. Unterwegs sagte der General zu seinem neuen Offizier: »Als ich diesen Job bekam, wurde mir gesagt, er könne den Krieg für uns entscheiden. Ich weiß nicht, ob das stimmt, aber ich habe vor, mich so zu verhalten, als wäre es tatsächlich so. Sie sollten das Gleiche tun.«

»Jawohl, Sir«, sagte Greg.

Das Kriegsministerium war noch nicht ins Pentagon umgezogen, das erst fertiggestellt werden musste; es befand sich nach wie vor im alten Munitions Building, einem lang gestreckten, niedrigen, veralteten »Übergangs«-Gebäude auf der Constitution Avenue.

Kriegsminister Henry Stimson war Republikaner und von Roosevelt ins Amt berufen worden, damit seine Partei die Kriegsanstrengungen nicht unterminierte, indem sie dem Präsidenten im Kongress Steine in den Weg legte. Mit fünfundsiebzig Jahren war Stimson ein Elder Statesman wie aus dem Bilderbuch, ein gepflegter alter Gentleman mit weißem Schnurrbart, in dessen grauen Augen noch immer wache Intelligenz leuchtete.

Die Besprechung war offizieller Natur, und der Raum war voller hoher Tiere, darunter der Generalstabschef des Heeres, General George C. Marshall. Greg war nervös und musste sich bewundernd eingestehen, dass Groves bemerkenswert kühl war für jemanden, der sich gerade erst die Generalsterne an den Kragen gesteckt hatte.

Groves begann seinen Vortrag, indem er skizzierte, wie er Ordnung in die Zusammenarbeit der Hunderte von zivilen Wissenschaftlern und Dutzende physikalischer Labors zu bringen gedachte, die am Manhattan-Projekt beteiligt waren. Er unternahm keinen Versuch, die hochgestellten Männer, die durchaus auf den Gedanken hätten kommen können, sie hätten das Sagen, für sich einzunehmen. Er legte seine Pläne dar, ohne besänftigende Phrasen wie »mit Ihrer Erlaubnis« und »wenn Sie gestatten« zu benutzen. Greg fragte sich, ob Groves es darauf anlegte, gefeuert zu werden.

Greg erfuhr so viel Neues, dass er sich am liebsten Notizen gemacht hätte, aber er wäre der Einzige gewesen. Einen guten Eindruck hätte er damit wohl nicht hinterlassen.

Als Groves fertig war, fragte jemand aus der Gruppe: »Wenn ich es richtig verstanden habe, ist ein ausreichender Uranvorrat entscheidend für das Gelingen des Projekts. Haben wir genug?«

Groves antwortete: »Auf Staten Island lagern eintausendzweihundertfünfzig Tonnen Pechblende – das ist das Erz, aus dem man Uranoxid gewinnt.«

»Dann sollten wir uns etwas davon verschaffen«, sagte der Fragesteller.

»Ich habe den Vorrat am Freitag komplett gekauft, Sir.«

»Am Freitag? Am Tag nach Ihrer Abkommandierung?«

»So ist es.«

Der Kriegsminister verbiss sich ein Lächeln. Gregs Staunen über Groves' Dreistigkeit verwandelte sich in Bewunderung für seinen Mut.

Ein Admiral fragte: »Was ist mit der Priorität des Projekts? Sie müssen mit dem Ausschuss für Kriegsproduktion Klarschiff machen.«

»Ich habe Donald Nelson am Samstag aufgesucht, Sir«, erwiderte Groves. Nelson war der zivile Vorsitzende des Ausschusses. »Ich bat ihn, unsere Einstufung zu erhöhen.«

»Was hat er gesagt?«

»Er lehnte es ab.«

»Das ist ein Problem.«

»Nicht mehr, Sir. Als ich ihm sagte, dann müsse ich dem Präsidenten raten, das Manhattan-Projekt aufzugeben, weil der Ausschuss für Kriegsproduktion nicht kooperativ sei, gab er uns grünes Licht.«

»Sehr gut«, sagte der Kriegsminister.

Wieder war Greg beeindruckt. Groves war unberechenbar.

»Nun, Sie werden von einem Komitee beaufsichtigt, das mir Bericht erstattet«, fuhr Stimson fort. »Neun Mitglieder sind vorgeschlagen worden ...«

»Teufel, nein!«, unterbrach ihn Groves.

»Wie bitte?«, fragte der Kriegsminister.

Das war's, dachte Greg. Jetzt ist er zu weit gegangen.

»Ich kann nicht einem neunköpfigen Komitee verantwortlich sein, Sir. Da komme ich vor lauter Berichteschreiben zu nichts anderem mehr.«

Stimson grinste. Anscheinend war er ein zu erfahrener alter Hase, als dass er sich von solchen Antworten beleidigen ließ. »Wie viele Komiteemitglieder würden Sie denn vorschlagen, General?«, fragte er.

Greg sah, dass Groves am liebsten »gar keine« gesagt hätte, doch er antwortete: »Drei wären ideal.«

»Also gut«, sagte der Kriegsminister zu Gregs Erstaunen. »Noch etwas?«

»Wir brauchen ein großes Gelände, so um die sechzigtausend Acres, auf dem wir eine Anlage zur Uran-Anreicherung und die dazugehörigen Einrichtungen bauen. In Oak Ridge, Tennessee, gibt es etwas Passendes. Ein Felsental, sodass bei einem Unfall die Explosion eingedämmt wird.«

»Ein Unfall?«, fragte der Admiral. »Ist damit zu rechnen?«

Groves hielt das für eine sehr dumme Frage, und das zeigte er auch. »Meine Güte, wir experimentieren mit einer Bombe«, sagte er. »Einer so starken Bombe, dass sie eine mittelgroße Stadt dem Erdboden gleichmachen kann. Wir müssten ganz schön dämlich sein, wenn wir die Möglichkeit eines Unfalls außer Acht ließen.«

Der Admiral schien zu einer scharfen Erwiderung anzusetzen, doch Stimson intervenierte: »Bitte machen Sie weiter, General Groves.«

»In Tennessee ist das Land billig«, sagte Groves. »Der Strom auch. Und unsere Anlagen werden riesige Stromfresser sein.«

»Sie schlagen also vor, dieses Land zu kaufen.«

»Ich schlage vor, es heute noch zu besichtigen.« Groves warf einen Blick auf die Armbanduhr. »Genauer gesagt muss ich jetzt aufbrechen, damit ich meinen Zug nach Knoxville noch erwische.« Er erhob sich vom Konferenztisch. »Wenn Sie mich entschuldigen, Gentlemen, ich möchte keine Zeit verlieren.«

Die anderen Männer am Tisch waren wie vor den Kopf geschlagen. Selbst Stimson wirkte fassungslos. Niemand in Washington wäre auf den Gedanken gekommen, das Büro eines Ministers zu verlassen, ehe dieser zu verstehen gab, dass die Besprechung zu Ende sei. Groves beging einen gewaltigen Verstoß gegen die Etikette, doch es schien ihn nicht zu kümmern. Und er kam damit durch.

»Also gut«, sagte Stimson. »Lassen Sie sich von uns nicht aufhalten.«

»Vielen Dank, Sir.« Groves verließ den Raum, gefolgt von Greg.

Margaret Cowdry war die attraktivste zivile Sekretärin im New War Office Building. Sie hatte große dunkle Augen und einen vollen, sinnlichen Mund. Wenn sie hinter ihrer Schreibmaschine aufblickte und einen anlächelte, hatte man beinahe das Gefühl, bereits mit ihr im Bett zu liegen.

Ihr Vater hatte das Bäckereigewerbe zur Massenfabrikationsindustrie gemacht: Cowdrys Kekse krümeln wie bei Oma!, lautete sein Slogan. Margaret hätte keinen Finger krumm machen müssen, aber sie wollte ihren Teil zu den Kriegsanstrengungen der USA beitragen. Ehe Greg sie zum Mittagessen einlud, ließ er durchblicken, dass er ebenfalls einen Millionär zum Vater hatte: Eine reiche Erbin zog es gewöhnlich vor, mit einem wohlhabenden jungen Mann auszugehen; dann konnte sie sicher sein, dass er es nicht auf ihr Geld abgesehen hatte.

Es war Oktober geworden und schon kalt. Margaret trug einen hübschen marineblauen, eng taillierten Mantel mit gepolsterten Schultern. Ihr dazu passendes Barett erinnerte Greg an das britische Militär.

Sie gingen ins Ritz-Carlton. Als sie in den Speisesaal kamen, entdeckte Greg seinen Vater, der mit Gladys Angelus zu Mittag aß. Auf einen Lunch zu viert hatte er keine Lust, und das sagte er Margaret auch. »Dann essen wir eben im Frauenclub der Universität gleich um die Ecke«, erwiderte sie. »Ich bin Mitglied.«

Greg war noch nie dort gewesen, hatte aber das unbestimmte Gefühl, irgendetwas über den Club zu wissen. Er kramte in seinen Erinnerungen, doch sie entzogen sich ihm, und schließlich schob er den Gedanken beiseite.

Im Club legte Margaret den Mantel ab. Darunter kam ein königsblaues Kaschmirkostüm zum Vorschein, das sich verlockend an ihren Körper schmiegte. Wie alle respektablen Damen behielt sie in der Öffentlichkeit Hut und Handschuhe an.

Greg genoss es jedes Mal, mit einer schönen Frau am Arm einen Raum zu betreten. Im Speisesaal des Frauenclubs der Universität saß nur eine Handvoll Männer, aber jeder von ihnen war eifersüchtig auf ihn. Auch wenn Greg es niemals zugegeben hätte: Die neidvollen Blicke bereiteten ihm genauso großes Vergnügen, wie mit Frauen zu schlafen.

Er bestellte eine Flasche Wein. Margaret gab Mineralwasser in ihr Glas, um den Wein zu verdünnen, wie die Franzosen es taten. »Ich möchte nicht den ganzen Nachmittag Tippfehler korrigieren müssen«, erklärte sie.

Greg erzählte ihr von General Groves. »Er ist ein richtiger Draufgänger. In mancher Hinsicht ist er der schlecht gekleidete Zwilling meines Vaters.«

»Niemand kann ihn ausstehen«, sagte Margaret.

»Jedenfalls eckt er bei jedem an.«

»Ist dein Vater auch so?«

»Manchmal, aber meistens setzt er seinen Charme ein, um zu bekommen, was er will.«

»Meiner auch. Vielleicht sind alle erfolgreichen Männer irgendwie gleich.«

Das Essen ging rasch vorüber. In Washingtoner Restaurants wurde viel schneller bedient als früher. Die Vereinigten Staaten waren im Krieg, und die Männer hatten wichtige Arbeit zu erledigen.

Eine Kellnerin brachte ihnen die Dessertkarte. Greg musterte

die junge Frau und erkannte zu seinem Erstaunen Jacky Jakes.
»Hallo, Jacky!«, sagte er.

»Hi, Greg«, erwiderte sie. Hinter ihrer Vertraulichkeit verbarg sich Nervosität. »Wie ist es dir ergangen?«

Greg erinnerte sich, dass der Detektiv ihm damals gesagt hatte, Jacky arbeite im Frauenclub der Uni. Das war es, was ihm vorhin nicht hatte einfallen wollen. »Mir geht es großartig, danke«, sagte er. »Und dir?« Er hätte gern gefragt, ob sein Vater ihr noch immer regelmäßig Geld zahlte.

»Ich kann nicht klagen.«

Greg vermutete, dass irgendein Anwalt die Schecks ausstellte und sein Vater die Sache längst vergessen hatte. »Das hört man gern«, sagte er.

»Wie wäre es mit einem Nachtisch?«, fragte Jacky.

»Ja, danke.«

Margaret bestellte Obstsalat, Greg Eiscreme.

Als Jacky gegangen war, sagte Margaret: »Sie ist sehr hübsch«, und schaute Greg erwartungsvoll an.

»Ja, stimmt«, sagte er.

»Kein Ehering.«

Greg seufzte. Was Frauen so alles auffiel. »Du fragst dich anscheinend, wie es kommt, dass ich mit einer hübschen schwarzen Kellnerin befreundet bin, die nicht verheiratet ist«, sagte er. »Ich erzähle dir am besten gleich die Wahrheit. Ich hatte eine Affäre mit ihr, als ich fünfzehn war. Ich hoffe, du bist jetzt nicht schockiert.«

»Selbstverständlich bin ich schockiert«, entgegnete Margaret. »Ich bin moralisch empört.« Zwar war es ihr nicht ernst, aber sie scherzte auch nicht; die Wahrheit lag irgendwo dazwischen. Auf jeden Fall empfand sie es nicht als Skandal, da war Greg sicher. Vielleicht wollte sie ihm nicht den Eindruck vermitteln, Sex auf die leichte Schulter zu nehmen – zumindest nicht bei ihrer ersten Verabredung zum Mittagessen.

Jacky brachte den Nachtisch und fragte, ob sie Kaffee wollten. Aber dazu hatten sie keine Zeit mehr – die Army hielt nichts von langen Mittagspausen –, und Margaret bat um die Rechnung. »Gäste dürfen hier nicht bezahlen«, kam sie Gregs Protest zuvor.

Als Jacky wieder gegangen war, sagte Margaret: »Ich finde es nett, dass du sie immer noch gernhast.«

»Nun ja, ich habe schöne Erinnerungen. Ich hätte nichts dagegen, noch einmal fünfzehn zu sein.«

»Und dennoch hat sie Angst vor dir.«

»Das stimmt nicht.«

»Doch. Schreckliche Angst.«

»Das glaube ich nicht.«

»Mein Wort darauf. Männer sind blind, aber Frauen sehen so etwas.«

Greg musterte Jacky aufmerksam, als sie die Rechnung brachte, und stellte fest, dass Margaret recht hatte. Jacky fürchtete sich noch immer. Jedes Mal, wenn sie Greg sah, wurde sie an Joe Brekhunov und dessen Rasiermesser erinnert.

Der Gedanke erfüllte Greg mit Wut. Jacky hatte ein Recht, in Frieden zu leben.

Er beschloss, in dieser Sache etwas zu unternehmen.

Margaret ließ sich nichts vormachen. »Du weißt, wovor sie Angst hat, nicht wahr?«, sagte sie.

»Ja. Vor meinem Vater. Er befürchtet, ich könnte sie heiraten. Und er ist ein Mann, der immer seinen Kopf durchsetzt.«

»Meiner auch. Er ist lieb und nett, bis jemand ihm in die Quere kommt. Dann wird er unangenehm.«

Sie kehrten an die Arbeit zurück. Greg war den ganzen Nachmittag wütend auf seinen Vater. Dessen Drohung lag wie ein Fluch über Jackys Leben. Aber was konnte er dagegen tun? Was hätte Lev an seiner Stelle getan? Sein Vater konnte unbeirrbar sein, wenn er seinen Willen durchsetzen wollte, und es kümmerte ihn nicht, wer dabei verletzt wurde. General Groves war ähnlich.

Ich kann auch so sein, dachte Greg. Ich bin meines Vaters Sohn.

Ein Plan nahm Gestalt an.

Greg verbrachte den Nachmittag mit Lektüre und der Zusammenfassung eines Zwischenberichts aus dem Institut für Metallurgie an der Universität von Chicago. Zu den dort tätigen Wissenschaftlern gehörte Leó Szilárd, der als Erster die Möglichkeit einer nuklearen Kettenreaktion vorhergesagt hatte. Szilárd war ein ungarischer Jude, der an der Friedrich-Wilhelms-Universität Berlin studiert und gelehrt hatte – bis zum verhängnisvollen Jahr 1933. Die Chicagoer Forschungsgruppe wurde von Enrico Fermi geleitet, dem italienischen Physiker. Fermi, dessen Frau Jüdin war,

728

hatte Italien verlassen, als Mussolini sein rassistisches und antisemitisches *Manifesto della razza* veröffentlichte.

Greg fragte sich, ob den Faschisten klar war, dass sie ihren Gegnern durch ihren Rassismus eine Vielzahl brillanter Wissenschaftler in die Arme getrieben hatten.

Die physikalischen Zusammenhänge zu begreifen bereitete ihm keine Mühe. Die Theorie Fermis und Szilárds besagte, dass die Kollision eines Neutrons mit einem Uranatom mindestens zwei Neutronen produzierte, die wiederum mit weiteren Uranatomen kollidieren und eine Kaskade freisetzen konnten. Szilárd hatte diesen Prozess als Kettenreaktion bezeichnet – eine brillante Umschreibung.

Auf diese Weise konnte eine Tonne Uran so viel Energie freisetzen wie drei Millionen Tonnen Kohle, zumindest in der Theorie. Praktische Erfahrungen gab es noch nicht.

Fermi und seine Gruppe bauten einen Uranreaktor in Stagg Field, einem ehemaligen Footballstadion der Universität Chicago. Damit das Uran nicht spontan explodierte, wurde es in Grafit eingebettet, das Neutronen absorbierte und die Kettenreaktion zum Stillstand brachte. Das Ziel war, die Kernreaktion sehr langsam zu beschleunigen, bis mehr Neutronen produziert als verbraucht wurden; damit wäre dann der Beweis erbracht, dass tatsächlich eine Kettenreaktion stattfand. Anschließend sollte der Reaktor heruntergefahren werden, um der Gefahr vorzubeugen, dass er explodierte und das Stadion, die Universität und womöglich ganz Chicago in Schutt und Asche legte.

Bislang hatte die Arbeitsgruppe keinen Erfolg erzielt.

Greg verfasste eine wohlwollende Zusammenfassung des Berichts, bat Margaret Cowdry, alles abzutippen, und legte Groves das Schriftstück vor.

Der General las den ersten Absatz und fragte: »Wird es klappen?«

»Wissen Sie, Sir ...«

»Keine Ausflüchte. Sie sind der Wissenschaftler hier. Wird es klappen?«

»Jawohl, Sir.«

»Gut«, sagte Groves und warf die Zusammenfassung in den Papierkorb.

Greg kehrte an seinen Schreibtisch zurück und saß eine Zeit lang da, den Blick auf das Periodensystem der Elemente gerichtet, das an der Wand gegenüber hing. Doch seine Gedanken galten nicht dem Reaktor; er war sich ziemlich sicher, dass er funktionierte. Greg beschäftigte vielmehr die Frage, wie er seinen Vater dazu bringen konnte, die Drohung gegen Jacky zurückzunehmen.

Zunächst hatte er sich überlegt, das Problem so anzugehen, wie sein Vater es getan hätte. Jetzt dachte er über die praktischen Details nach. Er musste eine dramatische Szene herbeiführen.

Sein Plan nahm immer deutlicher Gestalt an.

Aber würde er den Mumm haben, seinem Vater die Stirn zu bieten?

Gegen fünf Uhr machte er Feierabend. Auf dem Weg nach Hause ging er in ein Friseurgeschäft und kaufte ein Rasiermesser, dessen Klinge in den Griff eingeklappt werden konnte. »Bei Ihrem Bart werden Sie damit zufriedener sein als mit einem Sicherheitsrasierer«, sagte der Friseur.

Da mochte er recht haben, aber Greg hatte nicht die Absicht, sich mit dem Messer zu rasieren.

Er wohnte in der Suite des Ritz-Carlton, die sein Vater gemietet hatte. Als er dort eintraf, tranken Lev und Gladys Cocktails.

Greg erinnerte sich, wie er Gladys genau hier vor sieben Jahren zum ersten Mal begegnet war. Sie hatte auf der gleichen gelben Seidencouch gesessen. Heute war sie ein noch größerer Star. Lev hatte eine Reihe lächerlich übertriebener Kriegsfilme mit ihr gedreht, in denen sie die Pläne hohntriefender Nazis vereitelte, sadistische Japaner übertölpelte und hartgesichtige verwundete US-Piloten aufpäppelte.

Gladys war nicht mehr so strahlend schön wie mit zwanzig. Ihre Haut hatte die makellose Glätte verloren, ihr Haar glänzte nicht mehr so faszinierend, und sie trug einen Büstenhalter, den sie früher zweifellos verschmäht hätte. Doch in ihren dunkelblauen Augen lag noch immer eine Verlockung, der man unmöglich widerstehen konnte.

Greg ließ sich einen Martini geben und setzte sich. Konnte er seinen Vater wirklich in die Schranken weisen? Seit er Gladys vor sieben Jahren zum ersten Mal die Hand geschüttelt hatte, hatte er es nicht gewagt. Vielleicht wurde es Zeit.

Ich mache es genauso, wie er es tun würde, beschloss Greg.

Er nippte an seinem Martini und setzte das Glas auf einem Beistelltisch mit Spinnenbeinen ab. Beiläufig sagte er zu Gladys: »Als ich fünfzehn war, hat mein Vater mir eine Schauspielerin namens Jacky Jakes vorgestellt.«

Lev machte große Augen.

»Ich glaube nicht, dass ich sie kenne«, erwiderte Gladys.

Greg nahm das Rasiermesser aus der Tasche, ließ es aber zugeklappt. Er hielt es in der Hand, als prüfe er das Gewicht. »Ich habe mich in Jacky verliebt.«

»Was gräbst du denn jetzt diese alten Geschichten aus?«, fragte Lev.

Gladys spürte die Spannung und machte ein besorgtes Gesicht.

»Vater hatte Angst, ich könnte sie heiraten.«

Lev lachte spöttisch auf. »Dieses billige Flittchen?«

»Billiges Flittchen?«, fragte Greg. »Ich dachte immer, sie wäre Schauspielerin.« Er blickte Gladys an.

Gladys errötete über die angedeutete Beleidigung.

»Vater hat ihr einen Besuch abgestattet. Er hatte jemanden dabei, einen Mann namens Joe Brekhunov. Kennst du Joe, Gladys?«

»Nein, ich glaube nicht.«

»Sei froh. Er hat ein Rasiermesser wie das hier.« Greg klappte das Messer auf und zeigte die funkelnde Klinge.

Gladys schnappte nach Luft.

»Ich weiß nicht, was für ein Spiel du hier treibst …«, sagte Lev.

»Nur einen Augenblick. Gladys möchte den Rest der Geschichte hören.« Greg lächelte sie an. Sie schien entsetzliche Angst zu haben. »Mein Vater sagte zu Jacky, Brekhunov würde ihr mit dem Rasiermesser das Gesicht zerschneiden, wenn sie sich jemals wieder mit mir trifft.«

Er machte einen winzigen Ruck mit der Klinge. Gladys schrie leise auf.

»Das lasse ich mir nicht gefallen!« Lev trat einen Schritt auf seinen Sohn zu. Greg hob die Hand mit dem Rasiermesser. Lev blieb stehen.

Greg wusste nicht, ob er seinen Vater wirklich angreifen könnte. Aber Lev wusste es genauso wenig.

731

»Jacky wohnt hier in Washington«, sagte Greg.

»Fickst du sie wieder?«, fragte sein Vater grob.

»Nein. Ich ficke niemanden, auch wenn ich dahingehende Pläne für Margaret Cowdry verfolge.«

»Die Kekserbin?«

»Warum fragst du? Soll Brekhunov sie auch einschüchtern?«

»Sei nicht albern.«

»Jacky arbeitet heute als Kellnerin. Die Filmrolle, die man ihr versprochen hatte, hat sie nie bekommen. Manchmal begegne ich ihr auf der Straße. Heute hat sie mich in einem Restaurant bedient. Jedes Mal, wenn sie mich sieht, glaubt sie, Brekhunov kommt sie abends besuchen.«

»Die Kleine hat sie nicht alle«, sagte Lev. »Bis vor fünf Minuten hatte ich sie völlig vergessen.«

»Darf ich ihr das sagen?«, fragte Greg. »Ich glaube, sie hat ein bisschen Seelenfrieden verdient.«

»Sag ihr, was du willst. Für mich existiert sie nicht.«

»Das ist schön«, entgegnete Greg. »Da wird sie sich freuen.«

»Und jetzt steck das verdammte Messer weg.«

»Nur noch eine Sache. Eine Warnung.«

Lev starrte ihn verärgert an. »Du willst *mich* warnen?«

»Wenn Jacky etwas zustößt …« Greg bewegte das Rasiermesser hin und her.

»Sag nicht, dass du dann Joe Brekhunov mit dem Messer bearbeiten willst.« Lev lachte verächtlich auf.

»Nein.«

Lev zeigte einen Anflug von Angst. »Mich?«

Greg schüttelte den Kopf.

Wütend fragte Lev: »Worauf willst du hinaus, verdammt?«

Greg blickte Gladys an.

Sie brauchte einen Augenblick, bis sie begriff. Sie zuckte in dem seidengepolsterten Sofa zurück, presste die Hände auf die Wangen und schrie lauter auf als beim ersten Mal.

»Du kleines Arschloch«, sagte Lev zu Greg.

Greg klappte das Rasiermesser zusammen und stand auf. »Genauso hättest du es auch gemacht, Vater.«

Er ging hinaus, knallte die Tür hinter sich zu und lehnte sich an die Wand. Er atmete schwer, als wäre er gerannt. Noch nie hatte er solche Angst gehabt. Gleichzeitig empfand er Triumph. Er hatte Lev die Stirn geboten, hatte seine eigene Taktik gegen ihn eingesetzt und ihm sogar ein bisschen Angst eingejagt.

Greg ging zum Aufzug und schob das Rasiermesser in die Jacketttasche. Sein Atem beruhigte sich wieder. Er blickte den Hotelkorridor hinunter. Beinahe rechnete er damit, dass sein Vater ihm hinterhergerannt kam, aber die Tür der Suite blieb zu. Greg stieg in den Aufzug und fuhr hinunter in die Lobby.

In der Hotelbar bestellte er sich einen trockenen Martini.

Greg beschloss, Jacky am Sonntag zu besuchen.

Er wollte ihr die gute Neuigkeit überbringen. Ihre Adresse kannte er; es war die einzige Information, für die er je einen Privatdetektiv bezahlt hatte. Wenn sie nicht umgezogen war, wohnte sie gleich hinter der Union Station. Er hatte ihr versprochen, niemals dorthin zu kommen, aber jetzt konnte er ihr endlich sagen, dass solche Vorsicht nicht mehr nötig war.

Greg fuhr mit dem Taxi. Er war froh, endlich einen Schlussstrich unter seine Affäre mit Jacky ziehen zu können. Sie war seine erste Geliebte und bedeutete ihm schon von daher sehr viel, aber er wollte auf keinen Fall Teil ihres Lebens sein. Was für eine Erleichterung, wenn sie ihm endlich nicht mehr auf dem Gewissen lag. Wenn er ihr das nächste Mal begegnete, brauchte sie keine Todesangst mehr zu haben. Dann konnten sie ein bisschen plaudern und wieder getrennte Wege gehen.

Das Taxi brachte Greg in eine ärmliche Gegend, die von einstöckigen Häusern beherrscht wurde, deren kleine Grundstücke von niedrigen Maschendrahtzäunen umschlossen wurden. Er fragte sich, wie Jacky lebte. Was tat sie an den Abenden, die sie unbedingt freihaben wollte? Bestimmt ging sie mit ihren Freundinnen ins Kino. Besuchte sie die Footballspiele der Washington Redskins? Schaute sie sich die Nats an, das Baseballteam der Stadt?

Als er sie nach männlichen Freunden gefragt hatte, war sie verschlossen gewesen. Vielleicht war sie verheiratet und konnte sich nur keinen Ring leisten. Nach Gregs Rechnung war sie mittlerweile vierundzwanzig. Wenn sie nach dem Richtigen gesucht

733

hatte, musste sie ihn mittlerweile gefunden haben. Aber sie hatte nie einen Ehemann erwähnt, und der Detektiv ebenso wenig.

Greg bezahlte sein Taxi vor einem kleinen, ordentlichen Haus mit Blumentöpfen im betonierten Vorgarten – häuslicher, als er erwartet hätte. Kaum öffnete er das Gartentor, als ein Hund bellte. Er trat auf die Veranda und klingelte. Das Bellen wurde lauter. Es klang nach einem großen Hund, aber das konnte täuschen.

Niemand kam an die Tür.

Als der Hund verstummte, hörte Greg das typische Schweigen eines leeren Hauses.

Neben der Tür stand eine Holzbank. Er setzte sich und wartete ein paar Minuten. Niemand kam. Kein hilfsbereiter Nachbar erschien und sagte ihm, Jacky sei für ein paar Minuten, den ganzen Tag oder zwei Wochen fort. Schließlich erhob sich Greg, ging ein paar Blocks weit, kaufte die Sonntagsausgabe der *Washington Post* und kehrte auf die Bank zurück, um zu lesen. Der Hund bellte wieder; das Tier wusste, dass der Fremde noch da war.

Heute war der 1. November, und Greg war froh, seinen olivgrünen Uniformmantel und die Schirmmütze zu tragen; der Winter stand vor der Tür. Am Dienstag fand die Zwischenwahl statt, und die *Post* prognostizierte, dass den Demokraten wegen Pearl Harbor eine Abreibung bevorstand. Der japanische Überfall hatte Amerika verändert. Erstaunt wurde Greg sich bewusst, dass die Katastrophe noch kein Jahr zurücklag. In diesen Tagen starben junge Amerikaner seines Alters auf einer Insel, von der man nie zuvor gehört hatte: Guadalcanal.

Greg hörte, wie das Gartentor klickte, und hob den Blick.

Zuerst bemerkte Jacky ihn nicht, und er konnte sie einen Augenblick lang betrachten. Sie wirkte respektabel mit ihrem dunklen Mantel und dem schmucklosen Filzhut. In der Hand hielt sie ein Buch mit schwarzem Einband. Hätte Greg sie nicht besser gekannt – er hätte geglaubt, sie käme von der Kirche nach Hause.

Sie hatte einen kleinen Jungen bei sich. Er trug einen Tweedmantel und eine Mütze und hielt ihre Hand.

Der Junge sah Greg zuerst. »Guck mal, Mommy, auf unserer Bank sitzt ein Soldat!«

Jacky entdeckte Greg und schlug die Hand vor den Mund.

Greg erhob sich, während die beiden die Stufen zur Veranda

hinaufkamen. Ein Kind! Den Jungen hatte sie geheim gehalten. Darum also musste sie abends zu Hause sein. Dass ein Kind der Grund dafür war, wäre Greg nie in den Sinn gekommen.

»Ich hatte dich doch gebeten, nicht hierherzukommen«, sagte Jacky, während sie den Schlüssel ins Schlüsselloch steckte.

»Ich wollte dir nur sagen, dass du vor meinem Vater keine Angst mehr zu haben brauchst«, erwiderte Greg und fügte hinzu: »Ich wusste gar nicht, dass du einen Sohn hast.«

Der Junge und Jacky betraten das Haus. Greg blieb erwartungsvoll an der Tür stehen. Ein Schäferhund knurrte ihn an und blickte zu Jacky auf, als wollte er fragen, wie er sich verhalten solle. Jacky funkelte Greg an. Offenbar erwog sie, ihm die Tür vor der Nase zuzuknallen. Dann aber seufzte sie verärgert und wandte sich ab, ließ die Tür aber offen.

Greg ging ins Haus und hielt dem Hund seine linke Faust hin. Der Hund schnüffelte vorsichtig daran und erteilte ihm die vorläufige Erlaubnis, einzutreten. Greg folgte Jacky in die kleine Küche.

»Heute ist Allerheiligen«, sagte er. »Bist du deshalb in der Kirche gewesen?«

»Wir gehen jeden Sonntag zur Kirche«, erwiderte Jacky.

»Dieser Tag steckt wirklich voller Überraschungen«, sagte Greg.

Jacky zog dem Jungen den Mantel aus, setzte ihn an den Tisch und gab ihm ein Glas Orangensaft. Greg setzte sich ihm gegenüber. »Wie heißt du?«, fragte er.

»Georgy.« Der Junge sprach leise, aber ohne Schüchternheit oder gar Angst. Greg betrachtete ihn. Er war so hübsch wie seine Mutter und hatte den gleichen bogenförmigen Mund, aber seine Haut war heller, wie Milchkaffee, und er hatte grüne Augen, die im Gesicht eines Schwarzen ungewöhnlich wirkten. Ein klein wenig erinnerte er Greg an seine Halbschwester Daisy. Georgy erwiderte Gregs Blick mit einer Intensität, die beinahe einschüchternd wirkte.

»Wie alt bist du, Georgy?«

Hilfe suchend blickte der Junge seine Mutter an. Sie bedachte Greg mit einem merkwürdigen Blick und sagte: »Er ist sechs.«

»Sechs!«, rief Greg. »Du bist ja wirklich schon ein großer Junge. Wieso …«

Er verstummte, als ihm ein verrückter Gedanke kam. Georgy

war vor sechs Jahren geboren worden. Greg und Jacky hatten vor sieben Jahren ein Verhältnis gehabt.

Ihm stockte das Herz. Er starrte Jacky an. »Das kann doch nicht sein«, sagte er.

Sie nickte. »Er wurde im Mai 1936 geboren. Achteinhalb Monate, nachdem ich die kleine Wohnung in Buffalo verlassen hatte.«

»Weiß mein Vater davon?«

»Himmel, nein. Dann wäre ich ja noch mehr in seiner Hand gewesen.«

Ihre Feindseligkeit war mit einem Mal verschwunden; nun wirkte sie nur noch verletzlich. Greg sah einen flehentlichen Ausdruck in ihren Augen, konnte ihn aber nicht deuten.

Wieder betrachtete er Georgy: die helle Haut, die grünen Augen, die merkwürdige Ähnlichkeit mit Daisy.

Bist du mein Sohn?, dachte er. *Kann das wirklich sein?*

In seinem Innern wusste er, dass es so war.

Ein merkwürdiges Gefühl überkam ihn. Plötzlich erschien Georgy ihm schrecklich verletzlich, ein hilfloses Kind in einer grausamen Welt, um das er sich kümmern und das er beschützen musste. Am liebsten hätte er den Jungen in die Arme geschlossen, aber damit hätte er ihn womöglich erschreckt, also hielt er sich zurück.

Georgy setzte das Glas Orangensaft ab, stand auf, kam um den Tisch herum, blieb nahe vor Greg stehen, betrachtete ihn mit seinem bemerkenswert direkten Blick und fragte: »Wer bist du?«

Bei einem Kind konnte man sich auf eins verlassen: Es stellte die schwierigste Frage immer zuerst. Was sollte er antworten? Die Wahrheit überforderte einen Sechsjährigen. Ich bin nur ein alter Freund deiner Mutter, dachte er; ich bin zufällig vorbeigekommen und dachte, ich sag mal Guten Tag. Nichts Besonderes. Vielleicht sehen wir uns noch mal, wahrscheinlich aber nicht.

Greg blickte Jacky an und sah, wie der flehentliche Ausdruck in ihren Augen intensiver wurde. Er begriff, was ihr durch den Kopf ging: Sie hatte Angst, er könnte Georgy zurückstoßen.

»Ich sag dir was.« Greg setzte sich den Jungen auf die Knie. »Warum nennst du mich nicht Onkel Greg?«

Bibbernd stand Greg auf der Zuschauertribüne eines ungeheizten Squashcourts. Hier, am Westende des unbenutzten Stadions am Rande des Chicagoer Universitätsgeländes, hatten Fermi und Szilárd ihren Kernreaktor errichtet, den ersten Reaktor, der jemals gebaut worden war. Greg war beeindruckt; zugleich hatte er Angst vor dem Ungetüm.

Der Meiler war ein Würfel aus schwarzgrauen Ziegeln, der fast bis zur Decke und zur Rückwand der Halle reichte, die noch immer mit den Abdrücken Hunderter Squashbälle getupft war. Der Meiler hatte eine Million Dollar gekostet, und er konnte die ganze Stadt in die Luft jagen.

Grafit – das Material, aus dem Bleistiftminen bestanden – erzeugte einen schwarzen Staub, der Boden und Wände bedeckte. Jeder, der sich eine Zeit lang in der Halle aufhielt, bekam ein Gesicht wie ein Bergmann, und einen sauberen Labormantel besaß niemand mehr.

Grafit war allerdings nicht der Explosivstoff; ganz im Gegenteil diente er zur Eindämmung der Kernreaktion. In einige Ziegel jedoch waren Löcher gebohrt und mit Uranoxid gefüllt worden. Dieses Material strahlte die Neutronen ab. Zehn Kanäle für Kontrollstäbe durchzogen den Meiler, dreizehn Fuß lange Stäbe aus Kadmium, einem Metall, das Neutronen noch gieriger schluckte als Grafit. Im Augenblick sorgten die Stäbe dafür, dass im Innern des Meilers alles ruhig blieb. Zog man sie jedoch aus dem Meiler heraus, begann die Kernreaktion.

Das Uran gab jetzt schon seine tödliche Strahlung ab, doch der Grafit und das Kadmium absorbierten sie. Die Strahlungsmenge wurde mit Geigerzählern gemessen, die bedrohlich knackten und knisterten, und einem Trommelschreiber, der gnädig leise lief. Die Steuer- und Messinstrumente neben Greg waren das Einzige auf der Tribüne, was Wärme abgab.

Greg besuchte Chicago am Mittwoch, dem 2. Dezember 1942, einem bitterkalten, windigen Tag. Heute sollte im Meiler zum ersten Mal die selbsterhaltende Kernreaktion durchgeführt werden. Greg war anwesend, um das Experiment im Namen seines Vorgesetzten, General Groves, zu beobachten. Jedem, der fragte, deutete er spitzbübisch an, dass Groves eine Explosion befürchte und ihn, Greg, herbefohlen habe, um das Risiko zu übernehmen.

737

In Wahrheit hatte Greg einen ganz anderen Auftrag: Er sollte im Hinblick darauf, wer ein Sicherheitsrisiko darstellen konnte, eine vorläufige Einstufung der Wissenschaftler vornehmen.

Die Absicherung des Manhattan-Projekts war ein Albtraum. Die leitenden Wissenschaftler waren ausnahmslos Ausländer. Die meisten anderen standen politisch links und waren entweder Kommunisten oder Liberale mit kommunistischen Freunden. Wäre jeder, der verdächtig war, gefeuert worden, hätte das Projekt praktisch ohne Wissenschaftler dagestanden. Greg hatte den Auftrag, herauszufinden, wer die größten Risikokandidaten waren.

Enrico Fermi war um die vierzig, ein kleiner, kahl werdender Mann mit Römernase, gekleidet in einen eleganten Anzug mit Weste. Er lächelte gewinnend, während er sein beängstigendes Experiment überwachte. Am Vormittag befahl er den Beginn des Testlaufs.

Er wies einen Techniker an, bis auf einen sämtliche Kontrollstäbe aus dem Meiler zu ziehen.

»Was denn, alle auf einmal?«, fragte Greg. Die Verfahrensweise erschien ihm beängstigend übereilt.

Der Wissenschaftler neben ihm, Barney McHugh, erklärte: »Keine Bange. So weit sind wir gestern Abend schon gekommen. Lief prima.«

»Freut mich zu hören«, entgegnete Greg säuerlich.

Der bärtige, pummelige McHugh stand weit unten auf Gregs Verdächtigenliste. Er war Amerikaner und interessierte sich nicht für Politik. Das Einzige, was man bei ihm im Auge behalten musste, war seine ausländische Frau. Sie war Britin – kein gutes Zeichen, aber noch kein Beweis für Verrat.

Greg hatte angenommen, dass es irgendeinen ausgeklügelten Mechanismus gab, der die Kadmiumstäbe bewegte, doch es war alles sehr viel primitiver: Der Techniker lehnte eine Leiter an den Meiler, kletterte auf halbe Höhe und zog die Stäbe mit der Hand heraus.

Beiläufig sagte McHugh: »Ursprünglich wollten wir die Anlage im Argonne Forest errichten.«

»Wo ist das?«

»Zwanzig Meilen südwestlich von Chicago. Ziemlich abgelegen. Da gäb's weniger Opfer, falls etwas schiefgeht.«

Greg schauderte. »Und warum haben Sie sich für diese Halle hier entschieden?«

»Die Bauarbeiter sind in den Streik getreten, deshalb mussten wir das Scheißding selbst zusammenbasteln. Und wir konnten nicht so weit von den Labors weg.«

»Sie haben das Risiko in Kauf genommen, die Bevölkerung von ganz Chicago umzubringen?«

»Wir glauben nicht, dass es so weit kommt.«

»Ihr Wort in Gottes Ohr«, sagte Greg. Er glaubte es zwar auch nicht, aber jetzt, ein paar Schritte von dem Meiler entfernt, hatte er ein mulmiges Gefühl.

Fermi verglich seine Messwerte mit einer im Vorfeld erstellten Prognose des zu erwartenden Strahlungsniveaus in jedem Stadium des Experiments. Offenbar verlief der erste Schritt nach Plan, denn nun befahl Fermi, auch den letzten Kadmiumstab aus den Grafitziegeln herauszuziehen.

Die Physiker hatten einige Sicherheitsvorkehrungen getroffen. Ein mit einem Bleigewicht beschwerter Stab hing über dem Meiler und sollte automatisch hineinfallen, falls die Strahlung zu stark anstieg. Da dies seine Zeit dauern würde, war ein weiterer Kadmiumstab mit einem Seil am Geländer der Tribüne befestigt. Ein junger Physiker, der aussah, als käme er sich ein wenig albern vor, stand mit einer Feuerwehraxt über der Schulter bereit, das Seil im Notfall zu kappen. Drei weitere Wissenschaftler, die »das Selbstmordkommando« genannt wurden, standen dicht unter der Hallendecke auf der Plattform des Aufzugs, der zum Aufbau des Meilers benutzt worden war, und hielten große Behälter mit Kadmiumsulfatlösung bereit, die sie im Notfall auf den Meiler schütten sollten, als würden sie einen Scheiterhaufen löschen.

Greg wusste, dass die Neutronenerzeugung sich binnen einer Tausendstelsekunde vervielfachte. Fermi führte jedoch an, dass einige Neutronen länger bräuchten, vielleicht sogar mehrere Sekunden. Wenn Fermi recht hatte, gab es keine Probleme. Wenn er sich irrte, wären die Leute mit dem Kadmiumsulfat und der Mann mit der Axt verglüht, ehe sie blinzeln konnten.

Greg hörte, wie das Knacken und Prasseln der Geigerzähler immer lauter und schneller wurde. Er blickte besorgt zu Fermi, der mit einem Rechenschieber hantierte. Fermi sah zufrieden aus.

Na ja, sagte sich Greg, wenn die Sache schiefläuft, geht es wahrscheinlich so schnell, dass wir nichts davon merken.

Das Knacken stabilisierte sich. Fermi lächelte und erteilte den Befehl, den Stab noch einmal sechs Zoll aus dem Meiler zu ziehen.

Weitere Wissenschaftler kamen in die Halle und stiegen in ihrer dicken Chicagoer Winterkleidung mitsamt Mänteln, Hüten, Schals und Handschuhen die Treppe zur Tribüne hinauf. Greg war fassungslos über die Sicherheitsmängel. Niemand kontrollierte die Ausweise; jeder dieser Männer hätte für die Deutschen spionieren können.

Unter ihnen erkannte Greg den großen Szilárd, hochgewachsen und massig, mit rundem Gesicht und dichtem, lockigem Haar. Leó Szilárd war ein Idealist, der davon träumte, dass die Kernkraft den Menschen eines Tages von harter körperlicher Arbeit befreien würde. Deshalb hatte er sich der Gruppe, die die fürchterliche Uranbombe entwickeln sollte, nur schweren Herzens angeschlossen.

Der Stab wurden weitere sechs Zoll herausgezogen. Das Knacken und Prasseln wurde noch lauter.

Greg blickte auf die Uhr. Halb zwölf.

Plötzlich gab es einen lauten Krach. Alles fuhr zusammen.

»Scheiße«, fluchte McHugh.

»Was ist passiert?«, fragte Greg.

»Die Strahlung hat den Sicherheitsmechanismus ausgelöst, und der Notstab ist runtergefallen«, antwortete McHugh.

Mit starkem italienischem Akzent verkündete Fermi: »Ich bin hungrig. Gehen wir Mittag essen.«

Greg konnte es nicht fassen. Wie konnten diese Leute jetzt an Lunch denken? Aber niemand erhob einen Einwand.

»Man weiß nie, wie lange ein Experiment dauert«, sagte McHugh. »Könnte den ganzen Tag gehen. Da sollte man essen, sobald man die Gelegenheit hat.«

Sämtliche Kontrollstäbe wurden in den Meiler zurückgeschoben und gesichert; dann brachen alle auf. Die meisten gingen in eine Mensa auf dem Campus, auch Greg. Er saß neben einem ernsten Physiker namens Wilhelm Frunze am Tisch und aß ein mit Käse überbackenes Sandwich. Die meisten Wissenschaftler waren nachlässig gekleidet, aber Frunze stach selbst unter ihnen noch negativ hervor: Er trug einen grünen Anzug mit Besätzen aus

740

braunem Wildleder – Knopflöcher, Kragenrand, Ellbogenflicken, Taschenklappen. Frunze stand ganz oben auf Gregs Liste der Verdächtigen. Er war Deutscher, hatte Mitte der Dreißigerjahre seine Heimat verlassen und war nach London gegangen. Frunze war Nazi-Gegner, aber kein Kommunist; politisch stand er den Sozialdemokraten nahe. Er hatte eine amerikanische Künstlerin geheiratet. Als Greg sich mit ihm unterhielt, konnte er keinen Grund zum Misstrauen entdecken. Wilhelm Frunze schien das Leben in Amerika zu lieben und sich außer für seine Arbeit nur für wenige andere Dinge zu interessieren. Doch bei Ausländern konnte man nie sicher sein, wem ihre Loyalität gehörte.

Nach dem Lunch stand Greg im verwaisten Stadion, blickte auf die Tausende leerer Plätze und dachte an Georgy. Er hatte bisher niemandem anvertraut, dass er Vater war, nicht einmal Margaret Cowdry, mit der er mittlerweile eine intime Beziehung eingegangen war. Doch Greg sehnte sich danach, seine Mutter einzuweihen. Er war stolz auf den Jungen, auch wenn er keinen Grund dazu hatte; schließlich hatte er nichts getan, um Georgy auf die Welt zu bringen, sah man davon ab, dass er mit Jacky geschlafen hatte, und dazu hatte man ihn nun wirklich nicht überreden müssen. Vor allem war Greg aufgeregt, stand er doch am Anfang eines Abenteuers: Georgy würde aufwachsen, würde lernen und sich verändern und eines Tages ein Mann werden – und Greg würde Zeuge dieses Wunders werden.

Um zwei Uhr kehrten die Wissenschaftler an die Arbeit zurück. Auf der Tribüne mit den Messgeräten drängten sich nun ungefähr vierzig Personen. Langsam und vorsichtig wurde der Reaktor wieder in den Zustand versetzt wie zu dem Zeitpunkt, als das Experiment unterbrochen worden war. Fermi ließ den Blick keine Sekunde von den Messanzeigen.

Dann sagte er: »Ziehen Sie den Stab diesmal zwölf Zoll heraus.«

Das Knacken und Prasseln wurde beängstigend laut und schnell. Greg rechnete damit, dass die Geschwindigkeitszunahme abflachte wie zuvor, aber das geschah nicht. Stattdessen verwandelte das Prasseln sich in ein konstantes Geräusch.

Der Strahlungswert lag über dem Maximum der Zähler, erkannte Greg. Er sah, dass alle auf den Messschreiber blickten. Dessen Messbereich war einstellbar. Als der Strahlungswert anstieg, wurde der Messbereich verändert, dann noch einmal, und schließlich ein drittes Mal.

Fermi hob eine Hand. Alle verstummten. »Die selbsterhaltende Kernreaktion hat eingesetzt«, verkündete er, lächelte – und tat nichts.

Greg wollte schreien: *Dann stell das Scheißding ab, bevor es uns um die Ohren fliegt!* Doch Fermi beobachtete seelenruhig den Schreiber. Seine Autorität war so groß, dass niemand sie infrage stellte. Die Kettenreaktion lief derweil kontrolliert ab. Fermi ließ eine Minute verstreichen, dann noch eine.

»Herr im Himmel«, flüsterte McHugh.

Greg wollte nicht sterben. Er wollte Senator werden. Er wollte wieder mit Margaret Cowdry schlafen. Er wollte erleben, wie Georgy aufs College ging. Er hatte nicht einmal die Hälfte seines Lebens hinter sich!

Endlich befahl Fermi, die Kontrollstäbe wieder in den Meiler zu schieben.

Der Lärm der Zähler wurde zu einem Schnarren, das nach und nach verebbte und schließlich ganz verstummte.

Greg atmete wieder normal.

McHugh war völlig aus dem Häuschen. »Das ist der Beweis!«, sagte er. »Die selbsterhaltende Kernreaktion existiert!«

»Vor allem ist sie kontrollierbar«, sagte Greg.

»Ja, unter praktischen Gesichtspunkten ist das wahrscheinlich wichtiger.«

Greg lächelte. Diese Physiker. Aber so waren sie nun mal; er kannte es aus Harvard: Für sie war die Theorie die Realität und die Welt nur ein ziemlich ungenaues Modell.

Jemand zauberte eine Flasche italienischen Wein im Strohmantel und ein paar Pappbecher hervor. Alle tranken einen winzigen Schluck. Noch ein Grund, weshalb Greg kein Wissenschaftler sein wollte: Sie wussten nicht, wie man feierte.

Jemand ließ Fermi den Strohmantel der Weinflasche signieren. Er tat es; dann unterschrieben auch die anderen.

Die Techniker schalteten die Messgeräte ab, und nacheinander verließen die Leute die Halle. Greg jedoch blieb und beobachtete. Nach einer Weile stand er mit Fermi und Szilárd allein auf der Tribüne. Er beobachtete, wie die beiden Genies einander die Hand

742

schüttelten. Szilárd war ein massiger Mann, Fermi eher zierlich, und einen Augenblick fühlte Greg sich beim Anblick der beiden völlig unpassend an Laurel und Hardy erinnert.

Szilárd ergriff das Wort. »Mein Freund«, sagte er, »ich glaube, das heutige Datum wird als schwarzer Tag in die Geschichte der Menschheit eingehen.«

Was meint er denn damit, fragte sich Greg.

Greg wollte, dass seine Eltern den kleinen Georgy akzeptierten.

Einfach in die Tat umsetzen ließ sich dieser Wunsch allerdings nicht. Ohne Zweifel würden sie sich schrecklich aufregen, wenn sie erfuhren, dass sie einen Enkel hatten, der sechs Jahre vor ihnen verborgen worden war. Obendrein würden sie womöglich auf Jacky herabschauen.

Dabei hätten sie nun wirklich kein Recht, die Moralapostel zu spielen, dachte Greg; schließlich hatten sie selbst ein uneheliches Kind – ihn.

Welche Rolle Georgys Hautfarbe spielte, wusste Greg ebenso wenig zu sagen. Seine Eltern gaben sich tolerant, was Rassenfragen betraf, und hatten nie gehässig von »Niggern« oder »Schlitzaugen« gesprochen wie andere aus ihrer Generation; aber das konnte sich in dem Moment ändern, in dem sie erfuhren, dass sie einen kleinen Neger in der Familie hatten.

Bei seinem Vater jedenfalls würde das alles schwieriger sein als bei seiner Mutter; deshalb sprach Greg zuerst mit ihr.

Um Weihnachten bekam er ein paar Tage Urlaub und fuhr zu ihr nach Buffalo. Marga besaß ein großes Apartment im besten Gebäude der Stadt. Sie wohnte meist allein, beschäftigte jedoch einen Koch, zwei Dienstmädchen und einen Chauffeur. Ihr Safe war voller Schmuck, ihr Kleiderschrank besaß die Größe einer Doppelgarage. Das Einzige, das ihr fehlte, war ein Ehemann.

Lev war in der Stadt; aber am Heiligabend führte er traditionell seine Frau Olga aus. Technisch war er noch immer mit ihr verheiratet, obwohl er seit Jahren keine Nacht mehr in ihrem Haus verbracht hatte. Soweit Greg wusste, hassten sein Vater und Olga einander, aber aus irgendeinem Grund trafen sie sich einmal im Jahr.

An diesem Abend aßen Greg und seine Mutter in ihrer Wohnung zu Abend. Um ihr eine Freude zu machen, hatte er einen Smoking angezogen. »Ich mag es, wenn meine Männer sich herausputzen«, sagte sie oft. Sie aßen Fischsuppe, Grillhähnchen und Gregs Lieblingsspeise seit Kinderzeiten, Pfirsichkuchen.

»Ich habe Neuigkeiten, Mutter«, sagte er nervös, als das Dienstmädchen Kaffee einschenkte, denn er befürchtete, seine Mutter könne verärgert reagieren. Seine Furcht galt jedoch nicht ihm selbst, sondern Georgy. Vielleicht war das ja das Wesen der Elternschaft: dass man sich um jemand anderen mehr sorgte als um sich selbst.

»Gute Neuigkeiten?«, fragte Marga.

In den letzten Jahren hatte sie Gewicht zugelegt, aber für eine Sechsundvierzigjährige sah sie noch immer sehr gut aus. Wenn sich in ihrem dunklen Haar irgendwelches Grau zeigte, so hatte ihr Friseur es geschickt kaschiert. An diesem Abend trug sie ein schlichtes schwarzes Kleid und eine brillantenbesetzte Halskette.

»Sehr gute Neuigkeiten«, antwortete Greg, »die aber ein bisschen überraschend für dich kommen, also fahr bitte nicht aus der Haut.«

Sie zog eine schwarze Augenbraue hoch, sagte aber nichts.

Greg griff in die Innentasche seines Jacketts und nahm ein Foto heraus. Es zeigte Georgy auf einem roten Fahrrad mit einer Schleife um die Lenkstange. Am Hinterrad waren Stützräder angebracht, die ein Umkippen verhindern sollten. Der Junge blickte begeistert in die Kamera. Greg kniete neben ihm und sah mächtig stolz aus.

Er reichte seiner Mutter das Foto.

Sie betrachtete es nachdenklich. Schließlich sagte sie: »Ich nehme an, du hast diesem kleinen Jungen das Fahrrad zu Weihnachten geschenkt.«

»Ja.«

Sie blickte auf. »Willst du mir damit sagen, du hast ein Kind?«

Greg nickte. »Er heißt Georgy.«

»Bist du verheiratet?«

»Nein.«

Sie warf das Foto auf den Tisch. »Um Gottes willen!«, rief sie verärgert, »was ist nur mit euch Peshkovs los!«

Greg war bestürzt. »Ich weiß nicht, was du damit meinst …«

744

»Noch ein uneheliches Kind! Noch eine Frau, die ihren Sohn allein großziehen muss!«

Ihm wurde klar, dass seine Mutter Jacky als ihr jüngeres Ebenbild betrachtete. »Mutter, ich war fünfzehn ...«

»Warum könnt ihr Peshkovs nicht normal sein?«, wütete sie. »Um der Liebe Christi willen, was ist denn so falsch daran, eine normale Familie zu haben?«

Greg senkte den Kopf. »Nichts.«

Er schämte sich. Bis zu diesem Moment hatte er seine Rolle in dem Drama als etwas Passives gesehen, hatte sich sogar als Opfer betrachtet. Alles, was geschehen war, ging auf seinen Vater und Jacky zurück. Seine Mutter jedoch sah es anders, und Greg begriff, dass sie recht hatte. Er hatte es sich damals nicht zweimal sagen lassen, als er die Gelegenheit gehabt hatte, mit Jacky zu schlafen; er hatte nicht nachgehakt, als sie beiläufig erklärt hatte, er bräuchte sich über Empfängnisverhütung keine Gedanken zu machen. Und er hatte seinen Vater nicht zur Rede gestellt, als Jacky ihn verließ. Sicher, er war damals noch sehr jung gewesen – aber wenn er alt genug war, um Jacky zu vögeln, war er auch alt genug, die Verantwortung für die Folgen zu übernehmen.

Marga hatte sich noch immer nicht beruhigt. »Weißt du denn nicht mehr, wie du als kleiner Junge gewesen bist? ›Wo ist mein Daddy? Warum schläft er nicht hier? Warum können wir nicht mit ihm gehen und Daisy besuchen?‹ Und später die Prügeleien in der Schule, wenn jemand dich ›Hurenkind‹ nannte. Und was warst du wütend, als man dich nicht in diesen blöden Jachtclub aufnehmen wollte!«

»Das weiß ich doch alles noch ...«

Marga knallte die beringte Faust auf den Tisch, dass die Kristallgläser klirrten. »Wie kannst du dann einem anderen kleinen Jungen genau die gleichen Qualen zumuten?«

»Bis vor zwei Monaten wusste ich nicht, dass es ihn gibt. Lev hat der Mutter des Jungen Angst gemacht und sie vertrieben.«

»Wer ist sie?«

»Sie heißt Jacky Jakes und ist Kellnerin.« Er nahm ein anderes Foto hervor.

Seine Mutter seufzte. »Eine hübsche Negerin.« Sie beruhigte sich ein wenig.

»Sie hatte die Hoffnung, Schauspielerin zu werden, hat es aber wohl aufgegeben, als Georgy zur Welt kam.«

Marga nickte. »Ein Baby ruiniert die Karriere schneller als der Tripper.«

Offenbar vermutete sie, dass eine Schauspielerin mit den richtigen Leuten ins Bett steigen musste, um voranzukommen. Woher weiß sie davon, fragte sich Greg.

Andererseits hatte Marga in einem Nachtclub gesungen, als Lev sie kennenlernte …

Greg wollte nicht weiter darüber nachdenken.

»Was hast du ihr zu Weihnachten geschenkt?«, fragte Marga.

»Eine Krankenversicherung.«

»Gute Entscheidung. Besser als ein Teddybär.«

Greg hörte Schritte im Flur. Sein Vater kam nach Hause. Hastig fragte er: »Möchtest du Jacky kennenlernen, Mutter? Würdest du Georgy als deinen Enkel annehmen?«

Sie schlug die Hand vor den Mund. »Ach du lieber Gott, ja, ich bin Großmutter!« Sie wusste nicht, ob sie entsetzt oder erfreut sein sollte.

Greg beugte sich vor. »Ich möchte nicht, dass Vater den Jungen zurückweist. Bitte, Mutter!«

Ehe sie antworten konnte, kam Lev ins Zimmer.

»Hallo, Liebling, wie war der Abend?«, fragte Marga.

Lev setzte sich mit mürrischem Gesicht an den Tisch. »Nun ja, mir wurden meine Fehler in allen Einzelheiten dargelegt, also habe ich wohl ein paar wunderbare Stunden verlebt.«

»Du Armer. Hattest du genug zu essen? Ich kann dir ein Omelett machen.«

»Das Essen war prima.«

Die Fotos lagen auf dem Tisch, aber Lev hatte sie noch nicht bemerkt.

Das Dienstmädchen kam herein. »Hätten Sie gern Kaffee, Mr. Peshkov?«

»Nein, danke.«

»Bringen Sie den Wodka«, sagte Marga, »falls Mr. Peshkov später etwas trinken möchte.«

»Sehr wohl, Ma'am.«

Greg bemerkte, wie sehr seine Mutter um Levs Bequemlichkeit

746

und Zufriedenheit besorgt war. Wahrscheinlich lag es daran, dass Lev die Nacht hier und nicht bei Olga verbringen würde.

Das Mädchen brachte eine Flasche und drei kleine Gläser auf einem silbernen Tablett. Lev trank seinen Wodka noch immer auf russische Art: warm und pur.

»Sag mal, Vater«, begann Greg, »du kennst doch Jacky Jakes ...«

»Die schon wieder?«, fragte Lev gereizt.

»Es gibt da etwas, das du noch nicht über sie weißt.«

Damit hatte er Levs Aufmerksamkeit. Sein Vater konnte es nicht ausstehen, wenn andere etwas wussten, das ihm unbekannt war. »Was?«

»Sie hat ein Kind.« Er schob die Fotos über den Tisch.

»Von dir?«

»Er ist sechs Jahre alt. Was glaubst du wohl?«

»Da hat sie aber stramm den Mund gehalten.«

»Sie hatte Angst vor dir.«

»Was hat sie denn befürchtet? Dass ich das Baby brate und esse?«

»Das weiß ich nicht, Vater. Du bist der Experte im Einschüchtern.«

Lev blickte ihn hart an. »Aber du bist ein guter Schüler.«

Er meinte die Szene mit dem Rasiermesser. Vielleicht lerne ich wirklich, andere einzuschüchtern, dachte Greg.

»Warum zeigst du mir diese Bilder?«

»Ich dachte, du würdest vielleicht gern wissen, dass du einen Enkel hast.«

»Von einer gottverdammten zweitklassigen Schauspielerin, die gehofft hat, sich einen reichen Kerl zu schnappen!«

»Aber Liebling«, sagte Gregs Mutter, »vergiss nicht, dass ich eine zweitklassige Nachtclubsängerin war, die gehofft hat, sich einen reichen Kerl zu schnappen.«

Lev zog ein wütendes Gesicht. Einen Moment lang funkelte er Marga an, dann änderte sich seine Miene. »Wisst ihr was? Ihr habt recht. Wer bin ich, dass ich über Jacky Jakes urteile?«

Greg und Marga starrten ihn an, erstaunt über seine plötzliche Demut.

»Ich bin genau wie sie. Ich war ein zweitklassiger Strolch aus den Elendsvierteln von Sankt Petersburg, bis ich Olga Vyalov geheiratet habe, die Tochter von meinem Boss.«

747

Greg suchte den Blick seiner Mutter. Sie zuckte kaum merklich mit den Schultern, um ihm zu verstehen zu geben: *Bei deinem Vater weiß man nie.*

Lev blickte wieder auf das Foto. »Von der Farbe abgesehen sieht der Kleine aus wie mein Bruder Grigori. Also, so was. Bisher dachte ich immer, Negerbabys sehen alle gleich aus.«

Greg konnte kaum atmen. »Willst du ihn sehen, Vater? Kommst du mit mir, um deinen Enkel kennenzulernen?«

»Zum Teufel, ja.« Lev entkorkte die Flasche, füllte die drei Gläser mit Wodka und verteilte sie. »Wie heißt der Junge überhaupt?«

»Georgy.«

Lev hob sein Glas. »Auf Georgy.«

Sie alle tranken.

KAPITEL 15

1943 (I)

Am Ende einer Reihe verzweifelter Flüchtiger stapfte Lloyd Williams einen schmalen Bergpfad hinauf.

Sein Atem ging leicht, denn er war solche Märsche gewöhnt. Mittlerweile hatte er die Pyrenäen mehrmals überquert. Er trug Espadrilles mit Sohlen aus geknüpften Pflanzenfasern, die seinen Füßen auf dem felsigen Boden besseren Halt verschafften. Über seinen blauen Overall hatte er einen dicken Mantel gestreift. Noch schien die warme Sonne, aber später, in größeren Höhen, fiel die Temperatur nach Sonnenuntergang unter den Gefrierpunkt.

Vor Lloyd gingen zwei stämmige Ponys, drei Einheimische und acht erschöpfte, schmutzige Flüchtige, alle mit Rucksäcken beladen. Unter ihnen befanden sich drei amerikanische Flieger, die Überlebenden der Besatzung eines Bombers vom Typ B-24 Liberator, der in Belgien eine Bruchlandung gebaut hatte, sowie zwei britische Offiziere, die aus dem Kriegsgefangenenlager Oflag 65 in Straßburg entkommen waren. Bei den anderen handelte es sich um einen tschechischen Kommunisten, eine Jüdin mit einer Violine und einen geheimnisvollen Engländer namens Watermill.

Sie alle hatten einen langen Weg hinter sich und viele Entbehrungen ertragen. Nun befanden sie sich auf der letzten und gefährlichsten Etappe ihrer Flucht. Wenn sie gefasst wurden, würde man sie foltern, bis sie die tapferen Männer und Frauen verrieten, die ihnen unterwegs geholfen hatten.

Angeführt wurde die Gruppe von Teresa. Der Aufstieg war anstrengend für Menschen, die die Berge nicht gewöhnt waren; trotzdem mussten sie ein schnelles Tempo beibehalten, um sich so wenig wie möglich zu zeigen. Dabei machte Lloyd wieder einmal die Feststellung, dass die Flüchtigen seltener zurückfielen, wenn eine schöne Frau sie anführte.

Der Pfad wurde eben und verbreiterte sich zu einer kleinen Lichtung. Plötzlich erklang eine laute Stimme, die Französisch mit deutschem Akzent sprach: »Halt!«

Die Kolonne blieb abrupt stehen.

Zwei deutsche Soldaten kamen hinter einem Felsen hervor. Sie trugen die üblichen fünfschüssigen Mauser-Karabiner.

Ohne nachzudenken, schob Lloyd die Hand in die Manteltasche zu seiner schussbereiten 9-mm-Pistole, einer P08 der Wehrmacht.

Vom europäischen Kontinent zu fliehen wurde immer schwieriger und Lloyds Aufgabe mit jedem Mal gefahrvoller. Gegen Ende des vergangenen Jahres hatten die Deutschen auch die Südhälfte Frankreichs besetzt, die Vichy-Regierung verächtlich ignoriert und sie als jene fadenscheinige Heuchelei bloßgestellt, die sie von Anfang an gewesen war. Längs der spanischen Grenze war ein Sperrgebiet von zehn Meilen Tiefe eingerichtet worden. In dieser verbotenen Zone befanden sich nun Lloyd und seine Gruppe.

Teresa sprach die Soldaten auf Französisch an. »Guten Morgen, Messieurs. Alles in Ordnung?« Lloyd kannte Teresa gut; deshalb hörte er das furchtsame Beben in ihrer Stimme. Er hoffte nur, dass es nicht auch die Streife bemerkte.

Bei der französischen Polizei gab es viele Faschisten und einige Kommunisten, doch ihnen gemein war die Faulheit. Keiner von ihnen legte Wert darauf, Flüchtlingen auf den eisigen Pässen der Pyrenäen nachzustellen. Bei den Deutschen sah die Sache anders aus. Die Wehrmacht hatte Truppen in Grenzstädte verlegt und patrouillierte auf den Bergwegen und Eselspfaden, die Lloyd, Teresa und die anderen nun benutzten. Die Besatzer waren allerdings keine erstklassigen Truppen; die deutschen Eliteeinheiten fochten an der Ostfront, wo sie mittlerweile nach langem, mörderischem Kampf Stalingrad hatten aufgeben müssen. Viele deutsche Soldaten in Frankreich waren alte Männer, halbe Kinder oder Kriegsversehrte. Doch manche schienen sich gerade deshalb hervortun zu wollen. Im Unterschied zu den Franzosen nahmen sie ihre Aufgabe todernst.

Der ältere der beiden Soldaten, ein spindeldürrer Mann mit grauem Schnurrbart, fragte Teresa: »Wohin wollen Sie?«

»Nach Lamont. Wir bringen Lebensmittel für Sie und Ihre Kameraden.«

Eine kleine deutsche Einheit war in das abgelegene Dorf verlegt worden; die Einheimischen hatte man vertrieben. Erst dann war deutlich geworden, wie schwierig sich in diesem Bergnest Truppen mit Nachschub versorgen ließen. Teresa war auf die Idee gekommen, Lebensmittel zu den Deutschen zu transportieren – mit gutem Gewinn – und auf diese Weise die Erlaubnis zum Betreten des Sperrgebiets zu erhalten.

Der dürre Soldat blickte misstrauisch auf die Männer mit den großen Rucksäcken. »Das ist alles für deutsche Soldaten?«

»Ich hoffe schon«, sagte Teresa. »Ich wüsste nicht, wem wir es hier oben verkaufen sollten.« Sie zog einen Zettel aus der Tasche. »Hier ist der Passierschein von Ihrer Kommandantur.«

Der Mann las das Dokument sorgfältig durch und gab es zurück. Dann musterte er Lieutenant Colonel Will Donelly, den bulligen amerikanischen Piloten. »Ist der Mann Franzose?«

In seiner Tasche schloss Lloyd die Hand um den Pistolengriff.

Das Aussehen der Flüchtigen war immer ein Problem. Die Einheimischen in diesem Teil der Welt, Franzosen und Spanier, waren meist klein, dunkel und hager. Lloyd und Teresa entsprachen dieser Beschreibung, der Tscheche und die Geigerin ebenfalls. Die Briten aber waren blass und hellhaarig, und die Amerikaner riesige Kerle.

»Guillaume kommt aus der Normandie. Die viele Butter, wissen Sie«, sagte Teresa.

Der jüngere Soldat, ein blasser Bursche mit Brille, lächelte Teresa an. Sie anzulächeln fiel jedem Mann leicht. »Bringen Sie Wein?«, fragte er.

»Aber natürlich.«

Die beiden Streifengänger waren schlagartig besserer Laune.

»Möchten Sie gleich welchen?«, fragte Teresa.

»Ich bin durstig wie die Sonne«, sagte der ältere Mann.

Lloyd öffnete einen Tragkorb an einem der Ponys, nahm vier Flaschen weißen Roussillon heraus und reichte sie den Männern. Jeder nahm zwei Flaschen. Mit einem Mal löste sich die Spannung. Alle lächelten und schüttelten sich die Hände. Der ältere Soldat sagte: »Geht nur weiter, Freunde.«

Die Kolonne setzte sich wieder in Bewegung. Lloyd hatte eigentlich keinen Ärger erwartet, aber sicher konnte man nie sein, und er war froh, dass sie an der Streife vorbei waren.

Sie brauchten noch zwei Stunden, um Lamont zu erreichen, ein ärmliches Dörfchen, das aus einer Handvoll windschiefer Häuser und mehreren leeren Schafskoppeln bestand, die sich am Rand einer kleinen Hochebene ausbreiteten, auf der sich das erste junge Frühjahrsgras zeigte. Lloyd bemitleidete die Menschen, die hier gelebt hatten. Sie hatten erbärmlich wenig besessen, und selbst das war ihnen genommen worden.

Die Gruppe zog auf den Dorfplatz und legte dankbar ihre Lasten ab. Sofort wurden sie von deutschen Soldaten umgeben.

Jetzt wurde es gefährlich.

Im Dorf lag ungefähr ein halber Zug, fünfzehn bis zwanzig Mann, unter dem Befehl eines Feldwebels. Alle halfen, die Lebensmittel auszuladen: Brot, Wurst, frischen Fisch, Kondensmilch, Konservendosen. Die Soldaten freuten sich, Essen zu bekommen und endlich einmal neue Gesichter zu sehen. Fröhlich versuchten sie ihre Wohltäter in Gespräche zu verwickeln.

Die Flüchtigen aber durften nur so wenig reden wie möglich. In dieser Situation konnte der kleinste Fehler zu ihrer Enttarnung führen. Außerdem sprachen einige Deutsche gut genug Französisch, um einen englischen oder amerikanischen Akzent zu erkennen. Selbst wer eine passable Aussprache hatte – Teresa und Lloyd zum Beispiel –, konnte sich durch einen Grammatikfehler verraten. Man sagte leicht einmal *sur le table* statt *sur la table*, und solch ein Fehler wäre keinem Franzosen unterlaufen.

Um davon abzulenken, gaben sich die beiden echten Franzosen in der Gruppe möglichst lautstark. Jedes Mal, wenn ein deutscher Soldat einen Flüchtigen ansprach, mischte sich einer der beiden sofort ins Gespräch ein.

Teresa reichte dem Feldwebel eine Rechnung, die der Mann lange prüfte, ehe er das Geld auszahlte.

Endlich konnten sie weiterziehen, mit leeren Rucksäcken und leichteren Herzen.

Sie stiegen den Berg eine halbe Meile weit hinunter; dann trennten sie sich. Teresa ging mit den Franzosen und den Ponys weiter ins Tal, während Lloyd und die Flüchtigen auf einen Weg abbogen, der wieder in die Höhe führte.

Die deutschen Posten auf der Lichtung waren mittlerweile wahrscheinlich zu angeheitert, um zu bemerken, dass weniger

752

Leute hinunterkamen als hinaufgegangen waren. Sollten sie doch Fragen stellen, würde Teresa behaupten, dass ein paar ihrer Leute geblieben seien, um mit den Soldaten Karten zu spielen, und dass sie später nachkämen.

Lloyd ließ seine Gruppe zwei Stunden marschieren; dann erlaubte er ihnen eine zehnminütige Pause. Alle trugen Feldflaschen mit Wasser und Päckchen mit getrockneten Feigen als Energielieferant bei sich. Man hatte ihnen abgeraten, noch andere Dinge mitzubringen: Lloyd wusste aus Erfahrung, dass geliebte Bücher, Silberbesteck und Grammophonplatten irgendwann zu schwer wurden und in einem schneegefüllten Graben landeten, lange bevor die fußmüden Wanderer den höchsten Punkt des Passes erreichten.

Nun stand ihnen der schwierige Teil bevor, denn jetzt wurde es nur noch dunkler, kälter und steiniger. An einem klaren Bach dicht unterhalb der Schneegrenze befahl Lloyd den anderen, die Feldflaschen aufzufüllen.

Als die Nacht hereinbrach, gingen sie weiter. Die Leute schlafen zu lassen war gefährlich; sie konnten erfrieren. Sie waren müde, und sie stolperten und rutschten auf den eisigen Felsen aus. Dass sie immer langsamer vorankamen, war unausweichlich. Und Lloyd durfte nicht zulassen, dass die Reihe sich dehnte: Nachzügler konnten vom Weg abkommen, und es gab steile Schluchten, in die Unvorsichtige leicht hineinstürzen konnten. Bisher jedoch hatte Lloyd noch nie jemanden verloren.

Viele Flüchtige waren Offiziere, und an diesem Punkt begehrten sie manchmal gegen Lloyd auf und erhoben Einwände, wenn er ihnen befahl, weiterzumarschieren. Lloyd war zum Major befördert worden, damit er größere Autorität besaß.

Mitten in der Nacht, als die Moral der Leute am Tiefpunkt war, verkündete Lloyd: »Ihr seid jetzt im neutralen Spanien!«, was verhaltenen Jubel auslöste. In Wahrheit wusste Lloyd nicht, wo genau die Grenze verlief; er machte die Bekanntgabe immer dann, wenn die Flüchtigen eine Ermutigung am dringendsten brauchten.

Als der Morgen graute, hob sich die Stimmung. Sie hatten noch eine ziemliche Strecke vor sich, doch der Weg führte nun bergab, und ihre kalten Glieder erwärmten sich allmählich.

Bei Sonnenaufgang umgingen sie eine kleine Stadt mit staubfarbener Kirche auf der Kuppe eines Berges. Gleich dahinter gelangten sie zu einer großen Scheune neben der Straße, in der ein grüner Ford-Pritschenwagen mit einer schmutzigen Drillichplane stand. Das Fahrzeug war groß genug, um die ganze Gruppe zu befördern. Am Lenkrad saß Captain Silva, ein Engländer mittleren Alters spanischer Herkunft, der Lloyd unterstellt war.

Zu Lloyds Überraschung wartete neben dem Lkw Major Lowther, der die nachrichtendienstliche Schulung auf Tŷ Gwyn geleitet und Lloyds Freundschaft zu Daisy hochnäsig missbilligt hatte – oder vielleicht nur neidisch darauf gewesen war.

Lloyd wusste, dass man Lowthie zur britischen Botschaft in Madrid abkommandiert hatte. Wahrscheinlich arbeitete er jetzt für den MI6, den britischen Auslandsgeheimdienst, doch Lloyd hätte nicht erwartet, ihn so weit außerhalb der spanischen Hauptstadt anzutreffen.

Lowther trug einen teuren weißen Flanellanzug, der jedoch zerknittert und schmuddlig war. In Besitzerpose stand er neben dem Lastwagen. »Ich übernehme ab hier, Williams«, sagte er und ließ den Blick über die Flüchtigen schweifen. »Wer von Ihnen ist Watermill?«

Watermill hätte ein echter Name, aber auch ein Code sein können.

Der geheimnisvolle Engländer trat vor und schüttelte Lowther die Hand.

»Ich bin Major Lowther. Ich bringe Sie auf schnellstem Weg nach Madrid.« Er wandte sich wieder Lloyd zu. »Ich fürchte, Ihre Gruppe muss zum nächsten Bahnhof weitermarschieren.«

»Nicht so schnell«, erwiderte Lloyd. »Dieser Lkw gehört meiner Organisation.« Er hatte ihn von dem Budget gekauft, das ihm die Abteilung MI9 des britischen Geheimdienstes zur Verfügung stellte, die entflohenen Gefangenen half. »Und der Fahrer ist mir unterstellt.«

»Nichts zu machen«, entgegnete Lowther. »Watermill hat Priorität.«

Typisch. Der Auslandsgeheimdienst glaubte immer, Priorität zu haben. »Dem kann ich nicht zustimmen«, sagte Lloyd. »Ich sehe keinen Grund, weshalb wir nicht wie geplant alle mit dem Lkw nach Barcelona fahren sollten. Von dort aus können Sie Watermill mit dem Zug nach Madrid bringen.«

»Ich habe Sie nicht um Ihre Meinung gebeten, Jungchen. Tun Sie einfach, was man Ihnen sagt.«

Watermill warf in verbindlichem Ton ein: »Ich bin gern bereit, den Lkw zu teilen.«

»Überlassen Sie das bitte mir«, versetzte Lowther.

»Diese Leute haben gerade zu Fuß die Pyrenäen überquert«, sagte Lloyd. »Sie sind fix und fertig.«

»Dann sollten sie sich ausruhen, ehe sie weitergehen.«

Lloyd schüttelte den Kopf. »Zu gefährlich. Die Stadt auf dem Berg hat einen Bürgermeister, der mit uns sympathisiert – deshalb treffen wir uns hier. Im Tal herrscht ein anderes politisches Klima. Die Nazis haben dort überall Spitzel, und die spanische Polizei steht zum größten Teil auf ihrer Seite. Meine Gruppe wäre in ernsthafter Gefahr, verhaftet zu werden, weil sie illegal ins Land eingereist ist. Und Sie wissen, wie schwierig es ist, jemanden aus Francos Gefängnissen herauszubekommen, selbst einen Unschuldigen.«

»Ich werde meine Zeit nicht damit verschwenden, mit Ihnen zu diskutieren«, sagte Lowther. »Ich habe den höheren Rang.«

»Keineswegs.«

»Was?«

»Ich bin Major. Also nennen Sie mich nicht noch einmal ›Jungchen‹, es sei denn, Sie wollen eins auf die Nase.«

»Meine Mission ist dringend!«

»Warum haben Sie dann kein eigenes Fahrzeug mitgebracht?«

»Weil dieser Lkw hier zur Verfügung stand!«

»Er steht nicht zur Verfügung.«

Will Donelly, der große Amerikaner, trat vor. »Ich bin Major Williams' Ansicht«, sagte er gedehnt. »Er hat mir das Leben gerettet. Sie, Major Lowther, haben einen Scheißdreck getan.«

»Was hat denn das damit zu tun?«, rief Lowther.

»Nun, die Lage ist doch ziemlich klar«, erwiderte Donelly. »Der Lkw untersteht Major Williams. Sie, Lowther, möchten ihn, kriegen ihn aber nicht. Ende der Durchsage.«

»Halten Sie sich da raus«, sagte Lowther.

»Ich bin Lieutenant Colonel, also stehe ich im Rang über Ihnen beiden.«

»Aber Sie haben kein Recht auf diesen Lkw!«

755

»Sie auch nicht.« Donelly wandte sich an Lloyd. »Fahren wir?«
»Ich warne Sie!«, stieß Lowther hervor.
Donelly drehte sich zu ihm um. »Major Lowther«, sagte er. »Halten Sie Ihre dämliche Fresse. Das ist ein Befehl.«
»Okay, Leute«, rief Lloyd. »Alles aufsitzen.«
Lowther starrte Lloyd wütend an. »Das zahle ich Ihnen heim, Sie kleiner walisischer Bastard.«

An dem Tag, als Daisy und Boy zur Untersuchung gingen, blühten die Narzissen.
Der Arztbesuch war Daisys Idee gewesen. Sie hatte es satt, ständig vorgehalten zu bekommen, dass sie nicht schwanger wurde. Dauernd verglich Boy sie mit May, der Frau seines Bruders Andy, die mittlerweile drei Kinder hatte. »Irgendetwas stimmt nicht mit dir«, hatte er ihr vorgehalten.
»Ich war schon einmal schwanger.« Daisy verzog das Gesicht, als sie an die qualvolle Fehlgeburt dachte; dann erinnerte sie sich, wie aufopferungsvoll Lloyd sich um sie gekümmert hatte, und empfand eine ganz andere Art von Schmerz.
»Ja, aber seitdem könnte irgendwas geschehen sein, was dich unfruchtbar gemacht hat«, sagte Boy.
»Oder dich.«
»Was soll das heißen?«
»Genauso gut kann bei dir etwas nicht stimmen.«
»Sei nicht albern.«
»Ich mache dir einen Vorschlag«, sagte Daisy. »Ich gehe zur Untersuchung, wenn du es auch tust.«
Damit hatte sie ihn überrascht. »Also gut«, erwiderte Boy nach anfänglichem Zögern. »Du gehst zuerst. Wenn sich herausstellt, dass mit dir alles in Ordnung ist, gehe ich auch.«
»Nein«, widersprach Daisy. »Du gehst zuerst.«
»Wieso?«
»Weil ich mich nicht mehr auf deine Versprechen verlasse.«
»Also gut, dann gehen wir gemeinsam.«
Die Arztpraxis lag auf der Harley Street, nicht weit von ihrem Haus entfernt, aber in einer weniger teuren Gegend. Der Arzt

war mürrisch, weil sie und Boy zehn Minuten zu spät gekommen waren. Er stellte Daisy Fragen über ihren allgemeinen Gesundheitszustand, ihre Menstruation und das, was er »Beziehungen« zu ihrem Gatten nannte, ohne Daisy anzuschauen. Dabei machte er sich Notizen mit seinem Füllhalter. Danach steckte er ihr eine Reihe kalter Metallinstrumente in die Vagina. »Ich mache das jeden Tag, es hat nichts zu bedeuten«, sagte er und grinste auf eine Art, die Daisy das Gegenteil verriet.

Als sie aus dem Sprechzimmer kam, rechnete sie damit, dass Boy einen Rückzieher machte und die Untersuchung verweigerte, aber er ging hinein, wenn auch widerwillig.

Während Daisy wartete, las sie den Brief von ihrem Halbbruder Greg noch einmal. Er habe die Entdeckung gemacht, schrieb er, dass er aus einer Affäre mit einer Schwarzen einen Sohn habe. Zu Daisys Verwunderung war Greg, der Playboy, begeistert von dem Jungen und ganz versessen darauf, eine Rolle in dessen Leben zu übernehmen, allerdings eher als Onkel denn als Vater. Noch überraschender fand sie, dass sogar Lev bereit gewesen war, den Jungen kennenzulernen, und hinterher erklärt hatte, er sei ein aufgewecktes Kerlchen.

Was für eine Ironie, dachte Daisy, dass Greg einen Sohn hat, den er nie wollte, während Boy keinen Sohn bekommt, obwohl er sich nichts sehnlicher wünscht.

Eine Stunde später kam Boy aus dem Sprechzimmer. Der Arzt versprach, ihnen in einer Woche die Ergebnisse zu liefern. Gegen Mittag verließen sie die Praxis.

»Jetzt brauche ich was zu trinken«, sagte Boy.

»Ich auch«, stimmte Daisy zu.

Doch die Straße hinauf und hinunter gab es nur triste Reihenhäuser. »Diese Gegend ist eine verdammte Wüste«, schimpfte Boy. »Kein Pub weit und breit.«

»In einen Pub will ich sowieso nicht«, sagte Daisy. »Ich möchte einen Martini, und in Pubs weiß niemand, wie man einen macht.« Sie sprach aus Erfahrung. Im King's Head in Chelsea hatte sie einen trockenen Martini bestellt, und man hatte ihr ein Glas widerlich warmen Wermut serviert. »Gehen wir ins Hotel Claridge. Das ist zu Fuß nur fünf Minuten von hier.«

»Gute Idee.«

Die Speisen unterlagen zwar den Sparbestimmungen wie in allen Restaurants, doch im Claridge hatte man ein Schlupfloch gefunden: Essen zu verschenken war nicht verboten, also bot man ein kostenloses Büfett an und verlangte nur die üblichen hohen Getränkepreise.

Daisy und Boy setzten sich und nippten an den ausgezeichneten Cocktails. Daisy fühlte sich zunehmend besser, auch wenn sie nicht mehr so unbeschwert war wie früher. Sie war ernster und nachdenklicher geworden. Früher hatte sie nach dem Motto gelebt: »Morgen ist auch noch ein Tag.« So war sie nicht mehr. Vielleicht wurde sie erwachsen.

»Der Doktor hat mich gefragt, ob ich Mumps gehabt hätte«, sagte Boy.

»Hattest du.« Eigentlich war es eine Kinderkrankheit, aber Boy hatte sie erst vor zwei Jahren bekommen. Er war kurzzeitig in einem Pfarrhaus in East Anglia einquartiert gewesen und hatte sich bei den drei kleinen Söhnen des Pfarrers angesteckt. Die Krankheit war sehr schmerzhaft verlaufen. »Hat der Arzt gesagt, warum?«

»Nein. Du weißt ja, wie Ärzte sind. Sie rücken nie so richtig mit der Sprache raus.«

Boy bestellte gerade seinen zweiten Cocktail, als Daisy zur Tür schaute und der Marquess von Lowther hereinkam. Er trug eine zerknitterte, fleckige Uniform.

Daisy mochte den Mann nicht. Seit er wusste, dass irgendetwas sie mit Lloyd verband, behandelte er sie mit einer widerwärtigen Aufdringlichkeit, als teilten sie ein Geheimnis, das sie zu Vertrauten machte.

Jetzt setzte er sich ungebeten zu ihnen an den Tisch, ließ Zigarrenasche auf seine kakifarbene Uniformhose fallen und bestellte sich einen Manhattan.

Daisy erkannte sofort, dass er nichts Gutes im Schilde führte. In seinen Augen stand ein Ausdruck, der nicht allein mit der Vorfreude auf einen Cocktail zu erklären war.

»Ich habe Sie seit ungefähr einem Jahr nicht mehr gesehen, Lowthie«, sagte Boy. »Wo sind Sie gewesen?«

»In Madrid«, antwortete Lowther. »Kann aber nicht viel dazu sagen. Pst-pst, Sie verstehen. Und Sie?«

»Ich bilde meist Piloten aus, aber in letzter Zeit bin ich auch wieder Einsätze geflogen, nachdem wir die Bombardierung Deutschlands ausweiten.«

»Eine gute Sache, dass wir den Krauts ihre eigene Medizin zu schmecken geben.«

»Finden Sie? Unter den Piloten wird viel gemurrt.«

»Wieso?«

»Weil das Gerede, wir würden militärische Ziele angreifen, völliger Blödsinn ist. Deutsche Fabriken zu zerbomben hat keinen Sinn; die Deutschen bauen sie einfach wieder auf. Deshalb bombardieren wir die großen Arbeitersiedlungen. Tote Arbeiter können sie nicht so schnell ersetzen.«

Lowther starrte ihn entsetzt an. »Das würde bedeuten, wir töten vorsätzlich Zivilisten.«

»Genau.«

»Aber die Regierung versichert uns …«

»Die Regierung lügt«, fiel Boy ihm ins Wort. »Und die Bomberbesatzungen wissen das. Viele von ihnen geben nichts darum, aber einige fühlen sich mies. Wenn wir das Richtige tun, finden sie, sollten wir es offen aussprechen, und wenn wir das Falsche tun, sollten wir damit aufhören.«

Lowther schien sich nicht wohl in seiner Haut zu fühlen. »Ich weiß nicht, ob wir hier über so etwas reden sollten.«

»Da haben Sie vermutlich recht.«

Die zweite Runde Cocktails kam. Lowther wandte sich Daisy zu. »Und was ist mit Ihnen? Sie leisten sicher auch Kriegsarbeit, nicht wahr? Müßiggang ist aller Laster Anfang, sagt man.«

Daisy antwortete in unverbindlichem Tonfall. »Ich arbeite für das amerikanische Rote Kreuz. Jetzt, wo der Blitz vorüber ist, braucht man keine Krankenfahrerinnen mehr. Wir haben eine Geschäftsstelle auf der Pall Mall und tun, was wir können, um US-Soldaten in unserem Land zu helfen.«

»Einsame Männer, die ein bisschen weibliche Gesellschaft suchen?«

»Vielleicht. Aber die meisten haben Heimweh. Sie hören gern jemanden mit amerikanischem Akzent.«

Lowthie grinste anzüglich. »Ich nehme an, Sie verstehen sich gut darauf, die Männer zu trösten.«

759

»Ich tue, was ich kann.«

»Darauf würde ich wetten.«

»Sind Sie angetrunken, Lowthie?«, fragte Boy. »Dieses Gerede ist schlechter Stil.«

Lowther zog ein gehässiges Gesicht. »Sagen Sie mir nicht, dass Sie nichts wissen, Boy. Oder sind Sie blind?«

Daisy zupfte ihn am Ärmel. »Bring mich bitte nach Hause, Boy.«

Doch Boy beachtete sie nicht. Er starrte Lowther in die Augen. »Was wollen Sie damit sagen?«

»Fragen Sie Ihre Frau mal nach Lloyd Williams.«

»Wer zum Henker ist Lloyd Williams?«

»Ich fahre allein nach Hause, wenn du mich nicht wegbringst!«, drängte Daisy.

»Kennst du einen Lloyd Williams?«, fragte Boy.

Ja, dachte Daisy. Er ist dein Bruder. Am liebsten hätte sie das Geheimnis offengelegt, widerstand aber der Versuchung. »Ja, und du kennst ihn auch«, antwortete sie stattdessen. »Er war mit dir in Cambridge. Vor Jahren hat er uns in eine Revue im Eastend mitgenommen.«

»Der?« Es fiel Boy schwer, jemanden wie Lloyd als Rivalen zu betrachten. Ungläubig fügte er hinzu: »Ein Mann, der sich nicht mal eigene Abendgarderobe leisten kann?«

»Vor drei Jahren hat er an meinem nachrichtendienstlichen Kurs auf Tŷ Gwyn teilgenommen, während Daisy dort wohnte«, sagte Lowther. »Sie, Boy, haben zu dieser Zeit über Frankreich Ihr Leben riskiert. Sie haben eine Hawker Hurricane geflogen, wenn ich mich recht entsinne. Ihre Frau hatte in dieser Zeit eine Romanze mit diesem walisischen Wiesel – im Haus Ihrer Familie.«

Boy wurde rot. »Wenn Sie sich das aus den Fingern saugen, Lowthie ... bei Gott, dann verprügle ich Sie nach Strich und Faden.«

»Fragen Sie doch Ihre Angetraute«, entgegnete Lowther mit zuversichtlichem Grinsen.

Boy wandte sich Daisy zu.

Auf Tŷ Gwyn hatte sie nicht mit Lloyd geschlafen, aber während der Bombennächte in seinem eigenen Bett im Haus seiner Mutter. Aber das konnte sie Boy nicht sagen, während Lowther

760

dabeisaß. Doch der Vorwurf des Ehebruchs war berechtigt, und sie würde ihn nicht abstreiten. Das Geheimnis war kein Geheimnis mehr. Jetzt wollte sie sich wenigstens noch einen Anschein von Würde bewahren.

»Ich werde dir alles sagen, was du wissen willst, Boy, aber nicht vor diesem sabbernden Ekel.«

Boy hob erstaunt die Stimme. »Du bestreitest es nicht?«

Die Gäste am Nachbartisch schauten peinlich berührt herüber und richteten ihre Aufmerksamkeit dann wieder auf ihre Getränke.

Auch Daisy wurde nun lauter. »Ich verbitte mir, in der Bar des Claridge ins Kreuzverhör genommen zu werden.«

»Du gibst es also zu?«, brüllte Boy.

Im ganzen Raum wurde es still.

Daisy erhob sich. »Ich gebe hier weder etwas zu, noch streite ich etwas ab. Ich erzähle dir alles zu Hause, wo zivilisierte Menschen ihre Privatangelegenheiten besprechen.«

»Verdammt, du hast es getan!«, rief Boy. »Du hast mit ihm geschlafen!«

Sogar die Kellner hielten inne und verfolgten die Auseinandersetzung.

Daisy ging zur Tür.

»Du Nutte!«, brüllte Boy.

Daisy drehte sich um. »Ja, damit kennst du dich aus. Ich hatte das Unglück, zwei deiner Nutten zu begegnen, weißt du noch?« Sie ließ den Blick in die Runde schweifen. »Joanie und Pearl«, sagte sie verächtlich. »Wie viele Frauen lassen sich das wohl gefallen?« Sie ging hinaus, ehe er antworten konnte, und stieg in ein wartendes Taxi. Als es losfuhr, kam Boy aus dem Hotel und sprang in den Wagen dahinter.

Daisy nannte dem Fahrer ihre Adresse.

In gewisser Weise war sie erleichtert, dass die Wahrheit ans Licht gekommen war. Gleichzeitig empfand sie tiefe Traurigkeit. Ihr stand deutlich vor Augen, dass gerade etwas ein endgültiges Ende gefunden hatte.

Das Haus war nur eine Viertelmeile entfernt. Als Daisy ausstieg, hielt Boys Taxi hinter ihrem.

Er folgte ihr in die Eingangshalle.

Daisy konnte nicht hierbleiben, das wusste sie. Das war vorbei. Sie würde nie wieder mit Boy unter einem Dach schlafen, geschweige denn im gleichen Bett. »Bitte bringen Sie mir einen Koffer«, sagte sie zu dem Butler.

»Sehr wohl, Mylady.«

Sie sah sich um. Das Haus stammte aus dem achtzehnten Jahrhundert, war perfekt proportioniert und hatte eine elegant geschwungene Freitreppe, doch Daisy bedauerte kaum, dieses Haus zu verlassen.

»Wohin gehst du?«, fragte Boy.

»In ein Hotel, nehme ich an. Wahrscheinlich nicht ins Claridge.«

»Um deinen Geliebten zu treffen!«

»Nein, er ist in Übersee. Aber ich liebe ihn wirklich. Es tut mir leid, Boy. Du hast kein Recht, mich zu verurteilen, denn du hast viel Schlimmeres getan. Aber ich verurteile mich selbst.«

»Das reicht«, sagte er. »Ich lasse mich von dir scheiden.«

Daisy begriff, dass sie nur auf diese Worte gewartet hatte. Jetzt waren sie ausgesprochen, und alles war vorüber.

In diesem Augenblick begann ihr neues Leben.

»Gott sei Dank«, sagte sie.

Daisy mietete sich eine Wohnung auf der Piccadilly. Sie hatte ein großes Badezimmer im amerikanischen Stil mit Dusche und einer eigenen Gästetoilette – eine aberwitzige Extravaganz in den Augen der meisten Engländer.

Zum Glück brauchte Daisy sich keine Gedanken um Geld zu machen. Ihr Großvater hatte ihr ein Vermögen hinterlassen, über das sie uneingeschränkte Verfügungsmacht besaß, seit sie einundzwanzig geworden war. Und es bestand in amerikanischer Währung.

Neue Möbel ließen sich nur schwer beschaffen; deshalb kaufte sie Antiquitäten, für die es ein großes Angebot zu niedrigen Preisen gab. An die Wände hängte sie moderne Kunst, um eine fröhliche, jugendliche Atmosphäre zu schaffen. Sie stellte eine ältere Wäscherin und ein Zimmermädchen ein. Schon bald erkannte sie, dass es leicht war, sich ohne Butler oder Köchin um eine

Wohnung zu kümmern – besonders, wenn man keinen Mann hatte, der bemuttert werden wollte.

Die Diener im Haus in Mayfair packten Daisys Kleider ein und sandten sie ihr in einem Umzugswagen. Daisy und die Wäscherin verbrachten einen Nachmittag damit, die Kisten zu öffnen und alles ordentlich wegzuhängen.

Daisy fühlte sich gedemütigt und befreit zugleich. Im Großen und Ganzen, fand sie, war sie gut davongekommen. Die Wunde der Zurückweisung würde heilen, aber sie wäre für immer frei von Boy.

Nach einer Woche fragte sie sich, was sich bei der ärztlichen Untersuchung ergeben hatte. Der Arzt meldete sich natürlich bei Boy; schließlich war er der Ehemann. Ihn aber wollte Daisy nicht fragen. Außerdem erschien ihr die Frage nicht mehr von Bedeutung, deshalb vergaß sie die Sache nach einiger Zeit. Stattdessen stürzte sie sich in die Arbeit, ihr neues Zuhause einzurichten. Ein paar Wochen lang war sie zu beschäftigt, um Gesellschaft zu suchen. Als sie mit der Wohnung fertig war, beschloss sie, alle die Leute einzuladen, die sie in dieser Zeit vernachlässigt hatte.

Daisy hatte viele Freunde in London; immerhin lebte sie seit sieben Jahren hier. In den letzten vier Jahren war Boy häufiger fort gewesen als zu Hause, und Daisy hatte Partys und Bälle ohne Begleitung besucht. Dass sie nun ohne Ehemann war, bedeutete für ihr Leben deshalb keine große Veränderung. Ohne Zweifel wurde sie von den Einladungslisten der Familie Fitzherbert gestrichen, aber die Londoner Gesellschaft bestand ja nicht nur aus denen.

Sie kaufte kistenweise Whisky, Gin und Champagner, indem sie London nach dem wenigen abgraste, das legal zu bekommen war. Den Rest beschaffte sie sich auf dem Schwarzmarkt. Dann verschickte sie die Einladungen zu ihrer Einweihungsparty.

Die Antworten trafen beunruhigend rasch ein, und es waren ausschließlich Absagen.

Unter Tränen rief sie Eva Murray an. »Wieso will niemand auf meine Party kommen?«, fragte sie.

Zehn Minuten später stand Eva vor ihrer Tür.

Sie kam mit drei Kindern und einer Nanny. Jamie war sechs, Anna vier, die kleine Karen erst zwei.

Daisy zeigte ihr die Wohnung; dann ließ sie Tee kommen.

Jamie funktionierte derweil die Couch in einen Panzer um. Seine Schwestern mussten als Besatzung herhalten.

In ihrem Englisch mit einer Mischung aus deutschem, amerikanischem und schottischem Akzent sagte Eva: »Daisy, liebe Daisy, wir sind nicht in Rom.«

»Ich weiß. Sag mal, sitzt du auch bequem?«

Eva war hochschwanger mit ihrem vierten Kind. »Hättest du was dagegen, wenn ich die Füße hochlege?«

»Natürlich nicht.« Daisy holte ein Kissen.

»Die Londoner Gesellschaft legt großen Wert auf Achtbarkeit«, fuhr Eva fort. »Glaub ja nicht, dass ich sie gutheiße. Ich bin oft ausgeschlossen worden, und der arme Jimmy wird manchmal geschnitten, weil er eine deutsche Halbjüdin geheiratet hat.«

»Das ist schrecklich.«

»Ja«, sagte Eva. »Das wünsche ich keinem.«

»Manchmal hasse ich die Briten.«

»Du vergisst, wie die Amerikaner sein können. Weißt du noch, wie du mir gesagt hast, alle Mädchen in Buffalo seien Snobs?«

Daisy lachte. »Mein Gott, wie lange ist das her.«

»Du hast deinen Mann verlassen«, sagte Eva. »Und das auf unbestreitbar spektakuläre Art, indem du ihm in der Bar des Claridge Beleidigungen an den Kopf geworfen hast.«

»Und dabei hatte ich nur einen Martini getrunken!«

Eva grinste. »Wäre ich doch dabei gewesen!«

»Wäre ich doch nicht dabei gewesen.«

»Ich brauche dir wohl nicht zu sagen, dass die Londoner Gesellschaft in den letzten drei Wochen über kaum etwas anderes gesprochen hat.«

»Das hätte ich mir eigentlich selbst denken können.«

»Jedem, der zu deiner Party kommt, würde man nachsagen, dass er Ehebruch und Scheidung gutheißt. Sogar mir wäre es lieber, wenn meine Schwiegermutter nicht erfährt, dass ich dich besucht und mit dir Tee getrunken habe.«

»Aber das ist so unfair! Boy hat mich jahrelang betrogen!«

»Hast du gedacht, Frauen und Männer würden gleich behandelt?«

Daisy erinnerte sich, dass Eva viel größere Sorgen hatte als ein bisschen Snobismus. Ihre Eltern waren noch immer in Nazi-

764

Deutschland. Fitz hatte über die Schweizer Botschaft Erkundigungen eingezogen und erfahren, dass Evas Vater mittlerweile in einem Konzentrationslager saß. Ihr Bruder, ein Geigenbauer, war von der Polizei verprügelt worden; man hatte ihm beide Hände gebrochen.

»Wenn ich an deine Sorgen denke, schäme ich mich, dass ich mich überhaupt beklage«, sagte Daisy.

»Tu das nicht. Aber sag die Party ab.«

Daisy befolgte den Rat, aber sie fühlte sich erbärmlich dabei. Ihre Arbeit für das Rote Kreuz beschäftigte sie tagsüber, doch abends konnte sie nichts unternehmen. Zweimal in der Woche ging sie ins Kino. Sie versuchte, *Moby Dick* zu lesen, fand das Buch aber ermüdend.

Eines Sonntagmorgens ging sie in die Kirche. Die St. James's Church, auf der Piccadilly gegenüber von ihrem Apartmenthaus gelegen, war ausgebombt; deshalb besuchte sie St.-Martin-in-the-Fields. Boy war nicht dort, aber Fitz und Bea. Daisy verbrachte den Gottesdienst damit, indem sie auf Fitz' Hinterkopf starrte und darüber nachdachte, dass sie sich in zwei Söhne dieses Mannes verliebt hatte. Boy besaß das gute Aussehen seiner Mutter und die zielstrebige Selbstsucht seines Vaters. Lloyd hatte Fitz' attraktives Aussehen und Ethels gutes Herz geerbt. Wieso hat es so lange gedauert, bis mir das klar geworden ist, fragte sie sich.

Die Kirche war voller Leute, die Daisy kannte, doch nach dem Gottesdienst sprach niemand auch nur ein Wort mit ihr. Sie war einsam und fast ohne Freunde in einem fremden Land mitten im Krieg.

Eines Abends nahm sie ein Taxi nach Aldgate und klopfte bei den Leckwiths an die Tür. Als Ethel öffnete, sagte sie geradeheraus: »Ich bin gekommen, weil ich Sie um die Hand Ihres Sohnes bitten möchte.« Ethel lachte glücklich und schloss sie in die Arme.

Daisy brachte ein Gastgeschenk mit, amerikanischen Dosenschinken, den ein Navigator der US Army ihr geschenkt hatte. Für englische Familien, die auf Lebensmittelkarten lebten, war so etwas ein königlicher Luxus. Sie saß mit Ethel und Bernie in der Küche und hörte Tanzmusik im Radio. Gemeinsam sangen sie *Underneath the Arches* von Flanagan und Allen mit. »Bud Flanagan wurde hier im Eastend geboren«, sagte Bernie stolz. »Sein richtiger Name ist Chaim Reuben Weintrop.«

Die Leckwiths redeten begeistert über den Beveridge Report, ein Regierungspapier, das zum Bestseller geworden war. »Obwohl von einem konservativen Premierminister in Auftrag gegeben und von einem liberalen Ökonomen verfasst«, sagte Bernie, »wird genau das vorgeschlagen, was die Labour Party immer schon gefordert hat. In der Politik weiß man, dass man auf der Siegerstraße ist, wenn der Gegner einem die Ideen klaut.«

»Um was geht es in diesem Papier?«, fragte Daisy.

»Jeder im erwerbsfähigen Alter soll eine wöchentliche Versicherungsprämie zahlen, für die er Leistungen erhält, wenn er krank, arbeitslos, im Ruhestand oder verwitwet ist«, erklärte Ethel.

»Ein simpler Vorschlag, aber er würde unser Land verändern«, sagte Bernie begeistert. »Von der Wiege bis zur Bahre müsste niemand mehr mittellos sein.«

»Hat die Regierung den Vorschlag angenommen?«, wollte Daisy wissen.

»Nein«, sagte Ethel. »Clem Attlee hat Churchill bedrängt, aber der will nicht so recht. Das Finanzministerium glaubt, das Ganze käme zu teuer.«

»Wir müssen eine Wahl gewinnen, ehe wir den Vorschlag in die Tat umsetzen können«, sagte Bernie.

Millie, die Tochter des Hauses, kam in die Küche. »Lange kann ich nicht bleiben«, sagte sie. »Abie achtet eine halbe Stunde auf die Kinder.« Millie hatte ihren Job verloren – Frauen kauften derzeit keine teuren Kleider, nicht einmal, wenn sie es sich leisten konnten –, aber zum Glück florierte das Ledergeschäft ihres Mannes, und sie hatten zwei kleine Kinder, Lennie und Pammie.

Gemeinsam tranken sie Kakao und sprachen über den jungen Mann, den sie alle anbeteten. Echte Neuigkeiten gab es über Lloyd kaum. Alle sechs bis acht Monate bekam Ethel einen Brief mit dem Kopf der britischen Botschaft in Madrid, in dem stand, dass es ihm gut gehe, dass er in Sicherheit sei und seinen Teil zur Niederschlagung der Nazi-Diktatur leiste. Er war zum Major befördert worden. An Daisy hatte er nie geschrieben, aus Furcht, Boy könne die Briefe entdecken, doch jetzt gab es dieses Hindernis nicht mehr. Daisy gab Ethel die Adresse ihrer neuen Wohnung und notierte sich Lloyds Anschrift, die nur aus einer Feldpostnummer der britischen Streitkräfte bestand.

Wann er auf Urlaub nach Hause kommen würde, wusste niemand.

Daisy erzählte von ihrem Halbbruder Greg und seinem Sohn Georgy. Was solche Dinge anging, waren die Leckwiths die tolerantesten Menschen, die sie kannte, und ihre Freude für Greg kam von Herzen.

Außerdem berichtete Daisy über Evas Familie in Berlin. Bernie, der selbst Jude war, traten Tränen in die Augen, als er von Rudi Rothmanns zermalmten Händen hörte. »Die aufrechten Deutschen hätten diese Mistkerle auf den Straßen bekämpfen sollen, als sie es noch konnten«, sagte er. »So wie wir es getan haben.«

»Ich habe noch heute die Narben von damals auf dem Rücken«, sagte Millie, »als die Polizei uns durch das Schaufenster von Gardiner's gedrückt hat. Ich habe mich dafür geschämt. Abie hat meinen Rücken das erste Mal zu Gesicht bekommen, als wir schon ein halbes Jahr verheiratet waren, aber er sagt, die Narben machen ihn stolz auf mich.«

»Schön war er nicht, der Kampf auf der Cable Street«, sagte Bernie. »Aber wir haben dem verdammten Treiben der Faschisten einen Riegel vorgeschoben.« Er nahm die Brille ab und wischte sich die Augen mit dem Taschentuch.

Ethel legte ihm den Arm um die Schultern. »Ich habe den Leuten damals geraten, zu Hause zu bleiben. Ich habe mich geirrt, und du hattest recht.«

Bernie lächelte wehmütig. »Oft kommt das nicht vor.«

Ethel blickte Daisy an. »Das Gesetz zur Öffentlichen Ordnung, das nach der Schlacht auf der Cable Street verabschiedet wurde, hat den britischen Faschisten endgültig den Hals gebrochen«, erklärte sie. »Das Parlament untersagte das Tragen politischer Uniformen in der Öffentlichkeit. Das war der Untergang von Mosleys Horde. Als sie nicht mehr in ihren schwarzen Hemden aufmarschieren konnten, waren sie nur noch ein bedeutungsloser Haufen von Dummköpfen. Das haben wir den Konservativen zu verdanken. Ehre, wem Ehre gebührt.«

Von jeher politisch engagiert, arbeitete Familie Leckwith an der Nachkriegsreform Großbritanniens durch die Labour Party mit. Ihr Vorsitzender, der stille, brillante Clement Attlee, war mittlerweile zum Vizepremierminister unter Churchill aufgerückt, und der Gewerkschaftsheld Ernie Bevin war Arbeitsminister. Ihre Vision weckte in Daisy Begeisterung für die Zukunft.

Millie verabschiedete sich, und Bernie ging zu Bett. Als sie allein waren, fragte Ethel: »Möchten Sie wirklich meinen Lloyd heiraten?«

»Mehr als alles auf der Welt«, antwortete Daisy. »Glauben Sie, das wäre richtig?«

»Aber sicher. Wieso nicht?«

»Weil wir aus unterschiedlichen Kreisen kommen. Sie sind alle so gute Menschen. Sie leben für den Dienst an der Öffentlichkeit.«

»Unsere Millie nicht. Sie ist wie Bernies Bruder – sie möchte Geld verdienen.«

»Aber sogar sie trägt Narben von der Cable Street.«

»Das stimmt.«

»Lloyd ist genau wie Sie. Er macht politische Arbeit nicht einfach nebenbei, wie ein Hobby – sie ist der Mittelpunkt seines Lebens. Und ich bin eine selbstsüchtige Millionärin.«

Ethel blickte sie nachdenklich an. »Ich glaube, es gibt zwei Arten von Ehen. Die eine ist die behagliche Partnerschaft, in der zwei Menschen die gleichen Hoffnungen und Ängste teilen, gemeinsam Kinder aufziehen und einander mit Trost und Hilfe beistehen.« So wie Ethel und Bernie, wurde Daisy klar. »Die andere ist ein wildes Zusammenleben voller Leidenschaft und Unvernunft, Lust und Sex – womöglich mit jemandem, der nicht zu einem passt, den man weder bewundert noch besonders mag.« Diesmal dachte Ethel an ihre Affäre mit Fitz; da war sich Daisy sicher. Sie hielt den Atem an: Sie wusste, dass Ethel ihr gerade die ungeschminkte Wahrheit sagte.

»Ich hatte Glück«, fuhr Ethel fort, »denn ich bekam beides. Deshalb habe ich einen Rat für Sie: Wenn Sie die Gelegenheit zu ekstatischer, rauschhafter Liebe bekommen, dann ergreifen Sie sie mit beiden Händen, und zum Teufel mit den Konsequenzen.«

»Wow«, sagte Daisy.

Ein paar Minuten später ging sie. Sie fühlte sich geehrt, dass Ethel ihr einen kurzen Blick in ihre Seele gewährt hatte. Doch als sie in ihre leere Wohnung kam, war sie niedergeschlagen. Sie machte sich einen Cocktail, goss ihn dann aber weg. Sie setzte den Teekessel auf und nahm ihn wieder vom Herd. Nicht einmal das

Radio lief. Daisy ging ins Bett, lag zwischen den kühlen Laken und wünschte, Lloyd wäre bei ihr.

Sie verglich Lloyds Familie mit ihrer eigenen. Beide hatten eine bewegte Geschichte, doch Ethel hatte aus ungünstigen Ausgangsmaterialien eine starke, solidarische Gemeinschaft geschmiedet, wozu Daisys Mutter nicht fähig gewesen war – auch wenn es mehr an Daisys Vater gelegen hatte. Ethel war eine bemerkenswerte Frau, und Lloyd hatte viele ihrer Vorzüge geerbt.

Wo war er jetzt nur, und was tat er? Wie immer die Antwort lautete, mit Sicherheit schwebte er in Gefahr. War er vielleicht schon tot, wo sie jetzt endlich die Freiheit hatte, ihn ohne Hemmungen zu lieben, vielleicht sogar zu heiraten? Was würde sie tun, wenn er starb? Dann wäre ihr Leben zu Ende, das spürte sie: kein Ehemann, kein Geliebter, keine Freunde, kein Heimatland.

In den frühen Morgenstunden weinte Daisy sich in den Schlaf.

Am nächsten Tag schlief sie lange. Gegen Mittag trank sie in ihrem kleinen Esszimmer Kaffee, in einen schwarzen Morgenmantel aus Seide gehüllt, als ihr fünfzehnjähriges Dienstmädchen hereinkam und sagte: »Major Williams möchte Mylady sprechen.«

»*Was?*«, schrie Daisy auf. »Das gibt's doch nicht!«

Dann kam er durch die Tür, einen Kleidersack über der Schulter. Er sah müde aus und trug einen Mehrtagebart, und er hatte unübersehbar in seiner Uniform geschlafen.

Daisy schloss ihn in die Arme und küsste sein stachliges Gesicht. Er erwiderte die Küsse, wenn auch ein wenig unbeholfen, weil er immerzu grinsen musste. »Ich stinke wie ein Iltis«, sagte er. »Ich habe seit einer Woche die Kleidung nicht gewechselt.«

»Du riechst wie eine Käserei«, sagte Daisy. »Aber ich mag den Geruch.« Sie zog ihn ins Bad und kleidete ihn aus.

»Ich dusche mich rasch«, sagte er.

»Nein.« Sie drängte ihn zurück auf ihr Bett. »Ich hab's zu eilig.« Ihr Verlangen nach ihm war überwältigend. Und sie genoss seinen Geruch tatsächlich. Eigentlich hätte er sie abstoßen sollen, doch er hatte die entgegengesetzte Wirkung. Meine Güte, dies hier war Lloyd, der Mann, von dem sie hatte befürchten müssen, dass er tot war – und nun füllte sein Geruch ihre Nase und ihre Lunge. Sie hätte vor Freude weinen können.

Hätte sie ihm die Hose ausziehen wollen, hätte sie vorher Schuhe und Gamaschen entfernen müssen, und sie sah gleich, dass das kompliziert war, also machte sie sich gar nicht erst die Mühe. Sie öffnete nur seinen Hosenschlitz. Dann warf sie den schwarzen Bademantel ab und hob ihr Nachthemd bis zu den Hüften, ohne den lustvollen Blick von seinem weißen Glied zu nehmen, das aus dem groben Kakistoff ragte. Sie setzte sich rittlings auf ihn, ließ sich herunter, beugte sich vor und küsste ihn. »O Gott«, stöhnte sie, »ich kann dir gar nicht sagen … wie sehr ich mich … nach dir gesehnt habe.«

Er nahm ihr Gesicht zwischen die Hände und blickte sie an. »Das hier ist Wirklichkeit, oder?«, fragte er. »Das ist nicht nur wieder ein Traum?«

»Wirklichkeit …«, stöhnte sie.

»Gut. Ich will jetzt nämlich auf keinen Fall aufwachen.«

»Ich möchte auch immer so bleiben …«

»Netter Gedanke, aber ich kann nicht mehr stillhalten.« Er begann sich unter ihr zu bewegen.

»Wenn du das tust, komme ich«, sagte sie.

Und sie kam.

Danach lagen sie lange nebeneinander und redeten. Lloyd hatte zwei Wochen Urlaub. »Zieh hier ein«, sagte Daisy. »Du kannst deine Eltern jeden Tag besuchen, aber nachts will ich dich für mich haben.«

»Ich möchte nicht, dass du in schlechten Ruf gerätst.«

»Dieser Zug ist längst abgefahren. Die Londoner Gesellschaft hat mich bereits geächtet.«

»Ich weiß.« Er hatte von Waterloo Station aus seine Mutter angerufen, und sie hatte ihm von der Trennung erzählt und ihm Daisys neue Adresse gegeben.

»Wir müssen uns um Verhütung kümmern«, sagte er. »Ich besorge Überzieher, aber du solltest dir etwas einsetzen lassen. Was hältst du davon?«

»Du möchtest sicher sein, dass ich nicht schwanger werde?«, fragte sie und hörte den traurigen Unterton in ihrer Stimme.

Auch Lloyd entging er nicht. »Versteh mich nicht falsch.« Er stützte sich auf einem Ellbogen auf. »Ich bin ein uneheliches Kind. Mir wurden Lügen über meine Eltern erzählt, und als ich dann die Wahrheit erfuhr, war sie ein Schock für mich. Ich werde meinen Kindern so etwas nicht zumuten. Niemals.«

770

»Wir müssten sie nicht belügen.«

»Sollen wir ihnen sagen, dass wir nicht verheiratet waren? Dass du sogar mit einem anderen Mann verheiratet warst?«

»Wieso nicht?«

»Überleg doch nur, wie sie in der Schule gehänselt würden.«

Daisy war nicht überzeugt, aber die Frage war ihm offenbar wichtig. »Was hast du denn vor?«

»Ich möchte Kinder mit dir haben. Aber erst, wenn wir verheiratet sind.«

»Verstehe. Also …«

»Müssen wir warten.«

Männer begriffen zarte Hinweise nur selten. »Ich bin kein sehr traditionsbewusstes Mädchen«, sagte sie, »aber trotzdem, es gibt da ein paar Dinge …«

Endlich verstand er, worauf sie hinauswollte. »Oh! Okay. Augenblick.« Er kniete sich aufrecht aufs Bett. »Daisy, Liebste …«

Sie platzte beinahe vor Lachen. Er sah komisch aus, in voller Uniform, während ihm der Schwanz schlaff aus dem Hosenschlitz hing. »Darf ich ein Foto von dir machen?«

Er blickte an sich hinunter und sah, was sie meinte. »Oh, tut mir leid.«

»Nein – tu ihn bloß nicht weg! Bleib, wie du bist, und sag, was du zu sagen hast.«

Er grinste. »Daisy, Liebste, willst du meine Frau werden?«

»Jederzeit«, sagte sie.

Sie legten sich wieder hin und umarmten sich.

Irgendwann verlor sein Geruch seinen Reiz. Sie gingen gemeinsam unter die Dusche. Daisy seifte ihn ein und amüsierte sich über seine Verlegenheit, als sie ihm die intimsten Stellen wusch. Sie massierte ihm Shampoo ins Haar und schrubbte ihm die schmutzigen Füße mit einer Bürste.

Als er sauber war, bestand er darauf, sie zu waschen, aber er kam nur bis zu ihren Brüsten, dann mussten sie sich wieder lieben. Diesmal standen sie dabei in der Dusche, während das heiße Wasser auf sie herunterrauschte. Offensichtlich hatte Lloyd seine Aversion gegen uneheliche Schwangerschaft für den Moment vergessen, und Daisy war es egal.

Danach stand er vor ihrem Spiegel und rasierte sich. Sie wickelte sich in ein großes Handtuch, setzte sich auf den Toilettendeckel und beobachtete ihn.

»Wie lange wird es dauern, bis du geschieden bist?«, fragte er.

»Das weiß ich nicht. Ich rede lieber mit Boy.«

»Aber nicht heute. Heute möchte ich dich ganz für mich haben.«

»Wann besuchst du deine Eltern?«, fragte sie.

»Morgen vielleicht.«

»Dann gehe ich der Zwischenzeit zu Boy. Ich möchte es so schnell wie möglich hinter mich bringen.«

»Gut«, sagte Lloyd. »Dann wäre das geklärt.«

Es kam Daisy merkwürdig vor, das Haus zu betreten, in dem sie mit Boy gewohnt hatte. Vor einem Monat war es noch ihr Zuhause gewesen. Damals konnte sie kommen und gehen, wie es ihr gefiel, und jedes Zimmer betreten, ohne um Erlaubnis fragen zu müssen. Die Dienstboten befolgten ohne Widerrede jede ihrer Anweisungen. Heute war sie im gleichen Haus eine Fremde. Sie behielt Hut und Handschuhe an und musste dem alten Butler folgen, der sie in den Morgensalon führte.

Boy schüttelte ihr nicht die Hand, und er küsste sie auch nicht auf die Wange. Er war die personifizierte indignierte Rechtschaffenheit.

»Ich habe noch keinen Anwalt beauftragt.« Daisy setzte sich. »Ich wollte vorher persönlich mit dir reden. Ich hoffe, wir können die Sache hinter uns bringen, ohne dass wir uns danach hassen. Immerhin gibt es keine Kinder, um die wir uns streiten müssten, und mit Geld sind wir beide gut ausgestattet.«

»Du hast mich betrogen!«

Daisy seufzte. Offensichtlich würde das Gespräch nicht so verlaufen, wie sie es sich erhofft hatte. »Wir haben beide Ehebruch begangen«, erwiderte sie. »Du zuerst.«

»Ich wurde gedemütigt. Ganz London weiß davon!«

»Ich habe versucht, dich zu bremsen, als du dich im Claridge unbedingt zum Narren machen musstest – du warst nur leider zu beschäftigt damit, mich zu demütigen. Ich hoffe, du hast diesen widerlichen Lowther grün und blau geschlagen.«

»Wie hätte ich das tun können?«, entgegnete er. »Er hat mir einen Gefallen erwiesen.«

»Er hätte dir einen größeren Gefallen erwiesen, hätte er dich im Club zur Seite genommen.«

»Ich begreife einfach nicht, wie du auf einen Proleten wie Williams hereinfallen konntest. Ich habe mich über ihn erkundigt. Seine Mutter war eine Haushälterin!«

»Sie ist die beeindruckendste Frau, der ich je begegnet bin.«

»Dir ist klar, dass niemand weiß, wer sein Vater gewesen ist?«

Ironischer geht es nicht, dachte Daisy. »Ich weiß, wer sein Vater ist«, entgegnete sie.

»Wer denn?«

»Das werde ich dir bestimmt nicht sagen.«

»Na, meinetwegen.«

»Dieses Gerede bringt uns nirgendwohin, stimmt's?«

»Stimmt.«

»Vielleicht sollte ich einen Anwalt an dich schreiben lassen.« Sie erhob sich. »Ich habe dich geliebt, Boy«, sagte sie traurig. »Ich war gern mit dir zusammen. Schade, dass ich dir nicht genügt habe. Ich wünsche dir, dass du glücklich wirst. Ich hoffe, du heiratest eine Frau, die besser zu dir passt und dir viele Söhne schenkt. Ich würde mich für dich freuen, wenn es so käme.«

»So kommt es aber nicht«, sagte er.

Sie hatte sich bereits zum Gehen gewandt; nun blickte sie zu ihm zurück. »Wieso?«

»Ich habe den Bericht des Arztes bekommen, bei dem wir gewesen sind.«

Die Untersuchung! Daisy hatte sie ganz vergessen. Nach ihrer Trennung war es ihr bedeutungslos erschienen. »Was schreibt er denn?«

»Mit dir ist alles bestens – du kannst eine ganze Schar von Bälgern bekommen. Ich allerdings kann keine Kinder zeugen. Bei erwachsenen Männern führt Mumps manchmal zur Unfruchtbarkeit, und leider bin ich einer dieser Fälle.« Er lachte bitter auf. »Da schießen die verfluchten Deutschen jahrelang auf mich, und dann werde ich von den drei Gören eines Pfarrers runtergeholt.«

»Oh, Boy, das tut mir leid«, sagte Daisy aufrichtig.

»Du wirst es noch mehr bedauern.«

»Wieso?«

»Ich lasse mich nicht scheiden.«

Ihr wurde plötzlich kalt. »Was soll das heißen? Warum nicht?«

»Warum sollte ich? Ich will nicht wieder heiraten. Ich kann keine Kinder haben. Andys Sohn erbt den Titel.«

»Aber ich möchte Lloyds Frau werden!«

»Was kümmert mich das? Warum sollte er Kinder haben, wenn ich es nicht kann?«

Daisy war am Boden zerstört. Sollte ihr wieder das Glück entrissen werden, wo sie es schon mit den Fingerspitzen spürte? »Boy, das kann nicht dein Ernst sein!«

»Mir ist noch nie etwas so ernst gewesen.«

Gequält brachte sie hervor: »Aber Lloyd möchte eigene Kinder haben!«

»Das hätte er sich überlegen sollen, ehe er die Frau eines anderen Mannes gefickt hat.«

»Also gut«, erwiderte sie trotzig, »dann lasse ich mich von dir scheiden.«

»Aus welchem Grund?«

»Ehebruch.«

»Du hast keinen Beweis.« Als Daisy erwidern wollte, dass es kein Problem darstellte, Beweise zu beschaffen, grinste er boshaft und fügte hinzu: »Und ich werde dafür sorgen, dass du keine Beweise bekommst.«

Wenn er bei seinen Liebschaften diskret vorging, war es tatsächlich so gut wie unmöglich, ihm etwas nachzuweisen, begriff Daisy mit wachsendem Entsetzen. »Aber du hast mich hinausgeworfen!«.

»Ich werde dem Richter sagen, dass meine Tür dir jederzeit offen steht.«

Daisy versuchte, die Tränen zu unterdrücken. »Ich hätte nie gedacht, dass du mich so sehr hasst«, sagte sie kläglich.

»Nein? Na, dann weißt du es jetzt.«

Lloyd suchte Boy Fitzherberts Haus in Mayfair am Vormittag auf, weil der Viscount um diese Zeit vermutlich nüchtern war. Er sagte dem Butler, er sei Major Williams, ein entfernter Verwandter.

Seiner Ansicht nach war ein Gespräch von Mann zu Mann einen Versuch wert. Boy wollte bestimmt nicht den Rest seines Lebens der Rache widmen. Lloyd kam in Uniform, in der Hoffnung, dass Boy ihn als Waffenkameraden betrachtete. Bestimmt würde die Vernunft den Sieg davontragen.

Er wurde in den Morgensalon geführt, wo Boy die Zeitung las und eine Zigarre rauchte. Boy brauchte einen Augenblick, bis er ihn erkannte. »Sie!«, rief er und fügte grob hinzu: »Sie können sich gleich wieder verpissen.«

»Ich bin gekommen, weil ich Sie bitten wollte, sich von Daisy scheiden zu lassen.«

»Raus!« Boy erhob sich.

Lloyd sagte: »Ich sehe Ihnen an, dass Sie mit dem Gedanken spielen, mir eine runterzuhauen, aber der Fairness halber sollte ich Ihnen mitteilen, dass es nicht so einfach sein wird, wie Sie es sich vorstellen. Ich bin kleiner als Sie, aber ich boxe im Weltergewicht und habe eine Reihe von Turnieren gewonnen.«

»Keine Angst, an Ihnen mache ich mir nicht die Hände schmutzig.«

»Eine kluge Entscheidung. Also, werden Sie die Scheidung in Erwägung ziehen?«

»Absolut nicht.«

»Es gibt da etwas, das Sie nicht wissen«, sagte Lloyd. »Ich frage mich, ob es Sie umstimmen könnte.«

»Das bezweifle ich«, erwiderte Boy. »Aber wenn Sie schon hier sind – bitte sehr, versuchen Sie's.« Er setzte sich, ohne Lloyd einen Platz anzubieten.

Du hast es dir selbst zuzuschreiben, dachte Lloyd.

Aus der Jackentasche nahm er eine verblasste Sepiafotografie. »Seien Sie so freundlich, und sehen Sie sich dieses Bild von mir an.« Er legte es neben Boys Aschenbecher auf den Beistelltisch.

Boy nahm das Foto in die Hand. »Das sind nicht Sie. Der Mann sieht aus wie Sie, aber die Uniform ist aus viktorianischer Zeit. Das muss Ihr Vater sein.«

»Mein Großvater. Drehen Sie es um.«

Boy las die Aufschrift auf der Rückseite. »Earl Fitzherbert?«

»Jawohl. Der ehemalige Earl, Ihr Großvater – und meiner. Daisy hat das Foto auf Tŷ Gwyn gefunden.« Lloyd atmete tief

775

durch. »Sie haben zu Daisy gesagt, niemand wisse, wer mein Vater sei. Nun, ich kann es Ihnen sagen: Es ist Earl Fitzherbert. Wir sind Brüder.« Er wartete auf Boys Reaktion.

Boy lachte. »Absurd!«

»Genau meine Reaktion, als ich davon erfahren habe.«

»Nun, ich muss sagen, Sie haben mich überrascht. Ich dachte, Sie würden sich etwas Besseres einfallen lassen als diese alberne Fantasiegeschichte.«

Lloyd hatte gehofft, die Enthüllung würde Boy so sehr mitnehmen, dass ein Sinneswandel eintrat, aber bislang funktionierte es nicht. Dennoch setzte er seine Argumentation fort. »Kommen Sie, Boy – wie unwahrscheinlich ist das denn? Passiert so etwas in den großen Häusern denn nicht dauernd? Hausmädchen sind hübsch, junge Adelssprosse sind geil, und die Natur nimmt ihren Lauf. Wenn ein Kind auf die Welt kommt, wird die Sache vertuscht. Tun Sie doch nicht so, als wüssten Sie nicht, dass solche Dinge vorkommen.«

»Zweifellos geschieht so etwas oft genug.« Boys Selbstsicherheit war angeschlagen, aber er polterte einfach weiter. »Wahrscheinlich gibt es deshalb so viele Leute, die behaupten, mit der Aristokratie verwandt zu sein.«

»Oh, bitte«, erwiderte Lloyd geringschätzig. »Ich möchte keine Verwandtschaft zur Aristokratie. Ich bin kein Tuchverkäufer, der sich in Träumen von Größe ergeht. Ich komme aus einer Familie angesehener sozialistischer Politiker. Mein Großvater mütterlicherseits gehörte zu den Gründern der südwalisischen Bergarbeitergewerkschaft. Eine außereheliche Verwandtschaft mit einem konservativen Angehörigen des Hochadels ist das Letzte, was ich gebrauchen kann. Das bringt mich in größte Verlegenheit.«

Boy lachte wieder, aber längst nicht mehr so überzeugt. »Es bringt *Sie* in Verlegenheit? Das nenne ich Snobismus – nur auf den Kopf gestellt.«

»Auf den Kopf gestellt? Ich habe größere Chancen als Sie, Premierminister zu werden.« Lloyd begriff, dass die Auseinandersetzung zu einem Kräftemessen entartet war, und das wollte er nicht. »Wie auch immer«, sagte er, »ich versuche nur, Ihnen klarzumachen, dass Sie nicht den Rest Ihres Lebens damit verbringen können, sich an mir zu rächen – und sei es nur, weil wir Brüder sind.«

»Ich glaube es noch immer nicht«, sagte Boy, stellte das Foto auf den Beistelltisch und nahm seine Zigarre.

»Ich habe es zuerst auch nicht geglaubt.« Lloyd ließ nicht locker; seine Zukunft stand auf dem Spiel. »Dann wurde ich darauf aufmerksam gemacht, dass meine Mutter auf Tŷ Gwyn gearbeitet hat, als sie schwanger wurde, und dass sie immer ausgewichen ist, wenn es um die Identität meines Vaters ging, und dass sie kurz vor meiner Geburt irgendwoher die Mittel erhielt, ein Haus mit vier Zimmern in London zu kaufen. Als ich sie mit meinem Verdacht konfrontierte, gab sie die Wahrheit zu.«

»Das ist lachhaft.«

»Aber Sie wissen, dass es stimmt, nicht wahr?«

»Ich weiß nichts dergleichen.«

»Doch, Sie wissen es. Um unserer Blutsverwandtschaft willen, wollen Sie nicht anständig sein?«

»Ganz gewiss nicht.«

Lloyd begriff, dass er nicht siegen würde. Er war niedergeschlagen. Boy besaß die Macht, Lloyds Leben zu zerstören, und er war entschlossen, diese Macht zu nutzen.

Lloyd nahm das Foto an sich und steckte es zurück in die Tasche. »Irgendwann werden Sie Ihren Vater danach fragen. Sie werden sich nicht ewig beherrschen können. Irgendwann wollen Sie die Wahrheit erfahren.«

Boy gab einen verächtlichen Laut von sich.

Lloyd wandte sich zum Gehen. »Ich glaube, er wird Ihnen die Wahrheit sagen. Auf Wiedersehen, Boy.«

Er ging hinaus und schloss die Tür hinter sich.

KAPITEL 16

1943 (II)

Oberst Alfred Beck bekam im März 1942 bei Charkow eine russische Kugel in den rechte Lungenflügel. Er hatte Glück: Ein Feldarzt legte eine Bülau-Drainage, sodass die Lunge sich wieder entfalten konnte, und rettete ihm auf diese Weise das Leben. Geschwächt vom Blutverlust und der unvermeidlichen Infektion wurde Beck in einen Zug Richtung Heimat gesetzt und landete schließlich in dem Krankenhaus in Berlin, in dem Carla arbeitete.

Beck war ein zäher, drahtiger Mann Anfang vierzig, frühzeitig kahl geworden und mit einem vorstehenden Kinn wie dem Bug eines Wikingerlangschiffs. Als er zum ersten Mal mit Carla sprach, war sein Verstand von Medikamenten und Fieber vernebelt, und er war auf gefährliche Weise indiskret. »Wir werden den Krieg verlieren«, sagte er.

Carla spitzte die Ohren. Ein unzufriedener Offizier war eine potenzielle Informationsquelle. Beiläufig sagte sie: »In den Zeitungen heißt es, wir würden unsere Front im Osten begradigen.«

Beck lachte spöttisch auf. »Im Klartext heißt das, wir ziehen uns zurück.«

Carla zog ihm weiter die Würmer aus der Nase. »In Italien sieht es auch nicht gut aus, nicht wahr?« Am 13. Mai hatten die deutschen und italienischen Truppen in Tunesien kapituliert, und Italien sah der alliierten Invision entgegen.

»Es sieht nirgendwo gut aus. Erinnern Sie sich noch an 1939 und 1940?«, fragte Beck in einer Anwandlung von Nostalgie. »Damals haben wir einen brillanten Blitzsieg nach dem anderen gefeiert. Was war das für eine Zeit ...«

Offensichtlich war er kein Ideologe. Vielleicht war er nicht einmal politisch interessiert. Beck schien ein vaterlandsliebender, desillusionierter Offizier zu sein, der sich nichts mehr vormachte.

778

Carla hakte nach. »Aber es kann doch wohl nicht stimmen, dass es der Wehrmacht an allem fehlt, von Munition bis hin zu Unterhosen.« Diese scheinbar unverfänglichen Bemerkungen – in Wahrheit ein behutsames Auskundschaften – waren gefährlicher als je zuvor, aber gar nicht mehr so ungewöhnlich im Berlin dieser Tage.

»Leider stimmt es doch.« Beck stand unter starkem Medikamenteneinfluss, konnte sich aber noch einigermaßen deutlich artikulieren. »Deutschland kann einfach nicht so viele Gewehre und Panzer produzieren wie die Sowjetunion, Großbritannien und die Vereinigten Staaten zusammen – besonders nicht, wenn unsere Fabriken ständig bombardiert werden. Und ganz egal, wie viele Russen wir töten, die Rote Armee scheint einen unerschöpflichen Vorrat an Rekruten zu haben.«

»Was wird geschehen? Was glauben Sie?«

»Die Nazis werden ihre Niederlage nie eingestehen, also werden weiter Menschen sterben … Millionen. Und das nur, weil die Nazis zu stolz sind, um zu kapitulieren. Was für ein Wahnsinn …« Er schlief ein.

Man musste schon verrückt oder lebensmüde sein, um solche Gedanken laut auszusprechen, doch Carla war sicher, dass immer mehr Menschen so dachten. Trotz der erbarmungslosen Regierungspropaganda wurde immer offensichtlicher, dass Hitlerdeutschland den Krieg verlor.

Der Tod Joachim Kochs war nicht von der Polizei untersucht worden. In der Zeitung hatte gestanden, er sei einem Verkehrsunfall zum Opfer gefallen. Carla hatte den anfänglichen Schock zwar überwunden; aber dann und wann kam ihr noch immer zu Bewusstsein, dass sie an der Ermordung dieses Mannes beteiligt gewesen war, und sie durchlebte die Tat noch einmal. Jedes Mal zitterte sie am ganzen Leib und musste sich setzen. Einmal hatte sie sogar im Dienst einen solchen Anfall erlitten, hatte ihn jedoch überspielen können und ihren Kollegen gegenüber als Hungerschwäche bezeichnet – ein leider häufiges Phänomen in dem vom Krieg gebeutelten Berlin.

Doch Carlas Mutter ging es noch viel schlechter. Es war seltsam, dass sie Joachim Koch geliebt hatte, diesen schwachen, dummen Jungen, doch Liebe ließ sich nun mal nicht erklären. Carla selbst hatte sich ja auch in Werner Franck geirrt. Sie hatte ihn für stark und tapfer gehalten, hatte dann aber erkennen müssen, wie selbstsüchtig und feige er in Wirklichkeit war.

Carla sprach viel mit Beck, bevor er entlassen wurde. Sie wollte wissen, was für ein Mann er war. Nachdem er sich erholt hatte, äußerte er sich nie mehr defätistisch über den Krieg. Carla fand heraus, dass Beck ein Berufssoldat war. Seine Frau war tot, und seine verheiratete Tochter lebte in Buenos Aires. Sein Vater war Stadtrat in Berlin gewesen. Beck wollte allerdings nicht sagen, in welcher Partei, was den Schluss zuließ, dass sein Vater nicht der NSDAP angehört hatte. Beck redete nie schlecht über Hitler, sagte aber auch nichts Positives über ihn. Außerdem sprach er niemals schlecht über die Juden und Kommunisten. In Zeiten wie diesen war selbst das schon subversiv.

Becks Lunge würde heilen, aber er würde nie wieder kräftig genug sein, um an die Front zurückzukehren. Er erzählte Carla, man habe ihn in den Generalstab versetzt.

Nach Carlas Überzeugung konnte dieser Mann sich als Goldmine erweisen. Sie würde zwar ihr Leben riskieren, wenn sie an Beck herantrat, um ihn zu rekrutieren, aber sie musste es versuchen; eine solche Chance bot sich ihr wahrscheinlich nie wieder.

Carla wusste, dass Beck sich nicht an ihr erstes Gespräch würde erinnern können, als er unter starken Medikamenten gestanden hatte. »Sie waren sehr offen«, sagte sie leise, obwohl niemand in der Nähe war. »Sie haben gesagt, dass wir den Krieg verlieren.«

Angst flackerte in Becks Augen. Jetzt war er nicht mehr der benebelte, stoppelbärtige Patient im Krankenhausgewand. Er war gewaschen und rasiert, und er saß aufrecht im Bett und trug einen dunkelblauen Pyjama. »Ich nehme an, Sie werden mich jetzt der Gestapo melden«, sagte er. »Ich glaube allerdings nicht, dass ein Mann dafür verantwortlich gemacht werden kann, wenn er im Delirium wirres Zeug redet.«

»Das haben Sie nicht«, erwiderte Carla. »Sie haben sich klar und deutlich ausgedrückt. Aber ich werde Sie niemandem melden.«

»Nicht?«

»Nein.«

»Warum nicht?«

»Weil Sie recht haben.«

Beck war überrascht. »Jetzt sollte ich wohl *Sie* melden.«

»Wenn Sie das tun, werde ich aussagen, dass Sie Hitler im Delirium beleidigt haben, und als ich dann gedroht habe, Sie zu melden, hätten Sie sich diese Geschichte ausgedacht und mich aus Angst zuerst angezeigt.«

»Wenn ich Sie denunziere, werden Sie auch mich denunzieren«, sagte Beck. »Das nennt man wohl ein Patt.«

»Aber Sie werden mich nicht denunzieren«, erwiderte Carla.

»Woher wollen Sie das wissen?«

»Weil ich Sie kenne. Ich habe Sie gepflegt. Sie sind ein guter, aufrechter Mann. Sie sind aus Vaterlandsliebe zur Wehrmacht gegangen, aber Sie hassen den Krieg, und Sie hassen die Nazis.« Carla war sich zu neunundneunzig Prozent sicher.

»Es ist gefährlich, so zu reden«, bemerkte Beck.

»Ich weiß.«

»Dann ist das also kein beiläufiges Gespräch.«

»Stimmt. Sie haben gesagt, es würden noch Millionen sterben, nur weil die Nazis zu stolz sind, um aufzugeben.«

»Habe ich das gesagt?«

»Sie könnten helfen, wenigstens ein paar von diesen Millionen zu retten.«

»Und wie?«

Carla hielt kurz inne. Nun waren sie an dem Punkt, an dem sie ihr Leben riskierte. »Ich kann jede Information, die Sie bekommen, an die richtigen Stellen weiterleiten.« Sie hielt den Atem an. Wenn sie sich in Beck geirrt hatte, war sie so gut wie tot.

Carla sah das Erstaunen in seinen Augen. Der Oberst konnte sich nicht vorstellen, dass diese tüchtige junge Krankenschwester eine Spionin war. Aber er glaubte ihr; das war nicht zu übersehen.

»Ich glaube, ich verstehe Sie«, sagte Beck.

Carla reichte ihm eine leere grüne Krankenhausaktenmappe.

»Wofür ist das?«, fragte er.

»Sie sind Soldat. Sie wissen doch, was Tarnung ist.«

Er nickte. »Sie riskieren Ihr Leben«, sagte er, und Carla sah so etwas wie Bewunderung in seinen Augen.

»Das tun Sie jetzt auch.«

»Ja«, erwiderte der Oberst. »Aber ich bin daran gewöhnt.«

Früh am Morgen nahm Thomas Macke den jungen Oberleutnant Werner Franck mit zur Haftanstalt Plötzensee in Charlottenburg. »Ich möchte, dass Sie sich etwas ansehen«, sagte er. »Dann können Sie General Dorn berichten, wie effektiv wir sind.«

Macke parkte am Schuckertdamm und führte Werner in den hinteren Teil des Gefängnisgebäudes. Sie betraten einen etwa fünfzehn Meter langen und halb so breiten Raum. Dort wartete ein Mann in Frack, Zylinder und weißen Handschuhen. Verwirrt vom Anblick dieser seltsamen Kostümierung runzelte Werner die Stirn.

»Das ist Herr Reichhart«, sagte Macke. »Der Henker.«

Werner schluckte. »Dann werden wir uns eine Hinrichtung anschauen?«

»Ja.«

Gelassen, auch wenn es wahrscheinlich nur gespielt war, fragte Werner: »Aber warum dieses seltsame Kostüm?«

Macke zuckte mit den Schultern. »Tradition.«

Ein schwarzer Vorhang teilte den Raum in zwei Hälften. Macke zog ihn zurück. Ein Stahlträger unter der Decke kam zum Vorschein, an dem acht Haken befestigt waren.

»Zum Hängen?«, fragte Werner.

Macke nickte.

Außerdem gab es einen Holztisch mit Riemen, um jemanden darauf festzubinden; an einem Ende des Tisches befand sich eine Vorrichtung, deren Form unverkennbar war. Auf der anderen Seite stand ein Korb.

Der junge Leutnant wurde bleich und schluckte. »Eine Guillotine.«

»Ganz recht«, bestätigte Macke und schaute auf die Uhr. »Man wird uns nicht mehr lange warten lassen.«

Weitere Männer kamen in den Raum. Mehrere von ihnen nickten Macke zur Begrüßung zu. »Die Vorschriften verlangen, dass der Richter, die Schöffen, der Gefängnisdirektor und der Kaplan der Hinrichtung beiwohnen«, raunte Macke Werner ins Ohr.

Werner schluckte. Es gefiel ihm ganz und gar nicht, was er hier sah. Es sollte ihm auch nicht gefallen: Macke hatte ihn nicht mit hierher genommen, um General Dorn zu beeindrucken. Er machte sich Sorgen um Werner. Irgendetwas stimmte nicht mit ihm.

Werner arbeitete für Dorn; das stand außer Frage. Er hatte

782

den General bei einem Besuch der Gestapo-Zentrale begleitet. Anschließend hatte Dorn einen Bericht geschrieben, in dem stand, die Berliner Gegenspionage sei äußerst beeindruckend. In dem Bericht hatte er Macke sogar namentlich erwähnt, was ihn noch immer mit Stolz erfüllte.

Doch Macke konnte Werners Verhalten von vor einem Jahr nicht vergessen, als sie in der verwaisten Gerberei am Ostbahnhof beinahe einen Spion gefasst hätten. Werner war in Panik geraten. Egal ob zufällig oder nicht, er hatte dem Spion die Flucht ermöglicht. Macke wurde den Verdacht nicht los, dass Werners Panik nur gespielt gewesen war und dass er den Radau bewusst ausgelöst hatte.

Doch Macke wagte es nicht, Werner zu verhaften und verhören zu lassen. Natürlich wäre es ihm möglich gewesen, aber General Dorn könnte intervenieren, und dann würde man ihn, Macke, genauer unter die Lupe nehmen. Sein Chef, Kriminaldirektor Kringelein, der ihn nicht sonderlich mochte, würde ihn fragen, welche Beweise er gegen Werner habe … und er hatte keine.

Aber das hier würde schon die Wahrheit ans Licht bringen.

Die Tür öffnete sich erneut, und zwei Gefängniswärter führten eine junge Frau namens Lili Markgraf herein.

Macke hörte, wie Werner nach Luft schnappte.

»Was ist?«, fragte er.

»Sie haben mir nicht gesagt, dass es eine junge Frau ist.«

»Kennen Sie die Frau?«

»Nein.«

Lili war zweiundzwanzig, das wusste Macke, doch sie sah jünger aus. Ihr blondes Haar war an diesem Morgen so kurz wie das eines Mannes geschnitten worden. Sie humpelte und ging leicht vornübergebeugt, als hätte sie Leibschmerzen. Sie trug ein schlichtes, kragenloses blaues Kleid aus schwerer Baumwolle. Ihre Augen waren rot vom Weinen. Die Wärter hielten sie an den Armen; sie wollten kein unnötiges Risiko eingehen.

»Diese Frau wurde von einer Verwandten denunziert, die ein russisches Codebuch in ihrem Zimmer gefunden hat«, erklärte Macke.

»Warum läuft sie so seltsam?«

»Das ist eine Nachwirkung des Verhörs. Leider haben wir trotzdem nichts aus ihr herausbekommen.«

783

Werner hatte eine gleichgültige Miene aufgesetzt. »Eine Schande«, sagte er. »Sie hätte uns zu weiteren Spionen führen können.«

Macke sah keinen Hinweis darauf, dass Werner ihm nur etwas vorspielte. »Diese Frau kannte ihren Verbindungsmann nur als ›Heinrich‹, kein Nachname, und auch der Vorname könnte ein Pseudonym sein. Frauen zu verhaften bringt meiner Meinung nach nicht viel. Sie wissen einfach nicht genug.«

»Aber wenigstens haben Sie ihr Codebuch.«

»Was immer es uns nützen soll. Sie ändern regelmäßig das Schlüsselwort, sodass wir mit der Dechiffrierung einfach nicht vorankommen.«

»Zu schade.«

Einer der Männer räusperte sich und sprach laut genug, dass alle ihn hören konnten. Er stellte sich als Gerichtvorsitzenden vor und verlas anschließend das Todesurteil.

Die Wärter führten Lili zum Holztisch. Dort gaben sie ihr kurz Gelegenheit, sich freiwillig hinzulegen, doch sie wich einen Schritt zurück, sodass die Männer sie nach unten drücken mussten. Lili wehrte sich nicht. Mit dem Gesicht nach unten schnallten die Wärter sie fest.

Der Kaplan sprach ein Gebet.

»Nein«, sagte Lili, ohne die Stimme zu heben. »Nein, bitte, lasst mich gehen. Lasst mich gehen.« Sie sprach so ruhig und zusammenhängend, als würde sie jemanden um einen Gefallen bitten.

Der Mann im Zylinder schaute zum Vorsitzenden, worauf dieser den Kopf schüttelte. »Noch nicht«, sagte er. »Das Gebet muss zu Ende gesprochen sein.«

Nun hob Lili doch die Stimme. »Ich will nicht sterben! Ich habe Angst! Bitte, tun Sie mir das nicht an! Bitte!«

Wieder schaute der Henker zum Vorsitzenden. Diesmal ignorierte der ihn einfach.

Macke ließ Werner keine Sekunde aus den Augen. Der junge Oberleutnant fühlte sich sichtlich unwohl, aber das galt für fast alle in diesem Raum. Macke musste erkennen, dass er sich geirrt hatte: Der Besuch der Hinrichtung taugte nicht als Test, wie er es sich erhofft hatte. Werners Reaktion bewies, dass er sensibel war, aber nicht, dass es sich bei ihm um einen Verräter handelte. Macke musste sich etwas anderes einfallen lassen.

Lili begann zu schreien.
Selbst Macke wurde nun ungeduldig.
Der Priester beeilte sich mit seinem Gebet.
Als er »Amen« sagte, verstummten Lilis Schreie, als wüsste sie, dass nun alles vorbei war.
Der Vorsitzende nickte.
Der Henker zog an einem Hebel, und das Beil sauste herab.
Mit einem Zischen durchschnitt es Lilis bleichen Hals, und ihr kurz geschorener Kopf fiel in einem Blutstrom in den Korb.
Macke kam ein absurder Gedanke: Ob der Kopf wohl noch Schmerz empfand?

Carla traf Oberst Beck im Krankenhausflur. Er trug Uniform. Sie musterte ihn ängstlich. Seit seiner Entlassung hatte sie täglich mit der Furcht gelebt, er könne sie verraten haben und dass die Gestapo bereits unterwegs sei.
Aber Beck lächelte und sagte: »Ich komme gerade von einer Untersuchung bei Dr. Ernst.«
War das alles? Hatte er ihr Gespräch vergessen? Oder tat er nur so? Wartete draußen bereits eine schwarze Gestapo-Limousine?
Beck hielt eine grüne Krankenhausaktenmappe in der Hand.
Ein Krebsspezialist im weißen Kittel kam in ihre Richtung. Als er an ihnen vorbei war, fragte Carla: »Wie geht es Ihnen, Herr Oberst?«
»Gesünder werde ich nicht mehr. Ich werde nie mehr ein Regiment in die Schlacht führen, und mit dem Sport ist es auch vorbei. Aber abgesehen davon kann ich ein normales Leben führen.«
»Das freut mich zu hören.«
Weitere Leute gingen an ihnen vorbei. Carla befürchtete, dass Beck nie unter vier Augen mit ihr würde sprechen können.
»Ich möchte mich für Ihre Freundlichkeit und Ihre Professionalität bedanken, Schwester.«
»Das war doch selbstverständlich.«
»Auf Wiedersehen, Schwester Carla.«
»Auf Wiedersehen, Herr Oberst.«
Als Beck ging, hielt Carla die Aktenmappe in der Hand.

Mit schnellen Schritten ging sie zur Umkleide. Der Raum war leer. Sie stellte sich mit der Ferse an die Tür, sodass niemand hereinkommen konnte.

In der Aktenmappe befand sich ein großer Umschlag, wie man ihn in jedem Amt verwendete. Carla öffnete ihn. Er enthielt mehrere mit Maschine geschriebene Seiten. Sie schaute sich die erste Seite an, ohne sie ganz aus dem Umschlag zu ziehen. Die Überschrift lautete:

Operationsbefehl Nr. 6
Operation Zitadelle

Es war der Plan für die Sommeroffensive an der Ostfront!

Carlas Herz schlug schneller. Das war ein Volltreffer.

Sie musste den Umschlag an Frieda weitergeben, so schnell es ging. Leider hatte sie heute ihren freien Tag. Carla dachte darüber nach, das Krankenhaus sofort zu verlassen, mitten in ihrer Schicht, und zu Frieda zu fahren, verwarf den Gedanken aber rasch wieder. Es war besser, wenn sie sich normal verhielt, um keine unnötige Aufmerksamkeit zu erregen.

Sie steckte den Umschlag in ihre Umhängetasche, die an dem Garderobenhaken hing, legte den blau-goldenen Seidenschal darauf, den sie immer bei sich trug, um etwas darunter verbergen zu können, und wartete einen Moment, bis ihre Atmung sich normalisiert hatte. Dann ging sie auf ihre Station.

Den Rest ihrer Schicht arbeitete sie, so gut sie konnte; dann schnappte sie sich Mantel und Tasche, verließ das Krankenhaus und ging zum Bahnhof. Als sie an einem ausgebombten Haus vorbeikam, sah sie einen Schriftzug in den Trümmern des Gebäudes. Ein trotziger Nazi hatte geschrieben: »Unsere Mauern mögen brechen, unsere Herzen nicht.« Doch jemand anders hatte ironisch Hitlers Wahlkampfspruch von 1933 zitiert: »Gebt mir vier Jahre Zeit, und ihr werdet Deutschland nicht wiedererkennen.«

Carla kaufte sich eine Fahrkarte zum Bahnhof Zoo.

Im Zug kam sie sich wie eine Fremde vor. Wahrscheinlich waren alle anderen Fahrgäste gute, aufrechte Deutsche – und sie hatte Staatsgeheimnisse in der Tasche, die sie an Moskau verraten wollte. Dieser Gedanke machte ihr zu schaffen. Niemand schaute sie an; dennoch kam es ihr vor, als würden die Leute sich absichtlich von ihr abwenden. Sie konnte es kaum erwarten, Frieda den Umschlag zu geben.

Der Bahnhof Zoo lag unweit des Tiergartens. Die Bäume wurden von einem riesigen Flakturm überragt. Es war einer von drei solchen Türmen in Berlin, ein gewaltiger Betonklotz von über fünfzig Metern Höhe. An den Ecken des Daches waren vier große 12,8-cm-Flugabwehrskanonen montiert, die jeweils fünfundzwanzig Tonnen wogen. Der Beton war grün gestrichen, damit das Monstrum im Grün des Parks nicht ganz so unangenehm auffiel.

Doch so hässlich der Turm auch sein mochte, die Berliner liebten ihn. Wenn die Bomben fielen, versicherte ihnen das Donnern seiner Geschütze, dass jemand zurückschoss.

Noch immer angespannt ging Carla vom Bahnhof zum Haus der Francks. Es war früh am Nachmittag, also würden Friedas Eltern wohl außer Haus sein: Ludwig in seiner Fabrik und Monika bei einer Freundin, vielleicht bei Maud. Werners Motorrad parkte in der Einfahrt.

Der Diener öffnete die Tür. »Fräulein Frieda ist außer Haus, aber sie wird nicht lange fortbleiben«, sagte er. »Sie ist ins KaDeWe, um sich ein Paar Handschuhe zu kaufen. Herr Werner liegt mit einer schweren Erkältung im Bett.«

»Ich werde in ihrem Zimmer auf Frieda warten«, antwortete Carla, »wie immer.«

Sie zog ihren Mantel aus und ging nach oben. Die Tasche nahm sie mit. In Friedas Zimmer trat sie sich die Schuhe von den Füßen und legte sich aufs Bett, um den Plan für die Operation Zitadelle zu lesen. Ihre Hände zitterten; sie war angespannt wie eine überdrehte Uhr.

Plötzlich hörte sie ein Schluchzen aus dem Nebenzimmer.

Verwundert hielt sie inne. Das war Werners Zimmer. Es fiel Carla schwer, sich diesen Gigolo in Tränen aufgelöst vorzustellen. Doch das Geräusch stammte unverkennbar von einem Mann, der erfolglos versuchte, seine Trauer zu verbergen.

Carla steckte die Dokumente in ihre Tasche, ging hinaus und lauschte an Werners Tür. Jetzt hörte sie das Weinen deutlicher. Mitleid überkam sie. Sie brachte es nicht übers Herz, Werners Schmerz zu ignorieren. Kurz entschlossen öffnete sie die Tür.

Werner saß auf der Bettkante, den Kopf in den Händen. Er hatte die Krawatte abgenommen und den Hemdkragen geöffnet. Als die Tür sich öffnete, hob er den Blick und riss überrascht die Augen auf. Sein Gesicht war rot vom Weinen. Er starrte Carla an, und sie sah den Schmerz in seinen Augen. Er schien sich so elend zu fühlen, dass es ihn nicht einmal kümmerte, wer davon wusste und wer nicht.

»Was ist los?«, fragte Carla.

»Ich kann das nicht mehr …«

Sie schloss die Tür hinter sich. »Was ist denn passiert?«

»Sie haben Lili Markgraf den Kopf abgeschlagen … und ich musste zusehen.«

Carla starrte ihn offenen Mundes an. »Wovon sprichst du?«

»Sie war zweiundzwanzig Jahre alt …« Werner zog ein Taschentuch aus der Hosentasche und wischte sich damit übers Gesicht. »Du bist ohnehin schon in Gefahr, und wenn ich es dir erzähle, wird die Gefahr noch viel größer.«

In Carlas Kopf überschlugen sich die Gedanken und verdichteten sich zu abenteuerlichen Vermutungen. »Ich glaube, ich kann es mir denken«, sagte sie. »Erzähl es mir trotzdem.«

»Also gut.« Werner nickte. »Du wirst es sowieso bald erfahren. Lili hat Heinrich geholfen, Nachrichten nach Moskau zu senden. Es geht viel schneller, wenn jemand dem Funker die Codefolgen vorliest, und je schneller man ist, desto geringer ist die Wahrscheinlichkeit, dass man erwischt wird. Aber Lilis Cousine, die ein paar Tage bei ihr gewohnt hat, hat die Codebücher gefunden. Diese verdammte Nazi-Hexe …«

Seine Worte bestätigten Carlas Vermutung. »Du weißt von der Spionage?«

Werner schaute sie an und grinste schief. »Ich bin der Chef.«

»Was?«

»Deshalb musste ich auch die Sache mit den ermordeten Kindern auf sich beruhen lassen. Moskau hat es mir befohlen. Und sie hatten recht. Hätte ich meinen Posten im Luftfahrtministerium verloren, hätte ich keinen Zugang mehr zu Geheimpapieren oder Personen gehabt, die mir Geheimnisse zutragen konnten.«

Carla musste sich setzen. Sie kauerte sich neben Werner auf die Bettkante. »Warum hast du mir das nie erzählt?«

788

»Weil unter der Folter jeder redet. Wenn man nichts weiß, kann man auch nichts verraten. Diese Schweine haben Lili gefoltert. Aber sie kannte nur Wolodja, der in Moskau ist, und Heinrich, von dem sie nur den Vornamen kannte. Sonst wusste sie nichts.«

Carla schauderte. *Jeder redet unter der Folter.*

»Tut mir leid, dass ich dir das erzählt habe«, fuhr Werner fort, »aber nachdem du mich so gesehen hast, hättest du es ohnehin erraten.«

»Ich glaube, ich habe ich dich vollkommen falsch eingeschätzt«, sagte Carla.

»Das ist nicht deine Schuld. Ich habe dich ja auch absichtlich auf eine falsche Fährte geführt.«

»Trotzdem komme ich mir dumm vor. Zwei Jahre lang habe ich dich verachtet.«

»Und ich habe mich die ganze Zeit danach gesehnt, dir alles erklären zu können.«

Carla legte den Arm um ihn.

Werner nahm ihre Hand und küsste sie. »Kannst du mir verzeihen?«

Carla war sich ihrer Gefühle nicht sicher, wollte ihn aber nicht zurückweisen, erst recht nicht in seinem Zustand; deshalb antwortete sie: »Ja, natürlich.«

»Die arme Lili.« Werners Stimme war nur noch ein Flüstern. »Sie wurde so übel zusammengeschlagen, dass sie kaum noch zur Guillotine gehen konnte. Trotzdem hat sie bis zum Schluss um ihr Leben gefleht.«

»Wie kommt es, dass du dort gewesen bist?«

»Ich habe mich mit einem Gestapo-Mann angefreundet, einem Kriminalkommissar und Hauptsturmführer der SS. Der Mann heißt Macke.«

»Macke? Mein Gott, ich kenne diesen Kerl! Er hat meinen Vater verhaftet.« Carla erinnerte sich lebhaft an den Mann mit dem runden Gesicht und dem kleinen schwarzen Schnurrbart.

»Ich glaube, er hat mich irgendwie in Verdacht«, sagte Werner. »Dass ich bei der Hinrichtung dabei sein musste, war vermutlich eine Art Test. Vielleicht hat Macke geglaubt, ich würde die Selbstbeherrschung verlieren. Nun, wenn es darum ging, dürfte ich den Test bestanden haben.«

»Aber wenn man dich verhaften würde ...«

Werner nickte. »Jeder redet unter der Folter.«

»Und du weißt alles.«

»Ich kenne jeden Agenten und jeden Code. Ich weiß nur nicht, von wo sie senden. Das überlasse ich den Leuten selbst, und sie erzählen es mir nicht.«

Eine Zeit lang hielten sie sich schweigend bei den Händen. Schließlich sagte Carla: »Eigentlich bin ich gekommen, weil ich Frieda etwas bringen wollte, aber ich kann es genauso gut dir geben.«

»Und was?«

»Den Plan für die Operation Zitadelle.«

Werner war wie elektrisiert. »Ich versuche seit Wochen, diesen Plan in die Finger zu bekommen! Wo hast du ihn her?«

»Von einem Offizier im Generalstab. Ich sollte seinen Namen lieber nicht erwähnen.«

»Stimmt, sag ihn mir nicht. Aber ist der Plan auch echt?«

»Du kannst ihn dir anschauen.« Carla ging in Friedas Zimmer und kam mit dem großen Umschlag zurück. »Für mich sieht er echt aus, aber was weiß ich schon.«

Werner zog die Dokumente aus dem Umschlag und besah sie sich. Schließlich sagte er: »Die sind echt. Das ist unglaublich!« Er sprang auf. »Ich muss das sofort zu Heinrich bringen. Wir müssen es verschlüsseln und noch heute Nacht senden.«

Carla war ein wenig enttäuscht, dass der Moment der Zweisamkeit so schnell vorbei war; allerdings hätte sie auch nicht sagen können, was sie erwartet hatte.

Sie holte ihre Tasche aus Friedas Zimmer und folgte Werner nach unten.

An der Tür sagte er: »Ich bin froh, dass wir wieder Freunde sind.«

Er gab ihr einen Kuss auf den Mund und öffnete die Tür. Gemeinsam verließen sie das Haus. Während Werner auf sein Motorrad stieg, ging Carla die Einfahrt hinunter und in Richtung Bahnhof. Augenblicke später fuhr Werner hupend und winkend an ihr vorbei.

Nachdenklich blickte Carla ihm hinterher. Zwei Jahre lang hatte sie geglaubt, diesen Mann zu hassen; dabei hatte sie in ihrem

790

Herzen stets einen Platz für ihn freigehalten. Hatte sie ihre Liebe zu ihm bewahrt?

Sie wusste es nicht.

Macke hatte auf dem Rücksitz des schwarzen Mercedes Platz genommen. Neben ihm saß Werner. Um Mackes Hals hing eine Tasche. Er trug sie wie einen Schulranzen, allerdings auf der Brust, nicht auf dem Rücken. Sie war klein genug, dass sie unter seinem Mantel nicht zu sehen war. Ein dünner Draht führte von der Tasche zu einem Knopf, den Macke im Ohr trug. Es handelte sich um ein modernes Peilgerät, dessen Signal umso lauter wurde, je näher man einem Sender kam. Vor allem hatte es den Vorteil, dass es unauffälliger war als eine Antenne auf dem Dach eines Lieferwagens.

Macke starrte düster vor sich hin. Er steckte in großen Schwierigkeiten. Die Operation Zitadelle war eine Katastrophe gewesen. Noch vor Beginn der Offensive hatte die Rote Luftflotte die Flugfelder angegriffen, auf denen die Luftwaffe sich zusammengezogen hatte. Bereits nach einer Woche war die Operation Zitadelle abgeblasen worden, aber selbst das war schon zu spät gewesen, um die deutsche Wehrmacht vor nicht wiedergutzumachenden Schäden zu bewahren.

Die deutsche Führung war stets schnell damit bei der Hand, Volksfeinden und jüdisch-bolschewistischen Verschwörern die Schuld zu geben, wenn etwas schiefging, aber in diesem Fall hatte sie recht: Offenbar hatte die Rote Armee den Plan schon im Vorfeld gekannt – und das war Kriminaldirektor Kringelein zufolge Mackes Schuld. Schließlich war Macke Chef der Gegenspionage in Berlin. Seine Karriere stand auf dem Spiel, und nun drohte ihm die Entlassung oder gar Schlimmeres.

Seine einzige Hoffnung war ein großer Coup, eine spektakuläre Operation, um alle Spione auszuheben, die die deutschen Kriegsanstrengungen sabotierten. Deshalb hatte er Werner Franck heute eine Falle gestellt.

Sollte Franck sich allerdings als unschuldig erweisen, war Macke mit seinem Latein am Ende.

Vorne im Wagen gab ein Funkgerät plötzlich das typische statische Rauschen von sich. Mackes Puls ging schneller.

Der Fahrer griff zum Mikrofon. »Wagner hier ... Ja, ist gut.« Er ließ den Motor an. »Wir sind unterwegs.«

Es hatte begonnen.

»Wo fahren wir hin?«, fragte Macke.

»Nach Kreuzberg.« Das war ein dicht besiedelter, ärmerer Stadtteil Berlins südlich des Stadtzentrums.

Kaum waren sie losgefahren, heulten die Luftschutzsirenen.

Macke fluchte. Ausgerechnet jetzt! Er schaute aus dem Fenster. Die Flakscheinwerfer erstrahlten und erhellten den dunklen Himmel über der Reichshauptstadt. Macke beobachtete die Lichtsäulen der Flakscheinwerfer, von Hass auf Angreifer erfüllt. Zu gern hätte er gesehen, wie das Licht einen feindlichen Flieger erfasste; aber das hatte er noch nie miterlebt.

Als das Sirengeheul verstummte, hörte er das Dröhnen der näher kommenden Bomber. In den ersten Kriegsjahren waren britische Bombenangriffe nur von ein paar Dutzend Maschinen geflogen worden – was schlimm genug gewesen war –, aber jetzt kamen sie zu Hunderten. Der Lärm war furchterregend, noch bevor die Maschinen ihre Bombenlast abwarfen.

»Wir sollten die heutige Mission lieber abblasen«, sagte Werner besorgt.

»Nein, verdammt!«, widersprach Macke heftig.

Das dumpfe Grollen der Maschinen wurde immer lauter. Zielmarkierungsbomben fielen, sogenannte »Tannenbäume«, als der Wagen sich Kreuzberg näherte. Der Stadtteil war ein typisches Ziel für die Royal Air Force, die bei jedem Angriff so viele Fabrikarbeiter wie möglich zu eliminieren versuchte. Churchill und Attlee behaupteten zwar immer wieder, die Bomber würden nur militärische Ziele angreifen und dass zivile Opfer eine bedauerliche Nebenwirkung seien, aber das war Heuchelei. Die Berliner wussten es ohnehin besser.

So schnell er konnte, fuhr Wagner durch die von den Christbäumen erhellten Straßen. Außer Luftschutzwarten war niemand mehr unterwegs. Alle anderen waren verpflichtet, Schutz zu suchen. Die einzigen anderen Fahrzeuge waren Krankenwagen, Löschzüge und Polizei.

Verstohlen musterte Macke den jungen Oberleutnant. Werner war sichtlich nervös. Er rutschte auf dem Sitz hin und her, starrte ängstlich aus dem Fenster und scharrte mit dem Fuß.

Macke hatte seinen Verdacht, was Werner Franck betraf, nur mit seinen Leuten geteilt, mit niemandem sonst. Es würde ohnehin schwer genug für ihn werden, wenn er zugeben musste, einem Mann, den er für einen Spion gehalten hatte, Techniken und Methoden der Gestapo gezeigt zu haben. Schlimmstenfalls endete er in seiner eigenen Folterkammer. Also würde er erst den Mund aufmachen, wenn er sich seiner Sache vollkommen sicher war. Er hatte nur eine Chance, wenn er seinen Vorgesetzten gleichzeitig mit dem Geständnis einen gefangenen Spion präsentierte.

Sollte sein Verdacht sich als zutreffend erweisen, würde er nicht nur Werner Franck verhaften, sondern auch dessen Familie und Freunde, und er könnte die Zerschlagung eines riesigen Spionagerings verkünden. Das würde alles ändern. Seine Probleme wären auf einen Schlag gelöst. Vielleicht stand ihm dann sogar eine Beförderung in Aussicht.

Während eines Luftangriffs änderte sich die Art der Bomben, die auf ein Ziel abgeworfen wurden. Macke hörte das typische Knallen von Luftminen. War ein Ziel markiert, warf die RAF zuerst diese Minen, um die Dächer abzudecken, gefolgt von Brandbomben, um größtmögliche Schäden anzurichten, sowie Sprengbomben mit Verzögerungszünder, um die Rettungsmaßnahmen zu behindern und das Ausbreiten der Flammen zu beschleunigen. Das war grausam, aber Macke wusste, dass die Luftwaffe ähnlich vorging.

Das Geräusch in Mackes Ohrstöpsel setzte in dem Moment ein, als sie eine Straße mit fünfstöckigen Mietskasernen entlangfuhren. Das Viertel war schon öfter bombardiert worden, und viele Häuser waren schwer beschädigt.

»Wir sind mitten im Zielgebiet, um Himmels willen.« Werners Stimme bebte.

Macke war es egal. So oder so, heute Nacht ging es um Leben oder Tod für ihn. »Umso besser«, sagte er. »Der Pianist wird glauben, sich während eines Bombenangriffs nicht um die Gestapo sorgen zu müssen.«

Wagner hielt neben einer brennenden Kirche und deutete in eine Nebenstraße. »Da lang«, sagte er.

Die Männer sprangen aus dem Wagen und liefen die Straße hinunter.

»Sind Sie sicher, dass es wirklich ein Spion ist?«, fragte Werner. »Könnte es nicht jemand anders sein?«

»Jemand anders, der ein Funksignal absetzt?«, erwiderte Macke. »Wer denn?«

Er hörte noch immer den Ton in seinem Ohr, aber nur noch leise, denn der Lärm des Luftangriffs war mittlerweile ohrenbetäubend: das Dröhnen der Flugzeuge, das Donnern der Bomben, das Rattern der Luftabwehrgeschütze, das Krachen einstürzender Gebäude und das Tosen gewaltiger Feuersbrünste.

Sie kamen an einem Stall vorbei, in dem Pferde voller Panik wieherten. Das Signal in Mackes Gerät wurde immer stärker. Werner ließ gehetzt den Blick schweifen. Macke beobachtete ihn ein paar Sekunden lang. War Franck tatsächlich ein Spion, musste er befürchten, dass einer seiner Genossen in wenigen Augenblicken von der Gestapo verhaftet wurde. Und dann würde er sich fragen, wie er das verhindern konnte. Würde Franck den Trick vom letzten Mal wiederholen, oder ließ er sich etwas Neues einfallen? Oder war er vielleicht doch kein Spion? Dann war diese Farce pure Zeitverschwendung.

Macke zog den Stöpsel aus dem Ohr und reichte ihn Werner. »Hören Sie selbst«, sagte er.

Werner lauschte. »Ja, das Signal wird stärker.« Panik spiegelte sich in seinen Augen, als er den Ohrstöpsel an Macke zurückgab.

Jetzt hab ich dich, du Hurensohn, dachte Macke triumphierend.

Mit lautem Krachen schlug eine Bombe in ein Gebäude ein, an dem sie Sekunden zuvor vorbeigekommen waren. Sie drehten sich um und sahen meterlange Flammen aus den Schaufenstern einer Bäckerei schlagen. Wagner schnappte nach Luft. »Verdammte Scheiße!«, rief er. »Das war knapp!«

Sie erreichten eine Schule, ein niedriges Ziegelgebäude mit asphaltiertem Hof. »Ich glaube, der Mistkerl ist da drin«, verkündete Macke.

Die drei Männer stiegen die wenigen Stufen zum Eingang hinauf. Die Tür war nicht abgeschlossen. Sie gingen hinein und gelangten in einen breiten Flur. Am anderen Ende war eine große Tür zu sehen, die vermutlich in die Aula führte.

»Geradeaus«, sagte Macke und zog seine Waffe, eine P38.

Wieder krachte es. Die Explosion war erschreckend nah und ließ das ganze Gebäude erzittern. Die Fenster zersprangen. Glassplitter regneten auf den Boden. Die Bombe musste auf dem Spielplatz eingeschlagen sein.

»Raus hier!«, rief Werner. »Der Bau bricht jeden Moment zusammen!«

Das Gebäude würde keineswegs zusammenbrechen; das sah Macke nur zu deutlich. Der Mistkerl versuchte nur wieder, dem Pianisten zur Flucht zu verhelfen, wie schon einmal.

Werner rannte los, doch anstatt auf dem gleichen Weg zurückzulaufen, den sie gekommen waren, hielt er auf die Aula zu.

Um seine Freunde zu warnen, dachte Macke.

Wagner zog seine Pistole, doch Macke sagte: »Nein. Nicht schießen.«

Werner erreichte das Ende des Flurs und riss die Tür zur Aula auf. »Raus hier, schnell!«, rief er. »Jeden Moment ...«

Er verstummte abrupt.

In der Aula saß Mann, Mackes Techniker, und sendete irgendwelchen Unsinn mit einem Kofferfunkgerät. Neben ihm standen Schneider und Richter, beide mit Waffen in der Hand.

Wagner trat vor und richtete die Pistole auf Werners Kopf.

Macke sagte: »Du bist verhaftet, du Bolschewistenschwein.«

Werner handelte schnell. Er riss den Kopf zur Seite, weg von der Waffe, packte Wagners Arm und zerrte den Mann in die Aula. Auf diese Weise wurde Werner einen Augenblick durch Wagners Körper geschützt. Dann stieß er ihn von sich weg. Wagner stolperte und fiel. Einen Moment später war Werner aus der Aula und schlug die Tür hinter sich zu.

Ein paar Sekunden lang waren nur Werner und Macke im Flur.

Werner bewegte sich auf Macke zu. Der richtete die P38 auf ihn. »Stehen bleiben, oder ich schieße!«

»Das werden Sie nicht tun.« Werner kam näher. »Sie müssen mich verhören und die anderen finden.«

Macke richtete die Waffe auf Werners Beine. »Ich kann dich auch mit einer Kugel im Bein verhören«, sagte er und drückte ab.

Das Geschoss verfehlte sein Ziel. Werner sprang vor, schlug Macke die Waffe aus der Hand und rannte an ihm vorbei.

Macke raffte die Waffe vom Boden auf und riss sie in dem Moment hoch, als Werner die Schultür erreichte. Macke zielte auf die Beine und feuerte erneut. Die ersten drei Schüsse verfehlten ihr Ziel, und Werner stürmte durch die Tür.

Macke schoss noch einmal. Diesmal schrie Werner auf und fiel zu Boden.

Macke stieß einen Triumphschrei aus und rannte durch den Flur auf Werner zu. Hinter sich hörte er die anderen aus der Aula kommen.

In diesem Moment explodierte mit ohrenbetäubendem Krachen das Dach der Schule, gefolgt von einem dumpfen Schlag. Flüssiges Feuer strömte wie ein Wasserfall herab. Macke schrie gellend, zuerst vor Entsetzen, dann vor Schmerz, als seine Kleidung Feuer fing. Kreischend fiel er zu Boden.

Dann gab es nur noch Stille und Dunkelheit.

In der Eingangshalle des Krankenhauses waren die Ärzte damit beschäftigt, die Verletzten nach der Schwere der Fälle einzuteilen. Die Leichtverletzten wurden in den Wartebereich der Notaufnahme geschickt, wo zumeist Schwesternschülerinnen ihnen die Wunden säuberten und sie mit Aspirin versorgten. Die schwereren Fälle wurden direkt in der Eingangshalle notbehandelt und dann zu den Spezialisten nach oben geschickt. Und die Toten wiederum wurden nach draußen auf den Hof getragen und auf den kalten Boden gelegt, wo sie blieben, bis jemand sie abholte.

Dr. Ernst untersuchte gerade ein schreiendes Brandopfer und verschrieb Morphium. »Ziehen Sie ihm anschließend die Kleider aus und verteilen Sie Salbe auf die Verbrennungen«, wies er Carla und Frieda an und ging zum nächsten Verwundeten.

Carla zog eine Spritze auf, während Frieda vorsichtig die verbrannte Kleidung des Verwundeten wegschnitt. Der Mann hatte schwere Verbrennungen an der gesamten rechten Körperseite; die linke Seite war nicht ganz so schlimm verletzt. Dort, am linken Oberschenkel, fand Carla dann auch eine geeignete Stelle für die Injektion. Sie wollte dem Patienten gerade die Spritze geben, als sie sein Gesicht sah.

Sie erstarrte.

Sie kannte dieses feiste, runde Gesicht mit dem Schnauzbart, der wie ein Schmutzfleck unter der Nase aussah. Vor zwei Jahren war dieser Mann in ihr Elternhaus gekommen, hatte ihren Vater verhaftet und so schrecklich gefoltert, dass er seinen Verletzungen erlegen war.

Der Mann war Kriminalkommissar Thomas Macke von der Gestapo.

Carlas Hände zitterten. Du hast meinen Vater umgebracht, ging es ihr durch den Kopf, während sie in das Gesicht des Mannes blickte. Jetzt könnte ich dich umbringen.

Es wäre so einfach. Sie könnte ihm die vierfache Dosis Morphium verabreichen. Niemand würde etwas bemerken, besonders nicht in einer Nacht wie dieser. Macke würde sofort das Bewusstsein verlieren und binnen weniger Minuten sterben. Die todmüden, völlig überlasteten Ärzte würden davon ausgehen, dass sein Herz versagt hatte. Niemand würde die Diagnose anzweifeln, niemand würde Fragen stellen. Macke wäre nur einer von Tausenden, die bei einem schweren Bombenangriff ums Leben gekommen waren. Ruhe in Frieden.

Carla wusste, dass Werner befürchtete, Macke könne ihm auf der Spur sein. Werner drohte jeden Tag die Verhaftung. Und dann … *Jeder redet unter der Folter.* Werner könnte Frieda verraten, Heinrich und andere. Auch sie, Carla.

Sie könnte alle retten.

Es war ganz einfach.

Aber sie zögerte.

Carla fragte sich, warum. Macke war ein Folterknecht und Mörder. Er hatte tausend Tode verdient. Außerdem hatte sie schon einen Menschen umgebracht oder zumindest dabei geholfen: Leutnant Joachim Koch. Aber das war Notwehr gewesen, denn Koch hatte ihre Mutter zu Tode treten wollen. Das hier war etwas ganz anderes.

Macke war ein Verwundeter, ein Patient.

Carla war nicht besonders religiös, aber bestimmte Dinge waren ihr heilig. Sie war Krankenschwester, und die Patienten schenkten ihr Vertrauen. Sie wusste, dass Macke ohne Zögern weiter foltern und morden würde, aber sie war nicht wie er. Das hatte nichts mit ihm zu tun, sondern mit ihr.

Wenn sie einen Patienten tötete, würde sie ihren Beruf aufgeben müssen; sie könnte sich nie wieder um kranke Menschen kümmern. Sie wäre wie ein Politiker, der Bestechungsgelder kassierte, oder wie ein Priester, der kleine Mädchen im Kommunionsunterricht betatschte. Sie würde sich selbst verraten und alles, woran sie glaubte.

»Worauf wartest du?«, fragte Frieda. »Ich kann ihn erst einschmieren, wenn er ruhig ist.«

Carla stach die Nadel in Mackes Oberschenkel, und seine Schreie verstummten. Frieda verteilte Salbe auf seiner verbrannten Haut.

»Der hier hat nur eine Gehirnerschütterung«, sagte Dr. Ernst mit Blick auf einen anderen Verwundeten. »Aber er hat eine Kugel in der Seite.« Er hob die Stimme, um sich mit dem benommenen Mann zu verständigen. »Wer hat auf Sie geschossen? Kugeln sind so ziemlich das Einzige, was die RAF heute Nacht nicht abgeworfen hat.«

Carla drehte sich zu dem Verwundeten um. Er lag auf dem Bauch. Man hatte ihm die Hose weggeschnitten, und sein bloßer Rücken lag frei. Er hatte helle Haut und feines, blondes Haar im Nacken. Er war benommen, doch er murmelte irgendetwas.

»Was haben Sie gesagt?«, fragte Dr. Ernst. »Aus einer Polizeiwaffe hat sich versehentlich ein Schuss gelöst?«

Der Verwundete antwortete, diesmal ein wenig deutlicher: »Ja.«

»Ich hole jetzt die Kugel raus. Das wird wehtun, aber uns geht das Morphium aus, und wir haben hier schlimmere Fälle als Sie.«

»Machen Sie schon …«

Carla säuberte die Wunde. Dr. Ernst nahm eine Zange vom Tablett. »Beißen Sie ins Kissen«, sagte er.

Er schob die Zange in die Wunde. Der Patient stieß einen gedämpften Schrei aus.

Dr. Ernst sagte: »Sie dürfen sich nicht verspannen, das macht es nur noch schlimmer.«

Was für ein dummer Spruch, dachte Carla. Niemand konnte sich entspannen, wenn ein anderer in seinem Fleisch herumstocherte.

Der Verwundete schrie jetzt vor Schmerz.

»Ich hab sie«, verkündete Dr. Ernst. »Versuchen Sie, ruhig zu bleiben.«

Der Mann rührte sich nicht. Dr. Ernst zog die Kugel heraus und warf sie in eine Schale.

Carla wischte dem Mann das Blut von der Wunde und klebte eine Mullbinde darauf.

Der Verwundete drehte sich langsam herum.

»Nein«, sagte Carla, »Sie müssen ...«

Sie hielt inne. Der Verwundete war Werner.

»Carla?«, sagte er.

»Ja, ich bin's!« In diesem Moment hätte sie die ganze Welt umarmen können. »Ich habe dir gerade ein Pflaster auf den Hintern geklebt.«

»Ich liebe dich«, sagte er.

Gänzlich unprofessionell schlang Carla die Arme um ihn. »Ich liebe dich auch.«

Thomas Macke kam zu sich. Anfangs war er noch benommen. Dann wurde er sich langsam seiner Umgebung bewusst und erkannte, dass er in einem Krankenhaus lag und unter Medikamenteneinfluss stand. Er wusste warum. Seine Haut tat furchtbar weh, besonders auf der rechten Seite. Er spürte noch genug, um zu merken, dass die Medikamente den Schmerz zwar linderten, aber nicht gänzlich beseitigten.

Nach und nach erinnerte er sich auch, wie er hierhergekommen war. Eine Bombe war ins Dach der Schule eingeschlagen, als er Werner Franck verfolgt hatte. Die Männer, die hinter ihm gewesen waren, lebten mit Sicherheit nicht mehr: Schneider, Richter, Mann und der junge Wagner. Sein gesamter Trupp.

Aber er hatte Franck erwischt.

Oder? Jedenfalls hatte er den Dreckskerl mit einer Kugel erwischt, und er war zu Boden gestürzt. Dann war die Bombe in die Schule eingeschlagen, und von diesem Moment an fehlte Macke jede Erinnerung. Konnte es sein, dass Franck davongekommen war? Er selbst hatte ja auch überlebt.

Macke war jetzt der einzige lebende Mensch, der wusste, dass Franck ein Spion war. Er musste mit seinem Chef reden, Kriminaldirektor Kringelein, musste ihn warnen ...

Macke wollte sich aufsetzen, doch ihm fehlte die Kraft. Er versuchte, eine Krankenschwester zu rufen, brachte aber keinen Laut hervor. Die Anstrengung erschöpfte ihn, und er schlief wieder ein.

Als er das nächste Mal erwachte, war es Nacht geworden. Es war vollkommen still auf der Station. Macke schlug die Augen auf und sah ein Gesicht über sich.

Es war Werner Franck.

»Sie werden sich jetzt von hier verabschieden«, sagte er.

Macke versuchte, um Hilfe zu rufen, brachte aber nur ein Krächzen zustande.

»Sie gehen jetzt an einen anderen Ort«, fuhr Franck flüsternd fort. »An einen Ort, wo Sie nicht mehr foltern werden, sondern wo man Sie foltert.«

Macke öffnete den Mund, um zu schreien.

Ein Kissen senkte sich auf sein Gesicht, wurde ihm auf Mund und Nase gepresst. Macke bekam keine Luft mehr. Er versuchte, sich zu wehren, war aber viel zu schwach. Panik überfiel ihn. Sein Kopf ruckte krampfhaft von einer Seite zur anderen, wobei er dumpfe Laute ausstieß, aber das Kissen wurde nur umso fester auf sein Gesicht gedrückt. Dann erlahmten seine Bewegungen.

Das Universum wurde zu einem strahlenden Licht, das rasch zusammenschrumpfte.

Und erlosch.

KAPITEL 17

1943 (III)

»Willst du mich heiraten?«, fragte Wolodja Peschkow und hielt den Atem an.

»Nein«, erwiderte Zoja Worotsyntsow, »aber danke der Nachfrage.«

Egal, um was es ging, sie war stets sachlich. Aber diese Antwort war selbst für Zojas Verhältnisse ungewohnt knapp.

Sie und Wolodja lagen im luxuriösen Hotel Moskwa im Bett. Sie hatten sich geliebt, und Zoja war zweimal zum Höhepunkt gekommen. Sie mochte es besonders, wenn Wolodja sie mit der Zunge liebkoste. Dann legte sie sich genüsslich auf die Kissen zurück, während Wolodja anbetungsvoll zwischen ihren langen, schlanken, gespreizten Beinen kniete. Er erwies sich als williger Schüler, und Zoja revanchierte sich mit leidenschaftlicher Hingabe.

Seit mehr als einem Jahr waren sie nun schon ein Paar, und es stimmte zwischen ihnen. Umso mehr wunderte Wolodja sich nun über Zojas Ablehnung.

»Liebst du mich nicht mehr?«, fragte er.

»Unsinn. Ich begehre dich, und ich freue mich, dass du mich heiraten willst.«

»Warum sagst du dann nicht Ja?«

»Ich will keine Kinder in eine Welt setzen, die im Krieg ist.«

»Das kann ich verstehen, aber …«

»Frag mich noch einmal, wenn wir gesiegt haben.«

»Vielleicht will ich dich dann nicht mehr.«

»Wenn du so wankelmütig bist, bin ich froh, dass ich Nein gesagt habe.«

»He, verstehst du keinen Spaß mehr?«

»Ich muss pinkeln.« Zoja stieg aus dem Bett und ging nackt durchs Hotelzimmer. Wolodja nahm keine Sekunde die Augen

801

von ihr. Er konnte noch immer nicht fassen, dass ihm dieser Anblick vergönnt war. Zoja hatte den gertenschlanken Körper eines Mannequins. Ihre Haut war weiß wie Milch, ihr Haar hellblond – sämtliches Haar. Ohne die Tür zu schließen, setzte sie sich auf die Toilette. Ihre Schamlosigkeit entzückte Wolodja immer wieder, und er genoss es.

Dabei hätte er eigentlich arbeiten müssen.

Bei jedem Besuch alliierter Führungspersönlichkeiten in Moskau ging es bei den sowjetischen Geheimdiensten drunter und drüber, so auch diesmal. Wolodjas normaler Tagesablauf war wegen der Außenministerkonferenz, die am 19. Oktober begonnen hatte, wieder einmal unterbrochen worden.

Zu Gast waren die Außenminister der USA und Großbritanniens, Cordell Hull und Anthony Eden. Sie legten einen haarsträubenden Plan für ein Viermächteabkommen vor, das China mit einschließen sollte. Stalin hielt das Ganze für Unsinn und Zeitverschwendung und machte auch keinen Hehl daraus. Doch Cordell Hull vertrat seine Position mit Nachdruck und bestand auf dem Abkommen, obwohl er zweiundsiebzig Jahre alt war und Blut hustete, sodass sein Arzt ihn nach Moskau begleitete.

Während der Konferenz gab es so viel zu tun, dass der NKWD – die Geheimpolizei – gezwungen war, mit seinen verhassten Rivalen von der GRU zusammenzuarbeiten, dem Nachrichtendienst der Roten Armee, dem Wolodja angehörte. In den Hotelzimmern Moskaus wurden versteckte Mikrofone angebracht – auch in diesem Zimmer, doch Wolodja hatte es abgeklemmt –, und die ausländischen Minister und ihre Mitarbeiter wurden keine Minute aus den Augen gelassen. Ihr Gepäck wurde heimlich geöffnet und durchsucht. Sämtliche Telefonate wurden aufgezeichnet, abgeschrieben, ins Russische übersetzt, gelesen und ausgewertet. Die meisten Russen, mit denen es die Ausländer zu tun bekamen, arbeiteten für den NKWD, einschließlich der Kellner und Zimmermädchen; dennoch musste jeder, mit dem sie im Hotelfoyer oder auf der Straße anscheinend zufällig sprachen, überprüft, gegebenenfalls verhaftet und vernommen werden, notfalls unter Folter. Das bedeutete eine Menge Arbeit.

Wolodja hatte Oberwasser. Seine Agenten in Berlin erzielten bemerkenswerte Erkenntnisse. Sie hatten ihm die Pläne für das

Unternehmen Zitadelle verschafft, die deutsche Sommeroffensive, und die Rote Armee hatte der Wehrmacht eine verheerende Niederlage beibringen können.

Auch Zoja war in Hochstimmung. Die Sowjetunion hatte die Nuklearforschung wieder aufgenommen, und Zoja gehörte jener Gruppe an, die mit der Entwicklung einer Uranbombe beauftragt war. Durch die Verzögerung, die Stalins Skepsis verursacht hatte, hinkten sie dem Westen zwar weit hinterher, erhielten zum Ausgleich jedoch unschätzbare Hilfe von kommunistischen Spionen in England und Amerika. Zu ihnen gehörte auch Wolodjas alter Schulfreund Willi Frunze.

Zoja kam wieder ins Bett. »Als wir uns kennengelernt haben«, sagte Wolodja, »hast du mich nicht sehr gemocht, stimmt's?«

»Ich mag Männer generell nicht«, erwiderte sie. »Die meisten sind Säufer, Tyrannen und Trottel. Du bist anders. Ich habe nur eine Weile gebraucht, um das festzustellen.«

»Herzlichen Dank«, sagte er. »Sind Männer wirklich so schlimm?«

»Sieh dich doch um. Schau dir unser Land an.«

Wolodja griff über Zoja hinweg und schaltete das Radio auf dem Nachttisch ein. Auch wenn er das Mikrofon hinter dem Kopfende des Bettes lahmgelegt hatte – man konnte nie vorsichtig genug sein. Als das Radio warmgelaufen war, erfüllten Marschklänge das Hotelzimmer. Jetzt, wo sie auf keinen Fall mehr belauscht werden konnten, sagte Wolodja: »Du denkst an Stalin und Beria, nicht wahr? Aber sie werden nicht immer da sein.«

»Weißt du, wie mein Vater gestorben ist?«, fragte Zoja.

»Nein. Meine Eltern haben nie davon gesprochen.«

»Dafür gibt es einen Grund.«

»Welchen?«

»Meine Mutter hat mir mal erzählt, dass in der Fabrik meines Vaters eine Wahl für einen Deputierten in den Moskauer Sowjet stattgefunden hat. Ein menschewikischer Kandidat trat gegen den Bolschewiken an. Mein Vater ging zu einer Versammlung, auf der der Menschewik gesprochen hat. Er hat ihn weder unterstützt noch gewählt, aber jeder, der die Versammlung besucht hatte, wurde entlassen. Ein paar Wochen später wurde mein Vater verhaftet und in die Lubjanka geschafft.«

Die Lubjanka war das Hauptquartier und Gefängnis des NKWD am Lubjanka-Platz.

»Meine Mutter ist zu deinem Vater gegangen und hat ihn um Hilfe gebeten«, fuhr Zoja fort. »Die beiden sind sofort zur Lubjanka gefahren, aber sie kamen zu spät. Mein Vater war bereits liquidiert worden.«

»Das ist furchtbar«, sagte Wolodja. »Aber es liegt an Stalin …«

»Nein. Das war 1920. Stalin war damals nur ein kleiner Politkommissar der Roten Armee im Krieg gegen Polen. Lenin war dafür verantwortlich. Du siehst, es liegt nicht nur an Stalin und Beria.«

»Aber …« Wolodja verstummte, als die Tür sich öffnete, und griff nach seiner Pistole, die auf dem Nachttisch lag.

Eine junge Frau kam ins Zimmer. Sie trug nur einen Pelzmantel. Unter dem Mantel war sie nackt.

»Oh, tut mir leid, Wolodja«, sagte sie. »Ich wusste nicht, dass du Gesellschaft hast.«

»Wer ist das?«, fragte Zoja.

Wolodja schien sie gar nicht zu hören. »Wie hast du die Tür aufbekommen, Natascha?«, fragte er.

»Du hast mir einen Generalschlüssel gegeben, schon vergessen? Er passt auf jede Tür im ganzen Hotel.«

»Du hättest wenigstens klopfen können!«

»Tut mir leid. Ich bin auch nur gekommen, um dir die schlechten Neuigkeiten mitzuteilen.«

»Welche?«

»Ich war bei Woody Dewar, hatte aber keinen Erfolg.«

»Was hast du denn gemacht?«

»Das.« Natascha öffnete den Mantel und zeigte ihren nackten Körper. Sie hatte eine üppige Figur und dichtes dunkles Schamhaar.

»Schon gut, ich hab verstanden. Mach den Mantel zu«, sagte Wolodja. »Was hat Dewar gesagt?«

Natascha wechselte ins Englische. »Er sagte nur: ›Nein.‹ Ich fragte: ›Was soll das heißen, nein?‹ Er sagte: ›Das Gegenteil von ja.‹ Dann hielt er mir die Tür auf und wartete, bis ich draußen war.«

»So ein Mist«, schimpfte Wolodja. »Dann muss ich mir etwas anderes einfallen lassen.«

Chuck Dewar wusste, dass Schwierigkeiten drohten, als Captain Vandermeier am frühen Nachmittag in sein Büro kam, das Gesicht rot von einem Mittagessen mit viel Bier.

Die nachrichtendienstliche Einheit in Pearl Harbor war gewachsen. Hatte sie zuvor schlicht »Station HYPO« geheißen, führte sie nun den klangvollen Titel »Joint Intelligence Center, Pacific Ocean Area«, kurz JICPOA.

Captain Vandermeier hatte einen Sergeant der Marineinfanterie im Schlepptau. »He, ihr beiden Schminktäschchen«, sagte der Captain. »Wir haben hier eine Kundenbeschwerde.«

Mit der Ausweitung der Abteilung hatten sich deren Mitglieder auf verschiedene Fachgebiete spezialisiert. Chuck und Eddie waren zu Experten für die Kartierung von Küstenstreifen geworden, auf denen die amerikanischen Verbände landen sollten, während sie sich Insel um Insel durch den Pazifik vorankämpften.

Vandermeier sagte: »Das hier ist Sergeant Donegan.« Donegan war ein hünenhafter Marineinfanterist und wirkte hart wie ein Gewehrkolben.

Chuck stand auf. »Schön, Sie kennenzulernen, Sergeant. Ich bin Chief Petty Officer Dewar.«

Chuck und Eddie waren beide zu Bootsleuten befördert worden. Jetzt, wo Tausende von Wehrpflichtigen zum US-Militär strömten, gab es einen Mangel an Offizieren, und Mannschaftsdienstgrade aus der Vorkriegszeit, die wussten, wo es langging, stiegen rasch zu Unteroffizieren auf. Chuck und Eddie durften nun außerhalb des Stützpunkts wohnen und hatten sich gemeinsam eine kleine Wohnung gemietet.

Chuck streckte die Hand aus, doch Donegan ignorierte sie.

Leck mich, dachte Chuck und setzte sich wieder. Er stand im Dienstgrad über einem Sergeant und hatte nicht die Absicht, sich mit einem Rüpel anzulegen.

»Was kann ich für Sie tun, Captain?«, wandte er sich an Vandermeier.

In der Navy konnte ein höherer Offizier, ein Captain beispielsweise, jedem Unteroffizier das Leben zur Hölle machen, und Vandermeier kannte sämtliche Tricks und Schliche, was das betraf: Er stellte die Dienstpläne so auf, dass Chuck und Eddie niemals gleichzeitig einen freien Tag hatten. Er bewertete ihre Berichte

805

als »ausreichend«, obwohl er genau wusste, dass jede Bewertung, die schlechter war als »ausgezeichnet«, als Tadel galt. Er schickte der Zahlmeisterei verwirrende Schreiben, die dazu führten, dass Chuck und Eddie zu spät oder zu niedrig bezahlt wurden und dass es Stunden dauerte, bis sie alles zurechtgerückt hatten. Vandermeier war ein echter Plagegeist. Und jetzt hatte er sich eine neue Schikane ausgedacht.

Donegan zog ein schmutziges Blatt Papier aus der Tasche, entfaltete es und knallte es auf den Tisch. »Ist das Ihre Arbeit?«

Chuck nahm das Blatt, auf dem eine Karte von New Georgia zu sehen war, einer Südseeinsel, die zu den Salomonen gehörte. »Lassen Sie mich mal sehen …«, sagte er. Er wusste, dass die Karte von ihm stammte, aber er wollte Zeit gewinnen.

Er ging zu einem Aktenschrank, zog eine Schublade heraus und suchte darin. Schließlich brachte er die Akte über New Georgia zum Vorschein und drückte die Schublade mit dem Knie wieder zu. Er ging zum Schreibtisch zurück, setzte sich und schlug die Akte auf. Sie enthielt ein Duplikat von Donegans Karte. »Ja«, sagte Chuck. »Das ist meine Arbeit. Wieso?«

. »Sie ist Scheiße«, sagte Donegan.

»Ach ja?«

»Sehen Sie mal hier.« Er tippte mit dem Finger auf die Karte. »Sie haben eingezeichnet, dass der Dschungel bis ans Meer reicht. In Wirklichkeit ist da ein Strand von einer Viertelmeile Breite.«

»Tut mir leid.«

»Es tut ihm leid!« Donegan hatte ungefähr die gleiche Menge Bier getrunken wie Vandermeier, und seine Streitlust war ihm anzumerken. »Fünfzig Mann aus unserer Kompanie sind an diesem beschissenen Strand verreckt!«

Vandermeier rülpste. »Wie konnten Sie einen solchen Fehler begehen, Dewar?«

Chuck war erschüttert. Wenn er einen Fehler zu verantworten hatte, durch den fünfzig Mann umgekommen waren, dann verdiente er es, zusammengestaucht zu werden. »Hier, schauen Sie«, sagte er. »Mehr hatten wir nicht über New Georgia.« Er blätterte um. Die Akte enthielt eine ungenaue Karte des Archipels, die vermutlich aus viktorianischer Zeit stammte, sowie eine neuere Seekarte, auf der die Meerestiefen verzeichnet waren, aber kaum

Landmerkmale. Spähtruppberichte oder entschlüsselte japanische Funkmeldungen gab es auch nicht. In der Akte lag nur noch eine unscharfe Schwarz-Weiß-Aufnahme, die ein Aufklärungsflugzeug geschossen hatte.

Chuck legte den Finger auf die entscheidende Stelle auf dem Foto und sagte: »Hier sieht es auf jeden Fall so aus, als würden die Bäume bis ans Wasser reichen. Vielleicht war Flut. Wenn nicht, könnte der Sand zu dem Zeitpunkt, als das Foto aufgenommen wurde, mit Algen bedeckt gewesen sein. Algen können sehr plötzlich blühen und genauso schnell wieder absterben.«

»Sie würden das nicht so gottverdammt beiläufig abtun, wenn Sie sich durchs Gelände kämpfen müssten«, sagte Donegan.

Vielleicht hat er recht, überlegte Chuck. Donegan war aggressiv und grob, und Vandermeier in seiner Boshaftigkeit hatte ihn angestachelt, aber das hieß noch lange nicht, dass der Sergeant sich irrte.

»Ja, Dewar«, sagte Vandermeier. »Vielleicht sollten Sie und Ihr schwuchteliger Freund die Marines beim nächsten Sturmangriff begleiten und sich mal ansehen, wie nützlich Ihre Karten im Gefecht sind.«

Chuck legte sich eine schlagfertige Erwiderung zurecht, als ihm ein Gedanke kam. Vielleicht sollte er wirklich ein Gefecht miterleben. Vandermeier hatte nicht ganz unrecht: Es *war* einfach, sich blasiert zu geben, wenn man hinter einem Schreibtisch saß. Donegans Beschwerde verdiente es, ernst genommen zu werden. Andererseits bedeutete die Teilnahme an einer Landeoperation, dass Chuck sein Leben riskierte.

Er blickte Vandermeier an. »In Ordnung, Captain«, sagte er. »Ich melde mich freiwillig.«

Donegan musterte ihn erstaunt, als wäre ihm soeben der Gedanke gekommen, er könne die Situation falsch eingeschätzt haben.

Eddie ergriff zum ersten Mal das Wort. »Ich komme ebenfalls mit.«

»Gut«, sagte Vandermeier. »Ihr kommt entweder klüger zurück – oder gar nicht.«

Es gelang Wolodja einfach nicht, Woody Dewar betrunken zu machen.

An einem Tisch in der Bar des Hotels Moskwa schob er dem jungen Amerikaner ein Glas Wodka hin und sagte in seinem Schulbuchenglisch: »Den werden Sie mögen – das ist der beste.«

»Vielen Dank«, sagte Woody. »Nett von Ihnen.« Aber er rührte das Glas nicht an.

Woody war groß und schlaksig und wirkte ehrlich bis an die Grenze zur Naivität; deshalb hatte Wolodja ihn sich als Ziel ausgesucht.

Über den Dolmetscher fragte Woody: »Ist Peschkow ein häufiger Name in Russland?«

»Nicht besonders«, antwortete Wolodja auf Russisch.

»Ich komme aus Buffalo. Da gibt es einen bekannten Geschäftsmann namens Lev Peshkov. Sind Sie mit ihm verwandt?«

Wolodja war erstaunt. Der Bruder seines Vaters hatte Lew geheißen und war vor dem Ersten Weltkrieg nach Buffalo ausgewandert, aber in solchen Dingen war Vorsicht geboten. »Da muss ich meinen Vater fragen«, sagte er ausweichend.

»Ich bin mit Lev Peshkovs Sohn Greg in Harvard gewesen. Er könnte Ihr Cousin sein.«

»Möglich.« Wolodja blickte nervös zu den Polizeispitzeln am Tisch. Woody schien nicht zu wissen, dass jede Verbindung zu einem Amerikaner einen Sowjetbürger in Verdacht bringen konnte. »Trinken Sie, Woody. In diesem Land wird es als Beleidigung betrachtet, einen Drink abzulehnen.«

Woody lächelte freundlich. »In Amerika nicht.«

Wolodja hob sein Glas und ließ den Blick über die Geheimpolizisten schweifen, die am Tisch saßen und sich als Staatsdiener und Diplomaten ausgaben. »Trinken wir auf die Freundschaft zwischen den Vereinigten Staaten und der Sowjetunion!«

Die anderen, auch Woody, hoben ihre Gläser. »Auf die Freundschaft!«, riefen alle und tranken.

Woody setzte sein Glas wieder ab, ohne daran genippt zu haben.

Wolodja kam der Verdacht, dass der Mann nicht so naiv war, wie es den Anschein hatte.

Woody beugte sich über den Tisch. »Hören Sie, Wolodja«, sagte er, »ich weiß keine Geheimnisse. Ich bin ein zu kleines Licht.«

»Das gilt auch für mich«, erwiderte Wolodja, obwohl es weit von der Wahrheit entfernt war.

»Sie können mir gern Fragen stellen«, fügte Woody hinzu. »Wenn ich die Antworten weiß, gebe ich sie Ihnen, weil ich kein Geheimnisträger bin. Ich kann Ihnen keine brisanten Dinge verraten, selbst wenn ich es wollte. Es bringt also nichts, wenn Sie versuchen, mich betrunken zu machen oder mir Prostituierte aufs Zimmer schicken. Fragen Sie mich einfach. Nur zu.«

Das ist ein Trick, sagte sich Wolodja. *So unschuldig kann niemand sein.* Doch er beschloss, auf Woodys Vorschlag einzugehen. Wieso auch nicht? »Also gut. Ich möchte wissen, was Sie hier wollen. Nicht Sie persönlich, versteht sich, sondern Ihre Delegation, Ihr Minister und Präsident Roosevelt. Was erwarten Sie sich von dieser Konferenz?«

»Wir möchten, dass Sie sich hinter den Viermächtepakt stellen.«

Das war die offizielle Antwort; deshalb hakte Wolodja nach. »Gerade das verstehen wir eben nicht.« Er war offen, vielleicht offener, als er sein sollte, doch sein Instinkt riet ihm, dieses Risiko einzugehen. »Wen interessiert schon ein Abkommen mit China? Wir müssen die Faschisten in Europa besiegen. Wir wollen, dass Sie uns dabei helfen.«

»Das werden wir.«

»Das sagen Sie. Sie haben aber auch gesagt, dass diesen Sommer Ihre Invasion Europas beginnt.«

»Wir stehen bereits in Italien.«

»Das reicht aber nicht als zweite Front.«

»Frankreich kommt im nächsten Jahr. Das haben wir versprochen.«

»Warum brauchen Sie dann dieses Abkommen?«

»Nun ja …« Woody hielt inne und sammelte seine Gedanken. »Wir müssen dem amerikanischen Volk zeigen, dass die Invasion in Europa seinen Interessen dient.«

»Warum?«

»Warum was?«

»Warum müssen Sie das der Öffentlichkeit klarmachen? Roosevelt ist Präsident. Er sollte es einfach tun!«

»Er möchte im nächsten Jahr wiedergewählt werden.«

»Ja, und?«

»Die Amerikaner werden nicht für Roosevelt stimmen, wenn sie der Meinung sind, dass er sie unnötig in den europäischen Krieg verwickelt hat. Deshalb jubelt er den Leuten die Invasion als Teil seines allgemeinen Plans für den Weltfrieden unter. Wenn wir das Viermächteabkommen haben, zeigen wir, dass es uns mit den Vereinten Nationen ernst ist, und die amerikanischen Wähler sind eher bereit, die Invasion Frankreichs als Schritt auf dem Weg in eine friedlichere Welt zu akzeptieren.«

»Das ist wirklich erstaunlich«, sagte Wolodja. »Obwohl Roosevelt Präsident ist, muss er immer wieder Ausflüchte suchen, um seine Entscheidungen zu rechtfertigen.«

»So in der Art«, sagte Woody. »Wir nennen es Demokratie.«

Wolodja beschlich der Verdacht, diese unglaubliche Geschichte könnte tatsächlich wahr sein. »Also ist das Abkommen nötig, um die amerikanischen Wähler zu bewegen, die Invasion Europas zu billigen?«

»Genau.«

»Wieso brauchen wir dann China?« Stalin war besonders verärgert darüber, dass die Westalliierten darauf bestanden, China in das Bündnis aufzunehmen.

»China ist ein schwacher Verbündeter.«

»Dann sollten wir China ignorieren.«

»Nein. Wenn die Chinesen außen vor bleiben, sind sie enttäuscht und kämpfen weniger engagiert gegen die Japaner.«

»Und?«

»Und dann müssten wir unsere Kräfte auf dem pazifischen Schauplatz verstärken, und das würde unsere Armeen in Europa schwächen.«

Alarmiert horchte Wolodja auf. Es war auf keinen Fall im Interesse der Sowjetunion, wenn alliierte Divisionen von Europa in den Pazifik verlegt wurden. »Sie zeigen China gegenüber also nur deshalb eine freundliche Geste, um stärkere militärische Kräfte für die Invasion Europas zur Verfügung zu haben?«

»Richtig.«

»Wie Sie es erklären, hört es sich sehr einfach an.«

»Es ist sehr einfach«, entgegnete Woody.

In den frühen Morgenstunden des 1. November 1943 bekamen Chuck, Eddie und die gesamte 3. US-Marineinfanteriedivision vor der Salomoneninsel Bougainville Steak zum Frühstück.

Auf der einhundertfünfundzwanzig Meilen langen Insel unterhielt die japanische Kriegsmarine zwei Fliegerhorste – einen im Norden, den anderen im Süden. Diese Horste waren Ziel der US-Marineinfanteristen, die sich auf eine Landung an der nur leicht verteidigten Westküste der Insel vorbereiteten. Sie wollten versuchen, einen Brückenkopf einzurichten und ein ausreichend großes Gelände zu erobern, um einen Feldflugplatz anlegen zu können, von dem aus Angriffe gegen die Japaner geflogen werden konnten.

Um sechsundzwanzig Minuten nach sieben schwärmten Marineinfanteristen in Helm und Sturmgepäck die Seilnetze an den Wandungen der Schiffe hinunter und sprangen in die hochbordigen Landungsboote. Unter ihnen waren Chuck und Eddie. Die Truppe wurde von einer kleinen Anzahl Kriegshunde begleitet – Dobermänner, ideal als unermüdliche Wächter.

Als die Boote sich der Küste näherten, erkannte Chuck bereits den ersten Fehler auf der verhängnisvollen Karte, die er damals erstellt hatte: Die Insel hatte einen steilen Strand, gegen den hohe Wellen anrannten. Eines der Landungsboote kippte auf die Seite und kenterte. Die Marineinfanteristen schwammen an Land.

»Wir müssen die Brandungsbedingungen darstellen«, sagte Chuck zu Eddie, der neben ihm an Deck stand.

»Und wie bekommen wir die heraus?«

»Durch Aufklärungsflugzeuge. Sie müssen so niedrig fliegen, dass die Schaumkronen auf den Fotos zu erkennen sind.«

»Das können sie nicht riskieren. Die feindlichen Flugplätze sind zu nah.«

Eddie hatte recht. Aber es musste eine Lösung geben. Chuck vermerkte es als erste Frage, die als Ergebnis ihrer Mission geklärt werden musste.

Bei der Planung dieser Landung hatten ihnen mehr Informationen als üblich zur Verfügung gestanden: Neben den normalen ungenauen Karten und schwer zu deutenden Luftaufnahmen gab es den Bericht eines Spähtrupps, der sechs Wochen zuvor von einem U-Boot abgesetzt worden war. Der Trupp hatte an einem vier

811

Meilen langen Küstenstreifen zwölf Stellen gefunden, an denen eine Landung möglich war. Vor der Brandung hatte der Trupp allerdings nicht gewarnt. Vielleicht war sie damals nicht so stark gewesen.

In anderer Hinsicht war Chucks Karte weitgehend genau: Vor ihnen lag ein ungefähr hundert Yards breiter Sandstrand; danach kam ein Dickicht aus Palmen und anderen Pflanzen. Gleich hinter dieser Buschgrenze lag ein Sumpf, zumindest den alten Karten zufolge.

Erschwerend kam hinzu, dass die Küste verteidigt wurde, wenn auch nicht allzu heftig. Chuck hörte das Brüllen von Geschützfeuer, und eine Granate schlug im seichten Wasser ein. Sie richtete keinen Schaden an, aber die Geschützmannschaft würde sich einschießen. Das wussten auch die Marineinfanteristen: Sie bewegten sich schneller, sprangen aus dem Landungsboot an den Strand und rannten zur Buschgrenze.

Chuck war froh, dass er beschlossen hatte, mit dabei zu sein. Was seine Karten anging, war er niemals nachlässig oder desinteressiert gewesen, doch es war eine heilsame Erfahrung, aus erster Hand mitzuerleben, wie wichtig eine korrekte Kartierung war: Der kleinste Fehler konnte sich für die Marines tödlich auswirken.

Schon ehe sie sich eingeschifft hatten, hatten Chuck und Eddie höhere Ansprüche gestellt als üblich: Bei verschwommenen Luftbildern baten sie um Neuaufnahmen; sie befragten telefonisch Aufklärerbesatzungen und kabelten in die ganze Welt, um an bessere Karten zu kommen.

Chuck war mit sich zufrieden. Er hatte die richtigen Entscheidungen getroffen. Doch es gab noch einen anderen Grund, dass er sich gut fühlte: Er war auf See, und nichts liebte er so sehr. Er war auf einem Schiff mit siebenhundert jungen Männern und genoss die Kameradschaft, die Frotzeleien, die Lieder und die Intimität der überfüllten Schlafsäle und der Gemeinschaftsduschen.

»Das ist, als wäre man als Hetero in einem Mädchenpensionat«, sagte er eines Abends zu Eddie.

»Nur dass den Heteros so was nie passiert, uns aber schon«, erwiderte Eddie. Er dachte genauso wie Chuck. Sie liebten einander, hatten aber nichts dagegen, wenn der andere sich nackte Matrosen anschaute.

Nun verließen alle siebenhundert Marineinfanteristen das Schiff und gingen so schnell an Land, wie sie konnten. Das Gleiche geschah an acht anderen Punkten an diesem Küstenstreifen. Sobald ein Landungsboot leer war, wendete es unverzüglich und kehrte zum Mutterschiff zurück, um weitere Soldaten abzuholen. Trotzdem schien alles quälend langsam abzulaufen.

Der japanische Richtschütze im Dschungel fand schließlich die exakte Entfernungseinstellung. Zu Chucks Entsetzen orgelte eine gut gezielte Granate mitten in eine Traube von Marineinfanteristen. Die Explosion wirbelte Männer, Gewehre und Körperteile durch die Luft und verteilte sie über den Strand, wo sie den Sand rot färbten.

Entsetzt starrte Chuck auf das Blutbad, als er Flugzeugmotoren hörte. Er blickte zum Himmel und entdeckte japanische Zeros, die der Küstenlinie folgten. Die roten Sonnenscheiben auf den Tragflächen jagten ihm Angst und Schrecken ein. Zum letzten Mal hatte er diese Abzeichen während der Schlacht von Midway gesehen.

Die Zeros beschossen mit ihren Bordwaffen den Strand. Marineinfanteristen, die gerade aus den Landungsbooten stiegen, wurden überrascht. Einige warfen sich flach ins seichte Wasser, andere suchten hinter dem Bootsrumpf Deckung, wieder andere rannten in Richtung Dschungel. Ein paar Sekunden lang hörte man nur das Heulen der Flugzeugmotoren. Blut spritzte. Männer brachen zusammen.

Dann waren die Flugzeuge fort, und überall am Strand lagen tote Amerikaner.

Augenblicke später hörte Chuck erneut das Rattern der Bordkanonen, als die Zeros den nächsten Strandabschnitt beschossen.

Die Japaner würden zurückkommen.

Eigentlich sollten amerikanische Piloten Jagdschutz fliegen, aber Chuck sah keine einzige Maschine. Luftunterstützung gab es nie dort, wo man sie wollte, nämlich genau über dem eigenen Kopf.

Als alle Marineinfanteristen, ob tot oder lebendig, an Land waren, brachten die Boote Sanitäter und Krankenträger an den Strand. Dann landeten sie Munition, Trinkwasser, Verpflegung, Medikamente und Verbandszeug an. Auf der Rückfahrt brachten die Boote die Verwundeten zum Schiff.

Da Chuck und Eddie nicht zu den Kampftruppen gehörten, kamen sie mit den Versorgungsgütern an Land.

Die Bootsführer hatten sich mittlerweile an die Dünung gewöhnt und hielten mit ihren Fahrzeugen die Stellung, die Rampen auf dem Sand, die Wellen am Heck, während die Kisten ausgeladen wurden und Chuck und Eddie in die Brandung sprangen, um an den Strand zu waten.

Sie erreichten gemeinsam den Wasserrand.

Kaum waren sie dort, eröffnete ein MG das Feuer.

Die MG-Stellung schien am Rand des Dschungels zu liegen, ungefähr vierhundert Yards den Strand entlang. Hatte das Maschinengewehr die ganze Zeit dort gelegen, sodass der Schütze auf den günstigsten Moment gewartet hatte? Oder hatte es die Stellung gerade erst bezogen?

Chuck und Eddie zogen die Köpfe ein und rannten zur Baumgrenze.

Ein Seemann mit einer Munitionskiste auf der Schulter stieß einen Schmerzensschrei aus und stürzte. Die Kiste fiel zu Boden.

Dann brüllte Eddie auf.

Chuck rannte noch zwei, drei Schritte, ehe er stehen blieb. Als er sich umdrehte, wälzte Eddie sich im Sand, hielt sich das Knie und schrie: »Oh, Scheiße!«

Chuck eilte zu ihm zurück und kniete sich neben ihn. »Schon okay, ich bin bei dir!«, rief er. Eddie hatte die Augen geschlossen, aber er lebte, und Chuck sah keine anderen Wunden als die am Knie.

Dann hob er den Blick. Das Landungsboot, das sie auf die Insel gebracht hatte, war noch immer am Strand und wurde entladen. Er konnte Eddie binnen weniger Minuten zurück zum Schiff bringen. Aber das MG feuerte noch immer.

Er kauerte sich tief neben Eddie in den Sand. »Das tut jetzt weh«, sagte er. »Brüll, soviel du willst.«

Er schlang den rechten Arm unter Eddies Achsel, den linken unter die Beine, wuchtete ihn hoch und richtete sich auf. Eddie schrie vor Schmerz, als sein getroffenes Bein frei in der Luft schwang. »Beiß die Zähne zusammen, Kamerad«, sagte Chuck und drehte sich zum Strand um.

In diesem Moment spürte er einen unerträglich scharfen

Schmerz in den Beinen und im Rücken, der bis in den Kopf hineinschoss. Er konnte nur noch daran denken, dass er Eddie nicht fallen lassen durfte. Im nächsten Augenblick wusste er, dass er ihn nicht mehr halten konnte. Hinter seinen Augen loderte ein greller Blitz auf und blendete ihn.

Dann endete die Welt.

An ihrem freien Tag arbeitete Carla im Jüdischen Krankenhaus.

Dr. Rothmann hatte sie dazu überredet. Er war aus dem Lager entlassen worden. Niemand wusste warum, außer den Nazis, doch die verrieten es niemandem. Dr. Rothmann hatte ein Auge verloren und humpelte, aber er lebte und konnte weiter praktizieren.

Das Jüdische Krankenhaus lag im Norden Berlins, in Wedding, einem Arbeiterbezirk, doch die Architektur der Gebäude war keineswegs schmucklos oder gar trist. Der Komplex war noch vor dem Großen Krieg erbaut worden, als die Berliner Juden stolz und wohlhabend gewesen waren. Die Anlage bestand aus insgesamt sieben eleganten Gebäuden in einem großen Park. Die verschiedenen Abteilungen waren durch Tunnel miteinander verbunden, sodass Patienten und Mitarbeiter von einem Gebäude zum anderen gelangen konnten, ohne sich dem Wetter aussetzen zu müssen.

Es war ein Wunder, dass es noch immer ein jüdisches Krankenhaus gab. Nur noch wenige Juden lebten in Berlin. Sie waren zu Tausenden zusammengetrieben und in Sonderzüge gepfercht worden. Und niemand wusste, wohin man sie gebracht hatte oder was mit ihnen geschehen war. Allerdings kursierten unglaubliche Gerüchte über Vernichtungslager.

Die wenigen Juden, die sich noch in Berlin aufhielten, durften im Krankheitsfall nicht von arischen Ärzten und Schwestern behandelt werden. Eben deshalb durfte das Jüdische Krankenhaus dank der verdrehten Logik der Nazis weiterbestehen. Das Personal bestand vorwiegend aus Juden und anderen Unglücklichen, die nicht als »rassisch rein« galten: Slawen aus Osteuropa, Mischlinge und Deutsche, die mit Juden verheiratet waren. Doch es gab nicht genügend Krankenschwestern; deshalb half Carla aus.

Es mangelte an allem – an Medikamenten, Personal und Geld.

Außerdem wurde das Krankenhaus ständig von der Gestapo heimgesucht. Dennoch verstieß Carla immer wieder gegen das Gesetz. Was blieb ihr auch anderes übrig, wenn sie helfen wollte? Um sich strafbar zu machen, genügte es ja schon, die Temperatur bei einem elfjährigen jüdischen Jungen zu messen, dessen Fuß bei einem Bombenangriff zerquetscht worden war. Außerdem schmuggelte sie jeden Tag Medikamente hierher. Doch sie wollte beweisen – und sei es nur sich selbst –, dass sich nicht jeder den Nazis unterworfen hatte.

Als sie mit ihrer Stationsrunde fertig war, sah sie Werner vor der Tür stehen. Er trug seine Luftwaffenuniform.

Mehrere Tage lang hatten er und Carla in Angst gelebt und sich gefragt, ob jemand den Bombenangriff auf die Schule überlebt hatte und Werner anzeigen konnte, doch inzwischen war offensichtlich, dass Mackes Leute ums Leben gekommen waren. Es gab niemanden mehr, der von Mackes Verdacht wusste. Sie hatten wieder einmal Glück gehabt, zumal Werner sich rasch von der Schussverletzung erholt hatte.

Er und Carla waren inzwischen ein Paar. Werner war in das große, halbleere Haus der von Ulrichs gezogen und hatte jede Nacht mit Carla geschlafen. Natürlich wusste Carlas Mutter davon, aber sie sagte nichts. Wieso auch? Schon seit Langem waren die Berliner mit dem Tod auf Du und Du. Warum sollte man da nicht alles aus dem Leben herausholen? Jede noch so kleine Freude, die einem inmitten des Leids noch blieb …

Doch heute sah Werner ernster aus als sonst, als Carla ihn durch die Glastür in die Station ließ.

»Was ist?«, fragte sie besorgt.

»Schlechte Neuigkeiten. Ich bin an die Ostfront abkommandiert worden.«

»Nein!« Carla schlug die Hand vor den Mund. Tränen schimmerten in ihren Augen.

»Nicht weinen.« Werner schloss sie in die Arme. »Früher oder später musste es so kommen. Es ist ein Wunder, dass es mir so lange erspart geblieben ist. Aber jetzt kann General Dorn mich nicht mehr hierbehalten. Unsere Armee besteht mittlerweile zur Hälfte aus alten Männern und Schuljungen, und ich bin ein vierundzwanzig Jahre alter Offizier.«

»Bitte, du darfst nicht sterben …«, sagte Carla.

Werner lächelte. »Ich werde mein Bestes tun.«

Carla senkte die Stimme zu einem Flüstern. »Und was wird aus dem Netz? Du bist der Einzige, der alles weiß. Wer soll die Führung übernehmen, wenn du fort bist?«

Werner blickte sie stumm an, und Carla wusste, worauf er hinauswollte.

»Das kann ich nicht«, sagte sie und löste sich aus seiner Umarmung.

»Niemand kann es besser als du. Frieda ist keine geborene Führungsperson. Du hast bereits bewiesen, dass du Leute rekrutieren und motivieren kannst. Außerdem hattest du nie Ärger mit der Polizei und hast keine politische Akte. Niemand weiß, welche Rolle du beim Widerstand gegen die Aktion T4 gespielt hast. Für die Behörden bist du eine ganz normale Krankenschwester.«

»Aber ich habe Angst, Werner!«

»Du musst es nicht tun, Carla. Aber außer dir kann es niemand.«

Plötzlich entbrannte irgendwo in der Nähe eine lautstarke Auseinandersetzung. In der Nachbarstation waren psychisch Kranke untergebracht, sodass öfters Geschrei und Lärm zu hören waren, aber diesmal war es anders. Eine kultivierte Stimme war vor Wut erhoben. Eine andere, jüngere Stimme antwortete, schroff und derb, mit Berliner Akzent.

Carla und Werner traten in den Flur.

Dr. Rothmann, der einen gelben Stern auf dem Jackett trug, stritt mit einem Mann in SS-Uniform. Hinter ihnen standen die Türen zur Psychiatrie weit offen, obwohl sie normalerweise verschlossen waren. Zwei Polizisten und mehrere Krankenschwestern trieben Männer und Frauen hinaus, die meisten in Schlafanzügen. Einige gingen aufrecht und wirkten normal, während andere schlurften und vor sich hin murmelten, als sie die Treppe hinunter und nach draußen geführt wurden.

Carla fühlte sich sofort an Kurt, Adas Sohn, und Werners Bruder Axel erinnert – und an das sogenannte »Krankenhaus« in Akelberg. Sie wusste nicht, wohin die Patienten gebracht wurden, aber sie war sicher, dass am Ende ihres Weges der Tod auf sie wartete.

Dr. Rothmann rief empört: »Diese Menschen sind krank! Sie müssen behandelt werden!«

»Sie sind nicht krank«, schnarrte der SS-Offizier. »Sie sind verrückt. Und wir bringen sie dahin, wo Verrückte hingehören.«

»In ein Krankenhaus?«

»Man wird Sie zu gegebener Zeit darüber informieren.«

»Das reicht mir nicht.«

Carla wusste, dass sie sich nicht einmischen sollte. Wenn man herausfand, dass sie keine Jüdin war, steckte sie in argen Schwierigkeiten. Mit ihrem dunklen Haar, dem dunklen Teint und den grünen Augen sah sie nicht allzu arisch aus; wenn sie den Mund hielt, würde niemand sie behelligen. Doch sollte sie gegen die Maßnahme der SS protestieren, würde man sie zum Verhör schleifen, und dann kam heraus, dass sie hier illegal aushalf. Also biss sie die Zähne zusammen.

Der Offizier hob die Stimme, als er seinen Leuten befahl: »Beeilung! Schafft die Irren in den Bus!«

Dr. Rothmann blieb hartnäckig. »Ich muss wissen, wohin man sie bringt. Diese Leute sind meine Patienten.«

Das war gelogen. Dr. Rothmann war kein Psychiater. Dennoch kämpfte er um das Leben dieser Menschen.

Der SS-Mann erwiderte: »Wenn Sie sich so große Sorgen um diese Verrückten machen, können Sie ja mitfahren.«

Dr. Rothmann wurde bleich. Das würde mit ziemlicher Sicherheit seinen Tod bedeuten.

Carla dachte an Dr. Rothmanns Frau Hannelore, an seinen Sohn Rudi und an Eva, seine Tochter in England. Ihr wurde schlecht vor Angst.

Der SS-Offizier grinste. »Ihre Sorgen waren wohl doch nicht so groß, was?«

Dr. Rothmann straffte die Schultern. »Sie irren sich. Ich nehme Ihr Angebot an. Vor vielen Jahren habe ich den Eid geschworen, alles zu tun, um kranken Menschen zu helfen. Ich werde diesen Eid jetzt nicht brechen. Ich will reinen Gewissens sterben.« Humpelnd folgte er den Patienten die Treppe hinunter.

Eine alte Frau ging an Carla und Werner vorbei. Sie trug nur einen Bademantel, der vorne offen stand und ihre Nacktheit zur Schau stellte.

Carla konnte nicht mehr an sich halten. »Es ist November!«, schrie sie. »Und diese Menschen haben keine Straßenkleidung!«

818

Der SS-Offizier musterte sie scharf. »Im Bus frieren die schon nicht, keine Bange.«

»Ich hole warme Kleidung.« Carla drehte sich zu Werner um. »Komm, hilf mir. Schnapp dir ein paar Decken.«

Carla und Werner eilten durch die Psychiatrie, in der sich kaum noch Patienten befanden, rissen Decken und Laken von den leeren Betten und rannten damit die Treppe hinunter.

Im Krankenhausgarten war der Boden hart gefroren. Vor dem Haupteingang stand ein grauer Bus. Der Motor lief, und der Fahrer saß rauchend am Lenkrad. Carla sah, dass er einen dicken Mantel trug, dazu Hut und Handschuhe. Wie es aussah, war der Bus nicht beheizt.

Eine kleine Gruppe von Gestapo- und SS-Männern schaute sich das Ganze an.

Die letzten Patienten stiegen in den Bus. Carla und Werner folgten ihnen und verteilten die Decken und Laken.

Dr. Rothmann stand ganz hinten. »Carla«, sagte er mit schwankender Stimme. »Bitte erzähl meiner Hannelore, wie es gewesen ist. Ich muss bei diesen Menschen bleiben. Ich habe keine andere Wahl.«

»Natürlich.« Carla blieben die Worte im Halse stecken.

»Vielleicht kann ich sie ja irgendwie beschützen …«

Carla nickte, obwohl sie keine Sekunde daran glaubte.

»Auf jeden Fall darf ich sie nicht im Stich lassen.«

»Ich sage es Ihrer Frau.«

»Sag ihr auch, dass ich sie liebe.«

Carla konnte die Tränen nicht mehr zurückhalten.

»Sag ihr, dass ich das als Letztes gesagt habe, ja? Dass ich sie über alles liebe. Versprichst du es mir?«

Carla nickte.

Werner nahm sie am Arm. »Lass uns gehen.«

Sie stiegen aus.

Ein SS-Mann rief Werner zu: »He, Sie da! Ja, Sie in der Luftwaffenuniform! Was machen Sie da?«

Werner war so wütend, dass Carla befürchtete, er würde eine Schlägerei vom Zaun brechen. Doch er antwortete ruhig: »Ich verteile Decken an alte Menschen, denen kalt ist. Verstößt das jetzt auch schon gegen das Gesetz?«

819

»Einer wie Sie sollte an der Ostfront kämpfen!«

»Da fahre ich morgen hin. Was ist mit Ihnen?«

»Passen Sie auf, was Sie sagen.«

»Wenn Sie so freundlich wären, mich zu verhaften, bevor ich fahre, würden Sie mir vermutlich das Leben retten.«

Der SS-Mann wandte sich ab.

Der Busfahrer legte krachend den Gang ein, und der Motor heulte auf. Carla und Werner schauten zu. An jedem Fenster war das Gesicht eines Patienten zu sehen: Der eine sabberte, der andere plapperte vor sich hin; wieder andere blickten mit leeren Augen ins Nichts. Manche waren voller Trauer, andere voller kindlicher Freude. Manche lachten vergnügt, andere weinten herzzerreißend.

Patienten aus der Psychiatrie, die von der SS abtransportiert wurden. Die Irren brachten die Verrückten weg.

Der Bus fuhr los.

»Ich hätte Russland vielleicht ganz schön gefunden, hätte ich mir das Land anschauen dürfen«, sagte Woody zu seinem Vater.

»Geht mir genauso.«

»Ich habe nicht mal vernünftige Fotos.«

Sie saßen in der großen Lobby des Hotels Moskwa, nicht weit vom Eingang zur U-Bahn-Station entfernt. Ihre Koffer waren gepackt; sie waren auf dem Weg nach Hause.

»Ich muss Greg Peshkov unbedingt erzählen, dass ich einen Wolodja Peschkow getroffen habe«, sagte Woody. »Allerdings war Wolodja nicht gerade erfreut über die Namensgleichheit. Ich nehme an, dass hier jeder, der Verbindungen in den Westen hat, schnell unter Verdacht gerät.«

»Da kannst du deine dicken Socken drauf verwetten«, sagte Gus.

»Wie auch immer – wir haben, weshalb wir gekommen sind, und das ist die Hauptsache. Die Alliierten sind sich einig, was die Vereinten Nationen angeht.«

»Ja.« Gus nickte zufrieden. »Dem guten alten Stalin musste zwar gut zugeredet werden, aber am Ende hat er Vernunft angenommen. Und du hast dazu beigetragen, indem du offen mit Peschkow gesprochen hast.«

»Du hast dein Leben lang dafür gekämpft, Papa.«

»Stimmt. Ich muss gestehen, dass es ein verdammt erhebender Augenblick für mich ist.«

»Aber du gehst doch jetzt nicht in den Ruhestand?«, fragte Woody besorgt.

Gus lachte. »Nein. Wir haben jetzt zwar eine grundsätzliche Einigung, aber die Arbeit fängt erst richtig an.«

Cordell Hull hatte Moskau bereits verlassen, doch einige seiner Mitarbeiter waren noch geblieben. Einer von ihnen kam nun zu den Dewars hinüber. Woody kannte den jungen Mann; er hieß Ray Baker.

»Senator, ich … Ich habe eine Nachricht für Sie«, sagte Baker. Er wirkte nervös.

»Na, dann kommen Sie gerade noch rechtzeitig, ich bin fast schon unterwegs«, sagte Gus. »Worum geht es?«

»Um Ihren Sohn Charles … Chuck.«

Gus wurde bleich. »Was ist mit ihm?«

Dem jungen Mann stockte die Stimme. »Sir, es gibt schlechte Neuigkeiten. Chuck hat an einem Gefecht bei den Salomonen teilgenommen …«

»Ist er verwundet?«

»Nein, Sir. Es ist schlimmer.«

»O Gott …« Gus brach in Tränen aus.

Woody hatte seinen Vater noch nie weinen sehen.

»Mein Beileid, Sir«, sagte Ray Baker. »Ihr Sohn ist gefallen.«

KAPITEL 18

1944

In der Washingtoner Wohnung stand Woody vor dem Spiegel im Elternschlafzimmer. Er trug die Uniform eines Second Lieutenants einer amerikanischen Fallschirmjägereinheit, des 510th Parachute Infantry Regiment.

Obwohl er die Uniform von einem guten Schneider in Washington hatte anfertigen lassen, stand sie ihm einfach nicht. Das Kaki ließ ihn blass aussehen, und die Abzeichen an der Uniformjacke wirkten unordentlich.

Im Grunde wollte Woody die Arbeit mit seinem Vater fortsetzen, und er hätte sich dank der Beziehungen seiner Familie der Wehrpflicht entziehen können, hatte sich aber dagegen entschieden: Er fühlte sich zusehends schlechter bei dem Gedanken, dass andere Männer den Krieg für ihn führten.

Sein Vater unterstützte Präsident Roosevelt bei der Planung einer neuen Weltordnung, die neue globale Konflikte vermeiden sollte. In Moskau hatte Roosevelt einen Sieg davongetragen, aber Stalin war wetterwendisch und schien es zu genießen, immer wieder für Schwierigkeiten zu sorgen. Bei der Teheraner Konferenz im Dezember hatte der sowjetische Diktator erneut die halbherzige Idee regionaler Gremien ausgegraben, und Roosevelt hatte sie ihm wieder ausreden müssen.

So viel stand jetzt schon fest: Bei der Organisation der Vereinten Nationen war ununterbrochene Wachsamkeit erforderlich. Aber dazu brauchte Gus seinen Sohn nicht, was für Woody ein weiterer Grund gewesen war, zum Militär zu gehen.

Nach einem letzten Blick in den Spiegel ging er ins Wohnzimmer, um sich seiner Mutter zu präsentieren. Zu seinem Erstaunen hatte Rosa Besuch von einem jungen Mann in der weißen Uniform der Navy. Im nächsten Moment erkannte Woody das hübsche, sommersprossige Gesicht Eddie Parrys. Eddie saß mit Rosa auf der Couch, einen Gehstock in der Hand. Mit Mühe erhob er sich und schüttelte Woody die Hand.

Rosa sah traurig aus. »Eddie hat mir von dem Tag erzählt, an dem Chuck starb«, sagte sie leise.

Eddie setzte sich wieder, und Woody nahm ihm gegenüber Platz. »Davon würde ich auch gern hören«, sagte er.

Eddie nickte. »Die Geschichte ist schnell erzählt. Wir waren erst ein paar Sekunden am Strand von Bougainville, als vom Rand des Dschungels aus ein Maschinengewehr feuerte. Wir haben versucht, in Deckung zu kommen, aber ich bekam zwei Kugeln ins Knie. Chuck war ein Stück vor mir. Er hätte zur Buschgrenze weiterrennen sollen – so wird es einem beigebracht, wissen Sie? Man soll die Verwundeten liegen lassen, damit die Sanitäter sie bergen. Natürlich hat Chuck sich einen Dreck um diese Vorschrift gekümmert. Er kam zu mir zurück.«

Eddie verstummte. Auf dem Beistelltisch neben ihm stand eine Tasse Kaffee, und er trank einen Schluck.

»Er nahm mich in die Arme, der verdammte Kerl. Hat sich selber zum Ziel gemacht. Ich glaube, er wollte mich zum Landungsboot zurückbringen. Diese Boote haben hohe Seitenwände und sind aus Stahl. Wir wären in Sicherheit gewesen, und an Bord des Schiffes hätte sich gleich ein Arzt um mich kümmern können …« Er rieb sich die Augen. »Trotzdem, er hätte es nicht tun sollen. Kaum stand er aufrecht, traf ihn eine MG-Garbe … in die Beine, in den Rücken und in den Kopf. Ich glaube, er war tot, bevor er in den Sand stürzte. Als ich den Kopf wieder heben konnte und ihn angeschaut habe, war er schon nicht mehr da.«

Woody bemerkte, dass seine Mutter mit Mühe die Fassung wahrte. Wenn sie zu weinen anfing, würde auch er in Tränen ausbrechen.

»Eine Stunde lag ich an dem verdammten Strand neben seiner Leiche«, fuhr Eddie fort. »Die ganze Zeit hielt ich seine Hand. Dann kamen sie mich mit der Trage holen. Ich wollte nicht weg. Ich wusste, ich würde Chuck nie wiedersehen.« Er vergrub das Gesicht in den Händen. »Ich habe ihn so sehr geliebt.«

Rosa legte Eddie den Arm um die breiten Schultern und drückte ihn. Er legte den Kopf an ihre Brust und schluchzte wie ein Kind.

823

Sie strich ihm übers Haar und gab besänftigende Laute von sich, als hätte sie es mit einem kleinen Jungen zu tun.

Rosa wusste, dass Chuck und Eddie ein Paar gewesen waren; das war nicht zu übersehen.

Eddie riss sich zusammen. Er blickte Woody an. »Sie wissen, wie das ist, nicht wahr?«

Er sprach von Joannes Tod. »Ja, ich weiß es«, sagte Woody. »Es gibt nichts Schlimmeres, aber jeden Tag tut es ein klein bisschen weniger weh.«

»Ich hoffe es. Ich hoffe es sehr.«

»Sind Sie noch auf Hawaii stationiert?«

»Ja. Chuck und ich gehören der Kartenstelle an ... gehörten ihr an.« Er schluckte. »Chuck war der Meinung, wir bräuchten ein besseres Gefühl dafür, wie unsere Karten im Einsatz genutzt werden. Deshalb haben wir die Marines nach Bougainville begleitet und waren beim Landungsunternehmen dabei.«

»Offenbar leisten Sie gute Arbeit«, sagte Woody. »Wie es aussieht, besiegen wir die Japse.«

»Ja, Schritt für Schritt«, entgegnete Eddie. Er blickte auf Woodys Uniform. »Wo sind Sie stationiert, Lieutenant?«

»Ich war in Fort Benning in Georgia zur Fallschirmjägerausbildung. Jetzt bin ich unterwegs nach London. Mein Schiff geht morgen.«

Er blickte seiner Mutter in die Augen. Mit einem Mal sah sie älter aus. Er bemerkte Falten in ihrem Gesicht, die er nie zuvor gesehen hatte. Ihr fünfzigster Geburtstag war ohne großes Getue verstrichen. Doch über Chucks Tod zu sprechen, während ihr anderer Sohn in Heeresuniform dabeisaß, hatte sie mitgenommen.

Eddie bemerkte es nicht. »Es heißt, dieses Jahr gehen wir nach Frankreich.«

Woody nickte. »Ich nehme an, deshalb ist meine Ausbildung verkürzt worden.«

»Ihnen steht sicher einiges bevor.«

Rosa unterdrückte ein Schluchzen.

»Ich hoffe, ich bin so tapfer wie mein Bruder«, sagte Woody.

»Ich hoffe, Sie müssen es nie herausfinden«, murmelte Eddie.

Greg Peshkov führte die dunkeläugige Margaret Cowdry zu einem nachmittäglichen Sinfoniekonzert aus. Margaret hatte einen schön geformten, üppigen Mund, zum Küssen wie geschaffen. Doch Gregs Gedanken drehten sich um etwas anderes.

Er und sein Partner, FBI-Agent Bill Bicks, folgten einem Mann namens Barney McHugh.

McHugh war ein brillanter junger Physiker. Er hatte Urlaub vom geheimen Heeresforschungslabor Los Alamos, New Mexico, und war mit seiner britischen Frau nach Washington gefahren, um ihr die Stadt zu zeigen.

Das FBI hatte im Vorfeld herausgefunden, dass McHugh Karten für das Konzert besaß, und Special Agent Bicks hatte Greg zwei Sitze ein paar Reihen hinter McHugh verschaffen können. Ein Konzertsaal, in dem sich Hunderte Fremde aufhielten, war wie geschaffen für ein heimliches Treffen, und Greg musste erfahren, was McHugh im Schilde führte.

Zu dumm nur, dass sie miteinander bekannt waren. An dem Tag, als im Versuchsreaktor in Chicago die erste atomare Kettenreaktion ausgelöst worden war, hatte Greg sich mit McHugh unterhalten. Das lag zwar anderthalb Jahre zurück, aber vielleicht erinnerte McHugh sich an ihn. Also musste Greg dafür sorgen, dass der Mann ihn nicht entdeckte.

Als Greg und Margaret in den Saal kamen, waren die Plätze der McHughs leer. Zu beiden Seiten saßen unauffällige Paare – rechts zwei ältere Damen, links ein Mann in mittleren Jahren in einem breit gestreiften grauen Anzug von der Stange und seine unscheinbare, ohne jeden Schick gekleidete Frau.

Greg hoffte, dass McHugh noch auftauchte. Wenn er tatsächlich ein Agent war, wollte Greg ihn auf frischer Tat ertappen.

Auf dem Programm stand Tschaikowskis 1. Sinfonie. »Ich hätte nie gedacht, dass du klassische Musik magst«, sagte Margaret, als die Orchestermusiker ihre Instrumente stimmten. Den wahren Grund, weshalb Greg sie hierhergebracht hatte, kannte sie nicht. Sie wusste nur, dass Greg in der Wehrforschung arbeitete, die der Geheimhaltung unterlag, doch wie fast alle Amerikaner ahnte sie nichts von der Uranbombe. »Ich dachte immer, du hörst nur Jazz.«

»Ich mag die russischen Komponisten«, sagte Greg. »Das Dramatische in ihrer Musik liegt mir offenbar im Blut.«

Greg wusste inzwischen, dass Margaret mit klassischer Musik aufgewachsen war. Auf Dinnerpartys engagierte ihr Vater gern ein kleines Orchester. Margarets Familie war so reich, dass Greg sich wie ein armer Schlucker vorkam. Sie hatte ihn noch nicht ihren Eltern vorgestellt, und Greg vermutete stark, dass die Cowdrys den unehelichen Sohn eines bekannten Frauenhelden aus Hollywood-Kreisen nicht gerade mit offenen Armen empfangen würden.

»Wonach schaust du?«

»Ach, nichts.« Soeben waren die McHughs eingetroffen. »Sag mal, was trägst du für ein Parfüm?«

»Chichi von Renoir.«

»Das riecht großartig.«

Die McHughs machten einen glücklichen Eindruck – ein fröhliches, wohlhabendes junges Paar, das sich einen schönen Tag machte. Greg fragte sich, ob sie so spät kamen, weil sie sich vorher noch im Hotelzimmer geliebt hatten.

Barney McHugh setzte sich neben den Mann im grauen Anzug. Dass der Anzug billig war, erkannte Greg allein schon an der unnatürlichen Steife der gepolsterten Schultern. Der Mann gönnte den Neuankömmlingen keinen Blick. Die McHughs begannen, ein Kreuzworträtsel zu lösen, die Köpfe vertraulich zusammengesteckt, während sie in die Zeitung blickten, die Barney hielt.

Ein paar Minuten später trat der Dirigent auf die Bühne. Eröffnet wurde das Konzert mit einem Stück von Saint-Saëns. Deutsche und österreichische Komponisten hatten seit Kriegsausbruch an Beliebtheit verloren, und die Konzertbesucher entdeckten Alternativen, zum Beispiel Sibelius.

McHugh war vermutlich Kommunist. Greg wusste davon, weil J. Robert Oppenheimer es ihm gesagt hatte. Oppenheimer, ein führender theoretischer Physiker aus Kalifornien, war Direktor des Forschungszentrums von Los Alamos und wissenschaftlicher Leiter des gesamten Manhattan-Projekts. Er hatte enge Bindungen zu Kommunisten, beharrte jedoch darauf, der Partei nie beigetreten zu sein.

Special Agent Bicks hatte Greg gefragt: »Was will die Army denn mit den ganzen Roten? Ich weiß ja nicht, was Sie da draußen in der Wüste machen, aber gibt's nicht genug gute junge Wissenschaftler in Amerika, die keine gottverdammten Commies sind?«

»Nein, die gibt es nicht«, hatte Greg erwidert. »Die wären uns auch lieber gewesen.«

Kommunisten waren der politischen Idee manchmal treuer als ihrem Heimatland und hielten es möglicherweise für das Richtige, die geheimen Ergebnisse der Kernforschung mit der Sowjetunion zu teilen. Es war nicht das Gleiche, als hätten sie Geheimnisverrat an den Feind begangen. Die Sowjets waren Amerikas Verbündete im Kampf gegen Nazi-Deutschland, und sie hatten einen höheren Blutzoll entrichtet als alle anderen Alliierten zusammen. Das änderte aber nichts daran, dass es gefährlich war, für die Sowjets zu arbeiten: Für Moskau bestimmte Informationen konnten leicht nach Berlin gelangen. Und jeder, der länger als eine Minute über die Welt nach dem Krieg nachdachte, konnte sich ausmalen, dass die USA und die UdSSR nicht auf ewig Freunde bleiben würden.

Das FBI hielt Oppenheimer für ein Sicherheitsrisiko und versuchte immer wieder, Gregs Vorgesetzten, General Groves, zu überzeugen, ihn zu feuern. Doch Oppenheimer war der herausragende Physiker seiner Generation, und Groves bestand darauf, ihn zu behalten.

Doch um seine Loyalität zu beweisen, hatte Oppenheimer auf McHugh als möglichen Kommunisten hingewiesen. Deshalb wurde McHugh nun von Greg und Bicks beschattet.

Das FBI war skeptisch gewesen. Special Agent Bicks hatte abfällig erklärt: »Oppenheimer bläst Ihnen bloß Rauch in den Arsch.«

»Das glaube ich nicht«, hatte Greg erwidert. »Ich kenne ihn seit über einem Jahr.«

»Oppenheimer ist ein Scheißkommunist, genau wie seine Frau, sein Bruder und seine Schwägerin.«

»Er schuftet jeden Tag neunzehn Stunden, damit die amerikanischen Soldaten die mächtigste Waffe der Welt bekommen. Ein solcher Mann soll ein Verräter sein?«, hatte Greg gereizt geantwortet. Nun hoffte er, dass McHugh sich als Verräter erwies; das würde Oppenheimer von jedem Verdacht befreien, General Groves' Glaubwürdigkeit untermauern und Gregs eigene Bedeutung herausstreichen.

Während der ersten Hälfte des Konzerts nahm Greg keine Sekunde die Augen von McHugh. Der Physiker beachtete die Leute

827

neben ihm gar nicht. Er schien ganz in die Musik versunken zu sein und nahm den Blick nur von der Bühne, um seine Frau anzuschauen, eine blasse englische Rose. Hatte Oppenheimer sich in McHugh getäuscht? Oder war »Oppies« Beschuldigung bloß ein Manöver, um den Verdacht von sich selbst zu lenken?

Special Agent Bicks, der oben im ersten Rang saß, beobachtete den Physiker ebenfalls.

In der Pause folgte Greg den McHughs ins Foyer und stellte sich in der gleichen Schlange für Kaffee an. Weder das unscheinbare Paar noch die beiden alten Damen waren in der Nähe.

Greg fühlte sich übertölpelt. Er wusste nicht, welche Schlüsse er ziehen sollte. War sein Verdacht unbegründet? Oder hatte ausgerechnet dieser Konzertbesuch der McHughs nichts mit ihrer gewohnten Spionagetätigkeit zu tun?

Als Greg mit Margaret an ihre Plätze zurückkehrte, erschien plötzlich Special Agent Bicks neben ihm. Der Agent war im mittleren Alter, mit schütterem Haar und leicht übergewichtig. Er trug einen hellgrauen Anzug mit Schweißflecken in den Achselhöhlen. Leise sagte er: »Sie hatten recht.«

»Woher wissen Sie das?«

»Wegen dem Kerl, der neben McHugh sitzt.«

»Der in dem grauen gestreiften Anzug?«

»Ja. Das ist Nikolai Jankow, ein Kulturattaché an der sowjetischen Botschaft.«

»Verdammt!«

Margaret sah ihn an. »Was ist?«

»Nichts«, sagte Greg. »Entschuldige.«

Bicks schlich sich unbemerkt fort.

»Du hast doch etwas auf dem Herzen«, sagte Margaret, als sie wieder Platz nahmen. »Ich glaube, du hast keine einzige Note Saint-Saëns gehört.«

»Ich komme nicht von der Arbeit los.«

»Sag mir, dass es nicht um eine andere Frau geht, und ich vergesse es.«

»Es geht nicht um eine andere Frau.«

Während der zweiten Hälfte des Konzerts wurde Greg immer nervöser. Er hatte keinerlei Kontakt zwischen McHugh und Jankow beobachtet. Sie redeten nicht miteinander, und Greg konnte

828

nicht feststellen, dass sie irgendetwas austauschten: keine Akte, keinen Briefumschlag, keine Filmrolle.

Nach dem Ende des Konzerts verbeugte sich der Dirigent unter dem Applaus der Zuschauer. Der Saal leerte sich. Greg fluchte in sich hinein. Die Agentenjagd war fehlgeschlagen.

Als sie ins Foyer kamen, ging Margaret auf die Damentoilette. Während Greg wartete, näherte sich ihm Special Agent Bicks.

»Nichts«, sagte Greg.

»Bei mir auch nicht.«

»Vielleicht war es nur Zufall, dass McHugh neben Jankow saß.«

»Es gibt keine Zufälle.«

»Möglicherweise hatten sie ein Problem. Ein falsches Codewort vielleicht.«

Bicks schüttelte den Kopf. »Die haben irgendwas ausgetauscht. Wir haben es nur nicht mitbekommen.«

Auch Mrs. McHugh ging zur Damentoilette, und wie Greg wartete ihr Mann in der Nähe. Greg musterte ihn aus der Deckung einer Säule. McHugh hatte keine Aktentasche und keinen Regenmantel dabei, unter dem er ein Paket oder eine Akte verstecken konnte; dennoch stimmte etwas nicht mit ihm. Aber was?

Plötzlich begriff Greg. »Die Zeitung!«

»Was?«

»Als McHugh reinkam, hatte er eine Zeitung. Er und seine Frau haben das Kreuzworträtsel gelöst, als sie auf den Beginn des Konzerts gewartet haben. Jetzt hat er die Zeitung nicht mehr!«

»Dann hat er sie entweder weggeworfen …«

»Oder an Jankow weitergegeben, und irgendetwas war darin versteckt«, fiel Greg dem FBI-Mann ins Wort.

»Jankow und seine Frau sind gerade gegangen.«

»Vielleicht sind sie noch draußen.«

Bicks und Greg rannten zur Tür. Der FBI-Mann drängte sich durch die Menge, die zum Ausgang strebte. Greg blieb dicht hinter ihm. Sie erreichten den Gehsteig, blickten in beide Richtungen. Greg entdeckte Jankow nicht, aber Bicks hatte scharfe Augen. »Auf der anderen Straßenseite!«, sagte er.

Der Attaché und seine ungepflegte Frau standen am Bordstein. Eine schwarze Limousine näherte sich ihnen.

Jankow hielt eine zusammengefaltete Zeitung in der Hand.

Greg und Bicks rannten über die Straße.
Die Limousine hielt.
Greg war schneller als der FBI-Agent und erreichte die andere Straßenseite als Erster.
Jankow hatte ihn nicht bemerkt. Ohne Eile öffnete er den Fond; dann trat er zur Seite, damit seine Frau zuerst einsteigen konnte.
Greg warf sich auf den Mann und riss ihn zu Boden. Mrs. Jankow schrie auf.
Der Chauffeur stieg blitzschnell aus und kam um den Wagen herum, doch Bicks rief: »FBI!«, und hielt seine Dienstmarke hoch.
Jankow hatte die Zeitung fallen gelassen und griff nach ihr, doch Greg, der sich inzwischen aufgerappelt hatte, kam ihm zuvor. Er schnappte sie sich, wich zurück und schlug sie auf.
Ein Bündel Papiere kam zum Vorschein. Das oberste Blatt zeigte eine Zeichnung, die Greg sofort wiedererkannte. Es war eine Studie zur Implosionszündung für Plutoniumbomben. »Verdammt!«, rief er. »Das ist das Allerneuste!«
Jankow sprang in den Wagen, knallte die Tür zu und verriegelte sie von innen.
Der Chauffeur stieg wieder ein und fuhr los.

Es war Samstagabend, und in Daisys Wohnung auf der Piccadilly ging es hoch her. Gut hundert Gäste waren gekommen, und sie fühlte sich blendend.
Daisy war zu einer tonangebenden Größe in einem Kreis geworden, in dessen Zentrum das Amerikanische Rote Kreuz in London stand. Jeden Samstag gab sie eine Party für amerikanische Soldaten und lud dazu Krankenschwestern aus dem St. Bart's Hospital ein. Auch Piloten der RAF kamen. Sie tranken von Daisys offenbar unbegrenzten Vorräten an Scotch und Gin und tanzten zu Glenn-Miller-Platten. Daisy war sich bewusst, dass es die letzte Party sein konnte, die diese Männer erlebten; deshalb tat sie alles, um sie glücklich zu machen – außer sie zu küssen. Aber da kamen die Krankenschwestern ins Spiel.
Auf ihren eigenen Partys trank Daisy niemals Alkohol; sie musste auf zu viele Dinge achten. Immer wieder schlossen sich

Pärchen auf der Toilette ein und mussten herausgezerrt werden, weil der Raum für seinen eigentlichen Zweck gebraucht wurde. War ein hoher Offizier betrunken, musste Daisy dafür sorgen, dass er sicher nach Hause kam. Oft ging ihr das Eis aus – ihrem britischen Personal war einfach nicht klarzumachen, wie viel Eis auf einer richtigen Party gebraucht wurde.

Nach ihrer Trennung von Boy Fitzherbert hatte Daisys Freundeskreis sich längere Zeit nur auf die Angehörigen der Familie Leckwith beschränkt. Ethel verurteilte Daisy nie. Heute der Inbegriff der Achtbarkeit, hatte sie früher selbst so manchen Fehltritt begangen, was sie nun umso toleranter machte. Daisy besuchte sie noch immer jeden Mittwochabend in Aldgate; dann saßen sie in der Wohnküche zusammen am Radio und tranken Kakao. Für Daisy war es jedes Mal ein Höhepunkt der Woche.

Zweimal war sie von der gehobenen Gesellschaft zurückgewiesen worden, einmal in Buffalo und einmal in London, und immer wieder kam ihr der deprimierende Gedanke, es könne ihre eigene Schuld sein. Vielleicht passte sie nicht in die High Society mit ihren Verhaltensregeln. Es war dumm von ihr gewesen, unbedingt dazugehören zu wollen.

Das Problem war: Daisy liebte Partys, Picknicks, Sportveranstaltungen und Events jeder Art, an denen schick gekleidete Menschen teilnahmen. Allerdings wusste sie mittlerweile, dass sie weder den britischen Erbadel noch amerikanischen Geldadel brauchte, um ihren Spaß zu haben. Sie hatte ihre eigene Gesellschaft erschaffen, und die war sehr viel aufregender. Einige der Leute, die sie nach der Trennung von Boy geschnitten hatten, machten nun Andeutungen, dass sie gern zu einem von Daisys berühmten Samstagabenden eingeladen werden wollten. Viele Gäste kamen deshalb zu ihr, weil sie sich nach einem unerträglich steifen Dinner in einem der Paläste von Mayfair endlich einmal richtig vergnügen wollten.

An diesem Abend fand die bisher schönste Party überhaupt statt, denn Lloyd hatte Urlaub. Er wohnte mit Daisy zusammen in der Wohnung, ohne ein Geheimnis daraus zu machen. Daisy war es gleich, was die Leute davon hielten: Ihr Ruf in den »besseren« Kreisen war dermaßen ramponiert, dass er keinen weiteren Schaden mehr nehmen konnte. Außerdem waren sie und Lloyd nicht die Einzigen, die die Liebe in Kriegszeiten dazu gebracht hatte, gegen die Konventionen zu verstoßen, ohne Rücksicht auf die Meinung anderer, selbst der Dienstboten, die genauso starrsinnig sein konnten wie die altmodischste Herzogin, aber Daisy wurde von ihren Hausangestellten verehrt. Sie und Lloyd gaben sich nicht einmal den Anschein, in getrennten Schlafzimmern zu übernachten.

Daisy liebte es, mit Lloyd zu schlafen. Er hatte bei Weitem nicht Boys Erfahrung, glich es aber durch Energie aus, und er war sehr gelehrig. Jede Nacht war für sie beide eine Entdeckungsreise im Doppelbett.

Während Daisy beobachtete, wie ihre Gäste plauderten und lachten, rauchten und tranken, tanzten und schmusten, lächelte Lloyd sie an und fragte: »Glücklich?«

»Fast«, antwortete Daisy.

»Fast?«

Sie seufzte. »Ich möchte Kinder, Lloyd. Mir ist es egal, dass wir nicht verheiratet sind.«

Die Röte stieg ihm ins Gesicht. »Du weißt, wie ich über uneheliche Kinder denke.«

»Ja. Trotzdem möchte ich etwas von dir, das ich lieb haben kann, falls dir was passiert.«

»Ich tue mein Bestes, am Leben zu bleiben.«

»Ich weiß«, erwiderte Daisy. Doch wenn ihr Verdacht stimmte und Lloyd verdeckt im besetzten Gebiet operierte, konnte er genauso hingerichtet werden, wie man in Großbritannien deutsche Agenten exekutierte. »Einer Million Frauen geht es genauso wie mir, das ist mir klar, aber ich kann den Gedanken an ein Leben ohne dich einfach nicht ertragen. Ich glaube, ich würde sterben.«

»Wenn ich Boy dazu bringen könnte, sich von dir scheiden zu lassen, würde ich dich sofort heiraten.«

»Das ist kein Thema für eine Party.« Sie ließ den Blick schweifen. »Wer hätte das gedacht? Ich glaube, das ist Woody Dewar!«

Woody trug eine amerikanische Offiziersuniform. Daisy ging zu ihm und begrüßte ihn. Wie eigenartig, ihn nach neun Jahren wiederzusehen. Dabei sah er gar nicht sehr viel anders aus, nur ein wenig älter.

»Hier sind jetzt Tausende amerikanischer Soldaten«, sagte

Daisy, als sie und Woody zu *Pennsylvania Six-Five Thousand* einen Foxtrott tanzten. »Offenbar stehen wir kurz vor der Invasion Frankreichs. Oder weißt du mehr?«

»Die Lamettahengste teilen ihre Pläne nicht jedem grünen Lieutenant mit«, erwiderte Woody. »Aber ich kann mir auch keinen anderen Grund vorstellen, weshalb ich hier bin. Wir können die Russen nicht mehr lange die Hauptlast des Kampfes tragen lassen.«

»Wann wird es so weit sein, was meinst du?«

»Ende Mai, Anfang Juni, würde ich sagen.«

»So bald schon!«

»Aber niemand weiß, wo.«

»Von Dover nach Calais ist der kürzeste Seeweg«, sagte Daisy.

»Deshalb ist der deutsche Atlantikwall bei Calais auch am stärksten. Also werden wir die Deutschen vielleicht überraschen – zum Beispiel, indem wir an der Südküste landen, bei Marseille.«

»Vielleicht ist dann endlich alles vorbei.«

»Das bezweifle ich. Sobald wir einen Brückenkopf haben, müssen wir erst einmal Frankreich erobern, und dann Deutschland. Vor uns liegt noch ein langer Weg.«

Woody schien eine Aufmunterung dringend nötig zu haben, und Daisy wusste das richtige Mädchen: Isabel Hernandez, genannt Bella, eine Rhodes-Studentin, die am St. Hilda's College in Oxford ihren Master in Geschichte machte. Sie war wunderschön, wurde aber oft als Blaustrumpf bezeichnet, weil sie intellektuell anspruchsvoll war. Doch Woody würde das nicht stören.

Also rief Isabel ihre Freundin herbei. »Bella, darf ich dir Woody Dewar aus Buffalo vorstellen. Woody, das ist meine Freundin Bella. Sie ist aus San Francisco.«

Sie gaben einander die Hand. Bella war groß und hatte dichtes dunkles Haar und olivfarbene Haut, genau wie Joanne Rouzrokh. Woody lächelte sie an und fragte: »Was führt Sie nach London?«

Daisy ließ die beiden allein.

Um Mitternacht servierte sie Essen. Kam sie an amerikanische Rationen, gab es Schinken und Eier, wenn nicht, wurden Käsesandwiches aufgetragen. Daisy bemerkte, dass Woody Dewar sich noch immer mit Bella Hernandez unterhielt. Sie schienen tief ins Gespräch versunken zu sein.

833

Daisy sorgte dafür, dass alle hatten, was sie brauchten; dann setzte sie sich mit Lloyd in eine stille Ecke.

»Ich weiß jetzt, was ich nach dem Krieg tun möchte, falls ich so lange lebe«, sagte er. »Außer dich zu heiraten, meine ich.«

»Was denn?«

»Ich werde versuchen, ins Parlament zu kommen.«

Daisy war begeistert. »Das wäre großartig, Lloyd!« Sie schlang die Arme um seinen Hals und küsste ihn.

»Für Glückwünsche ist es noch zu früh. Ich habe mich für Hoxton eingeschrieben, den Nachbarwahlkreis meiner Mutter. Aber vielleicht entscheidet sich der dortige Labour-Ortsverein ja gegen mich. Oder ich werde nominiert, verliere aber die Wahl. Im Moment hat Hoxton einen starken liberalen Abgeordneten.«

»Lass mich dir helfen«, sagte Daisy. »Ich könnte deine rechte Hand sein. Ich schreibe deine Reden – ich wette, das könnte ich gut.«

»Es wäre fabelhaft, wenn du mir helfen würdest.«

»Also abgemacht!«

Nach dem Essen verabschiedeten sich die älteren Gäste, aber die Musik spielte weiter, und die Getränke versiegten nicht. Die Party wurde immer hemmungsloser. Woody tanzte Wange an Wange mit Bella; Daisy fragte sich, ob sie seit Joanne seine erste Romanze wäre.

Die Knutscherei wurde heftiger, und Pärchen verschwanden in die beiden Schlafzimmer. Die Türen abschließen konnten sie nicht – Daisy versteckte vor der Party stets die Schlüssel –, sodass manchmal mehrere Pärchen im gleichen Zimmer waren, was aber niemanden zu stören schien. Einmal hatte Daisy ein Pärchen im Besenschrank gefunden; beide schliefen fest in den Armen des anderen.

Gegen ein Uhr erschien ihr Ehegatte.

Sie hatte Boy nicht eingeladen, doch er kam in Gesellschaft einiger amerikanischer Piloten, und Daisy ließ ihn mit einem Achselzucken in die Wohnung. Er war angeheitert und deshalb recht zugänglich. Er tanzte erst mit mehreren Krankenschwestern; dann forderte er galant Daisy auf.

Sie fragte sich, ob er nur betrunken war oder ob seine Haltung ihr gegenüber sich gemildert hatte. Wenn ja, ließ er sich dann vielleicht zur Scheidung bewegen?

Sie tanzten Jitterbug. Die meisten Gäste wussten nicht, dass sie ein Ehepaar waren, das getrennt lebte, aber wer es wusste, war erstaunt.

»Ich habe in der Zeitung gelesen, dass du ein neues Rennpferd gekauft hast«, sagte Daisy.

»Ja, Lucky Laddie«, erwiderte er. »Hat mich achttausend Guineas gekostet – ein Rekordpreis.«

»Ich hoffe, er ist es wert.« Daisy liebte Pferde. Sie hatte gehofft, gemeinsam mit Boy Rennpferde kaufen und trainieren zu können, doch Boy hatte ihre Begeisterung nicht teilen wollen – für Daisy einer der großen Tiefschläge in ihrer Ehe.

Boy schien ihre Gedanken lesen zu können. »Ich habe dich enttäuscht, nicht wahr?«

»Ja.«

»Und du hast mich enttäuscht.«

»Indem ich nicht über deine Untreue hinweggesehen habe?«

»Genau.« Er war betrunken genug, um ehrlich zu sein.

Daisy sah die Chance, das Thema Scheidung anzusprechen. »Was denkst du, wie lange wir uns noch gegenseitig bestrafen sollen?«

»Bestrafen?«, fragte er. »Wer bestraft hier jemanden?«

»Wir bestrafen uns gegenseitig, indem wir verheiratet bleiben. Wir sollten uns scheiden lassen, wie vernünftige Menschen.«

»Vielleicht hast du recht«, sagte er. »Aber Samstagnacht ist nicht der beste Zeitpunkt, um darüber zu sprechen.«

In Daisy regte sich Hoffnung. »Ich könnte zu dir kommen, wenn wir beide ausgeschlafen und nüchtern sind.«

Er zögerte. »Also gut.«

»Wie wäre es mit morgen?«

»Einverstanden.«

»Dann sehen wir uns nach der Kirche. Sagen wir, um zwölf?«

»In Ordnung«, sagte Boy

Nachdem Woody sie durch den Hydepark zur Wohnung einer Freundin in South Kensington gebracht hatte, küsste Bella ihn.

Zuerst erstarrte er. Seit Joannes Tod hatte er keine Frau mehr geküsst. Doch er mochte Bella sehr. Sie war nach Joanne die klügste Frau, die er je kennengelernt hatte. Und wie sie sich beim langsamen Tanz an ihn gedrückt hatte, hatte ihm deutlich gezeigt, dass sie ihn mochte. Dennoch hatte er sich zurückgehalten. Zu sehr musste er an Joanne denken. Ihr Tod lag erst zweieinhalb Jahre zurück.

Dann aber übernahm Bella die Initiative.

Sie öffnete den Mund, und Woody schmeckte ihre Zunge. Aber das erinnerte ihn nur daran, wie Joanne ihn auf die gleiche Weise geküsst hatte. Er versuchte, eine höfliche Zurückweisung zu formulieren, als sein Körper mit einem Mal das Regiment übernahm. Gierig erwiderte er Bellas Kuss.

Sie reagierte ungeduldig auf seine aufbrandende Leidenschaft, nahm seine Hände und drückte sie auf ihre Brüste, die groß und weich waren.

Es war dunkel, sodass Woody kaum etwas sehen konnte, doch an den halb erstickten Lauten, die aus den Sträuchern in der Nähe drangen, erkannte er, dass andere Pärchen ganz ähnliche Dinge taten.

Bella presste sich an ihn, und Woody wusste, dass sie seine Erektion spürte. Seine Lust war so unerträglich, dass er glaubte, jeden Augenblick zum Höhepunkt zu kommen. Bella schien genauso erregt zu sein wie er. Mit fliegenden Fingern knöpfte sie seine Hose auf. Ihre Hand fühlte sich kühl auf seinem heißen Glied an, als sie es umfasste und sich vor ihn kniete. Kaum hatten ihre Lippen sich um die Eichel geschlossen, spritzte er heftig in ihren Mund, wild und zuckend, während Bella gierig saugte und leckte.

Als sein Höhepunkt verebbt war, küsste Bella sein Glied, bis es erschlafft war.

»Das war eine Wucht«, flüsterte sie und erhob sich. »Danke.«

Woody legte die Arme um sie und zog sie an sich. Er war ihr so dankbar, dass er hätte weinen können. Erst jetzt wurde ihm bewusst, wie dringend er in dieser Nacht die Zuneigung einer Frau gebraucht hatte. Ein Schatten hatte sich von ihm gehoben. »Ich kann dir gar nicht sagen …«, begann er, fand aber nicht die Worte, ihr zu erklären, wie viel es ihm bedeutete.

»Dann lass es«, erwiderte sie. »Ich weiß es sowieso. Ich habe es gespürt.«

836

Sie gingen zu dem Haus, in dem sie wohnte. An der Tür fragte Woody: »Können wir …«

Sie legte ihm einen Finger auf die Lippen. »Geh und gewinn den Krieg«, sagte sie.

Dann verschwand sie im Haus.

Wenn Daisy einen Gottesdienst besuchte, was nicht oft der Fall war, mied sie die elitären Kirchen im Westend, deren Gemeindemitglieder sie geschnitten hatten. Stattdessen fuhr sie mit der U-Bahn nach Aldgate und besuchte die Calvary Gospel Hall. Die Unterschiede in den Glaubensgrundsätzen waren gewaltig, aber das machte ihr nichts. Hier sang man besser als im Westend.

Lloyd und Daisy trafen einzeln ein: Die Leute in Aldgate wussten, wer sie war, und es gefiel ihnen, dass eine abtrünnige Adlige auf einem ihrer billigen Plätze saß, aber es hätte ihre Toleranz allzu sehr strapaziert, wäre eine verheiratete, von ihrem Mann getrennt lebende Frau am Arm ihres Liebhabers ins Gotteshaus gekommen. Ethels Bruder Billy sagte dazu: »Jesus hat die Ehebrecherin nicht verdammt, aber er hat ihr auch befohlen, nicht weiter zu sündigen.«

Während des Gottesdienstes dachte Daisy an Boy. Hatte er seine versöhnlichen Worte ernst gemeint, oder hatte es nur am Alkohol gelegen? Er hatte Lloyd sogar zum Abschied die Hand gereicht. Das musste doch Vergebung zu bedeuten haben? Doch Daisy wusste, dass sie ihre Hoffnungen nicht zu hochschrauben durfte. Boy war der eigensüchtigste Mensch, den sie je gekannt hatte; darin übertraf er sogar seinen Vater oder ihren Bruder Greg.

Nach der Kirche ging sie oft zum Mittagessen zu Eth Leckwith, doch heute überließ sie Lloyd seiner Familie, fuhr ins Westend zurück und klopfte in Mayfair an die Haustür ihres Ehemannes. Der Butler führte sie in den Morgensalon.

Boy kam wütend ins Zimmer gestürmt. »Was soll das?«, rief er und warf die Zeitung nach ihr.

In dieser Stimmung hatte Daisy ihn oft erlebt; deshalb hielt ihre Angst sich in Grenzen. Nur einmal hatte Boy die Hand gegen sie erheben wollen, aber da hatte sie einen schweren Kerzenleuchter gepackt und gedroht, ihm den Schädel einzuschlagen. Danach war Boy nie wieder auf sie losgegangen.

Dennoch war sie enttäuscht. Gestern Nacht war Boy so guter Laune gewesen. Aber vielleicht hörte er trotzdem auf die Stimme der Vernunft.

»Warum bist du so wütend?«, fragte sie ruhig. »Was ist passiert?«

»Wirf mal einen Blick in die Zeitung.«

Daisy bückte sich und hob sie auf. Es war die aktuelle Ausgabe des *Sunday Mirror*, einer populären linkslastigen Boulevardzeitung. Auf der Titelseite prangte ein Foto von Boys neuem Rennpferd; darunter stand die Schlagzeile:

LUCKY LADDIE
Wert: 28 Bergarbeiter

Nachdem gestern in der Presse über Boys Rekordkauf berichtet worden war, griff der *Mirror* das Thema heute noch einmal auf, allerdings nicht als Meldung, sondern als zornigen Kommentar, in dem herausgestellt wurde, dass der Preis für das Pferd, 8400 Pfund, genau dem Achtundzwanzigfachen der 300 Pfund Entschädigung entsprach, die die Witwe eines Bergmanns erhielt, der bei einem Grubenunglück ums Leben kam.

Und der Reichtum der Familie Fitzherbert stammte aus dem Kohlenbergbau.

»Mein Vater ist außer sich!«, schimpfte Boy. »Er hatte gehofft, Außenminister in der Nachkriegsregierung zu werden. Dieser Artikel hat seine Chancen vermutlich ruiniert.«

»Und was habe ich damit zu tun?«, entgegnete Daisy aufgebracht. »Ist das etwa meine Schuld?«

»Sieh dir an, wer der Zeitungsschmierer ist, der das geschrieben hat!«

Daisy las:

von Billy Williams
Parlamentsabgeordneter für Aberowen

»Der Onkel deines Freundes!«, rief Boy.

»Glaubst du, er berät sich mit mir, ehe er seine Artikel schreibt?«

Boy wackelte mit dem Finger. »Aus irgendeinem Grund hasst uns diese Familie.«

»Sie finden es ungerecht, dass ihr euch mit den Kohlenbergwerken eine goldene Nase verdient, während die Bergleute ausgenommen werden. Wir haben Krieg, weißt du?«

»Du lebst selbst von geerbtem Geld«, erwiderte Boy. »Und gestern Nacht in deiner Wohnung habe ich nichts von kriegsbedingter Bescheidenheit sehen können.«

»Das stimmt. Aber ich habe eine Party für Soldaten gegeben, während du ein Vermögen für ein Pferd verschleudert hast.«

»Es ist mein Geld!«

»Aber du hast es aus den Kohlegruben.«

»Verbringst du mit diesem Williams so viel Zeit, dass du zu einer verdammten Bolschewistin geworden bist?«

Daisy seufzte. »Möchtest du wirklich noch länger mit mir verheiratet sein, Boy? Du könntest eine Frau finden, die besser zu dir passt. Die Hälfte aller ledigen Mädchen in London würde einen Mord begehen, um die Viscountess Aberowen zu werden.«

»Das könnte diesem verdammten Williams-Klan so passen, dass ich mich von dir scheiden lasse, was? Übrigens habe ich gestern Nacht gehört, dass dein Freund ins Parlament möchte.«

»Er wäre ein großartiger Abgeordneter.«

»Nicht mit dir im Schlepptau. Dann wird er nie gewählt. Er ist ein verfluchter Sozialist. Du bist eine ehemalige Faschistin.«

»Ich weiß, das könnte ein Problem sein …«

»Ein Problem? Das ist eine unüberwindliche Barriere. Warte nur, bis die Zeitungen davon erfahren! Dann werden sie dich genauso kreuzigen wie mich heute!«

»Ich nehme an, du steckst die Geschichte der *Daily Mail*.«

»Das brauche ich nicht, das besorgen schon Williams' Gegner. Denk an meine Worte. Mit dir an seiner Seite hat Lloyd Williams nicht den Hauch einer Chance.«

Die ersten fünf Junitage verbrachten Lieutenant Woody Dewar und die Männer seines Zuges zusammen mit tausend anderen Fallschirmjägern auf einem Flugplatz nordwestlich von London. Ein

Hangar war mit Hunderten von Pritschen, die in langen Reihen aufgestellt waren, in einen riesigen Schlafsaal verwandelt worden. Die Wartezeit wurde den Männern mit Kinofilmen und Jazzschallplatten verkürzt.

Ihr Ziel war die Normandie. Durch ausgeklügelte Ablenkungsmanöver hatten die Alliierten das Oberkommando der Wehrmacht davon überzeugt, das Ziel der Invasion liege zweihundert Meilen nordöstlich von Calais. Wenn die Deutschen sich wirklich hatten täuschen lassen, würde die Invasionsstreitmacht in der Normandie auf relativ geringen Widerstand stoßen, zumindest in den ersten Stunden.

Die Fallschirmjäger gehörten zur ersten Welle, die mitten in der Nacht landen sollte. Die zweite Welle war die Hauptstreitmacht, bestehend aus hundertfünfundsiebzigtausend Mann an Bord einer Flotte von mehr als sechstausend Schiffen, von denen die ersten im Morgengrauen an fünf Punkten der Normandieküste landen würden. Bis dahin sollten die Fallschirmjäger deutsche Verteidigungsstellungen im Hinterland vernichtet und wichtige Verkehrsknotenpunkte eingenommen haben.

Woodys Zug sollte in einer kleinen Ortschaft namens Église-des-Sœurs, zehn Meilen landeinwärts, eine Brücke über einen Fluss einnehmen. Anschließend sollten sie die Brücke halten und deutsche Einheiten am Überqueren des Flusses hindern, bis die Landungstruppen zu ihnen aufschlossen. Die Deutschen mussten unter allen Umständen daran gehindert werden, die Brücke zu sprengen.

Während die Männer auf den Einsatz warteten, veranstaltete Ace Webber ein Poker-Marathon, gewann tausend Dollar und verlor sie wieder. Lefty Cameron reinigte und ölte wie ein Besessener immer wieder seinen halbautomatischen M1-Karabiner, das Fallschirmjägermodell mit Klappschaft. Lonnie Callaghan und Tony Bonanio, die einander nicht ausstehen konnten, gingen jeden Tag zusammen zum Gottesdienst. Sneaky Pete Schneider schärfte das Kampfmesser, das er in London gekauft hatte, bis er sich damit hätte rasieren können. Patrick Timothy, der wie Clark Gable aussah und einen ähnlichen Schnurrbart trug, spielte immer wieder die gleiche Melodie auf seiner Ukulele und trieb damit alle in den Wahnsinn. Sergeant Defoe schrieb lange Briefe an seine Frau, zerriss sie und begann von Neuem. Mack Trulove und Smoking Joe

Morgan schnitten einander das Haar ab und rasierten sich gegenseitig die Köpfe, weil sie glaubten, dass die Sanitäter es bei einem kahlen Schädel leichter hätten, Kopfwunden zu behandeln.

Die meisten von ihnen hatten Spitznamen. Woody hatte erfahren, dass er »Scotch« genannt wurde.

Der D-Day war auf Sonntag, den 4. Juni, angesetzt worden, wurde jedoch wegen schlechten Wetters verschoben.

Am Montag, dem 5. Juni, hielt der Regimentskommandeur eine Ansprache. »Männer«, rief der Colonel. »Heute Nacht beginnen wir mit der Invasion Frankreichs!«

Die Soldaten brüllten vor Begeisterung, was Woody ziemlich ironisch fand: Hier hatten die Männer es warm und sicher, doch sie schienen es kaum erwarten zu können, über den Ärmelkanal zu fliegen, aus den Maschinen zu springen und inmitten feindlicher Soldaten zu landen, die nur darauf aus waren, sie zu töten.

Sie bekamen eine Sondermahlzeit, so viel Steak, Schwein, Hähnchen, Pommes frites und Eiscreme, wie sie wollten. Woody aß nichts. Er ahnte, was vor ihnen lag, und wollte dabei keinen vollen Magen haben. Er begnügte sich mit Kaffee und einem Donut. Der Kaffee war amerikanisch, aromatisch und duftend, ganz anders als das grässliche Gebräu, das die Briten einem servierten, falls sie überhaupt einmal Kaffee hatten.

Woody zog die Kampfstiefel aus und legte sich auf seine Pritsche. Er dachte an Bella Hernandez, ihr schiefes Lächeln und ihre weichen Brüste.

In diesem Moment ertönte eine Alarmhupe.

Einen Augenblick glaubte Woody, aus einem Albtraum aufzuwachen, in dem er in die Schlacht zog, um Menschen zu töten. Dann begriff er, dass es kein Traum war, sondern Wirklichkeit.

Die Männer zogen ihre Springeruniformen an und nahmen ihre Ausrüstung auf. Einiges war unverzichtbar: ein Karabiner mit 150 Schuss, Handgranaten, eine Panzerbekämpfungswaffe, die Gammon-Granate hieß, Rationen, Wasserreinigungstabletten und eine Erste-Hilfe-Tasche mit Morphin. Dazu kamen Dinge, die man auch hätte weglassen können: ein Feldspaten, Rasierzeug, ein französischer Sprachführer. Die Männer waren dermaßen überladen, dass die kleineren von ihnen nur schwankend die Flugzeuge erreichten, die im Dunkeln auf der Piste standen.

841

Die Maschinen waren C-47 Skytrains mit olivgrünem Tarn-
anstrich. Zu seinem Erstaunen sah Woody, dass die Rümpfe und
die Tragflächen mit auffälligen schwarzen und weißen Streifen
bemalt worden waren. Der Pilot seiner Maschine war Captain
Bonner, ein stets schlecht gelaunter Mann aus dem Mittleren
Westen. »Die Streifen sollen verhindern, dass unsere eigenen Leute
uns vom Himmel holen«, antwortete er auf Woodys dahingehende
Frage.

Ehe die Männer an Bord gehen konnten, wurden sie gewogen.
Donegan und Bonanio trugen zerlegte Bazookas in Beintaschen
bei sich, was sie gleich vierzig Kilo schwerer machte. Als die
Gesamtzuladung immer weiter anstieg, wurde Captain Bonner
wütend. »Sie überladen die Maschine!«, fuhr er Woody an. »Wir
bekommen die Scheißkiste gar nicht erst in die Luft!«

»Nicht meine Entscheidung, Captain«, entgegnete Woody. »Beschweren Sie sich beim Colonel.«

Als Erster stieg Sergeant Defoe ein. Er ging ganz nach vorn
und setzte sich auf den Platz neben dem offenen Durchgang zum
Cockpit. Er würde als Letzter abspringen. Jeder Mann, der in
letzter Sekunde zögerte, in die Nacht hinauszuspringen, erhielt von
Defoe eine Ermunterung in Form eines kräftigen Stoßes.

Donegan und Bonanio, die außer der üblichen Ausrüstung ihre
Beintaschen mit den Bazookas zu schleppen hatten, musste die
Stufen hinaufgeholfen werden. Woody stieg als Zugführer zuletzt
ein. Er würde als Erster springen und als Erster landen.

Das Innere der Maschine war ein Schlauch mit Reihen aus primitiven Metallrohrsitzen auf beiden Seiten. Die Männer hatten
Schwierigkeiten, die Sitzgurte um ihre Ausrüstung zu legen, und
einige verzichteten ganz darauf. Die Tür wurde geschlossen, und
die Motoren erwachten grollend zum Leben.

Woody hatte Angst und war zugleich aufgeregt. Wider alle
Vernunft sehnte er den Kampf herbei. Er konnte es nicht erwarten,
sich endlich dem Feind zu stellen und seine Waffen abzufeuern. Er
wollte, dass das Warten ein Ende hatte.

Ob er Bella Hernandez jemals wiedersehen würde?

Er glaubte zu spüren, wie die Maschine mit dem Gewicht zu
kämpfen hatte, als sie über die Piste rumpelte. Quälend langsam
nahm sie Geschwindigkeit auf und schien sich ewig an den Boden

zu klammern. Woody ertappte sich bei der bangen Frage, wie lang die Rollbahn eigentlich war.

Dann endlich hob die C-47 ab, doch das Gefühl, in der Luft zu sein, wollte sich anfangs nicht einstellen; es kam Woody eher so vor, als würde die Maschine nur wenige Fuß über dem Boden schweben. Er saß am hintersten der sechs Fenster, neben der Tür, und beobachtete, wie die abgetarnten Lichter des Fliegerhorstes unter ihm versanken. Sie waren in der Luft.

Der Himmel war bedeckt, aber die Wolken leuchteten schwach, weil hinter ihnen der Mond aufgegangen war. An der Spitze jeder Tragfläche befand sich eine blaue Lampe; Woody beobachtete, wie die C-47 mit den anderen in Formation ging und einen riesigen Keil bildete.

Im Innern der Maschine war es so laut, dass die Männer einander ins Ohr brüllen mussten, um sich verständlich zu machen, und bald endeten die Gespräche. Die Fallschirmjäger rutschten auf ihren harten Sitzen, als sie vergeblich versuchten, eine bequeme Position zu finden. Einige schlossen die Augen, doch Woody bezweifelte, dass einer von ihnen wirklich schlief.

Sie flogen niedrig, kaum über tausend Fuß, und gelegentlich sah Woody das bronzene Glitzern von Flüssen und Seen in der Tiefe. Einmal erhaschte er einen Blick auf eine Menschenansammlung. Hunderte von Gesichtern starrten zu den Maschinen hoch, die über sie hinwegdröhnten. Woody wusste, dass mehr als tausend Flugzeuge gleichzeitig Südengland überflogen; es musste ein außergewöhnlicher Anblick sein. Ihm kam der Gedanke, dass diese Leute zuschauten, wie Geschichte geschrieben wurde, und dass er ein Teil davon war.

Nach einer halben Stunde überflogen sie die englischen Seebäder; dann waren sie über dem Ärmelkanal. Ein paar Sekunden lang leuchtete der Mond durch eine Wolkenlücke, und Woody sah tief unten die Invasionsflotte. Es war ein unglaublicher Anblick: eine schwimmende Stadt mit Straßen aus Tausenden von Schiffen aller Größen, die in gezackten Reihen fuhren, so weit das Auge blickte. Ehe Woody seine Kameraden auf den fantastischen Anblick aufmerksam machen konnte, verdeckten die Wolken den Mond wieder, und das Bild war vergangen wie ein Traum.

Die Flugzeuge zogen auf einer lang gestreckten Kurve nach

rechts. Sie wollten die französische Küste westlich der Abwurfzone erreichen, dann dem Strand nach Osten folgen und anhand von Geländemarken ihre Position bestimmen. Auf diese Weise sollte sichergestellt werden, dass die Fallschirmjäger dort landeten, wo sie landen sollten.

Jersey und Guernsey, die Kanalinseln, waren britisches Hoheitsgebiet, obwohl sie näher an Frankreich lagen. Die Deutschen hatten sie 1940 besetzt. Als die Armada die Inseln nun überflog, eröffnete die deutsche Flugabwehr das Feuer. In dieser geringen Höhe waren die Skytrains sehr verletzlich, und Woody begriff, dass er getötet werden konnte, noch ehe er das Schlachtfeld erreichte. Rasch verdrängte er den Gedanken, so hilflos und sinnlos zu sterben.

Captain Bonner flog im Zickzack, um der Flak auszuweichen. Die Wirkung auf die luftkranken Männer war verheerend. Patrick Timothy hielt es als Erster nicht mehr aus und erbrach sich auf den Boden. Der Gestank sorgte dafür, dass es den anderen noch schlechter ging. Als Nächster übergab sich Sneaky Pete, dann mehrere Männer auf einmal. Alle hatten sich mit Steak und Eiscreme vollgestopft, und das kam ihnen jetzt wieder hoch. Der Gestank war grässlich, und der Boden der Maschine wurde gefährlich rutschig.

Als sie die Kanalinseln hinter sich hatten, flog die C-47 wieder geradeaus. Wenige Minuten später kam die französische Küste in Sicht. Das Flugzeug kippte zur Seite und bog nach links. Der Kopilot stand von seinem Sitz auf und sagte Sergeant Defoe etwas ins Ohr. Der Sergeant wandte sich an den Zug und zeigte zweimal die fünf Finger einer Hand: zehn Minuten bis zum Absprung.

Die Maschine verlangsamte ihre Marschgeschwindigkeit, 160 Meilen pro Stunde, auf das Tempo für den Fallschirmabsprung, das bei 100 Meilen pro Stunde lag.

Dann flog die C-47 unvermittelt in Nebel ein, der so dicht war, dass man das blaue Licht an der Tragflächenspitze nicht mehr sehen konnte. Woodys Herz pochte heftig. Für Flugzeuge, die in so enger Formation flogen, war Nebel extrem gefährlich. Wie tragisch es wäre, nach all der Mühe nicht im Kampf, sondern bei einem Absturz zu sterben. Doch Captain Bonner konnte nichts weiter tun, als stur geradeaus auf konstanter Höhe zu fliegen und auf das Beste zu hoffen. Jede Kursabweichung konnte zur Kollision führen.

Die C-47 verließ die Nebelbank so rasch, wie sie hineingeflogen war. Auf beiden Seiten waren die anderen Maschinen wie durch ein Wunder noch immer in Formation.

Fast augenblicklich brach das Flakfeuer wieder los. Als tödliche Blüten explodierten die Granaten zwischen den dicht beieinanderfliegenden Maschinen. Die Piloten hatten Befehl, die Geschwindigkeit trotzdem beizubehalten und direkt in Richtung Absprungzone zu fliegen. Doch Bonner verstieß gegen die Anweisung und brach aus der Formation aus. Das Röhren der Motoren schwoll an, als er Vollgas gab. Wieder flog Bonner Zickzack und senkte die Nase der Maschine, um mehr Geschwindigkeit zu gewinnen. Woody blickte aus dem Fenster und sah, dass viele andere Piloten es genauso machten: Der Überlebensinstinkt war stärker als die Disziplin.

Über der Tür flammte die rote Lampe auf: noch vier Minuten.

Woody war überzeugt, dass die Crew die Lampe zu früh eingeschaltet hatte, um ihre Passagiere möglichst bald absetzen und sich in Sicherheit bringen zu können. Aber die Crew hatte die Karten; deshalb konnte er nichts beweisen.

Er erhob sich von seinem Sitz. »Aufstehen und einklinken!«, rief er. Bei dem Höllenlärm konnten die meisten Männer ihn nicht verstehen; aber sie wussten auch so, was er sagte. Sie standen auf und klinkten die Reißleine in das Seil ein, das über ihren Köpfen gespannt war. Die Tür öffnete sich, und brüllend toste der Wind in die Maschine, die immer noch zu schnell flog. Bei dieser Geschwindigkeit abzuspringen war schwierig, aber das eigentliche Problem bestand darin, dass sie weit verstreut landen würden, sodass Woody am Boden mehr Zeit bräuchte, um seine Leute zu finden. Sein Marsch auf das Einsatzziel würde verzögert, und er müsste den Einsatz verspätet beginnen. Er verfluchte Bonner.

Der Pilot steuerte weiterhin erst in die eine, dann in die andere Richtung, und wich den Flakgranaten aus, während die Männer darum kämpften, nicht den von Erbrochenem rutschigen Boden unter den Füßen zu verlieren.

Woody blickte aus der offenen Tür. Bei dem Versuch, an Geschwindigkeit zu gewinnen, hatte Bonner an Höhe verloren. Die

C-47 flog jetzt auf ungefähr fünfhundert Fuß – zu niedrig. Aus dieser Höhe öffneten die Fallschirme sich möglicherweise nicht vollständig, ehe die Männer auf den Boden prallten.

Woody zögerte; dann winkte er seinen Sergeant zu sich.

Defoe stellte sich neben ihn und schaute in die Tiefe. Sofort schüttelte er den Kopf, legte den Mund an Woodys Ohr und brüllte: »Die Hälfte von uns bricht sich die Haxen, wenn wir aus dieser Höhe abspringen, und die Bazookaträger bringen sich um!«

Woody fasste einen Entschluss.

»Passen Sie auf, dass keiner springt!«, brüllte er Defoe zu. Dann hakte er seine Reißleine aus und schob sich durch die Doppelreihe stehender Männer nach vorn zum Cockpit. Die Besatzung bestand aus zwei Mann. Aus vollem Hals brüllte Woody: »Steigen! Steigen!«

»Gehen Sie nach hinten, und springen Sie ab!«, schrie Bonner.

»Niemand springt aus dieser Höhe ab!« Woody beugte sich vor und deutete auf den Höhenmesser, der 480 Fuß anzeigte. »Das ist Selbstmord!«

»Verlassen Sie das Cockpit, Lieutenant. Das ist ein Befehl.«

Woody stand im Rang unter Bonner, doch er behauptete sich. »Erst wenn Sie wieder steigen.«

»Wir sind über Ihre Landezone hinaus, wenn Sie jetzt nicht abspringen!«

Woody verlor die Beherrschung. »Hoch mit der Kiste, Sie dämlicher Arsch! Na los!«

Bonner funkelte ihn wütend an, aber Woody rührte sich nicht. Er wusste, dass der Pilot nicht mit einer vollen Maschine nach Hause kommen wollte; in diesem Fall würde er sich einer Anhörung stellen und erklären müssen, was schiefgelaufen war. Und Bonner hatte in dieser Nacht schon gegen zu viele Befehle verstoßen. Fluchend zog er das Steuer zurück. Die Nase hob sich augenblicklich, und die Maschine verlor Geschwindigkeit und stieg.

»Zufrieden?«, fuhr Bonner ihn an.

»Noch nicht ganz.« Woody würde nicht nach hinten gehen und Bonner Gelegenheit geben, das Manöver rückgängig zu machen. »Bei tausend Fuß springen wir ab.«

Bonner gab Vollgas. Woody nahm den Blick nicht vom Höhenmesser.

846

Als die Nadel die 1000 erreichte, ging er nach hinten, drängte sich zwischen seinen Männern hindurch, kam an die Tür, sah hinaus, klinkte die Reißleine wieder ein, zeigte den Männern den erhobenen Daumen und sprang.

Sein Fallschirm öffnete sich augenblicklich. Er stürzte rasend schnell durch die Luft, während sich die Seide entfaltete. Ruckartig wurde sein Fall gebremst. Sekunden später klatschte er ins Wasser. Für einen Moment erfasste ihn Panik bei dem Gedanken, Bonner könnte sie in seiner Feigheit über dem Meer abgesetzt haben. Dann aber berührten seine Füße weichen Schlamm, und er begriff, dass er in einem überfluteten Feld gelandet war.

Der Fallschirm fiel auf ihn. Er wühlte sich aus den Seidenfalten und schnallte sein Gurtzeug ab.

Dann stand er in kniehohem Wasser und blickte sich um. Entweder war er in einer Flussaue oder – wahrscheinlicher – auf einem Feld, das die Deutschen geflutet hatten, um Invasionstruppen zu behindern. Er entdeckte niemanden, weder Freund noch Feind, aber das Licht war schlecht.

Woody blickte auf die Uhr: drei Uhr vierzig morgens. Mithilfe seines Kompasses orientierte er sich.

Als Nächstes nahm er seinen M1-Karabiner aus der Tasche und klappte den Schaft ab. Er schob ein 15-Schuss-Magazin ein, lud die Waffe durch und drehte den Sicherungshebel in Feuerstellung.

Aus der Hosentasche brachte er einen kleinen Gegenstand zum Vorschein, der an ein Kinderspielzeug erinnerte. Wenn man ihn zusammendrückte, gab er einen deutlichen Klicklaut von sich. Diese Blechratschen waren an sämtliche Fallschirmjäger ausgegeben worden, damit sie einander im Dunkeln erkennen konnten, ohne die Parole preiszugeben.

Als Woody so weit war, blickte er sich erneut um.

Versuchsweise klickte er zweimal mit der Blechratsche. Im nächsten Moment antwortete ein Klicken direkt vor ihm.

Woody platschte durchs Wasser. Der Gestank von Erbrochenem stieg ihm in die Nase. Mit gedämpfter Stimme fragte er: »Wer ist da?«

»Patrick Timothy.«

»Lieutenant Dewar. Folgen Sie mir.«

Timothy war als Zweiter gesprungen. Woody vermutete, dass er

847

eine gute Chance hatte, auch die anderen zu finden, wenn sie diese Richtung beibehielten.

Fünfzig Yards weiter trafen sie auf Mack und Smoking Joe, die bereits zueinander aufgeschlossen hatten. Von dem matschigen Acker gelangten sie auf eine schmale Straße, wo sie auf ihre ersten Verluste stießen: Lonnie und Tony waren mit den Bazookas in den Beintaschen zu hart gelandet.

»Ich glaube, Lonnie ist tot«, sagte Tony. Woody untersuchte ihn. Tony hatte recht: Lonnie Callaghan atmete nicht mehr. Wie es schien, war er an Genickbruch gestorben. Auch Tony konnte sich nicht bewegen; offenbar hatte er sich ein Bein gebrochen. Woody injizierte ihm Morphin und zog ihn von der Straße auf den nächsten Acker, wo er auf die Sanitäter warten musste.

Woody befahl Mack und Smoking Joe, Lonnies Leiche zu verstecken, damit sie die Deutschen nicht zu Tony führte.

Angestrengt versuchte er, in der Landschaft ringsum irgendetwas auszumachen, das er auf seiner Karte wiederfand, doch es war unmöglich, zumal in der Dunkelheit. Wie aber sollte er seine Männer zum Einsatzziel führen, wenn er nicht wusste, wo er sich befand? Woody konnte sich nur einer Sache sicher sein: Sie waren nicht dort gelandet, wo sie hätten landen sollen.

Plötzlich hörte er ein merkwürdiges Geräusch. Im nächsten Moment sah er Licht.

Hastig bedeutete er seinen Männern, sich zu ducken.

Die Fallschirmjäger durften keine Taschenlampen benutzen, und die Franzosen unterlagen einer Ausgangssperre, also war es vermutlich ein deutscher Soldat, die sich ihnen näherte.

In dem schwachen Licht erkannte Woody ein Fahrrad.

Er stand auf und zielte mit dem Karabiner auf den Radfahrer. Er erwog, den Mann auf der Stelle niederzuschießen, brachte es dann aber nicht über sich. Stattdessen rief er: »Halt! *Arrêtez!*«

Das Fahrrad stoppte. »Hallo, Lieutenant«, sagte der Fahrer.

Woody erkannte die Stimme von Ace Webber. Ihm fiel ein Stein vom Herzen. Beinahe hätte er einen seiner eigenen Leute erschossen. Er senkte den Lauf seiner Waffe. »Woher haben Sie das Fahrrad?«

»Stand vor 'nem Bauernhaus«, antwortete Ace lakonisch.

Woody führte die Gruppe in die Richtung, aus der Ace gekommen war. Er vermutete, dass er dort auf weitere Männer aus seiner Maschine stieß. Dass er die andere Hälfte seines Zuges finden würde, die in einer zweiten C-47 geflogen war, hielt er nach Bonners ängstlichen Ausweichmanövern für unwahrscheinlich. Ununterbrochen hielt er nach Geländemerkmalen Ausschau, in der Hoffnung, sie auf seiner Karte zu finden, aber es war zu dunkel. Er kam sich dumm und nutzlos vor. Verdammt, er war der Offizier, der Zugführer! Er hatte solche Schwierigkeiten zu meistern. Auf der Straße stieß er auf weitere Männer aus seiner C-47. Dann gelangten sie an eine Windmühle. Woody beschloss, nicht länger herumzuirren. Er ging zum Mühlenhaus und hämmerte gegen die Tür.

Im oberen Stockwerk öffnete sich ein Fenster, und ein Mann fragte auf Französisch:»Wer ist da?«

»Die Amerikaner«, antwortete Woody.»*Vive la France!*«

»Was wollen Sie?«

»Sie befreien«, sagte Woody in seinem Schulbuchfranzösisch.»Aber zuerst brauche ich Hilfe mit meiner Karte.«

Der Müller lachte.»Ich komme nach unten.«

Kurz darauf saß Woody in der Küche und breitete unter einer hellen Lampe seine Seidenkarte auf dem Tisch aus. Der Müller zeigte ihm, wo sie waren. Es war nicht so schlimm gekommen, wie Woody befürchtet hatte. Trotz Captain Bonners Panikreaktion befanden sie sich nur vier Meilen nordöstlich von Église-des-Sœurs. Der Müller erklärte ihnen anhand der Karte den besten Weg.

Ein vielleicht dreizehnjähriges Mädchen im Nachthemd kam ins Zimmer.»Maman sagt, Sie sind Amerikaner«, sprach sie Woody an.

»Das stimmt, Mademoiselle«, antwortete er.

»Kennen Sie Gladys Angelus?«

Woody lachte.»Ja, ich bin ihr mal begegnet.«

»Ist sie wirklich so schön?«

»Sogar noch schöner als in den Filmen.«

»Das hab ich immer gewusst!«

Der Müller bot ihm Wein an.

»Nein, danke«, sagte Woody.»Erst wenn wir gesiegt haben.«

Der Müller küsste ihn auf beide Wangen.

Woody ging wieder hinaus und führte seine Leute weiter nach

Église-des-Sœurs. Von den achtzehn Mann aus seiner Maschine waren neun wieder zusammen, ihn selbst mitgezählt. Sie hatten zwei Verluste: Lonnie war tot, Tony verwundet. Sieben weitere Männer waren noch nicht aufgetaucht. Was mit dem Rest seines Zuges aus dem anderen Flugzeug war, konnte er nicht sagen. Er hatte den Befehl, nicht zu viel Zeit damit zu verschwenden, jeden einzelnen Mann zu suchen. Sobald er genügend Leute zusammenhatte, sollte er zum Ziel vorrücken.

Dann tauchte einer der fehlenden sieben Männer auf: Sneaky Pete schob sich aus einem Graben und schloss sich dem Zug mit einem beiläufigen »Hi, Gang« an, als wäre es das Normalste auf der Welt.

»Was haben Sie in dem Graben gemacht?«, fragte Woody.

»Ich dachte, da kommen Deutsche«, antwortete Pete. »Da hab ich mich versteckt.«

Woody entdeckte im Schlamm den blassen Glanz von Fallschirmseide. Pete hatte sich gleich nach der Landung in dem Graben versteckt; offensichtlich hatte er eine Panikattacke erlitten. Doch Woody tat so, als würde er ihm seine Geschichte abkaufen.

Wenn es jemanden gab, auf den er wirklich hoffte, war es Sergeant Defoe, der erfahrenste Mann im ganzen Zug. Eigentlich hatte Woody sich auf Defoes Rat verlassen wollen, aber der Sergeant war nirgends zu finden.

Sie näherten sich einer Straßenkreuzung, als sie Geräusche hörten. Woody erkannte das Tuckern eines Motors im Leerlauf, außerdem zwei oder drei Stimmen, die sich unterhielten. Er befahl seinen Leuten, auf alle viere zu gehen. Vorsichtig robbten sie näher.

Vor ihnen hatte ein Kradfahrer angehalten und unterhielt sich mit zwei Männern zu Fuß. Alle drei trugen Wehrmachtsuniform und sprachen Deutsch. An der Kreuzung stand ein Gebäude, ein kleines Wirtshaus vielleicht oder eine Bäckerei.

Woody beschloss zu warten. Vielleicht verschwanden die Deutschen wieder. Er wollte, dass seine Gruppe sich so lange wie möglich leise und unentdeckt bewegte.

Nach fünf Minuten verlor er die Geduld. Er drehte den Kopf. »Private Timothy!«, zischte er.

Jemand raunte: »Pukey Pat! Scotch ruft dich.«

850

Timothy kroch nach vorn. Er roch noch immer nach Erbrochenem, was ihm offenbar zu seinem Spitznamen verholfen hatte. Woody hatte Timothy Baseball spielen sehen und wusste, dass der Mann weit und genau werfen konnte. »Werfen Sie eine Handgranate nach dem Motorrad«, befahl Woody.

Timothy nickte, löste eine Handgranate vom Gürtel, zog den Stift und schleuderte sie.

Ein Klappern war zu vernehmen. Einer der Männer fragte auf Deutsch: »Was war das?«

In diesem Augenblick detonierte die Handgranate.

Es gab zwei Explosionen. Die erste riss die drei Deutschen zu Boden. Die zweite stammte vom explodierenden Benzintank des Motorrads. Sie entfachte ein Flammenmeer, das die Männer verbrannte. Der Gestank nach verschmortem Fleisch breitete sich aus.

»Bleibt, wo ihr seid!«, rief Woody seinem Zug zu.

Er beobachtete das Gebäude. Stand es leer? In den nächsten fünf Minuten öffnete niemand ein Fenster oder eine Tür. Entweder war das Haus tatsächlich leer, oder die Bewohner versteckten sich unter den Betten.

Woody erhob sich und winkte den Zug weiter. Mit einem seltsamen Gefühl stieg er über die Leichen der drei Deutschen hinweg. Er hatte den Tod dieser Männer befohlen – Männer, die Mütter und Väter hatten, Frauen oder Freundinnen, vielleicht Söhne und Töchter. Jetzt war jeder von ihnen nur noch eine hässliche Masse aus Blut und verbranntem Fleisch. Es war Woodys erstes Gefecht gewesen, und er hatte den Gegner besiegt. Doch statt Triumph zu empfinden, war ihm übel.

Hinter der Kreuzung schlug er ein schnelleres Tempo an und untersagte seinen Männern, zu reden und zu rauchen. Um bei Kräften zu bleiben, aß er einen Riegel Schokolade aus seiner Ration. Sie schmeckte ein wenig wie Fensterkitt mit Zucker.

Nach ungefähr einer halben Stunde hörte er einen Wagen. Sofort befahl er seinen Leuten, sich in den Feldern zu verstecken. Der Wagen fuhr schnell; die Scheinwerfer waren abgeblendet. Wahrscheinlich war es ein deutsches Fahrzeug, aber sicher konnte man sich nie sein: Die Alliierten landeten Lastensegler mit Jeeps, Panzerabwehrkanonen und leichten Feldhaubitzen, sodass es sich auch um die eigenen Leute handeln konnte.

Woody lag unter einer Hecke und beobachtete das Fahrzeug, als es vorbeiraste. Es fuhr zu schnell, als dass er es hätte erkennen können. Hätte er seinem Zug befehlen sollen, das Fahrzeug unter Feuer zu nehmen? Nein, sagte er sich. Es war besser, sie konzentrierten sich auf ihr Einsatzziel.

Sie durchquerten drei Weiler, die Woody auf seiner Karte identifizierte. Hin und wieder bellte ein Hund, aber niemand ließ sich blicken. Ohne Zweifel hatten die Franzosen während der Besatzung gelernt, sich nur um ihre eigenen Angelegenheiten zu kümmern. Es war gespenstisch, im Dunkeln bis an die Zähne bewaffnet über fremde Straßen zu gehen, vorbei an stillen Häusern, in denen Menschen schliefen, die nicht ahnten, welche tödliche Feuerkraft an ihren Fenstern vorbeizog.

Endlich erreichten sie den Ortsrand von Église-des-Sœurs. Woody befahl eine kurze Ruhepause. Die Männer drangen in eine kleine Baumgruppe vor und setzten sich auf den Boden. Sie tranken aus den Feldflaschen und aßen Rationen. Rauchen erlaubte Woody ihnen noch immer nicht: Die Glut einer Zigarette war auf erstaunlich große Entfernung zu sehen.

Die Straße, auf der sie sich befanden, führte direkt zur Brücke. Leider gab es keine genauen Informationen darüber, wie die Brücke geschützt war. Aber das alliierte Oberkommando hatte sie als wichtig eingestuft; deshalb nahm Woody an, dass die Deutschen der gleichen Ansicht waren. Und das wiederum ließ den Schluss zu, dass die Brücke gesichert wurde. Wie schwer, ließ sich allerdings nicht sagen; es konnte sich um einen Mann handeln, aber auch um einen ganzen Zug. Deshalb konnte Woody den Angriff nicht planen, ehe er das Ziel sah.

Nach zehn Minuten befahl er den Weitermarsch. Er brauchte die Männer nicht aufzufordern, still zu sein; sie spürten die Gefahr. Leise folgten sie der Straße, vorbei an Häusern, Läden und der Kirche. Sie hielten sich am Straßenrand, spähten in das spärliche Licht und zuckten beim kleinsten Geräusch zusammen. Als einmal lautes Husten aus einem offenen Schlafzimmerfenster drang, hätte Woody beinahe seinen Karabiner abgefeuert.

Église-des-Sœurs war eher ein großes Dorf als eine kleine Stadt, und Woody entdeckte das silbrige Glitzern des Flusses rascher, als er erwartet hatte. Er hob die Hand – der Befehl an alle, stehen zu bleiben. Die Hauptstraße führte leicht abschüssig zur Brücke, und er hatte gute Sicht. Der Fluss war ungefähr hundert Fuß breit; die Brücke überspannte ihn in einem einzigen Bogen. Sie schien alt zu sein, denn sie war so schmal, dass zwei Fahrzeuge nicht aneinander vorbeigekommen wären.

Dummerweise standen an beiden Enden Bunker, Betonklötze mit waagerechten Schießscharten. Zwischen den Bunkern patrouillierten zwei Posten auf der Brücke, einer an jedem Ende. Der Posten, der Woody und seinen Leuten näher war, stand gerade vor dem Bunker und sprach durch die Schießscharte; vermutlich unterhielt er sich mit jemandem im Bunkerinnern. Dann gingen beide Posten langsam zur Mitte der Brücke und blickten über die Brüstung ins schwarze Wasser. Sie schienen nicht sonderlich angespannt zu sein; Woody vermutete, dass sie noch nichts vom Beginn der Invasion gehört hatten. Aber sie wirkten auch nicht nachlässig; sie waren wachsam, ständig in Bewegung und blickten immer wieder um sich.

Woody konnte nicht sagen, wie viele Männer sich in den Bunkern verschanzt hatten und wie schwer sie bewaffnet waren. Waren hinter den Schießscharten nur Gewehre? Oder hatte man dort MGs in Stellung gebracht? Das war ein gewaltiger Unterschied.

Woody wünschte sich, er besäße Gefechtserfahrung. Wie sollte er mit dieser Situation umgehen? Wahrscheinlich gab es viele Männer, denen es ähnlich erging wie ihm – frischgebackene Lieutenants, die sich etwas einfallen lassen mussten, ohne auf den Rat erfahrener Kameraden zurückgreifen zu können. Aber das war ein schwacher Trost. Wenn doch nur Sergeant Defoe da wäre!

Am einfachsten schaltete man einen Bunker aus, indem man sich anschlich und eine Handgranate durch eine Schießscharte warf. Ein entschlossener, mutiger Mann konnte sich wahrscheinlich an den Bunker auf dieser Seite der Brücke heranschleichen, ohne bemerkt zu werden. Doch Woody musste beide Bunker ausschalten, sonst würde der Angriff auf den ersten Bunker die Besatzung des zweiten warnen.

Wie aber konnte er den weiter entfernten Bunker erreichen, ohne von den Posten auf der Brücke entdeckt zu werden?

Er spürte, dass seine Männer unruhig wurden. Kein Wunder; die Unschlüssigkeit eines Zugführers schadete der Moral.

853

»Sneaky Pete«, sagte Woody. »Sie robben zu dem näheren Bunker und werfen eine Granate durch die Scharte.«

Pete wirkte ängstlich, antwortete jedoch: »Jawohl, Sir.«

Woody wandte sich an seine zwei besten Schützen, Smoking Joe und Mack. »Jeder von Ihnen nimmt sich einen der Posten auf der Brücke vor«, befahl er. »Sobald Pete seine Handgranate wirft, erledigen Sie die beiden.«

Die Männer nickten und prüften ihre Waffen.

Weil Defoe fehlte, beschloss Woody, Ace Webber zu seinem Stellvertreter zu machen. Er sprach vier andere Männer an: »Sie gehen mit Ace. Sobald geschossen wird, rennen Sie wie der Teufel über die Brücke und stürmen den Bunker auf der anderen Seite. Wenn Sie schnell genug sind, schlafen die da drüben noch, klar?«

»Jawohl, Sir«, sagte Ace. »Die Mistkerle werden gar nicht wissen, was sie ins Jenseits befördert.« Er verbarg seine Angst unter Aggression.

»Dann los. Alle außer Ace' Trupp folgen mir zu dem näheren Bunker«, befahl Woody. Er hatte ein mieses Gefühl, dass er Ace und seinen vier Männern den gefährlicheren Teil des Unternehmens übertrug, während er selbst in der relativen Sicherheit des näheren Bunkers blieb. Doch man hatte ihm eingeschärft, dass ein Offizier sein Leben nicht unnötig riskieren dürfe, denn im Fall seines Todes stünden seine Männer führungslos da und steckten erst recht in der Patsche.

Sie näherten sich der Brücke, Pete an der Spitze. Es war ein gefährlicher Augenblick. Zehn Mann, die gemeinsam einer Straße folgten, konnten selbst bei Nacht nicht lange unbemerkt bleiben. Jeder, der aufmerksam in ihre Richtung blickte, würde die Bewegung früher oder später wahrnehmen.

Wenn der Alarm zu früh ausgelöst wurde, erreichte Sneaky Pete den Bunker vielleicht nicht mehr, und Woodys Zug verlor den Vorteil der Überraschung.

Der Marsch war lang.

Woody beobachtete, wie Pete eine Ecke erreichte und stehen blieb. Vermutlich wartete er darauf, dass der nähere Posten seinen Platz vor dem Bunker verließ und zur Mitte der Brücke ging.

Die beiden Scharfschützen fanden Deckung und legten die Gewehre an.

Woody ging auf ein Knie und bedeutete den anderen, das Gleiche zu tun. Alle beobachteten den Posten.

Der Mann nahm einen langen Zug von seiner Zigarette, warf den Stummel zu Boden, zertrat ihn unter dem Stiefel und blies eine lange Rauchfahne aus. Dann richtete er sich auf, rückte den Gewehrriemen auf der Schulter zurecht und setzte sich in Bewegung. Der Posten am anderen Ende der Brücke tat das Gleiche.

Pete erreichte das Ende der Straße, ließ sich auf alle viere nieder und robbte über die Fahrbahn. Als er den Bunker erreichte, schlich er sich in den toten Winkel und richtete sich auf.

Niemand hatte ihn bemerkt. Die beiden Posten gingen noch immer aufeinander zu.

Pete nahm eine Handgranate und zog den Sicherungsstift ab. Dann wartete er mehrere Sekunden, damit den Deutschen im Bunker keine Zeit blieb, das Ding wieder hinauszuwerfen.

Schließlich griff Pete um die Wölbung der Kuppel und warf die Granate sanft in die Scharte.

Joes und Macks Gewehre krachten. Der eine Posten brach zusammen, der andere blieb unverletzt. Er war ein todesmutiger Bursche: Statt davonzulaufen, ging er auf ein Knie nieder und nahm den Karabiner vom Rücken, doch er war zu langsam: Wieder krachten die Gewehre fast gleichzeitig. Der Deutsche kippte zu Boden, ohne selbst gefeuert zu haben.

Eine Sekunde später war in dem näheren Bunker ein dumpfer Knall zu vernehmen, als Petes Handgranate detonierte.

Ace rannte bereits in vollem Tempo, dicht gefolgt von seinen Männern. Binnen Sekunden erreichte er die Brücke.

Der Bunker hatte eine niedrige Tür aus Holz. Woody riss sie auf und stürmte mit vorgehaltenem Karabiner hinein. Drei Männer in deutschen Uniformen lagen tot am Boden.

Woody ging zur Schießscharte und blickte hinaus. Ace und seine vier Leute rannten die Brücke entlang und feuerten dabei auf den anderen Bunker. Die Brücke war nur hundert Fuß lang, doch wie sich zeigte, waren es fünfzig Fuß zu viel: Als Ace und die anderen die Mitte erreichten, eröffnete ein Maschinengewehr das Feuer. Die Amerikaner waren in einem schmalen Korridor ohne Deckung gefangen. Das MG schnarrte wie irrsinnig. Binnen Sekunden lagen die fünf Männer tot am Boden. Das MG feuerte noch

855

ein paar Sekunden lang in sie hinein, um sicherzustellen, dass sie tot waren. Die Kugeln durchsiebten auch die beiden deutschen Posten.

Als der MG-Schütze das Feuer einstellte, rührte sich auf der Brücke niemand mehr.

Es wurde still.

Neben Woody flüsterte Lefty Cameron: »Großer Gott.«

Woody war den Tränen nahe. Er hatte zehn Männer auf dem Gewissen, fünf Amerikaner und fünf Deutsche; dennoch war das Einsatzziel nicht erreicht. Der Feind hielt noch immer das andere Ende der Brücke und konnte alliierte Kräfte daran hindern, sie zu überqueren.

Woody waren nur noch vier Mann geblieben. Wenn sie es erneut versuchten und ebenfalls über die Brücke stürmten, starben auch sie. Er brauchte einen neuen Plan.

Er musterte das Ortsbild. Was konnte er tun? Er hatte zu wenig Leute; so war es schon von Anfang an gewesen. Woody sehnte sich Panzerunterstützung herbei.

Er musste rasch handeln. Wenn sich in der Stadt weitere deutsche Truppen aufhielten, hatten die Schüsse sie alarmiert, und sie würden bald hier sein. Woody konnte es nur mit ihnen aufnehmen, wenn er beide Bunker hielt. Andernfalls steckte er in großen Schwierigkeiten.

Er überlegte fieberhaft. Wenn seine Männer die Brücke nicht überqueren konnten, bestand vielleicht die Möglichkeit, den Fluss zu durchschwimmen. Er musste sich das Ufer ansehen. »Mack, Smoking Joe«, sagte er. »Feuern Sie auf den anderen Bunker. Versuchen Sie, die Schießscharte zu treffen. Beschäftigen Sie die Deutschen, während ich mich umschaue. Los, Männer.«

Die Gewehre krachten wieder, als Woody zur Tür hinauseilte.

Hinter dem eroberten Bunker fand er Deckung und schaute über ein Geländer. Der Fluss hatte keine Uferbefestigung; die nackte Erde fiel zum Wasser hin ab. Am anderen Ufer schien es genauso zu sein; allerdings reichte das Licht des heraufdämmernden Tages noch nicht aus, um es mit Sicherheit sagen zu können. Ein guter Schwimmer kam vielleicht hinüber. Unter dem Brückenbogen wäre er von der feindlichen Stellung aus nur schwer zu sehen. Auf der anderen Seite angekommen, konnte er dann ver-

856

suchen, was Sneaky Pete auf dieser Seite gelungen war: den Bunker mit einer Handgranate auszuschalten.

Als Woody sich die Brücke genauer anschaute, kam ihm eine bessere Idee. Unterhalb des Geländers verlief ein Steinsims, ungefähr ein Fuß breit. Ein Mann mit guten Nerven konnte dort entlangkriechen und dabei die ganze Zeit außer Sicht bleiben.

Woody kehrte zum eroberten Bunker zurück. Der kleinste seiner Leute war Lefty Cameron, ein beherzter Bursche, der nicht so schnell das Zittern bekam. »Lefty«, sagte Woody, »außerhalb der Brücke verläuft ein Sims unter der Brüstung. Wahrscheinlich ist er für Reparaturarbeiten da. Kriechen Sie hinüber und werfen Sie eine Handgranate in den anderen Bunker.«

»Wird gemacht«, sagte Lefty.

Für einen Mann, der gerade den Tod von fünf Kameraden mit angesehen hatte, war das eine mutige Antwort.

Woody wandte sich an Mac und Smoking Joe. »Geben Sie ihm Feuerschutz.«

»Was ist, wenn ich ins Wasser falle?«, fragte Lefty.

»Der Sims ist nur fünfzehn oder zwanzig Fuß über dem Wasserspiegel. Da passiert Ihnen nichts.«

»Okay«, sagte Lefty und ging zur Tür. »Ich kann aber nicht schwimmen«, fügte er hinzu; dann war er verschwunden.

Woody sah ihm nach, als er über die Straße rannte. Lefty warf einen Blick über die Brüstung, setzte sich rittlings darauf und ließ sich an der anderen Seite hinunter, bis er außer Sicht war.

»Okay«, sagte Woody zu den anderen. »Nicht schießen. Er ist unterwegs.«

Sie starrten in die Dunkelheit. Nichts rührte sich. Allmählich dämmerte der neue Tag herauf; die Stadt war immer deutlicher zu erkennen. Doch keiner der Bewohner zeigte sich; so dumm waren die Leute nicht. Vielleicht sammelten sich in irgendeiner Nebenstraße bereits deutsche Soldaten, doch Woody hörte nichts. Er ertappte sich dabei, dass er auf ein Platschen lauschte; er hatte Angst, dass Lefty in den Fluss fiel.

Ein Hund zockelte auf die Brücke, eine mittelgroße Promenadenmischung mit geringeltem Schweif, den er keck in die Höhe hielt. Neugierig schnüffelte er an den Leichen; dann trottete er zielstrebig weiter, als hätte er woanders eine wichtige Verabredung.

Woody sah dem Tier nach, wie es am zweiten Bunker vorbeilief und in den Straßen am anderen Ufer verschwand.

Der Anbruch der Dämmerung bedeutete, dass die Landungen an den Strandabschnitten begannen. Jemand hatte gesagt, es sei der größte amphibische Angriff der Kriegsgeschichte. Woody fragte sich, auf wie viel Widerstand die ersten Divisionen stießen. Nichts war verwundbarer als ein Infanterist, der mit seinem Sturmgepäck beladen aus dem Landungsboot durch seichtes Wasser platschte, vor sich einen flachen Strand, der den MG-Schützen in den Dünen ideales Schussfeld bot. Woody war geradezu dankbar für seinen Bunker aus Beton.

Lefty ließ sich viel Zeit. War er schon ins Wasser gefallen, ohne dass sie es gehört hätten? Oder war etwas anderes schiefgegangen?

Dann sah Woody ihn wieder – eine schlanke, kakifarbene Gestalt, die sich am anderen Ende der Brücke bäuchlings über die Brüstung schob. Woody hielt den Atem an. Lefty ging auf alle viere, robbte zum Bunker und richtete sich auf, den Rücken flach an der gekrümmten Betonmauer. Mit links nahm er eine Handgranate, zog sie ab und wartete ein paar Sekunden. Dann warf er die Granate durch die Schießscharte.

Woody hörte den Knall der Explosion und sah einen grellen Lichtblitz in den Schießscharten. Lefty hob die Arme über den Kopf wie ein Boxchampion.

»Geh in Deckung, du blödes Arschloch«, sagte Woody, auch wenn Lefty ihn nicht hören konnte. In jedem benachbarten Gebäude konnten deutsche Soldaten liegen, die den Tod ihrer Kameraden blutig rächen würden.

Doch es fiel kein Schuss, und nach seinem kurzen Siegestanz drang Lefty in den Bunker vor. Woody atmete auf.

Dennoch, in Sicherheit waren sie noch nicht. Ein Gegenstoß von einem Dutzend Soldaten, und die Deutschen hatten die Brücke zurückerobert. Dann wäre alles vergeblich gewesen.

Woody zwang sich, noch einen Moment zu warten, ob sich irgendwo feindliche Truppen zeigten. Nichts rührte sich. Allmählich sah es so aus, als gäbe es bis auf den Sicherungstrupp an der Brücke keine Deutschen in Église-des-Sœurs. Wahrscheinlich lag die deutsche Einheit in einer Kaserne ein paar Meilen entfernt, und alle zwölf Stunden kam von dort Ablösung.

»Smoking Joe«, sagte Woody. »Beseitigen Sie die Leichen der Deutschen. Werfen Sie sie ins Wasser.«

Joe zerrte die drei Leichen aus dem Bunker und übergab sie dem Fluss.

»Pete, Mack«, sagte Woody. »Gehen Sie zu Lefty in den anderen Bunker. Halten Sie unbedingt die Augen offen. Noch haben wir nicht alle Deutschen in Frankreich erledigt. Wenn Sie feindliche Truppen sehen, die sich Ihrer Stellung nähern, dann zögern Sie nicht. Eröffnen Sie sofort das Feuer.«

Die beiden verließen den Bunker und eilten über die Brücke zum anderen Ufer.

Im zweiten Bunker befanden sich jetzt drei Amerikaner. Wenn die Deutschen versuchten, die Brücke wieder einzunehmen, würden sie ihr blaues Wunder erleben. Kamen sie allerdings mit Panzern …

Joe hatte mittlerweile auch die beiden toten Deutschen von der Brücke in den Fluss geworfen und kehrte in den Bunker zurück.

Woody wurde plötzlich klar, dass die Leichen der Amerikaner auf der Brücke herannahende feindliche Truppen vorwarnen konnten. Wenn sie nicht zu sehen waren, hatte er vielleicht die Überraschung auf seiner Seite. Woody beschloss, die Leichen der eigenen Leute zu beseitigen.

Er sagte den anderen, was er tun würde; dann trat er hinaus.

Die Morgenluft schmeckte frisch und sauber.

Woody ging zur Mitte der Brücke. Bei jedem Mann tastete er nach dem Puls, doch es konnte kein Zweifel bestehen: Keiner von ihnen lebte mehr.

Einen nach dem anderen hob er seine toten Leute hoch und wuchtete sie über die Brüstung. Der Letzte war Ace Webber. Als Woody fertig war, murmelte er: »Ruht in Frieden, Freunde.« Eine Minute lang stand er mit gesenktem Kopf und geschlossenen Augen da.

Als er sich umdrehte, ging die Sonne auf.

Die größte Sorge des alliierten Oberkommandos war, dass die Deutschen ihre Truppen in der Normandie rasch verstärkten und zu einem massiven Gegenschlag ausholten, der die gelandeten

Divisionen ins Meer zurücktrieb und der Anti-Hitler-Koalition ein
zweites Dünkirchen-Desaster bescherte.

Lloyd Williams gehörte zu denen, die dafür sorgen sollten, dass
es nicht so weit kam.

Seine Aufgabe, entflohene Gefangene in die Heimat zu schaffen, hatte nach der Invasion nur noch untergeordnete Bedeutung.
Er arbeitete nun mit der französischen Résistance zusammen.

Ende Mai sendete die BBC verschlüsselte Nachrichten, die im
besetzten Frankreich einen Sabotagefeldzug einleiteten. Während
der ersten Junitage wurden Hunderte von Telefonkabeln zer-
schnitten, meist an schwer zugänglichen Stellen. Treibstofflager
wurden in Brand gesetzt, Straßen mit Bäumen versperrt, Reifen
aufgeschlitzt.

Lloyd half der Résistance-Fer, die vor allem aus Eisenbahnern
bestand und kommunistisch orientiert war. Jahrelang hatte sie
die Deutschen mit ihren findigen Aktionen in den Wahnsinn
getrieben. Deutsche Truppentransporte wurden manchmal viele
Meilen weit in die falsche Richtung auf abgelegene Nebenstre-
cken umgeleitet. Lokomotiven fielen unerklärlicherweise aus, und
Waggons entgleisten. Als es schlimmer kam, holte die Besat-
zungsmacht deutsche Eisenbahner nach Frankreich, die den Betrieb übernahmen. Doch die Störungen verstärkten sich weiter. Im
Frühjahr 1944 begannen die Eisenbahner, das eigene Schienennetz
zu beschädigen. Sie sprengten Gleise in die Luft und sabotierten
die Schwerlastkräne, die gebraucht wurden, um verunglückte Züge
zu bewegen.

Die Deutschen sahen nicht tatenlos zu. Hunderte von Eisenbahnern wurden hingerichtet, Tausende in Lager verschleppt.
Dennoch nahm die Sabotage zu. Am D-Day, dem Tag der Landung, war in einigen Teilen Frankreichs der Eisenbahnverkehr
zum Erliegen gekommen.

Heute, an D-Day+1, lag Lloyd neben der Haupttrasse nach Rou-
en, der Hauptstadt der Normandie, auf der Kuppe eines Damms.
Von dort hatte er die Stelle in Sicht, wo die Gleise in einem Tunnel
verschwanden, und konnte näher kommende Züge auf eine Meile
Entfernung ausmachen.

Lloyd wurde von zwei Franzosen mit den Decknamen Légionnaire und Cigare begleitet. Légionnaire war der Anführer der

860

Résistance in dieser Gegend, Cigare war Eisenbahner. Lloyd hatte das Dynamit mitgebracht. Die Briten unterstützten die französische Résistance vor allem durch die Lieferung von Waffen und Sprengstoff.

Die drei Männer lagen verborgen im hohen Gras, in dem Wildblumen wuchsen. An einem schönen Tag wie diesem sollte man hier mit einer hübschen Frau picknicken, überlegte Lloyd. Daisy würde es hier gefallen.

Dann erschien ein Zug in der Ferne. Cigare behielt ihn im Auge, als er näher kam. Der Eisenbahner war um die sechzig, drahtig und klein; er hatte das gefurchte Gesicht eines schweren Rauchers. Als der Zug noch eine Viertelmeile entfernt war, schüttelte er verneinend den Kopf: Das war nicht der, auf den sie warteten. Die Lok donnerte fauchend vorbei und verschwand im Tunnel. Sie zog vier voll besetzte Passagierwaggons, in denen Zivilisten und Uniformierte saßen. Doch Lloyd hatte es auf fettere Beute abgesehen.

Légionnaire schaute auf die Armbanduhr. Er hatte dunkle Haut und einen schwarzen Schnurrbart. Lloyd vermutete, dass es unter seinen Ahnen einen Nordafrikaner gab. Jetzt war er unruhig. Sie lagen hier, unter freiem Himmel und bei Tageslicht, wie auf dem Präsentierteller. Je länger sie blieben, desto größer die Gefahr ihrer Entdeckung.

»Wie lange noch?«, fragte Lloyd nervös.

Cigare zuckte mit den Schultern. »Das sehen wir dann.«

Lloyd sagte auf Französisch: »Ihr könnt jetzt gehen, wenn ihr wollt. Alles ist bereit.«

Légionnaire würdigte ihn keiner Antwort. Er wollte sich das Spektakel nicht entgehen lassen. Um seines Prestiges und seiner Autorität willen musste er behaupten können, er sei dabei gewesen.

Cigare spähte angestrengt in die Ferne. Fältchen zeigten sich in seinen Augenwinkeln. »So«, sagte er schließlich und erhob sich auf die Knie.

Lloyd konnte den Zug kaum sehen, geschweige denn identifizieren, doch Cigare entging nichts. Der Zug fuhr erheblich schneller als der vorherige. Als er näher kam, war zu sehen, dass er auch länger war; es waren wenigstens zwei Dutzend Waggons.

»Das ist er«, sagte Cigare.

Lloyds Puls ging schneller. Wenn Cigare recht hatte, handelte es sich um einen deutschen Truppentransporter, der mehr als tausend Mann zu den Schlachtfeldern in der Normandie schaffen sollte. Vielleicht war er der erste von vielen solcher Züge. Lloyds Aufgabe bestand darin, dafür zu sorgen, dass weder dieser noch einer der folgenden Züge durch den Tunnel kam.

Dann entdeckte er etwas anderes: Ein Flugzeug folgte dem Zug. Die Maschine glich ihren Kurs an und ging tiefer.

Das Flugzeug war britisch.

Lloyd erkannte es als eine Hawker Typhoon, auch »Tiffy« genannt, ein einsitziger Jagdbomber. Tiffys erhielten oft den gefährlichen Auftrag, weit hinter den feindlichen Linien die Fernmeldeverbindungen zu zerstören. Lloyd beobachtete die Maschine, an deren Steuerknüppel ein tapferer Mann sitzen musste.

Nur passte die Typhoon nicht in Lloyds Plan. Er wollte nicht, dass der Zug zusammengeschossen wurde, ehe er den Tunnel erreichte.

»Scheiße!«, fluchte er.

Die Typhoon feuerte mit ihren Maschinenkanonen auf die Waggons.

»Was soll denn das?«, fragte Légionnaire.

Auf Englisch antwortete Lloyd: »Der Teufel soll mich holen, wenn ich das weiß.«

Mittlerweile sah er, dass die Lokomotive sowohl Passagierwaggons als auch Güterwagen zog, in denen sich wahrscheinlich ebenfalls Truppen befanden. Lloyd taten die Männer leid, die dem tödlichen Geschosshagel des Flugzeugs nicht entgehen konnten.

Die Typhoon, die viel schneller war als der Zug, beschoss die Waggons, die vor ihr fuhren. Die Maschine hatte vier gurtgespeiste 20-mm-Maschinenkanonen, deren schreckliches Rattern nun das Brüllen des Motors und das Stampfen des Zuges übertönte. Lloyd fragte sich, weshalb der Pilot nicht die acht Raketen unter den Tragflächen abfeuerte. Gegen Züge und Panzerwagen wirkten sie zerstörerisch, auch wenn mit ihnen nicht leicht zu treffen war. Vielleicht hatte der Pilot sie bei einem früheren Angriff verschossen.

Einige Deutsche streckten mutig die Köpfe aus dem Fenster und feuerten aus Pistolen und Gewehren nach dem Flugzeug, ohne dass sie etwas bewirkten.

Dann entdeckte Lloyd das leichte 2-cm-Flugabwehrgeschütz

auf einem Rollwagen unmittelbar hinter der Lok. Die zweiköpfige Bedienungsmannschaft schwenkte die Flak auf der Drehlafette herum. Der Lauf hob sich und zielte auf das britische Flugzeug. Der Typhoon-Pilot schien die Flak noch nicht entdeckt zu haben, denn er behielt den Kurs bei. Die Geschosse aus seinen MKs jagten in die Waggons, während er sich der Spitze des Zuges näherte.

Die Flak feuerte, verfehlte die Maschine jedoch.

Lloyd fragte sich, ob er den Flieger kannte, auch wenn es unwahrscheinlich war, denn die RAF hatte ungefähr fünftausend Piloten im aktiven Dienst. Lloyd dachte an Hubert St. John, einen brillanten Cambridge-Absolventen, mit dem er erst vor wenigen Wochen von der Studentenzeit geschwärmt hatte; an Dennis Chaucer von der Insel Trinidad, der sich bitter über das fade englische Essen beklagt hatte, besonders über das Kartoffelpüree, das man offenbar zu allem servierte, und an Brian Mantel, einen liebenswerten Australier, den er mit seiner letzten Gruppe über die Pyrenäen geführt hatte.

Die Flak feuerte wieder. Erneut verfehlte sie die Typhoon.

Der Pilot hatte das Geschütz entweder noch nicht entdeckt oder war der Meinung, es könne ihn nicht treffen, denn er machte kein Ausweichmanöver, sondern zog weiter gefährlich tief über den Zug hinweg und beharkte die Truppenwaggons.

Die Lokomotive war nur noch wenige Sekunden vom Tunneleingang entfernt, als das Flugzeug getroffen wurde.

Aus dem Motor schlugen Flammen, und die Maschine zog eine schwarze Rauchfahne hinter sich her. Zu spät drehte der Pilot von der Bahntrasse ab.

Der Zug fuhr in den Tunnel ein. Die Waggons donnerten an Lloyd vorbei. Er sah deutlich, dass jeder mit mehreren Dutzend deutscher Soldaten vollgepackt war.

Die getroffene Typhoon raste direkt auf Lloyd zu. Einen Augenblick lang befürchtete er, sie würde genau dort aufprallen, wo er lag. Instinktiv drückte er sich flach auf den Boden und bedeckte den Kopf mit beiden Händen, als könnte das ihn schützen.

Die Tiffy dröhnte hundert Fuß hoch über ihn hinweg.

In diesem Moment betätigte Legionnaire den Zünder.

Im Tunnel ertönte ein Donnerschlag, als die Sprengladungen

863

unter den Schienen explodierten, gefolgt vom schrecklichen Kreischen gequälten Stahls, als der Zug entgleiste.

Zuerst ratterten noch Waggons voller Soldaten vorbei, in der nächsten Sekunde wurden sie regelrecht ineinandergeschoben. Die Enden zweier Wagen hoben sich kreischend in die Luft und bildeten ein Dach. Lloyd hörte die Männer in den Waggons schreien. Sämtliche Wagen entgleisten. Es war ein Höllenlärm. Vor der Tunnelöffnung überschlugen sich die Waggons wie fallen gelassene Streichhölzer. Stahlblech wurde zerknüllt wie Papier; Glasscherben regneten auf die drei Saboteure nieder, die vom Damm aus das Geschehen verfolgten. Sie liefen Gefahr, von der Explosion getötet zu werden, die sie verursacht hatten. Ohne ein Wort sprangen sie auf und flohen.

Als sie in sicherer Entfernung waren, war alles vorüber. Rauch stieg aus dem Tunnel auf. Falls jemand den Aufprall überlebt hatte, würde er verbrennen.

Lloyds Plan war aufgegangen. Er hatte nicht nur Hunderte feindlicher Soldaten getötet und einen Zug zerstört; er hatte auch eine wichtige Eisenbahnlinie blockiert. Bis der Tunnel wieder frei war, würden Wochen vergehen. Lloyd hatte es den Deutschen erschwert, ihre Kräfte in der Normandie zu verstärken.

Dennoch war er starr von Entsetzen.

Auch in Spanien hatte er Tod und Vernichtung erlebt, aber niemals in solchem Ausmaß.

Und er hatte es verursacht.

Wieder hörte er ohrenbetäubenden Lärm. Er fuhr herum und sah, dass die Typhoon am Boden aufgeschlagen war. Sie brannte, aber der Rumpf war noch intakt. Vielleicht hatte der Pilot überlebt.

Lloyd rannte zu der Maschine, gefolgt von den beiden Résistance-Kämpfern.

Das abgeschossene Flugzeug hatte eine Bauchlandung gemacht. Eine Tragfläche war zur Hälfte abgebrochen. Rauch quoll unter der Motorabdeckung hervor. Die Plexiglashaube war von Ruß geschwärzt, und Lloyd konnte den Piloten nicht sehen.

Er stieg auf die Tragfläche und öffnete die Verriegelung der Haube. Cigare tat das Gleiche auf der anderen Seite. Zusammen schoben sie die Haube in ihrer Schiene nach hinten.

Der Pilot war bewusstlos. Er trug einen Lederhelm und eine

Schutzbrille, dazu eine Sauerstoffmaske über Mund und Nase. Lloyd konnte nicht sagen, ob er ihn kannte.

Er fragte sich, wo sich der Sauerstofftank befand und ob er noch dicht war.

Legionnaire stellte eine ähnliche Überlegung an. »Wir müssen ihn rausholen, ehe die Maschine hochgeht.«

Lloyd griff in die Kanzel und löste die Sicherheitsgurte. Dann schob er die Hände unter die Achseln des Piloten und zog. Der Körper des Mannes war völlig schlaff. Lloyd konnte nicht sagen, wie schwer verletzt er war. Er wusste nicht einmal, ob er noch lebte.

Er zerrte den Piloten aus der Maschine, legte ihn sich im Feuerwehrgriff über die Schultern und trug ihn in sichere Entfernung von dem brennenden Flugzeugwrack. So vorsichtig er konnte, legte er den Mann rücklings auf die Erde.

Hinter sich hörte er ein Fauchen, gefolgt von einem Donnerschlag. Als er über die Schulter blickte, stand die Maschine in hellen Flammen.

Lloyd beugte sich über den Piloten, nahm ihm vorsichtig Brille und Sauerstoffmaske ab und blickte in ein Gesicht, das ihm auf schreckliche Weise vertraut war.

Der Pilot war Boy Fitzherbert.

Er atmete noch.

Lloyd wischte ihm das Blut von Nase und Mund.

Boy öffnete die Augen. Zuerst wirkten sie starr und leer. Dann, nach einer Weile, änderte sich ihr Ausdruck, und er sagte: »Sie.«

»Wir haben den Zug in die Luft gejagt.«

Boy schien außer den Augen und den Lippen nichts bewegen zu können. »Die Welt ist klein«, sagte er.

»Nicht wahr?«

»Wer ist das?«, fragte Cigare.

Lloyd zögerte und sagte dann: »Mein Bruder.«

»O Gott!«

Boy schloss die Augen.

Lloyd wandte sich an Legionnaire: »Wir müssen ihn zu einem Arzt bringen.«

»Vor allem müssen wir hier weg. Jeden Augenblick können die ersten Deutschen hier sein.«

Lloyd wusste, dass der Franzose recht hatte. »Wir müssen ihn trotzdem mitnehmen.«

Boy schlug die Augen wieder auf und sagte: »Williams.«

»Was ist?«

Boy schien zu grinsen, als er flüsterte: »Jetzt können Sie das Miststück heiraten.«

Dann starb er.

Daisy weinte, als sie die Nachricht bekam. Boy war ein Schuft gewesen und hatte sie schlecht behandelt, aber sie hatte ihn geliebt.

Sein Bruder Andy war jetzt der Viscount und Erbe der Grafschaft; Andys Frau May wurde Viscountess. Daisys Name änderte sich nach den diffizilen Regeln des Adels in »Viscountess-Witwe Aberowen«. Diesen Namen würde sie behalten, bis sie Lloyd heiratete. Dann würde sie nur noch schlicht und einfach Mrs. Williams heißen.

Bis dahin aber konnte noch viel Zeit vergehen. Im Lauf des Sommers erstickten die Hoffnungen auf ein rasches Kriegsende. Am 20. Juli 1944 scheiterte eine Verschwörung von Wehrmachtsoffizieren mit dem Ziel, Hitler zu töten. An der Ostfront zogen die Deutschen sich nach dem Zusammenbruch der Heeresgruppe Mitte auf ganzer Linie zurück, und im August nahmen die Westalliierten Paris ein, doch Hitler war entschlossen, bis zum bitteren Ende weiterzukämpfen. Daisy wusste nie, wann sie Lloyd wiedersehen würde, geschweige denn, wann sie ihn heiraten konnte.

An einem Mittwochabend im September, als sie nach Aldgate zu den Leckwiths gefahren war, wurde Daisy von Ethel in Hochstimmung empfangen. »Große Neuigkeiten!«, rief sie, als Daisy in die Küche kam. »Lloyd wurde in Hoxton zum Kandidatenanwärter für die Parlamentswahl ernannt!«

Lloyds Schwester Millie war mit ihren beiden Kindern, Lennie und Pammie, ebenfalls da. »Ist das nicht großartig?«, fragte sie. »Der wird noch Premierminister, jede Wette.«

»Ja«, sagte Daisy und setzte sich schwerfällig.

»Deine Freude hält sich offenbar in Grenzen«, sagte Ethel.

»Meine Freundin Millie würde sagen, das ging dir runter wie kalte Kotze. Was ist los?«

»Wie es aussieht, wird es Lloyd nicht gerade zum Wahlerfolg verhelfen, wenn er mich zur Frau hat.« Daisy fühlte sich elend, weil sie ihn so sehr liebte. Wie könnte sie ihm da seine Karriere verderben? Andererseits wollte sie lieber sterben, als ihn aufzugeben. Das Leben erschien ihr schrecklich trostlos.

»Du meinst, weil du eine reiche Erbin bist?«, fragte Ethel.

»Nicht nur. Boy hat mir einmal gesagt, dass Lloyd niemals gewählt würde, wenn herauskommt, dass seine Frau einmal der faschistischen Partei angehört hat.« Sie blickte Ethel an, die immer die Wahrheit sagte, auch wenn es schmerzte. »Er hat recht, nicht wahr?«

»Nicht ganz.« Ethel setzte Teewasser auf; dann nahm sie Daisy gegenüber am Küchentisch Platz. »Ich will nicht behaupten, dass es keine Rolle spielt. Aber ich finde nicht, dass du jetzt schon verzweifeln solltest.«

Du bist genau wie ich, dachte Daisy. Du sagst, was du denkst. Kein Wunder, dass Lloyd mich liebt: Ich bin wie du, nur jünger.

»Liebe ist stärker als alles andere«, warf Millie ein. Sie sah, wie der vierjährige Lennie die zweijährige Pammie mit einem Holzsoldaten schlug. »Hau deine Schwester nicht!«, schalt sie; dann wandte sie sich wieder Daisy zu. »Und mein Bruder liebt dich über alles. Wenn ich ehrlich sein soll, ich glaube nicht, dass er vorher schon eine Frau geliebt hat.«

»Ich weiß«, sagte Daisy, den Tränen nahe. »Aber er ist entschlossen, die Welt zu verändern, und ich kann den Gedanken nicht ertragen, dass ich ihm dabei im Weg stehe.«

Ethel nahm die weinende Zweijährige aufs Knie, und das Mädchen beruhigte sich sofort. »Ich will dir verraten, was du machst«, sagte sie zu Daisy. »Sei auf Fragen vorbereitet und rechne mit Feindseligkeiten, aber weiche nicht aus und versuch auf keinen Fall, deine Vergangenheit zu vertuschen.«

»Was soll ich denn sagen?«

»Dass du vom Faschismus getäuscht worden bist wie Millionen andere. Aber während der Luftangriffe hättest du einen Krankenwagen gefahren, und nun hoffst du, deine Schuld beglichen zu haben. Den genauen Wortlaut kannst du mit Lloyd besprechen.

Sei selbstbewusst, lass deinen Charme spielen, und lass dich nicht unterkriegen.«

»Und du meinst, das klappt?«

Ethel zögerte. »Ich weiß es nicht«, sagte sie nach kurzem Nachdenken. »Ich weiß es wirklich nicht. Aber du musst es versuchen.«

»Es wäre schrecklich, wenn Lloyd meinetwegen aufgeben müsste, was er am meisten liebt. So etwas kann eine Ehe kaputt machen.«

Daisy hoffte, dass Ethel ihr widersprach, aber das tat sie nicht. Stattdessen wiederholte sie nur: »Ich weiß es nicht.«

KAPITEL 19

1945 (I)

Woody Dewar gewöhnte sich rasch an die Krücken.

Ende 1944 wurde er in Belgien verwundet, während der Ardennenschlacht. Die Alliierten waren beim Vormarsch auf die deutsche Grenze von einem massiven Gegenangriff überrascht worden. Woodys Division, die 101st Airborne, hatte die Stadt Bastogne gehalten, einen wichtigen Verkehrsknotenpunkt. Als die Deutschen formell die Kapitulation verlangten, hatte General McAuliffe eine Antwort zurückgeschickt, die aus nur einem Wort bestand und berühmt geworden war: »Nuts!« – »Quatsch!«

Woodys rechtes Bein hatte am ersten Weihnachtstag mehrere Durchschüsse von MG-Kugeln erlitten und tat höllisch weh. Vor allem aber verging ein Monat, ehe er aus der belagerten Stadt evakuiert und in ein richtiges Lazarett gebracht werden konnte.

Seine Knochen würden heilen, und vielleicht wurde er sogar das Hinken wieder los, aber sein Bein wäre nie wieder kräftig genug für einen Fallschirmabsprung.

Die Ardennenschlacht war die letzte Offensive von Hitlers Wehrmacht an der Westfront. Danach sollte sie nie wieder einen Gegenangriff führen.

Woody kehrte ins Zivilleben zurück; er konnte in der Washingtoner Wohnung seiner Eltern wohnen und sich von seiner Mutter verwöhnen lassen. Als der Gips herunterkam, nahm er die Arbeit für seinen Vater wieder auf.

Am Donnerstag, dem 12. April 1945, war er im Kapitol, dem Sitz des Senats und des Repräsentantenhauses. Langsam hinkte er durch das Kellergeschoss und besprach mit seinem Vater die Flüchtlingsfrage.

»Wir nehmen an, dass in Europa etwa einundzwanzig Millionen Menschen aus ihrer Heimat vertrieben wurden«, sagte Gus.

»Die Nothilfe- und Wiederaufbauverwaltung der Vereinten Nationen steht bereit, ihnen zu helfen.«

»Ich nehme an, sie werden bald damit anfangen können«, sagte Woody. »Die Rote Armee ist fast schon in Berlin.«

»Und die US Army steht nur fünfzig Meilen entfernt.«

»Wie lange kann Hitler noch durchhalten?«

»Wäre er bei Verstand, hätte er längst kapituliert.«

Woody senkte die Stimme. »Jemand hat mir berichtet, dass die Russen eine Art Vernichtungslager entdeckt haben. Die Nazis haben dort jeden Tag Hunderte von Menschen ermordet. An einem Ort namens Auschwitz in Polen.«

Gus nickte grimmig. »Es ist wahr. Die Öffentlichkeit weiß noch nichts davon, aber früher oder später wird sie es erfahren.«

»Die Verantwortlichen müssen zur Rechenschaft gezogen werden.«

»Die UN-Kommission für Kriegsverbrechen ist seit zwei Jahren an der Arbeit. Sie sammelt Beweise und erstellt Listen von Kriegsverbrechern. Diese Leute werden vor Gericht gestellt, Woody, vorausgesetzt, wir können die Vereinten Nationen nach dem Krieg am Leben erhalten.«

»Natürlich können wir das«, sagte Woody zuversichtlich. »Roosevelt hat letztes Jahr seinen Wahlkampf darauf aufgebaut, und er hat die Wahl gewonnen. In zwei Wochen wird in San Francisco die UN-Konferenz eröffnet.« San Francisco hatte für Woody eine besondere Bedeutung, weil Bella Hernandez dort wohnte, aber er hatte seinem Vater noch nicht von ihr erzählt. »Das amerikanische Volk will eine internationale Zusammenarbeit, damit es nie wieder einen Krieg gibt wie diesen. Wer könnte dagegen sein?«

»Du wärst überrascht. Die meisten Republikaner sind anständige Leute, sie sehen die Welt nur mit anderen Augen als wir. Es gibt aber auch einen harten Kern gottverdammter Idioten.«

Woody war erstaunt. Sein Vater benutzte Kraftausdrücke nur sehr selten.

»Ich rede von den Irren, die in den Dreißigerjahren einen Aufstand gegen Roosevelt geplant haben«, fuhr Gus fort. »Geschäftsleute wie Henry Ford, die Hitler für einen starken antikommunistischen Politiker hielten. Heute unterstützen sie rechtsextreme Gruppierungen wie America First.«

870

Woody konnte sich nicht erinnern, seinen Vater schon einmal so wütend erlebt zu haben.

»Wenn sie ihren Willen durchsetzen, gibt es einen dritten Weltkrieg, der noch schlimmer ist als die ersten beiden«, fuhr Gus fort. »Ich habe im Krieg einen Sohn verloren, und wenn ich je einen Enkel habe, will ich ihn nicht auch noch verlieren.«

Woody durchfuhr ein Stich der Trauer.

Wäre Joanne noch am Leben, hätte sie ihm Kinder und seinem Vater die ersehnten Enkel geschenkt. Doch im Augenblick hatte er nicht einmal eine Freundin; deshalb lag der Gedanke an Enkel in weiter Ferne ... es sei denn, es gelang ihm, in San Francisco Bella aufzustöbern.

»Gegen Schwachköpfe sind wir machtlos«, fuhr Gus fort, »aber vielleicht werden wir mit Senator Vandenberg fertig.«

Arthur Vandenberg war ein Republikaner aus Michigan, ein konservativer Gegner von Roosevelts New Deal. Er saß mit Gus im Außenausschuss des Senats.

»Vandenberg ist die größte Gefahr für uns«, sagte Gus. »Er mag ein aufgeblasener Wichtigtuer sein, aber er genießt Respekt. Der Präsident hat ihn umworben, und er hat sich unseren Standpunkten angeschlossen. Trotzdem könnte er einen Rückzieher machen.«

»Warum?«

»Er ist ein unbeirrbarer Antikommunist.«

»Das sind wir auch.«

»Ja, aber Arthur ist in dieser Hinsicht stur wie ein Esel. Er wird stinksauer sein, wenn wir etwas tun, das er als Kniefall vor Moskau betrachtet.«

»Zum Beispiel?«

»Gott allein weiß, welche Kompromisse wir in San Francisco eingehen müssen. Wir mussten bereits zustimmen, dass Weißrussland und die Ukraine als eigene Staaten akzeptiert werden, was Moskau in der Generalversammlung drei Stimmen verschafft. Natürlich müssen wir die Sowjets an Bord halten, aber wenn wir es zu weit treiben, könnte Arthur sich gegen das gesamte Projekt der Vereinten Nationen stellen. Dann weigert der Senat sich möglicherweise, die Vorlage zu ratifizieren, genau wie 1919, als es um den Völkerbund ging.«

»Unsere Aufgabe in San Francisco besteht also darin, die Sowjets bei Laune zu halten, ohne Senator Vandenberg vor den Kopf zu stoßen?«

»Genau.«

Sie hörten eilige Schritte – ein ungewohnter Laut in den ehrwürdigen Hallen des Kapitols. Beide drehten sich um. Woody war überrascht, den Vizepräsidenten Harry Truman durch den Flur rennen zu sehen. Wie immer war er in einen grauen doppelreihigen Anzug mit gepunkteter Krawatte gekleidet, trug aber keinen Hut. Seine übliche Eskorte aus Assistenten und Geheimdienstleuten schien er abgehängt zu haben. Er rannte, ohne anzuhalten, schwer atmend, den Blick starr nach vorn gerichtet. Mit beängstigender Eile wollte er an irgendein bestimmtes Ziel.

Woody, Gus und die anderen Anwesenden sahen ihm erstaunt nach.

Als Truman um eine Ecke verschwand, fragte Woody verwirrt: »Was sollte das denn?«

Gus erwiderte: »Dafür kann es nur einen Grund geben. Ich nehme an, der Präsident ist gestorben.«

Wolodja Peschkow rollte in einem Studebaker – US6 – Lastwagen nach Deutschland. Diese Lkws wurden in South Bend, Indiana, gebaut, per Zug nach Baltimore gebracht und über den Atlantik um das Kap der Guten Hoffnung herum nach Persien verschifft. Von dort wurden sie mit der Eisenbahn nach Russland transportiert. Wolodjas Studebaker war einer von vielen, die die Sowjetunion als Kriegshilfe von den USA erhalten hatte. Die Fahrzeuge waren ausgesprochen zuverlässig, und die Russen mochten sie. Scherzhaft übersetzten sie die Buchstaben »USA«, die an der Seite mit Schablone aufgemalt waren, mit *Ubit Sukina syna Adolf*, was in etwa hieß: »Tötet Adolf, diesen Hurensohn.«

Die Rotarmisten mochten auch den Proviant, den die Amerikaner schickten, besonders das Dosenfleisch, das man Spam nannte und das seltsam rosa, aber wunderbar fettig war.

Wolodja war nach Deutschland versetzt worden, weil die Nachrichten, die er von seinen Spionen in Berlin bekam, nicht mehr so zuverlässig waren wie die Informationen, die sich aus den deutschen Gefangenen herausholen ließen. Dass er fließend Deutsch sprach, machte ihn zum perfekten Verhörspezialisten für die Front.

Als Wolodja die Grenze nach Deutschland überquerte, hatte er ein Plakat der sowjetischen Regierung gesehen, auf dem stand: »Sowjetische Soldaten, ihr seid jetzt auf deutschem Boden. Die Stunde der Rache ist gekommen!« Das war noch ein harmloses Beispiel für Kriegspropaganda. Der Kreml schürte den Hass auf die Deutschen nun schon seit einiger Zeit, um die Kampfeslust der Rotarmisten zu steigern. Angeblich hatten Politkommissare genau ausgerechnet, wie viele russische Soldaten auf den Schlachtfeldern getötet worden waren, wie viele Zivilisten die Deutschen ermordet hatten, weil sie Kommunisten, Juden oder einfach nur Slawen waren, und wie viele Häuser die Wehrmacht niedergebrannt hatte. Viele russische Frontsoldaten kannten die Zahlen für ihre Heimatgegend und brannten darauf, es den Deutschen mit gleicher Münze heimzuzahlen.

Die Rote Armee hatte die Oder erreicht, das letzte natürliche Hindernis vor Berlin. Eine Million Rotarmisten waren nur noch knapp hundert Kilometer von der Reichshauptstadt entfernt und bereiteten sich auf den Kampf um Berlin vor. Wolodja gehörte zur 8. Gardearmee. Während er auf den Angriffsbefehl wartete, blätterte er in der Armeezeitung *Roter Stern*.

Was er las, erfüllte ihn mit Entsetzen.

Die Hasspropaganda ging weiter als alles, was er bisher gelesen hatte. »Wenn du nicht jeden Tag einen Deutschen tötest, ist der Tag verschwendet«, las er. »Wenn du auf den Kampf wartest, töte vorher einen Deutschen. Dann töte noch einen. Für uns gibt es nichts Schöneres als einen Berg deutscher Leichen. Töte Deutsche! So lautet das Gebet deiner greisen Mutter. Töte Deutsche! So lautet das Flehen deiner Kinder. Töte Deutsche! Das ist der Ruf von Mutter Heimat. Wanke nicht. Lasse nicht nach. Töte!«

Das ist widerlich, dachte Wolodja. Aber es kam noch Schlimmer. Plünderungen waren für den Schreiber der Hasstiraden kein Verbrechen: »Nehmt die Pelzmäntel und Silberlöffel der deutschen Frauen, sie sind sowieso gestohlen.« Und über Vergewaltigungen scherzte er: »Weist die Zuneigung nicht zurück, die deutsche Frauen euch entgegenbringen.«

Die Wirkung einer solchen Propaganda war verheerend, zumal Soldaten ohnehin nicht die zivilisiertesten Menschen auf Erden waren. Doch das Verhalten der Deutschen nach dem Einmarsch 1941 hatte die Russen mit Hass erfüllt, und die Regierung schürte diesen Hass mit ihrem Gerede von Rache. Und nun stand auch noch klipp und klar in der Armeezeitung, dass die Rotarmisten mit den besiegten Deutschen tun und lassen konnten, was sie wollten.

Es war die Rezeptur für das Jüngste Gericht.

Erik von Ulrich sehnte das Ende des Krieges herbei.

Mit seinem Freund Hermann Braun und ihrem Chef Dr. Weiss richtete Erik in einer kleinen protestantischen Kirche einen Verbandplatz ein. Dann setzten sie sich ins Kirchenschiff und warteten auf die Pferdewagen, die jedes Mal bis oben hin mit verbrannten und grässlich verwundeten Männern beladen waren.

Die Wehrmacht hatte die Seelower Höhen an der Oder zum Bollwerk verstärkt. Eriks Verbandplatz lag gut zwei Kilometer von der Front entfernt.

Dr. Weiss, der einen Freund bei der militärischen Aufklärung hatte, berichtete, dass Berlin von gut hunderttausend Deutschen gegen eine Million Sowjets verteidigt wurde. Und mit seinem üblichen Sarkasmus fügte er hinzu: »Aber unsere Moral ist gut, und Hitler ist der größte Feldherr aller Zeiten. Also können wir gar nicht anders als siegen.«

Es gab keine Hoffnung mehr. Dennoch kämpften die deutschen Soldaten verbissen. Erik vermutete, dass es an den Geschichten lag, die über die Barbarei der Russen in den bereits besetzten Gebieten kursierten. Gefangene wurden getötet, Häuser geplündert und niedergebrannt, Frauen vergewaltigt und an Scheunentore genagelt. Die Deutschen glaubten, ihre Familien vor der Grausamkeit der Kommunisten zu verteidigen, indem sie todesmutig kämpften. Die Hasspropaganda des Kreml hatte sich als Bumerang erwiesen.

Erik freute sich auf die Niederlage. Er wollte, dass das Töten endlich aufhörte. Er wollte einfach nur nach Hause.

Sein Wunsch würde bald in Erfüllung gehen ... falls er dann noch lebte.

Am Montag, dem 16. April, wurde Erik, der auf einer Kirchenbank eingeschlafen war, um drei Uhr morgens vom Donnern russischer Geschütze geweckt. Er hatte früher schon unter Artilleriefeuer gelegen, aber das hier war zehnmal lauter als alles, was er bisher erlebt hatte. An der Front musste im wahrsten Sinne des Wortes die Hölle los sein.

Bei Sonnenaufgang kamen die ersten Verwundeten, und die zu Tode erschöpften Sanitäter und Ärzte machten sich an die Arbeit. Sie amputierten Gliedmaßen, richteten gebrochene Knochen, entfernten Kugeln und Granatsplitter, säuberten und verbanden Wunden. Dabei hatten sie von allem zu wenig, von Medikamenten bis hin zu sauberem Wasser. Morphium bekamen nur diejenigen, die vor Schmerzen schrien.

Wer noch laufen und ein Gewehr halten konnte, wurde zurück an die Front geschickt.

Die deutschen Verteidiger hielten länger durch, als Dr. Weiss erwartet hatte. Am Ende des ersten Tages hielten sie noch immer ihre Stellungen, und als die Dunkelheit anbrach, ebbte der Strom der Verwundeten ab. Der kleine Sanitätstrupp bekam in dieser Nacht sogar ein wenig Schlaf.

Früh am nächsten Tag wurde der inzwischen zum Hauptmann beförderte Werner Franck hereingebracht. Sein rechter Arm war zerschmettert.

Er hatte einen Frontabschnitt mit dreißig 88er-Geschützen befehligt. »Wir hatten nur acht Granaten für jedes Geschütz«, berichtete er, während Dr. Weiss ihm geschickt und sorgfältig die gebrochenen Knochen richtete. »Unsere Befehle lauteten, jeweils sieben Geschosse auf russische Panzer abzufeuern und mit dem letzten das Geschütz zu zerstören, damit die Bolschewisten es nicht in die Finger bekommen.« Werner hatte neben einem dieser Geschütze gestanden, als eine sowjetische Granate in der Nähe einschlug und die 88er umwarf, die auf ihn gestürzt war. »Ich hatte Glück, dass es nur meinen Arm erwischt hat«, sagte er. »Es hätte auch mein Kopf sein können.«

Als sein Arm verbunden war, fragte er Erik: »Hast du irgendwas von Carla gehört?«

Erik wusste, dass Werner und seine Schwester ein Paar waren. »Ich habe schon seit Wochen keine Briefe mehr bekommen.«

»Ich auch nicht. Aber ich habe gehört, dass es in Berlin schlimm aussieht. Ich hoffe, es geht ihr gut.«

»Das hoffe ich auch«, sagte Erik. »Aber ich mache mir große Sorgen.«

Überraschenderweise hielten die Deutschen die Seelower Höhen noch einen weiteren Tag und eine Nacht. Als dann die Front zusammenbrach, traf es den Verbandplatz ohne Vorwarnung. Sie versorgten gerade eine frische Ladung Verwundeter, als acht sowjetische Soldaten in die Kirche stürmten. Einer schoss mit seiner Maschinenpistole in die Decke. Erik und die anderen warfen sich instinktiv zu Boden.

Als die Russen sahen, dass keiner der Deutschen bewaffnet war, entspannten sie sich. Sie stapften durch das Kirchenschiff und nahmen den Verwundeten und Sanitätern Uhren und Ringe ab. Dann verschwanden sie wieder.

Erik fragte sich, was als Nächstes geschehen würde. Es war das erste Mal, dass er hinter den feindlichen Linien festsaß. Sollten sie den Verbandplatz aufgeben und versuchen, den Kontakt zur Truppe wiederherzustellen, auch wenn sie auf dem Rückzug war? Oder waren ihre Patienten hier sicherer?

Dr. Weiss nahm allen die Entscheidung ab. »Macht mit der Arbeit weiter«, befahl er.

Ein paar Minuten später kam ein sowjetischer Soldat zu ihnen, der einen Kameraden über der Schulter trug. Er richtete sein Gewehr auf Dr. Weiss und redete auf Russisch auf ihn ein. Der verwundete Mann war blutüberströmt, und sein Freund war erkennbar in Panik.

Weiss antwortete ihm ruhig. In stockendem Russisch sagte er: »Kein Grund für Waffe. Leg Freund auf Tisch.«

Der Soldat tat, wie ihm geheißen, und die Deutschen machten sich an die Arbeit. Dabei hielt der Russe ständig die Waffe auf Weiss gerichtet.

Später an diesem Tag wurden die deutschen Patienten hinausgetragen und auf einen Lkw verladen, der in Richtung Osten fuhr. Erik schaute zu, wie Werner Franck als Kriegsgefangener abtransportiert wurde. Als Junge hatte Erik oft die Geschichte seines Onkels Robert gehört, der im Ersten Weltkrieg in russische Gefangenschaft geraten war und sich von Sibirien zu Fuß bis nach

Hause durchgeschlagen hatte – eine Reise von mehreren tausend Kilometern.

Erik fragte sich, wo Werner wohl landen würde.

Weitere verwundete Russen wurden gebracht. Die Deutschen kümmerten sich um sie, wie sie sich auch um ihre eigenen Leute gekümmert hätten.

Später, als Erik erschöpft einschlief, wurde ihm bewusst, dass auch er nun ein Kriegsgefangener war.

Während die alliierten Armeen den Ring um Berlin enger zogen, kam es auf der UN-Konferenz in San Francisco zum Streit zwischen den Siegermächten. Normalerweise wäre Woody enttäuscht, ja niedergeschlagen gewesen, aber er war mit seinen Gedanken viel mehr bei Bella Hernandez.

Während der Invasion in der Normandie und den Kämpfen um Frankreich war sie ihm nicht aus dem Kopf gegangen, erst recht nicht während seiner Zeit im Lazarett und seiner Rekonvaleszenz. Im letzten Jahr hatte Bella Oxford verlassen, um an der Universität Berkeley ihre Doktorarbeit zu schreiben, gleich hier in San Francisco. Wahrscheinlich wohnte sie im Haus ihrer Eltern in Pacific Heights, oder sie hatte sich eine Wohnung in Campusnähe genommen.

Dummerweise gelang es Woody nicht, sie zu erreichen.

Seine Briefe blieben unbeantwortet. Als er die Nummer anrief, die im Telefonbuch stand, beschied ihn eine Frau mittleren Alters – Bellas Mutter, wie er vermutete – mit eisiger Höflichkeit: »Sie ist zurzeit nicht zu Hause. Kann ich ihr etwas ausrichten?«

Bella erwiderte den Anruf nie. Vermutlich hatte sie einen festen Freund. Falls dem so war, hätte Woody es gern von ihr selbst gehört, aber vielleicht fing ihre Mutter die Post ab und unterschlug seine Anrufe.

Wahrscheinlich sollte er aufgeben. Womöglich machte er sich zum Narren. Doch aufgeben war nicht seine Art. Er musste daran denken, wie lange und hartnäckig er um Joanne geworben hatte. Zeichnet sich da ein Muster ab, fragte er sich. Liegt es an mir?

Währenddessen begleitete er seinen Vater jeden Morgen ins

Penthouse des Hotels Fairmont, wo Außenminister Edward Stettinius sich mit der amerikanischen Delegation über die jeweilige Tagesordnung der UN-Konferenz besprach. Stettinius war der Nachfolger von Cordell Hull, der im Krankenhaus lag. Die USA hatten außerdem einen neuen Präsidenten, Harry Truman, der nach dem Tod des großen Franklin D. Roosevelt vereidigt worden war. Welch ein Jammer, hatte Gus bemerkt, dass in einem solch entscheidenden Moment der Weltgeschichte die Vereinigten Staaten von zwei unerfahrenen Anfängern gelenkt wurden.

Die Dinge hatten schlecht begonnen. Bei einer Vorbesprechung im Weißen Haus hatte Präsident Truman auf ungeschickte Weise den sowjetischen Außenminister Molotow beleidigt; deshalb war Molotow schlecht gelaunt in San Francisco eingetroffen. Er verkündete, er werde nach Hause fahren, wenn die Konferenz nicht auf der Stelle Weißrussland, die Ukraine und Polen zuließ.

Niemand wollte, dass die UdSSR sich aus der UN zurückzog. Ohne die Sowjets wären die Vereinten Nationen keine Vereinten Nationen gewesen. Die amerikanische Delegation war zum großen Teil dafür, einen Kompromiss mit den Kommunisten zu schließen, doch der Fliege tragende Senator Vandenberg bestand unbeirrbar darauf, dass nichts auf sowjetischen Druck hin geschehen dürfe.

Eines Morgens, als Woody ein paar freie Stunden hatte, fuhr er zum Haus von Bellas Eltern. Die Hernandez lebten in einer eleganten Wohngegend unweit des Hotels Fairmont auf Nob Hill, aber da Woody noch immer am Stock ging, nahm er ein Taxi.

Das Haus war ein gelb gestrichener viktorianischer Herrensitz auf der Gough Street. Die Frau, die an die Tür kam, war zu gut gekleidet, als dass sie ein Hausmädchen sein konnte. Sie bedachte Woody mit einem schiefen Lächeln, mit dem sie Bella unglaublich ähnlich sah. Sie musste die Mutter sein.

»Guten Morgen, Ma'am«, sagte Woody höflich. »Mein Name ist Woody Dewar. Ich habe Bella Hernandez letztes Jahr in London kennengelernt und würde sie gern wiedersehen.«

Das Lächeln der Frau verschwand. Sie musterte ihn lange und prüfend. »Sie sind das also.«

Woody hatte nicht die leiseste Ahnung, wovon sie sprach.

»Ich bin Isabels Mutter«, sagte sie. »Kommen Sie herein.«

»Danke sehr.«

Mrs. Hernandez reichte ihm nicht die Hand und stand ihm eindeutig feindselig gegenüber, auch wenn es nicht den leisesten Hinweis gab, wieso. Immerhin ließ sie ihn ins Haus.

Sie führte ihn in einen großen, hübschen Salon mit atemberaubendem Blick auf den Ozean. Mit einer Handbewegung, die so knapp ausfiel, dass sie gerade noch als höflich durchging, bot sie Woody einen Sessel an. Dann nahm sie ihm gegenüber Platz und maß ihn mit einem weiteren Blick aus harten Augen. »Wie viel Zeit haben Sie in England mit Bella verbracht?«, wollte sie wissen.

»Nur ein paar Stunden. Aber seitdem ist sie mir nicht mehr aus dem Kopf gegangen.«

Bedeutungsschwangeres Schweigen senkte sich herab. Schließlich sagte Mrs. Hernandez: »Als Bella nach Oxford ging, war sie mit Victor Rolandson verlobt, einem wundervollen jungen Mann, den sie fast ihr Leben lang kannte. Die Rolandsons sind alte Freunde von uns ... oder waren es zumindest, bis Bella gleich nach ihrer Rückkehr die Verlobung gelöst hat.«

Woodys Herz machte einen hoffnungsvollen Satz.

»Bella wollte sich kaum dazu äußern. Sie sagte nur, sie habe begriffen, dass sie Victor nicht liebe. Ich hatte gleich den Verdacht, dass sie jemand anderen kennengelernt hatte. Nun, jetzt weiß ich, wen.«

»Ich wusste nicht, dass sie verlobt war«, erwiderte Woody.

»Sie trug einen Brillantring, der kaum zu übersehen war. Ich fürchte, junger Mann, Ihre schwach ausgeprägte Beobachtungsgabe hat eine Tragödie verursacht.«

»Das tut mir leid«, erwiderte Woody, ermahnte sich dann aber: Sei kein Waschlappen! Wehr dich! »Das heißt, eigentlich doch nicht«, fügte er trotzig hinzu. »Ich bin froh, dass sie ihre Verlobung gelöst hat, denn ich finde sie wundervoll und will sie für mich selbst.«

Das gefiel Mrs. Hernandez gar nicht. »Sie sind reichlich frech, junger Mann.«

Woody mochte ihre herablassende Art immer weniger. »Sie haben gerade von einer ›Tragödie‹ gesprochen, Mrs. Hernandez. Meine Verlobte ist beim Überfall auf Pearl Harbor in meinen Armen gestorben. Mein Bruder wurde am Strand von Bougainville von einem Maschinengewehr niedergemäht. Am D-Day habe ich

879

fünf junge Amerikaner in den Tod geschickt, um in einem Kaff namens Église-des-Sœurs eine Brücke zu nehmen. Ich kenne Tragödien, Ma'am, und eine gelöste Verlobung gehört mit Sicherheit nicht dazu.«

Mrs. Hernandez war sprachlos. Offenbar boten junge Leute ihr nicht oft die Stirn. Sie gab keine Antwort, wurde nur ein wenig blass. Im nächsten Moment erhob sie sich und verließ das Zimmer ohne ein weiteres Wort. Woody war nicht sicher, was sie nun von ihm erwartete, aber da er Bella noch nicht zu Gesicht bekommen hatte, blieb er sitzen.

Fünf Minuten später kam sie ins Zimmer.

Woody stand auf. Das Herz schlug ihm bis zum Hals. Allein ihr Anblick zauberte ein Lächeln auf sein Gesicht. Sie trug ein schlichtes hellgelbes Kleid, das einen wunderschönen Kontrast zu ihrem üppigen dunklen Haar und der kaffeefarbenen Haut bildete. Sie sah auch in der schlichtesten Kleidung großartig aus; das hatte sie mit Joanne gemein. Woody hätte sie am liebsten in die Arme genommen und an sich gedrückt, doch er wartete auf ein Zeichen von ihr.

Bella wirkte angespannt und schien sich in ihrer Haut nicht wohl zu fühlen. »Was machst du hier?«, fragte sie.

»Ich habe nach dir gesucht.«

»Wieso?«

»Weil du mir nicht aus dem Kopf gehst.«

»Wir kennen uns doch gar nicht.«

»Dann lass es uns ändern. Fangen wir gleich heute damit an. Möchtest du mit mir zu Abend essen?«

»Ich weiß nicht …«

Er kam durchs Zimmer zu ihr. Sie erschrak, als sie ihn am Stock gehen sah. »Was ist mit dir passiert?«

»Ich habe in Belgien eine Kugel ins Bein bekommen.«

»Das tut mir leid.«

»Hör zu, Bella, ich finde dich wundervoll. Und ich glaube, du magst mich. Wir sind beide ungebunden. Was hast du auf dem Herzen?«

Sie schenkte ihm das schiefe Grinsen, das er so sehr mochte. »Ich fürchte, ich schäme mich. Wegen dem, was ich damals in London getan habe.«

»Ist das alles?«

»Dafür, dass wir uns gerade erst kennengelernt hatten, war es eine Menge.«

»So etwas ist damals ständig passiert. Nicht mir, verstehe mich nicht falsch, aber ich habe davon gehört. Du hast gedacht, ich komme nicht aus dem Krieg zurück.«

Sie nickte. »Ich habe so etwas noch nie gemacht, nicht einmal mit Victor. Ich weiß nicht, was in mich gefahren ist. Und auch noch in einem öffentlichen Park! Ich komme mir vor wie eine Hure.«

»Das ist Unsinn«, sagte Woody. »Du bist eine kluge, schöne Frau mit einem großen Herzen. Am besten, wir fangen ganz von vorn an und lernen uns kennen wie respektable, gut erzogene junge Leute. Was meinst du?«

»Können wir das denn?«

»Jede Wette.«

»Okay.«

»Ich hole dich um sieben ab.«

»Okay.«

Es war ein Abschied, doch Woody zögerte. »Ich kann dir gar nicht sagen, wie froh ich bin, dass ich dich wiedergefunden habe.«

Endlich schaute Bella ihm in die Augen. »Ich auch, Woody!«, sagte sie. »Und wie!« Sie legte ihm die Arme um die Hüften und drückte ihn an sich.

Genau danach hatte er sich gesehnt. Er umarmte sie und drückte sein Gesicht in ihr wundervolles Haar. Lange Zeit blieben sie so stehen.

Irgendwann löste sie sich von ihm. »Ich sehe dich um sieben«, sagte er.

»Verlass dich drauf.«

Trunken vor Glück verließ Woody das Haus.

Er fuhr unverzüglich zu einem Präsidiumstreffen im Veterans Building neben der Oper. Am langen Tisch saßen sechsundvierzig Gremiumsmitglieder, hinter ihnen Assistenten wie Gus Dewar. Woody war der Assistent eines Assistenten und saß an der Wand.

Der sowjetische Volkskommissar des Äußeren hielt die erste Rede. Molotow sah nicht besonders beeindruckend aus, fand Woody. Mit seinem schütteren Haar, dem gepflegten Schnurrbart und der Brille wirkte er wie der Verwalter, der sein Vater gewesen war.

Andererseits hatte er lange Zeit in der bolschewikischen Politik überlebt. Der Freund Stalins aus der Zeit vor der Revolution war der Architekt des Hitler-Stalin-Pakts von 1939. Er arbeitete hart und hatte von Lenin den Spitznamen »Eisenarsch«, weil er so lange am Schreibtisch saß.

Molotow schlug vor, Weißrussland und die Ukraine als Gründungsmitglieder der Vereinten Nationen zuzulassen. Die beiden Sowjetrepubliken, betonte er, hätten am schwersten unter der Invasion der Nazis gelitten, und jede habe mehr als eine Million Mann zur Roten Armee beigesteuert. Es sei argumentiert worden, fuhr er fort, dass Weißrussland und die Ukraine nicht vollkommen unabhängig von Moskau seien, aber das gelte auch für Kanada und Australien, Dominions des britischen Weltreichs. Dennoch hätten diese beiden Staaten die eigenständige UN-Mitgliedschaft erhalten.

Der Antrag wurde einstimmig angenommen. Woody wusste, dass alles im Vorfeld abgesprochen war. Die lateinamerikanischen Staaten hatten gedroht, gegen Weißrussland und die Ukraine zu stimmen, wenn Argentinien, das Hitler unterstützte, nicht aufgenommen wurde; mit diesem Zugeständnis waren ihre Stimmen erkauft worden.

Dann aber platzte eine Bombe. Der tschechoslowakische Außenminister Jan Masaryk erhob sich. Er war ein berühmter liberaler Nazi-Gegner, der 1944 sogar auf dem Titelblatt des *Time Magazine* zu sehen gewesen war. Masaryk beantragte, auch Polen in die UN aufzunehmen.

Die USA lehnten eine Aufnahme Polens ab, bis Stalin dort Wahlen zuließ; als Demokrat hätte auch Masaryk zu dieser Haltung stehen sollen, zumal er selbst eine Demokratie zu schaffen versuchte, während Stalin ihm über die Schulter blickte. Molotow musste gewaltigen Druck auf Masaryk ausgeübt haben, dass dieser seine Ideale so sehr verriet. Und tatsächlich: Als Masaryk sich setzte, zeigte er das Gesicht eines Mannes, der etwas Abscheuliches geschluckt hatte.

Gus Dewar blickte finster drein. Die arrangierten Kompromisse in Bezug auf Weißrussland, die Ukraine und Argentinien hätten eigentlich für einen glatten Ablauf dieser Sitzung sorgen sollen. Doch jetzt hatte Molotow ihnen einen Tiefschlag versetzt.

Senator Vandenberg, der bei der amerikanischen Delegation

saß, zückte empört einen Füllhalter und einen Notizblock und begann zu schreiben. Als er fertig war, riss er das Blatt ab, winkte Woody heran, reichte ihm den Zettel und sagte: »Bringen Sie das dem Außenminister.«

Woody ging an den Tisch, beugte sich über Stettinius' Schulter und legte ihm das Blatt hin. »Von Senator Vandenberg, Sir.«

»Danke.«

Woody kehrte zu seinem Platz an der Wand zurück. Mein Auftritt in der Weltgeschichte, dachte er. Er hatte einen Blick auf die Nachricht werfen können, als er sie an Stettinius übergeben hatte: Vandenberg hatte eine kurze, leidenschaftliche Rede skizziert, mit der der tschechoslowakische Antrag abgelehnt werden sollte. Würde Stettinius sich der Ansicht des Senators anschließen?

Wenn Molotow hinsichtlich Polens seinen Willen durchsetzte, sabotierte Vandenberg möglicherweise die Vereinten Nationen im Senat, was den Todesstoß für sie bedeutet hätte. Schwenkte Stettinius auf Vandenbergs Linie ein, flog Molotow vielleicht nach Hause – mit den gleichen verheerenden Folgen für die UN.

Woody hielt den Atem an.

Stettinius erhob sich, Vandenbergs Notiz in der Hand. »Wir haben unsere in Jalta getroffenen Vereinbarungen Russland gegenüber eingehalten«, sagte er. Damit bezog er sich auf die Verpflichtung der USA, die Aufnahme Weißrusslands und der Ukraine zu unterstützen. »In Jalta sind weitere Vereinbarungen getroffen worden, die ebenfalls eingehalten werden müssen.« Er benutzte den Wortlaut, den Vandenberg ihm vorgegeben hatte. »Eine davon betrifft eine neue und repräsentative provisorische Regierung für Polen.«

Im Saal erhob sich schockiertes Gemurmel. Stettinius stellte sich Molotow in den Weg! Woody blickte zu Vandenberg hinüber. Der Senator schnurrte geradezu vor Zufriedenheit.

»Ehe das geschieht«, fuhr Stettinius fort, »kann die Konferenz die Lubliner Regierung nicht guten Gewissens anerkennen.« Er blickte Molotow fest an und zitierte Vandenbergs exakten Wortlaut. »Es wäre ein erbärmliches Beispiel von Wortbruch.«

Molotows Gesicht glühte vor Zorn.

Der britische Außenminister, der hoch aufgeschossene, schlaksige Anthony Eden, erhob sich zur Unterstützung Stettinius'. Er

883

sprach mit perfekter Höflichkeit, doch seine Worte waren vernichtend. »Meine Regierung hat keine Möglichkeit festzustellen, ob das polnische Volk hinter seiner provisorischen Regierung steht«, sagte er, »da unsere sowjetischen Verbündeten sich weigern, britische Beobachter nach Polen zu lassen.«

Woody spürte, wie die Versammlung sich gegen Molotow wandte. Der Russe hatte offensichtlich den gleichen Eindruck. Er besprach sich so laut mit seinen Assistenten, dass Woody den Zorn in seiner Stimme hören konnte. Würde er die Versammlung jetzt verlassen?

Der belgische Außenminister, kahlköpfig, plump und mit Doppelkinn, schlug einen Kompromiss vor, einen Antrag, der die Hoffnung ausdrückte, die neue polnische Regierung könne rechtzeitig organisiert werden, um in San Francisco vertreten zu sein, ehe die Konferenz zu Ende ging.

Alle Blicke ruhten auf Molotow. Ihm wurde die Möglichkeit angeboten, das Gesicht zu waren. Würde er sie nutzen?

Er sah noch immer wütend aus. Dennoch rang er sich zu einem leichten, aber unmissverständlichen Nicken der Zustimmung durch.

Die Krise war vorüber.

Zwei Siege an einem Tag, dachte Woody. Es wird immer besser.

Carla ging auf die Straße, um sich für Wasser anzustellen.

Seit zwei Tagen gab es in der Reichshauptstadt kein fließendes Wasser mehr. Zum Glück hatten die Berliner Hausfrauen entdeckt, dass es alle paar Häuserblocks alte Straßenpumpen gab, die mit unterirdischen Brunnen verbunden waren, auch wenn sie seit Langem nicht mehr benutzt wurden. Die Pumpen waren eingerostet und knarrten, funktionierten erstaunlicherweise aber noch. Also zogen die Frauen nun jeden Morgen mit Eimern, Kanistern und Krügen los, um sich Wasser zu besorgen.

Die Luftangriffe hatten aufgehört – wahrscheinlich, weil der Feind in Kürze in Berlin einrücken würde. Aber es war noch immer gefährlich auf den Straßen, denn die Rote Armee deckte die Stadt mittlerweile mit Artilleriebeschuss ein. Carla konnte nicht verstehen, weshalb die Russen sich diese Mühe machten. Der größte Teil Berlins war ohnehin zerstört. Ganze Stadtviertel waren dem Erdboden gleichgemacht worden. Die Versorgung war auf allen Ebenen unterbrochen. Es fuhren keine Busse oder Bahnen mehr, und Hunderttausende, wenn nicht Millionen waren ohne ein Dach über dem Kopf, denn Berlin hatte sich in ein einziges riesiges Flüchtlingslager verwandelt.

Dennoch hielt der Beschuss an. Die meisten Menschen verbrachten die Tage in Kellern oder öffentlichen Luftschutzbunkern, aber wenn sie Wasser brauchten, mussten sie ins Freie.

Kurz bevor auch der Strom ausgefallen war, hatte die BBC im Radio verkündet, das Konzentrationslager Sachsenhausen sei von der Roten Armee befreit worden. Sachsenhausen lag nördlich von Berlin; also hatten die aus dem Osten heranrückenden Sowjets die Absicht, die Stadt einzuschließen, anstatt direkt einzumarschieren. Carlas Mutter schloss daraus, dass die Russen versuchten, die Amerikaner, Briten, Franzosen und Kanadier draußenzuhalten, die von Westen her rasch näher rückten. Sie zitierte Lenin: »Wer Berlin beherrscht, der beherrscht Deutschland, und wer Deutschland beherrscht, der beherrscht Europa.«

Doch die Wehrmacht hatte noch nicht aufgegeben. Kaum noch mit Waffen, Munition und Treibstoff ausgerüstet, in Unterzahl und halb verhungert, hielten die Soldaten weiter stand. Immer wieder warfen ihre Offiziere sie dem hoffnungslos überlegenen Feind entgegen; immer wieder befolgten sie die aberwitzigen Befehle, kämpften mit verzweifeltem Mut und starben sinnlos zu Tausenden.

Unter diesen Soldaten waren zwei Männer, die Carla liebte: ihr Bruder Erik und ihr Freund Werner. Sie hatte keine Ahnung, wo die beiden kämpften und ob sie überhaupt noch lebten.

Carla hatte das Spionagenetz aufgelöst. Die Kämpfe gerieten immer mehr zum Chaos; deshalb gab es keinen Bedarf an Schlachtplänen mehr. Nachrichtendienstliche Informationen aus Berlin waren für die Sowjets bedeutungslos geworden. Es war das Risiko nicht mehr wert. Die Spione hatten ihre Codebücher verbrannt, ihre Funksender in den Trümmern ausgebombter Gebäude versteckt und waren übereingekommen, nie mehr über ihre Arbeit zu sprechen. Sie alle hatten ihren Beitrag geleistet, den Krieg zu

885

verkürzen, und hatten dadurch viele Leben gerettet. Doch es wäre wohl zu viel verlangt, dass die von Hunger und Leid geplagte deutsche Bevölkerung es genauso sah. Der Mut und die Opferbereitschaft der Frauen und Männer des Spionagenetzwerks würden für immer im Verborgenen bleiben.

Während Carla an der Pumpe stand und darauf wartete, an die Reihe zu kommen, kam ein Panzerabwehrtrupp der Hitler-Jugend vorbei. Sie fuhren auf Fahrrädern nach Osten, wo die Kämpfe tobten. Zwei Männer in den Fünfzigern führten ein Dutzend Jungen an, von denen sich jeder eine Panzerfaust an den Lenker gebunden hatte. Die Uniformen waren den Jungen viel zu groß, und die übergroßen Stahlhelme hätten komisch ausgesehen, wäre das Ganze nicht so erbärmlich gewesen. Diese Jungen waren unterwegs, um gegen die Rote Armee zu kämpfen.

Sie würden sterben.

Carla wandte sich ab, als die Jungen an ihr vorbeifuhren. Sie wollte sich nicht an ihre Gesichter erinnern.

Als Carla ihren Eimer füllte, flüsterte Frau Reichs, die hinter ihr in der Schlange stand: »Sie sind doch die Freundin der Frau vom Doktor, nicht wahr?«

Carla verspannte sich unwillkürlich. Frau Reichs sprach offensichtlich von Hannelore Rothmann. Es war nun schon lange her, dass Dr. Rothmann zusammen mit den Patienten aus der Psychiatrie des Jüdischen Krankenhauses verschwunden war. Rudi, der Sohn der Rothmanns, hatte sich den gelben Stern abgerissen und sich den Juden angeschlossen, die im Untergrund lebten und im Berliner Volksmund »U-Boote« genannt wurden. Doch Hannelore, die ja keine Jüdin war, wohnte noch in ihrem alten Haus.

Zwölf Jahre lang war eine solche Frage – »Sind Sie die Freundin der Frau eines Juden?« – praktisch eine Anklage gewesen. Aber galt das immer noch? Carla wusste es nicht. Doch Frau Reichs war nur eine flüchtige Bekannte, sodass sie ihr nicht vertrauen durfte.

Sie drehte den Hahn zu. »In meiner Kindheit war Dr. Rothmann unser Hausarzt«, antwortete sie vorsichtig. »Warum?«

Frau Reichs trat an die Pumpe und machte sich daran, einen großen ausrangierten Ölkanister mit Wasser zu füllen. »Frau Rothmann wurde abgeholt«, sagte sie leise. »Ich dachte, das würde Sie interessieren.«

886

So etwas war trauriger Alltag in Berlin. Ständig wurden Leute »abgeholt«. Doch wenn es jemanden traf, der einem nahestand, war es wie ein Stich ins Herz. Was mit den Leuten geschah, war kaum herauszufinden. Und dahingehende Fragen zu stellen war lebensgefährlich: Menschen, die sich nach dem Verschwinden anderer erkundigten, verschwanden oft selbst.

Dennoch fragte Carla: »Wissen Sie, wohin man sie gebracht hat?«

Wider Erwarten bekam sie eine Antwort. »Ins Übergangslager in der Schulstraße.« Carlas Hoffnung kehrte zurück. »Das ist in dem alten Jüdischen Krankenhaus in Wedding. Kennen Sie das?«

»Ja.« Noch immer half Carla verbotenerweise in diesem Krankenhaus aus; deshalb wusste sie, dass die Regierung eines der Gebäude, die Pathologie, übernommen und mit einem Stacheldrahtzaun abgeriegelt hatte.

»Ich hoffe, es geht ihr gut«, bemerkte Frau Reichs. »Sie war nett zu mir, als meine Steffi krank war.« Sie drehte den Hahn zu und schlurfte mit dem Kanister davon.

Carla ging in die entgegengesetzte Richtung nach Hause, entschlossen, Hannelore Rothmann zu helfen. Bislang war es so gut wie unmöglich gewesen, jemanden aus einem Lager herauszuholen, aber jetzt, wo alles zusammenbrach, bestand vielleicht die Möglichkeit.

Carla trug den Eimer ins Haus und gab ihn Ada. Maud war unterwegs, um für Nahrungsmittel anzustehen. Carla zog ihre Schwesternuniform an; vielleicht half es ihr ja. Dann sagte sie Ada, wohin sie wollte, und machte sich auf den Weg nach Wedding.

Carla musste die vier Kilometer zu Fuß gehen. Unterwegs kamen ihr Zweifel, und sie fragte sich, ob es die Sache überhaupt wert war. Selbst wenn sie Hannelore Rothmann finden sollte, würde sie ihr vermutlich nicht helfen können. Dann aber dachte sie an Eva Rothmann in London und an Rudi in seinem Versteck irgendwo in Berlin, und wie schrecklich es für die beiden wäre, ihre Mutter in den letzten Stunden des Krieges zu verlieren.

Nein, sie musste versuchen, Hannelore zu finden.

Die gefürchtete Feldgendarmerie war unterwegs, hielt die Leute an und verlangte nach den Papieren. Sie waren stets zu dritt und bildeten ihr eigenes Standgericht, doch sie waren nur an kampffähigen Männern interessiert. Carla in ihrer Schwesternuniform ließen sie in Ruhe.

Es wirkte irreal, in der Berliner Trümmerwüste weiß und rosa blühende Kirschbäume zu sehen; man konnte sogar die Vögel singen hören, wenn der Geschützdonner verstummte.

Zu ihrem Entsetzen sah Carla mehrere Männer an Laternenpfählen hängen, einige davon in Uniform. Die meisten trugen Schilder um den Hals, auf denen Beschimpfungen wie »Feigling« oder »Deserteur« standen. Carla wusste, dass es Opfer der Drei-Mann-Standgerichte waren. Hatten die Nazis nicht schon genug Menschen umgebracht? Musste ihr Terror bis zur letzten Sekunde weitergehen?

Unterwegs musste Carla dreimal wegen Artilleriebeschuss Deckung suchen. Beim dritten Mal, ein paar hundert Meter vor dem Krankenhaus, schienen die Deutschen und Sowjets nur wenige Straßen entfernt zu kämpfen. Das Feuergefecht war so heftig, dass Carla mit dem Gedanken spielte, aufzugeben und umzukehren. Wahrscheinlich war Hannelore Rothmann ohnehin nicht mehr zu helfen; vielleicht war sie schon tot. Warum sollte sie, Carla, dann auch noch sterben?

Trotzdem ging sie weiter.

Es war Abend, als sie ihr Ziel erreichte. Das Krankenhaus lag in der Persischen Straße, Ecke Schulstraße. Die Bäume am Straßenrand standen in voller Blüte. Das Laborgebäude, das zum Übergangslager umfunktioniert worden war, wurde bewacht. Carla spielte mit dem Gedanken, einfach zu dem Wachposten zu gehen und ihr Anliegen vorzubringen, aber das hätte nicht viel Sinn gehabt. Vielleicht bestand ja die Möglichkeit, durch das Tunnelsystem ins Innere zu gelangen.

Sie ging zum Hauptgebäude. Das Krankenhaus war noch in Betrieb; allerdings hatte man sämtliche Patienten ins Kellergeschoss und in die Tunnel verlegt. Pflegepersonal und Ärzte arbeiteten im Licht von Öllampen, und Carla roch, dass die Toilettenspülungen nicht mehr funktionierten. Wasser wurde aus einem alten Brunnen im Garten geschöpft.

Überraschenderweise brachten Wehrmachtssoldaten auch Verwundete hierher. Mit einem Mal schien es ihnen egal zu sein, dass die meisten Ärzte und Schwestern Juden waren.

888

Carla ging durch einen Tunnel, der unter dem Garten des Gebäudes zum Keller des Labors führte. Wie erwartet war die Tür bewacht. Doch der junge Gestapo-Mann warf nur einen kurzen Blick auf Carlas Uniform und winkte sie durch. Vielleicht sah er keinen Sinn mehr in dem, was er tat.

Endlich war Carla im Lager. Fragte sich nur, ob sie genauso leicht wieder herauskam.

Hier war der Gestank noch schlimmer. Es dauerte nicht lange, und Carla sah den Grund dafür: Der Keller war hoffnungslos überfüllt. Hunderte von Menschen waren in vier Lagerräume gepfercht worden. Sie saßen oder lagen auf dem Boden; wer Glück hatte, konnte sich an eine Wand lehnen. Die Leute starrten vor Dreck, stanken und waren zu Tode erschöpft. Mit stumpfen Augen, in denen sich Hoffnungslosigkeit spiegelte, musterten sie Carla.

Carla entdeckte Hannelore Rothmann bereits nach wenigen Minuten.

Sie war nie eine schöne Frau gewesen, aber sie hatte etwas Unerschütterliches an sich gehabt, und ihr Gesicht war stark und fest gewesen. Nun war sie wie die meisten anderen ausgemergelt. Ihr Haar war grau und matt, die Wangen hohl und faltig.

Sie unterhielt sich mit einem Mädchen, das an der Schwelle zur Frau stand. Brüste und Hüften waren bereits gut entwickelt, doch ihr Gesicht war noch das eines Kindes. Das Mädchen saß weinend auf dem Boden. Hannelore kniete neben ihr, hielt ihr die Hand und redete tröstend auf sie ein.

Als sie Carla sah, stand sie auf. »Du lieber Gott, Carla! Warum bist du hier?«

»Ich dachte, wenn ich ihnen sage, dass du keine Jüdin bist, lassen sie dich vielleicht gehen.«

»Das ist sehr mutig von dir, aber du hättest dich nicht in Gefahr bringen sollen.«

»Dein Mann hat vielen Menschen das Leben gerettet. Da ist es nur recht und billig, wenn jemand jetzt dich rettet.«

Carla sah, dass Hannelore gerührt war und nahe daran, in Tränen auszubrechen. Dann blinzelte sie, schüttelte den Kopf und zeigte auf das junge Mädchen. »Das ist Rebecca Rosen. Ihre Eltern wurden heute von einer Granate getötet.«

»Das tut mir leid, Rebecca«, sagte Carla.

Das Mädchen schwieg.

»Wie alt bist du?«, fragte Carla.

»Fast vierzehn.«

»Du musst jetzt erwachsen sein.«

»Warum bin ich nicht auch gestorben?«, sagte Rebecca leise und starrte vor sich hin. »Ich war direkt neben ihnen. Ich hätte auch sterben müssen. Jetzt bin ich ganz allein.«

»Du bist nicht allein«, sagte Carla mit fester Stimme. »Wir sind bei dir.« Sie wandte sich wieder Hannelore zu. »Wer hat hier das Sagen?«

»Ein Mann namens Walter Dobberke.«

»Ich werde ihm sagen, dass er euch gehen lassen muss. Wo finde ich ihn?«

»Er ist schon nach Hause. Sein Stellvertreter ist ein Unterscharführer, ein Dummkopf, mit dem man nicht vernünftig reden kann, aber ...«

Sie verstummte, als eine junge Frau den Raum betrat. Sie war hübsch, mit langem blondem Haar und heller Haut. Niemand sprach mit ihr, niemand beachtete sie, doch ihre Miene war trotzig.

Hannelore sagte leise: »Das ist Gisela, Dobberkes Geliebte. Oben im EKG-Zimmer schläft sie mit ihm. Dafür bekommt sie Extrarationen. Außer mir will niemand mit ihr reden. Aber ich finde, man sollte Menschen nicht nach den Kompromissen beurteilen, die sie eingehen. Schließlich leben wir alle in der Hölle.«

Carla war sich da nicht so sicher. Sie jedenfalls würde sich nicht mit einer Frau anfreunden, die mit einem Nazi schlief.

Gisela sah Hannelore und kam herüber. »Walter hat neue Befehle bekommen«, sagte sie so leise, dass Carla sie kaum verstehen konnte. Dann zögerte sie.

»Was für Befehle?«, hakte Hannelore nach.

Gisela senkte die Stimme noch mehr. »Er soll jeden hier erschießen.«

Carla hatte das Gefühl, als würde eine kalte Hand ihr Herz packen. All diese Menschen, einschließlich Hannelore und der kleinen Rebecca ...

»Aber Walter will das nicht«, fuhr Gisela fort und fügte beschwörend hinzu: »Er ist kein schlechter Mensch!«

Mit fatalistischer Ruhe fragte Hannelore: »Und wann soll er uns töten?«

»Sofort. Aber zuerst will er die Akten vernichten. Hans-Peter und Martin werfen gerade alles in den Ofen. Das dauert; deshalb haben wir noch ein paar Stunden. Vielleicht ist die Rote Armee ja rechtzeitig hier, um uns zu retten.«

»Vielleicht auch nicht«, erwiderte Hannelore. »Kann man Dobberke denn nicht dazu bringen, dass er den Befehl verweigert? Um Himmels willen, der Krieg ist doch fast zu Ende!«

»Vor einiger Zeit hätte ich ihn noch dazu überreden können«, antwortete Gisela traurig, »aber er wird mich allmählich leid. Du weißt ja, wie Männer sind.«

»Aber Dobberke muss doch an seine Zukunft denken. Bald werden die Alliierten hier an der Macht sein, und sie werden die Nazis für ihre Verbrechen zur Rechenschaft ziehen.«

»Wer soll ihn denn anklagen, wenn wir alle tot sind?«, entgegnete Gisela.

»Ich«, sagte Carla.

Die beiden Frauen starrten sie an. Sie sagten kein Wort. In diesem Augenblick wusste Carla, dass man auch sie erschießen würde, Arierin hin oder her. Die Nazis konnten keine Zeugen brauchen.

Fieberhaft suchte Carla nach einem Ausweg. »Bestimmt würde es Dobberke helfen, wenn er uns verschont, und die Alliierten würden davon erfahren«, sagte sie schließlich.

»Das wäre möglich«, meinte Hannelore. »Wir alle könnten eine Erklärung unterschreiben, dass er uns das Leben gerettet hat.«

Carla blickte fragend zu Gisela. Deren Miene war skeptisch; dennoch sagte sie: »Ja, das könnte klappen.«

Hannelore schaute sich um. »Da ist Hilde, Dobberkes Sekretärin.« Sie rief die Frau herüber und erklärte ihr den Plan.

»In Ordnung«, sagte Hilde. »Ich werde für jeden Entlassungspapiere ausstellen. Dann bitten wir Dobberke, sie zu unterschreiben, bevor wir ihm die Erklärung geben.«

Es gab keine Wachen im Keller, nur im Erdgeschoss und im Tunnel, sodass die Gefangenen sich frei bewegen konnten. In dem Raum, der Dobberke als Büro diente, tippte Hilde die Erklärung. Anschließend gingen Hannelore und Carla mit dem Schreiben durch den Keller, erläuterten den Gefangenen ihren Plan und ließen sie unterschreiben. In der Zwischenzeit tippte Hilde die Entlassungspapiere.

Es war tief in der Nacht, als die Frauen alles vorbereitet hatten. Mehr konnten sie nicht tun, bevor Dobberke am Morgen zurückkam.

Carla lag auf dem Boden neben Rebecca Rosen. Einen anderen Schlafplatz gab es nicht.

Nach einer Weile hörte sie Rebecca leise weinen. Sie wusste nicht, was sie tun sollte. Sie wollte das Mädchen trösten, doch ihr fielen keine passenden Worte ein. Was sollte man einem Kind sagen, dessen Eltern von einer Granate zerfetzt worden waren?

Das leise Weinen hielt an. Schließlich drehte Carla sich um und legte den Arm um das Mädchen. Sofort erkannte sie, dass sie das Richtige getan hatte, denn Rebecca schmiegte sich an sie. Carla tätschelte ihr den Rücken wie einem kleinen Kind. Langsam verebbte das Schluchzen, und das Mädchen schlief ein.

Carla jedoch lag wach. Die ganze Nacht dachte sie darüber nach, was sie Dobberke sagen sollte. Sollte sie an sein Gewissen appellieren? Sollte sie ihm damit drohen, dass die Alliierten ihn zur Rechenschaft ziehen würden?

Dann wieder dachte sie daran, dass die Gefahr, erschossen zu werden, noch nicht gebannt war. Sie musste daran denken, was Erik ihr über die Erschießungen in Russland erzählt hatte. Carla nahm an, dass die Nazis hier ein ähnlich effektives Tötungssystem hatten. Wie mochte es sein, vor einem Erschießungskommando zu stehen? Es fiel Carla schwer, es sich vorzustellen, und sie wollte auch gar nicht daran denken.

Doch wenn sie das Lager jetzt oder gleich morgen früh verließ, käme sie wahrscheinlich ungeschoren davon. Schließlich war sie keine Gefangene und keine Jüdin, und ihre Papiere waren in Ordnung. Sie könnte auf demselben Weg hinausgehen, auf dem sie gekommen war. Das aber hätte bedeutet, dass sie Hannelore und Rebecca im Stich lassen musste, und das brachte sie nicht über sich.

Die Gefechte in den Straßen hielten bis in die frühen Morgenstunden an; dann kehrte für kurze Zeit Stille ein. Bei Sonnenaufgang flammten die Kämpfe wieder auf. Sie tobten nun so nah, dass Carla nicht nur die Artillerie, sondern auch die Maschinengewehre hören konnte.

Früh am Morgen brachten die Wachen einen großen Topf mit einer wässrigen Suppe und einen Sack mit altem Brot. Carla aß ein paar Bissen; dann ging sie widerwillig auf die dreckstarrende Toilette.

Anschließend ging sie mit Hannelore, Gisela und Hilde hinauf ins Erdgeschoss, um dort auf Walter Dobberke zu warten. Das Artilleriefeuer hatte wieder eingesetzt, und die drei Frauen schwebten in ständiger Gefahr, doch sie wollten Dobberke abfangen, sobald er erschien.

Aber er kam nicht. Dabei war er sonst pünktlich, sagte Hilde. Vielleicht war er durch die Kämpfe aufgehalten worden. Carla hoffte nur, dass er nicht getötet worden war. Sein Stellvertreter, Unterscharführer Ehrenstein, war zu dumm und primitiv, als dass man mit ihm hätte reden können.

Als Dobberke eine Stunde überfällig war, verlor Carla allmählich die Hoffnung.

Wieder eine Stunde später kam er doch noch.

»Was ist das denn?«, fragte er, als er die vier Frauen im Flur sah. »Ein Kaffeekränzchen?«

Hannelore kam sofort auf den Punkt. »Wir möchten Ihnen einen Vorschlag machen. Alle Gefangenen haben eine Erklärung unterzeichnet, dass Sie uns das Leben gerettet haben. Diese Erklärung könnte nun *Ihr* Leben retten, wenn Sie unsere Bedingungen akzeptieren.«

»Machen Sie sich nicht lächerlich«, erwiderte Dobberke.

»Wir meinen es gut mit Ihnen«, sagte Carla. »Laut BBC haben die Vereinten Nationen eine Liste von Nazi-Offizieren und Funktionären zusammengestellt, die an Massenmorden beteiligt waren. In einer Woche könnten Sie vor einem Gericht der Alliierten stehen. Hätten Sie da nicht gerne eine unterschriebene Erklärung, in der steht, dass Sie Menschen verschont haben?«

»Die BBC zu hören ist ein Verbrechen«, sagte Dobberke.

»Kein so schweres Verbrechen wie Mord.«

Hilde hielt eine Aktenmappe in die Höhe. »Ich habe die Entlassungspapiere für alle Gefangenen getippt«, sagte sie. »Wenn Sie die unterschreiben, bekommen Sie die Erklärung.«

»Warum sollte ich? Ich könnte Ihnen den Wisch einfach wegnehmen.«

893

»Niemand wird an Ihre Unschuld glauben, wenn wir alle tot sind.«

Dobberke wurde wütend. »Verdammt, was bilden Sie sich ein? Ich könnte Sie alle wegen Anmaßung erschießen lassen!«

Carla ließ sich nicht beirren. »So fühlt sich die Niederlage an«, sagte sie. »Sie sollten sich daran gewöhnen.«

Dobberkes Gesicht verdunkelte sich vor Wut, und Carla erkannte, dass sie zu weit gegangen war.

In diesem Augenblick schlug vor dem Gebäude eine Granate ein. Die Türen klapperten, und ein Fenster zersprang. Alle duckten sich instinktiv, doch niemand wurde verletzt.

Als der Lärm verebbte, hatte Dobberkes Miene sich verändert. Die Wut war einem Ausdruck der Resignation gewichen. In Carla keimte Hoffnung auf. Hatte Dobberke aufgegeben?

Unterscharführer Ehrenstein kam zu ihnen. »Keine Verletzten«, meldete er.

»Ist gut, Unterscharführer.«

Ehrenstein wollte gerade gehen, als Dobberke ihn zurückrief. »Das Lager ist ab sofort geschlossen«, sagte er.

Carla stockte der Atem.

»Geschlossen?«, fragte Ehrenstein verwundert.

»Neue Befehle. Sagen Sie den Männern …« Dobberke zögerte. »Sagen Sie ihnen, sie sollen sich im Bunker am Bahnhof Friedrichstraße melden.«

Der Unterscharführer war misstrauisch. Offenbar ahnte er, dass es keinen solchen Befehl gab. »Und wann?«

»Sofort.«

»Sofort?« Ehrenstein hielt inne, als bedürfe das Wort weiterer Erklärungen.

Dobberke fuhr herum und starrte ihn wütend an. »Worauf warten Sie noch? Führen Sie meinen Befehl aus!«

»Jawohl«, sagte der Unterscharführer. »Ich werde es den Männern sagen.« Er ging hinaus.

Ein Triumphgefühl erfasste Carla, doch sie ermahnte sich: Noch waren sie nicht frei.

Dobberke wandte sich an Hilde. »Zeigen Sie mir diese Erklärung.«

Hilde öffnete die Aktenmappe. Ein Dutzend Blätter lagen

894

darin. Auf jedes war oben der gleiche Wortlaut getippt; darunter standen Dutzende von Unterschriften. Sie reichte Dobberke die Unterlagen.

»Die Leute brauchen keine Entlassungspapiere«, sagte Dobberke. »Ich habe auch gar keine Zeit, das alles hier zu unterschreiben.« Er wandte sich zum Gehen.

»Die Fliegenden Standgerichte sind auf den Straßen unterwegs«, sagte Carla. »Sie hängen Menschen an Laternenpfählen auf. Wir brauchen die Papiere!«

Dobberke klopfte auf seine Tasche. »Wenn sie diese Erklärung finden, werden sie mich auch aufknüpfen.« Er ging zur Tür.

»Nimm mich mit, Walter!«, rief Gisela.

Dobberke drehte sich zu ihr um. »Ich soll dich mitnehmen? Und wie soll ich das meiner Frau erklären?«

Damit ging er hinaus und schlug die Tür hinter sich zu.

Gisela brach in Tränen aus.

Carla ging zur Tür, öffnete sie und schaute dem Kommandanten hinterher. Außer ihm war niemand mehr zu sehen. Die SS- und Gestapo-Männer hatten seinen Befehl befolgt und das Lager aufgegeben.

Dobberke erreichte die Straße und rannte los.

Das Tor ließ er offen.

Hannelore, die neben Carla stand, riss ungläubig die Augen auf.

»Ich glaube, wir sind frei«, bemerkte Carla.

»Wir müssen es den anderen sagen.«

»Das mache ich«, erklärte Hilde und eilte nach unten.

Carla und Hannelore gingen ängstlich über den Pfad, der vom Gebäude zum Tor führte. Dort zögerten sie und schauten einander an.

»Du meine Güte«, sagte Hannelore. »Wir haben tatsächlich Angst vor der Freiheit.«

Hinter ihnen rief eine Mädchenstimme: »Carla! Lass mich nicht allein!« Rebecca kam über den Weg gelaufen.

Carla seufzte. Offenbar hatte sie gerade ein Kind bekommen. Sie fühlte sich zwar noch nicht bereit für die Mutterrolle, aber was sollte sie tun?

»Dann komm«, sagte sie. »Ich hoffe, du kannst schnell rennen.«

Sie durchquerten den Krankenhausgarten bis zum Tor. Dort hielten sie kurz an und ließen den Blick in die Runde schweifen. Alles schien ruhig zu sein. Sie überquerten die Straße und liefen bis zur Ecke. Als Carla in die Schulstraße blickte, hörte sie Maschinengewehrfeuer und erkannte, dass ein Stück die Straße hinauf gekämpft wurde. Sie sah deutsche Soldaten, die sich in ihre Richtung zurückzogen, und Rotarmisten, die sie verfolgten.

Carla schaute sich um. Sie konnten sich nirgends verstecken außer hinter den Bäumen, und die boten kaum Schutz.

Eine Granate schlug keine fünfzig Meter entfernt mitten auf der Straße ein. Carla spürte die Druckwelle, blieb aber unverletzt. Als eine zweite Grante heranorgelte, rannten die beiden Frauen und das Mädchen zurück auf das Krankenhausgeländé. Einige der anderen Gefangenen standen unschlüssig am Stacheldrahtzaun; offenbar wussten sie nicht, was sie tun sollten.

»Kommt, Leute«, sagte Carla zu ihnen. »Im Keller stinkt es zwar, aber im Moment ist es dort sicherer.« Sie stieg die Treppe hinunter, und die meisten Gefangenen folgten ihr.

Carla fragte sich, wie lange sie wohl hier unten bleiben mussten. Die Deutschen würden früher oder später aufgeben müssen … nur wann? Irgendwie konnte sie sich nicht vorstellen, dass Hitler kapitulierte, egal unter welchen Umständen. Dieser Mann hatte sich stets als unfehlbar betrachtet, hatte sich als größten Feldhern aller Zeiten feiern lassen. Wie sollte so jemand zugeben, dass er sich geirrt hatte? Dass er grausam, verderbt und böse gewesen war? Dass er Millionen ermordet und dafür gesorgt hatte, dass sein Land zerbombt worden war? Dass er als einer der größten Verbrecher aller Zeiten in die Geschichte eingehen würde? Nein, das konnte ein Adolf Hitler nicht. Eher würde er sich eine Pistole in den Mund stecken und den Abzug drücken.

Aber wie lange würde das noch dauern? Einen Tag? Eine Woche? Länger?

Plötzlich war von oben ein Schrei zu hören. »Sie sind hier! Die Russen sind hier!«

Augenblicke später hörte Carla das Poltern schwerer Stiefel auf den Treppenstufen. Wo hatten die Russen solche Stiefel her? Von den Amerikanern?

Dann waren sie im Zimmer – vier, sechs, acht, neun Männer

mit schmutzigen Gesichtern und Maschinenpistolen, bereit zu töten. Sie schienen viel Platz zu beanspruchen. Die Leute schreckten vor ihnen zurück, obwohl sie die Befreier waren.

Die Rotarmisten schauten sich um und erkannten, dass von den Gefangenen, bei denen es sich vornehmlich um Frauen handelte, keine Gefahr ausging. Sie senkten die Waffen. Ein paar verschwanden in den Nachbarzimmern.

Einer der Soldaten, ein hünenhafter Mann, krempelte den linken Ärmel hoch. Er trug sieben Armbanduhren. Er brüllte etwas auf Russisch und deutete mit der Maschinenpistole auf die Uhren an seinem Arm. Carla konnte sich denken, was er wollte. Dann schnappte der Mann sich eine ältere Frau und zeigte auf ihren Ehering.

»Wollt ihr uns jetzt auch noch das bisschen nehmen, was die Nazis uns gelassen haben?«, sagte Hannelore.

Ja, genau das wollten sie. Der hünenhafte Soldat versuchte, der Frau den Ring vom Finger zu ziehen. Als sie erkannte, worauf er es abgesehen hatte, nahm sie den Ring freiwillig ab und reichte ihn dem Russen.

Der nahm den Ring, nickte und deutete mit der MP durch den Raum.

Hannelore trat vor. »Diese Leute sind Gefangene«, sagte sie auf Deutsch. »Sie sind Juden und die Familien von Juden, die von den Nazis verfolgt werden.«

Ob der Rotarmist sie verstand oder nicht, spielte letztlich keine Rolle; er ignorierte sie einfach und deutete hartnäckig auf die Uhren an seinem Arm.

Die wenigen Gefangenen, die noch Wertsachen besaßen, gaben sie ab.

Die Befreiung durch die Rote Armee würde wohl doch nicht das glückliche Ereignis sein, auf das viele Menschen gehofft hatten.

Aber es sollte noch schlimmer kommen.

Der hünenhafte Rotarmist deutete auf Rebecca.

Das Mädchen wich vor ihm zurück und versuchte, sich hinter Carla zu verstecken.

Ein zweiter Mann, kleiner und mit blondem Haar, packte Rebecca und zog sie weg. Das Mädchen schrie, worauf der kleine Mann grinste, als würde er ihre Angst genießen.

897

Carla überkam eine schreckliche Ahnung, die Augenblicke später zur furchtbaren Gewissheit wurde.

Der kleine Rotarmist hielt Rebecca fest, während sein hünenhafter Kamerad grob ihre Brüste begrapschte. Er sagte irgendetwas, und beide grölten vor Lachen.

Die anderen Gefangenen protestierten lautstark.

Der Hüne richtete seine Maschinenpistole auf sie. Carla schloss die Augen vor Angst, dass der Russe schießen würde. Binnen Sekunden könnte er in dieser Enge Dutzende töten oder verwunden.

Die Gefangenen erkannten die Gefahr und verstummten.

Die beiden Rotarmisten wichen zur Tür zurück und zerrten Rebecca mit. Das Mädchen schrie und wand sich, doch sie konnte nicht entkommen.

Als die Männer die Tür erreichten, trat Carla vor und rief: »Wartet!«

Irgendetwas in ihrer Stimme ließ die Russen innehalten.

»Sie ist zu jung«, sagte Carla. »Erst dreizehn!« Sie wusste nicht, ob die Russen sie verstanden; deshalb hob sie die Hände, zeigte zehn Finger und dann drei. »Dreizehn!«

Der hünenhafte Rotarmist schien sie zu verstehen. Er grinste und sagte auf Deutsch: »Frau ist Frau.«

Carla hörte sich sagen: »Ihr braucht eine richtige Frau.« Langsam trat sie vor. »Nehmt mich.« Sie versuchte, verführerisch zu lächeln. »Ich bin kein Kind mehr. Ich weiß, was ich tun muss.« Sie kam näher – nahe genug, um den Gestank eines Mannes zu riechen, der seit Monaten nicht mehr gebadet hatte. Sie versuchte, sich ihren Ekel nicht anmerken zu lassen, senkte die Stimme und sagte: »Ich weiß, was ein Mann will.« In einer eindeutigen Geste strich sie über ihre Brust. »Vergesst das Kind.«

Der Hüne schaute noch einmal auf Rebecca. Ihre Augen waren rot vom Weinen, und ihr lief die Nase, was sie zum Glück mehr wie ein Kind als wie eine Frau aussehen ließ.

Der Russe wandte sich wieder Carla zu.

»Oben steht ein Bett«, sagte sie. »Soll ich es euch zeigen?«

Wieder war sie nicht sicher, ob der Mann sie verstand, also ergriff sie seine Hand. Er folgte ihr die Stufen zum Erdgeschoss hinauf.

Der Blonde ließ Rebecca los und folgte den beiden.

Nun, da sie Erfolg gehabt hatte, bedauerte Carla ihre Kühnheit auch schon wieder. Sie wollte davonrennen; aber dann würden die Männer ihr wahrscheinlich in den Rücken schießen und sich Rebecca doch noch schnappen. Carla durfte nicht zulassen, dass das verzweifelte Mädchen, das erst am Tag zuvor seine Eltern verloren hatte, diesen Männern in die Hände fiel. Eine Vergewaltigung würde ihren Verstand für immer zerstören.

Ich werde nicht daran zerbrechen, schwor sie sich. Ich kann das überleben. Wenn alles vorbei ist, werde ich wieder ich selbst sein.

Sie führte die Russen ins EKG-Zimmer. Ihr war kalt, als wäre ihr Herz zu Eis gefroren, und ihre Gedanken wurden träge und schwer wie Blei. Neben dem Bett stand eine Dose Schmiere, mit der die Ärzte die Leitfähigkeit der Elektroden verbesserten. Carla zog ihren Schlüpfer aus, nahm sich eine Handvoll Schmiere und schob sie sich in die Vagina. Vielleicht würde sie das vor Blutungen bewahren.

Sie musste weiter schauspielern. Sie drehte sich wieder zu den Soldaten um. Zu ihrem Entsetzen waren inzwischen drei weitere Männer ins Zimmer gekommen. Carla versuchte zu lächeln, doch es gelang ihr nicht.

Sie legte sich auf den Rücken und spreizte die Beine.

Der hünenhafte Soldat kniete sich zwischen ihre Knie, riss ihr grob die Uniformbluse auf und entblößte ihre Brüste. Carla sah, wie er an sich herumspielte, um eine Erektion zu bekommen. Dann legte er sich auf sie und drang in sie ein.

Carla schloss die Augen. Du bist eine andere, sagte sie sich. Du bist nicht die Frau, mit der Werner geschlafen hat. Du bist eine andere.

Sie drehte das Gesicht zur Seite, doch der Russe packte sie am Kinn, drehte ihren Kopf wieder zurück und zwang sie, ihn anzuschauen, während er keuchend in sie hineinstieß. Carla schloss die Augen. Sie spürte, wie der Mann sie küsste und versuchte, ihr die Zunge in den Mund zu stecken. Sein Atem roch faulig. Als Carla den Mund zukniff, schlug er sie ins Gesicht. Carla schrie auf und öffnete ihre wunden Lippen für ihn. Sie versuchte sich vorzustellen, wie viel schlimmer das alles für eine Dreizehnjährige gewesen wäre, doch es gelang ihr nicht.

Der Hüne grunzte und ergoss sich in sie. Carla lag ganz still und versuchte, sich ihren Ekel nicht anmerken zu lassen.

Nachdem der Mann sich befriedigt hatte, stieg er von ihr herunter, und der Blonde trat an seine Stelle. Er küsste Carla nicht; stattdessen saugte er an ihren Brüsten und biss sie in die Brustwarzen. Als sie vor Schmerzen schrie, biss er noch härter zu.

Das bist nicht du, dachte Carla. Das bist nicht du, bist nicht du …

Sie verlor jedes Zeitgefühl.

Irgendwann war auch der Blonde befriedigt.

Dann stieg der Nächste auf sie.

Carla wurde sich bewusst, dass sie nicht baden oder duschen konnte, wenn das hier vorbei war. Es gab kein fließendes Wasser mehr in Berlin. Die Körperflüssigkeiten dieser Männer würden in ihr sein, ihr Sperma, ihr Speichel, und sie, Carla, würde sich nicht säubern können. Aus irgendeinem Grund war dieser Gedanke schlimmer als alles andere.

Carla begann leise zu weinen.

Als der dritte Soldat befriedigt war, legte sich der vierte auf sie.

KAPITEL 20

1945 (II)

Adolf Hitler beging am Montag, dem 30. April 1945, in seinem Berliner Bunker Selbstmord. Genau eine Woche später, um zwanzig Minuten nach acht Uhr abends, verkündete in London das Informationsministerium die bedingungslose deutsche Kapitulation. Der darauffolgende Tag, Dienstag, der 8. Mai, wurde zum Feiertag erklärt.

Daisy saß in ihrer Wohnung auf der Piccadilly am Fenster und schaute den Feierlichkeiten zu. Auf den Straßen drängten sich die jubelnden Menschen; für Busse und Autos gab es kaum ein Durchkommen. Junge Mädchen küssten jeden Mann in Uniform, und Tausende glücklicher Soldaten ließen sich keine Gelegenheit entgehen. Am frühen Nachmittag waren zahllose Menschen betrunken. Durch das offene Fenster hörte Daisy Gesang aus der Ferne. Vermutlich stimmte die Menge vor dem Buckingham Palace *Land of Hope and Glory* an.

Daisy teilte die Freude der Menschen, aber der einzige Soldat, den sie küssen wollte, war Lloyd, und der befand sich irgendwo in Frankreich oder Deutschland. Sie betete, dass er nicht in den letzten Stunden des Krieges gefallen war.

Lloyds Schwester Millie kam mit ihren beiden Kindern. Millies Mann, Abe Avery, gehörte ebenfalls der Army an und steckte weiß Gott wo. Millie war mit den Kindern ins Westend gekommen, um an den Feierlichkeiten teilzunehmen, und in Daisys Wohnung legten sie eine Pause ein.

Das Haus der Leckwiths in Aldgate war lange Zeit eine Zuflucht für Daisy gewesen, und sie war froh, sich revanchieren zu können. Den Tee für Millie setzte sie selbst auf – ihr Personal war feiern gegangen – und schenkte den Kindern Orangensaft ein. Lennie war jetzt fünf, Pammie drei.

Seit Abe eingezogen worden war, hatte Millie seinen Ledergroßhandel geführt. Seine Schwester, Naomi Avery, kümmerte sich um die Buchhaltung, aber Millie leitete den Vertrieb. »Jetzt ändert sich alles wieder«, sagte sie. »In den letzten fünf Jahren gab es große Nachfrage für zähes Leder, aus dem man Stiefelsohlen und solche Dinge machen konnte. Jetzt werden wieder weichere Ledersorten gebraucht, Kalbs- und Schweinsleder für Handtaschen und Aktenmappen. Wenn der Markt für Luxusgüter wieder auflebt, können wir endlich richtiges Geld verdienen.«

Daisy erinnerte sich, dass ihr Vater ähnlich dachte wie Millie. Auch er blickte stets in die Zukunft und hielt nach Möglichkeiten Ausschau.

Als Nächste traf Eva Murray ein, vier Kinder im Schlepptau. Der achtjährige Jamie organisierte ein Versteckspiel, und die Wohnung wurde zum Kinderhort. Evas Mann Jimmy war mittlerweile Colonel und befand sich irgendwo in Frankreich oder Deutschland, sodass Eva sich die gleichen Sorgen machte wie Daisy und Millie.

»Wir werden bald von unseren Männern hören«, sagte Millie zuversichtlich. »Und dann ist der Krieg wirklich vorbei.«

Auch Eva wartete verzweifelt auf Nachrichten von ihrer Familie in Berlin, doch sie sagte sich, dass im Nachkriegschaos Wochen, sogar Monate verstreichen konnten, ehe jemand das Schicksal einzelner Deutscher erfuhr. »Ich möchte wissen, ob meine Kinder jemals meine Eltern kennenlernen werden«, meinte sie traurig.

Um fünf Uhr machte Daisy Martinis für alle. Millie ging in die Küche und bereitete mit dem für sie typischen Elan eine Servierplatte mit Sardinen auf Toast, die sie zu den Drinks reichte. Ethel und Bernie trafen ein, als Daisy gerade die zweite Runde Martinis verteilte.

Bernie erzählte ihr, Lennie könne bereits lesen und Pammie die Nationalhymne singen. »Typisch Opa«, bemerkte Ethel dazu. »Er glaubt, nie zuvor hätte es so kluge Kinder gegeben.« Doch Daisy spürte, dass Ethel genauso stolz auf die beiden war.

Als sie den zweiten Martini zur Hälfte getrunken hatte, fühlte sie sich entspannt und ließ den Blick über die ungleiche Gruppe schweifen, die sich in ihrer Wohnung versammelt hatte. Sie alle waren ohne Einladung zu ihr gekommen, weil sie wussten, dass sie willkommen waren. Sie gehörten zu ihr, und sie gehörte zu ihnen. Sie waren ihre Familie.

Daisy war glücklich.

Woody Dewar saß im Vorzimmer von Leo Shapiros Büro und blätterte einen Packen Fotos durch. Es waren die Bilder, die er in Pearl Harbor in der Stunde vor Joannes Tod aufgenommen hatte. Der Film war monatelang in seiner Kamera geblieben, aber am Ende hatte er ihn doch entwickelt und Abzüge gemacht. Er hatte sich die Bilder lange Zeit nicht anschauen können; sie hatten ihn mit so tiefer Trauer erfüllt, dass er sie schließlich in seinem Zimmer in Washington in eine Schublade gelegt hatte.

Er hatte diese Schublade lange Zeit nicht geöffnet, doch nun wurde es Zeit für Veränderungen. Deshalb hatte er die Fotos herausgenommen und mit hierhergebracht.

Vergessen könnte er Joanne niemals, aber er hatte sich endlich wieder verliebt. Er betete Bella an, und sie erwiderte seine Gefühle. Als sie sich am Bahnhof in Oakland unweit von San Francisco getrennt hatten, hatte er ihr seine Liebe gestanden, und Bella hatte erwidert: »Ich liebe dich auch.«

Er würde sie bitten, ihn zu heiraten. Er hätte es bereits getan, doch es erschien ihm ein wenig früh – es waren kaum drei Monate vergangen –, und er wollte Bellas feindseligen Eltern keinen Vorwand liefern, Einwände zu erheben.

Außerdem musste er eine Entscheidung treffen, was seine Zukunft anging.

Er wollte nicht in die Politik.

Für seine Eltern würde es ein Schock sein, wenn sie es erfuhren; das wusste Woody. Sie hatten stets angenommen, er würde in Gus' Fußstapfen treten und irgendwann der dritte Senator Dewar werden. Woody hatte nie Gegenteiliges verlauten lassen, doch während des Krieges und besonders im Lazarett hatte er sich gefragt, was er *wirklich* wollte, falls er überlebte, und die Antwort hatte er nicht in der Politik gefunden.

Jetzt war ein guter Zeitpunkt, den Wechsel zu vollziehen. Sein Vater hatte sein Lebensziel erreicht: Der Senat hatte über die Vereinten Nationen beraten. Beinahe wäre alles an einem ähnlichen Punkt gescheitert, an dem damals der alte Völkerbund zerbrochen war – eine schmerzvolle Erinnerung für Gus Dewar. Diesmal aber hatte Senator Vandenberg sich leidenschaftlich für die UN eingesetzt und vom »kühnsten Traum der Menschheit« gesprochen, und die UN-Charta war mit neunundachtzig zu zwei Stimmen ratifiziert worden. Die Arbeit war getan. Wenn Woody seinem Leben jetzt eine neue Richtung gab, würde das nicht bedeuten, dass er seinen Vater im Stich ließ.

Er hoffte nur, dass Gus es genauso sah.

Shapiro öffnete seine Bürotür und winkte. Woody stand auf und ging hinein.

Shapiro war jünger, als Woody erwartet hatte, Mitte dreißig. Er leitete die Washingtoner Niederlassung der National Press Agency.

»Was kann ich für Senator Dewars Sohn tun?«, fragte er, als er sich an seinen Schreibtisch setzte.

»Ich würde Ihnen gern ein paar Fotos zeigen.«

»Ja, sicher. Lassen Sie sehen.«

Woody breitete seine Bilder auf Shapiros Schreibtisch aus.

»Ist das Pearl Harbor?«, fragte Shapiro.

»Ja. Am 7. Dezember 1941.«

»Mein Gott.«

Woody bekam feuchte Augen, als er auf die Bilder schaute, obwohl sie für ihn auf dem Kopf standen. Da war Joanne; sie sah wunderschön aus. Und Chuck grinste fröhlich, weil er mit seiner Familie und Eddie zusammen war. Dann kamen die Flugzeuge. Bomben und Torpedos lösten sich von ihren Bäuchen. Schwarze Explosionswolken wallten von den Schiffen auf. Seeleute kletterten in Panik über die Bordwände, stürzten ins Meer, schwammen um ihr Leben.

»Das ist Ihr Vater«, sagte Shapiro. »Und Ihre Mutter. Ich erkenne sie.«

»Ja. Und meine Verlobte, die ein paar Minuten später ums Leben kam. Und mein Bruder Chuck, der am Strand von Bougainville gefallen ist. Und Eddie, Chucks bester Freund.«

»Das sind ganz ausgezeichnete Fotografien! Wie viel wollen Sie dafür?«

904

»Ich möchte kein Geld von Ihnen«, erwiderte Woody.
Shapiro blickte ihn erstaunt an.
»Ich möchte einen Job.«

Fünfzehn Tage nach dem VE Day, dem Tag, an dem der Sieg in Europa gefeiert worden war, setzte Winston Churchill eine Unterhauswahl an.

Die Familie Leckwith traf es völlig überraschend. Wie die meisten Briten waren Ethel und Bernie davon ausgegangen, dass Churchill warten würde, bis auch die Japaner kapituliert hatten. Der Labour-Chef Clement Attlee hatte eine Wahl im Oktober vorgeschlagen. Churchill erwischte sie alle auf dem falschen Fuß.

Major Lloyd Williams wurde aus der Army entlassen, um seine Kandidatur für Hoxton im Londoner Eastend annehmen zu können. Er war zuversichtlich, was die Zukunft betraf, wie sie von seiner Partei ausgemalt wurde. Der Faschismus war besiegt; nun konnten die Briten eine Gesellschaft aufbauen, die Freiheit mit Wohlfahrt vereinte. Die Labour Party hatte einen gut durchdachten Plan, mit dem die Katastrophen der letzten zwanzig Jahre vermieden werden sollten: eine allgemeine, umfassende Arbeitslosenversicherung, die den Familien helfen sollte, schlechte Zeiten zu überstehen, ökonomische Planung, um eine weitere Weltwirtschaftskrise zu verhindern, und eine Organisation der Vereinten Nationen zur Wahrung des Friedens.

»Du hast keine Chance, Lloyd«, sagte am Montag, dem 4. Juni, in der Küche des Aldgater Hauses sein Stiefvater zu ihm. Bernies Pessimismus war so ungewohnt, dass er umso überzeugender wirkte. »Sie werden die Torys wählen, weil Churchill den Krieg gewonnen hat«, fuhr er bedrückt fort. »Mit Lloyd George war es 1918 genau das Gleiche.«

Lloyd setzte zu einer Entgegnung an, doch Daisy kam ihm zuvor. »Der Krieg wurde nicht vom freien Markt und kapitalistischen Unternehmen gewonnen«, sagte sie indigniert. »Er wurde gewonnen, weil Menschen zusammengearbeitet und die Last geteilt haben. Jeder hat seinen Teil getan. Das ist Sozialismus!«

Lloyd liebte Daisy am meisten, wenn sie leidenschaftlich war, doch er äußerte sich behutsamer. »Wir haben bereits Fortschritte gemacht, die die alten Torys als bolschewistisch verdammt hätten: die staatliche Kontrolle über Eisenbahnlinien, Bergwerke und Schiffsraum zum Beispiel – alles Dinge, die Churchill eingeführt hat. Und Ernie Bevin war während des ganzen Krieges für die Wirtschaftsplanung zuständig.«

Bernie schüttelte wissend den Kopf – die Gebärde eines alten Mannes, die Lloyd ein wenig wütend machte. »Menschen stimmen mit dem Herzen ab, nicht mit dem Hirn«, sagte Bernie. »Sie werden ihre Dankbarkeit zeigen wollen.«

»Na, jedenfalls bringt es uns nicht weiter, hier herumzusitzen und mit dir zu argumentieren«, erwiderte Lloyd. »Da diskutiere ich lieber mit den Wählern.«

Er und Daisy fuhren mit dem Bus ein paar Haltestellen bis zum Black Lion, einer Kneipe in Shoreditch, wo eine Wahlveranstaltung des Labour-Ortsvereins Hoxton stattfand. Bei Wahlveranstaltungen war es entscheidend, sich nicht mit den Wählern zu streiten, so viel wusste Lloyd. Ihr eigentlicher Zweck bestand darin, nach möglichen Unterstützern Ausschau zu halten, damit die Parteimaschinerie am Wahltag dafür sorgen konnte, dass alle in ihr Wahllokal gingen. Überzeugte Labour-Anhänger wurden notiert, überzeugte Anhänger anderer Parteien von der Liste gestrichen. Nur jemand, der sich noch nicht entschieden hatte, war mehr als ein paar Sekunden wert: Diese Leute erhielten Gelegenheit, mit dem Kandidaten zu sprechen.

Lloyd bekam einige negative Reaktionen zu hören. »Ein Major, was?«, fragte eine Frau. »Mein Alf ist Corporal. Er sagt, wegen der Offiziere hätten wir fast den Krieg verloren.«

Auch Vetternwirtschaft wurde ihm vorgeworfen. »Sind Sie nicht der Sohn der Abgeordneten für Aldgate? Was soll das geben, eine Erbmonarchie?«

Lloyd rief sich den Rat seiner Mutter vor Augen: »Du wirst nie eine Stimme gewinnen, indem du den Wähler als Dummkopf bloßstellst. Sei freundlich und bescheiden und verliere nie die Beherrschung. Wenn ein Wähler feindselig und unhöflich ist, so danke ihm, dass er sich die Zeit genommen hat, und geh. Er fragt sich dann, ob er dich vielleicht falsch eingeschätzt hat.«

Wähler aus der Arbeiterschicht unterstützten vor allem die Labour Party. Viele sagten Lloyd, dass Attlee und Bevin während des Krieges gute Arbeit geleistet hätten. Die Wankelmütigen kamen meist aus der Mittelschicht. Wenn jemand anführte, Churchill habe den Krieg gewonnen, zitierte Lloyd die Bemerkung Attlees: »Es war keine Einmannregierung, und es war kein Einmannkrieg.«

Churchill hatte Attlee als einen »bescheidenen Menschen mit vielen Gründen für Bescheidenheit« verspottet. Attlees Humor war weniger derb und aus diesem Grund wirksamer; so hoffte Lloyd zumindest.

Einige Wähler erwähnten den amtierenden Abgeordneten für Hoxton, einen Liberalen, und sagten, sie würden für ihn stimmen, weil er ihnen geholfen habe, das eine oder andere Problem zu lösen. Abgeordnete wurden oft von Wählern angesprochen, wenn sie sich von den Behörden, ihrem Arbeitgeber oder einem Nachbarn benachteiligt fühlten. Diese Arbeit war zeitaufwendig, aber sie brachte Stimmen.

Insgesamt konnte Lloyd nicht sagen, in welche Richtung die öffentliche Meinung neigte.

Nur ein Wähler erwähnte Daisy. Der Mann kam kauend an Lloyds Tisch. »Mein Name ist Perkinson«, sagte er mit vollem Mund. »Ihre Verlobte war eine Faschistin.«

Lloyd vermutete, dass Perkinson die *Daily Mail* gelesen hatte, in der ein gehässiger Artikel mit der Überschrift DER SOZIALIST UND DIE VISCOUNTESS abgedruckt gewesen war.

Lloyd nickte. »Sie hat sich kurzzeitig vom Faschismus täuschen lassen, wie viele andere.«

»Wie kann ein Sozialist eine Faschistin heiraten?«

Lloyd blickte sich um, entdeckte Daisy und winkte sie her. »Mr. Perkinson fragt mich gerade, ob meine Verlobte eine ehemalige Faschistin ist.«

»Freut mich, Sie kennenzulernen, Mr. Perkinson.« Daisy schüttelte dem Mann die Hand. »Ich verstehe Ihre Besorgnis sehr gut. Mein erster Mann war in den Dreißigerjahren Faschist, und ich habe ihn unterstützt.«

Perkinson nickte. Vermutlich vertrat er die Ansicht, eine Frau solle die politischen Ansichten ihres Mannes übernehmen.

»Wie dumm wir waren«, fuhr Daisy fort. »Doch als der Krieg

kam, trat mein erster Mann in die RAF ein und kämpfte genauso tapfer wie alle anderen gegen die Nazis.«

»Tatsache?«

»Letztes Jahr hat er über Frankreich eine Typhoon geflogen. Als er mit den Bordwaffen einen deutschen Truppentransportzug angegriffen hat, wurde er abgeschossen. Er kam bei dem Absturz ums Leben. Deshalb bin ich Kriegerwitwe.«

Perkinson schluckte sein Essen herunter. »Das tut mir leid.«

Doch Daisy war noch nicht fertig. »Ich habe den ganzen Krieg über in London gewohnt. Während der Luftangriffe habe ich einen Krankenwagen gefahren.«

»Sehr tapfer von Ihnen«, murmelte Perkinson.

»Nun, Mr. Perkinson, ich hoffe, Sie sind der Meinung, dass mein verstorbener Mann und ich unsere Schuld bezahlt haben.«

»Das weiß ich nicht«, sagte Perkinson mürrisch.

»Jedenfalls danke ich Ihnen, dass Sie mir Ihre Ansichten dargelegt haben«, sagte Lloyd. »Guten Abend.«

Als Perkinson davonging, meinte Daisy: »Ich glaube nicht, dass wir ihn auf unsere Seite ziehen konnten.«

»Das schaffst du nie«, erwiderte Lloyd. »Aber jetzt kennt er beide Seiten der Geschichte. Vielleicht ist er heute Abend, wenn er im Pub über uns redet, nicht mehr ganz so überzeugt.«

»Hmm.«

Lloyd spürte, dass es ihm nicht gelungen war, Daisy zu beruhigen.

Die Veranstaltung endete früh, denn am Abend sollte die erste Wahlkampfsendung von der BBC im Radio übertragen werden, und alle Parteisoldaten wollten sie sich anhören. Churchill hatte das Privileg, diese erste Sendung zu bestreiten.

Auf der Heimfahrt im Bus sagte Daisy: »Ich mache mir Sorgen. Ich gefährde deine Wahl.«

»Kein Kandidat ist perfekt«, sagte Lloyd. »Es kommt darauf an, wie man mit seinen Schwächen umgeht.«

»Ich möchte nicht deine Schwäche sein. Vielleicht sollte ich nicht öffentlich auftreten.«

»Im Gegenteil. Ich möchte, dass jeder von Anfang an alles weiß, was es über dich zu wissen gibt. Wenn du eine Gefahr darstellst, ziehe ich mich aus der Politik zurück.«

»Nein, nein! Mir wäre der Gedange unerträglich, dass du wegen mir deine Ambitionen aufgegeben hättest.«

»So weit wird es nicht kommen«, sagte Lloyd, merkte jedoch, dass es ihm schon wieder nicht gelungen war, Daisys Bedenken zu beschwichtigen.

In der Nutley Street saß Familie Leckwith in der Küche am Radio. Daisy hielt Lloyds Hand. »Ich bin viel hierhergekommen, als du weg warst«, sagte sie. »Wir haben Swing gehört und von dir gesprochen.«

Ihre Worte erfüllten Lloyd mit Freude und Dankbarkeit.

Churchills Ansprache begann. Die vertraute ruhige, ein wenig schleppende Stimme war aufmunternd. Fünf schlimme Jahre lang hatte diese Stimme den Menschen Kraft, Hoffnung und Mut geschenkt. Lloyd überkam ein Anflug von Verzweiflung: Sogar er war in Versuchung, für diesen Mann zu stimmen.

»Meine Freunde«, sagte der Premierminister, »ich muss Ihnen sagen, dass eine sozialistische Politik mit den britischen Vorstellungen von Freiheit unvereinbar ist.«

Gut, das war der übliche Rundumschlag. Alle neuen Ideen wurden als fremd und eingeschleppt verunglimpft. Doch was hatte Churchill den Menschen zu bieten? Labour hatte einen Plan, aber was schlugen die Konservativen vor?

»Der Sozialismus ist untrennbar mit dem Totalitarismus verwoben«, sagte Churchill.

»Er wird doch jetzt wohl nicht so tun, als wären wir wie die Nazis«, sagte Ethel.

»Ich fürchte, genau das tut er«, entgegnete Bernie. »Er wird sagen, dass wir den äußeren Feind geschlagen haben und jetzt den Feind in unserer Mitte schlagen müssen. Die übliche konservative Taktik.«

»Das nehmen ihm die Leute niemals ab«, sagte Ethel.

»Pssst!«, machte Lloyd.

»Ein sozialistischer Staat, sobald er in seiner Gesamtheit errichtet ist«, erklärte Churchill, »könnte sich eine Opposition nicht mehr leisten.«

»Das ist lächerlich«, sagte Ethel.

»Aber ich will noch weiter gehen«, fuhr Churchill fort. »Ich versichere Ihnen, ich bin im tiefsten Herzen überzeugt, dass kein sozialistisches System ohne politische Polizei existieren könnte.«

»Eine politische Polizei?«, fragte Ethel indigniert. »Wo nimmt er das nur her?«

»Er findet in unserem Wahlprogramm keinen Kritikpunkt«, schimpfte Bernie. »Deshalb wirft er uns Dinge vor, die nie auf unserem Mist gewachsen sind. Verdammter Lügner.«

»Hört doch nur!«, rief Lloyd.

Churchill sagte: »Sie müssten auf eine Art Gestapo zurückgreifen.«

Alle sprangen auf und riefen wütend durcheinander – so laut, dass der Premierminister übertönt wurde. »Mistkerl!«, brüllte Bernie und schüttelte die Faust nach dem Marconi-Radiogerät. »Mistkerl! Mistkerl!«

Als sie sich beruhigt hatten, fragte Ethel: »Soll das ihr Wahlkampf sein? Bloß Lügen über uns zu verbreiten?«

»So ist es wohl«, sagte Bernie.

»Aber werden die Leute es glauben?«, fragte Lloyd.

Im südlichen New Mexico, nicht weit von El Paso, liegt ein Wüstental namens Jornada del Muerto, die »Reise des toten Mannes«. Den ganzen Tag knallt die gnadenlose Sonne auf Mesquitebäume mit nadelspitzen Dornen und Yuccas mit schwertklingenförmigen Blättern. Die Bewohner dieses Tales sind Skorpione und Klapperschlangen, Feuerameisen und Taranteln. Hier erprobten die Männer des Manhattan-Projekts die schrecklichste Waffe, die der Mensch je erfunden hatte.

Greg Peshkov beobachtete mit den Wissenschaftlern aus zehntausend Yards Entfernung. Natürlich hoffte er, dass die Bombe funktionierte, aber er hoffte genauso sehr, dass zehntausend Yards weit genug weg waren.

Der Countdown begann nach Mountain War Time um neun Minuten nach fünf Uhr morgens am Montag, dem 16. Juli 1945. Es war Morgendämmerung, und am Osthimmel waren schon goldene Streifen zu sehen.

Der Test trug den Codenamen »Trinity« – Dreifaltigkeit. Als

Greg nach dem Grund fragte, hatte der wissenschaftliche Leiter, der spitzohrige New Yorker Jude J. Robert Oppenheimer, ein Sonett von John Donne zitiert: »Zerschlage mein Herz, dreifaltiger Gott.«

»Oppie« war der intelligenteste Mensch, den Greg je kennengelernt hatte. Er war nicht nur der brillanteste Physiker seiner Generation, er sprach außerdem sechs Fremdsprachen und hatte *Das Kapital* von Karl Marx im deutschen Original gelesen. Als Freizeitvergnügen lernte er Sanskrit. Greg mochte und bewunderte ihn. Die meisten Physiker waren verschroben, aber Oppie bildete wie Greg selbst eine Ausnahme: Er war groß, sah gut aus, besaß Charme und war ein echter Frauenheld.

Mitten in der Wüste hatte Oppie von den Pionieren der Army einen hundert Meter hohen Turm aus Stahlstreben mit Betonfundament errichten lassen. An seiner Spitze befand sich eine Plattform aus Eichenholz. Am Samstag war die Bombe zu dieser Plattform hinaufgezogen worden.

Die Wissenschaftler benutzten allerdings nie das Wort »Bombe«. Sie nannten sie »The Gadget«, den Apparat. Im Herzen des »Apparats« befand sich eine Kugel aus Plutonium, einem Metall, das nicht natürlich vorkam, sondern als Nebenprodukt bei atomaren Reaktionen entstand. Die Kugel wog ungefähr fünf Kilo, und jemand hatte ausgerechnet, dass sie eine Milliarde Dollar wert war.

Zweiunddreißig Sprengladungen auf der Oberfläche der Kugel würden gleichzeitig explodieren und einen so starken nach innen gerichteten Druck erzeugen, dass das Plutonium sich verdichtete und eine kritische Masse bildete.

Niemand wusste wirklich, was dann geschehen würde.

Die Wissenschaftler wetteten auf die Wucht der Explosion, gemessen in Tonnen TNT-Äquivalent. Edward Teller hatte auf 45 000 Tonnen gesetzt, Oppie auf 300 Tonnen. Die offizielle Vorhersage lag bei 20 000 Tonnen. Am Abend zuvor hatte Enrico Fermi eine Nebenwette angeboten, ob die Explosion den gesamten Staat New Mexico auslöschen würde. General Groves fand das gar nicht komisch.

Doch die Wissenschaftler hatten eine ernsthafte Diskussion darüber geführt, ob die Explosion die Atmosphäre der Erde entzünden und damit die Welt vernichten würde. Sie waren zu dem

911

Schluss gekommen, dass dies nicht zu befürchten stand. Für den Fall, dass sie sich irrten, hoffte Greg, dass es schnell ging.

Ursprünglich war die Erprobung für den 4. Juli vorgesehen. Allerdings hatten verschiedene Bestandteile der Bombe, die einzeln erprobt worden waren, bei jedem Test versagt, und so war der große Tag mehrmals verschoben worden. Am Samstag hatte in Los Alamos eine Attrappe, »Chinesische Kopie« genannt, nicht gezündet. Der Physiker Norman Ramsey hatte auf null Tonnen Sprengkraft gesetzt; er rechnete damit, dass die Bombe sich als Blindgänger erwies.

Die heutige Zündung war auf zwei Uhr morgens angesetzt gewesen, aber ausgerechnet um diese Uhrzeit hatte es ein Gewitter gegeben – in der Wüste! Der Regen hätte den radioaktiven Fallout auf die Köpfe der beobachtenden Wissenschaftler gespült; deshalb war der Test erneut verschoben worden.

Bei Sonnenaufgang hatte es zu regnen aufgehört.

Greg war in einem Bunker mit der Bezeichnung S-10 000, dem Kontrollraum. Wie die meisten Wissenschaftler stand er draußen, um eine bessere Sicht zu haben. In seinem Herzen kämpften Angst und Hoffnung. Wenn die Bombe ein Blindgänger war, hatten sich Tausende von Menschen umsonst abgemüht – und etwa zwei Milliarden Dollar verschwendet. Und wenn die Bombe kein Blindgänger war, starben sie vielleicht alle innerhalb der nächsten Minuten.

Neben Greg stand Wilhelm Frunze, ein junger deutscher Wissenschaftler, den er in Chicago kennengelernt hatte. »Was wäre passiert, Will, wenn ein Blitz in die Bombe eingeschlagen hätte?«, fragte er.

Frunze zuckte mit den Schultern. »Das weiß niemand.«

Greg erschrak, als eine grüne Leuchtkugel in den Himmel stieg.

»Noch fünf Minuten«, sagte Frunze.

Die Abschirmung des historischen Tests war erschreckend planlos. Santa Fe, die nächste große Stadt in der Umgebung von Los Alamos, quoll über von gut gekleideten FBI-Agenten. Wie sie in ihren Tweedanzügen mit Krawatte nonchalant an der Wand lehnten, hoben sie sich aberwitzig von den Einheimischen ab, die Bluejeans und Cowboystiefel trugen.

Das FBI zapfte rechtswidrig die Telefone Hunderter von Menschen an, die mit dem Manhattan-Projekt zu tun hatten. Greg war bestürzt, als er davon erfuhr. Wie konnte die wichtigste Strafverfolgungsbehörde der USA systematisch Gesetzesverstöße begehen?

Dennoch, der Abschirmdienst der Army und das FBI hatten einige Agenten identifiziert und still und heimlich vom Projekt entfernt, darunter Barney McHugh. Aber hatten sie alle gefunden? Greg wusste es nicht. Groves war gezwungen, Risiken einzugehen. Hätte er jeden gefeuert, den das FBI gefeuert sehen wollte, wären nicht genügend Wissenschaftler übrig geblieben, um die Bombe zu bauen.

Leider waren die meisten von ihnen Radikale, Sozialisten und Liberale. Es gab kaum einen Konservativen unter ihnen. Sie alle vertraten die Überzeugung, dass wissenschaftliche Erkenntnisse der gesamten Menschheit gehörten und nicht im Dienst eines Regimes oder Landes verschwiegen werden dürften. Während die US-Regierung das gesamte Riesenprojekt strengster Geheimhaltung unterwarf, unterhielten die Wissenschaftler Diskussionsgruppen, in denen die Verbreitung der Nukleartechnologie auf alle Nationen der Welt debattiert wurde. Oppie selbst war suspekt: Er gehörte der kommunistischen Partei nur deshalb nicht an, weil er grundsätzlich keinem Verein beitrat.

Im Moment lag Oppie neben seinem jüngeren Bruder Frank, ebenfalls ein herausragender Physiker und ebenfalls Kommunist, auf dem Boden. Beide hielten sich geschwärzte Glasscheiben vor die Augen, durch die sie die Explosion beobachten wollten. Greg und Frunze hatten ähnliche Schutzgläser. Einige Wissenschaftler trugen Sonnenbrillen.

Wieder stieg eine Leuchtkugel auf. »Noch eine Minute«, sagte Frunze.

Greg hörte, wie Oppie sagte: »Herr, diese Dinge liegen schwer auf dem Herzen.« Er fragte sich, ob es Oppenheimers letzte Worte sein würden.

Greg und Frunze lagen nicht weit von Oppie und Frank auf dem Sandboden. Alle hielten sich ihre Schutzbrillen aus geschwärztem Glas vor die Augen und blickten zum Testgelände.

Im Angesicht des Todes dachte Greg an seine Mutter, seinen Vater und seine Schwester Daisy in London. Wie sehr würden sie ihn vermissen? Er dachte mit leisem Bedauern an Margaret Cowdry, die ihn wegen eines Kerls geschasst hatte, der bereit gewesen war, sie zu heiraten. Vor allem aber dachte er an Jacky Jakes und Georgy, der jetzt neun war. Greg wollte den Jungen unbedingt aufwachsen sehen. Ihm war klar, dass er vor allem wegen seines Sohnes am Leben bleiben wollte. Still und leise hatte der Junge sich in seine Seele geschlichen und seine Liebe gestohlen. Die Stärke seiner Empfindung überraschte Greg.

Ein Gong erklang, ein merkwürdig unpassender Laut in der Wüstenlandschaft.

»Zehn Sekunden.«

Greg hatte das Verlangen, aufzustehen und davonzurennen. So albern es war – wie weit käme er in zehn Sekunden –, er musste sich zwingen, ruhig liegen zu bleiben.

Die Bombe detonierte um fünf Uhr neunundzwanzig Minuten und fünfundvierzig Sekunden.

Zuerst gab es einen gewaltigen, gleißenden Blitz, heller als die Sonne. Es war das strahlendste Licht, das Greg je gesehen hatte.

Dann schien eine eigenartige Kuppel aus Feuer vom Boden aufzusteigen. Mit beängstigender Geschwindigkeit wuchs sie zu monströser Größe an. Sie erreichte die Höhe der Berge und stieg weiter; nach kurzer Zeit wirkten die Gipfel neben ihr winzig klein.

»Mein Gott …«, wisperte Greg.

Die Kuppel verwandelte sich in ein Quadrat. Das Licht war noch immer heller als die Mittagssonne, und die fernen Berge wurden so grell beleuchtet, dass Greg jede Faltung, jede Spalte und jeden Fels erkennen konnte.

Dann veränderte die Form sich erneut. Eine Säule entstand unter dem Quadrat; sie schien sich meilenweit in den Himmel zu recken wie die Faust Gottes. Die Wolke aus kochendem Feuer über der Säule breitete sich zu einem Dach aus wie ein Regenschirm, bis das Ganze wie ein sieben Meilen hoher Pilz aussah. Die Wolke war farbig – höllisches Orange mischte sich mit Grün und Purpurrot.

Dann wurde Greg von einer Hitzewelle getroffen. Es war ein Gluthauch, als hätte der Allmächtige einen gigantischen Brennofen geöffnet. Im gleichen Moment erreichte der Explosionsknall seine Ohren; es klang wie das Fanal des Weltuntergangs. Aber das war nur der Anfang. Ein übernatürlich lauter Donner rollte über die Wüste hinweg und löschte jeden anderen Laut aus.

Die lodernde Wolke verblasste allmählich, aber der Donner

hielt an, drohend, gespenstisch und dauerhaft, bis Greg sich fragte, ob es das Geräusch sei, mit dem die Welt endete.

Endlich flaute das Grollen ab, und die Pilzwolke verwehte.

Greg hörte, wie Frank Oppenheimer sagte: »Es hat funktioniert.«

Oppie antwortete: »Ja, es hat funktioniert.«

Die Brüder schüttelten einander die Hand.

Und die Welt existiert noch, dachte Greg.

Aber sie würde nie mehr so sein, wie sie war.

Am Morgen des 26. Juli gingen Lloyd Williams und Daisy Fitzherbert zur Hoxton Town Hall, um die Stimmauszählung zu beobachten.

Wenn Lloyd die Wahl verlor, würde Daisy die Verlobung lösen.

Er bestritt energisch, dass sie politisch eine Belastung für ihn sei, doch sie wusste es besser. Lloyds politische Feinde nannten sie betont stets »Lady Aberowen«. Wähler reagierten auf ihren amerikanischen Akzent mit indignierten Blicken, als hätte sie kein Recht, sich in die britische Politik einzumischen. Selbst Mitglieder der Labour Party behandelten sie anders und fragten, ob sie lieber Kaffee hätte, wenn alle Tee tranken.

Wie Lloyd vorhergesagt hatte, konnte Daisy die anfängliche Feindseligkeit häufig dadurch überwinden, indem sie ungezwungen und charmant war und den anderen Frauen beim Abwasch half. Aber reichte das? Das Wahlergebnis würde die einzige eindeutige Antwort geben.

Daisy würde ihn nicht heiraten, wenn es bedeutete, dass er sein Lebenswerk aufgeben müsste. Lloyd sagte zwar, er sei dazu bereit, aber das war eine hoffnungslose Grundlage für eine Ehe. Daisy schauderte bei der Vorstellung, dass Lloyd einer anderen Arbeit nachging, in einer Bank etwa oder im öffentlichen Dienst, und wie er elend und unglücklich war und so zu tun versuchte, als würde sie keine Schuld daran tragen. Sie ertrug diesen Gedanken nicht.

Leider glaubte alle Welt, die Konservativen würden die Wahl gewinnen.

Im Wahlkampf hatten sich einige Dinge ganz nach dem

Wunsch der Labour Party entwickelt. Churchills »Gestapo«-Rede war nach hinten losgegangen. Sogar Konservative waren entsetzt darüber gewesen. Clement Attlee, der am folgenden Abend für Labour im Radio sprach, hatte sich kühler Ironie bedient. »Als ich gestern Abend die Rede des Premierministers hörte, in der er die Politik der Labour Party so unfassbar verzerrt dargestellt hat, wusste ich sofort, welches Ziel er verfolgt. Er wollte den Wählern zeigen, welch gewaltiger Unterschied besteht zwischen Winston Churchill, dem großen Regierungschef einer im Krieg vereinten Nation, und Mr. Churchill, dem Vorsitzenden der Konservativen Partei. Er befürchtet, dass jene, die seine Führerschaft im Krieg akzeptiert hatten, ihm aus Dankbarkeit die Treue halten könnten. Ich danke ihm sehr, dass er sie so gründlich ihrer Illusionen beraubt hat.« Attlees Geringschätzung ließ Churchill wie einen Volksverhetzer erscheinen. Die Menschen mussten von blindwütigem Fanatismus die Nase voll haben, dachte Daisy; in Friedenszeiten zogen sie zweifellos Mäßigung und gesunden Menschenverstand vor.

Eine Gallup-Meinungsumfrage, die am Tag vor der Wahl gemacht wurde, sagte einen Sieg für Labour voraus, doch niemand glaubte ihr. George Gallup, ein Amerikaner, hatte schon bei der letzten Präsidentschaftswahl eine falsche Prognose abgegeben. Die Vorstellung, man könne ein Wahlergebnis vorhersagen, indem man eine kleine Anzahl Wähler befragte, erschien ohnehin sehr unwahrscheinlich. Der *News Chronicle*, der die Hochrechnung veröffentlichte, prophezeite ein Unentschieden.

Sämtliche anderen Zeitungen schrieben, die Konservativen würden den Sieg davontragen.

Daisy hatte nie zuvor Interesse an den Mechanismen der Demokratie gezeigt, doch ihr Schicksal stand auf dem Spiel, und sie beobachtete gebannt, wie die Stimmzettel aus den Urnen genommen wurden, wie man sie sortierte, auszählte, bündelte und erneut auszählte. Als Wahlleiter fungierte der Stadtschreiber von Hoxton. Beobachter sämtlicher angetretenen Parteien überwachten die Vorgänge und stellten sicher, dass keine Fehler oder Manipulationen begangen wurden. Der Prozess dauerte lange, und Daisy fühlte sich regelrecht auf die Folter gespannt.

Um halb elf hörten sie das erste Ergebnis aus einem anderen Wahlkreis. Harold Macmillan, ein Protegé Churchills und wäh-

916

rend des Krieges Kabinettsminister, hatte Stockton-on-Tees an Labour verloren. Fünfzehn Minuten später traf die Nachricht ein, dass in Birmingham Labour mit einem Erdrutschsieg gewonnen habe. Da im Saal keine Radios erlaubt wurden, waren Daisy und Lloyd auf Gerüchte angewiesen, die von außen durchsickerten, und Daisy war sich nicht sicher, was sie glauben sollte.

Gegen Mittag rief der Wahlleiter die Kandidaten und ihre Beauftragten in eine Ecke des Raumes und teilte ihnen das Ergebnis mit, ehe es öffentlich verkündet wurde. Daisy wollte Lloyd begleiten, doch es wurde ihr nicht gestattet.

Der Mann sprach leise zu ihnen. Außer Lloyd und dem amtierenden Abgeordneten waren ein Konservativer und ein Kommunist angetreten. Daisy forschte in den Gesichtern der Männer, konnte ihren Mienen aber nicht entnehmen, wer gewonnen hatte. Dann stiegen alle auf die Plattform, und im Saal breitete sich Schweigen aus. Daisy war übel vor Aufregung.

»Ich, Michael Charles Davies, als ordnungsgemäß ernannter Wahlleiter für den Wahlkreis Hoxton ...«

Daisy stand bei den Wahlbeobachtern der Labour Party und konnte die Augen nicht von Lloyd nehmen. Würde sie ihn verlieren? Der Gedanke presste ihr das Herz zusammen und raubte ihr vor Angst den Atem. In ihrem Leben hatte sie sich schon zweimal für einen Mann entschieden, der auf katastrophale Weise der Falsche gewesen war. Charlie Farquharson – nett, aber schwach – war das Gegenteil ihres Vaters gewesen. Boy Fitzherbert – stur und selbstsüchtig – hatte ihrem Vater sehr geähnelt. Nun endlich hatte sie Lloyd gefunden, der stark und freundlich war. Sie hatte ihn nicht wegen seiner gesellschaftlichen Stellung ausgesucht oder wegen dem, was er für sie tun konnte, sondern einfach, weil er ein außergewöhnlich guter Mann war. Er war sanft, er war intelligent, er war vertrauenswürdig – und er betete sie an. Sie hatte viel zu lange gebraucht, um zu begreifen, dass sie nach niemand anderem gesucht hatte als nach ihm. Wie dumm sie gewesen war!

Der Wahlleiter las die Stimmenzahl für jeden Kandidaten vor. Sie waren alphabetisch aufgelistet, und Williams kam als Letzter. Daisy war so aufgeregt, dass sie die Zahlen nicht im Kopf behalten konnte. »Reginald Sidney Blenkinson – fünftausendvierhundertsiebenundzwanzig ...«

Als Lloyds Stimmenzahl vorgelesen wurde, brachen die Labour-Mitglieder rings um Daisy in Jubel aus. Sie brauchte einen Augenblick, bis ihr klar wurde, dass dieser Jubel nur Lloyds Sieg bedeuten konnte. Dann schlug seine ernste Miene in ein breites Grinsen um. Daisy applaudierte und jubelte lauter als alle anderen. Lloyd hatte gewonnen! Sie musste ihn nicht verlassen! Es kam ihr vor, als wäre ihr gerade das Leben neu geschenkt worden.

»Aus diesem Grund erkläre ich Lloyd Williams zum ordnungsgemäß gewählten Parlamentsabgeordneten für Hoxton.«

Damit gehörte Lloyd dem Unterhaus an. Daisy beobachtete stolz, wie er vortrat und eine kurze Rede hielt, mit der er die Wahl annahm. Für solche Reden gab es Formeln; das wurde ihr rasch klar, als er sich umständlich beim Wahlleiter und dessen Leuten bedankte, um anschließend seinen unterlegenen Gegnern für den fairen Wahlkampf zu danken.

Daisy konnte es kaum erwarten; sie wollte ihn in die Arme schließen. Lloyd beendete seine Ansprache mit ein paar Sätzen über die vor ihm liegenden Aufgaben, den Wiederaufbau des vom Kriege gezeichneten Großbritannien und den Kampf für eine gerechtere Gesellschaft.

Begleitet von noch stärkerem Applaus, trat Lloyd vom Rednerpult zurück und stieg von der Bühne. Er ging direkt zu Daisy, nahm sie in die Arme und küsste sie.

»Gut gemacht, Liebling«, sagte sie; dann versagte ihr die Stimme.

Nach einer Weile verließen sie den Saal und fuhren mit dem Bus zur Labour-Parteizentrale in Transport House. Dort erfuhren sie, dass Labour bereits 106 Sitze errungen hatte.

Es war ein Erdrutsch.

Sämtliche Experten hatten sich geirrt, und jedermanns Erwartungen wurden über den Haufen geworfen. Als die Ergebnisse feststanden, hatte Labour 393 Sitze, die Konservativen 210. Die Liberalen hielten zwölf, die Kommunisten einen – Stepney. Labour hatte eine überwältigende Mehrheit errungen.

Um sieben Uhr abends begab sich Winston Churchill, der Großbritannien durch den Krieg geführt hatte, zum Buckingham Palace und trat als Premierminister zurück.

Daisy dachte an eine von Churchills Sticheleien gegen Attlee:

»Ein leeres Auto fuhr vor, und Clem stieg aus.« Der Mann, der von Churchill als bedeutungslos erklärt worden war, hatte ihn niedergerungen.

Um halb acht fuhr Clement Attlee im eigenen Wagen am Palast vor – hinter dem Lenkrad saß seine Frau Violet –, und König George VI. bat ihn, sein Premierminister zu werden.

Im Haus auf der Nutley Street wandte sich Lloyd, nachdem sie die Radionachrichten gehört hatten, Daisy zu und fragte: »Das wär's dann also. Können wir jetzt heiraten?«

»Ja«, sagte Daisy. »So bald du möchtest.«

Wolodjas und Zojas Hochzeitsempfang fand in einem der kleineren Festsäle im Kreml statt.

Der Krieg mit Deutschland war zu Ende, doch die Sowjetunion litt noch immer unter den Folgen, und eine größere Feier hätte man dem jungen Paar übel genommen. Zoja trug ein neues Kleid, Wolodja nur seine alte Uniform. Doch es gab reichlich zu essen, und der Wodka floss in Strömen.

Wolodjas Neffe und Nichte, die Zwillinge seiner Schwester Anja und ihres widerlichen Ehemannes Ilja Dworkin, waren ebenfalls erschienen. Sie waren noch nicht ganz sechs Jahre alt. Dimka, der dunkelhaarige Junge, saß ruhig in der Ecke und blätterte in einem Bilderbuch, während die blauäugige Tanja zum Unwillen der Gäste durch den Saal tollte und gegen Tische und Stühle stieß.

Zoja sah in ihrem rosafarbenen Kleid so verführerisch aus, dass Wolodja sie am liebsten sofort ins Bett gezerrt hätte. Aber das stand natürlich außer Frage. Zum Freundeskreis seines Vaters zählten die höchsten Militärs und Politiker des Landes; viele von ihnen waren gekommen, um dem Brautpaar Glück zu wünschen. Grigori hatte zudem angedeutet, dass später vielleicht noch ein ganz besonders illustrer Gast erschien. Wolodja hoffte nur, dass es sich nicht um Lawrenti Berija handelte, den grausamen Chef des NKWD.

Sein privates Glück ließ Wolodja nicht völlig die Schrecken vergessen, die er gesehen hatte, und auch nicht die tiefgehenden Vorbehalte, die er gegen den Sowjetkommunismus entwickelt hatte. Die unaussprechliche Brutalität der Geheimpolizei, Stalins katastrophale Fehler, die Millionen das Leben gekostet hatten, und die Hetzpropaganda, mit der die Rotarmisten ermutigt worden waren, sich in Deutschland wie Tiere zu benehmen – dies alles hatte Zweifel an den politischen Grundsätzen geweckt, die man Wolodja gelehrt hatte. Besorgt fragte er sich, in was für einem Land Dimka und Tanja wohl aufwachsen würden. Doch heute war nicht der Tag, um sich über solche Dinge den Kopf zu zerbrechen.

Die sowjetische Elite war bester Laune. Sie hatten den Krieg gewonnen und das Dritte Reich besiegt, und die USA waren auf dem besten Weg, Japan zu zerschmettern, den alten Feind der Russen. Der verrückte Ehrenkodex der japanischen Führung hatte eine Kapitulation bislang unmöglich gemacht, doch jetzt war es nur noch eine Frage der Zeit. Bis dahin aber würden noch viele amerikanische und japanische Soldaten sterben, weil die Japaner sich erbittert an ihren falschen Stolz klammerten, und viele japanische Frauen und Kinder würden ihr Heim im Bombenhagel verlieren, ohne dass es irgendetwas am Sieg der Amerikaner ändern konnte. Es war bitter, dass die USA nichts tun konnten, um dieses unnötige Leid zu vermeiden.

Betrunken und glücklich hielt Wolodjas Vater eine Rede. »Die Rote Armee hat Polen besetzt«, erklärte er. »Dieses Land wird nie mehr als Sprungbrett für die Deutschen dienen, um in Russland einzufallen.«

Die alten Genossen jubelten und schlugen auf die Tische.

»In Westeuropa werden die kommunistischen Parteien von den Massen gefeiert wie nie zuvor«, fuhr Grigori fort. »Aus den Kommunalwahlen in Paris letzten März sind die Kommunisten als stärkste Partei hervorgegangen. Ich gratulierte den französischen Genossen!«

Wieder brandete Jubel auf.

»Wenn ich mir die Welt heute anschaue, dann sehe ich, dass die Russische Revolution, für die so viele tapfere Männer gekämpft haben und gestorben sind ...« Grigoris Stimme verklang, als ihm Tränen der Trunkenheit in die Augen stiegen. Stille breitete sich aus. Dann fing Grigori sich wieder. »Dann sehe ich«, nahm er den Faden wieder auf, »dass die Revolution noch nie so sicher war wie heute.«

Die Genossen hoben die Gläser. »Auf die Revolution! Die Revolution!«

Alle tranken.

Plötzlich flogen die Türen auf, und Stalin kam in den Saal.

Alle erhoben sich.

Stalins Haar war grau, und er sah müde aus. Er war sechsundfünfzig Jahre alt und ein kranker Mann. Es gab Gerüchte, dass er mehrere leichte Schlaganfälle und einen leichten Herzinfarkt hinter sich hatte. Doch er war bester Laune.

»Ich bin gekommen, um die Braut zu küssen!«, verkündete er, trat auf Zoja zu und legte ihr die Hände auf die Schultern. Zoja war ein paar Zentimeter größer als er, aber sie bückte sich diskret. Stalin küsste sie auf beide Wangen und ließ seinen schnauzbärtigen Mund gerade lange genug verweilen, dass Wolodja sich darüber ärgerte. Dann löste er sich von ihr und sagte: »Kann ich jetzt etwas zu trinken bekommen?«

Mehrere Gäste eilten los, um ihm ein Glas Wodka zu besorgen, und Grigori bestand darauf, Stalin seinen Ehrenplatz am Kopf des Tisches zu überlassen. Die Gespräche wurden wieder aufgenommen, wenn auch gedämpft. So aufgeregt die Gäste auch waren, dass Stalin gekommen war – von nun an mussten sie auf jede Silbe achten. Dieser Mann konnte einen Menschen mit einem Fingerschnippen töten lassen, und das hatte er auch oft genug getan.

Mehr Wodka wurde gebracht; die Kapelle spielte russische Volkstänze, und allmählich entspannten sich die Hochzeitsgäste wieder. Wolodja, Zoja, Grigori und Katherina tanzten einen traditionellen Gruppentanz. Dann kamen andere Paare aufs Parkett, und die Männer versuchten, Kasatschok zu tanzen, was bei vielen dazu führte, dass sie zur allgemeinen Erheiterung auf dem Hintern landeten.

Aus dem Augenwinkel schaute Wolodja immer wieder zu Stalin – wie jeder andere im Saal. Der Genosse Generalsekretär schien sich zu amüsieren und schlug im Takt der Balalaikas mit dem Glas auf den Tisch. Zoja und Katherina tanzten eine Troika mit Zojas Chef Wassili, einem Physiker, der an der Superbombe baute, während Wolodja eine Tanzpause einlegte.

Plötzlich schlug die Stimmung um.

Ein Sekretär in Zivil kam in den Saal, lief um die Tische herum und ging direkt zu Stalin. Er beugte sich über dessen Schulter und flüsterte ihm drängend etwas zu.

Stalin schaute zuerst verwirrt drein und stellte eine scharfe Frage. Dann veränderte sich sein Gesicht. Er wurde bleich und schien die Tänzer anzustarren, ohne sie zu sehen.

Wolodja murmelte vor sich hin: »Was ist da los?«

Die Tänzer hatten noch nichts bemerkt, doch die Genossen, die am Tisch saßen, blickten ängstlich auf ihren Generalsekretär.

Einen Augenblick später erhob sich Stalin. Die Männer in seiner Nähe sprangen auf. Zu seinem Erschrecken sah Wolodja, dass sein Vater noch immer tanzte. Es waren Leute schon für weniger erschossen worden.

Doch Stalin hatte keinen Blick mehr für die Hochzeitsgäste. Mit seinem Sekretär an der Seite verließ er den Tisch und ging quer über die Tanzfläche zur Tür. Erschrockene Tänzer sprangen ihm aus dem Weg. Ein Paar stürzte. Stalin schien es gar nicht zu bemerken. Die Kapelle verstummte mit einem schrillen Misston. Schweigend und mit starrem Blick verließ Stalin den Saal.

Mehrere hohe Generale und Marschälle folgten ihm hinaus. Sie machten einen ängstlichen Eindruck.

Drei weitere Sekretäre und Adjutanten betraten den Saal, suchten ihre Chefs und sprachen mit ihnen. Ein junger Mann im Tweedjackett ging zu Wassili. Zoja schien den Mann zu kennen, und sie hörte ihm fassungslos zu. Auf ihrem Gesicht spiegelte sich Entsetzen.

Wassili und der junge Mann verließen den Saal. Wolodja ging zu Zoja. »Was ist los, um Himmels willen?«, fragte er.

Zojas Stimme zitterte. »Die Amerikaner haben in Japan eine Atombombe abgeworfen.« Ihr schönes Gesicht wirkte noch weißer und ätherischer als sonst. »Anfangs wusste die japanische Regierung gar nicht, was geschehen war. Es hat Stunden gedauert, bis es ihnen klar wurde.«

»Stimmt das denn alles?«

»Die Bombe hat mehrere Quadratkilometer Wohngebiet dem Erdboden gleichgemacht. Man geht davon aus, dass fünfundsiebzigtausend Menschen auf der Stelle tot waren.«

»Wie viele Bomben waren es?«

»Das sagte ich doch schon. Eine.«

»Eine?«
»Ja.«
»Himmel! Kein Wunder, dass Stalin so blass geworden ist.«
Beide schwiegen. Es war deutlich zu sehen, wie die Neuigkeit sich im Saal verbreitete. Viele Gäste saßen wie benommen da, während andere aufstanden und in ihre Büros und zu ihren Telefonen eilten.
»Das ändert alles«, sagte Wolodja.
»Einschließlich unserer Pläne für die Flitterwochen«, fügte Zoja hinzu. »Mein Urlaub wurde gestrichen.«
»Und wir dachten, die Sowjetunion wäre sicher.«
»Ja. Dein Vater hat in seiner Rede gerade erst erklärt, die Revolution sei noch nie so sicher gewesen.«
»Und jetzt ist gar nichts mehr sicher.«
Zoja nickte. »Jedenfalls nicht, solange wir nicht auch eine Bombe haben.«

Jacky Jakes und Georgy waren in Buffalo; Gregs Mutter hatte sie zum ersten Mal in ihrer Wohnung aufgenommen. Greg und Lev waren ebenfalls da. Am Tag des Sieges über Japan – Mittwoch, dem 15. August – gingen sie zusammen in den Humboldt Park. Die Wege waren voller jubelnder Paare, und Hunderte von Kindern planschten im Teich.
Greg war stolz und glücklich. Die Bombe hatte ihr Werk verrichtet. Die beiden nuklearen Sprengkörper, die über Hiroshima und Nagasaki abgeworfen worden waren, hatten entsetzliche Verwüstungen angerichtet, damit aber zu einem raschen Kriegsende geführt und Tausenden Amerikanern das Leben gerettet, und Greg hatte seinen Beitrag dazu geleistet. Georgy konnte in einer freien Welt aufwachsen.
»Er ist neun«, sagte Greg zu Jacky. Sie saßen auf einer Bank und unterhielten sich, während Lev und Marga mit Georgy zum Eiscremestand gingen.
»Ich kann es kaum glauben.«
»Ich möchte wissen, was einmal aus ihm wird.«
Grimmig erwiderte Jacky: »Er wird jedenfalls keinen Schwach-

sinn machen wie schauspielern oder Trompete blasen. Er hat Köpfchen.«

»Hättest du gern, dass er Collegeprofessor wird wie dein Vater?«

»Ja.«

»Wenn das so ist, sollte er eine gute Schule besuchen.« Greg
hatte darauf hingearbeitet; nun fragte er sich nervös, wie Jacky
reagieren würde.

»Woran denkst du?«

»Wie wäre es mit einem Internat? Er könnte auf meine alte
Schule gehen.«

»Er wäre der einzige schwarze Schüler.«

»Nicht unbedingt. Als ich dort war, hatten wir einen farbigen
Jungen, einen Inder aus Delhi namens Kamal.«

»Nur einen.«

»Ja.«

»Wurde er gepiesackt?«

»Sicher. Wir nannten ihn Kamel. Aber die Jungs gewöhnten
sich an ihn, und er hatte Freunde.«

»Weißt du, was aus ihm geworden ist?«

»Apotheker. Soviel ich weiß, gehören ihm bereits zwei Drug-
stores in New York.«

Jacky nickte. Greg merkte, dass sie nicht gegen seinen Plan
eingenommen war. Sie kam aus einer kultivierten Familie. Zwar
hatte sie selbst rebelliert und die Schule verlassen, aber sie glaubte
an den Wert der Bildung. »Was ist mit dem Schulgeld?«

»Ich könnte meinen Vater fragen.«

»Würde er es zahlen?«

»Sieh sie dir an.« Greg deutete den Weg entlang. Georgy kam
mit seinen Großeltern vom Eiscremewagen zurück. Der Junge
ging an Levs Hand; beide hielten sie eine Eistüte. »Mein konservativer Vater, der in einem Park ein farbiges Kind an der Hand hat.
Glaub mir, er zahlt das Schulgeld.«

»Georgy passt nirgendwo richtig hin«, sagte Jacky mit besorgter
Miene. »Er ist ein schwarzer Junge mit einem weißen Daddy.«

»Ich weiß.«

»Die Nachbarn deiner Mutter halten mich für ein Dienstmädchen, weißt du das?«

»Ja.«

924

»Ich habe den Irrtum nicht klargestellt. Wenn sie wüssten, dass im Apartment deiner Mutter Neger als Gäste aufgenommen werden, gäbe es womöglich Schwierigkeiten.«

Greg seufzte. »Es tut mir leid, aber du hast recht.«

»Georgy steht ein hartes Leben bevor.«

»Das weiß ich«, sagte Greg. »Aber er hat uns.«

Jacky schenkte ihm eines ihrer seltenen Lächeln. »Ja«, sagte sie, »das ist schon was.«

Dritter Teil

Der kalte Frieden

KAPITEL 21

1945 (III)

Nach der Hochzeit zogen Wolodja und Zoja in eine eigene Wohnung. Nur wenige Neuverheiratete in Russland hatten so viel Glück. Vier Jahre lang hatte sich die gesamte Industrie des Landes nur auf das Schmieden von Waffen konzentriert. Es waren kaum Häuser gebaut, aber viele zerstört worden. Doch Wolodja war Major im militärischen Nachrichtendienst und Sohn eines Generals; deshalb hatte er Verbindungen.

Allerdings war die Wohnung ziemlich klein: Es gab ein Wohnzimmer mit Esstisch und ein Schlafzimmer, das von dem schmalen Bett beinahe ausgefüllt wurde; dazu eine Küche, die voll war, wenn zwei Personen darin saßen, und ein winziges Bad mit Toilette, Waschbecken und Dusche und einen ebenso kleinen Flur, in den sich ein Kleiderschrank quetschte. Wenn im Wohnzimmer das Radio lief, konnte man es in der ganzen Wohnung hören.

Sie lebten sich rasch ein. Zoja kaufte eine leuchtend gelbe Tagesdecke für das Bett, und Wolodjas Mutter zauberte ein Geschirrset hervor, das sie 1940 in Erwartung dieser Hochzeit gekauft und während des Krieges versteckt hatte. Wolodja hing ein Foto an die Wand, das ihn mit seiner Abschlussklasse an der Militärakademie zeigte.

Das junge Paar gab sich ganz seiner Leidenschaft hin. Wolodja hätte nicht geglaubt, dass es einen solchen Unterschied machte, eine eigene Wohnung zu haben. Zwar hatte er sich nie gehemmt gefühlt, wenn er mit Zoja bei seinen Eltern geschlafen hatte oder in der Wohnung, in der Zoja als Untermieterin untergekommen war, aber jetzt erkannte er, dass es doch einen Einfluss auf ihr Liebesleben gehabt hatte: Sie hatten immer befürchten müssen, dass das Bett quietschte oder dass plötzlich jemand ins Zimmer kam. In den Wohnungen anderer war man nie wirklich unter sich.

Oft wachten sie früh auf, liebten sich und lagen dann noch eine Stunde nebeneinander, bevor sie sich für die Arbeit fertig machten. An einem solchen Morgen, als Wolodja mit dem Kopf auf Zojas Hüfte lag und noch den Geruch von Sex in der Nase hatte, fragte er: »Möchtest du einen Tee?«

»Ja, gern.« Zoja streckte sich ausgiebig.

Wolodja streifte sich einen Bademantel über und ging durch den winzigen Flur in die ebenso winzige Küche, wo er den Gasbrenner unter dem Samowar anstellte. Verwundert sah er, dass die Töpfe und das Geschirr von gestern noch nicht gespült waren. »Zoja!«, rief er. »Die Küche ist das reinste Chaos!«

Zoja konnte ihn in der kleinen Wohnung leicht hören. »Ich weiß«, erwiderte sie.

Wolodja ging ins Schlafzimmer zurück. »Warum hast du gestern Abend nicht gespült?«

»Warum hast du es nicht getan?«

Wolodja war nie der Gedanke gekommen, er könne für das Spülen zuständig sein. Dennoch antwortete er: »Ich musste einen Bericht schreiben.«

»Und ich war müde.«

Die Andeutung, dass es seine Schuld sei, ärgerte ihn. »Ich hasse schmutzige Küchen.«

»Ich auch.«

Wolodja seufzte. Warum war sie nur so stur? »Wieso machst du dann nicht sauber?«

»Komm, wir spülen zusammen.« Zoja sprang aus dem Bett, schob sich mit einem verführerischen Lächeln an ihm vorbei und verschwand in der Küche.

Wolodja folgte ihr.

»Du spülst, ich trockne ab«, bestimmte Zoja und holte sich ein frisches Handtuch aus der Schublade.

Sie war noch immer nackt. Wolodja konnte sich ein Lächeln nicht verkneifen. Ihr Körper war schlank und wundervoll proportioniert, ihre Haut weiß und makellos. Sie hatte flache Brüste und spitze Brustwarzen, und ihr Schamhaar war fein und blond. Dass sie die Angewohnheit hatte, nackt in der Wohnung herumzulaufen, war eine der Freuden, mit ihr verheiratet zu sein. So konnte Wolodja ihren Körper betrachten, so lange und ausgiebig er wollte. Und

930

Zoja schien es zu genießen. Wenn sie ihm in die Augen schaute, war sie kein bisschen verlegen, im Gegenteil: Sie lächelte verlockend. Wolodja krempelte die Ärmel seines Bademantels hoch und machte sich ans Spülen. Das saubere Geschirr gab er an Zoja weiter. Spülen war nicht gerade die männlichste aller Beschäftigungen – Wolodja hatte seinen Vater nie spülen sehen –, aber Zoja schien der Meinung zu sein, dass man solche Arbeiten zwischen Mann und Frau teilen sollte. Was für eine ausgefallene Idee. Hatte sie nur ein ausgeprägtes Gefühl für Gleichheit, oder war er auf dem besten Weg, entmannt zu werden?

Unvermittelt wurde Wolodja aus seinen Gedanken gerissen. War da draußen nicht ein Geräusch gewesen? Er schaute in den Flur. Die Wohnungstür war nur drei, vier Schritte von der Spüle entfernt. Er sah nichts Ungewöhnliches.

In diesem Moment flog krachend die Tür auf.

Zoja schrie.

Wolodja schnappte sich das Fleischermesser, das er gerade gespült hatte, drängte sich an Zoja vorbei und stellte sich schützend vor sie. Ein uniformierter Milizionär stand in der zertrümmerten Tür, einen Vorschlaghammer in den Händen.

»Was soll das?«, rief Wolodja.

Der Milizionär trat zurück, und ein kleiner, dünner Mann mit spitzem Gesicht kam in die Wohnung. Es war Wolodjas Schwager Ilja Dworkin, der NKWD-Agent. Er trug Lederhandschuhe.

»Ilja!«, rief Wolodja. »Du dummes Wiesel!«

»Du solltest ein bisschen mehr Respekt zeigen«, ermahnte ihn Ilja.

Wolodja war überrascht und wütend zugleich. Die Geheimpolizei verhaftete für gewöhnlich keine Angehörigen der GRU. Umgekehrt galt das Gleiche. Alles andere würde zu einem regelrechten Bandenkrieg führen. »Warum hast du die Tür eingeschlagen? Ich hätte dir auch so aufgemacht!«

Zwei weitere Agenten traten in den Flur und stellten sich hinter Ilja. Trotz des milden Spätsommerwetters trugen sie ihre typischen Ledermäntel.

Wolodja bekam es mit der Angst zu tun. Was ging hier vor?

»Leg das Messer weg, Wolodja«, sagte Ilja mit zitternder Stimme.

»Ihr braucht keine Angst zu haben, ich spüle nur.« Er gab das

Messer an Zoja, die hinter ihm stand. »Bitte, geht ins Wohnzimmer. Wir können reden, sobald Zoja sich etwas angezogen hat.«

»Hältst du das für einen Freundschaftsbesuch?«, fragte Ilja.

»Ich weiß nicht, was für ein Besuch das ist, aber ich bin sicher, du willst dich nicht der Verlegenheit aussetzen, meine Frau nackt zu sehen.«

»Ich bin in meiner offiziellen Funktion als Polizeibeamter hier.«

»Und warum hat der NKWD ausgerechnet meinen Schwager geschickt?«

Ilja senkte die Stimme. »Begreifst du denn nicht, dass es viel schlimmer für dich wäre, wenn sie jemand anderen geschickt hätten?«

Das sah nach gewaltigem Ärger aus. Wolodja versuchte, sich seine Angst nicht anmerken zu lassen. »Was genau willst du hier? Und was wollen die beiden Arschlöcher, die hinter dir stehen?«

»Genosse Berija hat die Leitung des Kernwaffenprogramms übernommen.«

Wolodja wusste, dass Stalin zu diesem Zweck ein neues Komitee geschaffen und Berija zum Vorsitzenden ernannt hatte. Dabei hatte Berija nicht die leiseste Ahnung von Physik. Er war völlig unqualifiziert, ein wissenschaftliches Programm zu leiten. Doch Stalin vertraute ihm. Das war das Problem mit der sowjetischen Regierung: Loyale, aber inkompetente Männer wurden auf Posten befördert, für die sie nicht einmal annähernd geeignet waren.

»Braucht Genosse Berija meine Frau in einem Labor, um dort die Bombe zu entwickeln?«, fragte Wolodja. »Seid ihr hier, um sie zur Arbeit zu fahren?«

»Die Amerikaner haben die Atombombe eher gebaut als wir.«

»Allerdings. Vielleicht, weil sie der Forschung eine höhere Priorität eingeräumt haben als die Verantwortlichen bei uns.«

»Die kapitalistische Wissenschaft kann der kommunistischen unmöglich überlegen sein.«

»Das ist eine Binsenweisheit.« Wolodja war verwirrt. Worauf lief das hier hinaus? »Und was schließt ihr daraus?«

»Dass der Grund für diesen Rückschlag Sabotage ist.«

Eine solch lächerliche Erklärung konnte sich auch nur die Geheimpolizei ausdenken.

»Was für eine Art von Sabotage?«, fragte Wolodja.

»Einige Wissenschaftler haben die Entwicklung der sowjetischen Atombombe absichtlich verzögert.«

Allmählich verstand Wolodja. Wieder erfasste ihn Angst, doch
er ließ sich nichts anmerken. Es wäre ein tödlicher Fehler gewesen,
diesen Leuten gegenüber Schwäche zu zeigen. »Warum sollten sie?«

»Weil sie Verräter sind«, antwortete Ilja. »Und deine Frau gehört
dazu.«

»Hast du den Verstand verloren, du Stück Scheiße?«

»Ich bin hier, um deine Frau festzunehmen.«

»Was?« Wolodja konnte es nicht fassen. »Das ist Wahnsinn! Ihr
habt doch gar keine Beweise.«

»Wenn du Beweise willst, dann fahr nach Hiroshima.«

Zum ersten Mal meldete Zoja sich zu Wort. »Lass gut sein,
Wolodja. Ich werde sie begleiten müssen. Lass dich nicht auch noch
verhaften.«

Wolodja richtete den Finger auf Ilja. »Du ahnst ja gar nicht, in
was für Schwierigkeiten du steckst.«

»Ich führe nur Befehle aus.«

»Geh aus dem Weg. Meine Frau muss ins Schlafzimmer, um
sich anzuziehen.«

»Dafür ist keine Zeit«, sagte Ilja. »Sie muss mitkommen, wie
sie ist.«

»Das ist lächerlich!«

Ilja rümpfte die Nase. »Eine achtbare Sowjetbürgerin würde nie
ohne Kleidung durch die Wohnung laufen.«

Wolodja fragte sich flüchtig, wie seine Schwester sich wohl
fühlte, mit einem solchen Widerling verheiratet zu sein. »Wieso?
Lehnt die Geheimpolizei Nacktheit aus moralischen Gründen ab?«

»Ihre Nacktheit ist der Beweis für ihre Verkommenheit. Wir
werden sie so mitnehmen, wie sie ist.«

»Nein, das werdet ihr nicht, verdammt!«

»Geh zur Seite.«

»Ihr werdet zur Seite gehen. Meine Frau wird sich anziehen.«
Wolodja baute sich vor den drei Agenten auf und streckte die Arme
zu den Seiten aus, sodass Zoja hinter ihm vorbeigehen konnte.

Als sie sich bewegte, stieß Ilja seinen Schwager zur Seite und
packte Zojas Arm.

Wolodja hämmerte ihm die Faust ans Kinn. Ilja schrie auf und

933

taumelte zurück. Die beiden Männer in den Ledermänteln traten vor. Wolodja schlug nach einem von ihnen, aber er duckte sich weg. Dann packten die Männer ihn an den Armen. Wolodja wehrte sich, doch die Kerle waren kräftig und schienen so etwas nicht zum ersten Mal zu machen. Sie stießen Wolodja gegen die Wand.

Während die Männer ihn festhielten, schlug Ilja ihm die Fäuste ins Gesicht – zweimal, dreimal, viermal –, dann in den Magen, bis Wolodja Blut spuckte. Zoja versuchte einzugreifen, doch Ilja verpasste ihr eine Ohrfeige. Mit einem Aufschrei taumelte sie zurück.

Wolodjas Bademantel klaffte auf. Ilja rammte ihm das Knie in den Unterleib und trat ihm die Beine unter dem Körper weg. Wolodja sank in sich zusammen, doch die beiden Männer in den Ledermänteln hielten ihn eisern fest. Wieder schlug Ilja auf ihn ein. Schließlich wandte er sich keuchend ab und rieb sich die Fingerknöchel. Seine beiden Helfer ließen Wolodja los.

Haltlos brach er zusammen. Er konnte sich kaum noch bewegen und bekam nur mühsam Luft, war aber noch bei Bewusstsein. Aus dem Augenwinkel sah er, wie die beiden Schläger Zoja packten und sie nackt aus der Wohnung zerrten. Ilja folgte ihnen.

Minuten verstrichen. Wolodjas stechende Schmerzen wurden zu einem dumpfen Druck, und seine Atmung normalisierte sich wieder.

Schließlich kehrte die Kraft in seine Glieder zurück, und er zog sich in die Höhe. Er schaffte es bis zum Telefon und wählte die Nummer seines Vaters. Hoffentlich war er noch nicht zur Arbeit. Als er Grigoris Stimme hörte, fiel ihm ein Stein vom Herzen. »Sie haben Zoja verhaftet«, sagte er.

»Diese verdammten Bastarde«, knurrte Grigori. »Wer war es?«

»Ilja.«

»Was?«

»Ruf ein paar Leute an«, bat Wolodja. »Vielleicht kannst du herausfinden, was hier los ist. Ich muss jetzt erst einmal das Blut abwaschen.«

»Was für Blut?«

Wolodja legte auf.

Es waren nur wenige Schritte bis ins Bad. Wolodja ließ seinen blutbefleckten Bademantel fallen und stieg unter die Dusche. Das warme Wasser brachte ihm Erleichterung. Behutsam tastete er sich

934

ab. Es schien nichts gebrochen zu sein. Ilja war bösartig, aber ein Schwächling.

Wolodja drehte das Wasser ab und schaute in den Spiegel. Sein Gesicht war voller Platzwunden und blauer Flecken.

Noch immer fiel ihm jede Bewegung schwer, sodass er sich gar nicht erst abtrocknete. Mit Mühe zog er seine Uniform an, denn sie verlieh ihm Selbstbewusstsein und Autorität, und beides konnte er jetzt brauchen.

Sein Vater traf ein, als Wolodja sich gerade die Stiefel zuband. »Was ist hier passiert?«

»Die Mistkerle wollten Streit«, antwortete Wolodja, »und ich war dumm genug, ihnen diesen Wunsch zu erfüllen.«

»Das hättest du besser wissen müssen, du Dummkopf!«, schimpfte Grigori.

»Sie haben darauf bestanden, Zoja nackt wegzubringen.«

»Was? Diese Hurensöhne!«

»Hast du etwas herausgefunden?«

»Noch nicht. Ich habe mit ein paar Leuten gesprochen, aber niemand weiß etwas.« Grigori schaute besorgt drein. »Entweder hat jemand einen sehr dummen Fehler begangen, oder sie sind sich ihrer Sache aus irgendeinem Grund sehr sicher.«

»Fahr mich ins Büro«, sagte Wolodja. »Lemitow wird toben, wenn er das erfährt. Er wird diese Kerle niemals damit durchkommen lassen. Er wird es als Angriff auf die GRU betrachten.«

Grigoris Fahrer wartete draußen in der Limousine. Sie ließen sich zum Flughafen Chodynka bringen. Grigori blieb im Wagen, während Wolodja ins Hauptquartier der GRU humpelte. Er ging direkt zum Büro seines Chefs, Oberst Lemitow, klopfte an, ging hinein und sagte: »Die beschissene Geheimpolizei hat meine Frau verhaftet.«

»Ich weiß«, erwiderte Lemitow.

»Sie wissen davon?«

»Ich habe es abgesegnet.«

Wolodja klappte der Mund auf. »Was?«

»Setzen Sie sich.«

»Was ist hier los?«

»Setzen Sie sich, und halten Sie den Mund. Ich werde Ihnen alles erklären.«

935

Unter Schmerzen ließ Wolodja sich auf einen Stuhl nieder.

Lemitow sagte: »Die Sowjetunion braucht eine Atombombe, und zwar schnell. Im Augenblick spielt Stalin bei den Amerikanern den harten Mann, weil wir ziemlich sicher sind, dass ihr Atomwaffenarsenal nicht ausreicht, um uns auszulöschen. Aber sie arbeiten daran, und irgendwann werden sie die Waffen einsetzen … es sei denn, wir können zurückschlagen.«

»Meine Frau durfte sich nicht einmal etwas überziehen, als die Geheimpolizei sie verhaftet hat. Die Mistkerle haben sie geschlagen. Wie soll sie unter diesen Bedingungen eine Bombe konstruieren? Das ist doch Wahnsinn.«

»Halten Sie den Mund, verdammt noch mal! Unser Problem ist, dass es mehrere mögliche Entwürfe für die Bombe gibt, von denen nur einer funktioniert. Die Amerikaner haben fünf Jahre gebraucht, um herauszufinden, welcher es ist. Wir haben nicht so viel Zeit. Also müssen wir ihre Forschungsergebnisse stehlen.«

»Dann brauchen wir immer noch russische Wissenschaftler, die mit den Bauplänen etwas anfangen können. Und diese Wissenschaftler müssen in ihren Laboratorien sein und nicht eingesperrt in den Kellern der Lubjanka.«

»Sie kennen einen Mann namens Wilhelm Frunze, nicht wahr?«

»Ja. Ich war in Berlin mit ihm auf der Schule.«

»Er hat uns wertvolle Informationen über die britische Nuklearforschung zukommen lassen. Dann ist er in die Staaten gegangen, wo er an der Bombe gearbeitet hat. Die NKWD-Vertreter in Washington hatten Kontakt zu ihm aufgenommen. Leider haben sie Frunze durch ihre Inkompetenz verschreckt, und die ganze Sache ist geplatzt. Wir müssen Frunze wieder für uns gewinnen.«

»Und was hat das mit mir zu tun?«

»Er vertraut Ihnen.«

»Da wäre ich mir nicht so sicher. Ich habe ihn seit zwölf Jahren nicht gesehen.«

»Wir möchten, dass Sie in die USA reisen und mit ihm sprechen.«

»Aber warum haben Sie Zoja verhaften lassen?«

»Um sicherzustellen, dass Sie wiederkommen.«

Wolodja wusste, wie er die Sache anzupacken hatte. Damals in Berlin, vor dem Krieg, war es ihm immer wieder gelungen, die Gestapo abzuschütteln, sich mit potenziellen Spionen zu treffen, sie zu rekrutieren und in zuverlässige Informationsquellen zu verwandeln. Leicht war das zwar nie gewesen, doch Wolodja war Experte.

Allerdings war er jetzt in Amerika.

Und die beiden einzigen westlichen Länder, die er bisher besucht hatte, Deutschland und Spanien in den Dreißiger- und Vierzigerjahren, waren ganz anders gewesen als die Vereinigten Staaten. Wolodja war schier überwältigt. Sein Leben lang hatte man ihm eingetrichtert, Hollywoodfilme würden ein falsches Bild von Wohlstand vermitteln; in Wahrheit würden die Menschen in den USA in schrecklicher Armut leben. Doch er sah schon bei seiner Ankunft, dass die Filme keineswegs übertrieben waren. Arme Leute gab es hier kaum.

Im brodelnden New York schien fast jeder ein Auto zu fahren, selbst Leute, die nicht einmal für die Regierung arbeiteten. Er sah sogar Frauen, die mit dem Wagen zum Einkaufen fuhren. Und alle waren gut gekleidet: Die Männer trugen schicke Anzüge, die Frauen Nylonstrümpfe. Und jeder schien neue Schuhe zu besitzen.

Wolodja musste sich immer wieder an die dunklen Seiten Amerikas erinnern. Irgendwo gab es mit Sicherheit Armut. Neger wurden verfolgt; im Süden durften sie nicht einmal wählen. Und das Verbrechen blühte. Die Amerikaner selbst gaben zu, dass es allmählich überhandnahm. Seltsamerweise fand Wolodja keinerlei Hinweise darauf, im Gegenteil: Er fühlte sich sicher, durch die Straßen zu schlendern.

Ein paar Tage lang erkundete er New York. Er arbeitete an seinem Englisch, das nicht sonderlich gut war; aber das spielte keine große Rolle: In der Stadt wimmelte es von Menschen, die nur gebrochen Englisch sprachen, obendrein mit starkem Akzent. Die Gesichter der FBI-Agenten, die abgestellt waren, ihn zu beschatten, hatte Wolodja sich gemerkt. Er hatte auch schon ein paar Stellen entdeckt, an denen er sie würde abschütteln können.

An einem sonnigen Morgen verließ Wolodja das sowjetische Konsulat in New York, ohne Hut und Jackett, als wolle er nur rasch etwas erledigen. Ein junger Mann im dunklen Anzug folgte ihm.

Wolodja ging zum Kaufhaus Saks an der der Fifth Avenue und besorgte sich Unterwäsche und ein kariertes Hemd. Wer immer ihm folgte, glaubte vermutlich, er würde nur einkaufen.

Der Chef der NKWD-Vertretung im Konsulat hatte Wolodja mitgeteilt, dass ihn während seines gesamten Aufenthalts in den USA ein sowjetisches Team beschatten würde, um sicherzustellen, dass er sich gut benahm. Wolodja hatte seine Wut nur mühsam im Zaum halten können; schließlich hielt der NKWD Zoja in seinen Klauen. Er hätte dem Mann am liebsten den Hals umgedreht, doch er war ruhig geblieben. Er hatte nur spöttisch angemerkt, dass er das FBI würde abschütteln müssen, um seine Mission zu erfüllen; da könne es durchaus passieren, dass ihn dabei auch die NKWD-Agenten aus den Augen verloren. Tatsächlich brauchte er normalerweise keine fünf Minuten, um die NKWD-Leute abzuhängen.

Also handelte es sich bei dem jungen Mann, der Wolodja nun folgte, um einen Agenten des FBI. Seine streng konservative Kleidung erhärtete diese Vermutung.

Mit seinen Einkäufen in einer Papiertüte verließ Wolodja das Kaufhaus durch einen Nebeneingang und winkte ein Taxi heran. Sofort stand auch der FBI-Mann winkend am Straßenrand. Als das Taxi um zwei Ecken gebogen war und vor einer Ampel hielt, warf Wolodja dem Fahrer einen Geldschein zu und sprang hinaus. Er rannte in eine U-Bahn-Station, verließ sie durch einen anderen Ausgang und wartete fünf Minuten vor der Tür eines Bürogebäudes.

Der junge Mann in dem dunklen Anzug war nirgends zu sehen.

Wolodja ging zur Pennsylvania Station.

Dort versicherte er sich noch einmal, dass er nicht mehr verfolgt wurde; dann kaufte er sich eine Fahrkarte. Nur mit der Papiertüte und den Sachen, die er am Leib trug, stieg er in den Zug.

Die Fahrt nach Albuquerque dauerte drei Tage.

Der Zug rollte Meile um Meile durch fruchtbares Ackerland und vorbei an riesigen Fabriken und großen Städten mit Wolkenkratzern, die sich elegant gen Himmel reckten. Die Sowjetunion war flächenmäßig viel größer als die USA, bestand aber vorwiegend aus dichten Wäldern, Steppe, Tundra und Permafrost, sah man von der Ukraine ab. Bis jetzt hatte Wolodja sich ein solch blühendes, üppiges Land wie die Vereinigten Staaten nicht einmal vorstellen können.

Aber dieser materielle Reichtum war nicht alles. Es war die Freiheit, die Wolodja noch mehr imponierte: Hier fragte ihn niemand nach Papieren. Nachdem er in New York die Einreisekontrolle hinter sich gelassen hatte, hatte er seinen Pass nicht mehr zeigen müssen. Offenbar konnte in diesem Land jeder zu einem Bahnhof oder einem Überlandbus gehen, sich eine Fahrkarte kaufen und fahren, wohin er wollte, ohne einen Beamten um Erlaubnis bitten und ihm erklären zu müssen, wohin man fuhr und aus welchem Grund. Es war ein unbekanntes und aufregendes Gefühl, gehen zu können, wohin man wollte.

Amerikas Wohlstand verstärkte aber auch das Gefühl der Gefahr, die von diesem Land ausging. Die Deutschen hatten die Sowjetunion beinahe vernichtet, doch Amerika hatte eine dreimal so große Bevölkerung und war zehnmal so reich. Welche Kraft dieses Land haben musste! Die Vorstellung, die Russen könnten von den USA bedroht oder gar unterworfen werden, zerstreuten die Zweifel, die Wolodja hinsichtlich des Kommunismus entwickelt hatte. Er wollte nicht, dass seine Kinder – falls er irgendwann Kinder haben würde – in einer Welt aufwuchsen, die von Amerika tyrannisiert wurde.

Wolodja fuhr über Pittsburgh und Chicago, ohne auf irgendeine Weise aufzufallen. Seine Kleidung war amerikanisch, und seinen Akzent bemerkte niemand, da er mit niemandem sprach. Wenn er ein Sandwich oder einen Kaffee wollte, zeigte er einfach darauf und bezahlte. Er blätterte durch Zeitungen und Zeitschriften, die andere Reisende zurückgelassen hatten, schaute sich die Bilder an und versuchte, die Bedeutung der Schlagzeilen zu entschlüsseln.

Der letzte Abschnitt seiner Reise führte ihn durch eine einsame Landschaft von erhabener Schönheit. Ferne, schneebedeckte Gipfel glühten blutrot im Sonnenuntergang, was vermutlich der Grund dafür war, weshalb man dieses Gebirge »Sangre de Christo Range« nannte, die Berge vom Blute Christi.

Wolodja ging auf die Toilette, wechselte seine Unterwäsche und zog das neue Hemd an, das er sich bei Saks gekauft hatte.

Er rechnete damit, dass das FBI oder die US Army den Bahnhof von Albuquerque überwachten; deshalb wunderte es ihn nicht, als

939

ihm ein junger Mann auffiel, dessen kariertes Jackett – ohnehin viel zu warm für das Klima in New Mexico im September – die Waffe kaum verbarg, die er in einem Schulterholster trug. Allerdings würde der Agent eher an Fernreisenden von der Ostküste interessiert sein, während Wolodja, der ja kein Gepäck hatte, mehr wie ein Pendler aussah. Dennoch hielt er die Augen auf und überzeugte sich, dass niemand ihm folgte, als er den Bahnhof verließ und in einen Greyhound-Bus nach Santa Fe stieg.

Am späten Nachmittag erreichte er die Stadt. Am Busbahnhof bemerkte er zwei FBI-Männer, die ihn trotz seiner unauffälligen Kleidung aufmerksam musterten. Aber sie konnten natürlich nicht jeden verfolgen, der aus dem Bus stieg, und so ließen sie Wolodja unbehelligt ziehen.

Er versuchte den Eindruck zu vermitteln, als habe er ein bestimmtes Ziel, als er die Straße hinunterschlenderte. Die niedrigen Häuser im Pueblo-Stil und die kleinen, gedrungenen Kirchen, die in der Sonne brieten, erinnerten ihn an Spanien. Markisen vor den Läden warfen angenehm kühle Schatten auf den Bürgersteig.

Wolodja mied das La Fonda, das große Hotel am Platz neben der Kathedrale, und checkte stattdessen im St. Francis ein. Er zahlte bar und trug sich als »Robert Pender« ein, was sowohl ein amerikanischer als auch ein europäischer Name hätte sein können. »Mein Koffer wird nachgeschickt«, sagte er zu dem hübschen Mädchen am Empfang. »Sollte ich nicht da sein, wenn er kommt, könnten Sie dann dafür sorgen, dass er auf mein Zimmer gebracht wird?«

»Selbstverständlich«, antwortete die junge Frau. »Kein Problem.«

»Danke«, sagte Wolodja und fügte die Phrase hinzu, die er im Zug so oft gehört hatte. »Ich weiß das zu schätzen.«

Die Frau schaute sich seinen Eintrag im Gästebuch an. »Sie sind aus New York, Mr. Pender?«

Sie hörte sich skeptisch an, was aber sicher daran lag, dass Wolodja nicht wie ein New Yorker klang. »Eigentlich komme ich aus der Schweiz«, erwiderte er. Er hatte sich bewusst ein neutrales Land ausgesucht.

»Ach so, daher Ihr Akzent. Ich habe noch nie einen Schweizer kennengelernt. Wie ist es da so?«

940

Wolodja war zwar noch nie in der Schweiz gewesen, hatte aber Fotos gesehen. »Es schneit sehr viel«, antwortete er.

»Nun denn«, sagte die junge Frau, »dann hoffe ich, dass Sie unser Wetter genießen.«

»Bestimmt.«

Fünf Minuten später verließ er das Hotel.

Von seinen Kollegen in der sowjetischen Botschaft hatte er erfahren, dass einige der Wissenschaftler direkt auf dem Gelände von Los Alamos wohnten; aber dort gab es nur wenige Annehmlichkeiten, sodass sie sich lieber ein Haus oder eine Wohnung in der Stadt mieteten, falls sie die Möglichkeit hatten. Wilhelm Frunze konnte sich das problemlos leisten. Er war mit einer erfolgreichen Künstlerin verheiratet, die eine Cartoonserie mit dem Titel »Slack Alice« zeichnete. Außerdem konnte Mrs. Frunze, die tatsächlich Alice hieß, in ihrem Beruf überall arbeiten, und so hatten sie sich eine Wohnung in der historischen Altstadt gemietet.

Das New Yorker Büro des NKWD hatte Wolodja mit dieser Information versorgt. Sorgfältig hatten sie alles über Frunze zusammengetragen, was es gab. Wolodja hatte nun seine Adresse, seine Telefonnummer und eine Beschreibung seines Autos, ein Plymouth-Vorkriegsmodell mit Weißwandreifen.

Im Erdgeschoss des Hauses, in dem die Frunzes wohnten, befand sich eine Galerie. Die Wohnung darüber besaß ein großes Fenster zur Nordseite hin, ganz so, wie ein Künstler es mochte. Draußen parkte der Plymouth.

Wolodja zog es vor, das Haus nicht zu betreten. Es konnte verwanzt sein.

Die Frunzes waren ein wohlhabendes, kinderloses Paar, und Wolodja nahm an, dass sie den Freitagabend nicht daheim vor dem Radio verbringen würden. Also beschloss er, in der Nähe darauf zu warten, dass sie das Haus verließen.

Er verbrachte einige Zeit auf dem Gehsteig vor der Galerie und schaute sich die Gemälde an, die zum Verkauf standen. Sie gefielen ihm nicht. Es waren chaotische Mischungen aus Grau und Braun; Wolodja zog Bilder mit klaren Linien und lebhaften Farben vor.

Er ging in ein Café ein Stück die Straße hinunter und setzte sich an ein Fenster, von wo aus er die Haustür der Frunzes im Auge behalten konnte. Nach einer Stunde stand er auf, kaufte sich eine

Zeitung, stellte sich an die Bushaltestelle und tat so, als würde er lesen.

Das lange Warten bot ihm die Gelegenheit, sich davon zu überzeugen, dass niemand außer ihm das Haus beobachtete. Das wiederum bedeutete, dass FBI und Heeresnachrichtendienst Frunze nicht als Risiko einstuften. Er war zwar Ausländer, aber das galt für viele Wissenschaftler hier; vermutlich war sonst nichts bekannt, was gegen ihn gesprochen hätte.

Endlich kamen die Frunzes aus dem Haus.

Wilhelm Frunze war deutlich kräftiger als vor zwölf Jahren, aber in den USA gab es ja auch keine Lebensmittelknappheit. Sein Haar lichtete sich, obwohl er erst dreißig war, und er blickte noch immer so ernst drein wie früher. Er trug ein Sporthemd und eine Kakihose, eine typische Kombination für Amerika.

Seine Frau war nicht so konservativ gekleidet. Sie hatte das blonde Haar unter einem Barett hochgesteckt und trug ein formloses Baumwollkleid in schlichtem Braun, unterschiedliche Armbänder an beiden Handgelenken und mehrere Ringe. Vor Hitlers Machtergreifung hatten sich auch in Deutschland Künstler so gekleidet, erinnerte sich Wolodja.

Das Paar machte sich auf den Weg die Straße hinunter. Wolodja folgte ihnen.

Er fragte sich, welche politische Einstellung die Frau hatte und ob es ein Problem sein würde, wenn sie bei dem Gespräch dabei war. Damals, in Deutschland, war Frunze eingefleischter Sozialdemokrat gewesen; deshalb war es eher unwahrscheinlich, dass seine Frau sich zu den Konservativen zählte. Andererseits wusste sie vermutlich nicht, dass ihr Mann in London Geheimnisse an die Sowjets verraten hatte. Wie auch immer, in jedem Fall stellte die Frau eine unbekannte Größe dar.

Wolodja hätte es vorgezogen, allein mit Frunze zu reden; deshalb erwog er, die beiden in Ruhe zu lassen und es morgen noch einmal zu versuchen. Doch der Empfangsdame im Hotel war sein ausländischer Akzent aufgefallen, und das wiederum hieß, dass er ab morgen vermutlich einen FBI-Schatten haben würde. Außerdem war morgen Samstag; also würden die Frunzes den Tag wahrscheinlich gemeinsam verbringen, ebenso den Sonntag. Wie lange würde er dann wohl noch darauf warten müssen, Frunze allein zu erwischen?

Es war keine leichte Entscheidung, doch nach sorgfältigem Abwägen beschloss Wolodja, noch heute Abend seinen Zug zu machen.

Die Frunzes gingen in ein Billigrestaurant.

Wolodja schlenderte daran vorbei und schaute durchs Fenster. Sollte er hineingehen und sich zu den beiden setzen? Er beschloss, sie erst einmal essen zu lassen. Satt würden sie in besserer Stimmung sein.

Wolodja wartete eine halbe Stunde und beobachtete die Tür des Restaurants aus sicherer Entfernung. Dann ging er hinein.

Die Frunzes beendeten gerade ihre Mahlzeit. Als Wolodja das Restaurant durchquerte, schaute Frunze kurz auf und wandte sich dann wieder ab. Er hatte ihn nicht erkannt.

Wolodja setzte sich neben Alice in die Nische und sagte leise auf Deutsch: »Hallo, Willi. Kennst du mich nicht mehr aus der Schule? Wir waren zusammen auf dem Ranke-Gymnasium.«

Frunze starrte ihn misstrauisch an; dann erschien ein Lächeln auf seinem Gesicht. »Peschkow? Wolodja Peschkow? Bist du es wirklich?«

Erleichterung überkam Wolodja. Frunze war ihm noch immer freundlich gesinnt; er musste also nicht erst eine Mauer der Feindseligkeit überwinden. »Ja, genau der.« Er streckte die Hand aus, und Frunze schüttelte sie. Wolodja blickte Alice an. »Ich spreche Ihre Sprache leider nicht sehr gut«, sagte er. »Tut mir leid.«

»Kein Problem«, erwiderte sie auf Deutsch. »Meine Familie kam ungefähr zur gleichen Zeit hier herüber wie die meines Mannes.«

Erstaunt bemerkte Frunze: »Ich habe in letzter Zeit oft an dich gedacht, Wolodja. Ich kenne da nämlich einen Greg Peshkov. Könnte er mit dir verwandt sein?«

»Schon möglich. Mein Vater hatte einen Bruder namens Lew. Er ist 1915 nach Amerika gekommen.«

»Nein, dann kommt es nicht hin. Lieutenant Peshkov ist viel jünger. Aber erzähl mal, was machst du hier?«

Wolodja lächelte. »Ich wollte dich besuchen.« Bevor Frunze nach dem Grund fragen konnte, fuhr Wolodja rasch fort: »Als ich dich das letzte Mal gesehen habe, warst du Parteisekretär der SPD in Neukölln.« Das war der zweite Schritt: Nachdem er dafür

943

gesorgt hatte, dass sie sich freundlich gegenüberstanden, erinnerte er Frunze an dessen jugendlichen Idealismus.

»Diese Erfahrung hat mich davon überzeugt, dass der demokratische Sozialismus nicht funktioniert«, erwiderte Frunze. »Gegen die Nazis waren wir völlig machtlos. Erst der Sowjetunion ist es gelungen, sie aufzuhalten.«

Es freute Wolodja, dass Frunze diesen Sachverhalt vollkommen richtig einschätzte. Wichtiger aber war, dass das Leben in den USA Frunze offenbar nicht seiner politischen Ideale beraubt hatte.

»Wir wollten noch ein paar Drinks in einer Bar um die Ecke nehmen«, sagte Alice. »Freitagabends treffen sich dort viele Wissenschaftler. Möchten Sie nicht mitkommen?«

»Ich fürchte, heute geht es nicht«, antwortete Wolodja. Mit den Frunzes in der Öffentlichkeit gesehen zu werden war so ungefähr das Letzte, was er wollte; er war eigentlich schon viel zu lange mit ihnen in diesem Restaurant. Es war an der Zeit für den dritten Schritt: Frunze musste an seine schreckliche Schuld erinnert werden. Wolodja beugte sich vor und senkte die Stimme. »Sag mal, Willi, hast du gewusst, dass die Amerikaner eine Atombombe auf Japan werfen?«

Schweigen. Wolodja hielt den Atem an. Offenbar hatte er Frunzes wunden Punkt getroffen. Der Mann musste innerlich von Schuld zerfressen sein.

Einen Augenblick befürchtete er, dass er zu weit gegangen war. Frunze sah aus, als würde er jeden Moment in Tränen ausbrechen. Dann atmete er tief durch und riss sich zusammen. »Nein, das wusste ich nicht«, antwortete er. »Das wusste keiner von uns.«

Gereizt warf Alice ein: »Wir dachten, das amerikanische Militär würde nur mit der Bombe drohen, um die Japaner zur Kapitulation zu zwingen.«

Also hatte auch Alice im Vorfeld von der Bombe gewusst, erkannte Wolodja. Das wunderte ihn nicht. Männern fiel es schwer, solche Dinge vor ihren Frauen zu verbergen. »Wir haben zwar mit einer Zündung gerechnet«, fuhr sie fort, »aber auf einer unbewohnten Insel, zur Abschreckung, oder wenigstens über einem militärischen Ziel, aber nicht über einer dicht besiedelten Stadt.«

»Dann wäre es vielleicht noch zu rechtfertigen gewesen«, sagte Frunze, »aber …« Er senkte die Stimme zu einem Flüstern. »Niemand hat damit gerechnet, dass sie die Bombe über einer Stadt wie Hiroshima abwerfen und achtzigtausend Männer, Frauen und Kinder töten.«

Wolodja nickte. »Ich dachte mir schon, dass du so denkst.« Tatsächlich hatte er von ganzem Herzen darauf gehofft.

»Wer würde nicht so empfinden?«, erwiderte Frunze.

»Ich möchte dir eine noch wichtigere Frage stellen.« Das war Schritt vier. »Werden sie es wieder tun?«

»Ich weiß es nicht«, antwortete Frunze. »Vielleicht. Gott vergib uns. Ja, vielleicht.«

Wolodja verbarg seine Zufriedenheit: Frunze glaubte, an vergangenen und zukünftigen Zündungen der Atombombe eine Mitschuld zu tragen.

Er nickte. »Das vermuten wir auch.«

»Wer ist ›wir‹?«, wollte Alice wissen.

Sie war schlau und vermutlich wesentlich weitblickender als ihr Mann. Sie würde nicht so leicht zu täuschen sein. Wolodja beschloss, es gar nicht erst zu versuchen. Er musste das Risiko eingehen, ihr gegenüber ehrlich zu sein. »Eine berechtigte Frage«, sagte er. »Und ich bin nicht so weit gefahren, um einen alten Freund zu täuschen. Ich bin Major beim militärischen Geheimdienst der UdSSR.«

Die beiden starrten ihn an. Der Gedanke musste ihnen eigentlich schon gekommen sein; dennoch waren sie sichtlich überrascht.

»Ich muss euch etwas sagen«, fuhr Wolodja fort. »Etwas ungeheuer Wichtiges. Können wir irgendwo ungestört reden?«

Die Frunzes blickten unschlüssig drein. Wilhelm sagte: »In unserer Wohnung vielleicht?«

»Die ist vermutlich vom FBI verwanzt.«

Frunze hatte ein wenig Geheimdiensterfahrung, doch Alice war schockiert. »Glauben Sie wirklich?«, fragte sie ungläubig.

»Ja. Können wir aus der Stadt fahren?«

»Es gibt da ein Fleckchen, wo wir abends manchmal hinfahren, um uns den Sonnenuntergang anzuschauen«, sagte Frunze.

»Perfekt. Steigt in euren Wagen und wartet auf mich. Ich komme in einer Minute nach.«

Frunze bezahlte die Rechnung und verließ mit Alice das Restaurant. Wolodja folgte ihnen wenig später. Auf dem kurzen Weg

945

überzeugte er sich, dass sie nicht verfolgt wurden, und stieg in den Plymouth, der vorne drei Sitzplätze bot, wie viele amerikanische Wagen in dieser Zeit. Frunze fuhr aus der Stadt.

Sie folgten einem Feldweg einen niedrigen Hügel hinauf. Auf der Hügelkuppe hielt Frunze an. Wolodja bedeutete ihnen auszusteigen und führte sie hundert Meter vom Wagen weg – nur für den Fall, dass er verwanzt war.

Nachdem er den Blick über die staubige Landschaft hatte schweifen lassen, machte Wolodja Schritt fünf. »Wir vermuten, dass die nächste Atombombe irgendwo über der Sowjetunion abgeworfen wird.«

Frunze nickte. »Das möge Gott verhüten. Aber ich fürchte, du hast recht.«

»Und wir können nichts dagegen tun«, fuhr Wolodja fort und kam gnadenlos auf den Punkt. »Wir können unser Volk nicht davor schützen. Es gibt keine Verteidigung gegen eine Atombombe … die Bombe, die du gebaut hast, Willi.«

»Ich weiß«, flüsterte Frunze. Offensichtlich betrachtete er es als seine persönliche Schuld, sollte die Sowjetunion mit Nuklearwaffen angegriffen werden.

Schritt sechs. »Der einzige Schutz wäre eine eigene Atombombe.«

Frunze schüttelte den Kopf. »Das ist keine Verteidigung.«

»Aber eine Abschreckung.«

»Könnte sein«, gab Frunze zu.

Alice warf ein: »Wir wollen nicht, dass diese Bomben sich noch weiter verbreiten.«

»Das will ich auch nicht«, erwiderte Wolodja. »Aber es gibt nur eine Möglichkeit, die Amerikaner davon abzuhalten, Moskau genauso auszulöschen, wie sie Hiroshima und Nagasaki ausgelöscht haben: eine eigene sowjetische Bombe und die Drohung mit einem Vergeltungsschlag.«

»Er hat recht, Willi«, sagte Alice. »Verflixt, das wissen wir doch alle!«

Die Frau war knallhart, erkannte Wolodja.

Für Schritt sieben benutzte er einen eher lockeren Tonfall. »Über wie viele Atombomben verfügen die USA derzeit?«

Das war der entscheidende Augenblick. Wenn Frunze auf diese

946

Frage antwortete, hatte er eine Grenze überschritten. Bis jetzt war das Gespräch eher allgemeiner Natur gewesen; nun aber verlangte Wolodja Geheiminformationen.

Frunze zögerte. Dann schaute er zu Alice.

Sie nickte kaum merklich.

»Sie haben nur eine«, sagte Frunze.

Wolodja verbarg seinen Triumph. Wilhelm Frunze hatte seine Wahlheimat verraten. Damit war die schwierige erste Stufe genommen. Der zweite Verrat würde ihm viel leichter fallen.

»Aber sie werden bald schon mehr haben«, fügte Frunze hinzu.

»Es ist ein Wettrennen«, sagte Wolodja. »Wenn wir dieses Wettrennen verlieren, sterben wir. Wir brauchen mindestens eine eigene Bombe, bevor die Amerikaner genug haben, um uns zu vernichten.«

»Könnt ihr denn eine A-Bombe bauen?«

Das war der Anstoß zu Schritt acht. »Wir brauchen Hilfe.«

Wolodja sah, wie Frunzes Gesicht versteinerte. Wahrscheinlich erinnerte er sich daran, weshalb er sich einst geweigert hatte, mit dem NKWD zusammenzuarbeiten.

»Was, wenn wir sagen, dass wir euch nicht helfen können?«, fragte Alice. »Dass es viel zu gefährlich ist?«

Wolodja folgte seinem Instinkt. Er hob die Hände, als wollte er sich ergeben. »Dann fahre ich nach Hause und melde mein Versagen«, antwortete er. »Ich kann euch zu nichts zwingen, und ich will euch nicht unter Druck setzen.«

»Keine Drohungen?«, hakte Alice nach.

Diese Frage bestätigte Wolodjas Verdacht, dass der NKWD versucht hatte, Frunzes Kooperation zu erzwingen. Das versuchten sie bei jedem. Drohungen und Gewalt waren alles, was sie kannten.

»Ich werde nicht einmal versuchen, dich zu überreden«, sagte er zu Frunze. »Ich lege nur die Fakten dar. Alles andere liegt an dir. Wenn du helfen willst, bin ich als dein Verbindungsmann hier. Siehst du die Dinge anders, hat sich die Sache erledigt.« Er schaute zu Alice. »Ihr seid klug. Selbst wenn ich wollte, könnte ich euch nicht hinters Licht führen.«

Wieder schauten die beiden einander an. Wahrscheinlich staunten sie darüber, wie sehr Wolodja sich von dem letzten Sowjetagenten unterschied, mit dem sie es zu tun gehabt hatten.

947

Das Schweigen zog sich beinahe schmerzhaft in die Länge.

Schließlich ergriff Alice wieder das Wort. »Was für eine Art von Hilfe braucht ihr genau?«

Das war zwar kein eindeutiges Ja, aber es war auch keine Ablehnung, und das wiederum führte logischerweise zu Schritt neun. »Meine Frau ist eine der Wissenschaftlerinnen, die am Bau der Bombe beteiligt sind«, sagte Wolodja und hoffte, dass ihn das wieder ein wenig menschlicher erscheinen ließ, bevor die Frunzes ihn für zu kühl und berechnend hielten.

»Sie sagte mir, dass es verschiedene Möglichkeiten gibt, an eine Atombombe zu kommen, dass wir aber keine Zeit hätten, diese Möglichkeiten durchzuprobieren. Wir könnten Jahre sparen, wenn wir wüssten, wie ihr es angestellt habt.«

»Das leuchtet ein«, sagte Frunze.

Zeit für Schritt zehn, den großen. »Wir müssen wissen, was für eine Art Bombe über Japan abgeworfen wurde.«

Gequält verzog Frunze das Gesicht. Er schaute zu seiner Frau. Diesmal nickte sie ihm nicht zu, schüttelte aber auch nicht den Kopf. Sie schien genauso hin und her gerissen zu sein wie ihr Mann.

Schließlich seufzte er. »Es waren zwei verschiedene Bomben.«

Wolodja war wie elektrisiert. »Zwei verschiedene Konstruktionen?«

Frunze nickte. »In Hiroshima wurde eine Uranbombe mit einem Zünder nach dem Kanonenprinzip eingesetzt. Wir haben sie ›Little Boy‹ genannt. In Nagasaki kam ›Fat Man‹ zum Einsatz, eine Plutoniumbombe mit Implosionszündung.«

Wolodja verschlug es den Atem. Das waren fantastische Informationen. »Welcher Entwurf ist denn der bessere?«

»Offensichtlich haben beide funktioniert, aber Fat Man war leichter herzustellen.«

»Warum?«

»Man braucht zwei Jahre, um das Uran 235 für eine Bombe zu gewinnen. Bei Plutonium geht es schneller.«

»Dann sollte die UdSSR also Fat Man kopieren?«

»Definitiv.«

»Da wäre noch eine Sache, mit der du helfen könntest, die Sowjetunion vor der Vernichtung zu bewahren«, sagte Wolodja.

»Und die wäre?«

Wolodja schaute ihm in die Augen. »Besorg mir die Konstruktionszeichnungen.«

Frunze wurde kreidebleich. »Ich bin amerikanischer Staatsbürger«, sagte er. »Du verlangst von mir, dass ich mein Land verrate? Darauf steht die Todesstrafe. Ich könnte auf dem elektrischen Stuhl landen.«

Du und auch deine Frau, dachte Wolodja. Schließlich ist sie deine Komplizin. Aber Gott sei Dank ist dir der Gedanke nicht gekommen.

»In den letzten Jahren habe ich viele Leute gebeten, ihr Leben zu riskieren«, sagte er. »Leute wie dich. Deutsche, die die Nazis gehasst haben. Männer und Frauen, die hohe Risiken eingegangen sind, um uns Informationen zu liefern. Menschen, die uns geholfen haben, den Krieg zu gewinnen. Ich muss dir das Gleiche sagen, Willi, was ich diesen Leute gesagt habe: Es werden wesentlich mehr Menschen sterben, wenn du nicht tust, worum ich dich gebeten habe.« Wolodja verstummte. Das war sein bester Trumpf. Mehr hatte er nicht zu bieten.

Frunze schaute wieder zu seiner Frau.

»Du hast die Bombe gebaut, Willi«, sagte Alice.

Frunze drehte sich zu Wolodja um. »Ich werde darüber nachdenken.«

Zwei Tage später übergab Frunze Wolodja die Konstruktionspläne.

Wolodja brachte sie nach Moskau, und Zoja wurde aus dem Gefängnis entlassen. Dass sie in Haft gewesen war, schien sie weniger aufzuregen als ihren Mann. »Sie wollten doch nur die Revolution schützen«, sagte sie. »Und man hat mir nichts getan. Es war, als hätte ich ein paar Tage in einem miesen Hotel gewohnt.«

An Zojas erstem Tag daheim, nachdem sie sich geliebt hatten, sagte Wolodja: »Ich muss dir etwas zeigen. Ich habe es aus Amerika mitgebracht.« Er wälzte sich vom Bett, öffnete eine Schublade und holte ein dickes Buch heraus. »Das ist der Sears-Roebuck-Katalog«, sagte er, setzte sich neben seine Frau und schlug den Wälzer auf. »Schau dir das mal an.«

Der Katalog öffnete sich auf einer Seite mit Damenkleidern.

Die Fotomodelle waren unglaublich schlank, die Stoffe fröhlich und in leuchtenden Farben, gestreift, kariert oder uni, einige mit Rüschen, andere mit Spitzen. »Das hier gefällt mir«, sagte Zoja und tippte mit der Fingerspitze auf ein Kleid. »Sind zwei Dollar achtundneunzig viel?«

»Eigentlich nicht«, antwortete Wolodja. »Das Durchschnittsgehalt beträgt fünfzig Dollar die Woche, und die Durchschnittsmiete ein Drittel davon.«

»Wirklich?« Zoja war erstaunt. »Dann können sich die meisten Leute diese Kleider ja problemlos leisten.«

»Genau. Na ja, die Bauern vielleicht nicht. Andererseits sind diese Kataloge extra für die Bauern erfunden worden, die hundert Kilometer oder mehr vom nächsten Geschäft entfernt wohnen.«

»Wie funktioniert das denn?«

»Du suchst dir aus dem Katalog aus, was du willst, und schickst ihnen Geld. Dann dauert es ein paar Wochen, und der Postbote bringt dir, was du bestellt hast.«

»Das ist ja, als wäre man ein Zar.« Zoja nahm ihm den Katalog ab und blätterte darin. »Oh, hier ist ja noch mehr.« Auf der nächsten Seite waren Kostümkombinationen aus Rock und Jacke zu sehen, die jeweils vier Dollar achtundneunzig kosteten. »Die sind auch sehr elegant.«

»Blättere weiter«, forderte Wolodja sie auf.

Zoja staunte über eine Seite nach der anderen mit Damenmänteln, Damenhüten, Damenschuhen und Damenunterwäsche. »Und die Leute können wirklich alles haben, was sie wollen?«

»Wenn sie es bezahlen können.«

»Meine Güte. Auf einer einzigen Seite gibt es mehr Angebote als in einem ganzen russischen Laden.«

»Ja.«

Langsam blätterte Zoja weiter. Für Männer gab es eine ebenso große Auswahl an Kleidung; für Kinder ebenfalls. Zoja legte den Finger auf einen dicken Wollmantel für Jungen, der fünfzehn Dollar kostete. »Bei dem Preis wird wohl jeder Junge in Amerika einen solchen Mantel haben.«

»Schon möglich.«

Es gab auch Möbel. Für fünfundzwanzig Dollar bekam man ein Bett. Hatte man fünfzig Dollar in der Woche zur Verfügung,

950

war das sehr billig. Und so ging es weiter. Es gab Hunderte von Dingen, die in der Sowjetunion gar nicht zu bekommen waren: Spielsachen und Brettspiele, Kosmetikprodukte, Gitarren, elegante Stühle, elektrische Werkzeuge, schön gebundene Romane, Weihnachtsschmuck und elektrische Toaster.

Sogar ein Traktor wurde angeboten. »Glaubst du«, fragte Zoja, »dass jeder Bauer in Amerika, der einen Traktor haben will, ihn auch bekommt, und das auch noch sofort?«

»Wenn er das Geld dafür hat«, antwortete Wolodja.

»Er muss seinen Namen nicht auf eine Liste schreiben und ein paar Jahre darauf warten?«

»Nein.«

Zoja klappte den Katalog zu und schaute ihren Mann ernst an. »Wenn die Leute das alles haben können«, sagte sie, »warum sollten sie dann den Wunsch haben, Kommunisten zu sein?«

»Gute Frage«, erwiderte Wolodja.

KAPITEL 22

1946

Die Kinder von Berlin hatten ein neues Spiel mit Namen »Frau, komm«. Es gab Dutzende Spiele, bei denen die Jungs die Mädchen jagten, aber dieses Spiel war anders, wie Carla bemerkte: Die Jungen rotteten sich zusammen und suchten sich ein Mädchen als Ziel aus. Wenn sie es fingen, riefen sie »Frau, komm!«, warfen es zu Boden und hielten es fest. Dann legte sich einer der Jungen auf das Mädchen und simulierte Geschlechtsverkehr. Kinder von sieben, acht Jahren, die eigentlich nichts über Vergewaltigungen hätten wissen sollen, spielten dieses Spiel, weil sie gesehen hatten, was Rotarmisten mit deutschen Frauen getan hatten. Jeder Russe kannte diese eine Phrase auf Deutsch: »Frau, komm.«

Was war das nur mit den Russen? Carla kannte keine Frau, die von einem französischen, amerikanischen oder kanadischen Soldaten vergewaltigt worden war, obwohl es solche Fälle mit Sicherheit auch gegeben hatte. Doch jede Frau zwischen fünfzehn und fünfundfünfzig, die Carla kannte, war mindestens einmal von einem Rotarmisten vergewaltigt worden: ihre Mutter, ihre Freundin Frieda, Friedas Mutter, die Zofe Ada …

Und doch hatten sie Glück gehabt, denn sie waren noch am Leben. Manche Frauen waren gestorben, nachdem sie stundenlang von Dutzenden Männern missbraucht worden waren. Carla hatte sogar von einem Mädchen gehört, das totgebissen worden war.

Nur Rebecca Rosen war dieses Schicksal erspart geblieben. An dem Tag, als das Jüdische Krankenhaus in Berlin befreit worden war, hatten die von Ulrichs Rebecca bei sich aufgenommen. Zwar hatten die meisten Fenster keine Scheiben mehr, und die Außenwand war von Einschusslöchern übersät; aber wenigstens schützte es vor Wind und Wetter.

Das Haus stand im sowjetischen Sektor, aber Rebecca wusste

nicht, wo sie sonst hätte hingehen sollen. Monatelang versteckte sie sich wie eine Verbrecherin auf dem Speicher und kam nur spät am Abend herunter, wenn die Russen in ihrem Suff eingeschlafen waren. Wann immer sie konnte, ging Carla ein paar Stunden zu ihr hinauf; dann spielten sie Karten und erzählten einander Geschichten aus ihrem Leben. Carla wäre gern Rebeccas große Schwester gewesen, aber das Mädchen behandelte sie eher wie eine Mutter. Dann fand Carla heraus, dass sie tatsächlich Mutter wurde.

Maud und Monika waren in den Fünfzigern und damit zu alt, um noch Kinder zu bekommen, und Ada hatte schlicht Glück gehabt; doch Carla und Frieda waren von ihren Vergewaltigern schwanger geworden.

Frieda ließ abtreiben. Bei den Nazis hatte darauf die Todesstrafe gestanden, und das Gesetz war noch in Kraft. Also ging Frieda nicht in ein Krankenhaus, sondern zu einer älteren »Hebamme«, die den Job für fünf Zigaretten erledigte. Die katastrophalen hygienischen Verhältnisse bei dem Eingriff bescherten Frieda eine schwere Infektion. Sie wäre gestorben, hätte Carla kein Penicillin aus dem Krankenhaus gestohlen.

Carla beschloss, ihr Kind zur Welt zu bringen.

Ihre Gefühle für das Baby wechselten ständig von einem Extrem ins andere. Wenn sie unter Morgenübelkeit litt, verfluchte sie die Bestien, die sie geschändet hatten. Manchmal saß sie einfach nur da, die Hände auf dem Leib, starrte ins Leere und träumte von Babykleidung. Dann wieder fragte sie sich, ob das Gesicht des Babys sie an einen ihrer Vergewaltiger erinnern würde, sodass sie womöglich ihr eigenes Kind hasste.

Sie hatte schreckliche Angst vor dem, was kam.

Im Januar 1946 war Carla im achten Monat schwanger. Wie die meisten Deutschen fror sie, hatte Hunger und war völlig mittellos. Als ihre Schwangerschaft offensichtlich wurde, musste sie ihre Arbeit als Krankenschwester aufgeben und schloss sich dem Millionenheer der Arbeitslosen an. Alle zehn Tage wurden Essensrationen ausgegeben. Die tägliche Kalorienmenge war auf 1500 begrenzt. Natürlich musste trotzdem dafür bezahlt werden, doch selbst für Kunden mit Geld und Essensmarken gab es manchmal nichts zu kaufen.

Carla hatte darüber nachgedacht, die Sowjets um einen Sonder-

953

status zu bitten, weil sie im Krieg als Spionin gearbeitet hatte. Aber das hatte auch Heinrich bereits versucht und dabei eine böse Erfahrung gemacht: Der Nachrichtendienst der Roten Armee hatte von ihm verlangt, dass er weiter für sie spionierte. Er sollte das US-Militär infiltrieren. Als Heinrich sich sträubte, wurden die Russen unangenehm und drohten, ihn in ein Arbeitslager zu schicken. Doch Heinrich kam mit einem blauen Auge davon, als er erklärte, er spreche kein Englisch und sei daher nutzlos für sie. Nachdem Carla ein paar Tage darüber nachgedacht hatte, kam sie zu dem Schluss, dass es besser sei, den Mund zu halten.

Es gab noch immer keine Männer in ihrem Haus. Erik und Werner gehörten zu den Millionen deutscher Soldaten, die spurlos verschwunden waren. Vielleicht waren sie in Gefangenschaft, vielleicht waren sie tot. Oberst Beck hatte Carla erzählt, dass fast drei Millionen Deutsche bei den Kämpfen an der Ostfront gefallen waren. Viele weitere waren in den Kriegsgefangenenlagern der Sowjets gestorben – an Hunger, Kälte oder Krankheiten. Ein paar aber waren zurückgekommen. Sie waren entweder geflohen oder entlassen worden, weil sie zum Arbeiten zu krank gewesen waren. Nun gehörten sie zu den Millionen von Flüchtlingen, die auf der Suche nach einer neuen Heimat durch Europa zogen. In der Hoffnung, etwas über den Verbleib von Erik und Werner zu erfahren, hatten Carla und Maud Briefe geschrieben und beim Roten Kreuz abgegeben, doch bis jetzt hatten sie keine Antwort erhalten.

Was die Aussicht betraf, dass Walter bald zurückkehren könnte, war Carla hin und her gerissen. Sie liebte ihn noch immer und hoffte inständig, dass er lebte und dass es ihm gut ging, aber sie fürchtete sich auch vor dem Wiedersehen, wenn sie mit dem Kind eines Vergewaltigers schwanger war. Natürlich war es nicht ihre Schuld, aber sie schämte sich trotzdem.

Berlin hatte sich verändert. In der Straße Unter den Linden, der einstigen Prachtstraße der Stadt und Flaniermeile der modischen Welt, hingen nun riesige Bilder von Lenin und Stalin. Die meisten Berliner Straßen waren inzwischen freigeräumt, und alle paar hundert Meter hatte man große Trümmerhaufen aufgeschüttet; das Material sollte wiederverwendet werden, falls die Deutschen je wieder in der Lage sein sollten, ihr Land neu aufzubauen. Ganze Stadtviertel lagen in Schutt und Asche. Allein die Trümmer wegzuräumen würde Jahre dauern. Und in den Ruinen verrotteten Tausende von Leichen; den ganzen Sommer hatte der süßliche, Übelkeit erregende Verwesungsgeruch in der Luft gehangen. Jetzt stank es nur noch nach Regenschauern.

Mittlerweile war die Stadt in vier Sektoren aufgeteilt worden: in einen russischen, einen amerikanischen, einen britischen und einen französischen. Viele der noch intakten Gebäude waren von den Besatzern requiriert worden. Die Berliner krochen unter, wo immer sie konnten, oft in den übrig gebliebenen Zimmern eines ansonsten zerbombten Hauses.

Wenigstens gab es wieder fließendes Wasser, hin und wieder sogar Strom, aber es war so gut wie unmöglich, etwas zum Heizen oder Kochen zu finden – es sei denn, man konnte irgendetwas an den Mann bringen. Carla und Maud hatten dieses Glück. Es war ihnen gelungen, eine alte Kommode zu verkaufen, ein Jugendstilmöbel in heller Eiche, das Walters Eltern sich nach ihrer Heirat im Jahr 1889 zugelegt hatten.

Carla, Maud und Ada hatten die Kommode auf einen geliehenen Handkarren geladen, den sie nun durch die Stadt schoben. Rebecca ließen sie zu Hause. Die Gewaltorgien der Roten Armee hatten zwar ihren Höhepunkt überschritten, und Rebecca hauste nicht mehr auf dem Speicher; aber ein hübsches junges Mädchen war auf der Straße noch lange nicht sicher.

Sie brachten die Kommode nach Wedding, in den französischen Sektor, und verkauften sie für eine Stange Gitanes an einen freundlichen Oberst aus Paris. Das Besatzungsgeld war wertlos geworden, weil die Sowjets zu viel davon druckten; deshalb wurde fast alles gegen Zigaretten getauscht, die als Ersatzwährung dienten.

Auf dem Rückweg zogen Maud und Ada den Karren, und Carla ging neben ihnen her. Ihr taten vom Hinweg sämtliche Knochen weh, aber die Mühe hatte sich gelohnt: Für eine Stange Zigaretten konnten sie genug Lebensmittel eintauschen, um sich ein paar Tage lang satt zu essen.

Die Dunkelheit brach herein, und die Temperatur fiel unter den Gefrierpunkt. Ihr Heimweg führte die drei Frauen ein kurzes Stück in den britischen Sektor. Manchmal fragte sich Carla, ob die Briten ihrer Mutter wohl helfen würden, wenn sie wüssten, was sie erdulden musste. Andererseits besaß Maud seit sechsundzwanzig Jahren die deutsche Staatsbürgerschaft. Ihr Bruder, Earl Fitzherbert, war wohlhabend und einflussreich, doch er hatte sich geweigert, Maud nach der Heirat mit Walter von Ulrich weiter zu unterstützen, und er war stur. Es war unwahrscheinlich, dass er seine Haltung änderte.

Die drei Frauen kamen an einer kleinen Menschenmenge vorbei – dreißig, vierzig zerlumpte Gestalten, die sich vor einem Haus versammelt hatten, das von den britischen Besatzern requiriert worden war. Neugierig blieben sie stehen, als sie sahen, dass in dem Haus eine Party gefeiert wurde. Durch die Fenster konnten sie hell erleuchtete Zimmer erkennen, lachende Männer und Frauen mit Drinks in der Hand und Bedienstete, die Tabletts zwischen den Feiernden umhertrugen.

Carla schaute sich um. Die Menge vor dem Haus bestand vorwiegend aus Frauen und Kindern – Männer gab es nicht mehr viele in Berlin oder sonst wo in Deutschland –, und alle starrten sehnsüchtig auf die Fenster wie abgewiesene Sünder vor der Himmelspforte. Es war ein beklagenswerter Anblick.

»Das ist obszön!«, schimpfte Maud und ging mit entschlossenen Schritten auf die Haustür zu.

Ein britischer Soldat trat ihr in den Weg und sagte: »Nein, nein.« Vermutlich war es das einzige deutsche Wort, das er kannte.

»Ich will sofort Ihren kommandierenden Offizier sprechen«, verlangte Maud in dem arroganten Englisch der Oberschicht, das sie als junge Frau gesprochen hatte.

Zweifelnd musterte der Soldat Mauds alten Mantel, klopfte dann aber an die Tür. Sie wurde geöffnet, und ein Gesicht schaute heraus. »Eine englische Lady will den CO sprechen«, meldete der Wachsoldat.

Einen Augenblick später öffnete sich die Tür erneut, und ein Paar erschien. Die beiden sahen aus wie die Karikatur eines britischen Offiziers und seiner Gattin: Er trug Galauniform mit schwarzer Schleife, sie ein langes Abendkleid mit Perlenkette.

»Guten Abend«, sagte Maud. »Es tut mir leid, Ihre Party stören zu müssen.«

Das Paar starrte sie verwundert an. Eine zerlumpte, abgemagerte Frau, die ein gepflegtes Englisch mit Oberklassenakzent sprach, sah man im zerstörten Berlin nicht alle Tage.

»Wissen Sie eigentlich, was Sie den armen Menschen hier draußen antun?«, fuhr Maud fort. »Sie könnten wenigstens die Vorhänge zuziehen.«

Das Paar blickte zu der zerlumpten Menge vor den Fenstern.
Die Frauen und Kinder schauten sie mit großen Augen an.

»Du meine Güte, George«, sagte die Offiziersgattin, »die Dame
hat recht. Das ist grausam von uns.«

»Wenn überhaupt, dann ist es unbeabsichtigt«, gab George
mürrisch zurück.

»Was hältst du davon, wenn wir ein bisschen Abbitte leisten und
diesen Leuten etwas zu essen hinausschicken?«

Der Offizier schaute zweifelnd drein. Vermutlich verstieß es
gegen irgendeine Vorschrift, Kanapees an hungernde Deutsche zu
verteilen. Dann aber seufzte er. »Also schön.«

Ein paar Minuten später kamen Partygäste mit Tabletts voller
Sandwiches und Kuchen aus dem Haus, die sie an die Hungernden
verteilten. Carla lächelte. Die Kühnheit ihrer Mutter hatte sich
wieder einmal bezahlt gemacht. Sie nahm sich ein großes Stück
Obstkuchen und schlang es heißhungrig herunter. Es enthielt mehr
Zucker, als sie in den letzten sechs Wochen zu sich genommen hatte.

Dann wurden die Vorhänge zugezogen, die Gäste kehrten ins
Haus zurück, und die Menge zerstreute sich. Maud und Ada
schnappten sich wieder den Karren, und die drei Frauen setzten
ihren Heimweg fort.

»Gut gemacht, Mutter«, lobte Carla. »Eine Stange Gitanes *und*
eine kostenlose Mahlzeit, und das alles an einem Nachmittag.«

Es war spät, als sie nach Hause kamen. Sie brachten den Karren
zu ihren Nachbarn, von denen sie ihn geliehen hatten, und gaben
ihnen eine halbe Packung Gitanes als Bezahlung.

Die drei Frauen wohnten nur noch in der Küche, in der sie
auch nachts auf Matratzen schliefen, denn jetzt, im Winter, war es
schwierig genug, auch nur dieses eine Zimmer zu heizen. Früher
war der Küchenherd mit Kohle befeuert worden, doch Kohle war
dieser Tage kaum zu bekommen. Also musste man ersatzweise Bücher, Zeitungen, ausrangierte Möbel, sogar Gardinen verbrennen.

Sie schliefen paarweise: Carla mit Rebecca, Maud mit Ada.
Ada schürte das Feuer mit alten Zeitschriften, die Rebecca vom
Speicher geholt hatte. Maud streckte die Reste der Bohnensuppe,

die es zu Mittag gegeben hatte, mit Wasser, und wärmte sie zum Abendessen auf.

Als Carla sich aufsetzte, um die dünne Suppe zu trinken, durchzuckte ein furchtbarer Stich ihren Unterleib. Es war keine Zerrung vom Schieben des Karrens, erkannte sie sofort; das war etwas anderes.

»Mutter«, sagte sie ängstlich, »ich glaube, das Baby kommt.«

»Es ist doch viel zu früh!«

»Ich bin in der sechsunddreißigsten Woche«, erwiderte Carla, »und ich habe die Wehen.«

»Dann sollten wir uns bereitmachen.«

Maud ging nach oben, um Handtücher zu holen.

Ada holte einen Holzstuhl aus dem Esszimmer. Mithilfe einer Stahlstange aus einem ausgebombten Haus, die den Frauen als Allzweck-Werkzeug diente, zerschlug sie ihn in kleine Stücke. Dann schürte sie das Feuer im Ofen.

Carla legte die Hände auf ihren schwangeren Leib. »Du hättest ruhig noch warten können, bis es ein bisschen wärmer ist«, murmelte sie.

Es dauerte nicht lange, und sie hatte so starke Schmerzen, dass sie die Kälte nicht mehr fühlte. Die ganze Nacht lag sie in den Wehen, von furchtbaren Schmerzen geplagt. Maud und Ada hielten ihr abwechselnd die Hand, während sie stöhnte und schrie. Rebecca schaute zu. Ihr Gesicht war bleich, und sie fürchtete sich.

Das graue Licht des Morgens drang bereits durch die Zeitungen, mit denen die Küchenfenster zugeklebt waren, als das Kind endlich kam. Nach einer letzten schmerzhaften Wehe zog Maud es zwischen Carlas Beinen hervor.

»Es ist ein Junge«, verkündete sie.

Sie blies dem Kind aufs Gesicht und öffnete ihm den Mund, und es gab seinen ersten leisen Schrei von sich.

Dann legte sie das Baby Carla in die Arme und schob ihr Sofakissen aus dem Wohnzimmer in den Rücken, damit sie sich aufsetzen konnte.

Der Junge hatte dichtes, dunkles Haar.

Maud band die Nabelschnur mit einem Baumwollfaden ab und schnitt sie durch. Carla öffnete ihre Bluse und legte sich das Kind an die Brust.

Sie hatte Angst, keine Milch zu haben. Gegen Ende ihrer Schwangerschaft hätten ihre Brüste anschwellen und tropfen müssen, aber so war es nicht gewesen – vielleicht, weil das Baby zu früh war, vielleicht aber auch, weil die Mutter an Unterernährung litt. Doch nach ein paar Augenblicken des Saugens spürte Carla einen seltsamen Schmerz, und die Milch begann zu fließen.

Kurz darauf schlief der Säugling ein.

Ada brachte eine Schüssel mit warmem Wasser und einen Lappen und wusch dem Kind sanft Kopf und Gesicht, dann den winzigen Körper.

Rebecca flüsterte: »Er ist wunderschön.«

»Mutter«, sagte Carla, »sollen wir ihn Walter nennen? Papa hätte sich gefreut.«

Maud war so gerührt, dass ihr Tränen über die Wangen liefen. »Tut mir leid«, sagte sie verlegen und wischte sich mit dem Ärmel übers Gesicht. »Ich wünschte nur, dein Vater könnte den Kleinen sehen. Es ist so ungerecht.«

Ada überraschte sie beide mit einem Zitat aus dem Buch Hiob: »Der Herr gibt, und der Herr nimmt. Gelobt sei der Name des Herrn.«

Carla glaubte nicht an Gott – kein göttliches Wesen hätte die Vernichtungslager der Nazis erlauben dürfen –, dennoch tröstete sie dieser Spruch. Er ermahnte den Menschen, im Leben alles hinzunehmen, auch den Schmerz der Geburt und die Trauer des Todes.

Liebevoll betrachtete Carla ihren kleinen Sohn. Sie würde für ihn sorgen, würde ihn füttern und wärmen, schwor sie sich, egal welche Steine ihr das Leben in den Weg legte.

Er war das schönste Kind auf Erden, und sie würde ihn ewig lieben.

Der kleine Walter wachte auf, und wieder gab Carla ihm die Brust. Er saugte zufrieden und schmatzte leise, während die Frauen ihm zuschauten.

Für kurze Zeit war dieses Schmatzen das einzige Geräusch in der warmen, schummrig beleuchteten Küche.

Die erste Rede, die ein neuer Parlamentsabgeordneter hält, wird Jungfernrede genannt und ist meist langweilig. Bestimmte Dinge müssen gesagt, bestimmte Phrasen benutzt werden, und die Konvention verlangt ein Thema, das nicht kontrovers ist. Parteifreunde und Gegner gratulieren dem Neuling gleichermaßen; die Traditionen sind gewahrt, das Eis gebrochen.

Seine erste *echte* Rede hielt Lloyd Williams ein paar Monate später während der Debatte über das Nationale Versicherungsgesetz. Das war sehr viel beängstigender.

Bei der Vorbereitung hatte er zwei Redner vor Augen. Sein Großvater, Dai Williams, benutzte Sprache und Rhythmen der Bibel, nicht nur in der Kapelle, sondern auch – und vielleicht gerade –, wenn er über die Entbehrungen und Ungerechtigkeiten im Leben eines Bergmanns sprach. Er benutzte kurze, aber an Bedeutung reiche Wörter: Mühsal, Sünde, Gier. Er sprach vom Herd und der Grube und dem Grab.

Churchill tat das Gleiche, besaß aber den Humor, der Dai Williams abging. Seine langen, hoheitsvollen Sätze endeten oft mit einem unerwarteten Bild oder einer Bedeutungsumkehr. Als Redakteur der Regierungszeitung *British Gazette* hatte er während des Generalstreiks von 1926 die Gewerkschafter gewarnt: »Seid euch über eines im Klaren: Sollten wir von euch jemals einen weiteren Generalstreik bekommen, bekommt ihr von uns eine weitere *British Gazette*.« Eine Rede erforderte solche Überraschungen, fand Lloyd; sie waren wie Rosinen in einem Brötchen.

Doch als er aufstand und zu sprechen begann, kamen ihm seine sorgfältig zurechtgeschmiedeten Sätze mit einem Mal künstlich vor. Sein Publikum empfand es offenbar genauso: Lloyd spürte, dass die fünfzig oder sechzig Abgeordneten, die zugegen waren, nur mit halbem Ohr zuhörten. Einen Augenblick befiel ihn Panik: Wie konnte er mit einem Thema langweilen, das für jene Menschen, die er vertrat, von so grundlegender Wichtigkeit war?

Auf der vordersten Regierungsbank sah er seine Mutter, jetzt Schulministerin, und seinen Onkel Billy, den Kohleminister. Billy Williams hatte mit dreizehn im Bergwerk angefangen; Ethel war gleich alt gewesen, als sie auf Tŷ Gwyn gelernt hatte, Fußböden zu schrubben. In dieser Debatte ging es nicht um ausgefeilte Phrasen, sondern um ihre Lebensgeschichte.

960

Nach nur einer Minute schaute Lloyd nicht mehr auf sein Manuskript, sondern sprach frei. Er erinnerte an das Elend von Bergmannsfamilien, die durch Arbeitslosigkeit oder Arbeitsunfälle plötzlich ohne einen Penny dastanden, und schilderte Szenen, die er aus erster Hand im Londoner Eastend und im Kohlerevier von Südwales beobachtet hatte. Seine Stimme verriet die Gefühle, die er dabei empfand, was ihm ein wenig peinlich war, doch er machte unbeirrt weiter, denn er spürte, dass sein Publikum ihm immer mehr Aufmerksamkeit schenkte. Er sprach von seinem Großvater und anderen, die die Labour-Bewegung mit dem Traum von einer umfassenden Arbeitslosenversicherung begonnen hatten, die die Angst der Menschen vor Verelendung für immer beenden sollte.

Als Lloyd sich setzte, erntete er einen Sturm der Begeisterung. Auf der Besuchergalerie lächelte seine Frau Daisy stolz und zeigte ihm den erhobenen Daumen.

Von einem warmen Gefühl der Zufriedenheit erfüllt, hörte Lloyd sich den Rest der Debatte an. Er hatte den Eindruck, seine erste Prüfung als Abgeordneter bestanden zu haben.

Nach der Sitzung sprach ihn in der Lobby ein Labour-Einpeitscher an, einer der Leute, die dafür sorgen sollten, dass die Abgeordneten nach der Parteilinie abstimmten. Er beglückwünschte Lloyd zu seiner Rede und schloss die Frage an: »Was würden Sie davon halten, parlamentarischer Privatsekretär zu werden?«

Lloyd war begeistert. Jeder Minister und jeder Staatssekretär hatte wenigstens einen PPS. In Wahrheit war ein PPS zwar wenig mehr als ein Aktentaschenträger, aber diese Stelle war oft der erste Schritt auf dem Weg zu einem Posten in einem Ministerium. »Es wäre mir eine Ehre«, sagte Lloyd. »Für wen würde ich denn arbeiten?«

»Ernie Bevin.«

Lloyd konnte sein Glück kaum fassen. Bevin war Außenminister und arbeitete am engsten mit Premierminister Attlee zusammen. Die vertraute Beziehung zwischen diesen beiden Männern war ein Beispiel für die Anziehungskraft der Gegensätze. Attlee stammte aus der Mittelschicht: Anwaltssohn, Studium in Oxford, Offizier im Ersten Weltkrieg. Bevin war der uneheliche Sohn eines Hausmädchens, der seinen Vater nie kennengelernt und im Alter von elf Jahren als Arbeiter angefangen hatte; er war der Gründer einer mächtigen Gewerkschaft, der Transport and General Workers Union. Auch vom Äußeren her waren sie Gegensätze: Attlee schlank und adrett, ruhig und ernst; Bevin ein großer, starker, übergewichtiger Hüne mit lautem, poltrigem Lachen. Bevin war nicht nur für Lloyd ein Held, sondern für Millionen einfacher Briten. Er nannte den Premierminister den »kleinen Clem«. Dennoch waren sie Verbündete, zwischen die niemand einen Keil treiben konnte.

»Ich würde nichts lieber tun«, sagte Lloyd. »Aber hat Bevin nicht schon einen PPS?«

»Er braucht zwei«, erwiderte der Einpeitscher. »Gehen Sie morgen früh um neun ins Außenministerium, dann können Sie anfangen.«

»Vielen Dank!«

Lloyd eilte den eichenvertäfelten Gang entlang zum Büro seiner Mutter. Er hatte mit Daisy verabredet, dass sie sich nach der Debatte dort treffen würden. »Mam!«, rief er, als er eintrat. »Ich werde PPS bei Ernie Bevin!«

Dann sah er, dass Ethel nicht allein war. Earl Fitzherbert war bei ihr.

Fitz musterte Lloyd mit einer Mischung aus Erstaunen und Abscheu.

Trotz seines Schocks bemerkte Lloyd, dass sein Vater einen perfekt sitzenden grauen Anzug mit doppelreihiger Weste trug.

Lloyd richtete den Blick wieder auf seine Mutter. Sie wirkte gelassen. Die Begegnung zwischen Vater und Sohn schien sie nicht zu überraschen. Offenbar hatte sie alles geplant.

Der Earl kam zu der gleichen Schlussfolgerung. »Was soll das, Ethel?«

Lloyd betrachtete den Mann, dessen Blut in seinen Adern strömte. Selbst in dieser peinlichen Situation hielt Fitz sich gerade und aufrecht. Er war ein stattlicher Mann, auch wenn ihm ein Augenlid herunterhing – eine Erinnerung an die Schlacht an der Somme, genau wie der Gehstock, auf den er sich stützte. Er stand wenige Monate vor dem sechzigsten Geburtstag und war makellos gekleidet; sein graues Haar war sauber gestutzt, seine silberne Krawatte fest geknotet. Seine schwarzen Schuhe glänzten. Auch Lloyd legte großen Wert auf sein Äußeres. Das habe ich von ihm, dachte er.

Ethel rückte nahe an den Earl heran. Lloyd kannte seine Mutter gut genug, um zu wissen, was sie bezweckte: Sie setzte stets ihren Charme ein, wenn sie einen Mann zu irgendetwas bewegen wollte. Dennoch gefiel es Lloyd nicht, wie sie mit einem Mann, der sie ausgenutzt und dann im Stich gelassen hatte, so vertraut umging. »Ich war sehr traurig, als ich von Boys Tod hörte«, sagte sie zu Fitz. »Nichts ist uns so teuer wie unsere Kinder, nicht wahr?«

»Ich muss gehen«, erwiderte Fitz.

Bis zu diesem Augenblick war Lloyd seinem Vater stets nur im Vorbeigehen begegnet. So viel Zeit hatte er noch nie mit ihm verbracht, und er hatte ihn noch nie so viele Wörter sprechen gehört. Obwohl er sich nicht wohl in seiner Haut fühlte, war Lloyd fasziniert. Earl Fitzherbert hatte unbestreitbar Charisma.

»Bitte, Fitz«, sagte Ethel. »Du hast einen Sohn, den du nie anerkannt hast – einen Sohn, auf den du stolz sein solltest.«

»Lass gut sein, Ethel«, entgegnete Fitz. »Ein Mann hat das Recht, die Fehltritte seiner Jugend zu vergessen.«

Lloyd wand sich innerlich vor Verlegenheit, doch seine Mutter gab nicht nach. »Warum solltest du vergessen? Ich weiß, dass er kein Wunschkind war, aber sieh ihn dir jetzt an – ein Unterhausabgeordneter, der gerade eine packende Rede gehalten und zum parlamentarischen Privatsekretär des Außenministers ernannt wurde.«

Fitz blickte Lloyd bewusst nicht an.

»Du möchtest so tun, als wäre unsere Affäre eine bedeutungslose Tändelei gewesen«, fuhr Ethel fort, »aber du kennst die Wahrheit. Ja, wir waren jung und naiv – und ganz schön scharf, ich genauso wie du –, aber wir liebten einander. Wir haben einander *wirklich* geliebt, Fitz. Gestehe es dir doch ein. Weißt du denn nicht, dass du die Seele verlierst, wenn du die Wahrheit über dich selbst abstreitest?«

Zum ersten Mal spiegelten sich Emotionen auf Fitz' Gesicht; Lloyd sah es genau. Sein Vater kämpfte um Fassung. Lloyd begriff, dass seine Mutter den Finger auf das eigentliche Problem gelegt hatte, das nicht so sehr darin bestand, dass Fitz sich seines unehelichen Sohnes schämte: Er war zu stolz, als dass er zugegeben hätte, ein Hausmädchen geliebt zu haben. Vermutlich hatte er Ethel mehr geliebt als seine Ehefrau, und das stellte seine Glaubenssätze über die gesellschaftliche Hierarchie auf den Kopf.

963

Lloyd ergriff das Wort. »Ich war bei Boy, als es zu Ende ging, Sir. Er ist als tapferer Mann gestorben.«

Zum ersten Mal blickte Fitz ihn an. »Mein Sohn hat Ihre Anerkennung nicht nötig.«

Für Lloyd war es wie ein Schlag ins Gesicht.

Auch Ethel war schockiert. »Fitz!«, rief sie. »Wie kannst du so herzlos sein?«

In diesem Augenblick kam Daisy ins Büro.

»Hallo, Fitz!«, sagte sie fröhlich. »Wahrscheinlich hast du gedacht, mich los zu sein, und jetzt bist du doch wieder mein Schwiegervater. Ist das nicht lustig?«

Ethel sagte: »Ich versuche gerade, Fitz zu bewegen, dass er Lloyd die Hand gibt.«

»Einem Sozialisten schüttle ich nicht die Hand«, sagte Fitz.

Ethel führte einen Kampf, den sie nicht gewinnen konnte, doch sie kapitulierte nicht. »Sieh doch nur, wie viel von dir in ihm steckt. Er ähnelt dir, er kleidet sich wie du, teilt dein Interesse an der Politik. Vielleicht wird er irgendwann Außenminister, was auch du immer angestrebt hast.«

Fitz' Gesicht wurde immer dunkler. »Es ist höchst unwahrscheinlich, dass ich jemals Außenminister werde.« Er ging zur Tür. »Und es würde mich kein bisschen freuen, wenn dieses bedeutende Amt in die Hände meines bolschewistischen Bastards fallen würde.« Mit diesen Worten verließ er Ethels Büro.

Ethel standen Tränen in den Augen.

Daisy legte den Arm um Lloyd. »Es tut mir leid«, sagte sie.

»Mach dir keine Gedanken«, entgegnete Lloyd. »Ich bin weder schockiert noch enttäuscht.« Das stimmte zwar nicht, aber er wollte nicht wie ein Weichling erscheinen. »Er hat mich schon vor langer Zeit von sich gewiesen.« Er blickte Daisy tief in die Augen. »Ich habe das Glück, dass es andere Menschen gibt, die mich lieben.«

Unter Tränen sagte Ethel: »Das ist nur meine Schuld. Ich hätte ihn nicht hierherbitten sollen. Ich hätte wissen müssen, dass es nicht gut ausgeht.«

»Denk dir nichts dabei«, sagte Daisy. »Dafür habe ich gute Neuigkeiten.«

Lloyd lächelte sie an. »Welche denn?«

Daisy blickte Ethel an. »Bist du bereit?«

»Kommt darauf an.«
»Na los«, sagte Lloyd. »Was ist?«
»Wir bekommen ein Baby«, sagte Daisy.

In jenem Sommer kam Carlas Bruder Erik nach Hause. Er war mehr tot als lebendig. In einem sowjetischen Arbeitslager hatte er sich mit Tuberkulose angesteckt. Die Russen hatten ihn entlassen, als er zu krank zum Arbeiten geworden war. Wochenlang hatte er an den unmöglichsten Orten übernachtet, war auf Güterzügen mitgefahren oder hatte sich eine Mitfahrgelegenheit bei einem Lastwagenfahrer geschnorrt. Barfuß und in verdreckter Kleidung traf er im Haus der von Ulrichs ein. Sein Gesicht sah aus wie ein Totenschädel, und er schien mit einem Bein im Grab zu stehen.

Doch er starb nicht. Vielleicht lag es daran, dass er nun bei Menschen war, die ihn liebten; vielleicht lag es am warmen Wetter, als der Winter dem Frühling wich. Vielleicht lag es einfach nur an der Ruhe. Sein Husten ließ nach, und er wurde kräftiger, sodass er bald im Haus helfen konnte. Er nagelte Bretter vor die zerbrochenen Scheiben, reparierte das Dach und reinigte verstopfte Abflüsse.

Glücklicherweise war Frieda Franck Anfang des Jahres auf eine Goldader gestoßen. Ihr Vater Ludwig war bei einem Bombenangriff auf seine Fabrik getötet worden, und eine Zeit lang waren Frieda und ihre Mutter genauso mittellos gewesen wie alle anderen. Dann aber bekam Frieda eine Anstellung als Krankenschwester im amerikanischen Sektor. Kurz darauf, so erzählte sie Carla, hatte eine kleine Gruppe amerikanischer Ärzte sie gebeten, ihren Überschuss an Essen und Zigaretten auf dem Schwarzmarkt zu verkaufen, und dafür nur eine Gewinnbeteiligung verlangt. Seitdem kam Frieda einmal die Woche bei Carla vorbei und brachte ihr einen kleinen Korb mit Vorräten: warme Kleidung, Kerzen, Taschenlampenbatterien, Streichhölzer, Seife und Essen – Schinken, Schokolade, Äpfel, Reis und Pfirsiche in Dosen.

Maud teilte das Essen ein. Sie und Ada bekamen dieselbe Menge, Carla die doppelte Ration. Carla akzeptierte es ohne Zögern, aber nicht um ihrer selbst willen, sondern für den kleinen Walter.

Ohne Friedas illegal beschaffte Lebensmittel hätte der Kleine vermutlich nicht überlebt.

Walter veränderte sich schnell. Das dunkle Haar, das er bei seiner Geburt gehabt hatte, war inzwischen feinem, blondem Haar gewichen. Mit sechs Monaten hatte er Carlas wunderschöne grüne Augen. Als seine Gesichtszüge sich entwickelten, fielen Carla die Falten in den äußeren Augenwinkeln auf, die ihm etwas Asiatisches verliehen, und sie fragte sich, ob sein Vater wohl Sibirier gewesen war. Sie konnte sich nicht mehr an alle Männer erinnern, die sie vergewaltigt hatten. Die meiste Zeit hatte sie die Augen geschlossen.

Carla hasste die Männer nicht mehr. Es war seltsam, aber sie war so glücklich, Walter zu haben, dass sie es kaum noch bedauerte, was damals geschehen war.

Rebecca war von Walter fasziniert. Mit ihren fünfzehn Jahren war sie alt genug, um selbst Muttergefühle zu entwickeln. Voller Eifer half sie Carla beim Baden und Anziehen des Babys. Wann immer möglich, spielte sie mit ihm, und Walter gluckste freudig, sobald er sie sah.

Als Erik sich besser fühlte, trat er in die kommunistische Partei ein.

Carla war erstaunt. Wie konnte er das tun – nach allem, was er durch die Sowjets erlitten hatte? Doch sie fand rasch heraus, dass Erik über den Kommunismus nun genauso sprach wie über den Nationalsozialismus ein Jahrzehnt zuvor. Sie hoffte nur, dass es diesmal nicht ganz so lange dauerte, bis ihm seine Illusionen geraubt wurden.

Die Alliierten versuchten, die Demokratie wieder nach Deutschland zu bringen, und für die zweite Hälfte des Jahres 1946 waren Wahlen in Berlin angesetzt.

Carla war fest davon überzeugt, dass sich das Leben in der Stadt erst wieder normalisieren würde, wenn die Bewohner selbst die Kontrolle übernahmen; also beschloss sie, sich für die Sozialdemokraten einzusetzen. Doch die Berliner fanden bald heraus, dass die Sowjets ein ganz besonderes Demokratieverständnis hatten.

Der Ausgang der Wahlen in Österreich im November des Vorjahres war eine bittere Pille für die Sowjets gewesen. Die österreichischen Kommunisten hatten mit einem Kopf-an-Kopf-Rennen mit den Sozialdemokraten gerechnet, hatten aber nur vier von einhundertfünfundsechzig Sitzen errungen. Offenbar gaben die Wähler den Kommunisten die Schuld für die Brutalität der Roten Armee. Das hatte der Kreml, der keine freien Wahlen kannte, nicht bedacht.

Um ein ähnliches Ergebnis in Deutschland zu vermeiden, schlugen die Sowjets die Verschmelzung von Kommunisten und Sozialdemokraten zu einer sogenannten Einheitsfront vor. Doch trotz erheblichen Drucks weigerten sich die Sozialdemokraten. Daraufhin begannen die Sowjets in Ostdeutschland, SPD-Leute zu verhaften, genau wie die Nazis 1933, und schließlich wurde die Vereinigung erzwungen. Doch die Wahlen in Berlin standen unter der Aufsicht aller vier Siegermächte, und die Sozialdemokratie überlebte.

Nachdem es wärmer geworden war, konnte auch Carla sich wieder für Essen anstellen. Den kleinen Walter nahm sie mit. Sie wickelte ihn stets in einen Kopfkissenbezug, denn Babykleidung besaß sie nicht. Als sie eines Morgens ein paar Querstraßen von zu Hause entfernt für Kartoffeln anstand, sah sie zu ihrem Erstaunen einen amerikanischen Jeep mit Frieda auf dem Beifahrersitz. Der Jeep hielt ein Stück von der Schlange der Wartenden entfernt. Der fast kahlköpfige Fahrer, der Ende dreißig sein mochte, küsste Frieda zum Abschied auf den Mund; dann sprang sie aus dem Wagen. Sie trug ein ärmelloses blaues Kleid und neue Schuhe. Rasch ging sie mit ihrem kleinen Korb in Richtung des Hauses der von Ulrichs.

Carla traute ihren Augen nicht. Frieda handelte gar nicht auf dem Schwarzmarkt, und die amerikanischen Ärzte gab es auch nicht. Sie war die Geliebte eines amerikanischen Offiziers und ließ sich dafür bezahlen.

Ungewöhnlich war das nicht. Tausende hübscher deutscher Mädchen hatten vor der Wahl gestanden, ihre Familien hungern zu lassen oder mit einem Offizier zu schlafen, der die Liebesdienste mit Lebensmitteln honorierte. Französische Frauen hatten unter deutscher Besatzung das Gleiche getan. Viele Offiziersfrauen in Deutschland hatten sich bitter darüber beklagt.

Trotzdem war Carla entsetzt. Frieda liebte doch Heinrich! Sie wollten heiraten, sobald das Leben sich wieder halbwegs normalisiert hatte! Carla verstand die Welt nicht mehr.

967

Schließlich kam sie an die Reihe, kaufte eine Ration Kartoffeln und eilte nach Hause.

Sie fand Frieda oben im Salon. Erik hatte das Zimmer geputzt und Zeitungen vor die Fenster geklebt, weil Glas nicht zu bekommen war. Die Vorhänge waren längst als Bettlaken wiederverwendet worden, doch die meisten Stühle hatten bis jetzt überlebt. Wundersamerweise stand auch noch der große Flügel da. Ein russischer Offizier hatte ihn entdeckt und verkündet, er werde am nächsten Tag wiederkommen und ihn mit einem Kran aus dem Fenster hieven, doch er war nie zurückgekehrt.

Frieda nahm Carla den kleinen Jungen ab und sang ihm etwas vor. Die beiden Frauen im Haus, die noch keine Kinder hatten, Rebecca und Frieda, konnten gar nicht genug von Walter bekommen. Und die beiden Mütter, Maud und Ada, liebten ihn, gingen aber wesentlich pragmatischer mit ihm um.

Frieda öffnete den Deckel des Pianos und ermutigte Klein-Walter, auf die Tasten zu schlagen, während sie sang. Das Instrument war sehr lange nicht mehr gespielt worden. Seit dem Tod ihres letzten Schülers, Joachim Koch, hatte Maud es nicht mehr angerührt.

Nach ein paar Minuten sagte Frieda: »Du bist so ernst, Carla. Was ist los?«

»Ich weiß, wie du an das Essen kommst, das du uns bringst«, erwiderte sie. »Du bist keine Schwarzmarkthändlerin, nicht wahr?«

»Natürlich! Was redest du denn da?«

»Ich habe heute Morgen gesehen, wie du aus einem Jeep gestiegen bist.«

»Ach, du meinst sicher Colonel Hicks. Er hat mich ein Stück mitgenommen.«

»Er hat dich auf den Mund geküsst.«

Frieda senkte den Blick. »Ich wusste gleich, dass ich früher hätte aussteigen sollen. Ich hätte zu Fuß gehen können. Nun, dann weißt du es jetzt.«

»Und was ist mit Heinrich?«, fragte Carla.

»Er wird nie davon erfahren. Von nun an werde ich vorsichtiger sein, ich schwör's.«

»Liebst du ihn denn noch?«

»Natürlich! Wir werden heiraten.«

»Aber warum …?«

»Ich habe die Nase voll von diesen harten Zeiten! Ich will endlich wieder hübsche Kleider tragen und tanzen gehen.«

»Das stimmt nicht«, erwiderte Carla. »Du kannst mich nicht
belügen, Frieda. Dafür kennen wir uns viel zu gut. Sag mir die
Wahrheit.«

»Die Wahrheit?«

»Ja.«

»Bist du sicher?«

»Ich bin sicher.«

»Ich habe es für Walter getan.«

Carla erschrak. Der Gedanke war ihr nie gekommen, doch es
ergab Sinn. Frieda opferte sich für sie und ihr Baby.

Carla fühlte sich furchtbar. Also war letztendlich sie dafür verantwortlich, dass Frieda sich prostituierte. »Das hättest du nicht
tun sollen«, sagte sie bedrückt. »Irgendwie wären wir auch so
zurechtgekommen.«

Den kleinen Walter noch immer im Arm, sprang Frieda auf.
»Nein, wärt ihr nicht!«, platzte sie heraus.

Walter bekam Angst und fing an zu schreien. Carla nahm ihn,
wiegte ihn in den Armen und tätschelte ihm den Rücken.

»Ihr wärt nicht zurechtgekommen«, wiederholte Frieda, diesmal ruhiger.

»Woher willst du das wissen?«

»Den ganzen Winter über sind in Zeitungspapier gewickelte,
nackte Babys ins Krankenhaus gebracht worden. Alle waren verhungert oder erfroren. Ich konnte es nicht ertragen, sie anzusehen.«

»O Gott.« Carla drückte Walter an sich.

»Es ist grauenhaft. Wenn sie erfrieren, werden sie ganz blau.«

»Hör auf damit!«

»Ich muss es dir erzählen, sonst verstehst du nicht, warum ich
das getan habe. Walter hätte eines dieser Babys sein können.«

»Ich weiß«, flüsterte Carla. »Ich weiß.«

»Percy Hicks ist ein guter Mann. Er hat eine altmodische Frau
zu Hause in Boston. Wahrscheinlich bin ich für ihn die Verfüh-
rung in Person. Er ist höflich und nett, wenn er mit mir ins Bett
geht, und er benutzt stets ein Kondom.«

»Du solltest damit aufhören«, sagte Carla.

»Das willst du doch gar nicht wirklich.«

Carla seufzte. »Du hast recht«, gab sie zu. »Das ist das Schlimmste daran. Ich fühle mich schuldig. Ich bin schuldig.«

»Nein, bist du nicht. Ich allein trage die Verantwortung. In diesen Zeiten müssen viele deutsche Frauen harte Entscheidungen treffen. Wir bezahlen dafür, dass die Männer es sich vor dreizehn Jahren so leicht gemacht haben. Männer wie mein Vater, der geglaubt hat, Hitler sei gut fürs Geschäft. Männer wie Heinrichs Vater, der für das Ermächtigungsgesetz gestimmt hat. Jetzt müssen die Töchter für die Sünden der Väter büßen.«

Es klopfte an der Tür. Augenblicke später hörten die beiden Frauen schnelle Schritte auf der Treppe, als Rebecca in ihr Versteck rannte, um in Sicherheit zu sein, falls wieder Rotarmisten draußen standen.

Dann hörten sie Ada sagen: »Oh! Junger Herr! Guten Morgen!« Sie klang erstaunt und ein wenig besorgt, aber nicht ängstlich. Carla fragte sich, wer diese seltsame Reaktion bei Ada hervorrufen konnte.

Dann waren schwere Männerschritte auf der Treppe zu hören, und Werner kam herein.

Er war verdreckt, zerlumpt und ausgemergelt, aber er lächelte strahlend. »Ich bin's!«, rief er freudig. »Ich bin zurück!«

Dann sah er das Baby, und sein Lächeln verschwand. »Oh«, sagte er. »Was … Wer … Ich meine, wessen Kind ist das?«

»Meins, Liebling«, antwortete Carla. »Lass mich erklären …«

»Erklären?«, unterbrach er sie wütend. »Was gibt es da zu erklären? Du hast das Kind eines anderen bekommen!« Er wandte sich zum Gehen.

»Werner!«, sagte Frieda. »In diesem Zimmer sind zwei Frauen, die dich lieben. Geh nicht, ohne uns nicht wenigstens zugehört zu haben. Du verstehst das nicht.«

»Ich glaube, ich verstehe sehr gut.«

»Carla wurde vergewaltigt.«

Werner wechselte die Farbe. »Vergewaltigt? Von wem?«

»Ich kenne ihre Namen nicht«, sagte Carla.

»Ihre Namen?« Werner schluckte. »Es waren mehrere?«

»Fünf Soldaten der Roten Armee.«

Werners Stimme wurde zu einem Flüstern. »Fünf?«

Carla nickte.

970

»Aber konntest du nicht ... Ich meine ...«

»Ich wurde ebenfalls vergewaltigt, Werner«, sagte Frieda. »Und auch deine Mutter.«

»O Gott! Was war hier los?«

»Die Hölle«, antwortete Frieda.

Werner ließ sich in einen schweren alten Ledersessel sinken. »Und ich dachte, ich wäre in der Hölle gewesen«, sagte er und vergrub das Gesicht in den Händen.

Carla durchquerte das Zimmer. Sie trug den kleinen Walter noch immer auf den Armen, als sie vor Werner hintrat. »Sieh mich an«, forderte sie ihn auf. »Bitte.«

Er hob den Blick. Auf seinem Gesicht lag ein gequälter Ausdruck.

»Diese Hölle gibt es nicht mehr«, sagte Carla.

»Glaubst du?«

»Ja«, antwortete sie mit fester Stimme. »Das Leben ist hart, aber die Nazis sind weg, und der Krieg ist zu Ende. Hitler ist tot, und die Rote Armee hat die Vergewaltiger unter Kontrolle – mehr oder weniger. Der Albtraum ist vorbei, und wir beide haben überlebt und sind wieder zusammen.«

Werner nahm ihre Hand. »Du hast recht.«

»Außerdem haben wir den kleinen Walter. Und gleich wirst du ein fünfzehnjähriges Mädchen kennenlernen. Sie heißt Rebecca und ist auch mein Kind geworden. Aus dem, was der Krieg uns gelassen hat, müssen wir eine neue Familie bauen – genau so, wie wir auch unsere Häuser wiederaufbauen müssen.«

Werner nickte.

»Ich brauche deine Liebe«, fuhr Carla fort. »Das gilt auch für Rebecca und Walter.«

Werner stand langsam auf. Carla schaute ihn erwartungsvoll an. Er schwieg. Dann legte er die Arme um sie und das Baby und drückte sie sanft an sich.

Aufgrund der Bestimmungen aus dem Krieg, die noch immer in Kraft waren, hatte die britische Regierung das Recht, auf jedem Grundstück mit dem Kohleabbau zu beginnen – auch gegen den

Wunsch des Landbesitzers. Entschädigung erhielt er nur für Einkommensverluste auf landwirtschaftlich oder geschäftlich genutztem Grund und Boden.

In seiner Eigenschaft als Minister genehmigte Billy Williams einen Kohlentagebau auf dem Gelände von Tŷ Gwyn, dem prunkvollen Landsitz des Earls Fitzherbert bei Aberowen.

Weil das Land nicht wirtschaftlich genutzt wurde, brauchte die Regierung dem Earl keinerlei Ausgleich zu zahlen.

Bei den Konservativen im Unterhaus brach ein Sturm der Entrüstung los. »Die Abraumhalde liegt dann direkt unter den Schlafzimmerfenstern der Gräfin!«, rief ein indignierter Tory.

Billy Williams lächelte. »Die Abraumhalde des Earls liegt seit fünfzig Jahren unter dem Fenster meiner Mutter«, erwiderte er.

Am Tag, bevor der Aushub der Grube begann, reisten Lloyd Williams und Ethel Leckwith mit Billy nach Aberowen. Lloyd ließ Daisy nur ungern zurück, denn sie sollte in zwei Wochen ihr Kind zur Welt bringen, doch es war ein historischer Moment, und er wollte dabei sein.

Seine Großeltern waren mittlerweile Ende siebzig. Grandah war trotz seiner Brille mit den kieselgroßen Gläsern fast blind, und Grandmam ging mit gebeugtem Rücken. »Was ist das schön«, sagte sie, als alle am alten Küchentisch saßen. »Meine beiden Kinder sind da.« Sie tischte Rindfleisch mit Rübenmus auf, außerdem dicke Scheiben selbst gebackenes Brot mit Schmalz. Dazu gab es große Tassen gesüßten Tee mit Milch.

Lloyd hatte solche Speisen als Kind regelmäßig gegessen, doch heute fand er sie reizlos. Er hatte erlebt, wie Spanierinnen und Französinnen auch in schweren Zeiten schmackhafte Mahlzeiten zubereiteten, die mit Knoblauch gewürzt und mit Kräutern verfeinert waren. Doch er schämte sich seiner Verwöhntheit und tat so, als esse und trinke er mit Genuss.

»Schade um die Gärten von Tŷ Gwyn«, sagte Grandmam geradeheraus.

Billy war betroffen. »Was willst du damit sagen? Großbritannien braucht die Kohle.«

»Aber die Menschen lieben diese Gärten. Sie sind schön. Seit ich ein junges Mädchen war, bin ich jedes Jahr wenigstens einmal dort gewesen. Eine Schande, dass es sie bald nicht mehr gibt.«

»Aber es gibt doch einen wunderschönen Erholungspark hier mitten in Aberowen!«

»Das ist nicht das Gleiche«, erwiderte Grandmam unbeirrt.

»Ihr Frauen begreift die Politik wohl nie«, meinte Grandah.

»Nein«, erwiderte Grandmam. »Das ist wohl so.«

Lloyd suchte den Blick seiner Mutter. Sie lächelte nur.

Billy und Lloyd teilten sich das zweite Zimmer, und Ethel schlug ihre Bettstatt am Küchenboden auf. »Bis ich zur Army kam, habe ich jede Nacht in diesem Zimmer geschlafen«, sagte Billy, als sie sich hinlegten. »Und jeden Morgen habe ich aus dem Fenster auf diese verdammte Bergehalde geschaut.«

»Sei leise, Onkel Billy«, sagte Lloyd. »Sonst hört deine Mam noch, was für Wörter du in den Mund nimmst.«

»Du hast recht«, murmelte Billy.

Am nächsten Morgen zogen sie nach dem Frühstück den Hügel hinauf zum Herrenhaus. Der Morgen war mild, und ausnahmsweise regnete es nicht. Die Kämme der Hügel am Horizont wirkten durch das Sommergras weicher und lieblicher. Als Tŷ Gwyn in Sicht kam, musste Lloyd sich eingestehen, dass er vor allem ein schönes Gebäude vor sich hatte, nicht so sehr ein Symbol der Unterdrückung. Aber Tŷ Gwyn verkörperte beides zugleich: In der Politik war nichts einfach.

Die großen schmiedeeisernen Tore standen offen, und die Williams betraten das Gelände, auf dem sich bereits eine Menschenmenge versammelt hatte. Es waren die Mitarbeiter des Tiefbauunternehmens mit ihren Maschinen, ungefähr hundert Bergleute und ihre Familien, Earl Fitzherbert mit seinem Sohn Andrew, eine Handvoll Reporter mit Notizbüchern sowie ein Kcamerateam.

Die Gärten waren atemberaubend schön. Die Allee aus alten Kastanien stand in voller Blüte, auf dem Teich schwammen Schwäne, und die Blumenbeete strahlten in sämtlichen Farben des Regenbogens. Lloyd vermutete, dass der Earl dafür gesorgt hatte, dass die Gärten sich von ihrer schönsten Seite zeigten. Fitzherbert wollte die Labour-Regierung vor der Öffentlichkeit als Vernichter von Pracht und Eleganz hinstellen.

Lloyd ertappte sich dabei, wie er mit dem Earl sympathisierte.

Der Bürgermeister von Aberowen gab den Reportern ein Interview. »Die Menschen dieser Stadt sind gegen den Tagebau«, sagte er. Lloyd war erstaunt: Der Stadtrat bestand aus Labor-Leuten; es musste den Bürgermeister einige Überwindung kosten, der Position der Regierung zu widersprechen. »Seit über hundert Jahren ist die Schönheit dieser Gärten ein Balsam für die Seelen der Menschen, die in einer kargen Industrielandschaft leben müssen«, fuhr er fort. Dann wechselte er von vorbereiteter Ansprache zu persönlicher Erinnerung. »Unter dieser Zeder dort habe ich meiner Frau den Heiratsantrag gemacht.«

Ein lautes Klirren und Rasseln unterbrach ihn. Es klang wie die Schritte eines eisernen Riesen. Als Lloyd sich umdrehte und die Zufahrt hinunterschaute, sah er eine gewaltige Maschine heranrollen. Sie sah wie der größte Bagger der Welt aus. Der Ausleger war neunzig Fuß lang, und in die Schaufel hätte ein Lastwagen gepasst. Am erstaunlichsten aber waren die rotierenden Stahlschuhe, auf denen das Ungeheuer fuhr und die jedes Mal, wenn sie auf den Boden trafen, die Erde erschütterten.

»Das ist ein Schürfkübelbagger von Monighan mit Schreitwerk«, sagte Billy stolz. »Holt jedes Mal sechs Tonnen Erde raus.«

Die Kamera filmte, wie die monströse Maschine die Auffahrt hinaufrumpelte.

An der Labour Party hatte Lloyd nur eines auszusetzen: dass viele Sozialisten einem puritanischen Autoritätsdenken nachhingen. Bei seinem Großvater war es so, und auch Billy besaß diese Neigung. Bei sinnlichen Vergnügungen wurde ihnen unbehaglich; Entbehrung und Selbstversagung lagen ihnen mehr. Sie taten die bezaubernde Schönheit dieser Gärten als etwas Unerhebliches ab. Und damit irrten sie sich.

Ethel und Lloyd waren anders. Sie neigten nicht zur Miesmacherei – hoffte Lloyd zumindest.

Fitz gab auf dem rosa Kiesweg ein Interview, während der Baggerfahrer seine Maschine in Position manövrierte. »Der Kohleminister hat erklärt, dass die Gärten einem effizienten Wiederherstellungsprogramm unterzogen werden sollen, wie er es nennt, wenn die Grube einmal stillgelegt wird«, sagte er. »Glauben Sie mir, dieses Versprechen ist wertlos. Mein Großvater, mein Vater und ich haben gemeinsam mehr als ein Jahrhundert gebraucht, bis die Gärten ihre jetzige Schönheit und Harmonie erlangt haben. Sie wiederherzustellen wird weitere hundert Jahre erfordern.«

Der Ausleger des Baggers senkte sich, bis er in einem Fünfund-vierzig-Grad-Winkel über den Büschen und Blumenbeeten des Westgartens stand. Die Schaufel schwebte über dem Krocketrasen. Lange Augenblicke des Wartens folgten. Die Menge wurde still. Dann rief Billy: »Nun fangt schon an, um Himmels willen!« Ein Ingenieur mit Melone blies in eine Pfeife. Mit gewaltigem Getöse krachte die Schaufel zu Boden. Ihre Stahlzähne fraßen sich in den flachen grünen Rasen. Das Schlepptau spannte sich. Das laute Knarren belasteter Mechanik war zu hören; dann schob die Schaufel sich langsam nach hinten. Während sie über den Boden gezogen wurde, entwurzelte sie ein Beet mit großen gelben Sonnenblumen, den Rosengarten, ein Gebüsch aus Zimterlen und Strauchkastanien und eine kleine Magnolie. Am Ende ihres Weges war die Schaufel voller Erde, Blätter und Pflanzen. Der Fahrer hob sie zwanzig Fuß hoch an. Lose Erde und Blüten rieselten zu Boden.

Der Ausleger schwang zur Seite. Die Maschine war größer als das Herrenhaus. Lloyd befürchtete schon, der Ausleger könne die Fenster im Obergeschoss einschlagen, doch der Baggerfahrer verstand sein Handwerk und hielt rechtzeitig an. Das Schlepptau erschlaffte, die Schaufel kippte, und sechs Tonnen Garten fielen ein paar Fuß vom Hauseingang entfernt auf den Boden.

Die Schaufel kehrte in ihre ursprüngliche Position zurück, und der Vorgang wurde wiederholt.

Lloyd blickte zu seinem leiblichen Vater hinüber.

Earl Fitzherbert weinte.

KAPITEL 23

1947

Zu Beginn des Jahres 1947 schien die Möglichkeit zu bestehen, dass ganz Europa kommunistisch wurde.

Wolodja Peschkow war nicht sicher, ob er darauf hoffen sollte oder nicht.

Die Rote Armee beherrschte Osteuropa, und im Westen gewannen die Kommunisten mehr Wahlen als je zuvor. Durch ihren Widerstand gegen die Nazis hatten sie sich großen Respekt erworben. Bei den ersten französischen Nachkriegswahlen hatten fünf Millionen Menschen für die Kommunisten gestimmt und sie damit zur stärksten Partei gemacht. In Italien hatte eine Allianz aus Kommunisten und Sozialisten vierzig Prozent der Stimmen gewonnen, und in der Tschechoslowakei hatten die Kommunisten allein achtunddreißig Prozent erreicht und führten nun die demokratisch gewählte Regierung an.

In Österreich und Deutschland, wo die Wähler dem Terror der Roten Armee ausgesetzt gewesen waren, sah es jedoch anders aus. In Berlin hatten die Sozialdemokraten dreiundsechzig von einhundertdreißig Sitzen errungen, die Kommunisten nur sechsundzwanzig. Allerdings lag Deutschland nach wie vor in Trümmern, und die Bevölkerung hungerte; deshalb hoffte man im Kreml, dass die Menschen sich in ihrer Verzweiflung doch noch dem Kommunismus zuwenden würden. Schließlich war es damals während der Weltwirtschaftskrise bei den Nazis genauso gewesen.

Großbritannien wiederum war eine einzige große Enttäuschung. Dort war bei den Nachkriegswahlen nur ein Kommunist ins Parlament gekommen, und die Labour-Regierung lieferte alles, was der Kommunismus versprach: Wohlfahrt, freie Gesundheitsfürsorge, Bildung für alle, sogar die Fünftagewoche für Bergleute.

Doch im Rest Europas gelang es dem Kapitalismus nicht, die Menschen aus der Nachkriegskrise zu erlösen.

Sogar das Wetter ist auf Stalins Seite, ging es Wolodja durch den Kopf, als er beobachtete, wie der Schnee sich auf den Kuppeln der alten Moskauer Kathedralen sammelte. In ganz Europa war der Winter des Jahres 1946/47 der kälteste seit hundert Jahren. In Saint Tropez schneite es. Britische Straßen und Schienen waren unpassierbar geworden, und die Industrie hatte ihre Produktion einstellen müssen; das hatte es nicht einmal während des Krieges gegeben. In Frankreich waren die gegen Essensmarken ausgegebenen Rationen kleiner als in Kriegszeiten. Die Vereinten Nationen schätzten, dass einhundert Millionen Europäer von fünfzehnhundert Kalorien am Tag lebten – die Grenze zur Unterernährung. Und je langsamer sich die Räder der Produktion drehten, desto mehr wuchs das Gefühl der Menschen, dass sie nichts zu verlieren hatten, und die Revolution schien mehr und mehr der einzige Ausweg zu sein.

Sobald die UdSSR über Nuklearwaffen verfügte, würde sich ihr nichts und niemand mehr in den Weg stellen können. Zoja und ihre Kollegen hatten im Labor Nr. 2 der Akademie der Wissenschaften bereits genug kernwaffenfähiges Material angesammelt. Die kritische Masse war am Weihnachtstag erreicht worden, sechs Monate nach der Geburt von Konstantin, der zu diesem Zeitpunkt in der Kinderkrippe des Labors geschlafen hatte. Sollte das Experiment schiefgehen, hatte Zoja ihrem Mann anvertraut, würde es dem kleinen Kotja auch nichts nützen, wenn er zwei, drei Kilometer entfernt wäre; dann nämlich läge ganz Moskau in Schutt und Asche.

Wolodjas Zweifel, was die Zukunft betraf, hatten mit der Geburt seines Sohnes neue Nahrung erhalten. Er wollte, dass Kotja als Bürger eines stolzen und mächtigen Landes aufwuchs. Er war fest davon überzeugt, dass die Sowjetunion es sich verdient hatte, Europa zu beherrschen. Schließlich war es die Rote Armee gewesen, die die Nazis in vier grausamen Kriegsjahren besiegt hatte, während die anderen Alliierten nur daneben gestanden und Kleinkriege geführt hatten. Erst in den letzten elf Monaten hatten sie sich dem eigentlichen Kampf angeschlossen. All ihre Verluste zusammengenommen waren nur ein Bruchteil dessen, was das sowjetische Volk hatte erleiden müssen.

Dann aber rief Wolodja sich in Erinnerung, was Kommunismus wirklich bedeutete: willkürliche Säuberungen, Folter in den Kellern der Geheimpolizei und Soldaten, die zu bestialischen Exzessen getrieben wurden. Und das ganze riesige Land war gezwungen, die Befehle eines launischen Tyrannen zu befolgen, der mächtiger war als der Zar.

Willst du wirklich, dass dieses brutale System auf den Rest Europas übertragen wird, fragte sich Wolodja.

Er erinnerte sich daran, wie er in New York in die Pennsylvania Station gegangen war und sich eine Fahrkarte nach Albuquerque gekauft hatte, ohne eine Genehmigung einholen oder seine Papiere zeigen zu müssen. Er erinnerte sich an das unglaubliche Gefühl von Freiheit, das es ihm vermittelt hatte. Den Sears-Roebuck-Katalog besaß er längst nicht mehr, aber er lebte in seinen Erinnerungen weiter mit seinen Hunderten von Seiten und all den schönen Dingen, die für jedermann erhältlich waren. Das russische Volk hielt die Geschichten über Freiheit und Wohlstand des Westens für Propaganda, aber Wolodja wusste es besser. Ein Teil von ihm sehnte sich sogar danach, dass der Kommunismus besiegt wurde.

Die Zukunft Deutschlands und damit das Schicksal Europas sollte auf einer Außenministerkonferenz entschieden werden, die im März in Moskau stattfand.

Wolodja, inzwischen zum Oberst befördert, hatte den Befehl über die GRU-Einheiten, die mit der Sicherheit der Konferenzteilnehmer beauftragt waren. Die Treffen fanden in einem reich geschmückten Raum des Hauses der Luftfahrtindustrie statt, angenehmerweise nicht weit vom Hotel Moskwa entfernt. Wie immer saßen die Delegierten und ihre Dolmetscher um einen Tisch herum, ihre Berater auf Stühlen dahinter. Der sowjetische Außenminister Wjatscheslaw Molotow verlangte von Deutschland zehn Milliarden Dollar an Reparationen. Die Amerikaner und Briten protestierten dagegen und erklärten, das wäre der Tod der ohnehin kränkelnden deutschen Wirtschaft. Vermutlich war es genau das, was Stalin wollte.

Wolodja erneuerte seine Bekanntschaft mit Woody Dewar, der als Fotoreporter an der Konferenz teilnahm. Woody war inzwischen ebenfalls verheiratet, und er zeigte Wolodja das Bild einer atemberaubenden, dunkelhaarigen Schönheit mit einem Baby auf dem Arm. Im Fond einer ZIS-110B-Limousine, auf dem Rückweg von einem offiziellen Fototermin im Kreml, sagte Woody zu Wolodja:»Euch ist doch klar, dass Deutschland nicht das Geld hat, die Reparationen zu bezahlen?«

Wolodjas Englisch hatte sich deutlich verbessert, und so konnten sie sich ohne Dolmetscher unterhalten. Er antwortete:»Wie schaffen die Deutschen es dann, ihre Leute zu ernähren und ihre Städte wieder aufzubauen?«

»Mit unseren Dollars«, erklärte Woody.»Wir geben ein Vermögen für Hilfsmaßnahmen aus. Jede Reparationszahlung Deutschlands wäre de facto unser Geld.«

»Und? Wäre das so verkehrt? Die Vereinigten Staaten sind im Krieg aufgeblüht, während mein Land verwüstet wurde. Vielleicht solltet ihr ja zahlen.«

»Die amerikanischen Wähler sehen das anders.«

»Die amerikanischen Wähler irren sich vielleicht.«

Woody zuckte mit den Schultern.»Mag sein ... aber es ist immer noch ihr Geld.«

Da ist es wieder, dachte Wolodja, dieses Kuschen vor der öffentlichen Meinung. Das war ihm bei Gesprächen mit Woody früher schon aufgefallen. Die Amerikaner sprachen über die Wähler wie die Russen über Stalin: Man musste ihnen gehorchen, egal ob sie sich irrten oder nicht.

Woody kurbelte das Fenster herunter.»Es macht Ihnen doch nichts aus, wenn ich eine Stadtaufnahme mache? Das Licht ist wunderbar.« Die Kamera klickte.

Woody wusste, dass er nur im Voraus genehmigte Motive aufnehmen durfte. Allerdings war nichts Sicherheitsrelevantes auf der Straße, nur ein paar Frauen, die Schnee schaufelten. Trotzdem sagte Wolodja:»Bitte, lassen Sie das.« Er beugte sich an Woody vorbei und kurbelte das Fenster wieder hoch.»Nur offizielle Fotos.«

Er wollte Woody gerade bitten, ihm den Film aus der Kamera zu geben, als Woody sagte:»Erinnern Sie sich noch, dass ich mal meinen Freund Greg Peshkov erwähnt habe? Der Mann, der den gleichen Namen hat wie Sie?«

Und ob Wolodja sich erinnerte. Willi Frunze hatte Ähnliches erwähnt. Vermutlich handelte es sich um ein und dieselbe Person.

979

»Nein, ich erinnere mich nicht«, log Wolodja. Er wollte nichts mit einem möglichen Verwandten im Westen zu tun haben. Derartige Verbindungen konnten in Russland Ärger bedeuten.

»Er gehört zur amerikanischen Delegation«, fuhr Woody fort. »Sie sollten mal mit ihm reden. Vielleicht sind Sie ja wirklich verwandt.«

»Ja, das mache ich«, erwiderte Wolodja und beschloss, dem Mann um jeden Preis aus dem Weg zu gehen.

Auch Woodys Film wollte er nicht mehr haben. Eine harmlose Straßenszene war den Aufstand nicht wert.

Am nächsten Tag machte George Marshall, der amerikanische Außenminister, den Vorschlag, die vier Alliierten sollten die Besatzungszonen in Deutschland auflösen und das Land wiedervereinen, damit es wieder das ökonomische Herz Europas werden konnte.

Das wollten die Sowjets am allerwenigsten.

Molotow weigerte sich denn auch rundheraus, über Wiedervereinigung zu reden, solange die Reparationsfrage nicht geklärt war.

Die Konferenz verlief ergebnislos.

Und das, dachte Wolodja, war genau, was Stalin wollte.

Die Welt der internationalen Diplomatie ist klein, überlegte Greg Peshkov. Einer der jungen Assistenten in der britischen Delegation der Moskauer Konferenz war Lloyd Williams, der Mann von Gregs Halbschwester Daisy. Zuerst gefiel Greg nicht, wie Lloyd aussah; er kleidete sich wie ein braver englischer Gentleman. Doch Greg erkannte rasch, dass Lloyd ein ganz normaler Bursche war.

»Molotow ist ein Drecksack«, sagte Lloyd bei einem Wodka Martini in der Bar des Hotels Moskwa.

»Und was können wir da tun?«

»Das weiß ich nicht, aber Großbritannien kann mit diesen ständigen Verzögerungen nicht leben. Die Besatzung Deutschlands kostet Geld, das wir nicht haben, und der harte Winter hat aus dem Problem eine Krise gemacht.«

»Weißt du was, Schwager?«, fragte Greg. »Wenn die Sowjets nicht mitspielen wollen, dann machen wir es eben ohne sie.«

»Wie soll das gehen?«

»Was sind unsere Ziele?« Greg zählte es an den Fingern ab. »Wir wollen Deutschland wiedervereinigen und Wahlen abhalten.«

»Wir auch.«

»Wir wollen die wertlose Reichsmark loswerden und eine neue Währung einführen, damit die Deutschen wieder geschäftsfähig werden.«

»Genau.«

»Und wir wollen das Land vor dem Kommunismus bewahren.«

»Ebenfalls ein britisches Ziel.«

»Im Osten erreichen wir nichts davon, weil die Sowjets nicht mit ins Boot kommen. Dann sollen sie uns doch am Arsch lecken! Wir kontrollieren drei Viertel Deutschlands – wir verwirklichen unsere Absichten in unseren Besatzungszonen, und die Ostzone soll zur Hölle fahren.«

Lloyd blickte nachdenklich drein. »Hast du das schon mit deinem Chef diskutiert?«

»Teufel, nein. Ich schwadroniere bloß ein bisschen. Aber warum eigentlich nicht?«

»Vielleicht schlage ich es Ernie Bevin vor.«

»Und ich George Marshall.« Greg nahm einen Schluck von seinem Drink. »Wodka ist das Einzige, was die Russen wirklich hinkriegen«, sagte er. »Und, wie geht es meiner Schwester?«

»Sie erwartet unser zweites Baby.«

»Wie ist Daisy denn so als Mutter?«

Lloyd lachte. »Du denkst wohl, sie ist schrecklich.«

Greg zuckte mit den Schultern. »Ich habe sie nie als den häuslichen Typ betrachtet.«

»Sie ist ruhig, geduldig und geordnet.«

»Sie hat keine sechs Kindermädchen, die ihr die ganze Arbeit abnehmen?«

»Nur eins, damit sie mich abends begleiten kann. Meist gehen wir zu politischen Kundgebungen.«

»Wow, offenbar ist sie ein anderer Mensch geworden.«

»Nicht ganz. Sie liebt noch immer Partys. Was ist mit dir? Bist du noch alleinstehend?«

»Es gibt da ein Mädchen namens Nelly Fordham, bei der ich ziemlich ernste Absichten hege. Und dass ich ein Patenkind habe, weißt du schon, nicht wahr?«

»Ja«, sagte Lloyd. »Daisy hat mir alles über den Jungen erzählt. Georgy.«

Greg war sich ziemlich sicher, dass Lloyd wusste, wer Georgys Vater war; er merkte es an seinem leicht verlegenen Gesichtsausdruck. »Ich mag ihn sehr.«

»Das ist großartig.«

Ein Mitglied der russischen Delegation kam an die Theke, und Greg begegnete seinem Blick. Der Mann hatte etwas Vertrautes an sich. Er war Anfang dreißig und sah trotz des brutal kurzen militärischen Haarschnitts ziemlich gut aus. Seine blauen Augen wirkten ein wenig einschüchternd. Er nickte freundlich, und Greg fragte: »Kennen wir uns irgendwoher?«

»Vielleicht«, antwortete der Russe. »Ich bin in Deutschland zur Schule gegangen. Auf das Leopold-von-Ranke-Gymnasium in Berlin.«

Greg schüttelte den Kopf. »Waren Sie je in den Staaten?«

»Nein.«

Lloyd sagte: »Das ist doch der Mann mit dem gleichen Nachnamen wie du – Wolodja Peschkow.«

Greg stellte sich vor. »Wir könnten verwandt sein. Mein Vater, Lev Peshkov, ist 1914 ausgewandert. Er hat eine schwangere Freundin zurückgelassen, die dann seinen älteren Bruder geheiratet hat, Grigori Peschkow. Könnten wir Halbbrüder sein?«

Wolodjas Freundlichkeit war mit einem Mal wie weggewischt. »Ganz sicher nicht«, erwiderte er. »Entschuldigen Sie mich.« Er verließ das Lokal, ohne etwas bestellt zu haben.

»Der war aber kurz angebunden«, meinte Greg.

»Allerdings.«

»Er sah richtig erschrocken aus.«

»Vielleicht hast du was Falsches gesagt.«

Das kann nicht wahr sein, dachte Wolodja.

Greg behauptete, dass Grigori ein Mädchen geheiratet habe, das bereits von Lew schwanger gewesen war. Sollte das der Fall sein, dann wäre der Mann, den Wolodja zeit seines Lebens »Vater« genannt hatte, in Wahrheit sein Onkel.

Vielleicht war das ja Zufall. Oder der Amerikaner wollte einfach nur Ärger machen.

Aber wie auch immer, Wolodja war zutiefst schockiert.

Er kehrte zur üblichen Zeit nach Hause zurück. Er und Zoja hatten rasch Karriere gemacht, und nun hatten sie eine Wohnung im selben luxuriösen Häuserblock wie seine Eltern. Grigori und Katherina kamen zum Abendessen, wie meistens. Katherina badete ihren Enkelsohn; dann sang Grigori ihm etwas vor und erzählte ihm ein russisches Volksmärchen. Kotja war neun Monate alt und sprach noch nicht, aber ihm schienen die Märchen trotzdem zu gefallen.

Wolodja durchlebte den abendlichen Trott wie in Trance. Er versuchte, sich so normal wie möglich zu benehmen, doch es fiel ihm schwer, mit seinen Eltern zu reden. Er glaubte Gregs Geschichte zwar nicht, aber sie ging ihm auch nicht aus dem Kopf.

Als Kotja schließlich schlief und die Großeltern gerade gehen wollten, fragte Grigori: »Was ist los, Wolodja? Habe ich ein Furunkel auf der Nase?«

»Nein.«

»Warum hast du mich dann den ganzen Abend so angestarrt?«

Wolodja beschloss, ihm die Wahrheit zu sagen. »Ich habe einen Mann namens Greg Peshkov kennengelernt. Er gehört zur amerikanischen Delegation. Er glaubt, dass wir verwandt sind.«

»Das ist durchaus möglich.« Grigori wirkte gelöst, als sei das ohne Bedeutung, doch Wolodja sah, dass sein Hals rot wurde, bei ihm ein typisches Zeichen für Anspannung. »Ich habe meinen Bruder zuletzt 1919 gesehen. Seit damals habe ich nichts mehr von ihm gehört.«

»Gregs Vater heißt Lew, und Lew hatte einen Bruder mit Namen Grigori.«

»Dann könnte Greg dein Vetter sein.«

»Er hat gesagt, er sei mein Bruder.«

Grigori lief vollständig rot an, doch er schwieg.

Zoja warf ein: »Wie kann das sein?«

»Diesem amerikanischen Peshkov zufolge hatte Lew in Petersburg eine schwangere Freundin, die seinen Bruder geheiratet hat«, antwortete Wolodja.

»Das ist doch lächerlich!«, rief Grigori.

983

Wolodja drehte sich zu Katherina um. »Du hast bist jetzt noch gar nichts gesagt, Mutter.«

Katherina schwieg weiter. Das an sich verriet schon viel. Wolodja fragte sich, worüber seine Eltern so lange nachdenken mussten, wenn Gregs Geschichte nicht doch ein Körnchen Wahrheit enthielt. Eine seltsame Kälte breitete sich in seinem Innern aus.

Schließlich sagte Katerina: »Als Mädchen war ich sehr flatterhaft.« Sie schaute zu Zoja. »Nicht so vernünftig wie deine Frau.« Sie seufzte. »Grigori hat sich mehr oder weniger auf den ersten Blick in mich verliebt, der arme Narr.« Sie lächelte ihren Mann liebevoll an. »Aber sein Bruder Lew hatte schöne Kleider, Zigaretten, Geld für Wodka und Kriminelle als Freunde. Das war viel aufregender. Also habe ich Lew vorgezogen … dumm wie ich war.«

Erstaunt riss Wolodja die Augen auf. »Dann stimmt es also?« Ein Teil von ihm hoffte immer noch verzweifelt, dass er sich irrte.

»Lew hat getan, was solche Männer immer tun«, sagte Katherina. »Er hat mich geschwängert und dann im Stich gelassen.«

»Dann ist Lew also mein Vater?« Wolodja schaute zu Grigori. »Und du bist nur mein Onkel!« Ihm wurden die Knie weich, und er hatte das Gefühl, den Boden unter den Füßen zu verlieren.

Zoja stand neben Wolodjas Stuhl und legte ihm die Hand auf die Schulter, als wollte sie ihn beruhigen oder zurückhalten.

Katherina fuhr fort: »Und Grigori hat getan, was Männer wie er immer tun: Er hat sich um mich gekümmert. Er hat mich geliebt, mich geheiratet und für mich und meine Kinder gesorgt.« Sie saß neben Grigori auf der Couch und nahm nun seine Hand. »Ich wollte ihn nicht, und ich habe ihn mit Sicherheit nicht verdient, doch Gott hat ihn mir trotzdem gegeben.«

»Ich habe mich vor diesem Tag gefürchtet«, sagte Grigori. »Seit deiner Geburt habe ich mich davor gefürchtet.«

»Warum habt ihr es geheim gehalten?«, fragte Wolodja. »Warum habt ihr mir nicht einfach die Wahrheit gesagt?«

Grigori musste schlucken. Das Sprechen fiel ihm schwer. »Ich konnte die Vorstellung nicht ertragen, dir sagen zu müssen, dass ich nicht dein Vater bin«, brachte er mühsam hervor. »Dafür habe ich dich viel zu sehr geliebt.«

»Lass mich dir etwas sagen, mein Sohn«, sagte Katherina. »Hör

mir jetzt zu, und dann musst du mir nie wieder zuhören, wenn du nicht willst. Vergiss diesen Fremden in Amerika, der einst ein dummes Mädchen verführt hat. Schau lieber auf den Mann, der mit Tränen in den Augen vor dir sitzt.«
Wolodja blickte auf Grigori und sah das Flehen in seinen Augen, und es zerriss ihm das Herz.
Katherina fuhr fort: »Dieser Mann hat dich drei Jahrzehnte lang ernährt. Dieser Mann hat dir Kleidung gegeben und dich von ganzem Herzen geliebt. Dieser Mann ist dein *wahrer* Vater.«
»Ja«, sagte Wolodja. »Das weiß ich.«

Lloyd Williams hatte einen guten Draht zu Außenminister Ernie Bevin. Trotz ihres Altersunterschieds fanden sie viele Gemeinsamkeiten. Während der viertägigen Zugreise durch das verschneite Europa hatte Lloyd seinem Chef anvertraut, dass er wie Bevin der uneheliche Sohn eines Hausmädchens war. Beide waren überzeugte Antikommunisten: Lloyd wegen seiner Bürgerkriegserlebnisse in Spanien, Bevin, weil er die kommunistischen Taktiken aus der Gewerkschaftsbewegung kannte. »Sie sind Sklaven des Kremls, aber Tyrannen über jeden anderen«, sagte Bevin. Lloyd wusste genau, was er meinte.

Mit Greg Peshkov war Lloyd nicht richtig warm geworden. Sein Schwager sah immer aus, als hätte er sich überhastet angezogen: offene Manschettenknöpfe, verknitterte Jackettkragen, offene Schnürsenkel. Greg war clever, und Lloyd versuchte, ihn zu mögen, aber er spürte, dass sich hinter Gregs beiläufigem Charme ein rücksichtsloser Kern verbarg. Daisy bezeichnete ihren Vater als Gangster, und Lloyd konnte sich gut vorstellen, dass Greg in die gleiche Richtung schlug.

Dennoch, Bevin war sofort auf Gregs Ideen angesprungen, was Deutschland betraf.

»Was meinen Sie, hat er in Marshalls Namen gesprochen?«, fragte der untersetzte Außenminister in seinem breiten West-Country-Dialekt.

»Das hat er bestritten«, antwortete Lloyd. »Glauben Sie denn, es könnte funktionieren?«

»Ich halte es für die beste Idee, die ich während drei verdammter Wochen in Moskau gehört habe. Wenn es ihm ernst ist, richte ich es ein, dass wir informell gemeinsam zu Mittag essen, nur Marshall und sein junger Mitarbeiter mit Ihnen und mir.«

»Ich kümmere mich sofort darum.«

»Aber sagen Sie niemandem etwas. Wir wollen nicht, dass die Sowjets Wind davon bekommen. Sie würden uns beschuldigen, gegen sie zu konspirieren, und sie hätten recht.«

Am nächsten Tag trafen sie sich in der Residenz des amerikanischen Botschafters am Spasopeskowskaja-Platz 10, einem extravaganten neoklassizistischen Gebäude, das vor der Revolution errichtet worden war. Marshall war groß und schlank, jeder Zoll ein Soldat; Bevin war rundlich und kurzsichtig, ihm hing ständig eine Zigarette von den Lippen – doch sie verstanden sich auf der Stelle. Beide waren Männer der einfachen, offenen Worte. Stalin hatte Bevin einmal für eine Sprache gerügt, die eines Gentlemans nicht würdig sei, und auf diese Auszeichnung war der britische Außenminister sehr stolz. Unter Deckengemälden und Kronleuchtern machten sie sich an die Aufgabe, Deutschland ohne die Hilfe der UdSSR wiederzubeleben.

Über die Grundsätze waren sie sich rasch einig: eine neue Währung, die Vereinigung der britischen, amerikanischen und – falls möglich – französischen Besatzungszone, die Demilitarisierung Westdeutschlands, Wahlen und ein neuer transatlantischer Militärpakt. Dann sagte Bevin geradeheraus: »Nichts davon wird funktionieren, wissen Sie.«

Marshall blickte ihn verwundert an. »Dann begreife ich nicht, wieso wir überhaupt darüber sprechen.«

»Europa steckt in einer Rezession. Dieser Plan wird scheitern, wenn die Leute hungern. Der beste Schutz gegen Kommunismus ist Wohlstand. Stalin weiß das – deshalb möchte er, dass Deutschland arm bleibt.«

»Ganz meine Meinung.«

»Aus diesem Grund müssen wir Europa wiederaufbauen. Aber mit leeren Händen gelingt uns das nicht. Wir benötigen Traktoren, Drehbänke, Bagger, Lokomotiven und Waggons – aber nichts davon können wir uns leisten.«

Marshall begriff sofort, worauf Bevin hinauswollte. »Die Ame-

rikaner sind nicht mehr bereit, Europa noch mehr zuzuschießen«, sagte er.
»Das ist verständlich. Trotzdem muss es eine Möglichkeit geben, wie die USA uns das Geld leiht, das wir brauchen, um unseren Bedarf bei Ihnen zu kaufen.«

Schweigen breitete sich aus.

Marshall hasste übereilte Worte, doch die Pause dauerte selbst für ihn sehr lange. Schließlich antwortete er: »Das hört sich vernünftig an. Ich werde sehen, was ich tun kann.«

Die Konferenz dauerte sechs Wochen. Als sämtliche Teilnehmer wieder nach Hause fuhren, war es noch immer zu keiner Entscheidung gekommen.

Mit einem Jahr bekam Eva Williams die Backenzähne. Es war eine schmerzhafte Angelegenheit. Lloyd und Daisy konnten nicht viel für sie tun. Ihr ging es schlecht; sie konnte nicht schlafen und ließ ihre Eltern nicht schlafen, sodass es auch ihnen nicht gut ging.

Daisy besaß viel Geld, doch sie wohnten bescheiden. Sie hatten sich ein schmuckes Reihenhaus in Hoxton gekauft; ihre Nachbarn waren ein Krämer und ein Bauhandwerker. Sie legten sich ein kleines Auto für die Familie zu, einen neuen Morris Eight mit einer Spitzengeschwindigkeit von fast sechzig Meilen pro Stunde. Daisy kaufte sich nach wie vor hübsche Kleider, doch Lloyd besaß nur drei Anzüge: einen für Abendgesellschaften, einen gestreiften für das Unterhaus und einen aus Tweed für die Wahlbezirksarbeit am Wochenende.

Eines Abends saß Lloyd im Pyjama da und versuchte die quengelnde Evie in den Schlaf zu wiegen und gleichzeitig durch die Illustrierte *Life* zu blättern. Ihm fiel ein beeindruckendes Foto auf, in Moskau aufgenommen. Es zeigte eine alte Russin mit zerfurchtem Gesicht unter einem Kopftuch; ihr Mantel war wie ein Postpaket mit einer Schnur zugebunden. Sie schaufelte die Straße vom Schnee frei. So, wie das Licht auf sie fiel, verlieh es ihr eine Aura der Zeitlosigkeit, als stände sie schon seit tausend Jahren dort. Lloyd suchte nach den Namen des Fotografen und entdeckte, dass es Woody Dewar war, den er auf der Konferenz kennengelernt hatte.

Das Telefon klingelte. Er nahm ab und hörte Ernie Bevins Stimme. »Hören Sie gerade Rundfunk?«, fragte Bevin. »Marshall hat eine Rede gehalten.« Er legte auf, ohne eine Antwort abzuwarten.

Evie auf dem Arm, ging Lloyd nach unten ins Wohnzimmer und schaltete das Radio ein. Die Sendung hieß *American Commentary*. Der BBC-Korrespondent in Washington, Leonard Miall, berichtete von der Harvard University in Cambridge, Massachusetts.

»Der Außenminister sagte vor den Absolventen, der Wiederaufbau Europas werde längere Zeit in Anspruch nehmen und größere Anstrengungen erfordern als ursprünglich vorgesehen.«

Das klingt doch gut, dachte Lloyd aufgeregt. »Leise, Evie, sei bitte leise«, sagte er, und ausnahmsweise wurde sie still.

Dann hörte Lloyd die tiefe, nüchterne Stimme von George C. Marshall. »In den nächsten drei bis vier Jahren übersteigt Europas Bedarf an Nahrung und anderen Dingen des täglichen Bedarfs – die vor allem aus Amerika kommen müssen – seine Zahlungsfähigkeit so sehr, dass ein bedenklicher wirtschaftlicher, sozialer und politischer Schaden nur durch erhebliche zusätzliche Finanzhilfe abgewendet werden kann.«

Lloyd war wie elektrisiert. »Erhebliche zusätzliche Finanzhilfe« war genau das, worum Bevin gebeten hatte.

»Das Heilmittel besteht darin, den Teufelskreis zu durchbrechen. Wir müssen den Europäern das Vertrauen in ihre wirtschaftliche Zukunft zurückgeben«, sagte Marshall. »Die Vereinigten Staaten sollten alles tun, was erforderlich ist, um weltweit zur Wiederherstellung ökonomischer Gesundheit beizutragen.«

»Er hat es getan!«, sagte Lloyd begeistert zu seiner verständnislosen kleinen Tochter. »Er hat Amerika aufgefordert, uns zu helfen! Aber wie weit? Auf welche Weise? Und wann?«

Die Stimme wechselte. Der Reporter sagte: »Der Außenminister hat keinen ausgearbeiteten Hilfsplan für Europa vorgelegt. Stattdessen sagte er, der Entwurf des Programms liege bei den Europäern.«

»Soll das heißen, wir haben freie Hand?«, fragte Lloyd seine Tochter.

Marshalls Stimme war wieder zu hören: »Die Initiative muss meiner Ansicht nach von Europa ausgehen.«

Der Bericht endete, und wieder klingelte das Telefon. »Haben Sie das gehört?«, fragte Bevin.

»Wie sollen wir das verstehen?«

»Fragen Sie nicht!«, rief Bevin. »Wenn Sie Fragen stellen, bekommen Sie Antworten, die Sie nicht mögen.«

»Also gut«, sagte Lloyd verdutzt.

»Ganz egal, was er gemeint hat – die Frage ist, was wir tun. Die Initiative muss von Europa ausgehen, sagte er. Das bedeutet, von Ihnen und mir.«

»Was kann ich tun?«

»Packen Sie einen Koffer«, sagte Bevin. »Wir fahren nach Paris.«

KAPITEL 24

1948

Wolodja war als Mitglied einer Abordnung der Roten Armee in Prag, um Gespräche mit dem tschechoslowakischen Militär zu führen. Sie wohnten in der Art-déco-Pracht des Hotels Imperial.

Es schneite.

Wolodja vermisste Zoja und den kleinen Konstantin. Kotja war nun zwei Jahre alt und lernte fast täglich neue Wörter. Das Kind veränderte sich so schnell, dass es buchstäblich jeden Tag anders war. Und Zoja war wieder schwanger. Wolodja gefiel es gar nicht, zwei Wochen von seiner Familie getrennt zu sein. Die meisten Männer seiner Gruppe betrachteten die Reise als Gelegenheit, mal von ihren Frauen wegzukommen, Wodka zu trinken und sich vielleicht mit ein paar netten Damen zu vergnügen. Wolodja wollte einfach nur nach Hause.

Die Militärkonsultationen waren offiziell, doch Wolodjas eigentlicher Auftrag war geheim. Er sollte Berichte über die Aktivitäten der sowjetischen Geheimpolizei in Prag sammeln, der ständigen Rivalin des militärischen Nachrichtendienstes.

Wolodja brachte dieser Tage nur wenig Leidenschaft für seine Arbeit auf. Alles, wofür er je eingestanden hatte, war untergraben worden. Er glaubte nicht mehr an Stalin, den Kommunismus oder an das Gute im russischen Volk. Nicht einmal sein Vater war wirklich sein Vater. Er wäre sogar in den Westen übergelaufen, hätte er gewusst, wie er Zoja und Kotja aus der Sowjetunion hätte herausbringen können.

Doch seine Mission in Prag erfüllte er gerne. Hier konnte er endlich wieder etwas tun, woran er glaubte.

Vor zwei Wochen hatten die tschechischen Kommunisten die Kontrolle über die Regierung übernommen und ihre Koalitionspartner hinausgeworfen. Außenminister Jan Masaryk, ein Kriegs-

990

held und demokratischer Antikommunist, war im obersten Stock seines Dienstsitzes, dem Palais Czernin, gefangen gesetzt worden. Ohne Zweifel steckte der NKWD hinter dem Coup. Tatsächlich befand sich Wolodjas Schwager, Oberst Ilja Dworkin, ebenfalls in Prag. Er wohnte sogar im selben Hotel und hatte mit Sicherheit etwas mit dem Staatsstreich zu tun.

Wolodjas Chef, General Lemitow, betrachtete den Coup als Katastrophe für das Bild der UdSSR in der Welt. Masaryk hatte bewiesen, dass ein osteuropäisches Land auch im Schatten der Sowjetunion frei und unabhängig sein konnte. Ihm war der Spagat zwischen einer kommunistischen, moskaufreundlichen Regierung und einer bürgerlichen Demokratie gelungen. Und das war perfekt gewesen, denn so hatten die Sowjets bekommen, was sie wollten, und die Amerikaner waren beruhigt. Aber dieses Gleichgewicht war ins Wanken geraten.

»Die bourgeoisen Parteien sind zerschmettert worden!«, krächzte Ilja eines Abends in der Hotelbar, als er neben Wolodja saß.

»Hast du gesehen, was im amerikanischen Senat passiert ist?«, erwiderte Wolodja. »Vandenberg, eigentlich ein alter Isolationist, hat eine achtzigminütige Rede für den Marshallplan gehalten und donnernden Applaus dafür geerntet.«

Aus George Marshalls verschwommener Idee war ein Plan geworden, größtenteils dank des Geschicks des britischen Außenministers Ernie Bevin. Wolodjas Meinung nach gehörte Bevin der gefährlichsten Sorte der Antikommunisten an: Er war ein Sozialdemokrat aus der Arbeiterklasse. Man durfte sich von seinem jovialen Äußeren nicht täuschen lassen. Mit schier unglaublicher Schnelligkeit hatte er eine Konferenz in Paris organisiert, die George Marshalls Rede in Harvard im Namen aller Europäer begrüßt hatte.

Von seinen Spionen im britischen Außenministerium hatte Wolodja erfahren, dass Bevin fest entschlossen war, Deutschland in den Marshallplan mit einzubeziehen, die UdSSR jedoch nicht. Und Stalin war Bevin in die Falle gegangen, indem er den osteuropäischen Staaten befohlen hatte, Marshalls Hilfsangebote abzulehnen. Und nun schien die sowjetische Geheimpolizei alles zu tun, um dafür zu sorgen, dass Marshalls Gesetzentwurf durch den Kongress kam.

991

»Der Senat hat Marshalls Idee eigentlich ablehnen wollen«, sagte Wolodja zu Ilja. »Die amerikanischen Steuerzahler wollen das Gesetz nicht. Aber der Staatsstreich hier in Prag hat sie davon überzeugt, dass es nicht anders geht, denn der europäische Kapitalismus droht zusammenzubrechen.«

Entrüstet erklärte Ilja: »Die bourgeoisen tschechischen Parteien wollten das amerikanische Bestechungsgeld annehmen.«

»Und wir hätten sie lassen sollen«, sagte Wolodja. »Das wäre vielleicht die beste Möglichkeit gewesen, das Ganze zu sabotieren. Der Kongress hätte den Marshallplan abgelehnt, denn sie wollen nicht, dass auch Kommunisten von den Geldern profitieren.«

»Der Marshallplan ist ein imperialistischer Trick!«

»Ja, das ist er«, räumte Wolodja ein. »Und ich fürchte, er funktioniert. Unsere einstigen Verbündeten formieren einen antisowjetischen Block.«

»Wenn sich jemand dem Kommunismus in den Weg stellt, muss man sich entsprechend um ihn kümmern.«

»In der Tat.« Es war schon erstaunlich, mit welcher Sicherheit Menschen wie Ilja stets die falschen politischen Schlüsse zogen.

»Und ich muss jetzt ins Bett.«

Es war erst zehn, doch Wolodja ging ebenfalls. Im Zimmer lag er noch eine Zeit lang wach, dachte an Zoja und Kotja und wünschte sich, er könne ihnen einen Gutenachtkuss geben.

Dann kehrten seine Gedanken wieder zu seiner Mission zurück. Er hatte Jan Masaryk, das Symbol der tschechoslowakischen Unabhängigkeit, vor zwei Tagen kennengelernt, bei einer Zeremonie am Grab seines Vaters, Thomas Masaryk, des Gründers und ersten Präsidenten der Tschechoslowakei. In einem Mantel mit Pelzkragen, den barhäuptigen Kopf dem fallenden Schnee ausgesetzt, hatte Masaryk der Zweite einen niedergeschlagenen, deprimierten Eindruck gemacht.

Wenn man ihn davon überzeugen könnte, Außenminister zu bleiben, überlegte Wolodja, waren vielleicht Kompromisse möglich. Die Tschechoslowakei könnte nach innen eine kommunistische Regierung haben, international aber neutral bleiben oder wenigstens leicht antiamerikanisch. Masaryk verfügte über das diplomatische Geschick und die internationale Glaubwürdigkeit, dass ihm dieser Drahtseilakt gelingen könnte.

Wolodja beschloss, Lemitow morgen einen entsprechenden Vorschlag zu machen.

Er schlief unruhig und wachte noch vor sechs Uhr morgens auf, als in seinem Kopf ein Alarm schrillte. Es war das Gespräch mit Ilja gestern. Wolodja ging es in Gedanken noch einmal durch. Als Ilja gesagt hatte:»Wenn sich jemand dem Kommunismus in den Weg stellt, muss man sich entsprechend um ihn kümmern«, hatte er über Masaryk gesprochen! Und wenn ein Geheimpolizist sich »entsprechend um jemanden kümmerte«, hieß das immer, dass er den Betreffenden tötete.

Außerdem war Ilja früh zu Bett gegangen, was darauf hindeutete, dass er heute früh aufzustehen gedachte ...

Was bin ich für ein Narr, dachte Wolodja erschrocken. Es ist so offensichtlich. Trotzdem habe ich die ganze Nacht gebraucht, um es zu durchschauen.

Er sprang aus dem Bett. Vielleicht war es ja noch nicht zu spät.

Rasch zog er sich an, warf sich den schweren Mantel über und setzte seine Kappe auf. Es standen noch keine Taxis vor dem Hotel; dafür war es noch zu früh. Natürlich hätte Wolodja einen Wagen der Roten Armee herbeordern können; aber es würde mindestens eine Stunde dauern, bis der Fahrer geweckt worden und hierhergefahren war.

Also machte er sich zu Fuß auf den Weg. Das Palais Czernin war nur zwei, drei Kilometer entfernt. Wolodja ging in Richtung Westen, überquerte die Karlsbrücke und eilte den Hügel zur Burg hinauf.

Masaryk erwartete ihn nicht, und auch der Außenminister war nicht verpflichtet, einen Oberst der Roten Armee zu empfangen. Doch Wolodja war sicher, dass Masaryk neugierig genug sein würde, um ihn vorzulassen.

Er eilte durch den Schnee und erreichte das Palais Czernin um Viertel vor sieben. Das Palais war ein riesiges, dreistöckiges Barockgebäude mit korinthischen Halbsäulen an der Fassade. Es war nur leicht bewacht, wie Wolodja erstaunt feststellte. Eine Wache deutete auf den Haupteingang. Wolodja durchquerte die reich verzierte Eingangshalle.

Er hatte erwartet, am Empfang den gewohnten NKWD-Trottel anzutreffen, aber da war niemand. Das war ein schlechtes Zeichen. Wolodja überkam eine düstere Vorahnung.

Die Halle führte auf einen Innenhof. Wolodja schaute durch eines der Fenster und sah tief unter sich einen Mann in blauem Seidenpyjama, der im Schnee zu schlafen schien. Vielleicht war er betrunken. Dann bestand die Gefahr, dass er erfror.

Wolodja ging zur Tür. Zum Glück war sie nicht verschlossen. Er eilte über den Hof. Der Mann lag mit dem Gesicht nach unten auf dem Boden. Er war nicht von Schnee bedeckt; also konnte er noch nicht lange dort liegen. Wolodja kniete sich neben ihn. Der Mann rührte sich nicht und schien auch nicht zu atmen.

Wolodja schaute nach oben. Der Hof wurde von Wänden des Palais umschlossen; sämtliche Fenster in den drei Stockwerken waren zum Schutz vor der Kälte verschlossen ... außer einem, hoch über dem Mann im Pyjama.

Als wäre jemand dort hinausgeworfen worden.

Wolodja drehte den Kopf des Mannes herum und schaute in das starre Gesicht.

Es war Jan Masaryk.

Drei Tage später legten die Vereinigten Generalstabschefs Präsident Truman einen Notplan vor, mit dem sie auf eine sowjetische Invasion Westeuropas reagieren wollten.

Die Gefahr eines Dritten Weltkriegs war ein heißes Thema in der Presse. »Wir haben gerade erst den Krieg gewonnen«, sagte Jacky Jakes zu Greg Peshkov. »Wie kommt es, dass wir bald schon einen neuen haben könnten?«

»Das frage ich mich auch die ganze Zeit.«

Sie saßen auf einer Parkbank. Greg schöpfte Atem, nachdem er mit Georgy Football gespielt hatte.

»Ich bin froh, dass er für das Militär zu jung ist«, sagte Jacky.

»Ja, ich auch.«

Beide blickten auf ihren Sohn, der mit einem blonden Mädchen im gleichen Alter sprach. Die Schnürsenkel seiner Turnschuhe hatten sich gelöst, und das Hemd hing ihm aus der Hose. Er war zwölf und wurde reifer. Auf der Oberlippe zeigte sich der erste dunkle Flaum, und seit letzter Woche schien er drei Zoll gewachsen zu sein.

»Wir holen unsere Truppen so rasch nach Hause, wie wir können«, sagte Greg. »Die Briten und Franzosen ebenfalls. Nur die Rote Armee ist geblieben, mit dem Ergebnis, dass die Russen jetzt dreimal so viele Soldaten in Deutschland haben wie wir.«

»Amerika will keinen neuen Krieg.«

»Stimmt. Und Truman möchte im November die Präsidentschaftswahl gewinnen, also tut er, was er kann, um einen Krieg zu verhindern. Trotzdem ist es nicht ganz auszuschließen.«

»Du wirst bald aus der Army entlassen. Was machst du dann?«

In Jackys Stimme lag ein Unterton, der bei Greg den Verdacht weckte, dass ihre Frage nicht so beiläufig war, wie sie tat. Er blickte ihr ins Gesicht, doch ihre Miene gab nichts preis. »Nun, wenn Amerika nicht im Krieg ist«, antwortete er, »werde ich bei den Kongresswahlen 1950 kandidieren. Mein Vater ist bereit, meinen Wahlkampf zu finanzieren. Ich lege los, sobald die Präsidentschaftswahl vorbei ist.«

Jacky blickte zur Seite. »Welche Partei?« Sie stellte die Frage ganz mechanisch.

Greg fragte sich, ob er etwas gesagt hatte, das sie verärgert haben könnte. »Die Republikaner natürlich.«

»Willst du heiraten?«

Greg war erstaunt. »Wieso fragst du?«

Sie schaute ihn an. »Willst du heiraten?«, beharrte sie auf ihrer Frage.

»Ja. Sie heißt Nelly Fordham.«

»Das dachte ich mir. Wie alt ist sie?«

»Zweiundzwanzig. Was soll das heißen, das dachtest du dir?«

»Weil ein Politiker eine Frau braucht.«

»Ich liebe sie!«

»Klar liebst du sie. Ist ihre Familie in der Politik?«

»Ihr Vater ist Anwalt in Washington.«

»Gute Wahl.«

Ihr Tonfall ärgerte Greg. »Warum bist du so zynisch?«

»Ich kenne dich genau, Greg. Du meine Güte, ich habe mit dir gevögelt, als du kaum älter warst, als Georgy jetzt ist. Du kannst vielleicht jedem was vormachen, aber nicht deiner Mutter und mir.«

Jacky war wie immer sehr hellsichtig: Seine Mutter hatte seine Verlobung ebenfalls kritisiert. Und beide hatten natürlich recht.

Greg heiratete, um seine Karriere zu fördern. Aber Nelly war hübsch und charmant und lag Greg zu Füßen – was also sollte falsch daran sein? »Ich treffe sie in ein paar Minuten ganz in der Nähe zum Lunch«, sagte er.

»Weiß sie von Georgy?«, fragte Jacky.

»Nein. Und so soll es auch bleiben.«

»Du hast recht. Ein uneheliches Kind zu haben wäre schlimm genug; ein schwarzes uneheliches Kind könnte deine Karriere zerstören.«

»Ich weiß.«

»Es ist fast so schlimm wie eine schwarze Ehefrau.«

Greg war so überrascht, dass er, ohne nachzudenken, fragte: »Hast du geglaubt, ich würde dich heiraten?«

Sie blickte ihn säuerlich an. »Um Himmels willen, nein, Greg. Wenn ich zwischen dir und dem Säurebadmörder wählen müsste, würde ich mir Bedenkzeit ausbitten.«

Natürlich log sie. Greg dachte einen Augenblick darüber nach, wie es wäre, Jacky zu heiraten. Ehen zwischen Schwarzen und Weißen waren ungewöhnlich und zogen von beiden Seiten viel Feindseligkeit auf sich; aber es gab Menschen, die diesen Schritt taten und mit den Folgen lebten. Greg hatte nie eine Frau kennengelernt, die er so gern hatte wie Jacky, nicht einmal Margaret Cowdry, mit der er ein paar Jahre gegangen war, bis sie die Nase voll davon hatte, auf seinen Heiratsantrag zu warten. Jacky hatte eine spitze Zunge, aber das mochte er, denn seine Mutter war genauso.

Die Vorstellung, dass er, Jacky und Georgy eine Familie bildeten, war sehr reizvoll für Greg. Georgy würde lernen, ihn als Dad anzusprechen. Sie könnten ein Haus in einer Gegend kaufen, wo die Menschen offener und toleranter waren, in Georgetown zum Beispiel, wo viele Studenten und junge Professoren lebten.

Dann beobachtete Greg, wie Georgys neue blonde Freundin von ihren Eltern gerufen wurde. Ihre verärgerte weiße Mutter drohte ihr mit dem Finger, und Greg begriff, dass eine Heirat mit Jacky erst der Anfang noch größerer Schwierigkeiten wäre.

Georgy kam zu seinen Eltern. »Was macht die Schule?«, fragte Greg.

»Mir gefällt sie jetzt besser als früher«, antwortete der Junge. »Mathe ist toll.«

»Ich war auch gut in Mathe«, sagte Greg.

»Na, so ein Zufall«, erwiderte Jacky.

Greg stand auf. »Ich muss gehen.« Er drückte Georgys Schulter. »Bleib schön dran an Mathe, Kleiner.«

»Klar«, sagte Georgy.

Greg winkte Jacky zu und ging davon.

Zweifellos hatte sie ebenfalls über eine Heirat nachgedacht. Sie wusste, dass der Abschied von der Army ein entscheidender Augenblick für ihn war, an dem es galt, die Weichen für seine Zukunft zu stellen. Sie konnte nicht ernsthaft geglaubt haben, dass er sie heiraten würde; aber sie hatte sich bestimmt ausgemalt, wie es wäre. Diesen Traum hatte er zunichtegemacht. Tja, das war zu schade. Selbst wenn Jacky weiß gewesen wäre, hätte Greg sie wohl kaum geheiratet. Er mochte sie und liebte den Jungen, aber er hatte sein ganzes Leben noch vor sich und wollte eine Frau, die ihm Beziehungen und Unterstützung verschaffen konnte. Nellys Vater war ein mächtiger Mann in der Republikanischen Partei.

Er ging zum Napoli, einem italienischen Restaurant, das ein paar Querstraßen vom Park entfernt lag. Nelly wartete bereits auf ihn. Ihre kupferroten Locken schauten unter einem kleinen grünen Hut hervor.

»Du siehst toll aus!«, sagte er und setzte sich. »Ich hoffe, ich komme nicht zu spät.«

Nelly schaute ihn mit steinerner Miene an. »Ich habe dich im Park gesehen.«

Ach du Scheiße, dachte Greg.

»Ich war ein bisschen zu früh dran; deshalb habe ich mich eine Weile dorthin gesetzt. Du hast mich nicht bemerkt. Aber dann kam ich mir vor, als würde ich dich bespitzeln, und bin gegangen.«

»Dann hast du mein Patenkind gesehen?«, fragte Greg gezwungen fröhlich.

»Er ist dein Patenkind? Erstaunlich, dass jemand dich als Paten haben will. Du gehst nicht mal in die Kirche.«

»Ich bin gut für den Jungen!«

»Wie heißt er?«

»Georgy. Georgy Jakes.«

»Du hast ihn nie erwähnt.«

»Nein?«

»Nein. Wie alt ist er?«

»Zwölf.«

»Dann warst du sechzehn, als er geboren wurde. Das ist reichlich jung, um Pate zu werden.«

»Das ist es wohl.«

»Was arbeitet seine Mutter?«

»Sie ist Kellnerin. Vor Jahren war sie Schauspielerin und nannte sich Jacky Jakes. Ich habe sie kennengelernt, als mein Vater sie unter Vertrag hatte.« Was mehr oder weniger der Wahrheit entspricht, dachte Greg voller Unbehagen.

»Und sein Vater?«

Greg schüttelte den Kopf. »Jacky ist alleinstehend.« Ein Kellner kam an ihren Tisch. »Wie wäre es mit einem Cocktail?«, fragte er Nelly. Vielleicht löste das die Spannung. Er bestellte zwei Martinis.

»Sehr wohl, Sir«, sagte der Kellner.

Kaum war er fort, fragte Nelly: »Du bist der Vater des Jungen, stimmt's?«

»Ich bin sein Patenonkel.«

»Ach, hör doch auf!«

»Was macht dich so sicher?«

»Er mag ja schwarz sein, aber er sieht aus wie du. Er läuft mit offenen Schnürsenkeln herum und kann nicht das Hemd in der Hose behalten – genau wie du. Und das kleine blonde Mädchen hat er schon ganz schön bezirzt. Er ist dein Sohn, mach mir nichts vor.«

Greg fügte sich in sein Schicksal und seufzte. »Ich wollte es dir sagen.«

»Wann?«

»Ich habe auf den richtigen Augenblick gewartet.«

»Vor deinem Heiratsantrag wäre nicht schlecht gewesen.«

»Es tut mir leid.« Er war verlegen, aber nicht beschämt; er fand, dass Nelly die Sache unnötig aufbauschte.

Der Kellner brachte die Speisekarten. »Die Spaghetti Bolognese sind großartig«, sagte Greg.

»Für mich einen Salat.«

Die Martinis kamen. Greg hob sein Glas. »Auf die Vergebung in der Ehe.«

Nelly rührte ihren Martini nicht an. »Ich kann dich nicht heiraten«, sagte sie.

»Komm schon, Liebling, übertreib es nicht. Ich habe mich doch entschuldigt.«

Sie schüttelte den Kopf. »Du begreifst es nicht.«

»Was begreife ich nicht?«

»Die Frau, mit der du auf der Parkbank gesessen hast – sie liebt dich.«

»Wirklich?« Gestern hätte Greg es noch bestritten; nach dem heutigen Gespräch aber war er sich nicht mehr so sicher.

»Natürlich. Warum hat sie nicht geheiratet? Sie wäre hübsch genug. Wenn sie es wirklich wollte, hätte sie längst einen Mann gefunden, der bereit ist, einen Stiefsohn aufzunehmen. Aber sie liebt dich, du Ekel.«

»Da bin ich mir nicht so sicher.«

»Und der Junge betet dich an.«

»Ich bin sein Lieblingsonkel.«

»Nur bist du es eben nicht.« Nelly schob ihm ihr Glas zu. »Du kannst meinen Drink haben.«

»Liebling, jetzt beruhige dich doch.«

»Ich gehe.« Sie stand auf.

Greg war es nicht gewöhnt, dass Frauen ihn sitzen ließen. Es war beunruhigend. Verlor er seinen Zauber?

»Ich möchte dich heiraten!«, sagte er. Selbst in seinen eigenen Ohren klang er verzweifelt.

»Du kannst mich nicht heiraten, Greg.« Nelly zog den Brillantring vom Finger und legte ihn auf das rot karierte Tischtuch. »Du hast schon eine Familie.«

Damit verließ sie das Restaurant.

Die weltweite Krise erreichte im Juni ihren Höhepunkt, und Carla und ihre Familie waren mittendrin.

Der Marshallplan war von Präsident Truman unterzeichnet und in Kraft gesetzt worden, und bald trafen die ersten Hilfslieferungen in Europa ein – sehr zum Ärger des Kreml.

Am Freitag, dem 18. Februar, verkündeten die Alliierten den Deutschen, sie würden um acht Uhr abends eine wichtige Erklärung abgeben. Carlas Familie versammelte sich um das Radio in der

Küche, stellte Radio Frankfurt ein, den Sender der amerikanischen Militärregierung, und wartete gespannt. Der Krieg war nun schon drei Jahre vorbei; trotzdem wussten sie nicht, was die Zukunft für sie bereithielt: Kapitalismus oder Kommunismus, Einheit oder Aufsplitterung, Freiheit oder Diktatur, Wohlstand oder Armut.

Werner saß neben Carla und dem kleinen Walter, der inzwischen zweieinhalb Jahre alt war. Vor einem Jahr hatten sie in aller Stille geheiratet. Carla arbeitete wieder als Krankenschwester und nebenbei als Stadtverordnete für die Sozialdemokraten. Auch Heinrich, Friedas Mann, saß im Stadtrat.

In Ostdeutschland hatten die Russen die SPD verboten, doch Berlin war eine Oase in der sowjetischen Zone, da hier alle vier Siegermächte das Sagen hatten. Die Amerikaner, Briten und Franzosen hatten ihr Veto gegen ein SPD-Verbot eingelegt – mit dem Ergebnis, dass die Sozialdemokraten die Wahlen gewonnen hatten. Die Kommunisten hatten nur einen armseligen dritten Platz belegt, noch hinter den Christdemokraten. Die Russen waren außer sich vor Wut und taten alles, um dem gewählten Stadtrat Steine in den Weg zu legen. Carlas Erwartungen wurden immer wieder enttäuscht, doch sie wollte die Hoffnung nicht aufgeben, eines Tages von den Sowjets frei zu sein.

Werner war es gelungen, ein kleines Unternehmen aufzubauen. Er hatte die Ruinen der Fabrik seines Vaters durchsucht und einen kleinen Bestand an elektrischen Bauteilen entdeckt. Die Deutschen konnten sich zwar keine neuen Radios leisten, aber sie wollten die alten wieder benutzen. Werner hatte einige der Ingenieure und Techniker ausfindig gemacht, die früher in der Fabrik gearbeitet hatten, und nun reparierten sie gemeinsam defekte Radios. Werner war Geschäftsführer und Chefverkäufer in Personalunion. Er ging von einem Haus zum anderen, klopfte an die Türen und warb für seine Firma.

Maud, die an diesem Abend ebenfalls am Küchentisch saß, arbeitete als Dolmetscherin für die Amerikaner. Sie war eine der besten und war häufig im Gebäude der Alliierten Kommandantur beschäftigt, die dem Alliierten Kontrollrat unterstand und für die Viersektorenstadt Berlin verantwortlich war.

Carlas Bruder Erik trug Polizeiuniform. Nachdem er in die kommunistische Partei eingetreten war – zur großen Enttäuschung seiner Familie –, hatte er eine Beamtenstelle in der von den sowjetischen Besatzern neu gegründeten ostdeutschen Polizei bekommen. Erik sagte, die Westalliierten hätten die Absicht, Deutschland zu spalten. »Ihr Sozialdemokraten seid Sezessionisten«, warf er seiner Schwester vor und zitierte damit die kommunistischen Phrasen genau so, wie er einst die Parolen der Nazis nachgeplappert hatte.

Rebecca war nun fast siebzehn. Carla und Werner hatten sie offiziell adoptiert. In der Schule machte sie sich gut, und sie hatte ein Talent für Sprachen.

Carla war wieder schwanger; allerdings hatte sie Werner noch nichts davon erzählt. Sie war aufgeregt. Werner hatte schon eine Tochter und einen Sohn adoptiert; nun bekam er auch noch ein eigenes Kind. Carla wusste, dass er sich freuen würde, wenn sie ihm davon erzählte. Trotzdem wollte sie noch ein wenig warten, nur um sicherzugehen.

Sie hätte zu gern gewusst, in was für einem Land die drei Kinder aufwachsen würden.

Ein amerikanischer Offizier mit Namen Robert Lochner sprach im Radio. Er war in Deutschland aufgewachsen und sprach Deutsch wie seine Muttersprache. Ab nächsten Montag, sieben Uhr morgens, verkündete er, würde Westdeutschland eine neue Währung haben: die Deutsche Mark.

Carla war nicht überrascht. Die Reichsmark verlor jeden Tag an Wert. Die meisten Leute wurden in Reichsmark bezahlt, falls sie eine Arbeit hatten, und bestimmte Dinge des täglichen Bedarfs – Nahrung, aber auch Busfahrkarten – konnte man damit erwerben; aber jeder zog Lebensmittel oder Zigaretten als Zahlungsmittel vor. Werner ließ sich von seinen Kunden in Reichsmark bezahlen, doch er bot auch einen Übernacht-Reparatur-Service für fünf Zigaretten und die Lieferung der Geräte für drei Eier an.

Carla wusste von Maud, dass auch in der Kommandantur bereits über die neue Währung diskutiert worden war. Die Russen hatten Druckplatten verlangt, um selbst Geldscheine produzieren zu können. Aber sie hatten schon die alte Währung zugrunde gerichtet, indem sie zu viel gedruckt hatten; das sollte nicht mehr passieren. Konsequenterweise weigerten sich die Westmächte, und die Sowjets schmollten.

Mittlerweile hatte der Westen beschlossen, ohne die Sowjets

weiterzumachen. Carla war zufrieden, denn die neue Währung würde gut für Deutschland sein; aber sie hatte Sorgen, was die mögliche Reaktion der Russen betraf.

Die Menschen in Westdeutschland würden zunächst einmal ein Handgeld von vierzig Mark bekommen, eine Woche später noch einmal zwanzig. Die restlichen Reichsmarkbestände, sofern auf einem gültigen Konto, erklärte Lochner nun im Radio, würden umgetauscht, und zwar in drei neue Deutsche Mark und neunzig Pfennige für jeweils sechzig alte Reichsmark. Für Berlin allerdings gelte das vorerst nicht, fügte er hinzu – was den in der Küche Versammelten ein kollektives Aufstöhnen entlockte.

Kurz darauf ging Carla zu Bett. Sie lag neben Werner; ein Teil von ihr lauschte wie immer auf die Geräusche im Nebenzimmer, falls Klein-Walter weinte. Carla fragte sich, was die Sowjets wohl tun würden. Die sowjetischen Besatzer waren in den letzten Monaten immer aggressiver geworden. Ein Journalist mit Namen Dieter Friede war vom NKWD aus der amerikanischen Zone entführt und festgehalten worden. Anfangs hatten die Sowjets geleugnet, davon zu wissen; dann hatten sie erklärt, sie hätten Friede als Spion verhaftet. Außerdem waren drei Studenten der Universität verwiesen worden, weil sie die Russen in einem Zeitungsartikel kritisiert hatten. Am schlimmsten war der Zwischenfall mit dem russischen Jagdflugzeug, das versucht hatte, eine Passagiermaschine der British European Airways abzudrängen, als sie auf dem Flughafen Gatow landen wollte. Die beiden Flugzeuge stießen mit den Tragflächen zusammen und stürzten ab. Dabei kamen vier Besatzungsmitglieder der BEA, zehn Passagiere und der sowjetische Pilot ums Leben. Wenn die Russen wütend wurden, mussten jedes Mal andere dafür leiden.

Am nächsten Morgen erklärten die Sowjets, es sei ein Verbrechen, die D-Mark nach Ostdeutschland einzuführen. Das schließe Berlin mit ein, hieß es in der Erklärung, denn Berlin sei Teil der sowjetischen Zone. Die Amerikaner legten sofort Protest gegen diese Formulierung ein und erklärten ihrerseits, Berlin sei keinesfalls sowjetisch, sondern eine internationale Stadt. Die Wogen schlugen hoch, und Carla wurde immer nervöser.

Am Montag wurde in Westdeutschland das neue Geld eingeführt.

Am Dienstag kam ein Kurier der Roten Armee zu Carlas Haus und rief sie in den Magistrat.

Sie war früher schon auf diese Weise ins Stadtparlament gerufen worden, aber diesmal hatte sie Angst, als sie das Haus verließ. Nichts könnte die Sowjets davon abhalten, sie einfach zu verhaften. Die Kommunisten beanspruchten die gleichen Willkürrechte, die auch die Nazis sich genommen hatten. Tatsächlich betrieben sie sogar die alten Konzentrationslager weiter. Nur die Insassen waren andere ... meistens.

Das berühmte Rote Rathaus war durch Bombenangriffe stark beschädigt worden, und so tagte das Stadtparlament im Neuen Stadthaus am Molkenmarkt. Beide Gebäude lagen im Bezirk Mitte, wo auch Carla wohnte und der zur sowjetischen Zone gehörte.

Als sie dort eintraf, sah sie, dass auch Louise Schroeder, die amtierende Oberbürgermeisterin, und die anderen Stadtverordneten zu einem Treffen mit dem sowjetischen Verbindungsoffizier gerufen worden waren, Major Otschkin. Otschkin informierte sie darüber, dass die ostdeutsche Währung reformiert werden müsse; deshalb sei in Zukunft die neu einzuführende Ostmark das einzige gültige Zahlungsmittel.

Louise Schroeder erkannte das Problem sofort. »Soll das für alle Sektoren Berlins gelten?«

»Ja.«

So leicht ließ die Oberbürgermeisterin sich nicht einschüchtern. »Laut Besatzungsstatut kann die sowjetische Verwaltung einen solchen Beschluss nicht für die anderen Sektoren treffen«, sagte sie mit fester Stimme. »Die anderen Siegermächte müssen in die Entscheidung mit einbezogen werden.«

»Sie werden keine Einwände haben.« Otschkin reichte Louise Schroeder ein Blatt Papier. »Das ist Marschall Sokolowskis Erlass. Sie werden ihn morgen dem Magistrat vorlegen.«

Später an diesem Abend, als Carla mit Werner zu Bett ging, sagte sie: »Die sowjetische Taktik ist leicht zu durchschauen. Wenn der Magistrat den Erlass absegnet, werden die demokratischen Westalliierten Mühe haben, dagegen anzugehen.«

»Aber der Magistrat wird den Erlass nicht absegnen, nicht wahr?«, entgegnete Werner. »Die Kommunisten sind in der Minderheit, und eine Ostmark will niemand.«

»Stimmt. Deshalb frage ich mich, ob Marschall Sokolowski noch ein Ass im Ärmel hat.«

Am nächsten Morgen verkündeten die Zeitungen, dass es von nun an zwei konkurrierende Währungen in Berlin geben würde, die Ostmark und die Deutsche Mark. Wie sich herausstellte, hatten die Amerikaner insgeheim bereits 250 Millionen Mark eingeflogen und auf Ausgabestellen in ganz Berlin verteilt.

Im Laufe des Tages hörte Carla immer mehr Gerüchte aus Westdeutschland. Dort hatte das neue Geld eine Art Wunder bewirkt. Über Nacht waren wieder Waren in den Schaufenstern aufgetaucht: Obst und Gemüse aus dem Umland, Butter, Eier, Gebäck, lange gehortete Luxusartikel wie neue Schuhe und Handtaschen, sogar Nylonstrümpfe für vier Mark das Paar. Die Menschen hatten offenbar nur darauf gewartet, ihre Waren wieder für echtes Geld verkaufen zu können.

An diesem Nachmittag machte Carla sich noch einmal auf den Weg zum Neuen Stadthaus, um dort an der für vier Uhr angesetzten Magistratsversammlung teilzunehmen. Als sie sich dem Gebäude näherte, sah sie Dutzende Lastwagen der Roten Armee in den Nebenstraßen. Größtenteils handelte es sich um amerikanische Lkws, die wohl noch aus dem Leih- und Pachtgesetz aus Kriegszeiten stammten. Carla bekam eine Ahnung davon, welchem Zweck die Fahrzeuge dienten, als sie vor sich Tumult hörte. Das Ass im Ärmel Marschall Sokolowskis war offenbar ein Schlagstock.

Vor dem Magistratsgebäude flatterten rote Fahnen über den Köpfen mehrerer tausend Menschen, viele davon mit kommunistischem Parteiabzeichen. Aus Lautsprecherwagen dröhnten zornige Reden, und die Menge schrie: »Nieder mit den Sezessionisten!«

Carla wusste nicht, wie sie das Neue Stadthaus erreichen sollte. Eine Handvoll Polizisten schaute dem Treiben desinteressiert zu. Sie machten keine Anstalten, den Stadtverordneten in das Gebäude zu helfen. Es erinnerte Carla schmerzhaft an die Haltung der Polizei, als die Braunhemden vor fünfzehn Jahren das Büro ihrer Mutter demoliert hatten. Sie war überzeugt, dass die Kommunisten bereits im Gebäude waren; sollte es den Sozialdemokraten nicht gelingen, ebenfalls hineinzukommen, würden die Kommunisten den Erlass absegnen und für gültig erklären.

Carla atmete tief durch und versuchte, sich durch die Menge zu drängen.

Ein paar Schritte kam sie unbemerkt voran, dann wurde sie von jemandem erkannt. »Amerikanerhure!«, brüllte der Kerl und zeigte mit dem Finger auf sie. Carla drängte sich entschlossen weiter. Irgendjemand spuckte sie an; Speichel klebte auf ihrem Kleid. Sie ging unbeirrt weiter, doch allmählich überkam sie Panik. Sie war von Menschen umringt, die sie hassten. So etwas hatte sie noch nie erlebt. Am liebsten wäre sie davongelaufen. Sie wurde geschubst und gestoßen, konnte sich aber auf den Beinen halten. Eine Hand krallte sich in ihr Kleid, und der Stoff riss. Beinahe hätte Carla vor Angst geschrien. Was würden diese Menschen tun? Ihr die Kleider vom Leib reißen?

Dann bemerkte sie, dass sich hinter ihr noch jemand durch die Menge kämpfte. Sie blickte über die Schulter und sah Heinrich von Kessel, Friedas Mann. Er schloss zu ihr auf, und gemeinsam wühlten sie sich weiter voran. Heinrich war entschieden aggressiver als Carla. Er trat auf Zehen und stieß jeden in Reichweite grob mit dem Ellbogen weg, sodass sie nun schneller vorankamen. Schließlich erreichten sie die Tür und betraten das Gebäude.

Aber damit war es immer noch nicht vorbei. Auch im Innern wimmelte es von kommunistischen Demonstranten. Carla und Heinrich mussten sich durch einen Flur nach dem anderen kämpfen. Überall im Ratssaal waren Demonstranten, nicht nur auf der Zuschauergalerie, auch im Plenum, und sie verhielten sich genauso aggressiv wie ihre Gesinnungsgenossen draußen.

Einige Sozialdemokraten hatten sich bis hierher durchgekämpft, und nach und nach trafen weitere ein. Schließlich gelang es fast allen, sich durch den Mob hindurchzukämpfen.

Carla war erleichtert. Der Gegner hatte sie nicht verscheuchen können.

Als der Vorsitzende den Rat zur Ordnung rief, sprang ein kommunistischer Abgeordneter auf eine Bank und rief den Demonstranten zu: »Bleibt, Leute!« Als er Carla sah, brüllte er: »Lieber sollten diese Verräter gehen!«

Alles erinnerte auf schreckliche Weise an 1933: die Drohungen, das Geschrei, der Fanatismus. Wieder schien es, als würde die Demokratie von Schlägertrupps zerschmettert.

Verzweifelt blickte Carla zur Zuschauergalerie hinauf. Zu ihrem Entsetzen stand dort Erik und grölte mit dem Mob.

»Du bist Deutscher!«, schrie Carla ihren Bruder an. »Du hast unter den Nazis gelebt! Hast du denn gar nichts gelernt?«

Er schien sie nicht zu hören.

Louise Schroeder stand auf dem Podium und bat um Ruhe. Die Demonstranten buhten sie aus. Daraufhin hob sie die Stimme und rief: »Wenn der Magistrat in diesem Gebäude keine ordentliche Sitzung abhalten kann, verlege ich die Zusammenkunft in den amerikanischen Sektor!«

Wieder wurde sie niedergeschrien, doch die sechsundzwanzig kommunistischen Stadtverordneten erkannten die Gefahr: Sollte der Magistrat heute außerhalb des sowjetischen Sektors zusammenkommen, konnte dies zur Gewohnheit werden, und dann wäre es vorbei mit den kommunistischen Einschüchterungsversuchen. Nach kurzer Diskussion stand einer von ihnen auf und befahl den Demonstranten zu gehen. In Reih und Glied marschierten sie hinaus und sangen dabei die *Internationale*.

»Jetzt ist wohl endgültig klar, unter wessen Befehl wir stehen«, bemerkte Heinrich.

Schließlich kehrte Ruhe ein. Louise Schroeder legte die sowjetische Forderung dar und erklärte, die Ostmark habe außerhalb des sowjetischen Sektors keinen Wert, solange die anderen Alliierten dem nicht zustimmten.

Ein kommunistischer Stadtverordneter hielt eine flammende Rede, in der er Frau Schroeder vorwarf, sie bekäme ihre Befehle direkt aus Washington.

Vorwürfe und Beleidigungen flogen hin und her, doch endlich kam es zur Abstimmung. Die Kommunisten unterstützten geschlossen den sowjetischen Erlass, nachdem sie den anderen vorgeworfen hatten, sich von äußeren Mächten steuern zu lassen. Doch alle anderen stimmten dagegen, und damit war der Antrag abgelehnt. Berlin hatte sich nicht einschüchtern lassen. Carla war müde, aber stolz.

Doch es war noch nicht vorbei.

Als sie das Gebäude verließen, war es bereits sieben Uhr abends. Der Mob hatte sich größtenteils aufgelöst, doch am Eingang lungerten noch ein paar Schlägertypen herum. Eine ältere Stadtverordnete wurde getreten und geschlagen, als sie aus dem Gebäude kam. Die Polizei schaute gleichgültig zu.

Carla und Heinrich verließen das Neue Stadthaus mit ein paar Freunden durch einen Nebeneingang in der Hoffnung, unbemerkt verschwinden zu können, doch ein Kommunist auf einem Fahrrad beobachtete sie. Sofort radelte er los.

Als die Stadtverordneten die Flucht ergriffen, kehrte der Mann an der Spitze einer kleinen Bande wieder zurück. Jemand stellte Carla ein Bein, und sie stürzte zu Boden. Die Angreifer traten auf sie ein. Verzweifelt versuchte sie, ihren Leib mit den Händen zu schützen. Sie war jetzt bald im dritten Monat, und da kam es zu den meisten Fehlgeburten; das wusste sie.

Wird Werners Baby sterben, fragte sie sich voller Panik. Auf der Straße von kommunistischen Schlägern zu Tode getreten?

Dann endlich ließen die Kerle von ihnen ab.

Carla und die anderen rappelten sich auf. Niemand war ernsthaft verletzt. Gemeinsam eilten sie davon, noch immer voller Angst, doch die Kommunisten schienen für heute zufrieden zu sein.

Um acht Uhr kam Carla nach Hause. Von Erik war nichts zu sehen.

Werner war entsetzt, als er Carlas blaue Flecken und das zerrissene Kleid sah. »Was ist passiert?«, fragte er erschrocken. »Bist du verletzt?«

Sie brach in Tränen aus.

»Soll ich dich ins Krankenhaus fahren?«

Carla schüttelte den Kopf. »Mir ist nichts passiert«, sagte sie. »Das sind nur ein paar Kratzer. Ich habe schon Schlimmeres erlebt.« Sie ließ sich auf einen Stuhl fallen. »Gott, bin ich müde.«

»Wer hat das getan?«, fragte Werner wutentbrannt.

»Die, die es immer tun«, antwortete Carla. »Jetzt nennen sie sich zwar Kommunisten und nicht mehr Nazis, aber es sind dieselben. Es ist genau wie 1933.«

Werner schloss sie in die Arme.

»Diese Schläger und Banditen sind nun schon so lange an der Macht«, sagte Carla, während ihr Tränen über die Wangen liefen. »Hört das denn nie auf?«

An diesem Abend gab die Nachrichtenagentur der sowjetischen Besatzungszone bekannt, von sechs Uhr morgens an werde sämtlicher Personen- und Güterverkehr von und nach Westberlin – Züge, Kraftfahrzeuge und Kanalschiffe – unterbunden. Keine Versorgungsgüter gleich welcher Art würden durchgelassen: keine Lebensmittel, keine Milch, keine Medikamente, keine Kohle. Die Fernstromversorgung werde abgestellt – aber nur für die westlichen Sektoren.

Die Stadt war im Belagerungszustand.

Lloyd Williams befand sich in der Kommandantur des britischen Sektors. Das Unterhaus machte für kurze Zeit Ferien, und Ernie Bevin war nach Sandbanks an der Südküste Englands in Urlaub gefahren; doch er war besorgt genug gewesen, um Lloyd nach Berlin zu schicken, damit er die Einführung der neuen Währung überwachte und ihn auf dem Laufenden hielt.

Daisy hatte Lloyd nicht begleitet. Ihr kleiner Sohn Davey war erst sechs Monate alt; außerdem richteten Daisy und Eva Murray eine Empfängnisverhütungspraxis in Hoxton ein, die in Kürze ihre Türen öffnen sollte.

Lloyd machte sich schreckliche Sorgen, dass die Krise zum Krieg führen könnte. Er hatte in zwei Kriegen gekämpft und wollte keinen dritten erleben. Er hatte zwei kleine Kinder und hoffte, dass sie in einer friedlichen Welt würden aufwachsen können. Und er war mit der schönsten, reizvollsten, liebenswertesten Frau der Welt verheiratet und wollte lange Jahrzehnte mit ihr verbringen.

General Clay, der arbeitswütige amerikanische Militärgouverneur, befahl seinem Stab, einen Plan für einen Panzerzug auszuarbeiten, der von Helmstedt in Westdeutschland durch die sowjetische Besatzungszone direkt nach Berlin walzen und dabei alle Hindernisse aus dem Weg räumen könnte.

Lloyd erfuhr gleichzeitig mit Sir Brian Robertson davon, dem britischen Militärgouverneur. Sir Brian sagte im abgehackten Ton des Soldaten: »Wenn Clay das macht, haben wir Krieg.«

Doch die Amerikaner brachten andere Vorschläge ein, erfuhr Lloyd, als er mit Clays jüngeren Stabsoffizieren sprach. Der Heeresminister, Kenneth Royall, wollte die Währungsreform verschieben. Clay erwiderte, sie sei schon zu weit vorangeschritten; man könne nicht mehr zurück. Als Nächstes schlug Royall vor, alle

1008

Amerikaner auszufliegen. Clay antwortete, dass die Russen genau das bezweckten.

Sir Brian wollte die Stadt aus der Luft versorgen, was man bislang für ein Ding der Unmöglichkeit gehalten hatte. Jemand hatte ausgerechnet, dass Berlin pro Tag viertausend Tonnen Brennstoffe und Lebensmittel benötigte. Gab es auf der Welt überhaupt genügend Flugzeuge, um so viel Fracht zu befördern? Niemand wusste es. Dennoch befahl Sir Brian der Royal Air Force, mit Versorgungsflügen zu beginnen.

Am Freitagnachmittag suchte er sein amerikanisches Gegenstück Clay auf, und Lloyd wurde gebeten, sich seinem Gefolge anzuschließen. Sir Brian sagte zum General: »Die Russen könnten die Gleise vor Ihrem Zug blockieren und abwarten, ob Sie es wagen, den ersten Schuss abzugeben. Ich glaube aber nicht, dass sie Flugzeuge vom Himmel holen werden.«

»Ich sehe nur nicht, wie wir genügend Versorgungsgüter durch die Luft herbeischaffen sollen«, wiederholte Clay seinen Standpunkt.

»Ich auch nicht«, entgegnete Sir Brian. »Aber wir sollten damit anfangen, bis uns etwas Besseres einfällt.«

Clay zog sich das Telefon heran und hob den Hörer ab. »Geben Sie mir General LeMay in Wiesbaden.« Er wartete kurz; dann sagte er: »Curtis, haben Sie Flugzeuge zur Verfügung, die Kohle transportieren können?«

Er wartete erneut.

»Kohle«, sagte Clay lauter.

Wieder musste er warten.

»Ja, genau das habe ich gesagt – Kohle!«

Schließlich hob Clay den Kopf und blickte Sir Brian an. »Er sagt, die US Air Force kann alles liefern.«

Die Briten kehrten in ihre Kommandantur zurück.

Am Samstag ließ Lloyd sich mit einem Wagen der Army in einer persönlichen Angelegenheit in die sowjetische Besatzungszone fahren. Sein Ziel war die Adresse, wo er die von Ulrichs vor fünfzehn Jahren besucht hatte.

Er wusste, dass Maud noch immer dort wohnte. Nach Kriegsende hatten seine Mutter und Maud die Korrespondenz wieder aufgenommen. In ihren Briefen schilderte Maud die schrecklichen

Entbehrungen, die sie auf sich nehmen mussten. Doch sie bat nicht um Hilfe. Ethel konnte ohnehin nichts für sie tun; noch immer wurde in Berlin alles rationiert.

Das Haus hatte sich völlig verändert. 1933 war es ein hübsches Stadthaus gewesen, ein wenig heruntergekommen, aber noch immer voller Anmut. Jetzt sah es aus wie eine Ruine. Die meisten Fenster waren mit Brettern vernagelt oder mit Papier zugeklebt. Im Mauerwerk klafften Einschlusslöcher, und die Gartenmauer lag in Trümmern. Die Holzbalken hatten viele Jahre keine frische Farbe mehr gesehen.

Lloyd blieb einen Augenblick im Wagen sitzen und betrachtete das Haus. Zum letzten Mal hatte er es als Achtzehnjähriger gesehen; Hitler war gerade zum Reichskanzler ernannt worden. Damals hätte er sich nicht träumen lassen, welche Schrecken er zu Gesicht bekommen sollte. Und weder er noch sonst jemand hatte geahnt, wie haarscharf Europa dem Triumph des Faschismus entkommen würde und wie viel jeder opfern müsste, um diese Geißel zu besiegen. Ein wenig fühlte Lloyd sich so, wie das Haus der von Ulrichs aussah – angeschlagen, zernarbt, von Bombensplittern und Kugeln getroffen, aber unerschütterlich.

Er ging den Gartenweg entlang zur Tür und klopfte.

Das Hausmädchen, das die Tür öffnete, erkannte er wieder. »Hallo, Ada, erinnern Sie sich an mich?«, fragte er auf Deutsch. »Ich bin Lloyd Williams.«

Drinnen war das Haus schmucker als von außen. Ada führte ihn in den Salon. Auf dem Klavier standen Blumen in einem Glas. Eine bunt gemusterte Decke war über das Sofa geworfen; zweifellos sollte sie Löcher im Bezug verdecken. Das Zeitungspapier in den Fensterrahmen ließ erstaunlich viel Licht ein.

Ein ungefähr zweijähriger Junge kam ins Zimmer und musterte Lloyd mit unverhohlener Neugier. Die Kleidung des Jungen, dessen Gesicht einen erkennbar asiatischen Einschlag hatte, war offensichtlich im Haus geschneidert worden. »Wer bist du?«, fragte der Kleine.

»Ich heiße Lloyd. Und wer bist du?«

»Walter«, sagte der Kleine. Er rannte aus dem Zimmer. Lloyd hörte, wie er zu jemandem sagte: »Der Mann redet so komisch!«

So viel zu meiner deutschen Aussprache, dachte Lloyd.

Dann hörte er die Stimme einer Frau mittleren Alters. »Rede nicht so frech, Walter! Das ist unhöflich.«

»Entschuldigung, Großmama.«

Im nächsten Moment trat Maud ein.

Ihr Aussehen schockierte Lloyd. Sie war Mitte fünfzig, sah aber aus wie siebzig. Ihr Haar war grau, das Gesicht ausgezehrt, das blaue Seidenkleid fadenscheinig. Mit welken Lippen küsste sie ihn auf die Wange. »Lloyd Williams! Welche Freude, dich zu sehen.«

Sie ist meine Tante, dachte Lloyd, den dabei ein merkwürdiges Gefühl überkam. Aber Maud wusste es nicht; Ethel hatte das Geheimnis bewahrt.

Nach Maud kam Carla ins Zimmer, die Lloyd nicht wiedererkannte, dann ihr Mann. Lloyd hatte Carla als altkluge Elfjährige kennengelernt; jetzt war sie sechsundzwanzig. Obwohl sie halb verhungert wirkte wie die meisten Deutschen, war sie eine schöne Frau mit einer selbstsicheren Ausstrahlung, die Lloyd überraschte. Irgendetwas an der Art, wie sie sich hielt, brachte ihn auf den Gedanken, sie könnte schwanger sein. Aus Mauds Briefen wusste er, dass Carla Werner geheiratet hatte, der 1933 ein gut aussehender Charmeur gewesen und ganz der Alte geblieben war.

Eine Stunde lang sprachen sie über die Geschehnisse der zurückliegenden Jahre. Die Familie hatte unvorstellbare Schrecken durchlitten, und sie sprachen offen darüber; trotzdem hatte Lloyd den Eindruck, dass sie ihm die schlimmsten Dinge verschwiegen. Er selbst erzählte von Daisy und Evie. Während des Gesprächs kam ein Mädchen im Backfischalter ins Zimmer und fragte Carla, ob sie ihre Freundin besuchen gehen dürfe.

»Das ist unsere Tochter Rebecca«, sagte Carla zu Lloyd.

Rebecca war ungefähr sechzehn, also musste sie adoptiert sein.

»Hast du deine Hausaufgaben fertig?«, fragte Carla.

»Die mach ich morgen früh.«

»Mach sie bitte jetzt.«

»Oh, bitte, Mutter!«

»Kommt nicht infrage«, sagte Carla. Sie wandte sich wieder Lloyd zu, und Rebecca rauschte aus dem Zimmer.

Sie sprachen über die Krise. Carla war als Stadtverordnete tief in das Geschehen verwickelt. Die Zukunft Berlins sah sie ziemlich finster. Sie glaubte, die Russen würden die Bevölkerung aushungern, bis der Westen kapitulierte und die Stadt vollständig unter sowjetische Kontrolle gab.

»Ich will euch etwas zeigen, das euch vielleicht neuen Mut macht«, sagte Lloyd. »Fahren wir ein Stück?«

Maud blieb mit Walter zurück, aber Carla und Werner begleiteten Lloyd. Er wies den Fahrer an, sie nach Tempelhof zu bringen, dem Flughafen im amerikanischen Sektor. Als sie dort eintrafen, führte er sie zu einem hohen Fenster, das einen Blick auf die Landebahnen gewährte.

Auf dem Vorfeld stand ein Dutzend C-47 Skytrains hintereinander, Bug an Heck, einige Flugzeuge mit dem Stern der USAF, andere mit der Kokarde der RAF. Ihre Frachttüren waren offen, und neben jeder Maschine wartete ein Lkw. Deutsche Dienstmänner und amerikanische Flieger entluden die Flugzeuge und wuchteten Mehlsäcke, riesige Fässer mit Kerosin, Kartons mit Medikamenten und Holzkisten mit Tausenden Milchflaschen auf die Lastwagen.

Währenddessen hoben entladene Flugzeuge wieder ab, und weitere Maschinen befanden sich im Landeanflug.

»Das ist unfassbar«, sagte Carla mit glänzenden Augen. »So etwas habe ich noch nie gesehen.«

»So etwas hat es auch noch nie gegeben«, entgegnete Lloyd.

»Aber können Briten und Amerikaner das aufrechterhalten?«

»Das werden wir wohl müssen.«

»Und wie lange?«

»So lange, wie es nötig ist«, sagte Lloyd entschlossen.

KAPITEL 25

1949

Am 29. August 1949 war das 20. Jahrhundert zur Hälfte vorbei. Wolodja Peschkow befand sich auf dem Ustjurt-Plateau, östlich des Kaspischen Meeres in Kasachstan. Es war eine mit Geröll übersäte Wüste, tief im Süden der UdSSR, wo die Nomaden ihre Ziegen noch immer wie vor Jahrtausenden hüteten. Wolodja saß in einem Armeelaster, der über eine Sandpiste rumpelte. Das erste Licht der Morgendämmerung fiel auf die öde Landschaft. Neben der Straße stand ein dürres Kamel und starrte dem Lkw missmutig hinterher.

In der Ferne sah Wolodja den Bombenturm, der von mehreren Scheinwerferbatterien angestrahlt wurde.

Zoja und die anderen Wissenschaftler hatten ihre erste Atombombe nach den Plänen konstruiert, die Wolodja in Santa Fe von Willi Frunze bekommen hatte. Es war eine Plutoniumbombe mit Implosionszünder. Es gab zwar noch andere Entwürfe, doch dieser hatte bereits zweimal funktioniert, einmal in der Wüste von New Mexico und dann in Nagasaki.

Also sollte es auch heute klappen.

Der Test trug den Codenamen RDS-1, doch sie nannten ihn nur »Erster Blitz«.

Wolodjas Lkw hielt am Fuß des Turmes. Er schaute hinauf und sah die Wissenschaftler an dem Kabelgewirr arbeiten, das die Außenhaut der Bombe umgab. Eine Gestalt in blauem Overall trat einen Schritt aus der Gruppe heraus und schüttelte ihr blondes Haar: Zoja. Wolodja war stolz. Meine Frau, dachte er. Spitzenwissenschaftlerin *und* zweifache Mutter.

Zoja besprach sich mit zwei Männern. Aufgeregt redeten sie miteinander. Hoffentlich ist alles in Ordnung, ging es Wolodja durch den Kopf.

Das hier war die Bombe, die Stalin retten sollte.

Alles andere war schlecht für die Sowjets gelaufen. Westeuropa war endgültig demokratisch geworden, hatte sich mit dem Marshallplan bestechen lassen, und die sowjetischen Drohgebärden hatten keinerlei Wirkung mehr gezeigt. Tatsächlich war es der UdSSR noch nicht einmal gelungen, Berlin wieder vollständig unter Kontrolle zu bekommen. Nachdem die Luftbrücke fast ein Jahr lang standgehalten hatte, hatten die Sowjets die Waffen gestreckt und die Straßen und Eisenbahnlinien wieder freigegeben.

In Osteuropa wiederum hatte Stalin seine Herrschaft nur durch brutale Gewalt aufrechterhalten können. Truman war als US-Präsident wiedergewählt worden und betrachtete sich als Führer der Welt. Und die Amerikaner bauten immer mehr Atombomben. Sie hatten B-29-Bomber in Großbritannien stationiert, die jederzeit die Sowjetunion in eine nukleare Wüste verwandeln konnten.

Doch heute würde sich alles ändern.

Wenn die Bombe nach Plan explodierte, würden die UdSSR und die USA wieder auf einer Stufe stehen. Und wenn die Sowjetunion den Vereinigten Staaten mit einem nuklearen Gegenschlag drohen konnte, war es mit der weltweiten amerikanischen Dominanz vorbei.

Wolodja wusste nicht mehr, ob das gut war oder schlecht.

Explodierte die Bombe nicht, würde man ihn und Zoja vermutlich in ein Arbeitslager schicken oder an Ort und Stelle erschießen. Er hatte bereits mit seinen Eltern darüber geredet, und sie hatten ihm versprochen, sich im Fall der Fälle um Kotja und Galina zu kümmern.

Im heller werdenden Licht sah Wolodja in unterschiedlicher Entfernung zum Turm eine seltsame Ansammlung von Gebäuden: Häuser aus Ziegeln und aus Holz; eine Brücke, die über nichts führte, und den Eingang zu irgendeiner unterirdischen Anlage. Wahrscheinlich wollte die Armee auf diese Weise die Wirkung der Detonation erproben.

Auch an Lebewesen sollte die Explosion getestet werden. Da waren Pferde, Rinder, Schafe und Hunde.

Die Diskussion auf der Turmplattform endete offenbar mit einer Entscheidung. Die drei Wissenschaftler nickten und machten sich wieder an die Arbeit.

Ein paar Minuten später kam Zoja herunter und begrüßte ihn.

»Ist alles in Ordnung?«, fragte er.
»Wir glauben schon«, antwortete Zoja.
»Ihr glaubt?«
Zoja zuckte mit den Schultern. »Wir haben so etwas noch nie gemacht.«
Sie stiegen in den Lkw und fuhren durch die Wüste zum Kontrollbunker.
Die anderen Wissenschaftler waren unmittelbar hinter ihnen.
Im Bunker setzten sie Schutzbrillen auf, wie Schweißer sie benutzten.
Der Countdown lief.
Bei sechzig Sekunden nahm Wolodja Zojas Hand.
Bei zehn Sekunden lächelte er sie an und sagte: »Ich liebe dich.«
Bei einer Sekunde hielt er die Luft an.
Dann war es, als strahlten tausend Sonnen auf einmal auf. Ein unirdisches, gleißendes Licht überflutete die Wüste. In Richtung des Bombenturms wuchs ein Feuerball unfassbar hoch in den Himmel und schien nach dem Mond zu greifen. Wolodja erschrak, als er die grellen Farben im Feuerball sah: grün, purpur, orange und violett.

Der Ball verwandelte sich in einen Pilz, dessen Schirm immer weiter nach oben wuchs. Dann kam das Geräusch – ein Donnerschlag, als wäre das schwerste Geschütz der Roten Armee direkt neben einem abgefeuert worden, gefolgt von einem dumpfen Grollen, das Wolodja an den furchtbaren Beschuss der Seelower Höhen erinnerte.

Schließlich löste die Wolke sich auf, und das Geräusch verhallte.

Es folgten lange Sekunden fassungslosen Schweigens.

Dann sagte jemand: »Mein Gott, *damit* habe ich nicht gerechnet.«

Wolodja umarmte seine Frau. »Du hast es geschafft!«

Zoja blickte ernst drein. »Ich weiß«, sagte sie. »Aber was haben wir getan?«

»Ihr habt den Kommunismus gerettet«, antwortete Wolodja.

»Die russische Bombe basierte auf Fat Man, dem Monstrum, das wir auf Nagasaki abgeworfen haben«, sagte Special Agent Bill Bicks. »Jemand hat den Roten die Pläne zugespielt.«

»Woher wollen Sie das wissen?«, fragte Greg.

»Von einem Überläufer.«

Sie saßen in Bicks' Büro in der Washingtoner Zentrale des FBI. Es war neun Uhr morgens. Bicks war in Hemdsärmeln. Seine Achselhöhlen zeigten Schweißflecken, obwohl das Gebäude angenehm klimatisiert war.

»Diesem Kerl zufolge«, fuhr Bicks fort, »bekam ein Oberst der GRU die Pläne von einem Wissenschaftler, der zum Manhattan-Projekt gehörte.«

»Hat er gesagt, von wem?«

»Den Namen kannte er nicht. Deshalb habe ich Sie herbestellt. Wir müssen den Verräter finden.«

»Das FBI hat damals doch alle Wissenschaftler überprüft.«

»Ja, und die meisten von den Burschen waren Sicherheitsrisiken! Wir konnten nichts unternehmen, wir brauchten diese Typen. Wir wenden uns an Sie, weil Sie die Leute persönlich kannten.«

»Wer war der GRU-Oberst?«

»Sie kennen den Mann. Er heißt Wladimir Peschkow.«

»Mein Halbbruder!«

»Richtig.«

»Und was ist mit mir? Hatten Sie mich nicht in Verdacht?«, fragte Greg mit einem Auflachen. Es klang auch für ihn selbst ziemlich gezwungen.

»Oh, das hatten wir, das können Sie mir glauben«, erwiderte Bicks. »Sie sind gründlicher unter die Lupe genommen worden, als ich es in meinen zwanzig Jahren beim FBI je erlebt habe.«

Greg blickte ihn skeptisch an. »Sie wollen mich auf den Arm nehmen.«

»Ihr Junge ist gut in der Schule, nicht wahr?«

Greg erschrak. Wer konnte dem FBI etwas von Georgy erzählt haben? »Sie meinen mein Patenkind?«

»Greg, ich sagte, ich habe Sie *gründlich* unter die Lupe genommen. Wir wissen, dass er Ihr Sohn ist.«

Greg war verärgert, ließ es sich aber nicht anmerken. Während seiner Zeit beim Abschirmdienst der Army hatte er in den persönlichen Geheimnissen zahlreicher Verdächtiger herumgestochert. Er hatte kein Recht, sich zu beklagen.

»Sie sind sauber«, fuhr Bicks fort.

»Da fällt mir aber ein Stein vom Herzen.«

»Außerdem betonte unser Überläufer, dass die Pläne von einem Wissenschaftler kamen und nicht von einem der Heeresangehörigen, die an dem Projekt mitgewirkt haben.«

Nachdenklich sagte Greg: »Als ich Wolodja in Moskau kennenlernte, behauptete er, nie in den Vereinigten Staaten gewesen zu sein.«

»Da hat er gelogen«, erwiderte Bicks. »Er war im September 45 hier und hat eine Woche in New York verbracht. Dann haben wir ihn für acht Tage aus den Augen verloren. Er tauchte kurzzeitig wieder auf und fuhr nach Hause.«

»Acht Tage?«

»Ja. Das ist uns ganz schön peinlich.«

»Das reicht, um nach Santa Fe zu fahren, zwei Tage zu bleiben und nach New York zurückzukehren.«

»Stimmt.« Bicks beugte sich über seinen Schreibtisch vor. »Aber überlegen Sie mal: Wenn der Wissenschaftler bereits als Agent angeworben war, wieso wurde er dann nicht von seinem normalen Führungsoffizier kontaktiert? Warum ist jemand aus Moskau gekommen, um mit ihm zu reden?«

»Sie glauben, der Verräter wurde während dieses kurzen Besuchs angeworben? Zwei Tage … Das kommt mir reichlich knapp vor.«

»Wahrscheinlich hat er schon vorher für die Sowjets gearbeitet, war aber nicht mehr tätig. Wie auch immer, wir glauben, dass die GRU jemanden herschicken musste, *den der Wissenschaftler bereits kannte.* Das bedeutet, dass es irgendeine Gemeinsamkeit zwischen Wolodja und einem der Wissenschaftler geben könnte.« Bicks wies auf einen Nebentisch, auf dem sich die hellbraunen Aktenhefter stapelten. »Die Antwort ist irgendwo da drin verborgen. Das sind unsere Dossiers zu allen Wissenschaftlern, die Zugang zu den Plänen hatten.«

»Und was soll ich jetzt für Sie tun?«

»Gehen Sie die Akten durch.«

»Ist das nicht Ihr Job?«

»Wir sind sie schon durchgegangen, haben aber nichts gefunden. Jetzt hoffen wir, dass Sie etwas entdecken, was wir übersehen haben. Ich bleibe hier sitzen und leiste Ihnen Gesellschaft. Ich habe Papierkram zu erledigen.«

»Das ist eine Menge Arbeit.«

»Sie haben den ganzen Tag Zeit.«

Greg runzelte die Stirn. Wussten sie etwa …?

Bicks sagte im Brustton der Überzeugung: »Sie haben für den Rest des Tages nichts anderes vor.«

Greg zuckte die Achseln. »Gibt es Kaffee?«

Er bekam Kaffee und Donuts, dann noch mehr Kaffee, zu Mittag ein Sandwich, am Nachmittag eine Banane. Er las jedes bekannte Detail über die Lebensläufe der Wissenschaftler, ihrer Frauen und Familien: Kindheit, Ausbildung, Laufbahn, Liebe, Heirat, Leistungen, Schrullen, Laster.

Er hatte das letzte Stück Banane im Mund, als er sagte: »Da soll mich doch der Teufel holen.«

»Was ist?«, fragte Bicks.

»Willi Frunze hat das Leopold-von-Ranke-Gymnasium in Berlin besucht.« Triumphierend knallte Greg den Hefter auf den Tisch.

»Na und?«

»Wolodja war auch auf dieser Schule. Er hat es mir gesagt.«

Bicks knallte die flache Hand auf die Tischplatte. »Schulfreunde! Das ist es! Wir haben den Mistkerl!«

»Das ist kein Beweis«, wandte Greg ein.

»Oh, keine Sorge, der gesteht schon.«

»Wie können Sie so sicher sein?«

»Diese Wissenschaftler glauben, dass Wissen mit jedem geteilt und nicht geheim gehalten werden sollte. Er wird sich darauf berufen, er hätte zum Besten der Menschheit gehandelt.«

»Vielleicht hat er das ja.«

»Trotzdem geht er dafür auf den elektrischen Stuhl.«

Greg überlief eine Gänsehaut. Willi Frunze war ihm wie ein netter Kerl vorgekommen. »Wirklich?«

»Darauf können Sie wetten. Der wird schmoren.«

Bicks behielt recht. Wilhelm Frunze wurde des Landesverrats

für schuldig befunden und zum Tode verurteilt. Er starb auf dem elektrischen Stuhl.

Seine Frau ebenfalls.

Daisy schaute ihrem Mann zu, wie er sich die weiße Fliege band und in den Frack seines maßgeschneiderten Abendanzugs glitt. »Du siehst aus wie eine Million Dollar auf zwei Beinen«, sagte sie und meinte es ernst. Er hätte ein Filmstar werden sollen.

Daisy erinnerte sich an den jungen Lloyd vor dreizehn Jahren, als er auf dem Trinity Ball geborgte Kleidung getragen hatte. Ein angenehmer Schauder der Nostalgie durchrieselte sie. Er hatte damals ziemlich gut ausgesehen, auch wenn ihm der Anzug zwei Nummern zu groß gewesen war.

Nun wohnten sie in der dauerhaft angemieteten Suite ihres Vaters im Washingtoner Hotel Ritz-Carlton. Lloyd war mittlerweile Staatssekretär im britischen Außenministerium und auf einem diplomatischen Besuch in der US-Hauptstadt. Lloyds Eltern waren begeistert, sich eine Woche lang um die beiden Enkelkinder kümmern zu dürfen.

Heute Abend gingen Daisy und Lloyd zu einem Ball ins Weiße Haus.

Daisy trug ein todschickes Kleid von Christian Dior aus rosarotem Satin mit einem atemberaubenden ausladenden Rock aus unendlich vielen Tüllfalten. Nach Jahren kriegsbedingter Sparsamkeit war sie froh, endlich wieder Kleider in Paris kaufen zu können.

Sie dachte an den Yacht Club Ball von 1935 in Buffalo zurück, dem Ereignis, von dem sie damals geglaubt hatte, es hätte ihr Leben ruiniert. Ein Ball im Weißen Haus war vermutlich sehr viel prestigeträchtiger, aber an diesem Abend konnte nichts geschehen, was ihr Leben in Trümmer legte.

Daisy war in Erinnerungen versunken, als Lloyd ihr half, die Kette ihrer Mutter aus roséfarbenen Brillanten und die dazu passenden Ohrringe anzulegen. Als Neunzehnjährige hatte sie sich nichts sehnlicher gewünscht, als von der besseren Gesellschaft akzeptiert zu werden. Heute war es für sie kaum noch vorstellbar, sich über so etwas den Kopf zu zerbrechen. Solange Lloyd ihr sagte, sie sehe fabelhaft aus, interessierte sie nicht, was andere dachten. Der einzige Mensch, dessen Anerkennung sie noch suchte, war Eth Leckwith, ihre Schwiegermutter, die keinen Wert auf Prestige legte und mit Sicherheit noch nie ein Kleid aus Paris getragen hatte.

Blickte jede Frau irgendwann einmal zurück und überlegte sich, wie dumm sie als junger Mensch gewesen war? Daisy musste wieder an Ethel denken, die auf jeden Fall etwas Dummes getan hatte – nämlich, sich von ihrem verheirateten Dienstherrn schwängern zu lassen –, aber nie mit Bedauern darüber sprach. Vielleicht war das die richtige Einstellung. Daisy dachte an ihre eigenen Fehler: sich mit Charlie Farquharson zu verloben, Lloyd abzuweisen, Boy Fitzherbert zu heiraten. Es widerstrebte ihr ein wenig, rückblickend an das Gute zu denken, das aus diesen Entscheidungen erwachsen war.

Erst nachdem die High Society sie einmütig abgelehnt und sie in Ethels Küche Geborgenheit gefunden hatte, war ihr Leben besser geworden. Sie hatte aufgehört, sich nach gesellschaftlicher Anerkennung zu sehnen, und echte Freundschaft erfahren, und seitdem war sie glücklich.

Und jetzt, wo ihr die anderen Gäste egal sein konnten, genoss sie Partys umso mehr.

»Fertig?«, fragte Lloyd.

Ja, Daisy war fertig. Sie zog den Mantel über, den Dior passend zum Abendkleid geschneidert hatte. Dann fuhren sie mit dem Fahrstuhl nach unten, verließen das Hotel und stiegen in die wartende Limousine.

Carla überredete ihre Mutter, an Heiligabend Klavier zu spielen.

Maud hatte seit Jahren nicht mehr gespielt. Vielleicht weckte es traurige Erinnerungen an Walter bei ihr: Sie hatten stets zusammen gespielt und gesungen, und Maud hatte den Kindern oft erzählt, wie sie versucht hatte, Walter Ragtime beizubringen – und wie sie damit gescheitert war.

Doch diese Geschichte erzählte Maud nicht mehr. Carla nahm an, dass der Flügel sie dieser Tage vor allem an Joachim Koch erinnerte, den jungen Offizier, der Klavierstunden bei ihr genommen und den sie getäuscht und verführt hatte und der dann von Carla und Ada in der Küche totgeschlagen worden war.

Was Carla betraf, konnte sie die Erinnerung an diesen albtraumhaften Abend einfach nicht verdrängen, besonders nicht die Erinnerung daran, wie sie Joachim Kochs Leiche beseitigt hatten. Sie bereute es zwar nicht – sie hatten das Richtige getan –, aber trotzdem hätte sie es lieber vergessen.

Schließlich erklärte Maud sich doch bereit, *Stille Nacht* zu spielen, damit alle mitsingen konnten. Werner, Ada, Erik und die drei Kinder, Rebecca, Walter und das neue Baby Lili versammelten sich um den alten Steinway im Salon. Carla stellte eine Kerze aufs Klavier und betrachtete die Gesichter ihrer Familie in den flackernden Schatten.

Klein-Walter, den Werner auf dem Arm trug, wurde in ein paar Wochen vier Jahre alt, und versuchte fleißig mitzusingen. Er hatte die asiatischen Augen seines Vaters, des Vergewaltigers aus dem Fernen Osten. Carla hatte beschlossen, sich an diesem Unbekannten zu rächen, indem sie seinen Sohn zu einem Mann erzog, der Frauen mit Zärtlichkeit und Achtung behandelte.

Erik sang das Lied mit feierlichem Ernst. Er unterstützte das Sowjetregime genauso blind, wie er einst die Nazis unterstützt hatte. Carla war anfangs verwirrt und wütend darüber gewesen; inzwischen aber hatte sie erkannt, dass diesem Verhalten eine traurige Logik zugrunde lag: Erik gehörte zu den Menschen, die so viel Angst vor dem Leben hatten, dass sie es vorzogen, unter einem autoritären Regime zu leben. Sie brauchten jemanden, der ihnen sagte, was sie tun oder denken sollten. Diese Menschen waren dumm und gefährlich, und es gab schrecklich viele von ihnen.

Liebevoll schaute Carla zu ihrem Mann, der mit seinen dreißig Jahren noch immer umwerfend gut aussah. Sie erinnerte sich daran, wie sie sich in seinem Auto geküsst und gestreichelt hatten, damals im Grunewald, als sie neunzehn gewesen war. Und sie liebte es noch immer, ihn zu küssen.

Wenn Carla an die Zeit zurückdachte, die seitdem verstrichen war, gab es tausend Dinge, die sie bedauerte, doch das Schlimmste war der Tod ihres Vaters. Sie vermisste ihn ständig, und sie weinte noch immer, wenn sie daran dachte, wie er brutal misshandelt und blutend im Flur gelegen hatte.

Doch jeder Mensch musste irgendwann sterben, und Vater hatte sein Leben im Kampf für eine bessere Welt gegeben. Hätten mehr Deutsche seinen Mut besessen, hätten die Nazis niemals triumphiert.

Carla wollte alles genauso machen wie er: Sie wollte ihre Kinder gut erziehen und an der Politik ihres Landes mitwirken; sie wollte lieben und geliebt werden. Vor allem aber sollten ihre Kinder nach ihrem Tod sagen können, ihr Leben habe eine Bedeutung gehabt und dass sie dazu beigetragen habe, die Welt zu einem besseren Ort zu machen ... genauso wie sie es von ihrem Vater sagen konnte.

Das Lied endete. Maud spielte den letzten Akkord, und Klein-Walter beugte sich vor und blies die Kerze aus.

ENDE

DANKSAGUNGEN

Mein wichtigster Ratgeber, was den geschichtlichen Hintergrund der Jahrhundert-Trilogie angeht, ist Richard Overy. Des Weiteren geht mein Dank an die Historiker Evan Mawdsley, Tim Rees, Matthias Reiss und Richard Toyne, die die Rohfassung von »Winter der Welt« gelesen und Korrekturen vorgenommen haben.

Wie stets wurde mir vonseiten meiner Lektoren und Agenten unschätzbare Hilfe zuteil, insbesondere von Amy Berkower, Leslie Gelbman, Phyllis Grann, Neil Nyren, Susan Opie und Jeremy Treviathan.

Ich habe meinen Agenten Al Zuckerman um das Jahr 1975 herum kennengelernt; seitdem ist er mein kritischster und konstruktivster Leser.

Einer Reihe von Freunden verdanke ich hilfreiche Kommentare. Nigel Dean hat wie kein Zweiter ein Auge für Details. Chris Manner und Ton McWalter waren so aufmerksam und scharfsichtig wie immer. Angela Spitzig und Annemarie Behnke haben mich vor zahlreichen Fehlern in den Abschnitten des Romans bewahrt, die in Deutschland spielen.

Und wie jedes Mal geht mein Dank an meine Familie: Barbara Follett, Emanuele Follett, Jann Turner und Kim Turner haben die erste Fassung dieses Romans gelesen und mir nicht nur wertvolle Hinweise gegeben, sondern auch das unbezahlbare Geschenk ihrer Liebe gemacht.